김우창 金禹昌

1936년 전라남도 함평 출생. 서울대학교 문리과대학 정치학과에 입학해 영문학과로 전과했다. 미국 오하이오 웨슬리언대학교를 거쳐 코넬대학교에서 영문학 석사 학위를, 하버드대학교에서 미국 문명사 박사 학위를 취득했다. 서울대학교 영문학과 전임강사, 고려대학교 영문학과 교수와 이화여자대학교 학술원 석좌교수를 지냈으며 《세계의 문학》 편집위원, 《비평》 편집인이었다. 현재 고려대학교 명예교수, 대한민국예술원 회원으로 있다.

저서로 『궁핍한 시대의 시인』(1977), 『지상의 척도』(1981), 『심미적 이성의 탐구』(1992), 『풍경과 마음』(2002), 『자유와 인간적인 삶』(2007), 『정의와 정의의 조건』(2008), 『깊은 마음의 생태학』(2014) 등이 있으며, 역서 『가을에 부쳐』(1976), 『미메시스』(공역, 1987), 『나, 후안 데 파레하』(2008) 등과 대담집 『세 개의 동그라미』(2008) 등이 있다. 서울문화예술평론상, 팔봉비평문학상, 대산문학상, 금호학술상, 고려대학술상, 한국백상출판문화상 저작상, 인촌상, 경암학술상을 수상했고, 2003년 녹조근정훈장을 받았다.

대담/인터뷰 2

대담/인터뷰 2

김우창 전집

19

2000~2014

민음사

나는 묻는다: 수많은 그대들의 나날을 앗아 간
일은 충분히 잘 되었는가, 그대들의 말은,
어눌한 대로 어떤 사람들에게는 의미가 있는 것인가,
말은 그럴싸하지만, 그대들이 한 말은 조금은
진실을 벗어난 것이 아닌가, 너무 다의적인 것이 아닌가?
모든 가능한 오류에 대한 책임은 그대들의 것이다. 하나의 의미는
사물의 모순으로부터 너무 떨어지는 것이 될 수도 있다.
그것은 너무 단순한 하나의 의미만을 가진 것이 아닌가.
그렇다면, 그대들의 말은 별 쓸모가 없을 것이다. 그대들의 일은
살아 있는 것이 아니다. 그대들은 참으로 일의 흐름 속에 있는가?
바뀌어 가는 일 일체와 일치하는가? 그대들은 바뀌어 가는가?
그대들은 누구인가? 누구에게 말하는 것인가?
그대들이 말하는 것을 누가 쓸 것인가? 그리고 그와 더불어
그것은 정신을 총총하게 하는가? 아침에도 읽을 만한 것인가?
그것은 목전의 사실에 맞닿아 있는가? 그대 앞에 놓인 주장은
쓰일 수 있는 것인가? 적어도 반론이 될 수 있는가? 모든 것이
검증되는가? 경험적으로? 어떤 경험으로? 무엇보다도
다른 무엇보다도: 사람들이 그대들의 말을 믿는다고 하면,
어떻게 행동해야 하는가? 무엇보다도 어떻게 행동해야 하는가?

— 베르톨트 브레히트, 「의심하는 자」

간행의 말

1960년대부터 글을 발표하기 시작한 김우창은 문학 평론가이자 영문학자로 글쓰기를 시작하여 2016년 현재까지 50년에 걸쳐 활동해 온 한국의 인문학자이다. 서양 문학과 서구 이론에 대한 광범위한 천착을 한국 문학에 대한 깊은 관심과 현실 진단으로 연결시킨 김우창의 평론은 한국 현대 문학사의 고전으로 읽히고 있다. 우리 사회의 대표적 지성으로서 세계의 석학들과 소통해 온 그의 이력은 개인의 실존적 체험을 사상하지 않은 채, 개인과 사회 정치적 현실을 매개할 지평을 찾아 나간 곤핍한 역정이었다. 전통의 원형은 역사의 파란 속에 흩어지고, 사회는 크고 작은 이념 논쟁으로 흔들리며, 개인은 정보 과잉 속에서 자신을 잃고 부유하는 오늘날, 전체적 비전을 잃지 않으면서 오늘의 구체로부터 삶의 더 넓고 깊은 가능성을 모색하는 김우창의 학문은 우리가 믿고 의지할 수 있는 소중한 자산의 하나가 아닌가 한다. 그리하여 간행 위원들은 그 모든 고민이 담긴 글을 잠정적이나마 하나의 완결된 형태로 묶어 선보여야 할 필요성을 절감했다. 이것이 바로 이번 김우창 전집이 기획된 이유이다.

김우창의 원고는 그 분량에 있어 실로 방대하고, 그 주제에 있어 가히 전면적(全面的)이다. 글의 전체 분량은 새로 선보이는 전집 19권을 기준으로 약 원고지 6만 5000매에 이른다. 새 전집의 각 권은 평균 700~800쪽 가량인데, 300쪽 내외로 책을 내는 요즘 기준으로 보면 실제로는 40권에 달한다고 봐야 할 것이다. 이 막대한 분량은 그 자체로 일제 시대와 해방 전후, 6·25 전쟁과 군부 독재기 그리고 세계화 시대에 이르기까지 한국 현대사를 따라온 흔적이다. 김우창의 저작은, 그의 책 제목을 빗대어 말하면, '정치와 삶의 세계'를 성찰하고 '정의와 정의의 조건'을 탐색하면서 '이성적 사회를 향하여' 나아가고자 애쓰는 가운데 '자유와 인간적인 삶'을 갈구해 온 어떤 정신의 행로를 보여 준다. 그것은 '궁핍한 시대'에 한 인간이 '기이한 생각의 바다'를 항해하면서 '보편 이념과 나날의 삶'이 조화되는 '지상의 척도'를 모색한 자취로 요약해도 좋을 것이다.

2014년 1월에 민음사와 전집을 내기로 결정한 후 5월부터 실무진이 구성되어 본격적인 활동을 시작했다. 방대한 원고에 대한 책임 있는 편집 작업은 일관된 원칙 아래 서너 분야, 곧 자료 조사와 기록 그리고 입력, 원문 대조와 교정 교열, 재검토와 확인 등으로 세분화되었고, 각 분야의 성과는 편집 회의에서 끊임없이 확인, 보충을 거쳐 재통합되었다.

편집 회의는 대개 2주마다 한 번씩 열렸고, 2016년 8월 현재까지 42차례 진행되었다. 이 회의에는 김우창 선생을 비롯하여 문광훈 간행 위원, 류한형 간사, 민음사 박향우 차장, 신새벽 대리가 거의 빠짐없이 참석했다. 이 회의에서는 그간의 작업에서 진척된 내용과 보충되어야 할 사항에 대해 서로 의견을 교환했고, 다음 회의까지 무엇을 해야 할지를 결정했다. 일관된 원칙과 유기적인 협업 아래 진행된 편집 회의는 매번 많은 물음과 제안을 낳았고, 이것들은 그때그때 상호 확인 속에서 계속 보완되었다. 그것은 개별 사안에 대한 고도의 집중과 전체 지형에 대한 포괄적 조감 그리고 짜임새 있는 편성력을 요구하는 일이었다. 이렇게 19권의 전체 목록은 점차 뚜렷한 윤곽을 잡아 갔다.

자료의 수집과 입력 그리고 원문 대조는 류한형 간사를 중심으로 서울대학교 국어국문학과 대학원의 천춘화 박사, 김경은, 허선애, 허윤, 노민혜, 김은하 선생이 해 주셨다. 최근 자료는 스캔했지만, 세로쓰기로 된 1970년대 이전 자료는 직접 타자해야 했다. 원문 대조가 끝난 원고의 1차 교정은 조판 후 민음사 편집부의 박향우 차장과 신새벽 대리가 맡았다. 문광훈 위원은 1차로 교정된 이 원고를 그동안 단행본으로 묶이지 않은 글과 함께 모두 검토했다. 단어나 문장의 뜻이 불분명한 경우에는 하나도 남김없이 김우창 선생의 확인을 받고 고쳤다. 이 원고는 다시 편집부로 전해져 박향우 차장의 책임 아래 신새벽 대리와 파주 편집팀의 남선영 차장, 김남희 과장, 박상미 대리, 김정미 대리, 김연정 사원이 교정 교열을 보았다.

최선을 다했으나 여러 미비가 있을 것이다. 독자 여러분들의 관심과 질정을 기대한다.

2016년 8월

김우창 전집 간행 위원회

일러두기

편집상의 큰 원칙은 아래와 같다.

1 민음사판 『김우창 전집』은 1964년부터 2014년까지 한국어로 발표된 김우창의 모든 글을 모은 것이다. 외국어 원고는 제외하되, 『풍경과 마음』의 영문판은 포함했다.(12권)

2 이미 출간된 단행본인 경우에는 원래의 형태를 존중하였다. 그에 따라 기존 『김우창 전집』(전 5권, 민음사)이 이번 전집의 1~5권을 이룬다. 그 외의 단행본은 분량과 주제를 고려하여 서로 관련되는 것끼리 묶었다.(12~16권)

3 단행본으로 나온 적이 없는 새로운 원고는 6~11권, 17~19권으로 묶었다. 이 책은 2000년에서 2014년까지의 대담과 인터뷰를 모은 것이다. 모든 대담자 및 인터뷰어의 게재 동의를 구하기 위해 최선을 다했으나 누락이나 착오가 있으면 다음 쇄에 반드시 반영할 것을 약속드린다. 각 글의 제목과 체재 및 내용은 발표 지면 그대로 싣는 것을 원칙으로 하되 편집상 필요한 경우 수정하였다.

4 각 권은 모두 발표 연도를 기준으로 배열하였고, 이렇게 배열한 한 권의 분량 안에서 다시 주제별로 묶었다. 훗날 수정, 보충한 글은 마지막 고친 연도에 작성된 것으로 간주하여 실었다. 예외로 자전적 글과 수필을 묶은 10권 5부와 17권 4부가 있다.

5 각 권은 대부분 시, 소설에 대한 비평 등 문학에 대한 논의 이외에 사회, 정치 분석과 철학, 인문 과학론 그리고 문화론을 포함한다.(6~7권, 10~11권) 주제적으로 아주 다른 글들, 예를 들어 도시론과 건축론 그리고 미학은 『예술론: 도시, 주거, 예술』(8권)에 따로 모았고, 미술론은 『사물의 상상력과 미술』(9권)으로 묶었다. 여기에는 대담/인터뷰(18~19권)도 포함된다.

6 기존의 원고는 발표된 상태 그대로 싣는 것을 원칙으로 삼아 탈오자나 인명, 지명이 오래된 표기일 때만 고쳤다. 단어나 문장의 의미가 불분명한 경우에는 저자의 확인을 받은 후 수정하였다. 단락 구분이 잘못되어 있거나 문장이 너무 긴 경우에는 가독성을 위해 행 조절을 했다.

7 각주는 원문의 저자 주이다. 출전에 관해 설명을 덧붙인 경우에는 '편집자 주'로 표시하였다.

8 맞춤법과 외래어 표기는 국립국어원 규정에 따르되, 띄어쓰기는 민음사 자체 규정을 따랐다. 한자어는 처음 1회 병기하는 것을 원칙으로 하고, 문맥상 필요하다고 판단되는 경우 여러 번 병기하였다.

본문에서 쓰인 기호는 다음과 같다.

책명, 전집, 단행본, 총서(문고) 이름: 『 』
개별 작품, 논문, 기사: 「 」
신문, 잡지: 《 》

1부 2000~2004

한국 사회의 정치 현실과 이성적 질서를 향한 모색 김우창, 최장집, 홍윤기 17
21세기 한국 대학 교육의 방향과 좌표 김광억, 안병영, 이현청, 김우창 49
인문주의가 필요한 시기 왔다 인터뷰 강근주 60
세계화는 나쁜 얼굴의 국제주의 피에르 부르디외, 김우창 65
지성의 독립성과 성찰의 근거에 대하여 김우창, 고지마 기요시 70
오렌지 주스에 대한 명상 김우창, 김상환 94
문학적인 문화를 위하여 리처드 로티, 김우창 131
비평은 진리 추구 위한 방편 인터뷰 손창훈 151
우리는 어디에 있으며, 무엇을 할 것인가 김우창, 최장집, 여건종 156
한국의 정치 문화를 말한다 박충석, 김우창, 김홍우 196
뭍과 물, 자연과 사람을 잇는 삶의 쉼터로 강홍빈, 김우창 207
우리 시는 어디로 가나 김우창, 최승호, 유종호 212
문학과 철학 박이문, 김우창, 유종호 243
우리 사회는 이성의 원리가 탄생해 가는 과도기다 인터뷰 송복남 272
격변기, 지성의 의미와 역할 인터뷰 방민호 285
민족 이산, 정체성 그리고 한국문학 김우창, 이회성, 최원식 292
지적 작업은 사회에 기여해야 인터뷰 이병혜 297

2부 행동과 사유 — 김우창과의 대화 권혁범, 윤평중, 고종석, 여건종

성장과 지적 편력 **321** | 문학과 윤리 **355** | 구체적 보편, 그리고 언어 **367** | 심미적 이성과 사회적 이성 **382** | 유희와 쾌락에 대하여 **416** | 정치적인 것과 내면적인 것 **433** | 겹눈의 사유와 담론적 실천의 문제 **458** | 리얼리즘과 모더니즘 **481** | 한국 현대사에서의 문학 지식인의 역할 **491** | 동양과 서양의 학문, 그리고 외국 문학을 한다는 것 **502** | 포스트모더니즘에 대하여 **515** | 문자 매체와 영상 매체 **529** | 언론, 공적 담론, 권력 **537** | 세계화, 내면성, 그리고 행복한 삶 **550**

3부 2005~2009

출판을 화두 삼은 문화 입국의 길 김우창, 도정일, 박광성 **563**
가장 사람다운 삶은 즐거운 금욕주의 김우창, 여건종 **577**
현지에서 본 2005 프랑크푸르트도서전 주빈국의 의미 인터뷰 신동섭 **596**
김우창 교수에게 들어 본 요즘 한국 사회 인터뷰 배문성 **601**
동아시아 평화 비전을 향하여 오에 겐자부로, 김우창, 윤상인 **606**
오늘의 한국 사회와 비평 담론 김우창, 장회익, 도정일, 최장집, 여건종 **616**
아시아의 주체성과 문화의 혼성화 — 리처드 로티 교수와의 서신 교환 **640**
『자유와 인간적인 삶』 펴낸 김우창 교수 인터뷰 강성만 **799**
경계를 넘어선 대화의 열림 미셸 콜로, 김우창 **803**

더 많은 혹은 더 작은 민주주의를 찾아서 김우창, 최장집 **824**
학문은 선입견 없이 진리를 탐구하는 것이다 인터뷰 김경필, 유세원 **855**
민주화를 넘어서 어디로 안병직, 김우창, 이영성 **867**
한국 인문 사회 과학의 한 패러다임 박명림, 김우창 **877**
좋은 삶이란 무엇인가 김우창, 김종철 **948**
위기의 한국 언론, 가장 필요한 것은 객관성 인터뷰 이대근 **987**
서구화로 무너진 독서 공동체 재구성 디딤돌 될 것 김우창, 김언호 **996**
한일 개인적 교류가 평화 문제 해결에 도움 김우창, 시마다 마사히코 **1000**
공간의 유기성이 존중되는 발전이라야 한다 김우창, 조판기 **1005**
대한민국 건국의 역사적 의의 김우창, 노재봉, 신복룡, 이인호, 안병직 **1012**
제1회 한·일·중 동아시아문학포럼 3국 대표 대담 김우창, 시마다 마사히코, 티에닝 **1067**
2009 한국의 모색 좌우를 뛰어넘다 인터뷰 김기철 **1071**
창간 55주년 기념 김우창 이화여대 석좌 교수 인터뷰 인터뷰 최윤필 **1078**
대한민국은 지금 어디로 가나 김우창, 도정일 **1085**
좌우 극한 대결 해법을 묻다 인터뷰 김종혁 **1097**

4부 2010~2014

다원성의 경험과 성찰 의식, 그리고 격의 문제 김우창, 김민웅 **1105**

사람을 위한 민주주의에 대한 구체적 성찰 김우창, 최장집 **1164**

두 석학, 한반도를 말하다 김우창, 안병직 **1198**

대학의 회복과 학문의 역할 김우창, 박명림 **1206**

달마이어 교수와의 대화 김우창, 프레드 달마이어 **1256**

리더에게 중요한 건 투쟁적 카리스마 아닌 도덕적 비전 인터뷰 허민 **1260**

왜 한국에서는 시위가 많을까 김우창, 가라타니 고진 **1270**

정치를 가까이할 필요 없는 세상이 좋은 세상 인터뷰 정원식 **1278**

정치로부터의 자유 인터뷰 최재봉 **1282**

한국 인문주의 대표, 지식인들의 사상가 인터뷰 정재숙 **1285**

옆집 벤츠 살 때 안 샀다면 그만큼 번 것 아닌가 인터뷰 정진건 **1290**

한·중·일 갈등, 정치 아닌 인문학적 사고로 풀어야 인터뷰 박동미 **1303**

마음이 나아갈 길은 공동체의 선 향해 뻗어 있어야 인터뷰 양홍주 **1307**

한국 인문학의 거인 김우창 선생과의 만남 인터뷰 최보식 **1312**

기율 무너진 한국 사회 직(職)에 대한 책임 의식 가져야 인터뷰 이기창 **1318**

희생자와 가족 도울 방안 사실적으로 강구해라 인터뷰 김종원, 박성인 **1321**

인생에서 중요한 것은 고통을 어떻게 견디느냐 김우창, 문광훈, 정혜윤, 박광성 **1328**

선의로 지탱하는 사회가 되어야 인터뷰 유슬기 **1333**

1부

2000~2004

한국 사회의 정치 현실과 이성적 질서를 향한 모색

김우창(고려대 영문과 교수)
최장집(고려대 정치학과 교수)
홍윤기(동국대 철학과 교수, 《당대비평》 편집위원)
2000년 《당대비평》 3월호

국민은 과연 정치에 무관심한가

홍윤기 두 분 선생님 바쁘신데도 쾌히 참석해 주셔서 감사합니다. 오늘 좌담의 주제는 넓게는 '우리에게 정치란 무엇인가' 하는 것입니다. 김우창 선생님은 문학을 전공하셨지만, 그동안 한국 현실에 대해서도 꾸준히 이론적·미학적 개입을 해 오셨고, 최장집 선생님은 학계에 몸담고 계신 한편, 직접적으로 정치와 정책 분야에서 실무자로서 전업 정치가 못지않은 활동으로 많은 현장 관찰 경험을 쌓아 오셨습니다. 원래 계획으로는 이 자리에 실제 정치가를 한 분 정도 모시려고 했습니다만, 오늘 주제에 관해 정작 정치가분들이 얘기를 기피하였고, 또 할 얘기도 많지 않다는 것을 깨닫게 되었습니다. 그래서 지금까지 우리는 국민의 정치적 무관심을 탓해 왔는데, 최근 '총선시민연대'가 벌인 낙천·낙선 운동에 대한 국민적 호응도를 보니 정작 정치가야말로 정치에 무관심했던 것이 아닌가 하는 생각이 들었습니다.

김우창 직업 정치인을 이런 자리에 모시기가 어려운 건, 그 자체가 우리 정치 현실을 표현해 주는 중요한 상징인 것 같아요. 정치에는 언어를 통해서 매개되는 것과, 언어가 아닌 다른 수단으로 매개되는 것, 두 가지가 있다고 생각합니다. 정치란 여러 사람이 합쳐서 행동하는 것이라고 할 때, 우리에게는 그 합치는 데 필요한 언어를 통한 매개가 약합니다. 그와 달리 정치는 다른 매개 수단, 곧 이해관계라든지 이익 관계, 또 폭력적인 관계, 이를테면 마피아 조직 같은 성격을 갖기도 합니다. 따라서 어떻게 하면 정치가 공론적 담론에 연결되는 행동 방식을 보이게 할 수 있느냐가 정치적 무관심 문제에서 아주 중요하게 됩니다.

이와 관련하여 정치적 무관심에 대해 한 가지 더 말씀 드리죠. 어떻게 보면 무관심이란 좋은 것이에요. 전통적으로 동양 사상에서 요순시대에는 임금이 있는지 없는지조차 모르는 것이 좋다고 했지요. 오늘날 정치적 무관심이 나쁘다고 하는 건, 정치가 국민의 이해와 관계없이 제 마음대로 돌아가는 데서 나온 말입니다. 하지만 다른 한편으로 정치를 활성화하기 위해 정치적 관심을 불러일으키는 것은 많은 시간과 정열을 요구합니다. 그래서 시간과 자원의 경제를 위해 정당과 같은 제도로서의 정치가 필요하고, 운동으로서의 정치가 어렵다고 하는 것입니다.

홍윤기 정치에 신경을 쓰지 않고 자기 삶에 열중할 수 있는 공동체야말로 바람직한 공동체라고 할 수 있겠죠. 선생님 말씀은 정치에 무관심해도 좋을 만큼 정치를 잘해 달라는 주문처럼 들리기도 합니다. 시간과 자원의 경제라고 말씀하셨지만, 사람들이 다들 자기 삶에 바쁜 오늘날, 정치와 관계된 일을 정치가라는 전업 집단에게 위임하는 것이야말로 노동 분업 구조를 기반으로 돌아가는 현대적 삶의 한 특징인지도 모르겠습니다. 최장집 선생님께서는 정치인을 관찰·분석·비판하는 일이 전공에 속하는 일인데, 국민이 정치에 무관심한 것은 정치인들이 정치를 내동댕이친 데 따른 것이 아닌가 하는 의구심을 느낍니다.

최장집 정치란 참 포착하기 어려운 인간 행위의 현상입니다. 그런 정치를 이상적으로 구현한다는 것은 결코 쉬운 일이 아닙니다. 정치에는 양면성이 있습니다. 사람들에게는 다 열정이 있는데, 그런 열정으로 사회를 변화시키기도 하고 무엇인가를 창조하기도 하지요. 그러나 그런 것만 가지고는 안 되잖아요? 이성이 있어야지요. 그래야 그 열정을 컨트롤하고 에너지로 간직하고 또 합리적 대안을 찾을 수 있습니다. 민주주의에 대해서도 같은 말을 할 수 있습니다.

민주주의는 밑으로부터 오는 민중의 도전이 없으면 만들어지기 어렵고, 그런 상태에서는 정치가 개선되기도 어렵습니다. 그래서 정치를 밑에서부터 보는 시각이 필요합니다. 이것을 민중적 시각이라고 말할 수 있겠죠. 그런데 정치가 이런 식으로만 이루어진다면, 사회가 매일같이 운동과 전쟁과 혁명으로 가득 찰 겁니다. 그래서는 안정을 이루기가 어려워지죠. 그러니까 제도, 법, 통치의 기술 같은 것이 필요합니다. 사회에 질서를 잡아 주고, 사람에게 안정을 주는 것들 말이죠. 또 열정이 조절돼서 안정이 유지될 때 경제도 번영하고, 법도 제대로 작동될 수 있는 상황을 만들어 낼 수 있습니다.

그러나 그러한 것이 지나치게 지배적이 될 때는 민중의 요구나 이해관계나 민주주의에 대한 열망이 상당히 제어되는 부정적 결과를 가져올 수 있습니다. 그래서 사람들이 정치에 관심을 가지고 집단적인 힘으로써 기존 질서에 도전하기도 하고, 때로는 법적 범위를 넘어서기도 합니다. 그런 힘이 없으면 민주주의가 발전하지 못하고 경직됩니다. 그래서 민주주의라고 하는 것은 양자 간에 힘의 안정과 균형이 필요합니다. 체제가 너무 경직될 때는 민중의 참여에 의한 개혁이 필요하고, 또 그게 지나치게 나타날 때는 제도적인 질서를 유지할 수 있는 힘이 요구되기도 하고요. 프랑스 혁명을 보더라도, 민중의 힘이 혁명 당시에는 앙시앵 레짐을 무너뜨리는 힘으로 작용했지만, 그 혁명이 너무 많은 희생을 가져오자 혁명 이후 시대가 왔을 때 시민 사회의 중요성이 크게 나타났습니다. 오늘날 우리가 시민 사회라고 얘기하는 것은 프랑스 혁명 이후에 일어난 현상입니다.

시민 사회도 여러 가지 내용이 있겠지만, 토크빌 같은 정치 철학자들의 시민 사회론은 국가의 힘에 지나치게 의존해서 문제를 해결하려고 하면 너무 많은 불안정과 폭력을 불러오며, 오히려 개인의 권리와 자유가 그 힘에 의해서 희생되거나 파괴되기 때문에, 안정적인 사회를 만드는 방법이 어떤 걸까 하는 고민에서 나온 이론입니다. 국가와 개인 사이의 중간층에 시민 사회라는 것이 있어서, 이 힘이 국가의 일방적인 힘을 제어해야 한다는 생각이 시민 사회 이론의 기초라고 볼 수 있는데요. 그것이 아까 김우창 선생께서 지적한 점인 것 같아요.

우리나라의 경우는 이렇게 봅니다. 저는 최근 총선시민연대의 활동을 긍정적으로 평가하고 싶은데요. 우리나라의 정치적 조건이 민주주의로 이행하는 과도기로서, 민주주의가 아직도 제대로 제도화되어 실현되고 있지 못하기 때문입니다. 민주주의의 수준이 좀 더 높아지고 영역도 확장될 필요가 있는데, 이 힘은 시민운동에서 나오지 않겠느냐 생각하는 거죠. 만약 우리 사회의 민주주의가 서구에 비교적 가깝게, 민주주의의 정의나 규범에 비슷한 형태로 접근해 있다면, 질서와 안정과 제도화 같은 것에 더 관심을 가졌겠지요.

우리나라는 1980년대 중반부터 민주화가 본격화된 뒤 이제 겨우 10여 년 남짓한 경험을 가지고 있습니다. 대개 민주주의 이전에는 권위주의적 체제를 경험하는데, 이때는 정치 엘리트라고 할까 정치 카르텔이라고 할까, 그런 그룹들이 권위주의하에서 기성 체제를 떠받치는 핵심 역할을 했습니다. 그러나 차차 민주주의 사회로 이행하면서 정치 구조가 변화했습니다. 요새 흔히 하는 말로 정치 시장에서 경쟁이 벌어지면서, 좀 유능한 정치인들이 걸러져 나타나게 되고, 그러면서 시민 사회의 이익을 대변해 줄 것으로 기대했습니다. 그 과정에서 새로운 형태의 민주주의적 정치인 집단이 형성되게 마련인데, 불행히도 우리 사회에서는 그러지 못했어요. 그것이 이번에 폭발적 형태로 나타난 겁니다.

홍윤기 고대에 탁월한 사고력, 사변력을 보였던 상당수 사상가들이 사실 민주주의에 불신감을 가지고 있었다고 보입니다. 민주주의에 대해, 이른바 민중의 지배에 대해 고대의 철학자들이 불신했던 가장 중요한 이유는, 무엇보다도 민중이 자신들이 소속되어 있는 공동체를 이끌고 갈 원칙이나 자기 조직의 질서를 스스로 수립할 수 없으리라는, 민중의 정신적 능력에 대한 굉장한 불신감이었습니다. 이러한 불신감은 이성의 보편성에 대한 신뢰가 현대 철학자들에 의해서 주장되고 논증되고 확인되는 과정을 거치면서 비로소 어느 정도 해결되었던 것 같습니다. 그 과정에서 민주주의가 가능하게 된 거지요. 그리고 또 하나, 무엇보다도 법을 집행하는 기관과 정치가(politician이 아니라 statesman)를 민주주의 과정을 통해서 양성해 낼 수 있었다고 하는 것이 현대 민주주의의 또 다른 특징이 아닌가 생각합니다. 고대 또는 왕족 사회에서 정치에 나선 사람들이 대체로 어떤 형태로든 특출난 지위에서 나름대로 정치에 전업하는 훈련을 받은 사람들이었던 것과는 다른 거죠. 이런 견지에서 볼 때 한국에서는 정치 집단들이, 아까 최 선생님께서 말씀하신 권위주의하 엘리트 카르텔 같은 데서, 민주주의적 과정과 별 관계없이 정치권에 편입되어 현재의 민주화 이후 국면에서도 큰 힘을 행사하고 있습니다.

어떤 것이 정치가들로 인해 이루어지지 '않고' 있는가

김우창 우리 민주주의도 그렇고, 어떤 정치 제도도 완전히 조화된 상태라는 건 없을 겁니다. 여러 가지 고통과 대립 속에서 어떻게 균형을 잡아가느냐, 이것이 정치의 기본 문제입니다. 우리나라에 정치 제도와 지도자 그리고 민중 사이의 갖가지 모순과 대립이 많은 데는 여러 요인이 있지요. 식민지 이전 상황부터 현재에 이르기까지, 식민지 통치 엘리트와 민중 간의 삶의 균열 같은 것도 있지만, 큰 틀에서 볼 때는 서양과 동양의 차이가 있다고 할 수 있습니다. 우리가 사는 현대 세계는 서양이 만든 세계이기 때문에, 동양의 자생적 힘으로 새 제도에 맞는 정치 제도를 만들어 내기는 몹시 어려운 일입니다. 정치적인 것뿐 아니라 과학, 기술, 교육, 문화, 이런 것들도 다른 나라의 것을 배워 오는 전문인이 필요했습니다. 헌법도 그렇고요. 그러다 보니 저절로 정치가와 민중과 제도 사이에 여러 문제가 생길 수밖에 없는 역사적 환경을 처음부터 갖게 되지 않았나 합니다. 결론적으로 말하면, 자생적 문화로부터 생겨난 정치 발전이 아니고, 여러 가지 문화적 충격에서 생겨난 정치 발전이기 때문에, 정치가들을 만들어 내면서 동시에 민중의 힘도 길러 내는 역사적 힘을 가질 수 없었다는 겁니다. 물론 자생적 힘이 있었다고 보는 사람도 있고, 또 어느 정도라도 있으니까 여기까지 온 거겠지만.

최 선생님 말씀대로, 지금 시점에서 총선시민연대 같은 민중 운동적인 성격의 정치가 필요하다는 이야기는 아주 중요합니다. 아까 정치 무관심이 이상이라는 이야길 했지만, 그것은 역설적으로 한 얘기입니다. 우리나라에서 무관심의 상당 부분은 정치적인 것뿐 아니라, 공적인 문화가 약화됐다는 것, 돈 위주의 세계가 되었다는 것, 그 결과 문화적 쇠미 상태에 이르렀다는 것 등등에서 나오고, 이것을 깨뜨리기 위해 민중적 운동을 통해 정치가를 새로 구성하는 작업이 필요하다고 하는 인식이 나왔다고 봅니다. 지금은 좋은 의미에서의 혁명적인 상황이 전개되고 있다고 할 수 있고, 그 표현의 하나가 총선시민연대 운동이라고 하는 것이겠지요. 그런데 오늘날 우리의 민중적 움직임이라는 게 제도와 전문가에 의한 정치를 만들기 위한 예비적인 단계, 역사적인 단계로 볼 수도 있지만, 달리 보면 앞으로의 정치 형태에서 그런 모습이 상당히 항구적인 것이 되지 않겠는가 하는 느낌도 듭니다.

우리나라뿐만 아니라 세계적으로도 제도권 정치에 대한 불신이 굉장히 큽니다. 이것이 정말 제도권이 잘못해서 그런 건지, 아니면 매스 미디어가 발달해서 제도권이 문제가 있다는 게 드러나서 그런지는 모르겠지만, 어쨌든 제도권이 부패하고 신뢰할 수 없는 사람이라는 인식은 이제 세계적인 현상이 되었습니다. 독일의 콜 수상의 최근 부패 사건도 그렇지만 모든 나라에서 부패와 비밀 공작, 보스 체계가 판을 치는 상태가 된 것 같아요. 그래서 세계적으로 민중적 운동에 의해서 제도권 정치가뿐 아니라 정치 자체도 바로잡겠다는 움직임이 나타나고 있습니다. 이것은 서양사에서나 동양사에서나 다 새로운 것으로 볼 수 있죠. 이것은 제도가 불확실한 과도적 상태에서 나타나는 민중적 움직임이 아니라, 실제로 앞으로 상당히 항구적인 상태로 이어질 새로운 변화의 조짐이라고 볼 수 있지 않느냐는 겁니다.

그런데 그것은 세계화와 관련되어 있지 않는가 생각해요. 말하자면 민중적 움직임이라는 게 전에는 국민 국가의 테두리 안에 있었습니다. 최종 테두리가 국민 국가였기 때문에, 국민 국가란 어떤 움직임에 대해서도 마치 지상 명령처럼 작용했습니다. 물론 그걸 넘어가는 국제주의도 있었지만, 그것은 상당히 약했습니다. 공산주의도 국제주의이지만, 국제주의가 살아남을 수 있는 기반이 상당히 약했던 거죠. 그런데 지금에 와서 세계화를 통해 민중적 움직임이 다층화되고, 유럽의 경우에는 제도적으로 국제적 연대를 보장하기도 합니다. 가령 영국의 경우 재판이 영국 법 기구에 의해서 끝나는 것이 아니라 유럽의 법원에 제소할 수 있도록 되어 있어요. 가령 우리나라에서도 동강 댐 문제가 떠올랐을 때 여기 있는 사람들에게 힘과 권위를 실어 준 건 국제 환경 운동이었어요. 내 생각에는 교차적인 권위가 이른바 세계화를 통해 형성되는 것이 아닌가 합니다. 가령 민중 운동이나 지역적 움직임 같은 것은 최고 권위인 국가의 지배하에 있지만, 그것이 밑에서 국제적 여론과 연대 기구와 연결되어 다시 상위의 어떤 것을 가질 수 있다는 것이죠.

하나만 더 보태자면, 전체적인 정치 불신이라는 것이 물론 제도 정치에 대해서 강하지만, 또 운동으로서의 정치 현상에 대해서도 자기비판적인 요소도 강하고 회의적인 측면도 강하다는 겁니다. 그래서 민중적인 정치 움직임이 옛날처럼 혁명적·폭발적인 형태를 취하기보다는 현실 생활 문제와 관계된, 상당히 낮은 에너지의 움직임이 되지 않을까, 그럼으로써 지역적인 성격이 강하게 되지 않을까, 또 동시에 세계적인 연대의 성격이 강하게 되지 않을까 하는 생각을 합니다. 폭발적인 성격을 갖기보다는 비교적 온건한, 지역에 밀착된 운동이면서, 세계적 연대를 의식하는 운동이 아니겠는가 하는 것입니다.

이런 생각에서 저는 앞으로 이와 같은 전혀 새로운 정치 형태가 얼마만큼 가능하겠느냐는 문제를 제기하고 싶습니다. 지역적이고 소규모이고, 낮은 에너지의 민중적·정치적 움직임, 세계 연합적 성격을 가지면서도, 하나의 공식적 체제가 아니라 비공식적 연합체의 성격을 갖는, 이러한 지역중심적이면서 세계 연합적 성격을 갖는 움직임들이 정말로 정치적 개혁의 측면뿐 아니라 인간 생활의 기본 질서를 보장하는 제도로 발전하지 않을까? 예를 들어 사회 질서 유지의 핵심 부분인 경찰 행정에 민중 대표가 참여하여 같이 움직이는 경우를 봤는데, 그런 경우처럼 지역과 생활에 기초한 소규모 정치적 움직임이 정말 믿을 만한 질서를 만들어 내는 수준까지 도달할 수 있느냐, 그래서 기존의 제도권 정당을 대체할 수 있는 기구까지로 발전할 수 있지 않을까 하는 것입니다.

기존 정당에 언제까지 얼마만큼 정치적 기대를 걸 수 있는가

홍윤기 김 선생님 말씀은 현재의 민중적 움직임을 단지 국민 국가적 차원에서의 불만 표출이라기보다도, 전 세계적으로 진행되는 세계화의 한 과정에서 나타나는 문제의 측면으로까지 짚으신 것으로, 현재를 보는 눈을 아주 광역화시켜 주셨습니다. 이렇게 정치의 지평이 광역화되고 있는 판에 우리는 기존 정당에 어떤 기대를 걸 수 있겠습니까?

최장집 오늘날 민주주의가 아주 발달된 미국이나 서구 유럽에서도 정당을 중심으로 한 기존의 정치 제도는 특별히 어느 나라라 할 것 없이 문제가 굉장히 많아요. 새로이 제기되는 수많은 문제들에 제대로 대응하지도 못하고, 거기에 부패하기까지 합니다. 현대의 대의 민주주의는 정당 제도로 대표되는데, 정당이란 정치학적 개념으로 말하자면 지역 대표를 핵심으로 합니다. 지역적인 선거구를 만들어서 대표를 선출하기 때문이지요. 그런데 현대 사회는 굉장히 많은 정치·경제·생활·환경 등 온갖 문제가 서로 결부되어 있고, 또 세계화가 가져오는 새로운 문제들까지 마구 겹쳐 있습니다. 그런데 과거의 전통적인 정당 제도는…….

홍윤기 정당 정치가 19세기에 정착된 거죠? 그러니까 19세기 제도를 가지고 현재까지…….

최장집 그렇죠. 19세기 제도를 가지고 지금 21세기의 정보화 시대, 지식 산업화 시대의 정치 제도로 그대로 활용하고 있는 데서 오는 구조적인 불일치가 큰 문제가 되는 것입니다. 그래서 요구들은 많은데도 정치권이 이것들을 다 다룰 수 없죠. 정당의 옛날식 대응 방법으로는요. 국가를 포함해 정치권이 구조적으로 이런 문제를 안고 있기 때문에, 시민 사회가 국가나 정치권이 할 수 없는 문제를 스스로 제기하고 풀어 가는 역할을 담당할 수밖에 없게 된 것이 오늘날의 현실이에요. 저도 그게 일시적인 현상이 아니라 어느 정도 항구성을 갖는다고 보는데, 제가 아까 민주주의 이행기에 나타나는 현상이라고 말했던 것은, 총선시민연대의 운동에 나타나는 형태가 이행기적 형태라는 의미였습니다. 조금 넓혀서 시민 사회에서 일어나는 시민운동은 세계화나 과학 기술 문명의 변화 시점에서 어느 정도 항구성을 갖는 새로운 현상이 아닌가 생각합니다. 요즘은 김 선생님 말씀대로, 세계화 이전에 우리가 직면했던 이슈와는 근본적으로 다른 문제들이 제기되고 있기 때문에, 이제는 자율적인 이해 집단들이 문제를 제기하고 해결하는 데 나서야 한다고 생각해요. 그래서 기능적 이익 집단의 역할이 어느 때보다도 중요하고, 이런 것이 일국의 단위를 넘어서 인접 국가는 물론 먼 나라들하고도 상호 연대를 통해 초국적인 — 학자들에 따라서는 초국적 시민 사회라는 말을 쓰는데 — 시민운동을 형성하는 것이 얼마든지 가능합니다.

얼마 전 시애틀 WTO 회의를 무산시킨 운동도 순전히 인터넷을 통해서 일어난 일이었어요. 짧은 시간 내에, 순식간에 연락이 되어서 우르르 몰려가 무산시킨 거지요. 이것은 포착하기도 어려운, 전혀 예기치 않은 방법으로 벌어졌습니다. 비슷한 현상이 다보스에서도 일어나고 있어요. 그래서 급변하는 세계화에 따라가는 속도만큼 시민운동의 시차는 있겠지만, 상당히 분명한 형태로 드러나는 것만은 틀림없습니다. NGO도 인터넷이나 정보 통신 기술 발전의 뒷받침으로 그 활동이 급팽창되어, 얼마 전까지만 해도 우리가 상상할 수 없던 현상들이 많이 벌어지고 있습니다.

그다음에 정당 체제의 해체라는 것도 미국 정치에서는 확연히 드러나고 있습니다. 제가 코넬 대학에 있을 때 마틴 셰프터라는 정치학과 교수가 벤저민 긴스버그라는 존스홉킨스 대학 교수와 함께 『다른 수단에 의한 정치(*Politics by Other Means*)』라는 책을 공저로 냈습니다. 이에 따르면 정당과 의회 중심 정치가 다른 형태로 변하고 있다는 겁니다. 사법 기구에 고소한다든가, 스캔들 파문을 일으키는 방식 같은 걸로요. 클린턴 이후 미국 정치는 정치인에 대한 고소 고발, 스캔들 파문, 부패의 폭로 등 가십이 정치에서 정당 간 경쟁보다 더 중요한 형태로 드러난단 말이죠. 정당 간의 정책 구분은 별 의미가 없고, 내용도 서로 비슷한 데다 법안이나 정책을 입안하는 데 정당 간 타협이 굉장히 많아요. 그러니까 정당 간에 차별성을 갖고 기능할 만한 것이 별로 없어요. 기껏 의회에 윤리위원회를 만들어 비리를 고발한다든지 해서, 결과적으로 사법 기구의 기능을 굉장히 확대한다든지 하는 것이 오히려 정치를 대체하는 현상이 나타나고 있다는 것입니다. 과거의 정당 조직이 변화된 상황에 제대로 대응하지 못해서 오는 현상이죠.

우리나라 문제로 돌아오면, 현재 나타나고 있는 총선시민연대의 특성은 세계적 변화 추세와 한국적 특수성이 혼합된 형태라고나 할까요? 그러나 세계화의 변화가 가져올 효과는 좀 덜 나타나고, 민주화 과정에서 해결되지 않았던 한국 정치 현실의 여러 문제들이 더 부각되고 있다고 봅니다. 이번 시민운동은 조직 패턴이나 행동 양식, 이슈를 제기하는 방식 등에서 과거 민주화 운동의 연장선에 있는 것으로 보입니다. 그러니까 공격적·전투적 방법에 치중하기보다 조금 더 구조적인 문제에 변화를 가져올 수 있는 이슈를 잡아내고, 이것을 문제로 제기하는 노력이 필요하다는 생각이 들어요.

홍윤기 이런 변혁기일수록 변화의 방향을 정확히 감지하여 국민 대중의 의지를 집결하여 다양하게 조직해 내는 정치인의 전향적 역량이 어느 때

보다 요구됩니다. 하지만 우리 한국에서는 텔레비전 스타가 느닷없이 공천을 받아 보스의 후광을 입고 당선되어 국정을 논하는 국회 의원이 될 수 있는 그런 일이 적지 않습니다. 이것은 아무래도 국제 경쟁력 있는 정치인을 길러 내는 방식은 아닌 것 같습니다. 현재 서구 정치권에서 뛰는 사람들, 가령 젊은 세대라 할 수 있는 토니 블레어라든가, 슈뢰더라든가, 조스팽 같은 사람들이 다 68 운동에 연원을 둔 사람들입니다. 이들은 젊었을 때부터 지방 조직에서부터 시작해 죽 정치력을 길러 온 사람들이죠. 서구에서는 정당이 정치뿐 아니라 정치인 재생산의 순기능을 했던 것은 역사적 업적으로 인정해야 하지 않을까 싶습니다. 우리 정치판이 혼란스러워진 중요한 원인 중 하나가 바로 이 정치인을 재생산하는 역사적 힘을 갖지 못했다는 데서 찾을 수 있다고 봅니다.

김우창 그것과 관련해 약간 다른 차원에서 보자면, 가령 민중의 한 사람으로서의 혁명가라는 문제를 생각할 때 그 정치인과 민중의 괴리 문제가 더 극명해집니다. 민중의 한 사람으로서 혁명가가 나오지만, 그 사람이 직업 혁명가가 되는 순간 혁명이 직업이 되어 버려요. 원래는 농사꾼이었을 수도 있고, 직공이었을 수도 있고, 지식인이었을 수도 있지만, 이제는 혁명이 직업이 되어 버리죠. 그러면 벌써 민중과 직업적 혁명가 사이에 간격이 생겨요. 거기서 큰 문제가 생기죠. 이것은 학생 출신이든, 무슨 출신이든 직업적인 정치인이 가질 수밖에 없는 불가피한 전문화 현상이면서 동시에 문제를 야기하는 요소가 된다는 점을 이야기하려는 겁니다.

홍윤기 최 선생님께서 전업 정치인의 정치 행위를 목격할 기회가 더 많으셨을 텐데요.

최장집 정치인들에게는 여러 복잡한 사안들이 많고 그만큼 전문성과 지적 수준이 요구되는 데도 불구하고, 우리 국회 의원은 개개인 차원에서 볼 때 불행히도 그렇지 못한 사람들이 대다수라고 생각합니다. 그런데 개인 차원만 그런 게 아니고, 정당 자체의 차원도 마찬가지예요. 정당 구조는 물론 선거 제도와 선거 경쟁이 일어나는 현실을 보면, 우리 정치 풍토에서는 수준 있는 사람이라면 도저히 국회 의원이 될 수 없어요. 우리나라에서 정치 대표의 선출 과정은 마키아벨리적이고 부패한 정치인을 선출하는 구조로 되어 있습니다. 그러니 거기서 기대할 만한 정치인을 찾기란 어렵지 않겠습니까? 위계적·보스 중심적·폐쇄적인 정당 구조, 1인 중심의 공천 제도 아래서는 정당이 아주 수직적이고 동질적인 사고와 행위 패턴을 갖는 집단으로 될 수밖에 없죠. 그래서 정치인들은 중요한 문제에 대해 자기 의견을 말할 능력을 갖추지 못하고 있습니다.

또 하나 우리나라에서는 대체로 관료 집단과 언론이라는 두 세력이 정치를 끌어가는 게 아닌가 합니다. 정치인으로서의 역할이 전혀 없는 조건 아래서는 관료적 자의성이라고 할까, 전문성이 과대하게 힘을 가질 수밖에 없게 됩니다. 이게 오늘날 정치를 좌지우지하는 현상이 되었습니다.

사실 정치 위기다, IMF다 하면서 사회 전체가 변해야 할 시점에서 누구보다 정치권이 완고하게 버티는 거예요. 제일 크게 책임을 통감하고 사회가 나아갈 방향을 챙길 사람이 정치 지도층이고, 이들이 변해도 국민이 따라갈까 말까 하는 판국인데, 이들이 변하질 않으니까 일반 시민 입장에서는 참을 수가 없게 된 거죠. 그래서 정치권 바깥 시민 사회로부터 강력한 문제 제기와 함께 정치 개혁을 하라는 압력이 행사되는 겁니다. 그런 점에서 이번 총선시민연대의 행동은 정당한 것이라고 생각합니다.

김우창 방향을 좀 바꿔서, 우리나라에서 국민이 정치에 관심이 없다고 하셨는데, 실제로 국회 의원이 되고 싶은 사람은 정치에 굉장히 관심이 많거든요. 그런데 그 사람들은 동기가 뭘까요? 플라톤이 정치 지도자가 나오기가 몹시 어렵다는 이야기를 하면서, 다 자기 살기도 바쁜데 남의 일까지 맡아서 할 사람을 뽑는다는 게 쉬운 일이겠느냐고 했다는 얘기가 『대화록』에 나옵니다. 그러니까 굉장한 보수를 줘야 한다고 그러거든요.

홍윤기 요새 정치인들이 하는 얘기가 나라에서 돈 더 받자는 얘기잖아요?

김우창 우리나라에서는 남의 일까지 맡아서 하려는 사람들이 그렇게 많은데…….

최장집 우리 사회에서는 정치가 가치와 자원 등 모든 걸 배분하는 힘을 갖고 있기 때문에, 누구든 정치에 관심을 안 가질 수가 없고, 뭔가 사회적 활동을 하고 싶은 사람은 궁극적 지향점이 정치가 될 수밖에 없습니다. 이 문제와 관련해서 정치의 대표성을 중심으로 하는 기본 원리를 생각해 보는 것이 필요하다고 보는데요. 두 가지 이념형적인 모델이 있다고 봅니다. 전통적인 유럽 사회의 모델과 미국의 경우입니다. 옛날 유럽에서는 귀족처럼 먹고사는 문제에 걱정이 없는 사람들이 의회에 나갔고, 개인의 이해관계를 뛰어넘어 사회 전체, 국가 전체의 문제를 걱정하는 사람들이 공익 차원에서 대표가 됐습니다. 반면 미국의 경우 각자의 이익을 직접적으로 가장 잘 대표하는 이익 집단들이 배출한 사적 이익의 대표자들이 나선다는 것이 특징이지요. 따라서 미국의 정책 결정은 여러 사익들 간의 균형점과 조화이고, 이것이 공익을 대변하는 것입니다. 그렇다면 우리나라에서 공익의 개념은 무엇일까요? 그런 원칙적인 문제들에 대한 사회적 합의가 없는 상태에서, 그때그때 좋다는 남의 나라 제도들을 죄다 준거로 삼다 보니까, 말할 수 없는 혼란이 발생하지 않나 생각이 들어요.

국민에게도 죄가 있다면?

홍윤기 좀 더 넓게 정치권에 대한 이야길 해 보려고 했지만, 한국 정치판이 아무것도 변하지 않은 가운데 기존 정치인들에 의해 좌우되는 측면이 많기 때문에, 얘기가 그쪽으로 많이 흘러갔습니다. 그런데 이와 같이 정치인들이 하는 일은 별로 없는 것 같은데 권력은 가장 많이 쥐고 있는 역설적인 현상은 어떻게 봐야 할지 모르겠습니다. 이런 문제가 국민들로부터 견제받지 않으면 안 된다는 당위론에 대해서는 누구나 공감하는 것 같습니다만, 거꾸로 유권자 내지는 국민 전체가 가지고 있는 문제점은 없겠습니까? 가령 이번 총선시민연대의 행동에 불안을 느끼는 요인 중 하나는, 사람들이 거기에 이성적으로 동의는 하면서도 정작 투표장에서는 감성적으로 투표하지 않을까 하는 것입니다. 지역감정에 따라 투표한다는 거죠. 이런 점을 생각해 봤을 때, 혹시 국민들이 가지고 있는 구조적인 문제가 정치 발전을 저해하고, 정치적 합의를 이루는 데 문제가 되지는 않을까요?

최장집 그런 우려가 있죠. 이를테면 시민운동이 좋은 결과를 가져와서 우리나라 민주주의 발전에 역사적 전환점을 마련할 것이냐 하는 문제에 대해서는 현재로서는 전혀 예측할 수 없다고 대답할 수밖에 없습니다. 한국의 시민 사회는 현재로서는 매우 취약하다고 봅니다. 시민들이 정치적으로 문제의식을 가지고 만들어 내는 공적 영역은 매우 좁지 않은가 합니다. 우리의 시민 사회가 상당히 특수한 요인들로부터 지배를 받기 때문인데, 그 대표적인 것 중의 하나가 지역감정입니다. 우리나라 시민 사회는 한편으로는 충분히 근대화되지 않은 잔여물로서의 전통적 요소를 가지고 있고, 다른 한편으로는 해방 후 좌우 투쟁과 한국 전쟁, 남북 분단 등 특수한 현실에 따른 이데올로기적 경직성과 폐쇄성, 강력한 냉전 반공주의가 남긴 부정적 효과들의 지배를 받습니다. 이 두 가지가 결합되어 우리나라 유권자의 정치의식과 투표 행태를 제약하는 등 상당히 부정적 효과를 가져온다고 보는 것이지요.

시민운동이 전개되는 방향도 그렇지 않습니까? 시민 사회의 낙천 운동이 시민들의 열렬한 환영을 뒷받침으로 벌어지는데, 그다음에 반작용이 있잖아요? 음모론 같은. 보수적인 정치 그룹들이 좌파 세력이 준동한다는 식의 색깔론을 펴고, 그다음에 지역감정을 이용해 특정 지역을 겨냥하고 있다고 선동하여 역풍이 일어나도록 조장하는 거죠. 우리나라에서는 보수 세력의 힘이 아주 강하기 때문에, 시민운동이 현재 여론의 지지를 받는다고 해서 꼭 바라는 결과가 나오겠느냐는 문제가 여전히 남습니다. 현실적으로도 지금 몇십 명에 이르는 공천 부적격자 명단을 발표했는데, 이들이 대체로 직업 정치인에 국한되어 있다는 것은 한계라고 할 수 있는 거예요. 아무리 젊은 피 수혈이다 뭐다 해도 퇴출되는 정치인들을 대체하는 대안으로서 실제로 공천 경쟁에 들어갈 때 힘을 발휘하는 그룹은 관료나 언론인, 법조계 출신 사람들일 것입니다.

그러나 현재 총선시민연대 쪽에서 정치 개혁을 바라며 공천 부적격자로 제기할 수 있는 수준이 고작해야 직업 정치인들에 한정된다는 겁니다. 직업 정치인들이 문제가 워낙 많기는 하지만, 어떻게 보면 이들이 그래도 부패가 상대적으로 덜한 부류라고 볼 수 있어요. 관료, 언론인, 법조인, 이런 사람들보다는요. 그런데 시민 사회의 낙천 운동을 통해 직업 정치인들이 힘을 잃고 빠져나간 공백을 메꿀 그룹이 바로 이런 그룹일 가능성이 많습니다. 그러니까 이런 구조를 그대로 두고 물갈이만 할 경우 바람직한 결과가 나올지 의문입니다.

홍윤기 잘못하면 판도라 상자의 뚜껑을 열어 주는 격이 되는 거겠군요.

최장집 예. 우리 사회에서는 좋은 의도들과 정책들도 그 결과는 자주 바라는 바와는 반대로 나타나기 일쑤였으니까요. 저는 이런 현상을 경계하는 거죠.

홍윤기 낙선 운동 하지 말고 당선 운동 해 보라는 냉소적 이야기도 있더군요.

김우창 당선 운동 문제부터 얘기를 해 보겠습니다. 당선 운동은 좀 문제가 있다고 생각합니다. 정치권 일각에서 사전 선거 운동은 안 된다고 하는데, 사실 엄격히 보면 사전 낙선 운동에는 법 해석의 여지가 있다고 봅니다. 선거법 얘기를 자꾸 하는데, 그것은 사전 선거 운동에 관한 얘기지요. 선거 운동하고 낙선 운동은 상당히 다르거든요. 그러니까 당선 운동은 조금 문제가 있다고 봅니다.

그리고 전문 정치인을 배제할 때 더 이상한 사람이 나올 수 있다는 데는 저도 동의합니다. 한마디 보태자면, 전문 정치인의 행태는 저도 비판적·회의적으로 보지만, 전문 정치인의 경우에 여러 가지 정치적 접촉을 통한 교육 과정을 거친다는 점을 간과해서는 안 됩니다. 사실 선거라는 것도 상당한 교육적 의미가 있습니다. 실제 여러 계층 사람들과 접하고, 그들의 얘기를 듣고 수렴하는 과정 자체가 갖는 교육적 효과가 상당합니다. 그러니까 사실 전문 정치인이 검사 출신보다도 식견이 없는 것 같아도, 물론 식견 있는 사람도 있지만, 그 사람들이 선거 및 선거구를 유지해 오는 과정에서 받은 민주적 교육의 측면은 너무 부정적으로만 봐선 안 된다는 말씀을 드리고 싶습니다.

홍윤기 얘길 끊어서 죄송합니다만, 정치에 대한 도덕적 규제가 어느 정도 되어야 하느냐 하는 문제가 우리 앞에 닥친 과제에기도 합니다.

김우창 예, 금전 문제는 더 엄격해져야 할 뿐 아니라 현실화해야 한다고 생각합니다. 공개될 수 있게요. 정치에 돈이 안 들어간다는 건 누구나 거짓말이라고 아는 거고, 여기에 엄격함과 현실화, 그 두 가지가 동시에 작용해야지요. 미국 같은 경우 정치 자금이 많이 들어가는 건 매체하고 관계가 있습니다. 텔레비전 광고가 워낙 비싸기 때문이죠. 우리나라에서 정치 활동 비용이 많이 드는 건 사람 동원하는 데 돈이 많이 필요하기 때문이죠. 동원이 꼭 필요한 것이냐도 문제지만, 가령 강연회하는 데 사람들을 불러서 나오게 한다든지…….

그런 건 사실 국민에게도 상당한 책임이 있다고 봐야죠. 일률적으로 이야기하긴 어렵지만, 부패가 사라지려면 두 가지가 필요한데, 하나는 먹고 살 만해서 정치인들이 주는 돈이 별로 중요하지 않게 만드는 것입니다. 요즘에는 별로 중요성이 없어지는 것 같긴 해요. 옛말에도 먹고 나서야 예절을 안다고, 먹고사는 게 고루 좋아져야 한다는 거죠. 국민 자질이 향상되도록. 또 하나는 시민적 훈련이 필요하다는 겁니다. 이건 여러 단계가 필요한 복잡한 과제입니다. 시민적 훈련이라는 것을 두고 흔히 공공 정신을 발휘해서 활동할 수 있도록 하는 것만 이야기하는데, 전 그렇게 생각하지 않아요. 공적 이익에도 물론 관심을 가져야지만, 아울러 자기의 특수한 사적 이익도 분명히 표현할 수 있어야 합니다. 사적 이익을 공적 광장 속에서 표현할 수 있는 능력을 키우는 것이 시민적 훈련이죠. 자기 개인과 자기 지역과 특수 집단을 대표해서, 이것을 공적인 틀 안에서 표현할 수 있어야 합니다. 시민운동이라고 해서 맨날 민족 통일하자는 식의 애국정신만 강조해서는 피곤해집니다.

그러나 이것은 개인의 문제라기보다는 사회 발전의 문제인 만큼 이뤄내기가 쉽지 않습니다. 발전된 사회란 공공 영역이 성립되어 있고, 이 공공 영역은 단지 추상적으로 존재하는 게 아니라, 사적 이익과 공적 이익을 일관된 안목으로 볼 수 있는 명증화된 사회 공간을 의미합니다. 가장 간단하게 동네 길을 어떻게 할 것이냐 하는 문제를 예로 들어 보겠습니다. 그 간단한 길조차도 우리 집에 들어가는 것, 여러 시민이 교통하는 것, 아이들이 학교에 가는 것, 동네 사람들이 모여서 노는 것 등 여러 기능이 적절하게 안배되어 놓여야 돼요. 자기 집과 공적인 도로와 광장이 연결된 디자인을 해야 합니다. 여기에는 어려운 역사적 발전의 경과가 필요합니다.

홍윤기 상당히 긴 과정을 보시고 하신 말씀이라고 생각합니다. 그런데 국민들이 이성적이고 합당한 얘기보다는 무지막지하지만 단순 명쾌한, 또 정서에 야합하는 얘기에 더 귀를 기울이고 있는 걸 볼 때마다, 몹시 답답한 느낌을 갖게 됩니다. 아까도 잠깐 언론 매체 얘길 했지만, 지나간 이야길 꺼내서 죄송합니다만, 최 선생님께서는 실제로 언론 매체에 의해 폭력적인 언어와 사상적 테러를 겪으시면서, 이럴 때 국민들 또는 지식인들이 이렇게 해 줬으면, 이런 언론을 빙자한 사상적 테러에 정당하게 또 효과적으로 대처할 수 있지 않았을까 하는 아쉬움을 갖지는 않았습니까?

김우창 그 얘기하시기 전에 한 가지만 더 보태 보죠. 제가 아까 제도가 공공성과 합리성을 가져야 한다고 얘기했지요. 어떤 사람이 제게 한 이야긴데, 그 사람은 말하자면 우리 사회에서 사회적·계층적으로 부유한 사람이었습니다. 그가 저한테 자기 아들이 우체국 집배원으로 취직했으면 좋겠다고 해요. 옛날에는 돈 200만 원만 쓰면 그런 데 취직이 됐는데 지금은 그게 안 된다고, 전부 원서를 내가지고 객관적 심사를 한다고요. 그래서 자기 아들 취직시키는 게 굉장히 어렵다는 이야길 듣고 실감했어요. 그러니까 제도를 객관화하고 합리화한다고 해서 민중 한 사람 한 사람이 가진 문제가 간단히 해결되는 건 아니라는 겁니다. 사실 아무리 없는 사람이라고 해도 아들 취직시키려고 200만 원 만들어 내려고 하는 사람은 참 많거든요. 간단히 해결할 수 있고, 또 우리 정서에도 맞죠. 절차나 제도를 통하지 않고, 누구한테 200만 원 쥐어 주고 아들 취직시켜 줄 수 있다는 게 전 아주 실감 나는 이야기라고 봐요. 그런 제도를 원하는 거죠. 그 사람 이야길 듣고, 우리가 책상 위의 정의라든지 공공성, 합리성만 추구한다고 해서 문제가 해결되는 게 아니라는 걸 느꼈습니다.

홍윤기 일부 언론의 논조를 보면, 복잡한 제도화의 정당함을 설명하기보다는, 폭력적으로 일체의 분석이나 분별력을 발휘하지 못하게 만드는 것을 볼 수 있습니다. 그런 난감함을 지난번 최 선생님 경우를 보면서 많이 느꼈는데, 어떻게 보면 아들을 집배원에 취직시키려는 사람이나 언론의 수준이나 크게 다르다고 생각되지 않습니다.

최장집 언론의 파워는 독자가 많아서 생기는 거죠. 시장에서 제일 많은 부수를 판 신문이 제일 큰 영향력을 행사합니다. 또 우리 사회가 보수와 진보, 개혁과 반개혁 같은 이념적 구분선을 두고 있기 때문에 언론이 한쪽을 대변하는 면도 있고요. 하여튼 언론이 부수로 대변되는 여론의 힘을 등에 업고, 또 민주주의라는 것 자체가 여론의 정치이기 때문에, 지식인들의 힘만으로는 대립하기가 몹시 어렵지 않느냐 하는 생각이 들었습니다. 정부에서도 언론에 대해 좀 확고한 태도를 취해야 한다고 봅니다. 언론이 파워를 갖게 되는 또 하나의 원천은, 정부가 언론이 등에 업은 여론의 힘과 영향력을 존중하는 데서 나오거든요. 그러나 개혁적인 정부라면 일정 기간 동안 여론과는 별개로 개혁의 목표를 추구할 수 있는 철학과 비전, 역사의식을 가져야 한다고 봅니다. 리더십을 갖는 대통령은 그렇게 할 수 있어야 합니다. 그것은 법적으로도 보장된 대통령의 권한이기도 합니다. 그래서 권력을 가진 쪽에서 언론의 보도나 여론의 힘에 대해 너무 민감하게 반응하는 등 영향을 받기 시작하면, 그것은 언론에 굉장한 파워를 부여하게 되는 거죠. 이전 권위주의 시대에는 언론이 사실상 정부 인사를 임명하는 역할까지 했단 말이죠. 어떤 사람이 마음에 안 들면 신문에 비판 기사를 써내면 됩니다. 언론이 이 사람 몰아내자 하면 그 사람은 설 자리가 없게 되는 거거든요. 더구나 민주주의에서는 언론의 자유가 거의 절대적 기준처럼 되어 있으니까요.

홍윤기 최 선생님께서 민주주의가 여론 정치라고 하셨는데, 어느 면에서 보면 민주주의 본연의 가치에 대해 상당한 반감을 갖고 있는 사람들이 여론을 잡고 있고, 그런 점에서 민주주의를 위해 일해 왔던 사람들은 늘 일종의 역설감, 비애감 같은 것을 느꼈을 거라고 생각합니다. 그와 관련해 우리가 할 수 있는 일이라는 게 어떤 특정한 제도나 정치가를 상대한 투쟁이었습니다. 그러나 얼굴을 드러내지 않는 독자나 유권자에 대해서는 그들의 의식을 변화시키기가 쉽지 않습니다.

김우창 이것은 민주주의가 가지고 있는 모순이기도 합니다. 민주주의는 여론 정치이면서 동시에 공적 진리에 이르는 합리적 절차이기도 하거든요. 가령 학교에서 문제가 있을 때, 교수들한테 이런 의견이 있는데 어떻게 생각합니까 하고 질문지를 돌린 뒤 우편함에 넣게 해 가지고 수합을 해요. 그러고는 이 문제에 대해 이런 의견이 나왔으니까 이렇게 한다는 식입니다. 전 거기에 늘 반대해요. 왜냐하면 민주주의란 다수결이기도 하지만, 동시에 다수가 얘기하는 사이에서 가장 합리적인, 주어진 조건에서 가장 공적이고 진리적인 결론에 이를 수 있다는 절차에 대한 신뢰라고도 생각하거든요. 그러려면 모여서 이야기해야지요. 국회 의원도 인터넷으로 의견을 종합한다는 건 부분적인 의미밖에 없다고 봐요. 국회 의원이 국회 회의장에서 얘기해야지요. 회의장을 막아 회의를 못하게 함으로써 난리가 난 일이 우리 헌정사에도 많이 있잖아요. 그러니까 여론의 정치라고 한다면 단순히 여론만 가지고는 안 되고, 여론을 뒷받침하는 합리적인 절차가 보장되어야 한다는 겁니다. 합리성만 강조하면 비민주적인 결론에 이를 수 있고, 여론만 강조하면 민주적이면서도 동시에 장기적으로 볼 때는 비역사적이고 비사회적이고 비공식적인 결론에 이를 수 있죠.

우리나라에서는 이 두 가지가 분리되어 있다고 생각돼요. 물론 시민운동을 하고 학생 운동을 하는 사람들은 상당히 소신이 있는 사람들이죠. 단순히 여론이 아니라 자신이 옳다고 생각하니까 한다는, 사회적 절차는 이래야 한다는 생각이 있는 거죠. 그런데 이것이 정치 속에 충분히 소화되어 있지 않아요. 또 대개 소신이란 합리적 개방성을 갖지 않은 경우가 많아요. 너무 독단적이기도 하고 그런 면이 있기 때문에 그 같은 소신이 정치 속에 승화되어야 한다고 봅니다. 독단적 소신을 들자면, 그게 효과가 있건 없건 상당히 많죠. 민족 통일이라든가 애국이라든가 그러나 거기에서는 자기의 지적 판단을 통해 자기 정체성을 일궈 나간다는 느낌을 받지 못해요. 예전에 어떤 기자가 장관을 여유를 두고 임명하는 것이 어떻겠냐고 질문하니까, 김영삼 씨가 하는 말이 장관 하라 해서 안 하겠다는 사람 하나도 못 봤다고 했어요. 장관이 자신의 정체성에 깊이 관련된 직업일 수 있다는 인식이 없는 거예요. 장관이라는 사회적 지위가 자기 정체성을 부여해 준다고 생각할 뿐, 자기 정체성 안에 들어 있는 지적인 원칙이라든지, 자기 사고의 원리라든지, 자기 정서의 구조라든지 이런 것이 장관직과 깊은 관계를 가지고 있다고 생각하지 않아요. 그러니까 어떤 정책에 반대해서 사표 내는 장관도 없지요.

지금도 그렇지만 정치인들은 민주당에서 공천 못 받으면, 한나라당에 가서 공천 받고, 거기서 못 받으면 또 다른 데 가서 공천 받아요. 자기의 지적인 판단을 따라서 사는 것이 자기 정체성, 자기 존경심, 자기가 살 만한 사람이라는 느낌을 주는 것이 필수적인데 우리 사회는 그런 면에서 완전히 실패하고 있다고 생각해요. 여론의 경우도 여론을 쥐고 있는 사람이나, 여론에 반응하는 사람이나 여론을 형성하는 데 지적인 요소가 중요하다는 점은 전혀 고려하지 않는 것 같아요. 다수를 그냥 힘으로 해석할 뿐, 힘과 정의 사이에 뭔가 연결이 있어야 된다는 생각, 그것을 자기가 사는 보람으로 느끼는 인식이 약하지 않나 합니다.

우리에게 법이란 무엇인가

홍윤기 사실 그런 면에서 정체성 문제가 어느 면에서는 합리성이나 정당성, 소신보다도 훨씬 중요할 수 있다는 말씀이신데……. 그러면 문제를 좀 더 실제적인 차원으로 끌어와 보겠습니다. 총선시민연대에 대해 여야가 일치단결해서 가장 많이 하는 얘기가 민주적 법 절차를 무시한다는 겁니다. 최 선생님은 법적 절차 문제에 대해 미국에서 관찰할 기회도 많으셨는데, 과연 총선시민연대가 반민주적이라고 지탄받아야 할 무지막지한 과정을 걷고 있는지……. 한편으로는 법치 국가에서 법의 문제를 어떻게 취급해야 하는가 하는 문제가 있고, 다른 한편으로 의회주의적 절차만이 절차인가 하는 문제도 있을 수 있겠고, 이런 것들을 모두 고려할 때 우리 사회가 지녀야 할 절차적 합리성은 무엇일까요?

최장집 우리 사회도 민주화되면서 근본적인 문제에 대해서 원하든 원하지 않든 고민하는 단계로 들어온 것 같습니다. 옛날에는 남의 나라 문제만 가지고 얘기했는데.

김우창 우리나라가 다른 나라보다 앞서가는 면도 있어요. (웃음)

최장집 민주주의의 기원 혹은 시작이라고 하는 것은, 기존의 실정법 테두리를 바꾸려는 운동으로부터 찾아진다고 봅니다. 민주주의의 핵심은 정치의 개혁적 요소가 끊임없이 법적 경계를 넓히는 것이라고 생각해요. 그것은 또한 정치의 경계를 넓히는 과정이기도 하죠. 법이 절대적으로 지켜져야만 한다면 다른 여지가 있을 수 없죠. 그러면 법 물신주의 비슷하게 가는 거고 실정법을 지키는 것만이 법의 정신이라고 생각한다면 그것은 법을 좁게 이해하는 것입니다. 민주주의 발전 과정이란 법의 개정과 개혁을 통해서 이루어집니다. 법이란 현실 변화에 따라가면서 바뀌게 마련이죠.

물론 법을 바꾸는 과정은 절차적 정당성을 가져야 합니다. 대개 민주주의의 제도를 통해서 이뤄지겠죠. 의회에서 토론을 통해 다수결로 한다든가. 그러나 우리나라에서 현재 전개되고 있는 시민운동은 여야를 포함하는 기존의 정치권과 전체 시민 사회 운동 사이의 균열로 나타나고 있고, 시민 사회가 정치권 스스로 민주적인 법을 제정하고 개정하고 할 수 있는 능력이 없다고 인식하는 데서부터 출발하고 있습니다. 시민운동의 합법성을 둘러싼 논쟁은 시민운동이 기존 법을 뛰어넘는 운동으로까지 확대된 데 기인한 것이라고 할 수 있고, 그래서 시민운동이 기존의 실정법 범위를 넘어섰다는 것이 본질적인 문제라고 보고 싶지는 않아요.

김우창 저도 완전히 동감입니다. 실정법을 누구나 늘 지켜야 하는 것이라고만 하면 그것이 혹 잘못되었어도 개정할 방법이 없겠지요. 그런데 우리나라에는 법이 개똥만도 못한 것이라고 생각하는 사람이 너무 많기 때문에, 법치를 혼란시키는 행동에 대해 더 민감하게 잘 봐야 하는 면이 있습니다. 교수를 복직시키라는 대법원 판결이 나와도, 난 그 사람 복직 안 시키겠다고 텔레비전에 나와 공언하는 대학 총장도 있었어요. 이건 다른 나라에서는 생각할 수도 없는 일이죠. 그렇기 때문에 법을 깨는 문제에 대해서는 우리가 민감해질 필요가 있다고 말씀드리고 싶습니다.

총선시민연대에서도 이 문제에 대해서 좀 더 민감했으면 좋겠다고 생각합니다. 그래서 모순과 대립의 측면이 있는 것을 좀 극화해서 보여 줬으면 해요. 법에 어긋나지만 이럴 수밖에 없는 불가피성에 대해서 수사나 설명을 통해 강조했으면 좋겠다는 겁니다. 또 이건 다른 사람이 한 얘기이긴 하지만, 왜 법을 어기겠다고만 하느냐, 가령 공인에 대한 일정한 지식을 공표하는 것이 선거법 위반이냐, 이렇게 이야기할 수도 있는데 왜 그렇게 하지 않느냐 하는 겁니다. 어떤 사람이 그렇게 이야기하는 걸 듣고 저도 꽤 공감했어요. 선택은 국민이 하는 것이니까, 국민한테 공적인 자료를 보여 주면서 공표하는 게 왜 선거 운동이고 선거법 위반이냐 하는 태도도 있을 수가 있는데, 처음부터 우리는 법을 생각하지 않는다 하고 나오면 곤란하지 않느냐는 겁니다. 이것이 불가피한 선택이었다는 걸, 다른 방법이 없었다는 고민의 흔적을 남겼으면 좋았을 텐데요. 국민 교육의 차원에서 또 우리가 민주적인 제도에 대한 여러 가지 생각을 발전시켜 앞으로의 이정표를 만든다는 차원에서, 다른 고민을 했다는 걸 보여 줬더라면.

홍윤기 저도 이것이 처음부터 불법 운동이라고 인정하고 들어가는 듯한 인상이 들어 아쉬움이 있습니다. 하지만 유권자 평결, 배심원제 같은 제도를 통해 여러 가지를 공정하게 받아들이려 한 태도는 지금까지 어떤 정치권에서도 보여 주지 못한 진일보한 면이 아니겠습니까?

김우창 일본 사람들이 보면 굉장히 부러워할 거예요.

홍윤기 일본은 정치적인 면에서 우리보다 역동성이 떨어지지요. 한국 사람들이 경제에서는 일본에 뒤져도 정치는 앞서지 않을까 하는 생각도 듭니다.

최장집 우리나라의 법 문화라고 할까, 법의 사회적 역할이 아직 충분히 정착이 안 되어 있다는 생각이 들어요. 법의 권위가 제자리를 잡고 있지 못하다는. 이를테면 시민운동 단체가 이번 운동을 할 때 도덕적 정당성에만 근거를 두고 절차성은 무시하는 측면이 있지요. 그런데 실은 이게 시민운동 단체에만 있는 게 아닙니다. 우리나라의 법을 집행하는 기구라는 사법 기구 말이죠. 검찰 같은 데도 마찬가지예요. 그리고 나라가 뭐 이래, 하고 공동 여당의 한쪽 대표가 얘기했을 때, 사람들이 그 말의 권위를 인정할 수가 없는 거예요. 왜냐하면 그 사람도 법을 너무 크게 어긴 사람이니까요. 모든 사람이 법에 대해 얘기하지만, 법의 권위가 없는 거예요. 법의 권위가 정부에서부터 시작해서 사법 기구, 정치 지도자 누구한테도 없어요. 그래서 많은 사람들이 법은 그냥 형식적 절차로서 어딘가 있고, 실제로 중요한 것은 법 뒤에서 협상이나 힘으로 이루어진다는 인식이 지배하게 됩니다. 법 문화 자체가 민주화와 더불어 정착이 되고, 법을 존중하는 문화가 시민의식의 핵심적인 명령이 되어야 하지 않을까 하는 생각을 해요. 법이 민주적 절차로서의 일상적인 행위를 규율하는 제 기능을 못하고 하나의 이상으로만 남아, 지킬 수 없는 것이 되면 결과적으로 대다수 사람이 범법자가 되는 거예요.

홍윤기 우스운 얘기가 있지 않습니까? 한국은 왜 그렇게 법이 좋으냐 하니까, 어차피 안 지킬 거니까 라고 대답한다는. (웃음)

최장집 법은 정당하게 적용이 되지만, 내용적으로 보면 정당하지 못한 게 되는 거 아닙니까? 법의 불법성이라고나 할까요. 이게 바로 법 적용 자체가 정당하지 않기 때문입니다. 이것도 사실 우리 사회의 혼란을 낳는 원천이라고 보아야지요. 우리 사회는 여러 차례 권위주의 시대를 겪으며 일단 선거로 대통령을 뽑고 지방 자치를 해 오고 있지만, 이제 겨우 기본적인 과정에서 근근이 민주적 틀을 갖추었다고 할 수 있죠. 따라서 우리는 미세한 수준에 들어가면 일반 국민의 법 의식이나 민주적 의식이 아직도 전근대적인 면을 많이 갖고 있습니다. 권위주의에서 민주주의로 이행하는 과정에서 이 양측이 중첩되는 데 따른 모순들이 얼마든지 있고, 그런 데서 지역 감정이나 학연, 혈연 같은 것들이 여전히 인간관계를 지배할 뿐 아니라 정치의 권력 배분까지도 좌지우지하는 전근대적인 양상이 계속 터를 잡게 되는 거지요. 민주화를 커다란 근대화의 한 수준이라고 본다면, 아직 우리는 근대화가 더 진전이 되어야 이런 혼란이 해소되지 않을까 하는 생각이 듭니다.

우리는 과연 '혼란한' 시대에 살고 있는가

홍윤기 민주주의가 미성숙한 나라에서는 항상 혼란 뒤에 전체주의의 위협이라든가, 권위주의로의 회귀, 자유로부터의 도피 같은 쓰라린 경험이 뒤따랐는데, 우리 나라에서도 4·19 이후의 제2공화국을 혼란기라고 하였죠. 지금 상황도 보기에 따라서는 정상적이라거나 안정된 상황이라고 하기 힘들지도 모릅니다.

최장집 거기에다 우리나라의 혼란은, 한동안 굉장히 심한 냉전 반공 이데올로기가 지배하다가, 탈냉전이라고 할까, 냉전이 해체되면서 한쪽에서는 여전히 반공 이데올로기가 중심 가치로서 자리 잡고 있는데, 다른 쪽에서는 이것과 달리 개방화·세계화의 요구가 밀어닥쳤습니다. 이런 데서 발생하는 혼란도 있어요. 또 이념적 혼란만이 아니라, 이런 구체제적 이념의 사회적 기반이 바뀌지 않은 채 이데올로기적 정형, 가치관을 가지고 세계화에 대응하는 데서 오는 혼란도 상당히 많다고 봐요. 또 우리 사회의 격변으로 말미암아 대체로 다 파괴된 이전의 전통적 가치들을 대체할 새로운 가치가 자리 잡지 못한 것도 문제입니다. 그러니까 파괴만 됐지, 어떤 가치가 우리 사회의 중심적인 행위 규범이 되어야 하는지에 대한 합의가 전혀 이루어지지 않았어요. 실제 생활 속을 들여다보면 그런 게 너무 많아요. 그리고 이건 다른 수준의 문제인 것 같은데, 권위주의로의 회귀도 짚어 볼 문제입니다.

홍윤기 선생님, 얘기를 좀 재밌게 하기 위한 물음입니다만, 군부 쿠데타가 일어날 가능성이나 위험성은 이제 없어졌다고 봐야 할까요?

최장집 예, 없다고 봅니다. 한국 사회 내부의 힘의 관계로만 보면 그런 걸 걱정할 수도 있겠죠. 그게 말도 안 되는 얘기라고 쉬 부정하긴 어려운 점이 있습니다. 그러나 한 나라의 정치 체제의 변화, 쿠데타를 통한 군부 권위주의의 재수립 내지 회귀라는 문제는, 한 나라만의 정치적 힘의 관계로 나타나는 건 아닙니다. 정치학의 이론과 경험으로 볼 때, 그건 국제적 수준에서 상호 지지하는 이데올로기적 경향, 이것을 뒷받침하는 외부 세력, 외세의 개입, 이런 모든 것들이 결합이 되어 나타나요. 한 나라의 군대가 정권을 잡고 싶다, 민주주의가 마음에 안 든다고 해서 탱크 몰고 나와서 쓸어버릴 수는 없어요. 설사 그런다고 해도 지탱하기가 어렵죠.

홍윤기 토대 자체는 어쨌든 되돌릴 수 없다 하더라도, 이런 혼란이 미래를 위한 비용 지불 과정이라도 봐도 될까요? 전 그렇게 보고 싶습니다만.

최장집 우리나라의 민주주의 발전은 지나 온 경험을 가지고 보건대 좀 낙관적인 진단을 할 수 있을 것 같아요. 한국은 민주주의가 실현되기 아주 어려운 조건을 많이 가졌다고 보거든요. 분단으로 인한 이념 투쟁이 어느 나라보다도 격렬하고, 구세력이 아주 강하고, 군대의 크기나 힘도 막강하고, 북한과 대치하고 있고 등등 독재가 일어날 수 있는 거의 모든 조건을 갖추고 있는 데도 불구하고 민주주의를 이나마 해 왔다는 것은 결코 소홀히 봐서는 안 됩니다. 민주주의의 정도가 다른 개발 도상 국가에 비해 굉장히 많이 진전되어 있다고 보고 싶습니다.

홍윤기 우리 국내의 정치 상황이 너무 짜증 나서, 언젠가 제가 외국 친구들한테 이렇게 큰소리친 적이 있습니다. 우리나라가 동아시아에서 제일 민주적이라고요. 그랬더니 무슨 소리냐, 군부 독재가 청산된 지 몇 년 됐다고 그러냐는 겁니다. 그래서 지금 동아시아 4개국 가운데 국가 원수를 직접 뽑는 나라 있으면 한번 대 봐라 했더니 아무 얘기 못하더군요.

최장집 아시아 전체에서 한국이 민주주의가 제일 잘 된 나라 같은데요. 인도도 문제가 많은 나라고.

홍윤기 혼란스러운 가운데서도 용케 민주주의를 하는 데 성공했다는 얘기가 되겠군요. 그렇다면 이런 혼란 가운데서도 민주주의가 계속 발전할 수 있는 실질적인 근거가 있다면 무얼 들 수 있겠습니까.

최장집 우리나라는 국가 권력이 너무나 강한 나라입니다. 그 점만 보면 민주주의가 이루어지기 상당히 어려울 것 같은데, 또 한국 사회를 실제로 들여다보면 시민 사회가 생각보다는 꽤 강합니다. 억압적 정치 현상을 시민 사회가 주기적으로 수용하지 않는 양상을 보여 왔어요. 시민 사회가 주기적으로 폭발하는 사이클을 보여 주고 있거든요. 해방 후부터 1960년

4·19, 1980년 광주, 1987년 민주 항쟁, 이런 게 한 10년 단위를 두고 이어져 왔죠. 한국 시민 사회가 권위에 맞서, 지배 권력에 맞서 저항한 역사적 경험인 거죠. 그건 굉장히 흥미로운 겁니다. 민족 문제가 아직 해결 안 된 채 분단 상태로 있으면서 한쪽에는 강한 국가 권력이 수립되어 있고, 다른 쪽에선 반체제라고 할까 재야라고 할까, 반대 세력이 시민 사회를 기반으로 해서 국가 정당성에 늘 회의하고 비판하는 힘이 존재했어요. 그러니까 분단과 강한 반공 의식이 독재를 유지하는 힘이 되었지만, 반대로 시민 사회는 늘 민주주의를 성취하고자 하는 열정을 버리지 않았지요. 이런 게 충돌해서 혼란이 일어나고 운동으로 표출이 되었던 과정을 통하여 진전되어 왔다고 보는 건 아닙니다. 어쨌건 한국 사회는 어려운 조건에도 불구하고 이해할 수 없을 정도로 상당히 민주화되었다는 느낌을 받습니다.

김우창 우리가 덜컹덜컹하면서도 민주주의 방향으로 발전해 온 건 사실이고 낙관할 만한 거지요. 그건 한쪽으로는 괴로웠던 역사의 유물이라고 할 수도 있겠죠. 심정적으로 괴롭기도 했지만, 우리 현대사가 보수적인 사회 질서를 결국 무너뜨린 거죠. 지난 100년 동안의 혼란, 전쟁이라든지 남북 분단의 혼란 말입니다. 이런 것들이 권위주의의 주체로 하여금 진정한 권위를 가질 수 없게 만든 거죠. 계층 간에도 그렇고.

홍윤기 그러니까 최소한 기존 질서를 무너뜨린다는 측면에서 보자면 우리의 역사 과정 자체는 어떤 혁명보다도 아주 철저하게 파괴적이었다는 말씀이죠?

김우창 그러니까 역사는 좋은 게 나쁜 것 되고, 나쁜 게 좋은 것도 되는 거죠. 과거의 우리 전통이라는 것도 봉건제나 권위주의라고 하여 몰아붙이는데, 조선조의 유교 체제에 대해서도 민본주의라고 해석하는 게 완전히 틀린 건 아니거든요. 서양에 있어서의 전제 군주주의와는 상당히 다른 거죠. 그러니까 그것도 합쳐져서 발전해 온 겁니다. 아까 쿠데타 위험을 말씀하셨는데요. 저는 쿠데타가 일어날 수도 있다고 봤는데, 최 선생님이 국제적 요인이나 국내적 요인으로 봐서 그것이 가능하지 않을 것 같다고 말씀하셔서 좀 안심이 됩니다. 아까 말씀하신 대로 경제 성장이 그 가능성을 상당히 축소·둔화시켰을 거라고 봐요. 경제 성장이 자기실현의 진로와 목적을 다양화한 것도 영향을 주었을 것이라고 봅니다. 어쨌거나 열 가지 경제적 수단의 다양화를 통해서 삶의 목표도 다양해진 거라고 봐야겠죠. 그래서 유일한 가치 지향에 따른 혼란은 사라졌지만, 돈을 갖는 것이 중요하다는 의미에서의 가치는 전체적으로 강화되었다고 볼 수 있지요. 그러나 사람이 돈만 가지고 살 수 있는지는 생각해 볼 문제입니다.

그런데 최 선생님이 향후 민주주의 문제와 관련해서 낙관적인 말씀을 하셨는데, 저도 그런 근거에는 동의하지만 그것이 반드시 보람 있는 좋은 삶이 되겠느냐 대해서는 낙관하기 어렵다고 생각합니다. 모든 것이 신자유주의에 편입된 돈 사회에서 누구나 다 보람을 느끼며 살 만하다고 하겠는지……. 그러니까 가치 지향의 다양화가 좋은 역할을 하면서 동시에 하나의 숨은 가치로서 돈을 요구하기 때문에, 진짜 깊은 의미에서의 다양화는 이뤄지지 않고, 그런 의미에서 많은 사람들의 삶이 더 우울한 삶이 될 가능성이 더 커지지 않겠느냐는 겁니다.

통일 문제를 상대화하고 민주주의의 질을 높이자

홍윤기 장시간 동안 많은 문제를 제기해 주셨는데, 마지막으로 우리가 결코 간과할 수 없는 한반도 통일 문제에 관해 한 말씀씩 들었으면 합니다. 동·서독 통일 과정을 보면서, 통일이라기보다는 통합이었습니다만, 민주주의 체제가 다른 체제를 얼마나 설득력 있게 끌어들이는가를 보았습니다. 그러면서 저는 민주주의라고 하더라도 경쟁력 있는 민주주의, 설득력 있는 민주주의가 되어야겠다는 생각을 가진 적이 있습니다. 최 선생님 말씀대로 우리 민주주의가 용케 그 억압적인 틀을 뚫고 나왔는데, 그 에너지가 북한 사회와의 통일에 어떻게 작용할 수 있을까요?

최장집 통일을 위해서도 민주주의가 중추적인 관건이라고 말하고 싶습니다. 통일만으로 충분한 것이 아니고, 한국 사회의 민주주의의 질이 더 문제라는 겁니다. 전 우리 사회가 그간 반공주의 이데올로기에 의해 주입받아 온 북한에 대한 증오와 혐오의 감정이나 집단의식 및 그것을 뒷받침해 온 여러 가지 사회 구조를, 민주주의를 통해 해체하고 이념적으로도 개방해야 하지 않겠는가 하는 생각을 합니다. 아울러 저는 통일 문제를 상대화시키는 것이 필요하다고 봅니다. 통일이야말로 우리 민족의 절체절명의 목표라는 식으로 생각하기보다 통일을 우리 민족 문제를 해결하는 한 가지 방법쯤으로 생각하자는 겁니다. 그 가운데서도 가장 합리적인 방법을 찾아가야지요. 같은 민족이라고 해서 민족주의적 이념을 밑에 깐다거나, 같은 민족이니까 통일해야 한다는 식으로 감정적, 정서적으로 접근하지 말고, 이러한 열정을 냉철하고 이성적으로 컨트롤하는 의식이 필요하다고 봅니다.

홍윤기 통일 문제를 우리 민주주의의 질을 높이는 문제와 연결시켜 생각하는 문제는 상당히 중요하다고 봅니다.

김우창 저도 최 선생님 말씀에 동감하는데요. 먼저 이데올로기가 해체되어야 합니다. 그것도 건물이 그냥 내버려 두면 저절로 허물어지듯이, 양쪽 사회 모두 자연스러운 과정을 통해서 해체되도록 해야 합니다. 통일, 통일, 하기보다도, 그렇게 장기적이고 느긋한 관점을 봐야 한다고 봅니다. 통일이 중요한 건 사실이지만, 그렇다고 해서 통일이 모든 것을 지배하도록 해서는 안 되죠.

19세기에서 20세기 초에 일본 문화를 세계에 소개하는 데 중요한 역할을 했던 어니스트 페넬로사라는 미국 사람이 있었어요. 그 사람이 『동양의 예술』이라는 책을 써서 일본의 문화 유산을 세계에 많이 알렸지요. 거기에 한국의 예술에 대해서 간단히 언급한 부분이 있어요. "한국에서 나오는 불상이나 조각을 보면, 삼국 시대의 조각은 일본이나 중국 것보다 좋다." 사실 그 사람은 동양 문화에 대해서는 잘 모르는 사람이었는데, "그런데 어떻게 된 것인지 그 후로는 한국 것은 독창적이고 뛰어난 성실을 보이지 못한다."라고 썼어요. 옛날에 그 구절을 읽으면서 많이 생각했는데, 우리나라가 모든 면에서 독자적인 것은 삼국이 서로 대항할 때, 또는 삼국이 큰 나라로 버티고 있을 때였습니다. 삼국 시대에는 중국 사람들이 우리를 무서워했어요. 그 이후로는 우리가 계속 중국에 예속되어 살아왔지 않습니까? 우리가 문화적으로나 모든 면에서 떳떳하고 창조적인 삶을 살려면 일본이나 중국의 사람들이 무시할 만한 상태가 돼서는 안 되죠. 상당히 큰 정치 공동체를 유지하는 것이 필요하다고 생각해요. 최근에 일본 사람이 쓴 몽골 시대 이야기를 책을 봤는데, 몽골도 우리나라를 70~80년 동안 지배했잖아요. 거기 보면 한국이 아무런 방어 능력 없이 몽골군이 마음대로 왔다 갔다 하는 사회로 묘사됩니다. 한국 사람들이 실제 동아시아에 있어서 어떤 위치를 살리면서 주체적으로 판단하고, 문화를 이루고, 생활도 이루고, 정치도 이루는 동시에 동아시아 문화, 세계 문화에 기여하면서 살려면, 갈등에서 나오는 에너지 낭비는 없애야겠다는 생각을 하게 됩니다.

홍윤기 우리 민주주의에 대한 큰 비관적 불안에서 시작하여 약간의 낙관적 자화자찬으로 좌담이 흘러갔습니다만, 이런 비일관성은 때로 꽉 짜인 일관성보다 좋다는 생각이 듭니다. 앞뒤가 어긋난 점은 독자들의 얘깃거리로 남기고, 긴 시간 좋은 말씀에 감사하는 것으로 좌담을 끝내겠습니다.

21세기 한국 대학 교육의 방향과 좌표

김광억(서울대 인류학과 교수)

안병영(연세대 행정학과 교수)

이현청(한국대학교육협의회 사무총장)

사회 김우창(고려대 영문과 교수)

기록 및 정리 현경석(한국대학교육협의회 고등교육연구소 책임연구원)

2000년《대학교육》3~4월호

김우창(사회) 오늘의 좌담 주제는 '21세기 한국 대학 교육의 방향과 좌표'입니다. 우선 그동안 정부에 몸담으셨고, 교무처장 재직 경험도 많으신 안병영 교수님께서 화두를 열어 주시겠습니까?

안병영 우리나라의 고등 교육을 회고해 보면, 해방 후와 비교해 고등 교육이 상당히 팽창되었고, 어떤 측면에서는 비대화되었다고도 할 수 있겠습니다. 고등 교육을 긍정적인 면에서 살펴보면, 민주화와 경제 발전에 큰 힘이 되었고, 국민의 지적 수준을 높이는 데도 기여했다고 생각됩니다. 하지만 대학이 양적인 성장에서 탈피하여 보다 질적인 알찬 교육을 실시해야 되는데, 학문 분야에 따라 다르긴 하지만 선진국 교육의 모방 차원에 머물지 않았나 여겨집니다. 앞으로의 대학 교육은 이러한 모방에서 벗어나 주체적으로 발전해 나가야 하지 않을까요? 최근의 교육 개혁도 이러한 변화를 수용하는 차원에서 이루어지고 있고, 우리 대학도 이러한 변화를 인식하여 앞서 나가기 위해서는 자기 성찰적 입장에 서서 그동안의 성과를 되돌아볼 필요가 있습니다.

김광억 지난 세기 우리나라의 대학 교육은 국가 건설과 경제 발전에 기여할 수 있는 고급 인력을 개발·공급해 주는 역할, 즉 대학 교육의 1차적 목적을 달성하는 데 그 성과가 있습니다. 그러나 대학 교육이 대중화되면서 공급 인력의 자질을 높이는 데는 다소 소홀했던 점이 있었습니다. 이것은 짧은 시간에 효율성과 성과를 극대화시키는 쪽에 치중하다 보니, 안 교수님이 말씀하신 것처럼 양적인 팽창만 이루게 된 것입니다. 그리고 엄밀히 말하면 과학 기술이나 지식을 창조하기보다는 만들어진 것을 수입하여 적용하는 데 치중한 것이 사실입니다. 이로 인해 대학이 사회에 진출하는 데 유리한 자격증 위주의 교육을 하는 곳이 되었다고 봅니다. 대학은 보다 창조적인 지식과 기술을 스스로 만들어 낼 수 있는 자생력과 안목을 갖춘 방향으로 획기적인 변화를 가져야 합니다.

이현청 두 분 말씀하신 것처럼 지난 세기의 우리나라의 고등 교육은 양적으로는 괄목할 만한 팽창을 한 반면, 내적인 측면에서는 아직도 미흡한 실정입니다. 더구나 특정 국가나 학문의 모방 현상이라든지 사회적 변화에 부응하는 전문 인력 양성의 차원에서 보면 개선해야 할 부분이 많다고 생각됩니다. 특히 21세기는 커다란 변화가 예견되고 있기 때문에 전통적인 상아탑적 관점에서 벗어나 교육산업적인 시각도 가미되어야 하고, 공급자 위주의 교육관으로의 전환도 필요합니다. 또 외국과의 학문적 연대 측면에서도 이젠 모방이나 이식적인 차원에서 벗어나 주체성 있는 자국화 교육과 세계를 무대로 삼되, 우리 고유의 것에 바탕을 둔 창의성 있는 세계화 교육이 필요한 때입니다.

사회 예를 들면 해방 당시 이공계 교육과 관련하여 박사 학위를 소지한 분이 국내에는 일곱 분밖에 없었다고 들었습니다. 수적으로도 열악한 상황이었고, 새로운 것을 도입해야 한다는 생각과 우리 고유의 전통적인 학문 존중 사상의 사이에서 갈등하는 와중에 외래 학문은 쉽게 우리나라에 발붙일 수 있었고, 서구적인 것이 한꺼번에 유입되면서 너무 이쪽에만 치우치지 않았나 생각합니다.

안병영 우리나라는 특히 대학 교육에 대한 교육 열의가 강했고, 전통적인 선비 정신이나 학문 존중 풍토도 있었지만 신분 상승을 위한 세속적인 욕구도 강했다고 봅니다. 그래서 대학 진학이 사회적 신분 상승의 수단적인 성격이 강해진 경향이 있는데, 이는 대학의 시장화와 연계되고 있지 않나 생각됩니다.

사회 그 점은 우리나라의 출세 문화와도 연관이 있지 않을까요?

안병영 어떤 측면에서는 서구 학문 자체가 우리에게 경이함을 주었고, 그래서 이를 모방하는 데 급급하지 않았나 여겨집니다. 또 대학인들도 서구에서 학위를 받았고, 여기에 몰두하다 보니 자기 자신과 학문의 주체성 같은 것은 뒤돌아볼 여유가 없지 않았나 하는 추측도 가능합니다. 그러나 1970년대 후반 이후 학계는 학문의 자기 정체성을 정립해야 한다는 움직임을 꾸준히 이어 왔지만, 한편으로는 세계화의 물결에 휘말린 점도 있습니다. 결국은 학문의 자기 주체성을 세워 가면서 한국화와 세계화가 공존할 수 있도록 해야 할 것입니다.

김광억 조선조를 되돌아보더라도 우리나라는 세계적 학문 전통을 갖고 있다고 할 수 있습니다. 그래서 서구의 선진 학문이나 기술을 도입·적용하는 데는 그런대로 성공적이었지만, 서구, 특히 미국 일변도의 경향을 너무 선호하지 않았나 생각됩니다. 또 대학이 형식적·외향적인 팽창에 지나치게 치우쳐 온 까닭에 스스로를 되돌아볼 성찰의 기회를 포기한 측면도 있습니다.

사회 학문적인 수요에만 급급하다 보니 서구 학문의 외면적인 것에만 치중하고, 내면적인 것은 충실히 받아들이지 못한 점도 문제입니다. 그 예로 미국 학문의 특징은 실용적인 것을 중심으로 발전했는데, 급변하는 상황에 맞추다 보니 피상적인 것만 모방해 버린 셈이 되었습니다.

안병영 김 교수님 말씀대로 실용적·기능적인 학문 성향을 띤 미국의 학문 경향을 지나치게 강조해 온 느낌이 있고, 특히 사회 과학 분야는 미국의 영향이 컸습니다. 이제 우리의 것을 재검토하고 뒤돌아볼 시기가 되지 않았나 생각합니다. 이런 면에서 미국에서 학위를 마치고 온 교육 관료들이 교육 정책을 수립하는 데 미국의 영향을 많이 받게 되지 않을까 우려가 됩니다.

이현청 커리큘럼의 세계화나 국제 수준의 질 관리 체계 구축 등 열린 체제를 도입하는 것은 우리나라 대학의 국제 경쟁력 제고를 위해 필요하다고 생각됩니다. 그러나 안 교수님의 말씀처럼 교육 개혁의 차원에서나 대학 정책 수립에 있어서 미국 것을 뛰어넘는 지혜가 필요하다고 생각합니다. 서구화가 반드시 근대화 개념이라 볼 수 없듯이 미국 지향적인 개혁이 우리 토양에 반드시 적합하다고는 볼 수 없기 때문입니다.

김광억 국가가 발전하는 과정에서 발생하는 여러 시행착오에 대하여 대학은 감시자 역할도 해 왔습니다. 민주화나 사회 정의와 관련하여 미국의 민주주의 정신도 우리에게 영향을 미쳤지만, 전통적인 선비 정신이나 학문·교육의 전통도 이러한 역할을 해 오지 않았나 싶습니다. 영국과 미국의 교육을 제 나름대로 비교해 보면, 단편적일지 모르겠지만 미국은 토론 중심의 교육이고, 영국은 논문 중심의 학문 문화가 형성되어 있다고 생각합니다. 그런데 학문의 변화 과정에서 우리나라는 서구의 새로운 유행에 쉽게 따라가는 냄비 성향도 적지 않게 있었습니다.

안병영 앞에서 말씀하신 대로 미국의 영향을 받아 우리나라에서는 특히 사회 과학 분야의 경우 비교·역사적인 연구에 취약한 면이 있습니다. 아직도 미국이 마치 우리에게 학문적으로 유일한 젖줄이라고 생각하는 학자들도 많이 있습니다.

사회 우리에게는 미국 문화의 특징을 올바로 이해하는 것이 필요하였지만 그렇지 못한 점이 많았습니다. 그 예로 작문 교육이 미국에서는 상당히 강화되어 있는데도 이런 좋은 점을 우리가 잘 받아들이지 못한 것 같습니다. 미국의 특징 중에 실용적인 측면과 정책 과학만을 강조해 왔고, 이러한 미국적인 것이 우리나라에 끼친 영향을 큰 것 같습니다.

안병영 미국의 학문이 우리 학계에 절대적인 영향을 미친 것은 사실입니다. 그것은 미국에서 공부하신 분들이 미국의 최신 이론들을 소개하기 위해 애쓴 때문이기도 합니다. 그리고 이것이 학문의 성과인 것처럼 받아들여질 때도 있었습니다.

사회 이것은 식민주의 성격을 보여 주는 것이 아닌가요?

이현청 물론 선진 대학 교육의 장점을 배워 우리나라 대학 교육의 자생력을 배양하는 데 활용해야 하는 것은 당연한 생각입니다. 그러나 첨단 과학이나 기술 등의 부분과 가치 부분을 선별해서 범위와 속도를 조절하는 지혜도 필요합니다. 지나친 폐쇄적 자국주의도 바람직하지는 않지만, 지나친 문화 식민주의적인 교육의 위험도 경계해야 합니다. 인터넷 환경이 일상화된 시점에서 탈국적화 경향이 보편화될수록 '뿌리 교육'은 더 중요합니다. 미국의 최신 이론을 빨리 소개하는 것도 중요하겠지만 음미할 부분은 음미해야 합니다.

김광억 이러한 문제들은 실용적 특성에 따라 당장 필요한 지식과 기술만을 도입하기 때문에 일어납니다. 그리고 최신 이론이나 기술, 작품이 만들어진 배경이나 과정을 성찰하기보다는 결과에 더 관심을 기울이는 현상들이 기술의 종속을 낳는 결과를 가져오게 했습니다.

사회 이런 예가 적절할지 모르겠습니다만, 아프리카의 지도자 한 사람이 선진국에 방문하여 수도꼭지에서 물이 나오는 것을 보고, 귀국할 때 그 수도꼭지를 달라고 한 일이 있습니다. 이 지도자는 수도꼭지가 개발되게 된 여건이나 과정을 무시하고 자국에 가서 수도꼭지만 설치하면 물이 나오는 것으로 안 것입니다. 이와 똑같은 현상이 우리 대학에도 있지 않은가 생각합니다. 지금까지 미국을 예로 들어 외국에서 생성된 것을 우리나라에 그대로 적용하다 보니 우리의 현실과 맞지 않아 문제가 생기는 경우가 있다고 했습니다. 그러면 다른 한편으로 서구의 학문을 추구하는 과정에서 세계화의 흐름 속에 외국의 현실이 우리의 현실이 될 수 있다는 점에 유의하면서, 우리나라의 교육 개혁과 관련한 논의를 할까 합니다. 즉, 21세기의 사회 변화와 전망 속에서 대학 교육의 문제를 풀어 나갈 방향을 말씀해 주십시오.

안병영 세계화와 신자유주의 영향으로 무한 경쟁 시대에 진입하면서, 우리 대학들도 국가 경쟁력을 높이기 위해 많은 노력을 하고 있습니다. 정부도 대학이 부가 가치가 큰 분야에 집중적 투자를 하고 유능한 교수를 확보하며 산·학·연 협력 체제를 구축하도록 유도하는 등 대학이 경쟁력을 갖추도록 다양한 방법으로 부추기고 있는 것으로 알고 있습니다. 대학이 상아탑을 자처하던 시대는 지났습니다. 그러나 대학이 단순한 경쟁력의 산실이 되기보다는 창의성의 요람이 되어야 하며, 시장적 수요에 적응하기보다는 학문의 발전과 인류 공영에 기여하여야 한다고 믿습니다. 따라서 대학 개혁에 앞서, 개혁이 '왜', '무엇을 위하여' 필요한가 되물어야 하며, 세계화가 던져 주는 '빛' 못지않게, 그것이 드리울 수 있는 '그림자'에도 관심을 가져야 한다고 생각합니다.

사회 대학 교육이 국가 발전에 기여하도록 하고, 변화하는 세계 시장에 적응할 수 있도록 하는 과정에서 우려되는 문제 중 하나는 국가 공동체가 해체되면서 국가와 대학이 갈등을 불러일으킬 소지가 있다는 것입니다.

안병영 대학 교육이 대중화의 길을 걸으면서, 민주화에 많은 기여를 하였고, 이제는 질적 수준의 제고에도 관심을 갖게 되었습니다. 대중화된 대학 교육을 다양화·특성화시키고, 교육의 질적 수준을 높여 국가와 사회에 기여해야 할 것입니다. 그런데 세계화가 심화되면서 국가는 오히려 '경쟁 국가'의 모습을 보이며, 대학을 통한 국가 경쟁력 제고에 열을 올릴 것입니다. 한편 대학은 학문 본연의 입장이랄까, 자신의 본령을 지키려는 과정에서 국가와 갈등을 일으킬 수 있을 것입니다.

사회 또 다른 문제는 국가 경쟁력 확보를 위해 세계화를 추진하는 과정에서 복지 측면을 소홀히 할 우려가 많다는 것입니다.

안병영 국가가 시장 경제로 나아가면서 다른 한편으로는 소외된 삶에도 관심을 가져야 하기 때문에 얼마간 내적 갈등이 있습니다. 최근 '생산적 복지'가 등장하는 것도 바로 이러한 갈등의 표현이 아닐까요?

이현청 생산적 복지 개념과 함께 교육 복지의 개념도 중요시되어야 합니다. 교육 인권적 차원에서 소외받고 상대적으로 열악한 계층에게도 질 높은 교육이 이루어질 때 국가 경쟁력이 배가되기 때문입니다.

김광억 어쨌든 미국 중심의 세계관도 필요하겠지만 우리의 세계관도 필요합니다. 국가를 강조하는 국가 중심주의를 폐쇄적인 국가(민족)주의라고 부정적으로만 볼 필요는 없다고 봅니다. 국가나 민족도 열린 공동체라는 개념으로 접근하면, 세계 공동체의 구성원으로 존재하는 것으로 볼 수 있다고 생각합니다. 국가·민족·공동체도 이제는 점진적으로 개인이 주체가 되는 개인주의로 나아가고 있다고 보입니다. 요즘 젊은 사람들의 경우를 보면 모든 문제를 개인에게 돌리려고 하는 성향이 강해지고 있습니다. 과거에는 나보다는 전체(집단)에게 어떤 문제를 돌리려고 하였는데, 이제는 공동체의 문제도 개인에게 모든 책임을 묻는 경향으로 바뀌고 있는 것입니다. 문제는 이러한 경향에 어떻게 대처하느냐는 것입니다. 또 하나는 과학이 생활 방식(lifestyle), 나아가 세계관(world view)까지 바꾸어 놓고 있다는 점입니다. 과거에는 과학도 강조했지만, 인문·사회 과학 특히 정치나 사회 윤리, 또는 시민 정신과 시민 교육을 중시하였습니다. 그러나 최근에는 과학이 모든 영역에 영향을 주고 있습니다. 이러한 상황에서 대학교육도 사회적 진출의 기회로서의 개념도 중요하지만, 생산자와 소비자라는 개념에서 살펴보면, 대중화란 면에서는 소비자적인 특성이 있다고 할 수도 있습니다. 하지만 학문의 생산자라는 측면에서는 엘리트를 양성하는 대학이 되어야 한다고 생각합니다.

안병영 산업 사회에서 지식 사회로 넘어가면서 미국 등 선진국의 경우 생산직 노동자가 5분의 1에서 6분의 1로 줄어들었고, 2000년대에는 8분의 1로 줄어들 전망입니다. 그리고 사무직도 상당히 감소될 것으로 보입니다. 따라서 창조적 지식인이 필요한 시대가 다가오고 있습니다. 이러한 면에서 볼 때 대학에서는 창의성과 공동체 의식을 지닌 교육, 그리고 고부가가치가 있는 교육을 실시해야 합니다. 시민 사회의 의식 있는 엘리트를 키워 내는 것이 대학 교육의 과제가 아닌가 생각합니다.

사회 21세기 사회에서 과학 기술과 세계화의 조류는 수용해야만 할 상황이고, 국가와 민족의 개념은 약화 추세로 치닫고 있습니다. 그러나 공동체로서의 역할은 더욱 강조되고 있고, 교육 개혁의 중요성도 간과할 수 없습니다. 물론 문제점도 있지만 21세기의 사회 변화, 즉 미래학적인 전망을 조금 더 짚고 넘어가면 좋겠습니다.

김광억 21세기는 생활이나 세계관에 많은 변화가 있을 것으로 생각됩니다. 전통적인 사회 체제가 급격히 해체되고, 계급이나 성차별도 해소될 것으로 보입니다. 궁극적으로 인간이 주체가 되는 사회로 발전하리라고 보지만, 변화에 적극적으로 대처하자든가 시장 경쟁력이나 생산성을 높이자는 주장은 인간을 소외시키게 되고, 과학 지식 등과 같은 영역은 탈국가적인 상황으로 변모할 것으로 보입니다. 대학도 이에 따라 자생력을 갖추어 나아가야 되리라 생각합니다.

사회 21세기에 국가나 민족, 가족 등은 어떻게 변화되겠습니까? 인간성을 존중하고 사회적 제도와 윤리적 가치가 살아남아야 하지 않을까요? 김광억 교수님께서 부연 설명하셨으면 합니다.

김광억 국가는 가상 국가의 개념으로까지 발전되지 않을까 생각하고, 아직은 예상하기 어렵지만 전통적인 가족 개념은 붕괴될 것으로 보입니다. 그러나 새롭게 전개되는 변화의 심각성을 이해하고 인식하는 것도 필요하지만, 변해야 한다는 강박 관념에 사로잡히는 것은 바람직하지 않습니다. 물론 대학 교육과 사회 교육이 서로 불일치되지 않아야 하며, 평생 교육과도 연계되어 나가야 할 것입니다. 최근에 보면 정상적인 교육을 받아 성공한 사람보다 학교를 떠나 성공한 사람, 또는 일확천금한 사람을 너무 부각시키는 경향이 있는데 이런 것은 문제가 있다고 생각합니다.

안병영 21세기를 조망하면 희망적인 것보다 암울한 측면이 더 많은 것 같습니다. 국가는 약화되고 시장은 강화되면서, 노동은 약화되고 자본, 그리고 지식·정보는 강화되는 현상을 보일 것입니다. 그리고 공동체주의는 약화되고 개인주의가 강화될 것입니다. 또 대학이 더불어 사는 사회를 생각하면서 인간다운 삶을 고양시키는 데 기여하지 못할 것 같은 예상도 듭니다. 한편 민주적 시민의 역할이라든지 제3섹터, 즉 자발적인 역할이 필요하고, 인터넷을 통한 소규모 공동체 형성과 그 역할이 대두되리라 봅니다. 개인의 국가 의식이 희박해지기 때문에 민족 공동체 기능은 약화되고, 전형적인 가족 구조는 붕괴될 것입니다. 또한 고부가 가치를 창조하는 교육이 계속 요구되기 때문에 대학 교육도 점차 힘들어지리라 생각됩니다.

사회 미국의 사회학자가 주장한 예를 보면 모든 계층에서의 직업의 불안정이 예견되고, 국가도 기업의 하부 구조로 강화된다고 할 수 있으며, 다국적 기업의 하부 구조화가 되지 않을까 생각됩니다. 결국 시민 사회는 여러 가지 주도적 활동을 통해 변화를 유도하면서 이에 적응해 나가야 할 것입니다. 그러면 이제 과학 기술과 인문 교육의 조화 방안에 대한 논의를 하였으면 합니다.

김광억 과학 기술의 중요성이 부각되면서, 특정 부문에만 치중하는 편중화의 문제가 대두되고 있습니다. 이는 통합·조정의 역할이 취약하여 나타나는 문제인데 이로 인해 인문 교육의 소홀성을 가져오고 있습니다. 과학 기술자도 인문학적 소양과 윤리를 갖추도록 해야 하고, 과학 기술과 인문 교육은 조화를 이루어야 한다고 봅니다.

안병영 국가 경쟁력을 높이기 위하여 생산성 향상에만 투자하는 것은 많은 우려를 낳을 수 있습니다. 장기적인 안목에서 인문 과학과 기초 과학의 중요성을 고려하고, 과학 기술의 성과가 인간을 위해 사용되도록 인문 과학적 지식이 소홀히 다루어지지 않아야 합니다. 나아가 학문의 다양성을 인정하는 정책의 실시가 필요하고, 한두 가지 분야에만 치중하는 것은 바람직하지 않습니다.

사회 과학 기술의 투자는 이루어져야 하겠지만 인문 과학이나 기초 과학에 대한 육성도 함께 균형을 이루어야 합니다. 과학 기술도 누구를 위해 무엇을 할 것인가 하는 문제를 생각한다면 학문과 현장이 함께 고려된 개혁 정책이 필요합니다. 미국 하버드 대학의 경우 실용적이고 응용적인 것은 대학원 과정에서 집중적으로 다루고, 기초적인 소양은 학부에서 주로 다루는데 이러한 점은 시사하는 바가 크다고 봅니다.

안병영 문화적인 감수성이라든가 인문학적 감각을 지닌 사람이 과학 기술에서도 인간을 위한 발전을 이룰 수 있다는 점에서 상호 연계성이 높다고 봅니다.

사회 인문 과학과 자연 과학은 조화를 이루어야 한다는 점이 다시 한 번 확인된 것 같습니다. 대학 교육이 평생 교육 체제로 전환해야 한다고 보는데 다음에는 이 점에 대해 논의했으면 합니다.

이현청 21세기는 어쩌면 전통적 대학의 위기 시대가 될 것이라고 생각합니다. 탈캠퍼스 중심의 대학 체제로 변할 것이기 때문입니다. 가상 대학과 재택 학습 등 대학 교육 체제와 방법론의 발달, 그리고 재교육의 확산 등 교육 대상과 방법, 체제 등의 변화는 평생 교육 체제로의 전환을 가져올 것입니다. 국가와 국가, 지역과 지역 간의 학습 이동의 세기가 될 것이기 때문에 평생 학습은 더욱 확대될 것입니다.

안병영 과거에는 대학 진학 학령기의 대상들만 대학에 진학하였는데 이제는 평생 학습의 시대가 도래하였습니다. 직업의 변화가 급속하게 진행되고 있고, 이에 따른 자기 변신이 요구되고 있습니다. 그리고 원격 교육이라든가 순환 교육(recurrent education) 시대가 열리면서 가상 공간을 통한 가상 대학의 발전 가능성도 크다고 보여집니다. 전통적인 교육과 새로운 교육 체제와의 조화가 요구된다고 봅니다.

김광억 평생 교육의 관점에서 개인과 사회, 국가의 새로운 관계 설정이 필요하고, 산학 협동과 개인의 재교육을 위하여 대학의 역할은 새로워져야 한다고 봅니다. 그리고 대학이 인문학적인 세계관을 새롭게 가다듬어야 되지 않을까 생각합니다. 아울러 어떤 대학은 학문 중심의 대학이 되고, 어떤 대학은 지역 사회에 봉사하는 커뮤니티 중심의 대학이 조성되는 상황도 예상할 수 있습니다.

사회 장시간 좌담에 참여해 주셔서 고맙습니다. 결론적으로 대학은 출세의 도구가 아니고, 즐거운 배움의 장소가 되어야 하며, 평생 교육 체제로서의 역할을 다해야 할 것으로 봅니다.

인문주의가 필요한 시기 왔다

강근주(《뉴스메이커》 기자)

2000년 《뉴스메이커》 6월호

"모든 체제는 다양한 논리와 구조체들이 모여야 온전한 삶의 질서를 만들 수 있습니다. 그 속의 구성원에게 의미 있는 가치를 올바르게 추구할 수 있도록 해 주는 게 바로 인문학입니다."

최근 정치 비평집 『정치와 삶의 세계』를 펴낸 김우창 고려대 교수(63)의 얘기다. 김 교수는 1977년 출간한 『궁핍한 시대의 시인』에서 현실은 인간을 빈곤으로부터 해방시키겠지만 그것이 오히려 문학·역사·철학 등 인문학에는 최대 복병이 되리라고 예견했다. 그의 예측은 정확히 들어맞았다. 날로 황폐해져 가는 인문학의 터전 위에 그는 '외로운 거장'으로 서 있다.

지난 30년간 문학과 현실을 냉철한 이성과 색깔 있는 문장으로 비판해 왔으나 저술 작업에선 한발 떨어져 있던 그가 내놓은 『정치와 삶의 세계』엔 주로 1997년 이후에 쓴 글이 담겨 있다. 신자유주의를 앞세운 세계화, IMF 관리 체제가 촉발한 문제들을 정치와 삶에 연결 지은 글이다. 세계화란 '규칙 없는 자유'라는 게 김 교수의 시각이다.

"모든 사람에게 자유로운 활동을 보장하는 신자유주의가 틀린 것은 아닙니다. 다만 완전한 자유를 보장한다는 세계화도 따져 보면 인간적인 가치를 무시하고 작은 국가와 개인의 활동을 제약합니다. 실제 이상적인 사회란 작은 집단들이 주도권을 갖고 상상력과 창의력을 발휘해야 하는 건데 말입니다."

인문학이 위기를 맞았다고들 한다. 그 실체는 무엇인가.

"인문학 위기는 세계적인 현상이다. 우리나라가 다소 심할 뿐이다. 오늘의 현실은 역사상 유례없이 잘살고 있는 상태다. 하지만 그게 인문학의 목을 조르고 있다. 뭔가 풀리지 않고 어려울 때 인간은 인문학을 되돌아보게 마련이다."

인문학은 계속 사양길을 걸을 수밖에 없는 운명 같다.

"그렇지 않다. 인간은 본래 무한의 욕망에 사로잡힌 존재다. 자연히 한계에 부딪히게 마련이고 다시 회의에 빠져든다. 그래서 미국과 유럽은 말할 나위 없고 우리도 인문주의의 부활을 거듭 강조하는 것이다. 인간은 스스로 자기 치유 능력을 지니고 있다고 믿는다."

개인과 사회의 욕망은 이미 비인문학적 방향으로 달려가지 않는가.

"가짜 욕망이 판치고 있을 뿐이다. 제아무리 과학이 발달해도 자연과 환경의 제약을 뛰어넘기는 어렵다. 타인의 추동에 이끌려 살아가는 방식 역시 결코 행복을 안겨 줄 수 없다. 온전한 삶만이 진정한 행복을 안겨 준다. 인문학의 필요성이 바로 여기에 있다."

우리는 문화 선진국에 비해 인문학적 토양이 척박하다는 지적이 있다.

"우리 인문학 토대를 과소평가해서는 안 된다. 근대 이전만 하더라도 우리는 인문적 사고로만 생활을 영위해 왔다. 오히려 근대화는 인문주의의 지혜만으로 살 수는 없다는 사실을 알려 줬다. 19세기 말에서 20세기 초, 아시아의 근대화 과정에서 깨달은 것 중 하나는 '세계를 움직이는 힘은 도덕이나 도리가 아니라 힘'이란 점이다. 신채호의 역사관인 '아와 피아의 투쟁'도 그 같은 사실을 파악한 것이다."

세상은 계속 물질적 풍요를 구가할 것 같다. 인문주의자들은 얼마나 더 궁핍해져야 하는가.

"삶의 근본적인 문제의식이 궁핍 아닌가. 종교도 바로 거기에 자리하고 있다. 독일의 철학자 하이데거가 인간은 죽음을 향한 존재라는 명제를 내놓은 것도 같은 차원이다. 풍요한 시대에도 진정한 문학과 철학이 궁핍함을 생각한 까닭도 마찬가지다."

진정한 풍요로움은 어디에 있는가.

"조화롭게 사는 것이다. 인간의 여러 욕망을 적당한 수준에서 체계화하는 게 조화다. 참된 풍요는 궁핍을 자양분으로 삼는다."

인문주의적 사고와 거리가 먼 듯한 요즘 청년들의 행동 양식을 보면서 어떤 느낌을 갖나.

"규제가 줄고 자유로움을 만끽하는 건 긍정적 현상이다. 더구나 즉흥성이나 이채로움, 재미는 인문학에서 아주 중요한 개념이다. 다만 깊이를 결여한 특이성은 다름을 인정하지 않는 편향된 사고로 나아갈 위험이 뒤따른다. 너무 흐트러진 경박함으로 흐르기도 쉽다."

멀티미디어나 사이버 문화 등 새로운 문화 창조를 위한 에너지 분출이라 보기는 어려운가.

"사이버 문화는 언뜻 활발해 보이지만 걱정스러운 요소도 지니고 있다. 유럽에서 인상주의 미술 작품이 처음 선보였을 때 부도덕성 논란을 낳은 것과 같은 차원이다. 무엇보다 땀과 정성이 아쉽다."

인문학의 위기를 몰고 온 근원지는 대학이다. 해결의 실마리도 대학에서 나와야 하지 않겠는가.

"대학의 교육 방향이 좀 더 생산적이어야 한다. 목표는 다 옳지만 실현 방식에 문제가 많다. 내적 성장이 아니라 행정적 차원에서만 해결하려 든다. 가령 경영 진단 회사를 통해 대학을 진단하는 건 난센스다. 강단 이론만으로 기업 경영을 진단하려는 시도와 같은 이치다."

대학 내부에서의 건전한 비판이 없어서인지 몇몇 교수의 전투적 글쓰기나 공격 담론이 지식 사회의 화제로 떠올랐다.

"현실적 효용 가치보다 학술적이고 객관적인 비평이 더 유용하지 않겠는가. 충격보다 가치 중립적 관점을 지향하는 차원의 비평이 더 긴요하다. 객관성과 보편성은 모든 담론의 핵심이어서다. 물론 주관적이고 공격적인 글쓰기도 그 나름의 의미 부여가 가능한 작업이기는 하다."

지식인 사회 일각에서 실천성이 부족하다는 지적이 있다.

"실천과 이론은 동전의 앞뒤 면과 같다. 이론이 없으면 실천은 방향을 잃고, 실천이 따르지 않으면 이론은 공허함의 포로가 된다. 하지만 실천은 구체성과 방법론의 일치를 전제로 했을 때 생명력을 얻을 수 있다."

김 교수가 전두환 정권의 탄생을 반대하는 '지식인 105인 서명'에 참여하거나, 지난해 최민 광주비엔날레 전시 총감독 해임을 행정 폭력으로 비판하며 전시기획위원직을 사퇴하고, '문화개혁시민연대' 구성에 있어 초기 논의에 참여했으나 결국 불참으로 돌아선 일 등은 거의 알려지지 않은 사실이다. 그는 자신의 신념에 어긋나거나 구체성과 방법론의 불일치에는 강력히 저항의 깃발을 들었다.

인문학의 활성화를 내걸고 작년에 창간된《비평》은 잘 운영되는가.

"문학과 철학, 역사학, 정치학 등을 통합하는 이론지의 필요성이 생겼고 너무 허약해진 이론을 되살릴 방법론을 모색해야 했다. 이론의 활성화는 인문학의 부활과도 맥을 같이한다. 어차피 이론은 영상처럼 명료한 게 아니라 흐리멍텅할 수밖에 없지만, 그런 이론은 현실과 부딪치면서 명료해지게 마련인데 현실 또한 난해하기 때문에 하나의 축을 추출하기가 쉽지 않다."

이미지 시대이기에 언어의 영역이 축소되고 있다.

“소통은 논리적이면서 합리성을 잃지 않아야 한다. 그 중심에 언어가 있다. 영상은 이미지를 통해 대화하기 때문에 언어가 지닌 합리적 소통을 방해한다. 영상이 가진 즉흥적 지배에 대한 성찰이 그래서 긴요하다. 작가와 시인이 마치 연예인처럼 자신의 책 광고에 등장하는 것도 영상 문화의 후유증이다. 이제 인문적 교양을 바탕으로 한 영화도 나와야 한다.”

인문학 위기를 부채질한 이론 부재의 현실에 답답함을 절감했는지 최근 김 교수의 행보가 바빠졌다. 올가을에 열릴 2000년 서울국제문학포럼의 조직위원장을 맡아 노벨상 수상 작가인 나이지리아의 월레 소잉카(Wole Soyinka)를 비롯해 사회학자 피에르 부르디외(Pierre Bourdieu), 일본의 문학평론가 가라타니 고진 등 17명의 세계 석학들을 불러 모았다. 6월과 8월에는 미국과 남아프리카 공화국에서 열리는 국제학술포럼에 참석할 예정이다. 김우창 교수는 이제 남 앞에 나서기를 꺼리던 자세에서 탈피해 비평이론학회를 이끌며 세계화 논쟁과 신자유주의 비판에도 두 팔을 걷어붙이고 나섰다. 어떤 발언이 튀어나올지 관심거리다.

세계화는 나쁜 얼굴의 국제주의

피에르 부르디외
김우창
정리 고종석(《한국일보》 편집위원)
2000년 9월 27일《한국일보》

김우창 우선 세계화 문제로 얘기를 시작하지요. 선생님은 세계화라고 불리는 현상에 대해 깊은 우려를 합니다. 이미 여러 자리에서 세계화에 대한 선생님의 입장을 천명하신 터라 새삼스러울 수도 있겠지만,《한국일보》독자를 위해 마련된 이 자리에서 선생님이 세계화를 어떻게 이해하고, 왜 그 세계화 과정에 대해서 강하게 반대하는지를 말씀해 주시죠.

피에르 부르디외(이하 부르디외) 제 생각에 세계화의 개념은 서술적인 동시에 규범적입니다. 그것은 기술적 요인들이 선호하는 경제 영역의 통합 과정을 의미하기도 하고, 이 통합에 대한 장애물을 철폐하려는 정책을 의미하기도 합니다. 정치적으로 힘이 세고 부유한 나라들은 자유화의 이름으로 세계무역기구나 국제통화기금 같은 국제기구를 통해 가난한 나라들에게 여러 가지 법률적 제약을 가하고, 그것은 부유한 나라와 가난한 나라의 차이를 더 벌려 놓을 것입니다. 또 세계화는 지역 공동체와 인간적 가치를 파괴하고 있습니다. 그 과정에서 특히 눈에 띄는 것은 국제기구들이 비밀주의를 견지하고 있다는 겁니다. 그 기구들 안에서 무슨 일이 일어나는지 사람들은 알 수가 없어요. 정책 결정이 익명으로 이뤄지는 거예요.

김우창 저 역시 세계화의 파괴적 측면에 주목해 왔습니다. 세계화가 인간의 가치 있는 부분을 파괴하고 있다는 것, 세계화의 정도가 커질수록, 국제기구들의 비밀주의가 커질수록, 그 파괴의 강도가 커질 것이라는 데에 동의합니다. 그런데 이런 관점도 가능합니다. 모든 것이 이미 파괴돼 버린 사회, 예컨대 식민지 사회를 생각해 봅시다. 유럽에서라면, 우리는 노동조합을 지켜 내야 한다, 우리는 지역의 자율성을 지켜 내야 한다, 우리는 지식인 운동이나 사회 운동을 지켜 내야 한다, 라고 말할 수 있겠지요. 그러나 만약에 선생님이 이미 모든 것이 파괴된 사회에 살고 있다면……. 자, 여기서는 지켜 내야 할 것이 아무것도 없어요. 노동조합도, 지역 자치권도, 사회 운동도. 이럴 경우에 선생님은 어떻게 하시겠습니까? 이것이 세계의 많은 나라의 실제 상황일 겁니다. 그리고 그것이 역설적으로 일부 가난한 나라들에서 세계화가 일정한 호응을 얻고 있는 상황을 설명해 준다고 생각합니다.

부르디외 선생님의 말씀은 이해합니다. 그런 관점이 있을 수 있다는 것은 알겠습니다. 그러나 이른바 자유화의 과정이라는 것은, 예컨대 아프리카 국가에서, 그나마 남아 있는 공동체 조직을 파괴하는 것을 의미합니다. 그리고 국가 자본의 사유화를 의미합니다. 그 국가 자본의 사유화는 빈약하게라도 남아 있는 사회적 안전장치를 위태롭게 만드는 거지요. 더구나 세계화는 사유화라는 것이 좋은 것이라는 선전을 해 댑니다. 모든 것이 사유화하는 동안에 국가의 빚은 눈덩이처럼 불어납니다. 공동체에 대한 배려가 거기에는 없어요.

김우창 이런 얘기가 되겠군요. 우선 가난한 제3세계 나라들은 커다란 제국주의적 또는 자유주의적 세력의 도움이 없이 발전을 이룩하는 것이 바람직하다. 그러나 대부분의 국가는 경제 발전의 속도를 높이기를 바란다.

그런데 서구의 전략은 이미 이루어진 사회적 업적을 지키자는 것입니다. 반면에 제3세계는 그것을 새로 만들어야 합니다. 그래서 방어적일 수만은 없습니다. 기대의 수준이 높아진 탓도 있습니다. 예컨대 한국인은 수천 년 동안 에어컨 없이 살았지만, 이젠 점점 에어컨을 더 원해 가고 있습니다. 한국인이든 알제리인이든 다른 제3세계 사람들이든, 자신들이 전근대 사회에서도 훌륭히 살 수도 있었다는 것을 알고 있어요. 그러나 한 번 높아진 기대 수준은 다시 내려가기 힘들죠. 그렇다면 가난한 나라 사람들에겐 두 가지 숙제가 주어지는군요. 외국에서 흘러오는 자본을 막는 것, 그리고 자신들의 기대 수준이 높아지는 것을 막는 것 말이에요.

부르디외 그렇죠. 그런데 거기서 세계화의 또 다른 파괴적 측면이 나타납니다. 수세적인 민족주의의 발흥이죠.

김우창 그 민족주의가 선생님의 입장은 아니지요.

부르디외 그렇습니다. 민족주의적 태도는 부정적이죠. 그것은 파시즘으로 쉽게 다가갈 수 있고요. 또 그것은 권위주의적 정치가들에 의해서 이용될 수도 있어요. 말레이시아에서 그랬듯이요. 그래서 저는 국제주의를 옹호합니다. 사회 운동과 연대하는 지식인들의 집단적 저항이 필요한 거죠. 예컨대 노동조합과 지식인이 연대하는.

김우창 요컨대 이런 정식이 가능하겠군요. 세계화는 나쁜 얼굴을 지닌 국제주의다. 그런데 선생님은 인간의 얼굴을 지닌 국제주의를 원한다. 이런 것입니까?

부르디외 그렇습니다.

김우창 유럽 연합에는 유럽사회헌장이라는 것이 있지요. 최빈자의 하한을 규정하는. 그런데 제가 최근에 베를린에서 국제 노동 기구와 독일 노동조합에 간여하는 분 얘기를 들었는데, 그들은 그 사회 헌장을 세계적 수준으로 확대하려고 한다더군요.

부르디외 그러나 실제로 일어난 일은 아무것도 없어요. 사회 헌장이라는 것도 있고, 프로젝트들도 수없이 많죠. 그런데 실제로는 아무런 개선도 없습니다. 유럽 연합이라는 것은 일종의 거대 기업의 연합과도 같아요. 그 거대 기업 연합의 로비가 유럽 연합을 마비시키고 있어요. 이들은 대단히 꾀가 많고 각종 문화 자본으로 무장하고 있지요. 그들은 대단히 바지런합니다. 그들은 유능한 사회학자이기도 하고 유능한 심리학자이기도 합니다. 게다가 유럽 연합의 집행부는 관료주의에 깊이 물들어 있고요.

김우창 문화 자본으로 무장한 기득권 세력에게 선생님은 대항문화적 저항을 하고 있는 셈입니다. 이런 문화적 저항에 함께 어깨를 겯자고 선생님이 신문 광고를 통해 프랑스 국내외 지식인들에게 호소하는 것을 최근에 읽었습니다. 이와 관련해 무슨 구체적 계획이 있으세요?

부르디외 귄터 그라스나 하버마스는 제 취지에 동의하는 사람들입니다. 하버마스는 최근 한 성명서에 서명하는 것을 거부했습니다만. 그러나 그것은 성명서 작성에 충분한 참여 기회를 갖지 못했기 때문입니다. 젊은 지식인들도 많이 호응을 합니다. 가장 중요한 것은 지식인들이 집단적으로 사회 운동에 개입하는 거죠. 예컨대 노동조합과 연대하는 겁니다.

김우창 그걸 위해 어떤 조직을 가지고 있습니까? 그리고 자금은?

부르디외 중앙 집권적 조직에는 반대합니다. 무정부주의적 조직 같은 탈중앙집권적 모임들을 생각합니다. 돈은 우리 주머니에서 냅니다. 또 소로스 같은 사람에게도 호소합니다.

김우창 호기심에서 여쭙는 말씀입니다만, 선생님의 글은 꽤 난해합니다. 그런데 선생님은 세계화에 반대하기 위해 많은 사람들을 결집시키려고 합니다. 특히 노동조합과의 연대를 강조합니다. 그런데 노동자를 포함한 일반인들과 선생님 사이에 커뮤니케이션의 어려움은 혹시 없습니까?

부르디외 그렇지 않습니다. 저는 최근에도 한 노동조합에 초대돼 어느 노조 지도자와 토론을 했는데, 그 여자분과 의사소통에 전혀 지장이 없었습니다. 그것은 체험의 문제인 것 같습니다.

김우창 한 지식인은 어떤 식으로 비판적 지식인이 됩니까? 테크노스트럭처나 관료주의에 포섭되지 않은 지식인 말입니다.

부르디외 제 경우엔 사회학을 공부한 것이 그 이유인 것 같습니다. 사회학자는 그 직업의 본질상 사회에 개입하지 않을 수 없습니다. 늘 정치의식을 지니고 있어야 하는 것이 사회학자라는 직업이지요.

김우창 막스 베버도 사회학자였지만 꽤 보수적이었고, 탤컷 파슨스도 사회학자지만 그의 기능주의는 아주 보수적입니다. 그러니까 사회학이 한 지식인을 비판적으로 만드는 것은 아니지요.

부르디외 선생님 말씀이 옳습니다. 그보다는 어떤 학문적 전통에 속하게 됐느냐가 문제겠지요. 그러나 저는 과학적 기율을 충분히 지키는 사회학자라면 비판적이 되지 않을 수 없다고 생각합니다. 거기에는 또 개인적 차원도 개재하는 것 같습니다. 저는 프랑스 남부의 베아른이라는 시골에서 나서 자랐는데, 그곳의 민중적 기질에 영향을 받은 것 같습니다. 또 현장에서 사람들을 마주 대하면서 일하는 경험도 중요합니다. 저는 알제리에서 필드워크를 하면서 많은 것을 배우고 알제리 사람들을 존경하게 되었습니다.

지성의 독립성과 성찰의 근거에 대하여

김우창(고려대 영문과 교수)

고지마 기요시(小島潔,《흔적》일본판 편집 책임자)

통역 와타나베 나오키(渡邊直紀, 고려대 국제어학원 강사)

2000년 9월 25일

김우창 《당대비평》으로부터 고지마 선생과 한국과 일본 지식인 사회에 관해 토론해 달라는 제안을 받았습니다. 여러 문제들이 검토될 수 있겠지만, 우선 고지마 선생께서 제기하신 '지성의 독립성'에 대한 이야기부터 시작해 보지요. 왜 이 문제를 제기하셨는지 먼저 얘기해 주실 수 있겠습니까?

고지마 기요시(이하 고지마) 예. 저는 이번에 처음 한국에 왔습니다. 한국에 온 이유는 현재 5개 국어로 세계 각지에서 간행될 예정인 문화 이론 잡지 《흔적(*Traces*)》의 회의에 참석하기 위해서입니다. 《흔적》은 일본의 경우 이번 가을에 제가 관여하는 이와나미서점에서 《사상》의 별책 형태로 나올 예정이고, 한국에서도 곧 창간호가 나옵니다. 이번 기회에 이렇게 김우창 선생님과 만나 뵙고 말씀을 여쭈어 볼 수 있게 되어 대단히 영광스럽게 생각합니다.

제가 '지성의 독립'이라는 테마를 꺼낸 까닭을 간단하게 말씀 드리겠습니다. 제가 《사상》의 편집장을 맡고 있던 7~8년간은 마침 세계사의 격동기에 해당하는 시기였고, 1989년에서 1991년에 걸쳐서 동유럽이나 소련

등 구 공산주의 국가들이 붕괴한 사건은 일본의 지식 사회에도 엄청난 영향을 끼쳤습니다. 그리고 그 영향을 받아서 그 이전과는 다른 상황이 일본의 지식 사회에 드러나기 시작했다고 저는 보고 있습니다. 특히 주목할 것은 내셔널리즘의 발흥입니다. 현실의 공산권 붕괴는 일본의 정치적 상상력에 이념의 해체, 비판성의 해체를 가져왔고 이것이 내셔널리즘으로 귀결된 것입니다. 이것은 민족 해방을 요구하는 내셔널리즘과는 다릅니다. 지난 10년 동안 일본을 포함한 자본주의 국가에서 공통적으로 드러나고 있는 내셔널리즘은 무엇보다도 배타성을 특징으로 가지고 있습니다. 이 10년은 일본의 경제가 침체되고 자신감이 깨진 10년이었을 겁니다. 저는 그것이 초래한 일본 사상계에서의 새로운 내셔널리즘의 문제를 조심스럽게 바라보고 있었는데, 특히 지난 2~3년 사이의 상황은 거의 병적이라고 할 수 있을 정도입니다.

그 상징적인 예는 일본의 수도인 도쿄의 도지사에 이시하라 신타로(石原愼太郎)라는 파시스트적인 인물이 시민들의 지지를 받고 당선된 일입니다. '삼국인(三國人)' 발언에서 상징적으로 볼 수 있듯이 차별적인 발언을 공적인 자리에서 반복하고 있는데도 도민의 지지율이 아직까지 높습니다. 이런 상황은 일본 사회의 높아 가는 배타성, 자신감 상실로 더해진 내셔널리즘의 고조를 선명하게 보여 주고 있습니다. 다른 한편, 그러한 발언과 행동에도 불구하고 그는 친미(親美)적인 인물입니다. 미국을 향한 그의 거만한 태도는 미국에게 '남자로서 인정받고 싶다'는 불쌍할 정도의 구애 행위입니다. 일본의 내셔널리즘이 반미로 향하지 않고 미국으로부터 인정받기를 갈망한다는 사실을 이시하라의 행동은 잘 보여 주고 있습니다. 이런 의미에서 이시하라 같은 이들을 내셔널리스트라고 규정하는 것은 오해를 살지 모르겠습니다. 일본의 국민주의자가 미국의 국민주의에 구애 행위를 하고 있는 모양새라고 해도 괜찮을 것입니다. 그에 대한 비판 전선이 일본

안에도 있는 것은 사실입니다. 이시하라 도지사뿐만 아니라 니시오 간지(西尾幹二)가 『국민의 역사』를 간행한 일이라든지, 후지오카 노부카츠(藤岡信勝) 도쿄대 교수가 '자유주의 사관 연구회'의 활동을 통해 퇴폐적인 우익 담론을 생산하고 있는 데 대한 비판도 물론 있습니다. 그런데 제가 '지성의 독립'을 문제 삼고 싶은 이유는 이러한 대립 구조에 의심을 가지고 있기 때문입니다. 내셔널리즘에 대한 그러한 비판, 혹은 '국민주의'에 대한 비판이 과연 비판으로서 얼마만큼 유효한지에 대해서《사상》의 편집장을 맡아오면서 심각하게 고민했습니다.

국민주의에 대해서 좀 더 구체적으로 얘기해 보겠습니다. 근대 국가는 어느 국가나 다 그 성립의 근본에, 우연적인 것이긴 하지만, 민족성이나 어떤 이념 혹은 공유된 역사와 같은 요소를 동원합니다. 그러면서 그 성원들에게 그것들의 통합이 필연적이고 자연스러운 것처럼 생각하게 하는 정치·사회·문화적인 움직임을 가지고 있습니다. 그런 의미에서 모든 근대 국가는 국민주의를 벗어날 수 없습니다만, 일본의 경우는 사회의 동질성이나 일체성을 너무나 강렬하게 믿고 있기 때문에 동질화의 압력이나 배타성의 폭력이 상당히 강할 것입니다. 그리고 그것을 비판하고 있는 사람들은 일종의 좌익으로, 일본 사회 속에 다양성을 보장하라는 요구를 합니다. 그와 더불어 약간 각도가 다른 비판으로 이번에《흔적》회의를 위해 서울에 와 있는 코넬 대학의 사카이 나오키(酒井直樹) 같은 분들의 국민주의 비판이 있습니다. 그것은 국민주의가 근대의 지성의 편성과 근본적으로 관련되어 있다고 보면서 사회의 다양성 실현을 인식론적 입장에서 이룩하려고 하는 입장입니다. 단순한 다양성의 요구로는 사회적 소수-마이너리티(minority)를 인지함으로써 관리 지배의 길을 열 가능성도 있으니까 이 둘은 상당히 다르다고 생각되는데, 그런 면을 일본에서는 어느 쪽에서도 별로 인식하지 않고 있습니다. 이래서는 운동으로서 약하지 않을까 하는 것이 저의 의문점입니다. 종래의 전통적인 좌익도 '국민주의'적이라는 이야기입니다. 그들 또한 일본 사회의 동질성과 일체성을 전제로 하고 있으며, 마이너리티에 대한 시각은 거의 없었습니다. 이에 대한 비판도 국민주의 비판 속에 존재합니다.

저는 이처럼 국민주의나 내셔널리즘에 대해서 새로운 용어를 사용하여 가하는 비판들(이것이 일부 지식인에게 흔히 '포스트모던'적이라고 비판받기도 합니다만)과 일본의 전후 사회 과학 속에서 만들어진 정통성 있는 용어·개념을 사용한 담론들이, 아무런 관계가 없거나 서로 모멸하기까지 하는 상태로 제가 만드는《사상》속에서 공존하고 있는 상황에 대해서 답답함과 괴로움을 느꼈습니다. 하지만 편집장직을 1999년 4월에 그만두고 좀 더 자유롭게 사고할 수 있게 되었을 때 느낀 것은, 그 두 가지 담론의 대립이 학계의 사정일 뿐 그다지 큰 문제는 아니라는 점이었습니다. 그때 저의 불만을 구성하고 있었던 진정한 것은 "과연 이것은 '독립된 지성'인가?"라는 물음이었습니다. 결국 저는 대립과 분열에 불만을 느낀 것이 아니라, 그 어느 편에도 설 수 없다는 점에 답답함을 느끼고 있었던 것입니다.

'지성의 독립'이 스스로의 발로 홀로 서는 것을 의미한다면 그것은 무엇보다 자신의 '지성'의 근거에 대한 엄정한 자기비판과 자기 성찰이 있어야 가능합니다. 그런데 저널리즘에 몸담고 있는 저를 포함해서 일본의 사상계에 몸담고 있는 사람들이 얼마나 그것을 철저하게 의식하고 비판했는지 의심스럽습니다. 지금 저는 이 문제의 근본적인 실마리로 일본 사회에 있는 유럽 중심주의를 설정하고 있습니다. 이렇게 말하면 근대 유럽의 죄상을 지적하는 것으로 보이지만, 사실은 그게 아닙니다. 제가 이해하는 바에 의하면 문제는 오히려 비유럽 세계 사람들이 왜 이렇게 쉽게 유럽 중심주의를 내면화해 버리느냐는 것입니다. 실제로 유럽을 비판하느냐 안 하느냐는 별로 중요하지 않습니다. 유럽을 비판한다는 것은 유럽 중심주의를 비판하는 것과 별개의 것입니다. 이 내면화가 너무나 자연스러운 일로 되어 있기 때문에 '보편적인' 존재가 '보편적이지 못한' 존재를 문명화하거나 근대화함으로써 보편적인 존재에 다가서게 하는 일은 올바르다는 인식이 생깁니다. 그러한 과정으로 근대 세계사를 보는 것이 유럽 중심주의의 문제입니다. 이런 인식이 일본의 지식 사회의 모든 국면에 스며들어 있다는 사실을 폭로하지 않으면 일본의 지식 사회는 '지성의 독립'을 이룩할 수 없을 것입니다. 그리고 일본은 스스로 보편성을 터득했다고 생각하면서 아시아 속에서 우월한 지위를 차지하고 있다고 계속 착각할 것입니다. 아시아 속의 유럽이 되는 것입니다.

권력에서 독립된 '지성'은 가능한가

김우창 어떤 상황 인식에서 그런 말씀을 하셨는지 잘 들었습니다. 충분히 이해하고 공감합니다. 각도를 달리해서 이야기해 보겠습니다. 지성의 독립, 지식인의 독립은 늘 중요한 문제였습니다. 동서양을 막론하고 지식인이 자기 입장에 정당성이 있다고 말할 때, 그 밑바닥에 있는 생각은 그것이 독립된, 특정한 이해에 의해 좌우되지 않는 불편부당한 정론이라는 것입니다. 이에 대하여 마르크스주의에서 강하게 주장한 것이 지성은 독립성이 없다는 것이었습니다. 요즘은 마르크스를 계승하기도 하고 부정하기도 하는 포스트모더니즘 서양 사상, 가령 푸코나 데리다 같은 사람들이 독립된 인식은 불가능하다고 주장하고 있습니다. 특히 니체를 계승한 푸코는 지식은 권력 관계에서 발생하는 것이지 엄정한 지식이라는 것은 없다고 말합니다. 덧붙이자면 마르크스는 현실을 떠난 지성의 독립은 없다고 이야기하면서 동시에 지식의 엄정한 객관성과 보편성이 현실에서 드러나는 장소가 사회에 있다고 생각했는데, 그것은 프롤레타리아의 의식입니다. 그것이 보편적이고 객관적인 의식이라는 것이지요. 그러니까 일반적인 지성의 독립은 부정하면서 독립된 인식은 프롤레타리아에게 존재할 수 있다고 합니다. 마르크스가 맞든 틀리든, 중요한 점은 지성의 독립에 대한 주장과 그 현실적인 근거가 일치할 수 있다고 본 것입니다. 그런데 그것이 현실적인 공산주의 체제가 붕괴하면서, 그리고 그 체제의 불합리성이 드러나면서 근거 없는 주장이 된 것이 1990년대 이후에 확실해진 상황이라고 생각합니다. 지성의 독립이라는 문제가 훨씬 복잡해진 것입니다.

지성의 독립성을 주장할 근거가 이념 체계에 있어서나 현실 속에서 없어진 상황이라고 할 수 있습니다. 누구도 객관적이고 독립적인 지적인 노력을 통해서 현실의 객관적인 진실을 말할 수 없게 되었습니다. 그럼에도 현실에 대해서 비판적이고 엄정한 독립으로 나아갈 수 있고, 현실로 다시 나아갈 수 있는 현실의 변증법, 현실의 역학은 절대적으로 필요하다고 생각합니다. 이런 목적을 위해서 역동적인 현실에서 움직이는 독립된 지성이 가능한 것인가는 연구되어야 한다고 생각합니다.

이번에 저는 9월 26일부터 28일까지 열리는 '경계를 넘어 글쓰기 — 다문화 세계에서의 문학 — 2000년 서울 국제문학포럼'의 조직위원장을 맡게 되었습니다. 그곳에 올 사람 중 하나가 프랑스의 피에르 부르디외입니다. 며칠 후에 그와 대담을 하기로 되어 있습니다. 그 자리를 위해서 제가 제안한 화제 가운데 지식의 자율성(autonomy)이 어떻게 가능한가, 그것이 무엇을 의미하느냐는 것이 있습니다. 이것은 부르디외가 근래 강조하고 있는 주제입니다. 예전에 마르크스가 "전 세계 노동자여 단결하라."라고 말한 것처럼 부르디외는 "전 세계 지식인이여 단결하라."라는 주문을 최근에 한 적이 있습니다. 그런데 이것이 어떻게 가능한가? 지식인은 푸코나 마르크스도 지적한 것처럼 권력 체계에 봉사하는 사람이고 사회적 이해관계에 있는 사람들입니다. 마르크스 식으로 말해서 역사를 결정하는 근본 원인의 밑에 있는 사람이 아니고 상부 구조나 이데올로기를 담당하는 사람인데 어떻게 그럴 수 있느냐는 얘기를 해 보자고 했습니다. 저도 부르디외의 심정을 이해하고 또 그 길밖에 없다고 생각하지만, 주장만 하는 것보다 현실적으로 어떻게 가능한가를 생각해 보자는 것이었습니다.

덧붙여서 말씀 드리면 며칠 전 고려대 일본학연구소에서 심포지엄이 있었어요. 한국 분들 얘기를 들어 보면 일본이 각성해야 된다는 주장이 암암리에 있습니다. 거기에 일본의 고전 문학을 공부하는 분이 있었는데 일본 문화의 고유성을 얘기했습니다. 그런 얘기를 들으면서 한일 관계에 있어서 객관적인 지식, 한국의 민족주의와 도덕주의 또 일본의 민족주의와 문화에 대한 자부심을 떠난 담론이 어떻게 가능한가를 생각하게 되었습니다. 국민적 이해, 개인적 이해, 지식인의 편벽된 도덕주의를 떠나서 현실적인 내용을 가진 객관적 진실에 이르려는 노력을 한일 양국이 할 수 있는가를 생각해야 되겠습니다.

고지마 동감입니다. 일본학연구소의 심포지엄이기 때문에 일본에서 온 연구자들이 일본 고유의 문화 전통을 이야기하는 것을 자연스러운 선택으로 생각하는 사실 자체가, 스스로의 '지성'의 작용에 대해서 너무나 자각적이지 못하다고 할 수밖에 없습니다. 일본인이 한국에 와서 일본 고유의 문화 전통에 대해서 겁 없이 이야기한다는 것은 교만이 아니면 염치가 없는 일입니다. 그러나 같은 행동을 유럽이나 미국에서 하면 교태(嬌態)가 됩니다. 일본인은 이런 특이한 문화를 가지고 있습니다. "제발 당신들의 컬렉션에 추가해 주세요."라는 이야기입니다. 이런 정신적인 지리학에 대한 자각 없이 '지성의 독립'을 생각할 수 없습니다. 이 사실은 일본인은 그냥 놔두면 내셔널리스트가 된다는 증거 가운데 하나입니다. 이 점에 대해서는 저 역시 자각적이지 못합니다. 제 자신도 어느 한국인에게 날카롭게 비판받은 후에야 깨달았던 경험이 있습니다. 자신의 '지식'의 전제와 그 작용에 대해서 투철한 자각이 필요하다는 이야기는 여기서도 할 수 있을 겁니다.

김우창 민족주의 문제는 한국에도 있고 일본에도 있으니까, 일본만을 탓할 수 없다고 봅니다. 한국의 민족주의는 더 의식화되고 정치화된 민족주의이고, 일본은 우익을 제외하고는 의식되지 않은 상황에서 존재하는 문화 의식이라고 생각합니다. 그건 세계 어디에나 있기 때문에 민족주의를 탓할 수는 없습니다. 두 나라 다 민족주의가 있고 단지 성격이 다르다고 얘기할 수 있겠습니다.

유럽 중심주의의 문제

고지마 그 점을 아까 말씀드린 유럽 중심주의와 결부시켜서 생각하고 싶습니다. 저는《흔적》의 기획에 참가하면서 다양한 국적의 편집 동인들에게 많은 것을 배웠습니다. 그들도 이 문제에 상당히 민감한 사람들이었습니다. 유럽이나 미국의 동인들도 그 지역의 지식인들을 그냥 놔두면 유럽 중심주의자가 된다는 점에 대해서 지극히 자각적이었습니다. 유럽 중심주의(미국에서도 일부 지식인들은 스스로를 '유럽'이라고 생각하고 있으니까 여기에 해당되겠죠.)는 그것을 무의식 속에 지닌 사람들의 말과 행동에서 가장 선명하게 드러납니다. 즉 그들은 자신들이 보통이며, 투명한 이론을 생각하고 있다고 할 때에 유럽 중심주의자가 되어 있습니다. 거기서 돌이켜 일본을 봤을 때, 일본 역시 근대 이래 '작은 유럽'이 되려고 노력해 오지 않았나 합니다. 유럽의 내셔널리즘은 보편주의의 형태를 취하고 있지만, 일본에서도 그것은 보편주의로 위장하고 있었습니다. 일본인은 스스로가 내셔널리스트임을 의식하지 않은 채, 중국인이나 한국인, 혹은 동남아시아 사람들과 어울릴 수 있었고, 지금도 그렇게 하고 있다고 생각합니다. 즉 일본인이 자기를 보통이라고 생각하는 것이 일본의 내셔널리즘이 된다는 구조는 이렇게 형성된 것입니다.

왜 스스로를 보편적이라고 착각하느냐를 생각할 때, 선생님이 예시하셨던 마르크스나 푸코의 작업을 떠올리게 됩니다. 제가 보기에 그들의 작업은 '지성의 독립'의 가능성을 가장 강력하게 표현한 것이었습니다. 마르크스가 주장한 것은, 자신이 믿고 있는 사실은 현실의 이해관계의 다른 표현이거나 그것에 강하게 제약되어 있다는 것이었습니다. 조건에 의해 규정되는 차원에서 그런 조건을 인식하는 차원을 바라본 마르크스는 '지식'을 주체적으로 형성하는 길을 열었다고 봅니다. 그리고 '담론'이라는 비인칭적인 존재를 발견한 푸코의 작업은 인문 과학에서 혁명적이었다고 생각합니다. 담론이 우리의 세계 인식을 편성하고 있다는 견해는 마르크스의 인식과 통하는 부분이 있습니다. 보편성의 담론이 하나의 우연적인 권력 편성을 필연적인 것으로 생각하게 한다고 할 때, 보편성 역시 역사적으로 구축된 것이 됩니다. 결국 그것을 변화시키는 힘을 우리가 가지고 있다는 이야기가 됩니다. 마르크스나 푸코의 견해를 그냥 되풀이하면서 '지성의 독립'을 상실해 가는 지식인의 행태에 문제가 있다고 생각합니다.

부르디외에 대해서는 재미있는 기억이 있습니다. 일본의 TV에서 부르디외와 일본 학자의 인터뷰가 방송되었을 때 이야기입니다. 그 학자는 "일본에서는 당신의 저서가 많이 번역되면서 많은 사람들이 그것에 추종하고 있습니다." 등등의 이야기를 했습니다. 말하자면 일본의 경박한 흉내 내기 상황을 비판해 달라는 이야기였겠지요. 부르디외는 "그것은 반가운 일입니다. 나의 학설 중에서 이용할 수 있는 것이 있으면 얼마든지 써 주십시오."라고 말했습니다. 저도 그 학자와 같은 인식을 가진 사람입니다만, 그는 직접 호소함으로써 부르디외에게 평가받고 싶었던 겁니다. 자기는 다른 일본인들보다 훨씬 부르디외를 잘 이해하고 있다는 것을 본인에게 인정받고 싶었던 거겠죠. 즉 '교태'를 보인 겁니다. 하지만 부르디외는 그것을 일축했습니다. 오히려 그러한 교태를 비판한 거죠. 부르디외 자신에게 유럽 중심주의는 틀림없이 있겠지만, 그럼에도 불구하고 그는 독립되어 있습니다. 바꿔 말하면 '지성의 독립'에 대해서 민감하다고 할 수도 있겠습니다. 흉내 내기나 말의 반복은 곤란한 일입니다만, 그 흉내를 본가(本家)에게 고발하고 있는 사람도 본가에 의존하고 있는 점에서는 마찬가지입니다. 부르디외는 그러한 의존 관계를 거부한 것이고 상당히 인상적인 장면이었습니다. 이러한 '지성'의 구조는 일본과 같은 역사를 짊어진 지식인에게는 지극히 보통의 일입니다. 그러기에 '지성의 독립'이 더욱 중요합니다.

김우창 하지만 거기에는 양면적인 부분이 있지 않을까요? 자신의 이론이 어디를 가나 보편적이라고 생각하는 무의식적인 자부심도 그에게는 있지 않았을까 합니다.

고지마 예, 맞는 말씀입니다. 부르디외 자신에게도 우리의 경우와는 다른 '지성의 독립'의 문제가 있다는 지적이시지요.

김우창 마르크스나 푸코가 지식을 비판적으로 보고 현실 관계를 분명히 하지 않으면 지적인 발언 자체가 정당성을 가질 수 없다는 것을 환기시켜 준 것은, 고지마 선생이 말씀하셨듯이 독립된 지식을 갖는 데 바탕이 되었습니다. 비판적으로 접근해야만 지식이 진리의 가능성을 갖는다는 점을 분명히 한 셈이죠. 하지만 동시에 그들이 한 작업은 그러한 지식이 오늘의 형편 속에서 현실적 토대를 갖기 어려움을 말해 준 것이라고 할 수 있습니다. 오늘에 있어서의 막막한 상태를 밝혀 준 것입니다. 하여튼 독립적 지식, 진리의 가능성을 생각한다면 그것이 자기비판적이어야 한다는 것은 틀림없습니다. 지금 상태에서 프롤레타리아나 민중을 통해 자신의 입장을 얘기한다는 것은 현실에 입각해서 나온 것이 아니라 하나의 수사(rhetoric)에 불과하다는 것, 그래서 괴로운 일이지만 비판적으로 생각한다는 것이 중요하다고 볼 수 있습니다.

일본의 평론가 가라타니 고진 씨는 "지금 할 수 있는 것은 비판밖에 없다."라는 이야기를 하면서 이것을 'trans-critique'로 부릅니다. 장소를 옮겨 가면서 계속적인 비판을 할 수 있을 뿐이지, 독립적인 입장은 있을 수 없다는 것이죠. 그러나 부르디외나 가라타니, 푸코의 경우에도 말할 수 있는 것인데, 사람의 일에는 비판도 있지만 건설해야 하는 것도 있습니다. 특히 한국처럼 선진국이 못 된 나라에서는 건설해야 되는 일이 있습니다. 비판만 강조한다면 지식의 사회적인 기능을 악화시키는 문제가 나타난다는 점도 생각해야겠습니다. 보편주의라는 것은 유럽 중심주의로 넘어가기 쉽습니다. 사카이 선생도 얘기하셨듯이, 서양에서 말하는 보편주의는 서양 입장의 확대, 지배 의지의 확장을 표현하는 것입니다. 그러나 동시에 보편주의 없이는 지역 사회가 세계 질서에 이어질 수 없다는 것도 사실입니다. 보편주의의 모순이 있긴 하지만 필요하게 되는 것입니다. 유럽 중심주의와 일치하게 되는 것이 모순이긴 하지만, 이걸 어떻게 극복할 것인가는 과제로 남습니다.

유럽 중심주의와 보편주의가 이어지는 것은 유럽이 제국주의 세력이고 강력하기 때문이기도 하고, 유럽 문화의 특별한 업적이 강조된 탓도 있습니다. 유럽 문화가 17세기 이래 합리적인 문명을 발전시켜 온 것, 그래서 보편적인 이야기를 하려면 합리주의에 입각해서 말하지 않으면 안 되는 것, 그것은 한계가 있으면서도 서로 다른 종류의 사람과 문화와 국가가 소통하기 위해서는 받아들여야 되는 조건 가운데 하나입니다. 하버마스는 소수 민족의 문화와 국민 문화를 이야기하면서 다양한 여러 입장이 받아들여질 수 있는 총체적인 테두리는 자유주의 입헌 국가밖에 없다고 이야기한 적이 있습니다. 합리적 담론에 기초해서 서로 다른 사람들이 합칠 수 있다고 확대해서 얘기한 것입니다. 그렇게 본다면 보편주의는 유럽 중심주의라는 모순이 있긴 하지만 불가피하게 필요한 것이고, 합리성에 기초하기 위해서는 유럽의 문화적 업적에 의존할 수밖에 없기 때문에 유럽 중심주의가 되는 것이라고 말해야 할 것 같습니다.

보편주의의 공과

고지마 선생님이 지금 하신 말씀은 상당히 중요하고도 심각한 문제이지만, 그에 대해서 저는 적절한 반응을 하기 힘듭니다. 비판만을 할 수 있다거나 하는 지금의 일본 상황은 사치스럽지 않느냐는 비판으로 받아들였습니다. 그 이야기에 아마 현재의 일본 지식인들은 반론을 못할 것 같습니다. 그 점에 대해서 조금 덧붙여 말씀 드리자면, 너무나 당연한 이야기입니다만 유럽의 보편주의 혹은 유럽의 문명, 유럽이 만들어 낸 근대는 침략과 식민지화에 굳건히 결부되면서 보급되었습니다. 그러니까 만약 침략이나 식민지화의 문제를 아직 해결하지 못한 상황에서 보편주의가 행사됨으로써 선생님이 말씀하신 것처럼 하나의 테두리 안에서 모두가 논의할 수 있게 되는 것이 아니라, 오히려 위계질서(hierarchy)가 다시 생기고 그 밑에서 괴로워하는 사람들이 생기게 마련입니다. 그런 구조 속에서 보편주의 자체가 관철되는 상황은 앞으로 일어날 수 있고 지금도 모든 국제기구 속에서 계속 일어나고 있는 문제가 아닐까 싶습니다.

김우창 저도 동감합니다. 어디까지나 비판적인 입장에서 보편성을 추구해야 하고, 이것은 예전에 마르크스주의가 말하듯이 구체적인 보편성이라는 개념으로 표현할 수 있으리라고 생각합니다. 구체적인 내용에 의해서 끊임없이 검토되는 보편성은 필요하다고 생각합니다. 보편성은 한쪽으로는 유럽의 문화적인 업적이 강화시킨 것이지만, 그렇다고 유럽적인 것이라고 하기는 어렵다고 봅니다. 저는 유럽 사람들이 이성, 합리성, 인권이 유럽의 발명이고 유럽적인 가치라고 하는 것은 이상한 생각이라고 봅니다. 중국이나 인도도 그렇고 많은 지역에서 보편적이고 이성적인 생각을 했습니다. 현대의 특정한 형태의 이성주의가 서구적 합리주의와 연결되긴 하지만, 유럽인들만 그것을 중요하다고 생각했다고 보는 것은 옳지 않습니다. 그러니까 보편성의 기초가 되는 합리성은 유럽의 특정한 업적이면서 세계 어디의 인간사에나 다 있는 겁니다.

각도를 달리해서 보면, 보편적인 세계 질서로 나아가기 위해서 먼저 해야 되는 것은 현실에 대한 성찰이라고 생각합니다. 현실에 대한 성찰은 경험주의적으로도 할 수 있지만 연역적으로도 할 수 있습니다. 프랑스 혁명이나 사회주의나 마르크스주의에서도 얘기되었고 동양 전통에도 있는 얘기지만, 자유롭고 평등하고 평화로운 삶을 살 수 있느냐, 이것이 핵심적인 문제라고 생각합니다. 거기에는 자원 분배라든지 국제 질서의 문제라든지 인권 문제도 포함되어 있습니다. 여기에서 출발해서 연역적으로 생각하는 거죠. 국가의 테두리가 아니라 세계의 테두리에서 자유롭고 평등하고 평화로운 세계가 어떻게 만들어질 수 있는가를 풀어 가면, 내용 있는 보편주의가 되지 않을까 생각합니다. 현실적인 경제, 정치를 떠나서 문화를 생각하기 쉽지만, 그 테두리 안에서 문화가 보편적인 세계 평화 질서로 나아가는 데 어떤 역할을 할 수 있는가를 생각하는 게 좋지 않을까 합니다.

고지마 저는 최근에 존 스튜어트 밀의 『자유론』을 다시 읽을 기회가 있었습니다. 학생 시절에는 그저 감명을 받으면서 읽었는데 이번에는 그렇게 읽을 수가 없었습니다. 이 책에서는 자유라는 것이 오히려 인간을 차별하고 하나의 위계질서를 형성하는 원리로밖에 논의되지 않고 있지요. 자신을 통치할 수 있는 사람들과 그렇지 못한 사람들이 있고, 자신을 통치할 수 있는 사람들은 지리적으로 유럽에만 존재한다, 자신을 통치할 수 없는 사람들은 통치받는 것이 행복하다고 분명하게 진술되고 있습니다. 옛날에 읽었을 때 왜 이 문제를 깨닫지 못했을까 생각했습니다. 아마도 그때 저는 유럽 중심주의라는 문제를 자각하지 못했기 때문에 그냥 놓치고 말았던 거겠죠. 이번에 제가 느낀 것은 우리의 과제 의식이나 정신적 자세가 과거의 해석을 결정한다는 점입니다. 선생님이 말씀하셨듯이 인권도 이성도 보편성도 결코 놓쳐서는 안 되는 가치입니다. 하지만 그것 자체의 내용은 아직 결정된 것은 아니고, 결정하는 것은 우리의 '자세'에 달려 있습니다. 제가 유럽 중심주의에 집착하는 것은 이 부분과 관련되기 때문입니다. 인권도 이성도 자유도 보편성도 유럽 중심주의와 그것이 만들어 낸 세계사의 이미지로부터 자유롭지 않은 한, 인간을 구별하고 차별해서 지역이나 인간 집단 안에서 위계를 만들기 위한 원리로 끊임없이 동원될 것입니다. 오늘날의 보편적인 여러 이념들에 유럽 중심주의가 얼마나 깊숙이 내재화되어 있는지를 『자유론』을 다시 읽으면서 재발견하고 상당한 충격을 받았습니다.

김우창 아주 흥미로운 지적입니다. 밀이 암만 좋은 얘길 했어도 그것은 19세기 영국 상황에 있던 인간의 저작이라고 생각해야 될 거라고 봅니다. 영국이 가장 강력한 제국주의 국가였으니까 그 사상이 반영되어 있을 거라고 봅니다. 다른 각도에서 밀을 얘기해 본다면, 밀은 동인도회사에서 일을 했는데, 아마 인도에 가지는 않았어도 인도 사람들이 자치 능력이 없다고 생각했을 겁니다. 오늘날에도 가령 르완다라든가 우간다에서 일어나는 일을 서양 사람의 눈으로는 인간을 존중하는 사회에서 일어나는 일이 아니라고 볼 겁니다. 또 중국에서 일어나는 일을 서양 사람들이 부정적으로 보는 것에도 나름의 타당성이 있습니다. 그런데 밀이나 지금의 서방 사람들이 보고 있는 것은 혼란 상태에 빠져 있는 나라들입니다. 그들은 그 사회가 번영할 때 보지 않았습니다. 번영을 못 본 것은 자기들이 그런 번영을 불가능하게 만들었기 때문이지요. 서양 사람들의 제3세계에 대한 시선을 보면서, 한편으론 맞는 얘기라고 생각하면서도 한편으로는 공자(孔子)가 한 말을 생각하게 됩니다. "사람은 먹는 것이 충분한 다음에야 예절을 안다." 먹는 것이 불충분한 사회에서 인간 존엄성에 대한 얘기를 하고 있는 것이고, 서양인 자기들이 만든 상황에 대한 얘기를 하고 있는 것입니다. 서양 사람들의 판단을 직접 부정할 필요는 없고, 그것을 상황 속에서 이해해야 합니다. 미발전된 제3세계는 서양 사람의 지배에 의해 황폐화된 세계라고 역사적으로 이해하는 것이 좋다고 생각합니다.

한 가지 더 얘기하자면, 자유와 평등, 그것이 가능한가를 자신 있게 대답할 수 없습니다. 지배 권력이 없는 사회가 가능한가를 생각해 보면 저는 그것이 가능하지 않다고 생각합니다. 자본주의 사회에서도 그렇고 사회주의 실험을 한 곳에서도 그렇고, 권력이 구성되지 않는 사회를 긍정적으로 답할 수 없습니다. 권력이 구성되어 사회에 존재하게 된다면 거기에는 억압과 부패가 따르게 마련입니다. 이것을 완전하게 벗어날 도리는 없다고 봅니다. 다만 비판적인 관점을 사회에 성립하게 함으로써 시정될 수 있을 뿐이라는 느낌을 가지고 있습니다. 완전한 평등, 완전한 자유, 완전한 우애의 관점에서 사회를 구성하는 것은 상당히 어렵지 않겠나 봅니다. 모든 위계질서를 없애려는 노력을 해야겠지만 그것이 없어진다고 생각하는 것은 비현실적이지 않을까, 그런 생각을 합니다.

'지성'의 존재 이유와 학문의 헤게모니를 묻는 자세

고지마 맞는 말씀입니다. 일본의 고도 경제 성장 과정과 인생이 겹쳐 있는 저로서는 숙연해질 수밖에 없다고 느끼면서 선생님 말씀을 듣고 있었습니다. 선생님은 밀을 19세기 영국 제국주의 속에 자리매김하면서 생각하셨습니다만, 서두에서 제가 말씀 드린 '지성의 독립'의 문제로 다시 돌아가서, 이 문제를 제 나름대로 정리하자면 다음과 같이 될 것입니다. 어느 특정한 사회에서 생산된 '지식'을 다른 사회의 구성원이 접했을 때, 최소한 그 지식이 어떤 과제 때문에, 어떤 상황 속에서, 무엇을 해결하기 위해서 생성된 지식인지를 역사적으로 그리고 사회적으로 제대로 파악해야 될 것입니다. 이 또한 너무나 당연한 이야기입니다만, 그러한 사례를 일본에서 찾아볼 수 없다는 점이 일본 사회에서 잡지 편집자로 20여 년을 살아온 사람으로서 상당히 강하게 느끼는 부분입니다.

예를 들면 제게 선명한 기억으로 남아 있는 것은 월러스틴의 세계 체제론입니다. 일본에서는 1970년대 말 무렵부터 유행되면서 이제 '세계사'라는 말을 안 쓰고 '세계 체제'라고 말하는 것이 일본 역사학계의 일반적인 경향이 되었습니다. 두 개념 사이의 차이를 한 번도 묻지 않으면서 말입니다. 저는 그러한 현상에 상당히 회의적입니다. 월러스틴이 브로델의 업적을 이어받으면서 왜 1970년대 전반에, 미국의 좌익적인 입장에서, 게다가 사회학자로서 그런 논의를 내세워야 했는지를 인식하면서 그 논의에 접근한 일본의 역사가는 극히 적었을 겁니다. "과거를 말하는 행위는 실제로 살아 있는 인간이 수행하는 현재의 사회적 행위이며, 실제로 존재하는 사회 체계에 영향을 끼치는 것이다."라고 서문에서 밝히고 있는 저작을 거기에 내재되어 있는 실천적인 의욕을 문제 삼지 않고 받아들인 겁니다. 이제 와서 생각하니 당시의 저는 일본 학문의 비독립성이라는 문제에 부딪치고 있었던 것입니다.

우리의 '지식'의 근본을 자기반성한다는 것을 관념적으로 파악하고 있는 한, 이것 또한 하나의 레토릭이 되어 버릴 가능성이 있습니다. 하지만 동시에 하나의 저작을 읽을 때에도 그 저작이 가지고 있는 지향성이나 실천적인 과제를 점검하면서 자신의 기본을 검증하는 것이 중요할 것입니다. 이것은 하나의 지식을 그것이 생겨 난 사회의 여건으로 환원해서 해석하는 작업과는 다릅니다. 오히려 하나의 지식이 사회에 어떻게 관여하려는가를 확인하고, 스스로의 지식 또한 사회의 권력 편성에 관여할 수 있는 것으로 연마해 가는 행위를 의미하기 때문입니다. 저는 이것을 하나의 저작을 읽을 때의 예절 혹은 지적 교류에 대한 기본적인 자세라고 봅니다. 그러한 자세로 보면 겉보기에는 심오한 서적이라도 놀랄 정도로 내용이 없는 경우가 일본에서는 꽤 많습니다. 예를 들면 푸코의 경우, 그가 왜 『광기의 역사』나 『성의 역사』를 집필해야 했는가라는 물음은 상당히 적습니다. 말하자면 푸코가 『성의 역사』를 썼다면 일본의 독자들은 유럽의 빅토리아 왕조에 대해서 푸코가 쓴 대로 그것을 표상해 버립니다. 아니면 실증적으로 틀렸다고 지적만 하고 넘어갑니다. 푸코가 그렇게 표상한 것은 유럽 사회, 혹은 프랑스 사회에서 푸코가 절실하게 품고 있었던 실천적 과제가 있었기 때문일 것입니다. 말하자면 거기에 푸코의 개인적인 비밀이 있었기 때문에 새로운 세계사를 서술할 수 있었던 겁니다. 하지만 일본의 푸코 수용에서는 푸코의 그러한 개인적 광학(光學)과 그 세계사와의 관계가 검증되어 있지는 않습니다.

김우창 월러스틴이나 브로델이 한국에서는 일본에서만큼 영향력이 있는 것 같지는 않지만, 부르디외가 일본식으로 변형되는 것처럼 이들도 한국이나 일본에서 변형되는 것은 어쩔 수 없는 일입니다. 여기서 우리가 얘기할 수 있는 것은 두 가지입니다. 하나는 지적인 노력에서 자기로 돌아가려는 결심을 단단히 하는 게 중요합니다. 자기 현실이 뭐냐, 자기 느낌이 뭐냐가 굉장히 중요할 것 같습니다. 하지만 흔들리기 쉬운데, 세계가 열린 상황에서는 이 세계가 지적인 위계질서 속에 구성되어 있기 때문입니다. 거기에서 헤게모니를 가지고 있는 서양의 지적 상황에 우리가 흔들리기 쉽다는 것을 부정하기 힘듭니다.

제가 부르디외와 대담하는 것도 그렇습니다. 저는 대담할 생각이 없었고, 사전 공부도 안 했고, 신문에서 얘기하는 걸 긍정적으로 생각하지도 않았는데, 《한국일보》에서 그렇게 만들어서 별수 없이 하겠다고 했어요. 그런데 신문사에서 전달하기를, 부르디외가 이쪽에서 무엇을 얘기하고 싶은지 제안하라고 했답니다. 그것은 "나에게서 듣고 싶은 것이 무엇인가 말하라"는 암시를 가지고 있는 것입니다. 제 쪽에서 부르디외에게 물어야 된다는 것에 위계가 있다고 생각했기 때문에, 제안서를 보내는 것이 옳으냐 그르냐를 잠깐 생각했습니다. 부르디외가 세계적으로 유명한 학자고, 저는 객관적으로 봐도 대등할 수가 없기 때문에 위계가 생기는 것이 자연스러울 수도 있습니다. 하지만 저는 그 관점에서 생각한 것이 아니라 서양 사람이 무조건 말해야 한다는 것에 문제가 있다고 생각한 것입니다.

무의식 속에 위계질서가 있을 수 있습니다. 유럽 사람과 제3세계 사람들이 동등하게 대화하기는 어렵습니다. 농담으로 이런 얘길 합니다. 제3세계 사람들, 당신들은 재료만 제공하시오. 이론은 우리가 만들 테니까. 인류학자나 사회학자나 이런 생각을 가지고 있을 겁니다. 부르디외 문제도 개인적인 것이 아닙니다. 프랑스라는 명성 있는 나라, 한국이라는 명성 없는 나라, 부르디외라는 세계적으로 명성 있는 사람, 김우창이라는 명성 없는 사람, 이들 사이에 대등한 관계가 어떻게 발현될 수 있는가를 생각하지 않을 수 없습니다. 겸손해서 하는 얘기가 아니라, 개인적으로는 아무 상관이 없습니다. 단지 세계가 이런 헤게모니 속에 있을 때 내가 어떻게 해야 하는가를 생각하지 않을 수 없습니다. 결국 자기로 돌아가는 게 중요해집니다.

고지마 저는 일본의 지식인에게서 지금 선생님이 말씀하셨던 것과 같은 이야기를 들어 본 적이 없습니다. 선생님이 말씀하시는 위계질서는 일본의 지식인과 서양의 지식인 사이에서도 분명히 존재하는 것이기 때문에 왜 이런 이야기를 일본의 지식인들이 말하지 않는지 이상하게 느껴지지만 사실은 전혀 이상하지 않습니다. 저를 포함해서 일본의 지식인은 스스로가 유럽인이라고 생각하고 있기 때문일 것입니다. 유럽 사람들은 유럽에만 존재하는 것이 아니라 아시아 속에도 있습니다. 현실적으로는 부르디외에게 교태를 보여 주고 있을 뿐인데 문제를 공유하고 있다고 착각할 수 있는 정신 구조가 '지성의 독립'의 문제에 대해서 둔감하게 만들고 있는 겁니다. 그러한 상황을 극복하는 것이 우리의 가까운 미래의 작업이 될 것입니다. 제가 아까 한 권의 책을 받아들일 때에 역사적 조건을 음미해야 한다고 말한 것은, 부르디외와 만날 때에 그에 대해서 어떤 태도를 취해야 하는가를 생각하는 것과 마찬가지입니다. 선생님이 부르디외에 대해서 실천하신 정신적 싸움을 저는 책과도 실천하고 싶습니다. 그것이 큰 변화를 가져올 수 있는지는 상당히 의문스럽습니다만, 그것을 의식하느냐 안 하느냐의 차이는 상당히 큰 것입니다. 일본의 젊은 연구자들에게도 그것을 말하고 싶습니다.

전통 사회의 구성 원리를 생각하는 것

김우창 한국 같은 사회에 있는 사람들이 서양 지식인이나 지도자를 대할 때 발생하는 문제들이 있지요. 쓸데없이 예를 지켜서 자기주장을 안 하는 경우가 많습니다. 그러니까 문제는 그 사람의 업적에 어떻게 합당한 경의를 표해야 하는가, 그러면서도 예속적이지 않고 대등한 입장을 견지할 수 있는가 하는 것일 텐데요. 서로 어긋나는 이 여건들을 충족시키는 것은 중요하고도 어려운 문제입니다. 물론 이것은 국내적으로도 늘 일어나는 일이지요. 이렇게 여러 반성과 조정이 필요한 것으로 미루어서도 지식이라는 것은 푸코의 말처럼 권력과 한편이라고 말할 수 있습니다.

고지마 이번 기회에 선생님에게 여쭈어 보고 싶은 일이 있습니다. 오랜 역사가 오늘날의 유럽과 비유럽의 지식인의 비대칭적인 구조를 만들고 있는데, 이 관계성을 어떻게 미래를 향해서 변경해 나아갈 수 있느냐는 문제입니다. 이것은 정말 어려운 과제일 것입니다. 무작정 평등을 외치거나 모든 사람들이 선의를 가지고 노력한다고 달성할 수 있는 과제가 아니기 때문입니다. 우리는 과거를 통해서 미래를 내다볼 수 있는데, 그 과거가 사실은 하나의 담론에 의해서 만들어진 것임을 이제 깨닫기 시작했습니다. 우리가 지금 세계의 역사라고 생각하는 것은 유럽의 신화적인 자기 표상이었습니다. 유럽이 세계의 역사를 보는 방식을 만들어 왔기 때문에 유럽인들, 스스로를 유럽 사람이라고 생각하는 이들은 물론이고 자기가 유럽인이 아니라고 생각하는 사람들도 같은 세계사 인식 구도를 공유하고 있는 것입니다. 이 세계사의 표상에는 외부가 없습니다. 이 구조는 좀처럼 흔들리지 않을 것이라고 모두들 생각할 것입니다. 이러한 유럽의 신화적 자기 표상을 세계사라고 생각하는 한, 자유도 평등도 자본주의도 그것들이 구체적인 자리에서 다양하게 움직이는 모습이 모두 다 유럽의 중심성을 강화하는 것으로 표상될 뿐입니다. 오늘날 온 세계에 퍼져 있는 이 표상을 푸코를 따라서 하나의 담론 편성으로 볼 수도 있습니다만, 그렇게 보면 이 강력한 세계사 표상 역시 역사적으로 결정된 것이라는 인식이 생겨납니다. 현재 우리가 빠져 있는 유럽 중심적인 세계사 인식의 구조나 그것을 만들고 있는 담론을 우리가 어떤 지적인 노력으로, 유럽 바깥에서, 새로운 영역을 개척할 수 있는 것일까요?

김우창 푸코의 비판적인 의식을 존중하는 것은 옳습니다만 동시에 언설의 세계를 벗어나 현실 문제로 얘기하는 것이 옳다고 생각합니다. 현실에서 더욱 평등한 질서를 만들기 위해서는 무엇을 해야 하는가에서 시작하는 것, 즉 담론에서 시작해서 현실로 나아가는 것보다는 현실에서 출발하는 것이 옳다는 느낌을 가지고 있습니다. 두 번째는 이런 담론의 세계든 현실의 세계든, 서구 중심적이고 서양 중심적 사고의 밖에서 계속적으로, 부분적으로, 지엽적으로 얘기하는 것이 필요합니다. 여기서는 서양 세계에 수정을 가하려면 서양이 아닌 세계가 가능하다는 것을 보여 줘야 합니다. 서양이 나쁘다는 말만을 하는 것은 주변적인 담론으로 떨어질 가능성이 있습니다. 하지만 지금은 비서양적인 담론을 수립하는 일이 상당히 어려운 상황에 있습니다. 그것은 이상적인 질서는 아니지만, 제가 개인적으로 관심을 가지고 있는 것은 우리의 전통적인 세계가 어떤 것이었나 하는 것입니다. 우리의 전통적인 세계, 그것의 기본 원리를 생각하고 있습니다. 수학이 몇 개의 공리로 체계를 만들어 나아가듯이 문명이라는 것도 몇 개의 원리로 현실 세계의 구조물을 만들어 나아가지 않는가, 숨은 원리가 있지 않은가 생각합니다. 한국 사회를 규정하는 공리적인 사실, X점은 무엇인가? 그것이 어떤 인식을 만들어 내는가? 그것에 의해서 불가능해진 것은 무엇이고, 가능해진 것은 무엇인가? 거기에 개인적인 관심이 있습니다.

극히 한국적인 얘깁니다만, 유교에 '사단칠정론(四端七情論)'이라는 게 있습니다. 여기서는 인간의 감정이 지닌 윤리적 가치를 중요하게 얘기합니다. 유학자들은 이것이 논쟁으로 전개되는 과정에 관심을 가집니다만, 저는 감정의 윤리적 가치를 깊이 생각하는 것이 서양과 상당히 다른 특징이라고 봅니다. 서양 사람들은 데카르트의 정념론에서도 그러하지만 감정의 현실적이고 사회적인 가치를 중시하지 않았습니다. 그런데 감정이라는 것이 개인적이지 않고 윤리적·사회적 가치를 갖고 있다는 인식이 한국이나 중국 그리고 일본에도 있었다고 생각합니다. 감정을 중심으로 출발해서 사회 규범을 만들 때 어떤 일이 생길 것인가? 이 문제에 쉽게 다가갈 수는 없겠지만, 이성을 중심으로 만들어진 규범과는 체계가 다를 것입니다. 드러나는 것이 다르고 감추어지는 것이 다를 것입니다. 어느 쪽이 좋다는 것이 아니고, 서양 문명과는 다른 문명 원리에 대해서 보여 주고 서양 문명에 의해서 보이지 않게 된 것, 억압된 것이 무엇이냐를 밝히는 작업이 중요하다고 생각합니다. 이것은 서양 사람들이 이른바 원시 사회라고 말하는 사회에도 적용될 수 있을 것입니다. 아메리카 인디언들도 자신이 설정한 세계상이 있었을 것이고 그것에 따라서 사는 방식이 있다는 것을 밝히는 것이 중요할 것입니다. 모든 인간이 서양 사람처럼만 생각하는 게 아니라는 것을 보여 주고, 다른 형태의 사회가 가능하다는 것을 보여 주고 밝히는 것이 중요하다는 것입니다.

고지마 아주 흥미로운 말씀입니다. 유럽은 '이성'이고 그 외의 세계는 '감정'이라는 이야기는 유럽인들 자신도 말하고 있습니다만, 사실 사단칠정론의 맥락과 같은 것이 아닙니다. 왜냐하면 '사단칠정론'의 '정'은 아마도 오늘날에 말하는 감정과는 다른 것이라고 생각되기 때문입니다. 이것을 저는 일본의 17세기의 유학자인 이토 진사이(伊藤仁齊)의 '정'에 대한 논의에서 유추하고 있습니다. 이 '정'이란 이성과 분리·대치되는 존재로서의 감정이 아니라, 이성과 감정의 저변에 있으면서 양쪽 다 거기서부터 의미를 부여받는 무엇이 아닐까요? 감정의 문제를 앞으로 어떻게 의식화하고 담론화하고 분절화하느냐가 아마 최대의 과제일 겁니다. 일본이 21세기에 아시아 속에서 같이 공생하기 위해서는 이 문제를 열심히 다뤄야 할 것입니다. 일본인은 스스로의 감정 문제에는 민감하지만 일본인 이외의 아시아 사람들의 감정에 대해서는 둔감합니다. 이것은 식민지주의적인 둔

감이라고 해도 좋을 겁니다.

아시아의 감정을 어떻게 해명하고 그것을 새로운 이성의 언어로 번역하면서 학문으로서 정립해 나아가야 될지는 일본의 지식인에게 주어진 과제의 하나입니다. 다만 이것을 이성과 대립된 감정의 문제로 다룰 수는 없습니다. 전쟁이나 식민지의 문제를 놓고 아시아 사람들이 감정적이라고 느끼는 일본인은 많습니다만, 피상적인 반응입니다. 전쟁이나 식민지의 기억 문제를 이성적으로 말할 수는 없습니다. 그것은 이성이나 감정을 초월한, 아마도 '정'에까지 도달하는 문제이기 때문입니다. 우리는 새로운 말을 찾아야 합니다. 지금 선생님이 하신 이야기는 한국의 전통 사회의 공리임과 동시에 유럽이 스스로를 형성할 때에 배제하고 억압한 공리에 대한 지적이기도 하다고 생각됩니다. 말하자면 인간의 보편적인 위상으로 이어질 수 있는 인식을 사단칠정론이 시사하고 있지 않은가 합니다.

김우창 감정 중심적인 사회에서도 억압이 있습니다. 감정이 사회적으로 중요하다는 말이기도 한데, 그렇게 되면 사회적으로 감정을 통제해야 된다는 결론이 나오게 돼서 오히려 억압이 초래되는 경우도 있습니다. 예를 들면 근대 초기에 제기된 '자유연애'의 문제 등은 감정을 방치할 수 있는 유럽 사회에서만 가능했던 것이고, 동아시아에서는 상당히 문제시되는 부분이었습니다. 그것은 감정이 사회적으로 대단히 중요하기 때문입니다. 남녀 간의 감정의 문제도 사회적으로 조절해야 한다는 사고방식이 기본적으로 있기 때문입니다. 그것을 단순히 억압되어 온 감정을 해방시켜야 한다고 말하면, 이것은 큰 사회적 장애물에 부딪치게 되고 복잡한 문제가 됩니다.

고지마 모든 지역의 모든 사람들이 저마다의 사회에서 '정'의 문제를 생각해 왔을 텐데, 그것이 모더니티 속에서 사회적인 제어와 억압을 받았을 가능성도 있습니다. 선생님 말씀을 듣다 보면 여쭙고 싶은 일이 갈수록 더 생깁니다만, 아쉽게도 마무리를 지어야 할 때인 것 같습니다. 저는 일본의 사회적인 문맥에 입각해서 '지성의 독립'의 문제를 생각하면서 한국이나 중국 혹은 아시아와 이어지는 길을 만들어 가고 싶습니다. 그 작업을 위해서 선생님께 여러 가지를 여쭈어 볼 기회를 얻고 싶었습니다. 오늘 이 자리를 통해 앞으로 제 연구의 계기를 던져 주신 데 깊은 감사의 뜻을 밝히고 싶습니다.

김우창 자기 자신의 사회나 세계를 생각하는 사람들이 지성의 독립을 문제시하고 고민해야 되는 것은 확실하다고 봅니다. 지금 우리가 생각해야 할 무엇보다 중요한 문제는 자기비판입니다. 스스로가 말하는 이야기가 가장 진리에 가깝다고 생각하기 시작하면 곤란합니다. 자기와 현실로 돌아와서 생각하는 것은 무엇보다도 중요한 점입니다. 그런 의미에서 마르크스나 푸코에게 여전히 배울 점이 있습니다. 단지 유감스러운 것은 이러한 비판론이 진리에 더욱 가까이 가도록 겸손하고 가열한 노력을 해야 한다는 경고가 받아들여지는 것이 아니라, 진리의 가능성을 완전히 부정하거나, 진리란 오로지 싸움의 수단에 불과하다는 입장들을 정당화하는 것으로 취해지는 경우가 많다는 것입니다. 오늘 여러 말씀 감사합니다.

오렌지 주스에 대한 명상[1]

서양적인 것의 유혹과 반성

김우창(고려대 영문과 교수)

김상환(서울대 철학과 교수)

2001년 4월 26일

김상환 좀 있으면 선생님께서도 대학에서 은퇴하실 나이가 되셨습니다. 저는 선생님이 그동안 살아오시고 활동하신 것을 편안하게 회고하실 수 있도록 유도하는 역할을 맡았습니다. 제가 말주변이 없어서 잘할 수 있을지 모르겠습니다만. 먼저 선생님의 서양에 대한 체험에 대해서 말씀해 주셨으면 좋겠습니다.

김우창 김 선생도 말주변이 없다는데……. 나도 그렇거든요. 잘 아시겠지만, 말한다는 것과 쓴다는 것은 전혀 다른 문제인 것 같아요. 말을 잘하는 사람하고 글을 잘 쓰는 사람하고도 다르고, 또 말과 글의 역할도 다르지요. 덧붙이자면 산다는 것과 글 쓴다는 것도 전혀 별개의 문제인 것 같아요. 정리해서 보지 아니하면 인생이 잘 살아질 것 같지 않다, 정리해서 분명하게 알고 살아 보자는 것이 글쓰는 사람들의 동기 중의 하나랄 수 있습니다. 질서를 부여해 보고, 의미를 찾아보고…… 그런데 포스트모더니스

---

1 김우창 외, 『춘아 춘아 옥단춘아, 네 아버지 어디 갔니?』(민음사, 2001)에 수록.(편집자 주)

트들이 말하듯이, 글을 쓴다는 것과 인생을 산다는 것은 전혀 다른 맥락인 지도 몰라요. 정리해서 글을 쓰려고 노력하다 보면, 인생도 조리 있고 뭔가 질서가 있는 것 같다는 착각에 빠지게 되지요. 그러나 글쓰기가 끝난 다음 순간부터 다시 인생은 혼란스럽습니다.

소설을 쓰는 이들도 그렇지요. 특히 소설을 읽는 사람은 인생에 플롯이 있는 것처럼 착각하게 되고, 자기 인생도 플롯을 만들어서 살려고 하고, 그러면서 계획을 세워 열심히 살아 보려고 노력하면 의미 있는 모양이 생기는 것 아니냐, 이런 착각을 하게 됩니다. 근래 들어와서 느끼는 것은, 옛날보다 아는 것이 더 많아진 것 같지도 않고, 글을 쓰고 책을 보고 있다고 해서 인생의 플롯이 잡혔던 것 같지도 않다는 겁니다. 결국 글 쓰는 세계라는 것은 사람 사는 세계하고는 별개의 세계다, 이런 결론이 생기는 것 같아요. 결국 이런 이야기를 하는 것은 물어보신 서양 체험 또는 다른 어떤 체험의 경우라도 가닥을 잡아서 말하기는 곤란하고, 그러한 것은 대체로 소급하여 구성하는 것에 불과하다는 말을 하려는 거지요. 서양의 체험은 개인적인 것이라기보다는 역사적인 것이라고 해야겠지요. 우리의 역사가 서양의 힘에 압도되고 그것에 의하여 변형되는 바람에, 누구나 알게 모르게 서양에 말려든 것일 겁니다.

김상환 선생님께서는 늘 한 개인에 대한 공동체의 제약이라든가 그 역사적인 상황 혹은 조건 등을 강조해 오셨습니다. 그런 관점에서 선생님께서 저희같이 젊은 나이에 공부도 하시고 인생의 계획도 세우고 하실 무렵에 대해서 말씀해 주십시오. 저희 세대는 선생님 세대에 대해서 동질감을 느끼는 부분도 있지만 세대 차를 느끼는 것도 사실입니다. 선생님 약력을 보니까 우리나라가 해방되던 무렵에 초등학교를 졸업하고 1950~1960년대에 젊은 시절을 보내셨던데요. 아주 막연한 느낌인지 모르겠지만, 어느 시대나 그런 것처럼 선생님의 시대에도 앞선 세대와의 차이가 있었을 걸로 생각됩니다. 한 개인, 특히 문필가에겐 그런 차이 의식이 굉장히 중요한 것 같아요.

김우창 내가 대학에 들어간 게 1954년인데, 1953년에 휴전이 되고 1954년에 서울 대학이 서울로 오면서 우리가 처음으로 서울에서 학교 다니는 사람들이 됐지요. 그 무렵에 우리도 그렇지만 우리 앞 세대 분들도 공부하기가 어려운 시대였다고 할 수밖에 없어요. 1950년부터 1953년은 전쟁 중이었고, 우리 이전 졸업생들을 보면 입학하고 졸업한 사람들 사이에 숫자가 크게 차이가 납니다. 전쟁에 희생된 사람이 많다는 겁니다. 당시 우리나라에서 — 문과 계통은 좀 더 많지만 — 이과 계통과 자연 과학 계통에서 학사 학위를 가진 분이 10명이 안 됐다는 이야기를 들은 일이 있습니다. 사실 1950년대까지는 우리 학문의 기틀이 생기고 특정한 의미를 띠는, 분명한 경향을 가진 전 세대가 성립하기 어려운 상황이었지요. 전 세대와의 관계를 규정하기가 어려운 것이 우리 세대였을 것입니다. 계승하거나 저항하거나 할 수 있는 전 세대 문제를 요즘 세대보다 더 찾기가 어려웠다고 할 수 있어요. 다만 현실이 있었다고는 할 수 있지만, 나는 4·19가 나기 전에 대학을 졸업한 세대로서, 현실에 대하여서도 계승이나 저항보다는 침묵하는 세대였다고 할 수 있습니다.

김상환 그 당시 공부하던 분위기나 여건은 어땠는지요?

김우창 나는 정치과로 들어갔다가 영문과로 옮겼는데, 졸업할 때까지 영문과에 양서가 전혀 없었어요. 수입이 안 된 거예요. 학교 가면 교수들이 그때그때 프린트된 소설 몇 장씩 주면, 그걸 읽는 식이었지요. 지금처럼 복사 기술이 발전도 안 됐고. 그런데 영문과 이외의 분야 역시 비슷하지 않았나 합니다. 역사가 오래됐다고 해서 학문의 역사가 오래된 것은 아닙니다. 역사학의 역사가 생기는 것하고 역사가 생기는 것이 같은 것은 아니거든요. 우리 역사의 길이와 역사학의 길이는 일치하지 않지요. 우리의 모든 학문의 역사—현대적인 의미에서의 학문의 역사가 짧다는 것이 우리의 출발점이 될 수밖에 없습니다. 이는 물론 외국의 경우에도 볼 수 있습니다. 영문학은 세계에서 가장 오래된 문학 중의 하나죠. 그렇지만 영국에서 영문학이 문학으로 성립되고 학문으로서 대학에서 공부하기 시작한 건, 19세기 말부터 20세기 초입니다. 그러니까 영문학의 역사는 1200년을 잡을 수도 있고 500년이나 600년을 잡을 수도 있지만, 영문학의 학문으로서의 역사는 이제 100년이 될까 말까 하지요. 중국 문학은 그보다 두 배도 더 오래된 문학이죠. 그러나 현대적 학문으로서의 중국 문학의 연구는 영문학보다도 더 근년인 것으로 생각해야 되겠지요.

우리나라의 경우 우리 문학이나 철학의 역사는 오래됐지만 그것들이 현대적인 학문으로 성립된 것이 짧다는 자명한 얘기를 잘 인식하지 못하는 경우가 있지요. 현대적 학문이 성립할 수 있을 시기에 일본의 점령이 있어서 우리 전통의 큰 단절을 겪었고 해방 후에도 시대의 혼란이 있었지요. 학문도 현대라는 새로운 시대 그리고 국민 국가의 성립이라는 조건에 많이 의존하는 인간 활동이라는 느낌이 듭니다. 이러한 조건이 성립하는 데에는 물론 좋든 나쁘든 서양과의 관련이 중요하지요. 궁극적으로는 그 부름에 응하는 행위의 일부이니까요.

이런 이야기는 조금 삭막한 것이 우리의 학문 환경이 되었다는 말인데, 그럼 뭘 하면서 공부했냐고 물을 때, 학교에서 배운 것은 별로 없다고 할 수도 있고, 자기 맘대로 책 읽고 공부하고 살아갔다, 이렇게 말할 수도 있어요. 최근에 리처드 로티의 한국 방문과 관련하여 그의 글들을 볼 기회가 있었는데, "사람 사는 데 가장 기본적인 감각의 하나는 미적 감각이다."라는 얘기가 있었습니다. 이것은 그의 사상에서 중요한 발언 중의 하나라고 생각됩니다. 사람이 자기 인생을 어떤 형태로 형성해 나가는 것은 감각적인 체험의 누적과 거기에서 촉발되는 우발적인 자기 인식으로 일어나는 것이다, 그러한 것들이 집합되어 하나의 형태로 응고되는 거다, 이런 뜻에서 미적인 감각이 인생을 사는 데에 기본적인 감각이라고 하는 것이지요. 어떤 인위적인 계획보다도 일상적으로 체험한 여러 가지 일, 우발적인 사건, 그에 대한 시시각각 관념적이고 실제적인 대응, 이런 것들이 하나의 형체로 형성해 가는 것이 사람 사는 일이지 않겠습니까? 이것은 특히 격동하는 사회에서 사는 사람들의 경험 형태겠지요. 그리하여 이념과 신념에 대한 갈증이 생기는 것이겠지만.

김상환 그런 우발적인 것을 좀 더 구체적으로 듣고 싶습니다. 그리고 아까 말씀드린 것처럼 선생님의 서양 체험, 서양 문학 체험, 이런 것에 초점을 맞추고 싶습니다. 가령 선생님께서는 정치학과에 들어오셨다가 어떻게 영문학을 하게 되셨는지요? 영문학을 선택하게 된 동기라든가, 또 영문학을 하시더라도 특정한 전공이 여러 가지일 수 있는데 비평 이론 쪽으로 공부하시게 된 동기를 말씀해 주십시오. 철학 하는 사람에게도 철학적 체험, 즉 그 사람의 영감이 시작되는 근본적인 체험 같은 게 있는데, 선생님께서 젊은 시절을 되돌아보실 때, 학문적으로 중요했던 체험과 선생님이 살아오신 여정에 지속적으로 영향을 미쳤다고 할 수 있는 그런 체험 같은 것은 없으셨습니까?

김우창 그런 질문을 김 선생한테뿐만 아니라 다른 자리에서도 받는데 늘 답변이 궁색해요. 무엇이 어떻게 돼서 그렇게 했는지……. 정치학을 한다는 것은 비교적 자명하죠. 많은 사람들이 그냥 세속적인 관점에서 정치도 하고 변호사도 하는 것이 좋다고 하니까, 그렇게들 시작하지요. 우리 집에서도 법학을 해서 법관이 되면 어떠냐는 생각이 있었고, 나도 별 생각 없이 괜찮을 것 같아서 고민하다가 그건 좀 하기가 싫고, 좀 더 학문적 성격을 가진 것을 배우고 싶었어요. 그러자면 정치학을 하는 것이 더 낫겠다 싶더군요. 그리고 정치학은 법대에서 공부하는 것이 아니고 문과 대학에서 배우는 것이니까 다른 학문도 병행할 수 있겠다는 막연한 생각도 있었지요. 그렇게 해서 정치학을 선택했는데, 다녀 보니까 재미가 없어요. 원래 고등학교 다닐 때부터 소설이라든지, 철학 책이라든지 이런 것을 많이 봤거든요. '다른 데로 가자!'는 생각이 들었어요. 건방진 생각으로, 국문학이라는 거 그냥 집에서 읽으면 되지, 학교에서까지 공부할 필요가 있겠냐는 생각이 들었고 그래서 서양 문학을 하는 것이 좋겠다고 결정했죠. 그래서 그래도 그 시점에서 외국어로는 영어를 제일 잘 하니까 영문과에 들어갔어요. 영문과 가서 크게 재미를 느꼈냐면 실망한 건 마찬가지였어요.

그러나 나이와 더불어 옛일을 되돌아볼 때가 있지만, 결정적인 계기를 얘기하라면 답변이 없어서 곤란할 때가 많아요. 요즘 구태여 생각하면, 괴테를 읽은 것이 중요했다는 생각이 들어요. 사람이 받는 영향이라는 것은 자기가 필요한 것을 받는 거지, 바른 이해나 영향 자체의 좋고 나쁜 것과는 별 관계가 없는 일이지요. 나이가 들면서 객관적으로 보는 훈련을 하고 그러는 거죠. 괴테를 말한다고 해서 알고 읽었다는 것은 아닙니다. 어쨌든 그때 괴테의 희곡들도 읽고, 『젊은 베르테르의 슬픔』도 읽고, 시도 보고, 또 괴테의 전기 같은 것도 봤어요.

『파우스트』에 나오는 구절에 "무엇을 찾아 노력하는 사람은 방황하게 마련이고, 방황하는 사람은 결국 잘못을 저질러도 구원된다." 대충 이런 것이 나오는데 그 구절이 힘이 되지 않았나 하는 생각을 해요. 그러니까 스스로 강하게 느끼는 것을 계속해서 추구해 나가면, 설사 거기에서 잘못된 것이 있더라도, 계속 추구하여 노력하는 과정의 일부이기 때문에 있을 수 있는 일이라는 말이 인생을 생각하는 데에 일종의 해방감을 줬다는 느낌이 들어요. 그 문제를 일기에도 쓰고 그랬던 것 같습니다. 그것은 그 후에도 나에게 중요했다는 생각이 들어요. 계속해서 추구하는 게 필요하다는 느낌, 잘못이 있을 수 있지만 추구 자체가 중요한 것이라는 느낌이 나한테 계속 잔존했습니다. 다른 한편으로 데카르트의 『방법 서설』이라는 책이 상당히 중요했다는 생각이 들어요. 그러니까 인생을 사는 데, 아버지가 가르쳐 주는 것, 선생님이 가르쳐 주는 것, 학도호국단에서 가르치는 것, 사회에서 가르치는 거룩한 말들 등, 우리를 가르치는 것이 많지만 모든 것을 다 다시 물어야 된다는 생각, 다 물어보면서 살아야지 그냥 가르치는 대로 살아서는 안 된다는 것이 나한테 중요했어요.

김상환 지금 말씀하신 건 주로 고등학교 시절 중심인 것 같은데요. 그러면 대학 시절 그리고 미국 유학 시절, 학문의 길로 들어서서 공부하실 무렵에 선생님에게 영향을 미쳤던 현실적인 요인은 무엇이었나요? 친구 관계라든가 사제 관계도 좋고, 또는 선생님의 위 세대든 아니든, 선생님에게 어떤 우상이 있었는지 궁금합니다. 저희들은 선생님 세대에게 배우고 선생님 세대가 쓴 글들을 읽으면서 자기가 서 있는 위치를 생각했거든요. 이제 그런 문맥에서 선생님이 미국 유학 가신 20대에 대해 이야기를 좀 해 주시죠.

김우창 김 선생도 아마 그러시겠지만, 앞에 말한 대로, 우리가 서양 학문을 한다는 건 자기 개인적인 동기를 떠나서 시대적인 것이지요. "모든 비서양 세계는 서양의 모형으로 변모하라!" 이것이 17세기 이후, 20세기까지의 지상 명령입니다. 이것이 비서양 세계의 이념적·사실적 붕괴, 자기혐오, 낭만적 이상주의 등등과 결합하여 서양 지향이 성립하는 것이겠지요.

서양 지향은 서양이 좋은 것이고, 다른 하나는 우리나라가 싫은 거지요. 그 이면에 물론 애국자들도 많지요. 그러나 "애국, 애국" 하는 것은 새로 다짐하느라고 그러는 거라는 면이 있습니다. 자기 나라가 정말 자기 뿌리이고 자기 생존에 뗄 수 없는 일부라는 것을 고맙게 느끼고 있는 사람에겐 애국이라는 소리가 필요 없죠. 영화 같은 데서 서양 사람들이 "아이 러브 유"를 되풀이하는 것이 이상한 거나 비슷하지요. 그때는 어떤 경우에나 우리나라가 문제적이라는 생각을 많이들 하고 있었을 겁니다. 그것이 서양 학문을 하는 동기 중의 하나였지요. 그러고는 서양을 이상화한 것이지요. 물론 이것은 서양과 비서양의 불균형의 문제만은 아닙니다. 요즘 나는 학생들과 같이 게리 스나이더라는 미국 시인을 읽고 있는데 그 사람은 미국 아닌 것, 서양 아닌 것을 다 이상화하는 경향이 있습니다. 가령 중국이나 일본이 아주 이상화되어 있지요. 미국에 사는 사람들은 미국에 못마땅한 게 있으니까 "중국이나 일본 가면 좋겠지." 이렇게 생각하고, 독일 사람들도 19세기 말부터 20세기 초까지 그리스를 그렇게 이상화해서 그리스를 마치 다른 세계인 것처럼 생각한 적이 있었죠.

자기 사회에 대한 여러 가지 문제를 의식하면서 다른 데 가면 해결책이 있지 않을까 하는 발상은 자연스럽기도 합니다. 그러나 다른 한편으로 그것은 제국주의적 헤게모니 속에서 산다는 것을 뜻하기도 하지요. 우리가 서양을 생각하고 그곳으로 가는 이유는, 우선 독일 사람들 표현으로 '페른베(Fernweh, 먼 곳에 대한 그리움)' 같은 것들이 작용했겠지만, 그것 또한 제국주의적 질서 속의 한 정서를 이루는 것이겠지요. 미안한 얘기지만 건방지게도 난 학교 졸업하면서 "여기서 공부할 건 없다. 다른 데 가서 공부해야겠다."라는 생각을 했죠.

김상환 저희 때도 그랬습니다. 당시만 해도 동양 철학, 동양학을 한다는 것은 뭐라고 할까, 역사에 뒤처진 듯한 분위기였죠. 그런데 저의 위 세대 선생님들, 특히 일제 시대 때 공부하신 분들을 보면, 일본 사람들에 대한 콤플렉스라고 할까요? 그런 것이 굉장히 강하거나 아니면 어쩔 수 없이 나타나는 경우를 간혹 봤습니다. 선생님처럼 해방 이후에 공부하신 분들을 보면 서양에 대해서 갖는 느낌이 저희들하고는 다른 것 같습니다.

김우창 처음부터 지고 들어가는 거죠. 그러니까 단순하게 얘기하면 하여간 우리 것은 나쁘고 다 뜯어고쳐야 된다는 열등감이 있었죠.

김상환 일제 시대에 공부하신 분들은 일본 사람과 비교해서 그러한 열등감이 나타나기도 하고, 해방 후 세대는 서양인과의 관계에서 그런 열등감이 나타나는 것 같습니다. 저희들은 적어도 선생님같이 출중한 분들이 간혹 계셔서 좀 다른 것 같아요. 보호벽이 되어 주신 거라고 평가할 수도 있겠는데요. 우리를 가르친 선생님들에게 전적으로 만족할 수는 없지만, 그래도 뭔가 희망이라든가 자신감 같은 것을 불어넣으셨다는 것만은 틀림없습니다. 그렇기 때문에 이전 세대가 가졌던 일본이나 서구에 대한 콤플렉스는 많이 줄어든 것 같아요. 적어도 현재의 역사적 불행이나 후진성을 조급하게 선험화하거나 일반화해서 체념적 운명론에 빠지는 오류에서는 벗어난 것 같습니다. 어쩌다 보니까 우리가 일본보다 조금 늦게 개화하고 못살게 됐지만 이것도 시간이 지나면 역전될 수 있다, 서양 사람들도 어떻게 하다 보니까 세계를 제패하게 되었지만 역사의 수레는 굴러서 다시 역전될 수 있다, 하는 허황될는지 모르는 생각을 하게 해 주셨다는 겁니다. 스승도 책도 없는 곳에서 시작했던 선생님 세대는 '독학의 세대'로 부를 수 있지 않을까 생각합니다. 그리고 이 세대가 한글세대에 대해서 갖는 의미는 큰 것 같습니다. 한국어의 산문적인 잠재력이 포괄적으로 실험되었던 것이 선생님 세대가 아닌가 하고요.

김우창 그건 너무 과대평가인 것 같고, 해방 이후뿐만 아니라 해방 전에도 20세기 초부터 계속해서 글을 써 온 분들이 있으니까 그분들의 유산이 있는 거죠. 그런데 우리 사는 게 괴로우니까 여기서 배울 게 뭐 있느냐고 하면서, 마치 없는 것처럼 행동한 거죠.

김상환 우리나라의 근대화, 인문학의 발전 과정, 서양 사상의 수용 과정에서 일본과의 관계를 무시할 수 없을 겁니다. 저희 세대는 거의 일본인들과는 무관하게 작업을 해 왔고, 그래서 일본의 영향력으로부터 상당히 벗어나게 되었다고 할 수 있는데, 이런 분리는 그 전 단계가 있었기 때문에 가능했던 거지요. 선생님들은 해방된 나라의 근대화 과정에 뭔가 주춧돌을 놓으신 분들이거든요. 그래서 선생님 세대는 어쩌면 행복하고 어쩌면 그렇지 않을 수도 있을 것 같습니다. 지금 평론가들도 많고, 또 어쩌면 선생님 세대만큼 독서도 많이 하고 공부도 많이 했지만, 지금의 평론가들이 하는 역할이나 비중은 선생님 세대에는 못 미치는 게 많거든요.

김우창 한국 지식인의 일본과의 관계, 서양과의 관계, 이것이야말로 풀어내기 어려운 문제입니다. 이광수도 민족 운동을 하고, 상하이에도 가고 이르쿠츠크에도 가고, 또 미국으로 가서 교포 신문을 할까 이런 생각도 하고, 또 물론 가장 중요하게는 문학의 길을 열기도 했습니다. 그러다 궁극적으로 친일을 하게 된 것은 — 복잡한 심리적인, 사회·역사적인 사정을 생각해서 이해해야겠지만 — 처음부터 일본에 모자를 벗고 들어간 것하고 깊은 관계가 있는 것 아닌가 하는 생각이 듭니다.

이전에도 서양에 가서 공부한 사람들이 있었지만 사실 본격적으로 그 수가 많아진 것은 1950년대 말, 1960년대부터입니다. 캘리포니아 대학의 이학수 교수는 6·25 직전에 미국 유학을 갔는데, 그때 여권 번호가 8번인가 그랬다는 말을 들었습니다. 우리가 유학 갈 때 — 나는 1959년에 유학 갔습니다. — 부터 유학생이 많아졌기 때문에 개인적인 의미로서만이 아니라 우리 세대나 우리나라 전체의 흐름을 봐서 본격적으로 서양 공부를 하기 시작한 게 우리 세대라고 얘기할 수도 있어요. 이광수가 일본에다 모자를 벗은 것처럼 우리도 뭐라고 하든지 서양에 모자를 벗고 '죽여 주시오.' 하면서 있었는지도 모르겠어요.

김상환 우리나라의 여건이 워낙 열악했기 때문에 그럴 수밖에 없었던 것 같아요. 제가 배운 선생님들께 들었던 이야기인데, 그분이 처음으로 서양을 만난 경험을 이렇게 말씀하시더군요. "미군 부대에서 하룻밤을 자고 일어났는데, 주방에서 오렌지 주스와 빵을 가져다주었지. 그런데 그 유리잔에 담긴 노란 주스가 그렇게 아름다울 수가 없었어. 그건 평생 보지 못했던 빛깔이고 맛이었지. 너무 신기한 것이 이게 무슨 하늘나라 음식을 먹는 기분이었어……." 옛날을 회고하는 박이문 선생님의 글에도 비슷한 이야기가 나옵니다. 젊은 시절 부둣가에서 일하다가 우연히 토스트인가, 버터 바른 빵인가를 드셨는데, 그게 그렇게 맛있었다고요.

김우창 그 오렌지 주스 얘기에 나도 완전히 공감할 수 있어요. 그것만이 아니라 처음에 미국에 가서, 그 번영, 그 질서, 그리고 무엇보다도 여유 있는 인간성에 탄복했습니다. 그러면서 이제 우리 세대가, 우리라고 해서 어폐가 있었는지 모르지만, 개인적으로 서양이란 곳에 대해서 비판적으로 거리를 가지고 보게 되는 건 다음 세대 사람과 더불어 배워간 것이지요. 그러자니 결국 더 삭막해진 것 같지만……. 미국이나 영국이나 프랑스를 쳐다보면서 "아, 이거 별거 같다."고 생각하다가 안 되니까, 그다음엔 "아, 소련은 별것 아닐까." 했다가 소련도 별것 아닌 게 되니까 쳐다볼 게 없어졌으니까요. 결국 우리로 돌아올 도리밖에 없지만, 그것이 쉬운 일은 아니지요. 무슨 사상의 문제가 아니라 삶의 방식으로서 옛 삶으로 돌아가는 것은 고사하고 그것을 오늘의 관점에서 이해하는 것만도 한 짐이니까요. 그러나 근본적으로 우리 세계에서 그것을 극복하려고 해도 서양에 대한 존경심 같은 게 남아 있을 가능성이 많지요. 지금 심정으로 얘기한다면 정말 삭막해진 세계가 된 것 같아요.

김상환 선생님의 글을 읽으면 합리적인 것이나 이성적인 것을 많이 강조하시고 데카르트 말씀도 자주 하십니다. 아주 단순화해서 선생님을 합리성을 중시하는 저자라고 봤을 때, 합리주의자로서 스스로를 의식하게 됐던 계기나 동기에 대해 말씀해 주시지요. 처음부터 합리주의자는 아니셨을 테니까요. 그리고 그 변모의 과정에 대해서도요.

김우창 처음부터 그랬던 것 같아요. 데카르트나 칸트 등을 일찍부터 본 탓도 있고, 개인적인 성향도 그랬고, 과학에 대한 존경심도 있었죠. 그것보다 더 중요한 것은 사회뿐만 아니라 일상생활에서 몸과 마음으로 느껴 온 갈등의 현실 때문이었다고도 할 수 있습니다. 그것은 우선적으로 사회의 사실적 구조에 관계되어 있지만, 아집과 편견 그리고 독단적 신념들에도 연관되어 있지요. 이것에 대해 반대쪽에 있는 것이 합리적이고 과학적인 태도라고 생각했습니다. 지금도 사람 사는 데 합리성이라는 게 절대적으로 중요하다고 생각하고 있습니다. 물론 농경 사회보다 복합 사회에서 더 중요하겠지요. 이성주의자나 합리주의자라고 불리는 것에 대해서는 억울할 것이 없습니다. 그러나 그게 전부라고 생각하는 사람이라 하면 좀 억울하다는 느낌이 들어요. 사람이 비를 피하고 추위를 피하기 위해서 집이 필요하다면, 바로 그 집에 해당되는 합리성이 아닌가 합니다. 개인의 삶이나, 사회생활에나 마찬가지이지요. 그런데 그 안에서 행복한 삶을 사느냐 못 사느냐 하는 것은 합리성만으로는 해결할 수 없는 문제입니다.

사회생활의 집으로서 필요한 합리성도 단순히 법칙의 세계, 연역적 사고의 세계를 말하는 것은 아닙니다. 메를로퐁티는 내가 쓴 글에서도 여러 번 언급한 사람이지만, 그가 생각하는 합리성은 훨씬 더 육체나 감각이 있는, 삶의 불합리성 속에 밀착되어 있는 합리성입니다. 그런 것이 사람 사는 데 필요하다고 느낍니다. 그것은 구체적인 삶 속에 있고 또 그 속에서 늘 새로이 생각되어야 하는 합리성이지요. 합리성이나 이성과 관련해서 사람이 사는 일은 대체적인 원리로서의 합리성과 구체적인 현실에서 움직이는, 획일적이지도 않고 독단적이지도 않은 합리성을 필요로 합니다. 그러나 그 안에 들어 있는 삶의 진짜 내용은 반드시 그런 것만도 아니라고 할 수 있겠습니다.

김상환 선생님 말씀을 들으니까 좀 더 질문드리고 싶네요. 이건 특히 선생님 글에서 많이 다루어지는 주제와 관련된 겁니다. 첫 번째는 아까도 말씀하셨듯이 우리의 서양 체험은 사실 우리가 너무 열악하기 때문에 다른 데서 이상적인 것을 구하는 측면과 관련이 있습니다. 즉 서양 체험은 우리에게 결여된 것과 밀접한 관련이 있고, 그 바탕에는 우리에게 없는 것이 저기에 있다는 생각이 깔려 있지요. 그런 메커니즘은 우리가 타인으로서 서양을 체험하는 것과 관련 있는 것 같아요.

특히 선생님께서 1970년대 후반에 쓰신 평론 한용운론 등에서 식민지 시대의 우리 시인들을 논하실 때 많이 말씀하신 게 '초월'에 관한 것입니다. 저는 철학 하는 사람으로서 '초월적 사유'나 태도에 관해 관심이 많습니다. 지금 말씀하신 것처럼 우리에게 부족한 것이 질서 의식과 합리성이라는 문맥에서, 서양의 핵심으로서 초월이라는 주제를 부각시킨 게 아닌가 하는 느낌이 들었습니다. 식민지 현실에서는 온전한 삶 자체가 불가능했고 초월 역시 불가능했다는 것은 옳은 말씀이신 것 같습니다. 그런데 "서양 문명의 핵심은 과학과 기술이다."라는 말은 누구나 쉽게 이해할 수 있지만, "서양적 사유의 핵심은 초월이다."라든지, "우리에게는 초월적 사유가 결여되어 있다." 혹은 "초월적 사유가 성립할 조건이 미비하다." 이렇게 말하면 일반 독자들에게는 좀 어려울 것 같습니다. 그것을 조금 더 풀어서 설명해 주십시오.

김우창 합리성과 이성을 연관 지어 생각하면, 이성도 초월적인 원리에 긴밀하게 연결되어 있다는 생각이 들어요. 수열에서 계속되는 숫자가 수렴해 가는 지점, 또는 끝없는 수가 연속된 끝에 상정되는 무한의 개념 같은 것 말입니다. 모든 사고는 한계 개념을 설정하고 그 개념의 상관관계를 생각하는 것이라고 할 수 있습니다. 수학적인 사고는 경험적 세계에서 인지되는 예들을 형식화의 과정을 통해서 극단까지 밀고 나가고 그 극단적인 한계에 따라서 사고를 전개하는 거지요. 이성적 개념은 경험적인 현상을 형식화하는 원리로서 불가피하게 경험적으로 주어진 것을 넘어가게 마련입니다. 초월적 사유란 그 한계의 가장자리에서 사고하는 것이지요. 생각한다는 것은 일상적인 차원에서도 경험적인 데이터를 넘어서 생각하는 것을 말합니다. 여기에서도 사유의 기본적인 메커니즘으로서 경험적 데이터를 넘어서는 한계 개념을 필요로 한단 얘기지요. 초월적 계기는 모든 이성적 사고에 이미 들어 있다고 할 수 있습니다.

이러한 초월의 동기는 어디에서 오는가를 생각해 볼 필요가 있습니다. 모든 사고를 가능하게 하는 한계는 어떻게 생겨나는 것일까요? 물론 이것은 사유의 메커니즘이라고 할 수 있습니다. 그러나 동시에 그것은 한 사회의 역사적 업적으로서 구축되는 것이기도 하지요. 그리하여 어떤 시대, 어떤 사회에서는 그것이 보다 쉽게 사유의 바탕으로서 작용하고, 다른 사회, 다른 시대에서는 그렇게 되지 못하는 것이 아닌가 합니다. 물론 초월은 종교적인 의미에서 쉽게 접근될 수 있는 개념입니다. 그것은 모든 것을 가능하게 하면서 모든 것을 넘어서 있는 어떤 지지점입니다. 그러나 조금 더 쉽게는, 그것은 인생이나 세계를 총체적으로 파악하는 데 필요한 한계 개념이라고도 생각돼요. 초월적인 차원 또는 신이 존재하느냐, 초월적인 체험이 있느냐 하는 것은 경험적인 현실을 넘어서는, 그야말로 초월하는 일이 되기 때문에, 거기에 대해서는 좀 더 과학적·합리적으로 이야기할 수 있기 전에는 함부로 말할 수 없는 일이겠지요. 그렇기 때문에 나는 늘 초월을 하나의 적극적인 개념으로 존재하는 것으로 보기보다는 현실 부정의 계기에 포함되는 것으로 보려고 했던 것으로 생각합니다.

김상환 네. 그 점은 한용운론에서 많이 언급하셨던 것 같습니다.

김우창 한용운론은 그의 시대와 또 우리 시대와 관련해서 쓴 것입니다. 그러나 일반적으로 초월을 사유 작용의 계기로서, 현실에 대한 비판의 거점으로서 상정할 수밖에 없는 필요조건(postulate)으로 보았지요. 그러나 이것을 너무 적극적으로 생각한다는 것은 비경험적이고 비과학적인 태도라는 느낌이 들었습니다. 그러나 나이가 들어갈수록 그 실재성의 문제를 생각하게 됩니다.

김상환 저는 개인적인 독자로서 그 부분을 좀 더 발전시키셨으면 하는 바람이 있었습니다. 좀 더 말씀해 주시죠.

김우창 미국의 철학자 로티의 이야기를 아까도 했습니다만, 요즘 그의 글을 읽으면서 든 생각인데, 로티는 자기가 실용주의자(pragmatist)라고 말하지만, 그는 또 합리주의자라고 할 수 있습니다. 이성을 부정하면서도 사람의 관념이나 그 언어적 표현을, 현실 문제를 해결하는 도구라고 보니까요. 현실 문제를 해결하는 데, 합리성을 도외시할 수는 없지요. 합리적 해결책을 찾아야지요. 합리성에 대한 그의 의견은 공리주의자적인 면이 많습니다. 그는 "모든 사람이 공존하기 위해서는 서로 타협해서 공통된 질서를 찾아가는 것이 필요하다."고 생각합니다. 그러니까 우리가 살아가는 생존 사실과 현실 속에서 불가피하게 타협해 나가는 도구적인 기능을 하진게 합리성이라고 할 수밖에 없지요. 또 "사람들이 합의하는 것은 보다 평등하고, 보다 자유롭고, 보다 자비로운 사회의 실현을 위한 희망이 기초가 되는 것"이라고 말합니다. 이 경우에도 그것은 합리적으로 실현될 수밖에 없지요.

그러나 여기에서는 이러한 문제를 논하려는 것이 아니라 — 말할 것도 없이 그의 공존적 타협과 희망의 사회에는 나도 공감할 수 있습니다. — 그런 얘기를 읽으면서 다른 한편으로 느끼는 어떤 부족감을 얘기하고 싶습니다. 많은 사람들에게는 합리적인 계산에서 나온 필요에 의해서가 아니라 심정적 깊이로부터 나오는 비전에 대한 갈구가 있습니다. 이것은 황당한 낭만주의에서만이 아니라, 철학적 사고에서도 사람들이 요구하는 것입니다. 깊이에 대한 열정은 이성의 움직임 속에도 있습니다. 이성은 세상의 이치를 차근차근 풀어서 설명하려는 움직임이지만, 동시에 파토스의 힘으로 지탱되는 것이 아닌가 합니다. 철학의 재미라는 것도 바로 파토스에 의하여 추동되는 로고스라는 점에 있는 것이 아닌지 모르겠습니다.

우리를 움직이는 철학자의 생각은 정연한 것이면서도 정열적인 것입니다. 로티 같은 사람에게는 합리적 질서라든지, 이성이라든지, 발전이라든지, 희망이라든지 이런 것들이 너무나 세속적으로 생각되고 있고, 거기에 들어 있는 파토스적 요소를 등한시하고 있다는 느낌이 듭니다. 희망을 말하고 시와 소설을 말한다는 점에서는 낭만적인 면이 있지요. 그러나 그것이 가령 헤겔의 철학적인 사고에서 느낄 수 있는, 철학적 로고스 자체의 정열은 아닌 것 같습니다. 로티 자신은 프랑스 철학에 가까운 것처럼 얘기하지만, 요즘 로티를 읽으면서 영미 철학이 왜 나한테 호소력이 없었는지 짐작하게 되었습니다. 영미 철학에선 생각의 정열도 파토스에서 나오는 것으로, 합리적으로 억제할 수 없어서 솟구쳐 나오는 것이라고 말합니다. 이러한 파토스가 어디에서 오는가 하는 점엔 쉽게 답할 수 없습니다. 이 원초적 파토스를 단순히 프로이트같이 심리 분석적으로 설명할 수 있느냐 하면, 저는 심리적인 차원을 떠나, 인간의 존재론적 차원에서 더 생각해 봐야 된다고 봅니다. 사실 나는 늘 합리적인 것을 생각하면서도 합리성과 연결되어 있는 초월이라든지, 초월이나 합리성이 인간 존재에 나타날 때의 그 파토스라는 면을 늘 생각했습니다.

김상환 선생님은 협소한 의미의 합리성이 아니라, 선생님이 자주 사용하시는 표현을 빌리면, 유연하면서 일관성을 허락하는 질서의 개념 아래에서 합리성을 말씀하십니다. 그리고 그런 것을 말씀하실 때 자주 언급되는 것이 '온전한 삶', '전체로서의 삶'이더군요. 어느 글에서인가, 선생님께서 문학과 전체로서의 삶 사이의 일치 관계가 비평 작업의 최대 과제라고 쓰셨던 걸 본 기억이 있습니다. 과학적 합리성이든 예술적인 것이든, 그것이 우리가 구체적으로 느끼며 살아가는 전체로서의 삶에 내재하는 질서에 얼마만큼 일치하느냐가 평가의 기준이 되어야 한다는 말씀이겠지요. 그러나 온전한 삶의 질서가 예술적 성취의 하나의 평가 기준이긴 하지만, 다른 한편에서는 그런 삶에 내재하는 독특한 질서를 생각하게 하고 느끼게 해 주는 영역, 가장 탁월하고 특권적인 영역으로서의 문학과 예술을 강조하신 것 같아요. 다시 말해서 삶을 기준으로 예술을 바라보는 동시에 예술을 통해서 삶을 바라보아야 한다는 말씀이라고 생각합니다.

선생님에게 삶에 내재하는 질서는 예술을 평가하는 기준뿐만 아니라 과학적 합리성이나 종교, 도덕을 평가하는 기준이 되는 것 같기도 합니다. 그래서 그것이 삶에 대한 형이상학적 이해의 전제로까지 기능하는 것 같아요. 또 세대론하고도 연결되는 것 같고요. 그런데 다른 측면에서 보면, 조금 낭만적인 취향이 있는 사람은 삶 자체가 오히려 역설적이고 매우 무질서해 보이고, 생에 대한 근본적인 체험을 기술할 때는 죽음의 충동이라든가 디오니소스적인 것 등을 강조합니다. 반면 선생님께서는 '온전한 삶'이라는 명제를 늘 염두에 두시고 삶이 무질서해 보이지만 나름대로 어떤 일관성을 갖고 있다는 것을 강조하십니다. 그런 것이 분명히 선생님 전체의 스타일이나 글의 가장 큰 밑받침이 되지만, 다른 사람이 볼 때는 그게 또 한계일 수도 있습니다. 다시 말해 포스트모더니즘의 세례를 받은 세대한테는 너무 건전해 보인다고 할까요?

김우창 아까도 말씀드렸지만, 나는 나름대로 경험적이고, 실증적·과학적이어야 된다고 늘 생각하기 때문에 될 수 있으면 형이상학적인 발언을 안 하는 게 좋겠다고 생각했지요. 내 바탕에 그런 황당무계한 형이상학적 전제가 있는지는 모르겠지만. 그런데 내가 사회 질서로서 이성이나 합리성을 특히 강조하는 것이 사실이지만, 아까 말씀드린 대로 그것이 독단적이거나 폐쇄적인 것이 될 가능성이 있다는 점을 생각하기도 합니다. 조선조의 유학도 사실은 일종의 합리주의인데, 그것이 인생의 복합적이고 비합리적인 요소를 아주 봉쇄해 버렸기 때문에 우리 삶을 아주 고단하게 만들었다고 느낍니다. '나름대로 뭔가 삶에 대한 깊은 생각이 있었기 때문에 그러한 체계를 만들고 그런 생각을 했겠지.' 하고 유학을 이해하려고 하면서도, 볼 때마다 유학은 삶의 복합적이고 유동적이며 감각적인 현실에 대한 인식이 부족했기 때문에 우리 사회의 발전에 큰 장애 요소가 되었다는 느낌을 가지게 되거든요.

나는 이성이 계시적인 성격을 가진 것이 아닌가 하는 생각을 합니다. 그것은 변화하는 세계 속에 끊임없이 나타나는 동시에 그 자취를 분명하게 포착할 수 없는 어떤 것이라는 말입니다. 이성이 계시적이라는 것 자체가 모순된 얘기일 수 있습니다. 이성은 누구에게도 명명백백한 것이기 때문에 계시적으로 어떤 특정한 특권적 순간에 나타나서는 안 되는 것이지요. 그러나 그것은 정렬되고 형식화된, 폐쇄적이고 고착된 공식이 아닌지도 모르지요. 그렇게 보이는 것은 이성의 움직임을 법칙적인 관점에서만 보기 때문에 그렇습니다. 이성을 자연의 다이내믹한 과정 속에 포함되는 주체로 본다면, 그렇지 않을 수도 있지요. 하여튼 이성은 파악할 수 있는 것이되 역동적 과정 속에 나타나는 계시적인 순간에만 그 파악할 수 없는 주체 됨을 드러낸다고 보는 것이, 어떤 보증된 원리로부터 연역되어 나오는 개념 체계, 법칙 체계로 보는 것보다 옳은 게 아닌가 합니다.

김상환 사실 선생님 글을 읽으면 어떤 때는 다른 필자들에 비해서 굉장히 합리주의적인 특성이 강하시지만 또 경험을 대단히 중시하셔서, 경험론적 요소가 합리적 요소 못지않게 강하다는 느낌도 듭니다. 그런데 최근에 김인환 교수님께서 내신 평론집 『기억의 계단』[2]에 보면, 선생님께서는 언제나 철학에서 시작해서 문학을 지나 정치로 가거나, 정치에서 시작해서 문학을 지나 철학으로 간다는 대목이 나옵니다. 철학, 문학, 정치가 선

---

2 김인환, 『기억의 계단』(민음사, 2001) 321쪽 참조.

생님 글의 세 꼭지점이라는 것이죠. 선생님께서는 자신의 스타일에 대해서 어떤 생각을 가지고 계신가요? 사실 선생님 글에서도 스타일을 합리성이나 질서 또는 예술적 잠재력이 드러나는 표현 형식 같은 것으로 설명하시던데요.

김우창 스타일은 질서 원리이지요. 그것은 일종의 방법으로, 일정한 모양의 제품으로 만드는 데 도움이 되지요. 그러나 또 개성의 방법입니다. 이 말은 곧 스타일이 방법이 아니라는 말도 됩니다. 방법은 누구나 모방하고 채택할 수 있는 것이니까요. "독특한 필체다.", "독특한 화법이다."라고 할 때, 개성의 표현 방법으로서 스타일을 말하는 것입니다. 그것은 창조의 방법이지요. 그리고 그 가운데 스스로를 개성적인 것으로 만들어 갑니다. 개성에는 이러한 창조적 일관성이 있을 수 있습니다. 그리고 우리가 그 일관성을 인정한다는 것은 세계에도 어떤 일관성이 있다는 것을 인정하는 것입니다.

다시 개성을 말하면, 개성이라는 것은 어떤 사람이 별난 사람이라는 것보다는, 여러 사람이 가질 수 있는 특성을 하나의 일관된 형식으로서 구축하여 새로운 형식적 가능성을 계시하는 것입니다. 이로부터 개성은 그 사람의 독자적인 발명이라기보다는 시대의 여러 가지 양식화의 수단과 요소를 독자적으로 변주함으로써 일어나는 것이라고 생각할 수도 있게 됩니다. 사실 개성 있는 인간은 혼란한 시대에는 존재하지 않는다고 할 수 있습니다. 제 마음대로 제멋대로 사는 것이 가장 개성적인 것 같지만 실제로는 그렇지 않습니다. 요소를 합성하는 양식화의 방법이 그 시대 속에 많이 존재하며 그것을 변주하는 것이 자신의 스타일입니다. 그렇기 때문에 완전히 혼란한 시대에는 개성적 인간이 존재하지 않고, 모든 사람이 단순한 원자로서 존재한다는 생각이 들어요. 또 경직된 시대에도 개성이 존재할 수 없는데, 모든 사람이 군대식 인간이 되어야 하기 때문입니다. 결국 그런 시대적인 질서와 개성이 묘하게 합쳐져서 생겨난 또 하나의 질서의 계시가 글의 스타일이지요. 그런 의미에서도 좋은 이성적 질서라는 것은 고정돼 있기보다도 늘 새로 발견되는 것이 아닌가 합니다. "발견되는 질서를 어떻게 가능하게 하면서도 하나의 통합 속에서 유지시키는가?" 이런 게 한 시대의 미적인 관점에서의 중요한 과제가 아닌가 합니다.

김상환 잠깐, 제가 중간에 끼어들어서 죄송합니다. 선생님께서는 스타일이 작가나 필자 내면과 외면이 첨예하게 부딪쳐서 이루어지는 어떤 질서라고 말씀하신 적이 있습니다. 저는 그 대목이 데리다적인 글쓰기 개념과 연결시켜 볼 수 있다는 점에서 흥미로웠습니다. 제 생각에는 스타일이라는 게 형상이 없는 형상, "비형상적 형상(non-figurative figure)"이라 정의할 수 있다고 봅니다. 선생님도 스타일을 말씀하실 때 자주 강조하시는 것 같은데, 스타일이라는 것은 직접적으로 주어지는 게 아닙니다. 다른 것을 나타나게 하면서 그 자체로는 잘 보이지 않는다는 의미에서 스타일은 비형상적 형상이라고 할 수 있을 것 같아요. 사실 들뢰즈가 말했던 것처럼 구상 미술에서 추상 미술로의 전환은 우리에게 '이미지 없는 사유(thinking without image)'의 가능성을 생각하게 합니다. 동양의 노장 전통에서도 무상지상(無狀之狀)이나 무물지상(無物之象) 혹은 무형지형(無形之形)에 관계하는 것을 사유의 최고 수준으로 간주해 왔습니다. 스타일을 이런 구도에서 이해할 수 있지 않을까 합니다. 스타일을 개별적 형상들이 아니라 그 형상들을 개방하는 비형상적 형상과 관련시켜 볼 수 있고, 또 그 자체로는 보이지 않지만 어떤 가시성을 열어 놓는 운동과 연결시킬 수 있을 텐데요. 하여간 독자로서 가지는 기대이기도 하지만, 선생님의 스타일에 대한 논의를 발전시켜서 더욱 현대적으로 끌고 나갈 수 있다면 좋겠다는 생각도 듭니다. 그러니까 논의를 좀 더 과격하게 끌고 나가셨으면 하고 바라는 거죠.

김우창 아마 과격하게는 못 밀고 갈 것 같아요. 그러나 김 선생의 말씀은 내가 생각하는 것을 좀 더 깊이 생각하게 해 줍니다. 스타일에 대해 좀 더 설명하면 그건 어떤 물질에 나타나는 무늬와 같은 것인데, 무늬는 물질이 보여 주는, 우리가 인정할 수 있는 형상을 제공하지만 그것은 물질들이 여러 가지 힘의 장 속에서 생긴 균열을 드러내는 거라고 할 수 있습니다. 글의 경우도 그렇고, 인품의 경우도 그렇지만 사람이 스타일을 갖는 것도 장(field)에서 드러나는 일종의 틈새라고 할까, 그런 것이 형상으로서 눈에 보이기 때문에 하나의 스타일, 즉 일정한 일관성을 가지게 되면서 스타일로 보이는 게 아닌가 하는 생각이 들어요. 그러나 스타일을 만들어 내는 것은 뒤에서 움직이는 장 또는 힘이고, 또 객체적으로 파악될 수 없다는 의미에서 객관화되어 드러나는 주체성이라고 얘기할 수 있을 것 같아요. 김 선생 말을 빌리자면 비형상적 형상이라고 할 수 있지요. 그리고 궁극적으로 객체적으로 파악되는 것은 주체가 아니니까, 주체란 인식의 대상으로부터 벗어나 있는 창조적인 원리라고 생각할 수 있지 않을까 싶어요.

그런 의미에서 세상의 질서라든지 예술 작품의 질서라는 것은 고정된 법칙이라기보다, 드러난 다음에는 법칙성을 가질 수 있지만, 드러나는 원동력은 언제든지 대상적인 인식을 초월하는 것이 아닌가 하는 생각도 들고요. 사람의 삶이라는 것도 사회적·역사적인 장 속에서 일어나는 하나의 무늬와 같은 건데, 무늬는 개인의 주체적이고 창조적인 힘에 깊이 관련되어 있어요. 하지만 그 힘이라는 것은 또 생물학적인 원동력에서 역사적인 장으로 나오는 것이기 때문에 반드시 개인적인 것은 아니라는 생각이 들지요.

김상환 그럼 선생님의 스타일에 대해서 김인환 선생님이 말씀하신 부분은 어떻게 생각하시나요?

김우창 김인환 선생님 글을 아직 읽어 보지 않았지만, 제 생각이 정치, 철학, 문학 또는 좀 확대해서 예술이라는 세 가지 주제들을 돌고 있다는 것은 맞는 얘기 같아요. 그런데 조금 다른 이야기를 해서, 내 글의 스타일에 대해 좀 더 이야기해 보겠습니다. 한마디로 난잡하고 고약한 스타일이지요. 어떻게 하면 이걸 더 분명하게 할 수 있을까 고민하지만 잘 안 됩니다. 내 말이 전달되느냐 하는 데에 자신이 없기 때문에 강연하는 것도 참 싫어요.

나 자신에게도 불분명한데 다른 사람한테 불분명하고 불편한 것은 당연하겠지만, 다른 한편으로 불분명한 게 없으면 글 쓰는 재미가 없어서 쓰기가 싫어집니다. 물론 불분명한 것은 글의 시작이고, 글을 쓰는 과정은 그것을 풀어 가는 과정이죠. 나는 그 과정을 전달하고자 하는 것입니다. 글은 외부적으로 조직할 수도 있고 내부적으로 조직할 수도 있습니다. 외부적으로 조직할 경우 서론, 본론, 생애, 시대, 평가, 하는 식으로 외적인 면을 정리할 수 있는데, 나는 좀 불투명한 게 있어야 내가 쓰는 글이 재미가 있다고 느낍니다. 그런데 이것은 개인적 취미이기도 하지만, 동시에 내면과 외면을 일치시키는 방법이기도 합니다. 관념론자라고 할지 모르겠지만, 글을 쓴다는 것이 나에게는 세계의 과정과 내면의 과정의 일치를 규명해 가는 일이기도 합니다. 하여튼, 너무 외면적으로 투명해지면 이런 시시한 얘기할 가치가 없지 하는 생각이 들지요.

김상환 겸손한 말씀 같은데요. 제가 생각하기에 김인환 선생님이 그런 표현을 썼을 때는 다음과 같은 문맥에서 그런 것 같아요. 보통의 평론가는 문학이라는 협소한 장르를 잘 벗어나지 못하는데 선생님은 대단히 폭넓은 식견, 인문적인 교양을 바탕으로 해서 글을 쓰신다, 그러니까 상당히 지성적인 스타일을 대표하시는 분이라는 거지요. 또 하나의 사안이 있으면 이것을 다양한 관점에서 이리저리 생각해 보고 전망하는 맛이 있다, 단번에 결론에 이르는 게 아니라 가능한 대안들을 다 검토한 후에 결론을 내린다는 거고요. 그래서 김인환 선생님은 선생님 문체의 큰 특징으로 "한편으로는 이렇고, 다른 한편으로는 이렇다."란 표현을 꼽으셨는데, 재미있는 지적이었습니다. 그러면서 약간은 비판적인 측면도 있는 것 같습니다. 너무 지성적인 측면을 강조하다 보니 "문학 고유의 아기자기하고 서정적인 측면에 주의를 소홀히 하시는 건 아닌가." 하는 지적인 것 같던데, 선생님께서는 어떻게 생각하십니까?

김우창 문학 작품을 내가 얘기하고자 하는 다른 주제의 이용물로 드는 거지, 문학 작품 자체를 좋아해서 예로 드는 것이 아니라는 비판을 하는 것 같은데 맞는 말일 수 있습니다. 그러나 나는 내 나름으로 시적 체험을 경험적 세계에 일치시켜 보는 것이 시를 심화시키는 방법이라고 생각은 합니다. 여러 가능성에 대해서 생각하는 것은 내 스타일이어서 관심사가 문학 작품에 국한되기 힘들기 때문이에요.

좀 의식적으로 대상화해서 얘기하면, 사람의 중요한 기능 중 하나는 모든 대안에 대한 가능성을 검토하는 것이라고 생각해요. 글이라는 것은 가능성의 세계 속에 존재하고 행동은 현실 속에 존재하는데, 우리나라에서는 유교 전통 자체나 정치 사정도 언행일치 또는 생각과 행동의 일치란 것을 지나치게 강조하는 면이 있습니다. 역설적으로 지나치게 행동 지향적인 글, 그것은 대체로 독단적인 도덕주의에서 나오는 것일 수 있는데, 이러한 글은 행동 세계, 현실의 세계를 오히려 왜곡시킬 수 있습니다. 그리고 행동과 현실의 세계에서의 글의 역할을 왜곡할 수 있습니다. 행동에는 모든 대안들과 가능성들을 고려해서 검토하는 것이 필요하고, 그것이 생각과 글의 현실적 기능 가운데 가장 중요한 것이라고 할 수 있습니다.

김상환 사실 저는 공부할 때 선생님 글을 많이 읽었습니다. 그때 "철학을 가르치지 않는 분이 철학을 가르치는 분보다 철학을 더 많이 하실 수가 있구나!"라는 생각을 했습니다. 또 대단히 반성적이고 성찰적이라는 인상을 받았습니다. 생각의 여러 가지 가능성을 최대한 따져 보는 이런 방법론 실천은 우리나라에서는 보기 드물었는데, 이런 사례가 철학 하는 분보다 문학 하는 분에게 나타난 것이 의외였습니다. 마지막으로는 대학에서 철학을 가르치시는 분들은 아카데미즘을 강조하면서 철학의 테크닉이라든가, 철학 텍스트의 저자가 뭘 말하고 그걸 어떻게 읽어야 하다는 등 그런 범주에서만 가르치고 글을 쓰는 경우가 많죠. 하지만 선생님은 현실로부터 출발해서 철학적 주제로 이어지는 문제를 포착하시곤 하는데, 바로 그런 점 때문에 제가 선생님의 독자가 된 것 같습니다. 그리고 그런 면이 선생님께서 저희 세대들에게 갖는 의미라고 봅니다.

김우창 반성이야말로 생각하고 글 쓰는 사람들의 의무라는 생각도 드는데요. 그것은 자기를 되돌아본다는 점에서 개인적인 의미를 갖기도 하지만, 생각들의 바탕을 밝히는 일이기도 하고, 또 현실 세계와 사유 또는 인간 실존 세계의 정합을 저울질하는 일입니다. 그리고 이러한 과정에서 중요한 것은 인간과 현실 사이에 놓인 대안적 선택의 길을 모색하는 것입니다. 이것은 행동적 의미를 갖는 것이기도 하고, 단순히 삶의 지각을 풍부하게 하는 일이기도 하지요. 대안과 가능성에 대한 생각들이 사람들로 하여금 분명한 얘기는 안하고 이렇다 저렇다 여러 이야기를 해서 "회의주의자다, 괜히 말을 가지고 장난을 하지, 구체적으로 뭘 해야 된다는 것을 보여 주지 않는 사람이다." 이런 비판들을 듣게 되는 것이 아닌가 합니다. 다시 말해서 생각의 세계라는 것은 형식화된 가능성으로서 대안들을 모색하는 것이고 그다음으로 이러한 대안들 가운데 무엇을 선택해야 할까 하는 것은 행동 세계인데, 이 행동 세계가 잘 되기 위해서는 대안에 대한 고찰이 먼저 있어야 되고, 그다음에 거기에 대한 선택이 있어야 합니다. 그러나 이러한 점을 내 글을 읽는 사람들은 이해를 잘 안 해 주는 것 같아요.

또 하나 중요한 것은, 생각하는 것과 행동하는 것을 분리해서 생각할 때 비로소 결단을 통한 행동과는 별개의 관용의 세계가 열릴 수 있다는 것입니다. 내가 생각하는 것이 옳고 이외의 사람들은 다 나쁜 사람들이 되는 차원을 벗어나게 되는 겁니다. 가령 A, B, C, D가 있을 수 있는데 어떤 종류의 고찰을 통해서 A를 선택할 수밖에 없다면, B를 선택한 사람과 투쟁 관계 속으로 들어가겠지요. 행동의 세계는 결단과 선택의 세계이기 때문에 불가피하게 투쟁적일 수밖에 없습니다. 그러나 현실 속에 여러 길이 있을 수 있다는 것을 아는 것은, 상대방의 선택을 하나의 대안으로 받아들임으로써 나중에 관용성이 생길 수 있는 터전이 마련될 수도 있다는 것이지요. 하여튼 우리의 지적 상황도를 볼 때 너무 행동과 사고에 대한 일치를 강조해서 새로운 공존의 질서를 만들어 가는 데 큰 장애를 이루는 경우가 많다고 봅니다. 생각하고 행동하고 말하는 것이 오히려 공존적 질서에 반하는 결과를 내지요. 생각하고 글 쓰는 것은 신념의 세계와는 다른 세계에서 이루어집니다. 우리나라에는 신념만 있습니다. 사실은 이해관계와 권력의 상충만이 있다고 해야겠지만, 최선의 경우에 이렇다는 것이지요. 행동, 특히 어려운 상황에서의 행동은 신념을 요구합니다. 그러나 그것은 생각의 본질에 속하는 것은 아닙니다. 생각-신념-행동의 관계는 훨씬 더 복잡한 회로를 이룹니다. 우리 사회의 모든 공론의 장에서 이 회로는 극히 짧은 것으로만 생각됩니다.

김상환 우리 사회 일반의 성숙의 정도와 밀접한 관계에 있겠지요. 그 말씀을 들으니까 선생님께서 고등학교 시절에 데카르트를 읽었던 경험으로 돌아갈 수 있을 것 같은데요. 선생님께서 데카르트에게 배운 것은 회의의 정신, 즉 모든 것을 확실하게 점검하고 자기 스스로 검증하는 방법론인 것 같습니다. 선생님이 데카르트에 관해서 언급하시는 부분을 저 또한 개인적인 관심 때문에 봤는데, 재미있는 대목은 데카르트가 서구 근대 문학에 아무 영향을 주지 않은 것이 아니라 서양의 근현대 문학이나 예술은 데카르트에 빚지는 것이 많다는 대목입니다. 즉 서양 근대 문학의 기본적인 특징이 리얼리즘인데 그런 리얼리즘의 정확한 세부 묘사 같은 것들이 데카르트의 그늘에서 나온 것이라는 부분입니다. 그런 대목이 저는 이해될 듯하면서도 잘 이해가 안 되는 대목이기도 합니다. 독자를 위해서 그 부분에 대해 간단하게 말씀해 주시고, 그 연장선상에서 데카르트적인 정신이 현대에 갖는 의미, 또 계승 가능성에 대한 말씀을 덧붙여 주시면 좋겠습니다. 선생님이 말씀하신 것과 저는 조금 다르게 생각하기에 드리는 질문입니다.

김우창 저와 다른 생각을 우선 말씀해 주세요.

김상환 선생님께서는 주로 초월적인 자아, 그러니까 자아가 일상적인 문맥을 초월해서 사물을 가장 객관적으로 바라볼 수 있는 순수한 상태, 즉 가장 수동적이면서 능동적인 상태, 선생님 표현으로는 투명한 현실 상태에 도달하는 것을 강조하십니다. 그렇게 되면 분명히 현실을 있는 그대로 반영하거나 재현할 수 있는 그런 작가적인 관점에 도달하고, 이런 관점에서 보면 분명히 리얼리즘의 발전에 데카르트가 영향을 끼쳤다고도 볼 수 있습니다.

그러나 저는 데카르트의 다른 측면에 주목하고 싶습니다. 그것은 데카르트적 의미의 무한성인데요, 쉽게 말해서 알퀴에(Ferdinand Alquié)나 레비나스 식 데카르트 해석이 강조하는 주제입니다. 데카르트가 가장 데카르트다운 지점은 합리적 방법론을 펼친다든가 이성을 강조하는 대목이 아니라, 1630년의 편지들에서 읽을 수 있는 형이상학적 체험, 그리고 두 번째 성찰의 말미에서 언급되는 신의 무한성에 대한 이야기라는 거지요. 그래서 알퀴에 같은 사람은 — 제가 파리에서 배운 선생님들은 알퀴에의 제자들이었습니다. — 한마디로 데카르트의 형이상학적 체험을 이 세계의 "존재론적 탈실재화(derealization)"로 요약합니다. 그것이 데카르트적인 초월의 핵심이라는 것이지요. 이것은 레비나스의 타자 개념이나 그의 초월의 개념과 비슷한 사태를 지시합니다.

레비나스는 초월론을 펼칠 때, 자신의 무한자 개념과 이어지는 역사적인 선행 사례로 딱 두 가지를 꼽습니다. 하나는 플라톤의 선(善)의 이데아, 즉 "에페케이나 테스 우시아스(epekeina tes ousias, beyond the being)" 존재자를 넘어서는 것으로서 서술되는 선의 이데아, 그것이 지시하는 어떤 에페케이나(epekeina), 비욘드(beyond)의 체험이고, 또 하나는 데카르트의 신론에서 말하는 무한적 체험이지요. 이때의 신은 동일률을 창조한 신, 그래서 동일률을 어기면서도 세계를 창조할 수 있는 신, 따라서 인간의 이성으로서는 적극적으로 알 수 없는 신입니다. 그런 점을 강조하면 데카르트를 초현실주의자로, 초현실주의를 데카르트주의로 상호 번역할 수 있습니다. 알퀴에가 남긴 유명한 저서 『초현실주의의 철학』이라는 책이 그런 주장을 담고 있지요. 커다란 잠재력을 담고 있는 해석이고, 앞에서 말씀드린 비형상적인 형상과도 연결될 수 있죠.

여기에 덧붙여서 데카르트의 회의도 다시 생각해 보아야 합니다. 데카르트의 회의는 이성적 사유의 본성과 한계를 검토하기 위해서 이성을 초과하는 절차입니다. 이 초과의 절차는 과장법적(hyperbolic) 사유로 이행하고, 구체적으로 말해서 꿈의 가설(이 세상이 꿈에 불과하다는 가설)과 악령의 가설 — 이 세계와 자아의 조물주가 속이는 것을 좋아하는 악령이라는 가설 — 을 설정하기에 이릅니다. 이런 과장법적 사유는 비이성적이고 광적인 지반 위에서 펼쳐집니다. 푸코적으로 말하자면 광기 입장에서 이성을 심문하고 감시하는 셈이지요. 데카르트의 회의는 그런 푸코적 역전의 생생한 사례입니다. 데리다의 코기토론이 데카르트적인 회의를 중시하는 것도 그런 이유 때문이고요. 이런 해석의 구도는 데카르트를 리얼리즘과 연결하는 선생님의 구도와 커다란 거리를 두고 있습니다.

김우창 재미있는 해석인 것 같고, 또 내가 공부를 더 해서 정말 읽어 보고 싶은 부분인 것 같습니다. 데카르트의 이성이 광기, 꿈, 망상, 또는 적어도 과장법으로 상정한 다른 가능성에 맞물려 있는 하나의 세계, 즉 신의 관점에서 달리 설정할 수도 있는 여러 다른 세계에 맞물려 있는 세계라는 점에는 저도 쉽게 동의할 수 있습니다. 이것이 플라톤적 이데아 또는 선의 이념에도 이어질 수 있다는 것은 믿고 싶은 생각의 하나인 것 같군요. 이성은 비이성의 넓은 광기의 광장 속에서 구축된 하나의 섬이라고 얘기할 수 있습니다. 그러나 이것은 자의적인 것이 아니라 존재론적 근거를 가진 것으로 생각되어야겠지요. 그리고 이 구성되는 이성은 인간의 공존적인 삶과 그것에서의 필수적인 도구로서의 커뮤니케이션(communication)을 가능하게 하는 조건으로서 필요한 것입니다.

데카르트가 어떻게 하여 리얼리즘 예술의 기초가 되었느냐 하는 것은 이성의 방법론적 역할에 관계된 것으로 설명할 수 있습니다. 반드시 이성이 아니라도 전체를 규정하는 대명제는 경험 세계의 지각과 구성을 가능하게 하는 방법적 가설이 될 수 있습니다. 천동설이나 지동설, 어느 것도 현상의 이해에 그 나름의 가능성을 열어 줍니다. 유교의 삼강오륜이나 칸트의 지상 명령은 그 나름의 윤리적 세계를 들여다볼 수 있도록 구성해 줍니다. 이성의 전제는 이러한 생산성에 있어서 특히 유용했다고 할 수 있지요. 문학 작품이나 예술 작품의 경우에 인간 심성의 이성화가 예술 작품 속에 섬세한 관찰을 많이 담을 수 있게 하고, 이것을 보다 큰 통각(痛覺) 속에 종합할 수 있게 해 준 것이 아닌가 하는 것입니다. 막스 베버가 피아노와 그 음악의 합리화에 대하여 한 일이 있지만, 가령 17세기 이후에 스케일(scale)이라는 것을 더 합리화함으로써 표현 가능성을 더 풍부하게 한 것은 사실이 아닌가 합니다. 그것이 음악의 가능성의 전부라고 생각하면 안 되지만, 17세기부터 20세기까지의 서양 음악은 세계의 모든 음악 가운데서 가장 복합적이고 섬세한 음악이라고도 할 수 있는데, 그것은 합리화된 스케일의 범위 안에서 가능했다고 생각됩니다. 음악에서도 그렇고 문학에서도 그렇고, 감정이나 지각의 섬세함이 예술에서 느끼는 기쁨의 하나라고 한다면 '감정까지도 합리성이 가능하게 하는 건 아닐까.' 하는 느낌이 들거든요.

문학의 리얼리즘으로 돌아가서, 리얼리즘이란 단순히 인간 현실 또는 사회적 현실을 강조하는 문학이 아니라 그것을 그럴싸한 인과 관계 속에서 보여 주는 문학의 특징을 말하는 것입니다. 러시아의 문학비평가 리디아 킨스버그의 말로는, 그것의 핵심은 인간 심리의 인과 관계 또는 동기 관계를 그럴싸하게 보여 주는 심리적 리얼리즘에 있습니다. (물론 이 심리는 개인적인 것만은 아니고 역사적으로 규정되는 것이기도 하지요.) 지금 그 구체적인 예가 생각나지는 않지만, 어떤 주인공의 심리와 행동을 설명하는 데에, 그 사람이 어디로 가다가 넘어져서, 뭘 보니까 어떻게 됐고 그래서 또 어떻게 됐고 하는 등 미세한 심리와 상황의 연쇄 관계를 밝히는 것이 작품의 진행 과정인데, 이런 방법의 밑바닥에 드러나는 것은 합리적인 인과 관계 내지 동기 관계에 대한 전제입니다. 어떻게 보면 불합리한 것을 탐험하고 탐구하는 프로이트적 세계에도 사람 마음이라는 게 인과 관계 속에서 움직인다는 전제가 깔려 있지요. 물론 진짜 사람 마음이 물리적 세계처럼 인과 관계에서 움직이느냐 하는 것에 대해서는 더 생각해 봐야 될 거예요. 그것은 그야말로 대전제지요. 다만 데카르트가 얘기한 것처럼 사물을 가장 작은 것으로 쪼개어 한 줄로 쭉 세워서 인과 관계에서 이해해야 된다 하는 룰(rule)은 사실 심리적인 소설에도 들어 있다고 할 수 있습니다. 가령 우리 소설보다 훨씬 심리적으로 섬세하다고 한다면 그것은 합리적인 것을 보이지 않게 전제하고 있기 때문이고, 또 그것을 전제해서 탐구하는 사이에 심리라는 게 아기자기하고 복잡한 관계로 된다고 말하여야겠지요. 다시 한 번 그것이 바람직한 것인가 하는 것은 별개의 문제입니다. 복잡한 심리 소설이 최고의 문학적 표현은 아니지요.

김상환 사실 데카르트가 서양에서 거의 처음으로 제일 자세한 정념론을 썼지요. 그의 정념론은 비합리적인 것처럼 보이는 정서와 감정의 다양한 생성이 몇 개의 방정식에 의해서 재구성되고, 재연역될 수 있다는 생각에서 출발합니다. 비합리적이고 다양한 것이 합리적이고 단순한 것을 원인으로 가지는 어떤 효과에 불과하다는 것이지요. 비합리적인 것을 합리적으로 재구성해 보는 노력 속에서 우리의 생각이나 이론이 발전할 수 있다는 것에 동의합니다.

김우창 데카르트의 정신의 규칙, 즉 모든 것을 그 부분으로 쪼개고 하나의 연쇄 관계에서 보아야 한다는 것이 암암리에 작용한 것이겠지요. 데카르트 하나로 해서 그렇게 된 것은 아니겠지만. 그런데 아까 이야기한 것과 연결해서 얘기한다면, 합리성이란 하나의 전제로부터 시작되는 구성이기 때문에 그걸로 인해 보이지 않게 되는 것이 또한 굉장히 많아지겠지요. 내가 그전에 어떤 회의에 가서 인도 작가를 한 명 만났는데, 그 사람이 재미있는 얘기를 했어요. "심리라는 것은 서양 사람이 발명한 도착증이다."라는 말입니다. 인간의 기본 현실은 형이상학적(metaphysical)이라는 것이죠. 그것은 인도의 전통에서 하는 얘기죠. 적어도 모든 것을 심리와 사회의 인과 관계 속에서 설명할 수 있다고 생각하는 전제는 인간을 단순화하고 또 피상화하는 결과를 낳는다고 말할 수 있습니다. 요즘은 인간의 심리도 이윤과 권력으로 또 한 번 단순화되었지만.

극단적으로는 데카르트의 생각도 하나의 도착증에서 생겨날 수 있다고 생각해 볼 수 있습니다. 또는 이와는 달리, 아까 김 선생이 말씀하신 것처럼, 데카르트의 체험 속에도 이성적인 것을 떠난 것들이 많이 들어 있다고 할 수도 있지요. 레비나스적인 타자의 세계, 보이지 않는 세계, 어둠의 세계에 접하고 있고, 자기를 넘어서 있는 한계로서 그것을 포용하고 있다고 말할 수 있습니다. 그러나 이렇게 얘기하면서도 오늘날의 의사소통의 방법은 우리가 그것을 의식적으로 받아들이든 받아들이지 않든, 합리성 위에 서 있을 수밖에 없다고 하는 점을 인정하여야 할 것입니다. 다른 한편으로 선불교나 도교, 불교에는 그러한 현실 이해가 다 엉터리라는 얘기가 들어 있다는 것 아닙니까? 나는 이성이란 보다 넓은 세계 — 광기를 포함한 세계에서 일어나는 하나의 순간이라고 생각하고 싶습니다.

그러나 오늘날의 언어라는 것을 합리성을 통하지 않고는 불가능합니다. 레비나스나 데리다는 반데카르트적인 입장을 가졌다고 할는지 모르지만, 그들의 언어 자체는 완전히 합리적 담론의 전통 속에 있다고 해야겠지요. 합리적 언어가 제한되었다는 얘기까지도, 그 언어를 통해서 이루어져야 하는 것이 오늘날의 세계입니다. 그것으로 인해 우리가 잃어버린 것이 많고, 인생의 직접적인 체험은 오히려 불가능해졌다 할 수 있는 면이 있는데도 그렇습니다. 달리 말하면, 오늘날 모든 것은 반성(reflection)을 통해서 이해하게 되었기 때문에 우리는 근원적으로 세계 소외를 경험하게 되었지요. 그러면서 그 세계 속으로 들어가게 되어 있습니다. 오늘날의 우리나라 학문의 과제 중의 하나도 앞에서 언급한 데카르트적인 사유의 세계가 아닌 데에서 생겨난 여러 가지 관찰과 생각을 어떻게 데카르트적인 사유의 세계로 번역해서 설명하느냐 하는 점이겠지요.

김상환 얘기를 하다 보니 자연스럽게 마지막으로 드리고 싶은 질문으로 다가간 것 같습니다. 만약 한국인으로서 또는 동양인으로서의 서양 체험이 우리에게 결여된 것을 밖에서 구하려는 심리적 메커니즘에서 출발했다면, 지금도 우리에게 부족한 것은 서양적인 사유의 큰 특성으로 보이는 데카르트적인 합리성, 코기토, 로고스적인 전통이고, 또 동양적인 전통에서 부족한 것은 여전히 반성적 언어로 풀어 보려는 노력, 여러 가지 대안의 가능성을 따져 보고 비합리적인 것을 합리적으로 재구성해 보려는 노력이라고 말할 수 있을 것 같습니다. 또 한편으로 보면 한국에서 서양학을 하는 사람들은 늘 동양적인 것, 동양 문학의 전통이라든가 동양의 고전을 염두에 두는데요. 선생님의 말씀에 덧붙이고 싶은 것은 동양적인 전통이 서양에는 없는 독특한 잠재력을 가지고 있지만, 그래도 역시 부족한 것이 있다면 그것을 산문으로 풀어내는 능력이 아닌가 싶습니다.

동양의 고전들은 너무 옛 시대에 치우쳐 있고, 책들이 너무 운문적이고 함축적이어서 산문적인 전개가 부족하다는 느낌이 들거든요. 노장의 저서나 『논어』 같은 공자의 글도 여백이 너무 많기 때문에 곤혹스러운 경험을 하게 됩니다. 이런 문맥에서 질문을 드리겠습니다. 선생님뿐만 아니라 선생님 세대의 다른 분들, 특히 문학 평론 하시는 분들을 보면 동양 고전에 대한 언급은 별로 없으신 것 같아요. 그런데 요즘 동양학에 대한 대중적인 열풍이 불기도 하지만 그런 것을 떠나서 저희 세대에는 저 개인만 해도 늘 서양 학문을 하지만 언젠가는 서양학과 동양학을 접목시키고 만날 수 있는 지점을 모색해야 된다, 비교적인 관점에서 양자를 상대화시켜 봐야 한다는 생각이 떠나지 않거든요. 하여간 능력을 떠나서 그런 숙제가 주위를 압박하고 있는데 선생님께서는 특별히 좋아하시는 고전이라든가 앞으로 그런 동양적인 것과의 접목 작업에 대해 어떻게 생각하십니까?

김우창 일반론으로부터 시작해 보겠습니다. 오늘날 우리나라에서 인문 과학이 위기에 처했다고 하는데요. 여러 가지 외부적인 사정도 있지만 인문 과학 자체의 책임도 큽니다. 인문 과학은 제일 간단히 생각하면 전통의 계승과 갱신을 과제로 하는 학문입니다. 역사적 기억을 되살리는 것, 이것이 인문 과학의 기본적인 임무입니다. 지금 인문 과학을 하는 많은 사람들이 — 나 자신을 포함해서 — 전통을 계승하고 갱신하는 일은 안 하고 서양 것, 외국 것을 가지고 얘기하는 것이 잘못되었다면 잘못된 것이지요. 정부가 대학을 향해 명령하는 것도 사회의 근간을 이루는 중요한 가치의 담지자로서의 인문 과학자를 존경하지 않기 때문이에요. 인문학자들은 이래도 되고 저래도 되는 사람들이 되었죠. 우리의 가치가 여기에 있는 것이 아니라 수입해 오는 것이라면, 그 가치의 담지자는 해외에 있는 것이겠지요. 대학에서 총장의 힘이 강한 것도 그렇습니다. 말하자면, 노벨상 받은 사람이 없기 때문이죠. 노벨상 받은 사람이 있다면 총장이 어떤 규정을 마련해서 "이 규정대로 보고서 내시오!" 이런 소리 하겠습니까? 그런데 또 인문 과학의 가치가 밖에서 오는 것일 수 있겠습니까? 하여튼 귀중한 일을 하고, 기본적인 정신 질서에 지주 노릇을 하고 있다는 인식을 주지 못하고 있지요. 이러한 현상들은 우리 인문 과학이 전통의 계승과 갱신이라는 작업을 떠났기 때문에 일어난다는 생각이 늘 들어요.

역사라는 것은 객체적인 걸로 존재하면서 끊임없이 갱신되어야 하는데 인문 과학이 서양 것을 배우느라고 그러한 갱신 작업에 몰두하지 못했지요. 앞으로 동양학이 주종이 되고, 우리 자신에 대한 학문이 주종이 되어야겠지요. 그런데 오늘날 역사를 갱신하는 방법은 그 근본에서부터 옛날 방식과는 달라졌습니다. 우리의 전통적인 세계라는 것은 종이에 글을 쓰면서도 구전적인 것을 많이 가지고 있는데 거기에서 나온 예지나 경험, 언어적 표현이 살아남아 있어도 이것을 오늘의 사유, 언어로 종이에 옮기는 것이 지금 필요한 일 중의 하나입니다. 그러나 구전적인 전통을 종이에 글을 쓰는 의식의 전통으로 옮긴다는 것은 한 사람이 이룩하기에는 너무나 벅차고 힘든 일입니다. 그래도 계속 노력해야 되겠죠. 학과 체제로 볼 때도 동양 철학, 서양 철학, 영문학, 국문학 이렇게 쪼개지 말고, 하나로 통합한 체제가 마련되어야 한다고 생각합니다. 그래서 지금 단계에서는 언어 능력도 서양 언어하고 한문, 중국어 등을 합쳐서 배우는 훈련을 해야 된다고 생각합니다. 서양적인 사유 속에서 동양의 것을 재해석하고 갱신하는 노력, 이것이 지대한 과제라고 봐요.

개인적인 얘기를 하자면, 아까 김 선생이 개인적으로 동양 전통에서 좋아하는 것이 있느냐고 질문하셨는데, 여러 해 동안 퇴계를 이해하려는 노력을 조금씩 해 봤어요. 한문 실력이 그렇게 되지도 않고 번역서도 참고하고 한문도 좀 참고하고 외국어로 번역된 것도 참고하면서 이해해 보고자 했는데, 어떤 경우나, 실제는 훈고적인 어려움이지만, 이론적으로 가장 큰 어려움은 그것을 오늘날의 언어로 이해하기 어렵다는 점입니다. 그리고 동양학을 들여다보면서 느끼는 것 중의 하나는, 오늘의 언어로 번역이 안 될 뿐만 아니라 퇴계나 주자를 초시대적이고 초시간적인 성현의 말씀으로 이해하는 것 자체가 또 문제인 것 같아요. 그 시대 속에서 이해되고 또 오늘의 시대 속에서도 이해되어야 하는데 말입니다. 일본에서 온, 유학을 연구하는 교수하고 얘기를 했는데, 자기는 주자가 어떤 시대적 상황에서, 시대의 문제를 철학적으로 어떻게 표현하려고 했는지 관심이 있어서 그걸 연구하려고 하는데, 한국에 와서 보니까 그런 노력이 별로 없고, 성현의 말씀에 주석을 다는 일에만 관심이 있어서 조금 소외감을 느낀다는 얘기를 했어요.

데카르트 말에도 시대적인 게 있고 또 초시간적인 것이 있는 것처럼, 주자에게도 초시간적인 것이 있겠지만, 전체적인 테두리에서 이해를 한 상태에서 오늘날의 말로 번역해야 우리가 이해할 수 있겠죠. 이렇게 시대의 관점 속에서 이해한다는 것 자체가 서양적인 관점이지요. 인간에 대한 진실은 불교나 도교에 다 나와 있지만, 그것이 시대 속에서 어떻게 작용하는지를 알아보려는 노력, 시대라는 게 중요하다는 인식, 이것이야말로 서양 사람이 세계사에 이바지한 것이라고 볼 수 있어요. 도교나 유교, 불교를 그 당대와 관련짓고, 우리의 시대와도 관련지어 번역하는 작업들을 많이 해서, 우리가 정말 우리 전통으로 돌아와야 된다는 생각이 듭니다.

김상환 최근에 이안 감독이 만든 「와호장룡」을 봤는데 감동적이었어요. 예전에 오즈나 구로사와 영화를 봤을 때보다 더 인상이 깊었습니다. 무협의 세계는 황당무계한 세계지 않습니까? 서양인에게는 정말 이해할 수 없는 비합리적 세계인데 그런 세계를 서양 사람들도 감탄할 수 있는 수준으로 그렸더군요. 서양 미학의 코드를 완전히 마스터해서 아주 섬세하게 활용하는 수준에서나 가능한 일이 아닌가 합니다. 저는 거기서 동양적인 것이 귀환하는 모범적인 사례, 어떤 부활의 형식을 보았습니다. 과거를 현대로 옮기는 것은 타자의 언어를 통한 번역이어야 한다는 사실을 새삼 깨달았습니다.

김우창 그 영화는 그야말로 상상할 수 없는 상상 세계가 가능하다는 걸 보여 줬어요. 서양 사람은 생각지도 못했을 상상 세계라는 것이 있을 수 있다는 것을 보여 준다는 느낌이 들었죠. 이안 감독은 영국 소설 중에 가장 영국적이라는 제인 오스틴의 소설 『센스 앤 센서빌리티』도 영화로 만들었지요.

김상환 거기에선 또 서양을 아주 서양답게 그려 냈던데요.

김우창 소설 가운데도 가장 영국적인 소설이거든요. 그 이안 감독이 중국의 무협 세계를 정말 있을 수 있는 세계로 옮겨 놓은 것처럼, 우리 전통도 오늘의 시대로 옮겨진다면 새로운 세계로 보여질 수 있는 게 많지 않을까 합니다. 무협 세계를 보면서도 생각하는 것은 도덕주의에 얽매여서는 넓은 세계를 생각할 수 없다는 것입니다. 물론 지금 우리 사회가 난장판이 된 것은 도덕 윤리가 없어서 그런 것이지만 도덕, 윤리를 앞세워 모든 걸 재단하면 모든 게 죽어 버려요. 그 영화 보면서 우리나라에서는 왜 저걸 못 만들지 하는 생각이 들고, 옛날을 돌아봐도 없었을 것이라는 생각이 드는 것도 그런 까닭에서이지요. 우리나라에는 그런 넓은 세계란 것이 없을 것 같아요.

김상환 마지막으로 선생님 이후 세대 비평가들에 대해서 느끼신 점을 말씀해 주시죠. 어떤 점이 부족하다든가, 아니면 선생님 세대보다 나은 점이 있다든가, 또는 앞으로 어떻게 했으면 좋겠다든가 그런 말씀을 좀 해 주세요.

김우창 서양 공부도 해야 되고 동양 공부도 해야 된다는 거죠. 난 문학을 공부하는 사람들이 읽어야 할 책이 마치 우리 국어로 된 것밖에 없는 것처럼 생각하는 것은 큰 잘못이라는 생각이 들어요. 이것은 세계 어느 나라에서도 그렇지만 우리나라에서는 특히나 현대를 대처해 나아가는 데에, 자국의 문학 유산이 상당히 빈약하다는 것을 인정해야 됩니다. 그런가 하면, 지난 100년의 것만 가지고는 문학 교육이 불가능합니다. 한문 유산도 되돌아보아야 합니다. 그런 과정 없이 당대의 글만 가지고 공부를 하는 건 필요한 일이면서도 깊이 있는 관점을 얻기는 어렵다는 생각이 들어요.

그러나 우리보다 더 젊은 세대는 이러한 문제에 대하여 개방적인 것 같습니다. 그리고 글들을 보면 그전보다도 훨씬 조리가 있는 것 같습니다. 그 대신 무게나 깊이가 부족한 듯한 인상을 줍니다. 달리 말하면, 서양적인 합리성이 자리 잡아 가고 있다고 볼 수도 있고, 전 세대의 무게라는 것이 사실은 유교 시대의 엄숙주의에서 나온 것이 아닌가 하는 생각도 하게 됩니다. 또 다르게는 많은 글쓰기가 지나치게 사회적 공간에서의 언론 행위로 수렴되어 정작 경험 세계와의 깊이 있는 겨루기가 없어지는 것이 아닌가 하는 느낌도 갖습니다. 여러 가지 착잡한 이유들이 있겠지만, 시장 소비주의의 영향이 가장 큰 것으로 여겨집니다. 물론 "데카르트가 가능했던 것은 상업 부르주아의 대두로 인한 것이다."라는 해석도 있습니다. 이렇게 저렇게 현대화하는 것이겠지요.

김상환 이제까지 서양적인 것에 대한 체험, 서양적인 것은 무엇인가라는 문제에 초점을 두고 말씀을 하셨습니다. 선생님 말씀에 따르자면, 서양 것을 열심히 공부해서 서양적인 것에서 보이는 허점이나 결함을 발견할 때만, 우리는 동양적인 것을 재확인하고 귀중히 여기거나 계승해야 할 대상으로 삼을 수 있다는 결론도 가능할 듯싶습니다.

김우창 문제가 매우 착잡합니다. 다시 서양적인 것을 말하면, 2~3년 전에 어떤 대담에서 데카르트적인 걸 극복해야 된다는 어떤 분의 말씀에 "언제 데카르트적인 것이 있었어야지 극복을 하지, 데카르트적으로 극복하고 자시고도 없는 상태에서 무엇을 극복하냐."라고 얘기한 적이 있습니다. 서양을 공부하는 게 필요합니다. 우리 현실을 움직이는 중요한 부분이 서양적이라는 것을 인식해야 합니다. 동양 경제로 경제가 운영되는 게 아니고, 정치에서도 영의정이라고 하지 않고 총리라고 하고, 왕이 아니라 대통령이라고 하는 것 보면 서양 정치가 운용되고 있다는 거지요. 우리 현실을 움직이고 있는 세력이 어디서부터 왔고, 어떻게 움직이는가에 대한 이해도 없이 우리 현실을 이야기한다고 할 수는 없겠죠. 그것이야말로 헛것입니다.

김상환 요즘에 자생적 담론을 너무 강조하다가 이상한 결론으로까지 나가는 사람들이 있던데요.

김우창 며칠 전에 신문에 나오던데…… 서양 것 수입하는 것 그만두고 자생해야 된다고 합니다만, 그러나 문제는 수입의 문제도 아니고, 자생적인 것도 아닙니다. 등소평이 얘기한 것처럼 흰 고양이나 검은 고양이나 쥐 잡는 것이 고양이지, 그게 어디서 온 고양이냐 하는 것은 중요하지 않아요. 뭘 갖더라도 우리 현실을 이해하는 것이 중요하지요.

문학적인 문화를 위하여

리처드 로티(미국 스탠퍼드대 비교문학과 석좌 교수)

김우창(고려대 영어영문학과 교수)

정리 김혜련(연세대 강사), 김동식(문학평론가)

2001년 6월 10일《조선일보》

철학자에게 여행이란 무엇인가

김우창 한국에 오시기 전에 한동안 여행을 하셨다고 들었습니다. 방문하셨던 곳과 방문 목적에 대해 말씀해 주시겠습니까? 인상 깊게 느끼신 장면들에 대해서도요.

리처드 로티(이하 로티) 한국에 오는 길에 저는 5~6일 동안 루마니아의 바비시불리아 대학과 브라쇼브라는 도시에 들렀습니다. 지독하게 전제적인 공산주의 독재자의 통치를 받았고 해방된 지 겨우 11년쯤 됩니다. 그런데 저는 루마니아의 교육 행정 담당자들이 그야말로 무(無)로부터 국제적인 대학을 건립하려고 노력하는 모습에서 깊이 감동을 받았습니다. 동유럽의 거의 대부분의 나라에서 엄청난 정열과 좋은 목적을 가진 소수의 사람들이 허리가 휘어질 정도로 열심히 자유로운 제도들을 창조하고 있습니다. 그것을 보는 것은 대단히 놀라운 일이었습니다. 캄보디아의 앙코르와트에도 갔었는데, 그곳은 제가 늘 가 보고 싶었던 곳입니다. 하지만 군부 측이 돈벌이를 하느라 나무들을 잘라 내고 민둥산을 만들고 있었습니다. 전쟁을 겨우 벗어나자마자 상상하기도 어려운 생태학적인 재난 속에 놓인 것이지요. 그리고 일본에도 방문했는데요. 저는 교토의 불교 대학인 오타니 대학에서 다섯 번의 강연회를 가졌습니다.

김우창 약간 우스운 말 같지만, 철학자에게 여행은 무슨 의미를 가질까요? 저서들을 보면 선생님은 민속지(ethnography)적인 연구에 특별한 애착을 갖고 계신 것으로 기억합니다.

로티 저는 지역 유토피아를 구축하는 일에 지적 코즈모폴리터니즘이 중요하다고 생각합니다. 저처럼 여행하는 지성인들은 특권을 누리는 바보처럼 보일 수도 있습니다. 어느 정도는 그게 사실입니다. 그 반면에 이런 식으로 교수들과 작가들을 교환하는 것은 그들로 하여금 다른 나라 사람들의 이상한 행동들을 이해하게 해서 고국의 사람을 계몽할 수 있게 합니다. 이렇게 여행하고 글 쓰고 하는 일이 코즈모폴리턴적인 범(凡)지구적 지성을 창조해 낼 수 있다고 생각합니다. 그러한 범지구적 지성은 사회적으로 유용합니다. 대단한 도움이 되지요. 미국 정부조차도, 계몽되었을 때, 교수들을 다른 나라에 파견할 수 있게 되었습니다. 그럼으로써 세계에서 어떤 일이 일어나고 있는지 알 수 있게 되었습니다.

사회적 희망에 대하여

김우창 다른 질문으로 넘어갈까 합니다. 철학은 일반성·보편성, 그리고 추상적인 것들을 다루지만, 선생님은 우리의 생각과 사고의 기본적인 축으로서 특수자들을 강조하시는 것으로 생각됩니다. 특정한 정치적 견해를 위한 토대를 마련하려는 철학적 특권을 거부하고 계십니다. 그럼에도 불구하고, 하나의 사회 민주주의 또는 사회적 관심, 잔인성에 대한 혐오, 고통을 당하는 자들과의 연대성을 포함하는—'사회적 희망(social hope)'이라고 부르는 것과 관련된—자유주의적인 정치 철학적 입장을 옹호하고 계십니다. 자유주의와 사회적 희망에 관한 선생님의 생각을 한국 독자들에게 간략하게 설명해 주시겠습니까?

로티 미국에는 듀이적 실용주의의 전통이 있습니다. 듀이는 정치를 실험의 문제로 생각했습니다. 그는 이론의 역할을 상당히 작게 보았습니다. 이를테면 플라톤적인 기획들(무엇이 상상할 수 있는 최선의 체제인가.)이나 마르크스의 기획(자본주의는 무너질 것이고 결국에는 모든 것이 좋아질 것이다.)과 같은 이론들을 크게 보지 않았습니다. 그는 칼 포퍼가 사회 체제들을 생각할 때 그러했던 것처럼, 플라톤과 마르크스를 믿지 않았습니다. 듀이적인 관점에서 말하자면, 유럽과 북미의 국가들이 미국과 프랑스 혁명 후 지난 200년 동안 과거의 정치·사회 제도들보다 더 많은 인간적 행복을 창출하는 데에 대체로 성공했다고 한다면, 그것은 그들이 사회의 본질이나 인간의 본성 같은 것에 관해 철학적 발견을 이룩했기 때문은 아닙니다. 그것은 단지 다양한 제도들에 의해 시도되고 종합된 시행착오들의 결과일 뿐입니다. 다양한 제도와 시행착오의 과정들이 실제로 자유와 행복을 증진시키는 기능을 한 것입니다. 그리고 200년이 지난 뒤에, 자유 사회의 시민들이 자유를 갖지 않은 사회의 시민들보다 더 행복하다는 것이 분명합니다. 듀이의 관점에서 볼 때, 자유의 정의를 내리는 것은 별로 중요하지 않습니다. 저것보다 이것을 할 때 어떻게 되는가, 제도들이 저런 식으로보다는 이런 식으로 변화될 때 역사에는 어떤 일이 생기는가, 변화를 초래하는 원인들은 무엇인가 등과 같은 문제들을 관찰하는 것이 중요합니다. 따라서 실용주의적 관점에서 볼 때, 철학은 사회·정치적 역사가 전개되는 방식에 대한 일종의 믿음입니다. 사회 발전을 위해 지성인들이 할 수 있는 일은, 어느 특정한 정치적 제안을 위한 이론적 토대를 제공하는 것이라기보다는, 과거의 실험들을 회고하면서 사회 개혁을 위한 새로운 사회 실험을 제안하는 것입니다.

김우창 말씀하신 내용은 자유주의에 대한 실용주의적 접근입니다. 흔히 자유주의는 사회적 계획(social program)을 갖지 않는다고 알려져 있습니다. 그런데 선생님은 사회적 희망 — 잔인성에 대한 혐오, 사회적 계획, 사회적 발전 — 에 대해서 말씀하십니다. 선생님의 사회적 희망의 기획에는 어떤 것들이 포함됩니까?

로티 그렇습니다. 방금 언급하신 용어들에는 약간의 난점들이 있습니다. 유럽에서 사용되는 '자유주의자(liberal)'라는 말은 미국에서 동일한 의미를 갖지 않습니다. 미국인들이 '자유주의자(liberalist)'라고 말할 때, 그 의미는 유럽인들이 말하는 '사회 민주주의'입니다. 유럽적인 의미의 자유주의적 관점에서는 자유 시장 체제보다 우선하는 어떤 것도 없습니다. 그러나 유럽의 사회 민주주의자들과 미국에서 스스로를 자유주의자라고 부르는 사람들에게 있어서는 많은 것들이 자유 시장 체제보다 우선합니다. 제가 말하는 사회적 희망에는 널리 알려져 있는 유럽 사회주의 정당들의 이상들이 모두 포함됩니다. 부유층과 빈곤층 간의 간격의 축소, 더 많은 기회 균등, 특히 교육받을 기회의 균등 같은 것입니다. 지금은 좀 더 많은 기회를 갖게 되었지만, 미국에서 오랫동안 흑인 아동들은 교육받을 기회를 거의 갖지 못했습니다. 제가 '사회적 희망'이라 부르는 것의 중심 주제는 바로 아동들을 위한 기회 균등이라고 생각합니다.

김우창 사회적 희망에 대해 한 가지 더 묻도록 하겠습니다. 사회적 발전을 가져올 수 있는 사회의 다른 자원들은 어떤 것들입니까?

로티 가난한 자들이 가진 자들에게 억압당하지 않고 싶어 하는 것, 그런 것이 인간의 본성이겠지요. 그렇지만 저는 사회 변화를 가능하게 하는 것은, 적어도 지난 200년 동안 그것을 가능하게 만들었던 것은, 돈 있고 힘 있는 사람들이 지성인들에 의해 영향을 받는 하향적 사회 개혁 운동일 거라고 생각합니다. 모든 인간이 형제라는 기독교적 교의는 자유와 평등의 나라로서 미국의 전통을 수립하는 데 중요한 역할을 했습니다. 저는 여기서 지성인들이 큰 공헌을 했다고 봅니다.

김우창 지성인들의 역할이 그토록 중요한 것일까요?

로티 결정적인 것은 아니지만 중요한 역할을 했지요. 상황은 더 나빠질 수도 있었습니다.

김우창 선생님의 사회적 희망은 다분히 발전의 개념에 많이 기대고 있습니다. 자유주의에서도 그렇고 마르크스주의에서도 그러하지만, 산업의 발달이 결국 모든 사람을 잘살 수 있게 할 것이라는 발전의 개념이 있는데, 선생님도 여기에 많은 것을 걸고 있는 것 같습니다. 그러나 기술과 산업의 발전은 한계에 부딪칠 것이라는 생각이 있습니다. 그리고 환경과 생태의 문제는 이미 그러한 것들을 예시하고 있습니다. 이 문제에 대하여 어떻게 생각하시는지요?

로티 그것은 사실입니다. 생태적 재난이 목전에 와 있는 것은 사실이지만, 그것에 대하여 어떻게 대처해야 할지는 무어라고 말할 수 없습니다.

공동체, 또는 소속감의 토대

김우창 선생님은 자신의 정치적 신념을 설명할 때, 어떤 철학적 근거 위에서 정당화하기보다는, 삶을 형성한 특수한 상황들에 의해 — 미국의 자유주의 전통과 개인적인 배경에 의해 — 설명하는 것을 선호하시는 것으로 보입니다. 괜찮으시면 개인적인 배경에 대해 말씀해 주시겠습니까?

로티 제 부모님은 대공황이 시작되던 1930년대 초반에 공산주의자였습니다. 그 시대는 많은 좌익 지성인들이 자본주의가 실패했다고 믿었던 때였습니다. 대공황은 자본주의가 옳지 않다는 것을 증명한 셈이지요. 1932년에 제 부친은 공산당을 탈퇴했는데, 공산당이 스탈린의 병기일 뿐이고 모스크바에서 조종하는 또 하나의 정당일 뿐이라는 것을 깨달았기 때문이었습니다. 그러고 나서, 미국의 많은 전(前) 공산주의자들이 그런 것처럼, 제 부친도 점차 우측으로 옮겨갔습니다. 저는 좌가 유일하게 타당한 정치적 입장이라는 일반적인 생각을 갖고 자랐습니다. 그리고 인권 운동과 존슨의 복지 국가 정책 등에 열광했습니다. 미국에서 저와 비슷하게 성장한 많은 사람들에게 레이건과 부시의 경우는 일종의 재난이라고 생각합니다.

김우창 선생님은 지금도 미국의 정치 스펙트럼에서 좌편에 있다고 생각하십니까?

로티 그렇습니다. 그러나 그것은 스칸디나비아 같은 나라에서라면 극히 상식적인 입장에 불과합니다. 특별히 급진적인 것은 아닙니다. 유럽의 사회 민주주의를 미국에서 따라잡고 있는 셈이지요.

김우창 선생님은 유대나 공동체를 중요하게 봅니다. '공동체'나 '국가'는 정확하게 무엇을 의미합니까? 선생님의 삶을 결정한 미국의 경우, 공동체를 말한다면 미국이라는 나라를 말합니까, 또는 주류 문화의 미국인을 말합니까? 흑인, 토착 아메리카인, 아시아계 미국인에게 공동체는 무엇을 지칭하는 것일까요?

로티 저는 그것에 대해 정확한 정의는 갖고 있지 않습니다. 저는 그 용어를 느슨하게 사용합니다. 공동체의 기초는 종교 단체·시민권·이념·애착을 갖는 특별한 장소·공산당 같은 이데올로기 집단 등 어떤 것이든지 될 수 있습니다. 사람들은 많은 다른 공동체에 속해 있습니다. 때때로 한 공동체에 대한 그들의 책무가 다른 공동체에 대한 책무와 마찰을 일으킬 수도 있습니다. 그렇지만 저는 공동체의 본성에 대해서는 어떤 일반적인 것도 말할 수 없습니다.

김우창 공동체의 개념과 연관하여, 국가에 대해 한 가지 질문하겠습니다. 국가에 대해 어떻게 생각하십니까? 선생님의 소속감의 토대는 무엇입니까?

로티 저는 결국 우리 문명이 살아남는다면, 국가 같은 것이 없어질 것이고 커다란 세계 연방이 생길 것이라고 생각합니다. 우리는 한 공동체의 시민이 되는 것이지요. 그렇지만 그때까지 당분간 우리는 우리 국가에 충성해야 합니다. 그것은 우리가 가진 유일한 도구이기 때문입니다.

자아 창조·고급문화·대학의 기능

김우창 다음 질문으로 넘어가겠습니다. '자아 창조(self-creation)'의 개념을 설명해 주시겠습니까? 개인의 삶의 기획은 그 실현을 위해서 사회적 공간을 가져야 합니다. 개인의 독특한 삶의 기획은 어떠한 것이든지 간에 사회적으로 수용되어야 한다는 생각은 서구 민주주의, 특히 자유주의적 이념의 한 측면입니다. 서구 민주주의 밖에서는 이러한 종류의 자아 창조가 용납되지 않습니다. 한 사회가 이러한 관용성을 사회 질서의 합법적인 부분으로 받아들이기 위해서 어떤 조건들이 필요할까요?

로티 자아 창조 또는 자아 계발은 오직 소수의 사람들에게만 의식적인 목표로서 적용되는 것이라고 생각합니다. 그것은 유럽의 낭만주의 운동, 니체와 같은 인물, 실존주의, 그리고 후기 니체적인 철학 운동 등과 연관된 것입니다. 저는 그것이 지난 수세기의 서구 지성인들의 목표를 서술하는 좋은 방법이라고 생각합니다. 그러나 자아 창조가 인간의 삶의 이상이라고 생각하지는 않습니다. 그러한 사람들은 저절로 생겨납니다. 봉건적인 교사·제도·사회에 대해 저항하고 세상을 계속 변화시키는 사람들이 있습니다. 그런 사람들을 우리는 지성인이라고 부릅니다. 우리는 그런 사람들을 좋아하지 않습니다. 그들은 아방가르드를 형성하며, 사회적으로도 유용합니다. 그들 자신의 자아 개념은 흔히 완전히 개인적일 수도 있습니다. 그럼에도 불구하고 사적이고 자아 창조적인 개인들의 존재는 사회적 이익을 가져옵니다.

김우창 자아 창조는 다수자보다는 소수에 해당되는 개념이군요. 하여튼 그것이 가능하게 하는 다른 조건들은 무엇입니까? 한국에서는 관용(tolerance)의 폭이 좁습니다.

로티 그 질문에 대해 저는 만족스러울 정도의 심오한 답변을 전혀 가지고 있지 못합니다. 다만 돈이 더 많을수록 사회는 더 많은 안정을 갖게 되고, 사람들에게 더 많은 여유를 제공할 수 있다는 것밖에는.

김우창 다시 자아 창조에 관해서입니다. 어떻게 해야 자아를 창조할 수 있습니까? 자아 창조 기획이 공적 영역의 참여에 대해 갖는 기능은 무엇입니까? 유교적인 자아 계발 개념 또 대체로 개인의 형성 과정에 관한 전통적인 개념들에 의하면, 자아 창조는 개인적인 필요와 사회적 책무들을 융합시키는 성숙한 개인적 정체성을 갖는 것에서 절정에 이릅니다. 독일어의 빌둥(Bildung) 개념에도 비슷한 것이 있습니다. 어떤 상황에서는 적어도 사회적인 소명 앞에서는 개인적인 것은 양보해야 된다는 것을 인정합니다. 괴테의 『빌헬름 마이스터』에서 '체념'은 중요한 모티프의 하나로 지적되어 왔습니다. 어쨌든 이용 가능한 사회에서 제공되는 물질적 수단과 문화적 자원들로부터 완전히 단절되어서는 자아 창조가 가능할 수가 없을 것입니다. 그것은 개인적인 문제만은 아닙니다.

로티 진공으로부터 자아를 창조할 수는 없습니다. 우리가 자라난 어떤 배경이든지 그것에 반응함으로써 자아를 창조해야만 합니다. 현재에 대한 반대 명제를 만들어 내고 다시 종합하는 일종의 내적 과정이 존재한다고 말한 헤겔이 옳다고 생각합니다.

김우창 서면으로 쓴 질문의 후반부에서 저는 선생님의 자아 창조 개념을 보다 전통적인 입장들, 예컨대 유교적인 자아 계발이나 독일어의 빌둥 같은 것과 대조하려 했습니다. 개인적 성숙, 성실은 단순한 자기도취보다는 사회적 책무의 수락으로 완성된다는 것을 지적하고 싶었습니다.

로티 니체나 하이데거가 그랬듯이, 서구의 지성인들은 전형적으로 자아 창조의 이념에 대단히 엄청난 것을 만들어 내려는 경향이 있습니다. 하지만, 오스카 와일드의 '고귀한 인간과 사회주의' 같은 예를 생각해 보십시오. 그 경우는 사회적 책임과 니체적인 낭만주의적 야망의 훌륭한 종합이라고 생각됩니다. 낭만주의적이고 자아 창조적인 젊은이들은 저절로 좌파 정치를 심각하게 받아들이는 일이 흔합니다. 제가 정치를 떠난 것도 그 때문입니다. 저는 정치와 개인적 문화 사이에 별로 큰 긴장이 있다고 생각하지 않습니다.

김우창 자기 계발 과정에서 문화유산은 어떤 역할을 합니까? 예를 들면, 가다머의 문화 해석학은 전통의 재해석이 내적 삶의 발전에 필수적인 것이라고 말하고 있습니다. 전통적인 고급문화는 독일 관념론의 경우 매우 특별한 역할을 했다고 생각하는데요. 젊은이들의 문화와 달리 그것도 중요한 것이 아닙니까?

로티 저도 그렇게 생각합니다. 미국의 경험은 사회 개혁가의 경험과 같은 것이라고 생각됩니다. 사회를 변혁하고자 하는 사람들은 전형적으로 대학에 들어가기 전부터 고급문화에 노출된 사람들입니다. 대학은 고급문화를 가르칩니다. 고급문화의 획득과 사회적 희망은, 뭐랄까, 학생 세대와 함께 갑니다. 저는 대학이 근본적으로 고급문화라고 생각합니다. 적어도 미국에서는, 대학은 저자들과 소설가들을 창출하는 일을 돕습니다. 대학은 좌파와 고급문화를 위한 지성소입니다. 고급문화와 사회 개혁은 서로 잘 어울려 왔습니다.

김우창 고급문화를 유지하는 데 대학의 역할이 중요하다는 말씀이군요.

로티 그렇습니다.

김우창 그런데 이제 어떤 사람들은 그 상황이 달라지고 있다고 생각합니다.

로티 세금을 지불하는 사람들의 돈이 유익한 시민들을 만드는 데 사용되어야 한다고 늘 말하고 있습니다. 대학은 항상 '아니다, 우리의 기능은 현재의 제도에 이익이 되는 것이 아니라, 새로운 제도를 상상해 내는 것이다.'라고 말하면서 그러한 생각에 저항해 왔습니다. 이것은 어느 나라에서나 계속되고 있는 싸움입니다.

김우창 어떤 사람들은 대학이 산업 발전의 기술 제공자가 되어야 한다고 생각하고, 고급문화의 가치들을 보존하는 제도로서의 대학은 지금 그 명성을 잃어가고 있습니다.

로티 미국의 경우는 상황이 좀 나은 것 같습니다. 왜냐하면 우리는 공립과 사립 대학, 그리고 대부분의 나라들에 비해 막강한 힘을 가진 교수들의 특이한 혼합 형태이기 때문입니다. 교수들은 많은 힘을 갖고 있습니다. 만일 교수들이 총장을 좋아하지 않게 된다면 조만간 그는 자리를 내놓아야 합니다. 우리에겐 교육부 같은 것이 없습니다. 대학 위에 군림하면서 이래라저래라 하는 사람이 없습니다. 그래서 행정부가 대학에게 가치 있는 어떤 사회적 역할을 요구한다 해도, 미국 대학들은 별로 귀를 기울이지 않을 것입니다. 그들은 그들이 하고 싶은 일을 할 수 있는 엄청난 독립성을 갖고 있습니다.

김우창 그렇지만 어떤 조정을 해야 할 때가 있을 것입니다. 왜냐하면 기금을 제공하는 자본은 대학의 독립적인 제도와 기능을 좋아하지 않을 수도 있으니까요.

로티 왜 그런지 알 수는 없지만, 자금을 제공하는 부자 보수파들은 어떻게 된 셈인지 대학을 제어할 수 없었습니다. 계속 노력은 해 보았지만 성공하지 못했습니다. 그래서 고급문화는 자신을 보존해 올 수 있었던 것이지요. 대학은 그들이 감당할 수 없는 사치품 같은 것처럼 취급됩니다. 스탠퍼드 같은 대학에서 모든 자금은 과학과 공학 계열에서 나오지만, 그들은 문학·철학·역사학과들을 후원합니다. 그런 종류의 고급문화를 갖지 못할 경우, 결코 자유로운 대학이라고 자처할 수 없기 때문이지요. 얼마나 많은 극좌파와 인문학 학과들이 있든지 간에, 그들은 여전히 자신이 원하는 것을 하고 있습니다. 이것이 계속되지 않을지도 모르지만, 지난 200년 동안은 계속됐습니다.

김우창 흔히 사람들은 미국 실용주의가 고급문화를 평가 절하하고 파괴하는 데에 선도적인 역할을 했다고 생각합니다. 우리나라에서 기존의 문화의 중심으로서의 대학을 고치고자 하는 사람들은 미국에서 이것을 배운 사람들입니다.

로티 어떻게 그런 생각을 하게 되는지 이해할 수는 있습니다. 듀이는 교육에 대해서 나쁜 책들을 썼고 초등학교와 중고등학교의 교육을 악화시킨 책임도 있습니다. 그 반면에 듀이는 일종의 교수 자유 노조인 미국 대학교수협회 창설자 중 한 사람이었고, 그 기구는 고급문화의 독립을 위한 매우 강력한 세력이 되어 왔습니다. 대학에 직업 양성소의 사명을 준 것을 실용주의 철학과 연결 짓는 것은 잘못된 연상에 불과합니다. 한 가지 이야기를 하지요. 우리 대학의 새 총장은 실리콘 밸리 천재들 중 한 사람이고, 닌텐도 프로그램을 만든 사람이라고 합니다. 그는 스탠퍼드를 하버드보다 더 좋은 학교로 만들려고 합니다. 실제로 과학 분야에서는 이미 하버드보다 낫지요. 그런데 향상시키기 어려운 유일한 분야는 고급문화 관련 영역인 인문학입니다. 그래서 그는 스탠퍼드의 인문학 학과들을 위해 수억 달러의 기금을 모으겠다고 말했습니다. 그러면 우리 학교의 고급문화가 그들보다 나아질 것이라는 이야기지요. 이런 것은 전형적으로 미국적인 발상입니다.

문학적인 문화

김우창 선생님은 문학적인 문화(literary culture)가 종교와 철학의 구원적 기획들을 대체할 것이라고 말씀하셨습니다. 그 경우 문학은 아무 종류의 문학이라도 괜찮습니까? 구원적이든 비구원적이든, 사회 기획으로서의 문학에 대해 어떤 규범적 기준들이 있어야 한다고 생각하십니까? 그러한 문학은 특별한 종류의 문학이어야만 할까요?

로티 어떤 종류의 문학이든지 상관없다고 생각합니다. 낭만주의 운동 이래로 지식인들은 '시인이 세계의 이름 없는 입법자'라고 말했던 셸리에게 동의하면서, 시적 상상력이 우리를 앞으로 나아가게 하는 것이라고 말해 왔습니다. 그것이 만화든 TV 시리즈든 셰익스피어든 별로 상관이 없습니다. 중요한 것은 우리가 종교·철학, 또는 과학으로부터 얻게 될 유일한 진리 같은 것은 없다는 것입니다. 인간에 대해, 그들은 어떤 존재인가, 어떻게 살아왔는가, 무엇을 했는가, 그들의 운명은 어떠했는가, 다양한 종류의 사람들에게 어떤 일들이 일어났는가에 대해 말해 주는 이야기들이 있을 뿐입니다. 그렇기 때문에 제가 종교나 철학과는 대조적으로 '문학'이라는 용어를 사용할 때, 그것은 반드시 규범적인 교회 같은 것일 필요가 없습니다.

그것은 단지 인간에 관한 어떤 진리가 있다는 종교적 진리나 철학적 관념과는 달리 우리의 희망을 상상력에게 넘겨주는 것을 의미할 뿐입니다.

김우창 어떤 종류의 문학은 유익하기보다는 해악을 끼친다고 생각하는 사람들이 있습니다.

로티 아마 그것이 사실일 것입니다. 많은 종교들과 철학을 포함한, 거대한 문화의 선조들은 이로움보다는 해악을 더 많이 끼쳤던 것이 사실입니다.

김우창 문학은 문학 자체에 의해서만이 아니라 해석 공동체와 연관되어서 존재합니다. 이 공동체는 아무래도 어떤 기준을 생각합니다. 그러나 단순히 직접적으로 소통되는 문학도 있겠죠. 선생님이 생각하는 문학은 해석자의 매개가 없는 문학입니까?

로티 고급문화와 대중문화 사이에는 지속적인 상호 작용이 있어 왔다고 생각합니다. 둘 사이에 명확한 경계를 그을 수는 없습니다. 사람들이 만화·텔레비전 그리고 고전에 대해, 두 영역 사이에 어떤 경계선이 있을 것이라는 생각 없이 양쪽을 오가며 이야기할 수 있는 분위기를 조성해야 합니다. 고급문화는 지속적으로 대중문화 안으로 영입되었고, 대중 매체의 참신한 아이디어들은 많은 경우 고급문화에서 유래한 것입니다. 따라서 대중 매체와 대학 사이의 상호 작용은 민주 사회만큼이나 좋은 것입니다.

김우창 해석자로서의 학자들의 공동체, 그리고 거기에서 나오는 큰 준거 틀에 통합될 수 있는 이론적 합의들은 어떤 역할을 합니까?

로티 저는 그런 기획에 대해 의심합니다. 같은 이유로 통합적 메커니즘으로서 철학에 대해서도 의심스럽게 생각합니다. 이론적 합의가 그 정도로 유익할 것이라고는 생각되지 않습니다. 우리의 기능은 사물들을 재조합하는 것이라고 생각합니다. 한 젊은이가 어떤 책에 매료되었을 때, 교수는 그 책에 대해 말해 줄 수 있을 뿐입니다. 교수는 '그것은 좋은 책이다. 그렇지만 그것을 이해하기 위해서는 이러저러한 다른 책들을 읽어 볼 필요가 있다.'라는 말을 하고, 관심을 불러일으키는 맥락에 대해 여러 가지 제안을 해 줄 수 있습니다. 특별히 이론이 필요하다고 생각하지는 않습니다.

김우창 훌륭한 안내자는 필요한 것이겠군요.

로티 그냥 훌륭한 독자가 필요한 것입니다.

김우창 그러면 다른 질문을 드리겠습니다. 선생님은 프루스트를 성공적인 자아 창조의 뛰어난 사례로 생각하시는 것 같습니다. 그것은 전적으로 그의 『잃어버린 시간을 찾아서』에 근거한 것입니다. 그의 생애로 말한다면, 별로 행복한 삶을 산 것도 아니었고, 어떤 전기에 의하면 주위 사람들에게 매우 비열하게 행동한 사람이라고 합니다. 그는 뛰어난 예술 작품을 창조했을지는 몰라도, 자신을 보다 나은 사람으로 창조하지는 못했습니다. 아름다운 예술 작품의 창조가 아름다운 삶의 창조와 등가가 될 수 있을까요?

로티 프루스트의 경우, 니체의 경우와 마찬가지로 작품과 생애는 서로 전혀 무관한 일입니다. 둘 다 비참하고 불행한 삶을 살았지만, 그게 무슨 상관이겠습니까?

김우창 그렇다면 '자아 창조'란 잘못된 이름이라 할 수 있습니다. 작가가 창조하는 것은, 자아 창조의 대체물이라면 모를까, 자아가 아니라 작품이니까요.

로티 좋습니다. 무슨 말씀인지 알겠습니다. 아마 '자아 창조'란 말은 오해를 불러일으킬 수도 있을 겁니다. 그렇지만 프루스트를 자아 창조의 모범 사례로 볼 수 있는 것은 그가 남긴 작품들 때문입니다. 알렉산더 네하마스(Alexander Nehamas)는 『니체: 문학으로서의 삶(*Nietzsche: Life as Literature*)』의 첫 페이지에 "나는 그의 비참한 삶에 대해 이야기하지 않을 것이다."라는 짧은 선언을 싣고 있습니다. 그것은 훌륭한 태도처럼 보입니다.

김우창 그러한 작품의 창조와 달리, 자신의 삶을 다음 세대를 위한 패러다임으로 만드는 자아의 창조가 있을 수 있을까요?

로티 프루스트 소설의 끝에 가 보면, 소설의 화자가 우리가 읽고 있던 것과 같은 책을 쓰게 될 것이라는 것을 알게 됩니다. 그리고 실제로 그것을 해냈다는 것을 알게 될 때 우리는 놀라운 전율을 느끼게 됩니다. '정말 그렇군.'이라고 생각하게 되는 것입니다. 그런 의미에서 프루스트는 삶의 성공자입니다.

김우창 어떤 사람들은 작품의 창조로써 자신의 삶의 창조를 대체하는 것을 기이하다고 볼 것입니다.

로티 저는 그렇지 않습니다.

김우창 그렇게 생각하지 않으신다고요? 밖으로 보이는 업적이란 점에서는, 아무것도 창조하지 않은 채 살아가는 뛰어난 사람들도 있습니다. 그런 사람들은 어떻습니까?

로티 그러한 사람의 삶은 남을 위해서 사는 삶입니다. 그들은 훌륭한 보통의 삶을 삽니다. 그것도 좋은 삶이지요. 니체나 프루스트의 삶은 그러한 삶에 비하면 아주 우스꽝스러운 삶일 수 있습니다. 그러나 그들이 하는 일이 무엇인가를 몰랐던 것은 아닙니다. 그들은 자신의 삶을 희생하는 대신 작품을 선택한 것입니다. 그 희생에 대해 우리는 고마움을 느낍니다.

김우창 어떤 사람들의 관점에서는 삶과 작품을 바꾸지 않을 것입니다. 그것은 있을 수 없는 일일 것입니다.

로티 선택의 문제입니다. 그들의 선택은 옳은 선택이었습니다. 도덕적인 행운(moral luck)에 대해 버나드 윌리엄스(Bernard Williams)가 쓴 논문이 있습니다. 그는 고갱이 여러 가지 그릇된 일을 많이 했다고 말합니다. 고갱은 모든 책임들을 던져 버렸지만, 운이 아주 좋았습니다. 그림이 모든 것을 보상해 주었던 거지요. 만약 그 그림들이 형편없었다면, 그의 삶은 구제될 수 없었을 것입니다. 그렇지만 그의 그림들은 그렇지 않았습니다.

김우창 그것이 불투명한 실존적 현실이긴 하지만, 문학적 또는 학문적 업적들이 실제의 삶보다 너무 크게 평가되는 것 같습니다.

로티 그럴지도 모르죠. 그렇지만 솔직히 말씀드리면, 만일 제가 아주 평범한 삶을 살아가고, 아무것도 창조하지 않는 훌륭한 사람과 프루스트 사이에서 선택해야 한다면, 저는 프루스트가 되는 편을 택하겠습니다.

재서술과 다시 상상하기

김우창 비로소 철학적인 질문을 하게 되는데요. 우리의 개인적 혹은 공동체적 삶을 기술하는 데 사용하는 어휘들을 수정하고 창안하는 재서술(re-description)에 대해서 설명해 주시겠습니까? 사회의 도덕적·정치적 그리고 과학적 노력들의 중요한 쟁점들이 서술과 재서술의 기획과 관련될 수 있습니까?

로티 제가 '재서술'이라는 용어를 사용하는 이유는 실재에 관한 진정한 진리를 발견한다는 생각과 그것을 대조하기 위해서입니다. 제가 문학이 철학을 대체한다고 말하는 한 가지 이유는, 사물들에 대한 새로운 서술을 발견하는 일이 실재나 진리에 이르는 일이라는 그릇된 생각을 그것이 대체하기 때문입니다. 실용주의적 견해는 무엇이 실재인가 현상인가 하는 것은 잊어버리고, 특정한 목적을 위해 우리가 어떻게 말해야 하는가에 대해서만 집중하라는 것입니다. 철학은 실재와 진리에 대해 주장을 하고자 합니다. 실용주의자는 어떤 책이 우리가 하고 있는 일에 대해, 부모나 배우자 또는 자녀들과의 관계에 대해, 가난한 사람들과 부자들과의 관계에 대해 다시 생각하게 만든다면, 그것으로 족하다고 말합니다. 그러한 경우 저는 그것을 새로운 진리를 발견하는 기획이라기보다는 '재서술의 기획'이라고 부릅니다.

김우창 모든 것이 하나의 언어 게임의 부분으로 간주된다고 해도, 이 게임은 권력과 부를 가진 국가들이 물질적·사회적 자원에 따라 수행하는 보다 큰 게임의 일부가 아니겠습니까? 모든 것을 언어의 게임으로 돌리는 것은 비트겐슈타인에게서 연원을 찾아볼 수 있습니다. 하지만 비트겐슈타인이 언어 게임을 말할 때, 언어 행위는 실제 행위의 게임의 일부라는 시사가 아니겠습니까?

로티 어떤 출판사도 돈이나 권력에 관계없이 무엇인가를 재서술하는 책을 출판해 주지는 않으리라 생각합니다. 그러나 인간을 동물로 재서술했던 다윈의 경우를 생각해 보십시오. 이것은 우리 자신을 어떤 특별한 비물질적인 실체로부터 산출된 동물로 생각하는 대신에, 점진적으로 여러 가지 것을 누적해서 가지게 된 동물로 생각하라고 말합니다. 그러한 재서술은 온갖 종류의 매우 강력한 결과들을 낳습니다. 지대한 변화를 가져옵니다. 물론 사람들은 그것이 19세기 영국 중산층이 가졌던 의지와 힘의 산물이라고 말할 수도 있습니다. 그것은 사실입니다. 그러나 그게 무슨 상관이겠습니까?

김우창 이론적인 저작들, 다윈의 『종의 기원』이나 플라톤의 『국가』 등은 그럴 수도 있을 것입니다. 그러나 관념이 정치의 실제적인 상황에서 일어날 때 문제는, 서술이나 재서술이 아니라 힘의 분배에 관한 문제가 될 것입니다. 재서술은 이론적인 저작의 경우에만 결정적인 의미를 갖는 것이 아닐까요?

로티 『톰 아저씨의 오두막』이나 다른 소설들에 대해 생각해 보십시오. 그 책들이 정치적 운동을 인도했다고 볼 수도 있습니다.

김우창 링컨의 연설은 어떻습니까? 그것은 정치였습니까, 아니면 언어 게임이었습니까?

로티 양쪽으로 다 작용했을 수도 있습니다. 그렇지만 그것을 재서술하는 언어 게임으로 보는 것이 유익합니다. 링컨의 게티스버그 연설은 미국에 대한 새로운 서술입니다. 미국이 어떤 나라였는지에 대한 그러한 서술이 갖는 수사학적인 힘은 미국에 커다란 영향을 주었는데, 그것은 링컨이 대통령이었기 때문이 아니라 그가 재상상(re-imagine)할 수 있는 시인이었기 때문입니다. 물론 대부분의 언어 사용은 재서술적이 아닙니다. 이미 진행되고 있는 게임 안에서 규칙들을 만들고 있을 뿐입니다. 저는 재서술이란 새로운 게임을 제안하는 것이라고 생각합니다. 링컨은 그런 일을 했습니다. 그는 정치적으로 수행되었던 게임 안에서 움직였지만, 그는 또한 시적으로 국가에 대해 재서술했던 것입니다. 링컨, 루스벨트, 그리고 제퍼슨은 단순히 어떤 일들을 실행하는 것 이상의 일을 이룩했습니다. 그들은 모든 사람의 상상력을 변화시키려고 했습니다.

김우창 다음 질문은 한국 상황에 관해 말씀하신 것에 관한 것입니다. 알고 계시겠지만, 현대 한국사의 특징은 민주주의를 위한 투쟁이었고, 그것을 위해 엄청난 에너지가 소모되었으며, 인명과 수난의 커다란 희생을 치렀습니다. 여러 저서에서 선생님은 민주주의는 우연적이지만 고유한 서구 역사의 발전의 결과로 존재하게 된 정치 체제이며 삶의 방식이라고 말하고 계십니다. 민주주의를 위한 한국의 투쟁, 또는 서구 밖의 세계 도처에서 볼 수 있는 민주주의를 향한 희구에 대해 어떻게 이해하고 계십니까?

로티 가진 자들에 대한 갖지 못한 자들의 투쟁, 강자에 대한 약자의 투쟁은 보편적인 인간사라고 생각합니다. 서구는 그것과 특별한 연관성이 없습니다. 서구 역사와 전통의 우연한 발전이 수행한 유일한 역할은, 여러 다른 사람들이 모방하고 싶을 수도 있는 제도들에 대해 암시를 주는 것이라고 생각합니다. 많은 국가들이 미국 헌법을 여러 가지로 참조하고 있습니다. 서구가 알고 다른 곳에서는 모르는 어떤 것이 있다는 것이 아니라, 단지 서구가 특정한 제도적 마련들에 대해 편리한 제안들을 갖고 있다는 것뿐입니다.

김우창 한국의 청중들이나 독자들에게 특별히 하고 싶은 말씀이 있습니까?

로티 한 가지를 말씀드리지요. 만일 제가 비서구 국가에서 태어났고, 서구 세계가 어떤 유익한 일을 했는지 생각해 본다면, 저는 우리 철학자들은 별로 유익한 일을 한 것이 없다고 생각합니다. 데카르트, 니체, 헤겔로 이어지는 서구 전통이라는 국지적 분파가 있을 뿐입니다. 이들은 흥미로운 인물들입니다. 그러나 저는 그들의 철학을 유럽적 사건에 대한 특수한 반응이고 국지적 이야기라고 생각합니다. 만일 제가 바깥에서 서구의 역사를 본다면, 그 위험을 모두가 직시하게 될 것이라고 생각합니다. 기술을 제외할 때, 도대체 서구가 무엇을 제공할 수 있느냐고 물을 것입니다. 첫째는 입헌 민주주의이고, 둘째는 아마도 소설일 것입니다. 서구에서 지난 200년 동안의 소설의 발전은 참으로 새로운 것이었습니다. 고대 세계는 소설을 갖지 못했고 18세기에는 소설이 별로 많지 않았습니다. 1800년이 지난 뒤에야 우리는 이 놀라운 종류의 문학을 갖게 되었고, 프랑스 혁명에 이어 입헌 민주주의가 탄생했는데, 소설을 중심으로 한 문학 문화가 프랑스 혁명을 야기했다고 생각합니다. 그런 종류의 문학에 비해, 서구 철학은, 우연히도 제 전문 영역이긴 합니다만, 보편적인 인간 관심사라고 생각하지는 않습니다.

김우창 비서구인으로서 한국인들은 헌정(憲政)을 튼튼히 하고 소설을 더 많이 가질 필요가 있다는 말씀이군요.

로티 저는 한국인들에게 어떤 것도 제안할 수 있는 입장이 못 됩니다. 다만 제가 추측하기로는, 한 국가나 문화가 자신에 관한 소설을 더 많이 갖게 될 때, 상상력은 보다 풍부해지고 보다 더 자의식적이 될 거라고 봅니다. 이것은 유럽적인 생각의 핵심입니다.

김우창 마지막으로 한국 독자들을 위하여 선생님의 저서들 중에 어느 것이 가장 중요하다고 보시는지 추천을 해 주시겠습니까?

로티 제 책에 대해서 말입니까? 『우연성, 아이러니, 연대성』은 제가 가장 좋아하는 책입니다. 특히 처음 세 장을 좋아합니다.

김우창 수고하셨습니다. 이만 마치겠습니다.

비평은 진리 추구 위한 방편

손창훈(《고대신문》 기자)

2001년 12월 3일《고대신문》제1416호

선생님은 비평 작업을 하는 데 있어, 철학적인 이성의 개념과 문학의 심미적인 개념의 조화를 추구하는 것으로 알고 있다. 이와 관련, 비평의 자세에 대해 말해 달라.

"비평을 철학과 연관 짓는 것은 모든 지적인 활동이 진리와 관련 있기 때문이다. 일반적으로 진리 추구라 하면 과학적 연구를 생각하기 쉬운데, 문학도 진리와 밀접한 관계를 가지고 있다. 즉 철학에 대한 관심은 진리 추구로부터 나오며 문학은 흥미와 동시에 진리를 포함해야 한다."

올바른 비평을 하기 위해 가장 중요하게 생각하는 것은 무엇인가?

"진리의 기초는 사실이며, 사실은 텍스트에 대한 올바른 이해로부터 시작한다. 요즘 사이버 판타지 문학의 경우, 개인적 견해로 치우친 비평이 대다수를 차지하고 있다. 비평 그 자체를 창작 행위로 착각하는 사람들이 범하게 되는 실수이다. 또한 진리를 핑계 삼아 정치적으로 편향된 비평을 하는 사람도 있어 아쉬움을 남긴다. 대표적으로 이문열 씨의 경우 정치적인 비평을 하고 있다.

비평은 텍스트를 올바로 이해하는 것에서부터 시작되며, 텍스트에 대한 존중 없이는 올바른 비평을 기대하기 어렵다. 텍스트를 다른 언어로 설명하면서도 텍스트를 벗어나서는 안 되는 딜레마를 가지고 있다. 그러나 설명만으로 비평이 완성됐다고도 할 수 없다. 각각의 텍스트가 보여 주는 고유한 현실을 짚어 내야 한다. 한국 사람으로서 모두 가지고 있는 공통점이 있는 반면 각 개인들이 가지는 특별함이 있기 마련이다. 각 텍스트마다 사회적, 정치적, 역사적인 독특함을 가지고 있고, 비평은 그것을 찾아내 설명해야 하는 것이다. 작품 자체에 우리 사회가 가지고 있는 유형적인 것이 있으면서도 독특한 면을 가지고 있다. 만약 그 독특함이 없다면 비평은 천편일률적인 비평이 될 것이다.

요즘 글로 장난을 하는 시와 글이 상당히 많다. 광고문처럼 한 번 읽고 버리는 시가 양산되고 있는데, 이것은 보편적인 것에 대한 관심이 없기 때문이다. 문학을 하는 사람들은 보편적인 것과 더불어 '유일무이'한 것에 대한 관심을 가져야 한다. 유일무이하다는 것은 곧 '독특하다'는 의미이다. 독특하다는 것은 새로운 것만을 뜻하지 않는데, 그것은 시간의 깊이에 대한 관심을 포괄하고 있기 때문이다. 각 개인의 '독특한 것'에 대한 관심과 더불어 지속적이고 항구적인 것에 대한 꾸준한 관심을 가져야 한다. 만약 지속적인 것에 대한 관심이 없다면 새로움은 이전의 것을 반복하는 것에 불과하다. 시대적 통찰력과 독특한 것에 대한 관심이 독자적인 작품을 탄생시킨다."

비평을 통해 즐거움을 느낄 때가 있다면?

"처음에는 비평이 재미있어 시작했다. 현재에는 직업으로 비평 작업을 하다 보니, 처음의 흥미는 생기지 않지만 깨달음의 재미는 톡톡히 느끼고 있다. 재미가 없어진 재미를 느끼고 있다고 할까. 넓은 관점에서 문학 작품과 사회를 이해할 수 있게 됐다. 즉 합리적인 이해가 들어간 재미를 알게 됐다. 누구는 섹스, 마약이 즐거움을 준다고 말할지 모르지만, 이것들에서는 이성적인 이해를 곁들인 재미는 느낄 수 없다. 또한 그런 즐거움들은 순간적이고 단편적이지만 사람들에게 도움이 되는 이성적인 즐거움은 항구적이고 깊이가 있다."

서구에서는 비평의 방법이 연구돼 여러 분야에 걸쳐 비평이 활성화돼 있다. 반면 한국에서의 비평은 합당한 대우를 받지 못하고 있다.

"외국에서도 창작에 비해 비평은 대우받지 못하고 있다. 현재 비평은 영구적으로 대접을 받지 못하지만 즉각적인 대우는 받고 있다. 아리스토텔레스의 『시학』 외에 지금까지 읽히는 비평집을 찾아보기 힘든 것에서 비평이 항구적이기 어려움을 알 수 있다. 반면 문학 권력이라는 말이 있듯이 순간적인 대접은 받는 편이다. 마치 '언론'이 대접받는 것과 같은 이치이다. 비평가들은 거간꾼에 비유될 수 있다. 작가와 독자들 사이를 연결시켜 주는 중개자이다. 증권 시장에서 돈을 가장 잘 버는 사람들은 증권 브로커들이다. 그들은 중개자로서 주식을 선점할 수 있는 중요한 길목을 잡고 있기 때문이다. 이와 같이 비평가들도 이런 점을 악용, 깡패 노릇을 할 가능성이 있다.

그러나 독자와 작자들을 교사하는 것이 비평가의 '진짜' 직업이다. 그들은 현실적이고 보편적인 개념 이상의 관념을 깨우쳐 주는 역할을 해내야만 한다. 우리나라는 과거 시험을 볼 때 경학, 『논어』 등의 과목과 동시에 한시 쓰는 능력을 보았다. 그것은 보편적인 이념의 구체적인 적용이 이뤄질 때만 바른 시를 쓸 수 있기 때문이다. 지속적인 것에 대한 관심에서 나오는 구체적인 체험이 시로써 표현된다. 만약 인간이 범죄를 저질렀다면, 이 범죄를 인간 사회의 보편적 이념에 비춰 구체적인 케이스에 적용하는 능력을 보는 것이다. 법관은 보편적 이념 아래 각기 다른 개별 사안에 대한 융통성을 가지고 있어야 한다. 이것이 일률적으로 이뤄진다면 전체주의가 된다. 현 정부가 잘못하는 정책 중 하나가 구체적인 케이스와 이념 사이에서 올바른 사고를 하지 못하고 있는 점이라고 생각한다. 문학 작품에 대한 비평은 바로 거기에서 나온다. 보편적인 지평을 아는 사람이 구체적 케이스를 도덕적이고 일반적인 관점에서 평가해 작가와 독자 사이를 연결·교사하는 작업이다."

서구의 비평 방법이 한국 문학을 비평하는 데 많이 적용되고 있는 것으로 알고 있다. 서구의 비평 방법이 한국 문학에 적용되는 데 대해 어떻게 생각하는가?

"일단 우리가 우리의 모습만으로 이뤄지지 않았다는 현실을 직시해야 한다. 우리의 생활 양식, 정치 제도, 학문의 대부분이 서양식이다. 이처럼 비평 방식도 동서양을 나눌 수는 없다. 실제로 우리의 삶은 서양의 헤게모니가 지배적이다. 그러나 우리나라의 정신 유산은 우리의 생활 모습 면면히 흐르고 있으며, 서양보다 뛰어난 우리의 것은 회복해야 한다. 인문 과학이 바로 자신의 전통에 대한 반성을 해야 하며 그 작업은 우리의 장점을 되살리는 데 일조할 것이다. 요즘 시대가 빠르게 변한 탓인지 비평이 감각적인 해석에 머물고 있다. 문학 작품에 대한 현대적인 해석이 필요한 것이 사실이다. 현대적이라는 것은 서양적이라는 뜻이며, 그것은 이성적인 관점에서 작품을 바라본다는 뜻도 된다. 그러나 한국 문학을 비평할 때 외국의 비평 방법론을 그대로 들여오는 것은 문제가 있다. 어떤 방법론이라도 문학에 그대로 적용하는 것은 문제가 있다. 비평은 크게는 하나의 예술이고 작게는 기예이다. 작품의 체험을 성찰하는 마음으로 재정리해야 한다. 이 와중에 익숙한 방법론이 들어가게 된다.

문학 비평을 할 때 하나의 방법론을 그대로 적용, 기계적으로 분석하는 것은 잘못된 것이다. 해외에서 비평 방법론을 그대로 들여오는 것은 마치 '국수 기계'를 사 오는 것과 같다. 그 속에 밀가루를 넣으면 국수가, 도토리를 넣으면 도토리국수가 나오는 것과 다를 바가 없다. 문학 작품 비평에 있어서도 비평 방법론에 그대로 집어넣는 것은 잘못된 것이다."

앞에서 잠시 언급했지만, 비평 권력이 비판의 대상이 되고 있다. 비평의 권력화에 대해 어떤 생각을 가지고 있는가?

"비평 권력이라는 말은 비유적인 것과 사실적인 것에 대한 혼돈에서 온다. 언론 권력을 예를 들어 볼 때, 언론은 결코 권력이 될 수 없다. 언론이 권력과 결탁한 것이 문제다. 권력만이 강제력을 가지고 있다. 정부는 강제력의 독점 기구라고 하지 않던가. 즉 위협과 행동에는 차이가 있다. 아무리 말로 위협을 해도 행동으로 옮기지 않으면 아무 소용이 없는 것이다. 비평 권력도 같은 이치이다. 만약 비평이 돈과 결탁해 상업적인 이익에 따라 움직인다면 비평 권력이 생길 수 있다. 그러나 궁극적으로 비평은 권력이 될 수 없다. 비유를 사실과 혼동하는 것에서 생긴 단어이다."

앞으로 비평을 꿈꾸는 후학들에게 선배 비평가로서 해 주고 싶은 이야기가 있다면?

"무엇보다 사회 문제에 대한 지속적인 관심이 필요하다. 사실과 진실에 대한 관심 또한 중요한데 참된 소리는 듣기 싫은 법이다. 문학에 대한 판단력은 논리적 사고, 사실 존중, 구체적 상황에 대한 판단 경험에서 온다. 또한 문학에 대한 구체적인 체험이 있어야 한다. 독서를 통한 전통적인 것과 지속적인 이슈에 대한 고민이 있어야 함은 두말할 나위가 없다. 무엇보다 문학을 하는 사람은 아무도 알아주지 않아도 견딜 수 있는 내적인 힘이 있어야 한다. 내적인 힘에 의해 꾸준히 참고 견딜 수 있어야 올바른 비평의 길로 나아갈 수 있다."

우리는 어디에 있으며, 무엇을 할 것인가

변화하는 세계와 한국의 정치·시민 사회

김우창

최장집

여건종

2002년《비평》봄호

9·11 테러 이후의 세계 질서

여건종 2002년을 맞아 그동안 우리 사회의 여러 문제들에 대해서 귀중한 발언을 해 오신 두 분 선생님을 모시고 대담의 자리를 갖게 된 것을 기쁘게 생각합니다. 오늘 대담은 포괄적으로 '변화하는 세계와 한국의 정치·시민 사회'라는 주제로, 전체적인 세계 정치 현실과 함께 현 시점에서의 한국의 상황을 짚어 보고 대안을 모색해 보는 자리를 마련하고자 합니다. 먼저 아직까지도 세계 정치의 중심 이슈가 되고 있는 9·11 테러와 아프가니스탄 전쟁, 그리고 미국 주도하에 진행되고 있는 세계 질서의 재편 과정, 또 그것과 관련해서 세계화, 신자유주의 문제로부터 논의를 시작해서 한국의 정치와 시민 사회의 문제를 이야기해 봤으면 합니다. 일단 9·11 테러를 부시 행정부가 들어선 이후에 진행된 신자유주의적 세계 질서 재편의 가속화와 미국의 세계 지배 강화와 연결 지어서 생각하는 경우가 많은 것 같습니다. 이것과 관련해서 이야기를 시작해 보기로 하지요.

김우창 대화의 초점을 맞추기 위해서, 이 토론의 제목을 '우리는 어디에 있으며, 무엇을 할 것인가'로 하면 어떨까요. '무엇을 할 것인가' 이것은 레닌의 책 제목인데, 물론 체르니셰프스키의 책에서 나온 것이기도 하지만, 그들과의 관계에 구애됨이 없이 언제나 의미 있는 제목이기도 합니다. 이야기를 현 시점에서 하되 우리가 어디에 있고 무엇을 할 것인가를 논했으면 합니다.

최장집 9·11 테러는 세계사적 사건임과 더불어 우리에게 엄청난 충격을 안겨 준 사건입니다. 큰 사건이 그러하듯이 9·11 테러는 여러 가지 의미를 갖습니다. 유럽에서 냉전이 해체되고, 동아시아와 한반도에서 동아시아 냉전도 해체되고 있는 오늘의 시기를 우리는 보통 탈냉전이라고 정의합니다. 그래서 9·11 테러는 탈냉전으로 세계적 수준의 질서가 크게 변화하고 있는 시점에서 일어난 사건으로 규정할 수 있겠습니다. 우리가 사회주의권의 해체와 더불어서 탈냉전을 말할 때, 후쿠야마 같은 사람은 역사의 종언, 자유주의의 승리라는 말도 하지요. 그런 인식이나 이해 방법, 담론에 동의하든 그렇지 않든, 새로운 질서가 나타나고 있는 이 세계적 변화의 시점에서 다수의 사람들은 일면 불안해하고 비판도 하지만, 그래도 뭔가 낙관적인 전망을 많이 가졌습니다. 그런 시각에서 말하자면 9·11 테러는 역사와 세계사적 변화를 보는 담론과 이해 방법, 나아가 전망이 얼마나 취약한 기반에 서 있었고, 지난 20세기 후반기에 우리가 세계적 수준에서 누렸던 평화와 번영을 21세기에서도 과연 실현할 수 있을 것인가에 대해서 상당한 우려와 두려움, 회의와 걱정을 던지는, 그야말로 충격적인 사건이었다고 할 수 있습니다. 그간 대다수 지식인들이 보였던 자족감에 대한 냉혹한 경고의 의미를 담고 있다는 거죠. 말하자면 탈냉전으로 인해 갖게 된 평화라든가 질서, 안전, 안보에 대한 기대는 대단히 취약한 기반에 서 있다는 것이죠.

세계화라고 하는 세계적 수준에서의 경제 시장의 통합은 총량적으로만 보면 굉장한 경제적 번영을 가져올 수 있을지 몰라도, 국가 간의 불평등이라든가 한 사회 내에서의 계층의 불평등, 인종 간의 불평등, 그동안 자족감 때문에 의식하지 않았던 커다란 문제들을 한꺼번에 폭발시킴으로 인해서 갑자기 세상이 다르게 정의될 수밖에 없게 되었습니다. 어떻게 보면 냉전 해체를 전후한 시점, 특히 해체 이후에 비판적 의식이랄까 태도랄까, 그런 것들이 한동안 약화되는 시기를 경험했는데 작금의 현상을 보면서 역사와 사회에 대한 비판 의식이 새로운 환경·조건에서 다시 힘을 얻게 될 수밖에 없는 상황이 나타나고 있는 것이 아닌가 하는 생각이 듭니다.

김우창 9·11 테러뿐만 아니라 그 후에 진행된 아프가니스탄 전쟁과 탈레반 정권의 붕괴는 미국이 정말 초강국임을 증명했습니다. 초강국 미국에 위협을 느끼는 사람들이 많이 생기고 있지요. 9·11 테러가 발생했을 때, 처음에는 그 사태가 미국 혼자 해결할 수 없는 것이어서 국제적인 공감을 통합하자는 제스처와 이야기들이 나왔는데, 결국은 거의 미국 단독으로 일이 치러졌고, 미국이 초강국이란 것이 확인되었습니다. 우려를 표현했던 사람들은 테러에 대한 대처가 있어야 한다는 것에 동의하면서도 그 근본적인 원인이 세계 질서의 불균형에 있다는 것을 지적하였습니다. 결국 문제의 밑바탕에는 최 선생님이 얘기한 것처럼 문명·국가 간 빈부 격차의 문제, 궁극적으로는 국가 내에서의 빈부의 문제가 있다고 할 수 있을 것입니다. 아프가니스탄 전쟁이 끝나 가니까 국제적 빈부 간의 격차에 대한 이야기는 공론의 장에서 없어지고 있습니다. 세계적으로 지식인 사회가 해야 할 것은 그 공론의 장을 그대로 유지하는 일일 것입니다. 앞으로의 세계에서 그러한 문제의 국제적인 해결이 없이는 참으로 세계의 평화 질서가 존재하기 어려울 것입니다.

또 이야기하고 싶은 것은 테러와 아프가니스탄 전쟁에 대한 우리나라의 반응입니다. 우리나라 사람들이 국제간의 협력을 통해서 세계적인 폭력이 일어나는 원인을 배제해야 한다는 말을 할 자세가 되어 있느냐, 라는 얘기를 하고 싶습니다. 우리 사회의 불안 요소는 폭력을 통하지 않은 국내 국제 문제의 해결에 대해서 확실한 믿음을 가지고 있는 사람이 극소수라는 점입니다. 우리 사회에는 문제의 폭력적인 해결에 대한 경사가 있다고 할 수 있습니다. 이것은 우리의 역사적 체험이 그러한 것이었기 때문이지만, 다른 한편으로는 사물을 보는 데 있어서 강한 이데올로기 성향을 가지고 있기 때문입니다. 이데올로기는 현실적인 문제의 이해와 그 해결을 단순한 연역적 판단 방법으로 도출할 수 있다는 생각에 이어져 있습니다. 이데올로기적 사고에서는 현실을 구체적으로 보고, 많은 경우 현실의 모순이 논리적 해결을 수용하지 않는 것이라는 사실은 사라집니다. 9·11 테러를 보고 "그것 참 잘했다. 시원하다. 당연하지, 미국놈들!" 이렇게 생각하는 사람들이 많이 있었습니다. 이것은 실제 미국이나 미국 제국주의 문제에 대해서 이해를 가진 것이라기보다는 단순한 사고의 반응이지요.

어떤 사건이든 문제가 있어서 일이 일어나는 것이지 문제가 없는데도 일어나는 것은 아니다. 9·11 참사 사건이 일어났다면 참사 사건을 일어나게 할 원인이 있었다. 그러니까 원인은 무엇인가. 여기까지는 옳은 질문의 방식이라고 할 터인데, 그다음, 그러니까 당하는 놈은 당할 만한 거지 하는 것은 질문을 끝까지 밀고 가는 것은 아니라 자기 정당성과 자기 영리함에 귀착하는 것입니다. 더 나아가 어느 쪽이 되었든 그 원인을 제거하기 위해서 또 다른 이런 참혹한 수단을 동원하는 것을 수용하는 것은 더욱 단순한 논리로 생각하는 것이지요. 사회 내의 살인 문제처럼 죽을 짓을 했으니까 죽는다고 생각하는 거지요. 직접적이거나 간접적으로 법적인 질서와 수단을 통하지 않고 직접적인 보복을 하는 사회는 난장판인 사회입니다. 이것은 국제 간의 문제에서도 마찬가지일 것입니다. 사회 내의 비리 문제든 테러리즘이든 전쟁이든, 사람들이 폭력에 대해서 아주 관대한 태도를 보이는 것에 나는 늘 놀랍니다.

여건종 좀 더 이성적이고 합리적인 대응 방식이 필요하고, 또 이성적으로 대응하기 위해서 복합적인 시각이 필요하다는 말씀이신데요. 그렇다면 전 지구적인 차원에서 공론의 장이 어떻게 마련될 수 있는지가 중요한 문제인 것 같습니다. 최장집 선생님께서 9·11 테러를 탈냉전 상황과 연결시켜서 말씀해 주셨는데, 저도 비슷한 의견을 가지고 있습니다. 일단 탈냉전이라고 하면 어떤 새로운 평화의 시대가 도래한다는 희망 섞인 시각을 내포하고 있는 것으로 보이는데, 사실 탈냉전의 의미는 한편으로는 어떤 한쪽 세계의 지배가 시작되었다는 것이기도 하지요. 그래서 탈냉전과 함께 세계화, 신자유주의, 미국의 단일 지배의 강화 등이 필연적으로 수반되어서 나타나게 됩니다. 그런 의미에서 9·11 테러라는 것도 상당히 상징적인 의미를 가지고 있다는 생각이 드는데, 특히 탈냉전과 함께 나타나는 현상 중 하나가 긍정적인 의미에서의 근대 퇴조 현상인 것 같습니다. 제가 보기에는 지난 200년간에 걸쳐 해방적 이성에 의해서 추진되었던, 근대의 가치가 사라지고 있는 현상의 하나로 세계 각국에서 상당히 보수적인 정권들이 들어서고 있고, 그 정권들이 힘의 논리를 이성적 담론의 논리보다 앞세우고 나타나고 있는 것으로 보입니다. 그런 것과 연결시켜서 9·11 테러를 생각해 볼 수 있지 않을까요.

김우창 냉전이 끝났다는 말은 결국 자유주의라든지 자본주의 체제가 이겼다는 얘기가 됩니다. 아프가니스탄의 탈레반 정권도 자본주의와 자유주의를 받아들이는 것이 마땅한데, 받아들이지 않아서 그렇게 되었다고 말할 수도 있겠죠. 탈냉전 시대에 모든 나라가 자본주의를 받아들여야 하느냐고 묻는다면 사실적으로는 그렇다고 할 수 있습니다. 자본주의 체제에 협조하지 않는 것은 폭력적인 정권이 되는 것이죠. 탈레반이 나쁜 정권이라고 하지만 미국이 생각하는 혹은 서방 세계가 생각하는 체제를 아프가니스탄에 강제로 부과하는 것이 옳으냐 하고 묻는다면, 그렇다고 대답할 수는 없죠. 모든 나라가 자기들 체제 안에서 움직여야 하고, 자기들이 선택한 체제를 가질 수 있어야 하겠지요. 오사마 빈 라덴 문제를 떠나서, 미국이나 서방의 체제가 어떻게 가장 좋은 체제이겠습니까. 그러나 현실 문제로서 한국 입장에서 생각해 볼 때, 아프가니스탄이 어떤 선택을 하든 한국이 이 세계 체제와는 전혀 다른 체제를 선택하겠다는 방향으로 나아갈 수는 없을 겁니다. 한편으로는 세계 질서 속에서 생존을 도모하면서, 다른 한편으로는 자기들이 선택한 자기들의 체제를 유지시켜 나갈 수 있느냐가 오늘날 우리의 숙제이지요. 냉전 체제에 대해서도 그렇고 아프가니스탄 전쟁에 대해서도 그렇고…….

여건종 어차피 세계 질서에 편입되느냐 안 되느냐 하는 것은 우리 선택의 문제를 떠났다고 할 수 있겠지요. 문제는 우리가 편입될 수밖에 없는 현재의 세계 질서에 우리가 우리의 의지를 가지고 개입할 수는 없는가, 우리의 힘으로 바꿀 수 있는 방법은 없는 것인가 하는 것이 되겠지요.

최장집 미국과 소련의 대결 구도와 적대적인 이데올로기 진영으로 분할되어서 전쟁을 하던 시대, 이후 냉전의 해체를 뜻하는 탈냉전은 뭔가 이것을 넘어서 평화가 지배적인 하나의 세계 질서가 나타날 수 있을 거라는 예상을 은연중에 심어 주었죠.

여건종 '탈냉전'이라는 말 자체에 이미 그러한 기대가 들어 있다고 할 수 있지요.

최장집 예. 말 자체에 그런 함의가 전제되어 있지요. 9·11 테러를 보면서 느끼는 것은 평화는 결코 자동적으로 실현되는 것이 아니라는 겁니다. 우리가 평화를 실현하는 문제는 굉장히 많은 노력과 힘들이 모아져서 평화를 지지하고, 평화를 파괴하거나 저해하는 원인을 구성하는(테러도 그중

하나지만) 문제를 해소하는 여러 가지 제도적·이성적 대안과 장치들이 몹시 필요하다는 생각이 듭니다. 앞에서도 미국 단일 헤게모니 아래의 세계 질서를 언급하셨는데 그렇다면 이런 질서 속에서 잠재적으로 평화를 이어갈 수 있는 요소가 뭘까요? 이를테면 냉전을 살펴보면, 미소 간의 대결 구조와 그것이 충돌하는 지점에서 분쟁이 야기될 수 있고 여러 가지 힘의 경쟁이 있었던 것은 사실이지만, 이데올로기적인 경쟁 체제가 됨으로써 경쟁하는 상대 진영에 대해서 서로 하나의 잠재적인 도전 세력 또는 도전적이고 대안적인 가치를 제공해 주었죠.

여건종 전 지구적 차원에서 어떤 힘의 균형이 유지될 수 있었던 거지요. 물론 그것은 상당한 긴장을 동반하는 것이었고, 그것이 반드시 바람직한 것이었다고까지 말할 수 없겠지만 그러한 긴장의 의미를 현 시점에서 다시 생각해 볼 필요는 있겠지요.

최장집 네. 그러니까 미국 주도하의 자본주의 질서 내에서 반대 진영의 잠재적인 도전 때문에 그 체제를 정화하거나 개선할 수 있는 여러 노력들, 힘들이 작용할 수 있다고 봅니다. 사회주의의 도전도 마찬가지고 사회 민주주의의 복지 제도의 갈등도 그렇지요. 이 자본주의 질서가 만들어내는 부정적 요소들을 나름대로 긴장을 가질 수 있게 하고, 문제점을 찾아내고 그걸 개선할 수 있는 공간과 대안을 제시할 수가 있었던 거지요. 그런데 단일 지배 체제는 이념적이거나 가치의 체계에 있어서 문제를 보는 시각이 굉장히 단일한 이데올로기, 단일한 가치, 즉 일종의 모노시이즘(monotheism)을 강화시키는 문제가 있습니다. 이렇게 되면 한 체제가 가지고 있는 문제점이나 부정적 요소들을 인지, 확인하고 그 대안을 마련하기 어려운 구조적인 약점을 갖게 됩니다. 우리가 가치와 이념의 다원주의를 말하지만, 사실 다원주의라는 것이 그렇게 간단치가 않다는 얘기죠. 그 대안적인 사회 구성 원리나 가치를 제시하는 것이 간단치 않고 그래서 이것을 중심으로 해서 공론의 장을 형성하거나 비판 세력을 조직하거나 정치적인 해법을 찾기가 쉽지 않습니다. 9·11 테러 자체가 가지고 오는 부정적 측면은 김우창 선생님께서 지적하셨기 때문에 다시 언급하지 않는다 하더라도, 이 테러 현상이 단일 헤게모니 체제가 안고 있는 문제를 폭력적인 방법으로 드러낸 역할을 하지 않았나 하는 생각이 듭니다.

9·11 테러를 보면서 저는 개인적으로 그런 생각을 했습니다. 세계화의 담론, 그러니까 발전과 경쟁과 효율성의 담론에 우리가 취해 있는 동안에 이런 질서가 가져오는 다른 측면 말이죠. 이를테면 이슬람 문제, 팔레스타인 문제, 남북 간의 경제 격차 문제, 국가 간의 빈부 격차의 문제라든가, 사회 내에서의 소수 인종의 소외라든가, 이런 문제에 우리가 관심을 갖지 않은 것이 아닌가 하는 생각이 듭니다. 보편주의라고 할까요? 그동안 보편적인 가치, 보편적 신념 체제라고 생각해 왔던 자유라든가 평화라든가 하는 문제가 전체를 대변하는 보편이 아니라 미국의 헤게모니의 영향을 받은, 근대화를 이미 성취한 세계 속에서의 보편이지 그로부터 배제되거나, 소외되거나, 그 바깥에 존재하고 있는 체제에서는 자유, 평화라는 문제는 다른 의미로 이해될 수 있다는 거죠. 과거 17세기 때의 종교 전쟁과도 같은 거죠. 몽테뉴 같은 사람이 종교 전쟁을 보면서 "강 하나를 사이에 두고 이쪽의 진리와 저쪽의 진리가 다르다."라고 한, 『수상록』에 나오는 표현이 생각납니다. 이를테면 지금 서구 중심적인 이 가치를 우리가 그 문화권에 속하기 때문에 보편적인 것으로 받아들이지만, 내용적으로 전체를 말하고 있지 못하다는 한계 같은 것을 상당히 많이 느끼게 됐습니다. 이것을 한반도 문제, 우리나라 문제와 관련해서 생각해 보자면 9·11 테러를 보면서 남북한 문제를 생각하지 않을 수 없게 된 것이죠.

9·11 테러가 주는 의미가 여러 가지가 있는데, 우선 미국과 이슬람 간의 아프가니스탄 전쟁을 보면서 남북한 문제에 접근하는 데 있어서, 북한

사회를 세계 경제 체제로 통합하는 문제는 남북한 간의 빈부 격차를 줄이는 문제가 한반도 평화와 탈냉전에 상당히 중요한 과제가 아닌가 하는 생각이 듭니다. 세계적인 차원에서 볼 때, 이슬람 문제나 흔히 이슬람 근본주의(fundamentalism) 문제라고 하는 것도 따지고 보면 서구로부터 강요된 근대화의 힘의 논리에 대응하면서 아예 근대화를 수용하지 않은 것의 결과물이에요. 20세기 초부터 근 100년 가까운 시간 동안, 영국과 프랑스를 중심으로 한 서구 제국주의가 정치적으로 이슬람을 침략하고 억압했고, 2차 세계 대전 이후에 와서는 미국이 서구 제국주의 세력을 대체해서 이슬람 문제를 계속 다른 방법으로 지속시키고 있음으로 인해서 이슬람인들이 미국이 주도하고 있는 세계 질서로부터 소외되었지요. 그리고 그 결과가 굉장한 빈부 격차를 가져오고, 이것이 근대화한 국가군과 근대화하지 못한 이슬람 문명이라고 하는 구분선을 만들어 냄으로써 발생한 결과라는 생각이 들어요. 이슬람권이라고 하는 영역이 굉장한 정도로 경제적인 불평등 같은 여러 문제를 갖고 있고, 또 근대화를 하지 못했기 때문에 보편적인 근대화, 즉 모더니티의 가치를 수용하는 보편주의하고 어울릴 수 없게 되었지요. 이 분쟁의 원인을 종교라고 얘기하는 것은 그 현상을 얘기하는 것이고, 그 원인은 이것을 구성하는 요인들, 말하자면 서구적 합리화라든가, 근대화의 실체라든가, 빈부 격차의 문제라든가 여러 요인들이 결합되어 있습니다. 우리는 이슬람 문제를 구성하는 여러 요인들을 분해해 보고 어떤 요인들이 이렇게 만들었는가를 봐야지, 헌팅턴 식으로 문명의 충돌이라고 보면 그 내용을 피상적으로, 또는 왜곡되게 보게 되는 것입니다.

여건종 요인의 상당 부분은 서구가 제공했다는 말씀이신데…….

최장집 네, 그렇습니다. 이슬람 역사 연표를 살펴보기만 해도 이들이 주체적으로 근대화를 수용할 수 있는 조건이 아니었다는 사실을 이해하게 됩니다. 이들은 근대화를 할 수 없는 굉장히 강력한 억압과 압박 속에서,

또는 그런 요인들과 힘들 때문에 근대화를 할 수 없는 환경이 계속 덧붙여져서 좌절했다고 볼 수 있습니다. 그런데 그 문제는 둘째 치고 한반도, 우리나라 문제로 다시 돌아와 북한 문제에 접근할 때, 미국이 세계 체제 질서의 중심이 되고 일본과 한국이 여기에 공조하고, 북한이 세계 지배 체제의 바깥에 놓여져 대조되는 상태가 지속된다면 북한 나아가 남북 관계는 굉장히 폭발성을 가질 수 있는 위험 지역이 될 수 있다고 생각합니다. 말하자면 북한으로 하여금 근대화와 경제 개방을 할 수 있도록 문호를 열어 주고 기회를 자꾸 주는 거시적인 전략과 정책이 필요하지 않을까요. 이를테면 김정일 현 북한 정권이 자기들의 정치 안정과 권력 유지라는 정치적인 이유 때문에 거기에 저항할 수 있고, 템포를 늦출 수도 있고, 지금 보여 주고 있는 태도를 유지할 수도 있겠지만, 크게 보면 그들도 근대화하지 않을 수 없고 결국 세계 경제 질서에 편입이 되면서 보편적인 행동의 규범이나 코드를 수용하게 될 겁니다. 이런 과정에서 잠재적 폭력성을 풀어 나가야지 계속 힘의 논리를 주장하다 보면 심각한 위험을 키우는 결과만을 낳지 않을까 하는 생각을 합니다.

세계화를 어떻게 이해할 것인가

여건종 냉전 체제가 원래 가지고 있던 긴장과 균형이 사라지면서 미국 중심의 단일 헤게모니의 위험성이 더 커지고 있다는 말씀을 해 주셨는데, 그런 면에서 세계화라는 것을 두 가지 관점에서 볼 수 있지 않을까요? 세계화는 세계 시장의 단일화를 의미한다고 할 수 있고, 또 한편으로는 기본적으로 인류가 동일한 공동체 속에서 살게 됨을 말하죠. 지구촌이라는 표현이 있지 않습니까. 정보 통신 기술의 발달로 인한 시공간의 압축이 전 지구적 차원에서 가져온 하나의 결과는 문화적으로 타자에 대한 이해를 강화시켜 주는 방향으로 진행된 것으로 보입니다. 그런데 이 두 가지 세계화가 서로 상반되는 세계화인 것 같거든요. 실제 전개되는 방식이 그렇다는 것이죠. 그래서 최장집 선생님께서 말씀하신 대로 서구 보편주의라는 관점이 아닌 이슬람권에 대한 이해라든지 북한에 대한 햇볕정책을 포함한 북한 삶에 대한 이해가 필요하고, 이런 것들이 타자에 대한 관심, 타자에 대한 열림이라는 의미의 세계화를 가리키는 것 같습니다. 이러한 세계화의 두 가지 측면에 대해 어떻게 생각하시는지요.

김우창 최 선생님이 말씀하신 것에 대해서 약간 덧붙여 말하자면, 냉전 체제나 지금 체제나 결국 경쟁 체제인데, 냉전 체제는 군사, 사회 조직, 정치, 경제 등의 다방면적인 경쟁 체제였어요. 그러나 지금 경쟁 체제는 완전히 경제적인 경쟁 체제입니다. 그래서 어떻게 보면 냉전 체제가 힘없는 사람한테는 더 살 만한 체제였다는 말도 나올 수 있습니다. 군사력이나 정치력이 중요시될 때는 강대국에게 작은 사람들의 힘을 합치는 것도 중요했지만, 돈만 가지고서 경쟁해야 할 때는 돈 없는 사람들은 다 떨어져 나가야 하니까요. 아프리카나 주변 지역에서 미국의 관심이 사라지는 것은 그러한 이유라고 할 수 있을 것입니다. 자기들의 경제 관점의 밖에 있는 것은 사라지죠. 그러니까 정치적인 사회 경쟁 차원이라고 하는 것이 생겨날 동력이 없어져 버린 거예요. 그것을 어떻게 중요한 고려의 대상으로 유지하느냐 하는 것이 세계적 지적 공동체의 과제입니다. 동력이 없어진 정치와 사회적인 문제에 있어서의 발전·변화를 어떻게 추구하느냐, 단순화된 경쟁 체제하에서 국가 단위나 개인적으로나 인간 사회에서 중요한 많은 차원을 어떻게 살려 내느냐 하는 것이 중요한 과제입니다. 또 하나 보태고 싶은 것은 다원 체제, 서로 모든 사람들을 이해하는 체제 같은 것을 우리가 가졌으면 좋겠고, 이것이 사회적으로나 국가적으로나 중요한 이상이지만,

실제 그것이 가능하냐 하는 것은 생각해 봐야 할 문제일 것입니다. 사람 사는 세계가 힘센 놈이 설치고 다녀야 조용해지지, 힘센 놈이 없이 비등한 놈들이 설치고 다니면 세상은 더 시끄러운 것이 아니냐 할 수도 있으니까요. 우리나라에서의 민주주의 체험도 그러한 것입니다. 문제는 힘센 큰 놈이 없어도 살 만한 질서가 있는 사회를 만들어 내는 것인데, 이것은 매우 복잡한 요인들의 균형으로서만 가능한 것일 것입니다.

선생님께서도 미국 체제를 근대화와 관계시켜서 말씀하셨는데, 근대화라고 하는 것이 문제를 많이 가지고 있는 것이기 때문에, 그 문제를 해결하면서 근대화하는 방법이 있느냐 하는 것을 생각하여야 하겠지요. 그런데 문제는 돈을 빼고 생존 문제를 생각할 수 없을 것이기 때문에 이슬람, 북한이 돈 경쟁을 하면서 다른 사회를 따라갈 수는 없다는 생각이 들어요. 북한 문제에 한마디 보태면, 북한이 근대화되고 살 만해지면 긴장도 풀리고 통일 가능성도 있다는 것이 사실이겠지만, 방법이 무엇인가 하는 것이 문제입니다. 북한으로 하여금 그러한 진로를 택하게 하는 것이 무엇인가 하는 것도 문제이지요. 후자에는 모순된 방법의 균형이 있어야 하지 않을까 하는 생각을 합니다. 북한에서도 타협할 생각을 가지고 남한에서도 타협할 생각을 가져야 할 텐데, 그것이 선의에만 입각해서는 안 된다는 것이지요. 타협하지 않고는 전쟁이 날 수 있겠다는 느낌도 필요합니다. 사실 통일 문제에 있어서 남한이 평화적으로 북한을 근대적인 세계 속에 끌어들이는 것이 현재의 해결 방식이지만, 그렇다고 해서 그러면 안 된다고 하는 사람들이 완전히 배제되는 것은 옳지 않다는 생각이 들어요. 협상하기 위해서는 서로 협상을 안 하면 안 되겠다는 느낌이 생겨야 할 것입니다. 남한이 너무 강해서 마음대로 북한을 요리할 수 있겠다고 생각하기 시작한다면 평화 정책을 안 쓸 것이고, 북한에서도 충분히 강하다고 생각하면 평화 정책을 안 쓸 것입니다. 그러니 힘의 균형을 완전 무시할 수는 없다고 할 것입니다. 물론 다시 되풀이해서 확인해야 하는 것은 평화적인 근대화, 평화적인 한민족의 행복 추구가 압도적으로 우선되어야 하는 것이고요. 평화를 선택하게 하는 균형이 양쪽에 존재해야 합니다. 다시 말하면 평화 아니면 안 되겠다는 선택을 강요하게 하는 요인이 필요하다는 겁니다.

최장집 선생님 말씀에 전체적으로 동의합니다. 말하자면 좋든 싫든 간에 근대화는 피할 수 없는 것입니다. 막스 베버와 같은 사회학자가 고민했던 것이 바로 그 부분인데, 막스 베버가 근대화를 보는 관점은 상당히 이중적입니다. 하나는 근대화는 회피할 수 없고 그것이 가져오는 현실을 인정할 수밖에 없다는 것이고, 다른 하나는 그럼에도 불구하고 근대화는 모두 똑같은 재미없는 세상을 만들고, 세속화를 통해서 탈신비화를 가져오고, 개인도 사회도 국가도 탁월성이 없어지고, 신화적인 환상이나 이상 같은 것도 없어지는 무미건조한 획일주의를 가져온다는 것이지요.

김우창 한마디 보탠다면, 일본이 비서구 국가로서 근대화에 성공하고 선진국에 끼어든 것은 근대화에 대한 저항을 일찍 극복했기 때문입니다.

최장집 그런데 김우창 선생님께서는 미국 중심의, 어쨌든 미국이 보편적 근대화의 힘을 대변한다고 가정을 하면서, 이 힘 안에서 어느 정도 하위 수준의 다원성이나 차이 같은 것이 발전할 수 있는 가능성을 인정하시는 것 같은데, 저는 그 점에 있어 회의가 듭니다. 말하자면 오히려 지금 세계화의 지식 정보화 산업과 테크놀로지 발전이 가치의 획일주의와 일원주의적 가치 체계를 강화시키는 힘으로서 너무 빠르고 강하게 압력을 주는 게 아닌가 하는 생각이 들고, 그것이 말하자면 선생님도 지적하셨듯이 존재하는 사실이자 지배적 흐름으로 여겨집니다.

아까 한반도 문제와 관련해서 평화를 가져오는 목적과 수단에 대한 현실주의적 접근의 중요성을 강조하셨는데 저도 같은 생각입니다. 우리나라의 좌파와 우파, 진보 진영과 보수 진영은 매우 다른 가치와 목적을 지향하지만, 그러나 자신들의 목적과 지향에 부합하기만 한다면 그 수단의 폭력성에 대해 쉽게 옹호하는 태도를 공통적으로 보여 왔습니다. 그 결과는 북한과 관련된 문제를 바라보는 인식과 태도를 양극화시키는 것이었습니다. 저는 양분화된 시각 사이에 존재하는 중간 지점을 발견하는 것이 필요하다는 생각을 합니다. 평화 이외에는 대안이 없다는 것을 확신하고, 이상주의와 현실주의 사이의 균형을 보여 주는 태도 말이죠.

김우창 목적과 수단을 확실히 구분하고, 철저히 평화의 목적을 긍정해야지요.

근대의 이중성, 한국에서의 근대

여건종 두 분 선생님의 말씀은 앞에서 말한 보편으로서의 서구적 근대화·세계화 문제와 관련이 있는 것 같습니다. 또 미국의 지배와도 관계가 있는 것 같은데, 제 생각에 지난 200~300년간 서구를 중심으로 진행되어 온 근대화라는 것이 두 가지 서로 다른 힘에 의해 추진되어 왔다고 할 수 있을 것 같습니다. 최 선생님께서 막스 베버를 얘기하셨지만, 막스 베버가 가지고 있는 근대의 이중성에 대한 인식도 그런 것 같아요. 하나는 베버가 얘기한 형식적 합리주의, 도구적 합리성이라고 할 수 있는 것이고 또 하나는 그것과 다른 형태의 합리성인 해방적 합리성, 해방적 이성이라고 할 수 있어요. 사실 상반된 이 두 가지 이성이 근대를 이끌어 왔고, 이제는 그것의 분리가 보다 분명하게 보이고 있지 않나 이런 생각이 들거든요. 그런 관점에서 근대를 이중적으로 보려는 관점이 필요하지 않은가 하는 생각이 듭니다. 하나는 막스 베버가 형식적 합리성이라고 부른, 시장의 이성으로서 도구적 이성이 지배하는 사회가 오면서 새로운, 더욱 극단적인 형태의 공리주의 문명이 도래하고 있다는 것입니다. 반면에 근대를 이끌어 왔던 또 하나의 이성이었던 해방적 이성은 아주 급격히 쇠퇴되고 있는 듯한 느낌이 들거든요.

김우창 저는 근대화가 불가피한가 아닌가, 바람직한 것인가 아닌가를 떠나서 지금 세계 속에서는 그 흐름에서 일탈해서는 사는 방법이 없는 것 같아요. 그러나 저는 근대화에 대해서 비관주의적입니다. 근대화라는 것이 사람을 행복하고 사람답게 하느냐 한다면, 회의적이 되지 아니할 수 없습니다. 근대화는 환경 문제에 있어서도 너무나 큰 재난을 가지고 옵니다. 사람 사는 방법으로서, 또 세계와 사물과 사람의 본질에 입각해 사는 일로서 생각한다면, 근대화는 인간이 선택한 불행한 역사의 진로가 아닌가 하는 생각을 합니다. 그러면서도 그 속에서나마 조금이라도 평화롭게 살려면 그것밖에 없다라고 생각하는 것뿐이죠.

해방적 이성에 대해서 말하면, 아도르노와 호르크하이머가 『계몽의 변증법』에서 계몽주의적 이성 안에 근본적으로 지배의 의도가 숨어 있고, 사람들을 얽어매는 요소가 들어 있다고 말한 것은 맞는 것으로 생각됩니다. 그러나 이왕에 이 길로 들어선 오늘의 세계적 조건으로 보아 근대적 이성에 입각한 사회 질서, 국제 질서의 수립은 불가피한 것 같다는 것이죠. 여러 다른 사람들이 사는 데에는 합리적 질서에 의존하여 사는 도리밖에 없으니까요. 이것을 확립하여 나아가는 것이 필요합니다. 특히 한국 같은 사회에서는 그렇습니다. 조금만 더 보태서 얘기하자면, 해방이나 자유도 절대적인 개념은 아닐 것입니다. 어떤 해방, 어떤 자유인가가 문제이지요. 그리고 사람이 정말 자유로울 수 있는가도 물어보아야 할 것입니다. 결국 사람 사는 것은 자기보다 큰 질서에 순응하면서 사는 건데 어떠한 질서가 정말 사람 본성에 맞는 것이냐 하는 것이 중요하지요. 자유와 해방은 이 질서를 찾는 길이지 그 자체가 목적이고 결과는 아닐 것입니다.

하버마스가 말한 담론의 해방적 기능에 대해서도 그 내용이 문제이지요. 제약 없는 담론이 사회 공간에 있어서 평화를 위한 조건이 되기는 하지요. 그러나 그것이 사람의 행복을 공급해 주지는 않습니다. 이성이라는 것을 담론의 관점에서만 보면, 그것은 그 내면적인 경로를 무시한 것입니다. 그것을 통해서 순화된 이성이 사람의 행복의 일부를 이룰 수는 있습니다. 그렇지 않으면 그것은 사회적 수단에 그치는 것이지요. 개인적 행복에 있어 이성은, 사회 공간에서나 마찬가지로 균형의 원리이지만, 균형은 여러 다른 요소들이 있어서 비로소 필요한 것이 되지요.

최장집 여 교수께서 도구적 합리성과 해방적 이성이라는 이론적 개념을 사용했는데, 이렇게 사용하면 마치 두 개가 힘이 비슷하거나 균형적인 인상을 줍니다. 그런데 저도 전자의 힘이 압도적으로 강하지 않은가 생각합니다. 현대 사회나 근대화라는 과정은 베버가 진단했듯이, 굉장한 정도로 동질화하는 힘과 시장 합리주의의 힘이 지배적이라고 생각됩니다. 물론 이것만이 진행되는 게 아니라 비판적인 이성 또한 작용을 한다고 봅니다. 지배적인 흐름을 바꾸거나 대체할 수는 없겠으나 그 속에서 어떤 대안들과 개선책들을 찾을 수는 있다고 봅니다. 이를테면 근대화의 템포를 좀 늦춘다든가, 사회에 특수성, 전체를 보면 다양성이 되겠는데, 이런 것을 만들어서 세계가 꼭 똑같은 모습으로 근대화를 향해서 나가는 것이 아니게 한다든가 등의 힘을 발휘할 수 있지 않을까요. 정치학자 토크빌의 『미국에서의 민주주의』나 『앙시앵 레짐』 등이 바로 이런 합리성의 문제를 잘 보여 주는 것 같아요.

우리가 근대화라고 부르는 것, 프랑스 혁명이라고 하는 것이 근대화의 가장 강력한 힘이지 않습니까? 그런데 그것이 혁명 이후의 긴 시간 속에서 볼 때, 권력의 중앙 집중화를 가속화시키는 역할을 해서 결국 혁명이라는 것이 앙시앵 레짐 때 일어났던 것을 더 가속화시키는 것 이외에 다른 결과를 낳지 못했다는 것이 토크빌이 발견한 핵심이라고 볼 수 있습니다. 그래서 이런 합리화를 중심으로 하는 근대화의 힘이라고 하는 것이 해방의 논리로 작용하는 게 아니라, 획일화되고 시장 합리성과 관료적 집중화 등을 강화시키는 것으로 나타나는 것을 볼 수 있습니다. 그래서 역사를 보면 중요한 전환기마다 비판과 대안이 제기되지만 결국은 중심적인 힘에 압도되어 그런 비판이나 도전은 결국 힘을 잃어버리고, 나중에 새로운 조건에서 다시 나타났다 명멸하는 순환을 보게 됩니다. 냉전, 2차 세계 대전 이후 지금까지 반세기 정도의 변화를 보더라도, 냉전 체제에 비판적이고 자본주의나 자유주의에 도전하는 사회주의라든가 이런 대안적인 이데올로기나 신념의 체계나 지역적 질서는 일정 기간 동안 비판적 기능을 하고 소멸해 버렸죠. 이런 것을 볼 때 세계화라는 문제도 이 힘을 막거나 방향을 바꿀 수 있다는 생각은 공상 속에서는 가능할지 몰라도 현실적으로는 그런 힘을 만들어 낼 수 없다고 생각을 합니다. 더구나 우리 사회는 더더욱 그렇습니다.

한국 사람들에게는 19세기에 근대화할 때 실패했기 때문에 식민지 경험을 했고, 그 이후에 너무나 많은 영향을 받았기 때문에, 세계 경쟁에서 탈락하면 죽는다는 부지불식 간의 잠재의식이 있는 것 같고, 세계화에 대응하는 정치 지도자들과 엘리트들도 그런 사고를 선호하고 동원한다는 생각이 듭니다. 지식 정보화가 한 예가 될 텐데, 그 방향이 정해지면 그 방향의 드라이브는 굉장히 강하게 동원되죠. 핀란드 같은 나라들과 함께 한국이 세계에서 컴퓨터, 테크놀로지, 정보 산업 분야에서 최선두에 있는 것 같은데, 이제 한국하면 지식 정보화의 첨단 국가로 규정되고 있습니다. 물론 그렇게 되는 것은 좋지만, 한 사회가 동원할 수 있는 힘의 총량의 법칙이라고 그럴까, 에너지나 힘이 여기에 다 쏟아부어지고 동원되면, 다원성을 찾고 그렇지 않은 공간을 찾아 그것에 대응하는 힘이 적어지게 되는 게 문제지요.

김우창 조금 달리 표현하면 우리가 어떤 다른 나라만큼 되어야 되겠다 하는 생각이나, 또 이러한 것을 우리도 가져야겠다 하는 생각도 있어야겠지만 무엇이 좋은 사회인가라는 물음도 잃지 말아야 할 것입니다. 우리나라에는 이 질문이 없어진 것 같아요. 무엇이 좋은 사회인가. 세계 질서 안에서 사는 게 불가피하다는 걸 현실로 받아들이더라도 그러면서 동시에 무엇이 좋은 사회인가라는 물음을 잃어서는 안 됩니다. 개인적으로도, 나는 행복한가, 개인 생활에서 출세나 부귀영화만 생각할 게 아니라 내게 주어진 부귀영화가 나의 진정한 행복에 기여하는가, 무엇이 내가 살아야 할 좋은 삶인가를 물어보면서 살아야 할 것 같아요. 그런데 이런 질문을 하는 사람은 시대착오적인 인간으로 보이지요.

세계화에 대응할 수 있는 새로운 제도와 조건들을 어떻게 창출할 수 있을까

여건종 세계화라고 하는 것이 좋은 것만이 아니고, 실제로는 파괴적이고 억압적인 효과를 많이 가지고 있어서, 특히 우리나라 같은 경우에는 상당히 파괴적인 방식으로 진행되고 있는 것 같습니다. 그것에 대응할 수 있는 힘 같은 것이 김우창 선생님께서 말씀하신 대로 자기 반성적인 사고, 무엇이 좋은 사회인가, 어떤 삶이 의미 있고 행복한 삶인가에 대해서 얘기할 수 있는 공론의 장에서 나오는 것일 텐데요. 그것을 얘기할 수 있는 문화적 제도들이 활성화되어야 되는데 세계화라는 것이, 시장이 인간 삶을 더욱 지배하게 된다는 측면에서 오히려 더 그런 힘의 원천을 고갈시키고 소진시켜 가고 있다는 생각이 듭니다. 사실 세계화의 가장 파괴적인 효과는 우리로 하여금 자기 반성적인 사고를 할 수 있게 하는 문화적 조건들과 제도들을 모두 배제하고 차단하고 상실하게 하는 것이 아닌가 이런 생각이 들거든요. 그래서 그런 의미에서 세계화에 대응할 수 있는 새로운 제도와 조건들을 어떻게 다시 창출할 수 있을까를 논의해 보았으면 합니다.

김우창 그런 의미에서 회의적인 부분을 더 보태자면, 세계주의에 대해서 생각하는 대안도 지금의 상태에서는 문제의 해결에 대한 관건을 제공하는 것은 아닌 것으로 생각됩니다. 민족주의도 그에 대한 대안은 아닙니다. 우리 삶 자체로 돌아와서 우리 테두리 안에서 물어보는 게 중요합니다. 통일주의도 그렇습니다. 통일 운동도 중요하지만 그것은 반성 없는 통일 지상주의가 아니라 왜 통일해야 하는가, 통일하면 뭐가 좋은가를 물어보면서 추진되는 것이라야 할 것입니다. 우리 밖에 있는 이념을 추구할 것이 아니라 그것을 우리의 삶 속에서 문제화하는 것이 필요하다는 말입니다.

최장집 선생님 말씀에 이어서 얘기하자면, 지금 세계화라고 하는 굉장한 힘과 담론이 우리 사회를 휩쓸고 있다고 볼 수 있는데, 여기에 대한 대항 논리로 또 하나의 거대 담론이 제시될 수 있는 가능성과 그 효력에 대해서는 부정적인 입장입니다. 이와 관련해 사회주의의 실패가 주는 의미가 굉장히 크다고 봅니다. 계몽적 이성 중심 사고의 틀이 가져온 최종적 귀결의 하나가 현존했던 사회주의로 발전했다고 할 수 있는데, 그 실패가 주는 교훈은 이성적 설계를 통해 새로운 사회 또는 대안적 사회를 건설하고자 하는 접근은 근본적으로 한계를 가질 수밖에 없다는 것입니다. 따라서 세계화 문제와 관련해서 볼 때도, 그 대안을 반세계화의 방향에서 현실에 대해 근본적으로 부정하는 것에서 찾는 접근은 가능하지도 바람직하지도 않다는 것입니다. 보다 실천 가능한 대안, 보다 현실적인 목표를 갖고 실제로 변화를 가져올 수 있어야죠.

이를테면 현실 속에서 우리는 구체적으로 1997년 IMF 위기를 맞고, 그 이후에 우리나라의 경제 정책이나 전반적인 정책의 기조가 IMF 개혁 패키지의 절대적인 영향하에 놓이게 되었죠. IMF 개혁이라고 하는 것은 세계화의 힘으로 대변될 수 있죠. 왜냐하면 IMF나 세계은행, 그 밖의 미국 은행들은 미국적 세계 질서를 실천하는 중심적 도구이기 때문이죠. 이 힘들은 세계를 하나의 경제 시장으로 조직화하고 통합하고 룰을 만들고 동질화된 시스템을 만듭니다. 그 결과 우리나라 경제 정책을 포함해서 교육, 노동 등의 정책이 그러한 힘에 영향 받지 않을 수 없었던 거죠. IMF에 의한 세계화를 거부한다는 것은 한국 경제의 생존과 직결된 문제였습니다. 때문에 그것을 따라야 하지만, 그러나 저는 이 힘이 우리 사회를 전부 다 이른바 워싱턴 컨센서스(Washington consensus)라고 하는 정책 기조로 끌고 나가야 할 필연성은 없으며, 또 그렇게 나가지 않을 수 있는 공간이 있다고 봅니다. 김우창 선생님이 말씀하셨듯이 사회 정책이라든가, 문화 정책이라든가, 교육이라든가 이런 면에서는 전체적인 흐름 속에서도 한국 사회가 독자적으로 지향할 수 있는 좋은 기준과 가치가 있을 수 있다고 봅니다. 이런 정책의 여지가 바로 정치 리더십이나 정치 엘리트들에 의해 혹은 사회의 어떤 지적 공론의 장을 통해서 형성이 되고, 그 대안들이 정책으로 실현될 수 있다고 봅니다. 우리가 세계화라고 하는 흐름에 편승하고 그것을 거부하지 않으면서도, 그것이 모든 사회 변화를 전부 고갈시키지 못하도록 자율 공간을 확대하고 한국 사회에 맞는 특성을 만들고자 하는 것은 한국 사회의 지적 능력과 정치적인 리더십의 역량이라고 생각합니다.

김우창 지금 말씀하신 것에 덧붙여 세 가지가 필요한 것 같아요. 우선 세계화 질서 속에서 살아남는 연습을 계속해야 할 테고, 세계화가 강요하는 듯 보이는 생존의 경제 도구화에 대해서 보다 더 좋은 사회를 생각하는 비판적인 담론을 만들어야 합니다. 그리고 담론에 있어서나 생존 전략에 있어서나 현실에 맞는 실용적인 적응 방식을 생각해야 합니다.

한국 정치의 민주주의를 위해서 가장 심각한 문제는 무엇인가

여건종 두 분 선생님께서 말씀하셨듯이 전 지구적 단일 시장화라는 세계화에 대해서 단위 국가적인 차원에서 저항하는 것은 실제로 이제 불가능해진 것 같습니다. 그럼에도 불구하고 세계화라는 것이 개별 국가의 국민들에게 파괴적인 방식으로 작용을 한다면 어떠한 방식으로든지 대안적인 삶의 제시가 있어야 할 것 같은데, 그 저항이 어려운 가장 직접적인 이유 중 하나는 이것이 헤게모니적 담론의 형태를 취하고 있기 때문인 것으로 보여집니다. 지금 세계화라고 하는 것은 이상적인 삶의 형태, 현재 우리가 가질 수 있는 좋은 삶을 확보하는 한 형태라는 식으로 담론화되고 있고, 그것이 주도적인 매체들을 통해서 생산되고 확산되고 있습니다. 결국 세계화에 대해서 한국 사회가 어떻게 대응할 것인가 하는 문제는 우리 사회 자체의 민주화의 문제와 직접적인 관련이 있다고 할 수 있습니다. 그와 관련해서 한국 정치와 시민 사회를 어떤 방식으로 보다 민주주의에 가깝게 만들 수 있는가 하는 문제에 대해서 이야기를 나눴으면 합니다. 그리고 한국 정치와 시민 사회의 민주화를 위해서 가장 시급한 문제가 무엇인가에 대해서 얘기를 해 주셨으면 합니다.

김우창 우리가 세계화라고 해서 그것을 꼭 하나로 생각할 필요는 없습니다. 그 안에서도 여러 다른 사회가 지금 다른 생활 방식을 추구하면서 살아가고 있잖아요? 유럽이 세계화에 대해 가지고 있는 태도와 미국이 가지고 있는 태도가 다르고, 또 유럽 여러 나라에서 세계화 문제에 대해서 가지고 있는 각각 다른 입장을 보아야 합니다. 이슬람의 경우도 각 나라별로 다르죠. 각 사회를 구체적으로 보지 않고 몰아서 얘기하는 것은 필요한 경우도 있지만, 늘 맞는 얘기도 아니죠. 세계화라는 것도 결국 그것을 대표하고 있는 미국과 서방 유럽과 일본이 거기에 대하여 약간씩 다른 답변을 가지고 있다는 것을 생각해야 합니다. 사실 의외로 다른 여러 가지 답변이 있을 것입니다. 우리가 설사 세계화를 받아들인다고 하더라도, 마치 하나의 정해진 방식만이 있는 것처럼 생각하는 것은 잘못된 일입니다.

최장집 아까 여 교수께서 세계화를 헤게모니의 담론이라고 표현하셨고, 김우창 선생님은 세계화에 대한 대응은 나라에 따라 분류해서 다양하게 이해될 수 있다고 말씀하셨습니다. 여 교수께서 말씀하신 대로 우리나라의 경우, 이제 세계화는 헤게모니 담론이라고 얘기할 수 있는 분위기인 것 같아요. 세계화라고 하면 한국에서는 미국이 중심이 되어서 이끌어 가는 힘으로 인식되고 있고, 미국이 이끄는 변화라면 긍정적으로 보는 것이죠. IMF 위기 이후에 가속화되었지만, 세계화는 이미 김영삼 정부 시기부터 정책적인 기조이자 정치적 슬로건으로 결정되어 정부가 앞장서서 이끌고, 언론이 이를 무비판적으로 수용하고, 이러한 경향이 IMF 위기를 계기로 더욱 강화되고, 이런 힘들이 합쳐져서 우리 사회에서 굉장한 헤게모니와 힘으로 느껴지는 것 같습니다. 그래서 여 교수가 세계화를 민주화와 연결시킨 것은 옳은 문제의식이라 생각됩니다.

이제 한국 정치의 민주화를 위해서 가장 시급한 문제는 정당 정치의 발전, 정당의 근대화라고 생각합니다. 근대화된 정당이 토대가 되어서 정당 정치가 활성화되고 정치를 이끌어 가는 힘이 되는 것이 한국 민주화의 핵심이라는 겁니다. 정당은 한 사회의 힘을 조직화하는 메커니즘, 하나의 방법이라고 볼 수 있는데, 그것이 한 사회의 갈등을 대변하고 조직하는 방식이라고 볼 수 있기 때문에, 정당이 한 사회의 갈등이나 균열, 대안들을 어떻게 조직하느냐에 따라서 문제를 인식하는 방법이 굉장히 달라지게 됩니다. 우리가 세계화라고 할 때에, 그것은 우리 한국 사회가 세계화의 흐름 속에서 좋은 사회를 발전시키는 공간과 대안을 찾고 그것을 비판적으로 견제할 수 있는 지지의 기반을 만드는 것이 필요한데, 이는 지식인들이 담론을 통해서 할 수 있는 한계를 넘어서는 역할이지요. 그래서 정치의 힘이 중요한 것이죠. 다 알다시피 민주화라고 하는 것은 그 사회에 있는 갈등이나 요구들이 다양하게 표출되고, 그것을 통해서 경쟁하고 정치하는 체제입니다. 정당은 바로 이런 대안들을 조직화하는 역할을 하고요. 말하자면 우리가 어떻게 세계화의 강력한 획일적 흐름에 대응할 수 있는 자율적 힘을 우리 사회에 조직할 수 있느냐 하는 것은, 물론 정당만이 그 힘을 조직할 수는 없지만, 정당이 중심적인 역할을 하지 않고는 가능하지 않은 일이지요. 세계화는 당장 우리 생활에 일상적으로 영향을 주고 있지 않습니까? 고용 문제에서부터 노동은 말할 것도 없고 경제, 생산 구조, 금융 질서의 개혁과 민영화 문제가 그런 것들이죠. 이런 것들이 우리 생활에 직접적으로 압박을 주고, 충격을 주고, 새로운 균열을 만들어 내고 있습니다. 그런데 이것을 대변할 수 있는 정치 조직으로서 현재의 정당들은 기대에 크게 못 미치고 있습니다. 기존 정당은 상대적으로 진보적이거나 개혁적이거나 상대적으로 보수적이라는 차이는 있지만 기본적인 지평에서는 세계화를 경쟁적으로 수용하고 대안적인 것을 제시하지 못하고 있어요. 세계화 때문에 생긴 엄청난 충격과 새로운 균열에 대처해 우리 생활과 직접 연결되는 힘을 조직화해 내는 대안을 제시하는 새로운 근대적인 정당이 나와야 한다고 봅니다.

예를 들면 유럽이 세계화를 미국과 다른 방법으로 이해하고, 또 어떤 정치적인 방법으로 대응하고 있는 것은 유럽의 정치 체제, 보다 좁혀 얘기하면 유럽의 정당 체제가 미국과는 다른 대안들을 통해서 정치하고 경쟁할 수 있는 구조를 가지고 있기 때문인 거죠. 특히 유럽의 경우는 사민당이나 노동당이 고용 문제라든가 복지 문제, 즉 시장의 힘에 밀려난 사회 집단들을 대변할 수 있는 강력한 대안적인 프로그램들과 슬로건들을 가지고 있습니다. 이것을 정치적으로 지지받을 수 있기 때문에 지배적인 세계화의 한켠에서 또 다른 대안적인 공간을 만들 수 있고, 지식인들은 이런 공간 속에서 여러 지적인 담론을 고민하고 제시할 수 있는 겁니다. 일본만 하더라도 세계화에 일방적으로 끌려가고 있지는 않다고 봅니다. 일본은 망했다, 일본은 더 이상 대안이 아니다, 일본은 잘못된 모델이라는 식으로 일본을 보는 것은 실제 일본을 보는 것이 아니라 미국의 시각을 통해서 보거나 미국이 제시하고 있는 세계화의 기준에서 일본을 보는 거죠. 실제로 제가 2년 전에 일본에 가서 만났던 언론사 간부들이나 정책 부처의 고위 관료들은 일본은 나름대로 장기적인 정책에 대한 전망을 갖고 있고, 이미 10년 이상 마이너스 성장을 하고 있는데도 자기들은 앞으로도 5년 동안 저성장을 견뎌 낼 수 있다고 말하더군요. 저성장을 견뎌 낼 수 있다고 하는 것은 기존의 시스템을 한꺼번에 바꾸는 게 아니라 나름대로 유지하면서 뭔가 부분적인 개혁을 하겠다는 것이지요.

김우창 나라들을 한 줄로 세워 놓고 볼 때 일본이 뛰어가지는 못하고 있다고 생각하지만, 일본은 지금 다른 길로 가고 있다는 말씀인가요?

최장집 네. 지금 고이즈미 정부가 신자유주의적인 시장 논리에 따라서 개혁을 안 할 수가 없어서 그런 프로그램을 만들겠다고는 하지만, 그 템포나 방법은 굉장히 일본적이라는 거죠. 이런 것이 가능한 것은 물론 여러 요소가 있겠지만 미국식 신자유주의의 획일적 적용을 제어하는 정당과 언론의 자율적 역할이 존재한다는 것이죠. 이 점에서 한번 방향이 정해지면 사회 전체가 그 방향으로 달려가는 우리에게 시사하는 바가 크다고 봅니다.

여건종 일본은 구체적인 삶의 문제들을 공적으로 재현하고 공론화시킬 수 있는 어떤 기능을 정치가 가지고 있는데, 우리나라는 정당 구조 자체가 취약하기 때문에 실제 살아가는 사람들의 경험을 공적으로 다시 표출할 수 있는 기능을 상실하고 있다는 말씀으로 이해해도 될까요?

최장집 그렇죠.

김우창 최 선생님 말씀을 들으면서 반대로 생각할 수도 있지 않나 하는 생각이 듭니다. 정당이 중요한 정책들을 제시해서 국민들을 그 방법으로 조직화하는 데 실패하는 까닭은 정당 자체가 그러한 문제를 인지할 만한 능력을 가지고 있지 않으며, 또한 그런 인지 능력이 권력에 접근하는 데 정치적으로 도움이 되지 않는다는 생각을 정치인들이 가지고 있기 때문이라고 말할 수도 있지 않을까요? 그러니까 정당 민주화도 문제지만 지적으로 분석된 사회 이슈가 어떻게 정당의 중요한 통의 의제가 될 수 있게 만드는가 하는 것이 보다 근본적인 문제라고 할 수 있을 것 같습니다. 물론 현재의 문제에 대한 이러한 지적인 분석이 되어 있느냐 하는 것은 지식인 사회의 문제가 되겠지요.

최장집 네, 전적으로 옳은 얘기죠. 정당을 하나의 준거의 초점으로 놓고, 정당 정치가 왜 잘 안 되느냐, 또는 정치인들한테 당신들이 정책 대안을 만들어라, 이 복잡한 변화의 본질을 이해해서 대안을 제시해라 라고 할 수는 없지요. 정치인들은 정치에 몰두할 수밖에 없는 거니까요. 그러면 정책 대안, 이런 문제를 얘기할 수 있는 기반을 만드는 장이 나타나야 하는 것이고, 그 역할을 지식인들이 해야 하는 것이죠. 지식인들이 대안들이나 정책 메뉴들을 공론의 장을 통해서 나타내고, 그런 여러 다양한 소리들이 조직화되어 어느 정도 방향을 제시해 줄 때, 정치가 그것을 선택해서 정치적인 프로그램을 만드는 역할을 할 수 있을 것입니다.

김우창 현 정부는 세계화를 정신없이 추종하는 면도 있고, 반면에 어떤 사람은 사회주의적이라고 부를 수 있는 그러한 사회 이상을 실현하려고 하는 측면도 있지요. 예를 들어 요즘 문제가 되고 있는 국민 의료를 사회화하겠다는 새로운 의료 보험 제도의 추진 같은 것이지요. 이런 것은 말하자면 세계화에서 나온다기보다는 정부가 가지고 있는 사회 이상과 프로그램에서 나오는 것인데 거기에 도대체가 합리적인 일관성을 볼 수 없는 것이 놀라워요. 그걸 보면 그것이 어떠한 좋은 사회에 대한 이상이 있어서 나온 정책인지를 알기가 어렵습니다. 그리고 그러한 차원에서 이상의 정당성을 가지고 국민을 설득하려는 노력도 없고, 정책의 실현에 필요한 구체적인 방안, 희생과 비용의 부담을 어떻게 처리할 것인가에 대해서도 설명해 주는 바가 없습니다. 정당도 그렇지만, 대체로 우리의 정치적인 사고에서 합리성의 부재도 큰 문제인 것 같습니다. 민주화도 중요하지만 합리화, 지성화, 그리고 또 거기에 간접적으로 작용하는 지식인 집단의 엄밀성 있는 사고, 지성 이런 것이 문제인 것 같습니다.

최장집 동감입니다. 민주 정치의 기본 메커니즘이 정당 정치이고, 정당 정치가 작동하는 모습을 보면 우리 사회의 문제점을 다 들여다볼 수 있는 거울이 될 수 있는 건데, 기본적으로 이 합리성이 지금 존립 기반을 잃고 있다고 할까요. 한국 사회가 민주화되면서 어떤 정치 경쟁의 룰을 민주적으로 바꾸고, 여기에 정당 체제도 새로운 형태로 대응을 해야 하는데 그렇지 못하고 과거의 구체제의 정책들이 상당한 정도로 연속되고 있습니다. 이러한 정당 발전 저해의 주요 원인에는 상당한 정도 지식인 사회와 언론의 부정적 역할이 작용하는 면이 있는 것 같습니다. 일본과 비교해 보면 보통 일본의 정치는 관료가 중심이죠. 관료가 중심적으로 의제 설정에서부터 정책을 결정하고 정치는 일종의 외곽 정치 조직 비슷하게 보조적인 역할을 합니다. 그리고 이 패턴은 2차 세계 대전 이후부터 지금까지 오면서 많이 바뀌어서 최근에는 정당이 어느 정도 큰 역할을 하게 되었지요.

여건종 관료들도 정치적으로 자율성 같은 것을 가진다는 말씀이시군요.

최장집 그렇죠. 실제 정치의 중심은 관료죠. 그런데 우리나라는 정치의 중심이 상당한 정도 언론이 아닌가 하는 생각이 들어요. 그래서 언론의 역할이 굉장히 중요하죠. 민주화가 되면서 언론이 매우 중요하게 되었는데 언론의 수준이나 역할이 우리 사회에 합리성이 자리 잡을 수 있도록 연속성을 가지고 우리가 옳고 그름을 판단할 수 있도록 만드는 역할을 못한다고 생각해요. 그러니까 진보냐 보수냐를 떠나서 여론이나 공적 정책 문제, 사회적 정책 문제를 생각하고, 우리가 앞뒤를 제대로 구분하고 판단할 수 있는 근거를 만들어 내지 못할 정도로 언론의 역할이 상당히 퇴영적이고 문제가 많은 것이 아닌가 이런 생각이 듭니다.

김우창 정당 민주화, 정치에 있어서 정책들의 지적 수준 향상을 말하면서, 현실에 밀착한 정치적 사고의 필요도 지적되어야겠습니다. 가령 의료 제도면 의료 제도의 현실적인 효과, 파급 효과, 부작용 등을 철저하게 생각하는 방안, 정연하면서도 현실 정황에 따라서 움직일 수 있는 현실 유연성을 가진 방안을 만들고 이를 국민에게 전달해야 하는데 그걸 못하는 겁니다. 또 정당이 그걸 수용할 태세도 안 되어 있는 것 같고요.

최장집 그러니까 정당이 문제고 그다음에는 관료가 문제인데, 우리나라는 일반적으로 상당히 강한 국가와 강한 관료 체제라고 알려져 있지요. 내용적으로 보면 그 말이 틀린 것은 아니지만, 이 강한 관료 체제가 제대로 작동하지 못하고 능력을 가지지 못할 때 가져오는 부작용과 부정적 결과가 엄청나게 클 수 있다는 거죠. 이를테면 그동안 한국 사회에서는 시장도 상대적으로 약했다고 볼 수 있고, 아까 시민 사회 얘기도 나왔지만 국가에 비해서 시민 사회도 약하지 않습니까. 말하자면 경제 자원을 할당하고 배정하는 데 있어서 근대화 과정에서 국가의 역할이 시장보다 오히려 컸다고 볼 수 있죠. 그래서 부패라고 하는 문제가 발생하는 것인데, 과거 권위주의하에서는 어쨌든 국가 권력이 강제력을 통해서라도 일관성을 보여 줄 수가 있었잖아요. 그 사람들이 유능해서 일관성이 나타나는 게 아니라 민주화가 되면서 적어도 표출되는 현상 자체는 비교적 질서 정연한 모습으로 투명하게 드러나게 되니까 그런 것이죠. 정책 결정 및 집행 과정을 상대적으로 더 많이 들여다볼 수 있기 때문에 대중과 언론에 자유롭게 노출되니까요. 우리가 벌써 민주화 이후에 문민 민간 정부를 두 번 경험하고 있지만, 특히 IMF 위기 이후에 정부가 새로이 지식 정보화 산업이라든가 벤처 산업이라든가 여러 가지 시장 개혁 등, 시장의 힘을 통해서라기보다는 짧은 기간 내에 정부가 상당히 많은 자본을 투자해서 그 산업을 일으키지 않았습니까. 형식은 다른데 하는 스타일은 시장이 아닌 방법으로 관료적 결정을 통해서 또는 정책 결정을 통해서 자원을 배분한다는 점에서, 과거 1960~1970년대 박정희 시절이나 다를 게 없는 거죠. 이 국민의 정부하에서 부패 문제가 컨트롤이 안 될 정도로 확산된 형태로 나타나고 있습니다. 이런 문제도 효율적이지 못한 관료 체제가 공적 자본을 적절하게 배정하는 능력이 없고, 이 과정에서 정치적 결정이 여러 가지 로비나 권력 관계를 통해서 맺어짐으로 인해서 무수하게 많은 권력의 행사와 자본 배정에서 부패가 만연하게 되는 것이죠.

김우창 부패의 일상화라고 볼 수 있어요.

최장집 그런 것들이 일상화되고 폭발적으로 일어나고, 거의 모든 언론이 선정적으로 또 무절제하게 비판을 하는 과정 속에서 되풀이되는데 그것은 정치 리더십, 정치 엘리트의 문제, 관료의 부패 등 여러 가지 요인들이 결합되어서 나타나는 현상이죠. 우리 사회는 선거하고 정부를 만드는 과정 속에서 틀은 전체적으로 민주화가 되었지만, 미시적인 수준에서는 여전히 권위주의적 규범과 행태와 관행들이 남아 있습니다. 아직도 민주화가 미진한, 불완전한 민주화라고 할까요. 하여튼 이러한 모습을 드러내고 또 다른 한편으로는 시장 경제도 여전히 권력으로부터 분리되지 않고 권력과 결탁된 상태에서 불완전한 시장이라고 할 수 있죠. 그리고 전환기에 이런 문제들이 폭발적으로 드러나는 것이고요.

여건종 그러한 정치적 후진성이 오히려 시장 논리, 시장 지배의 정당성을 거꾸로 강화시켜 준다는 데 문제의 심각성이 있다는 생각도 듭니다. 즉 자유 시장의 문제점을 말할 수 있을 만한 정치적 근대화의 단계를 우리는 아직 가지고 있지 않다고 말할 수 있지 않을까요?

최장집 그렇죠.

정치와 시장, 부패와 민주주의

김우창 민주주의는 가치 중립적인 정치 체제, 조정 기구 같으면서도 실제는 그 정신적인 자세, 즉 합리성이라든가 도덕적 투명성 또 다른 여러 가지 가치에 의하여 뒷받침되는 체제이죠. 그런데 도덕적으로 투명한 상태와 합리적으로 일을 처리하는 수준에 이르지 못하고 사회적인 힘을 합리적으로 동원하는 데 필요한 민주주의 문화를 만들어 내지 못했어요.

최장집 여기서 걱정되는 것은 이런 부정적인 힘들이 너무 노출이 되어 민주주의라고 하는 것에 대해서 신뢰도와 지지가 떨어지는 거예요. 냉소주의가 만연하고 그 대안이 과거의 박정희 모델같은 관료적 효율성, 권위주의적 효율성으로 여겨지는 것이죠. 이 두 가지 힘이 민주주의에 대한 도전으로 나타나는 것 같아요. 그다음에 정치적 민주주의의 가치를 대체할 수 있는 우월한 시장 효율성에 주목하는 것이고요. 또 이제 그것은 세계화의 힘과 결합되면서 확산되고 있는 것입니다. 저는 민주주의라고 하는 것은 정치의 영역을 대폭적으로 확대하는 체제라고 보거든요. 무슨 말이냐 하면, 사회 갈등을 숨기거나 억압하는 것이 아니라 이런 것들이 자유롭게 표출되고, 정당이 중심이 되어 정치적 대안으로 조직하고, 이 대안들 간에 경쟁을 통해 다수의 지지를 획득하는 방식으로 한 사회의 중요한 결정이 이루어지는 과정이 민주주의라는 것이죠.

여건종 선생님 말씀을 들으니 시민 사회가 취약하다는 것이 우리 민주주의의 큰 장애라는 생각도 듭니다. 한국 시민 사회가 지금 왜 취약한가에 대한 진단을 해 주셨으면 합니다. 결국은 대중을 어떻게 시민으로 만들 것인가 하는 문제와 관련이 되는 것 같은데요.

김우창 옛날 권위주의 체제가 민주주의로 대체되면서 많이 좋아지겠다고 생각을 했는데 그렇지 못하니까요. 물론 인권과 통일 문제에 획기적 개선이 있었던 것만으로도 고맙게 생각해야겠지만, 민주주의 자체도 회의적이 되고, 그것이 사람들이 모여 사는 최선의 방법은 아니라고 하는 다른 의견도 들리게 되는 것이겠지요. 이것은 현 정부의 책임이라고 생각합니다. 오늘날 부패가 만연한 까닭에는 많은 이유가 있지만 부패한 사람들의 상당 부분이 현 정부의 권력층하고 관계된 사람들 아닙니까. 지금의 권력층은 민주화에 관련된 사람들인데, 그 안에도 모든 것을 권력 투쟁의 차원에서 보는 사람들이 있고, 그러다 보면 권력 투쟁에서 이긴 사람들은 거기서 오는 과실을 당연히 차지할 수 있다고 생각하는 것도 자연스러워집니다. 권력을 민주적인 방식으로 행사하는, 민주적인 이상을 구현하는 수단이 아니라 권력 투쟁에서 이긴 사람들이 여러 이익을 차지하는 과실로 이해하는 사고는 예나 지금이나 큰 차이가 없는 것 같습니다.

최장집 민주주의는 억제되지 않고 표출되는 것이고 그것을 조직화해서 경쟁을 하는 것이죠. 그래서 정당의 역할이 존재하는 것이고요. 그렇기 때문에 민주주의에서는 정치화가 더 많이 요구되는데 오히려 지금의 담론은 시장의 효율성이라고 해서 경제 발전을 저해하는 부정적인 것을 더 많이 야기하고 있어요. 이것이 신자유주의적 정치에 대한 담론의 핵심적인 요소 중 하나입니다.

여건종 정치를 시장에 종속시키고 있는 것이죠.

최장집 네, 그렇지요. 그런데 이제 탈정치화라는 문제는 갈등을 은폐하거나 실제로는 사회적 합의가 없는 것을 사회적 합의가 되어 있는 것처럼 만들 수가 있고, 또 기술 관료적인 결정을 상당히 정당화하거나 긍정적으로 평가하는 부작용을 만들 수가 있어요. 어쨌든 민주화 이후에 두 정부(세 정부라 하지만 내용적으로 민간 정부는 김영삼, 김대중 정부니까요.) 동안 민주주의를 불신하고 민주적 가치에 대한 신뢰를 깨는 힘들을 강하게 만들고, 민주주의에 도전할 수 있는 여지가 넓어진 문제에 대해서는 상당히 우려할 만하다고 생각합니다. 그리고 현 정부의 부패 문제를 말씀하셨는데, 현 정부가 특별히 과거 정부들에 비해서 더 부패했다고 생각하지는 않습니다. 문제는 그렇게 해야 하지 않았어야 할 정부가 그랬다는 것이죠.

김우창 기대가 높았기 때문에도 그렇죠.

최장집 네. 굉장히 기대가 높았기 때문에 부패가 과거 정부보다 적다 하더라도 그런 결과가 나타난 것에 대한 실망감이 굉장히 크다고 볼 수 있는 거죠. 왜냐하면 이 정부는 어쨌든 간에 민주화 개혁에 대한 열망과 기대에 부응하는 역할을 해야 하는 정부였기 때문이죠. 그래서 사람만 달라지는 게 아니라 실제로 게임 룰이 달라졌어야 했다고 봅니다. 민주적인 규범과 경기 규칙을 실천해야 했어요. 정치 제도도 물론 부패 문제와 관련해서 달라져야 한다고 봅니다. 그런데 실제로 일어난 현상은 권력의 친소 관계가 인사 충원에 큰 영향을 미치고, 당연한 결과겠지만 이들이 기존의 시스템을 민주화하는 개혁을 실천하고 뭔가 다른 제도화를 만들어 낼 수 없었던 거죠.

여건종 사유화가 많이 되었잖아요. 공적으로 해야 할 일을 사적으로 결정해 버리고.

최장집 네. 그것도 중요한 지적입니다. 정당 운영이라든가 권력 유지에는 돈이 필요하지 않습니까? 과거에는 정치 자금을 동원하는 문제에 있어서 여러 익숙한 형태가 있었어요. 정부 기관, 예를 들어 안기부 같은 데서 예산을 전용한다든가, 재벌 기업들이 굉장히 큰 액수의 정치 헌금을 주지 않았습니까. 그런데 지금은 그것이 여의치 않은데 게임을 옛날식으로 하다 보니 돈은 필요하고, 재벌 대기업으로부터 큰 규모의 정치 자금을 받기는 어렵고, 또 그러다 보니 돈을 만드는 방법이라고 하는 것이 작은 돈들, 벤처 기업 같은 데 손을 대다 보니까 부패가 굉장히 확산된 것으로 나타나고 있습니다. 보다 투명하고 대안적 절차를 만들어 내지 못한 채 구태의연한 정치를 지속할 때 나타나는 당연한 결과가 아닐 수 없습니다. 여 교수 말씀대로 권력 행사라는 것이 공식 채널을 통해서 정책 결정이 투명하게 이루어지는 게 아니라, 권력 중심과 공식적인 조직에서의 권력 간의 괴리가 있어서 이른바 실세, 대통령과 가까운 실세들이 좌지우지하게 됩니다. 이런 구조는 교과서적으로 아주 부패할 수밖에 없는 것인데, 이것을 고쳤어야 했는데 그러지 못한 거죠. 관료 체제를 보더라도 지금 문제로 드러난 게 검찰과 국정원 문제 아닙니까. 선생님도 아까 엽관제, 즉 스포일 시스템(spoil system)이라고 하셨지만 한국의 관료 체제는 일종의 짬뽕 체제, 말하자면 미국식의 엽관제와 일본, 유럽의 직업 관료제의 나쁜 혼합이 되어 있는 경우죠. 공직자의 공공 의식이라 할까요. 미국의 스포일 시스템이든 유럽이나 일본의 직업 관료제든 정책 중심의 국정 운영과 정책의 일관성을 만들어 낼 수 있는 데 반해, 한마디로 한국적인 관료 시스템이 없는 거죠. 새 정권이 들어서면 고위 공직에서부터 하급 공직까지 전부 영향을 받고 관료 체제가 흔들리니 이런 불안정 속에서 공직을 맡으면 부패의 유혹에 약해지게 되는 것이죠.

김우창 정부가 민주화하고 사회적 개선을 하겠다는 의지가 강했어야 했는데 구체적인 제도적 차원에서 강하지 못했던 것 같아요.

최장집 네, 못했죠.

시민 참여의 정치 문화를 어떻게 창출할 것인가

여건종 지금까지 정치인들의 문제를 이야기했습니다만, 정치인들은 결국 뽑힌 사람들이고, 결국은 국민의 문제이기도 하거든요. 그렇다면 우리가 흔히 대중이라고 부르는 이 사람들을 도대체 어떻게 만들어 갈 것인가 하는 게 실제 정치에서의 중요한 문제 중 하나인 것 같습니다. 그것을 좀 다른 말로 표현하면 아까 말씀드렸던 우리나라 시민 사회의 취약함과 연결이 되는 것 같거든요. 어차피 정치 발전을 이야기할 때 근원적인 토대는 대중 혹은 시민이어야 하지 않을까요?

김우창 1960년대에 내가 아는 한 밀라노 대학 교수가 있었어요. 그 사람 이야기가 밀라노에서 초등학교 교육을 위해 시민과 학부형이 참여하는 교육 관계 모임을 만들자는 열의가 높아서, 학부형이나 관심 있는 사람들이 학교 교육을 제대로 민주적으로 개혁하고 지원하는 민주적인 학부형회를 만들었다고 해요. 처음에는 많은 이들이 참여하더니 1년 지나니까 나오는 사람이 거의 없어졌다는 겁니다. 다 자기 사는 데 바빠서 관심도 없어지고요. 정말 시민 정신을 발휘해 초등학교 교육을 개선하자는 모임이 시작된 지 1년 안에 시시해진 겁니다. 시민 정신에 호소하는 것이 얼마나 믿을 수 있는 것인지…….

여건종 예를 들어 맹자인가요? 백성이 정치에 신경 안 쓰는 것이 제일 좋은 정치라고 얘기를 했다지만 실제로 그것은 현대 민주주의 사회에서는 불가능하다는 생각입니다. 결국 어떤 식의 정치 발전이든 그 근원에는 일반 사람들의 관심과 참여가 있어야 정상적인 정치 발전으로 갈 것 같거든요. 서구 사회에서 그나마 제대로 된 민주적인 정치 체제가 있는 이유는 굉장히 오랫동안 서서히 형성되어 온 시민 사회라는 바탕이 있기 때문에 그렇지 않은가라는 생각이 들어서 그것과 비교해서 말씀을 드리는 겁니다.

김우창 시민이라는 말은 영어나 불어로 부르주아인데 시민 사회는 부르주아 사회하고 같죠. 부르주아 사회라고 하면 보통 나쁘게 생각하지만, 궁극적으로 봐서 생활의 안전이 있어야 한다고 시민 사회를 이해하기도 합니다. 그런데 부르주아 계급이 형성되어야 이런 말이 가능하지요. 일반적인 의미에서 많은 사람들이 생활의 안정을 얻어야 되는데 우리 사회에서 생활 안정을 얻은 사람들은 어떤 사람인지. 한쪽으로는 살기 어려운 사람이 있고 다른 한 쪽으로는 경제적 상층 계층이 있지만, 어느 쪽에나 안정된 생활은 없지 않은가 하는 생각이 듭니다. 진승현 같은 스물일곱 된 사람이 수백억씩 만지게 되기도 하지만, 그가 삶의 안정을 얻은 사람이라고 할 수는 없습니다. 재산을 가지고도 안정성을 가진 사람이 드물다고 할 수밖에 없는 게 우리의 상황인 듯합니다. 그런 의미에서 부르주아 사회도 없고 시민 사회도 없는 거죠. 삽시간에 재벌이 되는 것도, 하루아침에 빈민이 되는 것도 시민적 심성에 도움이 되는 것은 아니지요. 세계화라고 하는 것 자체, 신자유주의 자체가 그러한 안정성을 없애고요.

아까도 얘기했지만 우리는 좋은 사회가 무엇인가에 대해서 안 물어보지만, 실제로 행복한가에 대해서도 안 물어보죠. 그런데 행복의 조건의 하나가 '정의'죠. 내가 정의에 따라 살고 있다는 것, 그런 자기 인식이 중요합니다. 우리에게 정의에 대한 의식은 있지만, 그냥 추상적인 의미에서 정의가 아니라 자기 삶의 행복을 구성하는 요소로서 내면에 들어 있는 정의는 부족하다고 할 수 있습니다. 시민 정신은 이것의 자연스러운 표현이라고 할 수 있습니다. 나는 내 맘대로 살고 싶다는 것은 사람이 사는 한 이상을 표현한 것입니다. 그러나 그게 가능한 것은 아니고 보통 사람에게 그것은 내가 믿는 진리에 따라서, 사회적인 측면에서는 내가 믿을 수 있는 정의에 따라 사는 것이 될 수밖에 없습니다. 그렇게 되면, 시민 정신이 있는 사회가 되는 것이겠지요.

여건종 공동체 속에서 수평적인 관계를 맺으면서 자율적이고 주체적으로 살 수 있는 어떤 존재를 말씀하시는 것으로 이해해도 될까요?

김우창 그것이 자기 삶의 행복의 일부분을 이뤄야 돼요. 추상적으로는 안 되고.

최장집 선생님도 지금 언급하셨는데 서구와 한국의 시민 사회의 차이라고 할까요? 서구의 경우, 부르주아 시민 계급에게 자유주의 이념이 굉장히 중요했지요. 사적 영역이 일단 선행하고, 자기가 살고 싶은 대로 살겠다는 건 자기의 가치 체계나 나름대로 삶에 대한 가치가 있다는 것 아니겠습니까? 따라서 종교의 자유, 새로운 시민의 형성과 같이 정치에 대해서 보다 관심을 가졌죠. 저는 시민의 핵심은 적극적 정치 참여라고 생각합니다. 그래서 이런 그룹들이 나타나 민주화되어야 하고 이런 사회를 만들어야 한다고 적극적으로 발언하고 정치 세력화해서 자기들의 이념을 실현하는 것, 저는 이게 시민 사회의 원형이라고 생각합니다. 그래서 공공성이라고 하는 문제는 이런 서구에서의 사적 영역이 나타난 후에 만들어지는 것 아니겠어요? 그런데 우리의 경우는 서구에서와 같이 사적 영역의 형성이 없는 것 같아요. 개인적 주체성, 자율성 이런 것이 없는 거죠. 그래서 과연 우리 사회에 시민 혹은 시민 사회의 이념적 기초가 무엇이냐는 문제가 제기될 때 뭐라고 얘기하기가 참 어렵습니다.

여건종 위로부터 근대화가 되었기 때문에 밑으로부터의 시민적 주체, 김우창 선생님의 말씀대로 자기 삶을 책임질 수 있는 시민적 주체가 서서히 형성될 수 있는 기회를 가지지 못했다고도 할 수 있겠지요.

최장집 네. 그래서 한국에서 집단적 힘은 운동으로 표출됐죠. 1980년대는 민주화 운동의 전통들이 있어서 공적 문제를 집합적 운동을 통해서 제기했는데, 이 집합성이라고 하는 것이 서구의 부르주아 시민성 같은 것은 아니지만 그 당시의 정치적 독재와 억압에 저항하고 민주화를 요구하는 힘들의 덩어리였지요. 한국에 시민 사회가 있다면 이런 힘밖에 없는 것 같아요.

여건종 제 생각에도 우리 근대사가 경험한 유일한 자생적 근대화를 보여 주는 것이 70년대, 80년대가 성취한 민주화 운동이 아닌가 싶습니다.

김우창 그게 참 중요한 꿈이었죠. 그런데 그것이 인간의 자율적인 영역을 만드는 데 장애가 된 면도 있습니다. 제 생각에는 집단적인 운동을 통해서 민주화를 했기 때문에 다시 한 번 민주화의 밑바닥 속에 자유롭고, 자율적인 개인이 산다는 것을 인정하는 전기가 있어야 할 것으로 생각됩니다. 또 하나의 다른 전기가 필요한 겁니다.

최장집 제가 운동을 완전히 긍정적인 의미로만 얘기한 것은 아닙니다. 저는 요즘 한국의 민주주의가 기초하고 있는 가치와 이념이 도대체 무엇일까 하는 문제를 많이 생각하고 있습니다. 서구는 확실히 자유주의가 기초인데, 우리는 그 기초가 잘 안 보이죠. 민주주의를 이뤄 내는 데 운동이 절대적으로 기여를 했다고 보기 때문에 한국 민주주의의 가능성과 한계는 운동의 문제점 속에 포함되어 있는 게 아닌가 합니다. 정말 한 사회를 이루는 기본 단위, 즉 서구에서 말하는 개인과 사적 영역, 이런 게 우리는 아직 자리 잡지 못했기 때문에 개인의 자율성, 내면세계, 스스로의 가치, 도덕적 자율성, 이런 것을 얘기하기에는 참으로 근거가 희박하게 여겨집니다.

김우창 이야기가 이제 문화로 돌아왔는데, 서양 사람들이 내 맘대로 산다고 할 때, 내 맘대로 총질도 하고 마약도 하겠다는 사람도 있고 부시같이 공격적으로 내 맘대로 하겠다는 사람도 있지만, 내 맘대로 한다는 것은 내 맘대로 해서 행복한 것이 무엇인가 하는 깨우침이 있어야 하고, 역설적으로 그것에 대한 사회적 합의가 있어야 합니다. 어떻게 사는 것이 행복하게 사는 것이고 조화롭게 사는 것이냐, 그것은 인문적 전통의 문제입니다. 이러한 것을 생각하는 습관을 살려 나가는 것이 인문적인 전통입니다.

여건종 자율적 주체라는 것이 만들어지려면 그동안 쭉 그 삶을 지탱하던 원리들이 지속되면서 그 원리 안에서 새로운 것들이 들어오고 수정되고 내화되어야 하는데, 이것이 압축 근대화라고 부를 수 있는 우리만의 독특한 근대화 과정을 거쳐 오면서 밑으로부터 자생적으로 창출될 수 있는 조건을 상실하게 되었다고 할 수 있을 것입니다. 이러한 과정들이 시민 사회의 형성이라는 문제와 아주 깊이 관련이 있는 게 아닌가 생각됩니다.

최장집 우리 사회는 개인적 성찰을 위한 집단성이 만들어진 것이 아니라 뭔가 집단적인 요구를 담아내는 스키마가 따로 있어요. 바깥에 이미 선행된 그것이 존재해서 개인들이 생각을 할 때 내 생각이 그것에 들어맞나 안 맞나 관계를 따지게 되고, 현실 속에서 성찰이 생략되는 것 같아요.

김우창 네. 여 선생이 얘기한 대로 전통이 깨지고 외부로부터의 근대를 받아들인다는 것은 엄청난 문제를 가져오는 것 같아요. 그러니까 아프리카 사회나 이슬람 사회나 그곳에 살 만한 삶의 방식이 전혀 없어서가 아니라 전통적인 삶이 깨어져 문제가 일어나게 되는 것일 것입니다. 다른 사람을 쳐다보며 살게 되는 것, 힘으로 강요를 당하는 것, 이러한 것들이 엄청난 인간적인 황폐화를 가져오는 거죠. 우리도 비슷한 환경에서 벗어나려고 애써 온 거죠.

최장집 소신껏 자신의 가치와 삶의 원칙에 따라서 행동할 수 있어야 하는데 말이죠.

민주적인 사회를 위한 문화적 토대를 어떻게 만들어 나갈 것인가

여건종 요즘 우리의 삶을 보면 자율적 주체를 만들 수 있는 내면의 깊이 같은 것이 완전히 소멸되어 있지 않습니까? 같은 신자유주의를 겪어도 우리나라에서는 서구보다 훨씬 더 파괴적인 형태로 진행되는 것 같아요. 마지막으로 오늘 이야기를 정리하는 의미에서 변화하는 세계 속에서 한국 정치의 문제, 시민 사회의 문제, 민주적인 사회를 위한 문화적 토대를 어떻게 만들어 나갈 수 있을 것인가에 대해서 말씀을 부탁드립니다.

김우창 먼저 정리하자면, 예언자로 나서야 하는데. 한국 사회가 많이 좋아진 점도 있고 좋은 사회로 가야 되고, 또 우리가 주로 불평을 좋아하기 때문에 토론하는 동안 이런 얘기도 하게 되었는데요. (웃음) 지금 우리 사회에 필요한 것은 좀 더 구체적으로 많은 것을 생각하는 법을 배워야 한다는 것이 아닌가 합니다. 도식에 따라서, 이데올로기적인 사고에 따라 현실을 내 사고 구도에 일치시키는 것을 극복할 필요가 있습니다. 또 하나 보태고 싶은 것은 인간적인 심성에 대한 존중이 약하다는 것입니다. 이것은 지난 60년 동안에 집단적 투쟁을 해야 했기 때문에 불가피하게 생긴 결과이기도 합니다. 유교적 전통을 가차 없는 시비의 날카로움으로만 해석을 하는데, 이 전통에서 중요한 덕성의 하나는 부드러움이라는 덕성이에요. 동양적 덕목으로 인의예지(仁義禮智)가 있죠. 인의예지의 구성이 어떻게 되어 있느냐 하면 '인'은 부드러운 것, '의'는 강한 것, '예'는 부드러운 것, '지'는 강한 것, 이렇게 순차적으로 되어 있어요. 음양이 교차적이죠. 그리고 그중에 가장 높은 것은 인입니다. 이런 덕성들을 하나같이 무서운 시비의 정신으로 보는 것은 오늘날 정치 상황이 급박해서이기도 하고 또 우리 역사가 급박했던 때문이기는 하지만, 그냥 주장을 하고 소리 지르는 것만 좋은 것이 아니라 조용히 생각하고 남의 입장을 이해하고, 또 부드럽게 대하는 것도 중요한 것인데, 이것은 잊히는 듯합니다. 내가 싫어하는 말 중의 하나가 대쪽 같은 선비라는 말이에요. 대쪽 같은 선비라는 말보다 좋아하는 말이 외유내강입니다. (웃음)

최장집 결국 우리 사회에서 부족한 것을 강조할 수밖에 없다고 보는데 차이라든가 다른 것에 대한 관용, 타자에 대한 관용 말입니다. 다른 것과 공존할 수 있는 가치, 정신 이런 게 많이 강조되었으면 좋겠다는 생각이 들어요. 여러 가지 원인이 있겠지만 우리 사회가 동양적 가치, 아시아적 가치, 이런 얘기를 많이 하면서 한국이 마치 전통적인 집단 윤리나 공공성을 많이 간직한 듯한 표현들이 많잖아요? 그러나 내용적으로 보면 완전히 홉스가 얘기하는 만인 대 만인의 투쟁, 인간이 인간에 대해서 늑대라는 느낌을 너무 강하게 받습니다.

김우창 그런 잠재적인 면을 많이 포함하고 있어요.

최장집 그렇습니다. 아주 각박하고 황폐화된 사회가 되었지요. 어떻게 보면 우리 사회는 물질적으로 미국보다는 훨씬 못하지만, 유럽을 여행해 보면 영국, 이탈리아 이런 데보다 한국이 더 잘 사는 게 아닌가 느껴질 때가 많거든요. 적어도 중산층까지는 한국이 더 잘산다고 봅니다. 그렇다면 우리에게 부족한 것은 뭘까. 그런 사회하고 비교해 보면 우리 사회는 인간과 인간의 관계를 조율하고 조화롭게 만들고 공존할 수 있는 틀 같은 게 아무것도 없고, 그냥 막 부딪치는 가운데 격투와 투쟁과 갈등이 일어나는 삭막하고 살벌한 사회라고 하지 않을 수 없어요. 그래서 다른 것에 대한 관용이라든가, 상호 공존할 수 있는 제도나 윤리 같은 것들이 많이 강화되었으면 좋겠다는 겁니다. 한국 사회의 굉장한 추동력 중 하나가 '경쟁에서 뒤떨어지면 죽는다.', '가만히 있으면 낙후된다, 떨어진다.' 하는 속도 강박증이죠. 그래서 계속 집을 옮기면서 아파트 평수 늘리고, 자산을 이리저리 굴리고 그러죠. 끊임없이 운동하고 달려 나가야 하는, 자기가 지금 무엇을 하고 있는지에 대한 목적의식이 있는지 없는지도 모르면서 무작정 달려 나가는 속도에 대한 맹신, 경쟁에서 지면 죽는다라고 하는 태도가 경쟁에서 탈락한 사람들이 철저하게 패배하고 배제되는 승자독식의 논리를 만들어 내고 있죠. 이런 것이 우리 사회를 지배하고 있는 것 같습니다. 그래서 우리 사회를 윤리적인 측면에서 접근하는 것은 좋지만, 제가 정치학을 해서 그런지 몰라도 정당을 잘 만들고 복지와 사회 보장을 잘할 수 있는 좋은 정당들이 나타나서, 시장 경쟁에서 이긴 사람만 살 수 있고 엘리트만이 살 수 있는 사회가 아닌 대안을 만들 수 있는 정치적인 대안 세력들이 나타나서 운동을 조직하고, 그것이 좋은 시민 교육의 계기가 될 수 있기를 바라게 됩니다.

그것과 연장선 속에서 한 가지 더 생각하는 것은, 우리 사회는 장기적인 전망을 가질 수가 없고 전부 다 일회성, 찰나성으로 시간 개념이 토막이 난다는 겁니다. 그러니 연속적으로 장기적인 시간 속에서 사고가 잘 안 되고요. 이런 속에서 문화적인 작품이 나오고 학문적인 것이 나올 수 있겠는가 하는 생각이 듭니다. 항상 빠른 발전, 빨리빨리죠. 이런 게 모두 박정희의 빠른 근대화가 남긴 유산의 하나라고 봅니다. 압축 성장의 부정적 기능이죠. 그것이 좋은 점도 있겠지만 이런 것들을 완화시킬 수 있는 사회적인 대안들이 나왔으면 좋겠다는 생각입니다.

김우창 지금 하신 말씀을 달리 표현하면, 더 넉넉하게 살 수 있는 좀 더 인간적인 사회, 물론 물질도 넉넉하고 마음도 넉넉한 사회가 되어야 하겠는데, 여기에 따르는 역설은 그것을 위해서는 투쟁이 필요하다는 거지요. 그런데 이 투쟁이라는 것과 넉넉하고 평화로운 사회는 갈등이 있다는 것, 이것을 의식했으면 좋겠어요. 이것을 논리적으로 해결하려 하지 말고 어떤 것은 모순을 끌고 나갈 도리밖에 없다는 것, 투쟁하면서 투쟁에 대해 반성해야 하는 것이죠. 평화를 평화적 수단으로만 추구할 수 없는 것도 마찬가지죠. 또 여러 사람이 사는 데 논리적으로 해결이 안 되는 양식들이 있다는 것을 인식해야 합니다. 지금도 좋은 사회를 실현하는 데는 투쟁이 필요합니다. 그러나 우리가 앞으로 보고 싶은 투쟁은 자기반성적 투쟁입니다. 투쟁하면서 투쟁이 목표가 되어서는 안 된다는 것을 생각해야 하고, 궁극적으로는 좀 더 부드럽게 사는 사회를 목표하여야 할 것입니다.

여건종 오랜 시간 동안 말씀 나눠 주신 두 분 선생님께 감사드립니다.

한국의 정치 문화를 말한다

박충석(이화여대 명예 교수, 한국정치사상)

김우창(고려대 교수, 영문학)

김홍우(서울대 교수, 서양정치사상)

정리 김형찬, 황태훈(《동아일보》 기자)

2002년 4월 26～27일 《동아일보》

김홍우 서로 전공이 다른 학자들이 함께 모여서 사회 문제를 진지하게 이야기하는 기회가 정말 드뭅니다. 이것은 학자들 스스로가 부끄러워할 일이기도 하고, 또 한편으로는 우리 사회의 답답한 현 상황을 암시하는 것 같기도 합니다.

김우창 우선 우리가 무엇을 답답하게 느끼는가 하는 것부터 이야기를 해야 할 것 같습니다. 1954년, 제가 대학에 입학했을 때는 점심을 못 먹는 학생이 많았지요. 1963년에 제가 서울대 교수로 취직했을 때만 해도, 월급을 받으면 그 돈이 열흘을 못 넘겨서 다음 월급 때까지는 죽을 먹으며 살아야 했어요. 그에 비하면 지금 우리는 훨씬 잘 살게 된 것인데, 많은 사람들이 뭔가 답답하고 편안하지 않다는 느낌을 가지고 있습니다. 물질적으로는 발달했지만 사회관계는 더 나빠졌기 때문일 겁니다.

김홍우 요즘 국민이 느끼는 불편함은 정치와 관계가 많은 것 같습니다. 사람이 사는 데는 정치가 중요한 역할을 하는 것인데, 상식적 수준에서 볼 때 이 사회에 잘못된 것이 많음에도 정치가 능동적으로 대처하지 못한 것에 대한 좌절감이 오래전부터 계속 반복되고 있어요. 그러니 정치에 대한 불만이 쌓일 수밖에 없지요.

박충석 그것이 결국 한국 정치의 후진성이라 말할 수 있습니다. 조선 시대 지배층의 정치 문화라든가 권력 현상이 오늘날에도 부단히 재생산되고 있기 때문입니다. 정치인들의 사고방식이 거의 변하지 않고 있어요.

정치인 의식 전혀 안 변해

김우창 근대화의 외피는 갖췄지만 의식은 근대화되지 못한 것입니다. 물질적 번영과 정신적 타락이 같이 가고 있다고나 할까요.

박충석 서구의 역사가 절대 왕정기, 근대 부르주아 사회, 대중 사회의 과정을 밟아 온 데 비해 한국은 근대 사회에 대한 역사적 경험이 빈곤한 가운데 산업화로 인한 대중 사회적 상황으로 진입했습니다. 현재 한국 사회는 사실상 전근대, 근대, 대중 사회가 혼재된 삼중 구조의 사회지요. 그것도 제도화된 삼중 구조가 아니라 매우 불안정한 '상황'일 뿐이에요.

김흥우 한국 역사는 미스터리입니다. 시간이 흐르면서 사회가 발달했다지만 100년 전의《독립신문》에 난 내용이나 지금 신문에 나는 내용이 똑같습니다. 역사가 흘렀음에도 불구하고 똑같다는 게 체감되는 '혼돈'의 상황입니다. 특히 부정부패는 예나 지금이나 똑같습니다.

박충석 이는 한국의 정치 전통과 관련이 있습니다. 한국, 중국, 일본에서 전통적인 정치 체제론을 들자면 유가와 법가 사상인데, 그나마 법가 사상은 정치 이데올로기로서 발전하지 못했고 유가 사상에서만 유일하게 정치 체제에 대해 조금 논의했습니다. 도가, 양명학, 동학, 샤머니즘 등은 독자적 정치 체제론을 추구하기보다는 정치 사회의 문제를 자기 내면의 수양으로 돌리는 내면주의지요. 그렇다 보니 사회의 이해와 충돌을 조정하는 정치적 기술이나 사회적 제도가 발전하지 못했습니다. 고대로부터 내려온 지연, 혈연 등 연고주의의 사회적 패턴이 그대로 남아 있습니다. 결국 한국의 정치적 전통에서는 체제론이 빈곤했지요.

김우창 유교의 내면주의는 맞는 말씀입니다. 하지만 장단점이 다 있지요. 인간의 내면성, 도덕성, 수양을 통한 인간 완성은 좋은 것입니다. 다만 임금을 너무 도덕군자로 보기 때문에 권력을 제어할 제도를 만들지 못했지요. 물론 임금이나 고위 통치자가 시비의 대상이 되지만, 성인군자가 못된 점에 대해서만 시비하지요. 나쁜 사람이 권력을 잡을 수도 있다는 가능성에 대한 제도적 장치를 마련하지 못한 것입니다.

김홍우 유학 사상은 정치 인식에 문제가 있습니다. 정치를 큰 학교처럼 생각하지요. 최고 권력자를 최고 스승으로, 구성원들은 학생으로 보는 것입니다. 그런 경향은 지금도 마찬가지예요. 하지만 정치의 세계에는 스승이란 없고 모두가 학생입니다. 어떤 사람을 '정치 9단'이라고 설정하면 '정답'은 이미 정해진 것이나 다름없고 토론은 피상적으로 되기 마련이지요. 토론이 안 되는 오늘날 정치의 권위주의화도 유교의 이와 같은 '교(敎)' 위주의 사상과 무관하지 않은 셈입니다.

공과 사 구분할 줄 몰라

박충석 유교에서는 '덕 있는 사람이 통치자가 돼야 한다'고 주장하지요. 서양에서는 토론을 통해 정치적 정의나 진리를 발견하는 데 비해 유교에서는 수신(修身)을 통해 정치적 정의나 진리를 달성합니다. 이야기하다가도 문제가 있으면 그 자리에서 토론을 통해 답을 찾기보다는 집에 가서 책을 찾아보면 된다고 생각하는 것입니다.

김우창 우리 역사에는 어떤 정신적 공리에 입각한 원리주의(fundamentalism)가 있었지요. 토의가 있어도 그것은 그 공리의 한계 속에 머물지요. 그런데 도덕적 원리의 문제는 대단히 어렵습니다. 사람이 살아가는 데 도덕이 없을 수는 없는데, 도덕에 입각해 살면 원리주의가 되거든요. 민주주의 사회도 도덕 없이는 살 수 없지만, 민주주의는 도덕을 제도화하면 문제가 생깁니다. 어느 정치 철학자가 이것을 민주주의의 딜레마로 지적한 일이 있습니다. 우리는 근대화를 추구하면서 전통적인 봉건적 질곡에서 해방된 면도 많지만, 새로 분출되는 욕망과 갈등을 조절하는 방법을 마련하지 못했어요. 금욕적 테두리 안에서 살아가는 것은 유교의 좋은 전통입니다. 금욕적 기율은 어느 시대에나 사람 사는 원리의 하나입니다.

김홍우 유학에서 우리 정치와 관련해서 또 하나의 중요한 문제는 공(公)과 사(私)입니다. 오늘날에도 정치가 성립하기 위해서는 공적인 면을 위해 사적인 것을 희생할 수 있어야 합니다. 그런데 유교에서는 정치를 수신의 문제와 연결시키기 때문에 공과 사의 구분이 어렵습니다.

박충석 유교의 공사(公私) 관념은 근대 서구의 공사 관념과 다른 면이 있습니다. 유교에서는 '천리(天理)에 해당하는 것은 공, 인욕(人欲)에 해당하는 것은 사'라고 했는데, 효(孝)는 천리에 해당합니다. 그렇다면 효는 공에 속하는 것이지요. 근대 서구의 공과 유교의 공 개념은 상당히 다릅니다. 유교적 전통을 가진 우리로서는 근대 서구의 공 개념을 정착시키기가 상당히 어렵습니다. 근대 서구의 공사 개념은 공리적 인간을 기반으로 한 데 비해 한국에서는 도덕적 인간을 기초로 했지요. 그러다 보니 정치 사회 제도 차원에서의 역사적 경험이 빈곤하게 된 겁니다.

김우창 유학에서는 어떻게 하면 여러 사람이 같이 움직이면서 잘 살아갈까 하는 것이 아니라, 어떻게 해야 진리가 실현되는가를 생각했기 때문에 정치가 자율적 영역을 이루지 못했다고 생각합니다.

박충석 유교라는 것이 정치의 도덕을 구분하지 않았기 때문에 정치의 독자적인 영역을 세우기 힘들었다고 할 수 있습니다. 오늘날 한국 산업 사회에서 적합한 공공 영역이 현실적으로 구체화되기 위해서는 '사회적 변혁'을 거쳐야 합니다. 사회적 변혁기에 공공 영역이 확대되는 것이지요. 한국 사회가 문제는 많지만 시민 단체, 노조 운동 등이 합리성에 근거한 형태로 성장하고 이해의 조정 수단으로 토론의 장이 마련된다면, 앞으로 어떤 형태의 공공 영역을 마련해 가게 되리라 생각합니다. '정당 민주화' 역시 시행착오를 겪겠지만 조금씩 변해 가고 있는 것으로 생각합니다.

열린 토론의 장(場) 만들어야

김홍우 어떤 단계에 가면 되리라는 이야기는 그런 기대를 가지고 참자는 것이 아닙니까? 마키아벨리의 『군주론』을 보면 필로포메네라는 스파르타 군주가 나옵니다. 그는 어떻게 적과 대치할지에 대해 항상 그의 주변에 있는 사람들과 더불어 고민했다고 합니다. 미리 사람들과 논의를 끊임없이 했다는 것이지요. 이것은 요즘 정치인들이 가져야 할 자세입니다. 모든 가능한 상황을 가정하고 제기될 수 있는 모든 문제점에 대해 이야기해야 잘 될 텐데, 그런 '장'이 마련되지 못하는 게 문제입니다. 그렇다고 해서 그런 것을 하기 위해 단계를 기다릴 것은 아닙니다. 이것은 당장 할 수 있는 일입니다. 막연히 언젠가 일정한 수준에 오르겠지 하고 기대하는 건 무책임하다고 생각합니다.

박충석 그런 단계를 기다린다는 것이 아니라 그런 정치 문화의 도정(道程)을 걷고 있다는 것이지요. 사회 발전의 계기에는 여러 도정을 상정할 수가 있는데 현재 한국 사회는 산업화로 인한 정치·사회의 구조적 변화가 그 기조를 이루고 있다는 것입니다.

김홍우 정치에서 중요한 것이 '말', 특히 '구술어'입니다. 구술어가 형성되면서 공론장이 형성되고 거기서 정치가 이뤄지지요. 그런데 서양에서 구술어의 특성이 강했다면 동양에서는 문자성이 강했습니다. 그래서 동양은 대화보다 시(詩) 등을 사용하는 등 초(탈)정치적 성향이 강해요. 이런 초(탈)정치성은 우리 역사에도 나타납니다.

『삼국사기』의 주몽 신화에 나오는 해모수는 유화와의 사이에서 주몽을 낳고는 사라집니다. 그리고는 잠깐씩 들러서 정사(政事)를 보고는 다시 하늘로 올라가 버리지요. 저는 이것을 '해모수 현상'이라고 부르는데, 바로 한국 정치와 꼭 닮았어요. 기관장들은 아침에 잠깐 둘러보고 사라지고 국회 의원들은 국회에 안 나오고 외유나 하고 돌아다녀요. 정치인은 그 현장에서 '썩어야' 뭐가 축적이 되고 문제가 해결되는 법인데 중진 의원들은 번번이 나라 밖으로 돌아다니니 미봉책만 생기는 것이죠. 대학도 마찬가지예요. 스타 교수는 잠깐 들러서 강의만 하고 나머지 졸개 교수들이 자리를 지키고 있지요. 해모수 현상이 우리 사회 전체에 만연해 있는 겁니다. 민주주의에서는 직접 '의견의 대결'을 하는 것이 중요합니다. 그러나 지식인들과 정치 사회의 일반적 분위기는 의견의 토로(venting)는 많은데 대결(confrontation)은 기피하려는 경향이 강한 것 같습니다.

김우창 여러 사람이 토론하려면 여러 가지 말이 하나로 '수렴'되게 하는 합리적 구조와 제도가 있어야 합니다. 민주주의는 다수를 위한 다수의 정치이지만, 동시에 합리성의 제도입니다. 합리성은 사람의 내면에 있는 원리이기도 하지요. 제도와 심성 또는 제도와 문화가 함께 있어야 한다는 것이지요. 합리성은 다수 의견에서 하나의 해답을 찾는 방법이기도 하지만, 정책 시행에서 목적과 함께 그 현실화를 위한 수단을 검토할 수 있는 힘을 말합니다. 예컨대 의료 보험 문제는 현실적 방안에 대한 고려가 없이 목적만을 안중에 두기 때문에 실패하는 것이지요. 합리적 토의는 목적에 대한 합의를 도출하지만, 목적이 현실적 방안으로 어떻게 될 수 있는가를 토의하는 것이 필요합니다.

김홍우 유교에서처럼 개인의 수양이나 의지를 강조하다 보면 모든 게 권력 정치(power politics)로 간다고 봅니다. 정치에서는 집단적 사고(group thinking)의 경향 때문에 소수가 반론을 제기하기 무척 어렵습니다. 이게 대부분의 정치 실패의 원인입니다. 관제 토론을 보면 미리 시나리오를 짜고 합니다. 학계와 언론도 마찬가지지요. 설정된 특정 목적에 맞추려 하기 때문에 자연 발생적으로 나오는 문제들에 침묵하게 되고, 엉뚱한 문제가 터지면 허둥지둥해요. 권력을 가진 사람이 반대자를 명시적으로든 묵시적으로든 봉쇄해서는 안 된다는 것이지요. 이것은 공적 영역에서 대단히 위험한 일입니다.

박충석 이는 사회적 기술이 문화적 전통과 접목되지 못한 결과라고 봅니다. 고대 중국에서는 법(法)과 술(術)의 사상이 나오지만 정치·사회적 기술로서 발전적으로 사회에 정착하지 못했습니다. 사회를 볼 때 부단히 재생산되는 패턴이 어떤 것인가에 주목해야 합니다. 앞에서 부패가 지적되기도 했지만, 유교에서는 도덕적 인간을 양성하면 부패 문제 같은 것은 해결할 수도 있을 것이라고 생각했지요.

김우창 제도도 중요하지만 다른 한편으로 도덕적 사회를 이루는 것이 중요합니다. 도덕적 사회가 돼야 도덕적 정치를 할 수 있다는 것이지요. 하지만 정말 필요한 것은 우리에게 중요한 도덕이 어떤 것인가 하는 것입니다. 민족, 역사, 정의 등을 위한 도덕도 필요하지만, 제일 중요한 것은 '정직성'과 '자기 인생을 자기가 산다'는 태도입니다. 정직성은 자기 인생을 떳떳하게 사는 데 관련돼 있습니다. 자기 인생을 자기가 사는 사람이 무엇 때문에 거짓으로 인생을 꾸미겠습니까. 정직성은 현대의 개인주의에도 맞고, 유교적 내면성에도 맞습니다. 그리고 이것은 법과 제도로서 쉽게 구체화될 수 있습니다. 사실 현대 사회의 법과 제도의 많은 것이 이것을 사회적으로 확보하려는 것이 아닙니까. 유교의 덕목에서 모든 덕성의 기본이 되는 이것이 빠져 있는 것이 문제입니다. 학벌 조작, 허영, 과시, 그리고 정치인들이 대의명분을 말하면서도 그것을 위하여 사실을 조작하는 것이 모두 이와 관련된 것입니다.

박충석 하지만 내면주의적 성향이 강한 유교 사상은 오랜 시간을 거치면서 형식주의로 타락했습니다. 집은 큰 것, 차는 비싼 것, 벼슬은 높은 것 등 형식적인 것에 매달리는 경향이 많습니다. 유교가 개척한 도덕 세계가 있고 특히 유교의 공동체주의는 좋은 점이 많지만 유교의 도덕 세계가 과연 우리에게 얼마나 도움이 될지도 생각해 봐야 합니다. 산업화가 지속되고 해외 무역 의존도가 높아진 한국으로서는 서구 문화·사상에 대한 연구와 훈련이 절박합니다.

김우창 세계화, 근대화, 자본주의화를 추구하는 것은 당연하지만 그것을 목적으로 생각해서는 안 됩니다. 그런 것은 삶의 조건일 뿐 삶의 목적은 아닙니다. 국가적으로 이 조건을 무시하고 살 수 있다고 생각하는 것도 잘못이지만 마치 이것이 삶의 목적인 양, 또는 정책의 대(大) 이상인 양 생각하는 것도 잘못입니다.

박충석 하지만 이런 현실을 무시할 수 없을 것 같습니다. 유교적 도덕적 사고방식을 앞으로 세계화의 한복판에서 자라는 세대에게는 기대하기 힘들 것 같습니다. 이제 '유교적, 도덕적인 인간이 돼야 한다'는 주장이 해체되다 보니, 어떤 인간형이 미래의 한국 사회를 주도해 가게 될 것인지 걱정입니다. 유교의 미덕을 현대 사회에 접목해야 하는데 말입니다.

김우창 도덕성은 연역적 방법이 아니라 귀납적으로 나와야 합니다. 현실과 세속에 맞는 도덕을 확립해야지요. 현 정부는 외환 위기 때 정직성과 도덕성을 연관해 '투명성'을 강조했습니다. 이것은 속임수가 없는 제도를 확립해야 한다는 점에서는 옳은 잣대임에 틀림이 없지만, 현 정부가 이를 확보하는 데에 성공했다고 할 수도 없는 상태에서 그 잣대가 금방 흐지부지 됐습니다. 하지만 정부가 의지를 가지고 추진하면 제도화할 수 있는 일입니다. 현 정부가 자본주의적 세계화를 수용하는 동시에 사회 정책을 추진했음에도 만족할 만한 결실을 보지 못한 것은, 한편으로는 현실 합리성의 부족이 원인이고 다른 한편으로는 근본 원리와 정신에 대한 깊은 이해가 없었기 때문입니다.

사회 정책은 평등의 문제에 집중된다고 할 수 있는데 외면적 평등뿐만 아니라 인간 내면성을 존중하는 평등에 관심을 기울이면 더 철저하게, 또는 더 유연하게 그것을 풀어 나갈 수 있지 않을까 합니다. 평등의 문제가 간단히 외면적 제도만이 아닌 것은 귀족 사회이면서도 복지 사회의 전형을 보여 주었던 영국의 경우 같은 데서 볼 수 있습니다. 우리도 '인내천(人乃天)' 사상이 있지만 평등의 보다 면밀한 정신사적, 제도적 발전이 없었습니다. 내적인 평등이 부족했다고나 할까요. 사회적 평등은 개체의 생명의 성스러움에 대한 인정입니다.

김홍우 완전 평등은 비현실적입니다. 문제는 정당화될 수 없는, 납득되지 않는 불평등입니다. 국민들은 정치 지도자들의 살인적 무감각성에 분노와 반발을 일으킵니다. 같은 세계에서 같이 생각하고 공명해야 하는데 해모수적 현상이 나오고 있습니다. 적어도 다음 대통령은 밖으로 떠돌아다니지 않고 그 자리에서 '한알의 밀알이 자라고 썩듯이' 자리를 지키는 사람이 나오길 '앙망(仰望)'합니다.

박충석 산업화 이후 반세기가 돼 가고 한국이라는 국가 규모가 우리의 생각이 미치지 못할 정도로 상당히 커졌습니다. 하지만 요즘 대선 후보들은 체제 차원에서 볼 때, 현대 한국 사회의 구조적인 재편성 과정에서 제기되는 이해와 갈등을 조정하는 통치 능력이나 정치적 기술이 너무 부족한 것 같습니다. 현재의 경선이 정당 민주화의 시행착오를 겪고 있지만 이것이 보스 정치에서 벗어나는 과정이 되길 바랍니다.

김우창 다음 대통령에는 성질 급한 사람이 나오면 곤란할 것 같은 생각이 듭니다. 자기의 외곬 프로그램만 추진하는 사람은 실패합니다. 어떤 목적을 추구하든지 기본 수단으로 투명성을 확보하는 것이 중요합니다. 이 점에 관련하여 새 정권이 필요한 것으로 또 합리성을 들어야 하겠습니다. 이 정권은 좋은 목적으로 가지고 있었다고 하더라도 그 현실적 의미를 총체적으로 살피고 연구하는 합리성이 부족했다는 생각이 듭니다. 사실 통일이나 의료나 교육 등에서 사람들이 서로 다른 의견을 가지고 있다면 그것은 상당 부분 목적의 차원에서가 아니고 수단의 차원이라고 생각합니다.

물론 다른 한편으로는 목적에 대해서도 철저하게 생각해야 합니다. 교육의 경우 교육이 뭐냐, 어떤 걸 해야 하느냐 하는 근본적인 생각은 하지 않고 수능을 쉽게 하고 과외를 없애자는 부차적인 문제에 매달려 온 것이 우리의 교육 정책입니다. 의료 문제나 통일의 문제도 마찬가지입니다. 새로운 대통령은 몰라도 적어도 새로운 정부는 국가 목표를 정치 슬로건이나 파당적 투쟁을 넘어서는 도덕적 비전으로서 제사할 수 있어야 합니다. 이 목표는 물론 원리주의적으로 도출되는 것이라기보다는 합의를 위한 토의와 설득에 개방되어 있는 것이라야 합니다.

김홍우 거창한 제도는 아니더라도 그때그때 긴급한 이슈들이 기탄없이 제기될 수 있는 대화의 공간, 담론의 공간이 모든 사람에게 접근 가능해야 합니다. 이것은 반드시 정부나 정치 지도자에 의해서가 아니라 사회의 지적 지도자들이 할 수 있는 일이라고 봅니다.

박충석 통치자란 변화하는 시대 상황을 냉철하게 꿰뚫어 보고 그와 같은 상황을 헤쳐 나갈 수 있는 제도와 정책을 강구할 수 있는 정치적 지혜와 능력을 가지고 있어야 합니다. 전환기에 처한 한국 사회에서 우리 국민들은 이제 가부장제적 권력의 사유화를 막는 제도적 장치를 마련하는 운동, '판'과 '바람'의 정치가 아니라 문제 해결의 절차와 참여를 존중하는 민주 정치를 뿌리내리게 하는 운동, 국민의 의사를 제대로 대변하는 중간 집단을 성숙케 하는 운동을 활성화시켜야 합니다. 자유주의는 부단한 자기비판과 수정을 거칠 때 살아남을 수 있는 것입니다.

뭍과 물, 자연과 사람을 잇는 삶의 쉼터로

강홍빈(서울시 행정1부시장)
김우창(고려대 영문과 교수)
정리 송평인(《동아일보》 기자)
2002년 6월 5일

강홍빈 서울의 역사에서 한강은 서너 단계 변화를 겪었습니다. 조선 태조가 한양을 도읍으로 정했을 때 한강은 서울의 변두리였습니다. 조선 후기에 들어 한강변이 크게 발달하기 시작했는데, 용산 마포 등에 경강(京江) 상인들이 등장하면서 초기 자본주의의 싹을 틔웠습니다. 구한말 철도가 뱃길을 대신하면서 다시 한강과 서울의 관계가 약화됩니다. 그렇게 50여 년이 지났습니다. 1960년대 급성장 과정에서 한강은 손쉬운 택지 개발이나 도로 개설의 공간으로 취급됐습니다. 1980년대 올림픽을 준비하면서 '한강종합개발계획'으로 현재 한강의 골격이 형성됐는데, 그때 한강은 엔지니어링의 대상이었습니다. 홍수에 대처하기 위해 제방을 쌓고, 호안 블록 밑으로 하수 통로를 만들고, 강변에 도심 간선 도로를 만들었습니다. 올림픽 이후 특별히 한강의 변화는 없었으나 한강에 대한 새로운 생각들이 자라났습니다. 1990년대 말 '새서울우리한강사업'은 물고기의 입장에서도 한강을 보자는 생태적인 개념에서 출발했습니다. 한강을 강남과 강북을 나누는, 그래서 다리를 통해 건너야 하는 장애물이 아니라 강남과 강북을 잇는 이음새(seaming)로 보자는 생각도 싹텄습니다.

김우창 한강은 세계적으로 큰 강이어서 좋은 점과 나쁜 점이 있습니다. 이토록 큰 강을 도시 안으로 포용해서 파리의 센 강이나 런던의 템스 강식으로 만들기는 어렵습니다. 조금 얘기를 달리하면 서울의 밀집된 도시 공간에서 그나마 자연으로 남아 있는 게 한강과 더러 있는 산입니다. 현실의 서울을 떠나서 생각하면 조선 시대 한강의 존재 방법이 좋은 게 아닌가 합니다. 둑도 뭣도 없이 그냥 도시는 북쪽에 있고 한강은 너무 큰 강이어서 남쪽에 남은 땅은 선유도, 압구정 같은 이름에서 알 수 있듯이 놀러 가는 곳이었습니다. 오스트리아 빈에 가면 도나우 강이 있습니다. 이 강은 도시 밖에 있는데 자연 그대로의 모습이 많이 남아 있습니다. 그런데도 '지금 쌓은 제방마저도 없애야 한다.', '제방이 있으니까 도나우 강 망쳤다.' 등과 같은 비판이 나오고 있습니다. 자연이란 게 방치된 상태로 보면 가장 좋습니다. 시민들이 답답하게 살다가 와서 보고 지낼 수 있는 자연으로 말입니다.

강홍빈 우리가 어쩔 수 없이 받아들여야 하는 것은 한강이 인구 1000만의 도시 가운데를 흐르는 상황입니다. 강마다 개성이 있습니다. 센 강 등 유럽의 강은 1년 내내 비 오는 양이 비슷해 강폭이 100미터 정도에 불과합니다만 한강은 강우량의 변동이 아주 큽니다. 유럽의 강은 운하나 다름없어 강 앞까지 시내 중심가가 들어설 수 있지만 한강은 원천적으로 넓은 면적의 하천변을 갖고 있어야 하는 조건입니다.

김우창 강우량의 변동이 크다 해도 그 장점을 살리려고 했다면 달라졌을 것입니다. 한강변의 넓은 모래사장은 그대로 두면 훌륭한 자연 자원이 될 수도 있었을 텐데요.

강홍빈 사실 모래사장과 같은 자원을 1960년대와 1970년대 개발 시기에 아파트를 만드는 데 사용해 버린 것은 안타까운 측면이 있습니다. 그래서 인공적으로 한강을 통제하겠다는 접근 방식을 어떻게 디엔지니어링

(de-engeneering)하느냐가 중요한 과제입니다. 자연스러운 생태계는 땅이 있다가 습한 데가 나오고, 물풀이 자라고 갈대가 자라고 그러다가 얕은 물이 있고 깊은 물이 있고, 물고기가 수초에서 알을 낳고 또 그것 먹고 자라는 곤충도 생기고 해야 하는 것인데 1970년대와 1980년대의 개발로 한강변의 물과 땅을 확연하게 갈라 버렸습니다. 하지만 호안 블록을 한꺼번에 걷어 내는 것은 현실적으로 불가능해, 노후화한 것을 교체할 때가 되면 자연형으로 바꾸고 있습니다. 몇 년 전만 하더라도 한강관리사업소장이 여름에 해야 할 큰일 중에 하나가 인부를 잔뜩 동원해 호안 블록에 낀 잡초를 제거하는 것이었습니다. 호안 블록 구조에도 악영향을 주고 보기에도 안 좋다는 이유에서였죠. 요즘은 반대로 호안 블록에다 구멍을 뚫고 여기에다 잡초 씨를 심습니다. 그리고 물가에는 말뚝 같은 것을 박고 돌망태를 집어넣어 물고기가 알 낳기 좋은 공간을 만듭니다.

한강에 버드나무 회화나무 등 큰 나무를 심고 있는데 이것도 최근 들어 시작한 것입니다. 그 전에는 하천 변에 키 큰 나무를 못 심게 했습니다. 수리 전문가의 입장에서 보면 하천은 물을 통과시키는 통로여서 물의 흐름을 방해하는 나무를 심는다는 것은, 이 친구들 표현에 따르면, 마치 고속도로에 장애물을 설치하는 것과 똑같습니다. 건설교통부와 함께 수리모형실험을 거쳐 나무를 심어도 한강 흐름에 큰 영향이 없다는 결과가 나온 지역부터 큰 나무를 심기 시작했습니다. 만약 한강을 종합 개발하던 1970~1980년대부터 큰 나무를 심기 시작했으면 지금 한강변이 기가 막히게 변했을 텐데요. 앞으로 한 20년 정도 지나면 모습이 많이 달라질 겁니다.

김우창 몇 가지 대원칙을 서울시와 서울 시민이 받아들여야 할 것 같아요. 강남과 강북은 자연을 통해 연결될 수는 있겠지만 인간 활동을 통해 연결되기는 어렵다는 생각이 듭니다. 한강은 센 강처럼 강 이쪽에 있던 사람이 걸어서 강 저쪽으로 건너가 물건을 사고 돌아올 수 있는 강이 아닙니다. 자연 중심적인 연결 원칙을 받아들인다면 한강 변에 건물 지을 때도 건물 높이를 낮추게 하는 등 실제적인 방안들이 나올 것입니다. 한강 변을 자연과 휴식을 중심으로 한 공간으로 발전시키겠다는 것도 마찬가지입니다. 한강에 오려면 큰맘 먹고 와야 되고, 큰맘 먹고 오다 보면 여기 와서 큰일을 해야 합니다. 한강 변을 작은 맘 먹고 와서 작은 일하다 갈 수 있는 장소로 만들어야 합니다. 한강에 친밀감을 갖고 접근할 수 있게 만드는 게 중요합니다. 옛날 1950~1960년대 제 경험인데요. 당시 홍수 당한 사람에게는 미안한 얘기지만 그때 큰물 났다 하면 걸어서 혹은 전차 타고 한강 대교 가서 물 구경하고 그랬거든요. 지금은 그런 정도의 친밀감은 전혀 가질 수 없게 돼 버렸어요.

강홍빈 사실 한강 변의 공원 면적은 여의도의 두 배가 넘을 정도로 큽니다. 도시와의 접점은 아주 많은 편인데 길이 다 막아 버려서 잘 접근이 안 되는 것이죠. 최근 완공된 선유도 공원의 보행교처럼 한강 인접 지역과 강변을 자꾸 이어 주려고 합니다. 한강에 닿는 지하철역이 여러 곳 있는데 그곳에도 쉽게 한강에 나갈 수 있도록 통로를 만들려고 합니다. 아파트 단지에도 마찬가지고요.

김우창 언뜻 드는 생각으로는 가령 시청 앞에 있는 사람도 '한강에 가서 바람 쏘이고 오면 좋겠다.' 하면 올 수 있는, 한강 변을 이어 가는 교통망을 발전시키면 어떨까요. 저는 북악 터널 근처에 사는데 거기 미술관을 도는 버스가 있거든요. 가나아트센터에서 간송미술관 등으로 조그만 미술관들을 지나갑니다. 그 비슷한 시설을 많이 해 놓으면 강남, 강북 양쪽에서 쉽게 올 수 있을 것 같아요. 도로에서 쉽게 한강 변으로 빠져 나갈 수 있는 통로도 필요하지만 시내에서도 덕수궁 앞에 있다가 한강 가서 밤에 야경 좀 보고 오겠다 싶으면 가서 볼 수 있는 방법이 있어야 합니다. 그런 게 없이는 한강에 공원을 만들어 놓아도 큰맘 먹고 오는 사람을 위한 공간, 그러니까 이벤트 중심의 장소가 될 수밖에 없을 것 같아요.

강홍빈 다음 시장에게 제안하고 싶은 것은 지천을 살리는 일입니다. 지천은 일상과의 접점이 많은 곳입니다. 이번에 월드컵 공원을 만들면서 불광천, 홍제천을 환경 친화적으로 손봤습니다. 이곳은 완전히 구정물이 흐르고 콘크리트가 덮여 있어 사람들은 가지 않던 곳이었어요. 여기에 지천 상류의 지하철역에서 나오는 지하수로 물을 붓고 호안 블록을 걷어 냈습니다. 지금은 홍은동에서부터 한강까지 자동차 길 하나도 안 건너고 산보도 하고 조깅도 할 수 있다고 합니다.

김우창 시인 김광규 씨가 홍제천 근처에 사는 모양입니다. 전에 글 쓴 것 보니까 홍제천이 지금처럼 천변에 집이 많이 들어서기 전에는 아주 좋은 계곡이었나 봅니다. 세검정에서부터 홍제동으로 죽 나가는 계곡의 경관이 좋아서 이사를 했는데 점점 아파트가 들어서서 살 수 없는 곳이 됐다고 그러더군요. 지금 말씀 들으니까 김광규 씨가 제일 좋아할 것 같네요. 이제 연방 국가처럼 연합 도시라는 개념을 생각해 볼 때입니다. 지천과 지역의 작은 공원들을 개발해 서울을 다핵화된 연합 도시로 바꿔 갈 때에만 주민들이 진정으로 자기가 사는 지역 공동체에 소속감을 느끼리라 생각합니다.

우리 시는 어디로 가나

김우창

최승호

사회 유종호

2002년 6월 28일 한국문화예술진흥원

유종호(사회) 오늘은 석 달 계획의 한국문화예술진흥원 강좌 '금요일의 문학이야기'에서 마지막 시간입니다. 그래서 평소에 모시기 어려운 두 분을 모셨습니다. '우리 시는 어디로 가나'라는 큰 제목을 달았지만, 시에 대해서 자유롭게 얘기를 해 달라고 부탁을 드렸습니다. 김우창 선생은 현재 고려대학에서 가르치고 계시고 우리나라 인문학의 거장이라는 호칭을 듣고 계십니다. 『궁핍한 시대의 시인』, 『지상의 척도』 등 무게 있는 저서를 많이 쓰셨습니다. 그리고 최승호 선생은 1980년대 초에 『대설주의보』를 낸 것을 필두로 해서 최근에 『그로테스크』에 이르기까지 많은 시집을 내면서 많은 변모와 실험도 해 오면서 독특한 시의 경지를 개척해 오고 계십니다. 얘기를 편안히 풀기 위해서, 어떻게 해서 시에 대해 매력을 느끼게 되었나, 시에 대한 눈뜸이 어떻게 이루어지게 되었나 등에 대해서 편안하게 들어보도록 하겠습니다.

김우창 시를 정말 좋아했더라면 아마 시인이 됐을 겁니다. 그런데 시를 아주 좋아한 것은 아니었기 때문에 시인 뒤를 따라다니면서 박수도 치고 잘못됐다고 엉터리 비난도 하는 사람이 됐습니다. 그래서 시에 대한 개안이 있었다고 얘기하기가 어려울 것 같습니다. 유종호 선생을 제가 평소부터 잘 알고 있지만, 유종호 선생은 시에 대한 특별한 개안의 순간을 가지셨던 것 같습니다. 제가 시에 관심을 가지게 된 것은 특별히 시가 좋아서라기보다는 초등학교 다닐 때 시 비슷한 것을 써서 학교 교지에도 내면서부터였습니다. 시를 쓰는 데서부터 관심을 가지게 되었고, 그 후로 시만 관심을 가진 것은 아니고 시 외에 다른 분야에도 많은 관심을 가졌는데 그중에 철학에 대해서 관심이 많았습니다. 그래서 시에 대한 관심과 다른 것에 대한 관심을 병존시켜 나가는 게 상당히 좋겠다는 생각을 했습니다. 그리고 문학 공부를 할 때, 시는 소설보다 읽는 시간이 덜 걸려서 빨리빨리 읽을 수 있다는 생각도 했습니다.

얼마 전에 인터뷰를 할 기회가 있었는데 왜 시에 대한 관심을 가졌느냐고 하길래, 시가 간단하고, 읽기 편하고, 골치 아프지 않고, 시간이 많이 안 들어서 그렇다라고 얘기했습니다. 나중에 인터뷰 원고를 봐 달라고 해서 봤더니, 체면이 손상된다고 생각했는지 그쪽에서 그 부분을 다 빼 버렸습니다. 하지만 그것도 사실의 일부분이라고 생각하며, 특별한 개안이 있었던 것은 아닙니다. 대학에서 시를 가르치면서 일생 동안 시를 보며 살아왔는데, 정년퇴직을 앞둔 이제서야 시를 조금 알 것 같다는 생각이 듭니다. 50~60년 정도 시를 보고 나니까 시가 이런 거다, 이런 것이 시의 중요한 부분이다라는 것에 대한 개안이 이제야 생기는 것 같습니다.

사회 시만 관심을 가진 게 아니고 다른 분야에도 관심을 가졌다는 얘기이십니다. 그런데 김우창 선생이 하버드 대학에서 박사 학위를 받으셨는데, 주제가 월리스 스티븐스라고 하는 미국 시인의 난해한 작품 세계를 다룬 것이었습니다. 외국 사람도 어렵다고 하는 시인데 이것을 체계적으로 연구해서 학위를 받았습니다. 이제 시인이신 최승호 선생께서 본격적인 말씀을 해 주시지요.

최승호 저는 시와의 인연 같은 것을 말씀드리겠습니다. 저는 사실 시보다는 미술 쪽에 인연이 훨씬 많았습니다. 초등학교 때 담임 선생님이 화가셨고, 저희 집에 하숙을 하는 대학생도 조각을 했고, 중학교 들어갔을 때 미술반 활동을 했는데 미술반 선생님이 아마추어 화가이면서 극작가인 분이셨습니다. 그리고 고등학교 때 조소하시는 분이 미술 선생님이었고, 대학교에 들어와서도 그림은 못 그리지만, 제가 굉장히 열심히 그려서 교수님들이 물감과 캔버스 같은 것을 다 대 주시고 그랬습니다. 제가 워낙 데생능력이 없어서 그런 부분에 굉장히 절망하고 있었는데, 춘천교육대학에 '홍예'라고 하는 문학 동아리가 있어 거기에서 매년 시화전을 했습니다. 그때 제가 하던 일은 시화전에 컷을 그려 주고 글씨도 써 주는 역할이었습니다. 시를 쓰기보다는 시 쓰는 사람들의 뒤에서 보조적인 역할을 했는데, 대학교 2학년 때 어려움이 많았습니다. 몸도 안 좋고 생활도 안 좋았는데, 그때는 시가 뭔지도 모르고 교과서에 나오는 것 이외에는 시를 본 적이 없었는데, 무언가를 쓰고 싶다는 강렬한 욕구 같은 게 있었습니다. 그래서 강의 시간에 노트에다가 「바람 뒤에서」라는 신석정 류의 시를 최초로 한 편 쓴 적이 있습니다. 시가 뭔지도 모른 채 제 안에 어떤 슬픔을 표출시킨 것인데, 그것을 학보사에 있는 사람들이 보고, 네가 평소에 시를 쓰지는 않았지만 졸업 신문에 그걸 내주겠다고 해서 발표를 하게 됐습니다.

그 뒤로, 춘천에 '그리고', '홍예' 등의 문학 동아리가 있었는데 그쪽 사람들로부터 너도 한 번 시를 써 보는 게 어떻겠느냐라는 얘기를 듣게 되었습니다. 그 당시에 문학 동아리에 있던 사람들은 이미 많은 습작을 하고 있었는데 저는 그런 경력이나 배움이 없어서 1975년 겨울에 밀린 공부를 하느라고, 도서관에서 일하는 분들과 점심도 같이 먹으면서 도서관에서 거의 살았습니다. 그러면서 그동안에 나온《현대문학》,《심상》,《현대시학》

등을 읽으면서 조금씩 시 쪽으로 끌려들어 가게 되었습니다. 그리고 1년 뒤에 처음으로《현대시학》에 투고를 했는데, 그게 추천이 되었습니다. 더군다나 굉장히 오래 시를 습작하고 역량이 있는 신인 같다라는 평을 받아서 제가 굉장히 당황을 했습니다. 그리고 1977년에《현대시학》으로 등단을 마쳤습니다. 정선의 시골에 있을 때였는데, 제가 너무 등단을 빨리 마쳐서 등단은 했지만 그동안에 쓴 시를 버리고 5년 정도 다시 습작을 했습니다. 그게『대설주의보』라는 시집에 실린 시입니다. 인연은 공교롭습니다만, 제가 '오늘의 작가상'에 투고를 했는데, 오늘 이 자리에 계신 유종호 선생님과 김우창 선생님께서 심사를 하셨고, 이 두 분은 저에게 자신감을 갖고 시를 쓰게 하신 분들입니다. 시에 대한 개안이라기보다는 인연인데, 오늘 이 자리에 앉아 있으니까 묘한 생각이 듭니다.

사회 전통 사회에서 우리 시가 가지고 있던 독특한 위치가 있었고, 서양 사회에서도 시가 그때그때 중요하면서도 다양한 역할을 해 왔는데, 현대에 와서 시의 위상이나 기능 같은 것을 어떻게 정의할 수 있는지, 조금은 막연한 얘기이지만 적절하게 말씀해 주시지요.

김우창 정말 시가 어떻게 있어야 된다는 생각을 하기가 어려운 시대인 것 같습니다. 옛날에도 물론 알기가 어려웠지만, 시라는 게 우리가 다 같이 느끼면서도 표현하지 못하는 것을 표현해 주는 것이기 때문에 서로 공감을 하고, 공감함으로써 마음이 개운해지는 기능을 옛날부터 해 왔던 것 같습니다. 많은 사람들이 느끼는 것에 동참하는 것, 동참할 수 있는 언어를 만들어 내는 것이 시인들이 해 온 일이었던 것 같습니다. 그래서 간단히 얘기하면, 우리로 하여금 많은 사람들이 그런 느낌을 가지면 좋겠다고 생각하는, 그런 느낌을 유발시켜 주는 언어를 만들어 내는 것이 시인들이 한 일이었던 것 같습니다.

그런데 요즘에 와서는 우리가 느끼고 싶은 감정이라는 게 시로써 표현되기보다는 다른 여러 가지 것들로 표현되고 있기 때문에 시가 그런 일들을 할 수 있느냐 라는 느낌들을 갖게 됩니다. 요즘 월드컵으로 인해 많은 사람들이 흥분하는 것을 봤지만, 시가 느끼게 하는 느낌이라는 것은 보통 느낌보다는 조금 강렬한 느낌, 우리가 갖고 싶어 하는 느낌과 관계가 있을 텐데, 월드컵에서 많은 사람들이 느끼는 느낌처럼 강한 느낌을 시가 유발하기가 요즘은 아주 어렵게 되었다는 생각이 듭니다. 그러니까 열광시키는 능력의 면에서도 그렇고, 조금 고상하게 얘기해서 애국심을 유발시킨다든지, 자기를 잊어버리고 더 넓고 포괄적인 여러 사람과의 일체감을 느끼게 한다든지, 서사시라는 게 특히 그런 것입니다만, 옛날에는 그것을 시인들이 했던 것 같습니다 그런데 요즘처럼 축구가 있고, TV가 있고, 비디오가 있고, 게임이 있는 등 여러 가지 사이버 스페이스가 있는데 시가 정말 할 수 있느냐라는 생각이 듭니다. 그래서 요즘은 정말 시가 존재하기가 어려운 세상이 된 게 아닌가 하는 생각이 듭니다. 같은 말이지만 조금 되풀이해서 얘기하면, 우리가 일상적으로 느끼는 것보다는 조금 더 강하게 우리를 고양시켜 주는 느낌을 시를 읽으면서 받았는데 그런 느낌이 시로써 오늘날 달성될 수 있느냐라고 했을 때, 시가 약한 매체의 위치로 전락했기 때문에 같은 기능을 하기가 어렵다는 생각이 듭니다. 일상성을 넘어가는 보다 넓은 느낌의 세계를 시가 열어 주기 어렵게 되었다는 겁니다.

다른 한편으로는, 여러 사람이 같이 높게 느낄 수 있는 것과는 다른 종류의 느낌의 세계라는 게 사람에게는 있고, 또 그것이 중요하기 때문에 그것은 시가 아직도 할 수 있다는 생각이 듭니다. 시가 한쪽으로는 우리로 하여금 보통은 느끼지 못하는 넓고 깊은 느낌을 가지게 하면서, 또 그것을 천천히 속도를 느리게 하면서 인식하고 감식하게 하는 기능도 가지고 있다는 겁니다. 그러니까 간단히 얘기하면 흥분만 시키는 게 아니라 흥분을 우리의 의식 속에서 다시 새로 천천히 감상하게 하는 점이 시가 가지는 또 다른 기능이라고 생각합니다. 이것은 모든 예술 작품이 가지고 있는 두 가지 서로 반대되는 기능이라고 생각합니다. 하나는 예술 작품은 우리를 보통 느낌보다는 조금 더 흥분시키는 작용을 하고, 또 하나는 흥분을 조금 더 조용한 상태에서 감식하게 하는 기능을 한다는 생각을 합니다. 그래서 예술 작품의 많은 것은 속도가 빠른 부분도 있고 느린 부분도 있기 마련입니다. 음악도 무용도 마찬가지입니다. 그런데 실제 우리가 하는 일의 많은 부분은 느리게 해야, 아 이게 이거구나 하는 느낌을 가질 수 있는 부분이 상당히 있습니다.

가령 우리가 일상생활에서 하는 제의나 다른 의식이 다 그렇습니다만, 결혼식 같은 것도 뚝딱뚝딱 해도 되지만 천천히 하려고 합니다. 다도라는 것도 차를 쭉쭉 따라서 훌렁훌렁 마시면 되지, 그걸 복잡하게 수속을 해서 차를 만드는 한 단계 한 단계를 천천히 의식적으로 머리와 마음속에 담으면서, 마시는 것도 한번에 후루룩 마시는 게 아니라 서서히 맛을 감상하면서 마시는 게 다도에서 상당히 중요한 것입니다. 우리의 결혼식에서도, 장례식에서도, 예배 절차에서도, 절에서 불공 드리는 데에서도 천천히 하는 게 중요합니다. 보통 급하게 할 것을 될수록 느리게 하는 것이 종교적 제의에도 들어 있고 예술에도 들어 있습니다. 슬픈 음악을 듣는 경우에도 마구 통곡을 하는 게 슬픔을 표현하는 한 방법이지만, 통곡을 절제하면서 흐느끼다가도 또 가만히 있는 식으로 완화시켜 주는 역할을 하는 게 실제로 슬픈 고전 음악들입니다. 한국의 수제천 같은 음악은 서양 음악에 비해서도 리듬이 아주 느립니다. 한국 춤도 공식적으로 추는 것은 아주 느립니다. 동작도 하나하나 마음에 새기면서 알게 하고, 슬픔이나 기쁨도 새기면서 알게 하는 면들이 있습니다.

아까 시가 사람의 감정을 흥분시킨다고 했지만, 시에도 흥분시키면서도 동시에 느리게 해서 마음에 새길 수 있게, 이게 뭐다라는 것을 논리적으로

나 분석적으로는 알지 못하더라도 조금 깨우칠 수 있게 하는 부분이 있습니다. 말하자면 좋은 차를 천천히 마셔서 마음을 가라앉히는 것 같은 역할이 시의 언어에 있다고 생각을 합니다. 그런 것은 라디오나 축구에 의해서는 도저히 할 수 없는 것 중의 하나입니다. 요즘 점점 바빠지고 모든 사람이 정신없이 사는 세상에서 정신을 차리고 조용한 순간을 가지면서 내가 사는 것이 무엇인가, 내가 느끼고 있는 것이 무엇인가, 꽃을 보는 것이 무엇인가, 하늘이 맑은 것을 기쁘게 생각하는 것이 무엇인가 하는 것을 천천히 생각하는 순간을 만들어 내는 게 시의 기능이라고 생각을 합니다. 그래서 시가 요즘과 같은 때에 점점 더 중요한 역할을 해야 한다고 생각합니다.

우리 시는 아직은 그런 단계에 있는 것 같지는 않습니다. 여기 계신 최승호 선생의 시 같으면, 굉장히 깊이 있는 시이기 때문에 천천히 생각하고 새기면서, 느끼면서 읽어야 되는 시지만, 요즘 많은 시는 그렇지 않은 것 같습니다. 그러나 그러한 시가 필요한 시대가 되었다는 생각이 듭니다. 제가 학교에서 서양 시들을 가르치지만 서양 시들의 역사를 대체적으로 얘기하면, 여러 사람이 함께 자기를 잊어버리고 고양된 느낌을 갖게 하는 것, 이것이 옛날의 서사시 등이 하던 기능인데 19세기, 20세기로 오면서 많은 시들이 사적인, 자기 개인적인 체험을 얘기하는 시들로 역점이 옮겨 갔다는 생각을 갖게 됩니다. 미국 시도, 영국 시도, 독일, 프랑스 등의 유럽 시도 그렇습니다. 우리도 지금 굉장히 흥분하는 시대에 살고 있지만 사람이 흥분만 하고 살 수는 없습니다. 때로는 일상성에서 벗어나기 위해서, 흥분이 중요하기는 하지만 그것의 의미를 생각하고 일상성을 되돌아보게 하기 위해서 조용하게 생각하고 느끼는 순간들이 필요하게 됐는데, 이러한 것들이 앞으로 시가 해야 될 기능이라고 생각하고 다른 것에서는 찾을 수 없다고 생각합니다.

사회 삶의 의식화에 대해서, 의식이라는 것을 머리의 의식이 아니라 의례화라는 관점에서 말씀을 해 주셨는데, 최승호 선생도 시의 기능이나 역할에 대해서, 혹은 적당한 화제를 잡아서 편하게 말씀을 해 주시지요.

최승호 제가 20대 때 읽은 시 중에 프랑스 시인인 레몽 크노의 시가 있는데, 잊혀지지 않고 시간이 지날수록 더욱더 마음 안에서 울림을 갖는 구절이 "시는 하찮은 것이다"라고 시작되는 시입니다. 시간이 점점 지나면서 시를 쓸수록 시라고 하는 것이 하찮은 것이구나, 그리고 그 하찮다는 것을 긍정해야 되지 않나 하는 생각을 합니다. 다른 한편으로는, 하찮음이란 것에도 다양성이 있다면 하찮음의 다양성으로 우리를 획일화시키는 힘에 대해서 저항해야 되지 않나, 그것이 시인의 역할이고 시의 한 기능이지 않나 싶습니다. 정리되지는 않은 생각이지만 시가 하찮은 것이라면 시인은 하찮은 것을 만들어 내는 하찮은 사람이 될지 모르겠는데, 저는 이런 생각을 해 봤습니다.

시인을 다르게 부를 수 있는 이름이 언어의 창조자라 할 수 있는데, 시인이 언어를 창조하는 데에 있어서 첫 번째 창조주인 조물주에 대해서는 늘 열등감을 갖고 있는 것 같습니다. 우리가 언어로 만드는 작품이라는 것이 어떻게 보면 참 조잡하게 느껴질 수도 있고, 그렇게 섬세하지도 않고, 신이 만든 작품에 비교할 때 장엄하지도 않고, 큰 놀라움을 주지도 않고, 느낌 자체도 조물주가 만들어 놓은 세계에 비하면 굉장히 적을 수도 있지만, 시인이 서열을 떠나서 두 번째 창조자라고 할 수 있지 않나 싶습니다. 또 하나 제 생각에는 독자도 창조자라고 생각을 하는데, 시인이 어떤 표현을 창조한다면 의미가 창조되는 것은 독자들에 의해서가 아닌가 하는 생각을 하고 있습니다. 시의 기능이 여러 가지가 있겠습니다만 시인은 독자가 의미를 창조할 수 있는 작품을 만들어야 하지 않나라고 생각하는데, 그것이 음악이나 미술과는 굉장히 다른 것 같습니다. 우선 단순하게 얘기하면, 미술의 경우에는 간단히 감상을 할 때 눈을 통해서 우리 내면 속에 그림이 그려지는 것이고, 음악의 경우에는 귀를 통해서 우리 내면에 울림이 생기는 것이라고 한다면, 문학이라고 하는 것은(시라고 하는 것은) 그것보다 훨씬 복잡한 것 같습니다. 눈과 귀도 필요하고, 우리 안에서 언어를 가지고 읽은 사람이 새롭게 의미를 창조해야 합니다. 그래서 제 생각에는 독자를 의미의 창조자, 세 번째 창조자로 보고, 그 사이에서 어떤 기능을 하는 하찮은 존재가 시인이 아닌가 싶습니다. 그런 하찮고 소중한 것들이 이 세계에 있는 것처럼, 그런 존재로서 자기 신뢰의 필요성이 시인에게 필요하지 않나 하는 생각을 하고 있습니다.

사회 처음에는 시란 하찮은 것이다라는 외국 시인의 말로 시작을 했지만, 가만히 듣고 보면 결론은 정반대가 아닌가 싶습니다. 낭만주의 시대에는 보통 시인을 예언자라고 얘기했고, 예언자적 요소가 있는 것도 사실일 겁니다. 그런데 아까 김우창 선생께서 요즘의 우리 시가 고양된 상태를 조성하고 거기에 독자가 동조하는 경우가 매우 드물어졌다는 말씀을 하셨습니다. 그런 맥락에서 최근에 우리 시의 주목할 만한 동향이 있다면, 어떻게 정의하실 수 있는지 말씀해 주시지요.

김우창 유종호 선생께서 더 잘 아실 것 같은데, 솔직히 말씀 드려서 젊을 때는 시를 좋아했지만 늙어갈수록 시가 점점 재미없어지고, 시뿐만 아니라 소설도 재미없어지는 측면이 있습니다. 여기 계신 분은 대개 젊으신 분들 같은데, 그렇기 때문에 요즘 경향에 대해서 늙은 사람에게 물어보면 상당히 곤란하고 젊은 분들이 무엇을 좋아하는지 조사하는 게 좋을 겁니다. 또 실제로 늙으면 시를 안 읽게 되는데, 직업상 별수 없이 읽기는 하지만 점점 안 읽게 되고, 사실을 적어 놓은 것이 더 호소력을 가지게 되는 것 같습니다. 젊어서는 항상 꿈을 적어 놓은 것이 마음에 들고, 늙어서는 사실을 적어 놓은 것이 마음에 들고, 소설보다는 역사책이 더 재미있고, 시도 그런 것 같습니다.

그런데 일반적으로 제가 받은 인상에 의하면 요즘 시는 옛날 시와 많이 달라진 것 같습니다. 우리의 시조 같은 것과도 물론 다르고요. 요즘 잡지에 나오는 시를 보면 김소월이나 서정주, 박목월 시와도 정말 달라서, 옛날에 김소월이나 조지훈, 박목월의 시를 읽던 사람들의 눈으로 보면 시 아닌 것이 너무나 많이 쓰여지고 있는 경향이라는 느낌을 가지게 됩니다. 특징을 들어서 얘기를 하면, 리듬도 있는지 없는지 불분명한 것 같고, 말도 선택해서 기억할 만한 것을 쓴 것인지도 불분명하고, 뭐든지 흐리멍덩해지고 산만해지고, 시의 경계가 불분명해진 것 같은 느낌이 듭니다. 자꾸 제가 개인적인 관계를 얘기해서 죄송합니다만, 유종호 선생께서 하신 발언 가운데 맞는 말씀이라고 생각하는 것이 많은데 그중 하나가 시라는 것은 외울 수 있어야 된다는 것입니다. 외울 수 있을 정도의 시가 되려면 리듬이 좋아야 됩니다. 리듬이 없으면 안 외워집니다. 우리 기억의 기묘한 현상 중 하나인데, 김소월의 시도 몇 편씩 외우고 시조도 많이 외우는 사람들은 있지만, 이광수부터 요즘에 이문열까지 소설을 외우고 있는 사람은 없을 겁니다. 소설 언어가 더 나쁘다거나 주의를 기울이고 보지 않아서 그럴 수도 있지만, 실제로 리듬이 없으면 머릿속에 남지가 않기 때문입니다. 머릿속에 남는다는 것은 리듬과 밀접한 관계가 있습니다. 이것은 음악 연주하는 사람을 봐도 알 수 있습니다.

음악 연주하는 사람들을 보면, 그 사람들의 상당한 스트레스의 원인이라고도 하지만 베토벤의 콘체르토 5번이라고 하면 피아노 치는 사람이 처음부터 끝까지 악보를 안 보고 다 그대로 칩니다. 손가락 끝으로 치는 것이지 머리로 치는 것은 아니지만, 그래도 그것이 음악적인 것이 있기 때문에 가능하지, 아마 베토벤의 피아노 콘체르토에 들어 있는 소리의 수만큼의 말이 아무 리듬이나 멜로디가 없는 채로 있었다면 외는 것이 상당히 힘들었을 것 같습니다. 리듬이란 것이 아주 중요합니다. 요즘 시에 리듬이 사라지고, 또 행도 일정하지 않고, 산문에 가깝게 늘어지게 되고, 또 연의 구분도 없어진 시들이 많습니다. 그러니까 형식적인 붕괴가 일어난 겁니다.

외우기 어려운 시가 요즘 많이 쓰여지고 있다는 느낌이 드는데, 그렇다고 해서 이것을 뭐라고 나무랄 수는 없습니다. 옛날 시조처럼 "태산이 높다하되 하늘 아래 뫼이로다"라는 식으로 쓴다든지, "나 보기가 역겨워/ 가실 때에는" 식으로 요즘 시를 쓸 수 있느냐 하면 요즘에는 못 쓴다고 생각합니다. 왜냐하면 시대에 따라서 말의 리듬이 다 바뀌기 때문입니다. 그러니까 시조식으로 말을 시작하면, 무슨 소리인지 듣기 전부터 케케묵은 소리나 감정이라고 생각을 하게 됩니다. 말의 형식 속에 감정이 붙어 있는 겁니다. 말의 형식은 완전히 비어 있고 내용이 없는 것 같지만, 사실은 시조식으로 얘기하면 옛날식 감정이 되니까 요즘 감정을 표현할 수가 없는 겁니다. 제가 불평처럼 모든 형식이 깨진 시들이 쓰여지고 있다고 얘기를 했지만 실제로는 불가피한 겁니다. 시인들이 전통적인 방식으로 시를 쓰지 못하는 것은 시인들이 재주가 없어서가 아니라 시대가 그렇게 변하였기 때문에 못하는 겁니다.

제가 과장해서 더러 얘기하지만, 요즘 우리의 언어, 생활 내용이 변하는 것이 단군 이래 최고의 변화 중의 하나라고 생각합니다. 우리 역사에 큰 변화가 몇 번 있었겠지만, 한문을 채택했다든지 불교를 들여왔다든지 하는 것이 언어의 굉장한 변화를 가져왔을 겁니다. 그런데 지금 우리가 살고 있는 삶이라는 것이 50년, 100년 전 삶과는 달라서 언어가 같을 수가 없는 겁니다. 우리말을 옛날식으로 유지하려고 하는 것은 쓸데없는 일이라고 생각합니다. 어떻게 우리의 생활 영역이 바뀌고, 느낌이 바뀌고, 사는 방법이 바뀌었는데 말이 똑같을 수가 있습니까. 말이 달라질 수밖에 없습니다. 말이 안 달라지면 답답해서 살 수가 없을 겁니다. 우리 느낌을 표현하려면 말이 달라질 수밖에 없기 때문에 리듬도 달라지고 형식도 달라졌다고 생각합니다. 그러나 시가 완전히 무형식의 형태로 가서 시로서 성립할 수 있느냐 하면, 그것은 시가 아니라고 생각을 합니다. 요즘에 무형식의 시가 많은 것은 과도적인 현상이고 앞으로 달라질 것이라고 생각을 합니다. 그러면 앞으로 어떤 종류의 형식의 시가 나올 것인가를 생각할 수 있는데, 그 문제는 시인들이 발견해야 된다고 생각합니다. 시인들이 가지고 있는 무의식적인, 본능적인 언어에 대한 느낌으로부터 우리 삶의 리듬이 무엇인가 하는 것을 발견해야 된다고 생각합니다. 제가 이런 내용을 글로도 한번 쓴 적이 있는데, 록 음악이나 포크 음악에서 새로운 음악가가 등장할 때 새로운 리듬을 가지고 등장합니다. 어떤 사람은 성공하고 어떤 사람은 실패합니다. 성공한 대중음악은 사람들이 듣기에 약간 호소력이 다른 리듬을 갖고 나오는데, 이 리듬은 음악가들이 발명하는 것이면서 발견하는 것이라고 생각을 합니다. 우리가 사는데 다 리듬이 있는 겁니다.

제가 평소에는 말을 빠르게 하는데 오늘은 상당히 느리게 하고 있다는 생각이 드는데, 처음에 유종호 선생님께서 말을 느리게 시작하셨기 때문인 것 같습니다. 이렇게 사람들의 말의 리듬이 서로 맞춰서 저절로 바뀌어진다는 것을 관찰한 인류학자들이 있습니다. 우리가 말하는 것도 그렇고, 움직이는 것도 그렇고, 그때그때 장소의 리듬이 있고, 사람 숫자에 따라서 달라진다고 합니다. 또 한 시대의 공통된 리듬이 있고, 그 리듬을 퍼내는 사람, 샘물에서 물 길어 오듯 퍼내는 사람이 성공한 음악가다라는 얘기를 한 사람이 있습니다. 검증할 수 없기 때문에 확인할 수는 없지만 그럴싸한 얘기 같습니다. 말하는 데에도, 우리의 언어에도, 생활에도 리듬이 있기 때문에 리듬 형식을 새 시인이 끊임없이 탐구함으로써 우리에게 보이는 새로운 형식이 성립한다고 생각합니다.

그런데 지금 이 시점은 우리 한국 사회의 역사에 있어서 탐색하고 변화하는, 너무나 많은 것이 빨리 변화하는 시대라고 생각을 합니다. 왜 리듬이 중요하냐 하면, 외우는 데에도 중요하지만 리듬이 개인적으로 깊이 느끼는 것이면서 동시에 깊이 느끼는 것을 여러 사람과 공유할 수 있게 하는 수단이기 때문에 언어 표현에서 리듬과 형식이 중요하다고 생각합니다. 제가 형식을 다 버리고 문법이 틀리게 얘기할 수도 있지만, 문법에 맞춰서 얘기함으로써 제 말이 여러분과 같이 나눌 수 있는 말이 됩니다. 그러니까 제가 함부로 얘기하면 금방 경계를 할 겁니다. 하지만 시를 외워서 얘기하면, 저 사람 시를 얘기한다고 해서 경계를 덜하게 됩니다. 공적인 성격을 가진 언어가 되기 때문입니다. 리듬이라는 것이 개인적으로 깊이 느끼는 것이면서도 동시에 여러 사람이 같이 움직일 수 있는 공간을 만들어 내는 작용을 합니다. 이것은 무용 같은 것에서 쉽게 볼 수 있습니다.

무용하는 사람들이 일정한 형식으로 움직이니까, 보기에 난잡해 보이는 것도 저건 무용이니까 괜찮다고 받아들입니다. 하지만 아무런 형식 없이 남녀가 이상하게 움직이면 보기 싫다는 느낌을 받게 됩니다. 반면에 정형적인 리듬 속에서 춤이 무대에서 벌어지면 아름다움으로 승화가 되어서, 우리가 다 같이 속으로 느끼면서도 부끄러움 없이 서로 의견을 나누고 같이 느낌을 공유하고 있다는 것을 알 수 있게 됩니다. 시에도 난잡한 얘기가 많지만, 일정한 품격을 갖고 있는 것이 시인데 그 품격은 형식을 가진 언어이기 때문에 나오는 것입니다. 언어를 갖는다는 것은 아주 중요한 일이고, 우리가 우리의 느낌을 여러 사람과 함께 나누면서 동시에 느낌을 천박하지 않게 일정한 품격 속에 유지하고, 사람과 사람 사이의 관계가 품격 있는 관계로 정형화되는 데에 중요한 역할을 한다고 얘기할 수 있습니다. 그런 의미에서 시의 형식(리듬)이 중요하고 형식화된 언어가 중요하다고 생각합니다.

사회 깊이 있는 말씀을 해 주셨는데, 간단히 요약을 해 보면, 현재 우리 시의 중요한 특색의 하나가 일종의 형식의 붕괴에서 찾을 수 있다는 것과 리듬의 중요성을 말씀하셨습니다. 그리고 요즘의 시가 리듬이 많이 사라지고 있는데, 그것은 시인들의 개인적인 결함이나 무능이 아니라 사회 자체의 성격과 관계가 있다는 말씀도 하셨습니다. 시와 리듬에 관해서는 김우창 선생께서《세계의 문학》이라는 잡지에 독립된 글을 하나 발표하신 것이 있습니다. 그러니까 관심이 있으신 분들은 찾아보시면 될 겁니다. 이제 최승호 선생께서 시인으로서 요즘의 시를 어떻게 보시는지, 최승호 선생 자신은 해당이 안 되겠지만, 일반적인 얘기를 좀 해 주시지요.

최승호 크게 나누어서 보면 두 부류의 시인이 있지 않나 하는 생각을 합니다. 전통적인 시관을 갖고 시를 쓰는, 서정도 중요시하고, 리듬(운)도 중요시하는 시인들이 나무처럼 존재한다고 한다면, 다른 한편에서는 실험적이고 전위적인 것을 탐색하는 새 같은 시인들이 있다고 생각합니다. 그래서 최근에 제가 느끼는 것은 뿌리가 있는 우람한 나무 같은 전통적인 시관을 갖고 시를 쓰는 사람도 많습니다만, 나무에서 멀리 떠나서 새처럼 새로운 영역을 탐색하는 시인들이 많아지지 않았나 하는 생각을 해 봅니다.

그런 경향의 특질에 대해서 깊이 생각해 본 적은 없습니다만 몇 가지를 말씀드려 본다면, 언어 자체에 대한 관심이 있습니다. 시의 언어라고 하는 것이 지시적인 기능을 갖기 이전에, 마치 화가가 쓰는 물감처럼 작곡가가 사용하는 음표처럼, 시의 언어를 시의 질료로 여기고 시를 쓰려는 시인들이 생기는 것은 아닌가, 그런 실험이 진행되고 있는 것은 아닌가 하는 생각이 듭니다. 다른 한편으로는 최근 시를 보면 비현실적이고 환상적인 경향이 굉장히 많아졌다고 생각을 합니다. 제가 그 원인에 대해서는 분석을 해 보지는 않았습니다만, 현실에 대한 생생하고 철저한 인식보다는 비현실적이고 환상적인 내면으로 들어가서 작업을 하는 사람들이 많아지지 않았나 하는 생각이 듭니다. 또 하나는 진술에 있어서 사람이 사람답게 살 만한 희망적인 진술보다는 자기 파괴적이고 허무적인 진술들이 너무 많아진 것이 아닌가 하는 생각이 듭니다. 제가 느낀 것은 그런 것인데, 전체적으로 제가 느낀 것은 시단이라고 하는 것이 큰 흐름을 짚을 수 없이 무수히 조각난 파편의 파도가 꿈틀거리는, 일렁거리는 듯한 느낌을 받았습니다. 그리고 저 자신 또한 그런 파편의 파도 한 조각에 붙어서 불확실성 속에서 점점 표류해 가는 흐름 속에 있지 않나 하는 생각을 하고 있습니다.

사회 가령 우리가 1920년대의 시인들이라고 하면 대번 김소월, 한용운 등을 연상하게 됩니다. 또 1930년대라고 하면 정지용이나 김기림 등을 연상하게 되고, 1940년대라면 미당이나 윤동주 등을 생각하게 됩니다. 하지만 사실은 1920년대에 소월과 만해만 있었던 것이 아니라 많은 시인들이 있었습니다. 그런데 그중에서 시간의 풍화 작용을 견뎌 내고 가장 우뚝하게 솟아 있는 분들이 만해나 소월일 겁니다. 또 1930년대나 1940년대도 정지용이나 윤동주 같은 분들이 있고요. 하지만 현대는 아직 시간의 판단을 받지 않고 많은 사람들이 동시에 많은 작품을 발표하니까, 우리 입장에서는 과거의 시인들보다 지금 활동하고 있는 많은 시인들의 경우에는 판별이 나지 않아서 장단점을 따지기가 어렵고 일반적인 경향을 얘기하기가 어려운 것이 사실입니다. 최승호 선생께서 몇 마디로 분류하신 것은, 아주 사태가 복잡한데 그중의 몇 가지를 지금 말씀해 주신 겁니다. 이제 김우창 선생께서 어떤 시인들을 주목하고 계신지에 대해서 구체적으로 말씀을 해 주시지요.

김우창 제가 시집을 좀 들고 나왔으면 좋았을 텐데, 아까도 말씀드린 바와 같이 젊은 시인들의 시를 안 읽고 있기 때문에 뭐라고 얘기하기가 어려운 것 같습니다. 구체적인 예를 들었으면 좋겠지만 추상적이고 일반론적인 얘기를 할 수밖에 없을 것 같습니다. 잘못 재단해서 이 시인 좋고 저 시인 나쁘다고 얘기하면 큰코다칠 수 있으니까 조심해야 될 것도 같고요. 요즘처럼 세상이 시끄럽고 말을 참는 경우가 드문 때에는 함부로 얘기할 수도 없을 것 같습니다.

일반적으로 우리 시가 많은 부분에서 광고문에 굉장히 가까워지고 있다는 느낌이 듭니다. 광고문의 특징은 기발한 소리를 해야 되고 눈에 확 띄어서 생전 못 들어본 소리라는 느낌을 주어야 그 물건을 사게 되니까 이상한 얘기를 하게 됩니다. 우리 시들도 이런 것에 많이 가까워지고 있습니다. 이런 시들은 문제가 있다는 생각이 듭니다. 우선 그런 것과는 달리, 아까 최승호 선생이 말한 것처럼 전통적으로 시를 쓰고 있는 사람의 시가 저는 아직까지는 중요하다고 생각합니다. 잡지도 편집하면서 장님 문고리 잡기식으로 비평을 하고 있지만, 제가 기쁘게 생각하는 것 중의 하나가, 최승호 선생처럼 뛰어난 시인이 아직 많이 알려지지 않았을 때 '오늘의 작가상'이라는 것을 주기로 결정한 것입니다. 전통적인 스타일로 인생을 생각하고 자연을 관조하는 시인들이 좋은 것 같다는 말씀을 드렸는데, 사실 그것도 지겨워질 때가 있습니다. 아까 광고문처럼 기발한 것을 가지고 쓰는 사람을 별로 달갑게 생각하지 않지만, 다른 한편으로 도통한 것처럼 쓰는 사람, 거룩한 소리만 자꾸 하는 사람의 시들도 지겨운 생각이 많이 듭니다.

미국의 시인인 에즈라 파운드가 늘 강조한 것이 시는 무엇을 새롭게 만들어야 한다는 것인데, 이것은 사실 중국에서 매일매일 새롭게 해야 한다는 일일신(日日新)에서 나온 말입니다. 거룩한 것이라도 새로운 소리로 들릴 수 있게 해야지, 같은 소리를 자꾸 되풀이해서 들으면 싫증이 납니다. 좋은 소리도 세 번만 들으면 듣기 싫은 법입니다. 거룩한 것이 중요한 것이지만, 거룩하고 도통한 소리도 자꾸 같은 형식으로 하게 되면 진력이 나게 됩니다. 저도 지금 축구를 재미있게 보지만, 축구가 얼마나 위대하냐고 신문에 수많은 사람들이 쓰고 있는데 그게 그 소리입니다. (함께 웃음) 다 좋다는 소리인데, 변주를 하기는 하지만 비슷한 소리이기 때문에 저는 싫습니다. 또 어느 시내 잡지에서 축구를 예찬하는 시인들의 특집을 냈다고 하

는데, 나쁘진 않지만 그 소리가 그 소리일 겁니다. (함께 웃음)

거룩한 것이 중요하고 전통적인 서정을 탐구하는 것이 중요하지만, 그 소리가 그 소리 같으면 안 되고 도통한 것처럼 하면 안 됩니다. 우리가 괴로운 인생 속에서 살고 있기 때문에 괴로움 속에서 발견되는 기쁨을 노래하고, 높고 거룩한 것이 있지만, 아까 최승호 선생이 말씀한 것처럼, 우리가 하찮은 일상 속에 있기 때문에 하찮은 것 가운데에서 높고 거룩한 것을 발견해야 우리의 삶을 신나고 재미있고 새로운 눈으로 볼 수 있을 겁니다. 그렇지 않고 도통한 소리만 쓰면 재미가 없는데, 요즘에는 도통한 시인도 상당히 많은 것 같습니다. 특히 민주화된 이후에, 옛날에 정치적인 얘기를 하면 그 소리가 그 소리라도 실제로 우리가 해야 될 일 중의 하나였기 때문에 정치적인 얘기를 하는 것이 중요하다고 생각했습니다. 그러나 그것이 끝나고 나니까 무슨 나무 좋고, 꽃 좋고, 산 좋고, 고향 좋고 하는 식의 얘기가 많이 나오는데, 조금 새롭게 표현했으면 좋겠습니다.

저는 사실을 존중하고 하찮은 것을 존중하는 가운데 시적인 것을 발견하는 시를 높게 생각합니다. 또 그런가 하면, 전통적인 서정 얘기를 안 하지만, 황지우 시인의 시는 우리 사는 삶의 실감 나는 재현을 통해서 그 안에도 시적인 순간이 있다는 것을 보여 주기 때문에 상당히 좋다고 생각을 합니다. 또 오늘 아침에 밥 먹다가 잡지에 실려 있는 김기택 씨의 시를 봤는데, 분수에 대해서 쓴 시입니다. 분수라는 게 물이 솟구쳐서 올라가는데, 물이라는 아무 형태도 없는 물건이 자기 스스로 아름다운 형태를 갖출 수 있는 것처럼 솟구쳐 올라가다가 결국은 무너져서 원상태로 돌아간다는 것을 객관적으로 서술한 시입니다. 아주 객관적인 관찰이지만 우리가 다 우리 사는 데에서 느끼고 있는 겁니다.

우리의 일상적인 삶이라는 게 하찮고, 매일매일 소모적으로 사는 것 같지만, 내 의지로 어떤 아름다운 모양을 갖췄으면 하는 생각을 다 가지고 있습니다. 또 우리가 눈으로 보는 것도 아름다운 모양과 형체를 이루고 있으면, 기분 좋게 마음에 '오늘 밑천 뽑았다'라는 느낌을 가질 수 있습니다. 아주 객관적이고 일상적으로 우리가 볼 수 있는 것이면서도 우리가 다 같이 느낄 수 있는, 눈물 흘리고 박수 치는 것은 아니지만 절제되어 있는 관찰로 기록한 시도 좋은 시라고 생각을 합니다. 김기택 시인의 시에서 저는 그런 것을 많이 발견하고 좋은 시인이라고 생각을 합니다. 또 이름이 비슷하지만, 김용택 시인도 전라도에 살면서 고향 얘기를 하는데, 이게 얼마나 좋으냐, 너희들은 몰랐지라고 얘기하는 게 아니라 자기 사는 느낌을 그대로 솔직하게 표현하고 있기 때문에 상당히 기분 좋은 시라고 생각을 합니다. 요즘은 조금 너무 도통한 것 같은 느낌이 들어서 저에게는 거리가 생기는 것 같습니다. (함께 웃음) 나희덕 씨는 최승호 선생보다 더 젊지만 진솔하고 정직하게 쓰고 있다는 느낌을 받고 있기 때문에, 최근에 제가 본 시인들 중에서 좋은 시인이라는 느낌을 가집니다.

시인이 늘 새롭게 얘기를 해야 되기 때문에 잘못하면 기발한 것이 되기 십상입니다. 기발한 것은 피하는 것이 좋고, 새로운 것을 얘기한다는 것은 새로운 언어와 이미지로 얘기하는 것이지만, 그 이미지나 언어가 기발하다, 컴퓨터로 맞춰 놓은 것 같다는 느낌을 주는 것이 아니라, 우리가 사는 데에 있어서 내가 오늘 보는데 10년 전에 본 것이 그게 그거였구나 하는 느낌을 주게끔 새로 조합을 해야지, 컴퓨터로 조합한 것 같으면 곤란하다고 생각합니다. 시라는 것은 비유나 이미지를 많이 사용하는데 비유나 이미지가 우리의 실감으로부터 나와야 된다고 생각합니다. 정지용의 시에 좋은 게 많고 산뜻한 이미지가 많은데, 새삼스레 눈이 와서 멧부리에 시원스럽고 빛나게 이마 받히기를 하다, 문 열고 보니까 산에 눈이 왔는데 그것으로 이마를 받혔다는 것은 기발한 얘기입니다. 새삼스럽게 눈 덮였다는 사실은 우리가 몸으로 느낄 수 있는 구체적인 것이기 때문에 실감나게 볼 수 있는 것이라고 생각합니다. 또 그런 이미지는, 사실 정지용 선생이 한시를 많이 읽었는데 중국 사람의 한시에 울타리 밑에서 나무를 캐다가 갑자기 고개를 들어 보니까 남산이 환히 보인다, 떠오른다라는 것과 연결해서 지은 것이 아닌가 싶습니다. 컴퓨터로 조합한 것처럼 갑작스럽고 기발하게, 일시적으로 눈에 확 띄기는 하지만 깊이는 아무 느낌을 주지 않는 것은 곤란하다는 느낌이 듭니다.

그러나 전적으로 나쁘다고는 생각하지 않습니다. 실험적인 시가 많이 쓰이는데, 실험할 필요가 있습니다. 지금은 새로운 언어, 이미지, 리듬을 찾아야 되는 시기이기 때문입니다. 어느 때나 시인이라면 그렇게 해야 되지만, 특히 우리 시대에 있어서는 여러 가지 볼썽사나운 실험이 나오는 것도 불가피하다, 그것을 나쁘다고 매도만 해서는 안 된다는 생각이 듭니다. 제가 이 말을 하는 것은 욕을 안 먹기 위해서 하는 것은 아니고 기발하고 이상한 시를 쓰는 사람이 사실은 필요하다는 것을 실제로 느끼고 있기 때문에 하는 얘기입니다.

사회 지금 얘기하는 내용이 인터넷 게시판에 오릅니다. 그러니까 조심하셔야 됩니다. (함께 웃음) 지금 주목하고 있는 시인이라고 거명하신 시인들이 최승호 선생을 비롯해서 황지우, 김기택, 김용택, 나희덕 시인 등이라고 하셨습니다. 너무 기발한 것은 좋지 않다고 하셨는데, 1930년대에 김기림의 시를 보면 기발한 게 참 많습니다. 하지만 지금 읽어 보면 촌스럽기 짝이 없습니다. 조금 시간이 지나면 효용성이 없어진다고 볼 수 있습니다. 그리고 지금 말씀하신 시가 정지용의 「춘설」이라는 시입니다. "문 열자 선뜻!/ 먼 산 이마에 차라// 우수절 들어/ 바로 초하루 아침,// 새삼스레 눈이 덮인 멧부리와/ 서늘옵고 빛난 이마받이하다"라는 구절의 예를 들면서, 기발하지만 동시에 시간이 지남에 따라서 우리에게 촌스럽게 느껴지는 기발함이 아니라 문학이 당연히 가지고 있는 참신함이라는 말씀을 하셨습니다. 최승호 선생께서는 자신이 좋아하는, 혹은 주목하는 시인에 대해서 말씀을 해 주시지요.

최승호 저는 우리 시단에서 미당 선생 같은 분에 비해서 주목을 덜 받은 시인이 김현승이라고 생각을 합니다. 김현승에 관한 글들이 몇 편 있기는 하지만, 고독을 통한 자기 무화의 길을 가면서 김현승 시인만큼 깊이 간 사람이 있었나 하는 생각을 합니다. 이런 면에서 많은 조명을 받아야 할 시인이고, 이런 시대일수록 고독이라는 것도 굉장히 필요하지 않나라는 생각이 듭니다. 저는 김현승 시인을 좋아하고 있고, 제가 마음이 답답해서 그런지 모르겠지만 마음 안에 공터를 크게 만들어 주는 시인들을 좋아하게 되는 것 같습니다. 그런 시인 중의 한 분이 정현종 시인인데, 정현종 시인의 궤적이 있습니다만 마음의 공터가 얼마만큼 확장이 되어서 어떻게 얼마만한 호연지기에 이르려는가 하는 관심을 크게 갖고 있습니다.

사회 정현종 선생의 시에 대해서는 김우창 선생이 처음으로 아주 본격적인 평가를 해 주셨습니다. 그런데 연만한 분이기 때문에 주목할 만한 시인이라고 하기에는 너무 위치가 확립된 분이 아닌가 싶습니다.

김우창 요즘 젊은 시인들을 얘기하는 줄 알았는데, 제가 주목하는 시인이니까 시야를 넓혀서 얘기를 했어야 되는데 그러지 못한 것 같습니다.

사회 김현승 선생의 시에 대해서 저는 최승호 선생과 의견이 조금 다릅니다. 좋은 시인이라고 생각하고 몇 편의 좋은 작품이 있기는 합니다. 그러나 「견고한 고독」이라든가 추운 날 밖에 나가보니까 생생하게 무언가가 가까이 보인다든가 하는 식으로 실감나는 작품이 있지만, 너무 무덤덤하지 않나 하는 생각을 합니다. 시가 조금 충격을 줘야 되는데, 너무 무덤덤해서 김현승 시인의 시는 읽으면 늘 그냥 괜찮다고 느끼면서도 참 좋다라는 느낌은 안 들었습니다. 그래도 역시 시인의 관점이 옳은 것이 아닌가 하는 생각이 듭니다. 기타 하고 싶은 이야기가 있으면 말씀해 주시지요.

김우창 어떤 사회나 그 사회의 다음 세대 사람들이 읽어야 할 문학이 있어야 되는데, 오늘의 시대만 중요하게 생각하고 다음 세대 사람들이 마음의 양식으로 삼아야 할 문학 작품을 생산하지 못하면 그 사회는 문명된 사회, 사람 사는 사회가 안 된다고 생각을 합니다. 시인이나 다른 문학 하는 사람들이 점점 설 자리가 없어지고 좁아지는 이런 세상이기 때문에, 많은 사람들이 좀 더 신경을 써서 자리를 만들어 주고 존경을 해 줘야 마땅하다고 생각합니다. 우리나라에서는 뛰어난 재능 있는 사람을 안 알아주고 누구나 할 수 있다는 생각을 하는 것 같습니다. 제가 몇 달 전에 예술 교육을 어떻게 창조성을 계발하는 쪽으로 할 것인가 하는 심포지엄에 나갔습니다. 거기에 가서 듣기 싫은 소리를 많이 하고 나왔는데 뭐였냐 하면, 어떻게 창조성을 기르게끔 예술 교육을 하느냐라는 것은 모든 사람이 다 창조적이라는 얘기인데 세상에 창조적인 사람은 그렇게 많지 않은 것이다. 창조적인 사람은 굉장히 드물다. 창조적인 사람이 나오면 우리가 존중을 해 줘야 되는데 존중을 안 하는 것은 누구나 창조적이라고 생각하기 때문이다. 그래서 진짜 창조적인 사람이 나와도 존중을 안 해 준다는 얘기를 했습니다. 그러니까 창조성을 강조하는 교육을 하는 게 아니라 창조성을 존중하는 교육을 해야 되겠다는 이런 얘기였는데, 언어를 정말 뛰어나게 사용하는 사람이 나온다는 것은 아주 드문 일입니다.

말은 누구나 할 수 있는 것인데 그게 뭐 대단하냐고 할 수 있을지도 모르지만, 실제로 말에 많은 의미를 담아서 뛰어나게 표현할 수 있는 재능은 아주 드문 것입니다. 그런데 이러한 재능을 존중해 주지 않는 사회는 문명을 가질 수 없는 사회라는 생각이 듭니다. 그러니까 시인이나 작가들을 존중해 주고 그 사람들이 설 자리를 만들어 주는 사회가 되어야 하고, 또 시인이나 작가도 오늘 일만 생각할 것이 아니라 다음 세대를 생각하면서 먼 관점에서, 오늘의 인기를 생각하는 게 아니라 다음다음 세대를 위해서 애기한다는 관점에서 작품을 썼으면 좋겠다는 생각을 합니다.

사회 재능이라는 것이 허다분하게 널려 있는 것은 아니라는 생각에는 저도 전적으로 동감을 합니다. 미당이 인간적인 면에서 찬양받지 못할 행보를 보인 것은 사실이지만, 그 미당 수준의 재능이라고 하는 것은 100년에 하나 나올까 말까 한 재능이지 아무 데나 있는 재능은 아니라고 생각합니다. 이렇게 보기 드문 재능에 대해서, 이 세상에 흠이 없는 사람이 없는 법인데 그것을 너무 가혹하게 추궁해서 무슨 소용이 있느냐는 것이지요. 저도 재능이라고 하는 것이 함부로 있는 것이 아니고 매우 드물다는 생각을 공유하고 있습니다. 이제 최승호 선생께서 시인으로서 앞으로 어떤 시를 쓰겠다든가 하는 것에 대해서 자유롭게 말씀을 해 주시지요.

최승호 글쎄요, 저는 저 자신에게 해야 되는 얘기가 있는 것 같은데, 전에 김우창 선생이 쓰신 글 중에 「문학과 세계 시장」이라는 논문의 한 부분을 적어 왔습니다. 어떻게 보면 좀 슬프기도 하고 막막하기도 한 얘기인데 한번 읽어 보겠습니다.

"문학이 쇠퇴하고 인문 과학이 사라져 간다는 것은 사회에서 내면적 존재로서, 또 근원적 존재로서의 인간이 보이지 않게 된다는 것을 말한다. 그러나 더욱 중요한 것은 그것이 이와 더불어 인간이나 사회에 대한 총체적 사고가 끝났다는 것을 말한다는 점이다."

저는 이 글을 읽으면서 어떤 생각을 했느냐 하면, 전업 작가들에 대한 생각을 잠시 했었습니다. 전업 작가들이 시장의 논리가 판을 치는 세상에서는 너무나 타락하기 쉽지 않은가 하는 생각을 했습니다. 그리고 또 하나는 저 자신에게 하고 싶은 얘기입니다만, 굴원이 시를 쓰던 시대에는 인쇄 기술도 없고 시집도 판매되지 않았고 유통의 절차도 없었을 테니 그때는 필사본으로 베껴서 시를 읽었을 텐데, 제가 중요하게 생각하는 것은 그런 시대에도 시인이 존재했었다는 겁니다. 그래서 저는 이런 시대에 어떤 마음가짐을 가져야 하는가라는 것을 생각하면서, 중국의 방언 거사를 떠올렸습니다. 그는 재산을 호수에 갖다 버리고, 짚신을 엮어서 내다 팔 정도로 가난하게 살면서도 참선을 했다고 합니다. 그래서 제 생각에는 요즘에 베스트셀러가 중시되면서 그런 것에 유혹을 느끼는 시인도 있고, 저 자신도 그런 게 있는지 없는지 모르겠지만, 방 거사처럼 결연한 의지가 경제의 논리, 시장의 논리가 판을 치는 세상에서 필요하지 않나, 그리고 저 자신이 그런 부분을 명심해야 하지 않나 하는 생각이 들었습니다.

질의 응답

질문자 1 최승호 선생님께 드리는 질문인데, 우선 좋아하는 외국 시인과 외국 시집을 알고 싶습니다. 또 시 창작에 큰 영향을 끼쳤거나 지표가 된 책이 있다면 말씀해 주십시오. 마지막으로 대학 시절에 처음 쓴 시가 내면의 슬픔을 표현했다고 하셨는데 지금도 그러한지, 그리고 앞으로 시를 통해서 표현하고 싶은 메시지가 무엇인지 궁금합니다.

최승호 저에게 영향을 준 시인이나 시집은 굉장히 많습니다. 몇 사람만 얘기를 한다면, 제가 개인적으로 좋아하는 시인은 이탈리아의 몬탈레(Eugenio Montale)라는 시인이 있는데 『지중해』라는 시집을 냈습니다. 절망의 시인으로 불리긴 하지만, 그 사람의 시를 보면 바닷가의 게가 어기적거리는 느낌을 많이 받습니다. 그 사람 시를 많이 좋아했고, 그다음에 네루다(Pablo Neruda)라든지, 프랑스 쪽에서는 생존 페르스(Saint-John Perse)나 르네 샤르(Rene Char) 이런 시인들을 좋아했습니다. 프루스트(Marcel Proust)도 좋아하고 아주 다양합니다. 그리고 영향이라고 하면, 저는 사실 문학 작품보다는 그림 쪽에서 간접적인 영향을 받지 않았나 하는 생각이 들고, 특히 초현실주의 화가인 키리코(Giorgio de Chirico)나 이브 탕기 같은 화가들의 영향을 많이 받은 것 같습니다. 그리고 제가 내면의 슬픔처럼 감정을 표출하면서 쓰는 시인은 아니고, 건조하게 계속 써 왔고, 제 궤적을 보면 문명 비판도 하고 욕망이나 죽음이나 허무에 대한 탐색도 했습니다만, 그 주제에 맞는 형식을 늘 생각했던 것 같습니다. 하지만 제가 늘 버리지 않았던 것은 묘사를 바탕으로 한 형상화이고, 그러다 보면 저의 감정 같은 것은 메마르게 하면서 작업을 했던 것 같습니다.

그리고 저는 시를 공간과 굉장히 밀접하게 연관시키면서 써 왔던 것 같습니다. 그러니까 제가 사북에 있을 때는 사북의 시를 썼고, 서울에 있을 때는 서울의 시를 썼고, 가평이나 춘천에 있을 때는 「달맞이꽃에 대한 명상」 같은 시를 썼습니다. 공간의 지배를 너무 많이 받는 시인인지도 모르겠습니다만, 간절함이라고 하는 것이 공간으로 인해서 생기는 게 아닌가 라는 생각이 들었습니다. 앞으로 쓸 시는 잘 모르겠습니다. 어떤 공간에서 어떤 것을 절실하게 느껴서 그것을 시로 형상화해 낼 것인지는 잘 모르겠습니다. 다만 내면의 슬픔 같은 것을, 김춘수 시인이 쓴 시 중에 "슬픔은 언제 마음 놓고 슬픔이 되나"라는 구절이 있습니다만, 저 또한 슬픔을 쉽게 내놓지 않으면서 시 작업을 하지 않을까 하는 생각이 듭니다. 외국 시인이나 시집은 다른 기회에 목록이 필요하시다면 적어 드리도록 하겠습니다.

질문자 2 요즘 문학상을 받는 시는 머리로 써서 관념적인 시가 많은 것 같습니다. 시의 근본적인 정체성은 흔들리는 삶을 위로하는, 인간을 위한 시가 되어야 한다고 생각합니다. 그리고 대중들은 관념적인 시가 아니라 가슴으로 쉽게 쓴 시를 요구하고 있는 것 같은데, 선생님의 생각은 어떠신지 궁금합니다. 유종호 선생님께 드리는 질문입니다. (함께 웃음)

사회 시선은 김우창 선생께 보내고, 질문은 왜 저에게 하십니까? (함께 웃음) 그런데 대중을 어떻게 정의하느냐 하는 것이 문제일 것 같습니다. 가령 월드컵 현상 중의 하나가 붉은 악마인데, 그 사람들이 대중이지만 다 다릅니다. 그중에 어떤 사람을 표준에 두고 이야기하느냐, 그러니까 쉬운 시를 좋아하는 대중도 있을 것이고 쉬운 시에 멀미를 느끼는 대중도 있을 것입니다. 다시 말씀드리지만 역시 대중을 어떻게 정의하느냐에 따라서 달라질 것 같습니다.

질문자 2 베스트셀러나 유행 시, 신현림 씨의 시처럼 쉽게 가슴으로 쓴 시를 대중들은 많이 좋아합니다. 『홀로서기』처럼 많이 팔린 시는 쉬운 시이고 많이 팔리지 않은 시는 어려운 시 같아서 말씀을 드리는 겁니다.

사회 시에 여러 가지 층위가 있는데, 많은 사람들이 좋아하면 좋은 일이겠지만 많은 사람들이 좋아한다고 해서, 베스트셀러가 된다고 해서 반드시 좋은 시라는 보장은 없습니다. 일반론의 수준에서 얘기하기는 어려운 것 같습니다. 그리고 '가슴으로 쓴다'고 했는데, 그러면 쉽게 쓰지 않는 시인은 가슴으로 쓰지 않는다는 얘기인데, 그건 그렇지 않을 겁니다. 가슴으로도 쓰고, 머리로도 쓰고, 온몸으로 쓰기도 하기 때문입니다. 그 문제는 구체적인 사례를 놓고 판단을 해야지, 일반론으로 쉬운 시가 좋은 시 아니냐, 또 어려운 시는 좋은 시가 아니다라고 얘기할 수는 없을 것 같습니다. 그래서 매우 어려운 질문이기 때문에, 어려운 질문에는 현명한 대답이 나올 수가 없습니다. 이 정도로 답하도록 하겠습니다.

질문자 2 현대 시가 점점 더 삶과 괴리되어 가고 있는데, 거기에 대해서는 어떻게 생각하시는지요.

사회 우리의 현대 시가 삶과 점점 괴리되어 가고 있다는 것이 하나의 진술로 성립이 되지만, 우리 시라고 하는 것은 수백 명의 시인이 시를 발표해서 이루어진 것인데 그중에 어떤 부분을 얘기하는 것인지, 막연한 다수이기 때문에 대답하기가 곤란한 것 같습니다. 가령 최승호 선생의 시가 우리의 삶과 괴리가 되어 있다고 얘기한다면, 그렇지 않다고 말씀을 드릴 수 있는데, 막연히 말씀하시면 대답하기가 어렵습니다. 서정윤의 『홀로서기』 같은 시집은 한번에 읽으면 단박에 이해가 된다, 이런 것이 좋은 게 아니냐는 말씀이신데, 시에도 여러 가지 종류가 있고 층위가 다르기 때문에 한마디로 정의하기가 어려울 것 같습니다. 마지막으로 좋아하거나 좋아하지 않는 것은 개인적 취향의 문제인 것 같습니다. 다만 쉽다는 것은 대개 금방 진력이 납니다. 신비로운 구석도 있고, 난해한 구석도 있고, 어려운 구석도 있어야 계속 우리에게 매혹의 대상이 되지, 한번에 다 이해하고 나면 매력이 떨어집니다. 질문자께서 단번에 이해하는 시만 좋아하셨다면, 취향을 조금 바꿔서 처음에는 낯설게 다가오는 시도 좋아해 보려고 노력하는 것도 필요할 것 같습니다. 자꾸 감수성을 확대할 필요가 있을 것 같습니다.

질문자 2 작년에 무슨 문학상을 받은 김혜순 씨의 「빨간 사과」인가 하는 시가 있는데, 그 시를 한참 읽어 봐도 도대체 무슨 내용인지 모르겠더라고 구요. 과연 그런 시가 우리 인간에게 필요한가요.

사회 모든 시가 다 김혜순 씨의 시처럼 어렵지는 않지 않습니까. 어렵게 생각되면 옆 사람과 상의를 해 본다든가, 노력을 해 보고, 안 되면 그 다음에는 덮어야지요. 그리고 필요한 사람이 있으니까 상도 주고 그러지 않았겠습니까. 좋아하고 인정하니까 상을 주는 걸 겁니다. (함께 웃음)

질문자 3 최승호 선생께서는 재주가 많으셨던 것 같은데 그림을 그리다가 어떻게 시를 쓰게 됐는지, 그리고 후회는 없으신지요.

최승호 그림은 돈이 많이 듭니다. (함께 웃음) 그리고 그 당시에 설명하기가 좀 힘듭니다만, 제 안에 들끓는 말들이 많았던 것 같습니다. 그것을 밖으로 흘러넘치게 하는 데에는 오히려 시라고 하는 것이 필요하지 않았나 하는 생각이 듭니다. 지금은 그때 쓴 시와는 전혀 다른 시를 쓰고 있습니다만 시에 한번 빠진 다음에는 별다른 생각이 없었습니다.

질문자 4 최승호 선생님께 먼저 질문 드리겠습니다. 초기 시와는 다르게 후기에 와서 상당히 불교의 선적인 세계의 분위기를 많이 느꼈거든요. 그래서 어떻게 불교의 선적인 세계로 입문하시게 됐는지 그 계기가 궁금하고, 또 실제로 책을 통해서만 접하신 것인지, 수행도 함께 하시면서 선적인 세계의 시를 쓰고 계신지 궁금합니다.

그리고 김우창 선생님께 질문을 드리고 싶습니다. 첫 번째는 작은 질문인데, 논문으로 윌리스 스티븐스를 쓰셨다고 하셨는데, 동시대의 다른 시인들이 꽤 있었는데 왜 유독 그 사람을 택했는지가 궁금합니다. 그리고 두 번째는 번역 시에 관한 질문인데, 과거에 유명했던 시인들의 번역 시들은 많이 나와 있는데 우리와 같은 시대를 살고 있는 외국 시인들의 시는 거의 번역이 안 되어 있거든요. 그래서 상당히 시장이 빈약하다고 느끼고 있는데, 그런 현상이 출판사의 상업적인 효과가 적으리라는 예상 때문에 출판을 안 하고 있는 것인지, 아니면 독자들의 취향이 세계 쪽에는 무지하기 때문에 관심이 없어서 그런 것인지요? 김우창 선생님께서는 영문학을 하셨으니까 번역 시에도 많이 관련을 하실 것 같아서 그런 게 참 궁금합니다. 동시대의 다른 나라 시인들은 번역이 전혀 안 되고, 우리나라 시인의 시들만 출판이 되고 있거든요. 그리고 어쩌다가 누가 노벨상을 받았다고 하면 그 시인의 시만 홍수처럼 갑자기 쏟아져 나오는데, 그런 게 궁금합니다. 그리고 김우창 선생님께서는 상아탑 속에만 계시지 않고 의외의 자리에서 뵙게 되는 경우가 있었습니다. 예를 들면 통일과 분단의 심포지엄이라든지 그런 곳에 나와서 발언을 하시는 게 저는 상당히 인상이 깊었습니다. 문학자로서 상아탑에만 안주하지 않고 사회를 향해서 창문을 열어 놓고, 적절한 때에 적절한 발언을 하시는 모습이 상당히 존경스럽고 인상이 깊었습니다.

최승호 불교에 관심을 갖게 된 계기에 대해서 질문을 하셨는데, 그것은 시를 쓰게 된 시점과 거의 비슷합니다. 의사가 저에게 빨리 치유되게 하기 위해서인지, 당신 아마 6개월 정도 밖에 못 살 것 같다라는 심한 거짓말을 했습니다. 의지도 강하게 품어야 되고 많이 먹어야 된다는 얘기를 했습니다. 저는 그것을 진지하게 받아들여서 죽음에 대한 관심이 굉장히 커졌습니다. 불교가 특히 생사의 문제, 거기에서 벗어나는 것에 관심이 많기 때문에 그런 계기로 제가 불교 안에서도 특히 우상 파괴적인, 종교라고 할 수 없는 면도 있는 선불교에 관심을 갖게 됐고, 수행은 별로 안 합니다. 참선은, 우리나라 불교가 가나선입니다만, 제가 화두를 들고 하다가 머리가 용량이 조금 부족해서 화두로 들어가자 상기가 되어서 터진 적이 있습니다. 그래서 그 뒤로는 참선을 안 하고 있고, 글쓰기 직전에 한 30분 정도 참선을 하고 집중이 된 상태에서 시를 쓴 적은 있습니다. 최근에는 지하철을 타고 걸어가고 그럴 때, 선사가 얘기한 의문이 있는 화두를 끌고 돌아다니는 정도이고 별로 수행하는 것은 없습니다.

김우창 질문하신 많은 부분에 우연히 그렇게 됐다라고 하는 것이 가장 간단한 답변 같습니다. 월리스 스티븐스에 대해서 학위 논문을 쓴 것은 우연적인 요소가 굉장히 많지만, 한 가지는 철학적인 시인이라는 것과 관계가 있을 것 같습니다. 제가 철학에 많은 관심을 갖고 있었거든요. 학교 다닐 때부터 그랬기 때문에, 철학과 시를 합쳐서 논하는 데에는 스티븐스가 괜찮겠다는 생각을 했습니다. 사실 논문을 다른 것으로 쓰려고 했는데, 재미 삼아 얘기하면, 급히 지도 교수를 만나러 가야 됐는데 지도 교수님이 안 계셨고 그 옆방에 시를 하시던 교수님이 계셔서 스티븐스를 하게 됐습니다. 굉장히 우연한 일이었습니다. 그리고 우리가 외국 시 번역이 잘 안 되는 것은 외적인 이유가 많을 겁니다. 이름난 사람도 잘 안 팔리는데 이름이 아직 알려지지 않은 사람의 글을 번역하는 것은 출판사의 모험이니까 안 내는 것도 있고, 또 외국 문학 학자들이 아직 크게 알려지지 않은 시인을 인지하는 데에 조금 둔하다고 얘기할 수 있습니다. 자신들이 미국이나 프랑스에서 알려진 시인을 알아보는 것이 쉽지, 아직 거기에서도 분명하게 이름이 안 나 있는 시인을 스스로 알아서 이 사람 중요한 시인이라고 해서 번역을 하고 출판을 하는 것은 상당히 어려운 일이기 때문에 시차가 불가피하다는 생각이 듭니다. 또 하나는 우리나라 시인 같으면, 일급 시인이 아니더라도 우리가 읽고 배우는 게 있고 우리 관심사에 대해 얘기해 주는 것이 있습니다. 그러나 다른 나라 시인으로서 일급 시인이 아닌 경우이면, 그야말로 자기들 사사로운 관심을 표현하고 있는 것이기 때문에 우리에게는 의미가 있는 시가 되기는 어렵다는 생각이 듭니다. 그러니까 말이 바뀌어 다른 나라 말로 옮겨갈 때에는 이름난 시인, 좀 나이가 든 시인들이 번역되기가 쉽다는 생각이 듭니다.

이것은 우리 고전에 대해서도 마찬가지입니다. 사실 셰익스피어를 공부한다고 하면, 100년, 200년 동안에 다른 사람을 읽을 필요가 없을 정도로 셰익스피어만 중요합니다. 하지만 당대의 문학은 그렇게 되지 않습니다. 우리나라의 경우에도 아까 유종호 선생님께서 1920년대 하면 한용운, 김소월 이런 식으로 말씀을 하셨는데, 그 사람들이 중요하고 지금도 살아남아 있지만, 그 당시에는 여러 시인들이 있었습니다. 우리 시인들도 1급, 2급, 앞으로 장래를 어떻게 생각해야 될지 모를 시인들 등이 많지만 그 사람들을 다 가질 필요가 없습니다. 우리의 어디엔가에 우리의 문제를 얘기해 주는 것들이 있습니다. 시대가 지나게 되면 그분들이 관심을 가졌던 것들이 별로 중요한 것이 아니고, 발언한 것도 별로 중요한 것이 아니라고 걸러지게 됩니다. 마치 우리가 친구와 만나서 잡담을 많이 하는데, 중요한 얘기가 아니라고 해서 잡담을 안 하면 안 됩니다. 잡담하는 게 친구와의 교감에는 중요한 겁니다. 당시에는 중요한 것 같지만 시간이 지나면 다 잊어버리게 됩니다. 당대의 시인(작가)이라는 것은 우리에게 고전 작가나 외국 작가와는 다른 종류의 의미를 가지고 있습니다. 그렇기 때문에 먼 시대로부터 우리에게 오는 작가, 또 먼 나라로부터 오는 작가는 저절로 고전적이고 나이가 좀 든 작가로서 골라질 수밖에 없다는 생각이 듭니다.

현실에 대해서 느닷없는 얘기를 제가 하는 것은 우리 현실에 맞춰서 사는 게 중요하다, 시를 볼 때도 현실 얘기를 해서 실감나게 얘기를 해 줘야 그 시가 좋다는 느낌을 제가 가지는 것과 비슷할 겁니다. 우리가 사는 절실한 문제에 대해 관심을 갖는 것이 중요하다는 느낌이 있고, 사는 게 그렇다고 생각하기 때문에, 저절로 문학 외의 자리에 가서 이리저리 튕겨져 나가서 쓸데없는 얘기를 많이 하게 된 것 같습니다. 그리고 문학도 저절로 우리가 처해 있는 상황과 관계를 지어서 생각하게 된다고 생각합니다.

이왕에 얘기가 됐으니까 한마디만 더 말씀을 드리겠습니다. 아까 어려운 시 얘기가 나왔는데, 우리가 보통 살고 있는 삶이라는 게 다른 분들은 어떤지 몰라도 생각 없이 그날그날을 살고 있는데, 조금 생각을 하게 해 주는 시라야 읽을 만하지 생각할 필요 없이 그냥 한 번 읽고 아는 시는 존재할 필요가 없지 않나 하는 생각이 듭니다. 생각 없는 우리의 삶에서 한번 멈춰서 생각해 보시오라는 느낌을 주는 시가 그래도 읽을 만한 시이고, 그렇다면 조금 어려울 수밖에 없다, 내가 생각 안 해 본 것을 생각해 보려면 조금 어려울 수밖에 없다고 생각합니다. 그렇다고 해서 시가 너무 어려운 것은 말을 잘 못해서 어려운 것일 수도 있고, 여러 가지 이유가 있기 때문에 그리고 자기 혼자만 알고 나는 모르는 사실을 얘기하고 있기 때문에 어려울 수도 있어서, 모든 어려운 시가 좋은 것은 아니지만 저는 본질적으로 약간은 어려운 시가 사실은 좋은 시라고 생각합니다. 바쁜 세상에 인생도 짧은데 다 아는 시를 또 읽어서 복습할 필요는 없다고 생각합니다. 실제로 좋은 시라는 것은 쉬운 시임에는 틀림이 없습니다. 그러나 어려운 것을 쉽게 얘기해 주는 시가 좋은 시라고 생각합니다. 쉬운 것을 쉽게 얘기하는 것은 나도 할 수 있고 누구나 할 수 있으니까 그것은 대단한 것이 아니지요.

더러는 술 먹고 노래방에서 노래하듯이 쉬운 것도 필요한 것이겠지만, 실제 심각한 의미에서는 어려운 문제, 쉽게 생각할 수 없는 것을 쉽고 분명한 언어로 표현해 주는 것, 쉽고 어려운 것이 합쳐져 있는 시가 좋은 시라고 저는 생각합니다.

질문자 5 유종호 선생님께서는 어떤 시인을 주목하고 계시는지 말씀해 주시지요.

사회 아까 화제에 올랐던 시인과 옆에 앉아 계신 시인(최승호)을 주목하고 있습니다. (함께 웃음) 얘기를 하다 보면 대개 비슷합니다. 오늘은 최승호 선생의 어조 때문인지 천천히 생각을 하면서 이야기를 심도 있게 나눈 것 같습니다. 오늘은 이것으로 마치도록 하겠습니다. 장시간 동안 경청해 주셔서 감사합니다.

문학과 철학

박이문
김우창
사회 유종호
2002년 9월 27일 한국문화예술진흥원

유종호(사회) 오늘은 '문학과 철학'이라는 제목으로 두 분 선생님께 말씀을 듣도록 하겠습니다. 왼편에 앉아 계신 분이 박이문 선생이십니다. 우리나라에는 무주택자들이 많습니다. 웬만큼 살면 보통 집이 한 채씩 있는데, 그 이상을 살면서 집이 서너 채씩 있는 사람들이 있습니다. 박이문 선생은 학위가 서너 개가 됩니다. 그러니까 1가구 2주택 식으로 문학에도 학위가 있고 철학에도 학위가 있습니다. 그것도 문학은 프랑스에서 철학은 미국에서 수여를 해서 보통 사람들을 기죽게 하는 요소가 있습니다. 하지만 오늘 이렇게 나오셔서 '문학과 철학'이라는 제목의 연사로서는 더 이상 적합한 사람이 없을 정도로 최적임의 인사라고 볼 수 있습니다. 많은 저서를 가지고 계시고 또 미국에 시몬스 여대라고 하는 보스턴 근처의 명문교에서 오랫동안 가르치셨습니다. 요즘은 연세대학에서 특별 초빙 교수로 강의를 하고 계십니다. 그리고 오른쪽에는 고려대학에서 가르치고 계시는 김우창 선생이 나와 계십니다. 이전에 한 번 나오셨는데, 오늘 이 자리에는 꼭 모셔야 되겠다고 생각해서 다시 모셨습니다. 윌리스 스티븐스라고 하는, 매우 철학적이고 어려운 미국 시인을 연구하셨고 문학 이외에도 철학책을 많이 읽으셔서 그 방면에 조예가 깊으십니다.

철학과 문학은 상당히 근친성이 많은 장르라고 할 수 있습니다. 그래서 철학자이자 문학자인 사람들이 많이 있습니다. 사르트르도 그렇고, 또 어떻게 보면 니체 같은 사람도 시인이면서 동시에 철학자이고, 그래서 근친성이 많습니다. 그런가 하면 옛날부터 그리스에서도 철학과 시가 어떤 경쟁 관계에 있다고 해서 플라톤 같은 사람은 철학이 시보다 한층 더 우위에 속한다, 시는 철학에 비해서 조금 낮은 차원의 것이라는 얘기를 해서 철학과 시의 관계, 철학과 문학의 관계는 친연성이 있으면서 한편으로는 경쟁적인 관계에 있는 것이 아닌가라는 생각이 듭니다. 먼저 두 분 선생님께서 어떻게 철학과 문학을 같이 접하게 되셨는지에 대해서 말씀을 해 주시지요.

박이문 저는 제대로 문학도 못하고 철학도 못했습니다. 그런데 저는 직업상 문학을 하고 철학을 하는 것에 대해 상당한 거부감을 느꼈고 불편하게 생각해 왔습니다. 그래서 은퇴하면서 상당히 자유롭게 해방되었다는 것을 느꼈습니다. 제가 처음에 문과 대학에 입학을 했는데, 문과 대학의 많은 학생들이 입학을 앞두고 고민하는 경우가 많지만 저의 경우는 전연 주저해 본 적이 없습니다. 왜냐하면 중학교 1~2학년 때부터 시인이 된다는 것이 꿈이었기 때문입니다. 다른 것은 그만두고 시인만 된다면 죽어도 그만이다라는 낭만적인 생각을 했습니다. 해방 직후에 서울에 와서 서점에서 시집을 보게 되면, 나는 시집을 언제쯤 낼 수 있을까라는 생각을 했습니다. 중학교 때부터도 친구들이, 네가 시집을 엮으면 내가 내주겠다고 했을 정도이지만 그 당시 시집 낸다는 것은 상당히 어렵고 꿈같은 일이었습니다. 그런데 왜 시인(작가)이 되고 싶었나 하면, 제가 어려서부터 주위의 삶을 둘러보면서 상당히 불편함을 느꼈고, 산다는 것에 대해서 즐거움이라든가 놀라움보다도 어려운 일이고 말이 안 되는 것이다라는 생각을 많이 했습니다. 개인적으로 비교적 지방에서는 고통 없이 지냈지만 관찰하는 입장에서 보면 말이 안 되는 게 너무 많다는 생각을 했습니다. 그래서 삶에 있어서 부족한 무엇을 달래고 싶은 마음이 있었던 것 같습니다. 그것을 시라는 하나의 형태에서 발견할 것 같고, 잘 모르지만 나도 그런 길로 가고 싶다는 생각을 한 것 같습니다.

그런데 아까 주저없이 문과에 들어갔다고 했지만 약간의 주저는 있었습니다. 왜냐하면 고등학교가 6년 졸업이었는데 3~4학년 때부터 알지도 못하는 일본어로 된 철학적인 책을 무슨 소리인지도 모르면서 많이 뒤져 보고 그랬습니다. 그러면서 하나는 문학을 통해서 채워지지 않는 여러 가지 정서(연애, 실연)가 문학적인 욕망으로 나타났던 것 같습니다. 시란 무엇인가, 문학이란 무엇인가에 대해서 당시부터 생각하고 있었고, 그래서 가령 나의 시는 내가 진심으로 고생하면서 쓴 시인데 좋다고 하는 사람이 없고, 왜 김소월의 시는 뜨거운 말도 아닌데 좋다고 하는가에 대해서 의문이 있었습니다. 그리고 또 하나는 세상을 조금 분명하게 보겠다는 생각을 했습니다. 상당히 추상적이고 개념적이고 철학적인 모든 것을 분명히 설명해 보고 싶다는 철학적인 욕망이 일어나서, 맞지 않는 양면의 세상을 보는 두 가지 욕망이 양쪽으로 갈라진 것 같습니다. 이런 점에서 볼 때, 한편으로는 세상을 분명히 보자, 끝까지 캐 보자, 논리를 따져 보자는 욕망, 가장 궁극적이면서 지적인 욕망이 철학적인 설명을 요구하는 욕망이라면, 거꾸로 뜨겁게 노래하고 춤추고, 그런 시적인, 예술적인 욕망이 문학적인 욕망입니다. 그 두 가지 욕망을 보면 한편으로는 양립할 수 없는 것같이 보이지만, 다른 한편으로는 철학적인 냄새가 안 나는 문학 작품은 없다고 생각합니다. 시 한 편을 쓰더라도 거기에는 인생에 대한 고민을 담으려고 한다는 점에서 문학과 철학적 사유는 뗄 수 없는 것이라고 생각합니다.

그래서 중학교 때부터 수업 시간에도 시를 쓸 정도로 문학에 도취했었습니다. 그런데 인생이 뭔가, 개인적으로나 국가적으로나 사회적으로 엄청난 격동기에 우리가 살았다고 생각하는데, 무언가에 대한 분명한 대답을 찾고자 하던 저의 욕망이 철학적인 욕망이었다고 생각합니다. 제가 불문학과를 졸업했는데, 그때까지만 해도 불문학 하는 것이 제일 화려하다고 생각하고 프랑스를 가장 멋있는 나라라고 생각했습니다. 그래서 미국은 상놈 같고 유럽은 양반 같다는 편견들이 있었다고 생각합니다. 직접적으로 불문학을 하게 된 것은 저의 큰형이 일본에서 유학을 하면서 법과 대학을 나왔는데 많은 문학 서적을 갖고 있었습니다. 그걸 보면서 영향을 많이 받은 것 같습니다. 그러다 보니까 시를 쓴다고 했는데 잘 안 되었고, 억지로 문학의 학위를 끝냈고, 세상을 알아보자, 세계를 밝혀 보자라는 욕망에서 철학을 하게 되었습니다. 철학을 하면서 교수가 되겠다는 직업적인 욕망은 없었습니다. 그런데 할 수 없이 먹고살려니까 교수가 되고 그러다 보니까 평생 철학 교수로 있었습니다.

사회 김우창 선생께서는 아주 방대한 양의 철학적인 책을 읽으셨는데, 처음 철학 책을 읽은 얘기라든가 철학에 매료된 얘기를 조금 해 주시지요.

김우창 방대한 철학 책을 읽은 것 같은 인상을 주는 재주가 있어서 읽은 것 같지, 실제로 읽은 것은 별로 없습니다. 지금 박이문 선생님께서 철학과 문학에 대한 깊은 생에 있어서의 신비적인 불이(不二)를 정열적으로 말씀을 해 주셨는데, 저는 그렇게 얘기하기는 어려울 것 같습니다. 문학을 하면서 일생을 보냈는데 지금 와서 생각하면 후회스럽고 공연한 것을 했다는 생각이 듭니다. 대학 다닐 때, 앙드레 지드의 『지상의 양식』에서 읽은 것인데, 한정된 돈을 가지고 백화점에 가서 물건을 살 때 하나를 사면 다른 것을 못 사기 때문에 주인공이 여러 가지 많은 것에 대해서 마음을 결정할 수 없었다라는 얘기가 나오는데, 뭘 했어도 후회는 했을 것 같지만, 문학을 선택한 것이 과연 잘한 것인가라는 의문이 들기도 합니다.

박이문 선생님처럼 자전적인 얘기를 좀 하자면, 고등학교 때 문학 책도 읽고 철학 책도 읽고, 우리 세대가 일본말을 조금 할 줄 아는 마지막 세대니까 일본말로 된 책도 읽고 남이 못 읽는 것을 읽는 재미로 읽은 책도 있습니다. 제가 정치학과를 들어가서 1년을 다녔는데 너무 재미가 없었습니다. 그래서 다른 것을 해야겠다고 해서 철학과를 갈까 문학과를 갈까 궁리를 하다가, 철학 하는 사람은 머리 기르고 이상하게 다니는 것이 너무 싫어 보여서 정상적인 복장을 하고 다니는 문학 공부하는 사람이 낫겠다고 생각했습니다. 그 당시에는 철학 하는 사람이 그런 경향이 좀 있었습니다.

박이문 저는 거꾸로 생각했습니다. (함께 웃음)

김우창 그래서 결국 문학을 하게 되었는데, 그런 외적인 것도 있었지만 사실 자기가 어떻게 해서 오늘날 하는 일을 하게 되었는지 잘 모르는 경우가 많습니다. 저도 왜 제가 문학 하는 사람이 되었고 문학 선생이 되었는지 잘 모르지만, 그때 그 외면적인 이유로 문학을 했는데, 또 달리 생각하면 우리나라에 그 당시 철학도 그렇고 다른 책들을 읽어 봐도 심금에 오는 글들이 별로 없었던 것 같습니다. 문학 작품을 읽어도 쉽고, 제가 대학 다닐 때 실존주의가 유행했는데 실존주의는 철학이지만 추상적이고 개념적인 것을 좋아하지 않는 면도 좀 있어서 철학보다 문학이 좀 낫다는 생각을 했습니다. 그런데 사실은 철학이 더 하고 싶었는지도 모르겠습니다.

고등학교 때는 이과였는데 과학을 해 볼까 하는 생각도 했습니다. 이것저것을 해 봤기 때문에 논리적인 것이 더 많은 철학이 더 낫다는 느낌을 가지면서도 또 그게 뭔가 실감이 안 난다는 느낌을 가졌고요. 제가 박이문 선생님보다 나이가 훨씬 아래지만 저희도 역사가 복잡한 시대에 살았습니다. 해방 전에 초등학교에 다니고, 해방 후에 중학교에 다니다가 6·25 전쟁이 일어나고 군사 독재가 있었고……. 이러니까 모든 추상적인 것에 대해서는 혐오감이 있었습니다. 반공을 국시로 하는 것에 대해서 고등학교 때부터 듣기가 싫었습니다. 그래서 반공을 국시로 하는 식의 철학 자체도 상당히 추상적인 것 같아서 언어로 하는 문학이 더 낫지 않는가 하는 생각이 들었습니다. 문학 언어라는 것은 추상적인 것보다 심금을 울리는 바가 있는 것이고, 또 달리 얘기하면 우리가 마음속에서 중얼거리는 소리가 밖에서도 정당한 소리가 되는 것이 문학인 것 같습니다.

그러니까 우리 내면의 소리가 곧 외면의 소리가 되고, 거창하게 릴케 식으로 얘기하면 "세계라고 하는 것이 우리의 내면 속에서 다시 태어나고자 한다."라고 자기 시에 대해서 그렇게 얘기한 것이 있습니다. 뭔가 우리가 스스로 마음에서 느끼는 것이 밖에서도 정당한 것이 되었으면 좋겠다는 생각이 문학에 들어 있는 것 같습니다. 시인이 구질구질한 얘기를 하면서 남에게 내놓는 것은 구질구질하게 보일지 모르지만, 내 속에 느끼는 것이 당신에게도 올 것이다라는 생각이 있기 때문에 그 소리를 하는 것일 것입니다. 내면적인 소리가 외면적인 소리와 일치하는 세계, 추상적인 것에 의해서 강요되지 않는 세계가 문학 속에 있다는 느낌이 있어서, 고등학교 때 물리학, 수학에도 상당한 관심이 있었지만 그런 것보다는 철학, 철학보다는 문학, 이런 식으로 흘러 흘러서 지금까지 온 것 같습니다.

사회 아까 불문과가 화려해 보인다고 하셨는데, 영문과 들어가기보다 쉽지 않았나요? (함께 웃음)

박이문 아니죠. 영문과는 싱거운 사람들이 하는 거지요. (함께 웃음) 프랑스 문예가 그림이나 미술에서 얼마나 화려했습니까. 쉬르리얼리즘, 다다 등이 다 프랑스에서 나온 것 아닙니까. 다리도 런던보다는 예쁘고 그렇습니다.

사회 옳으신 말씀입니다. 그런데 프랑스에는 이렇다 할 음악이 없지 않습니까?

박이문 예, 그렇긴 하죠.

사회 문학과 철학의 친연성이나 근친성에 대해서 말씀해 주셨는데, 그 부분에 대해서 조금 더 자세히 말씀해 주시지요.

박이문 철학과 문학을 얘기할 때, 철학과 문학을 각각 어떻게 규정하느냐에 따라서 전연 다른 얘기가 나온다고 생각합니다. 많은 텍스트들, 가령 파스칼의 『팡세』 같은 작품은 문학사에도 나올 수 있고, 철학사 혹은 사상사에도 나올 수 있다고 생각합니다. 그리고 가령 성서라든가 불경 같은 경전도 어떤 면에서는 보기에 따라서 은유적인 문학으로 읽을 수 있다고 생각합니다. 사람들이 쓴 글을 분류하는 것이 엄청나게 애매하다고 생각합니다. 이것은 문학이다, 아니다라고 하지만, 어떤 텍스트를 보면 문학으로 읽어야 할지, 철학적이고 사회학적인 비문학으로 읽어야 할지가 애매할 때가 많습니다. 그래서 이런 관점에서 최근에 포스트모더니즘이니 해체주의니 하는 말들이 많이 나와서 미국에서도 리처드 로티라는 철학자가 왔었지만, 요새 많은 사람들이 문학과 철학은 구별이 안 된다는 얘기를 아주 강하게 주장하고 있습니다.

그것은 복잡하기는 하지만 철학적인 차원에서 주장되고 있습니다. 그런데 그 사람들의 주장의 근거가 상당히 막연하다고 생각합니다. 가령 여러분이 아시겠지만 미술사에서 뒤샹의 '변기'가 있지 않습니까? 대리점에 쌓여 있는 변기와 우리 집에서 사용하는 변기는 형태나 구조가 같은 복사물이니까 생산물로서는 같지만, 뒤샹이 갖다 놓은 변기는 굉장히 중요한 예술 작품이라고 하고 다른 것은 예술 작품이 아니라고 분류합니다. 그 얘기는 뭐냐 하면, 우리가 언뜻 생각하는 것과는 달리, 많은 경우에 어떤 것은 처음부터 예술 작품으로 봐야 된다는 기호가 있습니다. 하지만 시각으로 봐서, 눈으로 읽어서 문학과 철학이 구별되지 않는 경우가 있다고 생각합니다. 보기에는 어떤 텍스트인지 구별이 안 되고 실제 물체로서의 집합으로는 똑같지만, 아까 말씀드린 대로 어떤 변기는 예술 작품이 되지만 어떤 변기는 예술 작품이 안 되는 것입니다.

결국 문학과 철학은 분류상에서 구별할 수가 없다는 얘기입니다. 그럼에도 불구하고 어떤 것을 문학이다, 철학이다라고 하는 근거는 무엇인가라는 문제가 나옵니다. 그런데 어떤 작품을 쓸 때, 자기 나름대로 깊은 생각을 나타내려고 하지 않는 사람은 없을 겁니다. 깊고 근본적인 문제에 대해서 생각을 하고, 느낌을 나타내려고 하는 것이 철학적인 욕망입니다. 그렇다면 모든 문학뿐 아니라 예술 작품은 일종의 철학적인 요소가 있고, 철학적인 욕망이나 필요에 의한 표현이라고 생각합니다. 서평이라든가 미술 평을 보면, 이것은 우주의 무엇을 표현하는 것이다, 현대의 부조리를 표현하는 것이다라고 얘기하는데, 그런 것이 전부 철학적인 언명이라는 것입니다. 그런 의미에서 보면 어떤 것이 철학인지 무엇인지를 알 수 없게 될 수 있습니다. 그런 점에서 문학과 철학은 얽혀 있다고 생각합니다.

그러나 동시에 철학과 문학은 서로 뗄 수 없지만 반드시 떼어 내야 된다고 생각합니다. 철학은 일반적인 진리라든가 가장 추상적인 문제에 대해서 근본적인 명제를 언급하려고 한다는 점에서 상당히 추상적입니다. 철학과 예술은 진리의 문제를 추구하는 점에 있어서는 비슷한 면이 있다고 생각합니다. 하지만 철학자가 예술가와 근본적으로 다른 것은 가장 투명하게, 조직적이고 체계적으로, 그냥 느낌이 아니라 추상적으로 무언가를 설명하고 밝히고자 하는 것이 철학자라는 것입니다. 그런 의미에서 분석적이고 조직적입니다. 수학적인 욕망, 물리학적인 욕망, 과학적인 욕망이 철학적인 표현을 하고자 하는 욕망의 하나라고 생각합니다. 어떤 것을 분명히 설명하고 밝혀서 이론화하려는 욕망이 철학자의 욕망이라고 생각합니다. 그러나 그 반면에 무슨 소리인지 모르게 흐릿하게 하면, 그것은 철학적인 것이 아닙니다. 그런 의미에서 철학은 상당히 분석적이고 추상적입니다. 그런데 예술적인 표현의 토양은 분석적이 아니라 상당히 감성적이고 종합적입니다. 일부러 흐리멍덩하게 이렇게도 되고 저렇게도 되는 것처럼 해야 됩니다. 분명하게 한다면 시나 문학이 아닙니다. 가령 분명히 쓴 작품을 시라고 읽고, 분명한 관점에서 그 작품을 해석할 때에는 문학적인 해석이 아니라고 볼 수 있습니다. 조건이 다른 것입니다. 그래서 시를 쓰고자 하는 욕망과 요청, 조건은 철학적인 진리를 찾고자 하는 욕망과 한편으로는 양립할 수가 없는 것입니다. 이런 양면성이 있다고 생각합니다.

미국에 가면 학생들이 성경을 많이 공부하는데, 종교적인 교리로 공부하는 것보다 많은 경우에 문학으로서의 성경이라는 강의를 듣습니다. 그러니까 성경이 문학책으로 쓰여진 것은 아니지만 문학으로도 읽을 수 있는 것입니다. 성서뿐만 아니라 모든 신문 기사도 그렇게 읽을 수가 있습니다. 그래서 아까 말한 것처럼 어떤 작품의 총체를, 하나의 통일된 무엇을 문학 작품으로 보느냐, 철학으로 보느냐 하는 것은 그냥 눈으로 보아서 되는 게 아니라 어떤 관점으로 보느냐에 의해서 구별된다고 생각합니다. 아까 뒤샹의 변기는 물질로서는 똑같지만 그것을 어떤 관점이나 맥락에 의해서 쳐다보느냐에 따라서 문학적인가 아닌가가 구별되는 것입니다. 문학 작품이 따로 있는 것이 아니라, A라는 작품을 문학적인 관점에서 보고, 예술적인 관점에서 보고, 철학적인 관점에서 보았을 때 달라지는 것이지, 구체적인 시각으로 보았을 때 내용의 차원에서 구별되는 것은 아니라는 것이 저의 이론입니다. 그 이론을 양상론이라고 하는데 어떠한 양상에서 보느냐 하는 것입니다.

예술이 무엇이고, 문학이 무엇이고, 철학이 무엇인가에 대한 논의는 이미 철학적인 것입니다. 양상이라는 것은 보는 관점입니다. 그래서 가령 꽃은 빨갛다라는 문장이 있다면, 그것의 현재적인 양상, 칸트가 얘기하는 것인데 꽃이 그렇다는 사실을 확인하는 것입니다. 즉 그것이 어떻다는 것은 사실 확인을 위한 주장인 것입니다. 거꾸로 사실이 아니라, 이렇게도 생각할 수 있지 않느냐라는 것은 다른 것입니다. 꽃은 빨갛게 보일 수 있다고 할 때에는, 내 말이 맞다, 틀리다라고 할 수는 없습니다. 내가 가령 꽃은 빨갛게 보일 수도 있고 파랗게 보일 수도 있다고 할 때에는 맞는지 틀리는지를 판단할 수 없는 것입니다. 그러니까 조건적인, 가상적인 관점에서 '볼 수가 있다'는 가능성은 세계를 보는 가능한 틀을 제공하는 것이지, 사실이라고 확인하는 것은 아닙니다. 그러니까 이렇다고 하는 단정적인 명제와 '볼 수 있다'라는 가설적인 명제는 전혀 성격이 다릅니다. 그런 것을 양상이라고 합니다. 거기에는 정언적 양상, 개연적 양상, 필연적 양상 등이 있습니다. 따라서 어떤 작품을 문학 작품이냐 철학적 서적이냐 라고 할 때, 그것을 그냥 봐서는 모릅니다. 철학적, 역사적인 배경, 어떤 관점에서 어떤 양상으로 그 저서가 제출(제안)되었느냐 하는 것을 전제하지 않으면 결정할 수가 없다는 얘깁니다. 따라서 문학적인 역사와 논리적인 관계 같은 것을 아는 틀에서만 둘의 관계가 설명된다고 생각합니다.

사회 박이문 선생의 양상론을 비판하든가, 아니면 김우창 선생께서 생각하시는 문학과 철학의 친연성 혹은 차이에 대해서 말씀해 주시지요.

김우창 박이문 선생님은 철학을 하시니까 개념적으로 정리해서 말씀해 주시는 것이고, 문학 하는 사람은 대개 어물어물 불분명하게 얘기를 하니까, 철학 하는 이는 논리적 명증성을 가지고 얘기를 하는 것이고, 문학 하는 사람은 보통 이 소리도 아니고 저 소리도 아니게 얘기를 합니다. 양상론과도 연결되는 게 있겠지만, 철학과 문학에 대해서 어떻게 다른가, 같은가 하는 것을 제 생각을 중심으로 보충해서 설명을 드리고 싶습니다.

철학은 원리를 추구하는 학문이고, 문학은 원리로부터 벗어나서 잡다한 경험적인 현상에 관심을 가진다는 것이 차이인 것 같습니다. 그래서 철학은 하나에 관심이 있고, 문학은 많은 것에 관심이 있는 것 같습니다. 그런데 하나라는 것은 원리인데, 원리라는 것은 시공간을 초월해서 타당한 것을 얘기하는 데 반해서, 잡다한 것은 결국 같은 원리에서 나오더라도 끊임없이 일어나는 우리 주변의 사실, 잡다한 일상사에 대한 문제를 이야기할 수 있기 때문에 시간적인 사건에 관계가 많은 것 같습니다. 그래서 문학의 기본적인 양식이라는 것은 서사, 즉 이야기하는 것입니다. 내가 어디를 갔더니 마침 누구를 만나서 라는 식으로 주로 사건을 이야기하는 것입니다. 그런데 그때 당신이 그 사람을 여기에서 만나게 된 것에 대해서 인간의 우연적인 만남은 없는 것이고, 그것은 필연적인 인과 관계로부터 설명될 수 있다는 식으로 원리적으로 사건을 떠나서 얘기하면 철학이 되는 것 같습니다. 그러나 동시에 문학이 잡다하게 일어난 일들만 얘기하는 것이 아니라, 그것의 종합적인 원리가 무엇인가라고 늘 생각합니다. 문학은 많은 데에서 하나로 가려고 이야기하는 것이고, 철학은 하나로부터 많은 것으로 내려와 보려고 한 원리를 가지고 많은 것을 설명해 보고자 하는 것인데, 즉 방향이 다른 것이지 근본적인 관심은 같다고 할 수 있을 것 같습니다.

특히 윤리적인 문제, 어떻게 사느냐에 대한 관심을 가진 것이 철학이라고 볼 수 있는데, 얼마 전까지 미국 철학은 매우 개념적이고 논리적인 문제에 관심이 있었기 때문에 정말 문학에서 멀어진 것 같은 느낌을 줍니다. 아까 박이문 선생께서 파스칼을 예로 드셨는데, 파스칼의 『팡세』는 문학인 것 같기도 하고, 철학인 것 같기도 합니다. 좀 더 극단적으로 얘기하면 데카르트의 『방법 서설』 같은 것도 철학적인 방법에 관한 얘기이지만, 내용에 보면 이야기가 많이 들어 있습니다. 그래서 겨울에 어디를 가다가 방에 앉아 있는데, 난로는 따뜻하고…… 이런 이야기들이 나옵니다. 내가 어릴 때는 어떤 공부를 했는데, 다 별로 재미를 못 봤고, 결국 믿을 만한 것은 없다고 생각하게 되었다는 이야기들이 있어서, 사실 데카르트의 『방법 서설』 같은 철학적인 논설도 이야기 비슷합니다. 이것이 불문학의 특징(전통)인 것 같기도 합니다.

대학 다닐 때 불문학이 상당히 부러웠는데, 영문학은 그런 것이 없습니다. 저는 영문과를 다녔지만, 소설이면 소설, 시면 시와는 별로 관계없이 철학은 별도로 존재하는 것이어서 같은 코스에서 취급하는 법도 없고, 같은 역사책에서 다루는 법도 없었습니다. 그러니까 데이비드 흄과 헨리 필딩을 같이 다룬다는 것은 생각할 수도 없는 것이었습니다. 연구하는 사람들이 그 밑에는 이런 관계들이 있다고 들춰내는 것은 있지만, 영문학은 그렇지 않습니다. 불문학에서 파스칼도 그렇고, 데카르트도 그렇고, 몽테뉴의 대표적인 『에세이』도 문학인지 철학인지 알 수 없습니다. 이것은 문학과 철학이 상당히 비슷하기 때문에 그렇기도 하고, 프랑스가 가진 특별한 전통에서 오는 것이기도 합니다. 또 유럽 전체에 있어서 17세기부터 20세기까지 내려오는 하나의 새로운 문학사적인 양상을 나타내기도 하고, 또 문학사적으로도 특별한 양상을 드러내는 것이라고 생각됩니다. 그러니까 유럽 사람들이 17세기 이후에, 어떻게 해서 경험적인 사실들이 하나의 철학적인 원리에 수합될 수 있는가 하는 것에 대해서 관심이 많았던 것 같습니다. 그래서 미학이라는 학문도 생기고, 미학에 관한 서양 철학에서의 중요한 저서는 칸트의 『판단력 비판』, 바움가르텐의 서적 등에서부터 미학을 철학에서의 문제로 삼은 것 같습니다. 철학에서 우리가 잡다하게 생각하는 감각적인, 경험적인 사실들이 어떻게 하나의 원리 속에 이해될 수 있는가의 문제를 생각하기 시작했습니다. 그것은 동시에 유럽의 철학과 문학에서 어떻게 해서 경험적 사실이 하나의 통일된 원리 속에 수합될 수 있느냐 하는 것을 직간접적으로 드러낸 것과 관계가 있다고 생각이 됩니다. 그래서 다시 말하면 철학사나 문학사에서 특별한 현상이기도 하고, 철학이나 문학의 중심점이 옮겨 갔다는 얘기도 된다고 생각합니다.

그전까지는, 철학이라는 것을 정의하기가 어렵지만, 거룩한 말씀으로 인생을 가르쳐 주기도 하고, 개념을 풀어 주기도 하고, 우리에게 도움이 될 만한 거창한 말들을 설명해 주고, 논리적인 관계도 지키면서 설명해 주는 것이 철학이 하는 일이었습니다. 그런데 데카르트, 몽테뉴, 파스칼을 통해서 철학의 중심은 개념적 분석에서부터 의식의 통일성으로 옮겨 간 것 같습니다. 그러니까 데카르트 같은 사람의 '나는 생각한다. 고로 존재한다'라고 하는 유명한 말은 의식이 굉장히 중요해졌다는 것이고, 몽테뉴에서도 수필을 쓴다는 것은 자신이 경험하고 생각한 것을 쓰는 것이기도 하지만, 자기 자신을 드러내는 것이기도 하고, 스스로를 생각하는 존재로서 파악하게 된 것이라고 할 수 있습니다. 그래서 몽테뉴의 관심은 세상만사에 대한 관심이기도 하지만, 또 자아에 대한 관심이기도 합니다. 내가 누구냐는 것에 대한 관심이 몽테뉴는 굉장히 컸다고 할 수 있습니다. 말하자면, 자아라는 것, 자의식이라는 것을 하나의 원리로 해서 잡다한 것을 설명하려고 하게 되었다는 것입니다. 개념이나 원리가 아니라 움직이는 자아(자의식)를 가지고 잡다한 것을 설명하려고 하면 철학이 훨씬 유연해집니다. 하나의 개념을 가지고 설명하려고 하면 문제가 많은데, 움직이는 의식이라는 것은 늘 대상 세계에 대해서 열려 있는 것이기 때문에, 대상 세계의 잡다한 것에 대해서 상당히 민감한 반응을 할 수 있습니다.

그래서 몽테뉴나 파스칼도 그렇고, 이런 전통이 계속되어서 문학에서 가령 프루스트 같은 사람의 작품은 굉장히 문학적인 얘기지만, 철학적, 심리학적인 반성이 많이 나오기 때문에 철학을 좋아하는 사람이 읽어도 재미가 있습니다. 이야기를 좋아하는 사람은 오히려 재미가 없습니다. 이야기가 너무 느릿느릿 움직이니까요. 너무 관찰을 많이 하고 거기에다가 개념적인, 심리적인 자기반성을 많이 하다 보니까 재미가 없어지긴 하지만, 거기서 의식의 움직임이 많이 보입니다. 20세기 초에 서양 문학에서는 의식의 흐름이라는 것이 매우 중요한 소설 테크닉으로도 등장을 하게 됩니다. 의식으로 철학의 중심이 옮겨 오면서 하나의 통일된 의식 속에 잡다한 경험을 통합할 수 있느냐라는 굉장히 중요한 문제가 발생하게 됩니다. 그래서 철학적인 소설들이 많이 나오게 됩니다. 얼른 보기에는 철학적인 소설들이 아니지만, 밑바닥에는 사실 철학적인 충동이 담겨 있는 소설들이 많이 나오게 되었습니다. 그러나 이것은 서양사에 있어서 특이한 현상이라고 생각이 됩니다. 그러니까 잡다한 인생을 경험하면서 이것을 통합하는 하나의 원리가 무엇인가, 하나의 통일된 의식이 무엇인가에 대한 답을 추구하기 시작한 것, 하나의 통일된 의식을 가지고 감각적이고 경험적인 현실을 설명하려는 것입니다. 특히 현상학에서 그것이 많이 드러나지요. 일과 다를 합쳐서 그것을 한 덩어리로 만들어 보려는 철학적인, 문학적인 충동은 서양사에서 매우 특이한 현상이라고 생각합니다.

언제나 문학과 철학이 그렇게 존재한 것은 아니라고 생각합니다. 가령 이퇴계를 읽으면 아무 문학적인 재미가 없습니다. 퇴계의 성리학은 아침에 일어나서 세수하는 얘기도 있지만, 그것은 순전히 몸을 단정히 하라는 추상적인 얘기를 하기 위한 것이지, 이야기 차원에서는 별로 재미가 없습니다. 『논어』를 보면, 공자가 이런 사람이었구나, 자기 신세를 한탄하면서 내가 상갓집 개 같다라고 얘기하는 것을 보면, 공자라는 사람도 이런 느낌을 가졌구나 하면서 우리에게 문학적으로 호소하는 것들이 있긴 있습니다. 내가 제일 좋아하는 것은 사실 이런 것을 가르치는 것이 아니라, 기수라는 강에 가서 목욕하고, 비파나 뜯으면서 있는 것이라는 내용을 보면, 공자의 내면적, 감각적, 경험적인 사실이 『논어』에 나와 있지요. 다른 것, 특히 신유교, 성리학, 주자학은 다릅니다. 퇴계나 율곡을 보면, 철학은 도학이니까 도학군자들이 하는 것이고, 허튼 얘기는 공부 심각하게 하는 사람이 읽어서는 안 되는 것이라고 생각을 했습니다.

또 플라톤의 글을 이야기로 볼 수도 있지만, 플라톤은 시를 심각하게 깊은 관심을 가지고 보면 안 된다고 얘기했습니다. 아리스토텔레스도 이야기가 없습니다. 그런 식으로 볼 때, 몽테뉴, 파스칼, 데카르트를 한쪽으로 하면서, 프루스트나 영국의 제임스 조이스, 미국의 헨리 제임스 같은 사람들의 철학적인 소설은 매우 특이한 역사적인 현상이고, 문학과 철학은 별개의 것으로 존재해 왔다고 얘기할 수 있습니다. 여기서 결론적으로 하나를 보태서 얘기하자면, 문학이라는 것은 이야기 재미인데, 무엇 때문에 이야기를 하느냐라고 하면, 답변하기 곤란한 것이 많습니다. 그냥 재미있어서 하는 것이라고 할 수 있는데, 거기에 대해서 하나의 원리를 내놓아야 됩니다. 그러다 보니까 서양 근대 소설에서는 그 원리로써 형식적인 정합성이라든지 의식의 단일성이라든지 여러 가지 숨은 원리들이 나타나게 되고, 동양뿐만 아니라 비서양 세계에서는 이 얘기 저 얘기하다가, 인생을 단정하게 도덕적으로 살려고 하는 것이라고 갖다 붙입니다.『춘향전』은 외설스러운 이야기도 있고, 잡담이나 농담도 많은데, 정조를 지키라는 것이라고 주제를 붙입니다. 이야기 재미로 한 것에다가 어떤 철학적, 윤리적인 의미를 가짜로 갖다 붙인 경우도 굉장히 많다고 볼 수 있습니다. 그리고 사실 세계적으로 이야기의 대부분은 그렇게 존재하는 것이지요. 서양의 파스칼의 경우는 서양적인 특이성을 얘기하는 것이지, 철학과 문학은 같은 것은 아니라고 생각합니다.

사회 옛날에 니체 전기를 읽어 봤는데, 니체의『비극의 탄생』같은 것은 아포리즘이 아닙니다. 처음부터 자기 딴에는 체계적으로 글을 썼는데, 나중에 아포리즘 같은 것이 굉장히 많고, 단편적인 것이 많이 나오는 책을 썼지요. 그것은 몽테뉴와 라로슈푸코의 글을 읽고 영향을 받아서 그렇게 되었다고 평전을 쓴 사람은 얘기하고 있습니다. 조금 더 프랑스 문학이나 철학을 말씀해 주셔도 좋고, 체계적인 철학자와 비체계적인 철학자의 차이는 어디에서 나오는가에 대해서 말씀을 해 주시지요.

박이문 니체의 글이 문학성이 있다고 해서, 그의 저서를 문학서로 분류하지는 않습니다. 그러나 니체가 가지고 있는 수사학적인 멋있는 말, 발랄한 표현이 내용과 동떨어진 것은 아닙니다. 니체의 글이 문학적이라고 하는 것은 표현의 발랄함, 신선성, 참신성이 있기 때문입니다. 거꾸로 도스토예프스키의 작품에서 여러 가지 인생에 대한, 종교에 대한, 신에 대한 얘기가 많이 나오는데, 철학적인 얘기가 많이 나오기 때문에 사람들의 마음을 오래 붙잡는 깊이 있는 작품이라고 생각을 합니다. 그렇다고 해서 도스토예프스키를 철학자라고 하지는 않습니다. 그 이유는 철학이 추구하는 목적과 문학이 추구하는 목적이 다르기 때문입니다. 철학적인 것은 문제를 가장 일반화해서 체계적으로 설득, 설명, 입증하려고 하는 담론이나 텍스트에 초점이 갈 때에 그것이 철학적인 것이고, 거꾸로 사람을 홀리거나 놀라게 하거나, 경이롭게 하거나 일상적인 생활과는 다른 것을 느끼게 하는 역할을 하는 것이 문학적인 것이라고 생각합니다.

사회 잠깐 화제를 돌려서, 책을 굉장히 많이 내셨고 시집도 많이 내셨습니다. 그런데 대개 시집을 내는 철학자들이 분석 철학자는 아닌 것 같습니다. 박이문 선생을 굳이 우리가 구별하자면 분석 철학자이신데, 어떻게 시를 쓰는지가 좀 궁금합니다. 그리고 시의 언어와 철학의 언어가 어떻게 다른지에 대해서 조금 말씀해 주시지요.

박이문 언어의 표현 방법에 초점을 두는 텍스트가 문학적인 것이고, 일반적인 명제에 초점을 두는 것이 철학이라고 생각합니다. 예술적, 문학적인 언어는 가능하면 새로운 것, 놀라운 것을 말하는 것입니다. 즉 상투적인 것이 아니라, 똑같은 것도 다른 말로 바꿔서 신선하게 표현을 하고자 하는 느낌과 생각이 문학적인 것이라고 생각합니다. 다른 말로 하자면, 문학적인 언어의 호소는 언어의 의미를 감성을 통해서 전달하려고 하는 데에 있습니다. 그러니까 똑같은 말이라도 추상적인 사랑이라는 말보다 구체적이고 감각적인 사건을 통해서 전달하려고 하는 것이 문학적인 언어이고, 철학적인 언어는 추상화된 이성에 초점을 두는 것입니다. 진리는 이성적이고 보편적인 것이어야 되지, 감각적인 것은 아닙니다. 플라톤이 시인을 공화국에서 추방해야 된다고 했습니다. 예술가들은 무슨 소리인지 모르게 자꾸 헷갈리게 한다고 여겼던 것입니다. 예술가들은 이데아를 복사하기 때문에 예술적인 표현들은 분명하지 않은 것을 얘기한다고 표현했습니다. 왜냐하면 이데아를 파악할 수 있는 것은 느낌이나 지각이 아니라 이성에 의한 직관이며, 이것에 의해서만 판단할 수 있기 때문입니다. 플라톤이 자신의 관점에 의해서 그렇게 얘기한 것이지, 플라톤의 이데아 이론이 틀렸다는 것은 아닙니다. 어떻게 보면, 플라톤이 예술을 잘못 이해했다고 볼 수 있습니다. 저는 문학적인 언어를 쓸 때에는 다원적인 해석이 가능하도록 불투명하게 쓰는 편입니다.

사회 김우창 선생께서도 시의 언어와 철학적인 언어의 차이에 대해서 말씀을 좀 해 주시지요.

김우창 여러 가지 말씀을 하셨는데, 아까 유종호 선생께서 말씀하신 대로, 라로슈푸코처럼 단편적인 종류로 쓴 철학과 체계적인 철학이 어떻게 다른가에 대해서 조금 덧붙여 말씀드리겠습니다. 사실 철학도 아니고 문학도 아닌 글쓰기 가운데에서 중요한 것이 우화인 것 같습니다. 농부에게 두 마리 소 중에서 어느 소가 더 좋은 소냐고 물으니까, 귓속에다 대고 대답했다는 이야기가 있습니다. 동물이라도 함부로 남의 감성을 자극하면서 얘기하면 안 된다는 것에 대해서 조심스럽고, 자상하게 생각하면서 느낌을 가지고 사물을 대해야 된다는 교훈이 우화에 들어 있습니다. 톨스토이가 만년에 쓴 이야기들에도 그런 글들이 있습니다. 우화라는 게 상당히 원형적인 글의 형태라고 생각합니다. 철학도 포함하고, 문학도 포함하는 것입니다. 성경에 나오는 많은 얘기들도 우화적인 성격을 가지고 있습니다. 딱 부러지게 좋은 우화가 있는 것은 아니지만, 그리스도가 이렇게 이야기를 했다고 할 때, 이야기이긴 하지만 그 안에 도덕적인 내용을 가지고 있는 것이 있는데, 사실 이것이 상당히 원형적인 것 같습니다.

사람이 이야기를 하는 것은 이야기 재미로도 하지만, 그다음 단계에 있어서는 뭔가 사는 데 보탬이 될 만하니까 이야기를 하는 것이라고 생각합니다. 실천적인 교훈을 가진 이야기를 전달해 주는 게 우화들인 것 같습니다. 그리고 우화의 힘이라는 게 굉장히 큽니다. 이솝 우화를 지금도 읽고 있고, 성경을 가지고 신학도 만들어 내고, 신앙도 만들어 내는 것을 보면, 성경에 들어 있는 여러 우화적인 것이 중요하고, 동양에 있어서도 사실 그렇습니다. 옛날에 우리나라 사람들이 쓴 글이라는 것이 전부 우화는 아니지만, 아까 이야기한 퇴계 같은 사람이 쓴 글에도 중국 어디에서는 이런 일이 있었는데, 이렇게 했습니다라는 식으로 사례를 들고 교훈을 끄집어냅니다. 그걸 계속 끌고 나가면서 철학 논의를 전개하고, 임금님께 간하는 상소도 합니다. 그래서 우화라는 것이 이야기면서 도덕적 내용을 가진 중요한 장르라는 생각이 듭니다. 그것은 어느 문화나 전통에서도 다 있는 것이라고 생각합니다. 그런데 이 우화가 도덕적인 내용을 가지고 있다고 할 때, 그것을 철학적이라고 할 수도 있는데, 우리가 철학적이라고 할 때의 철학은 윤리학적인 관심을 가진 실천 철학입니다.

그러나 현대 철학은 실천적인 것보다는 진리의 문제에 더욱 많은 관심을 가지고 있습니다. 무엇에 참여하느냐 하는 것이 중요한 문제이고, 어떻게 살아야 되느냐 하는 것은 이차적인 관심밖에 되지 않습니다. 니체의 경우에 잠언적인, 경구적인 것도 많이 있지만, 실천적인 내용도 가지고 있으면서 진리에 관련된 발언이 간접적으로 많이 들어 있습니다. 그러니까 진리는 없다, 진리는 다 거짓말이다, 진리는 다 권력의 편이다, 진리는 엉터리다라는 얘기까지도 진리에 관한 발언입니다. 현대 철학이라는 것이 진리에 관한 관심을 증대시키면서 우화적인 전통으로 연결해서 생각하면 철학으로 바뀌게 되었고, 진리에 대한 관심은 그렇게 강하지 않은 채로 실천적인 관심을 가진 것이 우화로 남았고, 또 거기에서 진리나 도덕과는 거리가 먼 감각적인 것에 관심을 가진 것이 문학적인 언어로서 성립하게 되었다고 할 수 있습니다. 현대 문학이라는 것은 대개 그러한 부분에서부터 발생한 것이라고 볼 수 있습니다. 그렇게 역사적으로 볼 수 있지 않나 하는 생각이 듭니다.

그런데 니체도 그렇고, 라로슈푸코도 그렇고, 잠언적인 것이 철학이냐 문학이냐 하는 것은 길고 짧은 것도 물론 관계가 있고, 논리적으로 하나를 가지고 계속 전개해 나가느냐 하는 것도 중요합니다. 하지만 그것이 진리에 대한 발언에 관계되어 있느냐, 실천적인 내용만을 가지고 있느냐, 또는 감각적인 경험에 관계되어 있느냐에 따라서 진리에 관계된 내용이 들어 있으면 그것은 철학적인 것이 되고, 주로 감각적인 것, 실천적인 것에 관계되어 있으면, 윤리학이나 문학의 도덕적인 영역에 대한 발언으로 간주하게 된다는 생각이 듭니다. 그러면서 또 우화를 다시 생각할 때, 우화에서는 어떤 교훈을 끄집어냅니다. 옛날에 어떤 유명한 점쟁이가 있었는데, 뭐든지 안 보이는 것을 척척 잘 맞추었습니다. 그래서 쥐를 통에다 넣어서, 쥐가 몇 마리냐고 원님이 불러서 물었더니, 다섯 마리가 들어 있다고 합니다. 세 마리밖에 넣지 않았는데, 점쟁이가 다섯 마리라고 얘기하니까 '이놈 고약한 놈이다'라고 해서 결국은 점쟁이에게 형벌을 주게 됩니다. 그런데 점쟁이를 죽이고 나서 문득 생각이 들어서 쥐의 배를 갈라 보니, 새끼가 두 마리 들어 있었다는 것입니다. 너무 성급하게 눈에 보이는 것만으로 판단하면 안 된다는 교훈을 말하는 것입니다. 그런 이야기를 만들면서 교훈을 만드는 것에서 우리가 무엇을 보냐 하면, 도덕적인 교훈도 있지만, 사람 머리의 재치에 대해서 상당히 감탄을 하게 됩니다. 잠언 같은 것을 보고 우리가 좋아하는 것은 거기에 들어 있는 예지 때문이기도 하지만, 재치가 있기 때문에 좋아합니다. 사람 마음의 반짝 빛나는 면을 보고 좋아하는 것입니다. 철학 하는 사람은 거기에 관심이 없습니다. 문학 하는 사람은 사실이 맞든지 안 맞든지 간에 농담이라도 기발한 농담, 재치가 번뜩이는 것, 그런 마음의 번뜩임에 대해서 많은 관심을 가지고 있고, 그것을 표현하는 언어에 대해서 관심을 가지고 있습니다. 줄여서 얘기하면, 진리에 관심을 많이 가져서 진리병에 걸린 사람들이 철학 하는 사람들이고, 진리가 없어도 그럭저럭 살 수가 있다고 생각하는 사람들이 문학 하는 사람들이 아닌가 싶습니다.

박이문 저는 명료하게 논의를 추구하면서 동시에 시를 쓰는데, 시를 쓰면서는 억지로 말이 안 되는 것을 쓰려고 애씁니다. 그런데 한편 수상 같은 수필, 하이데거의 『숲속의 오솔길』 같은 것을 보면 그것이 문학인지 철학인지 판단하기가 어렵습니다. 한편으로는 투명하게 해서 세상을 알고 느끼는 것이 전제가 될 때, 그것을 원활히 하기 위해서는 자연히 철학적인 요청이 나온다고 생각합니다. 그러나 산다는 것, 경험한다는 것은 논리가 아닙니다. 그래서 시를 쓰면 철학에서 담지 못하는 개인적인 경험, 느낌, 생각 등을 담을 수 있다고 생각합니다. 철학도 아니고 시도 아닌 것이 있을 텐데, 그래서 다른 수필 같은 것, 가령 몽테뉴 식이나 하이데거 식의 수필을 써 보려고 노력하고, 기회가 있을 때마다 시도를 했었습니다. 그래서 『명상의 공간』 같은 글을 썼습니다. 거기에서도 하고 싶은 말을 못한 경우가 있어서 칼럼 같은 것도 많이 쓰고 그랬습니다. 그래서 이 사람은 다 하는 것 같지만, 한 장르로는 할 수 없는 다른 영역이 있다고 생각합니다. 그래서 그렇게 되었다고 생각합니다. 철학의 추상화된 텍스트 속에서 벗어나서 하고 싶은 얘기들이 시적인 언어로 표현된 것입니다.

사회 여기에 계신 분들이 대개 문학을 공부하고 싶어 하는 분들인데, 문학을 공부하는 데에 도움이 되는 철학책 같은 것이 있다면, 어떤 책을 권고

해 주고 싶으신지요.

박이문 일률적으로 얘기하기는 어려운데, 데리다가 대표적이고 적극적으로 차이가 없다, 다 똑같다고 얘기합니다. 마찬가지로 문학이냐 시냐 소설이냐 하는 구별이 절대적인 것은 아니라고 생각합니다. 데리다가 뒤죽박죽이라고 말하지만, 그 사람이 틀린 것은 기혼자나 미혼자의 구별은 눈에 보이는 구별이 아니라, 제도적이고 관념적인 구별이라는 것입니다. 어떤 책을 도서관에 정리할 때, 문학 서고에 넣느냐, 철학 계통의 서고에 넣느냐라고 할 때, 그때그때의 판단에 따라서 구별해야 된다고 생각합니다.

김우창 뭘 읽어야 될지 말씀드리기가 어렵습니다. 문학 하는 사람은 문학적 감성으로 쓰는 게 좋고, 쓸데없는 관념을 가지고 조작을 하게 되면, 생경하게 되어서 작품 자체가 나빠지는 경우가 있습니다. 그러니까 될 수 있으면 관념을 없애 버리고, 선입견을 없애 버리고, 경험 자체에 충실하도록 해야 되기 때문에 문학 하는 사람이 철학책에 관심을 가지면 오히려 해롭다고 얘기할 수 있을 것 같습니다. 역사적으로 늘 그랬다고 하기는 어렵지만, 현대 문학 작품에 있어서는 철학적 관심이 필요하다고 생각합니다. 현대적인 감성에 호소할 수 있게 되려면, 철학적인 내용이 있어야 된다는 느낌이 듭니다. 서양 문학의 기준에서 얘기하는 것입니다. 또는 세계 문학의 기준에서 얘기하는 것이니까, 우리가 노벨상이라도 받으려면, 철학적인 뭔가가 들어 있는 작품을 쓸 수 있어야 된다고 생각합니다. 그런데 철학적인 내용이라는 것은 개념을 다루는 것이 아니라, 지성 자체가 철학적이라야 된다는 것입니다. 사실 헨리 제임스는 머리가 좋은 사람이고 철학적인 사람인데, 문장도 어렵지만, 문장 하나하나가 다 생각이 들어 있는 문장입니다. 그 생각이라는 것이 아주 깐깐한 것들입니다. 그래서 제임스의 철학적인 관심을 두고, 엘리엇이 말하기를 '개념이 범할 수 없는 지성을 가진 사람이다.'라고 말했습니다. 개념에 의해서 뒤틀리지 않는 지성, 굉장히 지적이고 철학적인 사람인데, 또 동시에 개념에 의해서 뒤틀리지 않는 사람이라고 해서, 숨은 철학적 관심이 있어야 된다는 것을 말했습니다.

밀란 쿤데라의 『참을 수 없는 존재의 가벼움』 같은 작품도 숨은 철학적 관심이 있지만, 표면에는 그것이 안 나타나 있습니다. 프루스트라는 사람이 철학적이라고 하지만, 표면에는 안 나와 있습니다. 그러니까 하나의 통일성을 유지하는, 깐깐하게 생각하고 꼼꼼하게 쓰는 기술로서 철학적인 의식이라는 것이 쿤데라 같은 가벼워 보이는 작가에게도 들어 있고, 프루스트같이 더 심각해 보이는 작가에게도 들어 있습니다. 그러나 또 요즘은 여러분이 다 아시다시피, 너무 깐깐하게 생각해서 쓴 작품이라는 것은 한물갔다는 느낌도 있습니다. 그래서 깐깐하게 쓰는 것보다 규칙을 어기면서 쓰는 것이 좋다고 합니다. 마술적 리얼리즘, 포스트모더니즘처럼 원리가 없는 예술 작품을 얘기하기 위해서 나온 말인데, 그런 경우도 니체가 진리라는 것은 다 자기 기만이라고 하면서 진리에 대해서 얘기한 것처럼, 깐깐한 것은 다 엉터리라고 하면서 깐깐하지 않은 얘기를 해야 통하게 되어 있는 것이 요즘 문학 작품의 실상이라고 생각합니다.

저는 우리나라의 소설이나 시를 읽으면서, 특히 시를 읽으면서 느끼는 것이 과학적인 사실에 대한 존중이 별로 없습니다. 시가 과학이 아니기는 하지만, 과학적인 사실을 존중하면서 우리의 심금을 울려야 됩니다. 시는 감정을 얘기하되, 감정을 노골적으로 얘기하면 안 됩니다. 과학적인 사실을 존중하면서, 사실적인 세계도 존중하면서, 거기에서 감정을 보이지 않게 짜내야지, 내놓고 눈물을 마구 짜려고 하면 안 됩니다. 그냥 사실적인 얘기를 했는데, 눈물이 나오게 만들어야 됩니다. 그러니까 그런 의미에서 숨은 과학적 인식, 숨은 철학적 원리, 숨은 의식의 통일성 등에 대한 관심이 문학 속에 들어 있어야 합니다. 그리고 그것을 무시하는 작품도 그것을 무시한다는 의식이 있으면서 그것을 무시해야지, 그냥 순진한 상태에서 무시해서는 별로 먹혀들어 가지 않는 작품이 될 수밖에 없다는 생각이 듭니다. 그래서 사실 문학 하는 사람들도 철학을 읽어야 된다고 생각합니다. 물론 철학적인 원리를 가진 책들, 그런 소설들도 읽어야 되지만, 철학 책도 읽어야 합니다. 옛날 고전도 읽는 것이 좋겠지만, 요즘 박이문 선생님의 글 같은 것들도 읽고, 심지어는 분석 철학도 읽으면서, 작품을 쓸 때에는 다 잊어버리는 것이 좋습니다. 작품에다가 표현하면 안 됩니다. 안 보이게 만들어야 합니다. 그런 의미에서 당대적인 관심이 있는 책들을 보는 게 중요한 것 같습니다. 데리다도 읽는 게 좋고, 포스트모더니즘도 읽는 게 좋지만, 그것을 문학에다 표현하는 것은 좋지 않습니다. 숨은 것으로 남아 있어야 됩니다.

박이문 훌륭한 예술가(시인, 작가)들이 공부를 많이 한 사람들은 아닙니다. 가까운 예를 들자면, 셸린도 깡패 같이 살았던 사람이고, 장 주네라는 사람도 못된 짓은 다 하고, 감옥에서도 살고, 사생아였습니다. 장 주네가 죽은 지 얼마 안 되지만, 프랑스에서는 그 사람의 작품이 이미 고전 속에 들어 있습니다. 아주 무식한 사람이고, 문장도 형편없는 사람이었는데 그렇습니다. 그러니까 꼭 체계적인 철학서에 대한 공부가 필요한 것은 아니라고 생각됩니다. 체험으로 얻는 것이 좋습니다. 아까 김우창 선생이 얘기한 것처럼, 체계적인 것이 아니라도 철학적인 생각, 문제를 깊이 파고들어 가는 경험, 사물을 보고 느끼더라도 철저하게 하는 안테나를 달고 태어난 사람이면 철학적인 글을 쓸 수 있습니다. 그렇지 않고, 밤낮 상투적인 얘기, 달콤한 얘기, 구름 같은 얘기를 하면 안 됩니다. 철학에서는 남의 것을 정리하는 것도 철학이라고 하지만, 예술에서는 새로워야 합니다. 생각이나 감성도 혁명적인 것으로 무장해야 됩니다. 기술적인 문제도 있지만, 그러한 감성의 세련도와 혁명성은 혼자 해서는 안 됩니다. 다른 사람들이 무슨 생각을 했는가에 대해서, 사유의 지평을 넓히기 위해서, 거름을 얻기 위해서 철학을 공부하는 것이 중요하다고 생각합니다. 남의 것을 그냥 읽는 것이 아니라 그것을 영 딴판으로 다루는 것이 좋습니다. 문과를 졸업해서 위대한 사람이 된 경우는 그렇게 많지 않다고 생각합니다. 다른 경험들을 해 보는 것, 간접적으로 다른 사람의 책을 많이 읽는 것이 중요합니다.

김우창 상투적인 작품을 쓰면 안 된다고 하셨는데, 문학 작품에 긍정적인 것이 많이 있습니다. 인생이 찬란하다고 하는 작품이 많은데, 정말 찬란한가를 물은 다음에 찬란하다고 해야지, 그냥 찬란하다고 하면 안 되는 것 같습니다. 그런 점에서 '묻는다'는 것이 철학과 문학의 공통점일 것 같습니다. 단지 철학은 겉에 내놓고 묻는 것이고, 묻는 것을 속에다 감추어 놓고 있는 것이 문학입니다. 그러나 물음으로써 표현한다는 점에서는 문학이나 철학이 공통된다고 생각합니다.

질의 응답

질문자 1 박이문 선생님의 「나의 길, 나의 삶」 같은 수필을 보면, "나는 새를 좋아한다."라고 시작하는데, 지금도 좋아하시는지요.

박이문 제가 시골뜨기입니다. 벽촌에 살았는데, 집에서 새장을 직접 만들어서 그 안에 새들을 기르곤 했습니다. 겨울이면 참새를 잡아서 사랑 부엌에서 구워서 먹었던 기억이 납니다. (함께 웃음) 개를 좋아해서 개에게 프랑스 이름을 붙이기도 했습니다. '삐에르'라고 붙였는데, 하루는 오후에 들어오니까 개를 잡으려고 하는데, 그것을 개가 알고서는 대청마루 밑에 들어가 있었습니다. 결국은 동네 앞 개천에 끌려가서 저녁 때 잡아 끓여서 멍석을 펴 놓고 보신탕을 해 먹는데, 저는 맛있어서 더 달라고 했었습니다. (함께 웃음)

질문자 1 새와 개에 대한 호감 얘기가 나오고, 앎에 대한 지적 갈증 때문에 프랑스로 가서 소르본 대학에서 공부하고, 보스턴에도 유학을 갔었다는 글을 봤습니다. 유종호 선생님께 질문 드리고 싶은 것은 '금요일의 문학 이야기'에 그동안 많은 명사분들을 뵈면서 저서나 프로필을 보면 수상 경력이 많은데, 박이문 선생님의 약력에는 수상 경력이 안 나와 있어서, 그 부분에 대해서 질문을 드리고 싶습니다.

사회 박이문 선생은 일찌감치 프랑스에 가셨습니다. 1957년에 만났는데, 이분은 프랑스 간다고 의기양양해서 왔다 갔다 했었습니다. 프랑스에서 박사 학위를 받고 돌아오셔서 이화여대에서 잠깐 가르치다가, 그야말로 지적 갈증을 느끼셔서 프랑스로 다시 갔다가 미국으로 가셨습니다. 가셔서 오랫동안 계셨기 때문에 돌아오신 지 얼마 안 됩니다. 사실 미국 사람들이나 프랑스 사람들이 더 가까울 겁니다. 오랫동안 한국에 안 계셔서 상을 탈 기회가 없었던 겁니다.

박이문 저는 상을 한 번도 타 본 적이 없습니다.

사회 박이문 선생께서 여기에 오래 계신 적이 없고, 여름 방학이면 두어 달 정도 부모님을 뵌다는 핑계를 대서 왔다가 갔기 때문에, 보통 철새라고 얘기했었습니다. (함께 웃음) 우리 사회에서는 정처가 없는 철새에게 사회적 명예나 보상을 안 해 주는 것 같습니다. 보통 65세가 되면 명예퇴직을 하게 되는데, 이 분은 포항공대에서 70세까지 근무하시고, 요즘 연세대학에서 또 교수직을 하고 계십니다. 그러니까 그만큼 다 보상을 받는 거지요.

질문자 2 유종호 선생님 마지막 시간이어서 여쭙고 싶은데, 아까 두 분 선생님께서는 문학을 어떻게 접하셨는지에 대해서 말씀해 주셨는데, 유종호 선생님께서도 문학을 어떻게 접하시게 되셨는지에 대해서 말씀해 주시면 고맙겠습니다.

사회 박이문 선생께서 아까 시골 분이라고 하셨는데, 저는 박이문 선생보다 더 시골에서 살았습니다. 제가 초등학교를 충북 증평에서 다녔는데, 증평에서 초등학교 4학년까지 다녔습니다. 옛날에는 시골에 놀잇감도 없고 그래서……. 또 저희가 학교 다닐 때만 하더라도 의무 교육이 아니었습니다. 그래서 시골에 가 보면 나이가 많은 학생들이 많았는데, 제가 학교를 들어가 보니까 제일 꼬마였습니다. 자연히 동기생들과 나이가 한 서너 살 차이가 나니까 친구가 많지 않았습니다. 그래서 재미를 붙인 것이 책이었습니다. 그리고 사람이 다양한 관심을 가져야 되는데, 제가 좀 미련해서 여러 가지 관심을 못 가지다 보니까 나중에 책을 좋아하게 되어서 문학을 하게 된 것입니다. 그런데 사실 제가 어릴 때에는 책이 많지 않아서 많은 책을 읽지는 못했습니다. 책을 좋아하다가 그냥 문학을 공부하게 된 것이고, 책을 읽자면 외국어 하나는 마스터해야겠다고 생각해서 외국 문학과를 선택해서 오늘에 이른 셈입니다.

질문자 3 초등학교 아이들에게 어떻게 문학적인 관심을 가지게 할 수 있겠는지요. 책을 좋아하게 만드는 방법이 있을 텐데, 국어사전 같은 것을 놓고 보도록 하는 것이 좋을는지요.

사회 사전 같은 것에 아이들이 재미를 붙여서 찾아보게 된다면, 그것은 참으로 좋은 공부일 겁니다. 그런데 요즘 우리 대학생들도 사전을 안 찾습니다. 사전에 다 있는데, 안 찾습니다. 영어 사전도 안 찾고, 우리말 사전도 안 찾습니다. 그러니까 기회를 줘서 하면 좋겠지만, 과연 아이들이 사전 찾는 것을 즐길는지는 모르겠습니다. 왜냐하면 너무 놀잇감이 많기 때문입니다. 저희는 어릴 적에 모르는 말이 있어서 사전을 찾아보면, 아무것도 없었습니다. 옛날에 노천명의 시가 교과서에 실려 있었는데, "대추 방울 돈사야 추석을 차렸다."라는 구절이 나오는데, '돈사야'라는 말을 찾아보면 안 나옵니다. 하지만 요즘에는 사전이 잘 되어 있어서 물건을 파는 것을 황해도 같은 곳에서 '돈사다'라고 한다는 것이 나와 있습니다. 그러니까 사전을 찾아보는 것이 재미있는 것입니다. 요즘 사람들이 사전을 잘 안 찾아보는 것은 자습서가 너무 잘 되어 있어서 그렇지요. 사전 찾아보는 풍습이 생긴다면 참 좋을 것 같습니다.

질문자 4 20년도 훨씬 넘게 두 분 선생님을 참으로 많이 존경하고 흠모해 왔습니다. 특히나 박이문 선생님께서는 20년도 더 된 과거에 『노장 사상』이라는 책을 쓰셨었는데, 그때 제가 그 책을 보면서 이렇게 독자로 하여금 이해하기 쉽도록 필자가 자신의 논리를 아주 세밀하게 정리해 가면서 쓸 수도 있구나 하면서 경이로움을 경험했었습니다.

제 경험에 비추어 보면, 문학적인 표현을 통해서 빚어진 철학이라든가 양상을 소위 말하는 고전이라고 불리우는 문학을 통해서 접했었습니다. 사실은 어렵고 딱딱한 철학책보다도 문학 속에 녹아 있는 철학의 정수를 접했는데, 그게 젊은 날에 서양 고전만을 섭렵하다 보니까, 저의 가치관이나 사고방식에 상당한 영향을 주었습니다. 그래서 제가 한국 문학을 관심 갖고 많이 읽게 된 것은 참으로 늦은 시기였습니다. 젊었을 때에는 번역된 서양 작품만 많이 읽었고, 철학의 줄거리 같은 것들은 주로 서양 것들이 많았습니다. 그래서 한국 문학과 관련해서 문학과 철학의 관계는 어떻게 얘기할 수 있고, 논의될 수 있을까라는 의문을 가졌습니다. 한국 문학에서 논의할 수 있는 철학이 있을까라고 생각했을 때, 저는 모르겠습니다. 유종호 선생님이나 김우창 선생님께서 한국 문학을 전공하셨으니까, 한국 문학 속에서 표현된 철학이라든가 끌어낼 수 있는 철학이 있는지, 전통이 있는지, 그리고 현재 한국 문학에 있어서의 철학의 부재라는 측면에 대해서 조금 더 듣고 싶습니다.

김우창 그것은 철학을 뭐라고 정의하느냐에 달려 있을 겁니다. 한국에도 철학이 있습니다. 개인적인 의미에서 개인적인 체취를 느끼게 하는 철학, 서양 철학의 경우에 아무리 무미건조한 것 같아도 개인적인 철학이 있습니다. 그런데 한국에 그것이 조금 드문 것은 사실인 것 같습니다. 하지만, 철학이 없는 것은 아닙니다. 한용운 같으면 불교적인 명상이 많이 들어 있고, 다른 현대 시를 쓰는 분들은 철학적인 관심을 가진 분들이 많습니다.

옛날에 우리나라에서 시적 체험이라는 것이 세계에 대한 철학적인 인식을 갖는 데 매우 중요한 작용을 한 것 같습니다. 그러니까 시라는 것은 세계, 또는 자연의 원초적인 체험에 접하는 하나의 통로로서 생각되었습니다. 가령 퇴계의 한시에도 맑은 호수를 그린 시가 있는데 '맑은 호수에 그림도 비치고, 새가 날아가는 것도 비치는데, 자신은 새가 물을 차고 올라가다가 수면이 깨질 것을 걱정한다'라는 종류의 간단한 4행시 같은 것이 있습니다. 그것은 매우 조용한 자연의 체험을 얘기한 것이지만, 또 동시에 늘 맑게 있어야 한다는 것, 움직이면서 혼란되는 것이 사람의 마음이기 때문에 움직임을 경계해야 된다는 것, 자연이 우리에게 가르쳐 주는 교훈이라는 것은 맑은 상태를 유지해야 된다는 것 등의 생각을 표현한 것입니다. 그 시는 개인적인 것이라기보다는 우리 한시에 그런 내용들을 가진 시들이 아주 많습니다. 그래서 그런 것들이 상투화되어서 사람 마음을 깨끗이 하는 것을 명경지수라고 표현해서, 밝은 거울 같고 움직이지 않는 물과 같은 마음을 가져야 된다는 식으로 자연에서 따온 체험을 얘기하면서 동시에 그게 도덕적이고 정신적인 교훈을 차지하는데, 많은 시들에 공통적으로 들어 있습니다. 한국 전통에서는 한시라는 것을(물론 시조도 그렇지만) 정신적 경지에 이르는 하나의 수단으로 생각했고, 정신적 경지에 이르는 데에는 자연적 체험이 상당히 중요했던 것 같습니다. 그런 것들은 앞으로 많이 밝혀지고, 또 다른 주제들이 무엇이 있는가에 대해서 얘기를 하게 될 겁니다.

박이문 제 생각에는 동양적인 전통에서는 철학과 문학을 전통적으로 확실히 구별하지 않았다고 생각합니다. 그러니까 노장이라고 하는 『도덕경』

을 사상이라고 하지, 서양적인 관점에서 철학이나 문학이라고 하지는 않았습니다. 시도 결국은 사상의 하나라고 생각할 수 있습니다. 서양의 전통에서는 철학적이고 분명하고 논리적이고 체계적인 사고의 전통, 비판적인 언설 등이 그리스에서 흘러나온 것입니다. 그것은 특수한 의미에서의 철학적인 전통입니다. 철학을 세계관, 우주관, 가치관으로 생각한다면, 어느 사회에서나 어느 개인이나 누구나 조금의 철학은 갖고 있습니다. 한국 작품에도 중국과 다른 세계관이 있을 것이고, 얼마만큼 다르고, 얼마만큼 독창적이고 깊이 있느냐 하는 것은 다른 문제인 것 같습니다.

사회 아까 김우창 선생께서 헨리 제임스의 소설에 대해서 T. S. 엘리엇이 개념에 의해서 왜곡되거나, 개념에 의해서 범해지지 않는 지성이 있다는 얘기를 했다고 하셨지요. 그렇게 생각하면 우리나라의 시나 소설에도 찾아보면, 철학적인 요소가 없다고는 할 수 없을 것입니다. 다만 개념적이고 추상적이고 체계적인 요소가 부족한 것은 사실입니다. 그리고 깊이 생각하는 면이 드물다는 것은 부정할 수가 없는데, 그것은 과거의 지적인 전통에서 우리가 그런 쪽에 조금 취약하지 않았나 합니다. 또 과거에 우리나라에서 소설을 쓰고 시를 쓰는 분들이 대개 사춘기에 쓰다가 안 썼습니다. 그러니까 정신의 성숙에 발맞춰서 작품 세계를 꾸려 나간다는 면이 매우 드물어서 철학적으로 빈약하다는 느낌을 강하게 풍겨 주는 것이 아닌가 싶습니다. 그런데 가령 최근에 미당 같은 시인이 있는데, 그분이 많은 시편을 썼고, 거기에 그분 나름대로의 깊이나 지성에 의한 면이 많이 있다고 생각합니다.

오늘은 이것으로 마치겠습니다. 그동안 경청해 주셔서 고맙습니다. (함께 박수)

우리 사회는 이성의 원리가 탄생해 가는 과도기다

송복남(《뉴스메이커》 편집장)

2003년 《시사월간피플》 6월호

정책적인 고려는 대통령에게 맡겨라

"우리 사회는 사람 사는 사회가 되도록 안정시키는 원리가 탄생되는 중간 과정이다." 한국 사회는 이성을 존중하고 있는가? 이 물음에 김우창 선생은 이렇게 답했다. 즉 이성이 탄생되는 과도기란 얘기다. 이성은 그에 있어서 가장 근본적이고 생활의 기초가 된다. 따라서 그는 말을 서두르는 법이 없다.

최장집 교수는 그를 가리켜 "현자"라고 했고 "철학적 인간학자"라고도 했다. 무엇이 그를 그렇게 말하게 했을까. 그의 사고의 면면을 이루는 기초는 다양한 가능성에 대한 열린 사고다. 근대성의 의미로 관용을 꼽는 그의 태도를 보면 이해가 간다. 그러나 정작 자신에게는 엄격하다. '심미적 이성'을 묻는 질문에 이렇게 답했다. "이성적으로 행동은 하되 그것이 구체적으로 일상생활 속에서 나오는 이성이어야 한다. 생각과 생활이 따로 돌면 안 된다는 것이다." 그러면서 그는 이성이란 "감성을 체계화"하는 것이며,

"감성 자체는 삶의 반성적인 느낌과 연결이 되어 있어야 한다."라고 말한다. 아울러 "일상생활이 수양이 되어야 하고 교양 있게 사는 게 뭔지를 생각하면서 그 지혜를 가지고 국가나 사회에 대한 생각을 함께 표현할 때 건설적인 게 된다."라는 것이다. 이것을 잡아 주는 지혜가 바로 "균형"이다.

이 시대 작가의 사명감이란 것에 대해서도 각별한 시각을 보인다. 이 시대는 "다른 시대보다 더 미친 사람이 돼야 작가가 될 수 있다."라는 것이다. 왜냐하면 이 시대는 작가에게 "사명감을 요구하지 않는다."라는 것이다. 이게 1980년대와 다른 점이다. 그런 만큼 이 시대에 작가가 된다는 것은 더 힘든 일이며, 오히려 80년대가 더 쉬웠다는 것이다. 더 이상 작가는 도덕주의자가 아니며 스스로도 그런 태도를 버려야 한다고 말한다. 북핵의 해법은 어디에 있다고 보냐는 물음에는 "북한이 핵을 포기해야 한다."라며 "남북문제나 국제 평화 문제 같은 것의 정책적인 고려는 노무현 대통령에게 맡겨야" 한다고 했다. "국익은 현실의 문제다."라는 게 그 이유다. 앞으로 사회적 조건과 상황을 아우른 한국 현대 문학을 정리하는 게 그가 할 일이다. 그의 집 근처에서 얘기를 나눴다.

수구-진보의 척도는 '정책'이다

기자를 어떻게 보나. 현실을 창조하는 사람들이라고 했는데?

"우리 언론에는 수준과 공평성의 문제가 있다. 이것은 우리 문화 수준과 관계가 있다. 그 문화가 사회에서 어떻게 조직되고 있는가 하는 문화의 사회적 조직과 관련이 있다. 언론이 공평한 국민의 여론과 양식을 반영할 만한 뿌리를 가지고 있느냐다. 뿌리는 누가 언론사를 소유하고 있느냐 하는 경제 구조 등 여러 가지 문제와 복합적으로 얽혀 있다. 그런데 그것을 하루아침에 고치겠다는 것은 생각해 봐야 한다. 여러 가지 요인이란, 정책에 의해 개선될 소지가 적다는 것이다. 문화를 어떻게 정책으로 고쳐 나갈 수 있겠는가. 기계가 고장 나면 기술자를 부르면 되지만 이것은 사람 마음에 관련된 문제다. 근본적인 것은 누가 소유하고 있는가에 있지만, 신문사 운영에 있어 돈을 어떻게 써 가며 운영을 하는가에 신경을 써야 한다. 정치인들은 큰 데만 신경을 썼지 작은 데 쓰는 신경은 적다. 기자들이 일을 많이 하는 것도 문제다. 제한된 일을 하는 여유가 있어야 한다. 사회 자체가 적은 돈으로 짜내야 한다는 생각을 가지고 있다. 문제는 만드는 사람들의 일하는 환경이 중요하다. 이것은 정책적인 방안으로 해결하기 힘든 것이다. 정치하는 사람은 말로 신문사와 싸울 필요가 없다고 본다. 정책으로 해야 한다. 말하고 싶은 거 참아가며 국민들이 납득할 수 있는 일을 하면 국민은 따라간다. 일을 하는데 말이 방해가 되면 문제가 되는 것 아닌가. 현 정부가 무엇을 하겠다는 것이 없다. 김대중 때는 뭘 하겠다는 것은 분명했다. 남북 평화 조성이나 경제 안정 등이다."

조·중·동이라고 해서 안티 운동을 한다. 이에 대해 어떻게 보나?

"그것도 언론의 문제가 많은 것은 사실이지만, 언론을 정치의 제1과제로 삼는 것은 옳지 않다. 정치는 우리 사회를 어떻게 하겠다는 큰 틀이 있어야 하고, 국민이 실감할 수 있는 정책도 있어야 한다. 본말이 전도된 듯하다. 김대중 정부에 대한 반성은 진보, 보수가 모두 해야 한다. 조·중·동하고 싸우는 것은 지엽적인 문제다. 정치하는 사람들이 수구 언론이란 말을 쓰는 것은 별 의미가 없다. 정치는 정책을 제시하고 추진하는 것이 중요하다. 정치를 분위기로 하려고 한다."

수구-개혁이란 구도에 대해 찬성하는가?

"그 얘기를 하기 위해서는 구체적으로 정해야 한다. 누가 어떤 사회적인 맥락에서 어떤 행동을 했는지 따져야 한다. 그런 것을 가지고 자꾸 얘기하는 것은 건설적이지 못하다. 대부분 사람들이 진보, 보수 관계없이, 자유주의 경제 체제하에서 자신의 이윤 추구를 하는 것에 동의한다. 그러나 이를 견제하는 것이 문제인데, 개인이 이윤 추구한다고 수구라고 다 말할 수는 없는 것 아닌가. 시장 체제를 받아들인다는 것 자체가 개인 이윤 추구를 받아들인다는 것이 된다. 개인 이윤 추구가 결국 사회 공익에 도움이 되는 구조가 시장 경제 체제다. 수구라는 정의를 명확하게 해야 한다.

중요한 것은 복지라든가 기회 균등과 평등을 위한 정책이 구체적으로 구현되도록 해야 한다는 것이다. 분배의 문제 같은 경우, 단기간에 철저하게 분배를 실현해야 한다는 사람이 있고, 그것은 필요 없다는 사람도 있을 것이다. 이처럼 분배의 정의를 확보하는데 점차적이며 과격하지 않게 하는 것을 원하는 사람이 있을 것이고, 당장에 부자한테 돈 뺏어 분배를 하자는 사람도 있을 것이다. 그렇다면 결국 부자만 못사는 게 아니라 전체가 못살게 된다. 이렇게 되면 어느 것이 더 진보적인가. 분배의 정의를 급속도로 할 수는 없다. 그렇게 되면 다 죽는다. 그런데 분배의 정의를 하지 말자는 사람의 속생각이 자신의 이익만을 위해서라면 그 사람은 수구적인 것이 된다. 이 문제는 개인적인 차원이 아니라, 우리 사회가 어떻게 가야 할 것인가, 해야 할 일에 대해 정책적으로 어떻게 입장을 취하는가 하는 것은 사회 구조와 정책적 분석을 통해 엄격하게 이루어져야 한다. 재벌이 자기 이익을 취한다고 뭐라고 할 수는 없다. 재벌의 이윤 추구는 사회가 인정한 것 아닌가. 단지 그들이 자기의 이윤만을 추구함으로써 사회적으로 여러 가지 문제가 생겼을 때, 사회적인 견제를 얼마만큼 인정하느냐에 따라 수구적이다 아니다의 구분이 가능해진다. 각자가 노사 문제에 있어 진보적일지라도 사회 보장 제도에 있어 보수적일 수도 있다. 사회 과학적인 분석을 통해 미래에 대한 비전과 정책적인 대안을 제시하는 것이 중요하다. 그보다 더 중요한 것은 이런 논의가 가능한 문화를 조성하는 것이다."

감성을 체계화하는 것이 이성이다

심미적 이성을 강조했다. 구체적으로 개개인이 일상에서 어떻게 실천이 가능한가?

"간단히 얘기하면 이성적으로 행동은 하되 그것이 구체적으로 일상생활 속에서 나오는 이성이어야 한다는 의미다. 생각과 생활이 따로 돌면 안 된다는 것이다. 생각한다는 것이 반드시 경험에서만 나오는 것은 아니다. 감성 자체는 삶의 반성적인 느낌과 연결이 되어 있어야 한다. 자신의 일상과 국가에 대한 비판을 하는 것이 연결되어 있어야 한다. 일상생활이 수양이 되어야 하고 교양 있게 사는 게 뭔지를 생각하면서, 그 지혜를 가지고 국가나 사회에 대한 생각을 함께 표현할 때 건설적인 게 된다. 중요한 것은 균형이다. 그럴싸한 그림을 보고 그걸 체계화하고 추상화하면 그게 이성이다. 집에서 자기 아내를 두들겨 패면서 밖에 나가 여성주의를 말하면 안 되지 않은가."

한국 사회는 이성이 존중되고 있는가?

"이 정도라도 먹고살고 목숨 부지 할 수 없는 사회가 안 된 것만도 다행이다. 역사선상에서 봐야 한다. 길게 보면 이런 거다. 우리 사회가 500년 동안 유교 사회에서 살다가 외부의 영향도 있지만, 깨진 이유가 조선 말에 생긴 문제를 유교로는 해결할 수 없다는 것이었다. 먼저 문화적인 붕괴가 있었다고 봐야 한다. 사회도 경제도 문화도 붕괴된 것이다. 그걸 새로운 부대에다 담으려고 한 것이 지난 100년 내지 150년인데 혼란이 있는 것은 자연스러운 것이다. 대체적으로 사회 변화를 너무 간단히 생각하는 것은 걱정스러운 것이다. 새 집을 지으려면 잔손이 많이 간다. 일단은 토대 위에 서기 위해 지나가는 과정이며 과도기다. 이성이 탄생하는 과정이라고 보면 된다. 우리 사회는 사람 사는 사회가 되도록 안정시키는 원리가 탄생되는 중간 과정이다. 남북 문제가 없으면 쉽게 될 것 같은데 근본적인 불안 요소가 있기 때문에 쉽지가 않다."

1980년대에 비해 지금은 본질적인 문학을 하기에 여건이 좋아졌다. 비로소 한국 작가들은 과거의 부담에서 비교적 자유로워진 셈이다. 지금 문학은 지난 시대처럼 민주화니 민중 운동이니 통일이니 하는 뻔한 답을 요구하지 않는다. 뭔가 구체적이고 초월적인 힘이 문학에 담겨야 한다고 말한 적이 있다.

"문학은 우리 삶에서 나오니까 삶을 취하면 된다. 불행하게도 문학은 복잡하고 괴로운 일을 다루는 거니까 삶이 순탄치만은 않다. 우리 사회는 굴곡이 많고 괴로웠기 때문에 소재는 많다. 외국에서는 한국의 시가 눈물과 한밖에 없다고 한다. 괴로운 얘기만 해도 안 되겠다고 생각하기도 하지만 괴로운 얘기 없는 문학이 또 있을 수가 있겠는가. 문학이란 이야기에 통일성을 가하는 것인데, 주어진 재료와 체험 속에서 통일적 형식을 발견하는 노력을 문학 하는 사람이 더 해야 한다. 그 노력을 안 하면 이념적인 문학이 된다. 나쁜 사람과 좋은 사람의 구도로 얘기를 쓰게 된다. 역사 자체가 일관성을 주고 통일성을 주려고 해도 외부에서 간섭을 하니까 문학적 상상력으로 재구성할 필요가 없었던 이유도 있다. 역사와 사회가 각박했었다. 그리고 우리 문학 전통이 너무 이념적이었다. 20세기뿐만 아니라 조선 시대부터 권선징악 소설이 많았다. 도본문말(道本文末)이란 말이 있다. 도가 먼저고 문이 나중이 됐다는 것이다. 지나치게 도만 생각하고 문을 생각 안하는 도덕주의적 전통이 강했던 것이다. 문학 하는 사람들이 너무 자신을 도학자로 생각하고 삶의 내재적 양식에 대해 소홀히 하고 있다. 인생 전체에 대해 고민을 해야 하고, 깊은 의미에서는 이게 도덕적 성찰을 하는 것과 연결이 된다.

심훈의 『상록수』에서 일본이 야학 교실로 쓰는 교회를 폐쇄하는데 이 장면은 일본 사람이 조선 사람을 탄압하는 것으로 묘사된다. 그런데 교회가 부실해 80명 이상을 수용하지 말라는 게 이유였다. 심훈이 이 부분에서 고민을 안 한 게 아니겠지만 더 고민을 했어야 했다. 결국 정치 이데올로기와 도덕주의로 설명을 하려니까 문제가 되는 것이다. 설명하려면 겉으로는 일본이 아이들을 생각해서 하는 것 같지만 실은 속뜻은 정치적인 데 있다는 복선이 필요한 것이다. 이 얘기가 외국인에게 한국어를 가르치는 독본에 나와 있는데, 외국인은 이 상황을 전혀 이해를 못했다. 우리는 일본 놈 하면 나쁜 놈이라는 등식이 있지만, 외국인은 교회가 부실하면 그런 제재를 가하는 것이 당연하지 그게 어떻게 탄압이 되냐는 것이다. 작가는 삶 속에 들어 있는 근본적인 문제를 고민하고 정치가 당대의 이용물이 될 수도 있다는 사실까지 헤아려 문학을 해야 한다. 작가도 마찬가지지만, 우리 사회에서 안정감을 가지고 사는 사람은 없을 것이다. 작가의 조건이 좋아진 건 사실이다. 그러나 외적인 조건은 나빠졌다. 작가가 작품을 써서 민족의 지도자가 된다는 것은 옛날 얘기다. 작가는 경제적, 심리적으로 이것이 내가 해야 하는 일이라는 신념을 가질 수 없는 시대다. 문학이 우리 사회가 필요로 하는 것이라는 신념을 갖는 상황 자체가 되어 있지 않다. 다른 시대보다 더 미친 사람이 돼야 작가가 될 수 있다."

작가의 권위와 자존심이 미천하다. 이유가 어디 있다고 보는가?

"1980년대에 작가의 역할과 가치가 인정을 받았던 것은 작가가 뭘 해야 하는지 뚜렷했었기 때문이다. 민주화 운동을 하는 정치적 과제가 분명했다. 당시를 보면 작가가 된다는 것이 힘들지만 반대로 그만큼 쉬웠다. 사회가 그만큼 좋아져서 그렇다고도 봐야 한다. 프랑스 같은 나라는 미테랑 대통령이 작가와 음식을 먹으며 얘기를 나누는 것을 영광으로 생각한다. 독일 같은 경우도 귄터 그라스와 대통령 중 누가 더 높은가 물으면, 귄터 그라스가 더 높다고 대답할 것이다. 우리나라는 옛날부터 권력 지향형이었다. 최인훈하고 노무현하고 누가 더 높냐고 하면 노무현이라고 대답할 것이다. 미국과 우리가 비슷하다. 미국을 욕하는 게 서로 비슷해서 그런 것도 있다. 워싱턴이라는 도시나 제퍼슨이란 도시는 있지만 멜빌이나 호손 같은 도시는 없다. 프랑스는 위고 같은 작가의 이름이 파리에 쫙 깔려 있다. 일본은 우리보다 분권적인 사회다. 자기 일에 충실하면 다 존중한다. 바둑 명인이란 말은 일본에서 온 것이다. 바둑만 해도 존중을 받는다. 우리와 미국은 정치와 경제인 중심이다. 조지 부시와 맞설 수 있는 작가는 없다. 우리나라는 부귀영화라는 말을 좋아한다. 그러나 학문은 높았다. 영의정치고 한시 못하는 사람 없었고, 문학과 정치권력은 늘 가까웠다. 그러나 영의정이 시를 하면 추앙을 받지만, 시만 잘하면 김삿갓처럼 떠돌이밖에 못된다. 정치권력 지향적이고 시는 부수적인 것이었다."

근대성에 대해 어떻게 보는가?

"근대의 가치에 대해 한번 다시 생각해 봐야 한다. 그러나 근대화되지 않으면 살 수가 없다. 사회에 완전히 통일된 문화적 전제가 있어야 하나의 사회로 얘기가 오고 간다. 그러나 전근대적인 융통성 없는 태도와 융통성 있는 근대적 태도의 사이에서 사회적 합의가 있어야 한다. 그 합의는 근대적인 데서 이루어질 수밖에 없다. 근대성이 관용이다. 여러 가지 원리와 합의가 있다는 것을 인정하고 다양성을 인정하는 것이 근대성이다."

유교에 근대적인 요소가 있는가?

"한국학을 공부하는 독일 사람과 얘기한 적이 있는데 그가 하는 말이 한국은 근대화가 됐었다고 말한다. 그는 유교가 합리주의의 일종이라는 것이다. 유교에 근대적인 요소가 있다. 막스 베버도 유교는 합리주의라고 말한 적이 있다. 유교라는 것이 토대가 된 사회가 근대화를 잘 이룬다는 학술서가 나왔다는 말이 있다. 한국이나 중국이나 홍콩, 대만, 싱가포르가 그 예다. 그러나 원리주의적인 요소가 많다. 그래서 새로운 것을 수용하는 데 인색하다. 일본의 근대화보다 우리의 근대화가 늦은 것도 우리의 유교적 전통이 더하기 때문이다. 우리는 중국보다도 유교적 요소가 더하다. 유교의 원리주의적 요소가 시정되면 근대화가 되는데 그 원리라는 모퉁이를 도는 데 시간이 많이 소요된다. 그 역사적 모퉁이를 돌기 전에는 근대화를 막는 요소로 작용된다. 그 모퉁이를 돌면 원리주의적 요소는 시정된다. 원리주의란 안정된 사회에의 원리다. 그 하나 속에서 늘 통일을 이루어야 한다. 사회적으로 교역이 발달하면 원리주의는 깨지게 되어 있다. 이슬람 원리주의 같은 것이 그 예이다. 중요한 것은 균형이다. 돈은 다 아무것도 아니다 해도 곤란하고 돈이 전부다 해도 곤란하다."

추미애 의원 말이 맞다

'나는 파리아 도(道)(pariah province, 천민(賤民)의 도라는 뜻) 출신이다'라는 말을 했다는 글을 읽었다. 선생이 생각하는 한국 사회에서의 전라도는 무엇이라고 보는가. 정치적으로 그리고 문화적으로.

"전라도가 뭔지에 대한 정의가 먼저 있어야 한다. 아버지가 전라도면 나도 전라도인가, 생물학적으로 인종이 다른가, 또 사회 계급적으로 구분이 가능한지와 전라도가 한국 사회에서 동력적으로 작용하고 정의가 가능하나를 생각해 보면 이해하기 힘들다. 단지 정권 투쟁에서 이용될 뿐이다. 전라도 사람만이 아니라 다른 지역 사람도 마찬가지다. 그러나 중요한 사회 구조적인 해명이 가능한지는 이해하기 힘들다. 나로선 그 해명을 듣고 싶다. 박정희 등장할 때까지만 해도 정관계의 인물 등용이 지역별로 안배가 됐었다고 한다. 그러나 박정희 이후 그 구도가 바뀌었다. 즉 정치적인 이용물이었던 것이다. 예를 들면 먹을 것은 있고 분배를 하긴 해야겠는데, 이럴 때 나 혼자 먹을 것이냐 누구와 먹을 것이냐를 정하면서 분배의 테두리가 형성된다. 그러다 보니 너는 전라도니까 저리 가, 너는 경상도니까 이리 와가 된 것이다. 발칸 반도 같은 경우가 그렇다. 지켜야 할 것이 분명해지니까 지역을 가지고 구분을 하기 시작한 것이다. 이권 쟁탈의 분파 작용에 의미 있는 것이 될 때 구분과 테두리를 정하게 된다. 이권 쟁탈에서는 그게 명분이 되고, 명분이 되는 것처럼 받아들여진다. 문화적인 특성이 있다라고 하면 분명하다. 이것은 우리 문화의 창조적인 다양성이다. 그러나 정치적인 의미를 갖는 것은 정치적인 체제의 투명함을 통해 해결해야지, 전라도 문제로 해결될 문제가 아니다."

정치권이 개혁 신당을 만든다고 하는데 어떻게 보나?

"막연히 우리 사회를 적극적으로 고쳐야겠다는 생각은 가지고 있겠지만 사회적 역기능을 어떻게 견제하는가가 문제인 것 같다. 보수, 진보가 없을 수는 없겠지만 그것이 구체적인 정책을 통해 돼야 한다. 노 정권에 대해 실망했다면 무엇을 할 것인가가 중요하지, 누가 누구 편인가가 중요한 것이 아니다. 정치와 정당을 개편한다고 할 때 추미애의 말이 맞다."

지역주의를 없애겠다는 이념은 어떻게 보나?

"정책 차원에서 지역주의를 없애야 한다. 정책성이 핵심이다."

신자유주의를 어떻게 보는가?

"문제가 굉장히 많다. 우리나라나 세계 질서와 평화와 공존을 위해 바람직하지 않다. 그러나 그걸 완전히 배제할 수는 없을 것 같다. 우리 같은 경우에 현실 속에서 신자유주의를 받아들일 수밖에 없는데, 이런 가운데 신자유주의가 가지고 있는 비인간성 같은 문제를 어떻게 해결해야 하는가를 고민해야 한다. 세계 질서 속에서 생존의 문제가 있기 때문에 우리에게 주어진 문제는 신자유주의 자체를 거부할 수는 없고, 신자유주의 속에서 무엇을 취하고 배제해야 할 것인가를 고민하는 것이 우리에게 주어진 일이다. 신자유주의를 취하면서도 여러 나라가 다 다른 모양을 가지고 있다. 즉 신자유주의를 받아들이면서도 각 국가의 이상이 다 다르다. 자원 문제나 환경 문제 같은 것만 봐도 신자유주의 하는 것은 간단히 생각할 수 있는 문제가 아니다. 프랑스나 독일, 스웨덴 같은 나라가 각자 다른 이상과 실천을 하고 있지만 신자유주의에서 이탈되어 있는 것은 아니다. 궁극적으로 신자유주의는 회의의 대상이다.

한국이라는 나라로서는 우리 나름의 사회적 정치적 이상을 추구해야 한다. 우리 현실에 맞는 이상을 추구해야 하며 그것은 미국과 달라야 하고 프랑스나 독일과도 달라야 한다. 우리가 배워야 할 곳은 유럽이다. 그러나 유럽과 우리는 또 사정이 다르다. 얼마 전 기사를 보니까 프랑스 사람들이 데모를 했는데 이유가 교원들의 정년 연장을 반대하는 데모였다. 정년 연장을 하면 일을 해야 하니까 그걸 반대하는 것이었다. 정년 이후의 사회 보장이 되어 있으니까 정년 연장이 교원들에게는 아무런 의미가 없는 것이다. 아마 미국이나 우리나라에서는 상상할 수 없는 일일 것이다. 신자유주의 안에서도 이처럼 다양한 이상을 추구하고 있는 게 현실이다. 복잡하고 다양하게 생각해야 한다."

북핵의 해법은 어디에 있다고 보나?

"북한이 핵을 포기해야 한다. 그러나 미국도 핵을 가지고 있고 북한도 핵을 가지고 있으니 북한한테만 핵을 포기하라는 것은 잘못됐다고 말하면 논리적으로는 맞는 말이다. 그러나 현실에서 보면 사정은 다르다. 논리와 현실의 괴리 문제인데, 궁극적으로는 북한이나 미국이나 어느 나라나 핵을 가지고 있어선 안 된다. 그렇지만 북핵 문제가 어디 논리를 가지고 미국도 없애고 북한도 없애라고 해서 될 일인가. 얼핏 보면 평화에 반대되는 행동이 궁극적으로 평화에 도움이 되는 일도 있다. 사실 남북 문제나 국제 평화 문제 같은 것의 정책적인 고려는 노무현 대통령에게 맡기는 게 맞다. 국익은 현실의 문제다."

이라크 파병을 놓고, 대통령은 추진하고 시민 단체는 반대를 했는데.

"나 같은 사람한테 발언을 하라면 반대한다고 해야겠지만, 잘한 것 같은 측면도 있다. 실제적인 이득도 챙겨야 하는 게 현실이다."

이 시대는 작가에게 사명감을 요구하지 않는다

문학의 부재라고 한다. 이 시대의 작가가 할 일은 무엇인가?

"도덕적인 교사부터 조절해야 한다. 여러 가지 자기 문제나 국가·사회 문제에 판단력을 길러야 한다. 문학이 무엇을 해야 하는 것인가라는 생각에 이르면 제도적인 뒷받침이 따라 줘야 한다. 작품 하나 내면 몇 년은 먹고살아야 하는데, 그게 안 되니까 남발을 하게 된다. 미국 같은 경우 작가를 학교와 계약을 맺고 대화를 하게 한다. 모든 학교가 그런 것은 아니지만 그런 제도가 있다. 정부 제도와 사회 제도가 공정해야 한다. 경제계만 투명성이 필요한 게 아니라 문학계에도 투명성이 필요하다. 사회적인 문화의 변화가 시각적인 데 집중되니까 센세이션한 작품을 하게 됐다. 결국 작가가 살아남기 위해 그렇게 된 것이다. 문학이나 문화 생산에 대한 생각이 예전에는 없었는데 이제 문화를 상품으로 보고, 생산성의 수단으로 보는 풍토가 되다 보니 그렇게 된 것 같다. 중요한 것은 경제적인 뒷받침이지만 외부적으로는 시각적인 문화의 발달이 문제다. 문제는 작가들의 사명성이다. 그런데 그것만으로 얘기를 끝낼 수 없는 것이 사명감은 사회가 만들어 줘야 하는데 사회가 불러 주질 않는다. 사회가 그런 걸 다 없애 버렸다. '사'는 심부름시킨다는 뜻이고 '명'은 불러 준다는 것인데, 이게 안 되는 사회다. 사명감을 혼자 힘으로 길러 내기는 어렵다."

최장집 교수는 선생님이 이 시대의 현자라고도 했고 철학적 인간학자라고 했다. 그리고 하루에 책을 한 권씩 읽으신다고 들었다.

"책을 하루에 한 권씩 읽는다는 얘기를 한 것은 나를 우습게 만들기 위해 만든 얘기 같다. (웃음) 사실 하루에 책을 한 권씩 읽는다는 것은 불가능하다. 책을 많이 읽은 건 아니다. 요즘은 별로 읽지를 못했는데, 몇몇 사람과 대화집 만드는 게 있어 그걸 수정하고 있다. 인디애나 대학에서 강의하면서 칸트의 『영구 평화론』을 논한 적이 있는데, 그 책을 다시 보려고 책상 위에다 내놓고 있다. 그걸 다시 생각해 봐야겠다."

문학뿐 아니라 타 분야에도 공부가 많은 것으로 알고 있다. 앞으로의 계획은?

"현대 문학을 정리해 봤으면 한다. 다른 공부를 많이 했다기보다, 문화의 좋고 나쁨을 떠나 본질적인 호기심이라는 게 있다. 도대체 우리가 어떤 사람이며 무얼 하고 사는 사람인지를 이해하는 것이다. 문학도 그런 일을 하는 것인데, 그걸 이해하는 데는 문학뿐만이 아니라 사회적인 여러 조건을 알아야 할 것 같아 본 것뿐이다. 우리 현대 문학을 그런 관점에서 정리를 하고 싶다."

격변기, 지성의 의미와 역할

방민호(문학평론가, 국민대 교수)

2003년 8월 29일《서울신문》

"유럽에서 도시 공사를 하는 데 아주 중요한 것이 역사적인 건물을 그대로 유지하는 거예요. 우리나라에서는 그걸 역사적인 유물을 소중하게 보존하려는 것으로 봅니다. 엄밀히 보면 그게 아니죠. 사람은 자기 사는 환경을 똑같이 유지하고 싶은 거예요. 본능적으로. 왜 고향이 좋겠어요? 같은 사람, 같은 환경, 이런 거죠. 안정된 삶을 유지하고 싶은 것. 좋은 건 고칠 필요가 없어요. 그러니 무엇이 나쁘고 무엇이 좋은가를 이야기해야 합니다. 보수니 뭐니 하는데 나는 그게 무슨 이야기를 하는 건지 통 모르겠습니다. 막 뜯어고치는 걸 좋아해야 하는 건 아니죠. 그런데 우리나라에는 개혁파도 막 뜯어고치기만 하면 좋아하는 사람이 있고, 보수파도 나쁜 거 다 그대로 두라고 하는 사람이 있어요. 참 이해하기 어려워요. 사람이 깊이 필요로 하는 것을 생각하면서 이야기해야죠."

선생께서 인터뷰를 평창동 무슨 호텔 커피숍에서 하자시기에, 평창동도 그렇고 호텔도 그렇고 모두 상류층의 분위기를 자아내는 말인지라 약간 의외라는 생각으로 호텔을 물어 찾아갔다. 그랬더니 호텔이 생각했던 것보다 작고 한적하다. 어떻게 보면 초라해 보이기까지 한다. 어쩐지 호텔 이름이 생소하더라 했다. 아침이라 그런지 손님은 선생과 인터뷰를 하겠다는 나와 녹취를 맡아 준 작가 김신우, 사진을 맡아 준 작가 김상영 씨뿐이다.

약속 시간인 오전 10시를 약간 넘기면서 김우창 선생이 호텔 로비로 들어오시는데 잠시 산책 나온 듯한 간편한 차림이다. 나는 선생께 세상을 보는 눈과 지성의 가치를 묻고 싶었던 참이다. 그러나 이런 이야기를 금방 쉽게 여쭈어 볼 수만은 없다. 나는 근일의 화제로, 정몽헌 현대 아산 회장이 자살했던 사건을 들어 선생의 견해를 물었다. 선생은 정몽헌 회장의 죽음에 유감을 표명하면서도, 그와 같은 사회 지도층이 죽음을 선택할 만큼 우리 사회가 어지럽고 고통스러운 상태임을 강조했다.

오늘의 난맥상은 어디에 원인이 있는 건지요?

"변화란 건 괴로운 거지요. 한국 사회는 지난 150년 동안 줄곧 변화를 겪어 왔습니다. 최근에도 급격한 변화에 따른 고통을 맛보고 있는 셈입니다. 그런데 변화에서 오는 고통과 혼란이 심할수록 정부의 정책이 중요합니다. 시민들이, 노동자들이 갈팡질팡하지 않을 수 있도록 해야 하는데 정부 정책이 확고하지 못합니다.

확고하다는 건 두 가지로 얘기할 수 있습니다. 하나는 소신대로 하는 것이고 또 하나는 그 소신이 국민의 단합을 가져오는 쪽으로 집중된 소신이어야 한다는 거지요. 이상한 고집과 소신으로 일관하면 갈등과 혼란은 더 심해집니다. 현 정부가 보여 주는 것은 정책상의 결핍이라고 생각해요. 정부가 보여 주지 못한 게 확실한 입장이죠. 길을 가기 전에는 이 길이 있고 저 길이 있다 이렇게 이야기하지만, 길을 가기 시작한 다음에 나는 이 길이 가장 좋다고 생각한다고 말했다면 그 길로 가야죠. 그걸 틀렸다고 생각하는 사람은 중도에 탈락할 테지만, 또 민주주의 제도가 좋은 건 책임을 지고 물러나면 새 사람이 나올 수 있다는 거죠. 그런데 길을 가기 시작한 사람이 이 길도 있고 저 길도 있다는 식으로 갈피를 못 잡으면, 반대하는 사람도 정신이 없고 따라가는 사람도 정신이 없는 거죠."

선생이 바라보는 정부는 꽤나 혼란스럽고 정신없는 곳이다. 이 대목에서 선생은 보다 주제를 넓혀야겠다고 생각하신 듯하다.

"우리나라에서는 문제를 한쪽으로 치우쳐 보는 경향이 많은 것 같아요. 특히 삶을 '집단적 사생활'로 생각하는 게 문제가 있다고 생각해요. 집단이라는 건 늘 개인을 통한 집단이 되어야 합니다. 개인도 집단을 통해서 정의되어야 하고. 서로 상호 작용이 이루어져야 합니다. 민족을 위해서 개인이 죽으라고 해도 안 되고, 개인만 살고 민족은 죽어도 좋다고 해도 안 됩니다. '집단적 사생활'을 중요시하면서 그것이 사실은 위선자들의 구실이 될 때가 많습니다. '우리 집단을 위해서 너 죽어라.' 할 때는 '너는 죽어라, 나는 안 죽겠다.' 하는 의도가 다분하거든요. 요즘 신문이나 잡지를 보면 보수, 개혁이 많지 않습니까? 나는 그게 무슨 소리인지 생전 모르겠습니다. 무엇에 관해서 보수적이고 무엇에 관해서 개혁적이라고 해야 하는지는 없고 그냥 보수다, 개혁이다 하는 거지요. 구체적인 근거도 없이 그냥 보수, 개혁 같은 큰 카테고리로 이야기하기 때문에 무슨 말인지 알 수 없어요. 구체적인 이슈가 무엇인가를 생각해야 합니다. 구체성이 참으로 중요하다고 생각합니다. 자기와 다르면 무조건 보수다, 진보다, 이렇게 이야기하는 풍토는 사라져야 합니다."

나는 이쯤에서 화제를 옮겨 본다.

선생님을 만나 뵙기 위해서 1992년 '솔' 출판사에서 내신 선집, 『심미적 이성의 탐구』를 일독했습니다. 거기에는 「궁핍한 시대의 시인」이 다시 게재되어 있었습니다. 뤼시앵 골드맹의 '비극적 세계관'이라는 것을 소개하신 대목이 인상 깊었습니다. 자아의

진실과 세계의 허위 속에서 고뇌하는 인간이 현실에 굽히고 들어가는 것 말고 생각할 수 있는 태도가 세 가지가 있다. 첫째는 거짓된 지성을 버리고 세상 너머의 초월적 진실 속에 은폐하는 것이고, 둘째는 세상을 뜯어고치기 위해 현실 속에서 행동하는 것이다. 셋째는 현실과 진실이 건너뛸 수 없는 심연에 의해서 단절된 것으로밖에 볼 수 없을 때, 그때 제3의 비극적인 태도가 나타나는데, 그것은 진실의 관점에서는 세상을 완전히 거부하되, 그러나 세상의 관점에서는 현실의 것을 완전히 받아들이는 것이다. 그래서 있는 그대로의 세계의 진실성을 인정하지 않으면서도 세상 밖에 서 있을 자리가 없음을 인정하는 자의 길이 바로 '비극적 세계관'을 가진 사람의 길이다……. 이런 내용이었던 것 같습니다만.

"30년 전에 만해 한용운 선생의 시를 읽으며 쓴 글인데, 당시 상황을 염두에 둔 것이죠. 유신이 선포되고 군사 정권이 강화되는 상태였기 때문에 적극적으로 정치적인 사태에 관심을 갖는 게 중요하다고 판단했어요. 그런데 나이가 들고 시대가 바뀌면서 생각하면, 모든 게 참 쓸모없다는 생각이 듭니다. 또 마르크스주의를 보면서도 그런 생각을 하게 됩니다. 마르크스는 100년 내지 150년 동안에 일어난 일을 보고 글을 썼습니다. 그런데 사람이 지구 위에 사는 게 수십 년이거든요. 문명이 시작된 것도 1만 년인데 너무 짧게 봤다는 생각이 듭니다. 길게 봤을 때 사람이 할 수 있는 일이 참 적다는 생각이 들어요. 마르크스는 혁명적인 변화를 통해서 사회를 고칠 수 있다고 생각했지만 그것은 짤막한 역사적 경험을 통해서 나온 생각인 것 같습니다. 이 세상이라는 건 우리가 간단히 생각하고 넘어갈 수 없는, 복잡하고 이해할 수 없는 차원을 많이 가지고 있는 것 같아요. 사람의 판단으로 알 수 없는 것이 많다는 것이죠. 그러나 진실이 무엇인가를 생각하고 살아야 한다는 것은 지금도 옳다고 생각합니다."

몇 년 전에 김지하 시인의 시집 『중심의 괴로움』에 해설을 붙이신 것을 보았습니다. 그 글을 통해서 김지하 시인을 새롭게 발견하게 된 것도 좋았습니다만, 더 중요한 것은

김지하라는 하나의 현상을 지켜보는 선생님의 냉철한 태도였습니다. 어려운 시대를 살아가고 있는 상황에서 지성은 어떠한 기능을 할 수 있는 걸까요? 지성이란 일종의 현실과의 거리 감각이라고 생각합니다만.

"그렇지요. 거리를 유지할 수 있는 힘, 다 냉정하게 볼 수 있는 힘이 있어야 합니다. 또 한 사회에서 냉정하게 볼 수 있는 힘을 가진 사람들이 존재하는 게 더 중요합니다. 모든 사람이 생활에 너무 각박하게 매달리는 게 좋지는 않다고 생각합니다. 예를 들어 살인이 일어났을 때, 가족이 그걸 직접 해결하려고 살인범을 잡고, 복수를 하고, 정의를 가려내려고 하는 것은 상당히 원시적인 사회에서 일어나는 일이죠. 가족의 입장에서는 이해해 줘야 하는 일이지만, 그러나 그걸 직접적으로 당사자나 가족이 해결하는 게 아니라 법을 통해서 해결하는 게 문명사회죠. 그러니까 어떤 거리를 갖는 객관성, 사회성이 필요한 것이죠.

문명의 방법은 자기가 부닥친 문제를 거리를 갖고 생각하는 겁니다. 사회 관습이 문명화되면 그 사회에 소속된 사람들도 그렇게 됩니다. 자기 아이를 죽인 사람을 용서하기도 하는 일이 가능한 거죠. 사회에 그런 습관이 있어야 하는데 그런 습관이 안 길러진 사회일수록, 강퍅한 사회일수록 그게 잘 안 됩니다. 그러나 그렇게 생각할 수 있는 사람들도 있어야 한다고 생각해요. 모든 것을 당사자의 관점에서만 보는 게 제일 중요하다고 생각하는 것에 대해서 회의를 가진 사람이 필요합니다. 당사자의 입장을 이해하도록 최선을 다해야 하지만 당사자가 제안한 것, 당사자가 설명하는 상황, 이것이 최종적인 현실로 받아들여져서는 안 되죠. 지성이라는 것은 바로 거리를 가지고 생각할 수 있는 힘을 말하는 거죠. 참고 견디는 힘을 기르는 것이죠. 일반 사람들도 문제를 초연하고 객관적으로 볼 수 있는 심성을 가져야 하고 그 사회의 어떤 부분, 지도자층에 있는 사람들도 그것이 필요합니다. 그렇게 해서 그런 태도가 하나의 제도가 되는 것이 필요합니다."

최근의 주목할 만한 사회적 경향 가운데 하나는 이성이나 이지보다는 감각, 육체, 욕망의 차원을 중시하고 그것에 따라서 행동하거나 판단하려는 태도인 듯합니다.

"여러 문화적 풍조상 그걸 나무랄 수만은 없죠. 세상에 살고 있다는 느낌을 가장 직접적으로 제공해 주는 감각적인 세계를 무시하고 모든 걸 논리적인 관점에서 판단해 버리면 생활이 무미건조해지고 재미가 없어집니다. 그러나 동시에 복잡한 사회일수록 사람이 사회 속에 산다는 현실을 알아야 합니다. 나하고 다른 사람 사이에 여러 경계선이 필요하다는 거지요. 그런데 그 경계선이라는 게 감각으로는 안 섭니다. 합리적·이성적으로 생각해야 합니다.

이성적이고 합리적인 것이란 전체를 파악하는 시각을 갖고 있다는 것입니다. 그 전체 속에 구획을 만들어 놓을 줄 아는 능력을 갖고 있다는 것입니다. 자유라는 것은 내 맘대로 살되 다른 사람의 자유를 침해하지 않는 제한된 자유여야 합니다. 내 맘대로 사는 것은 감각적인 자유죠. 젊은 사람들이 감각적인 것만 좋아한다면, 그 감각적 삶도 불가능하게 되는 혼란만 낳게 될 겁니다. 칸트가 한 이야기가 있어요. 사람이 서로 같은 걸 좋아하면 살기 좋은 세상이 되지 않겠는가. 그러나 사회라는 게 그렇지가 않지요. 일례로 이런 이야기를 했어요. 오스트리아의 황제가 있습니다. 나는 참 이 땅을 좋아하고 이 산을 좋아한다고 말합니다. 그러니까 프랑스 황제가 우리 친구가 좋아하는 것을 나도 참 좋아한다고 합니다. 이렇게 되면 결국 어떻게 되겠습니까? 감각적인 것은 좋은 면이 있습니다. 서로 통한다는 것은 좋은 거지요. 그러나 감각은 이성이 제공해 주는 구별을 불가능하게 만드는 면이 있습니다. 그런 점에서 나는 아직도 이성의 가치를 신봉하는 사람이겠지요."

선생의 말씀은 평범한 것 같은데도 세상을 오래 살면서 냉철하고도 차분한 생각을 가다듬어 온 이력이 묻어난다. 인터뷰를 마치고 선생께서 박으로 나가시기에 배웅을 해 드리려고 호텔 현관 쪽으로 따라 나섰다. 자동차를 운전해 왔다면서 열쇠를 꺼내 바로 앞 주차장으로 가셨는데, 어느 자동차인가 했더니 낯익기는 하지만 단종된 지가 벌써 오래인 차종이다.

차가 워낙 오래되어 그런지 엔진 소리도 낡아 빠진 차답게 괴괴, 요란스럽다. 그런 차를 몰고 선생은 훌쩍 호텔을 떠나 버렸다. 나는 사진을 찍어 주러 함께 온 김상영 씨에게 물었다. 저게 뭔 차죠? 뭐긴, 엑셀이지. 그렇군요. 선생의 소탈함에 나는 고개를 끄덕이며 감탄할 수밖에 없었다.

방 교수가 본 평론가 김우창

전쟁 후의 어려운 시기에 바다를 건너 미국으로 간 1930년대생 가운데 문학 비평을 하는 사람이 둘 있다. 하나는 1937년생 김우창이요, 다른 하나는 1938년생 백낙청이다. 대개 바다를 건너는 사람들이 그곳의 장점에 취해 이곳을 폄하하기 일쑤인데 이 두 사람에게는 그것이 없다. 이곳이라는 '제3세계' 현실로 돌아와 시대와 함께 사색과 고난의 길을 걸은 사람들 가운데 하나가 바로 이들이다.

김우창, 1937년 전라남도 함평 출생. 광주에서 고등학교를 나와, 서울대 정치학과를 다니다 영문과로 옮겨 학교를 졸업하고는 멀리 미국의 코넬대와 하버드대에 유학했다. 서울대학교 교수를 거쳐 고려대학교에 재직했으며 얼마 전에 정년을 맞았다. 『궁핍한 시대의 시인』(1974), 『지상의 척도』(1981), 『시인의 보석』(1992) 등으로 이어진 김우창 비평은 군사 정권 아래서 살아가는 지성인의 사색과 고뇌의 깊이, 야만적인 세계를 견디는 지성의 힘을 보여 주었다. 최근 들어 펴낸 비평집 『정치와 삶의 세계』(2000)는 그의 사상이 현실적인 세계 속에서 보다 구체화되고 있음을 시사해 준다.

민족 이산, 정체성 그리고 한국 문학

한민족문학포럼을 마치고 나서

김우창(고려대 명예 교수)

이회성(소설가)

최원식(인하대 교수)

정리 김은형(《한겨레》 기자)

2003년 9월 3일 《한겨레》

분산은 큰 흐름…… 단일 민족 교육이 소통 족쇄로

최원식 한민족문학포럼 덕에 오랜만에 뵙게 돼서 반갑다. 행사 참가의 소회를 듣고 싶다.

이회성 디아스포라와 아이덴티티라는 이번 포럼의 주제가 매우 흥미로웠다. 그런데 디아스포라라는 말은 유대의 상황에서 유래했기 때문에, 팔레스타인 사람들 같이 핍박받는 사람들이 이 단어로 자신들이 처한 어려움을 표하는 데서 오는 어려움도 생각할 필요도 있다.

김우창 디아스포라는 예루살렘 성전이 무너진 다음에 세계 각처로 흩어진 유대인들의 분산에서 기원한 것으로 알고 있다. 힘없는 민족이 제국의 압력으로 뿔뿔이 흩어지게 됐지만 보편적인 세계 사정에 적응하면서 자기들의 정체성을 유지하는 현상을 지칭하는 말로, 우리 사정을 이야기하는데 그다지 부적절하지는 않다고 생각한다. 우리도 디아스포라를 겪었던 유대인들처럼 국제적 역사 흐름 속에서 흩어져 살면서도 우리 것을 유지하고

자 하는 의지가 강한 민족이라는 면에서 그렇다. 중요한 건 우리 역사상 지금처럼 많은 동포들이 세계적으로 흩어져 살아간 적은 없었다는 것이다.

최원식 동포들이 세계 각국에, 특히 주변 4강에 집중적으로 살고 있는 현실도 중요하지만 그 속에서 문인들이 나온다는 게 주목할 만한 현상인 것 같다. 타국에서 살아가는 현실을 넘어 그 경험이 뛰어난 문학으로 생산될 만큼 디아스포라의 경험이 깊어졌다는 의미다.

이회성 디아스포라는 이제 보편적인 현상으로 큰 시대의 흐름이 됐지만, 그 시대에 역행하는 상황도 무시할 수 없다. 이를테면 한국의 본국민들은 외국에 사는 한민족이 한인으로서의 정체성을 가지길 기대하면서도, 한국 내 조선족 이주 노동자를 같은 민족으로 받아들이지 않는다. 재일 동포들의 귀화에 대해서는 여전히 거부감을 가지고 있는 반면, 선거권은 주지 않고 있는 상황도 디아스포라에 대한 충분한 성찰이 없다는 증거다.

김우창 재미있는 건 한국인들이 '촌사람'—나와 다른 사람들에게 배타적인—이 된 건 조선조에 들어선 이후에 나타난 현상이라는 사실이다. 『고려 시대의 귀화인』이라는 책을 보면 고려 초기에 북방에서 흘러들어온 사람이 17만 명이었다. 당시 전체 인구가 200만 명이었음을 감안하면 지금보다 많은 비율이었다. 민족에 대해 편협한 정의가 만들어진 건 조선 시대 이후의 일이다.

최원식 단일 민족 신화가 어려운 시절 우리를 지탱시켜 주었던 힘이었음은 분명하지만, 지금은 오히려 족쇄가 되고 있다. 문학에서도 해외 문학과 국내 문학의 허심탄회한 소통을 막고 있는 측면이 있다.

이회성 단일 민족이라는 말을 앞으로 쓰지 않았으면 한다. 나 역시 청년 시절에 늘 반만 년의 유구한 역사를 가진 단일 민족이라고 배웠는데, 그런 식으로 교육하는 건 남이나 북이나 지금도 마찬가지다. 이런 교육이 배타주의를 만들어 낸다.

최원식 최근 재일 동포들의 문학 작품을 보면 이회성 선생 같은 1·2세대 동포 작가들의 회귀 성향에 비해, 현월 등의 일본에서 태어나 자이니치(재일)라는 걸 강하게 의식하는 3·4세대 동포 작가들은 한반도로부터 이탈하고 있다는 느낌을 받았다.

이회성 유미리의 경우를 보자. 그는 우리말이나 우리 풍습을 하나도 배우지 못하고 자랐다. 그럼에도 소설을 보면 선조의 고향인 밀양에 대해 상세히 서술하는 등 한국인 출신임이 확인된다.

김우창 언어 문제나 민족 정체성에 대한 자의식 부족 같은 데 큰 신경을 쓸 필요가 없을 것 같다. 유 씨의 경우처럼 결국은 돌아오기 때문이다. 그들이 민족의 일원으로 의무를 다하는가에 대한 엄격한 잣대를 대는 것보다는 여유 있게 지켜보는 자세가 필요하다. 일본어를 쓰든 영어를 쓰든 결국 돌아오는 것이고, 그때 그들은 결국 다른 선물을 가져올 것이다.

최원식 젊은 세대들은 앞 세대가 모국에 대해 너무 강한 정치적 연계의식을 가지고 있다고 비판하기도 한다. 이로 인한 세대 간의 단절도 문제가 될 수 있을 것 같은데, 재일 동포 작가들은 세대 간의 소통이 원활한 편인가.

이회성 눈에 띄지 않는 유대는 분명히 있고, 위 세대들은 후배들이 잘 해주길 바라고 있다. 일본 사회나 문단에서 우리는 마이너리티이기 때문이다. 아래 세대가 내 작품의 민족주의적 경향을 싫어할 수는 있지만, 그러나 문학을 한다는 건 자신이 어떤 존재인가 탐색하는 과정이다. 자신과 자신의 아버지, 어머니, 형제를 생각하는 과정에서 서로가 만나게 될 수밖에 없다.

김우창 한쪽으로는 자신의 과거를 알고자 하고 민족 정체성을 지키고자 하는 사람들이 있고, 동시에 거기에서 벗어나려는 사람들이 있는 건 당연하며 둘 다 중요하다. 둘이 하나로 합치기를 기대해서는 안 된다. 유대인들이 흩어져 살면서도 토라(유대인 경전)를 품고 살았듯이, 우리도 어떤 종류의 자기의식을 가지고 그걸 유지하는 것은 자기 존엄성을 지킨다는 차원에서도 중요하기는 하다. 그러나 그 방식은 다를 수 있다.

최원식 우리 재외 동포들에게 과연 토라가 있는가 의심스럽다. 중국인들은 차이나타운 등을 중심으로 자신의 것을 지키지만, 한국인들은 재일동포 정도를 제외하면 대부분 귀화함으로써 그 사회에 흡수되는 경향이 강하다. 우리 민족에게 토라는 무엇인가를 생각해야 할 때가 됐다.

이회성 매우 중요한 문제다. 나 역시 늘 그런 문제에 부딪힌다. 우리에게는 지켜야 할 토라라는 게 존재하지 않는 것 같다.

김우창 그것은 재외 동포뿐 아니라 본국민도 예외일 수 없는 문제이고, 그것을 발견하는 것이 작가들이 해야 할 몫이 아닐까.

이회성 맞는 말이다. 그 의무는 문학인, 또는 지식인들의 몫인데 과연 충분히 해내고 있는지는 의심스럽다.

김우창 민족이란 무엇인가에 대해서 갈수록 정의하기가 어렵게끔 세계사적 사정이 복잡해지고 있다. 그로 인해 세상이 좀 더 넓어지게 될 것은 틀림없지만, 현재 우리는 아직도 민족에 대한 단일한 모델을 상정하기 때문에 풀리지 않는 문제들을 안고 있다. 이제는 민족이나 영토, 시민권 등에 대해 좀 더 다층적으로 연구하고 토론하는 과정이 필요하다.

이회성 이를 위해서 작가들은 민족 이데올로기나 특정 사상 등에 집착하기보다는, 인간의 복잡한 국면을 숨기지 말고 드러내는 것이 중요하다고 생각한다. 남북한의 문학인들과 지식인들이 모두 우리가 처한 모순과 진실을 솔직히 이야기하자. 자신을 돌이켜보는 과정을 통해 인간에 대한 보편적인 이해를 하지 않는다면, 디아스포라의 흐름에서 우리가 간직해야 할 토라를 획득할 수도 없고 세계적인 문학 작품도 나오기 힘들다.

김우창 이 선생의 말처럼 우리 문학의 문제점 중 하나는 작가가 자신을 너무 중요하게 생각하는 것이다. 물론 민족의 양심과 의식을 유지하는 존재라는 면에서 작가의 자리는 중요하지만, 작가들이 지사나 지도자적 입장에서 세상을 바라본다면 균형을 잃기 쉽다. 한 가지 덧붙이고 싶은 건, 재외 동포가 외국어로 쓰는 문학 작품이 한국 문학인가 하는 논쟁은 이제 사라졌으면 한다. 이는 매우 경직된 생각에서 출발한 관료주의적 질문이다. 언어의 문제가 아니라 이들이 무슨 생각을 가지고 무슨 문제로 고민하느냐에 대한 이해와 세계 문학의 일부로서 이들 작품이 우리의 삶과 정신에 어떤 보탬을 줄 수 있는가 하는 관점에서 접근해야 한다.

최원식 최근 들어서야 재외 동포 문학을 읽기 시작했는데, 흥미롭게 보면서 내 속에 있는 강한 자기 동일성 추구라고 할까, 내 속에 있는 타자에 대한 억압과 타자에 대한 배려의 부족을 절실하게 느꼈고, 재외 동포 문학이 우리 문학을 더 풍요롭게 할 수 있겠다는 생각이 들었다. 그러기 위해서는 앞으로 두 문학의 자연스러운 소통이 중요하다. 어떤 언어로 썼건 그 문학이 얼마나 진실을 말했는가, 얼마나 인간을 제대로 그렸는가 하는 관점에서 따져 봐야지, 좁은 속문주의, 속지주의 관점에서 국문학이다, 아니다 논하는 건 형이상학적인 공론이 될 것이다.

김우창 우리나라에 여러 문제들이 있지만 남북 대치는 그중에서도 가장 큰 문제다. 재미있는 건 둘만 있으면 싸움이 심화되기 쉬운데, 세계화나 디아스포라라는 복잡한 요소가 생겨나면서 두 입장만 가지고 대치하기 어려워졌다는 사실이다. 이런 복잡한 요인들이 남북 문제라는 긴급한 문제를 풀어가는 데도 상당한 도움을 줄 것이라고 기대한다.

최원식 최근 6자회담을 계기로 남북 문제가 두 나라의 경계를 넘어 동아시아 전체를 향한 평화 구상으로 넘어갈 수 있는 기틀이 마련됐듯이, 재외 동포와 작가들의 경험으로부터 우러난 문학들이 우리나라에 평화 체제를 정착시키는 것뿐 아니라, 나아가 동아시아에 평화를 가져오는 데도 좋은 구실을 할 수 있을 것이라고 생각한다. 장시간 좋은 이야기를 나눈 것에 감사드린다.

지적 작업은 사회에 기여해야

이병혜(《업코리아》 수석 편집기획위원)

2003년 12월 《업코리아》

중도적 균형 잡힌 시각을 추구하다 보면 사실 '중도'이기가 얼마나 힘들고 애매한지 늘 그 단어의 경계 폭을 살피게 된다. 그런 의미에서 우리 시대 중도적 지식인의 한 사람으로 손꼽히는 김우창 교수는 살아오기가 얼마나 힘들었을까? 이성적 자유주의를 실현해 가는 김우창 고려대 명예교수(68)를 만났다. 학문과 현실 세계 어디라도 '이것만은' 하고 가릴 수 없게 폭넓은 전인적 지평을 아우르고 있는 이 시대 최고의 철학적 인간학자라는 평을 받고 있는 김우창 교수는 1937년에 태어났다. 그는 초등학교 시절에 광복을, 중고등학교 시절에 한국 전쟁을 경험했으며 학창 시절엔 공부만 열심히 한 아주 평범한 학생이었음을 강조했다.

서울대 정치학과에 다니다 영문과로 옮겨 대학을 졸업하고, 미국에서 유학 생활을 한 김우창 교수는 1977년 『궁핍한 시대의 시인』이라는 첫 작품을 낸다. 이후 김 교수는 『지상의 척도』(1981), 『심미적 이성의 탐구』(1992), 『정치와 삶의 세계』로 이어져 최근에는 10여 년에 걸쳐 쓴 글과 강연을 모아 『풍경과 마음』이라는 책을 냈다. 이성적 자유주의를 실현하는 그분의 사유 세계를, 너무나 깊고 진지하니 쉽게 풀어 달라는 주문과 함께 인터뷰는 시작됐다.

선생님의 유년기, 청소년기 시절이 궁금합니다. 어떻게 닦여졌을까.

"닦여진 것은 없어요. 요즘 자라는 것과 예전의 자라는 환경이 많이 다릅니다. 입시에 대한 부담이 없었고, 따라서 자연스럽게 읽고 싶은 책을 읽고 하고 싶은 공부를 하면 바로 대학 입시로 연결되었습니다. 대학에서도 요즘처럼 취직에 대한 압박감이 없었고요. 그 당시엔 고등학교 나왔다는 것 자체가 엘리트로 인정되었습니다. 대학에 가는 것은 그 이상이었죠. 또 취직에 대한 걱정도 별로 없었습니다. 뭘 해도 먹고 살 수는 있다고들 생각했던 시기였으니까요. 지금과 상황이 많이 달랐습니다.

노무현 대통령이 1960년대보다 우리나라 국민 소득이 100배 늘었다고 했는데, 사실 그때는 사람들이 아주 가난했습니다. 우리는 취직을 하기가 더 힘들었지만, 나는 운이 좋아 서울대에 취직을 했습니다. 하지만 취직을 했어도 먹고사는 데 크게 도움이 되지 않았습니다. 월급이라는 것이 아주 적었으니까요. 꼭 이것을 해서 먹고살아야 한다는 경쟁이 강한 사회는 아니었습니다. 취직하는데 경쟁이 심하지 않았고, 적당히 해도 적당히 먹고 사는 시기였습니다. 아주 좁은 사회이긴 했지만 그래도 공동체적인 것이 있었다고 할까요."

우리 시대의 '현자(賢者)'로 불리시는데, 지금 우리가 살고 있는 이 시대를 어떤 눈으로 보는지 궁금합니다.

"엄청나게 부자가 된 것은 사실이지만, 동시에 개인에게 불안 요소가 아주 많은 것도 사실입니다. 지금 부자가 된 것을 어떻게 평가해야 하는지 일률적으로 말하기는 힘들지만 궁극적인 문제가 있다고 봐야 합니다. 우리가 세계 자본주의 체제 내에서 살아가고 있는데, 세계 자본주의 체제라는 것이 공격적이고 경쟁적이고 자연스러운 인간관계를 파괴하지요. 환경 파괴적이고. 이게 좋은 삶의 방식이냐에 대해 의문을 가질 수밖에 없어요. 그렇다고 옛날의 가난으로 돌아갈 수도 없는 것이고. 부자가 된 것은 좋은데, 이 불안 요소를 어떻게 제거하고 보다 안정된 사회를 만드느냐가 중요하다고 봅니다."

몸으로 느낄 때 편한 합리적인 제도가 중요

『풍경과 마음』에서 객관적으로 본다는 것이 무엇인가에 대해 말씀하시면서 동서양의 세계관 차이를 말씀하셨는데, 어떻게 다른지 말씀을 해 주시죠.

"동양이 서양보다 낫다, 서양이 동양보다 낫다, 이런 이야기는 하고 싶지 않습니다. 미리 이야기한다면 '공짜가 없다'는 것이 세상이라는 생각입니다. 부자는 부자로서 사회에 지불해야 하는 값이 있고, 가난한 사람은 가난한 사람으로서 사회에 지불해야 하는 값이 있다는 겁니다. 서양에 더 좋은 것이 있을 수도 있고, 동양에 더 좋은 것이 있을 수 있기 때문에 둘 중 어느 하나를 택하고 싶지는 않습니다. 어떻게 균형을 가지고 그 지불하는 대가를 최소화하면서 인간적인 사회를 유지하느냐, 이게 더 중요하다고 보는 거죠. 동양의 특징을 막연하게 이야기하자면 서양에 비해 부드럽다는 것입니다. 동양은 그 기반이 농경 사회였습니다. 서양은 중간에 농업을 버리고 산업화와 과학화를 택하면서 많은 것을 얻어 가난의 문제를 해결했지만, 동시에 인간적인 즐거움을 잃어버렸다고 볼 수 있지요."

그렇다면 21세기를 살아가는 현명한 방법에 대해서 말씀해 주시죠. 과연 이성적이고 합리적인 것은 무엇인지.

"이성은 큰 사회가 살아가는 데 필요합니다. 농촌 공동체 사회에서는 머리로 생각할 필요가 없었지요. 가족 관계는 머리로 생각해서 살면 너무 삭막해집니다. 마음으로 살아야지. 하지만 사회가 커 가면 마음으로만 사는 것이 불가능합니다. 조선조 말 인구가 늘어 가고 사회가 확대되는 과정에서 합리적인 제도를 마련하지 못했기 때문에 혼란했습니다. 정확한 수치는 아니지만, 건국 당시 인구가 400만 명이었고 조선조 말에는 1800만에서 2000만이었습니다. 큰 사회에서 합리적인 제도가 뒤따라가지 못하면 혼란이 뒤따라갑니다. 지금 와서 공동체적 삶이 중요해졌지만, 과거로 돌아간다는 것은 불가능합니다. 그걸로 사람 사는 문제가 해결되는 것은 아니지요. 테두리가 정해지면 그 안에 사는 궁리를 해야지요. 육체와 감각이 현재 살아가는 것을 테스트하는 가장 중요한 인식의 수단입니다. 몸으로 느낄 때 편하지 않은 것, 이걸 봐야지요."

전문가의 지적 작업, 보통 사람의 느낌에 의해 테스트돼야

'지성이란 것이 일종의 현실과의 거리 감각이다' 이런 말씀을 해 주셨는데, 우리 시대의 지성이 제대로 그 역할을 하고 있는 것인지요.

"요즘 포퓰리즘이란 단어를 자주 듣는데, 물론 이전 사회가 권위주의적이었기 때문에 그것에 대한 반작용으로 생긴 것으로 봅니다. 하지만 지적인 작업이라는 것이 중요하다는 인식이 상당히 축소된 상태입니다. 대중적인 정치를 하는 것이 민주주의의 한 면이지만, 반드시 그것으로만 하는 것은 아닙니다. 지적인 작업이 필요하지요. 그래서 전문가가 필요합니다. 그러나 전문가는 전문가가 아닌 사람에 의해 테스트될 필요가 있습니다.

지적인 작업, 다른 방식으로 이야기하면 제도나 지식 등 모든 면에서 전문적인 종사자가 필요하고, 그 사람들이 사회에 기여하는 것이 필요한 것이 현대 사회입니다. 전문적으로 연구하고 궁리하는 사람이 필요하지요. 동시에 전문적인 사람이 궁리하지 않은 데에도 삶의 이치가 있습니다. 살아가는 이치 말이죠. 생물학적으로 몸으로 느끼고 아는 데 보통 사람이 훨씬 많이 알 수 있습니다. 지적인 작업이라는 것은 보통 사람의 느낌에 의해 테스트 되어야 합니다. 그게 민주주의 안의 역학 관계이죠. 전문가가 필요하지만 전문가는 보통 사람의 삶의 이치에서 다시 테스트되는 것 말입니다. 전문가와 일반 대중이 서로 연결이 되어야 하는데, 오늘은 민중 의지로 가고 있습니다. 잘못 가고 있는 것은 아니지만, 역사가 그렇게 되어 가니까요. 하지만 민중적인 것만으로 모든 것이 해석되지 않습니다.

제도적인 문제도 있습니다. 내가 고려대학교에 있을 때 과회의를 하면 열 명, 열두 명 가능한 시간 맞춰 모이기 힘드니까 어떤 문제에 대해 '당신 의견이 어떻소' 종이에 써서 의견의 가부를 묻습니다. 전 이것에 반대했습니다. 같이 모여서 이야기하는 사이에 의견을 바꿀 수 있어야지, 정해진 의견을 수합하는 것은 민주주의가 아닙니다. 다수결은 정해진 의견을 수합하는 것일 뿐입니다. 다수결은 싸움을 피하는 방법일 뿐입니다. 서로 이야기하는 가운데 무엇이 더 이치에 맞는 것인지 드러나게 됩니다. 국회라는 것도 여러 사람 의견을 종합하는 것이 아니라 토론하는 가운데 무엇이 가장 합리적인가를 깨우쳐야 합니다."

지식이라는 것이 사회 구조라든가 변화 변동과 불가분의 관계에 있다고 말씀하셨는데 지식 사회학의 관점을 조금 더 설명해 주시죠.

"지식 사회학적 관점이 우리 사회 지식계에 강하게 대두되어 왔습니다. 지식 사회학적 관점에서 지식의 상대성이라는 것은 절대적인 진리가 있다기보다 사회 계급의 여러 가지 영향하에서 형성되는 것이라고 보는 것입니다. 지식이 사회 세력의 영향하에서 형성되기 때문에 어떤 이야기를 하면 옳고 그름의 문제를 따지기 이전에, 그 사람이 어떤 사회적 입장에 있기 때문에 그렇게 말하느냐의 쪽으로 이해하기 쉽습니다. 그렇게 하면 지식이나 진리의 권위가 상당히 떨어집니다.

지식 사회학에서 하는 작업 중의 하나가 이 세상의 진리라는 것이 무조건 진리라는 인식을 버리는 것인데, 사회적인 위치와 지식을 연결해 인식하게 되면 냉소주의가 생기게 됩니다. 지식을 개인의 신분이나 편견 등 적당한 방식으로 호도해 냉소주의가 생기게 되는 겁니다. 이렇게 따지면 진리라는 것이 없습니다. 전부 다 이해관계이고 진리가 없다, 이런 생각을 가질 수밖에 없지요. 지식 사회학의 사회학적 연구를 건전하게 받아들이려면 '진리라는 것이 없다.'라고 전제하기보다는 '진리에 접근하는 것이 어렵기 때문에 그만큼 더 조심해야 한다.' 하고 말해야죠. 우리 사회에서도 냉소주의적인 경향이 많이 나타납니다."

인간은 안정된 삶을 추구한다는 점에서 보수적

현재 민주화를 중시하는 담론은 진보주의로 나타나고, 산업화를 중시하는 담론은 보수주의로 나타납니다. 요즘은 모든 사람들이 진보 쪽으로 가려는 경향이 강한데, 한국적 보수주의가 제대로 정착하기 위한 방안이 있다면 어떤 것이 있습니까?

"보수의 의미가 여러 가지가 있을 텐데, 예전부터 내려오는 가치를 옹호한다는 의미일 수도 있고, 냉소적으로 생각하면 기득권을 옹호하자는 것도 있죠. 여러 가지 보수가 있겠지만 우리나라에서 그런 것을 극명하게 표방하는 보수 세력은 없는 것 같습니다. 숨은 동기로는 있겠지만 말입니다."

그래도 선생님께서 보수주의를 규정한다면 어떻게 말할 수 있는지.

"굳이 제가 말한다면 '인간은 보수적 동물이다.'라고 이야기하겠습니다. 안정된 사회를 추구하는 것은 보수 세력뿐 아니라 개혁 세력도 마찬가지입니다. 하지만 우리 사회는 이를 인정하지 않습니다. 환경과 조화되고 다른 사람과 조화되고 내가 하는 일이 안정된 틀 속에서 유지되는 것을 모든 사람이 추구하는 겁니다. 그런 의미에서 모든 사람이 보수주의자라고 볼 수 있습니다. 개혁 진보주의자의 잘못 중 하나는 사람들에게 내재되어 있는 보수적인 성향을 인정하지 않는다는 것입니다. 젊은 사람들의 정열 때문에 그렇습니다. 젊은 사람들은 보수가 필요하다는 것, 안정된 삶이 필요하다는 것을 모릅니다. 노동자가 자기 권익을 옹호하는 것은 사실은 최소한의 보존을 위해서, 직장에 대한 안정, 가정에 대한 안정을 위해서입니다. 안정감을 얻지 못하기 때문에 거리로 뛰쳐나가는 것이지요. 안정된 삶에 대한 갈망은 보수 세력도 진보 세력도 모두 인정해야 합니다.

그런데 우리나라의 보수주의자라는 것은 경제 발전의 가치를 중요시하는 사람으로 인식됩니다. '더 선진국으로 나아가야 한다.', '개인 소득 2만 달러 시대를 만들어야 한다.'라고 말을 하는데, 그렇게 보면 노무현 대통령도 보수주의자입니다. 또 진보주의자는 무조건 새것을 추구하고 튀어 나가고 깨어 나가고 하는 사람들을 지칭합니다. 물론 고정 틀을 깨는 것도 필요하지만 그게 목표는 아닙니다. 내가 생각하는 보수주의란 모든 사람이 안정되게 사는 것을 말합니다. 그것이 경제 성장과 어떤 관계가 있느냐, 이것이 중요한 과제입니다. 옛날에는 못사는 사람이 많으니까 이 체제는 안 되고, 이걸 새로운 방식으로 운영해서 모든 사람이 고르게 잘 살게 하자 했는데, 사회주의 체제가 무너지면서 그런 생각이 많이 물러가지 않았습니까. 자본주의 경제 체제를 어느 정도 수용하고 그 안에서 많은 사람이 고르게 잘 살게 하는 사회를 만들어 보자, 이게 진보주의 입장이라 봅니다."

그렇다면 보수주의자나 진보주의자나 별 차이가 없는 거 아닙니까?

"경제 동력의 근본에 대해서는 의견을 같이하고 있다고 봅니다. 자본의 이익을 적극적으로 옹호하는 사람이 보수적이라는 것은 문제가 없다고 생각합니다. 하지만 자본의 이익을 적극적으로 옹호하는 사람이 진보적이지는 않습니다. 하지만 자본의 중요성, 그게 현실이기 때문에 받아들여야 한다는 것은 진보주의자의 태도일 수 있지요. 태도의 차이라고 봅니다. 현대 사회의 근본적 삶의 동력이 경제에서 나온다는 것을 인정하지만 그것을 어떻게 쓰느냐에 대해서는 의견이 다를 수 있겠지요. 극단적으로 보수적인 사람은 계속 경제 성장을 주장하고, 좀 더 중도적인 사람은 성장을 통해 저절로 많은 사람이 혜택을 보도록 하자는 것이지요. 케네디가 한 유명한 말이 생각납니다. 바닷물이 들어오면 큰 배 작은 배 할 것 없이 다 뜨기 때문에 작은 배에 물을 더 줄 필요가 없다는 것입니다. 이게 중도적 보수주의 성장론자의 이야기입니다. 좀 더 진보적인 사람들은 이걸 받아들이지 않고 어떻게 하면 경제 성장이나 경제 발전의 결과를 더 적극적으로 배분하느냐를 문제 삼지요. 현재 노무현 정부는 자꾸 실험하고, 서민들 생활에 관심을 가진다는 측면에서 진보적인 정부로 봐야겠지요."

선생님 특유의 낮은 목소리로 말을 계속 이어 갔다. 감기에도 아랑곳 않고 성실하게 말해 주시는 모습을 보면서 '그동안 살아온 삶의 방식이겠구나.'라는 생각이 스쳤다.

마음 따지다 보면 목적지 도착 늦춰져

노무현 정부를 진보라고 규정하셨는데, 진보적 이념의 실현을 위해 노무현 정부가 어떤 일을 해야 할까요?

"노무현 정부는 진보적인 의도를 가졌음에도 불구하고, 그런 정열이 어떻게 해서 현실에서의 질서로 번역하느냐 하는 방법은 잘 모르는 것 같아요. 막연히 무언가를 잘해야겠다는 생각은 하지만 무엇을 잘해야 할 것인가에 대한 구체적인 비전은 없지요. 모든 사람이 고르게 살아야 한다는 정열은 필요하지만 현실로 옮기는 데는 구체적인 정책이 있어야 해요. 학생운동 할 때의 정열로만 이야기할 것이 아니라 경제 발전의 결과를 사회 복지와 어떻게 연결시킬지 고민을 해야지요. 사회를 떠받치는 힘이라는 것이 정책을 만들어 나가는 사람에게 있지 않겠습니까. 그런 분들이 정치에서 많이 제외되어 있지요.

노무현 대통령이 대통령 취임 이후 해야 할 일이 두 가지였습니다. 어떤 사회를 생각하는가를 생각했어야 했지요. 교육은 어떻게 하고 경제 발전을 어떻게 하겠다는 큰 틀이 있어야 했지요. 그리고 노무현 정부가 가지고 있는 정열을 구체적인 사회 정책으로 어떻게 변화시킬까 하는 플랜이 있어야 했지만, 두 가지가 다 부족했습니다. 앞으로 점점 더 어려워질 것 같습니다. 노무현 정부가 처음부터 무엇을 가장 중요하게 여기고, 이것을 체계적으로 진행시키겠다는 구체적인 계획이 있었다면 모든 사람들이 안심할 수 있었을 겁니다. 정략에서 나오는 것이 아니라 모든 사람들이 필요한 정책이라고 설득을 시켜야 하지요."

현재 한국의 정치 문화를 나름대로 진단하신다면 어떻게 평가하시겠습니까?

"노무현 정부가 지나치게 패거리 정치랄까, 코드라는 것을 너무 따집니다. 자주 드는 비유가 있는데, 갈 목적지가 있는 사람이 택시를 잡았는데, 택시 운전사와 내가 마음이 맞느냐, 안 맞느냐를 실갱이하는 것은 이 택시 운전사와 함께 갈 생각이 없는 것입니다. 우리 사회 전체에 제도적 보완에 대한 사고가 부족한 것도 있지만, 이 정부가 우선 마음 맞는 택시 운전사를 고르다 보니 운전사가 별로 없지요."

토론하는 데도 엄격한 규칙과 질서 있어야

노무현 정권 출범 당시 '토론 공화국을 만들겠다'고 했는데, 우리의 사회에 토론 문화가 존재한다고 보십니까?

"전자 민주주의 이야기가 나오지만 전 전자 민주주의가 불가능하다고 봅니다. 아무나 아무 소리나 한다고 해서 토의가 이루어지는 것은 아닙니다. 중구난방이 되서는 아무 것도 결정이 안 됩니다. 토의라는 것은 엄격하게 통제된 절차 안에서 무엇이 옳은지 따지는 과정에서 이뤄져야 합니다. 합의 절차에 대한 고려 없이 모든 사람이 이야기해서는 민주주의가 성립하지 않습니다. 간단한 예로 법원에서 재판을 하는 절차를 따져 봅시다. 어떤 진리를 밝혀내야 한다는 것은 분명합니다. 어떤 사람이 누구를 죽였느냐를 밝히는데 절차가 굉장히 복잡합니다. 재판관은 쓸데없는 말장난은 못하게 합니다. 살인범이 아침밥을 먹었느냐 아니냐는 별로 중요하지 않습니다. 밝혀내고자 하는 사실에만 집중을 해야죠. 여러 사람의 의견이면서도 동시에 옳은 의견을 밝히기 위해 절대적으로 통제된 절차가 필요합니다. 국회 의원도 마찬가집니다.

국회법에 따르면 회의는 국회에서만 해야 됩니다. 자신의 마음에 안 맞는 안건이 있고 불리할 것 같으면 소수파가 다수파를 국회에 입장을 못하게 하는 우스운 일도 있지만, 그 안에는 토의장 안에서만 토의를 해야 한다는 평범한 진리가 숨어 있습니다. 토의장 안에서 토의를 하게 되면 그 사람이 누구냐가 분명하거든요. 그 사람이 엉뚱한 소리를 하게 되면 표를 잃게 되고 신망이 떨어지지요. 교수가 강단 위 학생들 앞에서 교수란 자격으로 이야기하기 때문에 자신의 발언에 대해 책임지게끔 되어 있습니다. 개인의 인격을 떠나 제도적인 통제하에서 발언하기 때문에 그 사람의 이야기가 공신력을 가지게 되는 것이지요. 민주주의 절차라는 것이 여러 사람이 떠들어서 이루어지는 것이 아니라, 그 말을 할 수 있는 자격을 가진 사람이 여러 사람 앞에서 책임 있게 이야기하고 바른 결론을 내리려고 할 때 이루어지는 것입니다. 제도적인 규제를 만들어야 제대로 됩니다. 우리의 토론 문화가 유야무야 되는 것은 너무나 당연합니다. 토론이 제대로 정착하려면 엄격한 절차가 있어야 합니다."

중학교 졸업자도 앞길 내다볼 수 있어야

'교육 문제에 대해선 해법이 없다'고들 말하고 있는데, 교육 개혁을 하기 위해 우선적으로 무엇이 해결돼야 하나요.

"우선 근본으로부터 생각해야 한다는 것에 대해 말하고 싶습니다. 교육 문제를 해결하려면 사람이 사람답게 사는데 무엇이 필요한가, 여기서부터 출발해야 합니다. 지금 사교육비가 많이 들어간다 해서 사교육비를 없애자고 하는데, 지엽적인 문제를 가지고 늘어지면 문제를 해결하는데 또 문제가 생기는 것 같습니다. 사교육비가 들어갔어도 우리나라 사람들이 세계에서 가장 훌륭한 사람이 되었다고 하면 사교육비 쓸 만하지 않겠습니까. 억울할 게 없어요.

일본만 해도 고등학교 졸업자의 취업률 보도가 신문에 나오는데, 우리의 경우 고등학교 졸업자의 취업률 보도가 신문에 나오는 것을 못 봤습니다. 고등학교 졸업자도 중학교 졸업자도 취업해서 살 수 있어야 됩니다. 어느 단계에서 교육을 그만두더라도 그 사람이 앞으로 인생을 내다볼 수 있는 길을 교육이 제시해 줘야 합니다. 대학을 졸업한 사람 아니면 자기 인생이 어떻게 될지 자기도 모르잖아요. 세칭 이류, 삼류 대학이라고 하는 데를 졸업해도 살기 어려워지고, 고등학교, 중학교 졸업한 사람도 마찬가지고,

초등학교 졸업한 사람은 캄캄해지지요. 분명하지 않더라도 교육부에서 방향을 정해 줘야 하는데 우리나라 교육부는 이런 것에 대해 전혀 신경을 쓰지 않지요. 정부는 학생들이 각자 자기 능력에 맞는 공부를 할 수 있는 여건을 조성해야 해요. 공부하기 좋아하는 아이들도 있고, 공부하기 싫어하는 아이들도 있고, 다 대학 입시를 위해 목매달 필요가 없는 것이지요."

다 같이 잘 사는 세계화 해야

세계화가 올바른 방향으로 가고 있다고 보십니까?

"세계화가 지금의 방향이지만, 세계화의 내용이 뭐냐에는 여러 가지가 있을 수 있어요. 미국 사람들이 생각하는 세계화는 자본의 자유로운 유통을 말하죠. 하지만 세계가 하나가 되어가고 있기 때문에 많은 사람들의 삶이 풍부해지냐, 그건 다른 문제라고 봅니다. 세계화가 많은 사람들의 삶에 어떻게 하면 플러스가 되느냐, 이건 연구해야 할 과제입니다. 3년 전, 지금은 작고한 피에르 부르디외와 대담을 한 적이 있어요. 피에르 부르디외는 세계화에 반대를 했죠. 돌아갈 때 그는 귄터 그라스를 포함해 유럽의 지식인들이 세계화에 반대하는 단체를 조직하고 있다고 말했습니다. 하지만 동양 사람들이나 유럽 외 사람들은 포함이 안 되어 있었지요.

부르디외를 포함한 유럽의 여러 사람들이 세계화에 반대했던 이유는, 아주 간단히 이야기하면, 유럽이 일으켜 놓은 사회 복지 제도가 무너지는 것에 반대를 했던 것이죠. 미국 사람들은 뭐든지 시장에 맡겨야 한다는 주의인데, 부르디외는 시장에 맡기면 복지 제도가 무너진다는 것이었지요. 이것이 세계화 반대의 사회적인 측면이라고 볼 수 있지요. 또 독일 같은 국가는 문화 활동이 국가에서 많이 지원됩니다. 미국에도 어느 정도 보호하기는 하지만 시장이 알아서 해야 하는 경우가 더 많지요. 부르디외는 '고전 음악 같이 인기가 없는 것들은 시장에 맡겨서는 안 된다'는 것이었죠. 부르디외는 굉장히 진보적인 사회학자이지요. 대화하면서 부르디외에게 이렇게 말했어요. '그 이야기는 유럽의 기득권을 수호한다는 이야기지, 다른 지역의 사람들에게는 해당이 안 되는 이야기 아니냐' 그러자 부르디외가 머뭇했던 기억이 있어요. 대체(代替) 세계화가 필요하지요. 세계화는 불가피한 추세이기 때문에 받아들이지만 그러면서도 어떻게 많은 지역의 사람들에게 인간적인 삶을 보장하느냐, 이건 아주 중요한 문제라고 봅니다. 또 중요한 것은 세계의 빈부 격차 문제를 국제화하고, 아프리카의 에이즈 문제 같은 건 도와줘야 합니다."

한국의 시민운동은 어떤 방향으로 가야 한다고 보십니까?

"많은 사람들이 시민운동이 새로운 국제주의, 새로운 진보주의의 좋은 형태라고 생각합니다. 국가 권력으로부터 떨어져 있는 시민 단체의 진보적 운동이 중요한 것 같습니다. 또 그것은 국가 간의 연대를 꾀할 수 있다는 의미에서도 중요하다고 봐요. 하지만 시민운동은 합리적인 것이 되어야 해요. 새만금 문제만 하더라도 합리적인 토의의 틀을 거치면서 반대하는 운동을 해야 돼요. 매스컴에서 많은 관심을 기울였던 삼보 일배 운동 같은 거, 주의를 끄는 데는 도움이 되지만 그것만으로는 합리적인 토의가 안 돼요. 그것은 정서에 호소하는 것이기 때문이지요."

현대 사회는 이념의 소산으로서 삶의 기본 전제에 대한 합의와 사회가 먼저 풀어 나갈 것에 대한 합의가 필요하다. 하지만 김 교수는 정책의 일관성과 현실 수행 능력 부재 속에서 사회적 갈등을 빚는 불안 요소들이 곳곳에 있다며, 감정적인 대응보다는 합리적인 분석과 이성적인 태도를 요구했다. 김 교수는 어느 현실 정치인들보다도 사려 깊은 통찰력을 가진 지식인들이 사회의 조정 역할을 담당하기를 기대했다.

김우창 교수는 민주주의는 다수를 위한 다수의 정치이지만 합리적 제도로 운용되는 문제가 더 중요하다고 역설했다. 그 합리성은 인간 내면의 원리이기도 하고, 제도와 결부될 때 그 힘을 발휘할 수 있다는 것이다. 합리적인 토의 과정을 통해 목적에 대한 합의로 도출되는데, 그 목적이 어떻게 현실적인 방안으로 정착될 수 있을지…… 민주주의와 학문에 관련된 질문으로 인터뷰를 이어 갔다.

생각 있는 사회와 생각 없는 사회

요즘 국내 대학에서 인문학이 '꿔다 놓은 보릿자루'처럼 기피 대상이 되는데, 인문학의 위기를 극복할 수 있는 방안은 어떤 것이 있을까요.

"인문학의 위기는 간단히 이야기하면 우리 사회가 점점 더 물질적인 가치만을 중시하기 때문에 생긴다고 봐야죠. 실용적이고 물질적인 것과 더 정신적인 것의 차이는 물론 근본적인 차이도 있겠지만, 쉽게 말하면 단기적이냐 장기적이냐의 차이지요. 장기적으로 보면 인문적 교양이나 훈련도 물질적인 생산에 중요한 요인 중의 하나이지만, 단기적으로 보면 도움이 안 되죠. 공자를 읽었느냐 플라톤을 읽었느냐는 단기적으로 보면 중요하지 않지요. 대학 같은 곳에서 인문 교육을 위주로 해야 하는데, 사실 제도적으로 그게 잘 되고 있지 않아요. 우리는 많은 것을 미국에서 갖고 왔는데, 이 문제에 대해서도 더 미국적으로 해야 한다고 봐요. 직업 교육은 대학원으로 옮기고 대학에서는 인문 교육을 주로 하는 거지요. 또 한편으론 회사에서 인력을 채용할 때 전공을 보고 채용하는 습관을 버려야 해요. 가령 그리스어 공부를 해도 취직을 할 수 있게끔 말이에요. 단기적으로 보면 대학에서 회계라도 배운 사람을 데려다 쓰면 편하겠지만 장기적으로 볼 때 바람직하지 않아요."

한국 문학의 위기에 대해선 어떻게 생각을 하시나요.

"다른 것도 마찬가지겠지만 문학 역시 두 가지 영역에 걸쳐 있다고 봐야겠죠. 하나는 보통 삶과 연관되어 있고, 또 하나는 보통 삶을 테두리 짓고 있는 큰 것이 무엇이냐와 연관되어 있다고 볼 수 있어요. 이 두 가지를 연결해서 무엇을 만들어 내는 것이 문학인데, 종전의 우리 문학은 큰 것에 관심이 많았지요. 민주화라든지 산업화라든지 그런 것들 말이죠. 지금은 민주화 문제가 단일한 큰 이슈로 존재하지 않으니까, 이야기할 것이 없어지는 것처럼 느껴지고, 개인적인 것은 따분한 게 많지 않아요? 그러다 보니 감각적 흥분을 추구하는 일이 많아지는 것이죠. 문학은 사람들이 사는 구체적인 현실적 삶과 그것을 테두리 짓는 큰 것 사이에 교량을 놓는 일인데 그 일이 어렵죠. 그래서 혼미 상태에 있다는 겁니다."

'세계 시장 경제 체제에서의 글쓰기'란 주제로 말씀한 것을 보면 1990년대 가벼운 시각 매체의 등장으로 한국 문학의 위기가 커졌다고 말씀하셨는데, 한국에 노벨 문학상이 나오지 않는 이유는 뭐라고 보십니까?

"노벨 문학상에 너무 지나치게 관심을 가져서 안 나옵니다. 문학 하는 사람은 어느 정도 자폐증에 걸린 사람이라고 말하고 싶습니다. 자기 하고 싶은 이야기를 하는 것이 문학입니다. 자기가 옳다고 생각하는 것, 자기 이야기를 했는데 다른 사람이 보니까 내 이야기 같다고 생각하는 것이 문학입니다. 내가 이 이야기를 했는데 저 사람이 노벨상을 줄까 재면 노벨상 못 타지요. 나의 진실을 이야기했는데 다른 사람이 공감할 수 있겠다 하면 노벨상을 탈 수 있는데, 저 사람이 노벨상을 줄까, 안 줄까를 생각하면 이야기가 안 됩니다. 나는 내 이야기를 했는데, 이것이 여러 사람의 이야기가 되는 것은 그 사람이 세계 한복판에 앉아 있기 때문입니다. 자폐증 환자가 쓴 것이 문학인데 남 눈치를 보면 안 되죠."

문학 비평과 분석을 잘하기 위해서는 어떤 것이 중요한가요?

"평이한 이야기이지만 작품 자체를 구체적으로 잘 읽는 것이 필요하다고 할까요. (웃음) 하지만 요즘은 그것마저도 잘 안 읽는 경향이 강합니다. 작품을 이야기하려면 그 작품을 잘 보아야죠. 그 작품이 이야기하는 것을 들으려고 해야지요. 사람이 살 만한 세계로 만드는 데 문학도 공헌하는 것이 있어야 합니다. 딱 부러지는 기준점은 없지만 분석할 때는 작품의 진실성을 인식하는 작업이 중요한데, 그것을 위한 훈련과 자기비판으로 가능하죠."

예전에는 비평을 통해 카타르시스를 느꼈는데, 요즘에는 비평이 많이 줄어들지 않았나 싶습니다.

"우리 사회가 복잡해지니까 그 원인을 하나로만 파악하기가 어렵다고 봅니다. 작가들도 어렵게 글을 쓰고 비평하는 사람들이 표피적인 것에 관심이 많아 그런 것 같습니다. 새로운 이론, 실험적인 것들이 뭐냐에 대한 집중적인 생각이 부족해진 것이 아닌가 싶어요."

우리 것이기 때문에 '옳다'가 아니라 당신에게 도움이 되기 때문에 '옳다'

과거 우리의 지식인들을 보면 이전에는 일본, 그 뒤엔 미국 베끼기를 참 많이 했다고 보는데, 우리 나름의 자생적 학문이 있다고 보나요?

"문학이나 사회학이나 사람은 자기가 복판에 서 있다는 생각을 하는 것이 중요합니다. 자기 하는 것이 모든 사람이 하는 것이다, 우리가 세계 문명의 복판에 있지 않기 때문에 자꾸 눈치 보는 것이 불가피하다고 봐요. 한국인의 우수성을 강조하는 것도 불안하기 때문에 하는 이야기지요. 미국 사람들이 미국의 우수성 이야기를 하는 것 보았습니까. 외국 것을 베끼는 현실이 우습지만 우리의 위치에서 불가피한 현실이기도 해요. 그것을 넘어서려면 우선 자신감을 회복해야죠. 구체적인 방안으로는 과거 유산을 다시 살펴보는 일이 되겠지요. 조선은 글을 많이 쓴 시대에요. 물론 옛날 것이라고 다 끌어내 봐야 별 의미는 없어요. 오늘날에 의미가 있게끔 해야죠. 요즘 사람들은 다분히 서구화되어 있지 않습니까. 어떻게 보면 서구화된 양식을 따르면서도 우리 본래의 것에 대해 다시 생각하고 다시 되찾도록 해야 한다고 봅니다. 서구 것만도 아닌, 우리 것만도 아닌 새로운 보편적인 것을 생각해야 한다고 봐요. 예전 것을 끌어내되 우리 현실 삶의 기반으로부터 출발을 해야죠. 요즘은 우리 학문이 외국 지식의 중개상 정도를 넘어서 자생 이론까지 발전했다는 증거들이 우리 주변에 꽤 많이 있습니다."

『풍경과 마음』에서 객관적으로 보는 것의 중요성을 말씀하셨는데, 객관적으로 본다는 것을 어떻게 이해해야 하나요?

"객관적으로 본다는 것은 정말 어려운 일이에요. 하지만 분명한 건 거리를 가지고 볼 수 있어야 한다는 것이지요. '우리 것이기 때문에 옳다'가 아니라 '당신에게 도움이 되니까 옳다' 이래야 된다고 봅니다. 문학 작품에 대해서 '세계 문학이 뭐냐'고 물었을 때 '그것을 안 보면 손해 보는 것', 이것이 세계 문학이라고 봐요. 톨스토이 안 보는 사람은 인생에서 그만큼 손해를 보지 않겠습니까. 하지만 이광수를 안 본다고 해서 손해나는 것은 별로 없어요. 미국 사람들에게 '당신들 이광수 안 봤으니까 손해야.' 이렇게 말할 수 없지요. 하지만 톨스토이를 안 보면 우리에게도 손해예요."

1977년 『궁핍한 시대의 시인』이나 1981년 『지상의 척도』 등 중요한 책들을 시대별로 어떻게 이해하면 되는 건가요?

"『궁핍한 시대의 시인』은 일관된 뜻이 있었던 것은 아니지만, 구체적인 사람의 삶을 이해하면서 그걸 규정하는 큰 테두리를 이해해야 한다는 것이 내가 가진 일관된 생각이었어요. 시대에 따라 글들이 많이 바뀌었어요.

「궁핍한 시대의 시인」이라는 것은 한용운을 이해하기 위해 썼던 글이에요. 그 무렵이 군사 정권 시대였고, 마찬가지로 무언가를 선택하기 어려운 극단적인 시대였지요. 이런 느낌들이 다 합쳐져서 이루어진 것이죠. 1981년에 낸 『지상의 척도』는 과연 지상의 척도가 있을까 하는 데서 힌트를 얻었지요. 우리가 감각적으로 느끼는 세계에 정해진 길이 있는 것이 아니라 사는 데로부터 척도를 이끌어 내야 한다는 것이지요. 어떤 지식이라고 해도 사회 구조의 변동과 불가분의 관계를 갖기 때문에 시대별로 우리 사회를 주도해 온 축에 따라 담론들이 변화해 왔죠."

『심미적 이성의 탐구』를 보면 '비극적 세계관'을 말씀하셨던데요. 이 말이 어떤 의미를 가집니까?

"있는 그대로의 세계의 진실성을 인정하지 않으면서도 세상 밖에 서 있을 자리가 없음을 인정하는 자가 비극적 세계관을 가진 사람이죠. 자아의 진실과 세계의 허위극에서 고뇌하는 인간이 현실에 굽히고 들어가는 것, 생각할 수 있는 태도가 있는데 거짓된 지성의 길로 들어가 세상의 초월적 진실을 은폐하는 것, 세상을 뜯어고치겠다고 현실 속에서 행동하는 것, 끝으로 현실과 진실은 넘어설 수 없는 단절로 인식하고 진실의 관점에서 세상을 완전히 거부하되 세상의 관점에서 현실의 것을 완전히 받아들이는 것이 '비극적 세계관'을 가진 사람에 대한 이야기이죠."

한국 민주주의는 어디까지 왔다고 보시나요?

"전 세계 중 적어도 사회 분위기로 봤을 때 가장 민주적인 사회의 하나라고 봅니다. 동양에서 가령 중국, 일본을 한국과 비교하면 한국이 가장 민주적이고 변화 가능성도 많다고 봐요. 변화 가능성이 있다는 것은 더 좋은 사회로 갈 수도 있고, 가장 더 나쁜 사회로 갈 가능성도 있는 유동적인 사회죠. 민주적인 사회가 안정된 삶의 기반을 구축하는 쪽으로 가느냐에 대해서는 문제가 있다고 봐요."

민주주의에 대해서도 목적이 현실적 방안으로 어떻게 구체화될 수 있는지 토의가 필요하다고 말씀하신 걸로 기억합니다.

"혁명적 정열이 아니라 정열적 이성이 필요하다고 했습니다. 정열이라는 것은 헌신하는 과정에서 골똘하게 생각하고 이야기하면서 나타나지요. 회의하는 것은 여러 사람 의견을 수합하는 것이기도 하지만, 여러 사람의 토의를 통해 합리적인 결론에 이르는 절차입니다. 토의를 통해 결론에 이른다는 것은 조심스럽고 어렵기 때문에 잘 안 하려고 하지요."

좋은 것을 본 것과 좋은 것을 봤다는 것을 아는 것은 다르다

정치인 아버지를 두셨기 때문에 어린 시절 비교적 유복했던 것으로 생각되는데요.

"아버지가 야당 정치인이었기 때문에 부자가 아니었지만, 그렇다고 굶는 정도도 아니었습니다. 유학을 가겠다고 생각한 것은 대학 다닐 때였는데, 당시엔 문교부에서 장학금을 줘서 외국으로 내보내던 시절이었습니다. 물론 문교부 돈으로 보낸 것이 아니라 미국 여러 대학의 장학금을 모아 문교부에서 선발을 해서 보내 줬지요.

이건 다른 이야기이지만 제가 1996년에 미국 하버드 대학에 좀 있었는데, 당시 인상 깊었던 교통순경 이야기를 할게요. 비행기를 타려고 새벽에 택시를 타고 가는데 도로에 차가 없었지요. 여자 운전수였는데 과속을 해서 마음대로 간 모양이었나 봐요. 교통순경이 '왜 적신호가 나왔는데 통과를 했느냐'고 물었어요. 그러자 택시 운전수가 '뒤의 승객이 비행기 시간 때문에 빨리 가야 해서 마음이 급해 그랬다'고 대답을 한 모양이에요. 그 교통순경이 뒤쪽으로 와서 '비행기가 몇 시에 출발하느냐'고 묻더군요. 점검을 하더니 가라고 하더군요. 이 교통순경은 자기 판단이 있는 교통순경이지요. 규칙을 지키면서 동시에 상황에 따라 유연하게 대처를 하는, 인문적 교양을 가지고 있다고 봐야 해요."

잘 산다는 것이 어떤 건가요?

"그것은 함부로 답할 수 없는 것인데요." (웃음)

그래도 선생님께서 정의를 해 주셔야 할 것 같아요.

"잘 산다는 것이 뭐냐를 여러 가지로 정의할 수 있는 사회가 좋은 사회라고 말할 수 있겠죠. 우리 사회는 잘 사는 것을 지나치게 단순화시키는 경향이 있는데, 한쪽에서는 열사처럼 사는 것을 말하고, 한쪽에서는 부귀영화를 누리면 된다고 생각을 하죠. 요즘은 돈을 많이 버는 것을 잘 사는 거라고 생각하는 거 같아요. 다양하게 잘 사는 것을 정의할 수 있어야 한다고 봐요. 하지만 저는 생각을 가지고 사는 것이 잘 사는 것이다라고 말하고 싶어요. 한 미국 작가가 '검토되지 않는 삶은 살 만한 가치가 없는 것이다.(Unexamined life is not worth living.)'라고 말했습니다. 사람 사는 데 밑천을 뽑는 방법 중의 하나는, 좋은 것을 보았을 때 좋은 것을 봤다는 것과 좋은 것을 봤다는 것을 아는 것 사이의 차이를 아는 것입니다. 좋은 것을 봤을 때 좋은 것을 봤구나 아는 것이 생각 있는 삶입니다. 지금 좋은 것을 본 것과 그전에 좋은 것을 본 것을 연결하는 과정에서 일관성 있는 삶을 살게 되는 것입니다."

어느덧 정오가 되었다. 식사를 함께하기로 결정하자 선생님께서는 밖에서 점심을 한다고 집에 알려야 한다고 말했다. 선생님의 전화하는 모습에서 또 다른 섬세함이 드러난다.

통일은 언제쯤 가능하리라고 생각하시나요.

"통일은 기다려야 되지 않겠어요? 해야겠지만 급하게 생각하면 오히려 역효과가 날 거예요. 성질이 급한 사람들 무조건 양보하고 군대를 없애면 통일이 된다고 하는데 한쪽만 화해한다고 통일이 되는 건 아니잖아요. 점진적으로 긴장을 해소해야 한다고 봐요. 군사력에 의해서도 통일이 될 수 있다는 생각에도 반대예요. 변화란 괴로운 거지요."

급격한 변화엔 항상 고통이 따르기 때문에 그는 모든 것에 있어서 일관성이 중요하다고 강조한다. 평범한 듯 쉽게 풀어내는 어조에서 오랫동안 쌓아 온 학문의 업적과 세상을 엄격하게 바라보는 냉철한 지성인의 면모가 그대로 묻어 나왔다. 독자 중에 지적 긴장을 두려워하지 않는 분이 있다면, 그분의 철학과 생각을 음미해 보길 바란다. 그러다 보면 자신도 모르는 사이 조화와 균형이 잡히면서 내면 가득 뭔가 침전물이 생김을 느끼게 될 것이다.

2부

행동과 사유
:김우창과의
대화

성장과 지적 편력

김우창(고려대 영문학과)

권혁범(대전대 정치외교학과)

윤평중(한신대 철학과)

고종석(한국일보 편집위원)

여건종(숙명여대 영문학과)

2002년 10월 7일~11월 9일[1]

여건종 오늘 김우창 선생님을 모시고 말씀을 들을 수 있는 기회를 가지게 된 것을 기쁘게 생각합니다. 이번 좌담은 대체로 선생님의 성장 과정과 지적 편력, 그동안 선생님이 쓰신 글에 대한 논의, 그리고 최근의 한국 사회의 여러 현상과 문제들에 대한 선생님의 생각 등에 대해 말씀을 들었으면 하는데요. 이 틀 안에서 비교적 자유롭게 형식 제한 없이 얘기를 나눠 주시면 되겠습니다. 우선 선생님의 성장 과정과 지적 편력에 대한 얘기로 시작하면 어떨까요.

권혁범 선생님께서는 영문학을 하시면서 아주 넓은 영역을 아우르는 글을 써 오셨습니다. 대표적인 인문학자로서 문학, 철학, 미술사부터 정치경제학, 건축, 물리학에 이르기까지 넓은 분야를 통합적인 관점에서 조망하고, 동서양의 고전을 넘나드는 선생님의 사상적 넓이와 깊이에 대해 깊

---

1 2부는 2002년 김우창 교수의 정년 퇴임 기념으로 여건종 교수의 책임 아래 기획된 좌담 『행동과 사유: 김우창과의 대화』(생각의나무, 2004)를 실은 것이다.

은 인상을 받는 지식인들이 국내외에 많습니다. 선생님 사상에 대한 본격적인 연구는 아직 시작이 되지도 않은 상태인데요. 일단 선생님의 성장 과정 및 학창 시절과 연관해서 질문하고 싶습니다. 선생님은 1940년대에 중학교, 1950년대에 고등학교와 대학에 다니셨죠? 제 경험에 비춰 보면 중학교 2학년 때 가지게 되었던 생각이 원형으로 지금도 그대로 남아 있습니다. 선생님은 굉장히 합리적이고 보편적인 이성의 토대 위에서 사고하시면서 특정 이념, 특히 좌파나 우파 민족주의에 경도되지 않고, 국가나 정치 체제에 얽매이지 않고 사고하신 분인데, 그런 것들의 단초가 그 당시 한국 상황 속에서 이미 중고등학교 시절에 있었는지, 어떤 배경이나 원인이 있었는지 궁금하거든요. 특히 식민지, 전쟁, 독재로 얼룩진 세계 체제의 주변부, '로마 제국 내부'가 아닌 변방에서 어떻게 그런 보편주의적 생각이 가능했을까 의문입니다. 선생님 연배로 봐서는 굉장히 독특한 사유 방식인 것 같은데, 그게 그 당시 사회 구조나 사고 틀의 전형과 다른 것이 된 과정이 궁금합니다. 어떤 의미에서는 '서구적 지성'과 '조선 학자'의 독특한 결합이라 할 수 있는데 어떤 것들이 선생님을 형성하게 되었는지, 중요한 계기는 무엇이었는지요?

윤평중 보편성의 추구라고 하는 것이 선생님께서 일생 붙들고 계신 화두이기도 한데, 해방과 한국 전쟁을 전후한 척박한 상황에서 선생님처럼 생각의 깊이와 사유의 여유를 같이 지닐 수 있었던 지식인이 출현한 게 어떻게 보면 경이로운 사건이라고 생각됩니다. 어떤 요인이 그것을 가능하게 했는지 많은 사람들이 궁금해하는 것 같습니다.

김우창 내 생애를 말한다면, 내가 누구냐 하는 것을 말하는 것인데, 자기가 누구냐라는 건 참 어려운 질문입니다. 내가 어떻게 해서 이런 생각을 하고 오늘날 이런 시점에 와 있는가 하는 것에 대해서 그 필연성을 이야기하기는 힘든 일일 것입니다. 옛날에 내가 어떤 사람이었나 하는 건 다 잊어버렸고, 앞으로 어떤 사람일 것인가 하는 건 전혀 예측할 수 없고 불확실합니다. 그러나 오늘의 나는 어제의 나와 내일의 나를 생각하지 않고는 알 수 없는 것이겠습니다. 합리성이나 보편성이라는 것이 내가 생각하고 글을 쓰는 일에서 얼마나 성취되었는지는 알 수 없습니다만, 그것은 모든 사고 또는 사유에서 반드시 전제되는 것이 아닐까요? 그러니까 모든 사람이 다 가지고 있거나 추구하는 것이라고 할 수 있을 것입니다. 생각한다는 것은 보편성에 이르려는 것이고 거기에는 합리적인 또는 논리적인 추구가, 적어도 생각을 통하여 어떤 사실의 진실에 도착하려 한다고 할 때, 방법적으로 필수적인 것이 되는 게 아닌가 합니다.

그러나 보편의 지평에 이른다는 것이 쉽지 않은 일이고 또 그것이 개인적인 사정에 복잡하게 얽혀서 드러나는 것도 사실일 것입니다. 합리성이나 보편성의 시작은 회의에 있지요. 그러나 이것도 단지 지적인 문제가 아니고 삶의 문제입니다. 주어진 환경의 사회 과정에 대한 회의가 거기에 관계되어 있으니까요. 쉽게 말하면 주어진 여건에 대한 거리, 회의, 반발 등이 방법으로서의 회의에 얽혀 있지요. 그러나 다른 한편으로 보편성은 반발이 아니라 순응을 요구합니다. 새로 드러나는 진리 — 또는 진리로 생각되는 것 — 을 받아들이고, 좋든 싫든 그것에 복종한다는 윤리적 결정이 보편성의 추구에 전제된다고 할 수 있기 때문입니다. 그러니까 한편으로 우리가 사는 삶의 관점에서 볼 때, 보편성은 극히 자기중심적인 태도와 궁극적 자아 포기를 역설적으로 조합하여 성립한다고 할 수 있습니다. 이것은 사고의 과정 속에 절로 들어 있는 것이지만, 그것이 어떻게 삶의 태도로서 성립하느냐 하는 것은 말하기 어려운 것일 것입니다.

주제를 조금 바꾸어서 어제 《교수신문》과의 인터뷰에서도, 권 선생이 말씀하신 대로 '왜 영문학 하는 사람이 다른 여러 관심을 가지게 되었느냐.' 하는 질문이 있었습니다. 그 질의 응답 과정에서 깨닫게 된 게 있는데,

영문학과 관계해서 말한다면, 영문학 공부를 하면서 내 마음속에 늘 있었던 것은 '한국이라는 사회에서 영문학을 한다는 것이 무엇인가.' 하는 질문이었습니다. 영문학을 이 질문을 통해서 바라보아 온 것이 나의 독특한 문제의식이라면 문제의식이 아닌가 합니다. 영문학은 한국의 전통과 관련이 없고, 우리의 삶의 급박성과도 관련이 없고, 또 어떻게 보면 제국주의적 질서 안에서의 힘의 불균형에서 생겨난 학문이라고 할 수 있는데, 왜 영문학을 하는가 하는 질문이 다른 많은 걸 생각하게 하고, 읽고 쓰는 데 중요한 동기가 되었다고 생각합니다.

이와 관련하여 영문학이라는 게 영국 사회에서 무엇을 뜻하는가 하는 것도 생각하지 않을 수 없었습니다. 대학원에서 박사 학위를 할 때는 '아메리칸 스터디스(American Studies)'라고 부르는 것을 하게 되었어요. 문화, 역사, 경제 그리고 미국 철학을 공부하게 되었는데, 문학을 그 사회적 관련 속에서 공부해야 되겠다는 생각과 관련이 있는 결정이었습니다. 영문학에서 미국 문학으로 초점을 바꾼 것도, 미국에 간다면 역시 미국의 현실 속에서 미국 전체를 보면서 문학을 하는 게 좋겠다는 생각을 했기 때문이었습니다.

고종석 선생님께서는 처음에 정치학을 공부하셨다고 들었는데 정치학과를 지망한 특별한 동기가 있으셨는지요? 학문으로서만이 아니라 현실 정치에 대한 관심이 그 시절부터 있으셨는지도 궁금합니다. 정치학에서 영문학으로 방향을 돌린 계기가 무엇이었는지도 말씀해 주십시오.

김우창 내가 고등학교에 다닐 때에는 입학 경쟁이 그렇게 심하지 않았기 때문에 철학 책, 문학 책 이런 것들을 좋아하는 대로 읽을 여유가 있었습니다. 고등학교에서는 문과, 이과 이렇게 나누어져 있었는데 난 이과였습니다. 대학을 가려 하니까 집에서는 법과 대학 가면 어떠냐 하는 것이었지만, 법을 공부하고 싶은 생각은 들지 않았습니다. 그 대신에 선택한 것이 정치과였습니다. 움직이고 있는 현실에 대한 관심이 옛날부터 조금은 있었던 것 같아요. 정치하면 출세하는 길이라는 면도 있고 우리 집에서도 그러한 생각이 있었겠지만, 나 자신은 그러한 생각을 가졌던 것은 아니었습니다. 초야에 묻혀 무명 인사로 산다는 생각을 한 것은 아니지만, 야심이나 야망이 없이 출발한 삶이었던 것 같습니다. 그리고 나의 확신에 따른 삶의 선택, — 이것은 처음부터 마음속에 자리 잡고 있었던 것이 아닌가 합니다. — 그러니까 나에게 가장 중요한 것은 확신의 획득이지, 어떤 외적인 선택은 아니었지 않나 합니다. 그런 의미에서 철학적인 성향이 가장 두드러졌던 것 같습니다.

대학에서는 정치학 강의도 듣고 법학 강의도 듣고 그랬는데, 우리 사는 것과는 관계가 없는 것 같은 느낌이 들었습니다. 정치학 개론에서 라스키(H. J. Laski)의 책을 가지고 수업을 하는데 알기도 어렵고 우리의 삶을 설명해 주는 것 같지도 않았습니다. 이것은 말할 것도 없이 내가 가지고 있던 질문이 그러한 것으로 답하여질 수 있는 것이 아니었기 때문이었을 것입니다. 고등학교 때부터 문학 그리고 철학에 대한 관심을 가지고 있었습니다. 분명하게 의식하지는 아니하면서도 내가 가지고 있던 질문들은 철학적인 것들이었던 것으로 생각됩니다. 그래서 문과나 철학으로 바꾸려고 생각하게 되었습니다. 그러나 철학은 어떤 입장과 삶을 이미 선택한 사람의 추구 대상이라는 생각이 들고, 조금 더 막연한 문학이 역시 공부할 만한 것으로 생각되었습니다. 문학에서는 외국 문학이 국문학보다 더 매력적으로 보이고 그래서 영문과를 택하게 되었지요.

권혁범 그러면 선생님의 중고등학교 시절에는 현실에 대한 나름대로의 고민이나 학문에 대한 생각, 그런 것들이 형성이 되지 않으셨던 건가요? 그저 문학과 철학을 좋아했던 학생이셨나요?

김우창 우리 시대는 불행한 시대라고도 행복한 시대라고도 할 수 있었습니다. 고등학교 때는 물론 대학 다닐 때도 데모가 없었어요. 그리고 데모할 생각도 못했죠. 대체로 순종적인 학생들이었어요. 최근에 놀란 것 중의 하나는 우리 동창생이 회고담을 썼는데, 고등학교 시절에 마르크스 등의 좌익 서적들을 탐독하였다는 것이었습니다. 그러니까 행동의 표시는 없었더라도 사회 의식이 높은 세계가 존재하였던 것이지요. 다만 내가 그러한 세계에 속하지 않았던 것이겠지요. 그래서 순응의 시대라고 생각하는지도 모르지요. 중학교 시절부터 군사 훈련도 있었고, 반공적, 군사적, 권위주의적 압력은 도처에 가득했습니다. 대체적으로는 분명하게 의식하지는 아니하면서도 공적인 정치 수사의 공허성은 쉽게 느낄 수 있었던 시대였습니다. 나에게 중학교나 고등학교 때부터 정치의식이 있었다면, 그것은 공적 수사에 대한 반감이라는 형태로 존재했을는지 모릅니다. 공적 수사의 억압성에 대한 느낌은 그 후에도 나에게 늘 따라다닌 느낌이었습니다.

권혁범 전쟁이 끝나자마자 대학에 들어가신 건가요?

김우창 예. 군사 훈련도 하고 했지만, 싫어하면서도 거기에 대해서 다른 길이 있을 거라는 생각은 못했어요. 1945년에서 1948년, 1950년까지는 시끄러운 때였지만, 전쟁을 겪으면서 정치적으로는 조용한 시대가 되었는데, 우리는 조용한 시대에 대학을 다닌 것이죠. 내가 들어간 중학교가 광주 서중학교였는데, 내가 입학하던 전해에 학생들 사이의 좌우 충돌로 중학교 건물이 소실되고, 우리는 입학 때부터 학교 짓는 일에 동원되었습니다. 또 곧 여순 반란 사건이 일어났어요. 2학년인가 그럴 땐데 군사 훈련을 받았습니다. 그리고 학교 안에서 사람이 목총에 맞아 죽은 일도 일어났습니다. 중학교 3학년 때 전쟁이 났습니다. 군사 훈련, 반공 교육을 하는데, 전부 실감이 안 났습니다. 정치에 대한 혐오랄까 역설적 관심이 나로 하여금 문학, 철학 쪽으로 가게 만들었는데, 동시에 문학, 철학이라는 것이 우리와 같은 현실 속에서 무얼 하는 거냐 하는 생각을 하지 않을 수 없었습니다.

권혁범 선생님께서는 중고등학교를 광주에서 다니셨잖아요. 그런데 지금 저희가 생각하는 광주하고 조금 다르겠지만 일제 시대 때부터 배경으로 따져 본다면 광주에서 성장하신 게 선생님께 어떤 의미가 있는 게 아닌지요?

김우창 우리가 성장할 때는 광주가 특히 정치적이지는 않았습니다. 광주 서중에는 학생 운동 기념비라는 것도 있지요. 해방 후의 혼란으로 해서 문제도 많았지요. 그러나 여러 사건들이 있었지만, 어떻게 보면 다행스러운 시절이라고 할 수 있는 면도 많았어요. 마이크로 클라이미트(micro-climate)라는 것이 있는데, 커다란 시대의 혼란 속에서도 작은 평온의 공간 같은 것이죠. 일단 전쟁이 시작되어 광주도 인민군이 왔었지만, 인민 공화국 시절은 한 번의 여름으로 끝나고 평상시같이 되었습니다. 그러나 내가 고등학교를 다니는 동안 전쟁은 계속되고 있었습니다. 역설적으로 전시 체제였기 때문에, 정치적으로 조용하였다고 할 수 있습니다. 내가 서울대에 들어간 해에 서울대에 제일 많이 진학한 고등학교가 광주고등학교였어요. 왜 그랬느냐 하면, 서울 사람들, 경상도 사람들은 후퇴하고 전쟁하느라고 정신이 하나도 없었는데, 광주는 그런 혼란과 고통은 없고 비교적 평화스러웠거든요. 전쟁 덕택에 좋은 분들이 교사 노릇을 많이 했습니다. 그때 서정주 선생도 조선대에 와 있었고, 우리 고등학교 선생 중에도 서울대 박홍규 교수가 와서 가르쳤는데, 우리 3학년 담임으로는 이후에 서울대학교 서양사학과 교수가 되신 나종일 선생이 계셨지요.

고종석 서정주 선생님께도 배우신 건가요?

김우창 배웠지요. 그러나 그것은 전주에서였습니다. 전쟁이 시작되고 인민군이 물러간 다음 전주 북중을 다녔는데, 그때 서정주 선생이 북중에서 시를 가르치셨지요. 학생들이 선생님의 시를 배우고 해설해 주기를 바랐는데도 전연 응하지 않고 다른 시인들만 거론했습니다. 그런데 다른 국어 선생님 한 분은 자기 시를 칠판에 적어 베끼게 하고 가르치고 했지요.

여건종 선생님의 글을 읽고 있으면 자연스럽게 선생님의 지적 형성기에 대한 호기심이 많이 생깁니다. 어떠한 지적 분위기에서 어떠한 자극을 받고, 무슨 책들을 주로 읽었을까 하는 것이지요.

김우창 우리가 고등학교를 다닐 때에나 대학을 다닐 때에는 책이 많았어요. 학교 공부는 적고 책은 많은 때였습니다. 고등학교 때, 학교 가려고 하면 한 시간 동안을 걸어갔는데 헌책방이 도중에 많았어요. 헌책방의 책들은 일본 책들이 주였지만, 물론 우리말 책도 있고, 서양말 책도 있었습니다. 6·25 때 거기로 쏟아져 나온 거지요. 대학에 왔을 때도 서울에 헌책방이 많았거든요, 지금은 다 없어졌지만. 서울대학병원 근처에 원남서점이라는 데가 있었는데, 그 헌책방에 가 보면 일서, 양서 등이 많았어요. 지금도 내가 가지고 있는 것으로 조그만 쇼펜하우어 전집 같은 것도 거기에 있었던 거지요.

어떤 영향을 받았는가 하는 질문은 내가 흔히 받는 질문인데, 나한텐 독일 철학과 독문학이 중요했던 것 같습니다. 반드시 영향으로 인한 것만은 아니고 또 그 무렵에 그것을 많이 공부했기 때문은 아니지만, 독일의 관념 철학 또는 이상주의, 서양어로는 결국 같은 말이 되는데, 그것에 대하여 늘 친화감을 가져 왔던 것을 인정하지 않을 수 없습니다. 고등학교 시절, 일본어 번역으로 본 것이지만, 칸트라든가 니체, 괴테, 헤르만 헤세 등이 인상적이었습니다. 또 독일어 공부도 열심히 했습니다. 나종일 선생님이 우리 독일어 선생님이었는데 몇몇 학생들을 방과 후에 남게 해서 독일어 공부를 시켰습니다. 입시나 과외 등과는 아무런 관계가 없는 일이었지요.

윤평중 사회 전체적으로는 매우 어려웠음에도 불구하고, 현재의 교육제도가 강제하는 숨 막히는 분위기와는 매우 다른 문화적 여유와 교양의 공간이 있었던 것으로 생각됩니다.

김우창 댁에 가서 밥도 얻어먹고 그랬어요. 그리고 대학 1학년 때는 여름 방학에 엉터리지만 학교에서 돈 좀 벌라고 주선해 주셔서 모교에 돌아가서 독일어 선생을 했어요. 우리가 고등학교 다닐 때는 입학시험에 대한 중압이 크지 않았고, 학교 체제가 크게 왜곡된 상황이 아니었어요. 물론 입학시험에도 관심이 있었지만 정상적인 보통 수업에다 그냥 공부하는 그런 분위기였어요.

헌책방 이야기를 하였지만, 어떤 미국 사람이 "아이들은 책 많은 환경에 두면 호기심 때문에 책을 보게 되는 것이니, 학생에게 이래라저래라 말할 필요가 없다."라고 했죠. 우리도 길바닥에 책이 많으니까 저절로 보게 된 거죠. 그리고 오늘날처럼 산업화, 능률화된 사회가 아니라서 책방 주인이 책에 관심이 많은 사람이었어요. 책방 주인하고 이야기를 많이 했죠. 한 가지 지금도 생각나는 게, 고등학교 3학년 때쯤 책방 주인이 나한테 책을 소개해 주곤 했는데, 하루는 좋은 책이라고 보여 준 게 로맹 롤랑의 『장 크리스토프』 영문판이었어요.

윤평중 선생님의 성장기보다 훨씬 후의 일이지만, 광주의 헌책방이 몰려 있었던 그 거리에서 손님들과 상당한 수준의 대화를 나눌 수 있었던 책방 주인들이 있었습니다.

김우창 그 『장 크리스토프』를 살 수는 없었어요. 대학에 와서 보니까 광주고등학교 동기생으로 서울대 철학과에 들어온 학생이 있었는데, 그 학생이 사 가지고 있었습니다. 빌려 봤죠. 대체로 좀 느슨한 세상이었던 것 같습니다. 그러나 그 친구는 나중에 정신 이상이 되고 부모를 살해하는 비극의 주인공이 되었습니다.

여건종 1950년대 중반 우리나라의 전반적인 지적·교양적 분위기가 연상되는군요.

김우창 저번에 여 선생도 지적을 했지만 일본 사람 문화가 계승된 면이 있습니다. 헌책방에 있는 책들이란 일제하에 선정된 책들이 아니겠습니까. 그러니까 독일의 관념주의, 그 낭만주의가 일본의 어떤 지적 분위기가 선택한 책 문화이겠지요. 고등학교 시절의 헌책방에서 기억나는 것 가운데 일본말로 된 헤세 전집이 있었는데, 펼치면 헤세의 수채화가 그려져 있었어요. 사 보지는 못했죠. 낱권으로 된 『황야의 이리』는 그때 봤지만, 책방 주인이 이런 게 좋은 거라고 이야기해 주던 기억이 납니다. 하여튼 『황야의 이리』의 지적 낭만주의는 그러한 문화에 맞아 들어가는 것이었다고 할 수 있습니다.

고종석 그것이 세대의 차원이든 선생님 개인의 차원이든 지적 형성의 초기부터 책에 둘러싸여 사는 행운을 누리신 셈이군요.

윤평중 물론 그런 분위기가 존재했을 테지만 어디까지나 사회 일부에 한정된 현상이었다는 사실도 주목할 필요가 있습니다. 선생님께서 성장하신 곳은 1950년대 이후의 피폐하고 궁핍한, 평균적 한국인의 삶의 현장에서 어느 정도의 떨어진 그런 공간이었다고 생각합니다. 물론 선생님 자신은 의식하지 못하셨겠지만 상당히 엘리트적인 문화 자본 위에 구축된 소규모 사회의 일원이셨던 것이 아닐까요? 선생님의 학창 시절은 굉장히 강력한 교육열이 전 사회적 현상으로 팽창되기 훨씬 이전의 상황이라고 할 수 있습니다. 그러나 그 후에도 교양 추구의 전통이 완전히 유실된 것은 아니었습니다. 저희들도 이른바 지역 명문 학교가 있을 때 중고등학교에 다녔고, 입시철에는 지역 사회가 총동원돼서 서울대에 몇 명 입학했는가가 화제였습니다. 그럼에도 불구하고 고등학교 내에 독서 서클이 있었고, 성적이나 입시와 관계없는 철학이나 문학에 대해 치열한 토론을 하곤 했습니다. 지금 생각해 보면 당시 고등학교 선생님들의 수준도 지금의 대학교수 못지않게 높았던 것 같습니다.

권혁범 1970년대 초중반 같은 경우 기본적으로 선생님이 말씀하신 헌책방이나 소모임 등이 있었고, 애정을 가지고 학생들을 가르치는 인문학적인 낭만적 분위기가 입시 제도 속의 학교에서 그런대로 살아 있었던 것 같아요. 그 당시만 해도 문학, 철학 책 읽는 조숙한 학생들이 인기였고 그런 것을 강조하는 교사들이 존경을 받았거든요. 그래서 독일의 철학과 문학, 프랑스의 실존주의 서적 이런 것을 읽는 게 조숙한 학생들의 문화처럼 퍼져 있었지요.

김우창 교사들의 사회적 위치가 높고 책임 있게 자기의 일을 열심히 했어요. 그러나 윤 선생 지적처럼 사회의 전반적인 상황 안에 달리 존재하고 있는 모순이란 점을 기억하여야 하겠지요. 내가 고등학교에 다닌 게 1951년부터 1953년까지이고 1954년에 대학에 들어갔으니까요. 전쟁 중이었고, 사람들이 죽고 있었고, 전쟁에서 오는 혼란과 빈곤 등 문제적인 상황이었죠. 물론 여유 있는 상황이란 일각의 현상일 것입니다. 고등학교 간다는 것도 특권적인 상황이고, 대학도 그렇고, 그런 상황을 생각해야 되겠지요.

그러나 다른 한편으로 사회에는 오랜 전통으로 통해서 축적되는 사회적, 도덕적 재화가 있는데, 어려운 시절에도 남아 있던 그러한 재화가 상황이 나아진 지금에 더 소진되었다는 생각도 듭니다. 인간적 삶은, 물론 의식주의 최소한이 마련되지 못한 극한 상황이 없는 것은 아니지만, 그러한 경우를 제외하고는 사회 전반의 물질적, 정치적 조건에 의하여 전적으로 결정되는 것은 아니라고 생각합니다. 전체적 조건을 생각하지 않는 것은 허위의식을 낳는 결과를 가져오지만, 동시에 전체적인 어려움 가운데에서도 작은 규모의 사람다운 삶이 어떻게 가능한가 하는 문제는 더 많이 생각되어야 할 문제입니다.

여건종 숫자적으로 보면 소수이고 그래서 소수 엘리트였다고 얘기할 수 있지만, 그것이 전체적으로 우리나라의 지적 에너지의 상당 부분을 차지하고 있었다고 볼 수도 있을 것 같습니다. 이제는 그런 지적 분위기를 가질 수 없는 상황이 되었습니다만.

김우창 손창섭이나 장용학, 이범선의 소설을 대학교 다닐 때 보고 비참함을 그린 것이라고 생각했는데, 몇 년 전에 다시 보니까 그 시대가 '얼마나 인간적인 시대냐.'라는 느낌이 들었습니다. 직장에서 잘려 먹을 것도 없는데 의사 친구의 치과 사무실에 나가 아침부터 앉아 있다가 의사가 점심 먹으러 가면 따라가서 먹는 얘기 같은 것을 생각해 보면, 능률화되고 경영 합리화가 되어 있는 치과에 가서 그러기 힘들죠. 대학 입학 시험에서도 가령 독일어 시험 문제 같은 것은 등사된 것이었는데, 출제 교수가 직접 나와서 읽고 설명하고 하는 상황이었습니다. 허술하다고 할까, 인간적이랄까 그런 면이 있었지요.

윤평중 그 말씀은 복합적으로 볼 필요가 있다고 생각합니다. 선생님은 지금의 각박한 세대보다 정신적으로 열려 있고 좀 더 정서적으로 유연한 삶의 형태들이 그 당시 사회 일각에 존재했으며, 그런 전통이 물질적, 경제적 진보와 함께 유실되어 간다는 통찰을 보여 주셨습니다. 그러나 그 시절에 대해 목가적으로 바라보는 시각은 경계할 필요가 있는 것 같습니다. 왜냐하면 선생님께서 놓여 있었던 공간은 한국 사회 전체적으로 보면 극히 일부분이었기 때문입니다. 오늘날 그것을 목가적으로 바라보게 되면 엄정한 객관적 사실로부터 멀어질 수도 있습니다. 삶을 돌아보는 반성적 능력이나 감성적 개방성을 지닌 일반인들의 숫자나 집합적인 문화적 능력은 그때보다 지금이 훨씬 뛰어나지 않을까요? 한 예로 요새 인문학의 위기가 운위되지만 우리 현대사에서 인문학은 항상 궁핍한 처지에 있었습니다. 오히려 인문학 위기 담론이 무성한 지금이 인문학 부흥을 위한 전환점일 수도 있습니다.

김우창 내가 서울대학교에 교수로 들어간 게 1963년인데, 어느 사회학 교수가 서울대학교 교수의 가정 배경에 대해서 조사한 게 있었어요. 정확한 숫자는 기억이 안 나지만, 아마 90퍼센트가 지주 출신 집안이었던 것 같습니다. 그러니까 경쟁이 심하지 않고 느슨하고 인간적인 분위기가 있었다는 것은 이미 사회 구조적으로 대학에 간다든지 고등학교에 가는 사람 수가 제한되어 있고, 경쟁할 엄두도 못 낼 정도로 제도가 폐쇄되어 있었다는 것을 뜻한다고도 할 수 있습니다. 개방적이 되고 경제도 나아지고 생활도 어느 정도 확립되고, 반면에 경쟁적인 살벌한 사회가 된다고 할 수도 있는데 그렇다고 해서 일방적으로 옛날이 낫다는 향수를 내세우면 안 되겠지요.

여기에 보태어 약간 철학적인 문제를 말하겠습니다. 윤 선생이 지적한 소수 일부라는 것을 다시 말하면, 내가 말한 허술하고 인간적인 학교 분위기가 우리의 생활에서도 전부였던 것은 아니지요. 가령 내가 헌책방을 말한 것은 학교 생활의 극히 작은 부분을 말한 것입니다. 헌책방이 고등학생의 삶에서 그렇게 많은 시간을 차지했다면, 학교에서 요구하는 공부는 언제 하고, 대학은 어떻게 들어갑니까. 되돌아보니까 그것이 중요한 것이었다는 것이지, 그것이 전부라는 것은 아닙니다. 독일의 관념 철학을 두고 말하여도, 사실 나의 지적 편력에 대한 질문을 많이 받다 보니까, 근래에 와서야 그것이 작으면서도 나에게 중요한 것이었다는 것을 알게 된 것입니다. 나의 삶과 생각에 그것이 항상 자리하고 있었다는 것을 생각하게 된 것은 아주 최근의 일입니다. 그전에는 그것을 몰랐죠. 역사나 마찬가지로 자신의 삶의 이야기에도 복잡한 인식론적인 문제가 들어 있습니다. 그러나 그 후의 학교의 각박한 분위기에 대비하여 허술했던 혼란의 시기에도 일방적으로 재단할 수 없는 인간적인 면들이 들어 있는 것은 틀림이 없습니다.

여건종 경쟁이 심하다는 것은 일반적으로 후기 산업 사회의 인간 소외의 부정적 측면으로 얘기되고, 물론 그런 측면이 중요하고 부정할 수 없습니다. 하지만 또 한편으로는 공동체의 한정된 자원들이 밑으로 확산되고 열려져 가는 과정의 불가피한 현상이라는 측면에서 생각해 보면, 경쟁이 대중 사회의 일부이고, 그만큼 민주적인 측면이 있다는 생각도 듭니다. 이건 경쟁 사회 자체의 비인간적인 측면과는 별개의 문제가 되겠는데요. 그 당시의 분위기를 지금과 비교하다 보니 그런 생각도 드는군요.

김우창 모든 것을 대중 사회의 관점에서만 말할 수는 없습니다. 재능이 없는 사람이 큰 자리에 가도 괴로운 거고, 재능 있는 사람이 적재적소에 없어도 괴로운 건데, 그런 교육의 문제를 경쟁적, 투쟁적으로만 해결하려고 하는 사회가 인간적인 사회일 수는 없습니다. 이 점에서는 세계에서 한국이 제일가는 것 아닌가 하는 생각이 듭니다. 초등학교 1학년 때부터 유학을 보내는 사람들이 있는데, 반드시 세속적인 관점에서 이점을 확보하자는 것만은 아닐 것입니다. 미국은 자본주의 산업 사회의 첨단이지만 조기 유학을 계획하는 사람들의 생각에는 인간적인 교육이 거기에서는 더 가능하지 않겠느냐 하는 생각도 작용하는 것일 것입니다. 그러니까 좀 더 여유 있고 살벌하지 않은 어린 시절이 있었다는 말을 할 때, 그것이 여러 가지 모순 속에서 일어난 것이고 우리 사회의 제약 속에서 일어났다는 것을 언급해야 하지만, 다른 한편으로 보다 더 민주적인 사회로 간다고 해서 이익의 균등한 분배만 있고, 그러한 것을 넘어서는 보편과 공정성의 영역은 없다고 생각하는 것은 잘못입니다. 그리고 이것은 반드시 사회의 부의 문제만은 아닙니다.

권혁범 대학 시절을 포함해서 중고등학교 시절의 헌책방 순례가 지적 자양분이 됐다고 말씀하셨는데, 보통 이모, 삼촌 등의 집안 가족, 친인척의 영향을 받는 경우가 종종 있는데요. 선생님의 경우에 그런 영향은 없었나요?

김우창 우리 아버지하고 이야기 주고받은 것 전부를 노트에다 적으면 서너 페이지 정도 될 것 같아요. 집에 책은 많았고 집에서 책 보는 걸 좋아했지만, 같이 책을 보고 생각을 같이하는 선배나 동무들이 있었지요. 그러나 고등학교 때나 대학교 때나, 공부라는 게 가르치고 전수하는 게 아니라 어떤 분위기에서 스스로 공부하는 것이다, 나는 이런 생각을 하지만, 그것은 나의 학교 시절에서 나온 생각인지도 모르겠습니다. 대개 책도 자기가 읽는 것이지 해설해 주는 것은 아니었어요. 대학에서도 학교가 엄격한 스케줄로 돌아가는 것도 아니었습니다.

권혁범 선생님의 페다고지(교육론)가 자연스럽게 그때 생긴 건가요? 어떤 조건을 형성해 주면 되지, 이게 옳다 저게 옳다 강조하거나 간섭할 필요는 없다는 관점 같은 것 말이죠. 선생님께서는 학생들에게 어떤 특정한 틀이나 결론을 강조하시지도 않거니와 무엇을 가르치는 게 아니라 그냥 조용히 대화를 나누고, 판단은 학생들에게 맡기는 독특한 교육 방식으로도 깊은 인상을 남겼던 것 같아요. 이런 책을 꼭 읽어야 한다는 등 해서 특정한 책을 추천하신 적도 없고 그냥, 나는 이런저런 책을 읽었는데 저자는 이렇게 얘기하는데 내 생각이 이렇다라는 식으로요.

김우창 가장 중요했던 건 자유로웠다는 것이 아닌가 합니다. 대학에서도 그러했습니다. 학교에서 가르쳐 주는 것도 많지 않고 요구도 적으니까, 자유롭게 공부할 수 있는 시간이 생긴 것이라고 할 수 있습니다. 나는 40년째 가르치면서 출석 점검을 별로 하지 않았어요. 스스로 와서 공부하고 싶으면 해야지 하는 생각도 있었지만 내가 학교 다닐 때 분위기의 영향도 있겠죠. 내가 대학에 다닐 때, 학생 회장 선거를 하는데, 선거 공약의 하나가 '출석 점검을 폐지하겠다' 하는 것도 있었습니다.

대학의 경우에 여러 대학을 경험하였지만, 미국에서의 대학원의 경험도, 내가 학위를 했던 하버드 대학보다도 내 진짜 교육은 버펄로(뉴욕 주립대)에서 받은 것이라고 할 수 있습니다.(물론 그때 나는 교수가 되어 있었지만.) 사람의 생각에 영향을 주고 삶의 결정 요인이 되는 것이 무엇인가 하는 것은 이 경우에도 딱히 정해서 말하기 어려운 것으로 생각됩니다. 버펄로는 자유분방한 토의와 현실적 관심이 어우러지는 그러한 분위기의 대학이었습니다. 자유분방한 분위기였기 때문에, 미국 사회를 이야기할 때도 여성의 관점, 비백인과 흑인의 관점을 중요시하고 어수선한 토의가 벌어졌죠. 사회 참여도 많이 하고 데모도 많이 하는 특이한 곳이었어요.

여건종 선생님께서는 미국 문화를 전공했는데, 미국은 문화적 측면에서 자본주의의 문제점이 가장 심각하게 진행되고 있는 나라라는 인식이 많습니다. 심지어는 그러한 현상들을 전 세계에 수출하고 확산시키는 나라라는 비판도 많습니다. 지금 선생님께서 말씀하시는 그런 분위기는 예외적인 전통인지, 아니면 미국 안에서 오랫동안 진행되어 온 삶의 태도인지요?

고종석 말하자면 외부에서 보는 미국의 이미지가 굉장히 분열적이지 않습니까? 세상 어디나 다 그렇겠습니다만 특히 미국의 경우엔 빛과 그림자, 희망과 절망이 두드러지게 교차하는 이미지가 있습니다. 예컨대 이민자들의 나라이자 인종의 도가니이면서도 인종주의가 가장 첨예하게 드러나는 곳이기도 하고요, 보수적 기독교의 금욕주의가 삶의 지배 원리로 군림하면서도 폭력 범죄와 마약과 섹스 문화가 창궐한다든가, 자본주의의 심장부이면서도 경제적 소외층이 우글거린다거나, 냉전 시기에 자유 세계의 지도자를 자임하면서도 제3세계 독재 정권의 뒤를 봐주었다거나, 사람들이 개인주의자인 것 같으면서도 결국 그 개인주의는 CNN 뉴스나 코카콜라, 맥도널드 햄버거로 대표되는 획일주의의 거푸집 안에 있는 개인주의라거나 하는 것 말입니다. 그래서 흔히 엉클 샘의 인격은 분열적이다, 모순투성이다 이런 말도 하는데요.

김우창 여러 가지로 보아야 할 것입니다. 미국이 여러 모순을 가지고 있으면서도 적어도 국가 이념으로서는 민주적 국가로서 출발한 것은 틀림이 없습니다. 그런데 출발이 그렇다고 해서 결과가 같은 것은 아닙니다. 이것은 다른 이념의 경우에도 마찬가지입니다. 그러니까 가령 미국의 민주주의에 문제가 있다고 한다면, 민주주의 이상 자체에 문제가 있다고 할 수도 있고, 어떤 이상이나 그러하듯이 민주주의의 이상도 끊임없이 현실에 의한 수정이 가해지지 않는다면, 생각하던 것과는 다른 모순에 이르게 된다고도 할 수 있습니다. 좋은 정치적 이상, 정책이 그 반대의 결과로 귀착하는 것을 많이 보지 않습니까? 우리 현실에서도 그렇지요.

그런데 미국의 민주주의나 자본주의도 부분적으로는 여러 다른 뉘앙스를 가지고 있는 것을 발견하게 됩니다. 이 뉘앙스나 세부는 귀중한 민주적 의미를 가지고 있는 것일 수도 있고, 현실 정치의 면으로 볼 때는 큰 테두리, 모순을 지닌 테두리 안에 수렴되어서 처리되어야 할 것으로 간주할 수밖에 없는 것일 수도 있지요. 이러한 이념과 현실, 전체와 부분의 변증법에 대한 성찰에 관계없이 말한다면, 미국 문화, 특히 미국의 비판적 교육 전통은 우리가 보는 것과는 달리 오래된 것입니다. 내가 가 있던 버펄로로 말하면, 뉴욕 주에 있는데, 뉴욕이 19세기에 이상주의적 공동체 운동의 온상이었다는 것을 그곳에 가서 알게 되었죠. 세네카 폴스에서 여권 운동의 최초 모임이 있었다든지, 버펄로에서 얼마 떨어지지 않은 호수에 푸리에주의자들이 모인 공동체가 있었다든지 하는 것이 그 자취입니다. 지금도 거기서 하계 훈련도 합니다. 버펄로에도 인디언 공동체가 많이 있지만, 시러큐스에 오논다이가(Onondaiga)라는 부족이 있는데, 거기에서도 독자적인 문화 전통을 유지하려고 노력하는 것을 보았습니다. 아디론닥스(Adirondacks)라는 공원이 있는데, 거기에도 인디언 공동체가 있습니다. 코넬 대학이 있는 이타카로 말하면 대학촌으로 알려져 있지만, 근처 농촌의 생활 중심지이기도 합니다. 그곳에 조그만 장이 서는데 작은 규모로 농사짓는 사람이 와서 물물교환을 합니다. 자본주의 사회에서 벗어나 그렇게 지역 사회가 형성되어 있는 겁니다. 미국에서 핵무기 폐기물을 운송하는 데에 워싱턴에서 이타카가 있는 톰킨스 카운티를 지나 캐나다로 가는 통로가 있습니다. 핵폐기물이 통과하지 못하게 하는 규정을 톰킨스 카운티에서 통과시킨 일이 있습니다. 이러한 것들이 미국을 아는 데에 나에게는 크게 도움이 되었습니다.

윤평중 유일 초강대국으로서의 미국의 제국주의적 행태와 정책에 대한 반감을 갖는 사람들이 많아졌고, 미국을 일률적으로 재단하는 경향이 있는 것도 사실입니다. 그러나 오늘날에 와서 변형되고 있지만 미국 시민 사회 전통의 핵심에 놓여 있는 특징을 버클리의 사회학자인 벨라(R. Bellah) 식으로 표현을 하자면, 퓨리턴적인 종교와 시민적 공화정의 정신입니다. 특히 중소 도시에는 촌락 공동체와 같은 소공동체 내의 자율성, 연대성 등이 긴밀하게 연결되어 오늘날까지 존재합니다. 벨라는 그런 전통과 함께 산업화 이래 강력하게 대두하는 개인주의의 도전을 실용적 개인주의와 표현적 개인주의로 분류하여, 오늘날 미국 사회가 겪고 있는 문제의 핵심을 공동체주의와 개인주의 사이의 복합적 긴장 관계로 정의합니다. 선생님처럼 치밀하게 관찰을 해야 미국적 삶의 복합성이 제대로 포착되겠지요.

김우창 그러면서 또 국가로서 미국이 제국주의적 오만성을 가지고 행동하는 것이 현실이죠. 앞서 말한 전통들이 이러한 현실과 어떤 관계에 있는가를 생각해 보기도 해야 할 것입니다. 이렇게 말하면 미국에 이러한 면도 있고 저러한 면도 있다는 말이 되지만, 달리는 그 모든 것이 하나의 복합적 체제를 이룬다는 말도 됩니다. 민주주의든 공산주의든 이데올로기의 관점에서 사회나 역사를 파악하면, 그 문제점은 그것이 여러 가지의 좋고 나쁜 것들의 복합체이고 움직이는 현실이라는 것을 보지 못하게 한다는 것입니다.

고종석 버펄로 대학이 굉장히 좋았다고 하셨는데 혹시 개인적으로 거기에 남겠다는 생각을 해 보신 적은 없으셨습니까? 여러 가지 이유가 있을 수 있겠지만, 한국어의 위세가 약하니 영어로 지적 작업을 해 보겠다거나 더 나아가 미국인으로 살겠다는 생각 같은 것 말입니다. 1950년대 말, 1960년대 초는 미국과의 문화적·경제적 낙차가 지금보다 훨씬 컸을 테니 후진국 지식인으로 그런 유혹을 느꼈을 법도 한데요.

김우창 그렇게 느꼈을 법도 하지만 한 번도 미국에 있겠다는 생각은 안 했어요.

고종석 영어로 작업하겠다는 유혹은요?

김우창 그러지도 않았어요.

윤평중 우리 지식 사회를 위해서는 선생님이 한글로 작업한 것이 축복입니다. 그러나 한글로 쓴 정도까지는 아니더라도 영어로도 상당한 정도의 체계적 저술을 하셨다면 어땠을까요? 예컨대 지금 세계 유수의 분석 철학자로 평가받는 김재권 선생은 영어만으로 저술함으로써 한국 출신 미국인으로서 심리 철학의 대가가 된 거죠. 버펄로에 같이 계셨던 조가경 선생 같은 경우는 한국어 저서도 있지만 주저를 독일어로 출판함으로써 국제적으로 인정받는 강단 철학자로 남았는데, 선생님께서 영어로도 꾸준하게 출판을 하셨으면 그야말로 한국 문화와 지식 사회의 성과를 세계적으로 대변하지 않았을까요?

고종석 그러니까 양면적이죠. 선생님이 한국어로 작업을 하신 것이 한국 독자들에게는 축복이지만, 어떻게 생각하면 선생님께서 비슷한 작업을 영어로 하셨으면 한국어 커뮤니티뿐 아니라 좀 더 많은 사람들이 선생님의 글을 접할 수 있었을 거고, 그게 선생님이나 독자들을 위해서…….

김우창 그런 생각은 못했습니다. 당장 부딪힌 문제에 충실한 게 중요하다고 생각했어요. 중요한 논문을 쓰고 있더라도 학생이 중요한 문제를 논의해 오면 학생에게 시간을 압수당하죠. 그러나 그 학생을 도와주는 것이 절실한 일이다, 늘 그렇게 생각하려 했지요. 제3세계 사람이 제1세계에서 무엇을 할 수 있겠느냐 하는 무의식적인 열등의식도 있었을 것이고, 한국어로 쓰는 경우에도 내가 하는 일이 어떤 커다란 의미를 가질 수 있다는 생각은 그렇게 쉽게 할 수 있는 생각이 아니었습니다.

여건종 선생님께서 우리 문학과 문화에 대해 영어로 쓰신 글을 몇 편 보았는데, 좀 더 많은 글을 쓰셨으면 하는 아쉬움을 느끼고 있습니다. 보다 깊은 느낌 속에서 우리를 다른 지역의 사람들에게 전달할 필요를 느낄 때가 있는데, 그것을 할 수 있는 사람들은 매우 적다는 의미에서 더욱 그렇습니다.

고종석 한국어로 쓰셔서 영어로 번역된 것은 없습니까? 불어로 번역된 선생님 문집은 본 적이 있습니다만, 제가 영어본은 아직 보질 못해서요.

김우창 영어로도 쓰기는 썼지만, 모으지도 않았고 체계를 잡아 보지도 않았습니다. 버펄로에 대해서 하나 더 이야기하자면, 그 당시 버펄로는 미국 전역으로 봤을 때도 새로운 것을 많이 해 보겠다는 생각을 가지고 있었어요. 존 바스(John Barth)와 레슬리 피들러(Leslie A. Fiedler)를 모셔 왔고 르네 지라르, 미셸 푸코도 다녀갔습니다. 그때 버펄로에 유지니오 도나토(Eugenio Donato)라는 이탈리아계 이집트인이 있었는데, 그 자신은 독창적인 사상가는 아니었지만, 프랑스의 지적 흐름을 전달하는 데 중요한 역할을 했어요. 존스홉킨스에서 구조주의를 강의했고, 거기에서도 그랬지만, 버펄로에도 프랑스 사람을 많이 데리고 왔어요.

여건종 도나토 교수는 존스홉킨스와 버펄로 비교문학과에 있으면서 미국에 프랑스 후기 구조주의의 바람을 일으키는데 핵심적인 역할을 한 사람이죠. 버펄로에서 UC어바인으로 옮기면서 다시 어바인을 미국 비평의 중심으로 만들어 놓았는데, 그런 종류의 능력이 탁월한 사람 같습니다. 데리다와 리오타르를 미국에 데려오기도 했죠.

김우창 당대의 지적인 조류를 조직화해서 소개하는 데는 아주 뛰어났어요. 교수 세미나가 있어 모이곤 했는데, 도나토는 레비스트로스를 비롯한 사람들의 글을 그냥 그 자리에서 인용할 정도로 당시의 프랑스 사상에 능숙한 사람이었죠. 버펄로는 현실 정치적인 측면에서 미국에 대한 연구도 많았지만 서양 세계의 지적 조류에 대한 안테나를 세우고 있었습니다. 데리다나 라캉을 처음으로 알게 된 것도 거기에서였습니다.

여건종 선생님께서는 독특한 지적 성취를 보여 주셨는데, 개인적으로 생각하실 때 서구의 지적 전통 중 어떤 요소가 가장 많은 영향을 끼쳤다고 생각하시나요?

김우창 앞에서는 독일 관념 철학을 말하였지만, 그러한 질문을 받으면, 항상 하는 이야기로 나는 실존주의에서 시작했다고 말합니다. 대학 시절 그리고 그 후에도 사르트르, 키르케고르, 하이데거가 유행했는데, 김동리 선생까지 실존주의를 논했었으니까 전쟁과 관계가 있겠지요. 그러나 그 이후에도 실존 철학은 나에게 중요한 것이었다고 생각합니다. 돌아보건대, 단순화하여 말하기는 어렵지만, 하이데거는 나에게 추상적 관념이나 체계 또는 이데올로기로써 단순화될 수 없는 세계의 현존에 대한 느낌을 심어 준 것으로 생각합니다. 우리가 사는 세계는 공리적인 조작, 과학 기술적인 조작은 물론이고 관념의 운산으로 조작되지 않는 신비를 가지고 있다는 생각이 그에게 있습니다. 사르트르 하면 실존, 자유, 책임, 현실 참여 등등을 그의 주된 개념들로 생각할 수 있지만, 되돌아보건대, 나에게 중요했던 것은 인간의 주체적 자유에 대한 독특한 이해, 독일의 관념 철학에 연유하면서도 그가 살았던 현실 속에서 특히 강조되게 된 주체적 자유에 대한 이해가 아니었던가 생각합니다.

확실한 뿌리가 없는 불안한 존재로서의 인간은 스스로를 객체화하여 파악하고자 하는 강한 충동을 가지고 있습니다. 실존적 불안을 적극적으로 받아들일 수 없기 때문이지요. 명리에 대한 추구도, 우리 사회에서 가장 강한 자기 확인의 수단으로서 받아들여지는 입신양명에 대한 욕구도 이 불안정성에서 나온다고 할 수 있습니다. 스스로를 철저하게 주체로서, 객체로서 고정될 수 없는 움직임으로서만 받아들이는 것이 스스로의 자유와 위엄을 받아들이는 것이라는, 그것이 인간의 참모습이라는 생각이 그에게 있습니다. 이것은 나 스스로에게만이 아니라 남에게도 해당되는 것이겠지요. 높고 낮고 잘나고 못난 것을 넘어가는 어떤 곳, 안이한 관념의 객관화 작용도 넘어가는 어떤 곳에 인간의 참모습이 있다는 생각은, 나 자신을 생각하고 우리 사회와 정치를 생각하는 데에 있어서 나에게 결정적인 영향을 준 것이라고 여겨집니다. 처음부터 그렇게 생각한 것은 아니고, 지금 되돌아보건대 이것이 매우 중요한 것이었다는 것을 깨닫게 된다는 말입니다.

실존주의나 하이데거나 사르트르를 말한다고 하여 그들만이 나에게 중요한 사상가였다는 말은 아닙니다. 젊을 때를 두고 그에 한정하여 말하는 것이지요. 하이데거는 젊은 시절 이후로도 나에게 늘 중요하였지만, 이제 사르트르를 생각하지 않게 된 것은 오래된 일인 것 같습니다. 물론 이것은 그가 중요한 철학자가 아니란 말은 아닙니다. 여기에서 그것을 다 논하는 것은 불가능하지만, 가령 헤겔이나 프랑크푸르트학파 또는 마르크스 등도 중요한 계발을 해 주었습니다. 무엇이 사람들에게 강한 영향을 주는가도 쉽게 답할 수는 없는 일입니다. 내가 마르쿠제를 읽은 것은 이미 대학 교수를 시작한 다음이지만, 그 무렵에 나는 촘스키의 『데카르트적 언어학』도 읽었습니다. 이러한 책을 읽으면서 나는 이성의 창조적 성격 또는 촘스키적 언어로 생성적 성격에 대하여 깨닫는 바가 있었습니다. 과학은 잘 모르면서도 나에게 늘 주요한 관심사였는데, 나는 이성의 사실 수용적 성격을 자연스럽게 받아들이고 있었던 것 같습니다. 이성의 생성적 성격에 대한 새로운 깨달음은 나의 지적 관심을 넓히기도 했지만, 우리의 현실을 생각하는 데에 중요한 도움을 주었습니다.

권혁범 박사 학위 시절의 부전공이 경제사 및 철학이시더군요. 경제사에 대한 공부도 놀랍지만 철학에 대한 관심이 그렇게 많으신데, 철학을 전공하지 않고 문학을 택한 이유는 무엇인가요? 그저 관성이거나 우연이 아니라고 생각되는데요. 물론 철학적 사고가 가진 위험 중의 하나가 어떤 관념성이고 또 역으로 문학적 사유 방식만 있다면 어떤 문제를 치열하게 논리적으로 파고 들어가는 힘은 약할 거라고 추정하는데요. 선생님 사유에서는 철학의 관념적 지도에 매몰되지 않고, 그것이 문학에 의해 제어되거나 또 반대로 문학이 철학에 의해 보완되기 때문에 매우 독특한 결합이 이뤄지고 있다는 생각이 들거든요.

고종석 물론 선생님의 에세이는 굳이 말하자면 문학적이라기보다 철학적이기도 하고요.

김우창 영향이라든가 생각의 방향을 말하다 보니까 철학 이야기가 되었지, 문학을 전공으로 한 것은 사실이지요. 대학에서나 대학원에서도 철학을 부전공으로 했고 또 철학이 생각의 방향에 중요한 역할을 하였다고 하겠지만, 문학을 공부하는 것, 영문학을 공부하는 것이 나의 인생과 생각에 중요한 형성적 영향을 끼친 것도 사실일 것입니다. 그것은 반성적으로 포착되어 의식되기보다는 더 직접적인 것이겠지요. 문학을 읽어도 주로 시를 읽었는데, 시는 생각을 철학적 사변의 세계로부터 현실로 끌어내려 오는 작용을 하지 않았나 생각됩니다. 시는 대체로 어떤 사변적 구도로부터 연역되는 것이라기보다는 현실이 경험으로 옮겨지는 중간 지점에 위치한 것이기 때문에 구체적인 삶에 가까이 있는 언어 표현 양식입니다. 나의 생각의 습성에 구체성의 강조가 늘 있다고 한다면, 이것은 시의 구체성의 경험과 관계가 있을 것입니다. 시, 한국 시이든 영시이든 시는 추상적 사고를 새로이 시정해 주는 역할을 한 것이 아닌가 합니다. 한국 철학이나 동양적인 것에 대한 나의 관심도 대체로 비슷한 역할을 한 것이 아닌가 하는데,

즉 나의 사고를 새로운 현실, 새로운 관점에서 교정하여 시발점으로 다시 돌아오게 하는 일을 한 것으로 생각된다는 말입니다. 물론 구체성의 근본은 살아오고 보아 온 현실이겠지만.

고종석 제가 오래전부터 선생님께 꼭 한번 여쭤 보고 싶은 게 있었습니다. 혹시 전라도 사람이라는 사실이 선생님의 삶이나 글쓰기, 생각에 영향을 끼쳤습니까?

김우창 그런 것 같지 않아요. 나는 전라도 사람이지만 우리 어머니는 경상도 사람이었어요. 그것 때문이 아니라도 내가 전라도 사람이라는 것을 별로 느끼지 못했어요. 내가 전라도 사람이어서 차별받았다고 주관적으로는 느끼진 않지만 객관적으로 보면 같이 학교 다니던 사람들 중에 출세한 사람들이 적은 것은 그것과 관련이 있는지 모르지요. 요즘에 와서 갑자기 늘어났는데, 이런 걸 보면서 '아, 전라도가 괄시를 받아왔구나.' 하는 생각도 들었습니다.

윤평중 선생님 답변은 진솔한 얘기이시지만 비판적인 시각에서는 다음과 같이 생각할 수도 있다고 봅니다. 즉 선생님께서는 계속 강단 생활을 해 오셨고 문학 비평을 업으로 삼으셨기 때문에, 기본적으로 적나라한 권력의 현실이나 추악한 생존 투쟁과는 정면으로 맞부딪칠 기회가 없었다는 거죠. 또 다른 차원에서는 선생님께서 가지고 계신 선생님 개인의 문화 자본, 즉 명문 학교 졸업에다 명문대 교수 직함, 대표적인 지식인으로서의 위치 등, 이런 것들이 호남 차별의 문제와 정면으로 맞부딪치는 경험을 원천적으로 면제시켜 주지 않았을까요? 그런 의미에서 굉장히 행복한 경우가 아니겠습니까?

김우창 그 행복이란 건 두 가지 관점에서 볼 수 있는데, 내가 이해에 기초한 협조 관계에 대해서 둔감한 편이고, 또 하나는 출세에 대한 관심이 별로 없기 때문이죠. 그러나 지적인 작업에서 집단에 대한 충성이 핵심이 될 수는 없습니다. 중요한 것은 보편적 진리이죠. 그것이 보이지 않을 때, 그것이 무엇인가를 규명하는 것이죠. 집단은 보편의 원칙에서 일어나지 않아야 할 차별이 일어날 때 문제가 되는 것이겠지요. 전라도 사람의 이익을 위해서 공동으로 대처하는 조직체에 참여할 것을 여러 차례 권고받은 일이 있지만, 동의하지 않았습니다. 가령 사회 정의를 위한 투쟁에서 노동자 계급이 중요한 것처럼 전라도라는 범주를 생각할 수는 없는 일입니다. 노동자의 경우에도, 마르크스에서 그것이 보편 계급이라는 개념에 연결되어 있는 것을 생각하여야 합니다. 보편적 정의의 개념이 없이는, 정의든 인간애든 일반적 당위에 입각한 투쟁이 있을 수 없습니다. 마르크스는 이것을 그의 유토피아적 역사 이론에 연결시킨 것이죠.

윤평중 출세에는 관심이 없다 하셨지만, 지금 선생님께서 이룩하신 것만 해도 충분한 출세 아닙니까?

김우창 선생으로서 편하게 살았다고 하겠지만, 특권을 더 확보하겠다든지 하는 생각은 별로 없었어요. 사회 전체와 관련을 생각하지 않고 어떤 집단의 이익을 위해서 행동하는 것은 내 성미에 맞는 것일 수가 없습니다.

권혁범 글쎄, 개인 입장에 대한 사회학적 조명으로 몰고 가면 어떤 관련이야 찾을 수 있겠죠. 예전에 읽은 선생님에 관한 어떤 글에서 어디 출신이냐는 외국인 학자의 질문에 "나는 파리아 도 출신이다."라고 말씀한 것으로 되어 있더군요. 그분은 그게 슬프게 느껴졌다고 했는데 저는 선생님께서 약간 시니컬하게 반농담조로 지역 차별을 비판한 것으로 읽었습니다. 선생님의 보편적 생각은 이미 10대, 20대에 형성된 것으로 보이거든요. 지역주의가 중요하지 않다는 게 아니라 이미 지역, 민족 등의 특수성을 넘어서야 한다는 의식이 다른 차원에서 생겼지요. 사실 한국의 지역 차별, 특히 호남 차별은, 역사적, 문화적 차별과는 별 관계없는, 1970년대 초 이후, 특히 1980년대에 강화된 새로운 정치적 현상이라고 봐야 하지 않을까요?

김우창 나는 동창회도 안 가는데, 근년에 김대중 정권이 위기에 처하면서 더러 만난 동창생들이 "정권을 절대 넘기면 안 돼. 앞으로 계속해야 해. 재창출해야 돼."라고 강하게 이야기하는 것을 듣습니다. 김대중 정권에 참여했던 사람들일수록 그런 생각이 강하지요. 진짜 밑바닥에 있는 사람들은 '우리도 좀 잘살았으면.' 하는 생각은 해도 '저 경상도가 다 해 먹어서 우리가 못산다.' 이런 의식은 강하지 않을 것 같습니다. 그러한 감정이 생길 수는 있지만, 그것은 정략과 정권의 창출에 관계되는 일이겠지요. 전라도 차별이 문제가 없다는 것은 아닙니다. 나는 목포 지방의 발전 계획에 참여한 일이 있습니다. 그와 관련해서, 국토 개발에 관련된 중앙 관리들을 많이 만났습니다. 위에서부터 실무자까지 관계자들이 전부 경상도 사람들인데에 놀랐습니다. 그 출신을 물어본 것이 아니라 말씨가 그랬지요. 그들이 아무리 공정한 입장에서 행동한다고 하여도, 결국 많은 일에는 향토에 대한 사랑이 관계되는 것일 터인데, 전라도 발전이 소홀히 될 가능성이 있는 것은 틀림이 없는 것으로 생각되었습니다. 전라도 소외는 국가와 사회의 고른 발전이라는 점에서 문제가 되는 것이지, 어떤 사람이 차별을 받고 말고의 문제가 아닙니다. 이것은 미국의 흑인의 경우나 사회 구조 속에서의 노동자의 문제 등과 같은 성격의 문제는 아닙니다.

하여튼 전라도 사람이냐, 경상도 사람이냐 하는 것은 권력에 참여하거나 그것을 전유하는 데에 관심을 가지고 있는 사람들 이외에는 별로 중요하지 않은 역사적 범주라고 할 수 없습니다. 고대 졸업생이냐, 서울대 졸업생이냐 아니면 소위 어느 시골의 무명대의 졸업생이냐에 따라 사회적 대우가 다르다고 한다면, 그것은 국가 발전과 모든 사람에 대한 사회적 공정성이라는 관점에서 문제가 되는 것이지, 집단 이익의 확보라는 관점에서 의미 있는 문제가 되는 것은 아닙니다. 어느 대학 출신이든 국가의 필요와 개인의 기회 균등이라는 관점에서 같은 대우를 받아야 하지요. 그러나 대학 출신 또는 학벌이 어떤 특정 집단의 이익이나 불이익이라는 관점에서만 생각된다면, 그것은 매우 불행한 일입니다.

나는 대체로 전라도의 의미를 정확히 정의해 낸 것에 접한 일이 없습니다. 그것이 생물학적인 것이거나 아니면 사회적인 것이거나 심리적인 것이거나, 이러한 범주에 관련하여 그것이 이해될 때 우리는 그것을 단순히 어떤 부류 사람들의 불편한 입장만이 아니라 그것을 구조적인 문제로서 파악하는 것이 가능하고, 사실적인 잘못의 시정과 함께 구조적인 개선을 위하여 노력할 수 있을 것입니다. 전라도가 생물학적인 범주가 아닌 것은 대체로 분명하다고 할 수 있습니다. 나의 어머니가 경상도 사람이라든지 우리 아이들의 어머니가 함경도 원적의 서울 사람이라든지 하는 것이 이미 이것을 말하고 있습니다. 내가 아는 사람들 가운데에는 전라도 출신으로서 일거리를 찾아서 부산이나 대구로 갔다가 그곳 사람이 된 사람들이 있습니다. 적어도 그 아이들의 경우는 누가 보아도 경상도 사람입니다. 노동 계급이라는 것은 분명하게 잘라 말할 수는 없으면서도 사회 구조의 관점에서 정의된다는 점이 널리 인정되어 있습니다. 그 처지의 개선이 사실적 차원에서와 함께 사회 구조적인 차원에서 정당한 요청이 되는 것도 대체적으로 인정되어 있다고 할 수 있습니다. 전라도는 우리 정치 파벌의 이익이라는 관점, 매우 원시적인 성격의 권력 다툼이라는 관점에 연결되어 있는 것이 아닌가 합니다.

윤평중 이 문제는 자연스럽게 선생님의 사유의 족적과 연결되는 부분이기도 한데요. 제가 생각하기에 집단적 정체성이나 당파적인 입장에 결부시키기 보다는 가능하면 좀 더 보편적이고 총체적인 관점에서 보는 선생님의 시각 자체가 호남 차별의 문제에도 적용되는 것 같습니다. 이를테면 강준만 교수 식의 비판을 당장 선생님에게도 적용할 수 있습니다. 선생님 방식의 지적 행보가 우리 사회에서 워낙 귀하고 그렇게 할 수 있는 사람이 드물기 때문에, 장기적인 맥락에서 가치와 호소력이 있음을 인정하면서도 다른 관점에서 판단할 수도 있다는 것입니다. 비단 강준만 교수 식이 아니더라도 권 선생님께서도 그런 생각을 밑에 깔고 질문을 던졌으리라 봅니다. 현실에서 적나라하게 권력의 역(力) 관계가 부딪치는 상황, 즉 한쪽이 한쪽을 압도하고 억압하면서 차별과 불균형이 구조적으로 재생산되는 상황에서 선생님처럼 고고하고 원론적인 진단만을 고집하면 추가적으로 생기는 문제가 있을 수 있다는 것입니다.

김우창 전라도 사람이라고 해서 대학 입학하고 취직하는 데 문제가 있었던 것도 아니고, 결혼을 하는 데 문제가 있었으면 몰라도 인생에서 전라도 사람이냐 경상도 사람이냐에 따른 중요한 고비나 계기에 부딪치지 않았기 때문에, 편한 입장에서 말하는 것이라고 할 수 있지만, 나는 여전히 전라도 사람이라는 범주가 중요한 사회적·구조적 범주라고는 생각하지 않습니다. 그것이 우리 사회의 민주적이고 평등한 질서의 확보라는 보다 일반적 과제의 수행으로써 해결되지 않을 문제로 보이지 않는 것입니다. 지역주의가 이러한 일반적 사회 구조의 문제를 호도하는 데에 정치적으로, 그러니까 권력 쟁탈전의 일부로 이용되는 것은 사실이겠지만…….

고종석 시인 이름은 생각이 안 나는데, 10년쯤 전에 창비에서 나온 시집 뒤에 선생님께서 발문을 쓰셨던 것을 기억합니다. 아마 그분이 전라도 사람이었던 것 같은데, "전라도 사람의 얼굴이라는 게 있다면 바로 이 시인이 바로 전라도 사람의 얼굴이다."라는 취지의 말씀을 거기서 하셨습니다. 전라도 사람의 얼굴이란 어떤 겁니까?

김우창 전라도 사람이 풍류를 좋아한다고 알려져 있어요. 그런 뜻으로 쓴 거예요.

윤평중 선생님께서 항상 강조하신 것처럼, 지식인의 경우에 어떤 긴박한 일상의 실존적인 체험이 있어야만 공적이고 상호 주관적인 성격이 담긴 총체적 통찰에 도달할 수 있는 것은 아니라고 생각합니다. 다만 선생님의 경우에는 쭉 지식 사회, 특히 신분이 가장 안정적인 대학이라고 하는 지식인 집단 안에 계셨는데, 특히 풍파가 심했던 한국 사회에서 그나마 원천적으로 존중받고 안전한 곳 가운데 하나가 대학 사회 아니었습니까?

김우창 대학 사회가 어떻게 가장 안전한 곳입니까? 민주화 운동에 전위적인 일을 담당한 곳이 대학 아니었습니까? 그리고 누가 더 고생을 했는가 하는 것이 지적인 입장의 정당성에 가장 중요한 기준이 된다면, 지적 작업의 자기 파산은 불가피합니다. 나는 지난번 대통령 선거에서 김대중 선생이 대통령이 되어야 하는 이유로 그가 가장 많이 고생을 한 사람이라는 것을 내세우는 것을 들었습니다. 고생한 사람이 고생하는 사람들의 사정을 잘 알 수 있다는 것은 생각할 수 있는 것이지만, 그것이 기준이 된다면, 어디 김대중 선생만이 자격자이겠습니까? 나라가 처한 입장에서 또 역사적으로 주어진 시대의 과제에서 그것을 가장 잘 처리해 나갈 수 있는 능력, 지적인 것도 있고 지도력도 있고 시대적인 운세도 있고, 이러한 것들이 합쳐서 이루어지는 능력이 가장 중요하지요. 대통령의 자리가 고생한 사람을 위로하기 위한 자리는 아니겠지요. 지적인 작업도 그렇습니다.

지금 이러한 초보적인 것을 반복하는 것도 따분한 일이지만, 지적인 작업도 무엇이 옳은 것인가, 실천적 과제나 이론적 문제에서 무엇이 가장 적절한 대답인가가 중요하지, 발언자의 실존적 처지가 무엇인가가 중요한 것은 아닙니다. 베버나 만하임의 가치 중립적인 지적 보편성에 대한 비판이 많다는 것은 새삼스럽게 말할 필요도 없습니다. 그러나 그러한 비판이 말하는 것도 보편적 정당성이나 진리의 가능성을 전제로 하는 것이라고 말할 수 있습니다. 다만 비판이 말하는 것은 거기에 이르는 것이 얼마나 어려운 것인가를 말하는 것이지요. 모든 사람이 작은 개체에 불과하고, 또 그 개체가 주어진 사회 조건에 의하여 현실적으로 또 지적으로 제한된다는 것을 반성하는 것은 보다 큰 보편적 진리에 나아가는 데에 중요한 준비이지만, 그러한 제한 조건이 모든 정당성의 기준에서의 사실 인식을 불가능하게 한다면, 비판 자체도 부정되는 것이죠. 사회 문제에서 유일하게 남는 것은, 집단적 이익을 위한, 그리고 종국에는 개인 하나하나의 이익을 위한 싸움, 홉스가 말한 만인 전쟁만이 유일한 인간의 조건이 되는 것이겠지요.

실존적 상황에 의하여 생각이 제한되는 것은 틀림이 없습니다. 그러나 이 입장을 끝까지 밀고 나가면, 사회 내의 의사소통은 전적으로 불가능한 것이 됩니다. 그러고 인간의 지적인 작업은 자기 변명과 자기 이익의 옹호를 위한 수단 이외에 아무것도 아닌 것이 됩니다. 마르크스주의의 정치 기획 그리고 노동자가 아닌 지식인으로서의 마르크스의 관계도 생각할 수도 없는 것이 되지요. 정의나 민주주의를 위한 투쟁에서 현상에서 불리한 처지에 있는 사람들의 지위 향상이 핵심이 되는 것은 당연합니다. 그러나 그러한 투쟁이 오래 지속되는 사이에 정의나 민주적 사회 질서에 대한 생각은 사라져 버리고 사회는 서로 큰 몫 차지하기 싸움판으로 바뀔 수 있습니다. 또 그러다 보면 그것이 어떤 싸움이 되었든지 간에 싸움만이 전부가 되는 수도 있습니다. 모든 인간사에서 보편적 정의의 차원은 사라져 버리는 것이지요. 이것은 담론의 차원에서도 그러할 수 있지요. 지금 우리 상태가 그러한 것이 아닌지 모르겠습니다.

전라도 사람이 경제적인 지원을 못 받아서 전체적으로 못산다고 하는데, 1980년대의 목포를 보자면 도시 가운데에서도 농촌으로 일하러 가는 사람이 있는 유일한 도시라고 했습니다. 이러한 점에서는 전라도가 부당하게 경제적으로 지원을 못 받아서 그리 되었다고 인정할 수 있지요. 그러나 이런 사실적 관계를 떠나서 정계 조직 같은 데에서 전라도 사람이 진출에 장애를 받는다고 한다면, 그것은 전라도 사람의 결속으로 해결될 문제가 아니라, 공권력의 공적 성격의 획득으로, 또 공공성이 아니라 사적 이익의 중요해지는 부패 구조의 척결로서 해결되어야 할 문제일 것입니다.

여담으로 말하면, 경제 발전에 이러한 면도 있습니다. 목포에서 도시 계획 보고서를 작성하면서, 그 제목을 '아껴 놓은 땅'으로 하자는 제안을 하였습니다. 무분별한 산업화에서 발전되지 않고 있는 것이 도움이 될 수도 있지요. 역사의 흐름이란 하루아침의 상황으로 선불리 재단할 수는 없습니다. 저우언라이(周恩來)에게 프랑스 혁명의 역사적 결과를 어떻게 생각하느냐고 질문을 했더니 판단을 내리기에는 아직 너무 이르다고 대답을 했다고 합니다. 목포 개발의 문제에서 나는 대불 공단과 같은 것을 생각할 것이 아니라, 산업화된 환경에 지친 경상도 사람들이 휴식을 취하러 오는 관광지 개발을 비롯하여 비산업적 사회 개발 계획을 세우는 것이 전라도 사람에게 도움이 되는 일일 것이라고 말했는데, 낭만적인 생각하지 말라는 핀잔들을 들었습니다.

고종석 선생님께서는 전라도 사람들이 물질적인 이유 때문에 정권이 바뀌는 것을 싫어할 것이라고 말씀을 하시는데, 물론 물질적 모티베이션이 충분히 작용을 하겠지만 저는 전혀 부와 관련이 없는 사람들도 한나라당 쪽으로 정권이 옮겨 가면 찝찝해 할 것이라고 생각합니다. 단순히 경제적 이유 때문만이 아니라 문화적, 사회 심리적인 동기가 작용할 수 있지 않겠습니까?

김우창 내가 지적한 것은 바로 반대입니다. 물질적 이익, 전라도의 사회 발전을 위한 투자가 불공평하다는 점에서 정권 교체를 반대한다면, 그것은 이치에 닿는 이야기입니다. 그러나 다른 추상적인 것들이 동기가 된다면, 그것은 문제가 있다는 것이지요.

권혁범 제가 보기에 지역 차별은 물질이나 문화적 이익 같은 것의 공공적 분배 메커니즘이 자리 잡지 못한 사회의 한 특성인데요. 공평하지 않다는 느낌이 매우 강할 수밖에 없지요. 공평하지 않은 메커니즘을 이데올로기화하는 게 지역주의이고, 그래서 이제는 단순히 경제적 관계가 아니라 신분 질서화되었던 측면이 있습니다.

윤평중 그것을 담아내는 적절한 개념이 있습니다. 헤겔의 통찰을 전유(專有)한 캐나다의 정치철학자 찰스 테일러(Charles Taylor)가 쓰는 '인정의 정치학(The Politics of Recognition)'이라는 개념이 지역 차별 현상의 많은 부분을 설명합니다. 인간다운 삶을 산다고 하는 것에는 나와 같은 타인들한테 동등한 존재로서 '승인받는다', '대접받는다', '인정받는다'라는 부분이 필수적으로 포함됩니다. 인정의 정치학은 경제적 차별과 정치적 권리와 결부되어 있지만 전부 그쪽으로 환원되는 건 아니고, 사회적 습속과 문화의 형태로도 구현된다는 거죠. 정권 교체로 많이 나아지고 있다곤 하지만 호남인들의 정서적 박탈감과 차별받는다는 의식은 아직도 많이 잔존해 있습니다.

김우창 루소도 자기 인정과 남의 인정을 말했어요. 그러나 자신의 삶의 필요에 대한 자기주장은 참다운 것이라고 생각하면서도 남의 인정을 요구하는 것은 부질없는 허영심의 소산이라고 했습니다. 오늘날 미국과 독일의 철학계에서 논의되는 인정의 문제의 단서는 헤겔의 두 주체의 갈등에 대한 생각에서 나온 것인데, 그것도 당대의 자본주의 사회의 개인주의 상황을 일반화한 혐의가 있습니다. 테일러의 인정은 이러한 철학적인 관련을 가지고 있지만, 캐나다에서 프랑스계인의 정착지인 퀘백 주의 문화적 독자성을 인정하라는 정치적 입장과 관련이 있습니다. 평등한 대우를 해달라는 요구와는 다른 요구입니다. 오히려 그것에 반대되는 것이지요.

영어와 프랑스어를 두고 볼 때, 퀘백에서는 프랑스어의 선습득을 법률적 강제 규정으로 요구하고 있습니다. 이것은 개인의 선택의 자유를 제한하는 것이기 때문에 캐나다 전체의 민주주의 이념, 헌법 이념으로 볼 때 문제가 될 수 있는 것입니다. 또 영어를 말하는 사람으로 퀘백에 사는 사람들에게는 부당한 요구가 될 수 있습니다. 이러한 것과는 달리 지금의 캐나다 수상은 퀘벡 출신입니다. 그전 수상에도 퀘벡 출신이 상당수이지요. 그 사람들이 정치적 차별을 받고 있는 것은 아닙니다. 그들 나름의 독자적인 문화 그리고 사회 체제를 유지 발전시켜 나갈 권리를 인정해 달라는 것이 퀘벡 주의 정치 투쟁의 목표입니다. 그러니까 다시 되풀이하건대, 인정은 보편주의적·민주적 이상에서의 후퇴를 인정해 달라는 것에 관계되어 있습니다. 그것이 인정에 대한 요구로 나오는 것 같지는 않지만, 미국 흑인의 경우 그들의 독자적 문화와 그 당당함을 주장하고 나오는 것은 인정에 대한 요구라고 할 수 있습니다. 그러나 그들의 정치적 요구, 정치적·사회적·경제적 기회 균등에 대한 요구는 인정에 대한 요구는 아니고 전통적인 의미에서의 민주적 이념, 자유나 평등의 이름으로 제기되는 요구라고 보아야 합니다. 동성애자 또는 다른 소수자의 독특성에 대한 요구도 그러한 것이지요.

전라도 사람이 전라도 사투리의 문화적 독자성과 그 위엄을 인정해 달라고 한다는 것은 듣지 못했습니다. 미국에 흑인 평등을 확보하기 위한 정치적 조치로서 '적극적 개입(affirmative action)'이라는 것이 있었지만, 이것은 보편적·민주적 이상을 실현하기 위한 현실적 조치이지 흑인의 독자성을 인정하려는 것은 아닙니다. 전라도의 문제가 현실의 문제인 것은 사실이지만, 알아 달라는 의미의 인정은 그것과는 거리가 있는 개념이라고 해야 할 것입니다. 평등은 보편적 질서에서의 평등한 참여를 말하고 인정은 그것으로부터의 이탈을 말합니다. 두 개를 합친다면 개인이나 집단의 독자성을 인정하는 전제하에서의 보편적 질서가 어떻게 존립하느냐 하는 문제가 될 것입니다. 그냥 고르게 하는 것이 아니라 각자의 필요에 따라서 고르게 하는 것입니다. 물론 좋은 이상이죠. 그러나 그것이 전라도의 문제에 해당되는 개념일 것 같지는 않습니다. 전라도라는 것이 신분 질서에 관계된다면, 불평등한 신분 질서의 타파를 위한 투쟁이 필요하지요.

윤평중 여기에는 두 가지 논제가 섞여 있습니다. 먼저 인정 투쟁과 내면성의 길항 관계입니다. 남이 인정해 주든 말든 스스로 위엄과 내면적 자존감을 키워갈 수 있다면 좋겠지요. 그러나 이는 전문적 학술 담론을 끌어들이지 않는 평범한 삶의 교훈을 감안하더라도 매우 어려운 일일 것입니다. 인간은 기본적으로 정치적 동물이므로 상호적 승인 관계가 없는 주체의 확립은 불가능합니다. 아리스토텔레스의 말처럼 신이나 동물에게는 정치가 필요 없습니다. 또 하나의 논제는 인정 투쟁이 결코 민주주의의 요구와 배치되지 않는다는 사실입니다. 개별성과 차이가 인정되지 않는 보편적 민주주의는 매우 공허하거나 전제(專制)로 타락해 갈 수 있습니다. 자유와 평등으로 압축되는 민주주의의 이념은 인륜적 삶의 보편적 형식입니다. 그 구체적 내용의 많은 부분을 채워 주는 것이 인정 투쟁의 요소들입니다. 따라서 민주주의와 인정 투쟁을 대립된 것처럼 보는 것은 일면적인 지적이라고 생각합니다.

문학과 윤리

여건종 이제 선생님의 지적 형성기 이야기를 마치고 최근의 생각들을 여쭤 보기로 하죠. 먼저 문학에 대한 이야기를 하는 게 쉬울 것 같습니다. 선생님의 전체적인 작업은 보통 심미적 이성, 구체적 보편이라는 말로 대별됩니다. 가장 일반적이면서 다른 평론가들과 구별되는 것이 초기에 설정한 문학과 삶에 대한 관계이고 그것은 초기의 한국 문학에 대한 비판적 접근부터 최근 한국 문학까지 일관되는데, 그 부분부터 이야기하겠습니다.

선생님의 말씀을 따르면 삶의 실존적 지평이라든지 내면의 요구가 현실화될 때 자연스럽게 나오게 되는 반응의 양식이 문학입니다. 구체적으로 보자면, 가령 최초의 글로 보통 얘기되는 김종길 선생에 대한 일종의 서평에서, 김종길 선생이 견지하고 있는 문학관이 지나치게 자기 충족적이며 삶의 복합적인 연관 관계를 보지 못한다고 이야기하신 바 있습니다. 그 뒤에 쓰신 「한국 시와 형이상」 같은 경우는 한국 시사에서 식민지 시대의 시 전체가 삶의 구체적인 지평 속에서 스스로의 원리를 구축하는 데 실패한 것이 아닌가 라고 말씀하셨죠.

김우창 사회적 관련 속에서 문학이 존재한다는 것은 내가 옛날부터 생각한 것입니다. 요즈음 너도나도 문화를 아는 대통령이 나와야 되겠다, 문화 세기가 된다, 그런 얘기들을 하는데, 여기에 대해서 느끼는 건 문화라는 것은 '형용사'로서 존재하는 것이 옳다는 거예요. 문화도 그렇고 문학도 그렇고 형용사적으로 존재하는 것이지 실체적으로 존재하는 것이 아니라는 것입니다. 하는 일이 문화적이어야 하지, 문화를 따로 지니고 있는 지도자가 필요한 것은 아니라는 말입니다.

문화보다 기본적인 것은 모든 인간 활동이 윤리적 성격을 갖는다는 사실일 것입니다. 지적 활동도 그렇습니다. 그것은 그것이 절대적인 것이라기보다는 사람이 여러 사람과의 관계 속에서 산다는 사실 때문이지요. 문화는 윤리를 포함합니다. 그러나 그것은 다른 차원을 가지고 있습니다. 한편으로 그것은 사람이 혼자도 살고 함께도 살되, 보람 있게 사는 어떤 것이라는 느낌의 역사적 퇴적이라고 할 수 있습니다. 보람이란 단순히 의무로서 삶을 사는 것이 아니라 기쁨 속에서 또는 삶의 충일감이나 자기실현의 느낌 속에서 얻어지는 것이지요. 살아야 할 삶을 살되 기쁨이 있는 삶을 생각하는 것이 문화의 이상이지요. 그런데 그것이 대체로 형용사로 또는 느낌으로 존재한다는 것은 그것이 의식의 대상으로 행동의 목표로서 존재하는 것이 아니라는 말입니다. 느낌이라는 것은 우리의 내면 속에 침전되어 우리의 자발적인 존재 양식의 표현이 되는 삶의 지향성을 나타내는 것입니다. 이 느낌 속에서 윤리의 가르침들은 의무로서의 강제성을 잃게 됩니다.

형이상이라는 개념으로 무엇을 말하려고 했었는지는 지금 나도 기억이 없지만, 간단하게 말하면 아마 한국 시에서의 철학적 지성의 부재를 말하려고 한 것이 아닌가 생각됩니다. 그것은 시가 철학을 해야 된다는 뜻에서가 아니라, 시의 부족한 점이 거기에 관련되어 있다는 뜻에서 그렇게 말한 것일 겁니다. 사물을 전체적으로 끈질기게 살피지 않고 어떤 일시적인 국면에 한정하여 보는 경우, 시가 참으로 완전한 것이 되기가 어렵다는 것이었을 것입니다. 전체성의 결여는 사유의 끈질김, 주체의 지속성의 손상에 대응한다고 할 수 있고, 이것은 억압된 사회 상황 속에서 불가피한 것이다, 이런 식으로 이론을 전개하지 않았나 하는 생각이 듭니다.

윤평중 「한국 시와 형이상」도 그렇고, 선생님께서 윤리가 중요하다고 했을 때 도식적인 사유 체계에서 생각하는 것이 아니라 사회적으로 긴박한 실천적 관심 속에서 말씀하시는 것으로 이해합니다. 일제하의 문인들의 작품이나 만해 한용운 등에 대한 평론이 그 연장선에서 이루어진 것이고, 친일 문학 논쟁도 그렇습니다. 그런데 아직도 현안이 되고 있는 친일 잔재 청산에 관한 논란을, 춘원과 만해에 대한 평가와 관련해서 어떻게 생각하고 계십니까?

김우창 일제를 포함한 어려운 상황 속에서 어떻게 사느냐, 무엇을 쓰느냐 하는 문제는 그러한 상황이 제기하는 근본적인 모순 속에서 이해되어야 합니다. 그것은 잘잘못을 따지기 전에 비극적인 관점에서 보아야 할 것입니다. 엊그제 강의하다가도 비슷한 문제가 나왔어요. 프레드릭 제임슨(Frederic Jameson)이 한 이야기 중에서 "복합 구성의 사회에서 개인적 삶에 추구되는 진실이 그 삶을 정의하는 모든 진실은 아니다."라는 말이 있었기 때문이었습니다. 자기는 열심히 살려고 했는데 결국 보니까 이상한 결과가 되는……. 이것은 이광수나 만해뿐만이 아니라 모든 사람이 부딪히는, 많은 복합적인 상황에서 일어날 수 있는 일입니다. 이광수가 「나의 고백」에서 이야기하는 것을 보면 친일 행위도 민족을 위해서 했다는 거죠.

여기에 대한 고려는 기묘하게 차이가 나는 결론을 가능하게 합니다. 그렇다는 것은 그것은 동정적 이해를 요구하는 것이면서, 보다 엄격한 판단을 요구하는 것이기도 합니다. 메를로퐁티는 비시 정부의 페탱(Pétain)에 대해서 이야기하면서 "반역자의 모습이란 것은 잠자다 깨어난 사람이다."

라고 말한 바 있습니다. 자기는 잘못한 것이 없는데 어느 날 눈을 떠 보니 반역자가 되었다, 이런 이야기이지요. 어떤 사태에 대한 평가는 동기적인 차원에서만이 아니라 객관적인 결과에서 생각될 수밖에 없습니다. 공적 광장에서 행동하는 모든 경우에 해당되는 입론입니다. 어떤 대통령이 나라를 위해서 어떤 일을 한다고 했지만, 결국 결과는 국민의 삶에 비참을 더하는 결과가 되는 경우가 있지 않겠습니까? 최종적인 평가는 동기가 아니라 이룩된 결과가 기준이 될 것입니다. 무서운 일이지요. 다른 한편으로 이런 경우 정상에 대한 이해는 있어야 하겠지요. 무서운 판단을 내리면서도 비극적 연민과 두려움을 아니 가질 수가 없을 것입니다. 친일 작가의 경우 모두가 개인 나름의 진실과 객관적 진실의 모순에 따른 비극이라고 말해질 수 있는 것은 아닐 것입니다. 그러나 적어도 개인의 허약함과 상황의 엄청남 사이에 존재하는 괴로운 차이를 살피는 일은 가능하겠지요. 판단 이전에 생각해야 할 것은 '나쁜 놈이다', '좋은 사람이다'라고 도덕적인 단죄에 들어가기 전에 상황을 밝히는 것이겠지요.

윤평중 친일 문학 논쟁도 포함하여 일제 잔재 청산이 아직도 불충분하고, 동시에 이 논쟁이 현실 정치 공학적으로 악용되고 있습니다. 도식적이고 피상적으로 접근되는 친일 문제에 대해 깊이 있는 성찰이 요구된다는 선생님의 말씀에 공감합니다. 그러나 또 하나의 차원이 있습니다. 선생님께서도 부인하는 것은 아니지만, 보편적이고 원론적인 깊이 읽기를 통해 공감대를 갖고 실존적 맥락을 이해하는 태도가 또 하나의 정치적 효과를 낳는다는 겁니다. 예컨대 현금의 정치 역할이 충돌하는 상황에서 친일 논쟁에 대해 보편적 언설을 무기로 역사 물타기를 꾀하는 극우 세력들이 엄존하지 않습니까? 바꿔 말하면, 일신의 영달을 위해서 친일했던 세력에게 면죄부를 주는 면이 없지 않습니다. 전혀 다른 의도를 가진 선생님의 해석학적 읽기 시도가 그런 정치 공학적 요구에 결과적으로 도움을 주는 방식으로 악용될 수도 있다는 것이죠.

김우창 페탱이 잠자다가 반역자가 되었다는 메를로퐁티의 말은 그를 용서하라는 말이 아니라 처벌하라는 말입니다. 사르트르는 메를로퐁티를 말하면서 "오늘의 시대는 살인자의 시대이다. 그러나 메를로퐁티는 섬세함의 인간이다."라고 하였습니다. 폭력의 시대에 너무 많은 것을 섬세하게 보려는 메를로퐁티의 역할은 제한된 것일 수밖에 없다는 말로 생각됩니다. 그러나 메를로퐁티도 무서운 말을 많이 한 사람입니다. — 반드시 사르트르가 여기에 해당되는 것은 아니지만, 어떤 지식인들은 무서운 소리를 내뱉는 것을 자랑으로 생각합니다. 마치 무서운 소리가 진리의 보장이라도 되는 듯이. — 메를로퐁티는 기독교 사회주의를 비판하면서, 기독교는 결국 살인하는 폭력을 거부하기 때문에 진정한 혁명주의가 될 수 없다고 폄하했습니다. 그의 『휴머니즘과 테러』는 그로서는 가장 긴 정치론이 되겠는데, 복잡한 변증을 담은 것이지만 결론만을 말하면, 스탈린의 숙청을 옹호한 것이라고 할 수 있습니다.

메를로퐁티는 한국 전쟁과 관계하여, 공산주의가 전쟁의 주체가 될 수 있다는 점이 그의 정치적 신념을 심히 흔들어 놓게 되어 괴로워했다고 합니다. 공산 세계가 무너진 다음 드러난 엄청난 비리의 폭력을 보았더라면, 그는 아마 공산주의자들의 폭력을 옹호하지 않았을 것입니다. 그런데 그가 모스크바 숙청을 옹호한 것은 단순한 마르크스주의자의 확신으로 그렇게 한 것은 아닙니다. 그가 공산주의를 호의적으로 본 것은 사실이지만, 공포 정치의 옹호는 그 나름의 인간의 실존적 모순에 대한 분석을 통하여서 그렇게 한 것입니다. 앞에 말한 대로 그는 공적 광장에서의 인간 행동의 무서운 우발성을 잘 알고 있었습니다. 의도와 결과의 차이가 불가피한 것이 공적 행동의 장이죠. 그러면 그 차이를 어떻게 넘어설 수 있습니까? 그것은 보다 이성적으로 예견되는, 그러나 그렇게 되는 것만은 아닌, 보다 나은 세계에 대한 신념에 자신을 내맡김으로써 가능하게 됩니다. 이것은 어떤 이론에 대한 단순한 자기 확신과는 다른 위험한 모험의 세계에 들어가는 것을 말합니다. 그러나 무작정한 행동주의를 말하는 것은 아니죠. 그것은 반성적 모험의 감행이라고 불려야 하겠지요. 지식인의 임무는 도덕적·윤리적인 행동에도 있지만, 그것이 충분한 반성적 성찰과 함께 이루어지게 노력하는 데에도 있습니다. 그러니까 그 도덕적·윤리적 확신은 결코 맹목적일 수도 도식적일 수도 없습니다.

다시 역사적 단죄의 문제로 돌아가 보면, 어떤 사람의 실존적 상황 속에서 그 사람의 개인적 진실과 그 진실이 객관적 상황 속에서 갖는 또 다른 진실 사이에 모순이 있다고 해서, 그 사람의 잘못을 용서해 줘야 하는 것은 아닙니다. 공적 광장에서 행동하는 사람은 무서운 도박을 하는 사람입니다.—소위 정상배라고 하는 사람들의 이야기가 아니라 최선의 정치가의 경우를 두고 말하는 것입니다.—좋은 의도에서 나온 정치 행위의 나쁜 결과에 책임지는 것을 각오해야 하는 사람이기 때문입니다. 내 일에 내가 잘못된 결과를 가져왔으면, 내가 손해 보거나 정 안 되면, 일본 사람 식으로 자살하면 되지요. 친구 간에는 내가 한 일이 잘못되어 친구에게 피해를 주더라도 용서받을 수 있지요. 그러나 수많은 사람이 관계되었을 경우에는 좋은 뜻을 가지고 했더라도 나쁜 결과가 나오면 거기에 대해서 책임을 지지 아니할 수 없습니다. 말하자면 자기가 하지 않은 일에 대해서 책임지는 것이 정치 세계지요.

이런 생각을 하면서 사람을 단죄하는 거나 나쁜 사람은 나쁘니까 단죄하는 거나 무엇이 다른가, 그게 그것 아닌가 하고 말할 수도 있겠지요. 그러나 결과로 오게 되는 새로운 사회의 모습은 전혀 다른 것이 될 것입니다. 결국은 나쁜 사람이 나타나면 계속 단죄하고 처벌하는 사회와 개인의 진실과 전체의 진실 사이에 간극이 없도록 노력하고, 그리하여 단죄와 처벌의 필요가 없어지거나 최소화되는 사회의 차이가 있게 되겠지요. 현대 서양의 사회학은 사회악을 개인의 차원에서 사회 구조의 차원으로 옮겨서 생각하게 하는 데에 큰 기여를 하였습니다. 궁극적으로 사람이 윤리와 도덕 없이 살 수는 없는 일이지만, 모든 것을 개인의 잘잘못으로 돌리는 단순 도덕주의는 인간적 사회의 실현에 장애물이 된다고 할 수밖에 없습니다. 그 관점에서는 결국 나쁜 놈만 계속 죽여 없애는 것이 좋은 사회를 만드는 유일한 방법이고 사회 자체를 고쳐야 할 필요는 없을 것입니다. 도덕적 판단 이전에 상황을 총체적으로 이해하려는 노력은 단순한 지적인 작업이면서도 보다 나은 사회의 실천에 절대적으로 불가결한 것입니다. 단지 유감스러운 것은 이러한 복잡한 이해와 분석의 작업이 대중적인 것은 되지 못한다는 것입니다. 민중도 필요하지만, 지적 엄정성도 보다 인간적인 사회의 필수 사항입니다. 대중의 이름으로 인간 이해를 위한 엄정한 작업을 부정하려는 경향을 심히 걱정스럽게 생각합니다.

권혁범 문학의 정치적 측면 얘기도 중요하지만, 문학에 대한 본격적 논의를 해 봤으면 하는데요.

윤평중 문학으로 돌아가기 전에 한마디만 더 보태고 싶습니다. 일관되고 설득력 있는 말씀이지만, 그럼에도 불구하고 좀 전에 언급한 친일 행위에 대한 판단에 관해서는 좀 더 포괄적이고 깊이 있게 봐야 된다고 생각합니다. 이야기를 듣고 보니까 제일 처음에 하신 이야기와 지금 말씀하신 독자적이고 정치적인 것의 논리에 대한 책임 문제 사이에 기묘한 긴장 관계가 성립합니다. 구체적으로 이광수의 행위가 주관적 동기 차원에서 나름의 충정으로부터 나온 것이라는 사실을 십분 이해해야 되지만, 결과를 따지는 현실 정치의 차원에서는 한국 민중에게 미친 해악에 대해 엄중한 책임을 물어야 한다는 것이죠. 이광수가 갖는 상징적인 위상 때문에 결국 엄청난 정치적 효과가 산출되었다는 것은 부인할 수 없는 사실입니다. 정치 영역에서는 동기와 상관없이 결과를 가지고 판단하는 것이 역사의 비정함이라면 춘원에게 준엄한 책임을 물을 수밖에 없는데, 제일 처음 말씀에서는 그의 복합적인 상황을 충분히 고려해야 한다고 하셨습니다. 그러면서도 정치 영역으로 넘어와서는 케이스별로 준엄하게 책임을 물어야 한다는 논리로 들리기 때문에 두 명제 사이에 긴장 관계가 성립되는 것 같습니다. 친일 청산과 관련하여 전체적으로 이런 난제들을 어떻게 보시는지요? 사안별로 친일 문학인들 사이에서도 적극적으로 부역한 자, 자신도 모르게 끌려간 자, 뜨뜻미지근하게 동조한 자들 중 그 경중을 따져 유연하게 책임을 추궁해야 한다는 말씀이십니까?

김우창 물어볼 것은 물어봐야 합니다. 의도도 캐야 하지만, 의도에 관계없이 결과에 대하여서도 책임을 물어야 합니다. 이것은 모든 정치적 행위, 정치적 의미를 갖는 행위에 대하여 두루 해당되는 것입니다. 행동의 결과에 대하여 묻는 것은 이미 시사한 것이지만, 수많은 사람들의 삶에 관계되어 있기 때문입니다. 정치하는 사람들은 건방진 사람이라고 할 수 있지요. 자기 할 일만 잘하면 될 것을 수십만 수백만을 위해서 건방지게 나섰기 때문에 여러 일이 벌어지는 것이죠. 그리스 식 표현으로 그의 '휴브리스(hubris, 교만)'로 인하여 수많은 사람이 위험 상황에 놓이고, 옳지 않은 상황에 놓일 수 있습니다. 물론 새로운 세계를 여는 일이 되는 수도 있겠지요. 그리고 거기에 다른 독특한 만족과 영광도 있을 것입니다. 또 사람의 정치적 정열은 그러한 인간적 선택을 초월하는 원초적 격정이라는 면도 있습니다.

그런데 이 정치적 책임을 역사 속으로 확대할 때, 그 책임의 성격이 기묘하게 바뀌는 것을 생각하게 됩니다. 일제하의 친일에 대한 단죄는 지금의 시점에서 다분히 상징적인 성격을 갖습니다. 일제하에서라면, 그것은 상징적인 것이 아니라 현실적인 중요성을 갖는 것일 것입니다. 해방 후의 일제 청산의 실패를 말하는데, 그 경우에도 해방 후의 새로운 사회의 창조라는 면에서 현실적인 의미를 가졌던 것이라고 할 수 있습니다. 그러나 지금의 시점에서 그것은 다분히 상징적이고 교훈적인 의미를 갖는 것이 될 것입니다. 이것은 오래된 역사 속으로 갈수록 그러하지요. 고려 시대에 원나라의 지배를 당연시하고 적극적으로 찬양한 문인들이 많이 있습니다. 지금에 와서 이것은 도덕적 단죄의 문제라기보다는 학문적인 연구의 대상이겠지요. 우리가 역사를 교훈으로 생각하고 역사적 과오를 되풀이하지 않는 것을 역사 연구의 목표로 한다고 하더라도 도덕주의적 분노의 단순화보다는 과학적 상황 이해가 도움이 되는 일일 것입니다.

역사 바로잡기라는 말을 많이 들었습니다. 거기에 따른 정의감의 강렬함을 이해할 수 없는 것은 아니지만, 이 말을 정확히 생각해 볼 필요가 있습니다. 참으로 역사를 바로잡을 수 있습니까? 역사의 서술을 바로잡을 수는 있겠지만, 사람이 행동할 수 있는 것은 오로지 현재의 시간 속에서입니다. 그리고 그것은 현재의 삶과 미래의 삶을 위한 것이지요. 과거에 일어난 일을 바로잡는다면, 그것은 어떤 과거가 현재와 미래에 살아 있는 현실로서 관계되어 있는 한도에서이지요. 행동적 시정의 관점에서 과거가 현재에 끼어드는 것은 그것의 시정이 오늘과 미래의 현실을 보다 낫게 할 수 있다는 한도에서일 것입니다. 그러므로 시정의 대상이 될 수 있는 과거사는 시간과 더불어 자꾸 바뀌게 마련입니다. 물론 어느 시대의 일이든지 과거의 잘못을 시정된 눈으로 볼 수 있습니다. 그것은 상징적·교훈적 차원의 일이지요. 아무리 잘못된 일이라도, 가령 진시황이 만리장성을 구축한 것은 지금 와서 역사 바로잡기의 대상이 될 수는 없는 것이 아니겠습니까? 카프카의 단편에 만리장성의 고역을 다룬 것이 있지만, 그러한 시각의 교정은 가능하지요. 그러나 만리장성은 너무 오래되다 보니 중국의 문화유산이 되었습니다. 비교적 가까운 과거의 일이라고 하더라도, 가령 지금에 와서 이광수의 행적을 정확히 이해하는 것은 의미가 있지만, 실질적인 의미에서 응징하는 것은 불가능한 것이 아니지 않겠습니까. 또 현실적 이해라는 관점에서 볼 때 별 중요성을 가지도 못하는 것이 아닌가 합니다.

한마디만 더 하자면, 문학인의 친일 문제는 또 다른 차원이 있는 것으로 생각됩니다. 그것은 그들이 정치적으로 중요한 인물이 아니라는 점에 관계되어 있습니다. 이광수의 경우는 조금 다르겠지만, 최근에 서정주의 경우가 문제 되지 않았습니까? 몇 편의 친일적인 글들에 표현된 그의 글의 영향이 그렇게 큰 것이었을까 하는 생각이 듭니다. 그렇다고 그것을 문제 삼지 말라는 것은 아닙니다. 우리가 우리의 영웅을 전혀 흠집이 없는 사람으로 생각하고 싶어 하기에 그런 것이겠는데, 흠집 많은 문인 예술가가 동서고금에 얼마나 많습니까? 서정주는 정치적으로, 또 도덕적으로 흠을 가지면서도 좋은 시인일 수 있을 것입니다. 그것을 하나로, 순전한 선이거나 순전한 악으로, 모순이 없는 상태로 환원시키려 하는 것은 무리가 따르는 일이지요. 따지고 보면, 내 생각으로는 서정주의 정치적 입장이 보다 꿋꿋하고, 또 단순히 꿋꿋할 뿐만 아니라 넓은 인식의 터전 아래에서 꿋꿋하였더라면 그의 문학도 보다 위대한 것이 되었을지 모른다고는 생각됩니다. 그러나 여기에서 내가 말하고 싶은 것은 그를 전적으로 선이라거나 전적으로 악한 것으로 생각할 필요가 없다는 것입니다. 이것은 사실 우리가 숭배하는 정치가들에게도 해당되지요.

여건종 저는 서정주의 친일이나 그 뒤의 전두환 정권에 대한 태도에서 문학이 무엇인가를 다시 생각해 보곤 합니다. 서정주의 시를 즐기고, 그의 시에 감동받고, 그가 참 시를 잘 쓰는 사람이구나 하는 것과 그가 자신의 시대를 어떻게 이해하고 어떻게 행동했는가 하는 것이 분리될 수 있는 것인가를 생각해 보면서, 어떤 의미에서 시는 사람살이에 비해서 정말 사소한 것이 아닌가 하는 느낌을 없애기가 힘들었습니다. 이 사소함의 느낌은 문학으로 밥 먹고사는 사람에게는 때로 견디기 힘든 것이었습니다. 저는 서정주를 넘어서는 문학의 차원, 즉 언어가 빚어내는 치열하고 강렬한 아름다움을 넘어서는 문학의 영역이 있고, 그것이 문학을 사소하지 않고 사람살이에 의미 있는 것으로 만들어 준다고 생각합니다. 인간이 언어로 무엇인가를 표현한다는 것은 언어의 표피를 넘어서, 사람이 온몸으로 현실에 대응하는 행위의 측면이 있습니다. 이 대응의 진정성을 통해 문학은 언어이면서 동시에 언어를 뛰어넘습니다. 그런 의미에서 서정주는 시를 잘 쓰는 시인이기는 했지만, 위대한 시인은 아니었던 것 같아요. 이 점은 다른 소위 친일 작가들에게도 적용될 수 있을 것입니다.

윤평중 역사라는 게 현실에 대한 입체적이고 종합적인 판단이라는 것은 옳은 이야기입니다. 그런데 문제가 뭐냐 하면, 현재와 미래의 지평이 과거하고 선명하게 단절될 수 없다는 것이 명명백백한 사실이라는 것입니다. 특히 우리 현실에서 친일 잔재는 단순히 지나간 과거의 일이 아니라 살아 있는 현실이며, 우리가 경험하게 될 미래의 단초이기도 합니다. 역사 비평에서 뜨거운 감자가 친일 비평입니다. 상징도 단순한 수사에 그치지 않고, 막강한 현실적 힘을 발휘합니다. 물론 문학인의 정치적 역할에 비해 과도하게 책임을 추궁하는 측면도 있겠지만요.

김우창 많은 경우 감자는 감자라도 뜨거울 필요는 없을 것입니다. 도덕적 정열은 사람의 삶에 마땅한 자리를 갖는 것이겠지만, 또 르상티망(ressentiment)의 표현일 수도 있습니다. 오늘날 할 일이 많은 것을 깨닫고 내일에 대한 확실한 책임을 가지고 있다면, 오늘의 시점에서 현실적인 힘이 아닌 것들에 그렇게 정열을 쏟을 여유가 있겠습니까? 모든 것은 오늘의 일의 중요성 속에서 생각되어야 할 것입니다. 그리고 용서가 가능하여지는 것도 오늘과 내일의 삶에 대한 절실한 책임에서이지요. 심한 경우는 죄지은 사람을 새로운 일에 참여할 수 있게 하는 경우도 생각할 수 있는데,

그것은 미래의 삶에 대한 비전을 확실하게 가진 사람이 할 수 있는 일이지요. 미래가 요구하는 실제적인 필요가 있으면 그렇게 되겠지요. 그리고 그 미래의 비전은 가장 너그러운 것일 수 있어야겠지요. 모든 사람이 화해·공존하는 인간 사회의 이상을 단순하게 적용하는 것은 무리가 있는 일이지만, 그리고 현실의 필요가 포용의 범의의 제한를 불가피하게 제한하는 경우가 있지만, 궁극적인 삶의 비전으로서 화해와 공존의 지평은 잊지 말아야 할 것입니다. 그것의 제한은 어디까지나 비극적인 것으로 인식되어야 합니다.

구체적 보편, 그리고 언어

여건종 제가 문학과 삶의 관계로 이야기를 시작한 것은 그 관계가 선생님의 그동안의 글에 일관되게 견지되고 있는 어떤 방법론, 변증법적이라고 부를 수 있는 어떤 방법론을 보여 주고 있다고 생각했기 때문입니다. 구체와 보편, 이성적이고 심미적인 것, 전체와 개체, 정치적인 것과 내면적인 것, 이상적인 것과 실제로 존재하는 것, 이 모두가 상당히 역동적인 변증법적 관계 속에 있다는 생각이 듭니다. 방금 나온 친일파 문제도 그런 관점에서 얘기되고 있다고 할 수 있는데, 그것과 관련해서 질문을 해 주십시오.

고종석 선생님께서는 『궁핍한 시대의 시인』부터 구체적 보편성이라는 것을 강조하셨습니다. 개체적 실존의 구체적 계기들이 변증법적 진전을 통해 보편성으로 종합되는 과정을 탐구하는 것이 선생님의 글쓰기 여정이었던 듯합니다. 선생님께서 문학을 라이프 워크로 택하신 것도 구체성과 직접성에 대한 문학의 집착에 어떤 의미를 부여해서가 아닌가 짐작됩니다. 그러니까 선생님의 보편주의는 그 실천적 국면에서 모든 것을 획일화함으로써 실제로는 자기중심주의로 귀착하는 제국주의, 식민주의자들의 추상적 보편주의가 아니라 그 안에 특수주의랄까, 문화적 상대주의랄까 하는, 어떤 구체를 향한 지향을 껴안은 유연한 보편주의인 셈입니다. 그러나 구체에서 보편으로 나아가는 부분과 전체의 변증법은 그 명료한 도식이 보여 주는 것만큼 순탄해 보이지는 않습니다. 사실은 그 과정의 험난함이 더러 선생님의 글을 난해하게 만드는 것 같기도 합니다. 선생님의 글쓰기를 스스로 되돌아보실 때 (개개의 글 안에서) 구체적 보편성이 충분히 성취되었다고 판단하십니까? 저는 더러, 선생님께서 겸양으로 발언하셨던 '사실의 부족과 이론의 과다'의 인상을 선생님 글에서 실제로 받기도 했습니다. 말하자면 보편주의자로서의 선생님의 강한 지향이 이따금씩은 구체를 향한 배려를 약화시키는 경우 말입니다.

김우창 두 분이 지적하신 대로 구체적인 삶, 그 삶은 내 의지와 내 현실적인 수단에 의해서 움직이지만 그것을 규정하는 큰 테두리가 있으니까, 구체적인 삶과 큰 테두리와의 관계를 밝히는 게 중요하지 않겠느냐 하고 생각한 것이 사실입니다. 즉 큰 테두리 속에서 어떻게 작은 실존적인 상황이 성립하느냐가 나의 주제였던 것 같습니다. 그런데 그러한 작업이 충분히 수행되려면, 고 선생이 지적하신 대로 조금 더 사실적인 것을 많이 들추어 내었어야 하는데, 반드시 그러지 못했던 것 같습니다. 그렇다고 체계적인 책을 쓴 것도 아니고요. 그러나 대체적으로 지금에 와서 깨닫게 되는 것은 내가 할 수 있는 일이란 구체적인 사실을 가로지르고 있는 여러 힘들, 결국 추상적인 개념으로 표현되는 힘들과 그 상호 관련들을 밝히는 작업이라는 생각이 듭니다. 결국은 사실적 탐구보다는 생각을 철저히 하는 작업이지요.

고종석 부분과 전체의 변증법을 통해서 구체적 보편을 획득한다는 것이, 실제로는 보편과 구체 사이의 어중간에 서게 되는 경우가 흔하지 않겠습니까?

김우창 그것이 바로 삶의 모습이 아닌가요? 아무리 큰 것을 말하여도 삶의 불확실성은 그대로 남을 것입니다. 대부분의 사람들이 요즘도 건강에 관한 많은 얘기를 교환합니다. 아침에 일어나서 체조를 어떻게 하라든지, 산보는 어떻게 하라든지, 속이 불편하면 여기를 꽉 누르면 좋다든지. 사는 데 필요한 여러 가지 요령을 가르쳐 주는 일들에 대해서 많은 사람들이 관심을 가지고 있음을 봅니다. 의학이 발달해도 개인이 부딪히는 여러 가지 구체적인 문제를 완전히 해결할 수는 없다는 얘기죠.

권혁범 구체적 보편성이라는 개념을 선생님의 사상의 중심에 놓고, 그것을 연역해서 풀어낸 것 같지는 않습니다. 자연스럽게 구체적인 보편성이란 개념 틀로 포착할 수 있는 사상적 움직임들이 오랜 시간에 걸쳐 생겼다고 보거든요. 제가 항상 궁금했던 것이 있는데, 그런 구체적 보편성, 카렐 코지크(Karel Kosik)라는 철학자는 concrete totality란 말을 썼지만, 그것에 가장 가까이 도달할 수 있는 가능성이 높은 언어가 왜 문학인가 하는 질문을 던져 봤거든요. 이런 말씀을 하셨지요? "문학의 기적은 우리 삶에서의 전체성의 결여를 가지고도 하나의 전체성을 구축할 수 있다." 그게 왜 문학의 언어여야 하는지, 예를 들면 다양한 문자 언어나 이미지 언어가 있을 수 있는데, 왜 문학이어야 하는지요?

윤평중 권 선생님의 질문과 결부하여 보충 질문을 하겠습니다. 구체적 보편성이나 심미적 이성의 이념이 선생님의 화두 중의 하나인데, 이를테면 철학자들이 체계 구축을 하는 방식처럼 정의를 내린 다음에 연역적으로 추론하는 방식이 아니라 선생님 나름의 방식으로 작업하셨습니다. 선생님의 어느 텍스트에 보니까 구체적 보편성을 헤겔이 쓴 말이 아니라고 하셨는데, 사실 그 말은 헤겔 사상의 핵심입니다. 변증법에 대해 논란이 많지만, 그 합리적 핵심 가운데 하나가 바로 운동과 과정으로서의 구체적 보편성의 정신입니다.

선생님의 글쓰기는 다음과 같은 특징을 갖습니다. 역사적 사실과 긴박한 실천적 관심으로부터 시작해, 지난한 성찰과 점검의 과정을 거쳐 보편적이면서 시대를 뛰어넘는 전망과 문화적 차이를 뛰어넘는 일반적 호소력을 시현하고 있습니다. 그런 의미에서 비록 헤겔 같은 철학적 체계는 건설하지 않았지만 구체적 보편성의 이념에 부합하는 김우창 식 글쓰기에 성공했다고 생각합니다. 헤겔은 철학사에서도 대표적인 시스템 빌더인데, 미학과 예술 전반의 중요성에 대해 인정하면서도 예술 전체를 문화나 종교의 아래에 두었습니다. 선생님께서는 헤겔로부터 많은 영향을 받았고 변증법이나 구체적 보편성 이념에 공감하면서도 헤겔적인 결론에 동의하지 않고 계십니다. 사실 문학이야말로 예술의 한 전범으로서 구체적 보편성을 실현하는 매체라고 주장하셨죠.

김우창 구체적 보편성의 문제에서 코지크와 프랑크푸르트 사람들을 언급하지 않더라도 그들의 발언이 중요한 전거가 될 수 있고, 사실 그 근본은 헤겔에 있는 것이 사실입니다. 다만 구체적 보편성이란 말은 오랫동안 헤겔의 말이라고 생각하고 있었는데, 그 말을 막상 찾으려 하니까 찾아지지를 않아서 헤겔 자신이 쓴 것은 아니라고 추측한 것이지요. 헤겔의 생각에 구체적 전체성이라는 말은 있는 것 같습니다. 거기에 대하여 구체적 보편성이란 헤겔적 미학 개념이기는 하지만 헤겔 자신의 것은 아닌 것으로 생각한 것입니다. 가령 구체적 전체성으로 역사를 말할 수 있지만, 구체적 보편성이란 역사보다는 현재의 시점에서의 구체와 보편적 범주의 상호 침투를 말하는 것으로 생각할 수 있습니다. 이것은 미적 현상을 설명할 수 있습니다. 그리고 오늘의 시점에서 사람이 사는 모습을 설명할 수 있습니다. 그런 생각을 한 것입니다. 이러나저러나 철학자인 윤 선생의 말씀에 따라 수정하겠습니다.

변증법은 추상적 이념과 현실을 가장 적절하게 결합하려는 생각의 구조 그리고 현실의 구조를 말한 것이라고 할 수 있는데, 그것도 도식이 될 가능성이 있습니다. 그런 경우 너무 보편성과 전체성을 강조하고 구체는 상실될 수 있습니다. 그것은 정치적인 억압에 연결되지요. 코지크가 새삼스럽게 구체적인 전체를 말한 것은 철학적으로나 정치적으로나 도식화한 변증법의 억압성을 현실의 움직임으로 회복시키려는 의도였다고 할 수 있습니다. 프랑크푸르트의 철학자들이 관심을 가진 것도 소위 속류 마르크스주의의 도식화된 사회관, 역사관에 대하여 변증법의 유동성과 개방성을 살리는 일이었습니다. 그렇기 때문에 저절로 변증법의 전체성보다는 구체적인 것의 창조성을 새로이 보려고 한 면이 있습니다. 현실의 구체성에 가장 충실하려는 것이 헤겔 철학이지만, 동시에 가장 체계적인 것이 헤겔 철학이니까, 어느 쪽으로나 위험은 근본부터 피하기 어려운 것이었다고 할 수 있지요. 헤겔에게 철학은 문학과 같은 예술을 지양하는 인간 정신의 최고의 표현이지만, 그것도 전체성의 지나친 강조를 의미할 수 있기 때문에, 새로이 변증법을 회복하려는 사람들은 철학보다는 문학 쪽이 살아 움직이는 현실에 가까운 것이라는 주장을 내세우기 쉽지요.

그런데 철학적인 논의를 떠나서 문학이 말하는 바와 같은 이야기가 삶의 가장 진실된 표현이라는 면이 있는 것은 우리가 일상적으로 경험하는 일일 것입니다. 개체적인 삶은 추상적인 체계로 말하여질 수 있는 것이 아니라 이야기로만 말하여질 수 있지요. 사람의 삶은 물리적이고 사회적인 카테고리에 의하여 규정되면서도 그것을 벗어난다는 단적인 증거가 이야기에 있습니다. 촌사람이 면사무소에 가서 얘기할 때, 자기가 어떻게 해서 어떻게 했다고 이야기하면 면사무소 직원은 "도대체 요점이 뭐요?" 하고 묻게 되기 쉽지요. 그 요점을 단적으로 형식화한 것이 서식, 서류 양식입니다. 서류 양식 속에서 모든 사람의 삶은 획일화되지요. 모든 사람의 개인적인 사정, 이야기로 전개되는 모든 사람의 이야기를 다 들어줄 수는 없겠지만, 그것을 많이 들어주는 사회가 여유가 있는 사회, 인간적인 사회가 아니겠습니까?

고종석 문학 언어가 철학 언어보다 촘촘하지 않습니까? 그물코가 작지요. 아주 유치한 질문이긴 합니다만, 구체적 보편이라는 것이 일상적 언어로는 형용 모순이 아닙니까?

김우창 언어로 표현한다는 것 자체가 보편적인 상황에 다가갑니다. 말 못할 사정도 있지요. 어떻게 보면 개인의 진실이란 말 못할 사정에 속합니다. 말한다는 것은 언어의 상징 체계, 즉 라캉 식으로 이야기하면 이미 개체적 자아에 대한 억압 체계를 이루고 있는 상징 체계 속으로 들어간다는 것을 말하지요. 이것은 말 못할 영역을 벗어나고 그 원초적인 영역을 눌러 없애는 것이 됩니다. 그러나 잘된 시란, 이 말 못할 사정을 말하여 주는 언어입니다. 그것은 억압적 상징 세계 안에서 그것을 깨뜨리면서 그것을 한껏 사용하여 그것을 넘어가는 언어지요.

그런데 말 못할 자기만의 사정이면 말을 말 것이지, 왜 그것을 말하지 않고는 못 배깁니까? 말 못할 자기 사정을 그저 안고 있겠다는 생각 외에 그것을 보편 언어로 표현하겠다는 충동도 사람에게 있다고 보지 않을 수 없습니다. 보편에의 지향은 사람의 원초적 충동인 것으로 보입니다. 산다는 것은 결국 세계와의 관계에 들어가는 것이 아니고는 의미 없는 일이겠지요. 그리고 이 관계는 개체와 개체의 관계이면서 동시에 그 관계의 밑에 있는 공통된 바탕에 대한 관계이고 다른 많은 것에 대한 관계가 되지요. 이 넓은 관계 속에서 자아라는 것도 조금은 참모습으로 인식되는 것이겠고. 개체에 대한 관계 그리고 전체에 대한 관계를 인식하는 것은 지적인 요구이면서 실천적인 요구입니다. 거기에 대한 파악이 없이는 의미 있는 행동이 불가능하지요. 좋은 언어적 표현은 이러한 요구들을 충족시키는 언어입니다. 문학이 하는 것이 그러한 것이겠지요.

문학이 구체적인 현실만을 그린다고 한다면, 가령 개체적인 인간의 삶을 말할 때에 가장 좋은 언어는 실화나 고백 서사겠지요. 그러나 그것을 우리가 좋은 작품으로 생각하는 경우는 많지 않지요. 고백이나 자서전까지도 보편적 차원을 지닐 때에 비로소 좋은 언어 형식을 갖춘 것이 되지요. 그런데 가장 구체적이고 사실적인 것만을 가장 솔직하게 말하는 경우, 그것은 대체로 상투적 표현과 공식에 의존하는 경우가 보통입니다. 실화라는 것은 대개 상투적인 것 아닙니까. 자서전의 경우 그것이 좋은 글이 되는 것은 문체나 형식 때문이라고 할 수도 있지만, 더 일반적으로는 진실에 대한 충실도라고 할 수도 있습니다. 자기 진실은 자기가 알지 못합니다. 그것은 연구 조사를 필요로 하지요. 정치가의 회고록을 보면 모든 일에서 필자가 중심 인물이라고 상정되는 경우가 많습니다. 틀린 일이 아닙니다. 그것은 사실입니다. 그러나 그것은 부분적인 사실이지요. 그가 잘못 알고 있는 것은 다른 많은 사람들과 다른 많은 요인들의 움직임이 있었다는 사실인데, 이것은 연구 조사를 통해서만 드러날 수 있는 일입니다. 비슷하게 문학 작품도 어떤 한정된 사실에 대한 자세한 기록이고 탐구이면서, 동시에 보다 넓은 지평으로 나아가는 경우에만 좋은 작품이 됩니다.

그런데 이것은 사실적 조사로서만 이루어지는 것은 아닙니다. 개인의 언어 표현으로의 움직임 속에 이미 그것이 있습니다. 역지사지(易地思之)라는 것이 있지 않습니까. 이것은 모든 인간관계의 전제가 된다고 할 수 있습니다. 사람의 삶에 진리의 움직임은 불가결한 것으로 보입니다. 개체적 삶이 분명한 것이 되는 것은 진리를 통하여서만 가능한 것이 아닌가 합니다. 이 진리는 개체를 넘어가는 넓은 지평에 의하여 매개되는 것일 것입니다. 그러나 이것이 단순히 사회적이고 집단적인 카테고리에 일치하는 것을 뜻하는 것은 아닌 것으로 보입니다.

고종석 상투어와 클리셰(cliché)라는 말이 나와서 그런데, 선생님은 국어 순화 운동을 다소 비판적으로 살핀 「말과 현실」이라는 글에서 인위적인 아어화(雅語化) 경향을 경계하고, 순수한 우리말이 감정의 상투화, 더 나아가서 생각의 상투화를 조장할 위험이 있다고 지적하셨습니다. 선생님의 글에 토착어(소위 토박이말)가 드문 것은 그런 판단을 깔고 계시기 때문입니까? 그런데 제 생각으로는, 감정의 상투화나 생각의 상투화는 어떤 말이 토박이말이냐 한자어냐보다는, 그 말이 얼마나 상투적 맥락에서 사용돼 왔느냐와 더 관련돼 있는 듯합니다만. "순수한 우리말이 상투어이기 십상이다."라고도 쓰셨는데, 지금도 그렇게 생각하시는지요?

김우창 문장에 토착어가 적은 것은 우선 어휘가 부족해서 그런 것이겠지만, 의도적인 면도 없이 않아 있습니다. 가령 시조를 읽으면서 "……하노라" 하는 표현이 나오면, 벌써 내용에 관계없이 사대부의 거드름이 느껴지지 않습니까. 그러나 어떤 언어나 보편적인 차원을 피하고 구체적인 것만을 표현할 수는 없습니다. 말을 한다는 것은 보편적인 차원에서 하는 것인데, 말에 나타나는 보편성이 살아 움직이느냐, 살아 움직이는 주체로서 존재하는 것이냐 하는 것은 고 선생이 말씀하신 대로 그것이 어떤 관련에서 사용되느냐 하는 것에 의하여 결정된다고 할 수 있습니다.

실화에 나오는 자기 이야기는 굳어진 여러 가지 보편성, 보편성이라기보다는 일반성의 공식을 적용해서 자기표현을 하려고 한 것이고, 좋은 문학적 표현이라는 것은 포착하기 어려운 구체적 움직임 속에서 살아 움직이는 눈으로 체험을 표현한 것입니다. 그것이 객관적인 경험의 실체를 이룹니다. 그런데 방금 말한 살아 움직인다는 것은 무엇입니까? 필자의 주체성이지요. 주어진 공식에 사로잡히지 않고 사물을 보는 눈이지요. 그런데 이 주체의 눈이 사물을 생생하게 포착합니다. 그러니까 살아 움직이는 주체에 대응해서만 객체가 드러나는 것이지요. 주체가 위에서 말한 관련을 만들어 내는 것입니다. 관련되는 것들은 이미 있고, 또 정해져 있는 말이고 표현이고 공식이지요. 구체성과 보편성은 별도가 아닙니다. 그것은 움직임 속에서 하나입니다.

다시 토박이말에 대해서 이야기를 하자면, 토박이말은 상투성을 가지고 있기 쉽습니다. 오래 썼기 때문이죠. 또 그것에 어떤 굳어진 정서가 얽혀 있기 쉽기 때문이지요. 물론 지나치게 일반적으로 이야기하기는 어렵죠. 재작년 한 국제 문학 포럼에서 "나는 이렇게 노래했다."라고 표현한 것을 상당수 보았습니다. 문학적으로 아름답게 들릴지 모르겠지만, 요즘 노래하는 시가 얼마나 됩니까. 그것을 영어로 번역한 것을 보니 '나는 노래했다'를 'I sang' 이렇게 번역들을 했습니다. 'I wrote'라고 해야 되죠. 번역해 놓으니까 상투어의 공허함을 더욱 쉽게 알 수 있었습니다. 더 예를 들자면, '감칠맛 나는', '절묘한'과 같은 말을 들을 수 있습니다. 옛날 그림에 대한 글을 보면 '절묘한 필치'라고 설명하는데 절묘가 무슨 뜻인지 알기 어렵지요. 그런 말이 잘못된 것이 아니라 그런 말이 살아나려면 언어의 변증법적인 조직 속에서 쓰여야 합니다. 학생들의 문장을 보면서 "여러분이 쓰는 개념은 원래 불변의 본질로서 정의되어 있는 것이 아니다. 개념이란 쓰는 문장 안에서 새로 정의하면서 쓰는 것이다. 전후 관계에서 알 수 있도록, 그리고 그것이 내가 쓰는 언어 조직 안에서 새로운 의미로 태어나도록 써야 한다." 이렇게 주의할 때가 많습니다. 이것은 어떤 말의 경우에도 마찬가지입니다.

권혁범 상투적인 언어는 구체적인 언어가 아닙니다. 선생님이 사용한 말의 의미에서 보면, 토박이말이나 정형화된 말은 한국 지식인 사회가 구체적인 언어를 잘 사용하지 못하고, 이데올로기적으로 사고하고 표현한다는 것을 말해 주는 것 같습니다. 특히 문학에서조차 정형화된 사유 방식이나 표현이 지배적인 것이 물론 말씀하신 한국 시의 구조적인 실패의 차원도 있겠지만, 선생님께서 평상시에 주장하는 '구체성'에 도달하려는 사유의 노력이 부족한 때문이 아닐까요? 한국 사회에서 세밀하고 꼼꼼하게 따지고 탐구하는 구체적인 사유, 과학적 실증에 바탕한 구체적 사고를 하는 지식인들은 참 만나기 어렵습니다.

김우창 바로 그렇습니다. 이데올로기적 사고는 교과서나 아버지의 권위를 떠나서는 불안한, 그리고 그것을 빌려서 다른 사람을 압도하지 않고는 배기지 못하는 심리에 관계되어 있습니다. 사회 현상에 대한 어떤 이데올로기적 정형화가 그 나름으로 정신력의 경제에 도움이 되고 또 진리를 표현할 수 있다는 것을 부정하는 것은 아닙니다. 그러나 그러한 경우에도 그것은 늘 새로운 구체성 속에서 그리고 새로운 사유의 노력을 통하여 새로 태어나야 합니다.

고종석 가장 상투적인 게 속담이랄 수 있겠는데, 하지만 대부분의 속담이 현실의 구체성을 담고 있지 않습니까?

김우창 속담은 어떻게 보면 끊임없이 되풀이되면서도 상투적이지 않은 언어가 아닐까요? 그것도 물론 그것이 쓰이는 관련 속에서 죽기도 하고 살기도 하지만. "발 없는 말 천리 간다." 이것은 대체로 수긍할 수 있는 것인데, 이것을 잘못된 맥락에서 되풀이하면 빈말이 되지요. 토속어 가운데 상투어가 되는 것은 대체로 감정이나 정서를 일정한 방향으로 정형화하려 한 것이기 쉽습니다.

고종석 토박이말이 개념이 아니라 정서를 담는 말이라는 맥락이시군요.

김우창 그렇다고 할 수도 있습니다. 가령 시란 감정이나 감동을 유발하는 것이라는 생각에서 계속 감정을 시사하는 말을 연발하게 되면, 정작 정확하게 시사되어야 할 중요한 시적 감정은 일반적 감정의 멍멍함 속에 사라져 버리게 되지 않습니까. 감정이 중요한 만큼 중요한 것은 아껴 써야지요.

여건종 제 생각에는 상투어와 새로운 언어, 혹은 생명력 있는 언어의 관계를 구체적 보편과 연결 지어 생각할 수 있을 것 같습니다. 선생님이 말씀하신 대로 언어는 본질적으로 보편을 지향하지만, 그것이 생명력을 획득하는 것은 지금 현재라는 일회적이고 반복될 수 없는 구체성 속에서입니다. 상투어가 멈추어 정지해 있는 것이라면, 살아 있는 언어, 구체적 보편의 언어는 끊임없이 생성하면서 운동합니다. 구체적 보편이라는 것은 논리적 언어로 정리해서 전달하기 어렵습니다. 그것은 경험되는 것이라고 할 수 있는데, 제가 구체적 보편을 경험하는 것은 선생님의 실제 비평에서입니다. 선생님의 글은 관조적이면서 일반화를 지향하는 긴 호흡의 에세이적인 부분과 구체적 작품 분석을 하는 부분으로 이루어져 있는 경우가 많은데, 구체적 작품 분석에서 구체적 보편의 실제 예를 찾을 수 있을 것 같다는 생각입니다. 제가 이해하는 구체적 보편이라는 것은, 선생님이 정확하게 그런 표현을 쓰셨는지 모르겠지만 '내재적 초월'의 과정을 통해 만나게 되는 것이 아닐까요? 있는 것, 이미 존재하는 것 속에서 본질적으로 존재하는 부정의 원리, 이런 걸 통해서 새로운 초월로 나가는 것에 보편성이 개입하는데, 잘된 문학적 형상화, 즉 생명을 획득한 언어는 이 내재적 초월의 순간을 완성하는 것이지요. 이 내재적 초월의 순간이 언어가 실재를 생성해 내는 지점이라고 할 수 있을 것입니다.

김우창 그 자체로 있는 듯한 어떤 사물도 그 자체로 있는 것이 아니라 복합적인 관련 속에 있다는 것이 헤겔 철학의 한 명제입니다. 사물은 그것 아닌 것에 의하여 정의되고 그러니만큼 그 안에 이미 그것을 넘어가는 것을 가지고 있다. 이런 논리가 성립하게 되지요. 그러니까 그것은 저절로 현재를 부정하는 변증법이 됩니다. 여 선생의 말대로 언어도 이러한 관련 속에서 움직이고 있다고 할 수 있겠지요.

여건종 예. 상투적으로 남아 있지 않고 항상 새로운 실재를 찾아갑니다. 항상적 움직임, 구체적 보편이란 제가 이해하기로는 그러한 항상적 운동 속에 존재하는 것 같습니다. 상투어는 구체성을 상실하면서 동시에 보편성도 상실합니다.

김우창 움직임 안에 보편이 있어요. 포이어바흐가 말했듯이 움직이지 않는 개념은 바로 거짓으로 떨어진다는 것과 비슷해요. 한 가지 보태자면, 지적인 언어는 상투적인 언어를 깨뜨리는 언어입니다. 그러나 상투적인 언어의 의미를 경시할 수는 없습니다. 그것이 어떻게 보면 세상을 움직이는 언어이니까요. 그러면 창조적인 언어와 상투적인 언어, 지적·분석적으로 정확하게 생각하는 것하고 대중을 움직이는 언어 사이의 관계가 무엇인가를 물어야 합니다. 여기에 대해서 나는 아직 답을 가지고 있지 아니합니다. 그리고 내가 쓰는 언어가 대중을 움직일 수 있는가에 대해서 전혀 자신이 없습니다.

윤평중 선생님의 글쓰기가 철학적이라는 평가가 많이 있고, 거기에 대해서 선생님 자신도 소회를 피력하기도 하셨는데, 이는 구체적 보편성의 문제와 관련이 있다고 생각합니다. 구체로의 지향과 보편에의 지향이라는 특징이 역동적으로 빚어내는 긴장 관계가 선생님 글쓰기에서 성공적으로 반영되어 있습니다. 김현 식의 글쓰기가 한국 비평계에서 계속 복사되고 추종되는 데 반해서 김우창 식 글쓰기는 베끼기가 거의 불가능한 이유는 선생님께서 구체성과 보편성의 변증법적 긴장 관계를 일관되게 살려 낼 수 있었던 데서 나온다고 생각합니다. 여 선생님은 한국 문학에 대한 구체적인 현장 비평이 재미있다고 하셨는데, 제 경우는 특히 한국 시에 대해서 정리한 글을 읽고 눈의 비늘이 벗겨지는 느낌을 받을 정도였습니다. 또 제가 철학 전공자여서인지는 몰라도 선생님 글의 핵심을 차지하는 보편성에의 지향도 잘 이해할 수 있었습니다. 선생님 글은 대중적인 글쓰기가 아니고 읽는 데 고도의 지적인 긴장을 요구합니다. 그런데도 두루 모든 것을 정리하면서 긴장과 부정의 요소를 다 담는 통합을 지향합니다. 구체적 보편성이 만약 존재한다면 선생님의 글쓰기는 그 이념을 근사치로 육화시킨 것이라고 생각합니다.

권혁범 구체적 보편성과 문학, 그 이야기를 더 나누죠. 최근에 쓴 글에서 인상 깊었던 부분입니다. 1960년에 대학 입시를 보는데 바다에 대해서 쓰라고 하셨답니다. 선생님께서는 바다의 염소가 얼마고 수소가 얼마인지 과학적 사실에서 출발하는 답안을 바라는데, 푸른 바다가 어떻고 하면서 유치환 시인의 「깃발」을 인용하는 등 문학 작품이 가지고 있는 가장 경박한 흐름에 생각을 맡기더라는 거지요. 그 언급이 저한테는 굉장히 중요하다고 생각됐습니다. 선생님께서는 한국 문학이 높은 성취에 다다르지 못한 이유가 한국 문학 언어가 물질에 바탕한 엄밀한 과학 언어를 충분히 수용하지 못한 것과 관련이 된다고 보시는지요? 또한 구체적 보편성이라는 것이 엄밀한 과학에 바탕한 것인가요?

윤평중 한국 사회에서 가장 부족한 게 객관적 사실에 대한 엄정한 판단입니다. 자연 과학적 작업은 그 범례입니다. 자연 과학적 작업이 서구 문명사를 추동하는 데 결정적인 역할을 했다는 것은 주지의 사실이지만, 사회 현상이나 실천적 문제를 다룰 때도 가장 기본이 되는 것은 사실이라는 교훈을 우리가 경시하거나 잊는 경향이 있습니다. 주관적 진실의 미명 아래 객관적 사실이 무시되는 것도 한국 사회의 통폐 가운데 하나입니다.

김우창 상투적인 언어는 정서적인 표현이기 쉬워요. 이것은 과학적 태도로 어느 정도 치유될 수 있는 것이라고 할 수 있습니다. 중요한 것은 사실의 존중의 기율입니다. 그런데 이 사실이란 과학의 대상으로서의 사실이기도 하고 감정이나 정서의 사실이기도 합니다. 슬프면 슬프다는 것도 주관적 경험이면서 경험적 사실이니까요. 상투성의 원인은 그러니까 주관적이든 객관적이든 기율의 해이와 관계되는 것이 아닌가 합니다. 과학적인 사실의 기율과 함께 감정의 기율이 해이해진 것이고, 문화와 윤리 그리고 반성적 의식이 쇠퇴된 것이지요.

비근한 예를 들어 보지요. 가령 우리는 전통적으로 관혼상제를 적절하게 치르는 것이 인간 됨의 한 표현이라고 생각했습니다. 지금 관혼상제의 의례는 극심한 혼란에 빠져 있습니다. 가령 결혼 청첩장을 돌린다 할 때, 결혼 청첩장을 무조건 널리 보냅니다. 누구나 다 이 결혼을 축하해 줄 것이라고 생각하는 것일까요? 축하하려는 마음을 갖는 것을 의무화하고 상투화하여 그것을 다른 목적에 이용하려는 생각이 많은 것이 아닐까요? 잘 아는 사람이든 아니든 축하하는 것이 잘못이라는 말은 아닙니다. 감정에 차등이 있고 종류의 차이가 있다는 것이지요. 이것은 장례의 경우에 더 쉽게 설명할 수 있습니다. 사람이 죽으면 그 가족의 가슴이 가장 아프겠지요. 그 이외의 사람도 가슴이 아플 수 없다는 것은 아닙니다. 그러나 다른 사람들의 경우는 자신의 슬픔에 우선하여 가장 가까운 사람들의 아픔을 존중할 의무가 있습니다. 자신의 아픔이 더 크다고 떠벌리면 아니 되지요. 의식 절차에 있어서 가장 존중되어야 할 것은 가장 가까운 사람들의 의사입니다. 이러한 것들은 사회적으로도 문제가 되지요. 망자와 전혀 관계가 없는 사람도 일정한 태도를 가질 필요가 있으나, 반드시 슬퍼할 필요는 없습니다. 그들에게는 조상하는 사람들의 슬픔을 존중하고, 또 죽음의 사실을 존중할 의무가 있습니다. 이러한 것이 존중되지 않는 경우가 우리 사회에는 얼마나 많습니까.

이러한 예를 든 것은 감정과 정서에도 정확성이 있고 기율이 있다는 말을 하려는 것입니다. 나라를 사랑하고 민족을 생각하는 것이나 불의에 분노하는 것에도 정확성의 기율이 있을 수 있습니다. 구체적으로 주어진 상황에 정확하게 맞아야지요. 언어를 바르게 사용하는 사람의 의무는 이러한 정확성을 위하여 노력하는 일을 포함합니다. 영국의 시인 오든의 표현에, 사회적 양심을 말하면서 "미움도 정확해야 한다."라는 것이 있습니다.

고종석 지적 언어는 상투어에서 벗어나야 된다고 하셨지만, 진짜 뛰어난 예술 작품도 상투에서 벗어나야 하는 것 같습니다. 예컨대 뛰어난 시의 한 측면은 상투적 표현에서 벗어나는 것입니다. 상투적 표현에서 벗어나야 감각의 깊이에 도달하게 되는 것 아니겠습니까? 그러니까 상투성의 회피는 꼭 지적 언어와 관련되는 것만은 아닌 것 같습니다.

김우창 섬세하게 느낄 수 있는 감별 능력이 있어야 합니다. 서양의 장례 의식에서 조의를 표하는 연설을 할 때, 그 대상이 죽은 사람이 아니라 미망인인 것에 감탄한 일이 있습니다. "우리도 상실감을 느끼고 있다. 그러니 당신들은 가슴이 얼마나 아프겠는가." 하는 형식이었습니다. 망자의 죽음을 가장 절실하게 느끼는 사람이 미망인이라고 느끼는 것은 지적인 능력을 수반하는 감정의 표현이라고 할 수 있습니다. 그것은 슬픔(그것은 의무는 아닙니다.) 그리고 존중을 종합한 것입니다.

고종석 그 연설자가 지녔던 능력 자체가 지적인 능력이라기보다 깊이 느낄 수 있는 능력 아니겠습니까?

윤평중 어떤 감성이나 상상을 표현할 때도 반드시 지적인 작용이 삼투되어야 합니다.

김우창 바로 그 점이 중요합니다.

심미적 이성과 사회적 이성

고종석 심미적 이성 이야기가 나와서 비슷한 질문을 여쭙겠습니다. 메를로퐁티가 말한 심미적 이성을 선생님께서 버무리고 다듬으셨는데, 심미적 이성이라는 것은 결국 생각이라는 범주와 느낌이라는 범주를 포개 놓은 것일 겁니다. 그런데 그것은 동그란 네모나 네모난 동그라미처럼 실제로는 존재하기 힘든, 불가능한 그 무엇이 될 수도 있지 않겠습니까?

김우창 심미적 이성이라는 말은 메를로퐁티가 자주 쓴 말은 아닙니다. 그러나 이성의 출발점을 감각적인 데에서 찾으려 한 것은 분명합니다. 감각의 중요성을 강조하는 말들은 그의 저서에 많이 나오지만, 그 말 중의 하나는 '상스(sens)'입니다. 이것은 감각, 의미 또는 방향이라고도 번역될 만한 말인데, 그 에세이집의 제목『상스와 농상스(*Sens et non-sens*)』에서 이 말을 사용했을 때, 그가 의도한 것은 이 말의 모호성 또는 이성과 감각의 양편에 걸치고 있는 양의성을 부각하려 한 것이었다고 할 수 있습니다.

고종석 그것은 결국 이성이라는 개념을 무한히 확장해 이성의 개념 자체를 폐기하는 데로 이를 위험은 없겠습니까? 우리 사회의 민족 문학론자들이 리얼리즘의 개념을 전략적으로 확장하면서, 일정한 성취를 이룬 작품들을 모두 리얼리즘의 우산 아래 가져옴으로써 리얼리즘이라는 말을 공허하게 만들었듯이 말입니다. 결국 심미적 이성이라는 건 전통적인 감각의 영역을 이성의 우산 아래 가져오려는 것인데…….

김우창 그런 뜻도 있고 그것을 보다 확실하게 경험 세계 속에 위치시키자는 뜻도 있습니다. 메를로퐁티는 『행위의 구조』라는 책을 썼는데, 인간 행위의 감각적·육체적 근거를 밝히려는 책이었습니다. 그에게 인간의 육체는 인간의 삶과 생각에서 가장 중요한 뿌리로 생각되었습니다. 생각은 육체에서 나오지요. 그러나 육체의 존재 방식에는 이미 세계와의 일정한 로고스적 관계가 들어가 있습니다. 세계 속에서 행위하고 생각하는 인간에게 육체는 물리적으로 있는 것이 아니라 일정한 '육체의 스키마(schema)'로서 존재합니다. 그리고 이 스키마는 외부 세계와의 공간적 관계 속에서 성립합니다. 그러니까 개체의 고유한 뿌리가 되는 육체에는 이미 세계의 질서가 개입되어 있는 것이 됩니다.

이러한 생각은 행동 심리학의 연구에서 얻는 것이겠지만, 거기에는 여러 동기들이 들어 있을 것입니다. 말할 것도 없이 철학적 탐구의 큰 과제는 사유의 근본을 정당화할 수 있는 확실한 실재를 찾는 일입니다. 메를로퐁티는 그것을 지각 현상의 확실성에서 찾으려 한 것으로 생각합니다.—헤겔의 정신 현상학도 감각적 또는 지각적 확실성에서 시작하지만, 이것은 정신의 변증법적 운동 속에서 그 자취를 감추게 됩니다.—지각의 근원성에 대한 그의 믿음은 현대 과학의 경험주의가 불가피하게 하는 것이면서 또 그의 실존주의에도 이어지는 것이겠지요. 그러나 다른 한편으로 현대사의 경험과 반성도 여기에 작용했을 것입니다. 메를로퐁티가 공산당원이었는지 어쨌는지는 모르겠습니다만, 그는 마르크스주의적 사회관을 가지고 있었습니다. 그러면서 동시대의 다른 지식인들과 마찬가지로 소비에트 마르크스주의의 비인간적 과오를 고통스럽게 의식하지 않을 수 없었습니다. 철학적으로 볼 때 많은 무자비한 정치 전략들은 역사의 이성을 구체적 현실을 넘어가는 도식적 원리로 파악하는 것에 관계된다고 할 수 있습니다. 메를로퐁티는 이러한 이성, 그의 말로 '고공 비행'의 이성을 인간의 구체적인 삶에 이어 놓으려 한 것이지요. 이성은 절대적인 것이 아니고 지각 현상의 미적인 형상화에서 그렇듯이, 한시적인 그리고 한정적인 질서의 가능성으로 드러나는 것이라고 할 수 있습니다. 이성은 위로부터 사물을 정리하는 것이 아니라 사물들이 드러내는 질서의 원리입니다.

메를로퐁티는 지각 현상과 관련하여 '배경'이라는 말을 자주 씁니다. 특정한 대상에 대한 지각은 반드시 배경 속에서 전경으로 성립한다는 것입니다. 이것은 게슈탈트 심리학에서 빌려 온 생각이지요. 배경이라는 말은 좀 더 확대하여 지평이라는 말로 대체할 수도 있습니다. 메를로퐁티가 반드시 그렇게 생각하였는지는 모르겠지만, 나는 이성은 사물의 공존 속에 펼쳐지는 지평과 유사한 것이 아닌가 생각합니다. 지각 대상은 배경 속에서만 인지되지만, 달리 보면 대상이 있으면 대상은 반드시 배경을 가지게 됩니다. 이것은 사물은 지평을 갖는다고 확대하여 말할 수 있겠습니다. 이 지평은 보다 합리적인 가능성으로 변주될 수 있습니다. 여기에 이성이 등장합니다. 그러나 그것도 한시적이고 한공간적이지요. 그러나 물론 이것은 범위와 심도에 따라서 확대 가능성을 가진 것이라고 할 수는 있습니다. 변화하는 시간의 축을 도입하는 것도 이성의 능력을 확대하여 주겠지요. 그리하여 그것은 참으로 보편적인 것에 가까이 갈 수 있겠지요. 그러나 보편성이라는 것도 사물의 지평으로 나타나는 것이고, 그러니만큼 모든 것을 포용하는 보편성은 좀처럼 얻기 어려운 것이 아닌가 합니다.(그러니까 현실적으로 보편성은 여러 개로 존재한다고 할 것입니다.) 그럼에도 불구하고 그러한 것이 있다면, 그것은 정신의 움직임에 의해서만 근접되는 것이 아닌가 합니다. 정해진 테두리를 넘어가는 것을 생각하는 것은 힘든 일이면서 도 반드시 일어나는 일이니까요.

한 가지 덧붙이겠습니다. 메를로퐁티는 인간이 역사를 고칠 수 있는 것은, 말하자면 어떤 대상을 비유적으로 전용하는 것과 같다고 말한 일이 있습니다. 현실의 개조는 현실의 가능성에 기초한다는 말로 생각됩니다. 그러나 한 발자국 더 나아가 이것은 현실 개조의 유토피아적 방안은 현실 정합성 속에 용해되어야 한다는 개혁의 방법에 관한 이야기로도 취해질 수 있습니다. 현실은 가능성을 드러내고 이 가능성을 포착하는 것이 현실 개조의 단초이지만, 동시에 그 가능성은 현실 정합성에 의하여 부단히 수정되어야 한다는 말입니다. 이성은 현실에서 나오고, 이 나옴을 통하여 현실에서 분리됩니다. 이성에 따라 행동한다는 것은 현실로 다시 들어가는 것을 말합니다. 그러나 그것이 쉬운 것은 아닙니다. 필요한 것은 끊임없는 변증법적 교환 작용입니다. 모든 사회 개조의 노력에서 아마 가장 예측할 수 없는 것이 개혁 방안에 따라 나오는 수많은 그리고 끊임없는 부작용의 총체이겠지요. 좋은 아이디어로 세상이 고쳐진다면, 그리고 좋은 아이디어에 강제력을 실어 주는 것이 사회 개혁의 방법이라면, 필요한 것은 아이디어와 권력이지요. 그러나 그것으로 일이 되지 않는다는 것을 보여 준 것이 20세기 사회 혁명의 여러 실험입니다.

윤평중 선생님은 개념에 대해서 예민한 감성을 가지고 계신 것 같습니다. 형식 논리적으로 정의하자면 심미적 이성이라는 표현은 모순적 어법일 수도 있습니다. 그러나 메를로퐁티에게 있어서 이성은 모호성과 애매성의 경계에서 발현되는 것이지요. 왜냐하면 이성은 몸에 의해 구현된, 한정된 지평 위의 육화된 합리성이기 때문이지요. 선험적 현상학자 후설이 하이데거의 기초 존재론에 대해 인류학으로의 퇴행이라고 비판한 것처럼, 전통적인 합리주의 철학관의 시각에서 볼 때 메를로퐁티의 시도는 철학적 후퇴로 간주될 수도 있습니다. 그러나 메를로퐁티는 심미적 이성을 이용해 몸의 지평이 거세된 합리성이라는 서양 철학사의 주류 패러다임을 돌파하고자 하는 문제의식을 가지고 있었습니다.

고종석 동의합니다만, 그럴 때 이성은 어떠한지요? 선생님 말씀을 다시 듣고 싶습니다.

김우창 사는 것 가운데 로고스가 있어요. 장례식에 가서 내 슬픔보다는 미망인의 슬픔이 크다는 것을 인정하는 것은 머리로 인정하는 것이 아니라 사회 관습적으로 인정하는 것이죠. 좋은 사회는 그런 것을 인정한 바탕 위에서 성립합니다. 정서의 문제를 이성적으로 분별하고 그것을 절차로 설정하고 난 다음, 그것이 관습화하여 무의식으로 다시 침하하는 것이 아니겠습니까? 다시 고 선생의 질문을 생각해 보면 특수한 것과 보편, 개체와 전체, 이성과 실존적 요구는 서로 불가분의 것이라고도 할 수 있고 교환관계에 있다고도 할 수 있지 않나 합니다. 이성적이란 것은 누구에게나 분명한 것이고 그러니만큼 필연성을 가진 것으로 수긍할 수 있는 것이어야 마땅합니다. 여기에 대하여 감성적인 것 또는 심미적인 것은 그러한 보편적 타당성을 가질 수는 없기 때문에 둘을 합쳐 놓으면, 윤 선생이 지적하신 대로 심미적 이성과 같은 말은 자기모순을 드러내는 표현이 됩니다. 그러나 이성의 자명성이라는 것이 반드시 그러한 것이 아니라는 견해도 있습니다. 자연 과학의 분야가 아니고 사회와 인문에 관계되는 부분에서 특히 그러하지요.

아시다시피 쿤(T. S. Kuhn)이나 파이어아벤트(P. Feyeraband) 같은 경우에도 그렇고, 하이데거에서 특히 과학적 이성의 보편적 타당성에 대한 비판이 강하게 제기된 바 있습니다. 사실 수학의 정리에 관한 괴델(Gödel)의 유명한 명제가 밝힌 것처럼 일정한 관점의 공리를 전제로 하지 않은 이성의 명제는 생각하기 어렵습니다. 현실의 삶의 세계에서 이것은 특히 그러하지요. 하버마스의 초기 저서에서 『인식과 관심(이해 관계)』이라는 제목은 바로 이것을 시사한 것입니다. 하버마스는 이 책에서 전제 없는 이성의 작업인 듯한 일들이 사실은 일정한 삶의 이해의 선택에 의해 결정된 관점에 따라 방향 지어진 것이라는 것을 설파하고 있습니다. 모든 이성적 작업에 선행하는 실존적 선택이 불가피하다면, 그 선택은 인간 해방의 관점에서 행해져야 한다.— 하버마스의 의도는 이러한 정치적 입장을 말하려는 것이지요. — 막스 베버의 사회 과학 방법론에서 중요하게 논의된 것은, 하버마스의 경우처럼 학문 전체의 밑에 가로놓여 있는 감추어진 삶의 선택보다는 좁은 의미에서의 인간 행동 또는 합리적 방안으로 추진되는 정책에, 그에 선행하는 가치 관련 또는 가치 선택이 놓여 있다는 사실입니다. 여기에서 완전한 의미에서의 합리적인 행동이나 정책은 존재할 수 없다는 학문이나 합리성의 기획에 대한 자기 비판이 나옵니다. 베버의 생각에는 가치 관련을 밝히고, 그것을 다른 가치와 대조하고 하나의 가치 선택에서 나오는 행동과 정책의 결과에 대한 인과 관계를 밝히는 것이 학문의 임무가 됩니다. 그러나 이러한 학문적 연구가 거꾸로 우리의 삶의 선택에 영향을 줄 수 있기 때문에 가치를 초월한 학문적 연구도 이러한 우회를 통해서 영향을 주고 그로부터 완전히 이탈하는 것은 아니지요.

서구의 근대적 이성에 대한 비판 중 가장 중요한 것은 아도르노와 호르크하이머의 『계몽의 변증법』이 아니었나 합니다. 계몽주의, 과학에서 그렇고 사회적 측면에서도 가장 중요한 보편성, 그리고 사회성의 원리인 이성이 근본적으로 지배 의지에 깊이 관련되어 있다는 비관적 견해를 계몽적 이성의 마지막 상속자를 자처한 마르크스주의자들, 물론 당의 노선을 따르는 것은 아니면서도 근본적으로 마르크스주의자라고 하여야 할 사람들이 선언한 것이지요.

어쨌든 일상적으로도 보편의 이름 그리고 집단의 이름에 숨겨져 있는 지배 의지는 우리가 흔히 경험하는 것이지요. 이것은 모든 이상주의적 이념에 다 들어 있는 가능성입니다. 그렇다고 하여 이성을 포기하는 것은 인간을 자기 혼란과 상호 투쟁 속에 방치하는 것이 될 것입니다. 이성의 진리 수행 기능 그리고 규범적 기능을 전적으로 부정하면 사람은 충동과 욕망의 덩어리로 볼 수밖에 없고, 그 무한한 충족과 그에 따르는 개인주의적 투쟁과 협상이 인간 생존의 유일한 형태가 되지요. 이성에 절망한 포스트모더니즘의 여러 생각들은 이러한 인간관을 받아들이는 것으로 보입니다. 절대적 이성 또는 이념의 강제 기율 아니면 결사적인 자기 확대의 추구, 이것은 포스트모더니즘보다는 우리 사회를 지배하는 모순으로 보이지만.

권혁범 그러면 이성은 어떻게 정당화됩니까?

김우창 여러 가지 방향에서의 시도가 있을 수 있습니다. 하버마스의 만년의 생각은 의사소통 행위 이론에 집약되는데, 그 의도는 인간의 구체적인 삶을 떠난 이성 또는 한 사람의 사유 속에 드러나는, 그러면서 사실은 권력 의지에 결부되는 억압적 이성을 여러 사람의 의사소통 과정에서 생겨나는 것으로 재정의하려는 것이지요. 이성은 절대적 진리의 원리라기보다 의사 교환의 조건이라는 것이지요. 메를로퐁티가 지각의 원초성을 말한 것도 이성의 독재적 성격을 시정하려하는 노력이었다고 할 수 있습니다. 다만 그가 세상을 뜬 것이 근대성이 본격적으로 문제화되기 이전, 담론으로서만이 아니라 현실로서 산업주의, 자본주의 시장 경제, 환경 파괴, 소련을 비롯한 공산주의의 사회 계획 몰락 등을 통하여 근대성이 문제가 되는 시대 이전이었기 때문에, 문제의 절박성을 요즘만큼은 느끼지 않았다고 하겠습니다. 그러나 그의 이성 비판은 가장 포괄적이고 심오한 것의 하나임에 틀림이 없습니다.

하버마스에서 이성은 사회 평화를 위한 편의라는 성격을 가지고 있습니다. 그러나 메를로퐁티에서 그것은 훨씬 더 삶의 깊이에 내재되어 있는 것으로 생각된다고 할 수 있습니다. 그에게는 우선 육체적 존재로서의 인간이 세상을 사는 터전이 되는 감각이 인간 생존의 원초적 현실이었습니다. 그와 더불어 그는 감각 속에 이미 이성적인 것이 투입되어 있다는 것을 확인하려 하였습니다. 지각 현상, 육체의 움직임에도 이미 이성이 있고, 물리적 세계의 경험을 재현하려고 하는 예술에서도 이성은 확인된다는 것이지요. 그러나 그것이 다시 한 번 이러한 감각적·행동적·표현적 현상의 구체성을 떠나 따로 있는 것은 아니지요. 그렇다는 것은 그러한 것들에 드러나는 이성의 모호성·부분성·잠정성을 놓치지 않았다는 것입니다. 그렇다고 이성의 진리 주장이 전혀 근거가 없다는 것은 아닙니다.

고종석 모호한 이성의 진리 주장이 튼실한 근거를 지닐 수는 없겠지요.

김우창 결국은 그 근거를 이성 자체에서 찾을 수 없다면 어떤 다른 근거를 생각할 수밖에 없다고 할 수 있습니다. 하이데거는 신앙인이었다고 할 수는 없지만, 그의 철학에는 깊이 종교적 색채가 배어들어 있습니다. 그의 철학의 최종적인 근거인 존재라는 개념은 적어도 합리적으로 설명될 수 없다는 점에서 신비주의의 개념이라고 할 수 있습니다. 메를로퐁티는 하이데거 정도의 종교적 감성도 신비주의적 색채도 가지고 있지 않은 사람입니다. 그러나 그에게도 존재는 인간의 이성을 넘어서는 어떤 것이었던 것 같습니다. 이성은 존재의 한 국면을 이루면서도 그것을 완전히 포괄하지는 못하는 구조물이고, 그리하여 존재와 이성 사이에는 늘 비껴가는 것이 있는 것으로 생각한 것으로 보입니다. 하여튼 사유는 사물의 세계에서 나오는데, 이 세계가 사유를 넘어선다는 생각은 메를로퐁티의 철학에 절실한 과제로서 존재한다고 생각됩니다.

앞에서 말했던 비유로 다시 옮기면, 사물은 그것이 위치하는 지평 속에 존재하고, 이성은 이 지평의 한 특성입니다. 그러나 이 지평은 사물에 따라서, 또 사물을 보는 눈에 따라서 달라지게 마련이지요. 앞에서 말했지만,

이성의 보편성도 이에 비슷하다고 하여야 하겠지요. 이것은 지평이 지평의 너머를 상정한다는 말입니다. 그러나 이보다도 더 중요한 것은 지평의 내부 구조입니다. 거기에서 이성과 지각적 체험의 양의성은 더 심각한 현세적 의미를 가지고 드러난다고 할 것입니다. 지평의 공간을 다시 말하면, 그것은 공간성에 더하여 두 가지의 요인을 조건으로 합니다. 지평에는 보는 관점이 전제됩니다. 그리고 또 시각의 대상이 되는 대상물이 있게 마련입니다. 일정한 대상물이 없는 열려 있는 지평도 있을 수 있지만, 우리의 눈은 절로 시각의 대상을 표적으로 하게 마련입니다. 그 표적은 강한 초점화 속에 있을 수도 있고, 그렇지 않은 경우도 있고, 또 고정되어 있을 수도 있고 옮겨 갈 수도 있지만, 대체로 전경의 대상과 배경이라는 구도는 설정되게 마련이라고 하겠습니다. 그런데 표적으로 삼는다는 것은 우리가 비표적의 대상에 보다 가까이 간다는 것을 말하고, 또 어쩌면 어느 정도까지는 표적의 자리에 우리의 시점을 두고 사물을 본다는 것입니다. 시각은 우리의 눈이 고정된 자리에 있다고 하더라도, 카메라가 고정되어 있으면서도 좌우로 폭넓게 움직이기도 하고 클로즈업으로 근접하기도 하는 것과 비슷하게 공간 속에 배회한다고 할는지 모르지요.

그리고 또 하나 중요한 것은 다른 시각과의 얼크러짐입니다. 당초부터 보는 각도가 있다는 것은 다른 시점들이 있다는 것을 말하는 것이고, 이 시점들은 우리 자신이 이동하여 만들어 내는 것이기도 하지만, 다른 사람들의 시각으로 존재하는 것입니다. 인간의 생존이 다른 사람과의 관계 속에서 이루어지지 않을 수 없는 한, 있을 수 있는 시각은 저절로 타자의 시각과 중복되게 마련이라고 할 것입니다. 그러나 이것은 경험적으로, 후천적으로만 그렇게 되는 것은 아니지 않은가 합니다. 이것은 말하자면 선험적으로 아니면 적어도 시각의 진화론에서 생각해야 할 것으로 생각됩니다. 시각은 깊은 생물학적 연원을 가진 것일 겁니다. 널리 본다는 사실은 다른 생명체와의 생태학적인 관계에서 진화해 온 것일 것입니다. 그것도 생존의 조건으로 성립한 것이지요. 근접 가능한 공간에 있는 다른 생명체를 의식하고 그 생명체를 우리에 비슷한 자발적 의도를 가진, 의지를 가진 타자적 존재로서 알고 그것의 입장을 포함하여 삶의 공간을 구성하는 것은 공간 의식의 성립 요건이 되지 않을까 하는 것입니다. 그러니까 지평적 공간 의식은 동물 생태학에서 말하는 '영토적 필요조건(territorial imperative)'과 겹치는 것이 되겠지요.

생명의 요건으로서의 공간을 또 달리 말하면, 보이는 공간은 눈앞에 보이는 시각 현상임에 틀림없으면서도 여러 가지 삶의 필요에 의하여 삼투되어 있는, 평면화되거나 단순 투사될 수 없는 공간이라고 하여야 할 것입니다. 그것은 원근법적인 분석으로 속에 드러나는 것 같으면서도 보다 원초적으로 움직임의 공간으로, 그리고 또 머물러 사는 거주의 공간으로 성립합니다. 그리고 이것은 다른 사람(또는 다른 생물체)의 이동과 거주의 공간이기도 한 까닭에, 우리의 시각은 저절로 이것과 어울려 펼쳐집니다. 립스(T. Lipps)의 감정 이입(感情移入)이란 미적인 경험에 한정된 것이라기보다는 원초적인 의식의 한 양태라고 하여야 합니다. 메를로퐁티는 우리가 운동 경기를 구경할 때, 운동장에서 뛰고 있는 선수와 동일한 입장에서 공을 쫓아가게 되는 현상에 주목한 바 있습니다. 관람자의 의식이 경기자의 관점에 완전히 투입되는 것이지요. 공간 속에 존재한다는 것은 공간의 사물과 그 안의 타자들과 범벅이 되어, 보면서 움직이면서 거주하면서 존재하는 것이지요. 그러면서도 그것이 우리의 다른 시각과 다른 관심들에 의하여 일정한 각도에서 보아지는 것이라는 사실은 벗어날 수가 없지요. 그런 의미에서 이러한 얼크러짐의 공간은 우리에게 늘 지평적 성격을 갖는 것이겠지요. 그러면서 공간의 기하학은, 이렇게 복합적인 힘들을 포함하는 공간의 기하학은 그 이성적 구성의 첫 소산물이라고 할 수 있습니다. 예술과 이성의 중간에 있는 것이 원근법의 투시도이고, 그러면서 그 투시도와 기하학은 실물이 아니라 일정한 관점에서 정리된 투시도의 하나라는 사실을 벗어나지 못하지요.

고종석 이러한 설명은 이성의 이론적 성립의 근거를 설명하는 것인데, 그것이 어떤 경로를 통해 사회나 정치에 확대 적용되는 것일까요?

김우창 이성의 근원적이며 다양한 출생은 문화적으로, 윤리적으로, 사회 정치적으로 중요한 의미를 가지기 마련입니다. 우선 이성이 고공 비행이 아니라 땅 위에서 생겨난다는 것은 사람의 구체적인 삶에서 벗어난 추상적 이념이나 기획들을 절대적인 지상명령으로 바꾸기가 어렵게 합니다. 이것은 물론 인간의 삶의 정치적 조직을 두고 한 말입니다. 앞에서 말한 것처럼 이성 비판은 섣부른 과학적 역사관 그리고 사회관이 이데올로기에 의한 인간의 지배를 정당화하는 것을 향합니다. 그러나 이것은 무엇보다 현대 문명의 근거에 대한 비판이 되기도 하지요. 이성이 어디에서 생기느냐 하는 것은 인간의 삶이 관련되는 물리적 세계의 이해와 그에 대한 기술적 개입을 이해하는 데에도 중요한 역할을 합니다. 하이데거의 인간 존재론에서 사람은 세계 내의 존재이고 인간의 세계에 대한 도구적 관계는 그 삶의 방식의 하나입니다. 과학과 기술이 드러내는 세계는 이 도구적 관심으로부터 출발하여 구성된 것입니다. 이렇게 구성된 세계가 있는 그대로의 세계가 아니라는 것을 사람들이 잊어버리는 데에서 과학의 절대적 진리화가 일어난다는 것이 하이데거의 과학 기술 비판의 근본이지요. 특히 이것이 심각해지는 것은 기술의 추구에서이지만, 과학 자체가 기술적 관심에 의하여 추동되는 것이라는 것이 그의 관찰입니다.

그런데 이성에 대한 바른 이해는 보다 직접적으로 우리의 생활 공간에서 의미를 갖습니다. 가령 토지 계획이나 환경의 조성에서 자연과의 조화를 생각하지 않는 계획이 옳을 수 없다는 점을 생각할 수 있습니다. 이러한 데에서 우리는 기계적인 질서가 아니라 자연스러운 심미적 조화를 원하는 것이 아닙니까? 심미의 원리는 삶의 원리에서 멀리 있는 것이 아니지요.

다시 정치적인 차원으로 돌아가서, 사회 질서에 있어서는 특히 하버마스가 생각하는 것처럼 자유롭고 공평한 의사소통의 과정 안에 이성의 자리가 있다고 하겠지요. 그러나 앞에서도 비친 바와 같이, 이성이 삶의 근본·집단적 조직 원리로서만이 아니라 개체적인 삶을 포함하여 삶의 원초적인 지향의 하나라고 한다면, 그것은 하버마스가 말하는 것처럼 단순히 평화적 공존 질서를 위한 편의가 아니라 개체적인 존재 하나하나의 자기 성취를 위한 필요 사항이라고도 할 수 있습니다. 나의 생명은 내가 의도한 것은 아니지요. 또 나의 생명으로부터 나오는 충동과 욕망도 어디 내가 만들어 낸 것입니까? 그러면서도 나는 무개성적인 생명과 생명의 여러 충동들을 싣고 가는 심부름꾼에 불과한 것은 아니지요. 그러한 것들에 충실하다고 하더라도 그 개성적 완성을 향한 지향은 또 하나의 거부할 수 없는 생명의 역설적인 요청입니다. 여기에 또 하나의 역설은 이 개성적 완성은 외부 세계가 제공하는 삶의 계기들과 어울려서 가능한 것이 된다는 사실입니다. 말하자면, 개성적 완성이라는 삶의 계기의 조화와 통일에 불과하다고 할 수도 있지요.

고종석 개체들이 모여 우리는 전체, 곧 집합에 조화와 통일을 부여하는 것이 이성이라는…….

김우창 단순한 집합보다는 요즘 복합체 이론들을 빌려 말하자면, 전체는 복합체를 이루는 개체들의 자기 조직화로서 성립한다고 할 수 있습니다. 그런데 나는 혼란 속에 있는 개체들이 어떻게 하나의 질서를 드러내게 되는가, 또 어떻게 하여 질서 이전의 혼란까지를 포함하는 수학이 가능한가 하는 점에 대하여 경이를 느낍니다. 우주의 궁극적인 실체는 수학이 밝혀 주는 정리(theorem)라는 가설도 전혀 믿을 수 없는 것은 아닌 것 같습니다. 정리화된 법칙은 질서의 상태에서만 드러나는 듯하지만, 그것은 이미 혼란 속에서도 작용하고 있는 것이고 단지 우리가 쉽게 알 수 없는 수학을 따르고 있는 것이 아닌가 하고도 생각할 수 있습니다. 또는 좀 더 적극적으로 전체가 출현하는 데에는 이미 개체들 자체의 표현 운동이 작용한다고 생각할 수도 있습니다. 구성의 단위들이 인간인 경우 아마 인간의 자유에 대한 갈망이나 창조적 능력은 물리적 복합 체계에서보다 개별 단위들의 표현 에너지를 높이게 되겠지요.

전체는 성취이면서 제약인 것도 부정할 수는 없습니다. 사실 이 전체는 환경으로서 역사로서 개체의 탄생을 이미 규정하고 있습니다. 사람이 전체에 의하여 제약된 것은 생물학적으로 다른 생명체에서 태어난다는 점에서 그러하고, 사회화 과정의 결과로 주체로 형성된다는 점에서 그러합니다. 그런 의미에서 그것은 밖으로부터 오는 제약만은 아닙니다. 그렇기는 하나, 보다 중요한 사실은 이 전체가 반드시 내적인 요인으로서만 주어지지는 아니한다는 사실입니다. 그것은 형성의 역사로서 사람을 규정할 뿐만 아니라 억압과 갈등의 대상으로 경험되기도 합니다. 이것은 전체가 내적인 과정과 연속적인 경우에도 그럴 수 있고, 여러 가지 이유로 해서 그것과 유리되어 있는 경우에도 그러하지요.

자기 소외는 전체의 요구가 개체의 궁극적인 이해에 맞는 것인 경우에도 일어날 수 있는 것이지요. 우리가 우리 자신의 일, 특히 그것이 앞뒤와 안팎의 여러 관련을 필요로 하는 것이라고 볼 때 자신의 일, 더 나아가 자아의 모습을 늘 잘 파악하고 있는 것은 아니지요. 우리 자신이란 직접적인 경험으로 주어지면서 반성적으로 재포착됩니다. 그것만이 전부는 아니지만, 그러니까 매우 풍부한 의미에서, 이성적 능력에 의해 매개됨으로써 비로소 자아 파악이 가능하다고 할 수 있습니다. 이런 의미에서 자아는 경험의 이성적 초월로써만 형성된다고 할 수 있지요. 그러나 이 초월은 감각 세계의 지각적 구성 속에 이미 일어나고 있는 일입니다. 그러니까 자아란 끊임없는 자아 초월이고 자기 형성의 과정이라고 할 수 있습니다.

물론 이것은 사람이 자기의 삶을 좀 더 완전하게 살아간다고 할 때 이야기니까, 하나의 이상형을 말하는 것이라고는 할 수 있습니다. 전통적으로 수양이라든가 교양이라든가 하는 것이 그러한 것을 생각한 것이겠지요 교양은 조금 시대착오적인 발상일 수도 있으니까, 미셸 푸코 식 표현으로 '스스로를 돌보는 방법(techniques de souci de soi)'이라고 하여도 좋습니다. 반성적 자기 회귀를 통해서 스스로를 돌보는 방법이 필요하다는 것이지요. 사실 푸코의 경우에도 그러하지만 — 가령 그는 그리스와 로마의 스토아 철학에서 이것을 가장 잘 배울 수 있다고 생각한 것 같습니다. — 이것은 문화 과정 속에서 일어나고 전통에서 배우는 것을 포함합니다. 그런데 이 배운다는 것은 전수받는다는 것을 말하기도 하지만, 인문적 전통에 의하여 재현·구성된, 그러니까 재현되면서 이성적으로 반성 구성된 여러 모범들과의 관계에서 스스로를 살핀다는 것이고, 여기에는 다른 구상력도 관계되지만, 이성적 능력이 작용하지 않을 수 없습니다. 지나치게 간단히 생각하면 안 되겠지만, 이성은 주어진 대로의 자신을 넘어 부분에서 전체로 나아가는 길입니다. 이런 식으로 하여 스스로를 바르게 돌보는 일은 저절로 전체로 나아가는 시초가 될 수 있을 것입니다. 그러나 자기 초월이란 하나의 통일된 과정이면서 단절의 과정이지요. 자기 확대와 세계의 행동적 변형이 있으면서 동시에 자기 한정과 극기와 변신을 요구하는 일이지요.

권혁범 역시 그것은 좋은 의미에서의 엘리트적인 교양의 과정을 상정하는 것이 되겠군요.

김우창 그것은 사실입니다. 그러나 이것은 하나의 이상형으로 상정하는 것입니다. 사실 이것은 교양이라는 자기 통합의 과정을 상정한 것이고 거기에 대한 경제적·사회적 대가가 없이 가능한 것은 아닐 것입니다. 그러나 단순한 사회에서 개인과 사회의 관계는 이에 비슷한 통합 과정을 가지고 하나가 된다고 상정할 수 있습니다. 복합적 사회가 되면서 무의식적이었던 것이 의식화되고, 한편으로 개인적 선택의 사항이 되고 사회적인 기획의 대상이 되는 것이겠지요.

그러나 어떤 경우에도 이러한 통합의 과정을 생략할 수는 없는 일일 것입니다. 현대의 문제의 하나는 이러한 과정의 필요를 완전히 무시하는 것이지요. 그러나 거기에 대하여 반성하든 아니하든 개체와 전체의 통합 또는 상호 작용은 진행되게 마련이지요. 또 사회가 하나의 삶의 장으로 존재하기 위해서는 그러한 것이 있어야 하지 않겠습니까? 정치가들은 강제 수단이나 대중 동원을 겨냥한 선전, 특히 집단적 흥분 등을 통해서 이를 이룩해 보려고 합니다. 달리 말하면 비합리적 수단이 동원되는 것이지요. 그러나 다른 한편으로 사회는 하나의 완전한 합리적 체계로 편성될 수도 있을 것입니다. 법과 계약과 행정 관료 제도로 질서화되는 것이지요. 그러나 이것은 대체로 삶의 수단의 합리성, 개체적 기획의 차원에서 그 기획들의 갈등과 협동을 조절하는 절차들의 정비를 말하는 것인데, 거기에 개인의 또는 일반적으로 인간의 내면적인 요구가 유기적으로 개입되는 것은 아니지요. 수단이나 절차가 합리화되는 현대 사회에서 자주 말하여지는 인간 소외는 그 결과의 하나라고 하겠지요 이러한 것을 넘어선 개체와 전체, 그리고 인간의 내면적 요구와 외면적 필요가 조화된 사회를 생각하고 그 원리를 생각한다면 이성은 불가피한 전체성의 원리일 것이나, 그것은 인간성의 총체적 필요, 어떻게 보면 이성의 스스로의 한계를 받아들이는 의미에서 총체적 인간성의 필요에 대응하는 이성이어야 한다고 말할 수 있을 것입니다.

이러나저러나 오늘의 사회, 우리나라와 같이 많은 내적인 가치가 소멸된 사회에서 사회의 통합적 질서는 불가능합니다. 사회에서 벌어지는 여러 가지 갈등과 투쟁은 개인과 개인 사이, 집단과 집단 사이에도 있고, 또 서로 달리 짐작하는 전체의 모습에도 있는데, 모두 하나의 전체로서의 사회가 존재하지 않는다는 증거이겠지요. 이러한 것을 모두 넘어서는 전체도 생각할 수 있을 것입니다. 이보다 넓은 전체는 마르크스주의의 입장에서는 사회에서의 계급적 위치에 긴밀히 관계되어 드러나는 것이라고 하겠지만, 우리의 철저한 사유, 이성적 사유 속에서도 근접될 수 있는 것으로 여겨집니다. 물론 그것은 하나의 운동이고 정지점이 없는 것이라고 하여야 할 것이고 또 구체적이고 개체적인 것과 따로 존재하는 것이라고 할 수는 없겠지요.

중요한 것은 이것이 역동적이라는 것과, 적어도 사람이 관계된 면에서는 개체와 전체가 직접적으로 간접적으로 연결되어 있다는 것을 잊지 않는 것이 아닌가 합니다. 사회는 한 사람 한 사람의 사회 구성원을 넘어서 존재하면서, 이 한 사람 한 사람의 삶의 장으로서만 의미를 갖는 것일 것입니다. 결국 생명의 구체적인 실현과 표현은 개체를 떠나서 달리 존재할 수 없지요. 정치적 결정에서 한 사람의 안위나 행복이 절대적인 기준이 될 수는 없을 것입니다. 개인으로나 집단으로나 하나가 전체에 복속되어야 하는 경우를 피할 수는 없지요. 그러나 적어도 그러한 상황을 모순으로 의식하는 것이 필요하지요. 특히 사회가 위기에 처해 있을 때, 가령 전쟁과 같은 경우에 또는 혁명적 변화의 시기에, 개체의 삶의 요구와 전체적 과업의 요구 사이에 결정적인 대립이 일어날 수밖에 없습니다. 결국 개체적 생명은 어떠한 이성적 기획에 의하여서도 해소될 수 없는 비이성적 유일성을 가지고 있다고 하여야 할 테니까요.

전사자가 600명이냐 601명이냐 할 때, 지도자의 관점에서는 큰 차이가 없다고 할는지 모르지만, 600명을 넘어가는 한 사람에게는 또 그 가족에게는 천지 차이가 있을 것입니다. 지도자가 이 한 사람을 가지고 씨름하기 시작하면 지도자는 아무 정치적 행동도 하지 못할 가능성이 있습니다. 그러면서도 우리는 마음속에서 601명과 600명의 차이를 뼈아프게 느낄 수 있는 지도자를 원합니다. 그리고 이러한 의식이 철저할 때, 최선의 상태는 전쟁이 없는 상태라는 것을 잊지 않게 될 것입니다. 그리고 한 사람이 희생되는 경우에도 개인의 금욕과 자기 기율 그리고 희생도 강제되는 것이 아니라, 구성원에 의하여 스스로 받아들여지는 것이 되는 것이 이상적인 상황이겠지요. 그러니까 이 갈등은 일단은 의사소통의 공간에서 해결되어야 하는 문제라고 할 수 있습니다. 그러면서 그것은 사회 공간의 합리적 소통에서만 해결될 수 있는 것은 아닌, 보다 높은 이성의 내면적 형성을 필요로 합니다. 개체의 생명의 희생은 결국 아무도 강요할 수는 없는 일이니까, 사회적 규범의 범위를 넘어가지요. 그것은 개체적 생명의 절대성을 인정하면서 동시에 그것을 넘어 삶의 전체성 속에 스스로를 새로 발견하는 이성의 내면적 변증법, 개인의 자율 속에 전개되는 이성의 변증법의 표현일 수밖에 없을 것입니다. 이것은 건조한 합리적 사고를 넘어서면서도 이성의 한 모습을 이루는 것일 것입니다.

다시 말해 인간의 사회적 삶에서 비극적 모순을 완전히 피할 수는 없으면서도, 그 모순은 사회 속에 작용하는 이성적 과정의 존재로 하여 조금은 완화되는 것이라고 할 수 있다는 말입니다. 우선은 사회 속에 합리적 의사소통이 활발하여야 하겠지요. 그러면서 이 합리적 과정은 보다 높은 이성적 자각으로 지양되기도 하고, 또 그것에 의하여 뒷받침되는 것이라야 합니다. 여기에 전제되는 것은 결국 인간의 인간의 생명의 절대성과 자율성의 인정입니다. 사회 통합의 바탕으로 강제력이 아니라 의사소통을 받아들인다는 사실 속에 이미 이것이 전제되어 있지요. 의사소통에서 합리적인 합의가 이루어진다는 것은 사람이 그러한 능력을 스스로 가지고 있다는 말이고, 그것은 합리성이 단순히 사실의 충돌 속에 나타나는 균형만은 아니라는 말일 것입니다. 그것은 인간 존재 내에 깊이 들어 있는 이성의 가능성을 나타내는 것이 아닌가, 나는 그렇게 생각합니다. 자아를 초월하여 자기 한정과 자기희생, 자기를 확립하는 가능성이 열리는 것도 이것으로 인한 것이 아니겠습니까? 이러한 이성의 다층적 과정이 붕괴되면, 이 붕괴를 메꾸는 것이 강제력이고 도덕주의의 언어이며 정서적 흥분이겠지요.

권혁범 많은 정서주의는 사실 이데올로기적이죠. 한국 사회에서 흔히 요구되는 것이 '이웃의 아픔을 느껴야 한다'라는 것인데요. 그런 요구가 한국 문화 전반에 스며들어 있습니다. 사회에서 아주 잘 유통되는 문화 상품이고요. 사실은 그게 실현 불가능하기 때문에 이데올로기적이죠. 특정한 집단의 이해를 반영한다는 점에서, 사실과 현실에서 분리된 이런 이념적 감정 요구는 아마도 공공적 이익의 실현을 위한 제도적 변화를 원하지 않는 문화, 변화와 거리를 두는 언어와 문화를 재생산하는 것 같아요.

김우창 그렇습니다. 정서나 감정은 인간성의 한 표현이면서, 인간 심성의 자율적인 움직임을 제한하는 면이 있습니다. 그것이 특히 도덕적 당위와 결부될 때 그렇지요. 많은 집단적 범주는 도덕적 당위를 함축합니다. 물론 그 당위는 만인이 합의할 수 있는 것인 듯하면서도 발언자가 정의한 것이지요. 또는 그럴 만한 위치에 있는 사람이 정의하는 것이지요. 또는 그것을 정의하는 사람이 인간관계에서 우위를 점하게 된다고 할 수도 있습니다. 가령 '집안 망할 일'이라고 말하여 집안이라는 집단 범주를 말할 수 있는 사람은 시아버지나 시어머니지 며느리가 아니지요. 집단적 범주는 권위, 그것을 말하는 사람의 권위가 들어 있게 마련입니다. 그런 의미에서 그것에 감정이 아니 연결될 수 없지요. 그러나 그것은 그 관점에서는 자명한 것입니다. 이 자명성이 위협받고 있기 때문에 정서적 강조가 필요한 것이지요. 그리고 이 자명성에 도전하는 존재를 압도할 필요가 생기지요. 하여튼 이 당위는 감정적 직접성과 연결되기 쉽습니다. 생각을 정지하고 무조건 동의할 것을 요구하는 데 편리하기 때문에, 정치적 수사가 여기에 의존하는 것은 자연스럽지요. 우리 문학에서도 전체는 검토되고 합의되어야 할 어떤 것이라기보다는 환기되고 수용되어야 하는 당위로 사용되지요. 그리하여 구체적인 검토의 책임을 면해 줍니다. 그것이 문학에서 섬세성을 없애는 데 기여합니다. 섬세성은 인위적으로 촉발되는 것이 아니라 구체 위에 움직이는 사고의 족적이지요.

권혁범 '비이성'은 선생님 사유에서 무엇인가? 그것은 (심미적) 이성에 어떻게 통합되어 있는가? 아니라면 오히려 양자 간의 불일치, 통합될 수 없음에 대한 철저한 인식이 필요하지 않는가? 이런 질문이 떠오릅니다.

여건종 심미적 이성이라는 것은 한편으로는 문학은 이성적인 것인가라는 질문과 연결된다고 생각합니다. 이것은 구체적 보편과 유사한 모순 어법이라고 할 수 있지요. 이 모순 어법은 문학적인 것에 대한 새로운 정의이면서, 동시에 이성적인 것에 대한 새로운 정의를 의미하는 것으로 보이는데요. 이 두 가지 핵심 개념의 의미 확장이 가지는 의의는 무엇이라고 보시는지요?

김우창 문학 표현이라는 것은 일단은 정서적 심리 상태를 유발하기 위해서 쓰이는 것으로 보입니다. 슬픔의 감정, 기쁨의 감정, 연민의 감정을 유발하려는 것으로 보인다는 말입니다. 문학적 표현의 정서 가운데는 기도가 유발하는 정서도 있습니다. 기도는 잘 생각해 보면 매우 재미있는 현상입니다. 기도에서는 기도의 내용이 뭐냐는 것보다, 경건한 마음 상태를 유발하는 것이 중요하지요. 불교 경전을 외는 것도, 한자어도 있고 산스크리트어까지 있으니까, 그 내용에 못지않게 또는 그보다도 어떤 감정 상태를 유발하자는 목적을 가진 것으로 말할 수 있습니다. 그렇다고 사용되는 표현 그리고 그것이 지칭하는 대상이 전혀 의미를 갖지 않는 것은 아니지요. 표현을 어떤 마음 상태 속에 해체하고 그 속에서 표현이 지칭하는 대상을 생각할 수 있게 하려는 것이라고 할 수 있습니다. 모든 언어가 그러하듯이 언어 표현은 대상을 지칭하면서 대상을 언어 체계 속에서 기호화합니다. 단순화하는 것이지요. 이 과정에서 대상의 타자성은 사라져 버립니다. 그러나 타자성이 없는 대상은 대상이기를 그친 것이지요. 그런데 이 타자지향은 인식의 기능에 의하여만 이루어지는 것은 아닙니다. 감정과 정서도, 현상학에서 말하듯이 중요한 지향성을 가지고 있습니다.

문학에서 정서나 감정도 그러한 기능을 하는 것이 아닌가 생각됩니다. 문학의 언어는 일단 감성의 언어입니다. 그러나 그것은 이성을 동반하는 감성의 언어입니다. 문학의 효과는 감동이라고 합니다. 그것이 틀린 말은 아닙니다. 그러나 그것보다 중요한 것은 문학이 가능하게 하는 판별이지요. 그 감동에는 판별에서 오는 깨우침이 있게 마련입니다. 문학에서의 감정은 성찰적인 마음 상태를 유발하기 방편이란 면이 있습니다. 기도나 독경이 반성적 성찰의 한 준비인 것과 같지요. 문학이 이웃을 사랑하자는 느낌을 갖게 한다면, 직접적인 명령이나 감염을 통하여서가 아니라 여러 가지의 정황적 설득을 수반하는 감정을 통해서, 즉 직접적이라기보다는 성찰적이라고 하여야 할 감정을 통해서 그러한 동정적 이해가 일어난다고 생각해야 할 것입니다.

사회적·정서적·윤리적 규범의식은 직접적인 감성의 문제라기보다는 여러 가지가 복잡하게 얼크러져서 성립하는 심리 상태일 것입니다. 그것이 전부라고 생각해서는 안 되겠지만, 칸트는 도덕의 기초를 감정에 두려고 한 스코틀랜드의 철학자에 반대하여, 그것을 이성의 필연 속에 두려고 하였습니다. 감정 없는 도덕적 당위가 인간 심성의 실상일 수 없지만, 이성 없는 도덕도 믿을 수 없는 것이지요. 그러나 결국은 두 가지가 합쳐져야 할 것입니다. 구체성의 논리는 이성에서 나오기도 하고 감정에서 나오기도 하니까요. 문학은 이 두 가지가 겹치는 영역에 서 있는 것으로 말할 수 있습니다.

윤평중 전통적으로 서양 철학자들이 예술 일반에 대해 심각한 편견을 가지고 있어요. 헤겔이 대표적인 경우고 하버마스도 마찬가지인데, 간략하게 이야기해서 문학을 포함한 예술은 파토스의 영역이고 철학은 로고스의 영역이어서, 파토스는 인간의 삶에 있어서 본질적으로 삭제할 수 없는 것이기는 하지만 궁극적으로는 로고스에 의해 규제되어야 한다는 것입니다. 하버마스는 『현대성의 철학적 담론』에서 데리다의 해체론을 비판하면서, 과거에는 철학이 메타언어로서 문학을 종속시키려 했지만 오늘날 장안의 지가를 올리고 있는 데리다의 주장은 그 반대의 극단으로 치닫고 있다는 것입니다. 문학이 메타언어로 부풀려지면서 철학을 종속시키며, 철학과 문학 사이에 엄존하는 차이를 부당하게 무화시키고 있다고 비판합니다. 이런 문맥에서 얘기하자면, 심미적 이성은 로고스와 파토스 사이의 긴장을 잘 살리면서 파토스를 육화시키는 로고스를 의미하는 것 같습니다.

감성의 문학, 즉 주정주의(主情主義) 문학을 강조하면 로고스의 자기 성찰을 놓치게 되는데, 한국 문학에 결함이 있다면 이것과 관련이 있다는 지적은 매우 의미심장합니다. 또 다른 시각에서 질문을 드리자면, 감성을 표출하는 것이 문학(예술)의 본질 가운데 하나이지만, 그것과 연관되어 있으면서도 상이한 또 하나의 차원이 문학의 유희성이 아닐까요? 예술의 유희성은 윤리적 차원과도 분리해서 평가되고 처리되어야 할 부분이 아닌가요? 윤리적 개입이 과대 팽창해 버리면 또 다른 역기능을 생산하죠. 하버마스가 데리다를 비판할 때도 결국은 상투적인 결론으로 인도됩니다. 즉 데리다가 모든 것을 기호의 자유로운 유희 차원으로 환원시킨다는 것입니다. 하버마스는 해체론이 진지함이 없고 역사나 인간에 대한 윤리적인 책임감이 결여된 것 아니냐는 비판을 가합니다. 그런데 선생님의 문학관은 이성과 로고스를 강조하면서도 동시에 파토스의 중심으로 여겨져 온 감성과 정열의 의미를 높이 사면서, 양자의 유기적 통합을 강조합니다. 이런 맥락에서 하버마스의 데리다 비판을 어떻게 생각하시는지요?

김우창 어떻게 생각하여야 할지 잘 모르겠습니다. 사실은 더 문제의 전개를 자세히 이해해야겠지만, 내가 얼른 답변을 못하는 것은 하버마스나 데리다의 철학을 잘 알고 있지 못하기 때문입니다. 하버마스는 정치와 사회에 깊은 관심을 가진 철학자이니까 데리다의 비정치적인 입장을 비판적으로 볼 수밖에 없을 것입니다. 삶을 진지하고 심각하게 생각하지 않는다는 느낌은 여기에 관계되는 것으로 생각됩니다. 하버마스에게 심각한 삶이란, 정치적이지 않으면 적어도 사회적 삶이니까요.

그런데 삶을 진지하게 심각하게 산다는 것 또는 심각하게 생각한다는 것은 무엇을 의미합니까? 어떤 진리에 입각해서 진리에서 벗어나지 않게 산다는 것이 아닐까요? 이 진리는 신에게서 오는 것이거나 이성에서 오는 것이거나 존재에서 오는 것이거나 비이성적 삶의 분출에서 오는 것이거나 하는 것이지요. 이것은 깊은 해석, 깨우침, 결단을 통하여 또는 행동을 통하여 근접되는 것으로 여겨지지요. 마르크스주의에서라면 진리의 삶은 역사에 일치함으로써 그리고 그 역사를 몸소 혁명적으로 구현하려는 데에서 가능해지는 것일 것이고, 아마 우리나라처럼 집단주의와 도덕주의가 강한 곳에서는 집단의 지상 명령에 따른 삶이 진리의 삶일 것이고, 가장 세속적으로는 공부 열심히 하고 세상에 이름 내고 사회적 지위를 높이는 것도 진지하게 사는 것이 될 것이고.

계몽주의 이후의 서양 철학에서 인간의 이성이 세계의 실재에 임재할 수 있다는 것을 전제하고, 실재의 이성적 해명에 노력하는 것이 철학을 진지하게 하는 것일 것입니다. 그러나 그것이 참으로 가능한 것이며 옳은 것인가를 의심하는 것이 데리다의 철학적 작업 아닙니까? 그의 생각으로는 그것은 인간의 실재 파악의 힘을 과대하게 평가한 잘못된 생각이지요. 그리하여 그는 이성의 철학, 현존의 형이상학을 모두 해체하겠다고 나섭니다. 그 대신 모든 의미 창조의 행위는 그것을 정당화해 줄 근원적 실재가 없는, 한없는 허공에 뜬 차이 만들기이고, 근원 복귀를 피하는 늑장 부리기이지요. 이것은 의미 허무주의로 귀착할 수도 있지만, 즐거운 의미의 놀이일 수도 있습니다. 윤 선생이 말씀하시는 유희가 되는 것이지요. 이것이 「인간 과학에서의 구조, 기호, 놀이」라는 초기 글의 한 주장입니다.

놀이 또는 유희의 긍정은 니체적인 '즐거운 지식'의 긍정인데 데리다의 사고에서 그것이 지속되는지는 모르겠습니다. 결국 니체에게는 디오니소스적인 삶의 자유분방한 분출이 모든 것의 근원이 된다고 할 수 있는데, 데리다가 그러한 근원을 인정하는 것처럼 보이지는 않으니까요. 철학을 이성적 진리로부터 분리하여 삶의 표현으로 옮겨 놓은 점에서 니체는 문학적인 철학자인데, 데리다와 또 다른 해체주의자에게서 철학은 삶의 원초적 표현이라는 점보다 언어의 유희라는 점에서 문학과 비슷합니다. 다만 그 유희의 허무함에 대한 의식이 문학에 꼭 있다고 할 수는 없겠지만.

하버마스는 데리다의 해체주의를 서양 철학과 역사의 불가피한 결과로 받아들이는 것 같습니다. 결국은 계몽 철학의 이성주의 붕괴에 대한 하나의 반작용이지요. 하이데거의 철학도 그러한 반작용의 하나이고, 푸코의 권력 분석도 그 반작용이지만, 하버마스에게 결정적인 것은 아도르노와 같은 프랑크푸르트 철학자들의 이성 비판일 것입니다. 물론 이것은 단순히 철학의 문제가 아니고 소비에트 마르크스주의의 체험에 관련되어 있다고 해야 하겠지요. 초개인적이면서 동시에 어떤 권력 의지 또는 지배 의지를 나타내는 이성은 삶을, 삶에 군림하는 체제를 만들어 낼 수 있습니다. 그러면서도 하버마스에게 이성은 필요 없는 것이 아닙니다. 여러 주체들이 공존해야 하는 사회는 이성적 소통의 규범을 요구하게 마련이라고 그는 생각하는 것이지요. 이성의 근거를 실재나 존재 또는 선험적이거나 사유하는 주체에서 사회 공간으로 옮겨 놓으려는 것이 그의 관심사인 것입니다. 그는 데리다의 반실재주의, 반이성주의 그리고 반주체의 철학에 공감하면서도, 사회적 이성의 재건에 관심을 갖지 아니한 것으로 보이는 데리다를 받아들이지 못하는 것이지요.

그런데 윤 선생이 제기한 유희의 문제는 다시 한 번 생각해 볼 필요가 있습니다. 데리다는 앞에서 말한 글에서 이성과 실재의 일치에 회의하고, 또 이것의 시간적 전개에 관계되어 있는 역사의 논리에 대해서도 의구심을 표현합니다. 그러면서 역사라는 것은 필연적인 선을 따라 진행되는 것이 아니라 구조주의에서 말하는 여러 요인들의 자유로운 조합의 결과일 것으로 말합니다. 그러고 나서는 다시 다양한 요인들의 순열 조합, 그것들이 만들어 내는 여러 다를 수도 있는 역사의 진로는 어떤 논리에 의하여 규정되는 것이 아니라 우발적 성격을 가질 수 있다고 하고, 이 우발성을 유희에 연결시키는 것이지요. 그러나 이 유희는 우리가 생각하는 유희와는 다른 의미로 생각됩니다. 그것은 방금 말한 바와 같이 일정한 게임의 규칙은 있는데, 그 안에서의 우발성을 말하지요. 영어에서도 그러하지만 — 독일어의 경우에도 마찬가지인데 — 우리말에서 '논다'고 할 때 꽉 끼어야 할 것이 끼어 있지 않은 것을 의미하는 때가 있는데, 놀이(Jeu)는 그러한 의미로, 필연적 논리가 없다는 뜻으로 쓰인 것으로 보입니다.

니체의 놀이는 그러한 것이 아니지요. 놀이의 공간이 기호와 그 체계가 아니라 그것을 넘어서는 삶입니다. 삶의 어떤 면 — 눌려 있던 것이 터져 나오는 것에 관계됩니다. 여기에도 꽉 끼어 있던 것이 풀려나오는 면이 있지요. 어떤 하나에 의하여 보이지 않게 되었던 것이 새로 드러나는 것입니다. 그러나 유희에서 일어나는 것은 단순히 여러 생각할 수 있는 가능성들이 합리적으로 새로이 확인되는 것만은 아닙니다. 억압되었던 것이 풀려나는 해방감과 기쁨이 있고, 심지어는 엑스터시(ecstasy)가 있을 수 있습니다. 니체에서도 디오니소스적인 축제가 중요하지만, 인류학자가 설명하는 사회적 축제를 특징짓는 것은 평상시에 지켜지는 경계들의 파괴입니다. 축제의 경계 무너뜨리기는 사회의 기율의 폭발성을 재조정하는 일을 한다는 것입니다. 그것은 그것의 탈출구를 제공하기도 하고 실제로 경계의 새로운 설정의 계기가 되기도 합니다. 대체적으로 유희는 크고 작게 이러한 기능을 수행한다고 할 수 있습니다. 그것은 가능성의 확대이면서도 단순히 추상적인 시각과 사유의 확대가 아니라, 무정형적인 삶의 에너지와 사회 그리고 문명의 기율 사이에 존재하는 긴장의 재조정이라는 의미를 가지고 있게 마련입니다.

문학이 유희라면, 중요한 의미에서는 이러한 유희가 되겠지요. 그것은 가벼우면서도 심각한 유희입니다. 문학도 논리 또는 문장의 논리를 떠나지는 못합니다. 그러나 논리의 밑에는 그에 대한 반발이 숨어 있게 마련입니다. 그 모순된 결합은 어떤 경우에 풍자, 유머, 기지 등으로 나타나기도 하지요. 철학도 물론 이런 요소를 가질 수 있고 그렇게 읽힐 수 있습니다. 문학의 텍스트처럼. 그것을 반드시 유희성이라고 불러야 할지 어떨지는 모르겠지만, 유희가 삶에 내재하는 규범과 초규범의 모순에 관계된다고 한다면, 앞에서 되풀이하여 말한 바와 같이 로고스와 파토스를 아울러 가지고 있을 수밖에 없는 문학 내의 모순 또는 긴장이 이러한 유희성에 자연스럽게 이어지는 것이라고 할 수 있습니다. 그러나 그것은 달리는, 문학이 가지고 있는 특유의 진리성에 관계됩니다. 이것은 데리다의 입장에서, 또는 그가 부정하는 관점에서도 설명될 수 있습니다.

데리다의 이성 비판은 언어를 통한 의미 생성과 전달의 근원에 대한 검토에서 출발합니다. 언어가 실재에 대한 의미를 전달할 수 있다고 생각하는 것은, 말소리에서 말하는 사람과 실재 그리고 의미가 하나가 된다고 생각하기 때문이라고 합니다. 말을 하는 사람은 그의 말소리를 감지하고 또 그 의미를 알고 있습니다. 말소리에서 자신의 표현 의지와 그것의 물리적 구현 그리고 의미가 한번에 일어나는 것을 아는 것입니다. 물론 중요한 것은 의미인데 의미는 한편으로는 언어의 로고스 속에 있고 다른 한편으로는 말하는 사람의 체험으로, 직접적으로 자명하게 직관되는 느낌에 있습니다. 그리하여 말에 숨어 있는 추상적 의미는 말소리 속에 들어 있는 것이 됩니다. 그러나 이것은 의미를 만들어 내는 언어를 주체적인 발화자와 의미 — 즉 실재 세계에 대한 지시 행위로서 완성되는 의미 — 가 동시에 일어날 수 있는 말소리로 생각하기 때문이지요. 그러나 언어는 말소리를 내는 일을 떠나면 폐쇄적인 차이의 체계, 검증의 연기 체계에 불과한 것이라고 생각될 수 있습니다. 그러니까 언어의 성격은 소리가 아니라 문자와 쓰기에서 더 분명하게 드러난다고 데리다는 생각하지요. 그리하여 그는 언어가 실재를 지시할 수 있다는 생각은 소리 중심주의에서 연유하고, 그것이 로고스 중심주의로 이어진다고 생각합니다. 그의 생각으로는 그것은 잘못 생각한 것이지요.

그러나 문학적 언어의 특징은 바로 말소리 속에서 말하는 사람의 주체와 외부 세계를 지시하는 의미가 하나가 되게 하는 데에 있습니다. 그러면서 의미가 언어의 질서에 의해서만 인지될 수 있는 것인 한, 그 말소리는 이성을 표현하는 것이기도 합니다. 달리 말하면, 말소리로서의 언어는 한편으로 언어의 이성적 질서에 의지하면서 다른 한편으로는 소리라는 지각에 주의합니다. 문학은 이 말소리를 통하여 거기에서 움직이는 이성이 드러남을 보여 주려는 것이라고 할 수 있습니다. 말소리는 사람이 내는 소리이고 경험을 표현한 말인데, 이 경험 속에는 그 삶의 감정이 들어 있고 또 외부 세계가 맞닿아 있습니다. 여기에 주관적 감정과 외부 세계는 여러 가지의 배분율로 들어 있을 수 있습니다. 이 혼합의 정도는 표현 내용에도 드러나지만, 소리의 높고 낮음, 크고 작음, 급하고 느린 리듬 등에도 나타납니다. 물론 말하여지는 것이 아니라 쓰여지는 문학에서 이러한 물리적 소리의 속성들은 지워진 듯 지워지지 않는 그림자로서 존재하는 것이지요. 그리하여 문학의 문장은 논리와 이성 이외에 여러 다른 감성의 배음(背音)을 수반합니다. 이러한 요소들은 다분히 주관적인 것인 까닭에, 철학자로서의 데리다의 입장에서는 그 진리 요구를 부정하는 수밖에 없습니다.

그러나 달리 생각해 보면, 세계의 실재가 순수한 이성적 인식 능력에 대응하여서만 드러난다고 할 수는 없을 것입니다. 감정이 반드시 이를 대신하는 것은 아니지만 정서적인 관계는 세계가 사람에게 맞닿는 한, 길이라고 할 수는 있습니다. 하이데거는 논리적 사고 이외의 여러 다른 인간 기능을 통하여 세계의 있음이 드러나게 됨을 말하였습니다. 기분(Stimmung)은 그 한 가지이고, 가장 중요하게는 그가 정의하는 특별한 의미에서의 생각 — 사물의 있음에 스스로를 맡기는 행위로서의 생각(Denken) — 도 그러한 것이지요. 감정은 그렇게 생각하기에는 너무 주관적이라 할 수 있습니다. 그러나 문학에 있어서의 감정은 그것의 적나라한 표현이 아니고 그것의 성찰적 재구성이라고 할 수 있습니다. 그리고 문학 작품이 상당한 크기의 언어적 구성물이라고 할 때 그것은 절로 이성적 성격을, 다만 정해진 공식으로가 아니라 구체적인 사건 속에 새로 스스로를 보이게 되는 이성의 자취를 지니고 있는 것이 당연하다고 할 것입니다.

데리다는 로고스 중심주의를 해체하려고 하면서도 로고스 이외의 방법으로 드러나는 세계의 가능성, 또는 사람이 언어가 아니라 세계 안에 육체로서 존재할 수밖에 없다는 것을 별로 중요하게 생각하지 않는 것 같습니다. 하버마스는 하이데거식의 존재론을 별로 좋아하지 않죠. 그것이 몽매주의에 나아간다고 생각하고 또 무엇보다도 수상한 정치적 함의를 가지고 있다고 생각하는 것이지요.

윤평중 지금 이야기하신 것에는 여전히 윤리의 문제는 빠진 것 같습니다. 이것은 유희나 감정 또는 이성의 문제와는 별도로 다시 논해야 할 논제임을 앞에서 말한 바 있습니다만…….

김우창 그렇습니다. 윤 선생의 지적 가운데 윤리의 문제는 별도로 고려할 필요가 있다는 것이 있었습니다. 다시 하버마스로 돌아가서, 그가 데리다에게서 진지성의 결여를 발견한다고 한다면, 그것은 위에서 말한 대로 데리다에게서 사회적·정치적 차원이 등한시되고 있기 때문이라고 할 수 있습니다. 그런데 하버마스의 윤리학을 내가 잘 모르기 때문에 간단히 말할 수는 없지만, 인간의 사회 정치적 관계는 그것을 내면적 관계로 옮겨서 생각하면 윤리적 관계의 일부라고 할 수 있습니다. 그런데 하버마스는 이것을 지나치게 외적인 사회관계로만 보지 않는가 하는 생각이 듭니다. 그리하여 그것이 사회적 공존의 합리적 질서에서 안정성을 찾을 수 있다고 생각하는 것 같습니다. 윤리의 내면성, 또 확대하여 인간과 세계 그리고 인간의 관계를 지나치게 이성적인 것으로만 보는 것이지요. ―윤리는 말할 것도 없이 인간의 사회적 의무를 규정하는 것이면서, 동시에 내적인 요구로 성립함으로써만 그 존재론적 매개 기능을 다한다고 할 수 있습니다. ―이런 점에서는 그의 인간관은 근본적으로 전통적 자유주의의 그것이라고 할 수 있지 않나 합니다. 물론 인간을 감정적 불합리성의 존재로 단순화하는 것도 윤리의 성립 기반을 없애 버리는 것이라 할 것입니다마는.

우리 한국 사람들의 생각은 인간의 상호 관계에 집중되어 있는 것 같습니다. 그래서 우리는 압도적으로 정치적이 되고 또 다른 한편으로는 도덕과 윤리에 집착합니다. 이것은 좋은 일이면서 문제를 가지고 있습니다. 정치의 문제는 한편으로는 힘의 관계의 문제이지만, 그것을 조금 더 인간적인 차원에서 재조정하려는 노력은 결국 그것을 윤리로 환원하여 생각하게 합니다. 그런데 정치나 윤리나 진리의 문제에 연결되어 있지요. 이것이 없이는 그것들은 다시 힘의 문제, 힘의 극단적인 형태인 강압과 폭력으로 환원됩니다. 집단주의와 도덕주의의 명분 속에 숨은 힘의 관계가 되는 것이지요. 이념화된 집단주의나 도덕주의는, 노골적인 힘의 관계보다는 나은 것이라고 하겠지만, 다음 단계인 보다 밝은 인간관계의 사회로 발전하는 데에는 너무 큰 장애가 된다고 할 수 있습니다. 좋은 것의 뒤에 숨어 있는 나쁜 것을 들추어내기란 쉽지 않은 일이니까요. 결국 정치나 윤리도 인간을 외면적인 관점에서 규정합니다. 그러나 인간은 내면적 존재이기도 하고, 내면의 중요한 부분은 감성적인 것입니다. 한국인의 관점에서 감정이 중요한 것은 앞에서도 말하였습니다. 그러나 감정까지도 사회적인 관점에서만 생각되는 데에 문제가 있습니다. 이런 의미에서는 순전히 과학적으로 인간을 보는 관점과 다르지 않고, 또는 그보다도 더 인간을 외면성으로 본다고 할 수 있습니다. 과학이 인간을 사실성으로 본다면, 동양적 인간관은 인간을 규범성의 한 변수로 보는 것이지요.

윤리와 도덕의 근본은 인간의 존재 방식 — 현대 사상에서는 어디에서나 이것을 의심하는 것이 당연한 것으로 되어 있지만 — 더 좁혀서 말하여, 인간의 본성을 제쳐 두고는 그 기준을 찾을 수 없습니다. 아주 넓은 의미로 취하여 철학적 인간학은 드러난 방식으로든 암암리에든 전제될 수밖에 없습니다. 그리고 이것은 별수 없이 물리적 세계를 포함한 삼라만상의 모든 것(Weltall)에서의 인간의 위치를 생각하지 아니할 수 없게 합니다. 그리고 현대의 정신 상황에서 생각할 때, 여기에 과학적 세계 인식이 관계되지요. 그리고 이에 못지않게 중요한 것은 과학적 세계 인식에서의 인식의 방법입니다. 이것이 인간학적 탐구에서도 작용하지 않을 수가 없지요. 힘의 존재, 권력 의지의 존재, 폭력의 존재로서의 인간에 대한 인식도 과학적이지는 않아도, 인간에 대한 현실적 인식의 소산이라고 할 수 있습니다. 그러면서 이것은 인간의 윤리적 존재 방식에 대하여 생각할 때에 참조하지 않을 수 없는 사실이지요. 다만 힘의 존재로서의 인간으로부터 어떻게 윤리적 요구가 발생하는가 하는 것은 수수께끼이지요. 물리적 세계 그리고 생물학적인 세계로부터 취하여진 인간 모델은 인간을 지나치게 기계론적으로 또는 여러 힘의 집합체로만 보게 하여, 인간의 총체를 바르게 이해하지 못하게 하는 것으로 생각할 수 있습니다. 하이데거의 존재론은 과학적 구성의 원리로서의 이성을 해체하고 그 대신 다른 방식, 즉 그가 사유(Denken)라고 부른 방법을 말하려는 것이지요. 하여튼 우리의 이성과 감정에 대한 논의도 인식론적이면서도, 윤리 그리고 정치와 관계가 없는 것은 아닙니다.

감정과 이성은 다 같이 사람이 바깥세상으로 나가는 통로입니다. 현상학적으로 말하여 그것은 다 같이 지향성의 여러 방식이라고 할 것입니다. 과학적 인간관이 — 근본적인 반성을 거친 것이 아니기는 하지만 간과하기 쉬운 것은 세계 안에서의 인간의 존재를 알리는 것이 — 반드시 이성적 또는 합리적인 인식 작용을 통하여만 이루어지는 것은 아니라는 사실입니다. 그리고 비합리적인 통로에는 인간의 감정이 포함됩니다. 감정도 여러 가지이지만, 가장 기초가 되는 것은 최근의 감정 연구가들이 말하는 것을 빌려서, 가령 아이오와 대학의 안토니오 다마지오(Antonio R. Damasio) 같은 심리학자의 연구를 빌려, 생물체의 항상성(homeostasis)에 관하여 핵심적인 정보를 제공해 주는 기능을 가지고 있다고 할 수 있습니다. 그러면서 그것은 물론 더 복잡하고 다기한 작용으로 뻗어 나가지요. 그러나 다른 한편으로 감정이 깊은 생물학적 근거를 가지고 있다고 한다면, 그것은 — 역설이 되는지 어떤지는 모르겠지만 — 인간의 생존이 세계와의 공진화 관계(coevolution)에서 생겨난 것인 한, 감정도 이성의 질서 속에 있다는 것을 말한 것이라 할 수도 있습니다. 메를로퐁티의 생각대로 느낌이나 감정이 이미 이치를 가지고 있는 것입니다.

이렇게 말하고 나면, 다시 한 번 이성이 중요하다는 말이 되는 것 같습니다. 윤리는 감정과 이성의 중간에서 생겨나는 것이라 할 수 있지 않을까 합니다. 인간의 사회관계는 이성적으로 규제될 수밖에 없습니다. 그러나 그것이 정서적인 것을 결여하고 있다면, 무엇인가 완전한 것이라고 할 수는 없지요. 칸트의 의무의 도덕 철학은 매우 냉랭한 느낌을 줄 뿐만 아니라 인간의 전체를 포괄한 것이 아니라는 느낌을 줍니다. 그러나 이성적 규범이 없는 관계는 그 나름으로 문제를 가지고 있습니다. 보편적 윤리의 이상들, 조금 좁혀서 보편적 권리에 대한 인식이나 자기 억제를 요구하는 기율 혹은 타자에 대한 존중 같은 것은, 이성으로 지양되지 아니한 정서에서만은 생겨나기 어렵습니다. 칸트가 스코틀랜드의 윤리 정서론에 대하여 가졌던 우려가 바로 이것이지요. 우리가 가장 만족스럽게 생각하는 건 파토스적 인간관계입니다. 사랑과 우정이 중요하지요. 그러나 큰 사회는 이것을 넘어가는 로고스적 규범을 필요로 합니다. 사회 조직이 그것을 요구하지요. 그러나 조직을 떠나서도 정서는 이성을 통하여 보편적인 것이 됩니다. 가령 동정심이 인도주의가 되고 그것이 다시 인권이 되는 것과 같은 것이지요.

그러나 다시 강조하고 싶은 것은 이성적 요소는 어떤 경우에나 정서 그 자체를 참으로 인간적이게 하는 요소라는 것입니다. 지각과 같은 느낌의 현상에서 이성적 질서를 발견하는 것이 심미적 쾌락의 중요한 요소가 아닙니까? 심미화되지 않은 정서 체험에서도 그러하지요. 성이 사랑이 되고 사랑이 보살핌과 성실성이 되는 것도 그러한 변용을 나타냅니다. 감정의 차원에서 볼 때 인간과 인간의 관계에는 여러 층이 있을 수 있습니다. 이것은 감정과 이성의 결합의 결과라고 할 수 있습니다. 사랑, 존경, 존중, 의무, 법 — 이러한 것은 이 두 개의 결합을 통한 여러 가지 차별을 나타낸 것입니다. 남의 장례식에 가서 가족의 슬픔을 제쳐 두고 자기가 제일 슬픈 사람인 양 떠벌리는 것은 다른 사람의 슬픔에 대한 존중을 자신의 감정과 혼동한 것입니다.

감정이 스스로 이성적 승화의 계기를 그 안에 지니고 있는 것은 모든 윤리 관계에서 볼 수 있습니다. 우리 전통 윤리에서 부자간에, 형제간에, 부부간에 일정한 질서가 있어야 한다는 것도 인간 존재에 내재하는 이성적 초월에의 지향을 나타낸 것이 아닌가 합니다. 물론 이것이 지나치게 경직되어 커다란 폐단을 낳기도 하였지만, 균형이 필요한 것이겠지요. 옛날 우리나라의 결혼 제도에서 아버지가 신랑을 정해서 결혼을 명령할 수 있었던 것은 — 이것은 근본적으로는 사회학적 경제의 관점에서의 분석을 요구하는 일이지만 — 인간 존재에 있어서 파토스의 핵심적 성격과 그 독자성을 전적으로 무시한 것이지요. 그러나 역설적으로 파토스를 살릴 수 있는 것이 로고스입니다. 파토스의 독자성에 대한 인정은, 한편으로는 '감정의 불가항력성'(G. E. 무어)에 대한 사실적 인정 그리고 다른 한편으로 인간의 개체적 독자성 대한 보편적 인정, 그리고 거기에 다른 자기 한계의 인정이 없이는 성립하기 어렵습니다.

고종석 선생님의 설명에서 로고스 자리에 들어가야 할 것은 차라리 에토스 아니겠습니까?

김우창 에토스를 무엇이라고 이해해야 할지는 모르지만, 한편으로는 윤리 그리고 다른 한편으로는 관습으로 생각해 보겠습니다. 강제 불가능의 감정의 자발성이 이성적인 것으로 순치되면서 에토스가 생겨난다, 이렇게 말할 수 있을는지 모르겠습니다. 그리하여 감정이 완전히 에토스에 합치된 다음이면, 그것은 또 에토스에 의하여 형성된다고 할 수도 있을 것입니다. 구조주의자들이 말하듯이 정서가 구조를 만드는 것이 아니라, 구조가 정서를 만든다고 할 수도 있을 것이기 때문에. 그러나 그 과정에서 감정의 자발성이 없어지고 삶의 진정성이나 개체의 독자성도 없어지는 수가 있겠지요. 오랜 윤리의 지속 속에서 이러한 것이 일어난 것이 조선조 이후의 한국이었다고 말할 수도 있을 것입니다. 지금도 그러한 면이 있고요.

윤평중 서양 철학사가 보여 주듯이 칸트가 모범적인 방식으로 학문 영역을 조직화했을 때, 도덕의 영역과 로고스의 영역 그리고 미학적 영역으로 삼분해서 3비판서를 쓰지 않았습니까? 물론 칸트의 구분법이 절대적인 것은 아니겠지만 선생님께서 이야기하는 것을 가만히 들으면 로고스와 파토스, 에토스가 혼융되면서 상당한 혼란이 빚어지고 있지 않는가 하는 느낌도 듭니다.

김우창 에토스는 파토스와 로고스가 뭉쳐서 일어나는 사회적 관습이라고 할 수 있습니다. 두 기능이 하나로 융합되어 관습적인 질서를 만들어서 하나의 아비투스(habitus)로 성립하는 것이 에토스다, 이와 같이 말입니다. 그런데 관습화 과정에서 파토스나 로고스나 다 그 자유와 자발성을 잃고, 그것을 다시 새롭게 하여야 할 필요가 생기는 것이 아닌지 모릅니다. 칸트의 세 비판은 서구에서도 그러한 역사적 순간에 생겨난 구분이라고 할 수 있습니다. 미적인 것이 어떻게 윤리에 맞아 들어가는가 하는 것은 더 설명이 되어야겠지만, 그것이 관습을 대신하여 개체와 집단의 조화에 기여하는 기능을 가지고 있다는 것은 말할 수 있습니다. 가다머(Hans-Georg Gadamer)는 진리가 감각적으로 현재화하는 유일한 방법이 미(美)라고 한 일이 있습니다. 그런데 이렇게 말하면서 중요한 것은 로고스의 중요성입니다. 그것만이 다른 영역들의 구분의 존속을 보장합니다.

독일어에서 관습은 Sitte고, 윤리성은 Sittlichkeit인데 헤겔은 이 어원적 연결에 주목하였습니다. 윤리는 관습에 가까운 것이지만, 거기에는 또 이성적 요소가 있습니다. 그것이 관습을 윤리로 만드는 것이지요. 이것이 갈등 없는 조화의 삶을 구성했던 것은 그의 생각에 그리스 시대와 같은 예외적인 사회에서였지만, 어느 사회에나 관습이 있고 관습을 넘어서면서도 그것과 일정한 관계에 있는 윤리가 있습니다. 다만 이것이 깨어질 때에, 이성에 의한 규범의 비판적 정립이 필요합니다. 이 이성의 규범화를 필요로 하는, 자연스러운 균형을 잃은 사회에 거의 모든 현대 사회가 다 해당된다고 할 수 있습니다. 여기에 이성의 중요성이 있습니다. 그런 의미에서 칸트의 도덕 철학은 헤겔의 공동체에 대한 이념보다 현대의 자유주의 사회에 맞는 것이겠습니다. 그러나 헤겔이 생각한 관습과 윤리의 원형을 상기하는 것은 이성의 영역을 한정하는 데에 필요할 것입니다.

유희와 쾌락에 대하여

윤평중 문학관에 대해서 질문을 드렸을 때, 이른바 유희도 파토스적인 차원에 포함시키면서 유희가 가능하기 위해서도 로고스가 불가피하다는 말씀을 하셨습니다. 저는 우리의 삶이 문명적으로 복잡화되면 될수록 유희의 차원이 확장되는 것이 아닌가, 또 그러면서 유희가 파토스와 로고스로부터 분리되어 가는 경향을 가지는 게 아닌가 하는 생각을 합니다. 그래서 문화사적으로 포스트모더니즘이 표출되는 시대가 온 게 아닌가 하는 생각이 듭니다. 물론 유희의 지평이 자기 충족적으로 가면 의미로부터의 탈출이 일어나고 윤리가 소거(消去)되는 문제가 발생할 수도 있겠지만, 그렇다고 해도 주정적이거나 주지적인 차원으로의 전면적인 환원은 갈수록 어렵게 되는 것이 아닐까요?

김우창 앞에서도 말했지만, 유희는 규범과의 관계에서만 생각할 수 있는 것이 아닌가 합니다. 규범이라는 것은 늘 잠정적인 가설이기 때문에 규범의 자기 형성 운동 속에 이미 유희가 포함되어 있다고 할 수도 있습니다. 이 경우에 유희는 모든 것이라고 할 수 있을는지 모릅니다. 그러나 그런 경우에도 그것은 심각한 놀이가 되겠지요. 모든 가능성의 사고는 그러한 의미에서 심각한 놀이이지만, 조금 덜 심각한 것이 문학과 예술의 놀이라고 할 수 있을 것입니다. 그러면서도 좋은 문학이란 그 안에 심각성을 감추어 가지고 있는 것입니다. 심각하든 아니든 모든 것이 놀이라고 한다면 우리는 그 가벼움이나 현란함에 곧 현기증을 느끼게 될 것입니다. 우리를 구해주는 것은 먹고사는 일의 심각성입니다. 피할 수 없는 일상적 삶, 생산 활동이 그 중요한 부분을 차지하는 일상적 삶은 괴로운 것이면서, 우리에게 물리적, 생물학적 그리고 경제적 한계를 금 그어 주고, 또 그만큼 안정성을 확보하여 줍니다. 텍스트 외에는 내러티브가 없다고 하고 텍스트는 뿌리 없는 놀이일 뿐이라고 한다면, 그것은 삶의 현실을 잘못 말하는 것이 아닌가 합니다.

윤평중 《월간미술》 과월호를 보다가 베스트셀러가 된 『카트린 M의 성생활』을 쓴 프랑스 월간 미술 잡지 여자 편집장의 인터뷰를 우연히 읽었습니다. 한국적 관점에서 보면 이 여성은 그야말로 상상을 초월하는 자유분방한 성적 삶을 살았는데, 상당한 명성을 누리는 여자가 뜬금없이 그런 자서전을 내서 프랑스 사회조차도 충격으로 몰아넣었다고 합니다. 여기서 유희성과 관련이 있는 대목을 찾을 수 있는데, 카트린은 성생활을 윤리적 차원의 고려로부터 일체 독립시켰어요. 또 인간 사이에 맺어지는 가장 친밀한 주정적인 요소로서의 성의 자화상으로부터도 상당히 거리를 두고 있습니다. 그러면서 여권 해방적이지도 않습니다. 아무튼 완전히 포르노적인 내용을 담고 있으면서도 자신의 성에 대해 객관적인 거리를 유지하면서 냉정하고 분석적으로 써서 기묘한 미학적 감동을 불러일으키는 모양입니다. 따라서 카트린에게 성은 투명한 유희라고 할 수 있습니다. 윤리적인 고려나 주정적인 고려로부터 완전히 자유로울 수는 없겠지만, 그것으로부터 반성적 거리를 갖는 유희인 것입니다. 파토스가 중요하지만 파토스 자체에 매몰되지 않고 자유롭게 되기 위해서는 로고스의 개입이 반드시 필요하다는 것은 맞는 말입니다. 그러나 그 차원 바깥에서 유희가 독자적인 논리를 가지고 자기 반성적으로 추구되면서 인간의 삶을 자유롭게 할 가능성은 아예 없는 것일까요?

고종석 에토스라는 말을 도덕과 관련시키지 않고, 일정한 공동체에서 유지되는 지속적인 습속으로 이해하면, 말씀하시는 유희라는 것도 에토스 안에 포함될 수 있겠습니다. 새로운 에토스를 만들어 가면…….

권혁범 저는 『카트린 M의 성생활』을 직접 읽었는데, 아마 선생님께서 아시기 힘든 성적 이탈에 대한 개인 보고서가 아닌가 싶습니다. 그게 유희에 관련되는 것 같지는 않고 오히려 저는 거기서 아이러니하게도 존재에 대한 어떤 실존적 무심함, 슬픔, 뭐 이런 것을 읽었습니다. 그런 입장의 중요성에 대해서도 판단을 유보합니다. 하지만 그것과 관련해서 생각나는 것은 어떤 감각적 쾌락 같은 겁니다. 선생님의 사유는 심미적인 이성을 키워드로 하지만 이성을 강조하는 입장이고, 이성을 통한 상당히 엄정한 성찰이나 객관적인 비판을 중요시합니다. 선생님의 사유 속에서 감각적인 쾌락, 관능적인 쾌락 부분에 대한 언급을 한 번 정도 본 것 같습니다. 그것의 해방적 성격을 인정하면서 중요하다고 말하셨는데, 그 외에는 찾지 못했어요. 혹시 선생님 사상에서 관능, 쾌락, 감각 등은 도덕이나 이성에 의해서 한구석으로 밀려나 있는 것은 아닌지 모르겠습니다. 또 그게 일종의 억압이 될 가능성은 없는지요. 무용, 춤, 운동, 록 음악 등에 대한 관심을 별로 표하지 않는 것과 관련이 있는지요? 아무튼 관능적인 쾌락이 사유의 어디에 있는지, 이성 도덕주의자들이 갖고 있는 자기 통제를 중요시하는지 평상시에 궁금했어요. 요즘 말로 '몸 인간'과는 거리가 먼 것인지.

김우창 아마 그것은 개인적인 성격에 관계된 일이겠지요. 정신 분석적으로 억압된 것이 많은지도 모르고. 시대나 세대의 문제일 것 같기도 하고.

우리 세대의 성장 환경이나 정치, 경제 사정 등이 보다 궁핍한 것이었다는 것이 아마 주요 원인일 것입니다. 또는 그 반대로 우리 세대는 적어도 부분적으로는 그 궁핍에도 불구하고 산업화 이전 농경 사회의 잔광을 느낄 수 있는 세대였다고 할 수도 있습니다. 하여튼 감각에 대해서는 얘기했지만, 쾌락에 대해서는 별로 이야기를 안 한 것 같습니다. 내가 쾌락에 대해서 별로 이야기를 하지 않은 것은 이성적인 것을 주로 이야기하다 보니까 그렇게 되었는데, 이성적이라든지 보편성이라든지 과학적인 관심이라는 것은 세계를 이해하고 싶은 인식론적 관심에서 나오고, 담론(discourse) 차원에서의 이성적인 관심은 사회학적인 동기에서 나온다는 것에 이러한 결여가 관계되는 것 같습니다. 저절로 개인적인 차원 이야기는 나올 수가 없고 집단적인 사회 차원에서 이야기가 된 것이지요. 개인적인 표현의 욕구는 나의 글에서는 아주 작은 동기였습니다. 글에 썼는지는 모르겠지만, 쾌락하고 낙하고 구분할 수 있다고 생각하는데, 옛날에는 낙으로 만족하고 살았지만 요즘은 쾌락을 추구합니다. 뭘 낙으로 삼고 있다고 할 때는 조용한 즐거움을 말하는데, 쾌락은 폭발적인 것이지요. 어느 사회학적 연구에 이탈리아 토리노의 공장 노동자와 그들의 고향 사람들 중 앞선 세대의 오락 방식을 비교한 것이 있습니다. 농촌에 남아 있던 사람들은 농사일 이외에는 다른 오락을 모르는데, 공장 노동자들은 퇴근 후에 디스코장이나 술집에서 격렬한 오락을 추구합니다. 이 연구 논문의 저자는 공장 노동의 비인간성에서 그 원인을 찾습니다.

읽어 보지 않아서 자세한 말은 할 수 없지만, 윤평중 선생이 설명하신 것으로는 『카트린 M의 성생활』은 재미있는 듯 하면서, 인간 소외의 위험을 담고 있는 것이 아닌가 하는 생각이 듭니다. 올더스 헉슬리가 아니었던가 하는데, 하여튼 20세기 초의 영국의 소설가 하나는 남녀 관계를 성기를 상호 대여하는 계약을 맺는 일이라고 정의한 일이 있습니다. 상호 대여는 물론 성기 이상의 것이 되겠지만 『카트린 M의 성생활』은 매우 지적이고 미적인 자기실현에 가까이 간 듯하면서도, 조금 구식 말로 인격적인 관계는 결여된 것이 아닌가 하는 느낌이 드는군요. 역시 실존적 깊이라는 것은 지적·심미적 유희 이상의 또는 그보다는 저 아래의, 심각성의 차원에 있는 것이 아닌지 모르겠습니다. 물론 이러한 관계가 보다 더 윤리적인 관계로 발전할 수도 있겠지요. 그 미적 유희로서의 성이 완전히 자유로운 이성적 유희에 기초해 있다고 할 때, 그것은 이성의 도덕적 책임에 대하여서도 저절로 열려 있는 것으로 말할 수도 있을 터이니까요. 서양 사람들의 인간관계는 더러 우리의 기준에서 냉랭한 인상을 주지만, 동시에 윤리적 책임이라는 문제에서는 우리보다 앞서 있다는 인상을 많이 받습니다. 가령 고아를 입양한다든가 하는 문제에서 이것을 볼 수 있습니다. 자유로운 이성의 도덕적·윤리적 결정은 그야말로 자유로우면서도 도덕적일 수 있습니다. 그런데 '카트린 M의 성'을 받아들인다고 하여도, 역시 내 이야기는 윤리적인 것으로 돌아가 버린 것 같습니다.

권혁범 감각적 쾌락을 개인적 관심 밖에 두신다면, 감각적 쾌락을 억압하는 사회에 대해서는?

김우창 그것 자체에 대하여 부정적일 필요는 없다고 봅니다. 미국의 「독립 선언문」에 사람의 권리를 규정하면서 자유와 평등 그리고 행복의 추구라는 것이 규정되어 있지 않습니까? 다른 것도 그러하지만, 행복의 추구는 우리 헌법에도 나와 있습니다. 옛날에 내가 우리 사회의 내적 발전을 논하면서, 경제 발전이 우리 사회에 행복의 추구에 대하여 공적인 인정을 가져오게 된 사실에 주목한 일이 있습니다. 이것을 역사적인 것으로 평가한 것입니다. 행복이라는 말이 언제부터 쓰였는지는 모르지만, 옛날에 많이 쓰이던 복이란 말은 아무래도 부귀와 관계되어 사회적으로 규정된 사회적 지위와 재물을 말한 것으로 보입니다. 이에 대하여 행복은 보다 자유로운 형태의 삶의 충족감을 말하는 것으로 여겨집니다. 여하튼 행복의 추구란, 그것이 어떤 것이든지 간에, 개인적인 삶의 완성에 정치적 인정을 부여한 것입니다. 모든 것이 사회적인 내용을 가져야 하는 것으로 되어 있는 우리 사회에서 말입니다. 감각적 쾌락도 행복의 일부가 되어 마땅합니다.

그러나 다른 한편으로 그것을 넘어서는 삶의 범위에서 쾌락의 추구가 어떤 의미를 갖는가를 생각은 해 보아야 하는 것이 아닌가 합니다. 순전히 개인의 삶에 있어서도, 삶은 선택입니다. 선택이란 자유를 말하지만, 달리는 모든 것을 다 할 수는 없다는 필연적 제약을 말합니다. 이 선택을 현명하게 하는 것이 '자신을 돌보는 일'일 것입니다. 이 돌보는 일에는 하나의 선택이 다른 선택에 모순되고 또 다른 가능성을 잘못 배제하는 것이 아닌 것이어야 한다는 조건이 붙습니다. 적어도 그것이 지혜입니다. 여기에 이성적·합리적 고려가 없을 수 없습니다. 삶은 우리에게 다양한 가능성을 제시합니다. 쾌락은 이 가능성 속에서 생각되어야 할 것입니다. 특히 쾌락이 무한한 욕망의 추구를 의미한다면, 그것은 모순과 갈등과 혼란을 의미할 것이 틀림없습니다. 물론 다른 욕망의 경우에도 그러하지요. 그러한 욕망을 선택하는 자유도 자유라고 하여야 하겠지만. 현대 사회에서 욕망의 해방은 인간 해방의 의미를 가지고 있으면서, 동시에 인생 파탄의 처방을 말하는 것이라고 하지 아니할 수 없습니다. 들뢰즈가 인간을 '욕망의 기계' 라고 부르는 것은, 그 언어 자체가 다분히 시장의 허상에 지배된 생각이지 않나 합니다.

역설적으로 금욕주의가 행복 추구의 한 방편인 면도 있습니다. 그것이 강제 규정이 될 때, 또 극단적인 것이 될 때, 불행한 결과를 가져올 수 있지만, 이성적 자기 한정이라는 의미에서의 금욕주의는 삶의 불가피한 조건의 하나일 것입니다. 집단적으로 보면 더욱 그러하지요. 제한된 지구의 자원에서 무한한 욕망 추구가 허용될 수는 없을 것입니다. 그리고 그것이 가져올 사회적 갈등과 불균형을 생각하면 더욱 그러합니다. 완전히 억압이 없는 사회란 프로이트가 인정한 것처럼 불가능합니다. 다만 억압이랄까 불가피한 불편이랄까 하는 것의 범위는 다른 쪽이나 마찬가지로 끊임없이 비판적으로 검토되어야 하겠지요. 개인적으로나 집단적으로나 제한된 삶의 경제에서 금욕의 원리는 받아들일 수밖에 없다고 생각합니다. 바로 정신 차리고 밑천 뽑으면서 살려면 그렇습니다.

윤평중 이야기가 다시 문학관으로 환원되는데, 그렇다면 감성적 추구든지 파토스에의 탐구든, 문학을 문학답게 하는 출발점 내지는 양보할 수 없는 요소로서의 이성이 약화되어 버리는 것 아닙니까?

김우창 문학이란 감각과 이성이 계속적으로 긴장과 투쟁을 벌이는 전초지역입니다. 한쪽으로만 말하는 것은 옳지 않을 것입니다. 그러면서도 문학이 균형을 제시하는 동시에 갈등도 제시하는 것은 사실입니다. 그러나 문학이 파토스 쪽에 있다고 하여도 그것은 사회의 다른 억제 세력과의 균형 속에 있어 마땅합니다.

여건종 『카트린 M의 성생활』에 관심을 갖는 이유는 성이 우리 사회의 억압 기제와 관련되어 있다는 인식에서 오는 것이 아닌가 합니다. 해방의 담론으로부터도 해방되어 순수한 유희로 남고 싶다는 의도 자체가 사실은 사회적 욕구의 표현이라는 생각이 드는데요. 그런 의미에서 심미적 이성에 대한 선생님의 생각들을 사회적 이성과 관련해서 더 얘기해 봤으면 합니다. 선생님의 개념 중 사실 가장 정의하기 어려운 것이 이성이라는 생각이 듭니다. 모호하고 난해하다고 비판하는 사람들도 있습니다.

김우창 모든 걸 생각해 놓은 것이 아니기 때문에 비판을 받으면서 새롭게 정리를 해야 하겠지요. 이런 물음과 답변이 — 내 스스로에게나 다른 관심 있는 분에게 — 생각을 밝히는 데에 도움이 되기를 바랄 뿐입니다. 성부터 이야기해 보면, 성의 억압이 정치적 억압의 원인이 된다는 생각은 어느 정도는 수긍할 수 있는 일입니다. 그러나 그것은 사태의 한 부분, 그것도 일차적이라기보다는 이차적인 한 부분이라고 말하는 것이 옳다고 생각합니다. 여 선생이 반드시 서양의 경우를 생각하는 것은 아니겠지만, 서양에 두 억압을 연결하는 생각이 많이 있었고 지금도 있지요. 인류학자들의 연구에 성이 자유로운 곳과 엄격하게 통제된 곳, 두 곳의 정치 체제의 자유와 억압을 대비시킨 것들이 있고, 프로이트를 비롯하여 정신 분석의 전통, 특히 정신 분석 좌파의 전통은 성의 억압과 정치적 억압을 연결시킨 바 있습니다.

대표적인 예가 『에로스와 문명』의 마르쿠제이죠. 또는 빌헬름 라이히를 생각할 수도 있는데, 가령 라이히의 생각 가운데 청소년기, 사춘기의 성 억압이 파시스트적 정치 체제의 심리적 근거가 된다는 것이 있습니다. 그런데 적어도 나의 피상적 생각으로는, 조선 사회에서의 조혼 풍습 같은 것이 그러한 문제의 해결에 어떤 도움을 주었다고 할 수 있을까 의심이 갑니다. 또 조선 사회에서 남자의 경우 성의 자유가 그렇게 제한되었다고 할 수는 없을 것입니다. 이것이 억압적 정치 체제의 인간화에 얼마나 도움이 되었는지 모르겠습니다. 정치 해방에 성의 자유가 필요하다면, 그 자유는 보다 복합적인 인격이 관계된 의미에서만 정치에 기여하였을 것입니다. 결국 필요한 것은 자율적 개체로서의 인간에 대한 존중이고 그 체제상의 보장입니다. 조선 시대의 성은 그 토대 위에서 개인의 삶과 인간의 삶으로서 생각되었어야 합니다. 다시 말하여 여기에 문제 되어 있는 것은 개인의 인격을 존중할 수 있는 정치 체제이지 반드시 성은 아닙니다. 성의 자유는 그 안에서의 문제이요.

결국 그러한 체제는 이성적 체제를 말하는 것일 것이기 때문에 다시 한 번 이성이 중요하다는 말이 되겠습니다. 그러나 이성이 전부라는 것은 아닙니다. 이것은 새삼스럽게 말할 필요도 없는 것 같은데, 하여튼 이성의 영역은 외면적 세계입니다. 이성의 보편적 요구에 따르는 사회 질서 그리고 법의 질서는 여러 사람이 공존하기 위해 필요합니다 그런데 공존을 위해서는 여러 사람이 흔히 이야기하듯 하나가 돼야 하기도 하지만, 여러 사람이 따로따로 존재하는 것을 인정해야 합니다. 하나로만 존재한다면 무슨 법질서가 필요합니까? 모든 것이 저절로 돌아갈 텐데. 우리 사회에서 이상화되는 것이 이러한 하나라는 것이지만, 이성적 질서는 여러 사람이 따로 움직일 가능성을 전제하면서 공통분모를 찾고 또 그것을 넘어가는 하나의 원리를 확인하는 것입니다. 이 개체적 존재에 대한 존중은 바로 이성을 넘어서는 실존의 요구에 충실할 수 있는 조건을 만들어 내는 것이지요. 앞에서 말한 바와 같이 이성적 질서는 하나로 묶으면서 하나하나를 떼어 놓는 장치입니다. 그러니까 비이성적 삶의 근본을 확보하기 위해서 필요한 것이라고 할 수 있습니다.

여하튼 사랑의 체험이나 영혼의 열림이라는 것이 궁극적으로 이성적 차원에 저촉되는 것은 아니에요. 또는 이성적 초월의 충동은 바로 삶 자체의 근원적 에너지로 인하여 가능한 것이라고 해야 할는지 모릅니다. 플라토닉 러브라고 하는 것이 이러한 것을 극단적으로 도식화한 것이지요. 르네상스 시기 이탈리아의 플라톤주의자들은 인간의 육체에서 시작하는 사랑이 하늘에 이르는 길을 나타내는 사랑의 사다리를 생각했습니다.

권혁범 이성에 관한 논의에서 젠더와 섹슈얼리티에 대한 사유 및 인식론과 관련해서 어떤 페미니스트적인 반론이 가능할 것 같습니다. 여기 주제에 들어가지 않아 본격적으로 논의할 수는 없지만, 선생님께서 여성 해방을 지지하는 것으로 알고 있는데 텍스트에서는 상대적으로 젠더 문제에 대한 언급이 별로 없는 편인데요. 서구 로고스주의에서 남성 중심성 혹은 남성주의적 편향을 읽으면서 독자적인 여성적 사유 및 윤리 — 대표적으로 길리건(Carol Gilligan) — 혹은 돌봄의 윤리(ethics of care) 같은 것을 제시하는 여성주의 학자들이 있습니다.

윤평중 공적이고 상호 주관적인 지평에 걸쳐져 있는 합리성의 범주를 이성이 담아내면서, 동시에 개체적이고 주관적인 차원에서의 마음의 깊이와 감성의 무늬를 포착해 내는 태도가 '심미적'인가요?

김우창 사회적 이성의 냉정한 외적인 관계에 대비하여 심미적인 것은 더 넓은 것이 아닌가 생각합니다. 나에게 중요한 책 중에 하나는 실러의 『인간의 미적 교육에 대한 편지』였습니다. 이 책에서 그는 권력 국가나 법치 국가에 대하여 미적 국가의 가능성을 말하고 있는데, 사람이 가지고 있는 유희와 형상에 대한 본래적인 느낌을 계발함으로써 힘과 법을 넘어서는 자유롭고 조화된 국가를 구성할 수 있다고 말합니다. 마음의 깊이, 실존의 깊은 요구에 부응하는 자유로우면서 조화된 국가가 심미적 원리에 의하여 이루어질 수 있다는 것이지요. 그것이 가능할지 어떨지는 모르지만, 잊을 수는 없는 이상이라고 할 것입니다.

그런데 이러한 사회적 관계를 떠나서도 미의 원리는 삶을 정위(定位)하는 데에 필수적인 것으로 말할 수 있습니다. 자연과의 관계에서 주된 인간의 인식 기능인 이성의 성질에 대하여 여러 가지 비판이 있는데, 이것을 보충하여야 하는 것이 과학을 넘어서는, 존재에 대한 느낌 또는 미적인 인식이라는 생각이 있지 않습니까? 여기에 대해서는 앞에서도 이야기하였습니다. 되풀이하건대 하이데거의 과학적 이성에 대한 비판은 그것이 도구적·기술적 그리고 구성적이라는 것이고, 그렇기 때문에 있는 대로의 자연 또는 더 넓게 말하여 존재를 알게 하는 것이 아니라는 것입니다. 그리고 이 존재는 상당 정도 시적인 직관으로서만 우리에게 알려진다는 것입니다. "사람은 지구 위에 시적으로 거주한다."라는 명제는 하이데거가 휠덜린의 시를 논하면서 말한 것이지만, 그리하여 사람이 스스로의 삶을 바르게 살려면 시가 필요하다는 것을 함축한 것이지요. 이 시적 직관은 나중에 좀 더 포괄적으로 사유라는 이름으로 확대되었습니다. 다만 이것으로 전부를 해결할 수 있다고 생각하는 것은 위험한 일이겠지요.

일반적으로 미를 생각할 때, 한 가지 생각은 미라는 것은 예술가가 만들어 내는 것이라는 것입니다. 미의 대표적인 표현인 예술 작품이 허구라는 생각은 여기에 이어져 있지요. 그런데 하이데거의 시적인 직관 또는 사유는 창조적 기능보다도 인식적 기능, 진리의 기능으로 이해됩니다. 그에게는 사람의 느낌은 대체로 진리의 기능을 가지고 있습니다. 그러니까 이 느낌은 주관적이고 자의적인 것이라기보다는 진리에 대하여 수용적인 열림을 가능하게 하는 마음의 상태입니다. 시적인 직관 또는 느낌이 중요하다면, 그것은 이러한 인간의 마음이 과학적 이성보다도 더욱 넓게 선입견 없이 진리에 열릴 수 있는 것이기 때문입니다. 그러니까 그것은 무사 공평한 마음의 상태를, 그리고 동시에 주어진 것에 순응하는 마음을 말합니다. 저절로 자연의 신비를 느낀다든지 할 때 나오는 마음가짐이지요. 어쩌면 성리학의 경(敬) 또는 공경하는 마음과 비슷하다고 할 수도 있지요. 또는 슈바이처 같은 사람의 생에 대한 외경심과도 비슷하고 그런 점에서는 유희적인 원리로서의 미적인 것과는 거리가 있는 것이지요. 하이데거의 시적인 열림이 미적인 것 전부에 일치하는 것은 아닙니다. 미는 유희로, 또 진리로 여러 측면에서 생각되어야 할 것입니다.

윤평중 하이데거의 나치 옹호는 두고두고 논쟁이 됐습니다. 비판적인 시각에서 보면 하이데거의 순응적 태도에 잠재적 문제가 있지 않았을까요? 결국 무엇에 대한 순응인가, 또 그런 순응이 공적 이성에 의해 어떻게 판단될 것인가가 문제의 초점일 것입니다. 시적이고 신비적인 열림과 받아들임을 주장한 하이데거는 결국 초기의 정치적 실천에서 히틀러의 나치즘에 매력을 느꼈죠. 이를 두고 그의 정치적 오류라고만 할 수는 없습니다. 단순한 개인적 오류가 아니라 『존재와 시간』 후반부에 그의 철학적 사유가 나치즘으로 경도될 수 있는 충분한 단초가 이미 예비되어 있습니다. 하버마스는 더 나아가 후기 하이데거의 유명한 전회(轉回)가 자신의 나치 부역을 인간 종(種)에 고유한 역사적 오류로 치환시키고자 하는 철학적 부정직성을 시현(示現)하고 있다고까지 맹공하고 있습니다.

김우창 하이데거의 나치즘과의 협조는 순종적 태도보다는 시를 위하여 이성을 거부한 것 자체에서 일어나는 일이 아닐까 합니다. 사회의 원리는 이성이고, 정치 구성체이고, 법이지요. 이것 없이 집단적 삶이 가능할 수가 없습니다. 다만 그것의 내용이 존재의 시적 진실이 되겠지요. 하이데거는 이 진실의 제도적 그릇을 등한시한 것이 아닌가 합니다. 그러나 그의 말은 들을 만한 것입니다. 마치 삶의 수단으로서의 정치나 경제가 삶의 목적인 것처럼 착각되는 수도 있으니까, 시적인 존재로서의 인간을 잊지는 말아야 하겠지요.

순종—하이데거에게서 존재에 귀를 기울인다는 것은 순응한다는 것에 밀접히 관계되어 있습니다. 독일어에서 hören(듣다), horchen(귀 기울여 듣다), gehorchen(순종하다), hörsam(들을 수 있는), gohorsam(순종하는)은 서로 이어져 있는 말인데, 우리말에서도 말을 듣는 것이 말을 잘 듣는 것이 되면 의미가 조금 달라지지요. 순종 또는 순응은 그렇게 나쁜 것만은 아니지 않을까요. 사람은 무엇인가에 순종하게 마련이지요. 신일 수도 있고 윗사람일 수도 있고 관습적 사회 규범일 수도 있지만, 이것을 이성으로 대체하려는 것이 서구 근대성의 노력입니다. 그것이 자유의 조건이지요. 누구나 자기 나름의 삶의 이치를 알아내어 그에 따라 살 궁리를 합니다. 다만 이 이치가 자의적이고 강압적이 아니기를 원하는 것이지요. 그런데 이 삶의 이치에 이성의 도구적 변형을 넘어서는 다른 것을 생각하는 것은 너무나 당연스러운 것 같습니다. 하이데거는 독일 종교의 경건주의, 정적주의를 물려받았습니다. 그러나 경건성이나 조용한 것이 존재하기 위해서는 이상적 질서가 존재해야 한다는 것, 그는 이것에 대해서는 생각 안 한 것 같습니다. 그러한 것이 나치즘이 아니라 더 이성적이고 합리적인, 자유로운 질서 속에 존재할 수 있다는 사실에 대해서 생각하지 못한 거죠.

윤평중 적당한 비교일지 모르겠지만, 한국 철학자로서 박종홍 선생이 하이데거와 비교됩니다. 한국 철학 1세대의 대표 철학자라고 할 수 있는 열암 선생은 일생 동안 쌓아 올린 탁월한 학문적 업적과 교육자로서의 성과를 뒤로하고 말년에 박정희 정부 청와대 보좌관으로 참여하여, 유신 시절 독재 정권의 국민 만들기 작업의 기초가 되었던 국민 교육 헌장을 작성한 분이죠. 민주화가 된 뒤 한동안 열암의 정치적 실천은 미스터리로 여겨지면서 특정 학맥이 주류를 장악한 한국 철학계에서 그 논의가 금기시되다시피 했습니다. 그러나 우호적인 시각에서 볼 때 나라를 위하는 민족주의적 감성과 유학적 경(敬)의 사상 등이 주요한 동인이었을 것이라는 분석이 이미 개진되었습니다. 그런데 선생님께서는 미당에 대해서 정치적 판단을 유보할 수밖에 없는 시적·미학적인 면을 지적하셨습니다. 미당의 『질마재 신화』에서 발견되는 '신라 신비주의'에서는 하이데거에서 찾을 수 있는 경건주의나 내적 진정성 같은 것이 결여되어 있다고 보시는지요?

김우창 미당의 경우 하이데거적인 의미에서 종교적 시인이라고 할 수는 없을 것 같습니다. 그의 친일이 문제가 되는데, 그것은 그의 세속주의, 반드시 타매(唾罵)할 것은 아닌 세속주의 또는 세간주의에 관계되어 있는 것인지도 모르지요. 험한 시대에 사는 사람들은 종교가 아니라도 신앙과 비슷한 확신을 가져야 하는 것으로 보입니다. 이것은 그 나름의 극단주의를 낳고 조화된 삶의 성취를 어렵게 합니다.

윤평중 그러나 보기에 따라서는 한국인에게 신라 정신이라는 것이 나름대로의 민족주의적 교설이나 고유한 정체성의 하나로 재구성될 수 있는 가능성도 배제할 수 없는 것 아닙니까? 하이데거가 초기 나치즘의 민족적 신비주의라는 자화상에서 퇴폐한 자본주의와 공산주의의 대안을 찾았던 것처럼요.

김우창 신라는 불교 사회니까 물론 신라 정신이 있다면 그것은 종교적 색채를 가진 것이겠지요. 미당은 신라를 종교적 차원에서 이해했다기보다는 현실적이고 마술적 차원에서 또 하나의 공동체적 삶의 이상을 대표하는 것으로 이해한 것 같습니다.

윤평중 미당의 시도 시지만 미당의 산문에도 독자적인 맛이 있습니다. 엄청난 만연체인데 미당밖에 쓸 수 없는 문체이지요. 이를테면 이런 얘기가 나옵니다. "고창 선운사 앞에 소나무 숲이 있는데, 바람 소리 중에 선운사 앞 소나무 숲을 쓸고 지나가는 바람 소리가 가장 그윽하답니다."

김우창 자연은 시의 소재이고 자연의 영적인 의미는 거의 모든 시인의 메시지가 아니겠습니까? 미당은 자연주의자라고 할 수 있습니다. 그도 자연에 존재하는 근본적인 조화를 말합니다. 그러나 자연은 그에게 무엇보다도 인간을 편하게 해 주는, 인간의 욕망을 성취해 주는 장소로 생각됩니다. 산꼭대기에 구름이 있는 것은 둘 사이에 어떤 견인력이 있기 때문이라고 합니다. 그것은 남녀 관계와도 비슷합니다. 남녀 사이에 끌리는 것이 있다면, 몇 번의 윤회 과정을 거쳐서라도 두 사람은 맺어지게 마련이라는 이야기가 미당의 시 여러 편에 들어 있습니다. 윤회를 욕망의 긴 주기(週期)로 해석한 것이지요. 미당이 종교적이라면, 그의 종교는 이렇게 차안적입니다. 신비주의나 고행주의 등은 없지요.

미당을 떠나서 신비주의를 생각하면, 그것을 어떻게 정당화하느냐 하는 것은 쉽게 말할 수 없지만, 삶과 우주의 신비에 대한 느낌은 정당성 여부를 떠나서 사람의 삶에 필요한 것이 아닌가 합니다. — 미당이 그것을 가지고 있다거나 아니 가졌다거나, 또 그로 인하여 그의 시가 어떻게 평가되어야 하겠다거나 하는 이야기는 아닙니다. — 어떤 심리적인 계기가 있어 그것은 사람으로 하여금 우주의 신비에 마음을 열게 합니다. 그런데 이것은 사실 우리의 삶이나 사회를 생각하는 데에, 미결정의 상태에서 — 여러 가능성을 생각하고 자유과 창조적 행동을 생각하고 — 단순히 생각을 하는 데에 있어야 할 바탕이 됩니다. 사회생활에 필요한 자기 성찰적인 영역은 여기에 쉽게 이어집니다. 이성적인 사회 질서가 도구적인 것으로 실패하는 것을 막을 수 있는 것도 이 미결정의 상태의 가능성을 통하여서입니다.

고종석 절대자에 대한 믿음 없이도 그런 세계관이 가능합니까?

김우창 인간의 밑바닥에는 그런 게 있지 않을까요?

여건종 초월성에 대한 인식이라는 거겠죠.

권혁범 이성이 고려해야 하는 것이, 초월적 세계가 공존하지 않으면 질서를 보장하는 세계가 공존할 수 없다는 것이죠.

김우창 우리가 사는 세계는 우리를 넘어가는 세계, 즉 초월적인 세계와 끊임없는 관계 속에 살고 있습니다. 이성적으로 구성하려고도 하고, 종교적·미적으로 이해하려고도 하지만 사람의 근본에는 그런 세계가 들어 있어요.

고종석 그것은 태어난 뒤 배우는 게 아니라 생물학적으로, 그러니까 유전자 안에 들어 있는 것인가요?

김우창 한 가지 설명하자면 심미적 이성이란 메를로퐁티의 말을 가져다 쓴 것인데, 거기에서 중요한 것의 하나가 개념적으로 이해할 수 없는 이성이 있다는 겁니다.

여건종 개념적으로 이해할 수 없는 이성이라는 것은 구체적 감각의 세계의 배경을 구성하는 보편성의 영역으로서의 초월적 세계, 혹은 그것의 선험적인 조건으로 있는 것이라고 이해할 수 있을까요?

김우창 용어를 정의하지 않으면 분명하게 말할 수 없겠습니다만, 이 세상을 넘어가는 어떤 신비한 것이라는 의미에서 초월적인 것을 말하기 전에, 이 세상에 존재하는 것들의 구성적 요건으로, 그러니까 선험적 조건으로 이러한 초월적 느낌을 말하는 것이 순서일 것 같습니다. 심미적 이성을 다시 설명하면, 심미는 영어로 aesthetic인데, 흔히 말해서 감각에 관련되는 것으로 감각 속에 이성적 계기가 있음을 뜻합니다. sens는 감각이지만, 프랑스어에서는 방향, 의미라는 뜻을 갖고 있습니다. 초월적인 것과 심미라는 것이 감각 속에 들어 있어요. 감각은 육체가 없이는 불가능한데, 육체는 우리의 가장 구체적인 실존 근거가 되면서 보편적인 법칙 속에 들어 있습니다. 우리의 육체는 생명의 근원으로부터 진화해 나온 것으로, 몸을 유지하고 있는 화학 물질은 우주의 근본 요소로부터 나온 것입니다. 그러면서 그것은 화학 물질과 등가의 관계에 있는 것은 아닙니다. 그래서 내 몸뚱어리가 무어냐는 질문에 대답하기란 굉장히 어렵습니다. 비슷하게 이러한 보편적이고 물질적인 것이 어떻게 감각이라는 질적 느낌으로 바뀌는가에 대하여서도 간단한 답이 없습니다. 과학자나 철학자들은 결국 평행적인 현상이라는 것을 지적하는 것으로 그치는 것 같습니다.

그러나 관계가 없는 것은 아닐 것입니다. 가령 먹는 음식만 해도 그래요. 영양이 어떻고 하지만, 화학 물질로는 굉장히 보편적인 것입니다. 그것이 어떻게 감각적인 현상으로 변하는가 하는 것은 쉽게 답할 수 없지만, 관계가 있기는 한 것이겠지요. 물은 장구한 세월 동안 존재해 온 무기물인데, 물맛이 좋다 하는 섬세한 감각은 생명 유지에 필요한 것입니다. 그런데 그 물맛이란 이러한 필요를 직접 연역해 낸 것이 아니라 우주의 태초로부터 있어 왔던 생명체와 무기물과의 연결에서 진화해 온 것이라고 해야 할 것입니다. 필요와 맛의 번역이 연역적으로 이루어진 것이 아니라는 말입니다. 음식물도 그렇고, 모든 물질은 그 나름의 법칙 속에서 움직이고 있습니다. 이것들이 합쳐서 이루는 어떤 상태도 직접적인 인과 관계로 연역되는 것이 아닌 법칙성을 가지고 있습니다. 그것에 대응하는 감각이라든지, 육체적 느낌이라든지 하는 것도 인과 관계나 효용 관계로만 말하기 어려운 어떤 이치를 가지고 있을 것으로 생각할 수 있습니다. 다만 그 신비를 이해하기가 어려운 것이지요. 더욱 큰 신비는 틀림없이 보편적 법칙에 통제되는 무수한 인자들로 구성되어 있으면서도, 독특한 느낌을 가지고 독특한 생각을 하는 자아가 어떻게 존재하느냐 하는 것입니다. 그러면서 이 독특한 감정과 사상과 감각의 존재도 어떤 보편적 법칙 속에 있으리라고는 생각할 수 있습니다. 좀 더 단적으로 말하면 개체적 삶의 독특성 그것도 모순어법으로 일반적 법칙 속에 있다는 말입니다. 거꾸로 사람의 삶을 지배하는 일반 법칙은 개인의 특수성 속에서 실현된다고 할 수도 있지요. 물론 이러한 이야기는 더 엄밀하게 생각해 보지 않으면 그저 횡설수설이 되고 맙니다.

정치적인 것과 내면적인 것

여건종 선생님의 생각을 대표하는 개념으로 구체적 보편이나 심미적 이성 같은 것들은, 변증법적 역동성이라고 할 수 있는 특징을 공통적으로 가지고 있다는 생각이 듭니다. 다른 측면에서 선생님께서 정치적인 것과 인간의 내면의 관계를 설정하는 방법에서도 이러한 변증법적 역동성을 찾아볼 수 있을 것 같은데요. 이 문제, 즉 선생님의 생각에서 정치라는 것이 무엇을 의미하는가에 대해 얘기를 나눠 보기로 하죠.

권혁범 선생님의 정치 철학에 대해서 오래전부터 정리하고 싶었습니다. 원래 정치학에서 문학으로 전공을 바꾸신 적이 있지만 정치에 대한 관심이 많고, 아니 관심 차원이 아니라 독특한 정치 철학을 이루고 있다고 보입니다. 이번에 세심하게 선생님의 글을 다시 읽어 보니까 정치에 대한 것, 정치적 주제와 관련된 텍스트가 놀랄 만큼 많더군요. 그런데 정치와 문학은 같은 것이라고 하시면서도 굉장히 다른 차원에 있다고 지적합니다. 문학이나 정치가 "인간의 삶에 대한 전체적 비전"이라는 점에서 하나일 수 있다고 하면서도, 문학은 구체적 인간의 문제이며 정치는 삶을 집단적 범주로만 한정시키는 경향이 있다고 말씀하십니다. 문학은 사실 정치에 의해 잡히지 않는 일상적 삶의 복합성을 정치에 제기하는 일, 집단적 요구의 한계를 민감하게 인식하는 일인지도 모릅니다. 선생님께서는 내면적 과정 없이 인간은 주체가 될 수 없으며 그것을 억압하는 정치의 한계도 뚜렷하다고 보십니다. 정치는 실재적이지만 동시에 내면을 포괄할 때 비로소 '완전히 인간적인 정치'가 될 수 있다고 주장하시는데 이 점이 선생님을 많은 다른 서양의 근대 사상가와 구별시키는 지점이라고 생각하는데요.

제가 이해하기로는 정치는 문학의 핵심일 수도 있는 내면적인 과정을 포괄하지 못하고, 그것을 억압하기도 하고 없애기도 한다고 말씀하시는 것 같습니다. 선생님이 생각하시는 정치는 집단적 범주에 대한 이야기인데, 이상적인 정치는 인간의 어떤 내면적인 과정을 끌어들임으로써 완성되는 건지, 그렇다고 할 때 정치는 그 자체 안에 문학적인 사유를 끌어들여야 되는 것인지요?

윤평중 선생님 글에서 정치는 명백히 주요 화두의 하나입니다. 한국 사회에서 정치라는 단어는 타락한 언어로 치부되는데 선생님은 정반대의 뜻으로 쓰고 있습니다. 즉 내면적인 성숙과 전인적인 삶에 대한 의무를 담아내는 부분이 있어야 온전한 정치라고 보시는데, 이것은 정치 철학적 관점에서 보면 일종의 덕의 정치 개념과 이어지는 것 같습니다. 그러나 근대 정치사상의 흐름은 덕의 정치라고 하는 대단히 오래된 — 서양에서는 아리스토텔레스까지 소급되고, 동북아시아에서는 국정 철학으로서의 유가(儒家) 이데올로기로까지 소급되는 — 입장에 대한 안티테제입니다. 홉스, 로크로부터 시작되어 절차주의적인 권리의 개념을 중점으로 형성된 불가침의 인권론이 축조(築造)되면서 자유주의나 자유 민주주의로 확대되어 주류 정치사상으로 뿌리를 내리게 됩니다. 사실 서양에서도 이런 자유 민주주의 정치사상은 보편사적 해방의 차원 외에, 그 역기능으로 공허한 자유와 권리 만능의 태도를 불러온 측면이 있습니다. 니체 식으로 이야기하면 최후의 인간, 즉 자신의 쇄말(瑣末)적인 자질구레한 권리 외에는 대국적인 것이나 따뜻한 심성, 국가 공동체의 큰 목적을 고려하지 않는 인간을 양산해 내고 있습니다. 이는 우리나라에서도 왜곡된 형태로 찾아볼 수 있는 현상입니다.

선생님의 정치관에 대해 이해하면서도 떠오른 의문은 이렇게 정리될 수 있습니다. 내면적인 인간 형성이나 조화로운 연대성 자체를 정치의 큰 목표로 설정한다면, 역사가 주는 교훈은 그런 덕의 정치가 자유롭고 민주적인 것과 충돌할 수 있다는 것입니다. 자유 민주주의를 우리가 통과해야 하는 중간적 지점으로 설정할 때, 선생님께서 염두에 두시는 이상적 정치를 구체적 정치사상으로 형상화할 수 있을까요? 엘리트주의적인 정치 담론이 실천적으로 폐쇄주의로 빠질 위험성을 배제하고 내면성, 인간 완성, 또는 그윽한 마음의 깊이 등을 현실적 정치 체제가 담아낼 수 있을까요?

김우창 매우 어려운 근본적인 문제입니다. 정치 공간은 다원적이기 때문에 그것이 인간 생존에 갖는 의미를 쉽게 일방적으로 정의하기는 어렵습니다. 윤 선생이 지적하신 것처럼 내면성을 강조하는 정치라는 게, 덕치의 이상, 윤리적 이상에 가깝다는 말로써 대답을 시작하겠습니다. 덕치라는 것은 이상적으로 나쁜 것이 아닙니다. 덕치에 반대되는 것이 힘이나 법에 의한 통치인데, 그런 강제적·물리적 수단을 동원하지 않고 덕이 많은 통치자의 영향력을 통해서 저절로 바뀌는 통치를 하는 것은 버려서는 안 될 좋은 정치적 이상입니다.

조선 시대부터 20세기로 들어오면서 생긴 정치적 변화에 있어서, 덕치든 법치든 정치적 내실에서는 큰 차이가 없다고 할 수도 있지만, 사상의 측면에서는 도덕 우선의 정치, 덕의 정치로부터 힘의 정치를 인정하는 방향으로 변했습니다. 이것은 제국주의 세계에 대한 자기 방위책으로 불가피한 것이기도 하였지만, 서양 사상의 영향으로 인한 것이기도 합니다. 19세기 말부터 중국에서는 다위니즘을 받아들인 적자생존 사상이 많이 언급되었는데, 신채호의 역사 이해를 보면, 물론 국제 관계를 우선적으로 보고 한 것이기는 하지만, 정치의 핵심이 힘이라는 생각이 강하고, 그것이 민족주의와 합쳐지면서 주류적인 사상이 되었습니다. 이는 지난 500년 동안, 더 나아가서는 공자 이후의 동양 사상에서 내실은 어떨지라도 적어도 명분상으로 정치의 핵심은 덕이라는 테제에 반하는 입장입니다. 이것은 신채호도 그렇고 중국의 량치차오(梁啓超)도 그렇고, 사실 마르크스주의, 마오(毛) 사상에서도 그렇습니다. 지금 우리의 현실 정치에서도 정치의 핵심은 힘 또는 권력이라는 것이 일반적인 생각이 되었죠. 그게 우리 정치사상사에서 가장 큰 변화입니다.

덕을 이야기한 사람들이 머리가 나빠서 현실 정치의 움직임에 대해 마키아벨리와 같은 통찰력을 가지고 있지 않았던 것일까요? 그렇게 생각하는 건 한국 사람이나 중국 사람을 너무 바보로 생각하는 것이 아닐까요? 현실은 그렇지 않더라도 이상적으로 덕을 중심으로 생각하면서 어떻게 현실 움직임을 덕으로 변형시킬 수 있느냐, 이처럼 이상적인 방법으로서 생각한 것이지 현실 정치가 그렇다고 생각한 것은 아닌 것이 아닌가 하는 생각이 듭니다. 공자 시대도 혼란스러운 시대여서 여러 형벌도 많았고, 이것은 곧 뒤따라 나오는 법가(法家) 사상으로도 알 수 있습니다. 프랑스의 에티앙블(René Étiemble)이 쓴 『공자』라는 책은 시대의 참혹상을 강조하고, 공자도 그것을 알고 거기에 대한 처방을 내린 것이라는 점을 말하는 대목이 있습니다. 장기적으로 볼 때, 수백 가지에 이른 당대의 가혹한 통치법이 별 효과를 갖지 못한다고 유가들이 생각한 것이 아닌가 합니다.

우리 정치사상에서는 정치와 덕을 이야기하면, 그것을 권력에 대한 투쟁에 있어서의 정치 선전 수단으로 생각하는 경향이 있습니다. 사실 그 점을 무시할 수 없습니다. 칸트는 『도덕 형이상학 원론』의 첫 번째 부분에서 권리의 이론을 말하고, 두 번째에서 덕의 이론을 이야기합니다. 칸트에 따르면 공적 사회에서 기본적인 질서를 이룩하는 것은 권리이지 덕은 아닙니다. 다른 사람의 선행에 의존해서 목숨을 부지한다는 것은 나의 인간 존엄성을 손상시키는 결과를 가져올 수 있습니다. 그러니까 공적인 사회 구성이라는 것은 권리에 입각해야지 덕성에 입각해서는 안 됩니다. 이러한 것이 칸트에 들어 있습니다. 덕에 입각해서 사회를 구성하려 한 조선 시대는 불평등한 사회고, 인간의 존엄성에 대한 보편적인 이해, 인권, 법치 사상이 일어날 수 없었던 사회였습니다. 이론적으로 보자면 모든 사람이 수행을 통해 덕을 쌓으면 좋은데, 현실에서는 특정한 사람만 덕을 쌓는 기회를 갖습니다. 그 사람이 권력을 가지게 되는 것까지도 어느 정도 좋은데, 덕의 존중은 그것을 이데올로기화하는 결과를 낳아 덕과 권력을 전도하는 결과를 가져오게 됩니다. 덕이 있는 사람이 권력을 가져야 한다면, 권력을 가진 사람은 덕이 있는 사람이 됩니다. 권력의 덕을 보는 것이지요. 그런데 덕 그 자체도 특권을 만들고 엘리트를 만듭니다. 덕을 쌓지 못한 사람은 인간이 아닌 사람이 되죠. 덕이 있는 사람은 비인(非人)이 하는 얘기를 들을 필요가 없게 되기도 합니다.

한쪽으로는 덕의 이상을 지켜야 하지만, 동시에 덕에 의한 현실 정치라는 것은 궁극적으로 인간 존엄성에 대한, 모든 사람의 평등과 자유에 대한 손상을 초래하게 됩니다. 그래서 칸트 같은 사람도 덕, 실천 이성, 도덕을 생각하지만 결국은 프랑스 혁명의 인권 사상이라든지 합리적인 법률 질서 속에서 사는 것이 옳다고 생각한 것입니다. 칸트가 평등주의자인지 불분명함에도 불구하고, 합리적인 법질서 속에서 사람이 살아야 한다는 말은 모든 근대 국가에서 받아들이고 있습니다. 다시 되풀이하는 이야기지만, 덕치의 이상을 버리면 안 되지만 현실에서 일어나는 여러 가지 폐단을 의식해야 하고, 현실적으로 볼 때 덕의 존재를 부정하지 않으면서 권리를 보장하는 법률 제도를 확립하고 정치 제도를 만들어 내야 합니다.

덕의 세계라는 건 상당 정도는 내면성의 세계입니다. 이것을 정치에 관련시키면, 내면적인 수양을 통해서 어떻게 사회적·법적·정치적인 질서를 수립할 수 있느냐는 과제가 있을 수 있습니다. 이 점에서 사람의 내면적 특성으로 강조되는 것은 인간의 내면적 속성으로서의 합리성의 원리이지요. 조선 시대 같으면 윤리적인 본능이 중요한 것이 되겠지만, 현대 사회에서는 합리성이 안과 밖을 묶는 고리가 될 수밖에 없지요. 사회 질서가 합리적인 법률 질서에 기초해야 된다고 하면서, 내면성의 중심 원리로서의 합리성, 그 주체적 담당자로서의 이성을 부정하는 사회는 자기모순에 빠질 수밖에 없지요.

그런데 이 합리성의 원리는 여러 가지일 수 있습니다. 마키아벨리는 공공질서의 기본이 되는 것은 결국 힘(forza)과 운수(fortuna)라고 했습니다. 그에게는 덕(virtu)이라는 것도 힘의 일종이지요. — 한문의 덕(德)도 이러한 추상화된 힘의 뜻을 가지고 있기는 합니다. 그러한 의미에서 덕은 완전히 내면성에 속하는 것은 아닙니다. — 쉽게 생각해 보면 기본적으로 정치 질서나 마피아 질서나 큰 차이가 없습니다. 결국은 깡패들이 모여서 어떤 종류의 사회 질서를 만드는 것이 정치 질서라고도 할 수 있는데, 그것이 정치의 일부라는 점을 무시할 수는 없습니다. 그런데 여기에도 '질서'란 말을 쓸 수 있다면, 거기에도 일정한 합리적 법칙성이 있을 수 있다는 말이 될 것입니다. 힘의 질서에는 힘의 합리성이 있다는 말입니다. 어떤 경우에나 공공 공간에는 힘이 주가 되는 경우까지도 합리적인 논리, 담론이 없을 수 없습니다. 힘의 공간에서의 힘의 논리로 시작해서, 그것을 순전한 논리로 또는 합리성으로 옮겨 가기를 원한 것이 바로 근대 정치의 이상이라고 할 수 있습니다. 즉 힘의 질서를 합리적인 담론의 질서로 바꾸려는 것이 프랑스 혁명 이후의 서양 현대 정치사상이라고 할 수 있습니다. 그러나 그것은 어디까지나 힘으로부터 멀리 있는 것은 아닙니다. 합리적인 담론 질서로 정치 질서를 대신한다고 해서 힘의 질서가 없어지는 것이 아니고, 또 힘이 없는 담론은 존재하기 어렵습니다. 그리고 담론의 정당성은 많은 경우에 힘의 투쟁 수단에 불과한 경우가 많습니다.

덕의 정치에서 중요한 내면적 원리는 이러한 것이 아닙니다. 그것은 인간의 형이상학적 사명으로부터 나오는 것입니다. 힘이 있다면, 그것은 이 형이상학, 우주의 원리로부터 나오는 것이지요. 세상의 원리는 우주의 원리가 보장해 줍니다. 그러니까 덕은 힘을 갖지요. 그러나 힘을 가지고 있지 않은 것처럼 보이는 경우에도 그것은 정당합니다. 이성의 원리에도 이러한 본질론적인 것이 있습니다. 이성이 결국 세계사의 진실을 실현하고 인간의 본성을 현실 속에 충족시키는 것이라고 생각하는 경우, 그것은 현실 질서의 힘의 논리에 직접적으로 관계되는 것은 아닙니다. 도구적 이성에 대한 비판은 우리가 많이 들어 온 것이지만, 그런 경우에 비도구적 이성이 있다면, 그것은 보다 본질적인 이성을 말하는 것일 것입니다.

또 한 가지 말하고 싶은 것은 어떤 종류의 이성이 그 원리가 되든지 간에 이성의 질서의 자족성입니다. 여기에서 문제 되는 것은 담론의 이성이라고 할 수도 있습니다. 이성의 질서는 우리가 어떻게 생각하느냐에 관계없이 존재하는 질서입니다. 물론 그것은 담론으로 구성되면서 제도적으로 표현됩니다. 그러한 의미에서 사람이 만들어 내는 것이지요. 그렇다고 마음대로 만들 수 있는 것은 아닙니다. 이 점에서 그것은 사람의 내면에 있는 합리성에 근거해 있으면서도 그 외면에 존재하는 사실의 세계를 이룹니다. 합리성이나 이성이 안과 밖을 매개한다는 것은 바로 이러한 점을 말한 것입니다. 이러한 독자적인 질서, 사람의 마음을 떠나서 있는 질서로서의 이성은 서구의 합리주의 속에서 가장 확실한 것이 되었습니다. 우리가 지금 절실하게 필요로 하는 것이 이 담론의 외면적·독자적·자족적 성격을 수락하는 것이 아닌가 합니다. 결국 정치가 힘이 아니라 담론에 의하여 움직이고, 그러한 움직임이 정상적인 실천이 되기 위해서는 이것이 있어야 하기 때문입니다. 덕의 정치 그리고 이데올로기적 정치는 이것을 받아들이는 데에 어려움이 있습니다.

정치 공간의 이성적 질서가 외면적 질서가 아니라고 한다면 모든 담론은 의지할 수 있는 기준을 가질 수 없습니다. 담론은 공적 의미 없는 자기 표현의 공간이 되거나 선전 효과를 발휘하는 술수의 공간으로 전락하기 마련입니다. 합리성은 외면적인 필연성을 가지기 때문에 형식적이고 합리적인 담론은 합리적 질서로서의 정치 질서를 만드는 데에 기여할 수 있습니다. 담론은 여러 동기에서 발화될 수 있습니다. 그러나 그 평가에서는 어떤 뜻에서 이야기를 했는가가 평가의 기본적인 요인이 되어서는 안 되고, 현실에 대하여 무엇을 어떻게 하겠다가 평가 요인이 되어야 합니다. 신문이나 잡지에서 저놈이 무슨 속셈이냐를 문제 삼는 것을 많이 보지만, 그것은 우리의 건강한 정치 담론을 만들어 가는 데 장애가 됩니다. 담론의 개인적인 동기는 여러 가지겠지요. 그러나 동기는 문제 삼기 어렵고 담론의 합리성, 그 현실 정합성이 공론의 장에 말하여질 수 있는 것으로 남는 것입니다. 지식인의 의무 중 하나는 동기와 선전과 이데올로기가 아니라 담론의 현실적 의미에 주의를 돌리게 하는 작업이라고 할 수 있습니다. 그 작업이 없이는 사회 질서라는 것은 힘의 질서로 돌아가게 되고, 모든 담론이라는 것은 권력의 술수의 하나에 불과하게 됩니다. 그러한 상황에서 중요한 것은 은밀한 힘과 부의 거래이지요.

정치적 담론도 건전한 사회가 되려면 마치 수학이나 물리학의 담론과 비슷해져야 합니다. 수학자가 어떤 동기에서 무슨 얘기를 끄집어내든지 간에 결국 이야기의 타당성은 수학이 가진 타당성의 기준에 의해서 평가가 되는 것이지, 그 사람이 어디 출신이고 어떤 동기에서 어떤 공리를 내놓았느냐는 수학 공리나 정리 자체의 타당성의 기준은 아닙니다. 그렇다고 해서 다른 것을 이야기해서는 안 된다는 것은 아닙니다. 그것은 공적 성격을 가진 담론이 아닌 다른 종류의 담론을 말하는 것이지요.

윤평중 공공의 질서라는 말은 공론장과 흡사하게 들리는데 공론장(public spher, Öffentlichkeit)은 서구 부르주아 질서가 갖는 보편사적 호소력의 가장 큰 토대가 되는 것입니다. 근대 이후의 서구에서는 어떤 정치적인 역학이나 계층적 이해에 의해 추동되었든지 간에, 국가의 근간이 되는 정책이나 사회적 현안에 대해 열린 장소에서 공정하고 투명한 방식으로 가부를 따지고 토론해서 결정하는 공론장이 지속적으로 활발해져 가는 과정을 관찰할 수 있습니다. 어떤 학자들은 조선 시대에 언로가 굉장히 활발했고, 당쟁도 조선 공론장의 한 발현이었다고 적극적으로 평가하는 것을 볼 수 있습니다. 이런 재해석 작업을 해야 하겠지만, 사실 서유럽의 경우와 비교해 보면 한정된 극소수의 지배 계층 내에서 폐쇄적으로 진행되었다는 결정적인 차이가 있습니다.

서구 자유 민주주의의 제도적 강점으로는 근대 언론 매체, 특히 신문의 일반화와 긴밀하게 연결되면서 영국, 프랑스, 독일을 중심으로 해서 공론장이 문예적 공론장에서 정치적 공론장으로 확장·심화되어 간 현상을 들 수 있습니다. 선생님께서 수학자 공동체, 물리학자 공동체의 예를 드셨는데, 아닌 게 아니라 공론의 장이라는 것에는 세 가지의 복합된 영역이 있다고 생각합니다. 하나는 객관적 사실에 대한 것이고, 둘째는 옳고 그름에 대한 것이며, 나머지 하나는 내면적 성실성에 대한 부분입니다. 과학은 주로 첫째 영역에 해당되며, 정치는 첫째와 둘째 영역에 겹쳐 있고, 도덕과 아름다움은 둘째와 셋째 영역에 겹쳐지는 것 같습니다. 어쨌든 민주주의의 발전과 공론장의 진화는 서로 분리 불가능한 복합체라고 할 수 있습니다.

김우창 이해관계도 여기에 끼어 있어요. 그것도 공적으로 말하여질 수 있는 것입니다. 조선 시대의 담론에서 이것은 배제되었지요.

윤평중 선생님께서는 주로 객관적 사실 부분을 강조하시면서, 정치적 담론이라는 것도 수학자나 자연 과학자 들의 담론을 존중해야 하는 측면이 있다고 말씀하셨습니다. 특히 한국적 문화에서는 그렇습니다. 그런데 그 말씀을 인정하면서도 드는 의문이 하나 있습니다. 정치의 세계는 객관적 사실 세계와 당위적 규범 세계에 걸쳐서 자리를 잡고 있습니다. 과학자의 세계와 정치 담론은 겹치면서도 차별화됩니다. 그런데 제일 처음에 내면성 이야기를 하셨는데, 내면성이라는 것은 옳고 그름의 문제와 주관적 성실성 차원이 섞여서 구성하지 않습니까? 그래서 공론장은 세 영역으로 차별화할 수 있는데, 선생님께서는 두 개를 이야기하셨고 내면적 성실성이나 진실성 부분을 이야기하지 않으셨습니다.

김우창 나는 우선은 내면의 성실성은 강조할 필요가 없다고 생각합니다. 합리적 논의의 중요한 부분 중 하나는 이해관계의 논의입니다. 계급적 이해라든지, 개인적 이해라든지, 계층적 이해라든지 뭐가 됐든 합리적으로 얘기할 수 있어야 합니다. 어떤 정책의 경우에 정책이 끼치는 영향이 계급에 따라, 사회적 위치에 따라 다 다르기 때문에 이에 대한 분석이 필요합니다. 그것은 투쟁에서나 합리적 담론의 수준에서나 이야기될 수 있어야 합니다. 국가 사회 공동체 전체의 이익에 기여한다고 하지만 그 경우에도 그것이 A 그룹에 유리하고 B 그룹에는 불리하다, 이런 점도 분석을 해야 합니다.

성실성 문제는 또 다른 차원의 문제죠. 그런데 공공의 장에서의 성실이란 공공 담론의 규율, 합리성을 받아들이겠다는 것 그리고 그것이 현실적 결과를 가질 때 그것을 존중하고 지켜 나갈 각오를 한다는 수행적 성실성을 말하는 것일 것입니다. 그러니까 그것은 우선적으로 공공의 광장에서의 현실적 규칙을 지키는 데에서 드러나는 것이지, 근본적으로 마음의 문제는 아닙니다. 이것은 어떤 도덕적인 자각을 뜻하기보다 현실의 실천적 법칙을 받아들이는 훈련을 말합니다. 물론 그러한 현실적 성실성은 내적 훈련으로 다져지는 것이라고 할 수는 있지요. 그러나 내적인 성실성만이 문제라면, 성실하지 않아도 공론의 장에 나올 수 있어야 합니다. 내 이해관계가 있기 때문에 명분이 이야기될 때, 명분을 내건 것이 실제로 어떤 효과를 갖느냐 하는 데 대해서도 토의할 수 있어야 하고요. 이런 의미에서 현실적 결과에 의해서 정책을 평가해야 합니다.

권혁범 그렇다면 합리적인 타당성을 기준으로 판단할 때, A라고 하는 발언이나 행동은 이러이러한 정치적 결과를 낳을 수도 있습니다. 그리고 그 자체로는 합리적이고 옳다고 할 수 있지만 예기치 않은 결과를 낳을 수 있습니다. 선생님께서 말씀하신 대로 정치적 결과로 평가해야 한다면 A라는 주장의 내적인 타당성만 갖고서는 위험할 수 있는 것이죠. 한국에서는 도덕적 정당성, 도덕적 동기를 기준으로 정치를 재단하는 경향이 아주 강한데요. 여기에 적용할 수 있겠군요.

김우창 어떤 정책이 나왔을 때 그것이 타당한가는 그 공동체가 가지고 있는 이상의 관점에서 평가될 수 있고, 현실적으로 실행 가능한가에 따라 평가될 수 있습니다. 그 제안을 내놓은 사람이 성실하게 했느냐 아니냐는 앞에서 말한 바와 같이 현실적·실천적 관점에서가 아니라면 문제 될 필요가 없죠. 그 정책 자체를 수학자가 정리를 가지고 논하듯이 논할 수 있어야 합니다. 내적인 성실성이 없는 경우에도 물론 정책 자체가 가치의 영역에서나 사실의 영역에서 타당성이 없을 가능성이 많습니다. 하지만 다시 말하여 그 사람의 참동기가 어떠냐 하는 것이 전적으로 내면의 문제라고 하면, 그것은 제일차적 고려 사항이 전혀 아닙니다. 정치적 영역이나 공적인 영역은 개인의 내면과 관계없이 별도로 존재합니다. 혼란스러운 사회에서도 모든 것이 힘의 상충 관계로 떨어질 수 있지만, 사실은 현실적으로 움직이고 있다고 생각해야 합니다.

반미 감정을 표현하는 데 있어서도 그렇습니다. 미국 사람이 우리나라에 대한 정책을 내세울 때나 미국이 아프가니스탄이나 이라크에 대한 정치적 과제를 앞세울 때는 자기 국가에 이롭게, 미국의 국가 이익이나 미국 내의 어떤 부분의 계층적 이익을 위해서 제안할 수 있습니다. 하지만 대개 그것은 숨은 동기가 되고, 실제 거죽에 드러나는 것은 보편타당한 이유를 가지고 이야기합니다. 미국이 자신의 이익을 차린다는 의심이 가지만, 분명한 증거가 없이 그것을 비난해서는 타당한 반론이 성립하기가 어렵습니다. 내어놓은 명분이 어떻게 불합리한 결과를 가져올 것인지에 대한 이야기가 협상의 주제가 되는 것이 제일차적이지요. 너희들의 속셈은 이것 아니냐라고 비난만 해서는 도대체 논의가 성립될 수 없습니다. 우리는 그런 속셈 없다 하면 되니까요. 미국이 국가 이익을 추구한다고 하더라도 명분과 이익이라는 두 면이 있기 때문에 양면에 반응해야 한다는 말입니다. 그러나 명분이 우선 검토의 대상이 되어야지요. 100퍼센트 작용하지 않더라도 명분은 그 나름의 현실적인 호소력과 결과를 가지고 있습니다. 그러나 대개 이익에 지나치게 좌우되는 명분은 무엇인가 잘못된 구멍이 있게 마련입니다.

권혁범 선생님께서 5·18 광주 항쟁에 대해 쓰신 유명한 글은 선생님의 정치에 대한 생각을 잘 드러내고 있다고 봅니다. 어떤 정치적 행동은 소망이나 인과응보 회로가 아니라 '역사의 숨은 움직임과 일치'해야 힘을 얻는다고 하면서도, 역사의 의미는 궁극적으로 도덕에 의해 주어진다고 말씀하셨습니다. 물론 역사가 무엇을 주고 안 주고 하는 것은 '신비'의 영역에 속한다는 전제를 하셨지요. "전체는 내 맘대로 움직여질 수 있는 것도 아니면서, 또 반드시 나의 의지에 대해 완전히 불투명한 것은 아니다."라는 다른 글에서의 발언과 일맥상통합니다.

그런데 다른 한편으로는 선생님의 정치 철학의 핵심 중의 하나는 앞서 요약한 대로 일의 의미는 동기의 순수성만으로는 주어지지 않으며, 도덕적 책임은 행동의 동기가 아니라 그것이 가져오는 현실적 결과에서 나온다는 점입니다. 동기의 윤리성과 순수성에 따라 정치를 판단하면 안 된다는 것이죠. 그렇다면 선생님은 정치에서 도덕과 정치적 결과를 어떻게 관련지어 보시는지요? 결과가 좋다면 그것에 이르는 비도덕적 수단도 정당화될 수 있는 것인지요? 가령 나쁜 의도나 나쁜 수단임에도 결과는 좋은 경우가 현실적으로 적지 않습니다. 선생님의 정치 철학에 따르면 일단 결과가 좋으면 나쁜 수단이나 나쁜 동기도 재평가가 되어야 하는 것인지요? 그렇다면 어떤 정치적인 목적에 의해서 수단과 방법을 합리화하는 것에 반대하신 견해와는 상충되는데…….

김우창 그건 조금 다른 문제입니다. 정치적 논의를 그 자체의 현실적 관계에서 평가하여야 한다는 것은 담론 차원의 문제이지요. 목적과 수단의 문제는 현실 행동 차원에서 일어나는 문제입니다. 그것이 담론의 차원에서 논의될 때, 물론 그것은 그 자체로 논의 평가되어야 하지요. 제시된 목적의 이면에 다른 동기가 있을 것이다, 또는 제시된 수단에 다른 숨은 의도가 있을 것이다, 하는 것은 제일차적인 논의가 될 수 없다는 말이지요. 적어도 논의의 차원에서 목적과 수단을 말하고, 그 관계를 말할 때 현실적이고 이성적인 논의가 되어야지, 숨은 동기에 의한 논의가 되는 것은 반드시 공론의 질서를 위해서 옳은 접근 방법이 아니라는 말입니다. 그러나 좋은 목적과 나쁜 수단도 이 담론적 구조 속에서 비로소 제대로 논의될 수 있습니다.

그런데 이 관계는 생각해 볼 만한 문제입니다. 집행의 목적이 수단을 정당화한다는 생각은 많은 정치사상 그리고 정치 행동 속에 들어 있습니다.

현실 사회주의 속에도 들어 있고, 우리나라의 많은 정치 사회 사상에도 들어 있습니다. 물론 박정희 독재 정권에도 또는 그것을 정당화하는 옹호론에도 들어 있습니다. 또는 개처럼 벌어서 정승처럼 쓴다는 세속적인 축재 사상에도 들어 있습니다. 이상 사회를 건설하기 위해서는 못된 수단을 사용해도 된다는 것이 많은 정치 행동의 자기 정당화가 되지요.

목적과 수단의 관계는, 정치가 현실 속에서만 존재 이유를 갖는다는 논리에 의하여, 일정한 방향으로 생각될 수는 있습니다. 좋은 동기이든 아니든 수단은 목적과 마찬가지로 현실 관례에 의하여 엄격한 평가의 대상이 되지 아니할 수 없습니다. 그것은 아마 목적과 수단은 다 좋아야 한다는 쪽으로 결론이 날 것입니다. 좋은 미래를 위한 좋은 기획이, 나쁜 수단까지는 아니라고 하더라도 고통을 수반하는 수단을 요구하는 수는 있을 것입니다. 그것을 무시할 수는 없습니다. 큰 정치의 의미는 바로 이러한 좋은 목적과 고통을 수반하는 수단 사이에서 발견된다고 할 수도 있습니다. 그런데 이때 둘 사이의 평가의 기준은 여러 가지가 될 것입니다. 하나는 기획의 현실적 관점에서의 합리성이죠. 또 희생하는 사람들의 동의도 하나의 기준이고, 사용된 수단이 현재를 전적으로 비인간화하는 것이냐 아니냐 하는 것도 기준이 되겠지요.

그러나 사람 사는 일의 모순과 비극성을 인정하지 아니할 수 없습니다. 나쁜 수단으로 이루어진 좋은 결과가 있는 것도 사실일 것입니다. 사람이 모든 것을 통제할 수는 없는 일이지요. 나쁜 수단에 반대하여야 하는 것은 도덕적 의무입니다. 그렇다고 그 반대가 장기적인 관점에서 지속적인 것이 될 수는 없을는지 모릅니다. 반대하는 사이에 좋은 결과가 나왔다면, 그 순간부터 반대는 별 의미가 없어질 테니까요. 비극적 현실 수긍이 있을 수밖에 없지요. 현실의 모든 것이 도덕에 포괄되지는 아니합니다. 그러나 도덕의 의무는 변함이 없습니다. 도덕은 언제나 승리하는 것은 아니지요. 패배 속에서도 도덕은 존재합니다.

또 다른 어려운 문제의 하나는 좋은 목적이 나쁜 결과를 가져오는 경우입니다. 이것은 보다 더 분명하게 동기에 관계되고 그 현실적 결과에 관계되는 것입니다. 이 경우에 좋은 동기나 목적이 나쁜 결과를 정당화해 주지는 않습니다. 어디까지나 책임은 현실적 결과로부터 발생한다고 할 것입니다. 문제가 되는 것은 다른 사람들의 삶에 대한 책임이고 나 자신의 동기, 목적, 도덕에 있어서의 순수성은 아니니까요. 좋은 의도로 시작된 또는 의도되지 아니한—그러한 일들에 대하여 죗값을 치르는 세계가 정치의 세계입니다. 그러니까 정치의 세계는 무서운 세계이지요. 싸움의 세계이니까 무섭기도 하지만, 개인을 초월하는 높고 철저한 도덕성을 요구하기 때문에 무서운 세계이지요. 그런데 매정한 세계는 아무리 좋은 동기를 가졌다고 하더라도 결과가 나쁘면 그 결과를 가져온 행동자에게 대가를 치르게 하고야 말 가능성이 큽니다. 그것은 도덕적 엄격성 때문이 아니라 사람들의 철저한 현실주의 때문이지요.

여건종 선생님이 쓰신 정치라는 말은 근대 정치사상사에서 쓰는 의미와는 다른 차원인데, 그것을 한마디로 이야기하면 인간의 내면성을 포괄하는 의미의 정치라는 생각이 듭니다. 선생님에게 정치란 사람의 살림살이에 대한 집단적 관리가 근본적으로 인간의 개체적 내면의 관리와 분리되는 것이 아니라는 인식을 담고 있다는 생각인데요. 그런 의미에서 정치라는 용어는 실제 현상을 기술하는 용어라기보다는, 인간의 자기실현의 과정이 내면적인 것이면서 동시에 집단적인 것이어야 된다는 당위의 언어라는 생각도 듭니다. 그런데 보다 최근에 오면, 오히려 역설적으로, 인간 내면 바깥의 여러 가지 힘의 현실이 이러한 당위를 불가능하게 한다는 어떤 회의적인 인식이, 선생님이 쓰시는 정치라는 말에 많이 들어 있다는 느낌도 듭니다.

김우창 그 문제에는 두 가지 방향에서 답변이 가능할 것입니다. 안으로부터 밖으로, 또 밖으로부터 안으로 접근하는 방법이 있지 않을까 합니다. 그러나 내면과 외면이 어울리는 정치가 이상적인 것이라고 할 수는 있지만, 정치는 적어도 현실적으로 생각하려면 밖으로부터 접근되어야 하는 것이 아닌가 합니다. 예로부터 뜻을 편다는 말이 있습니다. 웅지(雄志)란 야심이나 권력욕, 그리고 권력은 부와 연결되기 쉽기 때문에 부에 대한 욕심과 같은 것이 동기가 되는 것이라고 할 수도 있고, 달리는 보통의 삶을 넘어가는 어떤 것에 대한 갈구를 표현하는 것이라고도 할 수 있습니다. 달리 말하면 인간의 사회성이 정치를 거의 인간 본능의 표현처럼 만드는 것이라 할 수 있습니다. 인간이 나면서부터 부모와 자식의 관계를 포함한 사회관계 속에서 자기를 확인하고 알아주기를 원하게 되어 있다는 것이 그 역학의 근본이 되는 것이 아닌가 하는 것입니다. 거기에는 가히 높이 살 수 없는 것과 높은 동기가 다 같이 들어 있다고 할 수 있습니다. 하여튼 이러한 것이 동기가 되어 정치적 욕망이 생기기도 한다고 하겠지만, 사회의 공동 작업이 수행된다고 할 수도 있을 것입니다. 그러나 자기의식이 인간 됨의 중요한 한 부분이라고 한다면, 사회성이라는 것도 한번은 반성 속에서 생각되어야 할 것입니다. 이것은 우리 사회처럼 집단주의적 압력이 강한 사회에서 더욱 그렇습니다. 모든 사람이 동의하는 것은 아니겠지만, 모르고 사는 인생이 그렇게 좋은 인생이라고 할 수는 없기 때문에, 일단은 사회성의 무의식적인 지배를 반성할 필요는 있다고 생각됩니다.

그러나 사회는 알고 사는 삶에서도 매우 중요하다고 하여야 할 것입니다. 삶의 이상의 하나는 틀림없이 보다 보편적인 지평에서 살 수 있게 되는 것일 것입니다. 물론 보편성에의 도정이라는 것이 왜 중요한 것인가는 설명되어야 하는 것이기는 합니다. 그것은 생물학적인 필요라고 할 수도 있고, 인간이 가지고 태어난 신비한 충동이라고 할 수도 있습니다. 하여튼 필요한 것을 헤겔 식으로 보편성에의 도약이라고 할 수도 있고, 보다 원초적으로 니체를 모방하여 사람은 초월되어야 하는 어떤 것이기 때문에 그러한 도약이 필요하다고 할 수도 있습니다. 이 보다 넓은 것에의 도약에 타자와 사회는 필수적입니다. 타자와의 만남에서 비로소 사람은 자기를 벗어날 수 있고, 타자들이 이루는 사회를 통하여 보다 단순한 두 개체의 관계를 넘어서는 공간을 인지할 수 있게 됩니다. 이 공간은 인간의 집합체이면서 그것은 넘어가는 일반성, 추상성을 포괄합니다. 부버(Martin Buber)의 신학이나 레비나스의 철학에서의 일대일 만남의 중요성은 이러한 추상성이 지나치게 됨에 대한 반작용이라고 할 수는 있습니다.

그러나 인간 공동체의 한 중요한 의미가 그것을 넘어서는 일반성으로 암시하고 인간의 삶의 바탕을 이루고 있는 항구적인 것들을 유지할 수 있게 해 준다는 데 있지 않나 합니다. 물론 자연과 같은 것이 중요한 것도 그것이 지속하는 것, 항구적인 것, 영원한 것들을 짐작하게 하는 요인들이기 때문이지만, 사람이 이루는 타자들의 공동체를 통하여 비로소 우리는 그것을 안으로부터 이해할 가능성을 갖는 것이 아닌가 합니다. 낱낱의 것의 관점에서 배분적으로 그리고 그것을 독자적이고 내적인 지속을 가진 것으로 생각할 수 있게 된다는 것입니다. 그런데 이러한 이해의 과정은 단순히 나의 마음과 사회 그리고 세계와의 사이에 일어나는 주객관의 상호 작용이 아닙니다. 우리의 마음 자체가 거기에서 생겨나는 것이지요. 우리의 마음이 인문적 유산 없이 제대로 성립할 수 있겠습니까? 여기에 추가해서 이러한 내적인 접근을 절대적으로 허용하지 않는 절대적 타자를 말할 수는 있습니다. 사실 사람의 세계에 대한 이해는 두 가지 사이에 진동하는 것이겠지요.

삶과 세계에 대한 보다 넓은 이해 그리고 그에 따른 삶의 영위는, 그러니까 사회적 매개를 필요로 하는 것인데, 이상적인 상태는 나의 삶을 보람 있게 살려는 것이고, 그것이 사회에서 도움을 받고 사회에 기여하는 것이 되는 것이지요. 그러나 이러한 조화가 있기 위해서는 사회 자체가 그러한 내적인 계기를 내장하고 있어야 하는 것이겠지요. 사회가 나의 내적인 과정과 관계없는 야만적 상태로, 억압적인 상태로 존재하는 것도 가능한 일이니까요. 물론 이렇게 말하는 것은 사회가 나의 삶을 보람 있게 하는 데에 도움을 주어야 한다는 것으로만 생각될 수도 있습니다. 그러나 사회에 대한 이러한 요구는 사회가 사회 성원에게 보람 있는 삶을 가능하게 하는 것이어야 한다는 요청을 일어나게 하고, 그것은 사람의 사회적 실천의 명령이 될 수 있습니다. 그리고 이것은 무엇보다도 그러한 보람 있는 삶의 조건으로서 사회의 외적인 조건의 제도적 확립에 대한 기획이 될 것입니다. 여기에서 중요한 것은 말할 것도 없이 생물학적 존재로서의 인간의 삶의 조건을 확보하는 일입니다. 그리고 보다 높은 행복의 조건을 확보하는 것을 말합니다.

그러나 이러한 실천적 작업은 그 아래에 있는, 말하자면 형이상학적 요구를 잊어버리기 쉽지요. 또는 잊어버리게 마련이지요. 그러나 그러한 경우에도 인간의 비참성의 극복과 보다 나은 인간적 삶의 조건의 확보는 중요한 일이라고 할 수밖에 없습니다. 세계가 우리의 내적 요구에 맞지 않는 경우, 취할 수 있는 길의 하나의 세상에서 물러가는 일이지요. 혼자 그럴 수도 있고, 괴테가 생각한 것처럼 "아름다운 영혼들"의 공동체로 갈 수도 있습니다. 그러나 보다 중요한 것은 기본적 삶의 조건의 하나이지요. 그리고 사실 안과 밖이 조화되는 사회적 삶은 지나치게 이상적인 생각이지요. 삶의 현실성은 언제나 가장 우위에 있는 것이라고 해야 할 것입니다. 이러한 관점에서 중요한 것은 외적 조건의 수립이지요. 혁명이 목표하는 것이나 민주주의 체제가 목표로 하는 것도 이 정도가 아닌가 합니다.

결국 정치라는 것은 많은 사람이 서로 공존할 수 있는 합리적인 틀을 만드는 일을 제일차적인 과업으로 한다고 할 수 있습니다. 물론 이미 그러한 것이 있다면, 그것을 유지하는 것이 중요할 것이고요. 그 틀은 나쁜 놈이 만들 수도 있고 좋은 사람이 만들 수도 있어요. 혁명의 문제를 생각해 보면, 순수한 이상주의적인 혁명 이념을 가진 사람만이 모인다면 혁명이 안 되겠죠. 혁명은 이상에 불타는 사람, 명예욕에 불타는 사람, 깡패들이 섞여서 되는 것이 아니겠습니까? 혁명에서 폭력의 의미라는 것도 이에 비슷한 복합적인 요인에서 찾아지는 것이 아닌가 합니다. 그래서 혁명 이후에는 어떻게 폭력을 배제하고 깡패를 배제하느냐 하는 것들이 큰 문제가 되겠지요. 우리나라 민주화의 문제의 하나가 그에 공헌했다는 사람들의 이익 챙기기를 어떻게 배제하느냐라는 점과 비슷합니다.

앞에서도 시사한 일이 있지만, 힘에 의한 바른 정치, 또는 바른 정치의 최소 조건을 확보할 수 있지만, 그다음에 생각할 수 있는 것은 이것을 합리성의 지배로 대체하는 것입니다. 이 경우에 조금 더 내적인 이해가 필요하지요. 앞에서 말했던 것도 이 필요에 대한 것이었습니다. 그러나 이것이 인간의 내면적 요청의 전부는 아니지요. 그 사회가 자유 민주주의적인 것이 되든 사회 민주주의적인 것이 되든, 인간의 삶의 바탕으로서의 사회의 최소한도는 그것의 합리적 질서입니다. 물론 이것이 쉬운 것은 아니지요. 하버마스는 여러 사람의 아무 방해 없는 소통을 합리적 질서의 기본으로 생각합니다. 이것은 약간 순환 논법을 벗어나지 못한 말로 들립니다. 그것은 많은 사람이 합리적 질서에 순응할 것을 전제로 하기 때문입니다. 그에 순응할 생각이 없는 사람이 모인 데서는 잘 안 되는 것이지요. 그것은 문화적인 전제를 가지고 있습니다. 하버마스가 한국에 왔을 때, 같은 자리에서 그 근거가 인간의 내부에 있다는 것을 다시 확인하는 강연을 한 일이 있습니다. 이것은 앞에서 말한 바와 같이 사회와의 교감을 통해서 성장한다고는 하여야 하겠지만요. 그리고 문화가 중요합니다. 문화는 내면적인 삶의 시간적 퇴적을 말하는 것이니까요. 이것은 소수자의 기여로 이루어지는 면이 많습니다. 그러나 그 기준을 기본적인 삶의 투쟁에 적용할 수는 없지요.

문제는 공동적인, 공동체적인, 공통된 합리적 질서입니다. 이것은 외면적 제도와 기능의 문제입니다. 그러나 그것도 완전히 외면적일 수는 없지요. 인간과 인간의 관계를 물리적 단위 이상으로 규정하는 윤리가 없는 합리적 질서는 인간의 삶을 위한 질서는 아니니까요. 한 사람이 규정하는 질서를 위해서 다른 모든 사람을 죽이는 질서도 정연한 질서의 한 형태가 될 수는 있습니다. 그러나 인간에게 의미 있는 합리적 질서는 많은 사람들의 평등하고 자유로운 삶을 전제합니다. 이렇게 말하면서, 우리가 모순된 것을 말하고 있다는 것을 생각할 필요가 있습니다. 자유는 질서에 위배됩니다. 그리고 어떤 명령의 체제를 갖지 않는 질서는 생각할 수 없기 때문에 그것은 완전한 평등에 위배됩니다. 자유나 평등을 말한다고 하더라도 거기로부터 질서에 필요한 만큼의 가감이 불가피하겠지요. 이것의 최소한의 방도가 자유주의 체제에서의 법치주의라고 할 수 있습니다. 법을 철저하게 하되 그것을 완전히 형식화하는 제도이지요. 내용에 대해서는 아무런 간섭을 하지 않겠다는 것이지요. 그러나 자유주의 체제에서 보듯이, 그것은 인간적 내용이 없는 것이 될 수도 있습니다. 그리고 인간적 완성의 공간으로서의 사회는 없어지는 것이지요. 그러나 완전히 형식화된 제도도 그것이 인간적으로 남아 있기 위해서는 최소한도의 내면적 존재로서의 인간에 대한 고려가 남아 있어야 합니다. 사람의 사정은 모두 특수한 것인데, 일반적 법제 속에 특수한 것을 수용하는 아량도 여기에 대한 느낌이 있음으로써 가능할 것이니까요.

그런데 이러한 느낌은 다른 한편으로 완전히 특수한 것들만으로는 성립하지 않습니다. 사회 공간에서는, 물론 개인적 차원의 이해라는 것도 그러하기는 하지만, 보편적 바탕이 있어야만 특수한 것이 성립하게 됩니다.

남의 이야기를 듣는다는 것만으로도 벌써 자기 마음을 보편적인 상태로 바꾸는 것을 말하지요. 그 바탕 위에서 다른 사람의 사정을 동정적으로 이해할 수 있게 됩니다. 자유주의란 자기표현을 자유롭게, 말을 자유롭게 하는 체제이지만, 모든 사람이 자기 말만 하고 그 말을 듣는 사람이 없고, 구체적인 상황을 말하는 것으로 들으면서 동시에 그것을 더 넓고 인간적인 의미로 듣는 일이 없다면, 말의 자유가 무슨 의미가 있겠습니까? 사실 의미 있는 말이란 구체적인 것과 일반적인 것이 어우러지는 데에서 성립합니다. 그러한 데에서 상호 이해가 가능하고, 그 이해가 인간의 근본적 현실 또는 사회적·역사적 현실에 맞는 것인가 아닌가 점검할 수 있게 되지요. 내면성이란 이러한 언어의 소통과 현실이 내왕하는 공간을 말합니다. 그것 없이 문화는 존재할 수 없지요. 이것은 정치의 문제이기도 하고 일상적 삶의 문제이기도 합니다.

여건종 우리는 정치적인 영역에서와 마찬가지로 일상생활에서 말의 문화가 없습니다. 말에, 소통에 대한 욕구가 존재하지 않습니다. 모든 말은 나쁜 의미에서 정치적 언어입니다. 정치적 언어는 소통을 목적으로 하지 않고 통제와 지배를 목적으로 합니다.

김우창 사회의 신뢰와 성실성도 여기에 관계되어 있는 것인데, 그것이 있어서 좋은 일상적 언어의 문화도 가능하겠지요.

윤평중 선생님 말씀을 쭉 듣고 보니까, 내면성에는 두 가지 큰 차원이 있는 것 같습니다. 하나는 옳고 그름을 따지는 도덕적 내면의 문제이고, 또 하나는 미학적 자기표현의 문제입니다. 내면성이 사실 양자를 복합적으로 포함하면서 상당히 다른 요소가 있습니다. 그래서 정치에 대한 선생님의 견해는, 이게 칸트적인 분류일 수도 있지만 객관적 사회 세계에 대한 판단, 도덕적 당위에 대한 판단, 미학적 자기표현에 대한 판단의 삼중의 차원이 중첩, 착종되면서 구체화되고 표출되는 공간인 것 같습니다. 선생님의 화두 중의 하나인 심미적 이성에 의해서 추동되고 형상화될 때만 선생님이 생각하는 정치가 꽃필 수 있는 것 같습니다. 선생님의 정치는 아리스토텔레스가 말하는 프로네시스(Phronesis), 즉 사실 판단을 배제하는 영역은 아니지만 그 차원만으로는 끝날 수 없는 지혜와 실천의 영역과 중요한 부분에서 겹칩니다.

도덕 판단이라는 것이 사실의 영역과 미학적 감성을 배제해 버리면 극히 위선적인 것이 되고, 공허하고 건조해질 수 있다는 판단은 정확합니다. 따라서 정치는 결코 일반화시킬 수 없고, 이념형 자체를 거부하는 역동적 개념인 것입니다. 이는 상대주의로의 퇴행을 의미하는 것이 아니라 인간이 살면서 맞부딪히는 절대적 우연성, 모순 어법이긴 하지만, 겸허하면서 냉철한 사실 판단과 도덕적 판단, 미학적 자기표현을 다 담아내려고 하는 개념으로 생각됩니다. 선생님이 체계 구축을 의도하지는 않지만, 어떤 의미에서는 굉장히 야심 찬 생각을 담아내는 개념이 바로 심미적 이성과 분리될 수 없는 고유의 정치 개념이 아닐까요?

김우창 윤 선생이 정확히 표현을 해 주었습니다. 언어의 활용이나 이성의 실천에서 객관적인 현실과 표현 양면을 말할 수 있지만, 내 생각은 표현보다는 진리와의 정합성 쪽에 기울어져 있는 것이 아닌가 합니다. 그런 점에서 문학에 발을 딛고 있는 사람으로서는 조금 딱딱하고 지나치게 엄숙주의적인 면이 있지 않나 반성을 해 봅니다. 메를로퐁티 말대로, 진리 정합성을 중시하면서도, 감각이나 지각의 세계가 우선하는 것이라는 것은 버릴 수 없는 입장이 아닌가 생각됩니다. 여기에 관계되는 것이 심미적인 요소이고, 또 이성이나 도덕의 판단에서의 구체적인 판단력 또는 윤 선생이 지적하신 대로 프로네시스를 통한 접근입니다.

심미적 이성과 정치와 관련해 조금만 더 보태겠습니다. 정치 철학에서는 도덕이 절대적으로 중요함에도 불구하고 그것을 규범적으로 법제화하기가 어렵습니다. 미국의 정치 철학자 세일라 벤하비브(Seyla Benhabib)가 도덕과 윤리가 없는 민주주의가 존재할 수 없는데도 불구하고 그것을 법제화할 수 없는 것이 민주주의의 딜레마라고 말하는 것을 본 일이 있습니다. 이것이 민주적 체제의 핵심적인 문제임에 틀림이 없습니다. 그것이 절대적으로 필요한데도 도덕과 윤리를 법제화하면 민주주의가 곧 죽어 버리는 상태가 되는 것이지요. 기실 그것은 도덕과 윤리의 경우에도 마찬가지이지만, 강제력으로 부과되는 도덕과 윤리는 그 본질을 잃어버리는 것이니까요. 강제력은 자유를 부정하고, 자유 없이는 개인의 존엄성을 지킬 수 없고, 개인의 존엄성 없이는 노예 도덕만이 존재하게 되지요. 그것이 유일한 길은 아니겠지만, 심미적인 자기표현의 세계는 이러한 모순들을 매개하는 일을 할 수 있는 세계가 아닌가 합니다. 실러가 강조하는 것 중의 하나가, 미적 형식의 추구가 사회생활에서, 그리고 정치 공동체를 이루는 데 주요한 역할을 할 것이라는 생각입니다. 미적 추구는 욕망의 자연스러운 표현이기도 하면서 동시에 형식적 규율 속에 그것을 수용하려는 노력인데, 형식적 규율 속에 잠재적으로 윤리적·도덕적 기호를 향한 충동이 들어 있기 때문입니다. 도덕과 윤리도 미적인 자기표현의 세계로부터 출발해서 찾으면 어떨까요? 그러니까 도덕과 윤리로부터 미적인 세계로 내려가는 것보다 미적인 세계로부터 도덕과 윤리를 찾는 것이 어떨까 하는 것입니다.

미적인 것을 떠나서도 자기표현과 자기 수련을 생각할 때, 그것은 자기 욕망을 표현하는 것이기도 하지만 자기를 보다 더 넓은 관점에서 재형성하려는 노력이라고도 할 수 있습니다. 넓은 관점이란 헤겔 식으로 보편성을 향한 고양, 보편성으로 나아가려는 충동과 밀접한 관련이 있다고 하겠습니다. 미적 자기 수양, 자기 형성, 보편성에 대한 지향이 서로 연결되어 있습니다. 다만 미는 여기에 부드러움과 행복을 더해 준다고 할 수 있습니다.

그런데 이야기는 미적인 것보다는 개인적 삶의 고양과 사회적 삶의 상호 작용에 관한 것이 되는 데에 있고, 보편성은 추상적으로 혹은 철학적으로 추구할 수도 있지만, 많은 사람들에게 교환을 통하여 주어지는 보편성에 이르는 길은 사회 안에서 생활하는 데에 있습니다. 보편성이라는 것은 어떤 사안 혹은 자기 자신을 여러 관점에서 볼 수 있다는 것인데, 사회생활에서 이루어지는 것은 나 혼자 좋은 대로 해서만 안 된다든지, 내 이야기만 해서는 크게 타당성이 없다는 것을 배우는 훈련입니다. 그러니까 사람의 삶 속에 들어 있는 형성적 충동 자체를 충족시킬 수 있다고 봅니다. 이러한 것이 보다 주체적으로 이루어질 수 있는 세계가 정치 세계입니다. 한나 아렌트는 정치의 핵심을 "공적인 행복"이란 말로 규정했습니다. 공적인 행복이란 여러 사람 속에서 움직이는 만족감을 말합니다. 셸던 월린(Sheldon Wolin)의 말을 빌리면, 정치성(the political)이란 것이 인간의 개체적인 생존을 고양시키는 사회적 삶의 한 차원으로서 존재한다는 말도 가능합니다.

이렇게 보면, 사람은 정치나 사회적 행동이 아니라, 자기만의 보편성을 향한 노력에서도 무의식적으로 사회적인 관점을 자기 속에 표현하는 면을 가지고 있다고 할 수 있습니다. 유교에서 공구신독(恐懼愼獨) 하라는 것이 있는데, 혼자 있을 때도 두려워하고 무서워한다는 것은 다른 사람의 눈을 의식하는 것과 유사하지요. 물론 보여 주려고 그렇게 한다면, 그것은 수양이 안 된 것이지요. 다만 어떤 단계에서 그러한 눈은 나의 것을 넘어서 어떤 보편적인 것으로 존재한다는 말일 것입니다. 옛날 유학자들은 혼자 있을 때도 단정히 앉아 있고, 책을 볼 때도 의관을 바르게 했습니다. 칸트가 병중에 손님을 맞이하며 옷을 갖춰 입은 일이 있는데, 이를 말리는 것에 대하여 내가 아직도 후마니타스(humamitas)를 잃지는 않았다고 답하였다는 이야기가 있습니다.

여기에 개재되어 있는 문제는 매우 미묘한 것이라고는 할 수 있습니다. 다시 말하여 남의 눈 속에 산다는 것은 인간성의 참의미를 상실한 것이 될 수 있습니다. 주체를 객체로 대체하고 그것에 사로잡히는 행위이지요. 우리 사회에서는 고차적인 의미의 정치성이 사라지고, 남의 눈에 보일 자기를 자기인 것처럼 받아들이는 노예 상태가 정치를 지배하고 있습니다. 내면이 공동(空洞)이 되면서 외면을 쫓아가는 거죠. 외면이 내면과 합쳐져야 높은 의미에서 정책 공간도 성립하고 내적인 수양의 종결점도 찾을 수 있습니다. 내면만 추구하면 은사(隱士)가 되고, 외면만 추구하면 공허한 허제비가 됩니다.

겹눈의 사유와 담론적 실천의 문제

민족 문학론과 관련하여

고종석 선생님의 글을 읽다 보면 '한편', '한편으로는'이라는 말을 자주 발견하게 됩니다. 그것은 선생님이 사물이나 사태를 입체적으로 응시하며 대상들의 상반된 측면들에 눈길을 주신다는 것으로 이해될 듯합니다. 서로 대립되지만 일리가 있는 견해들을 두루 감싸 안으며 그것들을 종합한다는 뜻이 되겠지요. 이런 겹눈의 사유는 선생님께서 문학적 판단을 하시든, 정치적 판단을 하시든, 윤리적 판단을 하시든 일관되게 유지되는 것 같습니다. 그래서 견고한 이성주의자의 이미지를 지니신 선생님이 더러는 과격한 이성 비판자로 떠오르기도 하고, 결정론에 기우는 구조의 철학자인 듯하면서 자유 의지론에 바탕을 둔 주체의 철학자인 듯도 하고, 개인주의자인 듯하면서도 공동체주의자로 비치기도 합니다. 선생님의 이성주의는 명료한 휴머니즘이지만, 선생님이 깊은 마음의 생태학을 말씀하실 때는 거기서 반휴머니즘의 기미가 읽힙니다. 사실은 그래서 선생님의 논리를 반박하기가 거의 불가능합니다. 잠재적 반론자의 의견에도 늘 미리 도달해서 합당한 자리를 마련해 주시기 때문입니다. 선생님에 대한 반대 의견을 내자고 마음먹고 보면 선생님은 이미 거기 도착해 계시니까요. 그러니까 그것은 선생님 사유의 딱딱함·단단함보다는 부드러움·물컹함과 더 관련되는 것 같습니다.

그런데 선생님의 그런 겹눈의 사유 또는 복잡성의 사고는 사물과 사태를 멀리, 깊이 보게 하는 한편(바로 이 '한편'이 선생님의 애용어입니다.) 더러 현실에 대한 구속을 우회하게 하는 결과를 낳을 수도 있지 않겠습니까? 선생님의 사유에는 서로 상반되는 듯한 여러 부분적 진실들이 동거해 있는데, 그런 진실들 사이의 충돌 안에서 실천의 에너지가 고갈될 수도 있지 않겠느냐는 거지요. 어떤 윤리적 실천도 사물의 복잡성에 매개되어 비윤리적 효과를 낼 수 있다면,(선생님은 글쓰기의 초창기부터 행동의 동기가 아니라 결과가 중요하다는 것을 강조하셨지요.) 어떤 문제의 해결 과정이 거의 예외 없이 새로운 문제의 발생을 포함하는 것이라면, 그래서 이것도 옳고 저것도 옳을 수 있다면, 아니 이것도 그르고 저것도 그를 수 있다면, 우리는 무엇을 할 수 있고, 무엇을 해야 합니까? 선생님의 그런 복잡성의 사고는, 선생님의 선의와 무관하게, 실천의 현장에서 퇴각하고 싶어 하는 사람들에게 푸근한 이론적 안식처가 되지 않겠습니까? 진실이 너무 여러 겹이어서 거기에 도달하기가 거의 불가능할 때, 인간의 실천 이성은 설자리를 잃고 누구나 자신의 삶의 터로 광장보다는 밀실을 택하게 되지 않겠습니까?

여건종 선생님의 문체로부터 시작해서 사실은 선생님 담론의 실천적 성격에 대한 질문으로 이해됩니다. 선생님에 대해서 나온 비판 중에 가장 일반화된 것이 선생님의 사유가 어떤 실천성을 가질 것인가에 대한 문제 제기였다고 할 수 있습니다.

김우창 많이 듣는 애기인데, 실천에 약하고 실천적인 긴급성을 덜 느끼기 때문이라는 말도 들어야 할는지 모르지요. 보편성이나 이성은 행동의 원리라기보다 생각하고 말하는 일에 관계되어 있습니다. 말이나 글이 투쟁이 아닌 것은 아니지요. 물론 그것은 주먹이나 칼로, 총으로 싸우는 것은 아닙니다. 글을 포함하는 투쟁은 무조건 이기자는 것보다 어떤 것이 정의롭기 때문에, 합리적이기 때문에 이겨야 된다는 정당성 문제와 결부되어 생각되는 투쟁입니다. 그저 주먹다짐을 한다면 글이 필요 없겠죠. 글도 주먹다짐의 글이 있지요. 그러나 그것이 정당성과 인간성의 관점에서 사회를 전체적으로 발전시키는 데 도움이 될 수는 없습니다.

여건종 저도 선생님 문체에 '한편'이 많다고 느꼈어요. 오래전부터 그 이유를 생각해 보았습니다. 실재는 언어로 포착되기를 사실상 끊임없이 거부하지요. 그 거부를 받아들이면서 계속 천착해 들어갈 때, 고종석 선생님께서 적절하게 표현하신 '겹눈의 사유'가 나오게 되는 것 같습니다. 그것은 인식의 관점으로는 옳을 수 있지만 그것이 어떤 행동까지 가는 데, 실천으로 이어지는 데 근본적인 장애가 될 수 있지 않겠는가 하는 질문이 나올 수 있습니다.

김우창 내가 선호하는 것이 하나라고 해서 하나로만 이야기한다는 것은 그 사이에서 합리적인 공간, 궁극적으로 사회 평화, 정의가 설 수 있는 자리를 좁히는 결과를 가져오기도 하고, 또 칸트적인 의미에서 다른 사람에 대한 존경, 존중을 없애는 것이에요. 그러나 그것이 행동을 부정한다는 것은 논리에 맞지 않습니다. '한편', '다른 한편으로'를 자주 쓰는 것은 생각할 수 있는 모든 입장을 다 고려해 보자는 이성적 입장에서 나오는 것이 아닌가 합니다. 이것은 사물을 있는 대로 검토하자는 것이기도 하지만, 사람의 삶이 선택으로 이루어졌다는 것을 생각하는 것입니다. 무엇이 어떻게 필연의 법칙에 의해 규정되는 것인가를 밝히려는 것이 사유의 목표입니다. 그러나 사람의 삶의 모든 것이 그것으로 결정되는 것은 아닙니다. 거기에서 선택의 필요가 생깁니다. 선택에도 사유가 필요합니다. 많은 가능성을 검토하고 이성적 입장에서 무엇이 가장 좋은 선택이냐를 판단하는 것이 필요하지요.

인간의 행동에서 선택이 하나의 결정적인 계기를 이룬다는 것은 피할 수 없는 일입니다. 이것은 모든 사람의 삶이 정당하고 필연적인 것으로의 근접을 겨냥하면서도 우연적인 선택으로 이루어진다는 것을 인정하는 것입니다. 사람의 행동은 합리성과 우연성 사이에 흔들리면서 존재합니다. 사물의 원리, 사회와 역사의 원리에 따라서 합리적으로 생각하는 정도가 지극히 높은 경우에도 투쟁이 불가피해지는 이유가 여기에 있습니다. 이러한 사실을 인정하는 것은 두 가지 결과를 갖습니다. 하나는 선택의 불가피성을 인정하는 것이지요. 그리하여 아까 말씀하신 것들과는 전혀 반대로 선택의 불가피성을 말하고 거기에 따른 행동적 철저성을 말하는 것이 불가피해집니다. 책임의 논리도 여기에서 나옵니다. 자신의 선택에 우연이 들어 있다고 해서 그에 따른 행동의 책임을 면제받을 수는 없습니다. 다른 한편으로 인간 행동의 선택적 성격은 관용의 근거가 됩니다. 나의 행동적 선택의 절실성을 받아들인다고 하여도 다른 선택의 정당성을 완전히 부정하기는 어렵지요. 정치적 행동의 이러한 요인들을 인식하는 것은 정치의 공간을 보편성의 공간으로 만드는 데에 필수적이라고 생각합니다. 이성적 고찰, 선택, 행동적 커미트먼트(commitment), 관용과 용서 그리고 인간성의 보편적 실현, 이러한 것이 정치 행동의 의미이지요. 이러한 것을 단축하자는 것이 사고 없는 행동주의입니다.

그런데 이러한 정치 행동의 전체적인 회로를 떠나서도 이성 없는 행동주의는 공허한 것이 될 가능성이 큽니다. 사회와 인간에 대한 바른 기획이 없는 싸움에서 이긴다고 한들, 그 싸움에서 생겨나는 사회는 장기적으로는 파멸에 이르고 말 것입니다. 싸움의 목표는 싸움이 아니라 평화이고, 평화는 인간성의 적절한 구현이 가능할 때 이루어지는 것이고, 거기에는 바른 사고가 필요합니다.

윤평중 1980년대 초 폭압적인 군사 독재 정권 시절, 겨울 공화국의 결빙 상태를 깬 결정적 계기였던 대학교수 민주화 운동 서명을 선도한 고려대 교수들의 서명 때, 선생님께서도 참여하셨죠?

김우창 그렇습니다.

고종석 그때 주동하셨던 것으로 알고 있는데?

윤평중 호헌 철폐 선언 때는 주동자였고, 1980년대 초에는 감옥에도 가셨던 것으로 들었습니다.

김우창 주동이랄 것은 없고, 단역을 했죠. 또 감옥보다도 유치장에 다녀온 일은 있지만, 특별히 고초를 겪었다고 할 수는 없습니다. 그러나 극한적인 경우를 생각하면서 각오는 할 수밖에 없었죠. 성명 발표가 있던 날은 옷도 껴입고, 저녁에도 다른 데 가서 자고, 그런 일들은 있었지요. 고려대만 한 것은 다른 민주화 경력자들이 참여하기를 주저했기 때문입니다.

윤평중 실천의 향방이 중요하다고 판단이 되면, 비록 자신은 결코 앙드레 말로 류의 행동하는 인간은 아니지만, 행동해야만 되는 시점에서는 결연하게 실행에 앞선 셈입니다.

김우창 결연한 행동을 했는지는 모르지만, 하여튼 지금 와서 오히려 그러한 것이 어떤 의미를 갖는가에 대하여 착잡한 마음을 갖습니다.

여건종 문학의 실천성에 대해 더 말씀을 듣죠. 우선 원론적으로 담론의 실천성, 즉 말하고 글 쓰는 행위가 가지는 실천성은 실제 행동이 가지는 실천성과는 근본적으로 다른 차원이라고 생각합니다. 담론은 의미가 생산되고, 그것이 소통되고 공유되는 순간, 더 나아가서 그것을 통해 새로운 주체가 구성되는 순간, 그리고 궁극적으로 새로운 공동체의 삶의 한 형태가 생성되는 순간에 실천성을 갖게 된다고 생각합니다. 그런 의미에서 현실 참여나 현실 개입은 이미 말이 발화되고 소통되는 그 순간 시작되는 것이지요. 선생님 생각은 어떠신지요.

김우창 말과 글이 곧 실천이라는 주장이 있는데, 맞는 말도 틀린 말도 아닌 것 같습니다. 서구의 이론가들, 특히 미국의 이론가들이 그러한 주장을 최근에 와서 많이 하는 것 같은데, 그런 주장은 공연한 혼란만 가져오는 것이 아닌가 하는 느낌이 있습니다. 의미 있는 행동이 있기 위하여 긴 사고의 과정이 필요하지요. 이것은 너무나 분명한 것 아닙니까? 마르크스의 긴 지적 작업이 없이 마르크스주의가 존재하겠습니까? 그렇다고 마르크스주의의 이론이 사회 혁명과 동일한 것은 아니지요. 큰 사회적 공간에서 그리고 한 다리를 건너서 생각하면 이론이 실천이지요. ―물론 실천을 통하여 수정되지 않는 이론이 살아 있는 이론일 수 없다는 점에서 실천은 이론이라고 할 수도 있지만. ―물론 더 생각하여야 할 것은 실천, 단지 자기 멋대로의 실천이 아니라 사회적인 의미가 있는 실천이 무엇인가 하는 것입니다. 나는 1960년대에 미국의 보스턴에서 마르쿠제의 강연에 간 일이 있습니다. 강단에 주로 학생 청중이 가득하였는데, 강연이 끝난 다음 청중들이 다 함께 거리로 나가야 한다고 웅성웅성하면서 마르쿠제에게도 동참할 것을 요구하였습니다. 마르쿠제는 거기에 동의하지 않았습니다. 그때 거리로 나가 혁명 구호를 외치는 것이 실천적 행동인지 어떤지는 알기가 어렵지요. 어쨌든 그것은 의미 있는 실천이 되지는 아니하였을 것입니다. 그러나 그러한 즉각적인 시위를 빼고 다른 무엇이 실천적 행동이겠습니까? 하여튼 실천이나 행동이 쉽게 정의될 수 있는 것은 아니지요.

그런데 나는 이론과 실천을 지나치게 함께 돌아가는 것으로 말하는 것은 기피할 일이라고 생각합니다. 생각하는 세계는 행동의 세계보다 훨씬 넓은 세계입니다. 전통적 유교 사상에서 지행합일을 강조했는데, 그것은 사람의 삶을 도덕과 윤리에 한정하는 결과를 갖습니다. 수학이나 물리학의 세계 또는 미적인 세계가 반드시 그러한 도덕과 윤리의 세계는 아니지요. 오히려 지행 분리가 우리의 세계를 넓히는 데에 중요한 역할을 한 면이 많습니다. 그렇다고 이러한 세계가 행동에 관계없는 것은 아니지요. 다만 그것은 매우 복잡한 경로를 통해서 행동적인 의미를 갖는 것일 것입니다.

문학의 경우 실천적 차원을 가지고 있다고 할 수 있지요. 민주화 과정에서 문학인과 문학이 중요한 기여를 한 것은 다 알고 있는 사실입니다. 그러나 그것이 문학의 모든 것은 아닙니다. 사람의 삶은 철저하게 사회적인 것이지만, 사회가 삶의 전부를 차지한다면, 그것은 살기 어려운 삶이 되지요. 사람의 삶에는 전체이면서 전체가 아닌 것이 많습니다. 사람의 삶은 철저하게 생물학적인 것이지만, 생물학이 삶의 전부를 차지하는 것은 병이 났을 때지요. 문학은 삶의 구체적인 일들에 관계되고 또 그것들을 떠받치고 있는 지평에 관계됩니다. 이 지평은 그 나름의 전체를 이룬다고 할 수 있는데, 그것은 삶의 객관적 틀의 여러 가지가 종합되어 이루는 지평입니다. 이 지평에는 말하여지는 구체적인 일들에 따라, 보이는 것 안 보이는 것이 서로 다르게 얽혀집니다. 우리 삶에서 그러한 것과 마찬가지지요. 사람이 정치적인 존재인 것은 사실이지만, 정치적 프로그램에만 의존해서는 삶은 견딜 수 없는 것이지요. 공산주의 사회의 문제도 이러한 것과 관계되어 있는 면이 있습니다.

고종석 선생님께 가장 흔히 따라붙는 에피셋(epithet, 별칭)이 이성주의자입니다. 실제로 정치와 사회 문제에 대한 선생님의 평론집 제목은 『이성적 사회를 향하여』이고, 또 『심미적 이성의 탐구』라는 제목의 평론 선집을 내시기도 했습니다. 백낙청 선생님의 첫 평론집 『민족 문학과 세계 문학』에 대한 서평 「민족 문학의 양심과 이념」에서 선생님은 냉철한 이성주의자로서의 김우창과 주정주의, 주의주의, 반지성주의 — 이런 규정을 백 선생님이 동의하실지는 모르겠습니다만 — 에 이끌리는 백낙청의 차이를 또렷이 한 바 있습니다. 글 끝머리에 표출된 백 선생님에 대한 경의에도 불구하고, 이 글은 1970년대 민족 문학론에 대한 가장 신랄한 이성주의적 비판이기도 합니다. 그러나 선생님의 이성은 늘 반성하는 이성이고 심미적 이성이었습니다. 더러는 프랑크푸르트학파나 일부 현상학자의 견해를 비판적으로 끌어오시기도 하면서, 선생님은 이성에 어떤 한계와 질서를 부여하려고 애써 오신 듯합니다. 그런데 이렇게 모를 깎아 내 둥글어진 이성이란, 우리가 일상적으로 '양식'이라고 부르는 것, 또는 '생활 감각'이라고 부르는 것과 경계가 모호해지지 않겠습니까?

김우창 문학의 실천성은 앞에 말한 바와 같이 중요한 의미를 가지고 있습니다. 그러나 늘 어떤 구체적인 의미에서의 실천을 의도하는 문학은 우리의 언어와 심성에 문제를 일으킵니다. 실천적 의도는 실천적 의도로서 표현되는 것이 마땅합니다. 그것은 그것의 논리가 있습니다. 문학이 실천적 의도를 가질 수는 있습니다. 그러나 그것은 바탕의 관심으로 존재하고 작품 안에서는 작품의 논리에 복종하여야 합니다. 그렇지 않은 경우 우리의 언어와 심성은 가장 중요한 사실적 정직성을, 많은 경우 정직의 이름 아래에서 정직성을 잃게 됩니다. 그다음부터 이야기는 들으나마나 한 것이 되지요. 빤한 이야기가 되니까요. 최근에 한 잡지에 나는 「의도를 가진 언어」라는 제목으로 짤막한 글을 썼는데, 행동을 주장하는 문학들의 문제점의 하나가 표면적으로 보이는 것보다는 다른 의도를 가지기 쉽다는 것입니다. 모든 언어가 그렇긴 하지만, 엄정하게 생각하고 느끼면서 행동하면 좋을 텐데, 행동적 목표를 위해서 언어의 이성적 구조랄까 성찰적 태도를 포기하는 것은 우선은 결과를 얻을는지 모르지만, 장기적으로 볼 때 문화의 온전한 발전을 위해서 꼭 바람직한 것은 아니에요. 언어의 기준은, 그것이 무엇이든지 간에, 사실 또는 진리입니다. 그것을 통하여 실천에 봉사합니다. 그것은 나의 의도에 따른 것은 아니지요.

고종석 백 선생님 글도 모호하다고 소문이 나서 '본마음'이니, 그것보다 더 모호한 '지혜'니 이런 말씀을 하시는데, 그런 것들과 선생님의 '심미적 이성'이 통할 수 있는 것이 아니겠습니까?

김우창 '심미'란 아시다시피 메를로퐁티한테서 임시방편으로 가져와서 쓴 말인데, 그의 말에 '개념 없는 보편성'이라는 말도 있습니다. 개념적으로 정리될 수 없다는 말이죠. 그러니까 이성으로 말할 수 없는 어떤 것이 있다는 것을 말한 것인데, 그것이 심미적 이성에서는 사람의 삶의 감각적인 토대에 관계되는 것으로 이해된 것이지요. 그러면서도 이 모호한 것이 개념적이고 이성적인 것의 토대라는 점에 주의할 필요가 있습니다. 지나치게 개인적인 양심, 개인적인 확신에다 모든 권위의 근거를 두게 되면 토의의 가능성이 엷어지고, 하버마스 얘기처럼 서로 의사소통할 수 있는 장이 성립하기가 어렵게 됩니다. 결국 생겨나는 것은 서로 심정으로 통할 수 있는 작은 세계 또는 외로운 세계이고, 또 그것과 객관적인 사물의 세계와의 관계도 모호해집니다. 심미적 이성은 이성을 넘어가는 세계를 인정하면서 그것의 이성화·개념화의 가능성을 인정하는 것입니다.

윤평중 백 선생님 입장에 서면 김 선생님의 뿌리를 탐색하는 작업처럼, 언어와 행동이라는 것이 매끈하게 구분이 안 될 겁니다. 언어 안에 행동의 의지가 깊숙하게 개입되고, 행동 역시 파토스로부터만 추동되는 것이 아니라 언어가 함유하는 윤리적 성찰과 역사적 전망과 결부되어서 움직이는 것이 아닙니까? 선생님이 강조하는 보편성과 균형 감각에 대해 백 선생님의 입장에서는 "나의 이런 발언은 단기간 동안—물론 단기간도 수십 년이 될 수 있겠죠.—한반도의 중대사에서 강력한 실천적 의미를 갖는다. 나아가 100년이나 200년 후에도 행동을 앞세우는 나의 언어가 실천적 효과와 의미를 갖는다."라는 것을 의심하지 않는다고 확언하는 것이 얼마든지 가능할 수 있습니다.

김우창 백낙청 선생의 입장과 그것이 대표하고 있는 것, 무엇보다도 그의 문학관이 우리의 민주화 운동 그리고 문학의 흐름에 공헌한 것을 높이 평가하여야 마땅합니다. 그러나 지금 윤 선생이 말한 발언이 있었다면, 나는 그것은 무서운 말이라고 할 수밖에 없습니다. 모든 가혹한 정치적 행위가 바로 나의 확신이 모든 사람과 모든 곳에 해당되는 것이라는 데에 있으니까요. 나는 다시 한 번 사람은 이성적 논고와 토의에서 서로 합의할 수 있고 또 서로 다른 선택적인 결단을 한다는 것을 강조할 수밖에 없습니다. 보편적인 이성적 담론의 포기는 절대성의 추구로 이어집니다.

윤평중 백낙청 선생님의 민족 문학론 작업을 보편적인 담론의 포기로 규정할 수 있을까요?

김우창 나는 수십 년 동안 민족이란 말을 거의 쓴 적이 없어요. 이유가 여러 가진데, 그 이유 중의 하나는 민족은 겁주기 위한 말 같아서입니다. 그 말을 담은 주장에 배치되는 말을 하면 민족 배반자가 됩니다. 그리하여 그것은 담론 영역을 좁히는 결과를 가져옵니다. 민족이란 것이 무엇이냐고 물어볼 수 있어야 합니다. 모든 말은 정황이 없이는 공허한 말입니다. 사실 이성이나 보편성이란 말도 그 자체로는 무의미한 말이지요. 민족이란 말은 일단 발화가 되면, 물음을 묻지 못하게 하는 힘을 가지고 있는 것처럼 사용됩니다.

백낙청 교수가 민족이란 말을 들고 나왔을 때는 여러 가지 이유가 있어서였을 겁니다. 민족이 지상 개념이라는 컨텍스트는 이해합니다. 그 당시 군사 정부하에서 보다 더 평등한 사회를 얘기하기 위해서, 정당성 없는 권력을 비판하기 위해서 민족이라는 말이 나왔지 않나 하는 것입니다. 군사 정권이 우리 민족이 정당하게 선택할 수 있는 정치적 형태 가운데 유일한 것이 아니라는 것을 지칭하기 위한 것이었다는 생각이 듭니다. 대한민국이라는 나라에 대신하는 전체의 이념으로 민족이 등장할 수 있지 않겠습니까? 또 다른 사정도 생각할 수 있습니다. 그 전에 글에서 지적한 일이 있지만, 백낙청 씨의 문학론은 처음에는 시민 문학, 민중 문학, 그다음에 민족 문학, 분단 문학으로 순차적으로 바뀌었습니다. 그러나 요즘 말로 키워드는 민족 문학이지요. 아마 다른 말은 당대의 정치적 담론에서 그 말과 같은 우위를 점할 수 있는 힘을 갖지 못했을 가능성이 큽니다. 이 말의 키워드화는 의식적인 것이 아니었을는지 모르지만, 매우 정치적인 의미를 갖는 것이라고 할 수 있습니다. 민족 문학론은 상당히 오랫동안 절대적 권위를 가지는 말, 그 말만 나오면 손들고 말 못하는 언어가 되었는데, 거기에 이 말의 전략적 중요성도 작용했을 것입니다.

하여튼 민족이라는 말은 어떤 경우에나 민족 해방 투쟁의 모든 권위를 물려받은 말입니다. 나는 그로 인하여 생긴 도덕적 강압성을 지금의 언어로서는 멀리할 필요가 있다고 느낍니다. 보편적 인간주의를 말한다고 해서 민족이 반드시 빠지는 것은 아닙니다. 가령 모든 사람이 괴롭지 않게 살아가는 사회를 생각한다고 해서, 세상에서 가장 괴로운 사람이 우간다 사람이니까 한국 사람을 제쳐 두고 그 사람들을 위해서 일한다는 것이 옳은 말이겠습니까? 허황된 관념이지요. 주변의 사람을 위하는 것이 실존적 절실성을 갖는 일이지요. 시몬 드 보부아르가 베트남전 때 베트남에서 아이들이 폭격당하는 것을 보면서 밤중에 울면서 잠을 못 잤다고 했는데, 그것은 선뜻 이해가 안 되는 표현이었습니다. 윤리적·정치적·행동적 관점에서 그런 일이 벌어져서는 안 된다는 것은 이해가 가지만, 그 사람들을 위해 잠을 못 자면서 눈물 흘린다는 것은 나같이 둔감한 사람에게는 이해가 안 되는 일이었습니다. 우리가 고통받는 사람에 대하여 의무를 느끼고 동정의 심정을 갖는다면, 그것은 우리가 선 자리에서 시작되어야 하겠지요.

지금 민족은 소용없다는 이야기도 나오는데, 그것도 생각해 보아야 하는 사항입니다. 한 개인이 일본인이냐, 한국인이냐, 미국인이냐가 그의 삶과 행복에 결정적인 의미를 가지는데 어떻게 민족이란 개념이 전혀 소용없다고 이야기할 수 있겠습니까? 사실 민족보다는 국가가 그렇다고 하여야 할는지 모르지만, 민족은 영원한 카테고리는 아니지만 세계사적 시점에서 결정적인 카테고리이지요. 사회를 위해서, 민족을 위해서 일해야 하는 것은 당연한 일이지요. 다만 그것이 우리의 사고의 최종적인 범주일 필요도 없고 그래서도 아니 되지 않나 하는 것입니다.

윤평중 두 가지 차원이 상호 긴장과 갈등의 요소를 포함하면서 복합적 평형 상태에 있는 것 같습니다. 민족의 폐해에 대한 말씀은 전적으로 공감합니다. 민족 담론이 갖는 허구적이고 억압적인 성격은 지적으로나 감성적으로도 우리의 일상생활에서 매일 확인할 수 있을 정도로 그 폐해가 막대합니다. 그러나 또 한편으로는 백 선생님의 민족 문학론은 사회 과학적 입론인 분단 체제론과 분리가 불가능한 중요한 문제 제기라고 생각합니다. 선생님은 민족에 대한 지나친 집착이 갖는 폐해를 부각하면서도 후반부에 가서는 민족 성원으로서 실존적 책임을 지적하셨습니다. 여기서 미묘한 균열을 느낄 수 있는데, 민족 문학론에 대한 선생님의 이야기를 듣자면 한국인으로서 이야기하는 것하고 미국인, 프랑스인으로서 이야기하는 것이 큰 색깔의 차이가 없게 됩니다. 이런 문제점을 선생님 스스로 의식했기 때문에 후반부의 언급이 나왔다고 생각합니다.

이는 민족주의의 맹목성을 경계하면서도 민족의 성원으로서 살아갈 수밖에 없는 실존적 한계의 문제입니다. 이 양자가 모순되지 않으면서 조화를 이룰 수도 있겠지만 날카롭게 부딪칠 수도 있습니다. 보편적인 시각을 지닌 것하고 약소국의 지식인으로서 실존적 결단을 가지는 태도가 조화롭게 일치될 때도 있겠지만 그렇지 않은 경우도 상정할 수 있는 것이죠. 보편적 시각을 완강하게 유지하는 선생님의 태도가 특정한 긴급 국면에서 백 교수의 사유와 부딪치면 약하지 않을까요?

김우창 바로 그렇습니다. 민족에 대하여 강할 수 있는 말이 지금 있습니까? 그렇다고 그것에 의지하는 것은 어떤 사람의 감성에는 맞지 않는 것이지요. 한국인, 미국인이나 일본인과 같은 이야기를 할 수 있는 문제에 대하여는, 그것은 다르면서 같다고 할 수밖에 없습니다. 내가 한국인으로 말한다면 — 원하든 아니하든 내가 하는 말은 한국인으로서 말하는 것이지요. — 미국인이 미국인으로 말하는 것을 인정하여야 하지요. 그러면 그다음에 그 사이의 소통의 문제 그리고 평화 공존의 문제, 상호 이해의 문제가 나옵니다. 민족은 다른 민족과의 관계에서 나오는 말이지요. 그것만을 절대시하는 것은 그 의미를 잘못 파악하는 것입니다. 우리가 있는 세계를 그대로 이해하려면, 이러한 착잡한 연관을 생각하여야 합니다.

메를로퐁티는 전쟁 중 프랑스 사람이 단지 프랑스 사람이라는 사실만으로 독일인을 적으로 생각하고 그에 대하여 총을 겨누어야 한다는 부조리를 강하게 느꼈습니다. 보편적 이성의 철학의 입장에서 그것은 부조리한 일이니까요. 그러나 그는 그것이 엄연한 현실 세계의 일이라는 것을 받아들였습니다. 그러면서도 그것을 넘어가는 입장을 잊지는 아니하였습니다. 민족이나 국가는 오늘의 인간에게 하나의 사실성에 속합니다. 또 어떤 사람들이 말하듯이 사람은 자신의 운명을 사랑하게끔 되어 있기 때문에, 그 사실성은 가치를 획득하게 되지요. 그러나 그것이 영원한 이념이나 가치를 나타내는 것이라고 하기는 어렵다고 생각합니다. 그러나 되풀이하여 그것의 강압적 성격에 착잡한 느낌을 갖습니다. 민족의 이름으로 말하면, 저절로 그 말이 권위를 갖게 되지요. 또 그것이 정치적 프로그램에서 자주 이용되는 것은 당연합니다. 그것을 부정하고 피하는 일이 오히려 결심을 요구하는 일입니다.

권혁범 약간 입장이 달라서 나올 수 있는 이야기입니다. 네이션(nation)과 내셔널리티(nationality)를 고려해서 표현하고 행동하는 것하고, 내셔널리즘(nationalism)을 어떤 중요한 세계관으로 받아들이는 것하고는 다른 문제 같습니다. 저는 한국의 민족주의(ethno-nationalism)가 한국 사회에서 중요한 이데올로기로 작용하는 것에 비판적인데, 그것이 심각할 정도로 이성적인 판단을 마비시키고, 보편적인 사고를 방해하는 경향이 있다고 생각하기 때문입니다. 대학 사회에서 지식인 사회에 이르기까지 광범위하죠. 그렇긴 하지만 현실적으로 어떤 민족 국가에 거주하면서 국적을 선택할 수밖에 없는 지구 사회에 살고 있기 때문에, 두 가지 주장은 분명히 분리되어야 합니다.

중요한 건 뭐냐면, 요즘 와서는 말의 변화가 일어나기 시작했지만, 민족 문학론에는 두 가지 요소가 있어요. 계급적이고 좌파적인 요소가 하나 있고, 이는 냉전 시대를 피해 가기 위해서 사용한 측면도 있는데, 한편으로는 실제로 민족 중심적 가치관이 상당히 강한 측면이 있습니다. 하나의 방편이나 고려의 요소로 이야기한 것은 이해할 수 있는데, 그게 아니라 중심적인 요소로 이야기했던 것이 사실 물신화된 측면이 있습니다. 거리를 둘 수밖에 없는 요소가 있어요. 그런데 문학 차원에서 보면 민족이란 것하고 문학하고 근본적으로 부딪치는 것 아닐까요? 문학이란 결국 개인에 대한 이야기이고 미학, 즉 개별적·구체적 탐구를 통해 기본적으로 인간 삶의 양식을 보편적으로 끌어올리는 작업이라고 본다면, 그게 추구하는 보편성과 내셔널과는 부딪치지 않습니까. 한국 문학 혹은 한국어 문학이란 것은 성립하지만, 한국 민족 문학이라는 것은 민족의 보편성에 견주어 보면 자기모순적인 개념이 아닌가요. 물론 이름과는 달리 민족 문학론에 보편적 계기가 있었다고 평가하지만요.

김우창 민족의 형성에 문학이 중요한 역할을 한다는 것은 인정할 수 있지요. 조금 피상적으로 본 면이 있지만, 베네딕트 앤더슨(Benedict Anderson)의 주장도 그러한 것이지요. 문학이 아니라도 생각의 표현이 민족을 형성하고, 민족 정신을 만드는 데 중요한 역할을 하는 것도 사실이지요. 오늘의 문학 그리고 우리의 생각과 느낌, 또 삶의 방식이 그것에 의하여 형성된다고 할 때, 민족 문학의 역사가 우리의 삶에 막중한 중요성을 갖는 것은 말할 필요가 없습니다. 그리고 여기로부터 오늘의 문학이 민족의 역사적 존재 방식에 기여하여야 한다는 명제가 연역되어 나올 수 있습니다.

그러나 민족과 문학이 직접적이고 강박적인 연계 관계에 있다고 말하는 것은 문학을 좁히고 민족의 삶을 좁히는 일이 된다고 할 수밖에 없습니다. 삶은 그 외적인 한계가 무엇이든지 간에 그 한계, 즉 정치적인 한계를 느끼는 상태가 가장 좋은 상태, 가장 넓게 존재하는 상태는 아닙니다. 밥 먹을 때나 잠잘 때나 민족을 생각한 애국자가 있는가 하면, 밥 먹을 때 밥 먹고 마루 닦을 때에 마루를 열심히 닦는 것이 불교의 수신의 요체라고 생각하는 경우도 있습니다. 사람의 일은 반드시 하나의 축에 끼여서 돌아가야 제대로 돌아가는 것은 아닙니다. 수많은 변속 기어가 있어서 여러 가지의 동작과 움직임이 간접적으로 연결되는 것이 더 좋을 수도 있습니다.

여건종 민족 문학론이란 말이 중요한 핵심 어휘로 등장하는 과정에는, 민족 문학이라는 범주를 요구하는, 그것으로 대표되는 삶의 상황이 있었습니다. 해방 이후 정치적 격동기를 거치면서, 우리 민족의 운명을 결정했던 역사적 조건들이 실제 우리의 일상적 삶의 가장 중요한 경험을 구성하는 요소로 작용했다는 의식이 대두되었고, 민족 문학은 그러한 의식을 대표하는 개념으로 자리 잡았습니다. 외세에 대한 인식, 분단 상황, 그리고 민주화를 위한 노력들이 민족 문학이라는 범주 안에 함께 묶일 수 있었던 것이죠. 그런 의미에서 민족 문학론은 나름대로의 역사적 의의를 가진다고 생각합니다. 문제는 민족이라는 개념적 범주가 이러한 자연스러운 시대적 요구를 넘어서서, 개념으로 굳어져 다시 현실을 재단하고 범주화하고, 더 나아가서는 현실을 개념에 끌어다 맞추는 경향이 생기게 된다는 것입니다. 그렇게 되면 실천력을 갖춘 개념이라고 할 수 없어지게 되는 것이죠. 개념의 사물화(reification)라고 할 수 있을까요?

김우창 백 선생 또는 창비파가 우리 사회의 중요한 정치적·정서적 테마를 잡아서 그것을 사회적·문학적 동력으로 옮기는 데 중요한 역할을 한 것은 앞에 말한 바와 같습니다. 그러나 그와 안 맞는 얘기는 다 나쁜 걸로 치부하는 등, 그것을 그야말로 물화시키면 안 되겠죠. 그리고 보태어 말하고 싶은 것은 삶은 대체로 나쁜 조건하에서도, 아주 극단적인 경우를 제외하면 외적인 한계를 통하여 사는 것이 아니라 안으로부터 사는 것이라는 점입니다. 일제이든 전쟁이든 한계는 잊어버리고 한계 안에서 하나의 세계를 이루고 산다는 것입니다. 미국의 흑인 시인에 니키 조반니(Nikki Giovanni)라는 사람이 있는데, 그의 시에 미국의 흑인이 늘 인종주의 사회의 부조리에 매어서 생일 잔치도 크리스마스도 가족 간의 단란도 없었던 것처럼 말하는 것은 옳지 않다고 말하는 것이 있습니다. 백인이 그의 전기를 쓴다면, 그의 모든 것을 인종과 억압과 가난으로 설명할 것이기 때문에 자기는 그것을 원하지 않는다는 말도 하고 있습니다. 여기에서 삶을 한계 짓는 외적인 요인들은 삶의 형태, 보통의 내용을 다 가지고 있는 형태를 일정한 방식으로 형성하고, 또 그 삶의 세계 속으로 갑자기 침입해 들어오는 것이라고 할 수 있습니다. 그것은 삶의 주제로는 쉽게 보이지 않을 수 있지요.

고종석 1970년대에 민족 문학을 주장하시던 분들은 자신들이 모색하고 실천하는 문학이 민족주의 문학이 아니라 민족 문학이라고 강조하곤 했습니다. 그러나 민족 문학론의 기저에 민족주의가 깔려 있었던 것도 분명합니다. 선생님께서는 어느 글에서, 예컨대 미국 사람으로 태어나느냐 시에라리온 사람으로 태어나느냐 하는 것보다 사람의 운명을 크게 바꾸는 것은 없다고 쓰셨습니다. 한 사람이 어떤 민족 공동체에 속하느냐가, 바람직하든 그렇지 않든, 그 사람의 삶에 결정적 영향을 끼친다는 말씀이실 텐데요. 1970년대부터 1980년대에 이르는 시기의 민족 문학이라는 태도나 이념이 최선이라고 할 수는 없겠지만 우리 사회에 어느 정도는 필요하지 않았을까요?

김우창 앞에서 말한 바와 같이 정치적인 동원의 의미는 있었겠지만, 그 시기에 용어만으로 생각할 때, 시대의 주제가 '민족'이었다고 할 수 있을까요? 원하는 것은 민주주의, 자유, 평등, 군사 독재 타도였을 터인데, 민족이 중요한 것은 무슨 까닭일까요? 그것은 다른 민족과의 관계 또는 외세와의 관계에서 말하여지는 것일 터인데, 큰 테두리에서는 미국의 제국주의적 패권이 모든 것을 결정하고 있었다고 할 수 있지요. 그러나 민주화 투쟁에 섰던 대부분의 사람들에게는 그때 미군 철수나 미 제국주의 타도가 가장 중심적인 정치 투쟁의 목표였다고 할 수는 없지요. 그리고 지금도 그때의 일을 민주화라는 말로 부르지, 민족 해방 투쟁이라고는 부르는 일은 별로 없지 않습니까? 그러나 민족이라는 말이 정치적 정열을 유발하는 데에는 효과적이었다고 할 것입니다. 하여튼 민족이라는 말은 기이한 마력을 가진 말이지요.

그런데 다시 더 본격적으로 민족이라는 말로 돌아가서, 그것을 단순한 지상 명령으로 받아들이는 것이 민족의 발전을 위해서 좋은 것인가는 깊이 생각해야 할 문제입니다. 예전에 『백범일지』를 읽고는 몰랐던 것인데, 손세일 씨가 쓴 『이승만과 김구』를 보고 새삼스럽게 생각하게 된 문제입니다. 김구 선생은 일본인이 민비를 죽이는 것을 보고 복수를 해야 되겠다고 생각합니다. 그리고 황해도 어느 여인숙인가에서 일본인이 틀림없다고 판단한 사람을 무작정 죽이게 됩니다. 그런데 손세일 씨의 조사로는 그는 일종의 평범한 보부상이었습니다. 일본 사람은 누가 되었든지 무조건 죽여서 국모의 원수를 갚아야 되겠다고 길거리에서 우연히 만난 사람을 죽이는 것이 정당한 일일 수는 없습니다. 하여튼 그때 사정은 그때 사정이지만, 민족의 삶을 보다 이성적인 것으로, 보다 보편적인 것으로, 또 구체적인 내용을 가진 것으로 형성해 가는 것도 중요한 민족적 과제입니다.

여건종 그것을 선생님이 말씀하시는 좋은 언어라는 것이 어떤 것인가와 연결 지어 생각해 볼 수 있을 것 같습니다. 그때 김구를 지배하던 언어가 '민족'이라고 할 수 있는데, 구체적인 삶의 경험에서 온 것이 아니고, 어떤 이데올로기의 지배를 받아서 나온 언어라는 생각이 듭니다. 저는 백범에 대해 깊이 연구해 보지는 않았지만, 백범이 생각한 민족이란 개념이 진정성이 결여된 개념이 아닌가 하는 의구심을 많이 가지고 있었습니다. 지금도 백범을 추앙하는 사람들이 많은데, 개인적인 생각이지만 동시대인인 신채호의 생각들과 비교해 봐도 그런 생각이 듭니다. 대부분의 이데올로기가 삶의 구체성과 허위 의식이 나름대로의 역사적 조건 속에서 역동적으로 결합되어 형성되는 것인데, 백범의 경우는 그 지점을 찾아내기가 어려워요.

권혁범 이번에 미국 장갑차에 치어 죽은 두 중학생 압사 사건에서도 그대로 드러났는데, 사건이 일어난 후 어떤 명사 한 분이 우연히 마주친 미군들에게 삿대질하다가 싸움이 벌어져서 한국 대학생 몇 명이 미군을 일시적으로 납치했습니다. 그 감정은 이해할 수 있고, 또 그 싸움의 구체적 경위를 따져 봐야겠지만 어쨌든 사건과 전혀 상관없는 개개의 주한 미군 병사가 주적이 된 것이죠. 어떤 국가나 민족의 문제를 거기 국적이나 민족으로 호명되는 특정한 개인에게 쉽게 투사하는 정서나 논리가 위험하다는 생각이 듭니다.

윤평중 《한겨레》에 그 명사가 미군에 의해 일방적으로 피해를 당한 것처럼 보도됐어요. 그러나 상식적으로 추측을 하자면 민감한 시기에 공공장소에서 자신들보다 숫자가 훨씬 많은 한국 대학생들에게 소수의 미군들이 먼저 시비를 걸었을 가능성은 희박하다고 봅니다. 그렇다면 미군들의 무례한 반응을 촉발한 행동이 있었을 터인데 그런 배경은 언급이 제대로 안 됐지요. 이는 우리 사회에 팽배한 민족주의 정서가 사실을 압도하는 한 작은 사례일 수 있습니다.

권혁범 민족주의에 관한 역사학이나 사회 과학계의 글들 몇 권만 봐도 민족이란 인위적이고 이데올로기적 발명으로 형성된 것들입니다. 민족을 역사적으로 혹은 성찰적으로 바라보지 않고 선험적으로 혹은 초역사적으로 존재하는 실체로 규정하는 것이 가장 큰 문제예요. 민족주의는 민족을 가장 중요하게 생각하는 이념이니까, 민족 개개인의 구성이나 정체성을 위계 서열화합니다. 물론 개인, 젠더, 지역, 계급 등이 고려되지 않는다고 얘기할 수는 없지요. 특히 '열린 민족주의'에서는요. 하지만 그 경우조차도 민족이 제일 위에 있고 나머지는 부차화되어 혹은 종속되어 그 아래에 있죠.

윤평중 민족주의를 물신화하고 폐쇄적인 실체로 봄으로써 생산되는 폐해나 역기능이 한국 지식 사회에서 간과되면서 발생하는 문제점에 대해서는 전폭적으로 동감합니다. 그러나 민족 문학론의 평가와 관련해서 고려해야 할 차원이 있습니다. 인간으로서의 존엄을 가지고 유의미하게 삶을 영위하자면 집단적 정체성이 필요합니다. 더 나아가서 전 인류적 정체성이라는 것도 도출해 낼 수 있습니다. 민족 정체성이 지금 사라지고 있다 하지만, 한반도의 경우에 민족적 정체성이라는 것은 삭제될 수 없는 긴박한 중요성을 갖습니다. 민족으로서 존엄을 지키고 다른 민족이나 상이한 문화적 정체성을 가진 존재들로부터 존중받고 대접받으며 상호 교통하면서 살아가는 자의식의 형성은 너무나도 중요합니다. 비유하자면 민족은 예리한 칼 같은 것입니다. 베일 경우 피를 흘리게 만들 위험성도 있지만 동시에 유용합니다. 우리를 지켜 줄 수도 있지만 스스로나 남을 찌르는 흉기로 돌변할 수도 있습니다.

권혁범 그런 것을 부정하는 것이 아니라 단서를 달아야 한다는 것이죠. 폐쇄적인 민족주의에 찬성하는 사람은 민족 진영에 거의 없을 텐데요. 문제는 한국이라는 테두리 안에서 사는 사람들 중에서 자기 정체성에서 민족이 결정적으로 중요하다고 생각하는 사람도 있고 그렇지 않은 사람도 많을 수 있는데 후자를 인정하는 데 인색하다는 거죠. 어떤 사람들에게는 자신이 장애자인 것, 동성애자인 것, 노동자인 것, 여성인 것이 한국 민족이라는 정체성보다 더 중요할 수도 있는데 말입니다. 개성적·주체적 자유가 중심인 문학에서는 더욱 그렇습니다.

고종석 지고의 가치라는 것은 순환하죠. 《당대비평》에도 그런 역편향, 민족 허무주의랄 수 있는 편향이 있습니다. 저도 그걸 공유하기 때문에 자기반성적인 차원에서 말씀드리자면, 사람의 정체성을 규정하는 것들이 여러 수준에서 존재하지만, 역사의 지금 단계에서는 민족만큼 압도적으로, 현실적인 힘으로 규정하는 것이 쉽게 생각나지 않습니다. 다른 분들도 다 인정하는 것처럼 김우창 선생님은 보편적 지식인이신데도, 저번에 사석에서 얘기하시길, 해외여행을 하다가 한국 이야기가 나오면 어쩔 수 없이 귀 기울이게 되고, 좋은 이야기가 나오면 기분이 좋아지고, 나쁜 이야기가 나오면 기분이 나빠지는 건 어쩔 수 없으시더라는 거예요. 나는 자유인이지만 그건 어쩔 수 없다는 이야기죠.

권혁범 그게 아니죠. 착각일 수 있는데, 그것은 민족의 문제가 아니라 문화의 문제이고요. 민족이라는 게 지금 여기에 구체적으로 사는 장소와 관련되어 있어 혼동되는 거지요. 사람이라는 게 누구나 자기가 자란 공간, 문화, 사람에 더 익숙하고 더 관심 갖게 되고 더 편안한 게 지극히 자연스러운 거죠. 하지만 그런 구체적 공간과 역사적·정치적으로 만들어진 민족 국가 공동체와는 겹치는 부분도 있지만 사실은 다른 거죠.

윤평중 민족이란 개념이 갖는 위험성과 폐쇄성을 전부 인정합니다. 논의를 약간 이동시켜 보죠. 헤겔과 찰스 테일러를 논의하면서 인간의 자기형성에 있어서 승인받고 인정받는다는 게 결정적으로 중요하다는 이야기를 제가 했습니다. 그러나 호남 지역 차별을 이야기하면서 선생님께서 강력하게 반론을 제기하셨죠. '남한테 어떻게 투영되는가, 어떻게 대접받느냐가 나의 진정한 정체성을 찾는 데 결정적 준거 틀이 되어서는 안 된다. 오히려 내면의 고요한 목소리로 다시 들어가야 된다.'라고 말씀하셨습니다. 선생님 말씀에 일리가 있지만, 발달 심리학에서나 사회학에서 보면 다른 사람에게 내가 어떻게 투영되느냐, 또는 다른 사람과 어떻게 교류하느냐라는 승인의 지평이 나를 규정하는 데 절대적인 요소로 작동합니다.

민족이라는 카테고리가 갖는 원론적인 차원에서의 중요성을 그렇게 봐야 되는 것 아니겠습니까? 미국인들은 9·11이나 진주만 사태같이 위기를 현재화시킬 필요가 없는 상황이라면 인정 투쟁 자체를 떠올릴 필요가 없는 삶을 살지만 한국인의 경우는 다릅니다. 우리는 절절하게 한에 가까울 정도로 강한 인정 욕구를 가지고 있는데 이것이 반드시 나쁘다고 할 수는 없어요. 이는 민족주의 자체가 갖는 폐쇄성과는 또 다른 측면입니다. 민족 허무주의라는 말도 나왔는데, 민족주의가 한국 지식 사회에서 갖는 억압 효과 때문에 민족주의 자체를 경이원지(敬而遠之)하는 것도 이런 보편적 차원, 즉 존재론적 정체성의 획득이라는 차원에서 마이너스로 작용할 수 있습니다.

김우창 보태서 간단히 이야기하자면, 민족도 중요한 카테고리지만 그것은 다른 여러 가지 변증법적 연쇄 속에서 이야기를 해야 합니다. 민족의 내용이 무엇인가를 말하면서 이야기를 해야지요. 민족에 좋은 내용을 담도록 노력하는 것이 당대의 인간의 과제라고 생각합니다.

윤 선생이 말씀한 민족적 인정의 문제, 결국 오늘의 세계 질서에서 열세에 있는 민족의 인정의 문제가 되는 것인데, 그것은 세 가지 관점에서 말하여질 수 있습니다. 하나는 모든 개인이 그 자체로서 존중되어야 하는 바와 같이 모든 인간의 집단은 그 자체로서 존중되어야 한다고 할 수 있습니다. 둘째, 억압되고 무시된 상태에 있는 사람 그리고 그러한 집단은 그들의 보편적 인간성의 실현을 억제당하고 있습니다. 그들이 인간답게 발전하는 것이 시작부터 저해된다는 말입니다. 여기에서 인정의 필요가 일어납니다. 이것은 세 번째가 되겠는데, 인간 집단의 보편적 인간성의 실현을 향한 발전, 그것이 무엇이냐 하는 문제에 관계되어 있습니다. 그런데 그것을 정의하기 전에 문제 삼을 것은 이러한 이상이 지배적 문명과 문화 그리고 민족에 의하여 일방적으로 정의되어 온 것이 지금까지의 인류의 역사였다고 할 수 있지 않을까 하는 점입니다. 적어도 이 보편적 이상은 어떻게 보면 보통 생각하는 것보다 단순한 것일 수 있고, 또 다른 한편으로는 다양한 것으로 생각될 수 있지 않나 합니다. 지금의 시점에서 인간의 높은 이상에 대한 제국주의적 이념을 씻어 내고, 이 다양성을 인정하도록 노력하는 것이 중요한 세계사적 과제가 아닌가 하는 생각이 듭니다. 그리고 아마 대부분의 인간 집단은 그 나름의 독특한 삶의 방식 그리고 가치를 발전시켜 나왔을 것입니다.

문학이나 과학 기술을 만들어 낸 민족은 그 세계사적인 공헌으로 프라이드를 가질 수 있습니다. 그러나 지금까지 이러한 업적은 많은 모순을 수반하는 것이었습니다. 그런데 문자 없는 사회가 만들어 낸 아름다운 세계가 있다는 사실은 쉽게 잊어버리지요. 한국 민족도 세계적인 문화 민족이라고 할 수는 있지만, 세계 인류 문화에 대한 기여에 있어서 중국이나 일본보다 떨어진다고 할는지 모릅니다. 그러나 인간의 집단적 삶을 판단하는 데에 더 중요한 것은 문자나 문학, 과학 기술 등에 못지않게 인간의 내면적 충족이나 사회적 평화나 자연환경과의 조화를 얼마나 이룩해 냈는가 하는 것이라고 할 수도 있습니다. 조화된 삶은 소위 원시적이라고 하는 사회에서 더 가능했을는지도 모릅니다. 아이들이 자라면 어른이 되고 성장을 그치지 않습니까? 사회도 성숙한 사회는 계속적으로 발전 변화하는 사회가 아니라 일정한 균형에 이르러 멈추어 선 사회라고 미국의 시인 게리 스나이더는 말한 일이 있습니다. 우리가 우리의 과거 역사를 돌아볼 때 우리는 외적인 업적만이 아니라 이러한 성숙한 내용을 얼마나 갖추었던가를 알아볼 필요가 있습니다. 이것은 물론 다른 사회들에도 해당됩니다. 삶의 가치가 다양하다는 것을 연구해야 합니다. 이제는 사람 사는 것이 여러 가지 방식일 수 있다는 생각이 많이 받아들여지는 세계가 되는 것 같습니다. 그러면서 그것은 늘 간단하게는 삶의 진실과 조화된 삶이란 간단한 공식으로 환원될 수도 있지요.

민족의 인정이라는 문제로 돌아가서 우리 자신이 인정받는 것도 필요하지만, 공존하는 다양한 삶의 양식 속에 우리가 존재한다는 것을 인정하는 것도 필요하지요. 민족의 미래를 생각하는 경우에도, 물론 어떤 우리의 특이성을 강조하는 것이 아니라 공존의 질서 속에 있는 개성적 존재를 생각하여야 하는 것이 아닌가 합니다. 우리가 나타내는 것은 인류 공동의 삶의 총체적 방식에서 어떤 고유한 한 표현일 것입니다. 이것은 결국 다양성과 보편성의 지평을 아우를 수 있어야 한다는 말입니다.

리얼리즘과 모더니즘

여건종 문학의 실천성에 관한 얘기가 민족 문학에 대한 논의로 그리고 다시 민족이란 범주 일반에 대한 논의로 발전되었습니다. 문학에 관한 얘기를 좀 더 나누어 보기로 하지요. 민족 문학과 관련해서 자주 거론되는 논의가 한국 문학에서의 리얼리즘과 모더니즘에 관한 것입니다. 선생님께서는 한국에서 그동안 진행되었던 리얼리즘, 모더니즘 논쟁이 별로 생산적인 것이 아니라고 말씀하신 것으로 기억합니다. 그러나 한편으로는 이 두 용어가 신문학 이후 지금까지의 우리 문학을 분류하고 평가하는 데 유용하게 쓰여질 수밖에 없었다는 생각도 드는데요.

김우창 리얼리즘도 모더니즘도 서양에서 출발했고 서양에서 나온 말인데, 많은 사람들이 그 말들을 어디에나 그대로 적용되는 어떤 절대적인 실체로서 이해합니다. 한국 문학사에 나오는 사실주의, 상징주의, 퇴폐주의 이런 카테고리도 마찬가지입니다. 염상섭의 소설을 자연주의, 사실주의로 읽어서는 별로 도움이 되지는 않습니다. 우리 문학의 흐름은 우리 문학과 한국 사회가 처한 상황과의 관계를 밝히는 데에서 이해되어야지요. 우리 문학이 어떻게 식민지, 전쟁, 이념적 투쟁, 전근대적인 제도에 반응하고 그리려 했는지, 이 관점에서 문학을 읽어야지 그것을 떠나서 자연주의냐 모더니즘이냐는 큰 의미가 없습니다. 다만 이것들을 작가들이 빌려 온 것은 사실이지만, 그것은 단순히 실험적으로 그랬거나, 자신들의 현실 이해에 그 공식을 적용하여 보려 한 정도이지요. 얼마 전에 한 심포지엄에서 김기림에 대한 이야기를 한 일이 있는데, 김기림은 모더니스트로 알려져 있지만, 그것은 민족이 처해 있던 식민지 현실, 근대화의 필요에 처해 있던 식민지 사회의 문제에 대한 그의 관심의 주된 테두리에서 부차적인 의미를 갖는 것일 뿐이지요.

여건종 리얼리즘이나 모더니즘이란 용어는 물론 서구에서 온 것인데, 개별 작품들에 대한 분류 체계로서의 의미보다는, 인간 표현의 양식을 그렇게 집단적으로 범주화하는 것을 가능케 하는 역사적 경험이 있었고, 그 역사적 경험을 이해하는 도구로서 이러한 용어들이 의미를 가진다고 생각합니다. 우리나라도 이러한 용어들을 배태시켰던 역사적 경험을 공유한다는 점에서 의의가 있지 않을까요. 물론 신문학 초기에는 역사적 경험보다 용어의 수입이 앞서는 기현상도 있었고, 서구의 역사적 과정을 압축적으로 그리고 혼합해서 경험한 우리에게 맞지 않는 측면도 있다는 것을 인정해야겠지만요.

김우창 리얼리즘이란 문자 그대로 해석해서 문학이 현실을 재현하는 것이라는 데에서 저절로 나오는 명제라고 할 수 있지요. 좀 더 자세히 보면, 19세기 서양 소설에서 이 재현되어야 하는 현실은 매우 사회적인 것이 되어 시대적인 흐름에 의하여 서사의 줄거리나 인물이 강하게 규정되게 됩니다. 우리나라에서 리얼리즘은 어떤 정치적 프로그램을 가진 작품을 이야기하는 데에 쓰이는 것으로 생각됩니다. 그리고 이것이 작품의 긍정적·부정적 평가의 척도가 되지요. 우리나라 리얼리즘론의 준거점은 루카치이지요. 루카치의 모델은 발자크나 톨스토이입니다. 그러나 우리의 모델은 그런 넓은 의미의 사실주의 작품이었다고 하기 어렵습니다.

아마 문제는 개념의 넓고 좁은 것보다 절차의 선후에 있다고 할는지 모릅니다. 루카치가 마르크스주의자인 것은 틀림이 없지만, 그의 리얼리즘론은 작품의 분석에서 나온 것이지, 미리 정해진 공식을 작품에 덧씌운 것은 아닙니다. 작품 이전에 현실을 보여 주는 공식이 있다면, 작품은 필요가 없는 것이지요. 또 하나의 문제점은 당대의 현실, 즉 정치적인 현실을 반영하고 정치적인 투쟁에 봉사하는 것이 작품의 목적이라고 할 때, 반드시 일정한 양식의 현실 재현이 필요한 것인지 아닌지 분명치 않다는 점입니다. 이 점은 모더니즘적 실험을 기피하지 않는 브레히트가 루카치를 반박하면서 이미 이야기한 바가 있는 일입니다. 덧붙여서 말하면 우리나라에 있어서 리얼리즘과 모더니즘을 대조하는 것은 이러한 독일에서의 논쟁에서 영감을 얻은 것이 아닌가 하는 생각이 듭니다. 그러나 독일에서와는 달리 정해진 승리를 확보한 논쟁이라고 해야 하겠지요.

루카치의 이론은 발자크와 톨스토이에게는 해석의 방법이 되지만, 브레히트나 조이스에는 적용되지 않는다고 할 수 있습니다. 앞에 나가 있는 것은 작가와 작품이고 뒤에 따라오는 것이 비평 이론이 되는 것이 보통이 아닌가 합니다. 루카치도 당대의 문제에서는 따라갈 수밖에 없었을 겁니다. 물론 작가가 루카치를 읽었다면, 그것이 오늘의 작품 생산에 영향을 주기는 하지요. 그러나 그 영향은 정해진 공식을 전수받는다는 뜻은 아닙니다. 비평 이론이 재단하고 처방하는 것으로 존재하는 것은 작가의 자유를 제한하는 면이 있습니다. 나에게 비평은 이해와 해석이 목적이지 재단이나 처방이 주된 목적이 되는 것은 아닙니다. 그리고 전열을 정비하기 위한 수단도 아니지요. 그것은 다른 종류의 산문이 보다 직접적으로 할 수 있는 일이 아닌가 하고 나는 생각합니다.

우리의 처방 비평은 당대의 작가에게도 적용되지만, 재단 비평은 문학사적 판단에 적용되었습니다. 정지용은 모더니스트로 말하여지지만, 그는 서양 것만 좋아한 것이 아니라 우리 토착적인 것에 깊은 시적 표현을 준 사람이 아닙니까? 그것보다도 그의 관심의 기초에 있는 것은 식민지적 현실이 아니었나 합니다. 그는 한국 사회의 토착적·전통적 현실과, 일본이 대표하고 있다고 생각되는 근대, 즉 제국주의적 침략자이면서 근대 문명의 선각자인 일본, 이 두 사실의 역사적 모순을 강하게 느꼈던 것으로 생각됩니다. 모더니즘은 이러한 착잡한 문제를 설명하는 주된 개념은 되지 못하지요.

고종석 정지용에 관해서는 좀 더 신중하더라도, 김기림은 그런 측면이 있는 것 아닙니까.

김우창 그것은 모더니즘이나 리얼리즘의 문제라기보다는 시인이나 작가의 감성의 뿌리에 관한 문제라고 하는 것이 옳습니다. 정지용이나 김기림이나 영문학을 공부했습니다. 그러나 정지용은 서양적이면서도 서양 냄새가 안 나지요. 표현된 것으로 보면, 김기림이 오히려 정치의식이 강하다고 할 수 있지요. 「기상도」는 모더니즘의 시이지만, 더 중요한 것은 거기에 표현되어 있는 반제국주의입니다. 반미, 반영, 반서양, 반인종주의, 반제국주의가 그 내용이 아닙니까? 다만 이 반제국주의가 일본의 반제국주의와 어떤 관계를 가지고 있는가, 또 식민지 한국에 어떤 구체적인 연관을 갖는가 하는 것이 문제 될 수는 있을 것입니다. 그런데 이것이 그 당시에 가능했던 반제국주의적 표현이라고 하더라도, 그것이 토착적인 감성을 깊이 있게 표현하고 있다고는 느껴지지 않지요. 문학이 표현하는 것은 추상적인 정치적 이념만일 수가 없습니다. 이러한 의미에서 고 선생의 평가는 맞는 것이라고 할 수 있습니다.

권혁범 문학을 이야기할 때 개개의 작품이나 개별 작가에 대해서 얘기를 해야지, 그걸 묶어 통칭해서 이념적으로 재단해서는 안 된다는…….

김우창 이념이 아니라 현실과 역사적 상황이 중요하다는 말이지요. 그리고 그 안에서 살고 생각하고 느끼는 사람이 있습니다. 이상 같은 사람은 모더니스트이기는 하지만 허무주의적 색채가 강하지요. 자기가 사는 세계에 대한 절망감이 강한 사람이었을 겁니다. 그 당시의 사회와 이상 같은 사람의 삶과의 관계가 뭐냐를 봐야죠.

고종석 그런데 흔히 모더니스트라고 불리는 카프카도 실제 삶에서 절망감이 큰 사람 아니었습니까?

김우창 카프카도 전통적인 예술 양식에 반대되는 것들을 표현하면서 자기가 사는 것을 썼다고 해야겠지요.

권혁범 이야기에 쉽게 붙인 딱지가 개별 작품에 대한 온전한 이해를 방해하는 것 같습니다. 이상은 모더니스트고 백석은 이런 계열이고 누구는 뭐다 하면서……. 개념적 이해 및 분류가 불가피하겠지만 그런 것이 문화 외적인 기준에 의해 직접 매개된다면 문제겠지요.

여건종 편 가르기와 이름 붙이는 게 문제지만, 사실 어떤 형태로든지 평가하고 분석할 때 개념적 틀이 리얼리즘, 모더니즘 이런 것에서 오는 것이 아닌가요? 선생님도 리얼리즘이라는 말을 쓰셨습니다. 염상섭, 황석영 설명할 때 리얼리즘을 쓰셨죠. 제 생각에는 우리 문학을 얘기할 때 리얼리즘이나 모더니즘은 그것이 얼마나 정확한 설명력을 가지는가를 떠나서, 아직도 그것을 대치할 만한 적절한 비평적 용어를 만들어 내지 못한 만큼 그 용어의 사용이 불가피한 측면이 있는 것 같은데요.

김우창 리얼리즘은 문학의 본령입니다. 현실 재현이 문학이 할 수 있는 가장 중요한 기능이라는 데에 대하여 나는 이의를 가지고 있지 않습니다. 그러나 현실은 어떤 공식으로 수용하기에는 너무 다양합니다. 따라서 무엇이 리얼리즘이냐 하는 것은 그 말을 쓰는 사람에 따라 다릅니다. 극단적으로 말하면, 지금 여기가 교실이 아니라 포도밭이라고 생각하는 사람이 있다면, 그 사람의 현실은 그것이지요. 작가가 그것을 쓴다면 우리에게 그렇게 보일 수 있다는 것을 설득할 수 있어야 하겠지요. 제일차적으로는 눈앞에 있는 것, 체험한 것이 현실이 아니겠습니까?

고종석 있어야 할 현실을 그리는 게 리얼리즘이 아니라 있는 현실을 그리는 것이 리얼리즘이라는 거지요?

김우창 그렇다고 할 수 있습니다. 그런데 있는 현실은 있어야 하는 것 없이는, 어떤 예비적 범주가 없이는 그리기가 힘들다는 면은 있지요. 보통 사람이 선입견 없이 현실을 말한다는 것은 대체로 당대의 상투어와 상투적인 지각으로 그것을 말한다는 것이 되기 쉽지요. 그런데 일반적으로 상투어가 아니라도 개념은 쉽고 현실은 어렵다고 말할 수 있습니다. 그래서 일반적으로 현실을 말하려면 개념으로 그것을 대체합니다.

되풀이하건대, 리얼리즘은 우리말로 번역하면 현실주의인데, 그만 그 현실주의의 논의가 우리 현실과 떠난 서양 사회의 현실 논의이기 쉽습니다. 가령 우리 현실을 말한다면, 김동리의 「무녀도」, 「황토기」에 등장하는 토착적인 얘기들은 리얼리즘과 관계가 없을까요? 서정주의 『질마재 신화』에 나오는 토착성도 우리 현실의 일부가 아닐까요? 그렇다고 흔히들 말하는, 직접적으로 정치성을 가진 현실이 의미 없다는 말은 아닙니다. 그 편차를 생각하면서 구체적으로 검토하는 것이 필요하다는 말입니다. 이렇게 보면 모더니즘도 우리 현실에 엇비슷하게 관계되어 있습니다. 그것이 제국주의로 들어왔다고 할 수도 있고 선망의 대상으로 들어왔다고 할 수도 있지만, 현대화 또는 근대화는 우리의 역사의 큰 주제가 아닙니까? 모더니즘은 여기에 관계되는 것으로 보입니다. 근대적 서술 기교의 개발도 우리에게 부과된 현실의 일부였죠. 다만 외국의 모델을 보고 우리 현실을 이해하려고 한 것이므로 딱 맞지 않는 것이 많았던 것이겠지만. 리얼리즘이나 모더니즘이란 것을 가지고 좋다, 안 좋다고 얘기하는 것은 너무 성미 급한 일이지요.

여건종 그동안 리얼리즘 논쟁이 몇 차례 진행됐는데, 이에 대해 중요한 측면을 지적하신 것 같습니다. 저도 리얼리즘, 모더니즘 논쟁이 서로 다른 지평에서 따로 논의가 진행되고 있다는 생각이 들었어요. 특히 리얼리즘을 이야기하는 사람은 작품이 아니라 당위를 가지고 이야기한다는 생각이 들 때가 많습니다. 어떤 의미에서 아직 존재하지 않는 것을 상정하고 작품 평가의 기준으로 삼는다는 느낌이 많이 듭니다. 그럼에도 불구하고 저는 우리나라에서는 모더니즘의 논의가 더 문제가 많다는 생각입니다. 서구의 경우 리얼리즘에서 모더니즘으로 넘어가는 과정은 인식의 막다른 골목에서, 그것을 넘어서서 의미를 확인하려는 치열한 지적 노력이 목격되고, 인간의 내면, 뒤틀렸지만 역동적이고 생명력을 가진 내면을 발견하는 과정이라고 할 수 있지요. 루카치는 그것 자체가 자본주의에 동화되어 가는 과정의 일부라고 보지만요. 그런데 제 편견일지 모르지만, 아주 소수의 작품을 제외하고는 우리나라에서 모더니즘으로 분류되는 작품들에서는 그런 내면의 진정성, 치열함을 만날 수가 없습니다. 심하게 말하면 어떤 허위의식에 의해 지배되고, 그 허위의식 자체가 하나의 문학적 제도를 형성하고 있다는 생각이 자주 듭니다. 비평의 제도까지 포함해서요. 그런데 그것은 당연한 것이라는 생각도 듭니다. 우리에게 모더니즘적 표현이 절박할 그런 역사적 상황이 없었던 것 아닙니까?

김우창 그렇습니다. 영미 문학을 두고 말할 때, 모더니즘의 작가라고 부를 수 있는 엘리엇이나 파운드 또는 조이스가 당대의 정신을 가장 첨예하게 표현하였다는 것은 틀림이 없습니다. 이들이 보수적인 정치 성향을 가졌다는 것에도 불구하고 시대의 문제를 가장 철저하고 깊이 있게 대표한 작가라고 할 수밖에 없습니다. 엘리엇에 대하여는 이 점을 레이먼드 윌리

엄스(Raymond Williams)와 같은 좌파 이론가도 인정하고 있는 일입니다. 사회 현실과 인간 현실을 유물론적·변증법적 관점에서 이해하는 것이 현실을 제대로 보는 것이라는 관점과, 현실은 복잡하며 현실에 대한 상상력이나 인식의 작용은 훨씬 더 미묘하다, 그러므로 실험적인 형식이 필요하다는 생각은 서양 문학에서도 여러 차례 논의된 게 사실이죠. 하지만 이 논쟁은 서양에서는 잊혀진 지 오래되었죠. 주의라는 것은 현실과의 관계 속에서 의미를 가지는 것이므로 우리 현실에서 무엇을 뜻하느냐를 이야기해야 합니다. 주의가 아니라 현실이 중요한 거죠. 주의라는 것을 일종의 렌즈라 한다면, 우리 현실을 보는 렌즈를 너무 오래 이야기하다 현실을 잊어버리는 것은 별로 도움이 되는 일이 아닙니다.

고종석 정치적 프로그레시브(progressive)도 말씀하셨는데, 1970년대의 진보적인 평론가들은 『난장이가 쏘아올린 작은 공』 같은 작품도 리얼리즘 안으로 끌어들였습니다. 그런데 『난장이가 쏘아올린 작은 공』의 세계와 예컨대 『객지』의 세계는 같은 노동의 공간이라고 해도 그 분위기가 전혀 다르죠. 진보적인 평론가들의 리얼리즘은 그 점에서 먹성 좋은 리얼리즘이라고도 할 만한데, 어떤 작품의 내용이 정치적으로 진보적이면, 또는 최소한 현실 비판적이면 곧 리얼리즘이다, 이렇게까지 치달았던 것 같아요. 어떻게 쓰느냐보다 무엇을 쓰느냐를 더 중시했던 태도는 있을 수 있는 태도지만, 리얼리즘을 이해하는 데는 도움을 주지 못했던 것 같습니다.

권혁범 1980년대는 요란했죠. 사구체 논쟁이 문학에 그대로 대비되었습니다. 과거의 민족 문학론도 부르주아 이론이라는 말까지도 나왔는데, 정치적으로 래디컬해지면서 보다 문학 외적인 정치적 기준으로 문학 작품의 옳고 그름을 판단하는 경향이 한때 심하게 있었어요. 그러다 보니 비평이 작품을 압도하고, 특히 정치적 이념에 대한 태도와 지식이 문학 비평에서도 승한 경향이 나타났지요.

김우창 다시 한 번 '지각의 우선'을 말하고 예술은 개념적 사고와 별도로 현실에 통하는 길이란 것을 확인할 필요가 있습니다.

권혁범 무엇이 진정한 리얼리즘이냐라는 기준이, 그전에는 미학적 완성도를 무시할 정도로 단순한 것은 아니었어요. 하지만 기본적으로 현실의 구체적인 변혁의 의지를 잘 구현하고 있느냐 아니냐가 중요한 기준이었죠. 조세희 선생의 작품도 리얼리즘으로 포괄되면서도 비판을 받았고, 제가 기억하기로는 박완서 선생의 작품도 좋은 리얼리즘이라고 끌어당겼는데, 같은 이유로 비판받은 게 있어요. 항상 말미에 거론되는 지적이 뭐냐 하면 '역사적 변혁의 전망'이 부재되어 있다는 것이었어요. 이런 식으로 하면 최인훈, 박상륭 등의 작가가 들어설 자리가 없지요.

윤평중 한국의 문학 비평에서 리얼리즘, 모더니즘 논쟁의 밑바탕에는 적나라한 당파성이 깔려 있습니다. 그 차원을 감안할 때 이런 생각도 듭니다. 이론 일반의 존재론적 지위라는 문맥에서 문학 비평은 실제적인 문학 작품이 생산되고 활성화된 이후에 — 반드시 시간적인 경과만은 아니겠지만 — 정리하고 평가하는 차원에서 서술됩니다. 철학의 임무도 미네르바의 올빼미가 황혼 무렵에나 나는 것처럼 사태가 어느 정도 완결이 되고 나서 출발하게 되죠. 문학 내에서 비평의 존재론적 지위는 운명적으로 구체적인 문학 작품에 의존 내지 기생하는 것일 수밖에 없습니다. 문학 장르로서의 리얼리즘이나 모더니즘이 서구에서 연원된 것이라는 사실은 인정해야 하지만 그렇다고 서구의 산물이 초시간적으로 전 세계를 관류하는 전범이 되지는 않습니다. 모더니티나 근대성의 문제를 논의할 때 이야기하겠지만, 한국의 문학 비평이 작품도 변변한 것이 없는 가운데 파편적으로 분산되면서 비평의 위상을 자가발전식으로 부풀리는 차원이 있는 것 같습니다.

김우창 우리 비평은 사후 정리보다도 지도적이고 계도적인 차원에 있으려고 합니다. 우리나라에서는 특히 조선 시대부터 관념론적인 것을 좋아해서인지는 몰라도, 언어가 계도적인 입장에서 어떻게 해야 된다고, 사회변혁에 기여를 해야 된다고 합니다. 그러다 보면 그것은 강압적 성격을 갖게 됩니다. 그것도 현실적인 충분한 검토를 거친 것이 아니고 머릿속에 있는 프로그램대로, 그렇게 하려면 이렇게 해야 된다는 개념을 내세우는 것입니다.

고종석 1980년대 말, 1990년대 초의 민족 문학 논쟁은 사실은 정치 논쟁, 사상 논쟁이었죠. 노동해방문학론은 CA정파, ND 정파의 문학 이론이었고 민족해방문학론은 NL정파의 문학론이었죠. 1970년대의 백낙청 선생님이 주도하던 민족 문학론도 정치에 이끌린 측면이 강했고요. 창비의 공식 입장은 모르겠지만, 최원식 교수도 "미리 나온 작품을 해석하고 설명하고 비평하는 것도 평론의 역할이겠지만 어떤 작품이 나와야 하는가를 보여 주는 것 — 결국은 지도하는 것이겠지요. — 그것이 평론의 본령"이라는 취지의 말을 어느 평론상 심사 소감에서 쓴 적이 있어요.

김우창 우리나라에서는 특히, 윤 선생이 말씀하셨듯, 철학도 그렇고 문학도 그렇고 해가 진 다음에 뜨는 부엉이 같은 존재인데, 우리는 너무 강박적으로 지식인들이 지도적인 입장에 서서 생각해야 한다고 생각합니다. 사르트르는 책이란 독자의 자유의지로 읽기를 중단할 수 있는, 인간의 자유를 나타낸다는 말을 한 일이 있습니다. 이성적 존재로서의 자유를 전제하고 말하고 듣고 또는 스스로를 설득하는 일은 우리에게 낯선 일로 보입니다. 민족이라는 말에 대하여 하나 더 보태어 말하면, 거기에는 자유의 개념이 없습니다. 그것은 의무만으로 되어 있습니다. 민주화 운동이 민족의 이름으로 진행된 것은 자유를 수용할 생각이 없었기 때문이 아닌가 하는 생각이 듭니다.

한국 현대사에서의 문학 지식인의 역할

권혁범 문학인과 문학의 현실과의 관계는 많이 혼동하지만 각기 다른 것 같습니다. 그다음 문학 생산자로서 문학인들이 현실을 어떻게 바라보고 문학 외의 공간에 개입해야 하느냐에 관한 시각 차이에서 나오는 문제가 있을 수 있지요. 이 경우 지식인으로서 문학인이 현실에 참여해야 된다는 생각이 문학에서의 현실에 대한 특정한 재현 요구와 지나치게 동일시되는 게 여러 문제를 낳았습니다. 이제는 문학 지식인들의 사회적 위치가 많이 달라졌지만요.

윤평중 여기에는 문학 밖에서 바라봐야 냉철해지는 측면이 있습니다. 문학 일반이 사회적이고 역사적으로 스스로 지고 있다고 여기는 역할이 너무 지나칩니다. 한국 지식인의 자화상인 사회 계도자라는 그림이 과도한 망상으로 퇴행해 갈 수 있는 위험성이 있는 것입니다. 돌이켜 보면 철학이 시대를 선도하는 나라나 문화가 있었고, 대부분의 나라에서는 사회 과학이 지배적 학술 패러다임을 형성하는 역할을 하는데, 한국에서는 예외적이게도 문학이 지적 활동을 압도하고 선도하는 역할을 했습니다. 일제 때도 그랬고 현대 한국에서도 그렇습니다. 이런 관점에서 보자면 참여 문학 진영에서는 지식 형성사의 동역학과 지식 사회의 정체성에 대한 자기 이해가 부족한 것처럼 보입니다. 물론 그렇게 할 수밖에 없었던 시대적 상황도 있었겠지만, 모든 것을 총체적으로 거론함으로써 자신의 위치가 부당하게 부풀려진 과부하 상황에서 거품이 빠지고 있는 현실을 감당하지 못한 채, 당파성 테제에 집착하는 측면이 있지 않나 생각됩니다. 좀 더 섬세한 부연 설명이 필요하겠지만 어떻게 해야 된다고 미리 선언하는 것은 예술이 아닙니다. 예술은 대단히 우회적이고 섬세하고 조심스러운 방식으로, 고통스럽게 만들어 가야 하는 것 아니겠습니까?

고종석 우리만의 독특한 현상이지만 문인들이 지식인들을 대표한다고 할 때, 그 문학가라는 사람들이 대개는 창작자들이 아니라 비평가들이라는 점은 지적되어야 한다고 생각합니다. 예컨대 이광수가 20세기 전반기의 대표적 지식인이었다고 할 때, 그 이광수는 창작가로서의 이광수라기보다 논객으로서의 이광수였습니다.

김우창 우리나라 지식 사회에서 문학인들이 지배적인 여론 형성 역할을 담당해 온 것을 살펴보자면, 우선 현대 문학사 하면 이광수부터 시작합니다. 이 작품이 획기적인 사건이었다고 할 수도 있고, 독자가 얼마나 되었느냐 하면, 그렇지 않았을 수도 있지만.

고종석 인텔리들이 독자였죠. 그 사람들은 적어도 주변에는 영향력이 있는 사람들이었고, 그 점에서 여론을 형성하는 사람들이었죠.

윤평중 한국적 공론 영역에서 여론 생산 네트워크를 형성하는 주체가 주로 문학인들이거나 문학 애호가들이었던 거죠.

김우창 《대한매일신보》에 글이 실리더라도 그것을 읽는 사람은 제한되었을 겁니다. 문인은 한국 전통에서 언제나 중요했지만, 순수하게 이야기꾼이 중요하게 된 것은 이광수 이후라고 할 수 있습니다. 이것은 우리로서는 지적 전통의 쇠락과도 관계가 있는 것이지 않나 합니다. 『무정』을 보면 주인공이 평양성 밑에 앉아 있는 거지꼴을 한 사람을 만나는 장면이 있습니다. 그는 머릿속에 권세에 대한 갈망은 가득하지만, 군함도 대포도 전신도 기차도 모르는 무위도식의 저런 인간이 우리나라를 지배했던 사람이다, 이렇게 생각합니다. 그러한 사람 가운데 가령 황매천 같은 사람이 포함될 수 있느냐 할 때 그렇지 않다고 하여야 하겠지만, 적어도 당대의 어떤 관점에서는 과거의 모든 지적 유산이 일시에 몰락한 것을 상징하는 인물로 이 평양성 밑의 몰락한 양반을 생각해 볼 수 있을 것입니다.

권혁범 상징적인 사례를 들어 보죠. 예전에 솔 출판사에서 '입장총서'라는 지식인 앤솔러지를 발간했는데, 흥미로운 사실은 한국을 대표하는 지식인 대부분이 문학 비평가였다는 것입니다. 비평가들이 한국 지식 사회의 발언권을 독점한 것이었죠. '입장총서'를 보면서 든 생각이, 1970~1980년대까지만 해도 현실에 대한 총체적인 개념이 문학에 존재했다는 겁니다. 상당한 학문적인 업적이 나온 분야도 있지만, 자기의 목소리를 가지고 있던 부분은 거의 유일하게 문학 영역이었습니다. 원래 문학은 토착의 뿌리에서 창출되는 것이므로 자기 목소리를 가져야 하는 것이기도 합니다. 반면에 사회 과학이나 철학은 대부분 외국 이론을 수입 재가공했지, 자기 목소리는 드물었습니다. 요새 문학의 위기 운운하면서 말들이 많은데, 사실 거품이 빠지면서 제대로 가는 현상이죠. 시집이 수십만 권 나가는 나라가 전 세계에서 우리나라밖에 없고, 문학 지망생들이 신문사, 문화 센터마다 넘치고 있어요. 문학인들이 맡아야만 했던 몫을 성실히 수행한 측면도 있지만, 거품이 빠지는 것에 대해서 위기의식을 느끼고 있습니다.

여건종 작가나 비평가가 지식인으로서 선도적 역할을 하는 것에 대해 대체로 예외적인 것처럼 얘기하시는데, 그것은 현재 우리가 가지고 있는 문학에 대한 생각이 너무 협소하게 규정되었기 때문이라는 생각이 듭니다. 동양적인 문사철(文史哲) 전통에서도 글을 쓰는 일, 창작을 하는 일과 다른 지적 행위가 분리되지 않았고, 서양에서는 예술로서의 창작이라는 개념이 생긴 것은 근대에 들어와서라고 할 수 있을 것입니다. 그런 의미에서 우리가 가지고 있는 분업화된 문학 행위에 대한 이해는 문학이 가지는 삶과의 보다 건강한 관계를 왜곡시키는 부분이 있습니다.

김우창 문학은 현실 삶에 가깝기 때문에 모든 것이 무너진 자리에서도 할 말이 있는지 모르지요. 모든 문명의 단초에는 문학이 있지 않습니까? 문학이 모든 것의 시작이지요. 그러나 시작의 지점에서 더욱 수요가 큰 것은 선지자이지요. 우리나라가 세계에서 신흥 종교가 가장 많이 나오는 나라라는 조사를 읽은 일이 있는데, 그러한 종교도 그렇고 인생론의 수요가 큰 것일 것입니다. 그런데 문학은 세속 사회에서 다른 무엇보다도 쉽게 근대성의 권위를 획득하여 인생 설명의 기능을 공적으로 수행하게 되었다고 할까요?

권혁범 문학의 과잉 대표성에 대해서 이야기가 나왔는데 "문학의 기적은 우리 삶에 있어서의 전체성의 결여를 가지고도 하나의 전체성을 구축할 수 있다."(「주체의 형식으로서의 문학」)라고 말씀하시면서 '구체적 전체성의 모험'에 참여하는 것이 작가 혹은 비평가라 하셨습니다. 주체 형식으로서의 문학을 통해 구체적 전체성의 모험에 참여하는 것이 문학 작품을 만드는 사람의 몫이라면, 선생님께서 보시기에는 구체적 보편성이라는 것이 문학의 영역이고 사회 과학이나 자연 과학은 관련이 없는 것은 아닌지, 관련이 되는 것이 있다면 어떤 부분에서 다를 수 있는 것인지 묻고 싶습니다.

김우창 문학은 시작이고 마지막이라고 할 수 있습니다. 사실에 있어서나 심정에 있어서나 시작하는 데에는 사람들이 겪은 이야기로 시작할 수밖에 없습니다. 이야기는 언제나 사람이 가지고 있는 설명의 수단입니다.

그러나 이야기가 실제 상황에 그대로 맞아 들어가는 것은 반드시 보장할 수 없지요. 다만 객관적이든 아니든 그것이 어떤 사람이 또는 어떤 사람들이 체험하였던 것인 건 사실이겠지요. 이 체험은 물론 심리적으로 많이 굴절된 것이기는 하겠지만 말이에요. 꼭 객관적으로 안 맞는 이야기라도 할 수 있는 사회가 좋은 사회이지요. 미친 사람은 두들겨 패거나 벌을 주어 고치려는 사회가 있었지요. 그 원인을 과학적으로 설명하려는 것이 정신병학입니다. 그것은 개인의 체험의 절실성을 인정하고 그것을 다시 다른 객관적인 또는 평균적인 세계로 번역하고 변형시키려는 노력이라고 할 수 있겠죠. 문학은 예로부터 그러한 역할을 해 왔습니다.

다른 한편으로 문학은 주체적인 관점의 세계를 말하지만, 그것이 동시에 객관적인 세계와 일치함으로써 의미를 갖는다고 할 수 있지요. 일치는 두 가지 관점에서 가능합니다. 하나는 문학이 주관을 떠나지 않으면서 객관적인 세계에도 충실할 때 그러할 수 있을 것이고, 다른 하나는 객관적인 세계가 문학의 주관적인 요청에 맞는 것으로 바뀌었을 때 그럴 수 있겠지요. 문학은 그러니까 어떤 사람들이 말하듯이 유토피아를 말하는 기능을 가지고 있고, 동시에 사람의 마음을 현실에 적응하게 하는 순응화 작업 또는 사회화 작업의 일익을 담당하고 있다고 할 수 있습니다. 그러한 의미에서, 특수와 보편, 구체와 추상, 개체와 전체가 조정되는 공간이라고 할 수 있을 것입니다. 이것은 모든 것의 통합으로서의 문학, 최후의 문학이 할 수 있는 일일 것입니다. 그것은 시작의 문학과는 여러 가지로 다른 것이 되겠지요.

그런데 문학이 대체로 객관적이고 과학적인 의미에서의 현실을 말한다고 생각하는 것은 큰 착각입니다. 셰익스피어나 로렌스를 읽으면 영국의 심성을 어느 정도는 알 수 있겠지만, 그것은 영국의 사회를 객관적으로 아는 데에는 크게 도움이 되지 않습니다. 이것은 어느 정도는 여행기에도 해당됩니다. 폴 서루(Paul Theroux)나 빌 브라이슨(Bill Bryson)이라는 미국인 들이 쓴 최근의 영국 여행기가 있는데, 소설보다는 나을지 모르지만, 그것 믿고 영국을 판단하면 전혀 엉뚱한 결과가 나올 것입니다. 가장 간단한 것이라도 사회 과학적 저서가 영국의 현실에 대한 안내서가 되지요.

그러나 나는 사회 과학의 기본도 체험이라고 생각합니다. 이 체험을 다루는 방법이 다른 것이지요. 체험은 추상화되고, 구조 속에서 이해되어야 합니다. 그런데 이 추상화·구조화에는 과학적 사고의 훈련이 필요하고 추상적 개념과 모델이 필요합니다. 우리 사회 과학의 문제점은 체험적 요소가 부족한 것이 아닌가 하는 생각이 듭니다. 철학도 비슷하고요. 그렇다고 현실과의 관계가 없다는 것은 아닙니다. 다만 사용해야 하는 모델과 개념이 대부분 외국에서 온 것이고, 그렇다는 것은 그것이 그곳의 현실 체험으로부터 자라 나온 것이라는 말인데, 이것이 문제를 일으키겠지요. 그렇다고 우리가 만들어 낸 말로 사회 과학이나 철학을 해야 한다는 주장도 있지만, 그것도 쉽지 않은 일이고 어쩌면 바람직한 일도 아닐 가능성이 있습니다. 사고는 늘 보편성의 바탕을 열어서 그 위에서 진행됩니다. 그런데 보편성은 이미 다른 모델과 개념에 의하여 점령되어 있습니다. 그렇다면 그것은 진정한 보편성이 아니라고 하겠지만, 모순된 이야기일지 몰라도, 보편성은 어떤 제한된 경험의 확대로서만 존재하기 때문에 늘 보편적이면서 국지적인 것이 아닌가 합니다.

보다 과학적인 인간 이해, 사회 이해가 문학만큼 영향을 갖지 못하는 것은 수용자의 태도와도 관계있는 일일 것입니다. 전체적으로 감성적인 것이 우리의 지적 풍토라고 할 수 있을 터인데 이것이 문학에 쉽게 호응해 온 것이겠지요. 아니면 사람의 파토스적인 면을 자극하는 이데올로기도 그렇고요. 그런데 과학적 사고의 체험적 기반을 말하면, 그것은 우리 학문이 통합적 성격을 갖지 못한 것과도 관계있는 일이라고 말할 수 있습니다. 가령 역사에서 문집, 편지, 일기 등이 자료로 쓰이는 것을 별로 보지 못하는 것 같습니다. 조금 다른 이야기이지만, 나는 미국에서 '도시의 역사'라는 것을 수강한 일이 있는데, 그 강의에서는 발자크나 디킨스도 읽으라고 합니다. 강사는 경제사 교수였지만, 경제사가 통계 숫자로만 이루어지는 것은 아니지요. 문학 비평을 하면서 비평의 자료로 작품들을 읽는데, 우리 현실과의 관계에서는 문학 작품이 필드워크를 하고 있다는 느낌을 갖습니다.

권혁범 사회 과학이 갖고 있는 형식은 문학과 다릅니다. 그런 형식으로도 구체적인 보편성에 다다를 수 있을까요?

김우창 그런 면에서 우리나라 사회 과학은 특히 취약합니다. 서양 사회 과학 책의 어떤 것들은 문학책보다 더 재미있어요. 거기에는 실감 나는 것이 많습니다. 그것들은 사람 사는 것에 대한 보고지요. 나는 경제사를 조금 공부한 일이 있는데, 여러 딱딱한 책을 읽다가 마르크스주의자들의 책을 읽으면서 재미를 느꼈습니다. 가령 그때, 미국이나 자본주의 경제와 관련해서 폴 바란(Paul Baran)이나 폴 스위지(Paul Sweezy)의 책과 같은 것이 그러했습니다. 인간 조건에 대한 깊은 관심이 있고, 물음의 정열이 느껴지는 것 같았습니다. 이것은 마르크스의 저작에 대하여도 말할 수 있는 것이지요.

권혁범 사회 과학 중 가장 구체적이고 재미나는 것이 인류학이죠. 발로 뛰면서 구체적 인간의 행동 양식에 대해서 접근하고 관찰하죠. 문학에 가장 가까워요. 보편성을 획득하는 것이 불가능한 것은 아니죠. 다만 한국 역사가 짧다는 것이 문제인데, 한국어도 많이 사용하고 경험도 많아지고 문학도 활발해지면 그만큼 사회 과학의 언어나 형식, 내용이 많이 달라지겠지요. 큰 문제는 경제학, 정치학 하는 사람들이 문학에 관심이 없고 그것을 무시한다는 것, 현실과 관련 없는 픽션을 문학이라고 생각한다는 거죠. 문학적 훈련이 얼마나 중요한지가 무시되고 있는 것은 거품이 빠지는 것과는 상관없이 매우 우려되는 현상입니다.

김우창 옛날에 과거 시험을 볼 때, 정책에 대해서 쓰기도 했고 경전에 대해서도 썼지만 핵심은 시 쓰는 것입니다. 시를 잘 쓰는 사람은 뭐든 잘할 수 있다고 여겨서, 직무 수행에서 시를 잘 쓰는 것이 중요하다는 인식이 있었어요. 문학 능력이라는 것이 종합적인 판단을 할 수 있는 능력을 뜻했죠. 요즘 고등 고시에서 시 쓰는 것은 생각도 못 하지만…….

여건종 우리가 잘못 이해한 것 중 하나가 시를 쓰는 것이 전문적인 영역이라는 생각입니다. 동양적 전통에서 국가를 공적으로 관리하는 사람들의 자격을 시를 쓰는 능력을 통해 평가했다는 것은 오늘날에도 많은 것을 시사한다고 볼 수 있습니다. 시를 읽고 쓰는 능력은 사실 인간 삶의 여러 가지 가치를 평가하고 만들어 가는 능력, 사람들의 살림살이와 일을 관리하는 능력과 밀접히 관련되어 있습니다. 시 혹은 문학이 지나치게 전문화되고, 일상적인 삶의 영역과 유리되는 것은 결국 문학 자체가 사물화된다는 것을 의미합니다. 지금 말씀하시는 중에 문학과 철학, 인문학, 사회 과학을 구분해서 생각하는 방식 역시 그러한 현상을 역으로 보여 준다는 생각입니다. 근본적으로 문학과 철학이 구분된다는 것 자체가 우리 사회의 지식 체계가 지나치게 전문화되고, 나쁘게 얘기하면 파편화되어, 통합적인 현실 인식을 어렵게 한다는 것입니다. 특히 최근에 발표되는 시들을 보면 우리에게 문학이라는 것이 너무 전문화되어 있는 것이 아닌가, 문학적이라고 부를 수 있는 언어, 문학이라고 부를 수 있는 행위들이 따로 독자적으로 제도화되어 떨어져 나와 있다는 느낌이 듭니다.

김우창 칸트는 심미적 이성을 다루면서 『판단력 비판』이라는 제목을 붙였습니다. 심미적 능력이라는 것은 판단력에 관련되어 있어요. 군수 노릇을 하려면 판단을 잘해야 하고 그것은 심미적 이성과 관련되어 있습니다. 문학 작품이라는 것은 사람의 정서 생활에 관련되어 있으면서 사람살이의 방법도 포함하고 있습니다. 칸트 말을 계속 하자면 반성적 판단 능력이 곧 심미적 이성을 뜻합니다.

권혁범 문학이 총체적으로 현실에 접근하는 방식이라면, 그것은 사회과학의 언어나 형식으로는 근접하기 어려운 것일까요?

윤평중 여기에서 떨어진다거나 우월하다는 말을 조심해서 사용해야 된다고 말씀하셨지만 이는 방향이 잘못 설정된 것 아닐까요? 구체적 보편성에 대한 이해가 문학에서 우월하게 관철되는 것만은 아니라고 생각합니다. 서로 교류해야 하지만 문학의 몫이 있고, 철학, 사회 과학의 몫이 다 다르다는 자의식을 저는 가지고 있습니다. 예컨대 악마적 정치 사상가 카를 슈미트(Carl Schmitt)의 '정치적인 것'의 이념은 굉장히 보편적인 수준의 논술이지만, 적나라한 정치와 삶의 아수라적 상황을 압축적으로 형용한 것입니다. 하이데거는 조금 다른 경우지만 플라톤이나 데카르트만 봐도 구체성의 일상 담론을 가지고 풀어 갑니다. 여기에서 구체적 보편성을 향한 작업이 이루어지는데 다만 잘하느냐 못하느냐의 차이가 있을 뿐이죠. 선생님께서 문학을 강조하는 것은 이해가 됩니다. 학문 담론에서는 추상성의 수준이 제고되면서 일상의 긴박함이 떨어져 나갈 수밖에 없게 되는데, 그렇더라도 구체적 보편성을 문학이 독점해야 된다고는 생각하지 않습니다. 특히 구체적인 현장성을 보자면 영화 언어라는 것이 굉장히 강력하다고 볼 수 있습니다. 다만 관심 영역이 다를 뿐이죠.

김우창 사람은 구체적 현실에 놓여 있기 때문에 그것을 떠나는 것은 실감하기 어렵습니다. 이 실감은 다른 형태로 문학에도 사회 과학 또는 다른 정신 과학에도 있는 것이지요. 우리 현실을 이해하는 데 사회 과학적 언어를 경험적으로 발전시키지 못한 까닭에 사회 과학의 실감이 떨어지게 되는 것일 겁니다. 이것은 불가피한 면이 있습니다. 가령 정치 제도 등이 서양에서 왔으니까 그것을 설명하는 데 외래적인 개념을 가지고 할 수밖에 없지요. 그런데 이 개념을 번역하는 말이 한자 아닙니까? 보통의 삶으로부터 떨어지게 하는 중요한 이유의 하나이죠. 이것은 조선 시대 때부터 그렇습니다. 또 하나는 다른 이야기이지만, 일본말을 자꾸 없애야 된다고 말하는데, 일본어를 빼고 어떻게 우리를 설명할 수 있겠습니까? '우리나라', '신문', '제도' 이런 말들은 식민지 경험과 함께 들어온 것입니다. 아까 본질이라는 말이 나왔지만, 오성(惡性)은 안다는 쉬운 말을 어렵게 만든 말이지요. 대통령은 영어의 프레지던트(president)의 번역일 터인데, 원뜻은 앞에 앉는 사람, 좌장이라는 뜻이지요. 학생 회장도 프레지던트입니다. 히틀러의 칭호는 퓌러(Führer)인데, 이것은 총통이라고 번역했지만, 지도자라는 뜻이고 요즘도 회사 등에서 팀장 정도로 쓰고 있는 말입니다.

일상성과 학문의 괴리의 한 원인은 조금 이상한 말일는지 모르지만, 고차적인 담론이 늘 당위적인 성격을 갖는 것과 관계가 있지 않나 하는 생각이 듭니다. 이것은 유교의 도덕주의적 전통, 당위가 강했던 근대사의 고난, 외래 모델 추구의 필요 등이 겹쳐서 생겨난 습관이지요. 이것이 사유 활동 그리고 담론 행위를 자기 이해보다도 당위적 규범의 강조에 두게 한 것이 아닌가 합니다. 그러다 보면 말이 자신의 내적인 체험으로부터 유리되게 될 수 있습니다.

고종석 저는 그것이 우리만의 특수한 문제라기보다 번역 일반의 문제가 아닐까 생각합니다. 물론 우리 사회에서 그런 현상이 두드러지긴 합니다만, 오성을 예로 드셨는데, 우리가 수입해서 쓰는 많은 교양어랄까 전문어랄까 하는 것들이 그 연원이 된 언어에서보다 무거운 옷을 걸치고 있습니다. 예컨대 소쉬르 언어학의 용어인 랑그, 파롤, 랑가주 같은 말들은 언어학 텍스트에서 쓰일 때 지니는 뜻과는 별도로 일상적 언어 생활에서는 매우 범상한 뜻을 지닌 말인데, 한국이나 일본으로 오게 되면, 그 형태를 그대로 가져오건 번역을 하건, 일상 언어로는 거의 사용할 수 없는 말들이 되지요.

김우창 최근에 고대 이승환 교수가 퇴계를 두고 한 말에 이러한 것이 있었습니다. '퇴계에 있어서 판단력 문제'는 논문의 제목이 되지만, '칸트에 있어서 이기론(理氣論)의 문제'라는 것은 논문 제목이 안 된다는 것입니다. 여기에 기묘한 불균형이 존재하는데 그것을 어떻게 설명하여야 할는지 알 수 없습니다. 서양 현실이 더 보편성을 가지고 있다고 할 수도 있고 개념의 제국주의의 결과라고 할 수도 있고…….

동양과 서양의 학문, 그리고 외국 문학을 한다는 것

권혁범 선생님께서는 '서양'이라는 말을 많이 쓰고, '동양'도 많이 쓰고, 책에 보면 의외로 '우리'라는 말도 많이 쓰십니다. 그것들은 제가 최근에 되도록 쓰지 않으려고 하는 말입니다. '우리'가 누구인지 사실 애매한 것이고 그래서 이데올로기적이고요. 또 '나'라는 화자를 집단으로 자의적으로 귀속하거나 대표할 수 있는 말이죠. 또 민족주의적으로 한국인을 통칭할 수 있는 위험, 즉 그렇게 함으로써 다시 한 번 자의적으로 '남'을 설정할 수도 있는 개념이고요. 또 '우리'가 동양을 대표한다면 저절로 '남'은 서양이 되는데 이런 이분법도 잘 수긍이 가지 않거든요. 가령 세계를 제1세계와 제3세계로, 여성과 남성으로, 부르주아와 노동자로, 북반구와 남반구로, 이런 식으로 다양하게 — 물론 이런 이분법도 문제지만 — 나눌 수 있는 틀이 있거든요. 분류는 특정한 역사적·정치적 함의를 필연적으로 갖게 되는데 어떻게 동양 철학과 서양 철학으로 나눌 수 있을지, 선생님께서 말씀하실 때 서양적이다, 우리다, 이렇게 말씀하시는데 어떻게 생각하시는지요?

김우창 미국에서 공부하면서 논문을 쓸 때, '우리'라는 말을 쉽게 쓰지 못하는 어려움을 겪은 일이 있습니다. 모든 것을 3인칭으로 이야기해야 한다는 사실을 아주 불편하게 느꼈어요. 미국 사람이 어떻다고 쓰려면 데이터를 제시하고 각주를 붙여야 합니다. '우리'라는 말을 쓰는 것은 내가 느끼는 것을 복수화해서 이야기하는 것이죠. 허위와 과장이 들어간다고 할 수도 있는데, 달리 보면, 우리의 체험과 말이 마음속에 전제하고 있는 공공의 광장에서 이루어진다는 것을 증표하는 일이라고 할 수도 있을 것입니다. 이러한 상정이 마음의 움직임에 얼마나 필요한 것인가를 생각하게 합니다. 보편성 속으로 — 언제나 경험적인 것인 까닭에 사실은 다른 보편성과 경쟁 상태에 있는, 보편적이지 않은 보편성이라고 하여야겠지만 — 그러한 보편성 속으로라도 해방되지 않고는 사유가 불가능하다는 말이지요. 물론 그 상정이 진실이 되도록 노력해야 된다는 뜻도 되지요. 그러면서 사실에 근거한 것이 되도록 조심해야 하겠지요. 얼마 전에 서양의 기술 발전에 대한 책을 읽으면서, 그것이 객관적이고 과학적인 책이었는데도 "우리는 드디어"라는 표현이 나오는 것을 보고 사유와 말의 바탕으로서의 확대된 자아의 필요를 다시 한 번 생각했습니다.

객관적으로 쓰려고 해도 자기 입장으로 시작하면서 동시에 체험과 역사적인 인식을 공유하는 사람을 전제로 해서 쓰게 됩니다. 이것은 서양이라든지 동양이라든지 하는 말에도 적용할 수 있을 것입니다. 글에서 그러한 말을 쓸 때, 그것은 꼭 객관적인 말이라기보다는 사유와 말에 필요 불가결한 지평을 인정하는 것일 것입니다. 그것은 실제 우리의 심성에 — 여기에서도 우리라는 말이 나옵니다. — 침투되어 있는 사유의 지평을 가리키는 것이지요. 엄격한 사실의 측면에서는 그것은 발견을 위한 가설이라고 생각하는 것이 맞겠지요. 가설은 꼭 옳은 것은 아니면서, 필요한 것입니다.

그러나 '우리'라는 말을 쓰지 않으려고 노력하지 않는 것은 아닙니다.

너무 주관적이고 민족적이기 때문이죠. '동양'이나 '서양'이라는 말도 그렇지요.

권혁범 물론 책에 쓰인 '우리'는 한국어 사용자뿐만 아니라 '인간' 일반을 지칭하기도 합니다.

김우창 동의한 사람, 막연한 공동체적·보편적인 주체, 즉 앞에서 말한 대로 사유의 바탕을 말하는 것이지요. 데이터 붙이기 싫으니까 사용한 면도 있고, 내 체험으로부터 시작하는 경우도 있습니다. '동양', '서양'은 큰 문제인데, '동양'이라는 말을 다시 생각해 보면, 그것이 이데올로기적 성격을 가진 것을 알 수 있습니다. 동양이라는 말은 일본의 교토 대학에서 만들어 냈다고 합니다. 일본의 동아시아 침략 정책을 정당화하기 위해서 동아시아를 서양에 대립시키고, 동양의 주체적인 인식을 확립하면서 그 리더, 즉 맹주로서의 일본을 만들어 내기 위해서 동양 사학을 만들고 동양이라는 개념을 만들어 냈다는 것입니다. 그러나 모든 일반화는 거품을 가지고 있습니다. 그것을 제거하면 유명론(唯名論)만이 살아남습니다. 그러나 추상적 개념의 많은 것이 현실의 힘으로 움직입니다. 동양은 앞에서 말한 대로, 사유의 전제로서 또 가설로서도 필요악이라고 할 수밖에 없지요. 사유가 끝나고 발견이 된 다음에는 잠시 동안 다시 창고에 넣어 놓는 것이 마땅하지요. 사실 발견되는 것이 동양이면 동양에 고유한 것이라기보다는 인간의 삶과 사유의 방식의 한 가지가 된다고 할 것입니다. 그것이 어느 지역에서 특히 두드러진다, 그 정도가 사실적인 의미를 갖겠지요.

그렇기는 하나 역사적 기억을 공유하는 지역에서의 사고방식, 행동 방식, 또는 존재론적인 이해에 어떤 역사적인 퇴적층이 있다는 생각은 틀린 것은 아닐 것입니다. 모든 사람이 같은 지구에 산다고 하더라도, 우리만이 가진 역사적 퇴적층이 있고, 아비투스가 있을 것입니다. 함부로 쓰면 안 되지만 의미가 없는 것은 아닙니다. 동양을 서양 사람들이 이야기하는 것처럼 본질화하면 안 되고 역사적 의미로 이야기를 해야 하고, 의미를 한정하고, 컨텍스트 안에서 무엇을 드러내는가를 이야기해야 합니다. 농업 경제에 기초한 어떤 사회, 유교적인 사회 — 유교도 농업 사회에서 나온 이데올로기이지만 — 그런 역사적 테두리 속에서 동양을 파악해야 합니다.

권혁범 에드워드 사이드는 『오리엔탈리즘』에서 '동양' 개념을 비판하고 있지만, 한국에서는 '아시아'나 '동양'이라는 말을 많이 씁니다. 그 경우 말레이시아나 인도, 필리핀, 한국, 일본, 중국 등의 다양한 문화나 사유 방식과 서로 유사한 것으로 전제됩니다. 대단한 문화적 폭력이 될 수 있습니다. '동북아시아'도 마찬가지고요.

윤평중 '동양'이라는 말을 그렇게 엄청난 뜻으로 쓰고 있지만, 앞으로 쉽게 남용하지 말아야 합니다. 동양보다는 좁은 '동아시아'라는 용어도 동아시아론이나 한중일 연대를 이야기하면서 막연하게 사용됩니다. 그러나 여기에는 두 가지 점에서 심각한 문제가 있습니다. 먼저 '동아시아'라고 하면 실질적으로 한중일을 지칭하는데 남쪽인 동남아시아가 빠져 있습니다. 따라서 엄밀하게 표현하자면 '동북아시아'라고 해야 되는데 여기에도 심각한 문제가 있습니다. 일본 스스로는 동북아시아의 일원이라고 생각하지 않고 서구 쪽으로 붙으려고 합니다. 중국에도 그런 의식이 있어요. 자신을 우주의 중심으로 아는 그들로서는 자신들이 동북아로 환원되는 것을 용인하지 않을 것입니다. 중국에는 소수 민족도 50여 개나 되는데, 티베트가 과연 동북아시아의 일원이나 중국의 일원으로서 공동체적 일체감이 있느냐는 것도 추가적 문제입니다. 이처럼 사회 과학적인 용어 안에도 엄청나게 충격적인 정치적 폭력성과 세력 불균형이 내재되어 있는 겁니다.

김우창 인도 사람들과 이야기하면 그들이 자신들을 우리와 비슷하다고 생각하는 것에 대해서 놀랍니다. 그렇다고 공통점이 없는 건 아니죠. 본질론적인 것보다는 산업, 경제, 과학 기술에 공통점이 있다는 점, 불교라는 점, 제3세계라는 점에서 통합성을 가집니다.

여건종 '동양'이라는 말은 독자적인 정체성이 아니라 '서양'이 아니라는 점에서 만들어진 개념입니다. 우리가 동양이라는 말을 쓸 때는 항상 서양이라는 타자를 통해서입니다. 역설적으로 말해서 서양의 시선으로 우리 자신을 타자화한다고도 할 수 있죠.

김우창 '아시아'라는 말 자체도 그래요. 어떤 사람의 논문에 의하면 —서양 사람의 논문입니다.—중국 사람들은 자기들을 아시아라고 생각하지 않고, 주변의 야만족이 아시아라고 생각했어요. 아시아를 말하는 한자가 좋은 뜻을 가진 것이 아닌 것은 그 때문이지요.

윤평중 동아시아에 대해 원래 영국 쪽에서 극동으로 지칭했는데, 학문적 담론 생산에서 미국이 부상하면서 더 이상 '오리엔탈'이라고 하지 않고 지리적으로 '이스트 아시아'라고 표기합니다. 영국 쪽에서는 아직 오리엔탈 스터디라는 용어를 씁니다. 강대국들의 잣대에 따라 학술적 용어 자체의 형성이 춤추는 꼴이죠.

여건종 동양과 서양의 얘기가 나왔으니, 외국 문학자로서의 선생님의 생각과 경험에 대해 들었으면 합니다. 영문학자로서 외국 문학을 어떻게 할 것인가에 대해 많은 글을 쓰셨습니다. 영문학에 인력과 자원이 몰리고 있는데 그것이 우리에게 의미 있는 작업이 되지 못하고 있다고도 말씀하셨죠. 다른 학문도 그런 점이 있겠지만, 우리나라에서 외국 문학이 특히 그런 것 같습니다. 사실 한국 사람이 영문학을 하는 것은 몇 가지 콤플렉스를 가지게 되는 것을 의미합니다. 궁극적으로 넘기 힘든 언어의 장벽, 결국 남의 얘기를 하고 있다는 생각, 오리지널한 학문적 기여를 하기 어렵다는 생각들이죠. 어떤 사람들은 지역적 한계를 넘어서면 극복될 수 있다고도 얘기하지만, —즉 외국 저널에 주도적으로 글을 쓰는 것 말이죠.—한 개인의 한계를 넘어서는 것과는 다른 차원의 얘기인 것 같은데요. 무엇보다 문제는 한국의 영문학 연구, 주로 논문의 형식으로 발표되는 것들에서, 왜 이런 것을 하는가의 질문이 대체로 배제되고 어떤 의미에서는 회피되었다는 것입니다. 지금까지 나온 논의와 관련시켜서 외국 문학을 어떻게 의미 있게 할 것인가를 얘기해 주십시오.

김우창 영문학자가 논문을 많이 쓰는 것은 공허한 정열이라고 쓴 분이 있습니다. 개인적으로 이야기하자면, 진짜 그렇게 느꼈습니다. 요즘같이 교수에게 논문 많이 쓰라는 세상에서 영문학에 대한 논문을 그렇게 적게 쓰고 어떻게 살아남았느냐고 하는데, 내가 교수 생활을 할 때는 특수 여건이 그것을 허용해 주었어요. 논문에 상관없는 철밥통을 주었기 때문에 자유롭게 살 수 있었죠. 영문학으로 미국이나 영국의 영문학계에 기여하는 일이 있을 수 있지요. 그러나 별로 신나는 일은 아닐 것입니다. 그것이 의미를 가지려면, 그야말로 보편적 지평에서의 문학 이해를 넓히는 일이 되어야 하겠지요. 인문 과학도 그렇지만, 특히 사회 과학에서 외국 잡지에 논문 내는 것을 높이 평가하는 모양인데, 이해하기 어려운 일입니다. 사회 과학을 하는 이유 중의 하나가 한국 사회의 문제를 이론적으로 이해하는 장을 만드는 것인데, 한국 사회에 대해서 써서 미국 잡지에 내라는 것은 우스운 일이죠. 물론 관심이 새로운 보편성의 창조에 있다면 달라지겠지만.

외국 문학의 연구가 어떤 것이 되어야 한다는 데에 대해서는 정답을 가지고 있지 않습니다. 그러나 몇 가지를 생각해 볼 수 있기는 합니다. 앞에서 말한 대로, 문학의 보편적 이해를 넓히는 논문이 있을 수 있는데, 그것은 한국 문학도 저절로 포함되는 것이겠지요. 한국 영문학은 세계 영문학의 일부를 이루기 때문에 동시에 세계적인 문제의식을 피력하는 데 기여해야 합니다. 하지만 보다 쉬운 기여는 우리가 알고 있는 특정한 위치에서 본 것을 이야기하는 것입니다. 다른 하나는 방법론적으로 문학 인류학을 발전시키는 것입니다. 그것은 작가와 작품의 문학적·사회적 콘텍스트에

주의할 것을 요구할 것입니다. 그리고 그것으로부터 출발하여 문화와 문명과 문학의 존재 방식의 상관관계를 밝히고, 그것의 유형화를 생각하는 것이 가능할 것입니다.

또 다른 하나는, 전부가 그럴 수 있는 것은 아니지만, 제국주의 연구입니다. 서양에서의 담론은 철저하게 제국주의, 패권주의에 물들어 있습니다. 이것은 들추어 내는 것은 매우 중요한 일입니다. 그들의 오만을 깨트려 놓아야 한다는 뜻이 아닙니다. 그들의 보편성의 담론에 그것이 철저하게 침투되어 있는데, 보편성을 구출하는 것이 인간 모두를 위해서 중요한 일이기 때문입니다. 헤겔의 철학만큼 우리를 계발해 주는 철학을 찾기 어렵습니다. 그러나 그것은 철저하게 유럽 중심주의에 젖어 있습니다. 말하자면 헤겔을 헤겔로부터 구출하기 위하여 그 탈유럽화가 필요한 것이지요. 앞에서 찰스 테일러에 대한 언급이 있었지만, 그가 몇 가지 글에서 반성적 내면성이라는 것이 유독 서양에만 있다고 말하는 데에는 놀라움을 금치 못할 따름입니다. 얼마 전에 예거(W. Jaeger)의 『파이데이아(*Paideia*)』를 다시 참조할 일이 있었는데, 교양의 개념이 그리스에서 시작하는 서양의 전통에만 고유한 것이라는 말에도 역겨움을 느끼지 아니할 수 없었습니다. 영문학에도 이러한 사례들이 부지기수이지요. 에드워드 사이드는 『문화와 제국주의』를 비롯한 저서들에서 그러한 사례들에 대해 언급한 바 있습니다. 서양의 귀중한 세계적 유산들이 편협한 지방주의와 뒤범벅이 되어 있는 것은 참으로 유감스러운 일이라 아니할 수 없습니다.

영문학 그리고 기타 외국의 문학과 학문은 우리의 근대사에서 특수한 의미를 가지고 있습니다. 그것은 단순히 외국 문화와 문학을 습득하는 것이 아니었습니다. 우리나라의 현대사는 좋든 나쁘든, 근대 국가의 국제 공동체의 일원이 되려는, 그리고 사유에 있어서 보편적인 지평을 획득하려는 몸부림의 역사입니다. 그것을 위해서는 세계사의 주류 문명을 흡수해서 그 지평 속에서 이야기하여야 할 필요가 있었습니다. 영문학은 미국이나 유럽에서 동양학이나 이슬람을 공부하는 것과는 다른 것입니다. 마치 조선 시대에 중국 학문이 인문적 교양의 핵심적 위치를 점하게 됐듯이, 외국 학문은 우리 전통의 혁신에 중요한 역할을 할 것으로 생각되었던 것입니다. 르네상스에 있어서 그리스에 대한 연구도 이질적인 문화유산에 대한 지적인 호기심을 충족시키는 것뿐만 아니라, 이탈리아라든지 독일, 영국에서 그들의 주체성 확립에 중요한 역할을 했습니다. 외국 문학의 연구는 외면적인 지적 호기심이 아니라 우리의 발전을 위해서 중요한 위치를 갖고 있습니다. 외국 문학의 위치가 점차 떨어져 가는 것은 유감스러우면서 한편으로는 당연한 일이에요. 우리의 자기 변용이 상당한 수준에 이르렀다는 증거이니까요.

고종석 남한의 대학 가운데 영문학이 없는 데가 거의 없습니다. 영문학과를 지역 연구과로 바꾸는 게 낫지 않을까요?

김우창 나도 그렇게 생각합니다. 단지 그렇게 하기 위해서는 그 문제에 대한 예비적인 연구 과정이 있어야 합니다. 지금의 학부제로 통합하는 것은 찬성이지만, 그 시행 과정은 잘못되었다고 생각합니다. 그에 앞선 준비와 그에 따르는 후속 조치에 대해서 생각하지 않았습니다. 가령 괴테의 어떤 텍스트의 해석을 주된 내용으로 하던 강의가 '괴테와 프랑스 대혁명'이라는 식으로 바뀌어야 합니다. 이렇게 강의하려면 교수와 연구의 방향이 오랜 시간에 걸쳐서 바뀌어야 합니다. 여러 해 전에 《고대신문》에 썼지만, 하버드에서 서양 중심의 연구를 고쳐 동양 문화도 커리큘럼에 넣기로 했는데, 그 결과 중의 하나가 페어뱅크(J. K. Fairbank) 등이 쓴 『동아시아사』입니다. 중국·일본·한국을 가르쳐야 되겠다고 결정하고 학부에서 가르치기 시작하는 데 6~7년이 걸렸습니다. 처음에 스터디 그룹을 만들고, 학습 재료를 어떻게 할 것인가 생각하고, 그것을 만들고, 몇 년 후에 대학원에서 한번 해 보고, 그것을 걸러 가지고 다시 학부에서 가르치기 시작하고, 이러한 준비가 있었습니다. 교과서는 나중에 나오고 말이죠. 우리가 학부제와 함께 통합 과정을 만드는 것은 좋은 일이지만 이름만 바꾸면 되는 것이 아닙니다.

고종석 첫발은 내딛어야 하지 않겠습니까?

김우창 실험 대학이라는 그 비슷한 생각으로 한 30년 전에 시도했었어요. 아마 1977년에 고대에서도 하고 전국적으로 했는데 다 실패했어요. 왜 실패했느냐? 근본적인 이유는 세부적으로 정책을 다듬어서 후속 조치를 연구하지 않는 경우 지배적인 현실 세력의 도구로 전락하게 된다는 것입니다. 결국은 강의 수를 줄여서 학교에서 경비를 줄이는 수단처럼 사용되다가 유야무야되었습니다. 의료 제도라든지 교육 제도라든지 사회 보장 제도는 세부적으로 잘 생각하지 않으면 지배 체제의 이용 수단이 됩니다.

윤평중 절박하고 과격한 말씀을 드리자면 한국에서 영문학을 포함한 외국 문학 연구는 주변부적인 영향만을 가지게 되어 있습니다. 사회 과학에서는 한국 사회 과학의 창출이 가능합니다. 앞으로 희망 사항이지만 그쪽이 훨씬 더 가능성이 많다고 생각됩니다. 철학도 한국 철학의 정립이 가능합니다. 물론 한국 현실과 괴리되는 것이 아니라 한국의 실정을 육화해야 가능하겠죠. 한국 문학의 가능성과 현실성은 풍부합니다. 그런데 과연 독자적인 한국 영어영문학의 정체성이 확립될 수 있을까요? 한국에서의 미국 문학 스터디가 되지 말란 법이 없죠. 이런 조건 때문에 운명적으로 주변부적인 위상을 가질 것 같다는 겁니다.

김우창 앞에서 말한 것처럼 르네상스 시기의 그리스 연구처럼 특수한 의미를 가질 수도 있지만, 또 장사하는 데에도 필요하지요. 전략적 의미를 가지게 되는 것이지요. 미국에서 한국 연구가 전략적 의미를 갖는 것과 비슷하지요.

고종석 문학에서 언어는 본질적인데, 서로 다른 언어로 그 본질에 접근하기에는…….

김우창 어렵지만 불가능한 것은 아니지요. 또 필요한 것이지요. 헤겔은 독일에서 그리스 문학과 철학을 공부하는 일의 의미를 설명하면서 사람이 타자적인 것을 대면하고 그것을 내면화하는 것이 보편성으로 나아가는 방법이라고 한 일이 있습니다. 한문학이 한국에서 그러한 역할을 해 왔지요.

유럽의 언어들은 서로 근친 관계에 있다고 하지만 서로 다른데, 서로 교류하면서 발달하고 지금에 와서는 유럽의 공동 유산이 있다는 느낌을 가지게 되었습니다. 영국에서 『중국의 과학과 문명』을 쓴 니덤(Joseph Needham)은 중국과 유럽의 과학적 발전의 낙차를, 하나는 거대 제국이고 다른 하나는 다원적인 국가 공동체였다는 것으로 설명한 일이 있습니다.

영문학이 성립한 것은 그 문학이 영국 정신을 대표하는 이데올로기적 성격을 부여받았기 때문이다. 이것은 테리 이글턴(Terry Eagleton)의 생각입니다. 그러나 영문학 연구도 요사이는 보편적 지평에서 연구하는 방향으로 바뀌고 있습니다. 그래서 영문학 하면서 중국 소설도 읽으라는 풍조가 생겼어요. 현재 샌디에이고에는 영문학과나 한국 문학과는 없고 그냥 문학과가 있어요. 현실적으로는 어려움이 많다고는 합니다. 그러나 문학이 왜 생겨났는가, 문학이 무엇을 하느냐를 연구하기 위해서는 통합적인 연구를 해야 합니다. 국문학자는 국어만 해야 한다는 것도 잘못된 생각이죠. 옛날 우리나라에서 한문학 하지 않고 문학 공부 생각할 수 없었지요.

고종석 통합된 학과에서는 문학 원론 정도는 할 수 있겠지만…….

김우창 지금은 모색하는 단계에 있습니다. 그러나 미리 겁먹을 필요는 없습니다. 우리나라에서 민주주의를 한다고 하면서도 놀라운 것은 독일 철학에 대한 연구는 많지만 영국 철학에 대한 관심은 별로 없다는 것입니다. 그것의 연구 없이 또 그와 함께 그 내면의 역사 없이 민주주의를 역사적으로 이해할 수 있겠습니까?

여건종 사실 영문학이냐 국문학이냐가 별로 큰 문제가 되는 것은 아니고 중요한 것은 외국 문학의 독자성보다는 그것이 우리를 형성해 주는 것이냐, 우리의 현실을 이해하는 데 어떤 작용을 하느냐가 되어야 할 것 같습니다. 예를 들어 디킨스를 영국 사람들이 특정한 시기에 즐겨 읽은 작품 혹은 정반대로 시공간을 뛰어넘어 보편적 의미를 가진 작품 등으로만 이해할 것이 아니라, 디킨스가 부딪치고 반응했던 현실이 우리의 삶의 조건과 깊은 관련을 가질 때, 우리의 현실을 반영하는 데 매우 중요한 지적·정신적 원천이 될 수 있다는 것이죠. 지구 반대편에서 100여 년 전에 쓰인 이야기가 감동을 줄 수 있는 것은 그것이 보편성을 획득했기 때문이기도 하겠지만, 삶의 문제적 조건을 공유했기 때문일 것입니다. 이 경우 디킨스는 영국 문학이 아니라 그냥 문학에 속하는 것이 되는 것이죠. 그럴 경우 의식적으로 '주체적'이라는 말을 쓰지 않아도 저절로 주체적인 영문학 연구가 되는 것이죠.

김우창 맞는 말입니다. 다만 그것을 넘어서 인류 전체의 공동 유산을 생각한다는 더 큰 차원도 있어야 할 것입니다. 그러나 다시 한 번 비교 대비에서 오는 착시에도 주의해야 합니다. 영국 상황으로 우리 상황을 유추적으로 볼 때, 상대적으로 우리가 배운 바가 있다는 것은 틀림없지만, 모델의 영향으로 우리 것을 잘못 보는 것과 함께 우리 상황으로 그쪽 것을 잘못 보는 것도 주의하여야겠지요. 학문의 본래적인 목표를 왜곡시키는 느낌을 받습니다. 이용후생(利用厚生)의 관점을 넘어서는 보편적인 관점도 반드시 필요합니다.

권혁범 외국 문학 읽기가 선생님 사유의 형성 차원에서 볼 때, 말씀하신 초월적 주체 등의 테두리를 확장시키는 것, 국적이나 국경을 넘어서는 것이 되겠군요.

김우창 그렇습니다. 그 점에서는 헤겔의 고전 연구론을 전적으로 수긍할 수 있습니다. 그런데 인류 공동 유산의 관점을 다시 말하여 보겠습니다. 개인적인 이야기입니다만, 나에게 서양 고전 음악은 큰 위안의 하나입니다. 서양 고전 음악은 내 생각으로는 바흐에서 쇤베르크에 이르는 200년간 인류에 크나큰 공헌을 했습니다. 서양이 200년 동안 만들어 남긴 공헌입니다. 바흐 이전의 음악을 보면 역사적 의미는 있겠지만 재미가 없어요. 쇤베르크 이후 실험적인 현대 음악이 나왔지만 잘 안 되는 것 같아요. 끝난 것 같다는 느낌이 듭니다. 200년간의 음악이 인류의 정신생활을 풍부하게 하는 데 공헌했어요. 가령 고려 시대의 청자는 한국 고유의 업적입니다. 고려 시대에만 가능했던, 한국 사람이 인류 문화에 기여한 예입니다. 인류의 유산은 늘 있는 것이 아니라 어떤 종류의 뛰어난 시기에 이루어지는 것 같습니다. 이것을 접하는 것은 다른 의미를 떠나서도 삶을 풍부하게 하는 것이지요.

윤평중 지금 말씀은 서양 철학 전공자에게 뼈아프게 다가옵니다. 디킨스에 대해서 얘기했지만, 서양 철학에서 칸트의 비판적 관념론으로부터 헤겔의 절대적 관념론으로의 전개는 독일의 맥락에서 굉장히 급진적인 성격을 갖습니다. 서양 고전 음악이 보편적인 울림을 가지는 것과 동일한 맥락에서, 칸트에서 헤겔로 철학적으로 이행되고 완결된 철학적 상상력이 실천으로 옮겨지면 정교한 인권의 논리가 정립됩니다. 인권의 문제는 동서고금을 막론하고 보편성을 지닌 대표적 논제입니다. 영어영문학과를 비롯한 외국어 문학과에서 자기 성찰적인 작업이 얼마나 이루어졌는가가 논의되었는데, 마찬가지로 대학 제도의 원류가 문사철이라고 해서 각 대학들이 철학과를 설치했지만, 한국에서 철학을 하는 사람들이 과연 명징한 자의식을 가지고 작업했느냐에 대해 철학계에서는 반성을 많이 하고 있습니다. 요즘의 철학자들은 문학자들이 가지고 있는 자기 성찰을 공유하게 된 것 같습니다.

김우창 이제 많은 학문이 스스로 자기 갱신을 하면서 의미 있는 학문 영역으로 재편성할 필요가 있는 시점이 아닌가 합니다. 우리가 앉아 있는 이 대학원 세미나실도 자기 반성적인 회의를 하라고 만든 공간입니다. 교육부의 주도를 기다리지 않고 공부하는 사람들이 대체적인 아이디어를 만들고, 좋은 아이디어를 자주 교환하게 되면 좋지 않을까 해서 만들었지만, 아직은 별로 이용되지는 않습니다.

포스트모더니즘에 대하여

여건종 동양과 서양 그리고 외국 문학의 연구에 대한 얘기가 나왔으니 그것과 연결하여 현재 우리나라에 이입된 사상 중 다방면에서 주목받는 포스트모더니즘에 관한 얘기를 좀 하면 어떨까요? 포스트모더니즘은 서구가 자신의 과거와 현재, 말하자면 '이성의 시대'를 반성하는 성격을 가지고 있습니다. 우리가 데카르트적 이성을 성취한 적이 없으니, 이러한 자기 비판을 공유하기가 어렵다는 생각도 듭니다. 선생님께서는 이에 대한 비판적인 생각을 피력하신 바 있습니다. 그런데 선생님의 글을 보면 포스트모더니즘의 사상가들의 인식을 많은 부분 공유하고 있다는 생각도 드는데요. 명시적으로 인용을 하지 않는 경우에도 데리다나 푸코, 라캉의 인식이 선생님의 말씀이나 글에서 종종 포착됩니다.

김우창 이성은 현실을 이해하고 현실을 개조하는 수단이라는 생각이 오래 있어 왔습니다. 포스트모더니즘의 경우에 합리성의 이러한 기능에 강한 의문을 제기하고 있습니다. 이성적 기획으로 인간의 삶의 조건이 개선된다는 희망이 허망한 것이었다는 생각이 여기에 많이 작용하고 있습니다. 그에 따라 이성의 현실 인식의 기능에 대해서도 회의가 생겼습니다. 현실의 기획이든 인식이든 지금까지 지나치게 간단히 생각한 것은 잘못이다, 더 조심스럽게 그 잘못을 보완하여야 한다, 이러한 입장은 충분히 옳은 생각으로 여겨지지만, 모든 건 담론이고 텍스트라는 생각은 걱정스러운 생각입니다. 현실이란 것은 없다는 보드리야르의 이야기는 이러한 걱정을 조금 극단적으로 표현한 것인데, 우리나라에서는 마치 그가 그것을 크게 환영하고 찬양하는 것처럼 이해되는 것 같습니다.

21세기는 문화의 세기다, 문화 대통령이 나와야 된다는 말들을 하는데, 거기에도 문화가 현실과 분리되어 추구될 수 있다는 생각이 들어 있는 것 같습니다. 가상 현실을 창조하고 현실을 포장하여 장사 밑천으로 하자는 것처럼 들립니다. 학교에서 마지막 강의로 문학 이론 수업하면서 포스트모더니즘 강의를 하고 있는데, 이번 주에 데이비드 하비(David Harvey)의 『포스트모더니티의 조건(*The Condition of Postmodernity*)』을 다뤘어요. 하비는 포스트모더니즘이 자본주의의 위기에서 오는 것이라고 진단하고 있습니다. 자본주의가 전 지구화함에 따라 사람의 구체적인 삶이 추상화되고 안 보이게 되는 것이지요. 삶이 자본의 논리 속에 증발하는 현상이 포스트모더니즘이 아닌가 하는 것입니다. 세계에 과학적인 법칙이 존재한다는 것, 그 진리를 알 수 있다는 것, 이것은 사람의 삶의 바탕에 큰 안정을 주는 일입니다. 경제와 사회에도 그러한 엄격한 법칙은 아니라도 현실의 한계가 있습니다. 사람의 삶이 그것에 의하여 규정된다는 것은 거기에 관련된 일단의 진리가 있다는 말입니다. 진리를 알기는 어렵지만, 진리가 없다는 이야기는 문제가 있어요.

윤평중 포스트모더니즘 수용에 관한 문제는 현대 한국의 학문사와 관련해 접근해야 정확한 평가가 가능할 것입니다. 이는 문학 이론에서의 모더니즘 논쟁처럼 기초가 되는 현실적 실체가 불분명한 상황에서 기인합니다. 그러나 이론의 현실 적합성 문제는, 1980년대 진보적 사회 과학의 정수로 여겨졌던 사구체 논쟁 자체가 수입 패러다임이었던 사례가 웅변하는 것처럼 좀 유연하게 다루어져야 할 것입니다. 나아가 이론 자체에 대해서도 좀 더 섬세하게 접근할 필요가 있습니다.

포스트모더니즘이 진리를 부인한다고 할 때, 과연 누가 그런 얘기를 했느냐를 따져봐야 합니다. 그런 맥락에서 선생님께서 묘사한 포스트모더니즘에 부합하는 유일한 후보자는 보드리야르밖에 없습니다. 흔히 포스트모더니스트 철학자라고 명명되는 대표적 인물이 철학자로는 데리다와 푸코일 텐데, 데리다 같은 경우도 속류 포스트모더니즘 식으로 들릴 수 있는 이야기를 하기는 하지만, 엄밀하게 추적하면 그렇지 않습니다. 푸코의 경우는 더더구나 사실과 거리가 먼 얘기입니다. 오해의 소지가 많죠. 선생님께서 포스트모더니즘의 '담론 환원주의나 텍스트 환원주의'를 지적하셨는데, 푸코의 담론 이론은 사실 담론 환원주의에 대한 신랄한 비판으로 읽혀야 합니다. 포스트주의에 대한 논의가 과도한 일반화의 오류를 범할 때가 많고, 비판 자체가 속류화의 함정에 빠지는 것은 사실 학문적으로는 무용한 일이지요.

여건종 무리한 일반론이라기보다는 데리다와 푸코를 포함한 후기 구조주의 사상가들이 공통적으로 가지고 있는, 혹은 그들의 사유의 틀이 공통적으로 지배되고 있는 기본적인 인식론과 관련이 있다고 생각됩니다. 푸코도 죽기 직전에 근대의 계몽성을 근본적인 자기반성적 능력으로 이해하려고 했고, 데리다도 후기로 갈수록 자신의 사상 체계의 윤리적 성격을 강조하려 했던 것으로 알고 있습니다. 그러나 그럼에도 불구하고 해방의 담론, 변혁의 담론이 되기에는 문제 설정의 틀 자체가 지나치게 부정적이고 회의론적인 것을 부정할 수가 없습니다. 하버마스가 푸코를 가리켜 '수행적 모순'이라고 지적한 바로 그 측면입니다.

권혁범 상투적인 이야기가 되겠지만, 포스트모더니즘 안에 누구를 포함하느냐도 문제이지요. 그 자체가 매우 논쟁적이니까요. 여러 큰 차이들을 쉽게 동질화하기 쉽습니다. 기본적으로는 두 가지를 지적하고 싶은데요. 서구의 근대 철학을 뒷받침하는 계몽적 이성을 포함하는 모더니티 및 산업화의 위험과 억압성을 비판한다든지, 근대에서 상당수 이론이 가지는 본질주의적 경향, 구조화된 위계, 거대 서사를 해체하려 했다는 것, 상대주의나 혼종성, 이질성 등에 대한 강조 등 긍정적인 면이 많은데, 이런 것들을 인정하는 것에 인색할 필요는 없습니다. 사실 차이의 페미니즘이나 생태주의도 매우 탈근대적인 흐름에서 나오는 것이니까요. 사실 포스트모던 이론이 하이퍼 리얼리티를 포함하는 현대의 역동적 현실, 변화무쌍한 현실을 잘 설명하는 측면이 있어서 유행하는 것도 있다고 봐요. 또 다른 한편으로는 리오타르(Lyotard)의 주장, 즉 어떤 작품이 "일단 포스트모던일 때만 모던일 수가 있다."라는 역설처럼 탈근대가 사실은 어떤 선형적 모드의 극복일 뿐 그것과 무관하거나 완전한 단절은 아니라는 점을 생각할 수가 있습니다.

윤평중 여 선생께서는 포스트모더니즘이 문제로 떠오르는 그런 시대가 갖는 불가역적인 측면, 그리고 한계를 정확히 지적했습니다. 포스트모던적인 담론이 진리 지향성, 즉 옳고 그름의 판단에서 벗어날 수 있겠느냐는 질문 앞에서 궁극적으로 좌초한다고 하더라도 한국 사회에서 이 사유가 일정한 해방적 힘을 가질 수 있다는 점도 감안해야 합니다. 그러나 다시 말씀드리지만, 이는 포스트모더니즘에만 국한시킬 이야기가 아니고, 항상적 지식 수입국으로서 지식 유통의 패턴에 관련한 근본적 반성이 요구됩니다.

마르크시즘의 수용사를 보아도 비슷한 패턴이 발견됩니다. 군사 독재로 인한 체제 모순이 압축적으로 표출된 1980년대에 유망한 대안 담론으로 열광적으로 받아들여졌지만, 한국의 현실과 연관해 섬세하게 음미되고 검증되기도 전에 현실 사회주의 체제의 붕괴라는 외적 충격과 함께 갑작스럽게 소멸되다시피 했습니다. 대표적 실천 논리의 비실천성이 극명하게 입증된 셈입니다. 현대 서양 철학 수용사의 경우에도, 일제 시대의 독일 관념론, 1950~1960년대의 실존 철학, 1970년대 미국의 영향력이 압도적으로 되면서 현대 영미 철학인 분석 철학의 부상, 1980년대 들어와서 마르크시즘의 대두, 1990년대 마르크스주의 소멸의 공백을 메운 포스트모더니즘의 유행을 들 수 있습니다. 한국 지식 사회에는 수입된 외제 담론이 차례로 소개되고 유행하고 소멸하는 양상이 되풀이됩니다.

김우창 아까 말씀하신 푸코나 데리다가 실제 윤리 기준을 다 포기한, 유희 담론만 옹호하는 사람은 아니라는 점을 다시 생각해 보자면, 그들이 심각한 사상가인 것은 분명합니다. 큰 사상가가 있으면 그것에 따라 나오는 아류는 엉터리가 많으니까, 외국도 그렇지만 우리나라에서 수용될 때 특히 아류화되는 경향이 있습니다. 앞에서도 언급했지만, 보드리야르의 경우는 대표적입니다. 보드리야르는 가상이 현실을 대체한다고 말하는 탁월한 포스트모던 철학자인데, 그 말의 뒤에는 그렇게 되어 가는 현실에 대한 비판이 들어 있습니다. 서울시에서 미디어 축제를 하면서 보드리야르를 모셔왔는데, 미디어 축제 주최 측은 미디어의 활성화를 축하하기 위해서 초대한 것으로 보입니다. 보드리야르가 냉소적이고 비관적으로 보는 것을 축제의 대상으로 보는 거죠. 푸코나 데리다의 경우도 그래요. 그 사람들이 심각한 사상가이고 생각을 깊이 하긴 하지만 수용자는 그들과 반대 입장에서 이야기를 하고 수용합니다.

여건종 저도 보드리야르가 한국에 와서 발표한 것을 보고, 생각했던 것과 다르다고 느꼈습니다. 보드리야르는 초기에는 서구의 자본주의적 근대에 대한 비판적인 관점이 강했는데, 후기로 갈수록 본인이 스스로가 비판의 대상으로 설정한 현상 속으로 함몰되어 가는 경향이 있었어요. 그런데 여기에서 발표한 것은 오히려 초기의 비판적 경향이 더 많이 드러나는 것 같더군요.

김우창 모호한 면이 있지요. 그러나 여 선생이 보신 것이 진심일 것입니다. 데리다가 근본적인 진리도 없고, 원래 지시 대상은 찾을 수 없다고 이야기하지만, 후일에는 신학자들이 하느님 모습을 정형화해서 이야기하면 안 된다고 하는 것과 비교하는 논문도 있는데, 그의 진리 부재론은 인간의 진리의 부족함을 말한 것이라고 할 수 있습니다. 푸코는 보다 본격적으로 전통적인 철학의 테두리로 돌아간 듯한 인상을 줍니다. 진리는 권력의 표현이라는 것이 그의 한결같은 주장이었지만, 만년의 윤리적 관심에서 이성적으로 사는 일의 중요성을 말하는 것을 보면, 이성의 진리의 중요성을 인정하는 것으로 생각됩니다.

윤평중 하버마스는 『현대성의 철학적 담론』에서 데리다를 신랄하게 비판합니다. 장문의 주를 달아서 초월적 지는 없다는 데리다의 주장의 개인적 원천이 무엇일까에 대한 독일 학계의 해석을 피력합니다. 데리다의 종교적 배경, 즉 유대 신비주의에서 파악하는 형상화될 수 없는 힘, "있으나 은폐될 수 없고 은폐될 수 없음으로써 역설적으로 존재가 확정되는" 존재 등을 설명하는데, 데리다가 독실한 유대교 가정에서 자랐다는 개인적인 배경이 그의 사유에 중요한 역할을 했다는 사실에 대해 냉소적으로 언급합니다. 그러나 이는 매우 자의적인 해석이고 지나친 공격이 아닐 수 없습니다. 제가 말씀드리려고 하는 것은 데리다도 대단히 윤리적이고 실천적인 인물이며, 푸코의 경우에도 굉장히 윤리성을 따진다는 것입니다. 이 부분이 포스트모더니즘에 대한 유행 서적이나 개론에서 잘 언급이 안 되는 부분이죠. 그러나 학자들이 무슨 이야기를 했다는 데 대한 성실한 독해 외에 학설이 유행 사조로 확장되면서 보통 사람이 어떻게 수용하는가도 같이 살펴보아야 한다는 지적에는 동감합니다.

포스트모더니즘이 최신의 것이고 세계적 유행 사조라는 이유만으로 그 식민적 성격이 부풀려져 운위되는 것은 곤란합니다. 왜냐하면 우리 학문의 역사는 조금 가혹하게 평가하자면 지식 수입, 가공, 해설의 패턴이 재생산되는 담론 하청업 비슷했기 때문입니다. 아까 언급한 것처럼 실천적 해방 이론인 마르크스주의조차도 수입 완제품의 상태로 물화되어 유포되었습니다. 그러지 않고 현실에 강건하게 뿌리를 둔 사상이었다면 외부 충격 때문에 하루아침에 그렇게 신기루처럼 사라지지는 않았을 것입니다. 오늘날 이런 반성이 확산되면서, 수입 학문을 넘어서는 주체적 자생 학문에 대한 요구도 가열되고 있습니다. 그러나 문제의 핵심은, 우리 현실에 근거해 그것을 개념화시키면서 세계의 다른 담론들과 대화하고 교류하는 자생 학문을 실천하는 데 있습니다.

김우창 포스트모더니즘의 정치적 입장은 매우 모호합니다. 데리다는 마르크스에 대해서도 쓰고 동구권의 몰락에 대해서도 썼지만, 그가 정치적으로 무엇을 말하려는 것인지 분명한 것이 전혀 없습니다. 어떤 종류의 사유도, 따라서 정치적 프로그램도 결국 아포리아에 빠지게 마련이고 따라서 효과적인 정치 기획이란 없다는 것처럼 들리는데, 결국은 끊임없는 정치적 반성을 촉구하는 듯도 하고, 일종의 아나키즘을 말하는 것 같기도 하고, 동시에 자유주의 체제를 옹호하는 것 같기도 합니다. 푸코도 아나키즘을 말하지만 — 그 자신 분명하게 그렇게 말한 일이 있습니다. — 사회의 억압적 기제에 대한 분석들을 시도한 것이 그의 주된 업적이었습니다. 가령 정신 병원의 문제를 새로 생각하게 하는 데에, 그는 중요한 계기를 마련하였습니다. — 그야말로 현실과 이론의 괴리가 여기에서도 드러나는 것으로 보입니다. 서방의 정신 병원에서 환자의 강제 수용과 같은 것을 조심스럽게 하게 된 것은 그의 영향이라고 할 수 있겠는데, 결국 그런 경우에도 그것은 복지 비용의 절약이라는 현실 정책 속에 편입되어 버리고 마는 것으로 보입니다. — 포스트모더니즘의 통속적 절대화는 크게 볼 때 마르크스주의의 통속화보다 더 무서운 것인지도 모릅니다. 마르크스주의가 어떤 종류의 진리를 절대화한다면, 통속 포스트모더니즘은 진리의 부재를 절대화하기 때문에, 조금 남았던 진리까지 없애는 결과를 가져옵니다. 우선은 자유와 해방의 사상 같지만, 곧 자본주의의 인간성 허무주의의 한 부분이 되는 감이 있습니다. 이해는 오해이고, 진리는 권력이고, 언어는 수사이고 전략이면 무엇이 남겠습니까? 결국 모든 것은 개인의 이익을 감추어 가진 전략이 되고, 사회는 전략의 아수라장이 되지 않을까요? 요즘의 서구 비평에 전략이란 말이 많이 쓰이는 것은 우연이 아닙니다. 모든 것의 권력화, 모든 언어의 전략화라는 생각이 이미 팽배해 있는 우리나라에 포스트모더니즘은 박수 부대를 동원하는 싸움이 아닌지 모르겠습니다.

여건종 포스트 구조주의가 해방의 담론으로서 매우 강력한 정치적인 효과를 가지고 있는 것은 사실입니다. 그렇지만 실제로 해방의 담론으로 남아 있으려면 마지막에 해방을 얘기할 수 있는 현실을 인정할 철학적 토대도 있어야 합니다. 그 철학적 토대로서의 현실을 끝내 해체시킨다면, 그것은 해방이 아니라 역설이 된다는 것이 하버마스와 그의 미국 쪽 제자들이 푸코나 데리다를 비판하는 핵심입니다. 근본적인 의미에서 해체는 전략적 선택으로 남아 있어야지, 철학적 원리가 되어서는 안 된다는 생각입니다. 적어도 그것이 해방의 담론을 표방한다면 말입니다.

윤평중 저도 그렇게 생각합니다. 이른바 신니체주의자들로서 데리다나 푸코가 제시한 핵심적 문제 제기 가운데 하나가 자아의 중요성입니다. 미학적 삶이 됐든 실천적인 삶이 됐든 또는 이론적 탐구가 됐든지 간에 궁극적으로 포기될 수 없는 존재는 인간입니다. 인간 이상이나 이하에 기대는 것은 전혀 무망한 일이라는 것을 니체가 최종적으로 선포했습니다. 도스토예프스키의 "신이 없으면 모든 것이 가능하다."라는 맥락에서 보면 푸코나 데리다는 깊은 윤리적 사상가입니다. 그러나 이들의 궁극적 문제점은, 인간의 삶을 개인의 차원으로 한정 짓는 경향이 강하다는 겁니다. 하버마스도 계급 문제나 실천의 문제를 인간 수준 이상에서 찾아야 한다고 하지는 않는데, 다만 그는 인간의 공존과 상호 주관성의 이념에서 견결한 진리의 입각점을 찾은 반면에, 푸코는 상호 주관성에 대한 개념적 고려가 부족하고 다만 강령적 선언에 그치고 있는 것이 사실입니다. 최근 데리다의 실천적 행보도 이런 문제점을 가지고 있습니다. 이 점은 보완되어야 할 부분이죠. 다만 그네들이 윤리나 실천적 작업에서 핵심은 '인간의 자기 규정이나 자기 형성'이라는 사실은 여전히 의미심장합니다.

김우창 푸코에게는 어떻게 사느냐 하는 문제가 중요한 관심사로 남아 있습니다. 그리고 만년에 여기에 관심을 집중시켰습니다. 하버마스가 얘기하는 상호 주관적(intersubjective)인 세계의 논리도 필요하지만, 푸코적인 '자아의 자기 구제'를 시도하는 것도 인간의 삶의 중요한 부분입니다. 그가 사회적인 관계를 무시하는 것은 아니지만, 그것을 강조하는 것은 아닌 것으로 보입니다. 그 문제는 조금 더 생각되어야 하는 것임이 분명합니다. 사회관계를 생각과 기획에서 버리게 될 때, 나타나는 것은 자유로운 세계가 아니라 폭력적인 세계입니다. 정부가 없으면 좋겠지만 정부가 없을 때 드러나는 것은 마피아의 세계입니다. 정부도 마피아와 비슷한 폭력 조직이지만, 공적인 어떤 기능을 수행한다고 하면서 공적인 레토릭을 갖기도 하고 공적으로 행동하기도 합니다. 완전한 폭력 조직과 다른 틈이 있어서, 그 틈을 통해서 사람이 살 수 있는 공간이 만들어집니다. 그러니까 개인적인 자유로 하여 공공성을 잃으면 그 자유도 잃을 가능성이 많습니다.

내가 하버마스를 바르게 이해한 것은 아닐는지 모르지만, 하버마스의 경우, 나는 삶의 이치는 개인적인든 집단적이든 의사소통 이론에서 생겨나는 이성과 더불어 그것을 초월하는 근거를 필요로 한다고 생각합니다.

사람은 사회 속에 있기도 하지만, 또 그것으로부터 자유로울 수도 있어야 하는데, 그 정당성은 사회에서 나올 수 없습니다. 데카르트적 코기토는 개인적이면서 사회적인 것은 아닙니다. 그러면서 개인을 초월합니다. 그것도 문제가 없는 것이 아니라는 것은 무수히 지적이 되었지만…….

윤평중 어떤 의미의 초월을 말씀하시는 겁니까?

김우창 진리의 근거가 공동체라든지, 의사소통이라든지, 상호 주관성만이 아니라 자기 주관 속에서 나오는 면이 있다는 것입니다. 그것은 사람과 더불어 사람을 넘어서는 데에서 나옵니다. 진리는 사람에 대한 것이기도 하지만, 세계에 대한 것입니다. 그것은 사유의 이성으로 정당화되기도 하고, 어떤 경우는 신앙에 의해서도 정당화됩니다. 그러나 가장 원초적으로는 하이데거 식으로 말하여 시적으로 정당화된다고 하는 것이 옳을는지 모릅니다. 모든 것이 사회적 이성으로 해석되면 자연도 없어지지만, 개인도 이익의 존재라는 면 이외의 측면에서는 사라지게 됩니다. 개인적인 윤리의 세계, 푸코가 말년에 관심을 가진 헬레니즘 철학자들이 가지고 있는 개인적인 윤리적 관심도 설 자리가 없지요. 모든 것이 사회적 소통의 광장에서 정당화되는 것은 아닙니다. 찰스 테일러 같은 사람이 생각하는 윤리성이라는 건 역사적으로 문화 안에서 생성되는 것 같습니다. 그러나 그것도 문화를 넘어서는 어떤 근거가 있다는 가능성을 중시하지 않는 것으로 보입니다.

윤평중 우연이지만 마침 찰스 테일러가 다음 주에 한국에 옵니다. 진정성(authenticity)이 테일러 사유의 화두인데, 진정성은 이성적 주체의 시대인 근대 이후에 꽃피웠지만 테일러에 의하면 기독교적 전통으로부터 비롯되는 장구한 역사를 가졌다고 합니다. 진정성은 내면적 차원과 상호 주관적 차원으로 구성되는데, 오늘날 포스트주의자들에 의해 왜곡된 방향으로 원용되었다는 것입니다. 푸코와 데리다가 진정성의 개념을 내면적인 표현이나 미학적인 관심으로만 축소시켰고, 이런 미학 중심주의가 포스트모더니즘의 강점인 동시에 오류라는 것입니다. 미학적으로 진정성을 전유하면서 동시에 균형을 잡아야 할 사회적 지평과 역사적 책무를 배제했다는 겁니다. 그러나 이런 테일러의 비판은 후기 푸코, 즉 『성의 역사』 2권 이후의 푸코의 경우에는 부합되지 않는 비판이라고 생각됩니다.

김우창 테일러의 진정성은 인간 실존의 문제에 대해 깊은 관심을 가지고 있는 것으로 보입니다. 그러나 그 관심이 너무 서양에 한정된 것이 아닌가 하는 생각이 듭니다. 실존주의에서 중요한 진정성이란 반드시 역사적인 개념은 아닙니다. 테일러가 서양의 역사 속에서 이것을 살리려는 것은 충분히 이해가 갑니다. 그러나 그것이 서양의 교양적 전통에서만이 아니라 다른 전통에서도 삶의 근거가 된다는 것을 생각하지 않는 것 같습니다.

권혁범 인간의 사회적 측면만을 강조하는 것에 대한 비판은 설득력이 있다고 봅니다. 포스트 이론도 근대의 동질적·세속적 세계를 해체하려는 것이고 인간의 깊은 내면·심연·특수자의 세계 또한 그것과 어울리는 초월적 세계의 가능성을 다 염두에 두어야 하지 않을까요? 하버마스 같은 경우는 사람의 비사회적 측면, 내면적 세계에 대한 이해가 약하다는 생각이 듭니다.

윤평중 그 때문에 초월적이라고 하신 것 같은데, 초월성은 현대 철학에서는 기피하는 개념입니다. 근대 이후의 역사적 성과를 과거로 되돌리려는 종교적 담론을 연상시키기도 합니다.

김우창 초월을 다른 쪽으로도 설명할 수 있겠지만, 우리의 인식을 넘어서는 존재, 물질적 세계 — 세계 내적인 것이면서 인간을 넘어가는 어떤 선험성을 가진 것으로 표현할 수 있지 않을까요.

권혁범 선생님 책을 보면 초기보다도 후기에 와서 우주의 신비, 역사의 신비라는 표현이 꽤 자주 나옵니다. 실존적 허무주의 같은 냄새도 나지만 역시 인간 이성을 넘어서는 초월적 세계, 그 세계에 대한 존중과 그 앞에서의 겸허함 등이 생태학으로 연결되는 듯합니다.

김우창 생태적인 인식도 대상적인 인식으로는 찾기 어렵습니다. 인식론을 이야기할 때, 주관·객관 이렇게 나누곤 하는데, 느낌으로 느끼는 세계가 외부 세계에 대한 중요한 인식 방법이 아닌가 하는 생각이 듭니다. 생태적 사유가 그런 것 아닐까요. 분석적으로 정확한 것보다…….

고종석 생태적 인식에 대한 선생님의 생각은 미셸 앙리(Michel Henry)가 『야만』이라는 책에서 수행한 테크놀로지 비판을 연상하게 합니다. 앙리는 그 책에서 하이데거와 메를로퐁티를 잇는 현상학의 계보 안에서 근대 사회를 살피면서 과학과 문화가 서로를 등지게 되는 과정을 추적합니다. 앙리의 주장에 따르면 근대 이전에는 인간의 육체와 대지가 서로 대립하지 않고 삼투하며 조화를 이루었다는 겁니다. 그런데 갈릴레이 이후의 근대 과학이 삶과 세계 사이의 이 아름다운 조화를 깨뜨렸다는 거죠. 그 결과, 예전에 개인들이 주관적으로 세계와 유지할 수 있었던 느낌의 관계는 사라지고, 그 자리에 근대 과학이 가져온 이른바 객관적이고 보편적인 앎이 들어섰다는 겁니다. 앙리는 이 객관적이고 보편적인 앎에 대해 대단히 비판적입니다. 이 객관적 앎은 필연적으로 육체에서 분리된 앎이고 추상적인 앎이니까요. 그 앎은 빛이나 냄새나 맛과 같은 구체적 세계의 질(質)에 대한 경험으로서의 관계가 거세돼 버린 앎입니다. 새로운 과학 정신이 주관성이나 감성이나 정서 같은 것들을 추방해 버린 거죠. 다시 말하면 갈릴레이 이후에 세상만사와 삼라만상은 계량화될 수 있고 측정할 수 있는 추상적 요소들로 환원됐다는 겁니다. 앙리는 이것이 근대 과학의 비극이라고 말합니다. 이 근대 과학 덕분에 사람들은 예전보다 세계를 더 잘 알게 됐을지 모르지만, 삶을 이해할 수 있는 능력을 잃었기 때문입니다. 앙리는 이것을 근대적 야만이라고 합니다. 왜냐하면 앙리가 보기에 문화라는 것은 삶에 대한 앎이기 때문입니다. 요컨대 갈릴레이적 이상은 인간의 본질을 규정하는 주관적 삶을 억압하면서 기술의 기형적 양태인 테크노사이언스를 낳았고, 이 테크노사이언스가 근대적 야만의 동력이라는 것이 앙리의 생각입니다. 이 야만의 핵심은 육체성의 상실입니다. 테크노사이언스의 등장 이후 인간이 세계와 맺는 관계는 육체성을 잃었다는 거죠. 미셸 앙리가 야만의 이데올로기라고 부르는 것 — 그것의 핵심은 갈릴레이적 자연 과학들입니다. — 에 의해서 모든 본질적 가치들, 다시 말해 심미적·도덕적·문화적 가치들이 소멸했다는 겁니다.

그런데 앙리가 야만의 이데올로기라고 부르는 것에는 갈릴레이적 자연 과학만이 아니라 최근의 인간 과학들까지도 포함됩니다. 앙리가 보기에는 인간 과학이나 인문 과학이라는 이름 자체가 거짓 명명입니다. 왜냐하면 현대의 인문학들은 갈릴레이적 과학들을 본받아 연구 대상들을 사물화, 구조화하면서 인간이라는 것이 존재하지 않는 듯 다루기 때문이라는 겁니다. 그런데 이런 야만은 학문의 세계에만 머무르지 않고 일상에까지 파고듭니다. 예컨대 앙리가 야만의 전형적 실천이라고 지적하는 것이 텔레비전입니다. 브라운관 안에서 펄럭이는 이미지들 앞에서 사람들의 몸이 마비 상태, 수동 상태가 되기 때문이라는 겁니다. 테크노미디어 사회라는 이름의 이 야만 속에서 문화는 지하로 잠적하고 주변화한다는 것이 앙리의 생각입니다. 앙리는 이런 현상을 '갈릴레이 원칙의 제국주의화'라고 부릅니다. 생명 예찬이라는 점에서 근본적 생태론에도 맥이 닿아 있는 듯한 앙리의 기술 비판은 선생님이 말씀하신 생태적 인식과도 통하는 듯합니다.

권혁범 그 문제에 덧붙이자면, 심층 생태학이나 그런 사유를 하는 사람들의 비판 중 하나가 근대적 이성으로부터 벗어나는 거잖아요? 그런 관점에서는 휴머니즘이 부정적 의미를 갖게 되고 '비인간주의'가 인간 중심성을 넘어선다는 점에서 긍정적으로 해석되는데요. 선생님이 평소에 주장하는 심미적 이성이 생태적 세계관과 어떻게 결합되는지가 궁금하지 않을 수 없습니다.

윤평중 철학을 전공하는 저의 나쁜 습벽일 수도 있지만, 선생님의 그런 말씀에서 일정한 부정합성을 느낍니다. 깊은 마음의 생태학이나, 표현하기는 힘들지만 마음속에 우러나오는 그윽한 무엇에 대한 체험을 선생님의 글을 통해 저도 간접적으로 느낄 수는 있습니다. 그러나 문제는 개개인의 차원에서 마음속 깊이 진실되게 느끼는 것이 보편화될 수는 없다는 것입니다. 보편화를 거부하기 때문에 개인적인 느낌이라는 것이죠. 이를 객관적으로 언표할 지상의 척도가 없는 것이죠. 그렇다면 한 사람이 깊이, 진실하게, 강력히, 체험하는 종교적 느낌과 선생님의 그윽한 철학적 느낌, 그리고 숱한 사람들의 미학적 느낌 사이의 접점을 어떻게 찾을 수 있을까요? 특정한 느낌을 과대 포장하면 아무리 심미적 이성이라고 하더라도 이성적인 한계를 넘어서 버리고, 최악의 형태로 표출될 때 나치즘이나 사이비 종교 같은 것으로 퇴행해 버릴 위험성은 없는 것일까요? 예컨대 종교적 체험과 우주적 각성은 그야말로 강력한 느낌으로 당사자를 휘감을 것입니다. 그러나 그것이 어떻게 언표되고 측정될 수 있습니까? 이처럼 느낌과 이성 사이에는 일정한 부정합성이 있는 게 아닌가요?

김우창 문제가 있습니다. 그러나 근본은 사람이 단순히 자연 속에 있다는 것, 우주 속에 있다는 것, 그리고 그 안에 감각적 존재로 있다는 것, 이것이 아닌가 합니다. 사람들이 서로 다르다고 하더라도 결국 하나의 세계 속에 하나의 생명으로 사는 것은 같습니다. 느낌으로 테두리를 벗어나도 크게 벗어나지는 않을 것이라고 할 수 있습니다. 척도는 없지만, 시가 있지요. 또 칸트 식으로 공동의 감각(sensus communis)이 있습니다. 이성을 들여다보게 되는 창은 이러한 조건 속에 들어 있습니다.

문자 매체와 영상 매체

여건종 포스트모더니즘 이야기하다가 가장 물질적인 것이 초월적인 것이라는 말씀으로 얘기가 옮아왔군요. 최근에 기술적 변화로 나타난 표현 양식으로 보건대, 포스트모너니즘의 뚜렷한 현상으로 영상 매체의 부상, 이미지의 지배 현상 등을 꼽을 수 있습니다. 영상 매체의 등장은 우리가 경험을 재현하고 소통하는 데 전혀 다른 가능성을 열어 놓고 있습니다. 다른 가능성을 열어 놓고 있다는 것은 동시에 이전의 주도적 매체가 가지고 있던 표현과 형성의 자원들이 소멸되고 주변화되고 있다는 것도 의미하는데요. 문자 매체와 영상 매체의 관계에 대해서도 말씀을 나누어 보기로 하죠.

김우창 문자는 로고스와 깊이 관련되어 있습니다. 로고스의 정당성과 타당성을 증명하는 문제에 관해 포스트모던 철학자들이 의문을 제기하고 있습니다. 타당성에 관한 여러 가지 수속 절차가 있는데, 증거라든지 추론의 정확성, 논리성 등이 그것이죠. 그런데 이미지를 의사 전달의 메신저로 사용할 때는 그것을 검증할 도리가 없어요. 영상의 언어는 사회적 의사 수단으로, 필요한 검증의 수단이 없는 언어라고 할 수 있습니다.

윤평중 그것은 플라톤 이후 오늘날까지 변하지 않는 문자와 영상의 위계 질서에 대한 문자 중심주의의 주류적 사유라 할 수 있습니다. 영상 시대에서 갈수록 적실성과 호소력을 잃어 가고 있는 인문학 위기 담론의 학문적 배경이기도 하죠. 그러나 저는 심미적 이성의 상당 부분이 방금 언급하신 영상 언어의 지평 안에 적극적이고 창발적인 형태로 녹아들어 있다고 생각합니다.

고종석 언어라는 것은 분절을 통해서 세계를 이해하는 건데, 세계는 연속적이지만 언어는 분절적이기 때문에 빠져나가는 부분이 많습니다. 영상 역시 궁극적으로는, 다시 말해 자연 과학적으로 엄밀히 말하자면 분절적이고 불연속적이지만, 언어의 분절성만큼 그것이 심하지는 않기 때문에 세계라는 대상에 대해 좀 더 촘촘하고 섬세한 접근을 할 수 있을 것 같습니다. 이성이 빠뜨린 부분을 감각적으로 보완하는 거죠. 그러나 그것이 대상에 대한 올바른 파악을 보장할 수 있는지는 불확실합니다. 영상의 특징이라 할 감각에 대한 직접적 소구성 때문에 사물 인식이 왜곡될 가능성이 적지 않기 때문입니다. 사실 그 점에선 영상이 언어보다 더 위험한 것 같습니다. 영상이 언어-문자보다 훨씬 더 큰 미메시스적 환상, 핍진성의 환상을 사람들에게 불어넣기 때문입니다. 흔히 영상을 문자보다 더 해방적 매체라고 하지만, 예컨대 텔레비전 뉴스는 신문 뉴스보다 더 인간의 상상력의 가능성을 차단해 버립니다. 그 상상력은 사실 재현된 세계와 재현한 세계 사이에 있을 수밖에 없는 틈을 메워, 진실을 포착할 수 있도록 해 주는 힘 가운데 하나인데도요.

권혁범 문자 텍스트의 세계, 문서의 출현 자체가 억압적이라는 이론도 있죠. 기록 자체가 물자체로부터 관찰자의 거리를 요구하는 것이고 또 총체적 현실을, 주로 지적인 작업만을 통해, 몇 개의 뼈대로 단순화하는 작업이니까요.

윤평중 문자 언어에도 크게 대별하면 산문과 시가 있습니다. 잘 만든 영상 언어는 시에 근접합니다. 시보다도 시적이죠. 들뢰즈와 파솔리니(Pier P. Pasolini)가 시의 언어와 영상의 언어를 유비시킨 이유는 이 때문입니다.

김우창 영상이 자연스러운 감각 체험을 재현한다는 것은 문제가 있는 생각인 것 같아요. 영상은 조작해서 구성하기 마련인데 가공되지 않은 실체 그대로라는 느낌을 주기 때문에 더 위험합니다. 가공되면 가공되었다는 표시가 있어야 되는데 현실처럼 수용되곤 합니다. 롤랑 바르트가 사진의 연출적 성격을 분석하면서 이미 옛날에 지적한 일이 있는 일입니다.

언어의 좋은 점은 매우 정확하게 사실을 지칭할 수 없다는 점이에요. 그것은 우리로 하여금 일정한 이성적 절차를 통해서만 사실에 근접할 수 있게 합니다. 이 절차가 인간의 진리에 대한 접근을 신중한 것이 되게 합니다. 이 절차는 철학이나 법적인 절차나 세미나의 토의 절차로 이어집니다. 또 언어와 현실과의 부등한 관계는 불편하면서 다른 이점들을 가지고 있습니다. 언어는 현실 지시를 정확히 수행하지 못하기 때문에 언어 이해의 바탕에는 상상의 영역이 들어 있어야 합니다. 다른 가능성을 생각하게 하는 것은 여기에서 옵니다. 그러면서 이 상상은 동시에 언어적·물질적 콘텍스트에 의하여 통제됩니다. 그런데 영상 같은 것은 다 구성된 것이면서 우리로 하여금 다른 것을 상상할 수 없을 정도로, 압도적인 현실감을 주기 때문에 문제가 됩니다. 현실을 가상 현실이라고 혼동할 수 있는 효과를 가져옵니다.

윤평중 선생님의 말씀은 현대 대중 사회에서 영상에 대한 비판적 언술의 표준적인 사례로 여겨집니다. 말씀대로 영상의 박진감, 즉 현실 구성 능력은 과연 심각한 문제로, 막심한 그 폐해가 광고나 텔레비전 뉴스 등에서 집중적으로 표출되고 있습니다. 그러나 영상에는 선생님이 강조하신 부분과 고 선생님이 지적한 부분이 복합 모순적으로 혼재하는 것 같습니다. 영상 언어의 문제를 영화로 국한시켜 얘기해 보지요. 표준적 할리우드 영화는 사실이 아닌 것을 사실로 정형화시켜서 기승전결로 풀고, 해피엔딩으로 끝나게 하여 우리의 심상에 강력하게 각인합니다. 이에 비해 지나친 일반화이긴 하지만 성공적인 유럽 예술 영화, 이를테면 고다르 등의 영화는 할리우드 고전 영화 문법을 거부하면서 보는 사람의 긴장을 요구하고 상식을 파기하도록 촉구합니다. 그 결과, 보는 사람의 세계 이해와 감성 지평의 확장이 이루어질 수 있습니다. 영상 언어의 능력과 힘이 문자 매체보다 효과적이고 미메시스적 모사보다 훨씬 강력하다는 것입니다.

김우창 고다르의 영화 같은 것은 조금 단순하게 말하면 진리에 대한 정열이 있기 때문에 좋은 것이 되지요. 결국 문제는 매체보다 진리의 문제인 것 같기는 합니다. 대체로 독자적인 영역으로서 미메시스라는 게 늘 그것을 넘어서 숨은 의사 전달의 의도를 가질 때 위태로워집니다. 미메시스 자체일 때, 객관적인 구성 자체는 괜찮습니다. 그러나 그것이 의사 전달의 기능을 할 때, 진리 가능성을 추구할 때는 문제가 되죠.

권혁범 세상을 인식하는 형식이 영상일 때, 영상 언어가 인간의 세계 인식과 유사성을 띤다는 점에서는 대중성을 띠는 것 같습니다. 추사(秋史) 고택에서 경험한 것인데, 기둥마다 추사가 쓴 글을 모조해서 붙여 놓았어요. 그게 세어 보니까 60개 정도가 되는데, 처음에는 그걸 읽고 굉장히 멋있다고 생각했습니다. 그런데 고택을 바라보려고 하면 문자가 들어오는데, 다는 못 읽지만 그 뜻이 들어오니까 괴롭더라고요. 그 순간에는 문자 언어로부터 벗어나고 싶다는 생각이 들었어요. 해석되지 않는 이미지의 세계가 확실히 덜 억압적이라는 생각이 듭니다.

여건종 문자 매체와 영상 매체가 가지고 있는 매체로서의 가능성이 두 가지인데, 전혀 다른 반대의 이야기가 가능합니다. 영상 매체가 더 해방적이라고 주장하는 사람들은 문자 매체를 근대적 억압의 가장 중요한 기제로 설명합니다. 반면에 문자 매체의 기능을 강조하는 사람들은 문자의 해방적 가능성으로, 문자 매체가 가진 근본적 비판 능력에 주목하고, 영상 매체는 오히려 현대 자본주의 문화가 인간의 어떤 특정한 능력을 박탈하는 과정에 중요한 전략적 기제로 기능하게 된다고 설명합니다. 중요한 건 현재의 구체적인 현실적 조건, 즉 문화 생산의 조건에서 이러한 매체의 가능성이 어떻게 구현되고 동원되는가 하는 것이겠죠.

김우창 추사 고택을 보기가 괴로웠다는 이야기를 하셨는데, 동의할 수 있어요. FM 음악 방송 들을 때 해설자가 나오면 꺼지는 장치가 발명되면 좋겠다는 생각을 합니다. 영상은 강제성이 없기 때문에 좋습니다. 전략적으로 사용될 때가 문제가 되는 것이죠. 소통의 속도 문제도 여기에 관련되어 있습니다. 생각하고 따져 보고 내면화할 시간적 여유가 없는 것이 동영상의 전달 수단이죠. 제작의 시간도 문제이지요. 사진 같은 것은 셔터만 누르면 찍히는데, 이런 수동적인 상태도 문제라고 느낍니다. 사람이 세계와의 교섭에서 중요한 것은 그 사이에 이루어지는 작업입니다. 노동을 통해 얻는 과정 말이죠. 그림은 기계적인 영상 재현보다 노력이 많이 들고, 글도 컴퓨터로 하는 것보다 직접 쓰는 것이 노력이 많이 들고 정성 들여서 쓰게 됩니다. 모든 일에 사람의 육체가 투입되면 그 자체가 세계를 알고 인식하는 데 중요한 수단이 됩니다. 정신 노동이란 말이 근거가 없는 말은 아닙니다. 글이 너무 어려운 것도 문제이지만, 너무 쉬운 슬로건은 정신적인 자극을 주지 못합니다.

여건종 영상 매체의 수동성을 강조하셨는데, 도상 모형을 통해 매개되는 영상 매체와는 달리, 추상적인 기호 체계인 언어 매체에는 적어도 정신적인 작업, 노동이라고 표현하셨듯이, 능동성이 개입됩니다. 그 능동성이 현실에 비판적으로 개입할 수 있는 능력을 만들어 주는 것이죠. 근대가 문자 매체를 통해 등장했다는 것은 문자 문화의 제도들을 통해 민주주의가 성장했다는 의미도 되지만, 보다 근본적으로는 근대의 해방적 잠재력이 문자 문화에 내장된 비판적 능력을 통해 신장되어 왔다는 것을 서양 근대사가 잘 말해 주고 있습니다. 그런 관점에서 영상 문화의 득세가 필연적으로 시민 개개인의 문자 능력의 퇴화로 이어지면서, 현대 자본주의 문명의 위기가 심화되고 있다는 것은 확실히 지적되어야 할 것입니다. 너무 근대주의적 발상인가요?

윤평중 대중문화가 현대인을 천박하게 하고 표피적으로 만들고 있는 것은 사실입니다. 텔레비전 뉴스와 일반인의 현실은 서로 거의 분리 불가능한데, 우리는 매스컴을 통해서 세계를 인지합니다. 이 점에서 종이 매체보다는 텔레비전을 위시한 영상 매체가 훨씬 더 강력합니다. 우리가 주위를 바라볼 때 개인적으로 면대할 수 있는 공간을 넘어선 세계에 대한 인식은 주로 대중 매체를 통해서 획득합니다. 텔레비전에서 아프가니스탄이나 이라크 사태가 실시간으로 보도되는 것을 예로 들어 보죠. 매스컴에서 아프가니스탄이나 팔레스타인 상황을 대량으로 쏟아 내기 때문에 시청자들이 생각할 겨를도 없이 부지불식간에 매체의 가치관에 물들게 됩니다. 이런 보도들의 서구 편향과 오리엔탈리즘의 색채는 악명 높은 것입니다.

그러나 영상 매체의 전 세계적인 실시간 보급은 동시에 인식의 민주성이라는 계기를 제공합니다. 아프가니스탄 사태를 찍어 가지고 편집하는 시각은 대단히 선택적이겠지만, 실제로 우리가 아프가니스탄에 가서 경험한다고 할 때 보도와 얼마나 다른 직접 체험이 가능하겠는지는 쉽지 않은 문제입니다. 이를 문자 경험과 비교하자면 아프가니스탄에 가서 쓴 기행문을 볼 수도 있겠지만, 문자 텍스트가 갖는 현실감과 텔레비전의 현실감은 서로 비교가 어렵습니다. 대중문화는 사람들을 수동적으로 몰아가기도 하지만 모든 사람이 공유할 수 있는 민주적 균등성의 계기를 제공한다는 측면도 간과해서는 안 됩니다.

김우창 영상 매체가 민주화뿐 아니라 인식의 지평을 넓힌 것은 사실입니다. 그런데 모든 앎이 외면적인 것이 되는 일에 대해서도 생각해 보아야 합니다. 너무 많은 정보는 내면화되지 않고 외면적인 정보로 남습니다. 그 효과의 하나는 인간이 전적으로 외면적 존재로 파악된다는 것입니다. 자기 자신조차도. 보드리야르가 방한했을 때 "인터넷이 가장 많이 보급된 곳, 성형 수술, 화장품이 가장 많이 팔리는 데가 한국이다."라는 말을 했습니다. 보태자면 낙태가 아주 많이 이루어지는 사회라는 말도 할 수 있습니다. 이미지가 중시됨으로써 인간에 대한 느낌을 비롯해 모든 것이 조작되는 곳에 살게 되었지요. 원래 인간의 사회성, 그보다는 외면적으로 인식된 사회성이 지나치게 강조된 사회가 한국인데 그것이 이미지 효과와 겹치게 된 것으로 생각됩니다.

여건종 이미지의 시대라고 이야기하는데, 비유적으로 이미지가 지배한다는 건 내면이 없어진다는 것, 표피만 남는다는 것을 뜻합니다. 그런데 비유의 차원을 넘어서서, 영상이 주도적인 매체가 되면, 표피 아래의 것은 우리의 시야와 관심에서 사라집니다. 내면이 관심의 밖으로 밀려나는 것이죠. 이른바 하이퍼 리얼리티의 세계가 도래하고 있는 것이지요. '내부를 가지지 않은 표면'의 지배는 후기 자본주의 사회에서 우리 삶의 근본적인 변화를 추동하고 있는 힘을 드러내 주는 하나의 화두와 같은 것이라는 생각이 듭니다. 그런데 이것은 영상 매체가 가지는 파괴적인 측면과 관계된 것이라는 생각이 들어요.

권혁범 하지만 이런 얘기들은 요즘 젊은 세대가 들으면 문학 세대의 문자 중심 보수성이라고 비판할 수도 있겠습니다. 벤야민도 사실 오래전에 '아우라'의 상실을 강조하면서도 복제 시대의 예술로서 영화가 갖고 있는 인식론적 확장의 가능성을 긍정적으로 평가하기도 했지요. 레이 초우(Ray Chow) 같은 비교 문학자는 루쉰(魯迅)에 대한 긴 논의를 하면서, 영상성을 우회해서 문학의 세계로 돌아가려는 것은 어떤 측면에서는 문학의 우월성을 재확인하는 것에 불과하다는 비판을 합니다. 이미 문학의 형식에도 영상성으로부터 받은 충격이 반영되고 있고요. 영상의 조작 수월성, 대중적 수동성, 새로운 사회 정치적 통제력 역할을 문제로 지적하면서도 새로운 인식과 지각 형식에 대해서 열린 탐구가 필요하다는 생각이 듭니다. 영상 언어가 이미 새로운 현실을 만들어 내고 있고 이미 현실의 일부, 다른 형식의 현실이라는 것을 인정할 필요가 있지 않을까요.

윤평중 그러나 다른 측면도 있습니다. 들뢰즈 식으로 평가한다면 이미지란 창조적이고 자기 성찰적으로 "사유의 불가능성을 사유하게" 만듭니다. 사유의 대체 언어로서 문자 언어가 담아낼 수 없고 좌초할 수밖에 없는 경계를 넘어서 사유하게 만든다는 거죠. 좋은 영화를 보면 절실하게 느껴지는 말입니다. 문자 언어가 근대적 이성이 권력화된 상태라면 영상 언어에는 그 전제(專制)로부터 해방될 수 있는 잠재적 가능성이 있습니다.

김우창 종류에 따르는 것이겠지요. 사실 인간성, 진리, 이러한 것들에 의하여 움직이는 영상 제작물과 어떤 전략적 의도를 가지고 만들어지는 영상물 간에 차이가 있겠지요. 그런데 영상의 과다한 범람이 이러한 내면의 오리엔테이션을 사라지게 할 가능성이 있지요.

언론, 공적 담론, 권력

고종석 《르 누벨 옵세르바퇴르》 최근호가 자신에게 가장 큰 영향을 끼친 선배 철학자와 가장 좋아하는 선배 철학자가 누구냐는 질문을 열 명의 철학자에게 물었습니다. 알랭 드 보통(Alain de Botton)이라는 젊은 철학자는 자신이 제일 좋아하는 철학자로 너스바움(Martha C. Nussbaum)을 꼽더라고요. 그런데 그 이유로 든 것이 너스바움이 철학의 대중화에도 관심이 있다는 점이었습니다. 그 양반이 대중 강연이나 방송 출연 같은 것을 더러 하는 모양이지요? 담론의 질서가 대중 사회에서는 대중 매체에 의해서 규정되게 마련인데, 언론 문제를 여쭤 보고 싶습니다. 저는 몇몇 한국 언론이 공론장의 공정한 중재자 역할을 벗어나서 하나의 정파가 되었다고 생각합니다. 예컨대 《조선일보》와 한나라당은 거의 한 몸뚱이라는 인상을 받습니다. 강준만 교수 같은 경우는 '권력 변환'이라는 말을 하면서 1987년 이후에 권력의 거처가 정치에서 언론으로 넘어갔다는 얘기까지 하고 있는데요.

윤평중 언어와 이데올로기가 쉽게 분리될 수는 없지만, 저는 그동안 몇몇 한국 언론이 공정한 중재자의 입장을 떠나서 거의 정파에 가까운 행태를 보여 왔다고 판단합니다. 구체적으로는 한나라당과 보수 언론이 정치 경제적 이해를 공유한다고 생각합니다. 강준만 교수의 '권력 변환'이라는 말은 비록 과장은 있지만 중요한 언급이라고 생각됩니다.

김우창 너스바움은 대중적인 철학자는 아닙니다. 그러나 좋은 삶이 무엇이냐, 개인적으로나 사회적으로나 풍부한 삶이 무엇이냐 하는 근본적인 물음을 잊지 않는 철학자입니다. 그리고 이 삶의 문제는 일반적이고 추상적인 차원에서만은 해결될 수 없다는 생각을 가지고 있습니다. 구체적인 상황의 이성적이고 이해적인 분석이 중요하다고 생각합니다. 삶의 구체적인 상황에 움직이는 것은 그야말로 심미적 이성이지요. 그는 그것을 존 롤스(John Rawls)의 '반성적 균형(reflective equilibrium)'을 따라서 '지각적 균형(perceptual equilibrium)'이라고 부르지요.

언론이 권력을 가지고 있다지만 그것은 비유적인 이야기입니다. 실제적으로 권력은 마피아 부대의 폭력이나, 경찰과 군대를 가지고 있고, 형무소에 집어넣을 수 있고, 고문하는 힘을 가지고 있는 정부의 권력입니다. 신문이 문제가 아니라 권력이 문제입니다. 권력을 가진 자가 무엇을 하는가가 중요합니다. 물론 언론이 권력적 성격을 가지고 있지 않다는 것은 아닙니다. 그러나 그것은 어디까지나 구체적인 안건에 있어서 다른 비판이 가능한 연성(軟性)의 권력입니다. 어떤 신문 매체를 싸잡아 말할 것이 아니라 무엇이 잘못되었는가에 대한 반대 증거와 반대 논증을 제시해야지요. 그것을 할 수 있는 구명(究明)도 없다면 문제이지만, 권력을 가지고 일하는 사람들에 대해서 비판을 하든지 아니면 적어도 충고를 하는 것이 더 중요합니다. 그것에 대해서 불평하는 사람을 가지고 그것이 마치 우리 사회의 가장 중요한 이슈인 양 떠드는 것은 잘못된 태도입니다.

고종석 언론 권력이 비유가 아니라 실제라고 말하는 사람도 있습니다. 권력은 진공 상태에 존재하는 것이 아니라 사람들 사이의 관계에 기반을 두고 있는데, 지금 한국 사회에서 사람들의 의견에 영향을 미치고 의견을 사실상 정하는 것은 몇몇 신문입니다. 내가 이러이러하게 생각하는 것은 내가 읽는 신문과는 상관없다, 이것은 내 의견이다라고들 말하지만 사실상 그 의견들 대부분은 자신들이 읽는 신문의 의견인 경우가 많지요.

김우창 그 말이 가능하기 위해서는 김대중 정부가 뭘 잘하려고 하는데, 여론이 따라오지 않아서 못했다는 판단이 있어야 합니다. 김대중 정부가 정말 의료 정책을 잘못하고 교육 개혁을 잘못하고 남북 정책을 잘못한 것이 사람들이 따라오지 않아서 그랬을까요? 나는 그렇게 생각하지 않습니다. 그 사람들 정책 자체가 현실 속에서 구현되지 않았는데, 그것이 왜 구현되지 않았는가를 탐색하는 것이 김대중 정부를 도와주는 것이고, 정말 우리 사회의 개혁을 추진해 나가는 방향이 되어야 합니다. 더구나 정책 수행자들에 대한 신뢰를 근본적으로 파괴하는 부패의 문제는 또 어떻게 합니까. 불평분자야 늘 있는 거예요.

고종석 불평분자의 힘이 너무 세죠. 그 힘센 불평분자들이 지금 정부에 대해서 전략적으로 증오를 생산하고 있는 상황도 상정할 수 있지 않겠습니까?

김우창 구체적으로 김대중 정부에서 이런 것을 하려고 그러는데 반대가 너무 많아서 실제로 좋은 것이 안 이루어지고 있다고, 늘 정책과 관계해서 이야기하면 설득력이 있습니다. 사실 의료 제도를 이렇게 하려고 하는데 《조선일보》가 반대를 하고, 그 사람들에게 사주 된 사람들이 이렇게 하기 때문에 그런 사람들의 말에 따르지 말고 이렇게 하라고, 구체적인 사안에 대해서 이야기하면 완전히 설득이 됩니다. 보통 사람의 양식에 대해서 신뢰를 가져 보는 것이 필요합니다.

윤평중 심미적 이성이라는 선생님의 정치적 프로네시스가 바로 한국 현실에 내려와서 언론 문제나 안티 조선 문제에 적용될 수 있다고 생각합니다.

여건종 언론이 권력이냐 아니냐 하는 문제를 좀 더 이야기해 보죠. 언론이 권력이라는 생각은 비유가 아니라고 생각합니다. 언론은 영향력을 가지고 있고, 지배력을 가지고 있고, 사람의 생각을 결정하는 힘을 가지고 있습니다. 어떤 정치권력보다 힘을 가지고 있는 것이죠. 권력이라는 것은 일반적으로 부정적인 것으로 생각되는데, 영향력을 가지고 지배력을 가진다는 것 자체가 나쁜 것은 아니죠. 국가든 언론이든 그것이 공적인 힘을 상실하고 사유화되어서 정당성을 상실했을 때의 권력이 문제가 되는 것이죠. 대중 사회에서는 대중을 움직이는 것이 권력이라는 생각입니다. 정치적, 물리적 힘보다 더 근본적인 힘이 있다는 것입니다.

김우창 가령 최장집 교수의 경우도 대통령이 나는 그 사람 그만두게 할 생각이 없다, 이런 것은 문제가 없다고 본다고, 한마디만 하면 됐을 거예요.

고종석 권력이란 것이 다른 사람에게 자기 의사를 관철시키는 힘이라면, 다시 말해 내 뜻대로 저 사람이 어떤 행동을 하거나 하지 않게 하는 힘이라면, 지금 언론은 큰 권력을 가지고 있습니다. 김대중 정부의 많은 정책들이 시민들의 지지를 받지 못했던 것은, 그 정책에 내재된 불합리성 못지않게 오직 정파적 이유에서 그 정책에 대한 반대 의견을 조직했던 몇몇 신문의 악의 때문일 수도 있습니다. 김대중 정부의 정책들에 대해서 예컨대 《조선일보》가 거의 예외 없이 반대를 했다고 생각하지는 않으시는지요?

김우창 그렇게 반대를 해도 정책을 수행할 수 있는 힘은 정부가 가지고 있어요. 《조선일보》에 영향을 받은 반대 의견을 무시해서는 안 됩니다. 가령 김대중 정부에서 제일 잘한 일이 햇볕 정책이라고 생각하는데, 그럼에도 불구하고 김대중 정부에서 잘 못하는 것 중의 하나가 사람들이 가지고 있는 공산주의에 대한 우려를 아무것도 아닌 것처럼 얘기하는 것, 이 우려를 민족 감정으로 다 극복할 수 있다고 쉽게 얘기하는 망상입니다. 우리가 지금까지 쌓아 온 경험이 얼마인데 하루아침에 김대중 씨가 "우리 민족 하나 됩시다." 한다고 해서 해소된다고 생각하는 건 착각입니다. 서유럽 진보 지식인들의 고민 중 하나가 진보적인 사회 정책을 사회주의적 이상을 버리지 않으면서, 어떻게 스탈린주의적 망상으로부터 구출해 낼 수 있는가인데, 그 사람들 말이 굉장히 복잡해지고 골치 아파지는 이유 중의 하나가 그것에 대해 끊임없이 생각하기 때문입니다. 그들은 어떻게 사회주의적 이상을 가지고 소련에서 실패한 현실 공산주의처럼 실수하지 않고 실현할 수 있는가가 끊임없는 과제기 때문에, 그것에 대해서 늘 설득하려고 합니다. 소련이 잘못했지만 그러나 다른 길이 있다고 끊임없이 보여 주는 건데, 그 사람들의 공산주의 경험이라는 것은 한국의 많은 사람들—전부가 그런 것은 아니지만—의 경험보다 더 얄팍한 경험이라고 할 수 있어요. 스탈린주의에 대한 이념적인 경험이 전부는 아니더라도, 많은 사람들에게 상당한 실체로서 존재할 가능성을 인정하고 거기에 대해서 끊임없이 설득해야 합니다.

고종석 냉전 시대 이야기 아닌가요? 스탈린주의 사회가 세계에 몇 개나 있습니까? 넓은 의미에서 스탈린주의라고 할 수 있는 사회는 북한 말고는 없습니다. 공산주의에 대한 공포는 주입된 공포입니다.

김우창 사회주의를 이야기하면서 스탈린적 망령이 다시 발생하지 못하게 하는 것이 유럽 진보 지식인들의 핵심적 관심사의 하나입니다. 사회주의 이상을 살리는 공산주의를 이야기하면 스탈린주의 하려고 그러느냐는 말이 나오므로, 그 말을 피하면서 어떻게 이상을 살려 나가느냐가 핵심적인 관심사인 거죠. 우리는 유럽 못지않게 어떤 이유에서든지 간에 말과 경험이 축적된 사회인데 그걸 다 무시하고, 너희는 민족 반역자다, 통일을 원하지 않는 사람이라고 몰아치면 냉전 이데올로기라고 비난하죠. 그것만으로는 설명할 수 없는 체험과 말이 쌓여 있고, 그런 위험에 대해서 생각하고 두려워하고 있는데, 그걸 무시하고 너희는 냉전주의자라고 주장해서는 안 됩니다. 설득을 해야죠.

여건종 언론을 권력이라고까지 하는 것은 언론이 견제 기능을 넘어서 실제로 국가 정책을 판단하고 평가 내릴 수 있는 힘을 가지고 있기 때문입니다. 의제를 평가하고 판단하는 힘이 보편적인 관점에서 나오는 것이 아니라, 특수한 계층 혹은 집단이 세상을 보고 싶어 하는 방식으로부터 나온다는 겁니다. 견제 기능만 가지면 사실은 큰 문제가 되지 않습니다. 견제 기능을 넘어선다는 데 그 문제가 있는 것 같습니다.

김우창 그 이야기가 성립하려면, 그 사람들이 그렇게 해서 실제 정부에서 실행하려고 하는 정책의 어떤 면에 방해를 받고 있다는 것을 보여 주어야 합니다. 이런 관점에서 문제 삼지 않고 일반적으로 이놈들은 정부에 반대하니까 나쁜 놈이라고 하는 것은 냉전 이데올로기만큼 추상적이기 때문에 나한테는 설득력이 없다는 것입니다.

고종석 예컨대, 김대중 정부가 국가보안법을 철폐하지 못한 이유 가운데 큰 것은 몇몇 힘 있는 신문들의 반대 때문이라고도 할 수 있습니다. 이 신문들이 반대 여론이라는 것을 만들어 내는 거죠.

권혁범 《조선일보》 등에 지금 심각한 위험과 문제가 있다는 것은 명백합니다. 그것을 단순히 조중동의 힘만으로 생각하지 말고 한국 사회 역학과 의식의 수준과 관련하여 생각해야 할 것 같습니다. 정치권력과는 달리 간접적인 영향력을 가지고 있죠. 문화 권력이 가지는 영향력은 정치권력이 가지는 결정성과는 차별되어야 한다고 생각합니다. 사회 문화 권력의 문제는 결국 시민 사회의 변화와 관련해서 제기되어야 하겠죠.

윤평중 심미적 이성에서 나오는 정치 판단이 바로 구현되어야 할 현장이 한국 정치라고 이야기하시면서, 언론 권력의 언어가 오남용될 여지가 있다는 주장을 하셨습니다. 권력이라는 용어 자체를 정확하게 쓰자는 선생님의 취지를 이해하지만, 한국의 권력 정치 지형을 형성하고 특정한 방향으로 밀어붙이는 데 조중동이 엄청난 현실 영향력을 행사했다는 사실을 부인하기는 쉽지 않습니다. 그러나 분명히 조중동을 정치 권력과 동위에 놓기는 불가능하며, 언론 권력이라는 말에는 부풀려진 측면이 있는 것 같습니다. 다만 언론 권력의 작동이 몇 년 단위, 즉 국회 의원 선거나 대선 단위로 특정 정치 권력의 수립에 결정적인 영향을 주는 셈이죠. 조중동의 편향적인 영향력이 관철되지 않았다고 한다면 다음 정권이 어떤 성격을 가진 권력이 될지가 불투명했을 텐데, 적어도 지금 시점에서는 일방적으로 게임이 진행되고 있습니다. 만약 특정 정치인이 대통령이 된다면, 그는 해당 정당과 인사권, 그리고 경찰과 군대 등의 물리적인 집행력을 장악한 명실상부한 살아 있는 권력이 됩니다. 그 결과 권력이 행사되거나 집행되게 될 각 부문의 정책들, 예를 들어 의료, 남북 관계, 교육 영역, 노사 문제, 사회 복지 등의 밑그림을 대충 짐작할 수 있습니다. 김대중 정권이 5년간 지금까지 작동해 왔던 것과 상당히 판이하게 국민들에게 직접 영향을 주는 변화가 감지됩니다.

김우창 윤 선생 말이 맞아요. 언론, 조중동의 책임이 많죠. 그러나 대부분의 독재자들이 봉쇄하려고 하는 것이 언론입니다. 저놈의 입 때문에 안 된다는 거죠. 김대중 정부가 그런 생각을 가지고 있으면 안 됩니다. 자기의 할 일을 하고 그다음에 언론을 문제 삼아야죠.

고종석 완벽한 정책, 모든 사람을 만족시킬 수 있고 누가 봐도 약점을 잡아낼 수 없는 정책이라는 것이 있다면 모르겠지만 현실 속에서 그것은 불가능한 일입니다. 결국 어떤 정책이든 그것을 반대하는 세력은 있게 마련인데, 몇몇 신문들이 그 반대 세력의 힘을 훨씬 더 키워 준 거죠.

김우창 충분한 비전이 없었죠. 가령 의료 제도 개혁 문제를 보자면, 의료를 사회화하겠다는 뜻을 분명히 하고, 그 사회화가 어떤 수단으로 이루어지고 무얼 뜻하는가를 설명하고, 어떤 코스가 필요하고 제도적으로 무엇이 필요하다는 걸 보여 주어야 했어요. 그런데 김대중 정부는 의약 분업이 무엇을 하자는 것인지 국민이 알 수 없게 했습니다. 의료를 사회화하겠다는 의사가 별로 없었다는 생각이 듭니다. 안 그랬으면 처음부터 설명을 했겠죠. 전체적으로 의료를 사회화해서 모든 사람이 혜택을 받도록 하자면 제도는 어떻게, 비용은 어떻게 나와야 한다는 것을 면밀히 계산해야죠. 그런데 그런 준비 없이 의약 분업을 하니까 아는 사람이 별로 없는 가운데 싸움이 붙고, 그것만 핵심 사항이 되는 거죠. 언론에서 처음부터 의료 사회화가 뭔가에 대해서 설명하고 설득했으면, 비용의 문제를 합리적으로 해결하려고 했다면 많은 사람이 받아들였을 것 같아요. 괜히 의약 분업 같은 것만 설명을 하느라고 더 불편해졌죠. 국민이 이해할 수 없게 분류해 놓고 따라오라고 하는 것만 봐도 엉터리 정책입니다.

여건종 의료 사회화 같은 경우는 김대중 정부가 처리하는 과정에서 굉장히 많은 오류를 저지른 것이 사실입니다. 그러나 본질적으로는 의료 사회화는 처음부터 이데올로기적인 성격을 가지고 있었던 것 같습니다. 즉 얼마나 많이 나눌 것인가의 문제, 이미 사람들이 가진 것을 나누는 것에 대해 우리 사회가 어떻게 합의를 도출할 것인가의 문제입니다. 준비하는 시간은 어느 정도 가진 것 같은데 실행하는 과정에서 문제가 생겼고, 그것에 관해서 메이저 신문들이 처음부터 부정적인 방식으로 접근했습니다. 그런데 제 생각은 의료 사회화가 큰 문제없이 진행되었어도 메이저 언론에서는 부정적인 시각으로 보도했을 것이라는 것입니다. 그것은 이 보수 언론과 깊이 연루되어 있는 특정한 사회적 집단의 이해관계가 아직은 그런 것을 받아들일 수 없기 때문이라는 생각입니다. 새로운 제도의 실행에 대해 근본적인 이견이 정부와 이 집단적 이해관계, 따라서 정부와 언론 간에 있는 것인데, 그것은 정치적 비전의 문제이며, 따라서 이데올로기적 성격을 띠고 있다는 것입니다. 문제는 어떠한 정치적 비전이 더 나은 공동체적 삶을 만들어 줄 수 있는 것인가가 되겠죠.

김우창 물론 그런 게 있을 수 있습니다. 그럴수록 더 많은 설득이 필요합니다. 의약 분업 문제로 그만둔 보건복지부 차장이《신동아》인가《월간조선》에 쓴 글을 봤는데 합리성이 있다고 생각됐습니다. 그 사람 말에 따르면 비용 문제와 제도의 문제를 끊임없이 이야기했는데, 그걸 고려하지 않았다고 하더군요. 내가 군대에서 경험한 것인데, 우리나라 군대는 가령 여기다 호를 파야 된다고 "두 시간 내에 파." 하면 그것이 두 시간이 걸릴지, 이틀이 걸릴지, 20일이 걸릴지 아무 생각도 안 하고 실시합니다. 참호를 파려면 어떤 장비가 필요하고 시간이 얼마나 필요한지 지휘관이 판단하고 설득해야 합니다. 그 행위의 합리성도 설명해야 하고. 그냥 머릿속으로 생각하고 무작정 시킬 것이 아니라…….

윤평중 의약 분업 문제를 밀어붙이는 과정에서 그 의도는 전향적이고 좋았다는 생각이 듭니다. 그러나 정책 수행의 과정과 결과가 지리멸렬하고 국민들을 불편하게 하는 등 오히려 개악이 되었다고 봅니다. 좋은 것이었든 나쁜 것이었든 간에 우리 사회에서 자생적인 형태로 특정한 의료 제도가 거의 몇십 년간 뿌리내려 왔는데 그런 현실과 전통을 감안하지 않고 전문가들의 항변이나 메이저 신문의 지적을 송두리째 무시하고, 한쪽 이해 집단이 실력 행사를 하겠다고 위협함에도 불구하고 목표가 좋은 것이라고 해서 밀어붙였던 결과가 개악의 형태로 나타났습니다. 시장 체제와 민주 사회에서 하이에크(F. A. Hayek)가 얘기한 자생성이 얼마나 중요한 요소인가 하는 것을 개혁을 외치는 사람들이 항상 너무 안이하게 생각하는 경향이 있습니다. 김대중 정부도 그 함정에 빠지고 만 셈입니다. 정책 의도는 좋았지만 그 결과는 한마디로 처참했던 것이죠. 더 큰 문제는 이런 정책 실패를 기화로 보수 진영에서 김영삼 정부와 김대중 정부에 대한 평가를 한마디로 압축해서 '잃어버린 10년'이라 폄하하는 현상입니다. 이런 비판에 대해 선생님은 어떻게 생각하시는지요.

김우창 교육 문제를 봐도 그래요. 김대중 정부가 어떻게 해야 교육의 수준을 높이고 모든 사람들의 기회 평등을 확보할 수 있는가, 여기에 대해서 심각한 생각을 가졌었다고 볼 수가 없어요. '잃어버린 10년'이라는 말이 나오는 사실적 근거를 생각해 보아야 합니다.

여건종 신문에서 쓰는 '잃어버린 10년'이라는 표현은 굉장히 왜곡된 표현이라고 생각합니다. '잃어버린 10년' 이전에는 군사 정부가 있지요.

김우창 그런데 언론 문제와 관련해서, 우리가 물어보아야 할 것이 있습니다. 그러한 언론이 있었는데도 어떻게 민주화가 가능했느냐 하는 것입니다. 민주화 과정에서 타도의 목표가 되었던 것은 군사 정부인데, 그 군사 정부를 물러가게 할 수 있었지 않습니까? 언론부터 타도할 필요가 있었을까요? 군사 정부가 보수 언론의 권력에 의지해서 살아남을 수가 있었습니까? 대상은 늘 현실 권력이지요.

권혁범 추상화 수준을 약간 높여서 15년 동안의 민주화를 이야기해야 하지 않겠습니까? 민주화 15년을 평가해 주십시오.

김우창 많은 것이 실망스럽지만 그래도 남북 긴장을 풀어 나간 것은 좋은 일이라고 생각합니다. 이때 실제로 반공이라든지 전쟁을 두려워한다든지 북한 정치 현실을 두려워하는 사람들의 실체를 인정해야 하지만, 그러한 두려움이 장기적인 정치 전망을 막을 수는 없게 되었습니다. 남북 긴장 해소를 위하여 과감한 발걸음을 내디딘 것은 잘한 일입니다. 인권 문제가 많이 향상되었습니다. 송두율 씨 못 오게 하는 것이나 정치범은 고문 안 해도 강력범이나 살인 강도범은 고문 좀 해도 된다는 생각을 보면, 인권에 아직도 향상될 부분이 많다고 생각되지만 말이에요. 노동 운동도 공적인 광장을 확보하게 되었습니다. 사회에서 불리한 사람들의 처지를 무시할 수 없게 되고 그 처지의 향상을 위한 정책이 있어야 한다는 것도 널리 인정이 되었습니다. 아직도 해야 될 일이 많고 잘못된 부분도 많다는 것은 이미 앞에서 말했습니다.

고종석 저는 그렇게 잘못된 부분의 적지 않은 책임이 몇몇 언론에게 돌아가야 한다고 생각합니다. 국가인권위원회가 힘이 없는 것도, 김대중 정부가 소수파 정부인 데다가 다수파 야당과 내적으로 긴밀히 연결된 비대 언론이 있어서 그렇다는 생각도 합니다.

권혁범 강력한 의지가 없었죠. 국가인권위원회의 경우는 그래도 나은데 의문사규명위원회의 난항은 한나라당이나 보수적인 언론의 책임이 큽니다. 그리고 사립학교법 입안에서는 한나라당보다 민주당이 더 심하게 보수적인 입장을 보였어요. 특별검사제 같은 경우도 그렇고. 민주당 책임도 크지만 기본적으로는 정치적 역학 관계 속에서 대통령 스스로 조금 더 강력한 관심을 가지고 밀어붙일 수 있는 사안이 있었는데도 그러지 못한 책임을 피하기 어려울 것 같습니다. 인권 대통령이라면 거기에 전력을 다했어야 합니다. 개인 지도자의 의지나 정치력만의 문제는 아니겠지만 아쉽습니다.

윤평중 제왕적 대통령도 모든 것을 다 할 수는 없습니다. 대통령이 모든 것을 다 해야 한다는 발상 자체가 정치 문화의 후진성을 반영하는 것이기도 합니다.

고종석 김대중 대통령을 제왕적 대통령이라고 하는 것 자체가 말이 안 되죠. 제왕적 대통령이라는 사람이 그래, 야당과 언론으로부터 노골적인 인신공격을 당하고 모욕을 당하면서도 아무 소리 안 하고 가만히 있습니까?

김우창 여러 해 전에 베를린에서 조그만 심포지엄이 있었는데, 그 사람들이 내건 의제가 '의회 민주주의와 한국 사회의 민주주의'였어요. 내가 발표한 논문은 「민주주의와 유교」였죠. 그때가 김영삼 정부가 막 물러갔을 때였습니다. 대통령의 정책을 맡았던 사람이 참석했는데, 그 사람이 독일 사람들 앞에서 언성을 높여서 김영삼 씨가 많은 걸 잘하려고 했는데 국민이 안 따라와서 하지 못했다는 말을 했습니다. 권 선생 이야기처럼 정치가 어렵고 보통 사람이 하기 어려운 까닭이 좋은 뜻이 있어도 좋은 결과를 내지 못한 경우에는 책임을 져야 하기 때문이지요. 뜻대로 안 되면서 뜻을 성취하려면, 현실에 대한 많은 연구가 필요하지요. 정치란 무서운 세계입니다. 정부가 일을 못한 것은 국민이 따라오지 않았기 때문이라는 말이 이상하다면, 그것이 언론 때문이라고 하는 것은 더욱 이상한 무책임의 언어입니다.

여건종 그 말씀에 동의하지만 모든 결과를 다 대통령이나 정권이 책임져야 된다고 얘기하기보다 그 안에서 실제로 어떤 힘들이 작용했는가를 분석해야 하지 않을까요?

김우창 물론입니다. 김대중 씨는 나도 만난 일이 있지만, 내가 만난 정치인 가운데 가장 유연하고 생각도 깊고 느낌도 깊다는 인상을 받았습니다. 그것하고 관계없이 기대한 것만큼 하지 못한 것에 대해서 실망감을 많이 느낍니다. 김대중 대통령뿐만이 아니라 궁극적으로는 우리 사회의 문화가 아직 제대로 일을 수행하는 단계에 있지 않은 것 같습니다. 문화가 문제라는 생각이 듭니다. 위에서 지시를 내려도 사람은 기계처럼 돌아가지 않습니다. 현장에 있는 사람이 판단해야 하는 거죠. 현장의 판단에는 내면적인 승복이 필요합니다. 어떤 자리에 있건 사람을 기계적으로 이야기할 수는 없습니다. 이렇게 생각하면, 모든 것을 김대중 대통령이나 그 정부의 탓으로 돌리면 옳지 않듯이 그것을 신문의 탓으로 돌리는 것도 옳지 않습니다. 다만 정부에게 물어야 한다는 것은 주어진 여건하에서 나아가는 데까지 나아갈 수 있는 주체가 정부이기 때문이지요.

윤평중 부당하고 정의롭지 못한 현실을 타파해야 한다고 목청을 높이는 사람들에게, 현실 정치의 동학과 구조를 규정하는 한국적 아비투스의 중요성에 대한 이해가 부족한 경우를 많이 봅니다. 정치는 현실로 환원되는 것도 아니지만, 몇몇 규범과 목표 강령에 의해 정치가 재단되어서도 안 됩니다. 그런 의미에서 최종적 책임을 묻는 정치의 세계는 비정하고 무서운 것이라는 말씀에 동의합니다.

김우창 한국 사회는 정치라는 것을 너무 권력과 파벌 간의 투쟁과 관련해서만, 힘의 관계로만 파악합니다. 역사에서 역사적 영웅이라는 것은 역사를 부리는 사람이 아니라 역사의 시종일 뿐이라는 헤겔의 말을 생각하지 않을 수 없습니다. 문제는 역사의 문제이고 이것은 누구 하나가 좌우할 수 있는 것은 아닐 것입니다. 그러나 문화와 아비투스를 포함하여, 사회 전체의 축적된 역량이 그래도 가장 중요한 역사의 자원인 것은 틀림이 없을 것입니다. 역사가 나아가는 방향은 여러 가지일 수 있으나, 이 역량의 축적이 없으면 가능한 방향이 제한될 수밖에 없습니다.

이러한 조금은 느슨한 역사 결정론을 말한다면, 구체적으로 지금 우리 사회가 민주 사회로 변한 이상, 이미 이룩한 민주적 결과가 부정되지는 않을 것입니다. 적어도 사람 많이 죽이고 정권 잡는 것은 어려워질 겁니다. 그런 의미에서 어떤 사람이 정권을 잡든지 간에 전체적으로 민주주의로 나아갈 수밖에 없습니다. 그런데 이 결정론과 관련하여 더 보태면, 그전에도 이야기했지만 작은 범위 안에서도 어떤 개혁을 하든지 간에 그 개혁안이 철저하게 생각되고 연구되고 수행되는 것이 아닌 경우, 결국 지배적인 체제와 담론 속에 흡수되어 버리는 것 같습니다. 지난번에 실험 대학 이야기를 하면서, 김영삼 정부의 대학 개혁이 결국 대학에서 경비 절약하는 방편으로 활용되었다고 이야기했었습니다. 어떤 제안을 내놓든지, 큰 테두리 안에서, 우리 사회는 당분간은 세계 자본주의의 체제 속에 끼어 사는 정치 체제가 될 것이 아닌가 합니다.

세계화, 내면성, 그리고 행복한 삶

권혁범 선생님께서는 사람의 근원적인 행복이 구체적인 작은 삶의 테두리로 가능하다고 말씀하셨습니다. 그런데 선생님 책에 보니까 세계화나 민족 국가가 이런 삶의 테두리를 파괴하는 데 일조했다는 말씀을 하시고, 인간은 기본적으로 자신의 삶에 열중하면서 '안분지족(安分知足)'하면서 살아야 한다고 말씀하셨습니다. 사람이 숨 쉬고 밥 먹고 일상적 삶을 살아가는 그 공간이 편안하지 않다면 사람의 행복은 낯선 것이 될 수밖에 없습니다. 왜냐하면 그러한 작은 공간 속에서만 사람이 환경에 대한 구체적 이해와 타자에 대한 정서적 관계를 통해 주체로 설 수 있으니까요. 선생님께서 말씀하시는 그런 구체적이고 작은 삶의 테두리라는 게 구체적으로 어떤 것인지 궁금합니다. 요새 나오는 생태적인 작은 공동체 이야기에서 개인적으로 저는 그 방향을 가늠하기가 어렵습니다. 몇몇 글에서 세계화나 민족 국가가 구체적이고 작은 삶의 테두리와 배치되는 개념으로 등장하거든요.

김우창 만물박사라야 모든 것에 답을 할 수 있을 텐데……. 생태 공동체나 이상주의적인 인간의 삶에 대한 모든 새로운 기획들은 현실적으로 가능성이 있든지 없든지 간에 하나의 유토피아적인 실험과 비전으로서 유지되어야 한다는 생각을 합니다. 우리가 생태학을 생각할 때, 모든 사람이 농촌에 가서 농사를 짓지 않아도 거기에도 행복이 있을 수 있다는 것을 보여주는 것은 우리 사회 전체가 그러한 이상을 수용하는 쪽으로 바뀌는 것, 즉 극단적인 생태주의가 배격하는 과학적인 방법까지 동원해서 그쪽으로 접근하는 것을 가능케 하는 것이기 때문에 그런 여러 차원의 이상적 공동체라든지 유토피아적인 이상이 필요하다고 생각합니다.

지금으로서는 작은 공동체들이 모두 사라져 가고, 세계화와 민족 국가의 현실을 뒤집을 수 없는 상태이니 그 안에서 적응하면서 사는 수밖에 없지요. 요즘 내가 읽은 소설에 독일의 제발트(W. G. Sebald)라는 사람이 쓴 『이민자들(*The Emigrants*)』이 있습니다. 독일에서 떠나서 이런저런 나라에 가서 퍼져 사는 유대인들 이야긴데, 거기에 "지금 멀리 와 있기는 한데 어디에서부터 멀리 와 있는지 모르겠다."라는 표현이 몇 번 나와요. 고향을 상실하고 안주할 환경이 없어지는 것이 전체적인 추세인 것 같습니다. 오늘날은 발전의 시대이지만, 발전은 불안정의 창조를 말합니다. 계속적인 파괴와 계속적인 움직임을 통해 자본주의가 발전해 나갑니다. 세계화란, 선진 국가들이 값싼 노동을 착취하고 후진 사회를 자기들 물건 팔아먹는 시장으로 만드는 데 이용하는 자본주의적 발전의 현 단계일 것입니다. 그것이 쉽게 막판에 이를 것으로 보이지는 않습니다. 그걸 통해서 후진국도 이점이 생기지 않는 건 아니기 때문에, 후진국도 책임이 없는 것은 아니지요. 그러나 자본주의적 세계화에 대한 비판과 반대도 갈수록 격렬해지고 있습니다. 끝나게 되기는 할 터인데, 그것이 어느 단계에서 끝이 나고 안정된 생활 환경이 회복될지는 예측할 수 없습니다.

인문 과학은 어디 갔느냐는 질문은 이러한 상황에 관계될 수 있습니다.

인문 과학은 이런 가운데 우리가 어떻게 살 것이고 내 삶을 어떻게 만족스럽게 살 것인가 하는 걸 이야기할 수 있습니다. 푸코가 마지막에 관심을 많이 가진 것이 그런 것으로, 버몬트 대학에서 미국 사람들을 대상으로 한 강의를 책으로 냈는데, 그 제목이 『자아의 테크놀로지』입니다. 세상이 어떻게 돌아가든지, 나 자신이 어떻게 사느냐 하는 문제는 남습니다. 이런 문제를 궁리하는 데에 어느 정도 인문 과학이 답할 수 있지 않나 합니다. 내 삶을 어떻게 살 것인가, 어떻게 해서 행복하게 될 수 있는가 하는 문제는 인문 과학의 영원한 주제의 하나입니다. 이러한 질문에 대한 푸코의 답은, 성의 자유를 가장 철저하게 말해 온 사람답지 않게 금욕적인 삶이 행복한 삶이라는 것입니다. 욕망에 들떠서 정신이 없어지는 것을 피하고 정신을 온전히 하고 금욕적으로 사는 것은, 행복한 삶의 방법이기도 하고 생태학적인 의미도 지니고 있는 삶의 방법입니다. 이것은 안분지족의 삶을 말하는 것이라고 할 수도 있는데, 여기에 부가하여야 할 것은 다른 사람에 대한 이해와 자비도 행복한 삶의 필수적인 구성 요소라는 점입니다. 그런데 문제가 없는 것은 아닙니다. 안분지족이 가능하기 위해서는 그러한 삶을 허용하는 사회 체제가 있어야 하니까 다시 한 번 안분지족을 위해 사회로 나가야 가능하다는, 그러니까 안분지족이 안 된다는 모순이 있습니다.

여건종 신자유주의 혹은 후기 자본주의의 새로운 삶의 조건 속에서 행복한 삶이 무엇인가에 대한 정의를 새롭게 할 필요가 있다는 선생님의 말씀에 동감합니다. 그런데 대중 사회에서 그것이 개인적인 득도나 견성(見性)의 문제로 해결될 수 없다는 생각입니다. 대중 사회에서는 득도도 집단적인 과정을 통할 수밖에 없을 것 같은데요. 그런 의미에서 그러한 생각들을 공유하고 확산시킬 수 있는 문화적 제도와 그에 따르는 구체적인 실천 전략 같은 것이 동시에 요구된다고 할 수 있습니다. 신자유주의의 문제는 오히려 그러한 확산의 제도들을 끊임없이 차단하고 무력화하는 것이라는 생각이 드는데요.

김우창 공동체 운동 같은 것이 필요하고 작은 사회의 이상에 대한 비전을 끊임없이 죽이지 않고 살려 가는 실험도 하고, 이야기도 하는 것이 필요하다고 생각합니다.

권혁범 커뮤니티라는 게 사라졌잖습니까?

김우창 살벌한 세상이 되었죠. 어떤 사람들은 농사가 인간 불행의 시작이라고 했습니다. 그것은 그 자체로 문제가 있다는 것이지만, 잉여 농산물의 잉여를 빼앗을 생각을 하는 사람들이 생겨난 것이 또 문제가 되었겠지요. 그러나 진짜 불행은 농사를 떠난 것으로 시작된 것이라 할 수 있을 것입니다. 마르크스 식으로 이야기해서 생산자의 손으로부터 생산 수단이 떨어져 나가지 않은 것이 농사이지요. 사회적으로 큰 조직이 필요한 것도 아니고, 약간의 협동적인 관계만 있으면 되는데.

권혁범 선생님 생각은 한국 사회에서 대단히 소수자의 생각일 것 같은데, 소수적인 생각을 갖고 사는 게 힘들지는 않으셨어요?

김우창 모든 사람하고 생각이 다르다면 별 수가 없지요.

권혁범 선생님께서는 문학 하는 사람 혹은 철학 하는 사람하고도 별로 공통되는 점이 없으셔서, 거의 통하는 사람이 없으셨는데 힘들지 않으셨나요?

김우창 이제 학교를 그만두니까 허무한 생각이 많이 들어요. 요즘은 글 쓸 때도 글은 삶이 아니라 구조물이란 생각이 강하게 듭니다. 지적인 구조물들이 사는 데에 지팡이는 되겠지만, 생각을 분명하게 하려 노력한다고 해서 삶에 분명한 질서가 생기는 건 아닌 것 같습니다.

권혁범 사람이 살면서 행복하다고 느끼는 작은 테두리가 선생님 입장에서는 무엇인가요? 저는 인간에게는 새로운 것, 변화, 혁신에 대한 요구와 아울러 익숙한 공간에서 오래 관계를 맺어 온 사람 및 자연과 더불어 살려는 근본적 보수성도 있다고 보고, 그걸 충족시키는 게 중요하다는 생각이 많이 들거든요. 래디컬리즘도 진보도 이런 면에 대한 깊은 고려가 부족하다는 생각이고요.

김우창 고향에서 동네 사람들하고 가족들이랑 이야기하는 거, 그게 제일 좋은 것 같아요. 그러나 그게 어디 있습니까? 토지에 대한 우리의 감각이라는 것은 머릿속에 들어가는 게 아니라 몸에 들어가는 것 같습니다. 모든 물질적인 외적 조건을 사회적으로 챙겼다 하더라도 어릴 때 고향이나 땅, 그런 건 몸속에 들어 있는 거지, 머릿속에 있는 것이 아닙니다. 사람은 자기가 오래 산 동네에서는 착해지는 것이 아닌가 합니다. 오래 살면서 접하면 다 저절로 서로 도와 가면서 착하게 살게 되는 것처럼 생각합니다만, 이것도 사실은 생각에 불과한 것일 수 있습니다.

여건종 선생님께서는 최근에 쓰신 글 중에서 세계화와 관련지어서 팽창주의적 자본주의가 실제로 지역적 생존을 엄청나게 위협하는데, 이 지역적 생존이 고려되어야 한다, 그리고 그것이 지역주의와 보편주의적 고려에 균형을 구해야 한다는 문제를 언급하셨습니다. 생태학과 관련지어서도 그렇고 아주 넓게는 한국의 탈식민주의적 상황도 그렇고, 지역주의적 생존이 어떤 보편적 가치를 갖게 된다고 말씀하셨는데, 제 생각엔 그게 좋은 의미에서의 세계화의 핵심적 논의가 되어야 할 것 같은데요.

김우창 다층적 사고가 필요한 것으로 생각됩니다. 민족 차원도 중요하지만, 개체도 생각하고 작은 지역부터 여러 생존 단위의 문제도 생각하고 세계도 생각하고 또 그것을 넘어서는 것도 생각해야 합니다. 이러한 것들에 대한 생각이 일직선을 이룰 필요가 없습니다. 어떤 때는 이것으로, 다른 때는 저것을 생각해야지요. 그 바탕은 삶의 느낌입니다. 거기에는 구체적인 현장과 보편적인 지평이 있습니다. 그것이 마음의 바탕이 되면서, 여러 가지로 유연하게 달리 나타나는 것이 아닌가 합니다.

작년에 피에르 부르디외와 이야기를 하면서, 그는 세계화를 강력하게 반대하는 입장을 표명했고, 나는 세계화를 옹호하는 쪽으로 이야기했습니다. 우리는 세계화를 통해 최소한도의 빈곤은 벗어났는데 유럽은 이미 우리보다 앞서서 자본 시장을 통해 여러 사회적 이익을 받아들였기 때문에 그것을 보존하자는 뜻에서, 이미 재미를 본 사람들이 그 재미를 보존하자는 뜻에서 반세계화를 주장하는 것으로 말했습니다. 부르디외도 거기에 대해 말이 없었어요. 그러나 둘이 다 새로운 국제주의, 대체 세계화가 필요하다는 데에는 동의했습니다. 아니면 그가 마지못해 동의했는지도 모르지요. 하지만 진정한 의미의 세계화는 필요하지요.

민족이라는 게 다 없어지고 민족 국가의 의미가 없다고 말하는 사람들에 대해서는 지금의 현실로 보아 민족이 중요하다고 할 수밖에 없지요. 또 세계화에 대해서 방어적인 전술을 펼칠 수 있는 권력 단위는 지금 민족 국가밖에 없습니다. 그러나 이것은 다른 민족의 권익을 우리와 함께 인정하는 것이어야 합니다. 그리고 그러한 경계를 넘어설 수 있는 것이라야죠. 그러나 작은 지역 단위의 사람들에 대해서 끊임없이 신경 쓰고 독자적 삶의 영위를 주장해야 합니다. 민족이라는 것도 하나의 생존 전략으로 생각되어야 하고, 생존의 기본 바탕이라는 것은 지역 사회의 삶 속에 있고 이웃과 개인에게 있다는 것을 잊지 말아야 합니다. 이러한 것을 옹호하기 위해서 민족이 필요합니다.

권혁범 민족이 어쩔 수 없는 잠정적 틀이지만 결국은 지역 사회와 개인으로 향하는 목적 의식이 필요하다는 얘기군요. 그런데 세계화라는 것이 궁극적으로 해체를 향한 과정이라면 그것이 주체적인 대응 방식과 힘에 따라서 오히려 다양한 지역(local) 공동체가 살아가는 계기가 되지 않겠습니까?

김우창 궁극적으로 그리될지 모르지요. 그러나 지역도 해체되는 것이 아니겠습니까? 새로 생기는 지역이 있겠지만, 나의 원시적인 감각으로는 오래된 국민 국가 또는 오래된 지역의 테두리를 벗어나서 이 지역에서 저 지역으로, 들뢰즈가 유행시킨 말로, 유목민적 삶을 산다는 것이 그렇게 좋은 것 같지는 않아요. 그러나 어디에 살든, 사는 고장이 사람의 행복을 보장한다고 할 수는 없을 것입니다.

여건종 세계화가 여러 가지 의미를 지니고 있지만 실제로는, 무엇보다도, 공격적인 시장 사회의 도래로 경험하게 됩니다. 이 경우 우리 삶을 가장 위협하는 것은 굉장히 기능적이고 기계적인 이성의 지배가 본격적으로 등장하게 된다는 것입니다. 그동안 선생님이 강조해 오신 것, 내면성의 가치라고 할 수 있는 것들이 크게 위협을 받고 있는 상황입니다.

김우창 우리나라는 이제 내면적 가치를 전적으로 냉소적으로만 보는 사회가 되었습니다. 모든 것을 외면적인 자로 잽니다. 그중에도 출세가 가장 중요하지만, 물질의 사회적인 과시가 절대적으로 중요합니다. 이것은 도시나 주거에서도 볼 수 있습니다. 작년인가 한 독일 교수가 잠깐 와서 밥 먹으면서 이야기하는데, 자기 사는 집 앞에 나무 한 그루가 있는데, 그 나무 아래 의자에서 장 파울이 시를 썼다는 거예요. 그 집에 들어가 살게 된 것을 기쁘게 생각하고 있었습니다. 모든 것을 부수고 새로 짓고 하는 것이 좋은지 모르겠습니다. 필요를 몇 번이고 생각해서 그렇게 해야죠. 물질에도 우리의 기억이 들어 있습니다. 모든 것이 우리의 내면이 서식하고 있는 곳이지요. 총체적인 풍요가 풍요지, 보이는 것만의 풍요가 풍요가 아니지요.

윤평중 녹색평론사에서 나온 『오래된 미래』라는 책이 있는데 읽고 많은 걸 느꼈습니다. 라다크 사람들이 말하는 작은 우주 속에서 완전한 마음의 화평과 평안을 누리고 자족하면서 살다가 외부 문명을 접하면서 불행해지는 대목은 참 의미심장했습니다. 세계화의 물결 앞에 노출된 농촌 공동체의 비극을 웅변하고 있습니다. 정작 물질적 삶의 치수가 현격히 높아졌음에도 불구하고 서로를 부러워하고 질시하며, 보다 잘사는 듯이 보이는 대도시로만 빠져나가려 하는 라다크 젊은이들의 태도는 개발 시대 한국인의 삶의 경험에 대한 축도로 간주될 수도 있을 것입니다. 그러나 다른 의문은 여전히 남습니다. 밖의 세계를 전혀 몰랐던 원시 공동체 비슷한 삶이 과연 바람직하다고만 볼 수 있는 것일까요. 그러니까 여러 가지 삶의 옵션이 있고 그중 하나를 비교해 주민들이 성찰적으로 선택할 수 있어야 성숙한 삶이 가능하다고 했을 때, 세계화의 바람 앞에 드러나기 전 라다크 사람들에게는 다른 종류의 삶의 대안이 사실상 없었던 것이거든요. 운명처럼 라다크에 주어진 삶의 형태를, 물질문명에 지친 서구의 생태주의자가 너무 목가적으로 채색한 측면은 없는 것인지 궁금합니다.

김우창 역사적인 공간, 기억의 공간, 작은 공간, 개인적 공간을 유지하면서 세계로, 우주로 열려 있을 수 있으면 좋지요. 주로 마음의 세계를 열면 그렇게 할 수 있는 일일 터인데, 그것이 쉽지는 않겠지요. 화이트헤드 같은 플라톤주의자도 철학적인 생각들이 퍼져 나가는 데에 상업이 얼마나 중요한 역할을 하였는가를 길게 말한 일이 있습니다. 마음과 물질은 완전히 하나로 얽혀서 떼어 낼 도리가 없는 것 같습니다. 이렇게 말하고 보면, 사람의 존재 가운데 몸이 중하다는 말이 될 수도 있는데, 자기 몸의 구체성을 잊지 않는 것이 작은 세계를 유지하는 데에 핵심적이라는 말이 될 것 같습니다. 그러나 마음의 모험은 또 별도로 생각되어야 하니까, 여기에도 이차원의 사고가 필요하다고 할 수 있습니다. 이것을 완전히 내면의 세계에 한정할 수 있는지가 문제이지요.

여건종 책 같은 것도 텔레비전에서 선정하면 다 거기로 몰리거든요. 이러한 획일화의 현상도 선생님께서 말씀하신 내면성의 상실과 밀접하게 관련이 있습니다. 가령 월드컵 때, 몇백만 명이 거리에 쏟아져 나온 것도 한편으로는 일반 사람들의 어떤 에너지가 긍정적이고 생산적으로 분출된 것으로도 볼 수 있겠지만, 저에게는 우리 사회의 삶이 상당히 획일화되어 있다는 것의 징후로도 읽힙니다. 자율적 삶이라는 것은 일반 사람들이 그들 나름의 고유한 어떤 영역을 확보하고 있을 때 주어지는 것이고, 이때 고유하다는 것은 무엇보다도 남과 다르다는 것을 의미하는 것일 것입니다. 남과 다르면서도 나에게는 본질적인 어떤 것, 이것이 일상적인 삶의 공간 속에서 확보되는 것, 저는 이 요소가 민주주의의 드러나지 않은 핵심적 요체 중의 하나라고 생각하는데요.

그런 의미에서, 좀 다른 질문입니다만, 그동안 선생님께 질문드리고 싶은 것이 있었습니다. 내면성의 깊이라는 것은 예외적인 성취로서만 얻어 낼 수 있는 건지요? 아니면 일반 사람들이 일상적인 삶 속에서도 얻어 낼 수 있는 것인지요? 왜 이런 질문을 하냐면, 선생님의 글에서 대중의 일상적 삶이라는 것이 굉장히 작은 위치를 차지하고 있는 것 같다는 생각이 들어서요.

김우창 내가 대중에 대해서 진짜 쓰지 않은 것은 몇 가지 이유가 있어요. 하나는 내가 대중이 아니기 때문에 그것에 대해 쓰는 것은 위선적이라 생각했죠. 내가 쓰는 것에 대해서 절실히 느끼는 게 있어야 한다고 생각해요. 다른 한편으로는 내가 대중의 말을 안 한 것은 내가 대중의 한 사람이기 때문이라고 설명할 수도 있습니다. 나는 이렇게 생각한다. 당신들은 어떻게 생각하느냐 하고 묻는 것을 넘어서 내가 그 대중을 대변한다는 것은 대중을 넘어서는 일이지요.

여건종 그 절실하게 느끼지 않음이 인간 삶의 가치라는 게 어디에 있는가에 대한 선생님의 기본적인 입장에서 나온 것이 아닐까요?

김우창 내가 경험이 부족하니까, 그 사람이 아니기 때문에 그런 거죠. 슬픈 사람의 슬픔을 이해하고 존중하는 것은 인간으로서 언제나 가능한 것입니다. 그것은 의무입니다. 그러나 슬픈 사람과 같이 느끼는 것은 조심스러운 일이지요. 어떤 사람들의 위치를 향상시켜야 한다는 이야기는 할 수 있지만 그 사람들의 입장에서 그것을 이야기한다는 것은 쉬운 일이 아닙니다. 나는 학문이나 특별한 기술을 대중의 입장에서 타매하는 것도 옳지 않다고 생각해요. 다만 그 사람들이 필요의 척도를 넘어 특별한 특권을 누려야 한다면, 그것은 문제가 있지요. 지식인들이 대중의 범위를 넘어선 지적 작업 때문에 부끄럼움을 느낄 필요는 없습니다. 가령 우리 집에 수학자가 둘이나 있어서 그런지 모르지만, 그들이 대중과 똑같은 수준에서 수학 문제를 풀어야 한다고 한다면 수학이 성립할 수 없지요.

엘리트주의에 대한 공격은 지적 수월성을 향하는 경우가 많습니다. 지적인 작업을 하는 사람들의 존재가 사회에 그리고 사회를 넘어서 필요하다고 생각해요. 지적 엘리트가 존재하는 것은 불가피한 것 같습니다. 특권이 문제이지요. 단지 엘리트에게 필요한 것이 무엇이냐면, 그 사람들이 일할 수 있는 조건의 성립입니다. 그것은 장인도 마찬가지고 공장 사람에게도 마찬가지고 다 일할 조건이 마련되어야 한다는 거죠. 물론 지금의 문제는 지식 계층보다도 어려운 처지에 있는 사람들 — 노동하는 사람들 — 에게 이러한 작업의 조건, 인간적 작업의 조건이 마련되어 있지 않다는 것입니다. 이것을 마련하는 것이 오늘의 사회의 당면 과제라는 데에는 동의하지 않을 수 없지요.

속됨을 무릅쓰고 인생론을 펼친다면, 사람의 삶은 거창하게 말하는 것보다 행복이라는 척도로 간단히 말할 수 있을 것입니다. 행복의 기본 조건은 생물학적 토대를 튼튼히 하는 일이지요. 의식주가 두루 해결되어야 하겠지요. 그다음은 자신에게 충실할 수 있는 것이 행복일 겁니다. 그런데 이 충실의 내용은 봉사에 있지요. 자신의 진정한 마음에 봉사하고, 안에서 오는 진리에 대하여, 다시 밖에서 오는 진리에 봉사하고 이웃에게 봉사하는 것이지요. 그리고 자신과 이웃과 나라와 우주와의 평화를 아는 것이지요.

거창한 이야기가 되었습니다. 어디 말이 쉽지, 잘 되겠습니까? 우선은 모든 사람을 위하여 그러한 사회적 조건을 확보하는 데에 지금 무엇이 필요한가를 생각하고 그것을 위하여 노력하는 것이 우리 사회의 당면 과제이겠지요. 그러면서도 앞에 말한 궁극적인 화해를 생각하기를 그치지 않는다면, 어느 정도의 평화와 행복을 확보할 수 있지 않을까 합니다.

여건종 이제 지금 말씀이 결론처럼 되었습니다. 이것으로 끝을 내도록 하면 어떨까요? 여러 날 그리고 장시간 수고하셨습니다.

3부

2005~2009

출판을 화두 삼은 문화 입국의 길

2005 프랑크푸르트도서전 주빈국 행사를 앞두고

김우창(프랑크푸르트도서전 주빈국 행사 조직위원장, 고려대 명예 교수)

도정일(책읽는사회만들기 국민운동 대표, 경희대 교수)

사회 박광성(출판사 생각의나무 대표)

2005년《출판저널》6월호

박광성(사회) 오늘 대담자로 참석하신 김우창 선생님과 도정일 선생님은 우리 사회와 문화, 그리고 문학에 관한 내실 있는 담론을 활발히 생산해 낸 분들입니다. 특히 김우창 선생님은 프랑크푸르트도서전 주빈국 조직위원장을, 도정일 선생님은 '책읽는사회만들기 국민운동'의 대표를 맡아 출판과 책이 갖는 공적 기능을 알리는 데 각고의 노력을 다하고 있습니다. 두 분 선생님을 모신 오늘 대담에서 인류의 새로운 문화를 만들어 나가는 데 있어 '올드미디어'인 출판이 어떤 방식으로 참여할 수 있는지, 동시에 출판을 통해 우리의 내면과 외면을 어떻게 바꿔 볼 수 있는지에 대해 들어 보고자 합니다.

프랑크푸르트 주빈국 참여, 정신적 새로움 진작 계기로 이해해야

사회 국내적으로 알려진 바가 적긴 하지만, 프랑크푸르트도서전만큼 중요한 행사도 없습니다. 이번 프랑크푸르트도서전 주빈국 참가는 세계 최초로 인쇄 문화를 창조해 낸 한국의 문화 역량을 세계에 알릴 좋은 기회이기도 합니다. 프랑크푸르트도서전 주빈국 조직위원장으로 모든 일을 총괄하고 계신 김우창 선생님에게 먼저 묻겠습니다. 이번 프랑크푸르트도서전 주빈국 참여를 통해 우리가 얻을 수 있는 기대 효과가 있다면 무엇이겠습니까?

김우창 프랑크푸르트도서전 주빈국 참여에 대해 너무 큰 기대는 갖지 말아야 합니다. 주빈국 참여 이후 분명하게 느낄 정도의 성과를 누리지는 못할 겁니다. 그러나 우리가 독일에 줄 수 있는 것이 무엇이며, 우리가 독일에서 얻어 올 수 있는 것이 무엇인지는 신중하게 파악되어야 합니다. 주빈국 행사 프로그램의 하나인 '한국문학낭독회'가 현재 독일 전역을 순회하며 진행되고 있습니다. 우리 작가들이 작품을 통해 독일 사람들과 이해를 넓히는 한편, 그들에게 반향을 일으킬 수 있는 것이 무엇인가 모색해 볼 수 있는 좋은 기회가 될 것입니다. 독일에서 얻어 올 수 있는 것 가운데 하나가 되겠지요. 사실 우리는 타 문화와 깊이 있는 대화를 가져 본 적이 없습니다. 도서전 주빈국 참가를 통해 독일과 한국이 서로의 입장을 존중하고 대화할 수 있는 바탕을 마련할 것이라 자신합니다. 모든 행사가 대중 집회와 촛불 집회처럼 파장 큰 효과를 얻어야 한다는 경직된 사고가 느슨해졌으면 합니다. 실패한다 해도 얻는 것은 많습니다. 큰 박수와 환호를 얻는 것으로 대중들은 그 성과를 가늠하지만, 사실 문화의 존재 양식이란 대중들의 영향과 큰 상관이 없습니다.

사회 자기 문화에 대한 성찰이 얕을수록 그 외향은 화려할 수밖에 없는 법이지요. 19세기 강대국 중심의 질서 속에서 한국 문화는 자긍심을 갖기가 어려웠습니다. 이번 프랑크푸르트도서전 주빈국 참가가 세계 속에 문화를 알릴 수 있는 자리이고 보니 다른 나라보다 더 흥분하게 되고, 그 흥분이 가시적인 결과로 나타나기를 바라는 것일 테지요. 조금 촌스러운 형국이기는 하지만 그런 욕구를 나무랄 수만은 없지 않겠습니까.

도정일 우리에게는 소인국 근성이 있습니다. 자랑하고 싶어 하고, 인정받고 싶어 하고……. 문화적 성숙성으로 따지자면 성숙성의 사다리꼴 가운데 제일 밑바닥이라 할 것입니다. 프랑크푸르트도서전 주빈국 참가를 통해 얻어야 할 것은 차분한 정신적 차원의 무엇입니다. 가시적인 효과를 보았는가, 한국이란 나라를 잘 홍보했는가, 이런 부분에 집중적인 관심을 가질 것이 아니라, 우리의 정신적 갱신을 진작시키는 데 노력해야 한다는 것입니다. 독일을 포함한 서구 사회, 더 크게 세계가 지향하고자 하는 공통의 문화적·정신적 가치에 우리 역시 동참하고 있다는 것을 이번 도서전에서 확인할 수 있겠지요. 세계를 위협하는 것은 두 가지입니다. 고도 기술사회의 도래와 오락 문화의 세계 접수가 그것입니다. 더욱이 오락이 아니고서는 무엇도 관심을 끌 수 없는 세상입니다. (웃음)

김우창 입장을 바꾸어 우리나라에서 제3세계 국가의 작가들이 작품 낭독회를 갖는다면 과연 몇 사람이나 참석할까요. 독일인들이 우리 작가와 작품에 보인 관심은 그런 의미에서 대단한 것이라 할 수 있습니다. 한 언론에서는 100여 명이 못 되는 낭독회 참석자를 지적하며 저조한 관심이라 비판하기도 했는데, 100여 명밖이라니요. '100여 명씩이나.'라고 하는 것이 정확하지요.

도정일 서유럽의 문화적 성숙성은 우리가 배워야 할 부분입니다. 한편 고도 기술 사회의 도래와 오락 문화의 세계 접수는 독일도 마찬가지라고 생각하는데, 최근 독일 사회민주당 뮌테페링 당수의 자본주의 비판은 인상적이었습니다. 자본주의 시장 중심 체제를 메뚜기 떼에 비유하더군요. 자본주의가 아니고서는 이제 살 수 없을 것이라 염려하고 있지만, 이런 때일수록 정신을 더욱 바짝 차려야 합니다. 먹고사는 문제는 자본주의 논리에 따른다 하더라도 공동체를 붕괴시키는 사태에 이르러서는 안 된다는 마지노선을 늘 견지하고 있어야 하지요. 사람보다 이윤을 앞세우는 사회, 그 사회는 어떤 체제라도 오래 유지될 수 없습니다.

이 지점에서 한 가지 해답이 나옵니다. 당대의 문제를 주제 삼는 많은 한국 문학이 그 딜레마에 어떻게 대응하고 있는가를 보여 주는 것, 극동에 위치한 작은 나라의 문학도 세계 공통의 딜레마에 공통의 방식으로 대응하고 있다는 것을 도서전에서 보여 줄 수 있으면 좋을 것이란 생각이 듭니다. 또 독일은 말이죠, 아픈 과거를 가진 나라입니다. 독일인들은 나치 과거와 어떻게 화해할지를 잘 모릅니다. 일본을 향해 과거를 정당하게 반성할 것을 요구하는 한국이 독일과 갖는 관계는 재미있는 측면도 있습니다. 나치라고 하는 과거를 어떻게 정리하고 있는가, 또는 통일의 월사금을 어떻게 치르고 있는가 하는 독일의 입장은 우리와 맥이 통하는 부분입니다. 프랑크푸루트도서전 주빈국 참가를 통해 이런 것을 배워 볼 수도 있지요.

대부분의 기업이 문화 지원 인색, 공동체 의식 만드는 데 주체적으로 참여해야

사회 국제도서전이 가진 특수성, 곧 자국의 문화를 소개하고 상업적으로 판매하는 것 못지않게 인류 공통의 문화적 자산을 서로 나누고 이해할 수 있는 독특한 요소 때문에 앞의 논의는 충분한 설득력을 갖는다고 생각합니다. 실제적인 문제로 근대 이후의 세계 문화는 제1세계를 중심으로 움직여 오고 있습니다. 제국주의의 패권주의 때문만은 아닙니다. 문화의 질적 성숙이 내재되어 있기 때문이기도 한 까닭입니다. 그런 의미에서 이번 프랑크푸르트도서전 주빈국 참가는 우리 문화를 당당하게 발언할 기회이며, 인류 보편 문화의 한자리에 동석케 되는 기회라 할 수 있을 것입니다. 유불선 3교를 포함한 동아시아 문화의 모태가 있고, 금속 활자를 중심으로 한 인쇄 기술의 성취도가 있는 나라가 한국이지요. 그러나 이처럼 소중한 기회를 두고도 사회의 관심과 지원이 약하다는 인상은 지울 수 없습니다. 다시 김우창 선생님께 묻겠습니다. 프랑크푸르트도서전 주빈국 조직위원장으로서 현재 그것과 관련해 부딪히고 있는 문제는 무엇입니까.

김우창 정부에서 많은 예산을 지원했고, 현재 다른 곳에서 지원이 활발하게 이어지고 있습니다. 예산에 대한 지원보다는 IT기술 지원 등 현장에서 진행되는 프로그램 협조 차원의 지원이지요. 최근 한 기자에게 예산 확보와 관련한 질문을 받았는데, 그 자리에서 명쾌하게 대답했습니다. '돈 많이 받으면 행사를 많이 해서 좋고, 돈 적게 받으면 절약해서 행사를 할 수 있어 좋다.'고 말이지요. 한 가지 말하고 싶은 것은, 지금 조직위가 돈이 필요해 기업들의 참여가 활발했으면 하는 것보다도, 기업들이 적극적으로 이런 부분에 참여해 주었으면 좋겠다는 것입니다. 며칠 전 한 일간지에 그와 관련한 「기업의 사회적 책임과 그 주체화」라는 칼럼을 쓰기도 했습니다. 역사적으로 힘과 부귀를 차지했던 사람들이 그것을 만들어 준 터전에 책임을 지지 않았을 때 심각한 사태가 일어난다는 내용이었지요. 많은 기업들이 현재 부귀와 힘에 걸맞은 책무를 지지 않고 있습니다. 칼럼 말미에 농담 비슷하게 큰 기업 자체에 복지부나 문화부를 설치해 프로그램을 진행해야 한다고 썼습니다. (웃음) 기업 자신이 공동체 의식을 만들어 내는 데 주체적으로 참여해야 하며, 그 스스로가 공동체의 일부라는 것을 보여 주어야 합니다.

도정일 저는 기업에 대해 더 심한 경고를 해 주고 싶습니다. 기업들에게 공동체 의식은 휘발되고 없습니다. 최대 이윤을 내기 위해 어디에 무슨 공장을 세워 어떤 제품을 생산할까만을 생각하는데, 그런 방식으로 기업 행위를 계속하다가는 강력한 저항에 봉착하게 될 것입니다. 정말이지 자본주의가 10년은 더 갈 수 있을까 의심스럽습니다. 당장만 해도 그렇지 않습니까? 고용 불안, 유동 자본의 황폐화, 인간 파괴 등 사람들이 견딜 수 있는 한계를 넘어서 있습니다. 도래하는 것은 전 세계적인 민란입니다. 타격 대상은 정부가 아닌 기업들입니다. 기업들은 이것을 알아야 합니다. 공동체 구성원 가운데 가장 책임 있는 주체인 기업들이 공동체를 새롭게 확립하는 데 신경 쓰지 않으면 안 됩니다. 이윤의 상당 부분을 인간을 위해 되돌리는 데 써야 합니다. 최근 국내 기업들이 사회 공헌 부분에 상당한 기여를 하고 있다는 것은 인상적입니다. 격려하고 칭찬해야 할 부분이지요. 그러나 이 정도 가지고는 안 됩니다. 더 해 주어야 합니다.

활자 문화에 등을 돌린 우중사회 견제해야

사회 "1등만이 살아남는다. 2등은 기억되지 않는다."라는 한 기업의 캐치프레이즈가 유명세를 타던 때가 있었지요. 짧게 생각하더라도 그것은 모순입니다. 1등이라는 것은 1등이 아닌 것들을 전제로 존재하는 것인데, 자신 이외의 것이 사라지면 그 자체로 의미가 없는 것 아니겠습니까. 두 선생님의 말씀은 많은 기업 책임자에게 훌륭한 조언이 될 것입니다. 한편 과거에는 경제적, 물질적 독점 못지않게 문화의 독점도 굉장히 심했습니다. 근대 이후에 이르러서야 문화의 독점은 나눔으로 그 상황을 달리합니다. 해방 이후 근대 문화를 이끌어 간 다양한 주체 가운데 출판인들은 사상과 정보, 그리고 문화를 나누고자 하는 데 적극적인 관심을 가졌습니다. 평가될 만한 부분이지요. 흔히 지식 정보 사회라고 말하는 21세기에 우리 문화의 좌표를 위해 출판은 어떤 방법론을 추구해야 하며, 어떤 비전을 향해 나아가야 하겠습니까?

도정일 영국에서는 영·유아에게 책을 무료로 나눠 주는 북스타트운동이 활발하게 진행되고 있습니다. 여기 운동에 참여하는 출판사들의 움직임은 주목할 만합니다. 1년 동안 200만 권을 기부한 출판사도 있습니다. 그러나 몇몇 출판사의 노력으로 북스타트운동이 유지되지는 않습니다. 북트러스트라는 독립 민간 자선 단체가 일선에서 북스타트운동을 지원하고 있습니다. 영국 사회 민간 자본들이 독서 인구 확대를 위해 기부하는 금액은 상당합니다. 그러나 우리의 경우, 책과 책 읽기를 위한 사회자원을 모을 수 있는 기구는 없습니다. 세제 혜택도 문제이지요. 책 문화의 진작을 위해 돈을 내겠다고 하면 기부금법에 의해 5퍼센트밖에 세제 혜택을 받지 못합니다. 출판 단체들이 해야 할 일은 북트러스트 같은 지원 기구를 만들어 세제 혜택이라든가 그와 관련한 여러 가지 정책을 확립하는 것입니다. 출판 단체가 힘을 합쳐 정부를 설득해야 합니다. 나서 줄 만한 곳이 나서 주지 않으니 '책읽는사회만들기 국민운동'이 한번 해 보려고 합니다. 돈 안 되는 책도 내고, 저술가들에게 지원도 하고, 궁극적으로는 국민의 리터러시(Literacy)도 계발할 수 있는 것이죠. 장기적으로 볼 때 독서 인구가 늘어나는 것이니 출판계를 지원하는 일이기도 할 테지요. 젊은 세대의 90퍼센트가 활자 문화에 등을 돌리고 있습니다. 저는 출판계가 정신을 차리고 있는지 자다가도 의심스럽습니다. (웃음)

김우창 좋은 출판 정보를 교환하는 것도 중요합니다. 출판계를 내실 있게 하는 노력이 있어야 하는데, 출판계의 자구적인 노력이 부족한 것 같습니다. 이기주의가 필요합니다. 다시 말해 실속을 차려야 한다는 얘기이죠.

도정일 오늘 우리 사회를 휘어잡고 있는 두 개의 착각, 광기라고 부를 만한 두 가지가 있습니다. 활자 문화가 무너졌다고 믿는 착각이 하나입니다. 현란한 기술이 문화를 대체할 것이라는 그 믿음이 사회에 광범위하게 뿌리내리고 있습니다. 다른 하나의 착각은 매체의 기술이 고도화되고 확산되면, 동시에 국민의 지적 역량, 정보 습득 능력, 판단 능력도 향상될 것이라 믿는 착각이 그것입니다. 다매체 시대가 현란한 매체 기술을 사회에 선사하고 있는데, 우리가 얻는 것은 새로운 야만 시대의 도래라는 이상야릇한 현상일 뿐입니다. 매체 기술의 발달은 인간 성숙에 어떤 도움을 주지 않습니다. 요즘 대학생들을 보세요. 게임에 미쳐 사는 경우가 허다합니다. 바보가 되는 것은 시간문제이죠. 군사 정권이 정치적 책략으로 우중 사회를 유지하려고 했다면, 작금은 기술 사회가, 경제가, 기업들이 우중 사회를 만들어 내고 있는 형국입니다. 촉각을 곤두세워 막아 내야 합니다. 뭐가 옳고 그른지, 사회가 제 길로 가는지 아닌지 판단을 못 하는 상황이고서야 지식 정보라는 말이 어떤 의미가 있겠습니까. 기술 이데올로기에 함몰되어 책 읽기의 중요성에 대한 인식을 소홀히 하는 것은 정말이지 큰 문제입니다.

김우창 정치와 관련해서도 그 현상은 두드러집니다. 많은 사람들이 인터넷을 통해 자기 의견을 자유롭게 개진하게 되며 민주화가 되었다고 말하는데, 그것은 단면일 뿐입니다. 더 중요한 것은 그 의견을 종합해 사회적 의제로 만들어 내는 것이냐 하는 것이죠. 수학적, 산술적으로 모아 제일 많은 의견, 그것을 최종 결과로 본다는 것은 정말이지 위험한 사고이고 발상입니다. 합리적인 절차에 의해 종합하는 그 과정이 빠지고서 갑론을박 되풀이되는 의견이란 세상 시끄럽게 하는 데 도움이 될 뿐이지요. (웃음) 그것 역시 또 하나의 착각이랄 수 있습니다.

로테크, 책 읽기를 통한 교육 혁명

사회 자본주의, 전체주의, 시장독점주의, 우중 사회의 도래 등 현재 진행되고 있는 이 흐름을 어떤 방식으로든지 견제하지 않으면 우리 스스로도 어렵게 되는 것은 당연한 이치겠지요. 여기 출판이 그 한 역할을 맡을 수 있으리라는 기대가 드는데요, 출판이 교육 개혁 및 사회 계몽과 갖는 상관 관계 혹은 의미는 어떻게 설명해야 할까요.

도정일 책을 읽는 일이 왜 매력이 없냐면 현란한 하이테크가 아니기 때문입니다. 그러나 지금 우리 사회에 필요한 것은 하이테크가 아닌 로(Low) 테크입니다. 밥을 먹을 때 숟가락질만 하면 되지 고도의 기술이 필요한 것은 아닙니다. 그러나 밥을 먹지 않을 수는 없지요. 우리 사회가 몰아가고 있는 분위기가 밥하고 밥 먹는 것은 하이테크가 아니니 때려치우자, 이런 것입니다. 황당하지요. 로테크지만 고도의 정신적 능력을 필요로 하는 독서를 통해 아이들에게 리터러시 능력을 채워 주는 것은 기본 중의 기본입니다. 책을 읽고 글을 쓰는 것이 하이테크는 아닐지언정, 없으면 안 되는 절대적인 기본 기술입니다. 하이테크의 남발이야말로 망조의 조짐이랄 수 있어요.

김우창 서울대 들어가는 데 필요한 책, 자격증 따는 데 필요한 책만 부각되면 책의 의미는 사라집니다. 책의 진정성을 알게 하며, 책을 읽는 이가 존중받는 사회적 환경 조성이 시급합니다. 교육 제도 자체가 문제이기도 하지요. 성적 혹은 입시 지상주의에 민감하게 반응하고 있는데, 우리 청소년들은 삶을 여유 있게 곱씹어 볼 수 있는 시간을 많이 가져야 합니다. 문학을 해 볼까, 정치학을 해 볼까 등 대학에서 무엇을 전공하고 싶은지 숙고해 볼 여유도 없이 입시에만 매달리고 있지요. 사회 전체가 그것을 반성하고 슬로 프로세스, 곧 도정일 선생이 말한 로테크를 중시할 수 있는 분위기를 만들어 갔으면 하는 바람입니다. 도정일 선생이 일선에서 많은 일을 맡아 주셔야 하겠지요.

도정일 국민의 독서 활동을 지원하는 법안 마련을 기획하고 있습니다.

현재 독서 조항과 관련한 법률 조항 다섯 가지가 있는데, 아무짝에도 쓸모 없는 것입니다. 공공 재원을 투입해 국민의 독서 생활을 지원할 수 있는, 구체적 법률안 마련을 위해 부지런히 뛰고 있습니다. 어린이와 청소년 쪽에도 독서 활동을 지원해 줄 법안 마련을 생각하고 있습니다. 한편 이런 제도 마련과 함께 국민들 스스로도 자기 자신의 문화나 자기 가족의 문화 속에 무엇이 빠져 있는가를 스스로 인식하고 자극해야 합니다. 국가가 해 줄 수 있는 것을 떠나 개개인 자신의 문화 정책을 생각해 보도록 하는 기회, 그런 자극이 있어야 한다는 것입니다. 어려운 것이 아닙니다. 일주일에 텔레비전을 몇 시간 보는가, 책을 몇 시간 보는가를 점검하는 일이죠. 가족에서도 문화정책이 필요합니다. 가족 간에 둘러앉아 책에 관해 얘기를 하거나, 책의 한 대목을 나눠 읽거나 하는 등의 시간을 마련하는 것이죠. 기업도 할 수 있습니다. 인간 영역을 구성하는 모든 단위에서 그런 움직임이 일어나야 할 것이라 생각합니다.

지역 사회 문화를 책임지는 도서관 되어야

사회 공적 기반을 닦는 데 출판인이 적극적으로 참여하지 못해 부끄럽습니다. 오늘 대담을 자성의 기회로 삼겠습니다. 한 가지 흥미로운 것은 그동안 지적 담론의 보고라 할 만한 도서관에는 출판인들을 포함해 아무도 관심을 갖지 않았다는 것입니다. 국가 예산의 상당 부분이 교육에 안배되는 것에 비해 도서관과 책에 대한 관심이 약한 것은 특이한 일이랄 수 있습니다.

도정일 정부도 관심이 없고, 국민도 관심이 없고, 모두가 관심이 없었습니다. 국민이 관심이 없는 이유는 도서관의 혜택을 받은 기억이 없기 때문이지요. 시험공부 할 때나 앉아 있는 공간이었지, 정신의 성숙을 위해 어떤 자극도 주지 못했던 공간이 도서관입니다. 출판과 관련해 얘기하자면, 도서관이 많아서 출판이 안 될 이유가 없습니다. 도서관이 많아 책을 접하는 기회가 많을수록 책은 더 많이 팔리기 마련이지요. 독일과 미국의 경우만 보아도 그렇습니다. 제가 기적의 도서관 건립에 적극적으로 나서는 이유는 두 가지입니다. 가난한 집 아이에게도 성장에 필요한 문화 향수의 기회를 주자는 것이 그 하나며, 독서 인구 키우기가 다른 하나입니다. 어릴 때부터 책과 친해진 아이들이 자라서도 책을 찾게 되지요. 많은 부분 그것이 옳다는 것이 판명되고 있습니다. 몇몇 출판인들을 제외하고 나면 도서관 사업에 무관심한 것이 아쉽습니다. 박광성 대표는 예외입니다만……. (웃음)

김우창 외국에서는 도서관을 적극적으로 활용하는 수업을 갖고 있습니다. 초등학교 1~2학년 학생들에게 조지 워싱턴을 가르친다고 할 때, 도서관을 찾아가 직접 조사해 써 오라고 합니다. 도서관이라는 것이 꼭 학교에만 있는 것이 아니죠. 동네에도 있습니다. 자율적으로 도서관을 찾아 학습을 하게 되며 학생들은 도서관과 자연 가까워집니다. 기적의 도서관과 같이 지역 도서관이 많이 세워져야 하는 것에는 물론 동감입니다. 한편 영국에서는 지방 책방을 지원하기도 한다는군요. 그러고 보면 우리의 옛날 책방 주인들은 지식인 못잖았습니다. 헌책방 주인이 좋은 책을 눈 밝게 알아보고 추천하는 일은 흔한 것이었지요. 도서관 사서의 역할도 그러해야 합니다. 그런 역할에 대해 도서관 사서들의 소양이 부족한데, 《출판저널》과 같은 잡지가 여기에 많은 역할을 할 수 있을 것이라 생각합니다.

도정일 공감합니다. 도서관 사서들은 책을 선택하고 책을 안내해 줄 수 있는 소양이 부족합니다. 사서의 단 몇 퍼센트만이 그 능력을 갖고 있을 뿐이지요. 사서를 배출하는 문헌정보학과에서는 도서 분류, 정보학, 전산학만 가르칠 뿐. 인문학적 소양에는 관심이 없어요. 이러니 도서관이 죽을 수밖에 없습니다. 책에 관한 프로그램을 적극적으로 만들며, 그것을 운영하고 안내할 수 있어야 합니다. 커리큘럼 좀 바꾸시오 하고 문헌정보학회에 끊임없이 얘기합니다. 사서 재교육을 또 주문하고도 있지요. 대한출판문화협회나 《출판저널》 같은 매체가 사서 재교육 부분, 사서의 참소양을 갖추는 데 나서 줘야 합니다. '기적의 도서관'이 일으킨 큰 반향 중의 하나가 도서관 문화를 바꾼 데 있습니다. 기적의 도서관을 방문해 본 사서들은 많은 반성을 합니다. '기적의 도서관'에 왜 사람들이 몰리느냐, 지역 사회의 문화를 바꾸는 안내자로서의 기능을 너끈히 감당하기 때문입니다.

출판 단체, 기획력 있는 사업 및 정책 제안 위해 늘 깨어 있어야

사회 물질적 가난뿐만 아니라 정신적 가난은 삶을 힘들게 만듭니다. 웬만한 정도의 먹을 것이 있을 때는 마음의 부족함이 우리를 힘들게 만들지요. 20세기 내내 우리가 너무 급하게, 어렵게 살다 보니 사람에 대한 이해, 사람에 대한 성찰은 빈곤했습니다. IMF 이후에는 속도까지 붙어 더 힘이 들었지요. 그 부분 우리에게 많은 가르침을 주시고 메시지를 주시는 두 분 선생님의 말씀 귀담아 듣겠습니다. 그럼 마지막으로 출판계와 출판인들에게 들려줄 조언이 있으신지요.

김우창 상업성 없는 책을 출판할 수 있는 제도적 틀을 마련하는 데 적극적으로 나서 주었으면 합니다. 출판하는 사람들이 돈을 떠나서 헌신적으로 일해야 한다는 건데, 출판이 경영이고 보면, 수익을 떠나 생각할 수 없으니 문제가 복잡해지지요. 20년 전 고려대학교 출판부장으로 있을 때, 한 세미나에서 그와 관련한 발언을 했습니다. 출판인들이 일정 회비를 거둬 금고를 만들고, 지원을 하자는 제안을 했지요. 출판인들만의 노력만으로는 힘든 것이기도 합니다. 외국에서는 문화재단에서 상업성 없는 책 출간에 전폭적인 지원을 하고 있습니다. 요약하자면, 출판이 금전하고 관계없이 이뤄져야 하는 부분이 있는데, 그것을 해결하는 방법은 사명감이 아니라는 겁니다. 실질적인 제도가 있어야 한다는 겁니다. 또 이번 프랑크푸르트도서전에 참가한 출판사들이 책을 파는 것에만 골몰하지 않고 기술적인 것을 많이 배우고 왔으면 합니다. 국제적인 환경에서 장사를 하는 법도 물론 익혀야 하겠지요.

도정일 최근 영미문학연구회에서 발표한 번역 문제는 출판계의 우선 해결 과제라 생각합니다. 믿을 만한 번역이라고 해 봐야 많이 잡으면 10퍼센트 이하입니다. 돈 적게 들이고 빨리 번역해 책을 팔자는 손쉬운 계산을 버려야 합니다. 믿을 만한 번역서를 내지 못한 데 대해 출판계는 대각성을 해야 합니다. 번역에 투자해야 합니다. 번역 맡겨 놓고 번역료도 제때 안 줘, 출판이 안 되면 심지어 주지도 않습니다. 그런 분위기에서 어떻게 좋은 번역이 나오겠습니까. 이 문제를 정말 심각하게 생각해야 합니다. 믿을 수 없는 엉터리 번역이 계속된다면, 출판사에 대한 독자의 신뢰도 떨어질 것입니다.

김우창 번역을 학술적으로 인정해 주지 않는 풍토도 잘못입니다. 외서만이 아니라 고전을 국역하는 것까지 모두 다시 번역해야 합니다. 문화 콘텐츠 만든다고 정부가 야단법석인데, 만화, 영화판만 신났습니다. 한 사회의 버팀목이 될 고전을 국역하는 작업은 실로 중요한 일입니다. 국고를 투입해서라도 신뢰할 만한 번역 역량을 투입해 세계, 국내의 고전들을 번역해야 합니다.

도정일 대개의 출판사 관계자들이 좋은 책을 내는 데 연구를 하지 않는 것 같습니다. 지금도 돌가루가 섞인 지질로 만든 무거운 책이 즐비합니다. 도서관 납본용, 소장가들을 위한 하드커버판도 있어야 하겠지만, 책은 기본적으로 가벼워야 합니다. 판형과 지질 모두 연구해야 합니다. 어르신들이 읽을 책도 만들어야 합니다. 한국 노인들은 문화적으로 빈곤층입니다. 돈이 있어도 활자가 너무 작아 책을 보지 못합니다. 어린이 책도 문제지요. 말랑말랑해야 하는 것이 어린이 책인데 대개가 하드커버입니다. 일러스트레이터 양성에도 신경 써야 합니다. 정신생활의 일면을 감당하고 있다는 자부심과 함께 출판이 담당해야 할 사회적 기능을 수행하고자 헌신적으로 움직이는 출판인이 있는가 하면, 출판해 돈 좀 벌면 땅 사는 출판인도 많습니다. 그동안 출판 산업이 영세했고, 너무 어렵다 보니 문화 확산에 기여할 수 없기도 했습니다. 문제는 어디에 있느냐 하면, 대한출판문화협회나 출판인회의 같은 출판 단체들이 스스로 나서서 해 주어야 할 일을 방관했다는 데 있습니다. 단체의 위상을 바로 세우고 새로운 사업을 기획하기 위해 늘 깨어 있어야 합니다. 두 단체가 그것을 책임지지 않았다고 우길 생각은 없지만, 지금까지의 기능 수행에서 점수를 주자면 D학점을 주고 싶습니다. 출판 단체들은 여러 가지 방법으로 정부에 정책적인 건의를 한다든가, 내부 힘을 동원한다든가 해서 정신문화의 유지와 창달에 기여해야 합니다.

사회 오랜 시간 두 분 선생님 수고가 많으셨습니다. 21세기엔 민족 문화와 글로벌리즘의 조화를 이뤄 내고, 시대에 걸맞은 지식 문화와 출판의 발전을 도모해야 할 것입니다. 오늘 두 분의 말씀은 이처럼 엄숙한 명제를 추구함에 있어서 새겨듣고 실천해야 할 지침으로 받아들이겠습니다. 감사합니다.

가장 사람다운 삶은 즐거운 금욕주의

김우창

여건종

2005년 11월 3일《조선일보》

여건종 프랑크푸르트 국제도서전의 조직위원장으로 행사를 성공적으로 끝내신 것을 축하드립니다. 프랑크푸르트도서전을 조직하신 경험과 관련, 한 국가의 문화가 내실 있는 질적 수준을 갖는다는 게 어떤 의미를 갖는가에 대해서 글을 쓰신 것을 봤습니다. 우선 도서전을 준비하시면서 느낀 점들로 얘기를 시작하면 어떨까요?

김우창 프랑크푸르트도서전 조직위원회 위원장이라는 것을 맡고 나한테 인생 공부가 많이 됐습니다. 여러 사람과 더불어 당대의 통념의 제한을 받으며 움직이는 게 뭔가에 대해서 인생 공부 많이 했습니다.

여건종 선생님께서는 학교에 계실 때도 조직이나 단체에 전혀 관여하신 적이 없는 것으로 알고 있습니다. 한시적인 것이지만 조직을 책임진다는 것은 다양한 현실적인 이해관계들을 조정해야 하는 일이고, 또 홍보라는 것도 선생님과는 별로 맞는 일이 아닌 것 같은데요.

김우창 나는 상당히 단순하게 생각했지요. 책과 판권에 관해 거래하고 최신 도서 기술 정보를 교환하고. 주빈국이라는 것은 그것을 조금 확장하는 것으로 생각했는데, 나라에서 그것을 우리 문화 홍보의 계기로 삼을 것으로 결정한 것 같았습니다. 주빈국 행사는 한마디로 '국가 홍보 활동'이었습니다. 그러나 나는 홍보하고는 먼 사람이라 심리적 거리를 아니 느낄 수 없었습니다. 홍보는 일을 실질적인 의미가 아니라 그것이 사람들에게 주는 효과로 파악하기 때문에 전략적인 사고를 필요로 합니다. 제가 싫어하는 것이 전략적인 사고입니다. 이 전략적 사고는 모든 현대 사회, 특히 우리 사회의 병이라고 생각하고 있었습니다. 홍보 사회, 전략 사회에서는 다른 사람은 조종의 대상이 되지요. 이미지, 통속적인 말, 슬로건, 이것을 어떻게 처리하느냐 하는 것이 항상 문제인데, 다른 한편으로 그것의 현실적 역할을 부정할 수는 없습니다. 문제는 '전략적인 것을 어떻게 실질적 내용에 연결시키느냐.' 하는 것입니다. 이것이 얼마나 어려운 것인가를 새삼스럽게 느꼈습니다.

여건종 보통 홍보와 문화, 겉으로 보이고 알리기와 선생님께서 강조하신 내실 있는 문화는 대립되는 것으로 보입니다. 하지만 때로는 이런 기회를 통해서 그동안 어떤 문화가 우리한테 내실 있게 진행돼 왔었고 보여 줄게 있느냐 하는 것을 다시 확인하고 찾아보는 계기가 되지 않았을까요?

김우창 내실이 있는 것도 알려지기 위해서는 우선 주목을 받고 관심을 끌어야 합니다. 관심에 이어서 앎이 나오고 존경이 나올 수 있지요. 개인의 경우는 어느 쪽도 반드시 필요한 것이 아니지만, 국가의 경우는 균형된 국제 관계의 기초로서 필요한 일이라 할 수 있습니다. 그러나 내실의 문제는 여전히 남지요. 국가의 문화 홍보를 이렇게 생각할 수 있을 것입니다. 말하자면 책방에 책이 많은데, 어떤 책이 읽히려면, 우선 제목이나 디자인이 주목을 받을 만한 것이라야 한다고 할 수 있습니다. 그러나 디자인과 제목이란 첫 주목과 관심의 매체일 뿐입니다. 그것이 디자인이었든 내용이었든, 이번 일로 관심을 끄는 데는 성공했다고 할 수 있을 것 같습니다. 단지 그렇게 돈을 많이 들인 것인데 밑천을 들인 만큼 효과를 봤느냐 하는 것은 생각해 봐야 할 것입니다. 돈이 얼마 들었든 간에 홍보 효과를 얻었으면 되었다고 할 수는 없습니다.

여건종 독일 현지의 반응을 보면 한국에 대한 새로운 인식을 불러일으키는 데 많은 도움이 되었다고 합니다. 한국이라는 나라가 어떤 문화적 축적을 가졌었고 내실 있는 문화를 가져왔는가 하는 것을 보여 준 것이 되겠는데, 선생님께서는 한 국가 공동체가 내실 있는 문화를 가진다는 것이 어떤 의미라고 생각하십니까?

김우창 나라가 잘사는 데 도움이 되는 것이 문화의 기능이라고 생각합니다. 그 잘사는 것이 보편적 의미를 가지면, 절로 사람들이 우리를 알고 싶어 할 것입니다. '사람답게 하는 사회를 건설하는 것'이 가장 큰 홍보입니다.

여건종 문화적 축적의 결과물들, 가령 불화, 도자기, 궁중에서 생산되던 종묘제례악 같은 음악에서 아주 정제되고 고양된 형태로 당대 사람들의 구체적 경험들이 나타나게 됩니다. 그것은 결과물이지만 또 동시에 그 시대 우리가 이룩하고 지켜 왔던 삶의 질이 표현되고 보존되는 매개물이라고 할 수 있지 않을까요?

김우창 일단 귀로 듣고 눈으로 보는 것이 문화유산이지만, 문화유산의 의미는 옛날 사람들의 삶에 구현된 조화된 삶과 통일성을 알게 하는 데에 있습니다. 물론 이것은 간단한 것일 수도 있고, 인생의 모든 것을 어렵고 복잡한 대로 거머쥐는 것일 수도 있습니다. 그것이 많은 가능성을 포함하고 또는 그 가운데에서 현명한 선택과 판단을 통하여 이루어진 조화와 통일이면, 우리를 더욱 감탄하게 합니다. 그렇게 하여 삶을 하나로 그리고 보다 고양된 것으로 파악하는 것이 가능하다는 것을 느끼게 됩니다.

여건종 그런 과정에서 우리가 문화라고 부르는 삶의 질적 상승 같은 것이 나왔다고 할 수 있겠죠.

김우창 이번에 연주된 종묘제례악의 경우, 그것은 극히 지루한 것 같지만 삶을 단순한 엄숙성 속에 위치하게 하려는 음악이라 할 수 있습니다. 그것은 종교 음악이면서 정치적인 의미를 가진 음악입니다. 하늘과 땅 선조 등에게 제사 지내는 것이 임금의 의무 중의 하나입니다. 정치가 종교로서 파악돼야 할 만큼 심각한 의미를 가졌었다는 말도 되지요. 종교 음악의 특징은 대체로 사람의 일을 단순하게 하여 우주적인 질서에 연결하려고 합니다. 임금이 이것을 맡는다는 것은 임금의 지위가 그만큼 높다는 것을 과시하자는 것이지만, 다른 한편으로 그것은 임금으로 하여금 자신의 일을 겸허한 엄숙성 속에 받아들이도록 하려는 것이라 할 수 있습니다.

여건종 어떤 의미에서는 지배 계급의 자기 훈련의 한 도구였다고 볼 수도 있을 것입니다. 하지만 그 과정에서 인간의 삶을 고양시키는 보편적 가치가 만들어졌다는 것도 부정해서는 안 되겠지요. 지배 집단의 문화이지만 그것이 일상적인 삶에 전승이 되어 내려오는 삶의 규율과 원리를 다시 표현해 주는 측면이 있고, 우리는 그것을 현재 우리 삶의 정신적 원천의 일부로 확인하고 유지할 필요가 있을 것입니다.

김우창 어떤 형태로든지, 사람의 일이 보다 성스러운 차원에 이어져 있다는 느낌을 사회 전반에 유지하는 것이 문화가 하는 중요한 기능 중의 하나입니다. 세말적(細末的)인 감정 자극을 억제하고. 삶의 엄숙성을 알 수 있게 하는 것이 중요하다는 말인데, 이것은 동양의 정악(正樂)에서 특히 중요시하는 것이라 할 수 있습니다. 물론 세말적인 것들을 빼고 삶의 재미는 없다고 할 수도 있습니다. 문화는 인생을 다양하고, 즐겁고, 행복하게 하는 요인의 하나입니다. 그러나 그것이 가진 형상적인 요소는 그러한 것들을 보다 높은 차원으로 이끌어 가는 기능을 숨겨 가지고 있습니다. 핵심적인 부분은 사회의 공공 공간에 개인의 감정적 기복을 넘어가는 엄숙성을 유지하는 일입니다. 독일 정치학자와 이야기하면서 한국의 부패 같은 이야기가 나왔습니다. 한국에 부패가 있지만, 한국 사회의 중요한 특징 유산 중의 하나는 공공 생활의 윤리성에 대한 강한 의식이 있다, 이 점에서 부패를 당연시하는 아프리카의 어떤 부패 국가와 다르다고 말한 일이 있습니다.

여건종 이제 석학연속강좌로 얘기를 옮겨 보죠. 석학연속강좌의 주제인 '마음의 생태학'은 어떤 의미입니까? 그동안 선생님의 생각을 대표하는 개념들이 심미적 이성, 구체적 보편이라는 것이었는데, 이런 것과 연장선상에 있다고 생각하지만 여기에는 동양적 지혜의 강조가 더 많이 들어가 있는 느낌입니다.

김우창 그레고리 베이트슨의 『마음의 생태학(*Ecology of Mind*)』이라는 책이 있는데……. 책 이름을 모방하는 것 같아서 많이 주저했지만, 이 책은 실제 생태학적인 관심을 가진 것은 아니고, 여기에서 생태학이란 개념이란 그 자체를, 일관된 체계 속에서만의 개념이라는 것을 강조하는 뜻에서 쓴 것 같습니다. 나의 '마음의 생태학'이라는 말은 사람이 사는 세계의 조건이 사람의 마음을 한정하는 것인데, 이 점에 주의하는 것이 삶에 도움이 된다는 뜻에서 쓴 것입니다.

여건종 사실 선생님께서 '마음의 생태학'이라는 말을 안 쓰셔도 그전에 쓰셨던 글에서도 이미 베이트슨과는 전혀 다른, 아주 넓은 의미에서 생태학적 사유의 필요성 같은 것이 강조되었다고 할 수 있는데요.

김우창 맨 처음에 쓴 부분이 맨 뒤에 있는 '산에 대한 명상'입니다. 거기에서 이야기하고자 했던 것은 우리가 사는 감각적 세계 속에 마음의 움직임이 있고 이것을 의식화할 필요가 있다는 것이었습니다. 그런데 강의를 꾸미면서 이것이 제일 뒷부분으로 가고 앞부분부터 이야기하려니까 제목이 조금 안 맞게 된 감이 있습니다. 그러나 앞에서도 마음의 움직임과 우리가 살고 있는 물리적 삶의 조건과의 관계가 기본적인 주제입니다.

여건종 그런 의미에서, 선생님의 사고의 특징을 하나 꼽으라면 변증법적 사고라고 할 수 있습니다. 구체와 보편, 이성적인 것과 심미적인 것, 정치적인 것과 내면적인 것의 변증법적인 관계에 대해 많이 말씀해 주셨는데, 마음의 생태학이라는 것도 변증법적인 관점에서 이해될 수 있다는 생각입니다. 마음과 그것을 둘러싸고 제약하며 동시에 같이 변화하고 있는 외부 세계와의 역동적인 상호 구성적 관계를 가리키는 것이 아닐까요?

김우창 프랑크푸르트도서전 중 남북 분단 문제 세미나에서 개회사를 하면서, 플라톤의 『파르메니데스』에 나오는 말, "한 가지 개념이나 관념으로 진리를 표현할 수 없다." 즉 관념은 연관 속에 존재한다는 말을 언급한 일이 있습니다. '우리의 소원은 통일'이라는 노래가 있지만, 이 소원은 다른 많은 소원과의 관련 속에서 말하여져야 합니다. 세미나가 통일 문제를 다양한 관점에서 논의하는 것을 축하해서 한 말이었습니다. '자유'는 자유에 대치되는 두 가지 말, '필연'이라든가 복종을 요구하는 '법'과의 모순된 관계 속에 있습니다. '민주주의' 하면 모든 사람의 의견과 모든 사람의 이해관계를 표현하게 하는 것을 의미하지만, 이것만 중시하면 '공동체의 단일성'은 파괴되게 됩니다. 관념의 일관성은 삶의 변증법으로 이어질 필요가 있습니다.

여건종 요즘은 통일이라는 말보다 '평화와 공존'이라는 쪽에 강조점이 많이 가고 있습니다. 평화와 공존은 생태학적 사고의 핵심적 부분이지 않습니까? 평화와 공존을 통한 자율적인 삶이 더 강조되어야 한다는 생각입니다. 그동안 선생님의 지적 작업은 서구의 지적 전통을 한국의 구체적인 삶의 공간에서 우리의 언어와 감각으로 다시 만들어 왔다는 평가를 받아 왔다고 할 수 있는데요. 마음의 생태학은 동양적인 지혜와는 어떤 관계를 가지고 있습니까?

김우창 동양적인 사고가 변증법적이냐 아니냐는 쉽게 판단하기 어려운 것 같아요. 변증법은 우리가 알다시피 정(正)－반(反)－합(合)의 과정인데, 이 과정의 동인(動因)은 갈등입니다. 동양적인 사고에도 정에 대해서 반, 또는 음(陰)에 대하여 양(陽)이 있습니다. 서양의 사고보다 이 점을 더 많이 강조합니다. 그러나 그 동인으로 '갈등'을 크게 말하지는 않는다고 할 수 있습니다. 동양에서는 여러 요소의 관계를 심미적 균형으로 유지할 수 있다고 생각한 것으로 보입니다.

여건종 최근 서구의 지적 경향에 대표적인 것 중 하나가 서구 철학 전체의 전통에 대한 자기반성적인 움직임인데, 이 과정에서 동양의 지적 전통과 융합하는 지점을 찾으려는 시도가 많습니다. 이러한 경향의 의미에 대해서는 어떻게 생각하시는지요?

김우창 동양적인 것이 무엇을 보탤 수 있느냐 하는 것은 앞으로 더 연구를 해야 할 것입니다. 현대의 관점에서, 오늘의 삶의 관점에서 다시 재해석을 해야 하니까요. 그런데 서양적인 것과 동양적인 것 중 어느 것이 더 비중이 큰지 알 수 없는 것이 우리의 현실입니다. 우리 현실을 이해하는 데에 도움이 되는 것이면 다 생각해 보아야지요. 그러나 우리 내면 속에 깊이 들어 있는 것이 우리 삶의 역사이기 때문에, 그것을 캐어 보아야지요. 얼마 전 신문에서 보니 민족문화추진연구회에서 문집 350권을 발행하고 앞으로 150권을 더 발행한다고 하는데, 그 문집들이 다 높은 문화적 업적이라고 할 수 있는지는 모르지만 그것을 다 검토하고, 이것이 어떤 종류의 삶의 방식을 나타내는지를 조사를 해봐야 할 것인데, 아직 그런 여유를 갖지 못했다고 할 수 있습니다.

하나 보태서 이야기하면 서양에서 변증법적이라고 하지만, 거기서 갈등이 중요하다 하지만 '평화의 화해'의 이상(理想)이 없는 것은 아닙니다. 서양에서는 싸움이 있고 화해하는데, 우리 동양의 화해의 이상은 싸우지 않고 화해하는 것만 너무 강조했기 때문에 순종을 강요하게 되는 면이 있었습니다. 그런데 20세기 들어와서부터 평화의 화해의 이상은 우리의 삶과 사고에서 너무나 사라진 인상입니다. 사람이 살아가는 데 여러 가지 덕성이 필요하고 덕성에는 강한 것과 약한 것이 있습니다. 지금은 강한 덕성만 살아남아 있고 약한 덕성은 다 없어진 것 같습니다. 예를 들어 인의예지(仁義禮智)에서 인(仁)과 예(禮)는 약한 덕성이고 의(義)와 지(智)는 강한 덕성인데, 이 가운데 우위에 있는 것은 약한 덕성입니다. 헤겔의 말에 "최고의 정의는 최고의 손상을 가져온다."라는 말이 있습니다. 무서운 정의만이 있는 곳에는 살아남는 사람이 없습니다. 동양에 대한 이야기 조금 더 한다면, 이번 강연에서 되풀이해서 이야기하는 것이, 우리 이성이 동적(動的)인 것이며 고정적으로 파악해서는 안 된다는 것입니다.

여건종 '심미적 이성'이라는 개념에 그동안 선생님의 많은 생각이 함축되어 있습니다. 이 모순 어법은 인간의 이성적 능력에 대한 새로운 정의이면서 동시에, 인간의 감성적 미적 경험에 새로운 차원을 부여하는 것으로 이해될 수 있습니다. 마음의 생태학에서는 이성이 어떤 방식으로 표현되는지요.

김우창 이성은 대상적으로 파악할 수 없는 움직임이라는 것을 강조했습니다. 이성은 몇 가지 다층적인 구조를 가지고 있습니다. 하나는 종잡을 수 없는 움직이는 원리로서의 이성이고, 또 하나는 이성적인 질서와 같은 이성의 업적입니다. 거기에는 그 나름의 제한된 이성–합리성의 움직임이 있습니다. 이성적 질서는 물리적 세계에서나 사회에서나 존중되어야 하는 삶의 질서입니다. 그러나 그것이 이성 자체는 아닙니다. 그것은 계속 비판적으로 검토되어야 합니다. 그것은 하나의 가설적인 것으로 생각되는 것이 옳습니다. 이런 이중적 구조로 이성을 생각한다면, 이성은 법칙이나 법률로 표현되면서 그것을 초월해서 법칙이나 법률을 하나의 잠정적 가설이 되게 합니다.

여건종 이성의 자기 부정의 원리가 이성 자체라는 얘기로 이해될 수 있겠군요. 그럼 그것이 변증법의 핵심 원리라고 할 수 있지 않습니까?

김우창 그렇습니다. 그러나 법칙이나 법질서를 부정하여야 한다는 것은 아닙니다. 가설적이라고 생각하는 것이 중요하지요. 동양적인 질서와 관계해서 이야기하면, 동양적 질서는 주로 심미적인 질서라고 할 수 있다는 것은 아까 말한 바와 같습니다. 이 질서의 원리는 시(詩)에 의하여 매개되는 바가 많습니다. 그러나 시가 중요하다 해서 그것이 법률적 질서를 대체할 수는 없습니다. 시에도 이성은 있습니다. 그러나 그것은 다시 이성 속에 지양될 필요가 있습니다. 그렇게 보면, 이성은 세 가지로 표현된다고 할 수 있습니다. 움직이는 이성이 있고, 법률과 법칙의 세계에서의 업적이 있고, 시적으로 나타나는 것이 있습니다. 이 마지막은 그 나름으로 삶의 질서의 일부가 될 수 있습니다. 그러나 이것이 참으로 사람들의 공존의 질서가 되려면, 그것은 다시 움직이는 이성으로 승화되는 것이라야 합니다. 그러면서 이성은 시를 시로서 유지하는 결정을 내릴 수 있습니다. 감정과 정서의 경우도 그러하지요, 이성이 그것의 존재와 역할을 인정하고 떠받들 수 있다는 말입니다. 동양적 질서를 받아들임에 있어서도 그것은 다른 미적 질서나 마찬가지로 움직이는 이성에 의해 확인되어야 한다고 할 수 있습니다. 이성은 삼중의 구조 속에 드러난다고 할 수 있습니다.

여건종 동양적인 것과 서양적인 것 둘이 어떻게 만나고 또 근본적으로 둘 사이의 정신 사이에 근본적인 어떤 차이가 있느냐에 대해 적절하게 설명해 주신 것 같습니다. 오늘날 진행되고 있는 세계화라는 것이 가장 진전된 자본주의 — 좋은 의미에서든 나쁜 의미에서든 — 라는 점에서 서양적인 것이 구체적 삶에서 드러난 현실태라고 할 수 있습니다. 세계화란 세계가 하나가 되는 것을 의미하는 것일 텐데, 가장 가시적인 현상은 세계 시장이 단일화되는 것으로 나타납니다. 선생님께서는 세계화라는 말이 나오기 전에도 자본주의적 삶의 질서를 공리적 이성이라든지 기능적 이성의 지배로 많이 지적을 하면서, 동시에 세계화가 주는 안정적인 삶의 필요성도 같이 지적해 오셨습니다. 현재 우리 삶을 움직이는 가장 기본적인 세력으로서의 세계화에 대해 어떻게 생각하시는지요?

김우창 세계화에 여러 문제점이 있음은 틀림이 없습니다. 그러나 한국이 이만큼 먹고살게 된 것이나 중국이나 인도 사람들의 경제가 성장하고 있는 것은 세계화의 한 결과라고 할 수 있습니다.

여건종 그렇지만 한편으로는 자본주의적 시장을 인간의 이름으로 조정하고 통제해 왔던 유럽 사회 민주주의의 위기로도 나타나고 있지요. 즉 세계화의 중심 가치 중의 하나를 경쟁이라고 한다면, 어떻게 경쟁을 인간적으로 통제할 수 있을 것인가가 세계화의 관건이라는 생각인데요.

김우창 유럽으로 보면 문제지만 중국으로 본다면 경제 성장의 요인입니다. 제3세계 저개발 국가 입장에서 볼 때 노동 착취라든지 여러 가지 폐단이 있지만, 경제 발전의 동인이 되고 있는 것이 세계화입니다. 몇 년 전에 피에르 부르디외 교수와 이야기하면서, 유럽의 세계화 반대는 유럽의 기득권을 보존하겠다는 면이 있다는 것을 지적한 바 있습니다. 그도 그 사실을 인정했습니다. 문제점은 새삼스럽게 말할 수 없을 정도로 많지요. 문화적으로 보아도 한국에서 맥도날드, 중국도 맥도날드……. 사는 것의 재미가 줄어들 수밖에 없지요. 그리고 국제적인 기업이 될수록 주된 동기는 지방 사람의 삶의 필요보다도 이윤이 목적이 되지요. 달리 말하면, 삶이 이윤으로 추상화되는 것입니다.

다시 철학적으로 이야기하면, 세계화는 보편적인 이성 운동의 불가피한 표현이라 할 수 있습니다. 그런데 이 보편성은 추상화에 일치합니다. 세계화의 근본적인 문제 중에는 철학적으로 이야기하면 인간의 생태학적인 삶의 조건을 무시한다는 것이 있습니다. 즉 사람이 일정한 고장에 뿌리박고 사는 존재라는 가장 중요한 실존적 사실이 무시되는 것입니다. 그러니까 그것은 보편적인 것 같으면서 보편적이 아니라고 할 수 있습니다. 인간의 생태적 조건이 무시된 보편성은 공허한 보편성이라고 할 수밖에 없습니다. 생태학적인 사고라는 것은 자연을 존중해야 한다는 의미도 있지만, 그 이전에 사람은 구체적인 자연 관형과 공동체에 얽혀서 사는 제한된 존재라는 것을 인정하는 사고입니다. 중국에 있어서 세계화 속의 경제 성장은 빈부의 격차를 심화시키면서 유럽이나 미국에 대등한 관계를 가능하게 합니다. 그것이 다시 중국인 전체의 생활에 기여할 것이라고 말할 수 있습니다. 평등 문제를 단순하게 이야기하기는 어렵습니다.

다시 세계화가 가져오는 추상화된 보편성, 이것이 삶의 진정한 뿌리가 파괴된다는 것에 대해 이야기해 보면, 이것은 다분히 세계화의 문제이기도 하지만 지역적인 문제입니다. 세계화가 추세이고 이점도 있다면, 그것을 자기방어적으로 받아들여야지요. 우리나라에서 우리의 삶의 구체적인 뿌리들을 파 없애는 것은 우리라고 할 수 있습니다.

여건종 선생님께서 세계화의 복합적 측면도 보아야 한다고 말씀하시지만, 제 느낌으로 그동안 선생님께서 구체적 사회 문제에 대해서 말씀해 오신 것에 비춰 보면 세계화 문제를 비판적으로 봐야 하지 않나 이런 쪽에 강조가 가 있다는 느낌입니다. 한편으로 세계화는 경제적인 측면에서 보면 불평등이 강화되고, 이것이 경제적 측면뿐 아니라 일상적 삶의 원리를 파괴시키고 변화시키는 측면도 많지 않습니까?

김우창 프랑크푸르트에서 얼마 되지 않은 곳에 마인츠가 있습니다. 마인츠의 시 중심의 광장은 새로 지은 아파트도 없고, 높은 건물도 없고, 100년이 넘은 성당이 있고, 옛 건물들이 그대로 있는 독일 소도시의 모습을 그대로 유지하고 있습니다. 독일 기자가 나에게 뮌헨에서는 뮌헨성당보다 높은 건물을 못 짓는데 이것이 옳은 일이냐 물은 일이 있습니다. 적어도 삶의 가장 기본적인 물리적 토대는 세계화와 관계없이 옛날의 도시와 촌락의 질서를 유지하고 있습니다. 우리가 모든 것을 획일적인 추상적 도시로 변화시키고 있는 것과는 전혀 다른 것이 유지되고 있다고 할 것입니다.

여건종 세계화의 전체적인 흐름으로부터 자유로울 수 있는 단위 국가, 지역은 아무 데도 없는 것이라고 할 수 있는데, 이 세계화가 더 특별히 파괴된 형태로 진행되는 것은 세계화를 주도한 지역이 아닙니다. 세계화에 주변적인 지역들이 오히려 더 세계화의 부정적이고 파괴적인 영향을 직접적으로 받고 있습니다.

김우창 근대화를 빨리 좇아가야 된다는 강박 속에서, 우리가 지나치게 삶의 터전을 추상화하고 궁극적으로는 금전화한 것은 이해할 수는 있는 일입니다. 그러나 세계화는 직접적으로 작용하는 것이 아니라 우리가 어떻게 수용하느냐에 따라서 다른 것이 될 수 있습니다. 우리가 정신을 차리고 방어적으로 대처해 나가면 많은 것이 다를 수 있습니다. 방어적인 것은 민족주의로 대처한다는 말은 아닙니다. 그것은 추상화된 하나의 힘을 또 다른 추상화된 힘으로 대처한다는 말이 됩니다. 삶의 구체적인 현실, 지역에 뿌리를 가진 삶으로서 대처하는 것이 필요합니다.

여건종 세계화는 피하기 어려운 새로운 삶의 조건이면서 동시에 우리 입장에서는 적극적으로 대응해야 할 하나의 도전이라고 볼 수도 있습니다. 그것은 구체적인 삶의 현장에서 목격되는 경험과 고통, 새로운 압력과 영향 등에 대한 인식에서 출발해야 할 것입니다. 그런 의미에서 우리의 일상적인 삶에서 어떠한 변화가 오고 무엇을 변화시키고 있는가, 그리고 무엇을 지킬 것인가를 면밀히 살펴볼 필요가 있습니다.

김우창 그것은 문화적인 결정입니다. 뮌헨성당을 지켜야 하겠다는 것은 문화적인 결정이지요. 뮌헨성당보다 고층 건물을 지을 수 없다는 것은 뮌헨성당 하나가 존재하는 것이 아니라 뮌헨성당이 뮌헨이라는 전체의 도시 안에서 존재한다는 것을 의식하는 생태학적인 관점이라고 할 수 있습니다. 전체의 조화를 유지해야 한다는 점을, 의식적은 아니더라도 인식하는 것입니다. 문화가 그 통일된 창조의 핵심을 잃으면, 모든 것을 하나하나 개별적으로 생각하게 됩니다. 전체 속에서 존재한다는 것을 망각하는 것이지요. 조화된 삶이 아니라 명품만 모아 놓으면 좋은 삶이 된다는 것이 그러한 생각입니다. 이것은 그림이나 도시나 제도에 대해서도 말할 수 있습니다.

세계화에 문제가 있지만, 하나에 모든 것을 밀어붙이는 것은 이데올로기적 사고입니다. 그것은 수사적 비유로의 체계로서 사실의 작은 차이들을 보이지 않게 하는 것입니다. 사람의 삶은 어디까지나 구체적인 사실 속에 있습니다. 가령 마르크스주의에서 '폭력적인 제도를 타파하기 위해 혁명적 폭력이 필요하다.'는 표현이 바로 비유와 사실을 혼동하는 예입니다. '제도의 폭력'이라는 것은 비유이고 혁명적 폭력은 사실입니다.

여건종 비유적이지만 실제 폭력이 행사될 수 있는 조건을 만들어 준다는 의미에서 더 폭력이라고 할 수 있지 않습니까?

김우창 그렇다고 하더라도 그것은 '비유'이지 사실이 아니라는 점에서는 변함이 없습니다. 실제 사람을 죽이는 것과 죽을 수도 있게 하는 것은 같은 것이 아닙니다.

여건종 보통 우리가 제도를 폭력이라고 이야기할 때는 어떤 폭력의 일회적인 현상이 아니라, 폭력이 있게끔 하는 근본적인 조건을 말하는 것인데요.

김우창 그렇게 보면 폭력이 아닌 것이 없지요. 사람은 사형 선고를 받은 존재라고 하지 않습니까? 그러나 사는 여유가 많은 사형수이지요. 시로서는 괜찮지만 '이왕에 사형수인데 언제 죽으면 어때?' 이렇게 생각하면 많은 문제가 일어나게 됩니다. 세계화라는 것도 커다란 압력으로 작용하지만, 그것을 막아 낼 방도가 없는 것은 아닙니다. 세계화에 도저히 피할 수 없는 문제가 하나 있습니다. 그것은 세계화가 자연 자원의 고갈과 환경의 파괴를 가져오는 것으로 작용할 때, 지구를 통틀어 막아 낼 도리가 없는 문제가 될 것이라는 사실입니다.

여건종 기술에서 나온 문제를 기술로 해결하기는 어려울 것 같고, 기술 바깥에서 해결해야 할 것 같다는 생각인데요.

김우창 그것도 미리 판단해 버릴 것은 아닙니다.

여건종 근본적으로는 기술의 문제는 어떻게 사는 게 더 나은 삶인가 하는 큰 틀 속에서 통제되어야 할 것입니다. 그런 의미에서 세계화도 기술의 문제를 기술로 해결한다든지, 기술의 문제가 자본이라든가 시장의 지배를 받고 있다든지, 이런 모든 것들이 사실은 인간의 통제력이 점점 상실해 간다는 측면이라고 할 수 있을 것입니다.

김우창 기술의 개량이 자동차를 그 재료나 디자인을 개량함으로써 얼마나 환경친화적인 것으로 만들 수 있는가를 매우 구체적으로 논한 사람이 있습니다. 또는 산소를 원료로 한 자동차를 연구하는 사람들도 있습니다. 제도의 경우도 그렇습니다. 어떤 경제학자는 지금까지는 자원 소비에 관한 것은 제품이나 세금에 포함을 안 시켰는데, 앞으로는 이것을 계산해 넣어야 한다고 말합니다. 그리고 여기에서 오는 소비자의 부담은 산업 체제의 소유권 분산에 의해 어느 정도 경감될 수 있다고 합니다.

여건종 소유권 분산 자체가 어려운 문제이고, 그것은 이데올로기적 갈등을 어떻게 다룰 것인가의 문제로 연결되는 것일 텐데요.

김우창 물론 어려운 문제는 어느 쪽에도 있지요. 세계화를 대체할 수 있는 현실적인 방안을 만드는 것도 어려운 것이 아니겠습니까? 그러나 궁극적으로는 사람 하나하나가 근본으로 돌아가는 것이 중요할 것입니다. 결국은 무엇이 행복한 삶이냐, 무엇이 의미 있는 삶이냐 하는 문제를 생각하는 것이 필요합니다. 선입견 없이 이야기해서 나는 소비주의가 권력 투쟁에 의미 있는 삶이 있다는 답은 나오지 않을 것으로 생각합니다. 주어진 생태학적 환경 속에서의 작은 삶, 거기에 답이 있을 것으로 생각합니다. 나는 농담조로, 답은 '즐거운 금욕주의'에 있다고 말하곤 합니다.

여건종 즐거운 금욕주의라는 지혜에 가 닿으려면 과거의 지적 전통만을 재구성하는 것으로는 힘들 것 같고, 제 생각으로는 세계화가 가지고 있는 구체적 문제에 대한 좀 더 구체적 성찰 뒤에 얻어지는 금욕주의가 의미 있을 것 같습니다.

김우창 얼마 전 신문 보도에, 무슨 질문들을 물었던 것인지는 알 수 없지만, 우리나라 사람의 가치관에서 세계 다른 어느 나라보다도 물질주의가 차지하는 비중이 크다는 것이 있었습니다. 모든 책임이 큰 힘에 있다고 하는 것은 인간의 도덕적 자율성을 무시하는 일입니다. 문제는 먹고사는 일이 세계 자본주의에 매여 있다는 것인데, 그 먹고사는 것을 지나치게 호화스럽게 생각하는 것도 이 예속 상태를 강화하는 조건이 됩니다. 다시 방어적으로 생각하여야지요.

여건종 방어적이라면 그 체계 자체를 완전히 부정하지 않고 그 안에서 어떻게…….

김우창 그것은 지금은 국가 단위로 하는 수밖에 도리가 없지요. 국가 정책으로 하는 것도 결국은 개인적인 것과 관계되는 것이고. 궁극적 결정을 하는 것은 사람입니다. 금욕주의는 개인의 선택입니다. 제도적인 것이 삶의 근본 문제를 해결해 주지 않습니다. 우리나라에서는 어디서나 소시지나 햄을 살 수 있지만 일본에서는 쉽지 않습니다. 자기 전통 음식을 좋아하는 까닭에 소시지가 절로 침투하지 못하는 것일 것입니다.

여건종 개인적 결정이나 선택 자체가 꼭 제도라고 할 수 없지만, 좀 더 큰 삶의 조건을 만드는 힘에 의해서 영향받습니다. 그런 큰 힘을 저는 세계화라고 보는데, 그 큰 힘에 개인이 어떻게 맞설 수 있느냐 하는 문제를 생각합니다.

김우창 그것은 이제 사람을 제도라는 구조 속의 종속 변수로만 보기 때문이죠.

여건종 변수면서 반응할 수 있는 주체이죠.

김우창 한국에서 세계화라든지 소비주의가 강력하게 작용하는 것은 바로 인간의 사회 구속성을 지나치게 강조하고, 그것을 사실화하는 집단주의와 관계되어 있습니다. 자기 독자적인 판단이 없기 때문에. 허황한 소비주의가 번창하는 면이 있습니다.

여건종 보다 최근 한국의 상황에 대해서도 언급할 필요가 있을 것 같습니다. 최근의 우리 사회에서 일어난 것으로는 강정구 교수의 한국전에 대한 발언과 그를 둘러싼 일련의 사태가 많은 사람들의 관심을 끌었습니다. 한쪽에서는 국가 정체성의 문제로 생각하고, 다른 한쪽에서는 국가보안법과 관련된 문제로 접근하고 있습니다. 강 교수의 발언에 대해서 진보 진영 쪽에서도 동의를 하는 사람은 많지 않을 것입니다. 문제는 그 이야기가 공론의 장에서 충분히 비판을 받을 수 있는 기회를 사법 제도가 막고 있다는 것입니다. 주장의 내용에 대해서 비판을 하고 싶은 사람도, 이것을 우선 사법적으로 처리하려는 상황에서는 비판을 하기 힘듭니다. 비판에도 우선순위가 있다는 것이지요.

김우창 그것도 전략적 사고입니다. 메를로퐁티는 스탈린 치하의 소련에 대한 비판을 거부하였습니다. 자본주의의 횡포가 심한 판국에 소련만을 비판하는 것은 옳지 않다는 생각에서였지요. 나에게 가장 큰 영향을 준 철학자의 한 사람이 메를로퐁티이지만, 이것은 오만한 태도입니다. 마치 자기가 역사의 큰 흐름과 은밀한 내통을 하고 있어서 그 은밀한 지시에 따라서 사실을 밝히고 감추고 할 수 있다는 것처럼.

여건종 저는 오히려 강 교수의 이야기를 공론에 붙인다면, 충분히 우리가 그러한 주장을 비판적으로 받아들이고 소화할 수 있을 정도로 우리 사회가 이념적으로 성숙했다는 생각입니다. 이러한 성숙을 이룰 때까지 많은 대가를 치렀습니다. 이것을 고무찬양죄로 다루는 것은 이러한 이념적 성숙을 다시 뒤로 돌리는 것이 아닐까요? 고무찬양죄라는 것이 누구를 좋게 말했다는 것만으로 처벌하는 것인데, 우리 사회가 누가 누구를 좋게 말했다고 체제가 위협받을 정도는 아닌 것 같은데요.

김우창 그것은 너무 근본적으로 이야기한 것이고, 지금은 우리의 법체계 안에서 이야기해야죠. 법이 틀렸으니까 안 된다 이렇게 이야기하면 한이 없이 혁명적 상황이 지속되는 것이지요. 이제 법을 법으로 알면서 문제를 풀어 나갈 만한 단계가 되었지 않을까요? 천정배 법무장관이 불구속 조치를 취한 것은 잘한 일입니다. 국가보안법에 관계없이 피의자의 구속을 삼가는 것은 법치 국가의 기본입니다. 그렇다고 천 장관이 강 교수의 말을 옹호한 것도 아니고 반박한 것도 아닙니다. 국회에서도 천 장관은 그의 의견에 대한 논평을 요구받고, 계류 중인 사건에 대하여 의견을 말하는 것은 법무장관으로서 옳은 일이 아니라고 했습니다. 법치주의의 옹호를 위한 좋은 발언이라고 할 수밖에 없습니다.

이러나저러나 문제는 강 교수의 의견이 옳으냐, 옳지 않으냐가 아니지요. 결과는 재판에서 판단해야 되겠지요. 결국은 헌법 정신에 비추어서 생각해야 될 것입니다. 찬양, 고무만으로 문제를 삼는 것은 이상하지만, 거기에도 해석의 여지가 없는 것은 아니지요. 구체적으로 국가 전복 행위나 살인이나 재산 파괴를 하는 일을 찬양 고무한 것만에 한정하여 해석하는 수도 있지 않습니까. 프랑크푸르트도서전에 아랍권에서 전시한 책에 반(反)유대적 내용이 있다고 해서 문제가 되었는데, 독일에서 반유대주의는 불법이라고 합니다. 법률가에게 구체적으로 물어본 것은 아니지만. 어떤 반유대주의가 불법이냐 물었더니 실질적인 행동에 연결되는 반유대주의가 불법이라는 답을 들었습니다.

여건종 시대의 변화의 관점에서 봐야 하지 않나 하는 생각이 듭니다. 지금 강정구 교수의 발언을 국가 체제의 위협으로 볼 것인가, 아니면 넓은 논의의 장으로 끌어들여서 이야기의 옳고 그름을 따질 수 있는 조건을 갖출 수 있을 것인가, 그런 의미에서 저는 이번 사건이 국가보안법의 특히 고무 찬양죄 같은 조항이 있어야 되느냐 이런 논의를 가져올 수 있지 않나 하는데요.

김우창 넓은 공론의 장에 끌어들인다는 것은 관심 있는 논객이나 학자들의 문제이고 국가적인 문제가 아닙니다. 법은 그것이 실질적인 행동과 관련해서 국가 전복이나 폭력 행위를 사주하는 것인가를 판단할 수 있을 뿐입니다.

여건종 오히려 국가보안법이 강정구 교수의 발언을 보호해 주고 옹호해 주는 측면이 큰 것 같습니다.

김우창 국가보안법에 문제가 있는 것은 사실이지만, 나는 그 말이 무슨 말인지 잘 모르겠습니다. 무엇이든지 싸잡아서 보는 것은 엄정한 사고를 존중하는 태도가 아닙니다. 그렇기는 하나 내용에 대하여 말하면, 강 교수의 말의 핵심이 미군이 안 왔으면 통일되었다는 말이라고 하면, 그 말은 틀리지 않는 말이지요. 같은 논리로서 중공군이 안 왔으면 통일되었겠고. 또 소련이 아시아에서 전쟁을 시작하기 전에 종전이 되었다면 분단이 안 되었을 것이고. 일본 천황이 그전에 항복을 했더라면, 분단이 안 되었을 것이고……. 가능성은 얼마든지 있는 것이라고 할 수 있지요. 별 쓸모는 없지만, 공상의 날개는 한이 없는 것이니까.

내용에 관계없이 공상의 자유는, 그것이 구체적인 파괴와 폭력에 관계되지 않는 한 보호될 필요가 있을 것입니다. 법치의 원칙을 분명히 하는 것이 지금 단계에서의 발전입니다. 이것은 좌파를 위해서나 우파를 위해서

나 필요한 일입니다. 정권 수립의 수단으로, 군부 쿠데타를 찬양하는 경우는 어떻습니까. 민주주의보다 왕권 정치를 찬양하는 것은 어떻습니까. 이것들도, 잘못된 소리임에는 틀림이 없지만, 그것들이 직접적인 행동에 연결되지 않는 한 처벌될 수는 없지요. 물론 행동과의 관련은 간단히 판단할 수 없습니다. 정황적인 관련이 많이 작용하니까요. 그것을 법률적 최선을 다해서 판단해야 하는 것이 법관 아닙니까. 이제 패거리에 따라서 시비를 가리는 일을 그만두고 사실 자체를 법에 따라서 가려내는 일이 우리의 전통으로 확립될 시기가 되지 않았나 합니다.

여건종 바쁘신 중에도 대담에 응해 주셔서 대단히 감사합니다.

현지에서 본 2005 프랑크푸르트도서전 주빈국의 의미

신동섭(《출판저널》 기자)

2005년 《출판저널》 11월호

주빈국 행사가 절정을 이루던 지난달 21일 현지에서 김우창 조직위원장을 만났다. 그는 "경제, 스포츠 못지않게 이번 주빈국 행사는 우리의 위상을 한층 높이는 역할을 했다."라며, "다만 좀 더 다양한 견해와 역량을 총동원하지 못한 점이 다소 안타깝다."라고 스스로 평가했다. '주빈국 이후'에 대해 그는 "국제 사회와 문화적 유대 내지 소통이 더욱 활발해질 것이며, 이미 그런 조짐이 일어나고 있다."라고 전망했다. 김 위원장의 얘기를 통해 2005 프랑크푸르트도서전 주빈국 행사의 값어치를 되새기고, 그 문화적 성과를 결산해 본다.

주빈국 행사가 막바지에 달하고 있다. 전체적으로 이번 행사를 평가한다면.

"한국 문학에 대한 정보를 좀 더 압축해서 넣었으면 하는 아쉬움이 있다. 그러나 현지에서는 대체로 '감탄'하는 분위기다. 특히 조직적으로 일을 치르는 모습에 대해 그러하며, 만나는 사람마다 '열심히 잘했다.'고 평가해 줬다. 최근까지 리투아니아, 러시아, 아랍연합 등이 주빈국 행사를 치렀는데 그중 우리가 가장 잘했다는 평판이다. 지난 며칠 사이에 인도(다음 주빈국), 스페인 카탈로니아에서 온 사람들과 미팅을 가졌는데, 우리에게서 많은 것을 배우려고 하고 있다. 이곳 조직위에서 아마 한국 조직위로부터 배우라고 한 것 같다."

우리에 대한 독일인 내지 유럽인들의 인식이 달라졌다고 보는지…….

"독일 사람들의 한국에 대한 인식이 크게 좋아졌다. 독일 사람들이 오히려 '반성'을 한다. '우리가 여태까지 한국을 모르고 있었던 게 정당한 것이냐, 지금보다 훨씬 먼저 한국을 알았어야 하는 게 아니냐.'는 반성이다. 파주 출판도시 건으로 독일 건축가들과 만남을 가졌는데, 발제자로 나온 한 독일 건축가는 "우리는 뒤로 물러가고 있는데, 새로 등장하면서 다양한 시도와 노력을 하고 있는 나라에 어떤 도움을 줄 수 있을지 모르겠다."라고 운을 떼기도 했다. 이제 한국도 다른 나라에 교훈을 줄 수 있는 나라다. 물론 그동안의 경제, 스포츠 등이 한국의 위상을 높여 왔지만, 이번 주빈국 행사는 높아진 위상을 더욱 높이는 데 도움이 될 것이라고 생각한다."

행사 준비와 진행 과정에서 아쉬웠던 점이 있다면?

"우선 시간이 부족했다. 그렇지 않았더라면, 광범위하게 문화계 역량을 총동원하고, 더 많은 견해를 모았더라면 좋았을 것이다. 사실 예전에는 이 행사의 중요성을 모르고 있었는데, 정작 겪고 보니 '성숙 단계에 있는 중요한 나라'라는 점을 알리는 데 더없이 좋은 기회인 것 같다. 더 많은 역량을 동원했으면 하는 아쉬움이 따른다. 특히 문학에만 너무 치중한 것 아니냐는 지적에 공감한다. 다른 부문에서의 한국의 역량을 알릴 필요가 있었다. 다만 문학이 다른 장르에 비해 쉽게 전달할 수 있다는 특징이 있는 건 분명하다. 가령 파주 출판도시 같은 것은 일반인들에게 전달하기 힘들다. 다른 장르에서도 심도 있는 프레젠테이션이 제시됐어야 했다."

지나치게 많은 재정과 함께 화려한 이벤트 위주의 행사라는 지적도 없진 않다.

"주로 외부(해외)에서 그런 비판이 있는 것으로 알고 있다. 실제로 "한국 사람은 너무 쉽게 끓어오른다, 이렇게 요란하게 할 필요 있느냐."라는 비판도 있었다. 한 외신은 기자 회견에서 보스 위원장에게 "문화를 이벤트화해도 되느냐?"라고 질문하기도 했다. 로이터통신 기자는 첫 질문에서 "한국이 왜 이렇게 돈을 써서 하느냐?"라고 되묻기도 했다. 반면에 주빈국을 준비하면서 돈이 부족해서 힘들다는 말이 있었다. 당시 내 답은 "돈이 많으면 많은 행사를 할 수 있어서 좋고, 돈이 적으면 절약할 수 있어서 좋다."라는 것이었다. 물론 너무 과장되게 하는 것은 재고의 여지가 있다. 영미 국가가 모여 있는 8홀에 가면 한국관과는 다른 풍경을 볼 수 있다. 문화 행사는 전혀 없고 책 거래가 활발하다. 이것을 어떻게 이해해야 할 것인가. 단지 우리는 당분간은 요란을 떨 필요가 있다는 것이다. 미국이 홍보가 필요하겠는가? 아니다. 가만히 앉아 있어도 찾아온다. 이 행사가 중요한 것은 두말할 필요가 없다. 아직은 홍보를 해야 한다는 차원에서 필요하다. 그래서 약간은 흥분하는 것도 불가피하다. 흥분 속에서 앞으로 나아가는 것이 있을 것이다. 황우석 교수를 보라. 그가 무엇을 한다고 그러면 우리가 굳이 알리지 않아도 무슨 일이 있나 하고 그들(외국)이 알아서 찾아온다. 아침에 《뉴욕 타임스》 기사를 보니 헤드라인 뉴스가 미국의 유전 공학자와 BT업계가 지나치게 한국을 의지하려는 경향이 강하다는 것이었다. 우리(출판)도 언젠가 이런 날이 올 것이다."

커뮤니케이션의 부재와 저작권 거래의 부진을 지적하는 목소리도 있다.

"한국관에 가서 저작권 거래가 얼마나 되는지 물어봤더니 별로 이루어지는 게 없다고 하더라. 문제는 앞으로다. 우선 올해만 해도 물론 참가 규모가 큰 때문이기도 하겠지만 작년에 비해서 분명 늘어났다. 작년까지만 해도 저작권 수출(유럽)에 대한 문제의식이 미미했지만 이제는 아니다. 좀 더 기다려야 한다. 그리고 주빈국관에 돌을 세운 것은 나도 좀 문제가 있다고 생각한다. 돌과 'Ubook'이 연결되지 않는다. 왜 선돌이 있고 휴대폰을 붙여 놨는지 설명이 있어야 했다. '선사와 현대의 결합'을 어떻게 연결시키는지 설명이 없었다. 일단 보기에는 색달라서 관심은 끌었는데, 그 뒤에 뭐가 기여할 수 있는지 보여 줬어야 했는데 아쉽다. 유럽인들은 한국으로부터 무엇을 배워야 하는지 관심이 많다."

이른바 '포스트 주빈국'의 비전은?

"눈에 보이진 않지만 이미 후속 작업은 진행되고 있다. 다양한 이벤트를 통해 문화적 유대와 소통이 활발해졌다. 중요한 것은 사람이다. 주빈국 조직위 직원들에게도 문화계 차원에서 세계와 연결된 이때 서로 연락하는 독일인에게 호감과 신뢰를 심어 주라고 주문했다. 행사는 올 한 해로 끝나지만 그들과 맺은 인간관계는 계속해서 이어지게 될 것이기 때문이다. 한국의 불화와 도자기를 전시한 프랑크푸르트 시립 공예미술관 동아시아 담당 큐레이터 슐렌버그 씨의 첫 번째 인사가 이런 물품을 전시하게 돼 기쁘게 생각한다는 것이었다. 그 후 몇 번을 되풀이하며, 앞으로 지속적인 관계를 맺기를 바란다고 했다. 처음 인사는 형식적으로 하는 인사일 수도 있지만 두 번째 인사는 그렇지 않다.

포스트 주빈국과 관련해 이곳에서 장관을 만난 자리에서 건의를 했다. 문광부에서 계속적인 문화 교류를 위한 기구를 만들어 지속시켰으면 좋겠다고. 외국에 있는 우리 문화재를 자꾸 돌려달라고만 하지 말고, 잘 전시해 달라고 해야 하지 않겠나. 일본의 경우를 보면, 세계 각지에 흩어진 자국의 문화재를 조사해 목록을 만들고 어떤 상태인지 관리를 한다. 그 자료를 토대로 잘 보존하고 또 전시해 달라고 지원금을 주고 있다. 우리가 1차적으로 해야 할 것은 세계에 산재한 문화재의 카탈로그를 만드는 것이다. 다만 요즘에 하도 '위원회'가 많아서 그런지, 장관의 반응은 조심스러운 느낌이었다."

주빈국 행사를 마감하면서 문화계나 출판계에 당부하고 싶은 말씀은?

"내실을 기하는 문화적 발전이 필요하다. 문학 작품 번역 지원, 별로 바람직하지 않다. 좋은 작품이 있으면 그들이 먼저 달려와 서로 판권을 사 가려 하지 않겠느냐. 알리는 것도 중요하지만 내실을 기해 외국인들이 저절로 매력에 빠질 만한 문화를 만들어 내는 것이 필요하다.

사족이지만, (조직위원장으로서) 내가 좀 더 많은 일을 했어야 하는 아쉬움이 남는다. 내가 비상근인데, 상근이 아니면 아예 맡지 말았어야 했는데 싶기도 하고……. 분명 이번 주빈국 행사는 우리에게 중요한 '사건'이다. 유럽과 영미권 선진국들은 한국의 빠른 발전과 유구한 전통, 그리고 문화적 가능성에 대해 긴장하고 있고, 기대하고 있다. 존경심도 가지고 있다."

김우창 교수에게 들어 본 요즘 한국 사회

배문성(《문화일보》 문화부장)

2006년 1월 7일《문화일보》

새해다. 누구나 새해에는 새로운 계획을 세우고, 삶을 조금이라도 희망 쪽으로 옮기기 위해 새로운 일을 꿈꾼다. 과연 우리는 희망 쪽으로 가고 있는가. 날마다 벌어지는 사건을 보고 있으면, 지금 우리가 가는 길이 올바른 길인지 확신키 어렵다. 김우창(69) 고려대 명예 교수. 어른이 사라진 시대라지만, 적어도 이이는 길이 어디로 가고 있는지, 이 '노정(路程)의 맹목(盲目)'을 일깨워 줄 것 같다. 어느 쪽에도 치우치지 않고 균형과 조화를 이루며 삶을 일궈 온 이 노학자는 지금 우리가 어디로 가고 있는지 같이 고민하고 있을 듯싶다.

지난해 프랑크푸르트 국제도서전 주빈국 조직위원회 위원장직을 맡아 처음으로 관료들과 일을 해 봤다는 그는, 관가 안팎에서 그 중용의 지휘력으로 좋은 평가를 받았다. 그에게 병술년 새해, 여전히 걸어갈 길이 아득해 보이는 이 새해벽두에 우리의 갈 길을 물었다. 지난 5일 서울 광화문 경복궁 내 고궁박물관 한쪽에 있는 프랑크푸르트 국제도서전 조직위 사무실에서 만났다.

새해라지만, 한 치 앞도 안 보일 때가 많습니다. 정치권도 그렇고, 사회 각 분야도 많은 문제들 속에서 헤어나지 못하고 있습니다. 우리에게 무슨 문제가 있어서 길이 나타나지 않는 걸까요.

"누구나 갈팡질팡하면서 삽니다. 대한민국의 시대적 상황을 놓고 보면 그럴 수밖에 없다고 봐지기도 합니다. 굶주리면 목표가 단순해지는데, 지금은 밥 먹고 사니까 남은 돈으로 어떻게 해야 될지 몰라서 오락가락하는 형국입니다. 우리 세대는 무엇을 해야 하느냐를 놓고 많은 생각을 하면서 살았습니다. 그러나 지금은 무엇을 하고 싶은가로 바뀐 것 같습니다. 이런 시절에 정말 중요한 것은 스스로의 삶의 심각성에 대해 성찰하고 고민하는 자세가 필요할 겁니다."

우리 사회가 안정되어 있다고 보기는 어려울 겁니다. 매일 전국을 요동치게 하는 사건들이 일어나는 이유는 어디에 있을까요.

"전후 체제에서 한국만큼 성공적인 경제 발전과 민주주의를 이룬 나라도 드뭅니다. 그 과정에서 우리는 성장 사회를 이루려고만 했지, 사람 사는 문제를 진지하게 고민하는 사회를 만들겠다는 생각은 하지 못했습니다. 지금 정치도 그렇고 문화도 그렇고 삶에 대한 심각성을 회복할 필요가 있습니다. 밥 먹고 살 만하고 사회 체제가 자유로워지니까 이젠 한 판 잘 놀아 보겠다는 풍조가 휩쓸고 있지요. 정치까지도 쇼적인 것에 너무 집착합니다. 모든 것을 흥행적인 요소로 보기 때문에 이 과정에서 실제 우리가 사는 일상의 모습은 사라지고 말았습니다. 온 사회가 흥행적 요소, 상업적 요소, 집단적 흥미에 몰두하고 있습니다. 이 세 가지 요소가 점점 강화되면서 전 사회가 집단 유희 상태에 빠진 것 같습니다. 황우석 사건만 해도 과학의 일상적인 모습은 사라지고, 과학자라면 연구실에서 과학을 하는 것이 일상적인 모습일 텐데, 전 사회를 자신에게 몰두케 하는 집단 유희로 변화된 모습을 보여 줍니다. 이를 바라보는 사람들의 마음 한쪽에 황우석 사건을 심야 토크쇼처럼, 때로는 개그콘서트처럼 파악하는 심리 기제가 숨어 있을지도 모릅니다. 정치권도 집단적 흥미를 너무 강조하는 경향이 있지요. 그러다 보니 정작 삶의 본모습일 개개인의 사소하고 자잘한 일상은 사라지고 없습니다. 격동하는 사건만 남아 온 국민을 휘몰아 가고 그 와중에 국민 개개인의 일상은 사라져 버린 거지요. 하다못해 요즘 온갖 모임의 모든 화제는 황우석이라지 않습니까. 이런 집단성이 어디 있습니다. 이 집단성 속에서 자잘한 개인의 사건과 사연은 끼어들 틈이 없지요. 아주 사적인 모임에서조차 왜 황우석 사건만으로 화제가 진행돼야 할까요? 우리 국민의 일상이 사라졌기 때문입니다."

각 개인은 스스로의 삶으로부터도 소외되고 있는 형국입니다. 전 국민이 공통 주제를 가지고 모두 같이 고민하고 떠드는 세상입니다.

"사는 집도 그렇습니다. 대부분 아파트, 그것도 고급 아파트를 지향하다 보니 개인의 주거 환경조차 마치 호텔방처럼 변했습니다. 우리 집이 아니라, 공적인 공간으로 바뀐 거지요. 어디에도 개인 공간은 없습니다. 스스로로부터 소외되는 일상의 증발이 시작되는 겁니다. 지금부터라도 정치권은 좋은 사회를 만들기 위해서 뭘 할 수 있는가를 생각해야 합니다. 이 정부가 언론에 대해서 지나치게 관심을 보이는 것도 문젭니다. 정치는 행동이 중요할 텐데 누구에게 어떻게 보이는가에 더 관심을 두다 보니 정치의 심각성이 사라졌습니다. 정치 스스로 행동에 무게를 두지 않고 누구에게 어떻게 보이는가(언론)에 더 관심을 두니, 스스로의 심각성을 훼손하고 가볍게 된 거지요. 대통령에 대해 코멘트하는 것이 전 국민의 스포츠가 되는 슬픈 현실은 정치 스스로 흥행적 요소에 대한 관심 때문에 비롯됐다고 볼 수 있습니다. 물론 흥행도 필요하고 집단적 열광도 필요합니다. 이것이 없으면 삶이 얼마나 심심하겠습니까. 그러나 이것과 함께 일상성도 존중하는 균형이 이뤄질 때 삶은 보다 인간다워집니다."

우리 사회가 일상성을 회복하려면 어떻게 해야 할까요.

"무엇보다 일상성을 존중하는 태도와 정책이 필요합니다. 적어도 고용 문제를 해결해야 하고, 경쟁에서 자유로운 교육 환경을 만들어야 하고, 보다 인간적인 마을에서 살 수 있게 해야 합니다. 일상성의 기본은 동네에서 출발합니다. 지금 모든 집은 호텔화되고, 정부는 도시를 아예 새로 만듭니다. 여기에 사소하지만 각자 중요한 개인의 역사가 스며들 틈은 없습니다. 정부의 주택 건설 사업도 이젠 동네에서 출발해야 하지 않을까 싶습니다. 요즘 좌파·우파 하는데, 내가 보기에 좌나 우나 모두 이 일상성의 입장에서 보면 정치적 차이는 없다고 봅니다. 이 시대 자체가 정상적인 일상적 삶을 소멸시키는 특징을 가지고 있습니다. 한국의 좌·우파 모두 집단적 정치 흥행은 있지만 개인의 일상을 보장하려는 철학은 찾을 수 없습니다."

제도만으로 일상성이 보장되는 것은 아니지 않습니까.

"진보·보수를 떠나서 전통적인 정치사상이 지향하는 것은 안정입니다. 안정이 뭡니까. 편안한 삶 아닙니까? 편안한 삶이 되려면 의식주가 우선 안정돼야 하고 이를 실행하는 정책이 있어야합니다. 그러나 정말 중요한 것은 제도를 담당하는 사람들의 인격과 생각의 깊이입니다. 아무리 일상성을 존중하는 정책과 제도를 만들어도 이를 세부적으로 실행하는 것은 역시 사람이지요. 그런 제도를 판단하는 사람이 지도자입니다. 지도자야말로 인격적으로 안정돼 있고 성찰적인 고려를 할 수 있는 사람이어야 한다고 봅니다."

사는 이야기를 해 보지요. 선생님 댁은 생활사 박물관이랄 정도로 오래된 물건을 버리지 않고 사용한다고 알려져 있는데…….

"나는 나쁜 소비잡니다. 꼭 필요한 것만 사고 필요 없는 것은 안 산다 주의입니다. 지금 입고 있는 양복도 약 20년 전에 산 겁니다. 그 밖에 아버지께서 물려주신 양복도 있습니다. 우리 집에서 제일 오래된 것은 아버지께서 쓰시던 의잡니다. 거실의 긴 의자도 30년 전에 산 것이지요. 내가 쓰는 책상은 아들이 대학 다닐 때 쓰던 것이니 약 40년 됐습니다. 내가 물건을 사지 않는 이유는 필요한 것만 사는 것이 내 취미 생활이기 때문입니다. 어떤 이는 좋은 옷을 입는 것이 취미일 수 있고, 어떤 이는 레코드를 모으는 것이 취미일 수 있습니다. 단지 나는 오래된 물건을 계속 사용하며 사는 것이 취미가 되었을 뿐입니다."

프랑크푸르트 국제도서전 주빈국 조직위원회 위원장으로도 바쁘게 보냈는데…….

"이달 말에 프랑크푸르트 국제도서전 주빈국 조직위원회가 문을 닫습니다. 이 행사를 하면서 우리의 일하는 능력이 상당히 발전되어 있다는 것을 확인할 수 있었습니다. 단기간에 조직적이고 효과적으로 일하는 것에 놀랐습니다. 나도 이 일을 하면서 많이 배웠습니다. 그렇지만 나는 근검절약형이고 관계된 분들은 국가 홍보를 위해서 또 예술을 위해서 좀 과도한 지출도 필요하다는 주장도 있어서, 그 사이에서 중용을 지키는 일이 힘들었습니다."

계획은?

"이제 글도 쓰기 싫고 책도 쓰기 싫은데, 정리해야 할 원고들은 있습니다. 평론집, 시에 대한 에세이, 공간에 대한 에세이 등을 세 권 정도 낼 계획입니다. 우리 집이 25년 전에 구입한 낡은 집인데, 집을 가지고 있는 것은 상당히 많은 문제를 안고 있는 것이란 생각을 합니다. 그래서 이 집을 어떻게 할까 생각 중입니다."

동아시아 평화 비전을 향하여

오에 겐자부로(소설가)
김우창(고려대 명예 교수)
사회 윤상인(한양대 교수)
정리 정병호(고려대 일문과 교수)
2006년《대산문화》여름호

들어가며

이 글은 5월 19일(금) 교보생명빌딩 10층 강당에서 '동아시아의 평화 비전을 향하여'라는 주제로 이루어진 노벨문학상 수상자 오에 겐자부로(大江健三郎)와 김우창 고려대 명예 교수의 대담을 정리한 것이다. 한일을 대표하는 두 지성의 대담은 250여 명의 청중들이 모인 가운데 예정 시간 1시간 30분을 넘어 2시간이 넘게 진행되었다. 윤상인 한양대 교수가 사회를 보았고, 기조 발언, 동아시아 국가의 갈등과 해결 방안, 동아시아 문화 공동체의 필요성, 한일 양국의 문화 교류 등의 소주제가 다루어졌다.

기조 발언

오에 겐자부로(이하 오에) 나는 이제 노년에 접어들어, 앞으로 얼마나 더 문학 활동을 계속할 수 있을지 불안하지만, 지금 자주 생각하는 것은 2010년이면 한국합병조약으로부터 100년이 되는데, 일본인이 이러한 100년의 역사를 제대로 재인식해서 다음 시대를 맞이하기 위해서는 젊은 세대들을 중심으로 한국의 시민들과 자주 대화하는 기회를 가지는 것이 중요하다는 것이다.

우리나라 정부는, 특히 고이즈미 총리의 야스쿠니 신사 참배에서 볼 수 있듯이, 한국과 중국에 대해, 그리고 우리의 식민지주의와 군국주의에 의해 커다란 피해를 입었던 아시아의 여러 나라에 대해 올바른 역사 인식을 보이고 있다고는 생각지 않는다. 역사를 인식한다는 것은 과거에 대해서만 행해지는 것이 아니다. 미래에 대한 전망을 포함해서 지금 현재를 바르게 응시하고 책임 있는 행동을 취하는 것이다. 이것은 영어로 한다면 '모럴'의 과제이지만, 앞으로 일본인이 아시아에서 어떻게 살아가야 하는지에 대한 분별 있는 태도와 관련된 과제이기도 하다. 국가가 그리고 권력을 지닌 정치가가 그것에 대해 무관심하다면, 우리와 같이 권력을 지니지 않은 개인들이 그것에 대해 생각하고 의견을 나누지 않으면 안 된다.

김우창 최근에 한일 간의 관계에서 서로 대립하는 민족주의적인 감정을 자극한 이슈는 독도 문제였다. 민족주의적인 감정이 자극되면, 그것은 사람들을 국가나 민족이라는 테두리 안에 묶어 넣어 사람을 각각 그 나름의 삶을 사는 개체가 아니라 한 덩어리의 집단으로서 느끼고 행동하게 하고, 그 밖에 있는 다른 집단의 사람들을 또 한 덩어리로 보게 하는 현상이 일어난다. 그것은 어떤 때 필요한 것이기도 하지만, 자연스러운 지각과 감정으로 사려 깊게 사고하고 행동하는 것을 방해할 수도 있다. 이번 독도 문제에 대한 한국 측의 반응만을 보자면, 그로 인하여 정부나 일부 공공 지식인들의 강경한 발언들이 있었지만, 언론의 보도들은 다행스럽게도 일본과 일본인을 뭉뚱그려 하나의 커다란 적대 집단으로 그리지는 아니하였다. 최근 양국 간에 긴장이 있음에도 불구하고, 일본 전체를 사갈시하는, 또는 영어로 '데모나이즈(demonize)' 하는 일이 일어나지 않은 것은 큰 발전이라고 아니할 수 없다. 이러한 발전은 한국인의 의식이 조금 더 성숙해졌다는 것을 의미하기도 하지만, 단순히 양국 간에 비공식적 교류가 많아진 결과가 아닌가 한다.

정치는 우리의 삶을 규정하는 가장 강한 힘이다. 그리하여 우리가 흔히 보는 현상은 인간의 모든 것이 정치에 종속되는 일이다. 그러나 문학인이 발견하는 삶의 고유하고 진정한 모습 — 개인으로서, 집단의 일원으로서, 보편적 인간으로서의 진정한 모습은 그 나라의 정치에서도 중요한 역할을 담당할 수 있다. 그리하여 정치가 인간의 모든 것을 지배하는 대신에 그것으로 하여금 보다 넓은 인간적 가능성에 열려 있게 할 수 있다. 이것은 우리의 국제적 정치에도 해당될 것이다. 동아시아는 동아시아대로 이웃에 대한 배려와 교류의 전통을 가져 왔다. 이것이 오랫동안 등한시되었던 것이 사실이기는 하나, 이제 조금 더 이웃으로서 서로를 의식하고 평화와 행복을 공유할 수 있도록 노력하지 않으면 아니 될 시점에 이르렀다.

동아시아 지역의 갈등과 해결 방안

윤상인(사회) 최근 동아시아의 국제 관계가 긴장된 모습을 보이고 있다. 동북아 지역의 국가들이 서로 반목하고 대립하고 있는 이 현실에 대해 어떻게 생각하는지 말씀해 주시기 바란다.

오에 동아시아의 국가들이 긴 역사 속에서 항상 대립했는가라고 하면 그렇지 않다. 오랫동안 중국이 동아시아의 헤게모니를 가지고 있었지만 근대화가 시작되어 중국의 권위가 흔들리면서 서양의 제국주의 국가들이 중국을 표적으로 아시아에 들어왔다. 그리고 이로 인해 중국의 권위가 흔들린 것이 근대화 초기에 아시아에서 있었던 최초의 갈등이었다. 그러나 이것은 동아시아 각국 사이에 있었던 갈등은 아니었다. 그런데 일본이 엄청난 세력으로 근대화를 이루었고, 단순하게 말하면 유럽의 제국주의를 대신하여 이 지역에서 헤게모니를 잡으려고 하였다. 이것이 러일 전쟁, 한일합방으로 이어졌다. 그러나 일본은 실패하여 1945년 커다란 패전을 맞이하였다. 이것이 100년 전 아시아에서 여러 나라들이 갈등을 하게 된 배경이라고 할 수 있다.

일본의 패전 경험을 과거·현재·미래에 있어서 어떻게 살려 나갈 것인가, 이것이야말로 현재 일본에서 아시아와 일본을 생각할 때 가장 중요한 점이며, 일본의 젊은이들이 생각해야 하는 점이다. 1945년 일본이 패전하고 46년 현재의 평화헌법이 만들어졌을 때, 나는 12살이었다. 당시 나의 중학교 사회 선생님은 헌법, 교육기본법을 말하면서 일본이 앞으로 군비를 가지지 않고 전쟁 포기를 맹세하게 될 것이라는 헌법의 전문을 이야기해 주었다. 그리고 평화는 세계 제국민에 대한 신의를 바탕으로 이뤄져야 하며 신의를 얻는 일은 미국이나 러시아가 아닌 침략을 하였던 바로 이웃의 한국, 중국, 필리핀으로부터 시작해야 한다고 말하였다.

현재 일본에서는 교육기본법이 국회에서 개정될 듯하다. 30년간 이러한 운동에 참여하여 이길 것이라고 생각했지만 이제는 패배할 것이라고 생각한다. 현재의 헌법을 지키려는 '9조의 모임(9條の會)'은 현재 4500개가 있다. 우리의 동료들은 헌법 개정을 위한 국민투표가 있다면 여기서 이길 것이라고 말한다. 그러나 투표를 실시하면 현재 자민당, 민주당이 이긴다. 이것이 60년간 지속되었다. 우리 소수파들이 일본의 정권을 얻지 못하는 것은 패배를 의미한다.

국가는 강력한 것이다. 그러나 시민의 목소리는 강하지는 않지만, 새로운 방향을 제기할 수 있을지도 모른다. 이것이 제3의 길이다. 여기에 우리의 희망이 있다. 시민의 목소리가 쌓여 이웃 나라의 신뢰와 협력을 얻을 수 있다면 희망이 있다고 생각한다. 앞으로 동아시아의 갈등과 내셔널리즘을 극복해야 한다. 극복하지 않으면 앞으로 동아시아의 미래는 없다. 중국·한국·일본 등 국가가 대립하고 있지만 이를 극복하는 제3의 길로 인터넷이 있는 시대에 시민의 연대가 만들어지면 희망적이라고 생각한다. 이러한 일을 시작하고 싶다. 이것은 꿈과 같은 희망이다.

김우창 현재 동아시아의 갈등과 반목에는 부정적인 점과 긍정적인 점이 병존한다. 동아시아에서 오랫동안 평화를 유지한 힘은 강력한 중국의 힘이었다. 냉전 체제에서는 미국과 소련이 평화 질서를 만들어 왔다. 현재 냉전이 무너지고 평화 질서가 생겨나지 않은 데 현재의 반목과 갈등의 원인을 찾을 수 있다.

긍정적인 점은 동아시아 각국의 힘이 강해졌기 때문에 별개의 질서가 생길 수밖에 없다는 것이다. 중국이 강력해졌고, 한국도 커졌고, 일본은 이전부터 강한 국가로 존재해 왔다. 3국 사이의 새로운 질서가 필요하지만 아직 그 질서가 생기지 않았기 때문에 반목과 갈등이 생겼다. 질서는 힘의 균형을 통해서도 가능하고 패권 국가를 통해서도 가능하지만 우리가 원하는 것은 동아시아인이 서로 삶에 대해서 상호 의식을 가지고 있는, 우리도 의식하고 이웃 나라도 의식하는 문화적인 질서를 만들어 내는 것이다. 힘의 질서보다 인간적 질서를 위해서는 우리가 문화적 공동체 의식을 가져야 한다. 지금부터는 힘의 질서도, 패권의 질서도 아닌 문화적 질서가 필요하다. 서로 믿고 서로 도와 가는 신뢰의 질서는 힘의 논리로는 이룰 수 없다.

시민들의 연대와 동아시아 문화공동체

사회 오에 선생은 다소 비관적이고, 김우창 선생은 긍정적 전망을 내렸다. 오에 선생께서 김우창 선생 발언에 대해 부연해 주시기 바란다.

오에 냉전 시대에는 핵무기가 사용되지 않았지만 핵무기의 공포가 세계를 지배하는 시대였다. 이는 미국이나 소련이 지배하는 것이 아니라 핵무기가 지배하는 시대였다. 이러한 냉전이 종결되고 이번에는 더 큰 헤게모니를 가진 국가들이 조금씩 다양화되었다. 물론 핵 문제도 있지만 미국, 러시아, 중국 등이 세계의 새로운 헤게모니를 구축해 가고 있다. 이러한 구조에 조금 낙관적인 전망을 가능케 하는 것이 유럽 공동체이다. 유럽 공동체가 아주 평화적이고 활기차게 활동해 가면, 중국, 미국, 러시아에 대항하여 분명하고 명확한 표현력을 가진 국제 국가로서 유럽 공동체가 힘을 발휘할 수 있다. 유럽 공동체가 힘을 가진다는 건 또 다른 공동체가 힘을 얻을 수 있다는 의미이다. 그것이 바로 동아시아 공동체이다. 중국, 한국, 일본, 대만, 싱가포르 등이 힘을 합한다면 동아시아는 세계 속에서 커다란 힘을 발휘할 수 있다.

중국의 아이덴티티, 일본의 아이덴티티, 한국의 아이덴티티 등 일국의 아이덴티티가 아니라 우리는 동아시아의 커다란 문화를 구축해야 한다. 국가 아이덴티티가 중심이 아니라 시민의 아이덴티티를 생각해야 한다. 이 시민의 아이덴티티는 바로 문화 아이덴티티라 할 수 있는데, 아주 다양한 국가의 문화 아이덴티티가 서로 대화하고 횡적 네트워크를 만드는 것이 필요하다. 이러한 네트워크가 국가 아이덴티티보다 강해지는 시대가 생길 수 있다는 꿈을 가지고 있다. 3년 전에 죽은 팔레스타인 출신의 미국 시민 에드워드 사이드는 민족과 국가를 넘어 이스라엘과 팔레스타인의 문화가 서로 양립하는 문화적 아이덴티티를 만들고자 하는 희망을 가지고 있었다. 이와 마찬가지로 동아시아 시민들은 우선 자신들의 문화를 소중히 여기고 횡적으로 연대해 동아시아 문화적 정체성을 확립해 나가는 것이 필요하다. 이에 대한 희망을 가지고 앞으로 5년간 활동할 것이다.

사회 오에 선생께서 미래의 방향성을 전망하였는데, 김우창 선생께서 오에 선생의 시민 공동체 문화에 대해 말씀해 주시기 바란다.

김우창 동아시아적인 아이덴티티를 가지고 유대감을 느끼면서 국가를 초월해 공동체를 형성하는 것에 대해 동의하지만 쉽게 이루어지지는 않을 것이다. 그러나 노력할 만한 가치는 있는 것이다. 독도 문제에 대해 구체적으로 언급하고자 한다. 일반적으로 정의하면 독도는 1904~1905년에 일본에 편입되었다. 일본의 주장에 대해 독일과 폴란드의 관계를 참고할 필요가 있다. 종전 후 독일의 영토는 폴란드 쪽으로 많이 편입되었지만 독일은 정부 쪽에서 한 번도 문제를 제기하지 않았다. 독도의 영유권 주장은 일본이 전쟁에 대한 도덕적 반성을 충분히 하지 않았다는 것을 의미한다. 그렇다면 어떤 경우에 반성하는가. 함께 살아가는 사람에 대해서는 반성을 한다. 일본이 반성하지 않는 것은 도덕적인 문제, 역사 인식의 문제이기도 하지만 현실적으로 생각하면 동아시아의 공동체가 성립이 안 되어 반성하지 않는 것이다. 즉 같이 살아갈 사람이라는 느낌이 없기 때문이다. 따라서 같이 살 사람이라는 느낌을 만들어 내는 것이 아주 중요하다. 이를 위해서는 조금 전에 말한 대로 국가와 국가의 교섭이 아니라 개인과 개인의 교섭이 아주 중요하다.

정치인이 민족주의적 관점에서 문제를 다루어 나갈 때, 이에 반대되는 긴장을 가지고 일을 추진해 나가야 하는 자들이 문학인이고 지식인들이다. 하나의 공동체가 성립하기 위해서는 우선 자국에 대해 지식인들이 도덕을 주장해야 한다. 이는 다른 나라에 잘하기 위해서뿐만 아니라 자기 국가가 잘 살기 위해서도 필요한 것이다. 같이 사는 사람이라는 인식이 생길 때 자국의 정부를 도덕적으로 비판하게 된다. 자기 정부를 도덕적으로 비판하고, 국가 간의 관계에서도 적용되도록 노력하고, 이에 기초해 도덕적 공동체가 만들어지도록 노력해야 한다.

한일 양국의 문화교류와 내셔널리즘의 극복 방안

사회 현재 양국 간에 민간 교류는 확대되고 있다. 대중문화나 문화의 교류를 통해서 그동안 정치나 외교에서 기대할 수 없었던 상호 존중, 또는 관용의 정신의 싹을 볼 수 있다고 생각하는가.

오에 나는 무라카미 하루키의 소설이 한국에서 내 소설보다 더 잘 팔리고 있다는 사실을 기쁘게 생각한다. 하루키 문학은 일본과 한국을 깊게 연결시키고 있다. 횡적으로 연결되어 있는 매스 컬처, 한류 붐, 한국에서의 일본 소설 유행 등은 아주 큰 가치를 가지고 있다. 두 나라의 공통 기반이 점차 확산되고 있다는 의미이기 때문이다. 그러나 일본 정부가 하고 있는 일은 동아시아적인 공동의 것을 증진하는 것과는 반대의 방향이다. 외국 문화에 시선이 향하는 젊은이들에게 일본적인 것을 강조하거나 야스쿠니 신사를 강조하는 것이 고이즈미 총리의 방식이다. 일본 문화라는 독자적인 것이 있어서 야스쿠니를 참배함으로써 일본 문화를 보전하는 것이라고 말한다. 그것은 국가 이데올로기, 야스쿠니 이데올로기에 지나지 않는다. 야스쿠니 문화가 일본 전체를 잘 인도해 준다고는 누구도 생각하지 않는다.

독도 문제에 대해서도 독도가 일본의 영토이지 않으면 안 된다, 독도가 일본의 영토라는 것이 대단히 중요한 의미를 가진다고 생각하는 사람이 일본에 얼마나 있을까? 거의 없을 것이라고 생각한다. 독도 문제는 일본 정치가가 일본의 편협한 내셔널리즘을 선동하기 위한 방법에 지나지 않는다. 내셔널리즘은 소수의 정치 지도자가 국가를 자신이 원하는 대로 이끌기 위한 방법이다. 고이즈미 총리가 고조시키고 있는 내셔널리즘은 일본을 위해 좋은 역할을 수행하고 있지 않다고 생각한다. 나는 먼저 일본의 내셔널리즘에 반대하며 다른 나라의 내셔널리즘에도 비판적 자세를 취하고 싶다.

나는 여기서 영어로 프루덴셜(prudential)이라는 말을 강조하고 싶다. 이는 '신중한'이라고 번역된다. 신중히 행동한다, 사려 깊게 행동한다는 뜻이다. 자신과 다른 사람을 위해 장래 곤란한 일에 부딪히지 않도록 행동하며 서로 폐를 끼치지 않는다는 뜻이다. 다른 사람뿐만 아니라 자기 자신도 포함되어 있는 개념이다. 이것이 내셔널리즘보다 훨씬 중요하며, 김 선생이 말씀하신, 함께 살아가며 타자를 사랑한다는 것과 상통하는 것이다. 고이즈미 총리의, '중국과 대립해도 좋다, 야스쿠니 신사에 참배하는 것은 마음의 문제이다.'라는 생각은 결코 프루덴셜하지 못한 자세다. 동아시아 각국에서 민중들이 함께 장래 20년, 30년, 50년 후를 생각해서 프루덴셜한 구체적인 방법을 찾아내는 운동도 틀림없이 성공할 것이다. 이 프루덴셜이라는 마음의 문제가 동아시아 공동체, 동아시아의 곤란한 문제를 해결할 수 있을 것이다.

김우창 공동체를 만드는 데 있어서 프루덴셜에 더해서 그것을 넘어가는 절대적, 도덕적 명령도 필요하다.

맺으며

시간 사정상 청중으로부터 질문을 하나밖에 받지 못한 아쉬움은 있었지만, 예정 시간을 훨씬 초과하여 뜨거운 분위기 속에서 좌담은 막을 내렸다. 본 좌담의 출발 지점은 현재 동아시아의 갈등과 반목을 어떻게 극복할 수 있을 것인가, 나아가 동아시아의 평화 비전은 어떻게 도출할 수 있을까라는 문제였다. 이에 대해 두 대담자는 공히 국가 이익과 내셔널리즘에 입각한 공적 영역의 정치가나 이데올로그와는 구분되는 영역으로서 시민의 역할, 민간의 교류를 강조하였다. 이는 바로 편협한 내셔널리즘에 반대하는 동아시아 시민들의 대화와 연대를 의미하며, 시민들의 문화적 공동체 의식이라 할 수 있다. 국가 아이덴티티보다 강한 아시아 시민들의 문화적 공동체 의식이야말로 진정한 동아시아 문화 공동체를 낳을 수 있는 희망인 셈이다. 그리고 이곳에 도달할 수 있는 우리의 마음가짐으로 제시된 것이 모럴이며 프루덴셜이라는 덕목이었다.

특히 좌담의 말미에서 오에는 인생의 실패 중 하나가 아시아 언어를 배우지 않은 것이라고 말하였다. 이 말뜻 속에는 오에가 아시아 문화 공동체의 일원으로서 서로를 어떻게 이해해 갈 것인가라는 문제의식이 드러나 있다고 할 수 있다. 오에의 이번 한국 방문은 아시아 문화 공동체를 구축하기 위한 새로운 아시아를 발견하는 여정이었다고 할 수 있다.

오늘의 한국 사회와 비평 담론

《비평》 복간 기념 좌담

김우창
장회익
도정일
최장집
여건종

2006년《비평》겨울호

수학자 페렐만과 한국 사회

여건종 《비평》의 복간을 기념하는 좌담에 참석해 주신 편집자문위원 분들께 감사드립니다. 최근 한국 사회는 지적 담론의 양극화와 정치적·사회적 의사소통의 단절이라는 점에서 그 어느 시대보다 심각한 위기를 겪고 있다는 생각이 듭니다. 그런 만큼 더욱 객관적으로 현실을 조망하고 그것에 의거해서 대안을 제시할 수 있는 보편적 지성과 비평의 지혜가 요구되는 시점이기도 합니다. 이 좌담은 오늘의 상황에서 비평 담론은 어떠한 기능을 할 수 있는가에 대해 본지의 편집인과 자문위원 선생님들을 모시고 말씀을 나누어 보기 위해 마련되었습니다.

얼마 전 러시아 수학자 페렐만의 삶의 여정이 언론에 기사화되어 관심을 끌었습니다. 수학계의 난제로 꼽혔던 '푸앵카레 추측'을 풀어서 주목받았지만 수학계의 노벨상이라 불리는 필즈 메달 수상도 거부한 채 은둔하고 있다는 이 괴짜 수학자의 삶이 현재 우리가 어떠한 모습으로 살아가고 있는지를 생각해 보는 데 시사하는 바가 크다는 생각이 듭니다. 좌담 직전에 몇몇 선생님들께서 흥미 있는 언급을 해 주셨으니 페렐만으로 이야기를 시작하면 어떨까요?

장회익 학자란 원래 페렐만 같은 사람들일 겁니다. 사회적 보상을 염두에 두고 학문을 선택한 게 아니라 자기가 하고 싶은 연구를 하다 보니 자연스레 그 자리에 있게 된 사람들이지요. 하지만 현재의 한국 사회는 학계에도 자본주의적 가치들이 필요 이상으로 중요하게 간주되고 있습니다. 그러한 가치를 따라야만 명성이나 금전적 보상이 따르고요. 혹자에게 이것은 일종의 미끼가 되어 자신의 능력을 성장시키는 데 도움이 되기도 할 겁니다. 하지만 진리 탐구를 원하는 이들에게 그것은 방해물이 될 수도 있습니다. 이런 문제들을 해결하는 게 필요하겠지요.

도정일 페렐만 같은 이는 한국처럼 폭력적인 신자유주의가 넘쳐 나는 사회에서 굶어 죽기에 딱 좋은 사람일 겁니다. (웃음) 현재의 한국 사회가 고도의 재능과 창조성을 가진 이들을 허용할 수 있을지 의문이에요. 페렐만이 한국의 대학에 이력서를 내고 교수로 채용됐다고 가정해 봅시다. 대학에서는 그에게 언제 풀 수 있을지 장담할 수 없는 '푸앵카레 추측'에 매달리기보다는 대형 프로젝트를 따서 연구비를 받아 오라고 요구하겠지요. 단시간에 대학과 국가 경쟁력에 도움이 될 성과를 거둘 수 있는 연구에만 집중하라고 압박이 가해질 텐데, 이때 페렐만 같은 사람은 압력을 견디다 못해 사표를 내고 나오거나 구조 조정으로 명예퇴직 대상이 되기에 딱 좋은 인물형일 겁니다. 그렇게 대학에서 뛰쳐나와 자신이 하고 싶은 일만 하면서 살 수도 있겠지만, 대학에서의 퇴출을 단순히 개인의 선택이라는 잣대로만 바라볼 수는 없겠지요. 자유로운 선택을 어렵게 만드는, 문제의 집단적인 성격을 짚어야 하는 것이지요. 개인의 자유 영역이 존재하긴 하지만, 구석에 몰려 강요당하는 상황에서의 선택을 자유로운 선택이라고 보기 어렵고, 주변의 여러 상황 때문에 자신이 원하는 일을 선택하지 못하는 이들을 용기 없거나 비겁하다고 볼 수도 없습니다. 개인이 자유로운 선택을 할 수 있을 만한 분위기도 조성되어 있지 않고, 심지어 사회가 요구하는 방향과 다른 선택을 하는 개인은 철저하게 배제하는 게 지금의 현실이지요.

김우창 개인의 선택이 어려운 사회가 있고 쉬운 사회가 있을 텐데, 현재의 우리 사회는 전자에 속할 겁니다. 개인에게 일종의 결단을 요구하지요. 그런데 다른 한편으로 본다면, 페렐만 같은 이는 일반인들이 볼 때 분명 굶어 죽기에 딱 알맞은 사람 같지만, 실제로는 그렇게도 살 수 있다는 것을 자신의 존재 자체로 증명하고 있는 건지도 모르겠어요. (웃음) 현재의 한국 사회는 개인의 선택을 존중하지 않습니다. 자본주의적인 경쟁 질서는 그것대로 인정하더라도 그 안에서 개인의 선택은 존중받아야 하는데 그게 잘 안 되고 있지요.

그렇지만 여기서 하나 염두에 두어야 할 점은 개인과 사회의 문제를 함께 바라봐야 한다는 것입니다. 한 친구에게 들은 이야기인데, 미국의 한 아파트 주인이 시장 가격이 아니라 실비에다가 약간의 이익만을 덧붙여 자신의 아파트를 빌려주고 있다고 하더군요. 그런 것은 분명 그 집 주인의 개인적인 선택일 겁니다. 개인의 이익이 적더라도 사회에 도움이 되는 선택을 자발적으로 한 셈이지요. 한국 사회에도 그러한 개인들이 없는 게 아니거든요. 사회의 책임을 묻는 것은 필요하지만 거기에만 너무 집착하다 보면 개인의 도덕적 책임을 사회에 떠넘길 수도 있습니다. 그것은 경계해야 할 문제이지요.

최장집 페렐만은 분명 개인적으로 자신의 삶을 선택했지만, 한국 사회에서 그런 사람들이 살아남기는 쉽지 않을 겁니다. 사회 경제적 삶을 영위하는 데 많은 제약을 받기 때문에, 의식적이든 무의식적이든 그 테두리에서 빠져나오기 힘든 것이지요. 요즘 와서 서열이나 랭킹 같은 것들이 중심적 가치로 떠오르면서, 시장 경쟁에서 득세할 수 있는 것들이 우선시되고 목적 합리성에 따라 사회를 위계적으로 서열화, 조직화하는 현상이 엄청나게 많아졌어요. 그러한 가치에 비추어 보면 페렐만 같은 이는 시장 열패자로서 사회적 생존이 가능하지 않은 인물로 묘사되는 거고요. 이런 사람이 한국에서 생존이 가능할지, 아주 어렵게 먹고살 수밖에 없는 게 아닐지, 대학에 취직은 가능할지, 가능하더라도 어떻게 연구비를 탈 수 있을지, 여러 사회적인 압박들이 이런 사람을 허용할지 우려되는 것입니다.

최근 개봉한 영화 「괴물」을 보더라도, 저 역시 즐겨 보았지만, 작품의 내용적 측면보다는 관객 돌파가 중요한 화두로 제시되고 있습니다. 매일 얼마나 많은 관객들이 영화를 보았는지가 중요한 기삿거리가 되고, 관객 돌파에 동조하지 않으면 안 될 것 같은 분위기가 형성되고, 이런 게 심리적인 억압을 불러일으키는 것이지요. 경제에 관해서도 매번 수출이 얼마다, 국가들 가운데서 세계 경쟁력이 몇 위다 하는 식의 이야기들이 쏟아져 나오기 때문에 경쟁적인 분위기에서 헤어 나오지 못하는 상황이 연출되는 것 같습니다.

장회익 대학 사회 내에서 본다면 그런 현상은 특히 이공계가 심합니다. 점수를 매기는 방식이 결정되고, 프로젝트를 따와야 하고, 거기에 순응한 사람들이 업적을 냅니다. 페렐만은 우연히 성공을 거뒀기 때문에 알려진 것뿐이지요. 적어도 학문 세계에는 페렐만 같은 사람이 설 수 있는 공간이 필요합니다. 오히려 20~30년 전에는 그럴 여지가 더러 있었습니다. 대단한 업적을 요구하지도 않았고, 실제로 교수 하면서 먹고 놀았다는 사람도 있지만, 그 와중에도 페렐만 같은 방식으로 자신이 중요하다고 생각하는 것들을 신념 있게 해 나간 사람들이 있습니다. 지금은 그런 사람들이 버틸 수 있는 여지가 점차 사라지고 있어요. 경우에 따라서는 가능성이 보이는 사람에게 특정한 틀의 논문을 강요하기보다는 그냥 하고 싶은 연구를 마음대로 해 보라고 내맡겨 버리는 게 좋을 수도 있습니다.

도정일 미국은 따져 보면 한국보다 더욱 강성한 자본주의 시스템으로 운영되고 있습니다. 그럼에도 불구하고 거기엔 일종의 여지가 있어요. 미국의 많은 연구소들에서는 연구자들에게 직접 무엇을 연구하라고 요구하지 않습니다. "그냥 하고 싶은 연구를 하십시오." 그것뿐입니다. 한국적 상황에서는 전혀 불가능한 연구소겠지요. 이런 측면에서 한국의 자본주의는 미국의 자본주의보다 더 악랄하고 각박한 게 아닌가 싶습니다. 현재 한국 사회는 분명 어떤 체제적 결함을 갖고 있어요. 사회에 발 딛고 있는 구성원들을 과잉의 탐욕과 시장 속으로 밀어 넣고 있지요. 이건 일종의 집단적 부패, 혹은 정신의 집단적 타락을 초래합니다. 개인의 결단은 물론 중요합니다만, 사회 전체가 병적인 탐욕의 문화에 빠질 때 결단의 결여를 전적으로 개인의 책임으로 돌릴 수는 없겠지요. 부패를 심화시키는 외적 조건들이 한국 사회에 조성되어 있는 것이지요.

최장집 사회학적으로 보자면 막스 베버 이론의 주요 개념들 가운데서 목적을 어떻게 효율적으로 달성하느냐 하는 것을 뜻하는 목적 합리성이라는 말이 있습니다. 그런데 한국 사회의 경우는 어떤 목적이 추구할 만한 가치가 있느냐 하는 데 대한 성찰은 없이, 특정 목적이 어떤 계기에선가 설정되면 거의 맹목적으로 이를 추구합니다. 최근에는 시장 원리, 시장 효율성이 대표적입니다만, 시장 원리의 실현이라는 목적을 추구할 뿐만 아니라 시장 경쟁을 향한 드라이브가 전체주의적으로 추진되고 있다는 것이 문제라 하겠지요. 위에서 언급했다시피 랭킹에 대한 관심이 너무 많아져서 대학도 국내 몇 위냐도 아니고 세계 몇 위에 랭크되느냐 하는 것을 가지고 적극적으로 홍보에 활용하고 있습니다. 그렇게 되면 교육에서는 자연스럽게 그러한 것들을 뒷받침하는 교육 제도가 강화되고 사람들은 그러한 방향으로 몰려가겠지요.

페렐만 같은 사람이 나오려면 현재 나타난 결과가 아니라 그 사람이 앞으로 보여 줄 수 있는 잠재적 가능성에 대한 평가가 가능해야 합니다. 하나의 기준을 제시하고 거기에 맞춰 서열화하는 것이 아니라 다른 인간적, 합리적 가치들을 인정해야 하지요. 하지만 업적을 수치화하고 그것을 밀어붙이는 힘이 엄청나게 강해진지라, 요즘의 대학을 보면 이전의 대학보다 얼마나 더 지적이고 자유로우며 창의적인지 의구심이 듭니다. 요즘의 교수들은 자신에게 주어진 것을 하는 데 허덕이기 때문에 연구의 질보다도, 기존의 것들을 재조합하는 방식일지라도 어떻게든 뭔가를 만들어 내야 한다는 강박에 시달리고 있어요.

신자유주의의 이론적 대부로 일컬어지는 하이에크가 시장을 존중하는 이유는 그것이 개인의 자유를 확대한다고 믿기 때문입니다. 그런데 신자유주의가 속류화되면서 이런 하이에크의 이론이 효율성을 제고하고 생산성이 높아지므로 시장을 옹호해야 한다는 논리로 변용됩니다. 게다가 기본적으로 시장은 사회의 하위 구조로 작동해야 하는데, 이게 사회 전체의 가치로 확대되어서 사회 전반을 지배하게 되었지요. 이런 상황에서 인간의 창의성, 자유로운 선택, 휴머니티와 같은 가치들이 살아남을 수 있는 조건을 만드는 게 우리 앞에 놓인 커다란 과제가 아닐까 합니다.

김우창 많은 분들께서 사회적인 시각에서 문제를 짚어 주셨는데, 그것은 인정하되 거기에 매몰되지 않을 필요도 있다고 봅니다. 사회 중심적으로만 생각하다 보면 개인의 여지가 그만큼 줄어들 수밖에 없고, 그러한 사고 체계가 결국 개인의 선택에 장애가 될 수 있으니까요. 1998년에 필즈 메달을 받았던 리처드 보셔즈(Richard Ewen Borcherds)는, 대개의 수학자나 과학자들이 자신의 관심에만 몰두하며 사는 자폐증 환자 비슷하다는 말을 했습니다. 자기 일에 몰두하고 거기에서 보람을 느끼며 사는 사람들이 아직 이 사회에는 많아요. 사람이 본래 먹고살 여유만 있으면 나머지 일에 신경을 잘 안 쓰거든요. 인간에게는 사회적인 측면도 있지만 그렇게 개인이 원하는 걸 하려는 측면도 있습니다. 따라서 지나치게 사회적 측면만을 강조하는 게 오히려 좋은 사회를 만드는 데 장애가 될 수도 있습니다.

또한 이런 측면에서 인간성에 대한 재고도 필요합니다. 과거에는 대학에서 학생들을 가르치면서 출석을 엄격하게 부르지 않았어요. 급한 일이 있는 학생은 수업에 참석하지 못할 수도 있는 거고, 그걸 선생 입장에서도 이해하는 거고. 일반적인 규범이 지켜진다면 이게 널리 통용될 수 있는데, 그걸 악용하는 사람이 많아지니까 여러 제약들이 생기고 제도도 나오는 거지요. 자유를 악용하는 사람이 생기면, 그것을 제약하려는 움직임이 생기지요. 체제도 중요하지만, 체제는 개인적 도덕성이 뒷받침이 되어야 인간적인 것이 됩니다.

신자유주의적 세계화는 우리의 삶을 어떻게 변화시키는가

여건종 수학자 페렐만의 이야기에서 우리 삶을 큰 틀에서 규정하고 제약하는 조건과 그 안에서 개인의 자율적 선택이라는 문제에 대한 논의로 옮겨 갔는데요. 이 둘은 강조점의 차이는 있겠지만, 결국 같이 고려되어야 할 요소라는 생각이 듭니다. 즉 우리의 삶의 조건이 페렐만 같은 유형의 인간, 그러한 인간적 가능성을 더 이상 허용하지 않는 반면, 그 삶의 조건을 넘어서기 위해서는 페렐만과 같은 개인의 선택이 요구된다는 일종의 역설이지요. 그런 의미에서 우리의 삶을 변화시키는 가장 지배적인 힘이라고 할 수 있는 신자유주의적 세계화의 흐름 속에서 개인은 어떠한 선택을 할 수 있고, 해야 하는가의 문제에 대해 더 많은 이야기가 필요할 것 같습니다.

도정일 신자유주의는 자유의 확장을 말하고 있지만, 실제로는 자유의 이름으로 자유를 목 조르고 있습니다. 세계 시장 체제의 내부 모순이 계속 드러나고 있어요. 개인의 자유로운 선택과 결정은 점점 더 어려워지고 삶의 시간들은 숨 막히는 경쟁 속으로 휘몰리고 있습니다. 경쟁의 좋은 점은 개인의 탁월성을 드러나게 하는 것인데, 지금은 그 탁월성이란 것이 오로지 한 가지 탁월성, 시장 경쟁 환경에서 살아남는 기술의 탁월성으로만 좁혀져 있습니다. 개인, 사회, 국가 할 것 없이 마치 호랑이 등에 탄 모습이에요. 내릴 수가 없는 거지요. 나는 지금 우리 사회가 더는 견디기 힘든 사회로 돌입하고 있다고 봅니다. 과연 이 사회에서 살아남을 수 있을지, 그 깊은 두려움과 실패에 대한 공포가 사람들을 미치게 하고 있습니다. 부동산 놀이로라도 돈을 모아 두지 않으면 죽을 거라는 식의 공포와 불안 말입니다. 지금 우리 사회의 집단적 탐욕은 그런 공포와 불안에 뿌리를 두고 있습니다. 불안과 공포, 탐욕과 선망이 삶의 제1원리로 작동할 수 없는 사회를 만들어야 합니다. 그런데 호랑이를 멈출 수 있는 방법은 잘 보이지 않아요. 어떻게 하면 축소된 자유를 확장시키는 방향으로 지금의 시장 전체 주의 체제를 바꿔나갈 수 있을지에 대한 모색이 필요합니다. 이러한 방향 전환이 이뤄지지 않는다면, 그래서 현재의 흐름이 극단에 치달으면 결국 사회는 터지고 말 겁니다.

최장집 신자유주의가 개개인의 사회적·경제적·문화적·정신적 측면들을 변화시키고 있다면, 문제를 포착해서 그것을 이해하고 정리하려는 지적 노력이 선행되어야 합니다. 그걸 기반으로 어떤 의미 있는 대안을 모색해야지요. 그런데 이때 대안을 추상화시키는 우를 범해서는 안 됩니다. 신자유주의라는 용어가 추상화되어 있는 만큼이나 반신자유주의 역시 추상화되어 있습니다. 신자유주의를 저지하고 극복하기 위한 담론들마저 신자유주의의 나쁜 측면을 닮아 가곤 합니다. 이런 것들은 문제 해결에 도움이 안 되지요. 대안은 보다 현실적이고 구체적으로 모색되어야 합니다. 추상화되고 도식화된 용어를 쓰다 보면 현실이 소외되고, 현실로부터 괴리된 운동과 반운동이 헛바퀴 돌듯 돌아가는 형국이 될 수도 있습니다.

김우창 자유주의라는 용어의 추상화 문제를 지적해 주셨는데요. 이 용어에 함몰되어 모든 문제를 신자유주의의 탓으로 환원시키는 것도 문제입니다. 세계의 몇몇 나라를 제외하고는 모두 신자유주의 체제 속에 살고 있는데, 유독 한국에서만 발생하는 문제들이 있습니다. 이걸 과연 신자유주의 탓으로 볼 수 있을지요? 구체적인 개선의 방안을 강구해야지요. 우리의 현실을 직시하는 것이 중요합니다. 대학의 경우는 특히 그러합니다. 또한 신문에 보도된 여론 조사를 보면 한국인의 행복 지수가 그 경제력에 비하여 매우 낮은 것으로 나타나는데, 왜 한국 사람들이 스스로 불행하다고 느끼는지, 우리의 사회 문제도 그러한 현실에서 출발해야만 문제를 해결할 수 있습니다.

최장집 영국의 정치 철학자 존 그레이는 신자유주의를 자유주의와 대립하는 것으로 이해합니다. 자유주의는 자발성이라는 장점을 가지고 있는데 반해, 신자유주의는 오히려 전체주의적인 이데올로기의 성격을 갖는다는 것이지요. 즉 신자유주의는 금융 자본의 세계화를 핵심으로 하는 경제적 독트린이고 매우 좁은 이념적·개념적 장치인데, 이것이 일종의 교리가 되어 전 세계적으로 강제되고 있다는 것입니다. 또한 신자유주의는 경제 정책적 관점에서 워싱턴 컨센서스라고 부르기도 합니다만, 분배에 우선하여 자본 축적을 도모하는 조세 정책, 민간 영역에서 국가의 역할을 최소화하는 산업 정책, 그리고 복지의 축소를 핵심 내용으로 삼고 있습니다. 이러한 정책적 요소들은 1970년대 중반부터 1980년대 초반에 이르기까지 형성된 것으로서, 미국의 레이건 정부와 영국의 대처 정부를 통해 구체적으로 실현되었는데, 한국의 민주 정부들은 개혁의 이름으로 이 독트린을 단시간에 과격하게 관철시키면서 여러 문제를 만들고 있다고 봅니다.

장회익 정부의 조급증도 문제였겠지만, 과연 우리 정부가 제대로 자신의 생각을 관철시킬 수 있는 여건에 있었는지도 고려해야 합니다. 국내의 정세와 세계적 흐름을 함께 봐야 하는 것이지요. 저는 신자유주의라는 개념보다는 좀 더 쉽게 정치적, 경제적 힘에 바탕을 둔 자유 경쟁주의라는 말을 쓰고 싶은데요. 이런 이데올로기를 통해 미국은 유럽을 누르며 성장했습니다. 자유 경쟁주의는 부분적으로 분명 성과를 냈습니다만, 이게 전반적으로 팽배해 있다는 게 문제일 겁니다.

일정 세력을 형성한 이들, 국가 단위로 보자면 미국, 유럽 같은 선진국들은 이 이데올로기에 적응해서 빨리 나아갈 수 있겠지만 그 흐름에서 뒤처지는 상당수는 어떻게 할 것이냐의 문제가 남습니다. 전 세계적인 관점으로 볼 때 그러한 흐름에 가장 크게 희생되는 것이 바로 생태이지요. 생태 문제는 경제 지표에 잡히지 않는다는 이유로 무시되고 있습니다. 게다가 신흥 산업 국가들은 실물화되는 것만을 중시하고 그것을 신념화하는 경향이 강합니다. 앞으로 자유 경쟁주의의 흐름이 계속 강하게 몰아닥치면 이후 그것이 어떤 결과를 낳을지 예견하고, 그러한 신념의 위험성을 알려야 합니다.

도정일 신자유주의의 문제를 논하면서 정부와 시장 세력의 문제가 혼재된 채 논의가 진행되고 있는 것 같은데요. 지난 10여 년 동안 사회 전 영역을 장악하고 있는 것은 사실상 정부라기보다는 시장 세력입니다. 현재의 정부는 오히려 시장 세력에 비해 영향력이 처지고, 그 역할도 많이 위축되어 있습니다. 정권을 무력화시키는 다른 세력들이 거세게 등장한 것입니다. 따라서 정권의 문제와 신자유주의의 문제는 나누어서 논할 필요가 있습니다.

노무현 정권, 무엇이 문제인가

여건종 도정일 선생님도 말씀하셨듯, 결국 이 사회에서 실질적인 영향력을 행사하는 권력과 — 그것은 결국 시장이 되겠지요. — 정책 실행 주체로서의 정부 문제가 대두되는데요. 노무현 정권의 성격 규명과 함께 현 정권을 둘러싸고 있는 정세에 대한 이야기가 좀 더 논의되어야 할 것 같습니다. 진보 진영의 입장에서 보면, 지난 수십 년간의 민주화를 위한 노력의 결실로 이해되었던 참여정부의 등장이 결국은 진보 진영의 지리멸렬한 분열로 귀결되는 현 상황을 받아들이기 어려웠을 것입니다. 적어도 대선을 앞둔 현 시점에서의 정치적 조직의 모습이 그렇다는 것이지요. 좀 거시적인 관점에서 본다면 우리 정치 현실의 현 단계에서 노무현 정권의 현재의 모습은 진보 정권이 가지고 있는 내재적 한계와 관련될 겁니다. 즉 어떠한 진보 정권도 그 지지층이 가지고 있는 정치적, 경제적 요구를 현실 정치 속에서 충분히 구현하기에는 뚜렷한 한계가 있다는 것이지요. 이것은 현 정권과 관련된 거의 모든 정치적, 경제적 어젠다에서 보수 진영과 진보 세력으로부터 정반대의 이유로 공격을 받고 있다는 데서 잘 드러납니다. 그럼에도 불구하고 진보 정권으로서의 노무현 정부가 정치 철학이나 일관성에 있어 심각한 문제를 가지고 있다는 점은 지적이 되어야 할 것입니다.

도정일 노무현 정부는 자신이 무엇을 해야 할지에 대한 막연한 그림만 그린 채, 실행 주체로서의 준비가 부족한 상태에서 정권을 넘겨받았습니다. 또한 시장 세력과의 관계는 우호적인 것도 아니었고 그렇다고 적대적인 것도 아니었어요. 개혁의 의지는 비교적 선명했지만 개혁을 추진하고 실행할 유효한 수단은 갖고 있지 못했고, 정권을 담당한 이후 그런 수단을 만들어 내지도 못했습니다. 기득권을 지키려는 보수 언론이나 시장 세력의 비합리적이고 반사회적인 이해관계에 맞서 개혁을 실행하기에는 너무도 힘이 약했어요.

그러나 나는 노무현 정권이 광복 이후의 역대 정권들 중에서는 우리 사회를 적어도 정치적으로 어떤 방향으로 발전시켜야 하는지에 대한 가장 선명한 비전을 가진 정부였다고 생각합니다. 민주주의 발전을 위한 헌신과 명제가 상당히 분명했고, 권력 민주화를 위한 업적도 남겼습니다. 지방분권, 검찰 독립 등은 그런 업적에 속합니다. 그런데 사회는 좀체 잘 변하지 않습니다. 합리적 변화를 위한 시도라 할지라도 그것에 저항하는 기득권 세력의 힘은 강대하지요. 현명한 설득, 반대 세력의 포섭, 여론의 지지 등이 있어야 개혁이 가능합니다. 노무현 정권은 우리 사회의 개혁 과제와 그 필요성을 대중적으로 설득해서 다수 국민의 지지를 얻는 데 너무도 미숙했던 것 같아요. 개혁을 지지하게 하기보다는 개혁의 피로를 느끼게 한 측면이 더 강합니다. 개혁 정책이 서민의 삶을 더 어렵게 한다는 인식이 널리 퍼지면서 노 정권의 개혁 시도는 좌초됩니다. 워싱턴 권부를 어떻게 다루어야 하는가에 대한 전략도 부족했습니다. 그러나 나는 여전히 노무현 정권이 역대 정부들 중에서는 도덕성의 수준이 가장 높았던 정권이라 생각해요. 그런 정권이 국민 설득에 실패했다는 것은 우리의 정치적 비극입니다. 대통령 자신이 "권력은 이미 시장으로 넘어간 것 같다."라고 말하는 상황까지 벌어지게 되었습니다. 이건 정치 지도력의 포기 선언이나 다름없었습니다.

최장집 신자유주의하에서 정치 혹은 민주 정부의 역할이 중요하다고 보는데요. 그런데 세계 어느 나라든 신자유주의가 영향력을 행사하고 있지만, 그것의 문제 해결은 기본적으로 각 나라의 정부가 해야 할 일이라고 봅니다. 같은 신자유주의를 한다고 하더라도 한국이 유럽의 복지 국가들과 다른 결과를 낳는 것은 정치 체제와 정책의 효과 때문입니다. 그렇다면 왜 문제를 정치적으로 해결하지 못하는지 따져 봐야 하는 것이지요.

이렇게 보자면 노무현 정부가 논의의 대상이 될 수밖에 없는데, 저는 우선 이 정권의 출발부터 살펴보고 싶습니다. 노무현 대통령은 한 정당의 중심에서 출현한 대표가 아니라, 누구를 대표하고 어떤 비전을 가지고 어떤 정책을 표방하는지 성격이 애매모호한 당의 주변부에서 출현했는데, 이는 대통령의 포퓰리즘적 성격과 관련된다고 봅니다. 대의제 민주주의는 정당의 검증을 통해 대중이 요구하는 것을 정제하도록 하는 절차를 포함하도록 제도화되어 있지요. 그런데 운동적 정조가 강한 진보 진영의 많은 인사들은, 직접 민주주의, 즉 대의제나 선거라는 방법을 통한 절차적 과정을 뛰어넘는 민중적 요소들에 너무 많은 기대를 걸고 있는 것이 아닌가 느껴집니다. 지도자로서의 노무현은 민중적 분위기 속에서 정당의 필터링을 거치지 않은 경선제를 통해 만들어졌습니다. 이때의 민중성이란 무비판적으로 긍정하기만은 어려운 측면이 있지요.

결국 그런 과정을 통해 대표가 만들어졌다는 사실과, 원래 대통령제가 갖는 특성이 결합하면서 한 인물로서의 개인의 능력이 너무나 중요한 결과를 만들어 내게 되었지요. 권위주의하에서부터 대통령제를 특징으로 하는 한국의 정치 전통을 통해 우리는 국가 권력의 사인화 현상을 경험해 왔습니다. 허약한 정당 기반을 가지고, 지지 기반이 협소한 지도자에 의해 권력이 운용되는 것은, 많은 위험 부담을 안을 가능성이 크지요. 대통령은 정당을 대표하는 리더십을 통해 방대한 국가 기구를 조율하는 시스템인데, 대통령의 리더십이 부족하고 정당과 대통령의 연계도 약한 상태에서 정부 수반으로서의 리더십이 허약해지면서, 국가 권력이 분산되어 정부 부처들이 따로 움직이고 있습니다. 여기서 오해하지 말아야 할 것은 대통령의 리더십이 약하다는 것과 국가 권력이 약하다는 것은 구분되어야 한다는 점입니다. 또한 정책적인 측면을 보자면, 현 정권은 정책 내용과 방향이 옳으냐 그르냐, 개혁적이냐 아니냐를 따지기 이전에 정책을 구체적으로 실현할 수 있는 시스템을 발전시키지 못했다는 것입니다. 대통령이 언표화하는 레토릭, 또는 이를 통해 설정된 목표와 그것을 실행할 수 있는 능력 사이의 차이랄까요. 그런 데다가 대통령이 국민들에게 신뢰를 주지 못하는 스타일로 문제를 풀어 가려고 하는 것도 문제입니다. 정책적 내용이 논란을 불러오기 이전에 이런 문제로 인해 스타일에 저항하는 정서적, 감정적 문제가 먼저 불거져 나오는 거지요.

도정일 노무현 정권은 분명 포퓰리즘적인 과정을 거쳐 탄생했습니다. 그런데 포퓰리즘은 단지 현 정권을 탄생시키는 데에만 있었던 문제는 아닙니다. 포퓰리즘과 결부시켜 보자면, 지금 우리 사회가 보이는 '쏠림 현상'은 민주 사회의 다양성을 위협하는 무서운 현상 중 하나입니다. 20세기 초 세계 지성들이 우려했던 '대중화 사회'의 가장 노골적인 국면이 지금 한국에서 발생하고 있어요. 이성적이고 비판적인 매개를 상실한 채 사회적 이성이 작동할 겨를 없이 원초적 감성주의와 충동적 동기로 결정하고 행동하는 현상은 민주 사회의 최대 위협입니다. 포퓰리즘이 파시즘을 배태하는 순간이지요. 이성적인 사유와 토론을 거쳐 공적 이슈들을 담론화하는 과정을 거치지 않은 채 충동과 격정, 감정에 휩싸여 행동하는 반지성적·무성찰적 태도는 한국 민주주의를 위기에 빠트릴 수 있습니다. 나는 지금의 우리 사회가 가장 부정적인 의미에서 '신대중화 사회'의 길로 접어들었다고 봅니다. 노무현 정권이 아닌 다른 어떠한 진보 정치 세력이 등장한다 하더라도 이 문제는 크나큰 부담이 될 겁니다.

김우창 국민들이 자신의 정치적 의사를 표현해서 대표를 선출했다면, 문제의 해결 주체로서 정부에 기대를 거는 것은 당연한 일입니다. 정부는 판단력 있게 해결의 가닥을 잡아 정책을 실행에 옮겨야 합니다. 이걸 못하면 당연히 비판받아야 하는 것이고요. 만날 비가 와서 아무것도 못한다고 얘기하는 것은 아무 소용없는 일입니다. 비 탓만 해서는 어떤 문제도 해결할 수 없지요. 우산이나 우장을 마련하고, 우중에 공사하는 것을 연구해야 하고, 비로 인한 피해를 막아 내는 시설을 서둘러 만들어야지요. 마르크스는 사람은 역사를 창조하되, 주어진 여건 속에서 역사를 창조한다는 말을 한 적이 있습니다. 역사를 창조한다는 부분보다도 뒷부분이 중요합니다. 신자유주의는 어떤 나라든 부딪치는 문제입니다. 만날 비가 오고, 일상적으로 신자유주의가 우리를 옭아매고 있더라도, 그것만을 탓하고 있어서는 안 됩니다. 합리적 절차에 따라 국가 체제를 다져 나가면서 정책적 타결책을 모색하는 것이 정부가 할 일인데, 정책은 안 보이고 오히려 감정적 민중주의에 기대는 측면이 강한 듯합니다. 양극화면 양극화, 부동산 문제면 부동산 문제, 이러한 것들을 해결하는 구체적인 방안 없이 감정을 부추기고 편 만들기에 몰두하는 한, 대안은 결코 도출될 수 없습니다.

장회익 포퓰리즘적인 측면도 문제이지만, 민주주의 자체에 대한 점검도 필요하다고 봅니다. 미국에서는 전형적인 민주주의가 실현되고 있는 것처럼 말하곤 하지만, 그러한 제도를 통해 당선된 사람이 부시 대통령이거든요. 가장 모범적인 민주주의의 나라에서 어떻게 저런 사람이 대통령으로 당선될 수 있었을까 의아하지요. 현재 미국이 국제적으로 막강한 영향력을 행사하고 있고, 직접적으로 그 영향력을 휘두르는 이가 바로 부시인데, 그가 여러 일들을 밀고 나가는 것을 보면 정말 걱정이 됩니다. 미국인들이 세계적인 비전을 가지고 전 세계의 대통령으로 그를 뽑은 것도 아닌데, 그는 전 세계를 움직이고 있고, 그에 대한 제어는 마땅치 않은 상황이지요.

최장집 장회익 선생님이 말씀하신 부분은 굉장히 중요한 지적입니다. 민주주의라는 게 처음 만들어졌을 때는 합리적이고 이상적인 제도였지만, 이후에 그것이 작동하는 과정에서 여러 문제가 발생합니다. 일반 투표자들이 합리적으로 투표를 할 수 있는 여러 기제들이 필요한데, 그것이 망가지고 있습니다. 여러 사안들에 대한 국민들의 이해와 상관없이 그저 한 사람이 한 표씩 행사하는 것만으로도 민주주의는 형식적으로 완성되지요. 이때 중요한 것이 정당입니다. 정당이 여러 중요한 사회적 요구나 이해관계들을 대변하고 그 가운데서 정책이 돼야 할 문제들을 점검하고 필터링을 해서 정치적 이슈 및 정책 사안으로 만드는 일을 해야 하기 때문입니다. 그런데 정당이 이러한 사회적 이슈들을 제대로 가려내지 못하고, 사회의 거대 조직들의 이익이나 특정 이익 집단들의 이익이 과다하게 대표되면서, 실제의 중요한 사회 경제적 이익이나 요구들이 이슈로 만들어지지 못하고 있어요. 게다가 정치가 돈과 점점 더 긴밀하게 연결되고, 거대 기업의 이해관계를 대변하는 매스 미디어의 영향력이 점점 커지는 것도 문제고요. 이러한 현실들이 미국 민주주의를 제대로 기능하지 못하게 만들고 있습니다. 한국 역시 그러합니다. 민주주의라는 제도가 제대로 운용될 수 있도록 여러 조건들을 갖추는 작업이 절실히 요구되는 상황이지요.

도정일 정치의 내적인 측면과 외적인 측면에 대한 전반적인 점검이 필요할 텐데요. 정부가 어떤 정책을 실행하려 할 때 부딪치는 외적인 요소들도 고려해야 합니다. 상속세, 부동산, 권력 분산 등의 문제에 대해 노무현 정권이 개혁을 시도하지 않았던 것은 아닙니다. 정권의 실질적인 정책 집행력도 부족했지만, 현 정권이 봉착했던 거대한 저항에 대해서도 살펴야 합니다. 시장 세력이 상당한 합리성을 갖는 부분이 있는가 하면, 악성 자본주의일수록 불합리한 부분도 많습니다. 특히 보수 언론의 문제가 심각한데요. 한국 보수 언론들은 보수주의가 아니라 이권 수호주의, 반지성적 비공정성의 잣대로 정부의 정책들을 재단하는 경우가 많습니다. 결국 비합리적인 시장 세계의 욕망과 보수 언론의 야심이 결합해서 약체 정권이 제 기능을 할 수 없도록 뒤흔드는 것이지요. 마치 정권이 잘하기만 하면 모든 문제를 해결할 수 있는 것처럼 몰아가는 것도 문제입니다. 현 정권이 자신의 플랜을 제대로 펼칠 수 없었던 요인 중 하나가, 개혁을 저지하고 기득권을 지키려는 사회 세력들의 동맹 때문이 아닐는지요.

최장집 지금 도정일 선생님이 말씀하신 부분 역시 분명 잠재적으로 정부를 제약하는 조건일 겁니다. 그런데 이러한 문제를 해결하려면 결론적으로는 다시 유능한 정부를 만드는 문제로 돌아가야 합니다. 구체적으로 한 사례를 들자면, OECD 국가들과 비교해 볼 때 한국의 GDP 대비 또는 전체 정부 지출 대비 복지 지출 비율은 최하위권으로 매우 적지만, 그래도 정부 지출은 느리게 증가해 왔습니다. 그런데 문제는 정책의 방향이 아니라 정책을 위한 프로그램과 방법에서 생겼어요. 전체 경제 정책에서 사회 복지 정책이 체계적인 지위를 갖지 못하고, 그 속에 지속적인 운용 프로그램이 없기 때문에, 그저 정부 지출로 자금을 푸는 게 전부인 것 같습니다. 이건 지속적이고 체계적으로 발전할 수 있는 복지 정책이라고 하기 어려워요. 단시간에 몇백 억의 돈을 푸는 것은 예산 낭비일 뿐입니다. 현 정권의 힘이 미약하고, 시장이나 시장 지지 세력 그리고 보수 언론의 힘이 강하다는 건, 분명 정부 입장에서 사회 복지 정책을 펴 나가는 데 장애가 될 겁니다. 하지만 오히려 제대로 된 다른 좋은 것이 나타났을 때에는 더 강력한 지지를 불러올 수도 있진 않을까요.

김우창 기본적으로 복지를 늘리는 건 필요하지만, 그것만으로 사회 문제가 해결되는 것은 아니지요. 고용 창출이 근본적인 해결책일 텐데, 이에 대해서는 정부가 문제의 해법을 갖고 있지 않은 것 같아요. 신자유주의 문제에 대해서도, 좀 다른 측면의 접근이 필요할 것 같습니다. 제3세계 국가들은 신자유주의 때문에 나름 발전한 측면이 있습니다. 반면에 유럽에서는 제3세계 국가의 값싼 물건들이 국내로 유입되는 문제에 어떻게 대처할지 고민하고 있고요. 우리의 입장에서 어떻게 자기방어를 하면서 나아갈 수 있을지, 정부가 그에 대한 비전을 보여 줘야 하는데 그렇지 못했지요.

도정일 얼마 전 경기도 화성에 들른 적이 있는데요. 그 일대가 눈 뜨고 볼 수 없을 정도로 난개발되고 있는 걸 목격했습니다. 그런 환경에서는 정말 살인 사건이 일어날 수도 있겠다는 생각이 들었어요. (웃음) 사실 이건 화성만의 문제가 아니라 우리나라 전 국토의 문제일 겁니다. 지방 분권은 현 정권이 애써 이룩한 민주적 실적 중 하나입니다. 그러나 우리처럼 민주적 문화나 관습이 착근되지 않은 나라에서 권력부터 분권되다 보니 지방 정부의 난개발주의 앞에서 속수무책입니다. 지방 정부의 지역 이기주의적 이해관계를 떠나서 전체를 고려하고 공공성의 원칙을 희생시키지 않을 때에만 지방 분권이 효과를 거둘 수 있는데, 우리 현실은 그렇지 않은 것이지요.

최장집 저는 지방 분권이 오히려 신자유주의 혹은 세계화의 가장 본질적 측면 중 하나라고 봅니다. 물론 과도하게 집중된 중앙 권력을 분산하는 건 옳습니다. 그러나 실제로는 도정일 선생님도 말씀하셨듯 난개발과 환경 파괴를 야기했지요. 저는 이러한 상황에서 지방 정부에게 전권을 주기보다는 중앙 정부에서 이를 조율하는 것이 필요하다고 봅니다.

장회익 노무현 정권에 대해서는 여러 가지 비판 여론이 있지만, 그중 거의 대부분은 신자유주의적인 관점에서 비롯된 것들입니다. 규제 풀어라, 간섭하지 말아라, 계속 이렇게 주장하는 거지요. 그 외의 소수 세력들이 왜 규제를 못하느냐고 얘기하는 것이고요. 문제는 이러한 상황을 비판하되 대안을 찾는 것이라고 생각합니다. 현재 신자유주의는 대세를 이루고 있고, 그 가치가 민중적으로 확산되고 있습니다. 일부 중진국이 선진국으로 도약할 때 이러한 가치가 효과적으로 쓰일 수는 있지만, 전 세계적인 현상으로 신자유주의의 확장을 볼 때 비관적인 측면이 많습니다. 특히 이를 통해 피해를 보는 사람들마저 이 이데올로기에 쏠려 가는 것을 제어할 방법을 찾아야 합니다. 이것이야말로 지성계가 해야 할 몫이 아닐까 싶은데요. 지금으로선 우리 지성계마저 거기에 빨려 들어가 있는 것처럼 보입니다. 대학도 신자유주의 체제에 짜 맞춰진 연구에 빠져 있고, 언론은 거기에 앞장서고 있으며, 상당수의 지식인들이 언론에 그러한 글을 쓰고 있고요.

한국 사회, 대안은 있는가

여건종 이제까지 현재의 한국 사회에 관한 문제점들을 많이 지적해 주셨는데요. 신자유주의라는 현실적 조건 속에서도 보다 근본적인 의미에서의 민주주의적 삶의 가능성을 확대하고, 개인의 삶을 질적으로 고양시킬 수 있는 방법을 모색하는 것이 정치의 역할이고 선출된 권력의 의무인데, 노무현 정부가 이것을 성공적으로 수행했다고 평가하기는 어려울 것 같습니다. 물론 이 정부가 상대해야 했던 대상들 — 그것이 미국의 부시이건 북한의 김정일이건 세계 자본주의의 현실이건, 부동산이라는 시장의 괴물이건 간에 — 이 다루기에 너무 벅찬 것들이었다고 할 수도 있고, 현 정권의 일부에서 이들을 대상으로 이만하면 잘 했다고 생각하는 사람들도 있을 수 있겠지만, 실제 일반 사람들의 삶에서 구체적으로 나타나야 할 정책적 성과가 너무 빈약합니다. 그러나 다른 한편으로 생각하면 노무현 정부가 실제로 부딪쳐야 했던 문제들은 현 정권이 대면해야 하는 문제이기도 하지만, 우리 사회 전체가 대면하고 풀어 가야 할 문제이기도 합니다. 그런 의미에서 현 정부에 대한 비판도 중요하지만, 대안을 같이 모색하는 것도 필요하다는 생각입니다.

장회익 저는 정말 별 게 없다고 봅니다. 원칙적인 이야기일 수 있겠지만, 우선 문제 자체를 정확히 파악하는 것이 가장 중요합니다. 중립적인 입장에서 사실을 정확히 파악하고 정리해서 그 문제의 해결책을 모색해야 합니다. 저는 생태에 관심을 갖고 있지만, 정확한 사실 파악을 기반으로 하지 않는 겉핥기식 느낌의 생태주의에 대해서는 반대합니다. 또한 국민들의 최대 관심사인 경제에 대해서도 이것만을 분리시켜 접근해서는 안 된다고 봅니다. 생태 없이, 경제 없이, 각각을 분리시켜서 바라보는 관점도 위험합니다. 생태와 경제 이들 모두를 통합적으로 바라봐야 하지요. 관계들을 복합적으로 보면서 적절한 안목을 갖는 게 필요합니다. 그리고 학자들이 이런 일들을 찬찬히 해 나가야 합니다. 많은 학자들이 성과 위주의 연구에 빠져 있고, 학문의 풍토도 파편화되어 있습니다. 하지만 이러한 것들을 극복하고 한 발자국 더 나아가 현 세계에 대한 근원적인 문제를 살피고, 적어도 지식인층에서라도 공감대를 얻을 의미 있는 가치관을 만드는 작업을 해야 합니다.

김우창 사회 구조적인 문제도 있겠지만, 문화적인 측면도 다시 한 번 살펴볼 필요가 있습니다. 우리는 너무 투쟁적으로 이야기하는 데 익숙해져 있는데, 저는 부드러운 언어로 사람들을 설득하는 훈련이 절실히 필요하다고 봅니다. 문제에 대한 중립적인 시선과 거리 유지, 그리고 긍정적 가치에 호소하는 설득들이 필요합니다. 원한의 정치에서 화해의 정치로의 이행이랄까요. 원한이 있더라도 그것을 이해시키고 화해하는 도정을 만들어가야 합니다. 또한 전 지구적인 문제로 대두되고 있는 생태 문제에 대해서도 우리 나름의 고민을 하고 대안을 만들어야 합니다.

여러 곳에서 다양한 생태 문제가 발생할 것이라고 경고하고 있지만, 우리나라는 이에 대해 장기적 계획을 갖고 있지 않은 듯합니다. 단적으로 일본에서는 1970년대부터 에너지 고갈 문제를 고민해 왔고, 그때부터 지금까지 에너지 레벨을 같은 수위로 유지하고 있습니다. 또한 지하수의 흐름을 살펴 가며, 그 물을 이용할 수 있는 방법을 모색하면서 건물을 지어야 한다는 일본 환경 운동가의 주장에 건축 업자들의 동의와 공감을 끌어냈다는 이야기도 들었습니다. 생태를 보존하지 말자고 주장하는 사람은 없을 겁니다. 그러나 그에 대한 대책을 마련하고 실천하는 데에는 오랜 시간이 걸리고 장기적인 교육이 필요합니다. 이를 위한 프로그램들을 마련하는 게 급선무일 겁니다.

도정일 지식인과 시민 상당수가 개발 중심주의 이데올로기에 함몰되고 시장 제일주의자가 되어 공공성이나 공공의 가치를 시궁창에 내던지는 상황에서 민주주의가 가능한가라는 의문이 들 때가 있습니다. 어떻게 하면 표를 얻을 수 있는지 빤히 보이는 상황에서 감히 정부가 공동선과 공적 가치를 지향하는 행보를 취할 수 있을지 의문입니다. 이런 상황에 대한 타개책은 시민 사회의 활성화와 시민 교육에서 찾아야 한다고 봅니다. 공동체, 사회, 문명, 세계를 시민의 안목에 넣을 수 있는 폭넓은 인문적 가치 교육, 공공성의 가치를 지켜 내기 위한 시민의 활동, 민주주의를 위한 시민 교육이 절대적으로 필요합니다.

최장집 어떤 시대에나 당대의 지배적인 가치는 항상 있어 왔습니다만, 그러한 시대정신은 항상 과도하게 흐르면 그걸 견제하고 다른 방향으로 움직이는 측면이 있습니다. 세계사를 긴 안목에서 보자면 그러한 지그재그의 연속이 아니었나 생각합니다. 문화 예술의 폭발적인 발전과 아울러 휴머니티가 만발했다는 르네상스 시대만 하더라도 인간의 물질적 타락이 종말에 가까웠다고 설파하면서 신정 정치를 실현하려 했던 사보나롤라와 같은 인물이 득세할 만한 혼란과 사회적 타락이 있지 않았습니까? 특정 시대의 단면은 절망적인 경우가 많은데, 그걸 전부라고 보아서는 안 되겠지요. 사회는 부정적인 요소를 많이 만들어 내지만 또한 그 안에서 이런 부정적인 측면을 개선할 수 있는 공간을 남겨 왔습니다. 그러니까 사회가 현재까지 유지돼 왔겠지요. 사회가 부정적인 측면을 창출해 낸다는 것은 어느 사회나 공통적인 것으로 보이고, 문제는 한 사회가 스스로 이를 개선할 수 있는 능력을 갖느냐 갖지 않느냐에 있다고 봅니다. 한국의 정치적 전통을 살펴보면, 권위주의가 자리 잡기 쉬운 풍토임에도 불구하고 독재 정치에 대한 저항의 역사가 매우 강합니다. 후자의 맥락들은 민주화 운동과도 연결될 수 있을 텐데요. 반면에 저항을 통해 개혁 세력이 집권했을 때 이러한 정권을 좋은 정부로 만드는 데에는 능숙하지 못합니다. 한국 정치가 앞으로 풀어야 할 과제는 민주적인 방법으로 어떻게 좋은 정부의 모델을 만들 수 있을까 하는 문제가 아닌가 싶습니다.

비평 담론을 어떻게 만들어 갈 것인가

여건종 이제까지 선생님들께서 분석하고 진단해 주신 우리 사회의 문제들과 관련하여 한국 사회에서의 비평 담론의 역할과, 좀 더 구체적으로 《비평》의 기능은 어떠한 것이어야 할지에 대해 말씀해 주시면 《비평》이 나아가야 할 방향을 설정하는 데 도움이 될 것으로 생각됩니다.

최장집 오늘날 우리 사회가 많은 문제를 안고 있다는 것은 두루 알고 있는데, 이들 문제를 해결코자 하는 관심과 노력은 여러 방향에서 나올 수 있다고 봅니다. 누구도 여기에서 이 문제를 다 말할 수는 없겠지요. 《비평》에 참여하는 분들은 지식인들이니까, 지식인으로서 이 사회에 대한 역할이란 비판적 이성이 소통되고 그로부터 새로운 언어와 담론이 형성될 수 있는 공론의 장을 만드는 일이 아닐까요. 여기에서 토의하는 문제와 관점, 그리고 퍼스펙티브와 담론들이 사회에 제시될 때, 사회 내에 잠재적으로 문제의식을 공유하면서도 흩어져 있는 사람, 그룹들이 그러한 문제들에 관심을 갖게 되고 논의의 장을 확대해 가는 지적 공간을 생각해 볼 수 있겠습니다. 무엇보다 먼저 우리가 몸담고 있는, 발 딛고 서 있는 삶의 현실과 가장 가깝고 중요하다고 생각하는 것으로부터 문제를 발견하고 진실을 추구하려는 노력이 첫 출발점이라고 봅니다. 이를 위해서는 문제의 해결을 위한 해답을 제시하려 하기보다 무엇이 문제인가를 발견하는 것, 그리고 이를 가능한 한 정확하게 적시(摘示)하는 것이 중요하지 않을까 생각합니다.

현재의 우리 사회는 문제를 인식하고 판단하는 데 있어 이성적 논의를 비판적으로 거치지 않은 가치나 비전의 힘들이 횡행하면서 그냥 사회를 지배하는 것으로 보이고, 이데올로기가 너무 강한 것이 아닌가 싶어요. 획일주의와 휩쓸림이 너무 강해서 어떤 지적 전체주의의 분위기 같은 것이 느껴집니다. 그렇기 때문에 스스로 생각하는 힘을 기르는 것이 중요하다고 봅니다. 자유와 다양성은 이렇게 해서 나오는 결과물이어야겠지요. 우리의 인식과 가치는 현실로부터 나오되, 한국적 특수성에만 매달리지 않는 보편적 이성에 제한 없이 열려 있어야 하고요. 현실의 문제를 풀어 가려는 노력은 이러한 보편적 이성에 의해 계도된 비전과 가치에 의한 것이어야 합니다. 한국 사회는 정치적으로 민주화되었지만, 개개 시민들은 현실의 경험으로부터 스스로 사고하고 판단하는 의식적 전환의 계기를 갖지 못했다는 생각이 들어요. 새로 나오게 될《비평》이 어떤 사회적 역할을 할 수 있다면, 그것은《비평》을 매개로 한 지적 공론의 장을 통해 이러한 지적 전환의 계기를 추출하는 데 기여하는 일이라고 생각합니다.

장회익 인류가 앞으로 부딪칠 과제는 정치, 경제, 사회, 문화, 생태, 기술할 것 없이 복합적 성격을 띠고 대두될 것이 틀림없습니다. 이러할 경우 이것을 제대로 조망하고 적절한 대책을 찾아나가기 위해서는, 통합적 지성을 바탕으로 하는 공론의 장이 마련되어야 합니다. 그런데 잘 알다시피 현실적 이해관계에서는 누구나 격정을 토로하지만 문제를 원론적으로 차분히 풀어 나가는 데에는 우리 사회가 취약할 뿐 아니라 아예 관심조차 없지 않나 하는 생각을 하게 됩니다. 앞으로 비평 담론이 해 나갈 일이 바로 이런 현실을 딛고 일어나 우리 사회의 지적 공백을 메워 가는 일일 텐데, 이게 쉽지 않다는 것이 문제지요. 아무튼 많은 이들의 지혜를 모아 먼저 관심이라도 불러일으키는 것이 급선무가 아닐까 합니다.

도정일 생각이 없는 사회, 생각할 줄 모르는 사회는 반드시 망합니다. 언론, 출판, 연구, 교육이 반지성주의를 극복해 나가는 일이 시급합니다. 젊은 세대를 생각할 줄 아는 사회적 사유 집단으로 키우는 일이 필요합니다.

김우창 사실 자체로 돌아가는 것이 중요합니다. 물론 이것은, 적어도 문화나 사회의 측면에서는, 인간적인 사회를 위한 것이 되어야 하겠지요. 문화에 관한 레닌주의 원칙에 세 가지 항목이 있습니다. 파르티노스트, 이데이노스트, 나로드노스트라는 것입니다. 당파성, 이념성, 인민성이라고 번역되겠지요. 소비에트 혁명의 초기에 필요한 구호였는지 모르지만, 이것이 지속되면서, 소비에트 문화는 관료적 경직성 속에서 삶의 현실을 이탈하여 갔습니다. 누가 시킨 바도 없을 터인데, 우리나라에도 이 세 가지에 따라서 글쓰는 것이 한 전형이 된 것 같습니다. 물론 이것은 좌파의 경우라고 하겠지만, 다른 정치 경향을 가진 사람들의 경우에도 보이지 않게 자신이 소속되어 있는 당에 충실하게, 맞는 이념으로, 자신들이 정의하는 인민·민족·국민 또는 국가를 위하여 글을 써야 한다는 것이 글쓰기의 의식적인 또는 무의식적인 전제가 되어 있습니다. 이제 그러한 글이 현실을 포착하는 시대는 지나간 것 같습니다. 미리 정해진 입장으로부터 자유롭게, 한때 욕을 많이 먹었지만, 베버 또는 만하임적인 용어를 빌리면, 가치 중립적인 객관성으로 사실을 분석해 내는 일이 필요합니다. 사실과 진실과 진리를 위한 엄정하고 비판적인 공론의 발전에 도움이 되는 글들이《비평》에 많이 실리기를 바라겠습니다.

여건종 바쁘신 중에도 좌담에 참석해 주시고《비평》이 지향해야 할 방향과 가치에 대해 좋은 말씀을 주셔서 진심으로 감사드립니다.

아시아의 주체성과 문화의 혼성화[1]

리처드 로티 교수와의 서신 교환

김우창(고려대 명예 교수)

리처드 로티(스탠퍼드대 비교문학 석좌교수)

2006년 12월~2008년 12월《지식의지평》

1. 서문을 대신하여

여기에 실리게 되는 로티 교수와의 의견 교환은 지난 6월 학술협의회의 김용준 교수의 제안으로 시작되었다. 나는 로티 교수가 2001년 여름 한국 학술협의회에서 행한 강연에 참석하였고, 또 그와 만나 대화를 나눌 기회가 있었다. 이 대화의 기록은《조선일보》에 일부, 그리고 또《문학과사회》2001년 가을호에 실린 바 있다. 그때의 대화는 주로 인문 과학, 철학 그리고 지식인이 오늘의 사회와 세계에서 할 수 있는 일이 무엇인가 하는 문제를 중심으로 그의 의견을 묻는 것이었다. 로티 교수와의 이번 대화를 위하여 김용준 교수는 나에게 로티 교수의 대화록 두 권을 건네주셨다. 그 중 하나는 이탈리아의 잔니 바티모(Gianni Vattimo) 교수와의 의견 교환을

---

1 이 글 '아시아의 주체성과 문화의 혼성화'는《지식의지평》제1호(2006년 12월호), 2호(2007년 6월호), 3호(2007년 12월호), 5호(2008년 12월호)에 실린 리처드 로티와 김우창의 서신 교환 및 관련 논문을 모은 것이다.(편집자 주)

기록한 것인데, 이 교환에서 바티모 교수는 주로 새로운 세계 공동체에서 서구의 기독교적 문화 전통이 어떤 의미를 가질 수 있는가에 대하여 말하고, 로티 교수는 그것보다는 앞으로의 세계에서의 그가 말하는 '사회적 희망'—자유롭고 평등하고 행복한 사회의 실현이 어떻게 가능할 것인가를 말하였다. 나는 한국이나 아시아 또는 비서방 세계와의 관련에서 비슷한 문제를 가지고 의견을 나누게 되면, 배우는 바가 없지 않겠다고 생각하였다. 그러나 직접 대면하는 것이 아니라 전자 서신을 통하여 의견을 교환하는 것은 쉽지 않은 일이었다. 직접 대면하면서 이야기를 나누는 것과는 달리 조금 더 체계적인 논설의 교환이 될 수밖에 없다고 나는 생각하였다. 처음에 짤막한 편지들이 오가기는 하였으나, 결국 본격적인 의견 교환은 문제들을 길게 형식화한 다음에야 가능하였다. 결과를 되돌아보면, 이 교환은 두 독백의 교환이 된 감이 있다. 자신의 생각과 더불어 너무 많은 세월을 보낸다는 것은 진지한 경청의 능력이 줄어든다는 것을 의미하는지 모른다. 어쨌든 말이 살아 움직이는 것은 역시 대면의 현장에서이다. 여기에는 내가 로티 교수에게 보낸 첫 논의의 서두 부분, 즉 문제를 하나로 집약하게 된 사정을 설명하는 부분과 대화의 배경이 되는 두 논문을 번역 게재하기로 한다. 배경 논문은 이 대화가 시작하기 이전의 것이면서도 이 대화에 배경이 된 것이다. 그 사정은 다음의 편지에 설명되어 있다.

로티 교수 귀하

선생님의 지난번 서신에 대한 답장이 늦어진 데 대하여 사과드립니다. 보내 주신 이메일 서신을 받았을 때, 저는 아직도 유럽 여행 중이었기 때문에 귀국 후에 답장을 드릴 예정이었습니다. 그러나 귀국 후에도 지체가 있었던 것은 여행의 피로도 있고, 우리의 서신 교환에 일관된 형태를 주기 위한 궁리가 필요했기 때문이었습니다.

지난번 서신에서 말씀드린 대로, 유럽에는 학회의 일도 있고 개인적인 사정도 있어서 가지 않을 수 없었습니다. 유럽 여행 중에는 벨기에, 프랑스 그리고 스코틀랜드의 몇 도시를 들러야 하였습니다. 여행의 피로는 들러야 할 곳이 여러 곳이었기 때문이라기보다는 런던–서울 간의 비행시간이 너무나 길었기 때문이었습니다.

서울에서 파리 그리고 런던에서 서울로 가는 비행기는 승객으로 차 있어서 빈자리가 거의 없었습니다. 프랑스에서는 파리 교외의 한 연구소에 들렀는데, 점심시간에 식당에서 연구소의 과학자들과 우연히 자리를 같이하게 되었습니다. 불청객으로서 이들과 점심 식탁에 앉은 그날은 월요일이었는데, 여러 사람이 주말을 이용하여 런던, 브뤼셀, 베를린 등 프랑스 외의 도시에 갔다 온 이야기를 하였습니다. 요즘의 세상에서 국제 여행은 여기의 젊은 과학자들에게는 극히 자연스러운 생활의 일부인 것 같았습니다. 어쨌든 보다 긴밀한 교환이 증대되면서 하나의 생활 공간이 되어 가고 있다는 것은 분명한 일이었습니다. 이는 특히 유럽 안에서 두드러지는 현상이지만, 세계적으로도 그렇게 되어 가는 것으로 보입니다.

여행 중에 제가 읽게 된 책의 하나는 장피에르 바르니에(Jean-Pierre Warnier)의 『문화의 세계화(*La Mondialisation de la culture*)』라는 책이었습니다. 완전히 포괄적이라고 할 수는 없지만, 오늘날 일어나고 있는 세계화를 문화의 면에서 비교적 넓게 다룬 책이었습니다. 이 책은 오늘날의 세계화가 무역, 기술, 통신 그리고 교통 등에 있어서 참으로 오래된 역사 발전 — 유럽사의 고전 시대인 지중해 문명의 시대로부터 시작된, 그리고 아시아로 말하면, 중화 문명의 영향권 안에 있는 모든 지역의 개관을 시도한 서기전 100년경의 사마천(司馬遷)으로부터 시작된 역사 발전 — 의 과정이 최근에 와서 가속화된 것에 불과하다는 사실을 지적하고 있었습니다. 세계화가 오늘날 인간에게 하나의 큰 도전이 된다면, 그것은 최근 몇십 년 동안 역사의 갑작스러운 전환으로 인한 것이 아니고 오랜 역사 전개의 결과라는 것입니다. 비록 그 가속화가 우리에게 특히 어려움을 가져오는 것으로 보이기는 하지만, 요즘 우리를 압박하는 세계화의 도전은 오랫동안 다가오고 있었던 역사적 변화의 마지막 단계라고, 또는 마지막 단계의 시작이라고 하겠습니다. 어제 서울에서는 비가 내리는 와중에 대규모의 시위가 있었습니다. 저는 시내에 일을 보러 나갔다가 시위 현장에 휘말려서 보통이면 15분이 걸렸을 거리의 장소를 헤쳐 나오는 데 세 시간을 소비하였습니다. 데모는 미국과 한국 사이에 시작된 FTA 협상에 반대하는 취지에서 일어난 것이었습니다. 세계화는 오래된 것이면서 우리의 일상생활에 바싹 다가와 있는 것이기도 합니다.

이렇게 개인적인 이야기를 늘어놓는 것을 용서하여 주시기 바랍니다. 이러한 것을 적어 보는 것은 그것이 지금 제안하려고 하는 대화의 주제에 관계가 있다고 생각하기 때문입니다. 유럽 여행 중에 제가 읽은 책에는 선생님과의 대화를 기록한 두 권의 책 — 산티아고 자발라(Santiago Zabala)가 엮은 『종교의 미래(*The Future of Religion*)』(2005)와 에두아르도 멘디에타(Eduardo Mendieta)가 엮은 『자유를 돌보면 진리는 스스로를 돌본다(*Take Care of Freedom and Truth Will Take Care of Itself*)』(2005) — 이 있었습니다. 이 책들을 보면, 선생님은 이미 철학, 정치, 사회 또 그 외의 문제들에 대하여 이미 많은 질문을 받고 답하고 하여, 이제는 더 묻고 답할 여지가 없는 것처럼도 보입니다. 그리고 이 책들을 보기 전에 저는 그 전에 보내 주신, 2005년 6월 하와이 동서철학자대회(East-West Philosophers' Conference)에서 발표하신 발표문 「철학과 문화의 혼성화(*Philosophy and the Hybridization of Culture*)」를 읽었습니다. 저는 이것을 읽고, 세계화가 많은 사회에서 또 인류 전체의 관점에서 갈수록 중요한 문제가 되는 오늘날, 이 글에서 다루신 이질 문화 간의 관계가 우리 의견 교환의 주제가 될 만한 것이 아닌가 생각하게 되었습니다. 지금까지 우리가 교환한 이야기들도 대체로 이러한 주제로 정리되어 간다는 듯한 느낌을 받았습니다. 저는 유럽으로 떠나기 전, 9년 전에 세계 비교문학대회에서 발표한 일이 있는 글의 별쇄본을 선생님에게 보내 드린 바 있습니다. 이것도 같은 주제에 관한 것입니다. 선생님은 앞에 말한 인터뷰의 기록에서 이미 다른 많은 문제에 대하여 답을 하신 바 있고, 문화 간의 관계에 대한 선생님의 생각도 여기에서 추출할 수 있을는지 모르겠습니다. 그리하여 이 주제를 가지고 의견을 나누는 것도 선생님의 입장에서는 지루한 것이 될 수도 있겠습니다. 그렇기는 하나 우리가 수행하기로 한 대화의 관점에서는 그래도 이 주제가 가장 적당한 것이 아닌가 하는 생각이 들었습니다. 물론 김용준 교수께서 계획하시는 잡지에 실릴 수 있는 대화가 되기 위해서는 조리 있는 방식으로 대화가 전개되어야 할 터인데, 그것을 위하여 대화의 계획을 작성하는 것이 쉬운 일은 아닐 것입니다.

앞에서 제안한 주제에 동의하신다면, 선생님의 하와이 발표문과 비교문학대회에서 발표한 제 발표문을 기초로 하여 문제들을 생각하고 정리해 보도록 하겠습니다. 문제를 말씀드리되, 이것을 일정한 논의로 뒷받침해야 한다는 것이 저의 생각입니다. 거기에 답을 해 주시면 되겠습니다. 이렇게 하여 의견을 교환한 다음에 다시 피차에 작은 질문들이 있을 수 있겠습니다. 선생님과 저는 이미 몇 차례 전자 서신을 교환한 바 있습니다. 그러나 그것은 지금의 시점에서는 예비적인 것으로 간주하고 — 물론 필요하면 공표되는 글들에 끌어들여 쓸 수는 있겠으나 — 이 서간 형식의 서문을 포함하여, 지금부터 교환하는 서신들을 출판하는 텍스트로 간주하기로 하겠습니다. 그러면 지금부터 주제에 관한 논의를 시작하겠습니다.

2006년 7월 26일

김우창 배

2. 철학과 문화의 혼성화(리처드 로티)[2]

때때로 문화를 가로지르는 철학적 대화는 국가 관계를 개선시킨다고 이야기된다. 즉 그런 대화는 여러 나라를 구분 짓는 문화적 차이를 이해하는 데 도움이 된다는 것이다. 이것은 곧 공자와 더불어 중국에서, 그리고 플라톤과 더불어 서양에서 시작된 지적인 전통에 대한 연구가 처음에는 이해할 수 없는 것으로 보이던 다른 나라 사람들의 태도와 행동을 받아들이는 데 도움이 되고 그래서 국가 간 협력을 돕는다는 생각이다. 나는 이런 가능성을 부정할 생각은 없지만 약간의 의문을 제기해 보고자 한다. 나는 '문화적 차이'라는 개념이 곧 시대에 뒤떨어진 것이 될지도 모른다는 것을 제안하는 데서 출발할 것이다. 그리고 나는 학자들이 아시아와 유럽의 사상가들이 동일한 문제에 대해 언급하고 있다고 해석하려고 할 때 경험하게 되는 난점을 다루게 될 것이다. 나는 이런 난점이 철학을 지혜의 탐구라기보다는 문화 정치학의 한 장르라고 생각하는 것이 더 낫다는 것을 보여준다고 주장할 것이다.

나는 하이데거적인 문화 정치학, 특히 근대의 서구는 정신적인 황무지 상태에 있다고 하는 하이데거의 주장을 다루면서 결론을 맺을 것이다. 나는 아시아의 사상가들이 그런 주장에 동의해야 한다고 생각한다. 왜냐하면 하이데거가 한탄한 문화의 발달은 위대한 민주주의 혁명의 이상을 실현하고자 한 시도로 보는 것이 더 나을 것이기 때문이다. 그 이상은 바로 미라보, 제퍼슨, 그리고 손문에 의해서 공유되고 있는 이상이다.

300년 전만 해도 '문화적 차이'라는 말로 그럴듯하게 번역할 만한 유럽어의 단어가 없었다. 아마 아시아의 언어에서도 마찬가지였을 것이다. 두

---

2 이유선 군산대학교 연구교수 번역.

대륙의 지식인들은 자신들의 진보한 사회를 그보다 못한 사회와 대조하곤 했다. 특별한 지역적 욕구에 부응해서 문화가 창조되며, 그래서 문화는 동등한 유용성과 가치를 갖는다는 생각은 헤르더와 훔볼트 같은 사상가들에 의해서는 아직 유포될 수가 없었다.

그러나 지금부터 100년 정도 후에는 '문화적 차이'라는 용어는 그 유용성을 상실할 수도 있을 것이다. 만약 핵전쟁을 어떤 식으로든 피하게 되고, 그리고 만약 '세계화'라는 제목하에 우리 모두가 겪고 있는 사회·정치적 변화가 지속된다면, 우리의 후손들은 그 용어를 더 이상 사용하지 않게 될 것이다. 그들은 아마도 문화의 차이와 통화의 차이를 그들의 어리석은 조상들을 괴롭혔던 불편한 것으로 생각할 것이다. 그들은 아마도 '최대한 다양하게 인간의 발달이 이루어지는 것의 절대적이고 본질적인 중요성'에 관한 훔볼트의 생각에 동의할 것이다. 그러나 그들은 다양성을 다른 문화로부터 스스로를 구별하는 문화의 문제라기보다는, 다른 개인으로부터 자신을 구별하는 개인의 문제로 생각할 것이다.

18세기 유럽의 교양인들에게 그리스어와 라틴어가 중요한 언어였다면, 22세기에는 전 세계 모든 국가의 교양인들에게 영어와 중국어가 그만큼 중요한 언어가 될 것이다. 어떤 대륙에서건 영어와 중국어를 읽지 못하는 대학 졸업생은 그 언어들로 쓰인 많은 책의 번역본을 읽게 될 것이다. 코스모폴리탄 문화가 부흥하게 될 것이며, 거기서 노스럽(F. C. S. Northrop)의 『동양과 서양의 만남(*The Meeting of East and West*)』과 같은 책은 기묘한 것으로 여겨지게 될 것이다.

이런 생각들이 기상천외한 것으로 보일지도 모르겠지만, 노스럽이나 최초로 동서철학자대회에 참석했던 다른 사람들이 당시에 오늘날의 세계의 상황을 보았다면 훨씬 더 기상천외하다고 생각했을 것이다. 그 학회가 열린 1939년에 샌프란시스코와 카이로 사이에 있던 가장 높은 빌딩은 13

층이었다. 2차 세계 대전 이후 아시아를 바꾸어놓은 변화는 하나의 대륙(아시아를 뜻함—옮긴이)을 만들어 냈는데, 노스럽과 그 밖의 사람들이 그 대륙을 알아차리기는 매우 어려웠을 것이다. 물론 그들은 오늘날의 유럽과 북아메리카를 훨씬 쉽게 알아볼 수 있을 것이다. 왜냐하면 기술이 유럽과 북아메리카보다는 아시아의 모습을 훨씬 더 크게 바꾸어 놓았기 때문이다. 아시아의 시각적인 외양이 그런 식으로 변화했기 때문에 좋건 나쁘건 동양이 서구화되고 있다고 말하는 것이 상식이 되었다. 그러나 나는 이런 서술이 잘못된 것이라고 생각한다. 서양과 동양이 혼성 문화를 창조하는 과정에 있으며, 그 문화는 그보다 앞선 모든 문화를 넘어서고 대체할 것이라고 말하는 것이 더 나을 것이다.

기술을 어느 하나의 반구(半球)에 더 가까이 있는 것으로 놓을 만한 어떤 이유도 없다. 비단이나 종이와 같은 기술적인 혁신은 중국에서 유럽으로 수출되었지만 중국의 문화가 그런 일로 깨어나지는 않았다. 왜냐하면 각각의 지역에서 서로를 방문할 수 있었던 사람들이 매우 적었기 때문이다. 종교적·철학적 사상이 인도에서 고대 그리스로 넘어간 것도 마찬가지로 볼 수 있다. 아스피린과 비행기가 서구에서 처음 만들어졌다는 사실은 아시아가 최근에 유럽화되었다고 서술할 만한 이유가 되지 못한다. 그것은 피타고라스와 플라톤이 베다를 들어 알고 있었다고 해서 고대 그리스가 아시아화되었다고 말할 수 없는 것과 같다.

내가 예상하는 혼성화는 사상이나 기계의 수입에 의해서보다는 서로 다른 지역에서 온 수많은 사람들이 전자 기기를 통해서나 아니면 직접 얼굴을 마주 대하면서 매일매일 접촉함으로써 만들어질 것이다. 아시아와 서구의 그런 접촉은 지속적으로 증가하고 있다. 프놈펜에서 여행자와 가게 주인이 서로를 대하는 장면, 서울에서 캐나다의 사업가가 자신의 동업자와 거래하는 장면, 수천 명의 필리핀 사람들이 아랍의 가정에서 일하기 위해 이동하는 장면을 생각해 보라. 무엇보다도 수십억의 사람들이 세계의 반대편에서 일어나고 있는 일을 보여 주는 텔레비전 화면이나 컴퓨터 모니터 앞에서 매일 일정한 시간을 보내고 있다는 것을 생각해 보라.

그런 혼성화의 선례로서, 고대 그리스와 로마의 교양인들에게 일어났던 변화를 생각해 보자. 기원전 약 200년에 로마가 동쪽으로 헤게모니를 확장시키기 시작하고 나서 지중해 지역의 고급문화가 상대적으로 동질적으로 되는 데에는 300년 정도밖에 걸리지 않았다. 2세기 초에 하드리아누스 황제의 철학 선생이었던 플루타르코스는 『영웅전(*Parallel Lives*)』을 쓰면서 탁월한 그리스인들을 모범적인 로마인과 짝을 지어 비교했다. 플루타르코스는 자기 나라의 행정 장관이 되는 것으로 보상을 받았다. 마르쿠스 아우렐리우스가 『명상록』을 그리스어로 쓰려고 했을 당시에는 그리스 문화와 로마 문화를 나누는 것이 더 이상 의미가 없게 되었다.

탁월한 정보 기술 덕분에 앞으로 몇십 년 동안 일어나게 될 문화의 혼성화는 키케로와 플루타르코스 시대에 일어났던 것보다 훨씬 빠르게 진행될 것이라는 예상을 할 수 있다. 50년쯤 후에는 중국 출신의 미국 여인이 대통령 집무실에 앉아서 아프리카 태생의 철학 선생을 인도의 미국 대사로 지명할 수도 있을 것이다. 같은 해에, 인도네시아에서 태어난 중국 대통령은 중국의 은행 시스템을 개혁하기 위해 모스크바 주립 대학에 있는 자신의 옛 경제학 교수를 초청할 수도 있을 것이다. 그런 일이 일어나더라도 인상을 찌푸리는 사람은 없을 것이다. 대사나 경제학자는 그 누구도 낯선 문화에 적응할 필요를 느끼지 않을 것이다. 그 누구도 유럽 문화가 아시아를 변화시킨 것 이상으로 아시아 문화가 서구를 변화시켰는지 묻지 않을 것이다. 비유적으로 말하자면, 중국이나 인도로부터 플루타르코스의 사무실이나 마르쿠스 아우렐리우스의 집무실을 방문하기 위해 온 사람들은 제국의 혼성 문화 속에서 독특한 로마의 이야기를 독특하게 그리스적인 방식으로 풀어 나가려 하는 것에서는 별다른 중요성을 느끼지 못할 것이다.

내가 이런 역사적인 비유와 숙고를 전개한 이유는, 세계화를 문화적인 궁핍과 빈곤을 생산하는 것으로 생각하는 일을 중단해야 한다는 제안을 하기 위해서이다. 기술적 변화의 편재성과 속도의 결과로 인간의 호기심이나 창조성이 감소할 것이라고 예상할 이유는 없다. 전 지구적인 사회·경제적 통합에 의해 만들어질 세계 문화는 로마에서 번성했던, 이상한 동양의 신전으로 출현했던 문화에 비하면 훨씬 다양한 색채를 갖게 될 것이다. 그 문화는 대부분의 서구와 아시아 국가들에 의해 오늘날 제공되고 있는 것보다 더 많은 개인적 다양성의 공간을 허용할 것이다.

헤르더와 훔볼트가 우리에게 가르쳐 준 대로, 상이한 문화는 상이한 지역적 조건의 결과로서 부상한다. 사회·경제적 통합에 의해 세계가 단조롭게 된다는 것은 지역적 조건의 역할이 점차 감소하게 된다는 것을 의미한다. 인간의 모든 공동체는 그 상호 의존 관계 때문에 동일한 문제에 직면하게 될 것이다. 이미 사라진 것들에 대해 한탄하는 것 이상으로, 독특한 지역 문화와 언어가 사라져 가는 것에 대해 애통해할 필요는 없다. '다문화주의'는 박해당하고 억압당하는 소수 그룹에 의해 사용될 때 정치적 슬로건이 될 수 있다. 문화적 전통은 희생에 반대해서 저항하기 위한 좋은 구심점이 될 수 있다. 그러나 저항의 과정에서 그런 슬로건을 사용하는 것은 문화(모든 문화)가 본래적으로 가치가 있다는 생각으로 우리를 잘못 이끌어서는 안 된다. 문화는 인간의 욕구를 충족시키기 위해 발명된 인간의 고안물이다. 그런 욕구가 변하면 새로운 고안물이 발견되어야 한다.

하나의 문화가 망해 버릴지도 모른다는 것을 깨달았을 때 느껴지는 상실감은 매우 자연스러운 것이다. 그러나 한 사람의 불멸성을 보증하는 것과 같이 한 문화의 불멸성을 보증하려고 하는 것은 불가능하며, 바람직하지 못한 것이다. 자전적인 예를 들어서 미안하지만, 고대 그리스어와 라틴어로 된 텍스트를 (제한적인 수준에서이긴 하지만) 읽을 수 있는 나의 능력은 한때 내게 큰 의미가 있었다. 그렇지만 로제타석이 발견되기 이전에 상형 문자로 된 텍스트를 읽을 수 없었듯이, 그리스어와 라틴어로 된 텍스트를 읽을 수 없게 된다고 해도 그것이 인류의 비극이라고 생각하지는 않는다. 고대 이집트에서 악어나 따오기를 미라로 만드는 실습을 한 것이 그랬던 것처럼 르네상스 시대에 시작된 고전 학습 문화가 무의미하게 보이게 된다고 하더라도 그것을 재앙이라고 할 수는 없다. 아마도 몇 세기 지나지 않아 파스칼과 홉스 중에 어느 편에 선다고 하는 것 또는 루터와 교황, 유교와 도교 혹은 대립하는 베다 학파 가운데 어느 편에 선다고 하는 것이 무엇을 뜻하는지 아는 사람이 별로 없게 될 것이다. 그러나 그럼에도 불구하고 인간의 창조성과 다양성은 번창할 것이다. 인간의 상상력에 공급되었던 연료 가운데 많은 것이 더 이상 사용할 수 없게 되더라도 인간의 상상력은 더 밝게 불타오를 것이다.

헤르더와 훔볼트의 뒤를 이어 글을 쓰면서 헤겔은 인간의 역사를 단두대라고 말했다. 소시지 분쇄기라고 불렀으면 더 좋았을 것이다. 낡은 문화는 사회·경제적 격변 결과 이 분쇄기의 입구로 흘러 들어간다. 알렉산더의 장군들이 지배하게 된 이집트, 피사로(1532년에 불과 168명의 병사를 지휘해 잉카를 정복한 스페인 장군 — 옮긴이)가 상륙한 페루, 그리고 오늘날 티베트와 위구르에서 일어나고 있는 일들을 생각해 보라. 분쇄기의 한쪽 끝에서 등장하는 상대적으로 동질적인 문화적 소시지는 어찌 되었든 그것을 만들기 위해 취합된 문화들의 앙상블이라고 할 수 있을 것이다. '최대한 다양하게 이루어지는 인간의 발달'을 위한 공간을 더 적게 남긴다면 그 문화는 더 나쁜 문화가 될 것이다. 그러나 그런 결과가 불가피한 것은 아니다. 그 분쇄기는 이전의 문화보다 그런 다양성을 위한 더 많은 관용을 생산해 낼 수도 있을 것이다.

미래학은 이제 그만하는 것이 좋겠다. 나는 이제 지적인 삶에 있어서의 철학의 역할이라는 문제로 돌아가고자 한다. 나는 예전에 서구의 철학적 규범들이 정치적·경제적·사회적·예술적·과학적·문학적 새로움에 대한 반동으로 읽힐 때 가장 잘 읽히는 것이라고 주장한 적이 있다. 나는 중요한 서양 철학자들은 새로운 자극에 반응했던 사람들이라고 주장한다. 아퀴나스는 아리스토텔레스의 자료 모음집의 재발견에 대해 반응했으며, 데카르트는 갈릴레오의 세계상의 기계화에 반응했으며, 헤겔은 프랑스 혁명에 반응했으며, 에머슨과 니체는 낭만주의 운동에 반응했다.

우리는 이 서양 철학자들이 자신들의 역사적 상황에도 불구하고 동일한 문제를 붙들고 씨름을 하고 있는 것처럼 읽어서는 안 된다. 나는 아시아의 사상에 대해서는 거의 아는 것이 없지만, 인도와 중국 철학의 위대한 인물들에 대해서도 마찬가지의 말을 할 수 있지 않을까 하고 생각한다. 동양과 서양 모두에 있어서, 저자들이 반응했던 지역적 긴급성으로부터 그들의 텍스트를 분리시키게 되면 철학자들 간의 논쟁을 무미건조한 스콜라주의로 몰고 가게 될 것이다. 존 듀이의 충고에 유의한다면, 표준적인 철학자 교과서를 지루하게 여기는 데서 벗어날 수 있을 것이다. 다음은 예전에 내가 자주 인용했던 듀이 저서의 한 구절이다.

> 궁극적인 실재를 다루는 것처럼 가장하면서, 철학은 사회적 전통 속에 구체화되어 있는 귀중한 가치를 점거하고 있다는 점, 철학은 사회적 목표의 충돌로부터 그리고 전승된 제도와 양립 불가능한 현재적 경향과의 갈등으로부터 탄생했다는 점을 기억할 때, 다음과 같은 것을 알 수 있을 것이다. 즉 미래의 철학적 과제는 그 자신의 시대의 사회적·도덕적 투쟁에 맞게 사람들의 생각을 명확하게 하는 것이라는 점이다. 철학의 목표는 인간적인 차원에서 가능한 한 그런 갈등을 다룰 수 있는 기관을 만들어 내는 것이다. …… 궁극적이

며 절대적인 실재를 다룬다고 하는 무익한 독점권을 포기한 철학은 인류를 감동시키는 도덕적 힘을 계발하는 데에서, 그리고 더욱 정돈되고 지적인 행복을 얻을 수 있게 인간의 영감을 자극하는 데에서 위안을 발견할 것이다.[3]

우리는 듀이가 말하고 있는 궁극적이며 절대적인 실재와 관련된 인간적 상황의 인간적 본성과 같은 주제에 대해서는 잘 모를 수밖에 없다. 듀이는 인간의 역사를 인간의 자기 창조의 과정으로 보기를 원한다. 듀이가 희망하는 이 과정은 아마도 민주주의적이고 평등주의적인 유토피아에서 정점에 도달할 것이다.

철학의 본성과 기능에 대한 이러한 듀이의 개념은 철학에 대한 다른 두 가지 사유 방식과 첨예하게 대립된다. 첫 번째는 현대 분석 철학에서 잘 나타난다. 분석 철학은 자연 과학이 역사를 무시하는 것과 같은 이유에서 자신들이 역사를 무시할 수 있다고 생각한다. 그들에 의하면, 그들은 역사에 의해서 영향 받지 않고 남아 있는 심층적인 문제에 대해 언급하고 있다. 두 번째는 하이데거의 『존재의 역사』에 암묵적으로 포함되어 있는 사유 방식이다. 하이데거를 존경하는 사람들은 대부분의 분석 철학자들보다는 역사에 대한 생생한 감각을 가지고 있는 것이 분명하다. 그러나 불행하게도 그의 제자들은 종종 다음과 같은 스승의 우스운 주장을 받아들인다. 서양 철학의 역사를 이해하는 것이 서양의 본질을 이해하고, 그 미래를 평가하는 데 있어서 핵심이 된다는 것이다. 철학을 자율적인 것으로 보거나 지배적인 것으로 보려는 시도는 내가 볼 때에는 똑같이 잘못된 것이다.

현대 분석 철학의 지나친 전문화는 많은 영어권 철학자들로 하여금 다음과 같은 사실을 믿도록 만들었다. 즉 철학은 '언어와 실재의 관계' 혹은

---

3 "Reconstruction in Philosophy", *Middle Works of John Dewey*, vol. 12, p. 94.

'도덕 판단의 인지적 지위'와 같은 수수께끼 목록에 대한 참조를 통해 스스로를 규정할 수 있다는 것이다. 그러나 이것은 철학을 열반에 이르는 대안적 방법에 대한 연구로 규정하는 것보다 더 낫다고 할 수가 없다. 공자, 플라톤, 라다크리슈난, 하이데거가 반드시 같은 문제에 대해 언급해야 한다고 전제하는 사람들만이, 현대 철학이 공유된 문제에 대한 대안적 해결책을 탐구하는 문제라고 믿을 수 있다. 그런 문제는 인간이 반성의 여력을 갖게 되는 어디에서나 발생한다.

내가 아는 한, 현대 철학의 영역에서 실제로 작업을 하고 있는 사람들 중에 그런 환상을 가지고 있는 사람은 거의 없다. 1984년 동서센터(East-West Center)에서 열린 '경계를 넘어 해석하기'에 관한 회의에서 강연자들은 저마다 그런 종류의 편협성을 부정했다. 라슨(Gerald Larson)은 그가 "개념적 문제 일반을 확인하기 위해 데카르트 이후 이루어진 유럽 사상의 철학적 경계에 대한 선호 경향"이라고 부른 것에 대해 한탄했다. 포터(Karl Potter)는 다음과 같은 말로 라슨의 요점을 일반화했다. "우리가 해석해야 한다고 생각하는 경계는 우리 자신의 해석 범주에 의해 만들어진 것이다."[4] 스탈(Fritz Staal)은 「아시아에 철학은 있는가?」라는 논문에서 인도 철학자들 사이에 이루어지고 있는 종교 의식에 대한 주석이 17세기의 신과학에 의해 제공된 유물론적 세계상에 대한 로크와 칸트의 주석과 같은 범주에 속하는 것인지 물었다.

라슨과 포터는 고립되고, 조사되고, 공약하거나 그렇지 않은 것으로 발견될 수 있는 '개념적 도식'이라고 불리는 실재가 존재한다는 생각에 대해 경고한 것이다. 파니카(Raimundo Panikkar)는 청중에게 "철학을 비교함으

4 "Interpreting Across Boundaries: New Essays", *Comparative Philosophy*, eds. by Gerald James Larson and Eliot Deutsch, p. 33.

로써 객관적이고, 중립적이며, 초월적인 관점"을 형성할 수 있다는 생각을 버릴 것을 주장했다. 파니카는 다음과 같이 썼다. "비교 철학이 비교하고자 하는 것은 특정한 문화가 자신의 세계를 구성하는 데 있어서 기반으로 삼고 있는 최종적인 신화이다. …… 그러나 신화를 중립적인 관점에서 비교하는 것은 불가능하다. 왜냐하면 우리는 모두 신화 속에서 살고 있으며, 우리가 이해를 위해 우리 스스로를 위치시키고 있는 궁극적인 지평을 제거할 수가 없기 때문이다."

파니카의 은유는 우리가 다른 많은 전통의 지평과 우리 자신의 지평을 융합하기 위해 최선을 다해야 한다는 가다머의 제안을 생각나게 한다. 그렇지만 나는 만약 듀이였다면 그런 융합의 시도가 실제적인 관심에 의해서 도출되지 않는 한, 그것은 어설픈 이론을 낳을 뿐이라는 주장을 정당하게 개진했을 것이라고 생각한다. 시대마다 사람들이 그 유용성을 달리 파악하고 있는 상이한 모든 신화들을 개관하기 위해서라는 이유로 서구와 비서구 지역의 지적인 전통을 비교 연구하는 데 헌신하려고 하는 사람은 아마도 없을 것이다. 1984년의 회의에서 스마트(Ninian Smart)가 제안했듯이 우리가 비교 철학으로부터 원하는 것은 '인류의 역사에 대한 새로운 전 지구적 반성'이다. 그러나 역사를 연구하는 이유는 역사를 반복하지 않기 위해서이다. 우리는 과거 경험의 성공과 실패로부터 무언가를 얻기 위해 역사를 연구한다. 역사는 지혜를 얻기 위한 수단이 아니라 인간의 미래를 과거와 다른 것으로 만들기 위한 수단이다. 마르크스와 듀이에게 공통적인 관점에서 보면, 이것은 철학에 대해서도 해당되는 말이다. 이것은 곧 지적인 지평의 유익한 융합은 사회·정치적 변화를 열망하는 것의 결과로서만 발생할 수 있다는 것을 의미한다. 공동체의 삶을 변화시키고자 열망할 때에만 그런 융합에 착수할 수 있게 될 것이다. 오늘날 우리의 사회·정치적 열망은 세계를 분할하고 있는 민족 국가들이 평화를 지키기 위해 서로 협력하고 자국민들의 삶을 향상시키기 위해 연합했으면 하는 희망에 의해 지배되고 있다.

이러한 유토피아적 열망에 대한 가장 좋은 표현을 나는 애시(Timothy Garton Ash)의 최근 저서인 『자유 세계(*Free World*)』에서 우연히 발견했다. 애시는 "서구의 가치, 혹은 보편적인 가치, 미국적이며, 유럽적이며 혹은 그 문제에 관한 한, 아시아적인 가치들에 관한 혼란스럽고 자부심으로 가득 찬 이야기들을 포기"할 것을 우리에게 요구하고 있다. 그에 의하면 "그 대신 우리는 겸손하며, 솔직하고, 구체적으로 우리가 실제로 의미하는 바를 말해야 한다."[5] 애시는 우리가 이 "소극적 자유"라고 부르고 있는 것에 대한 희망을 공유하는 데서 출발해야 한다고 생각한다. 즉 애시가 "가장 민감하고 부담스러운 제약"이라고 부르고 있는 것을 제거하려는 욕구에서 출발해야 한다. "이 제약은 어느 문화에서건 정상적인 사람이라면 그것을 제거할 기회가 있을 경우 그것을 참고 가지고 있으려 하지 않을 그런 제약이다." 애시는 계속해서 다음과 같이 말하고 있다. "우리가 다른 사람에 대해 원하고 있는 이런 자유가 더 조심스럽고 정확하게 정의될수록, 그것은 거만한 서양의 제국주의라고 배척되기보다는 그들에 의해 받아들여질 가능성이 더 높아질 것이다."[6]

애시의 요점은 보편적인 인간의 가치나 보편적인 인권 같은 개념이 실제로 존재하는지 어떤지에 대한 걱정 없이, 우리는 사람들이 인터넷에 자유롭게 접속하고, 비밀 투표에 참여할 수 있게 하고, 진통제를 자유롭게 먹을 수 있도록 지원하는 일을 할 수 있다는 것이다. '이런 것들에 대한 권리는 보편적으로 받아들여진 도덕 원리에서 도출되는가?'라는 물음을 우리

---

5 Timothy Garton Ash, *Free World*(New York: Landom house, 2004), pp. 217~218.

6 Ibid., p. 219.

는 '그런 것을 가질 기회가 주어졌을 때, 정상적인 남성이나 여성이 그런 것 없이 지내려고 할 것인가?'라는 물음으로 대체할 수 있다. 만일 우리가 구체적인 목표에 대한 합의에 도달하고자 한다면, 우리는 원리와 가치에 대한 합의를 획득하는 것은 무시할 수도 있다.

우리는 역사를 어떤 지평 안에서만 읽게 된다. 그런 지평에 관해 애시가 『자유 세계』에서 말하고 있는 관점을 채택하고, 가치나 권리가 보편적으로 인간적인 어떤 것에 기초하고 있는지에 관한 물음에 대해서는 무관심해진다는 것은 곧 비교 철학이 비교 사회·정치적 역사의 영역 안으로 뒤섞여 들어간다는 것을 의미한다. 왜냐하면 플라톤, 공자, 라다크리슈난, 하이데거에 관한 물음은 오늘날 다음과 같은 질문이 되었기 때문이다. '페미니즘, 핵 군축, 국가 주권의 양도와 같은 유토피아적인 사회·정치적 프로젝트를 위해 그들의 사상이 할 수 있는 일이 있다면 그것이 무엇인가?' 이 물음은 다음과 같은 질문들을 대체해야 한다. '그들은 인간의 조건에 관한 본질적인 진리에 얼마나 가깝게 접근했는가?', '다른 표준적인 위대한 철학자들의 사상과 그들의 사상을 우리가 어떻게 종합할 수 있을 것인가?' 그 사상가들의 저술이 개인으로서의 우리를 얼마나 지혜롭게 만들 수 있는가를 묻는 대신, 그들의 사상이 불필요한 사회·정치적 제약으로부터 사람들을 해방시킬 도구로 사용할 수 있는 방법이 있는지 물을 필요가 있다.

서양에서 철학은 '인간에게 있어서 좋은 삶이란 무엇인가?'라는 질문에 답하는 것으로 시작되었다. 지혜를 얻는다는 것은 그 물음에 대한 대답을 배운다는 것을 의미했다. 그러나 지난 200년 동안 그 물음은 이상한 것으로 들리기 시작했다. '지혜'라는 말도 마찬가지로 이상하게 들렸다. 지성인의 과제는 개인의 영혼을 돌보는 것보다는 더 평등한 사회를 만들어내는 일이라는 신념이 성장해 나왔다. 대부분의 서양 철학자들은 더 이상 현자가 되려고 노력하지 않았으며, 지혜가 여전히 철학적 탐구의 목표라고 주장하는 동양의 철학자들에게 정당한 의심을 표명했다.

내가 앞에서 말한 바와 같이, 프레게와 러셀을 자신들의 출발점으로 삼는 서양 철학자들은 현자가 되는 것에 대한 대안이 과학자가 되는 것이라고 생각한다. 즉 자율적이며 고도로 전문화되어 있는 학문의 문제에 몰두하는 것이라고 생각한다. 이 학문은 물리학이나 생물학에 비해 역사나 정치와 더 긴밀하게 연관되어 있다고 여겨지지 않는다. 그러나 철학이 역사에 등을 돌릴 때 스스로를 주변화하게 된다는 사실에 낙심한 철학자들은 분석 철학의 프라이팬에서 하이데거의 불속으로 뛰어들려는 충동을 갖곤 한다. 애시의 '자유 세계'의 창조에 아무런 관심도 없는 정치적인 보수주의자들이 전 세계의 사람들에게 서양이 기술적인 황무지로 변했다는 사실을 확신시켰어야 했다는 것은 매우 유감스러운 일이다. 서양의 존재 망각에 대한 하이데거의 이야기가 아시아에서 심각하게 받아들여진다는 것, 그리고 모델로 이용될 수도 있는 서양의 성취를 아시아인들이 잊어버린다는 것은 다소 위험한 일이다. 아시아의 젊은 학생들이 하이데거(푸코는 말할 것도 없고)를 너무 많이 읽게 되면 서양이 그 가능성을 소진했다고 확신하게 되는 수가 있다.

하이데거는 기술의 분별없는 거대화 경향이 서양 형이상학의 불가피한 결과라고 서술했다. 이 지적 전통은 니체가 권력에의 의지가 우선권을 갖는다고 선언했을 때, 결국 그 내적인 본성을 드러냈다. 하이데거가 말한 이야기는 바티모가 자신의 책 『미디어 사회와 투명성(*The Transparent Society*)』에서 다음과 같이 잘 요약하고 있다.

> 형이상학은 위험과 폭력으로 가득 찬 상황에 대한 폭력적인 반응이다. 형이상학은 모든 사물이 의존하고 있는 제1 원리를 파악함으로써(혹은 그렇게 생각하면서 스스로에게 사건들을 통제할 힘에 대한 공허한 보증을 제공함으로써)

단번에 실재를 지배하고자 한다. …… 모든 사물은 측정되고, 조작되고, 해체되고, 그래서 쉽게 지배되고, 조직될 수 있는 순수한 현전의 차원으로 환원된다. 그리고 결국에는 인간 및 그의 내면성과 역사성은 모두 같은 차원으로 환원된다.[7]

나는 형이상학의 부흥과 쇠퇴에 관한 것과는 정반대의 이야기를 구성하는 것이 도움이 되리라고 생각한다. 즉 기술적 합리성의 전파에 대해서보다는 소극적 자유의 점진적인 확장에 관한 이야기를 하는 것이다. 이런 경쾌한 이야기는 서양이 얼마나 현명하게 내면성에 대한 탐구를 포기하고 존재에 대한 인간의 관계에 대한 의문을 중단했는지 보여 줄 것이다.

도덕적·정신적 에너지의 저수지인 예술과 문학으로 철학을 대체함으로써 결과된 정치적 삶의 세속화는 서양 사람들을 예전보다 훨씬 자유롭고 행복하게 만드는 데 도움을 주었다. 이것은 서양인들이 모든 것을 '측정되고, 조작되고, 대체되고, 그래서 쉽게 지배되고, 조작될 수 있는 순수한 현전'으로 다루고 있다는 말로 설명할 수 없는 사례이다. 서양의 과학은 그런 일을 하고 있지만, 서양의 예술과 문학은 그렇지 않다.

우리가 '겸손하고 구체적인' 삶의 개선을 생각해야 한다는 애시의 제안을 염두에 두면서 나는 지배, 헤게모니화, 내면성의 상실 등과 같은 측면에서보다는, 한편으로는 깨끗한 물과 저렴한 진통제로부터 얻는 이득, 그리고 다른 한편으로는 지구 온난화와 핵전쟁의 위험이라는 측면에서 기술을 이해할 것을 제안한다. 우리는 하이데거가 '기술'이라는 단어에 부여하고 있는 화려한 철학적 의미를 사용하는 것을 중단하고 빠르게 확장되고 있는 사회·정치적 선택권의 목록에 대한 약어로서 '기술'이라는 단어를 사

---

7 Gianni Vattimo, *The Transparent Society*(JohnsHopkins University Press, 1992), p. 8.

용해야 한다.

하이데거의 이야기를 대체할 이야기는 서양의 지식인들이 역사의 교훈에 주목하기 위해서 내면성을 잊는 방법을 어떻게 배웠는지 자세히 설명할 것이다. 지혜와 개인적 영혼의 완성에 대한 탐구를 포기함으로써, 서양의 지식인들은 우리가 특정한 시간과 장소의 아들 이상의 존재가 될 수 있다는 생각, 즉 우리가 호소할 수 있는 보편적으로 인간적인 어떤 것이 존재한다는 생각을 부정하게 되었다. 18세기 말엽부터 서양의 지식인들은 신 혹은 자연으로부터 역사로 방향을 돌렸다. 이것은 곧 '인간은 어떻게 하면 자신들의 손으로 문제를 해결함으로써 스스로를 변화시킬 수 있을까?' 하는 실제적인 문제를 위해서 '인간과 우주의 나머지 부분은 어떤 관계를 맺고 있는가?' 하는 이론적 문제를 거부했다는 것을 의미한다.

서양의 지식인들이 이러한 전회를 감행한 많은 이유 가운데 특히 세 가지가 중요하게 여겨진다. 첫째는 내가 앞서 말한 바 있는 것인데, 헤르더와 같은 서양인들이 서양의 문화가 서양의 필요에 대한 반응이었으며 다른 요구를 가지고 있는 사회는 다른 방식으로 일을 처리하게 된다는 것을 점진적으로 깨닫게 되었다는 것이다. 문화적 다양성을 이런 식으로 바라보는 것은 '이성의 명령에 따라 사는 삶'과 같은 것이 존재한다는 생각을 제거하는 데 도움이 되었다. 헤르더 식의 문화 상대주의 덕분에 헤겔은 철학자들이 일련의 역사적 사건에 대해 말할 수 있는 이야기를 가지고 있어야 한다는 제안을 하기가 쉬웠다. 이것은 지식인들이 사물을 이해하기보다는 변화시키는 데 전념해야 한다는 마르크스의 제안으로 자연스럽게 이어졌다. 이것은 또한 자신의 운명을 창의적인 방식으로 개척하는 방법을 발견한 현명한 동물로서 인간을 서술하고 있는 다윈을 위한 길을 닦아 주었다. 이것은 인간이 비물질적인 세계에 한 발을 담그고 있기 때문에 인간이 사회 정의에 대한 열망을 가질 수 있다고 주장하는 플라톤주의적이며 종교적인 교설로부터 그러한 열망을 분리시켰다.

그러나 헤르더의 원초적인 인류학은 헤겔과 같은 역사적인 정신을 가진 철학자가 마르크스가 '부르주아 혁명'이라고 부른 것의 성공으로부터 끌어내고 있는 영감이 없었다면 아무런 영향도 미치지 못했을 것이다. 이러한 성공이 서양의 지식인들이 과학과 기독교 신학의 대립으로부터 혁명적인 사회 변화의 가능성으로 관심을 돌리게 된 두 번째 이유이다. 1776년에 미국에서, 그리고 1789년과 1792년 사이에 프랑스에서 일어난 일은 인간의 삶에 있어서 사회·정치적 조건이 옛 사상가들이 생각했던 것보다 훨씬 가변적이라는 것을 보여 주었다. 그런 사건들은 철학자들로 하여금 과거를 연구하는 것보다는 가능한 미래를 상상하는 데서 더 많은 것을 배울 수 있지 않을까 하는 생각을 하게 했다. 만일 국가가 하룻밤 사이에 정치적·사회적 제도를 바꿀 수 있다면, 철학자들이 종합하고 체계화하고자 했던 직관을 포함해서 아마도 모든 것이 변화될 수 있을 것이다. 아마도 인간의 삶의 본질이나 철학적 반성의 자료들도 그리스인들이 가정했던 것만큼 안정적이지 않을 것이다.

철학에서 서사적 전회를 일으킨 네 번째 원천은, 합리적 반성보다는 시적 상상력이 인간 진보의 주된 동력이라고 하는 실러나 셸리와 같은 낭만주의 시인들의 주장이었다. 시인은 승인되지 않은 세계의 입법자라고 하는 셸리의 주장은 플라톤이 철학을 위해 썼던 선언문을 무효화하는 것이었다. 왜냐하면 낭만주의자들은 중요한 것은 영원한 것이 아니라 소설[8]이라고, 즉 변화하지 않는 것은 변화하는 것보다 우월하지 않다고 주장했기 때문이

8 novel은 '새로운 것'이라는 뜻과 함께 '소설'이라는 뜻을 가지고 있다. 로티는 여기서 개념적으로 영원한 것과 새로운 것을 대비시키고 있는데, 낭만주의자들이 소설을 강조한 것은 그것이 새로운 상상력의 원천이기 때문이다. 로티는 여기서 'novel'이라는 단어를 중의적으로 사용하고 있다고 여겨진다.(옮긴이 원주)

다. 영원한 진리에 대한 탐구는 자연 과학을 위해서는 적절할지 몰라도 정치에는 부적절한 것이었다. 정치에서 중요한 것은 근거가 확실한 원리를 찾는 것이 아니라 유토피아적인 꿈을 꾸고 과감한 제안을 하는 것이었다.

이런 세 가지 영향은 듀이와 같은 사상가로 하여금 아리스토텔레스, 데카르트, 칸트에게 있어서 공통적인 철학 하기의 모델로부터 멀어지게 만들었다. 그러나 불행하게도 그런 모델에 대한 가장 영향력 있는 두 비판가—니체와 하이데거—는 인간 사회의 미래에 대해서보다는 개별적인 인간의 상황에 주목했다. 우리가 플라톤, 기독교, 칸트를 어떻게 하면 잊을 수 있는지—'참된 세계'를 우리가 어떻게 우화로 이해할 수 있는지—말하는 니체의 이야기는 '차라투스트라의 서설(Incipit Zarathustra)'이라는 단어와 더불어 끝났다. 영원의 상 아래서 사물을 보려는 시도를 거부하는 것이 새롭고 비범한 인간의 탄생을 가능하게 할 것으로 니체는 생각했다. 그는 평범한 인간이 더 자유롭고 행복하게 살 수 있는 사회를 만드는 일에는 관심이 없었다.

전후기를 통틀어 하이데거는 평범한 사람이나 사회 정의에 대해서는 니체보다도 더 관심이 없었다. 새로운 사회적 세계의 낭만—셸리가 워즈워스와 공유했던, 그리고 휘트먼과 테니슨이 마르크스, 밀, 듀이 등과 공유했던 낭만—대신에 니체와 하이데거는 바이런 식의 고독과 비범함을 칭송했다. 하이데거는 다음과 같이 쓰고 있다. "현존재라는 존재의 최고의 형식은 삶과 죽음 사이에서 …… 매우 드문 몇몇 순간들로만 소급될 수 있다. …… 인간은 단지 그런 드문 순간에만 자신의 잠재성이 최고조에 도달한 단계에서 존재한다."[9] 이것은 지나치게 개인주의적이기 때문에 매우 협소한 형태의 낭만주의라고 할 수 있다. 하이데거는 후기 저작에서 본래적

---

9 Martin Heidegger, *Kant und das problem der Metaphysik*(Bonn, 1929), p. 290.

현존재가 가지고 있는 영웅적 자질을, 사유하는 자 — '오늘날 존재란 무엇인가'를 물을 용기를 가지고 있는 인물 — 의 영웅적 자질로 대체하려는 시도를 했다. 그러나 이런 시도 역시 협소한 낭만주의라고 할 수 있다.

최근에 이루어진 기술에 대한 많은 논의가 하이데거의 기술에 대한 경멸적인 서술에 의해 지배되어 왔다는 것은 매우 불행한 일이라고 생각한다. 바티모와 내가 어떤 의미 있는 철학적 차이를 보인다면 그것은 아마 그가 기술과 서양 형이상학의 발전의 관계에 대한 하이데거의 설명 가운데 많은 부분에 대해 나보다 훨씬 더 찬성하는 입장을 보인다는 점일 것이다. 나는 이런 불일치를 다룸으로써 이 글을 마치고자 한다.

'내가 무엇에 대해 확신할 수 있는가?' 하는 물음을 위해 '존재란 무엇인가?' 하는 질문을 철학자들이 포기했을 때, 결정적인 전회가 일어났다고 하이데거는 주장하고 있다. 앞의 질문에 대한 명백한 대답 — 즉 나는 나 자신의 주관성에 대해서만 확신할 수 있다는 대답 — 은 서양의 사상을 프래그머티즘으로 나아가는 길 위에 올려놓았다. 그것은 하이데거가 망상이라고 생각하는 다음과 같은 생각을 만들어 냈다. 즉 "인간은 언제 어디서나 오로지 자기 자신하고만 대면한다."("QT" in BW, 332쪽)라는 생각이다. 만일 우리가 확실성을 원한다면, 우리가 확신할 수 있는 것은 우리 자신의 욕구와 의도라는 것이 궁극적으로 판명될 것이며, 따라서 우리는 하이데거가 말하듯이 "인간이 대변하는 모든 것은 그것이 인간이 구성한 것일 때에만 존재한다."(322쪽)라는 것을 믿게 될 것이다.

1800년경, 서양이 '더 원초적인 드러냄'이나 '더 근본적인 진리'와 같은 개념에 대해 신중하고 현명하게 등을 돌렸다는 사실에 대해서 하이데거는 그 가능성조차 심각하게 고려하고 있지 않다. 그는 자신이 근대 유럽의 증가하는 '불안정성'이라고 생각한 것이 성숙한 결정의 결과 — 즉 더 나은 세계를 만들기 위해 스스로를 과거에서 떼어 내려는 결정 — 일 수도 있다는 것에 대해서는 생각하지 않는다. 그 대신 그는 시적 상상력에 대한 셸리의 찬양을 포이어바흐에 관한 열한 가지 테제와 관련시키는 사유의 운동이, 확실성에 대한 데카르트적 욕망이 힘에 대한 니체의 욕망으로 점진적이고 숙명적으로 변화해 가는 과정이라고 생각했다. 하이데거는 권력에의 의지라는 니체의 개념은 존재자의 기본적인 특징으로서 "데카르트의 근본적인 형이상학적 입장의 기초 위에서만 가능하게 된다."(N4, 129쪽)라고 말한다.

하이데거는 공유된 행복에 대한 희망보다는 권력에의 의지에 대한 찬양을 데카르트 이후의 사유가 도달하게 될 운명적인 귀결로 보았기 때문에, 내가 '낭만주의'라고 부르고 있는 것을 데카르트, 로크, 라이프니츠 같이 확실성을 추구하는 사람들이 착수했던 인식론적 전회와 연속선상에 있는 것으로 해석하고 있다. 내가 제안하고 있는 대안적인 설명에 따르자면, 데카르트에서 칸트에 이르는 시기에 철학을 지배했던 인식론적 문제들은 불변적인 것이 변화하는 것에 비해, 보편적인 것이 새로운 것에 비해, 그리고 관조가 대담한 상상력에 비해 우월하다는 생각이 수명을 다하기 전에 몰아쉬었던 마지막 숨이었다고 보아야 한다.

기술이 필연적으로 인간을 퇴락시킬 것이라는 생각은, 자본주의가 불가피하게 노동을 상품화하고 더 비참하게 만들 것이라고 했던 마르크스의 주장에 의해 수행되었던 역할을, 많은 서양의 좌파 지성인들이 떠맡고 있다. 하이데거의 생각은 이례적으로 영향력이 있었으며, 그 대중성 때문에 '서양', '자본주의', '기술'과 같은 단어를 유사·유의어로 다루는 일이 쉬워졌다. 그런 식으로 사물을 한 덩어리로 묶는 것은, 아시아가 비서구적인 지적, 정신적 자원을 발굴해 냄으로써 서양의 운명을 피할 수가 있을지도 모른다고 주장하는 사람들에 의해 촉진되었다.

만일 서양을 제국주의적인 프로젝트로서, 자본주의를 필연적인 착취로서, 그리고 기술을 필연적인 비인간화로서 생각한다면, 그런 식으로 사물을 덩어리로 묶는 일은 쉬운 일이다. 그렇기 때문에 기술과 자본주의가 더 나은 세계를 건설하기 위한 필수적인 수단이라는 제안은 많은 사람에게 받아들이기 어려운 것으로 여겨진다. 그래서 아시아가 서양에 대해 도덕적인 영감의 원천이 될 수 있는 만큼, 서양도 아시아에 대해 그럴 수 있다는 생각도 마찬가지로 받아들이기 어려운 것으로 여겨진다. 그렇지만 나는 이 두 제안이 대단히 설득력이 있다고 생각한다. 그래서 나는 우리가 애시의 권고를 따라서 보편적인 인간 가치에 대한 탐구나 유럽과 아시아적 가치 사이의 거대한 문화적 구분에 대해 이야기하기보다는, 근대 기술이 특정한 사회·정치적 목표를 달성하기 위해 어떻게 사용될 수 있는지 이야기할 수 있기를 희망한다. 그런 유럽적 가치와 아시아적 가치에 대한 거대한 문화적 구분을 통해서 중국인들이 인종주의, 군사주의, 소비주의의 위협을 피할 수 있을 것 같지는 않다. 그런 것들의 서양 버전은 같은 방식으로 인간의 자유와 행복을 위협해 왔다. 세계인들이 오늘날 워싱턴을 바라볼 때 품고 있는 의혹은 머지않아 북경을 향하게 될 것이다.

애시는 우리에게 다음과 같은 것을 상기시킨다. "대략 15세기 이후 세계를 형성해 온 대서양 중심의 옛 서구는, 20년도 채 되지 않아 주된 세계 형성자의 역할에서 밀려날 것이다."(Ash, 178쪽) 과거에 세계를 형성했던 나라들에 살고 있는 사람들이 미래에 세계를 형성해 나갈 나라에 살고 있는 사람들과 어떤 요구가 실현되어야 할지에 대해 논의할 수 있다면, 문명과 민주주의 혁명의 이상이 동양과 서양 모두에서 살아남을 수 있게 될 최소한의 기회가 존재하게 될 것이다.

요약하자면 나의 제안은 다음과 같다. 세계의 운명에 대해 실천적 관심을 공유하는 사람들에 의해 운 좋게 만들어지게 될 문화적 동질화의 과정은 철학적 차이에 대한 논의를 진부한 것으로 만들게 될 것이다. 공자에게 주석을 다는 것과 플라톤에게 주석을 다는 것 사이에는 여전히 차이가 존재할 것이다. 이것은 코란에 주석을 다는 것과 성경에 주석을 다는 것 사이에 차이가 존재하는 것과 같은 것이다. 그러나 이 네 가지 행위 중 그 어떤 것도 자유, 평등, 형제애를 촉진하는 데에는 별로 도움이 되지 않을 것이다.

3. 다문화주의와 아시아의 주체성(김우창)[10]

다문화주의와 문화의 보편성

미국과 유럽 그리고 세계 도처에서의 다문화주의의 대두는 서양의 패권적 우위에 대하여 비서양 문화의 존재에 합법적 권리를 부여하였다. 잘된 일이다. 이제는 인류 전체의 상황에 대하여 조금 더 공정하고 균형 있는 조감이 가능하게 되었다고 하겠다. 아시아 연구는 이제 다른 비서양권 문화 연구와 함께, 세계의 여러 문화에 대한 보다 넓은 수용 또는 인정에 힘입어 미국과 유럽 그리고—이것은 가장 중요한 점으로 생각되어야 할 일인데—아시아에서 학문 분야의 전체적 구성에서 적정한 위치를 점하게 될 것이다. 그것은 그간 손상되었던 자기 존엄성과 정체성의 회복에 기여하게 될 것이다.

물론 아시아 연구가 자극한바 그리고 일반적인 다문화 의식의 대두로 시작한 새로운 형세가, 인류 문화의 존재 방식에서 안정성을 얻는 데에는 시간이 걸릴 것이다. 국제 관계에 힘의 이동이 일어나는 일들이 있다. 그러

---

10 이 글은 1997년 8월 네덜란드 레이든 대학교에서 열렸던 국제비교문학대회에서 발표되었던 것을 수정 번역한 것이다. 원문은 조금 다른 형태로 *Poetica: An International Journal of Linguistic-Literary Journal*, 52(Tokyo, Japan, 1999)과 Eugene Eoyang ed., *Intellectual Explorations, Studies in Comparative Literature*, 32(Amsterdam: Rodopi Editions, 2005)에 수록되었다.(원주)

한 경우 새로운 질서는 갈등을 통한 재조정을 경과함으로써만 수립되게 마련이다. 비슷하게 새로운 의식 상황의 일정한 형태의 정착도 투쟁의 과정을 거치지 않고는 일어나지 않는다. 우선 대학과 학문의 분야에서 기존의 학문 분야의 전체적 구성의 재조정에 대한 요구가 일 것이고, 그러한 요구는 학문 활동의 의미를 다시 생각할 것을 요구하게 될 것이다. 학문 전체를 생각함에 있어, 문화의 다원성이라는 개념 자체가 하나의 도전이 될 것이다. 그렇다는 것은 학문은 비록 분야가 다양하고 또 서로 다르다고 할지라도 과학의 통일성 또는 학문의 일체성 속에 조화되어 하나로 수렴되는 것으로 생각되기 때문이다.(인류학에서 오랫동안 문화의 다양성은 기초 개념의 하나였다. 그러나 여기에서도 인류학이라는 학문의 일체성 속에 이문화들의 존재의 개별성은 해소되어야 하는 것이 되어 있었다.)

힘과 이해관계가 서로 부딪치는 갈등의 시기가 상당 기간 지속될 것으로 예상하는 것이 옳을 것이다. 그러나 다른 한편으로 관계된 이론적 문제들을 분명하게 가려 보려는 노력도 지속될 것이다. 결국 문제가 되는 것은 보편적 인간 과학의 가능성이다. 문화 다원성이 요구하는 바가 바로 이러한 통일 과학에 대한 요청이다. 아시아 연구도 이 힘의 투쟁 그리고 이론적 명증화의 노력에 끼어들지 않을 수 없을 것이다. 그렇게 함으로써만, 그것은 소수파 담론에 그치지 않고 미래의 인간 과학의 형성에 있어서 주요 동반자가 될 것이다.

서방 세계에 대두되고 있는 다문화주의 또는 다문화 의식은 여러 가지 요인들이 합류하여 일어나게 된 현상이다. 그 가운데 가장 중요한 것은 식민주의 종료 후 또는 포스트콜로니얼리즘의 상황이다. 서방 제국주의의 후퇴 그리고 그에 대항하던 투쟁의 종식은 정치적·군사적 사건이면서 이데올로기적 사건이다. 그리하여 이제는 서방에 의한 인류의 문화적 잠재력의 독점은 그 주장을 더 지속하기가 어렵게 되었다. 그러나 다문화 현상은 보다 현실적인 변화로 인하여 불가피한 현상이 되었다. 미국의 경우 그리고 정도는 조금 더 낮다고 하겠지만, 유럽에 있어서도, 제국주의에 이어 자본주의의 새로운 변화는 제3세계로부터의 인구의 대량 유입을 불가피하게 하고, 그것이 국가 인구의 인종 비율을 크게 바꾸어 놓게 되어, 다문화의 병존을 사회적 삶의 현실로서 사람들의 의식에 각인하게 되었다. 또 하나의 요인은, 특히 아시아에 해당되는 것이라고 하겠는데, 전후의 경제 발전이 국가 간, 지역 간의 세력 관계에 큰 변화를 가져오고, 여기에서 동아시아가 보다 큰 역할을 차지하게 된 데에서 찾을 수 있다. 이러한 국제적 변화와 관련하여 또 하나 지식계에 일어난 중요한 변화는 문화 연구의 대두이다. 문화 연구는 개체와 집단을 사회적 단위로 구성해 내는 여러 이념소(ideologemes)—성, 계급, 인종에 관계되는 이념 요소를 해체적인 검토와 분석의 대상이 되게 하였다. 그리하여 서방의 패권적인 문화 담론과 그 보편적인 수사(修辭) 관습을 문제적인 것이 되게 하였다. 대학과 학문의 관점에서 볼 때, 세계의 여러 다른 문화와 사회와 인종을 지구적인 관점에서 살필 수 있는 공간을 치워 내는 데에 가장 중요한 역할을 한 것은 이 문화 연구 그리고 문화 연구에 영향받은 담론이라 하겠다. 이 공간에 등장하게 된 것의 하나가 아시아와 아시아 연구이다.

이러한 상황이 모든 사람에게 환영을 받는 것이 아니라는 것은 말할 필요도 없다. 그렇게 되지 않은 이유는 당연히 이러한 현상이 일어나게 한 여러 원인으로부터 시작하여 설명될 수 있다. 이러한 사태의 전개에 가장 불행한 느낌을 갖게 하는 것은 서방의 패권의 쇠퇴이다. 서방의 사람들이 그렇게 느끼는 것은 이해할 만한 일이다. 이 불행한 느낌은 간단하게 서방의 패권 또는 제국주의의 몰락이라는 관점이 아니라 문명의 이상의 쇠퇴라는 관점에서 표현된다. 소수 종족의 문화적 정체성이 내놓는 여러 주장과, 주류 문화와의 갈등과 긴장이라는 형태로 이문화(異文化)의 문제가 표현되는 미국의 경우를 두고 에드워드 사이드가 지적한 바와 같이, 어떤 미국의 지식인들은 "대학의 학문 분야에 등장한 여성, 아프리카 아메리카인들, 동성애자, 아메리카 원주민 — 진정한 다문화주의와 신지식을 말하는 이러한 소수자들을 '서양 문명'에 대한 야만인들의 위협"이라고 간주한다. 가령 사이드가 이러한 지식인들의 한 대표적 유형으로서 들고 있는 앨런 블룸(Allan Bloom)은 소수자 문화들의 자기주장이 서양의 통합적인 고급문화 — 소수의 그리스 그리고 계몽기의 철학자들에 의하여 그 진수가 표현되어 있는 것으로 생각되는 서양의 고급문화를 저질화하고 단편화한다고 생각한다. 사이드의 관심은 서방 사회에서의 문화의 이념의 이데올로기적 성격을 벗겨 내는 일이다. 그것은 지금 여기에 인용한 『문화와 제국주의』에서도 그러하다. 그는 이 문화의 이념에서 제국주의의 흉계를 본다. 그의 이러한 해체 작업은 제국주의 문화에 대한 수많은 연구자들에게 영감을 주었다.

지금에 와서 식민주의의 폐해는, 그 보편적 성취의 모든 것을 부정하는 것은 아니라고 하더라도, 서방 문명의 문명사적 사명(la mission civilisatrice)의 허위성을 분명히 했다. 전체적으로 옳고 그른 것을 떠나서, 힘은 스스로를 매력적이게 하는 여러 술책을 가지고 있다. 여러 문명의 환상이 이 흉계로서의 측면을 가지고 있다는 것은 부정할 수 없다. 그렇기는 하나 서방 문화의 호소력이 반드시 제국주의적 강압으로 인한 것만은 아니고, 그 보편성으로 인한 면이 있다는 것도 사실이다. 이러나저러나 보편성을 주장하는 서방 문명을 회의적으로 보는 것과는 별도로, 일반적으로 문명이나 문화를, 그것이 지니고 있는 보편성에 대한 소망을 떠나서 이야기할 수 있겠는가? 서방 문명이나 문화가 가지고 있는 보편성의 주장은 다른 여러 사회의 문화에도 포함되어 있다. 문화는 한 사회에서의 사실적 그리고 상상적 관행의 총체를 가리키는 개념어이다. 그 말은 사실을 서술한다. 그러나 그것은 동시에 이 관행에서의 당위적 암시를 가지고 있어서 규범과 규칙을 의미하는 것일 수 있다. 문화의 규범은 한 사회에 한정되는 수도 있지만, 대체로는 그 경계를 넘어서 보편적으로 적용될 수 있는 것으로 받아들여진다. 문화가 사회의 통합에 중요한 역할을 할 수 있는 것도 그 규범적·보편적 성격으로 인한 것이다. 다문화주의가 기대하는 것이 여러 문화들이 하나의 공동체를 구성하는 미래라고 한다면, 이 공동체가 사회적 통합의 힘—규범적 중심을 지시하는 문화의 통합적 힘이 없이도 가능할 것인가? 이 문제는 다문화주의를 생각하면서 답해야 할 가장 핵심적인 문제이다. 이론적인 관점에서, 이 문제는 아시아 연구에 있어서도 고민해야 할 문제가 된다.

물론 문화란 통합적 압력으로 작용하게 마련이라고 할 때, 문화의 문제에 대하여 가장 극단적인 반응을 생각할 수는 있다. 도대체 문화라는 것이 필요한 것인가? 그러나 이 질문에 답하기 전에 우리는 문화가 도대체 사람에게 또는 사회에 무엇을 줄 수 있는가를 생각해 볼 필요가 있다. 서방의 문명이나 문화라는 이념에는 여러 가지 보편적 인간 이상이 들어 있다고 할 수 있다. 가령 계몽주의 시대 이후에 한정하여, 문화를 규범적인 것으로 생각할 때, 거기에는 계몽과 자유 또는 해방의 이상이 들어 있다. 계몽주의자들은 이러한 이상은 인간 역사의 진보와 더불어 실현되게 마련이라고 생각하였다. 이 진보는 집단적이고 개인적인 문화 수련을 그 중요한 매체의 하나로 한다. 그것은 단순히 외면적인 것이 아니라 정신의 개화를 요구한다. 여기에 문화가 필요한 것이다.

블룸의 생각에, 계몽기의 인간 완성의 이상은 인간 전체의 해방의 한 요인으로서 개체의 전인간적인 완성을 요구하였다. 그는 서방 문명의 수호는 이러한 이상을 수호하는 것이라고 주장한다. 개체의 전인간적 교육은 개체의 인간적 잠재력을 해방하는 과정이다. 이 교육은 풍요로운 문화유산이 존재하는 곳에서만 가능하다. 서방에 있어서 이 문화의 풍요는 계몽기로부터 소급하여 르네상스로 또 고대의 전적 전통으로 이어지는 것이다. 전인간적 개체가 되는 것은 공동체에 배어 있는 인간의 보편적 가능성을 내면화하고 그것을 발전시키는 것이다. 르네상스 시대의 '보편적 인간(l'uomo universale)'은 바로 이러한 인간을 의미하였다. 이러한 과정에서 개체적 발전과 사회적 발전이 뗄 수 없는 상호 관계에 놓이는 것은, 사회적 관점에서 볼 때, 개체와 사회가 하나의 과정에 통합되어야 한다는 것을 말한다. 블룸이 볼 때, 이 개체적이면서 사회적인 이상을 수호하고 발전시키는 데에 주된 수단이 되는 것은 서방의 고전들이다. 이러한 고전들은 "자연과 사람의 자연에서의 위치와, 그리고 그것들이 아우르는 전체에 대하여 규범적 이해를 가능하게 하고, 진리를 진술하기 위하여 있는 것"이기 때문이다.

문화의 중요성에 대한 이러한 주장은 심각하게 취할 만한 것인가? 어떤 관점에서 볼 때, 이것은 다분히 거짓된 것이고 또 유해한 것이다. 적어도 서양의 고전적 전통에 초점을 맞춘 이러한 주장은 다른 문화들을 충분히 고려한 것이 아닌 것임이 분명하다. 뿐만 아니라 이러한 문화의 유산이 생산해 낸 근대는 이제 충분히 부정적인 결과를 낳았다. 그것은 계몽과 해방의 서사(敍事)를 뒷받침하지 못한다. 설사 이 서사가 아직 살아 있다고 하더라도 블룸의 해석에 들어 있는바 선택된 개체들의 인간적 발달, 그 깨달음과 해방의 서사는 민주적 인간 해방의 이상에도 배치된다고 할 수 있다. 블룸의 고전의 의미 자체가 이미 전체화하고 전체주의적 성향을 드러내는 것이라고 할 수 있다. 사실 문화를 주체의 발전 — 그러니까 어떤 개인적 또는 집단적 주체의 발전이라는 관점에서 보고, 이것을 핵심으로 하는 문화는 스스로를 지배 계획으로써 전체화한다는 혐의를 갖는다. 개체적 발전을 문화의 테두리에서 생각하는 것은 억압의 주체의 부름에 응답하는 것이 개체의 발전이라고 말하는 것이다.

그렇다면 진정한 인간 해방은 서방 문명과 문화의 허위성을 밝히는 일부터 시작하여야 한다. 그런데 문화 정체성이란 것은 도대체 어떤 의미를 갖는 것인가? 영국에 있어서 소수파 체험의 인간이 경험하게 되는 제약들을 관찰하면서 호미 바바(Homi K. Bhabha)는 문화를 사회화 과정의 본질이라고 본다. 이 사회화는 물론 주류 사회를 말하고, 문화는 주류 사회를 위한 사회화의 수단이다. 주류 사회의 문화적 신비화를 깨트리는 방법은, 그의 전략에 의하면, 집단적 삶의 서사적 가설로서의 문화의 테두리를 벗어나는 도리는 없다는 것을 인정하면서, 문화 내에서 문화적 차이화(差異化)의 정치를 펼치는 것이다. 즉, "문화의 차이화는 문화의 조화된 전체성을 지우면서, 사회생활의 설명 양식 사이의 차이를 분명히 하고, 초문화적 협상으로 인하여 생겨나는 건너뛸 수 없는 의미와 판단의 공간도 극복하려 하지는 않는다는 것이다." 다문화 간의 접촉에 대한 바바의 입장이 정확히 어떤 것인가를 단순한 공식으로 요약하기는 쉽지 않다. 그러나 그의 뜻은, 문화가 집단적 삶의 테두리이고 그 안에 사는 사람이 문화 전통의 교육적·집단적 강제력의 범위를 벗어나지 못한다고 하더라도 인간의 순정한 실존은 이문화(異文化) 또는 여러 문화의 틈새에 조성되는 현재의 순간 속에서 가능하고, 이것을 추구하는 것이 문화 속에 사는 방법이라는 것으로 들린다.

바바의 협상과 타협을 언급하는 것은 계몽과 인간 해방 그리고 전인격적 인간 형성의 이상들을 부정하려는 것도 아니고 그것을 뒷받침하려는 것도 아니다. 바바의 입장에서 우리가 배울 수 있는 것은, 계몽주의의 해석과는 달리, 문화가 다문화적 조건하에서는 실존적 고민의 요인이 될 수도 있다는 사실이다. 그러니까 문화는 긍정적 의미와 함께 부정적 의미를 가질 수 있다는 것을 생각하여야 한다. 어느 쪽이 옳든 간에, 아시아 연구를 생각함에 있어서 우리는 이러한 여러 선택들을 고려하여야 할 것이다.

아시아의 보편주의와 근대성

문화는, 의도가 어떤 것이든지 상관없이, 전체화 또는 보편화의 강박성을 함축하는 것이기 때문에, 문제적인 개념이 될 수밖에 없다. 다양한 문화의 평화 공존을 허용하는 다문화적 관용성이 확대되어 감에 따라 여러 문화가 여러 사회에 진입하고 있지만, 문화가 문화 다원주의를 수용하여 자신에 기초한 보편주의적 주장을 포기하지는 아니할 것이다. 어떤 관점에서는, 다문화주의는 자가당착적 개념이다. 아시아 문화 또는 한국의 유교 전통에 의하여 대표되어 있는 아시아 문화도 다문화 개념에 들어 있는 모순을 쉽게 받아들일 수는 없을 것이다. 예술, 학문, 윤리, 사회적 상호 작용의 관습의 전체로서의 문화는, 유교적 이해에 있어서, 계몽주의의 계몽이나 인간 해방의 이상을 가지고 있었다고 할 수는 없지만, 수신(修身)을 통한 인간 완성의 이념을 포함하고 있었다. 수신의 이상은 두웨이밍(杜維明) 교수가 말하는 것처럼 유학적 세계관의 핵심을 이루었던 것이다.

수신이란 자아의 변용 형성 과정을 말하는 것이지만, 이때 이러한 과정은 자신 안으로 들어가는 행위를 말하면서 동시에 사회의 문화적 자원을 내면화하여 사회 속에 통합되는 과정을 말한다. 다만 문화적 자원은 인간의 보편적 가능성을 대표하는 것으로 생각된다. "완전한 자기실현에 이른다는 것은 인간성의 완전한 실현에 이른다는 것에 해당된다." 자아 형성은 보편성에 이르는 것을 말하고, 이 보편성은, 적어도 이상적으로는, 바로 사회 구성의 원리가 되는 것이다. 블룸이나 다른 문화주의자들이 말하는 것도 이에 비슷하다고 할 수 있다. 독일의 교양(Bildung) 개념에 있어서, 교양이란 자아실현이면서 보편성에 이르는 것이고, 그것을 통하여 사회의 근본에 통합된다는 것을 말한다. '보편성에의 고양(Erhebung zur Allgemeinheit)'이라는 헤겔의 이념은 이것을 가장 적절하게 표현하고 있는 공식이다.

어떤 보편주의나 마찬가지로, 아시아의 보편주의도 그 나름의 모순을 가지고 있다. 유학에서 강조되는 것은 내면적 인간이다. 그러나 그것은 대체로 사회적으로는 권위주의에의 순응을 의미하게 된다. 저항이 있지만, 그 저항은 기존의 사회적 규범의 이름으로 이루어진다. 그것은 흔히 기존 규범의 보다 철저한 준수를 요구하는 저항이다. 결국 근본적 구도는 개인의 주체가 사회의 지배적 주체에 일치하여야 한다는 것이다. 그러니까 문화의 이념은, 개인의 완성에 기초해 있는 듯하면서도, 전근대 시대에 한국을 지배했던 권위주의 중앙 집권 체제에 대응하여 존재한다. 문화의 이념은 권위주의를 일반 국민에게 조금 더 그럴싸한 것이 되게 하였다. 이것은 다른 문화와의 관계에서도 그대로 드러난다. 유교적 보편주의는 독단과 불관용의 이데올로기가 되어, 조선조의 선비로 하여금 외국 문화에 등을 돌리게 하고, 봉건 일본을 이해할 수 없게 하고, 서방 세계와의 접촉이 시작할 때, 서방에 대한 개방적 이해를 지연시켰다. 어쩌면 그것은 오늘날 북한의 폐쇄성에도 영향을 끼친 것이라고 할 수 있다. 이러한 유산을 고려할 때, 서방 보편주의의 쇠퇴와 그에 따른 세계의 다문화적 열림이 한국 문화의 정통성을 회복할 수 있는 길을 여는 방편이 된다고 하여도, 그것이 반드시 다문화적 포용성을 의미하게 되리라고 장담할 수는 없다. 같은 종류의 폐쇄성은, 정도는 다르겠지만, 어쩌면 유교 문화의 유산이 남아 있는 다른 아시아 지역 — 싱가포르, 대만 또는 중국에서도 볼 수 있지 않을까 한다.

흥미로운 것은 이질 문명과 문화에 대한 아시아의 열림에도 숨어 있는 모순이 있다는 사실이다. 아시아가 이질 문화를 처음에 의심쩍게 대하다가 그것을 받아들인다고 할 때, 그것은 이질 문화가 보편주의적 주장을 가지고 나타날 때 용이해진다. 보편주의적 문화 가치를 대표한다는 서방의 정치 이상, 철학 및 문학의 텍스트를 받아들이는 것이 용이해진 이면에는 바로 유교의 보편주의적 사고의 유습이 있었다고 할 수 있다. 서방의 문화는 유교의 보편적 인간 이념과 그 기초가 되었던 고전들을 보강하거나 대체할 수 있는 것으로 생각되었던 것이다. 이 전통의 중심을 이루는 것은 중국에서 발원한 것이나, 이 고전들의 보편주의적 정당성의 주장은 그 출처의 이질성을 중화하고 그것들을 조선의 고전이 되게 하였다. 17세기에 중국이 청나라 왕조의 지배 속에 들어간 다음에 조선의 유학자들은 그 이데올로기적 순결성을 강화함으로써 중국에까지 맞설 수 있는 정통성의 수호자가 될 수 있다고 생각하기도 하였다. 근대가 진행됨에 따라 이제는 유럽과 미국에서 건너온 텍스트들이 중국에서 온 전통을 대체하고 그에 비슷한 지위를 누리게 된 것이다.

그러나 문화적 보편주의의 기치 아래 서방에 타협하고 적응하는 것이 쉽고 정연한 과정이 될 수는 없는 일이었다. 서방 문화의 보편화 작업에 자발적으로 귀의하는 형식으로 이루어진 근대화의 과정에서, 신문화의 모조품과 모방이 산출되고, 빈틈이 없어야 할 것으로 생각되는 민족 문화 안에 여러 가지 애매성과 불확실성이 생기는 것은 불가피한 일이었다. 뿐만 아니라 이 적응 과정은 통합된 문화라는 개념 자체가, 바바의 말을 빌려, "고대의 허구를 통하여 권위를 재현하는 전략"에 불과하다는 것을 드러내었다. 그러나 통합 문화의 개념이 손상된 대로, 새로운 문화 질서가 들어설 수 있는 공간이 생기기는 하였다고 할 수 있다. 다시 바바의 생각으로는 새로운 문화적 적응은, "문화적 불확정의 시대, 의미 재현의 미결 시대에 있어서, …… 혁명적 문화 변화의 불안정성을 창시할 수 있는 해방적 인민에 의한 혁명적 실천"으로 이룩될 수 있는 것이다. 바바는 그러한 예로서 알제리의 경우를 든다. "알제리 사람들은 민족 전통의 연속성과 항상성을 파괴하고 …… 문화 차이의 비연속적 간(間)텍스트의 시간성 안에 그들의 문화적 정체성을 방편적으로 만들어 내고 옮겨 오고 있다."라는 것이다. 그리하여 "그들은 민족적 텍스트를 근대 서방의 정보 기술, 언어와 의상의 형태로 옮겨 놓음으로써 그들의 문화를 구축한다." 바바가 혁명적 행위로 보는 문화 구축의 작업은 아시아가 경험한 근대화의 체험을 급진적 형태로 옮겨 놓은 것처럼 들린다. 아시아에서도 신문화는, 불확정성과 긴장과 갈등 속에서, 서방의 예를 빌리고 전통문화에서 눌려 있던 것들을 다시 살려 내면서, 전통적 문화 텍스트로부터 방편적으로 구축되었다.

그러나 아시아의 경험이 영구 혁명의 간단없는 지속이어야 할 만큼 벅찬 것이었다고 할 수는 없다. 일반적으로 말하여, 한 국민이 현실적으로 "문화적 불확정의 시대, 의미 재현의 미결 시대에" 오래 남아 있고, "혁명적 문화 변화의 불안정성"을 받아들일 수는 없다. 밖으로부터 밀려오는 패권적 문화의 도전에 부딪혀 문화의 일체성을 새로 구성하려는 사회가 떠맡아야 하는 과제가 기존의 대(大)문화 안에서 살아남고자 하는 소수 인종—가령 예를 알제리에서 들었으나 바바가 염두에 둔 것임에 틀림이 없는 영국에 있어서의 이민자 집단의 경우와 같은 것일 수는 없다. 문화가 정치 투쟁의 폭력성을 보이면서 또는 상호 타협을 통해서, 서로 우위를 점하고자 싸우는 여러 집단들 사이에 탄생하게 되거나 일시적으로 존립하게 된다고 하더라도, 그 문화 전쟁(Kulturkampf)의 에너지는 일정 시간 후에는 소진되게 마련이고, 결국 문화 전체는 휴전 상태로 또는 안정 상태로 침전되게 마련이다. 문화라고 부를 수 있는 것이 출현하기 시작한다는 사실 자체가 하나의 정지 상태를 의미한다. "해방적 인민"의 경우에도 해방의 투쟁을 위하여서는 역사의 주체로서의 통합을 이루어야 한다. 이 통합의 과정은, 혁명 정부의 억압적 문화 조직화에서 수없이 볼 수 있듯이, 폭력적 성격을 띠게 마련이다. 그러면서도 통합은 달성되어야 하는 목표가 된다.

문화 형성의 과정은 충돌 과정을 피할 수 없는 것이라고 할 수 있다. 그러나 여기에 대한 폭력적 해결을 부정적으로 본다면, 이 문화 충돌에서 나올 수 있는 문화 체제는 다양성과 타협의 가능성을 수용할 수 있는 자유 민주주의의 체제에 대응하는 것일 수밖에 없다. 그러나 이 경우에도 완전한 균형의 타협이 이루어지기는 어렵다. 바바의 견해로는, 문화의 발화(發話) 주체는 발화의 사실만으로도 힘의 균형을 그쪽으로 기울게 한다. 그렇다면 자유 민주 체제 안에서의 관용도 타협이 존재하기 이전에 정해진 전제들 안에서만 성립한다. 그렇기는 하나 아시아에서의 근대성의 구축은 자유 민주주의의 조건에 적응하는 정도에 따라서 성패가 결정되었다고 할 수 있다. 이 전제 조건이란, 억눌려 있던 주장과 욕망이 터져 나와 구문화의 질서가 붕괴되고 갈등이 격렬하게 될 때, 그에 대한 대책으로 나올 수밖에 없는 조건이라고 할 수 있다. 그것은 사건의 추이에서 나오는 논리적 조건이다. 그러나 동시에 이 조건은 서방이 만들어 낸 새로운 세계 현실에 적응하여야 한다는 엄청난 압력 속에 이미 정해져 있던 조건이기도 하다.

아시아의 근대성과 문화 가치

아시아가 근대를 받아들였다고 하여 전통문화가 완전히 무의미한 것이 되지 않음은 물론이다. 우선 전통문화가 서방에 의하여 자극된 신문화에 대하여 반드시 대립적 입장에 서 있다고 할 수는 없다. 과거 문화의 어떤 요소들은 아시아가 근대 세계로 이행하는 데에 오히려 가교의 역할을 한다고 할 수 있다. 전통문화가 강하게 남아 있다는 사실 자체가, 반근대적인 것까지도 포함하여, 신시대에로의 이행에 강점이 된다고 할 수도 있다. 강한 전통문화는 바로 그것을 유지하는 사회가 역사의 주체로서의 응집력을 가지고 있다는 증표이다. 그리하여 그것은 사회적 통합력이나 국가 의식이라는 근대화에 필요한 요인들의 토양을 제공하여, 근대 세계가 요청하는 조건을 충족하는 정치 체제의 구축을 보다 용이하게 한다.

그러면서도 근대성이 전통문화를 뒤흔들고 불안정하게 하는 요인이 됨에는 변함이 없다. 문제는 단순히 전통과 근대의 갈등에만 있는 것이 아니다. 근대가 요구하는 것이 문화 다양성의 자유를 허용하겠다는 계획이기 때문이다. 그리하여 전통은 새로 수립되는 것이 아니라 복합적 신문화 속에서 약화된 구성 요소로서 여명(餘命)을 유지하게 되는 것이 된다. 자유 민주주의는 여러 상치되는 이해관계 사이의 타협의 원리로서 절차적인 합법성을 받아들인다. 그리고 가치의 내용에 관해서는 정치적·법률적 조정을 보류한다. 자유 민주주의의 이념적 뼈대를 이루는 것은 절차 민주주의이다. 민주주의의 공식적인 기구의 수립과 함께, 전통문화, 특히 전통 윤리는 이중으로 공적 공간에의 접근을 거부당하게 된다. 서방의 민주주의에서의 법치 이념은 종교와 정치의 분리를 받아들인다. 그런데 이것은 더 넓은 의미에서의 윤리와 정치를 분리하는 공공 공간의 세속화 움직임의 일부이다. 이에 대하여 근대 이전의 조선 시대에 있어서 정치는 윤리의 일부였다. 근대화는 이것의 분리를 요구하였고, 그 결과 윤리는 법치의 범위를 넘어가는 공적 공간에서 배제되어야 할 뿐만 아니라 비공식적으로도 그 정당성의 많은 부분을 상실하게 되었다. 후자의 경우는 생활 세계의 변화가 전통적 윤리 가치를 비현실적인 것이 되게 하였기 때문이다.

윤리 가치의 문제는 자유 민주주의에서 매우 중요한 그러면서 애매한 위치를 갖는다. 자유 민주주의가 가치 중립적인 성격을 갖는다고 하지만, 그것이 민주주의가 발생한 역사 공동체에 통용되던 가치로부터 완전히 분리된다고 할 수는 없다. 어느 다문화주의 논쟁의 장에서 미국 미들베리 대학교의 스티븐 록펠러(Steven C. Rockefeller) 종교학 교수가 존 듀이의 권위를 빌려 말한 바와 같이, "자유주의는 …… 특정한 도덕적 신념과 삶의 길의 표현"이라고 할 수 있다. 그것은 그에 고유한 도덕적 신념으로써 다른 신념들에 대하여 대항한다. "민주주의의 길은 모든 문화로 하여금 자유, 평등 그리고 진리와 복지에 대한 쉼 없는 탐구라는 목적에 배치되는 모든 지적·문화적 가치를 포기할 것을 요구한다." 또 록펠러 교수는, "모든 시민의 평등, 열려 있는 마음, 관용, 인권과 자유권의 수호에 대한 동정적 관심, 협동 정신이 지배하는 비폭력적 분위기 속에서의 지적인 방법을 통한 문제의 해결" 등 — 이러한 것들이 옹호되어야 하는 자유 민주주의의 가치라고 말한다.

물론 이에 비슷한 가치에 대한 존중은, 서방 세계가 가지고 있는 자기만족적 편견과는 달리, 다른 많은 문화에서도 발견된다. 많은 비서방 문화와 사회에서도 서방 세계에서나 마찬가지로 개체와 그에 대립하는 타자는 삶의 공동 기획에 따로 있으면서 상호 연루되어 있는 동반자로서 인정되고 존중될 수 있다.(보편성에 열려 있는 이성이 서방의 인문적 가치 그리고 계몽주의 전통에서 탄생한 인간 능력이라는 생각은 서방의 지방주의적 편견을 나타내는 것이라 할 수 있다.) 물론 이러한 가치들이 표현되고 공식화되는 방식은 다르고, 가치의 전체적인 경제에서 차지하는 위치는 다르게 마련이다. 한 사회가 가지고 있는 가치는 서로 갈등과 긴장 속에 있기 쉬운 것이어서 그 사회 안에서 서로 다른 배분적 무게를 갖는다. 이 가치를 사회 현실이 되게 하는 도구로서의 제도들은 특히 다르게 마련이다. 그리하여 가치들은 사회에서의 가치 배분의 총체적 모양새에 따라 전혀 다른 인상을 주게 된다. 그렇기는 하나 여기에서 중요한 점은 서방의 인문적 가치에 유사한 것들까지 포함하여, 전통 사회의 많은 가치들이 서구화하는 역사 변화 속에서 주변화되고 공공 공간으로 밀려나, 근대적 사회 기구에 대하여 매우 부자연스러운 관계를 가지게 되었다는 사실이다. 이러한 상황은 전통주의자에게는 한탄과 분개의 원인이 되지만, 그것은 근대주의자로부터도, 개인과 사회를 사회 과정의 주체로 구성하는 데에 가장 중요한 요소인 역사적 기억을 박탈함으로써, 그 입지를 위태로운 것이 되게 한다. 그 결과 서구화하는 비서방 사회에서, 자유 민주주의는 윤리적 내용이 소거된 절차의 체계가 되어 버리고 만다.

자유 민주주의 사회에서도 도덕적 가치가 엄존한다는 록펠러 교수의 주장과는 달리, 비서방 세계의 많은 사람들이 보기에는, 서방의 민주주의 그리고 근대성의 도래는 그 실질적 결과에 있어서 윤리적 가치의 소멸을 의미하고, 상호 협동과 조용한 삶의 완성이 아니라 경쟁과 갈등을 삶의 조건으로 받아들여야 한다는 것을 의미한다. 아시아 문화 그리고 세계의 다른 문화들이 서방의 영향에 저항하고 다시 재기를 도모한다면, 그것은 이들 문화에서는 사회 구성의 기초로서 윤리의 우위 — 개인적으로나 집단적으로나 — 인간사에서의 윤리의 우위를 받아들인다고 믿고 있기 때문이다. 한국에서 보는 지나치게 독단적인 유교 부흥의 움직임도 이러한 사실들에 관계된다고 할 수 있다. 물론 여기에는 민족주의적인 자긍심도 한몫을 차지한다.

그렇기는 하나 아시아인이 아시아 문화 또는 다른 비서방 문화가, 인간의 삶에 다시 윤리를 회복하는 데에 기여하고, 또 좋은 삶과 좋은 삶의 기술의 면에서 — 따지고 보면 윤리란 좋은 삶의 기술의 총체를 말하는 것 이외에 다른 것이 아니다. — 시사해 주는 바가 많다고 느낀다고 하더라도, 그것은 근대적 상황, 즉 윤리와 정치를 분리하는 자유 민주주의의 틀 안에서 이루어지는 것일 수밖에 없을 것이다. 민주 사회에서 강한 신념의 형태의 윤리적 가치는 역시 비공식적으로, 즉 공식적인 정치 기구의 밖에 존재하여야 한다는 것은 틀림이 없다. 그렇다 하더라도 새로운 민주 사회가 전통 사회의 문화적 내용을 흡수하게 되는 경우, 그 민주주의 체제는 지금까지 익숙해 온 민주주의 체제와는 다른 것이 될 수도 있을 것이다.

근대적 정치 체제에서의 윤리 가치의 존재 방식

문화를 하나의 전체성으로 또는 문화 인류학에서 생각하듯이, 하나의 일관성의 양식으로 이해하는 것이 틀린 것은 아니다. 그러나 그것은, 또 일관된 것이든지 아니든지, 수없는 작은 것들로 이루어져 있다. 어느 쪽이든지 간에, 서로 역사적 발원지를 달리하는 두 문화 또는 여러 개의 문화가 하나의 편안한 합성체가 되는 것은 — 특히 그렇게 하여 그것이 공공 공간에 활용되는 자원이 되는 것은 — 오랜 조정과 변용의 기간을 거쳐서 비로소 현실이 될 수 있을 것이다. 그런데 옛 가치가 근대적 사회 속으로 진입하는 데에는 하나의 불가피한 조건이 있다고 할 수 있다. 깊은 윤리적·정신적 소신은 흔히 그러한 경향을 갖지만, 전통 윤리에 잠재되어 있는 독단적이고 원리주의적인 경향이 극복되어야 한다는 것이다. 앞에서 말한 록펠러 교수의 투쟁적 민주주의 신념이 거부하여야 한다고 하는 것도 이러한 원리주의에 의한 자유 영역의 축소이다.

같은 다문화주의 논쟁에서, 위르겐 하버마스 교수가 말하고 있는 것도 이 점에서는 비슷하다고 할 수 있다. 하버마스의 생각으로는, "다문화 사회에서 국가 헌법이 허용할 수 있는 것은 오로지 비원리주의적 전통의 언어로 표현된 삶의 형태다. 여러 삶의 형태가 동등한 권리를 가지고 공존하기 위해서는 사람이 다른 문화 공동체에 소속할 수 있다는 사실에 대한 상호 인정이 요구되기 때문이다." 이것은 자명한 이야기이지만, 여기에서 하버마스를 인용하는 이유는 이와 아울러 문화가 정치와 법에 투입되는 방식에 대한 그의 생각이 고려할 만한 것이기 때문이다. 독단과 원리주의를 배제하는 다문화 사회에서도, 가치는 존재할 수밖에 없다. 하버마스는, 사회와 국가의 법 제도로부터 가치 그리고 그에 따르는 격정을 담고 있는 윤리적 가치들을 격리하여야 한다고 하면서도, 민주 사회에서 가치와 정치 사이에 완전한 분리가 있어야 한다고 생각하지 아니한다. 민주 사회에서는 가치와 정치가 서로 관계를 맺는 방식이 특이할 뿐이다. 그의 생각으로는, "기본권을 현실화하는 모든 민주적 절차는 윤리에 의하여 삼투되어 있다." 국가란 윤리의 토양에서 자라 나오는 사회 체제이다.

그러나 이 윤리가 아무 매개도 없이 곧 보편성을 지니는 것이라고 할 수 없다. 윤리는 역사적으로 전래되고 지역적으로 공인된 유산으로서 존재한다. 더 중요한 것은, "윤리가 공동체 내에서의 개체적인 삶의 형상에 배어들어 있는 것이며, 이 공동체는 여러 문화와 여러 전통 그리고 간주체적으로 공유하는 삶과 경험의, 신분 귀속의 그물로서 존재한다."라는 사실이다. 이러한 사회적 삶의 바탕으로서의 문화 그리고 거기에 뿌리박은 윤리가 정치에 영향을 미치고 정치 행위의 목표와 과제와 수단을 규정하는 것은 너무나 당연한 일이다. 서방의 민주주의 체제에 이러한 삶의 방식으로서의 서방적 문화와 윤리가 스며 있지 않을 수 없다. 비서방 세계에서의 원리주의는 어떤 특정한 문화들과 전통들의 그물을 특권적 삶의 형태로 유지하고자 하는 특히 경직된 방법이라고 할 수 있다.

다 같이 전통적 삶의 방식의 유지에 관심을 가지고 있으면서도, 서방의 근대적 전통에 특이한 것은, 윤리가 법과 제도에 독단적 신앙의 형태로서 침투되어 있지 않게 되었다는 점이다. 그리하여 윤리는 사회의 "윤리적·정치적 자기 이해"에 관한 토의의 과제로 남아 있게 된 것이다. 즉 윤리는 "진정한 선(善)과 바람직한 삶의 형태에 관한 공동 개념들을 두고 벌이는 토의" 가운데 남아 있는 것이다. 이러한 공동의 개념이 있으면서 그것이 토의의 대상으로 남아 있는 풍토가 정치와 법률적 결정의 지평을 이룬다.

그리하여 윤리도 "제약과 왜곡이 없는 소통의 공동체"에 열려 있는 형태로 존재하면서, 정치나 법률적 결정에 영향을 미치는 것이다. 그러니까 다시 말하여 윤리가 정치에 투입되는 것은 — 전통 사회에서처럼 간격 없이 조여 매 놓은 것이 아닌 — 느슨하게 이어진 삶의 다층적 행위 영역으로 구성되는 사회를 통해서이다. 이러한 유입의 구조 또는 자유로운 의사소통의 구조에 상응하는 내적인 기제가 "성찰적 태도(the reflexive attitude)"이다. 이 태도는 이성의 성장과 더불어 생겨나고, 이것이 자기성찰의 정신과 다원적 관점에 대한 관용을 위한 공간을 만들어 낸다. "문화가 성찰적이 되었을 때 유일한 지속 가능한 전통과 삶의 형태는, 공동체의 구성원을 결속시키면서도 동시에 그들에게 비판적 자기반성을 요청하고, 다음의 세대들에게 다른 전통에서 배우거나 다른 전통을 자기들의 전통으로 귀의하게 하거나 아니면 새로운 땅을 향하여 나아갈 수도 있는 선택을 남겨 놓는, 그러한 전통과 삶의 형태이다." 성찰적 태도가 형성되고 관용이 생겨나면, "여러 소신 사이에 예의 바른 토론이 가능해지고, 그 토론에서 한 참여자는 자신의 정당성의 주장을 희생하지 않고도, 다른 참여자를 진정한 진리가 무엇인가를 탐구하는 공동 투쟁에서의 전우(戰友)로 인정할 수 있게 된다."

하버마스의 다문화주의에 대한 논의에서 요약·추출하여 본, 민주 사회에 있어서 문화와 윤리가 존재하는 방식은, 서방적 근대성과 전통적 문화가 공존하는 아시아의 불안한 상황을 검토하는 데에 비판적 도구의 역할을 할 수 있다. 제국주의의 압력하에서 전통이 무너지게 되는 상황에서 — 또는 스스로 선택한 근대화의 계획하에서도 — 문화의 공존 문제가 위에 말한 예의 바른 토의의 틀 안에서 해결된다는 것은 쉬운 일일 수 없다. 상호 존중의 예의를 벗어난 갈등과 긴장은 어느 정도까지는 불가피하다고 인정하는 것이 현실적일 것이다. 그러면서도 대화의 평화는 희망하는 목표가 되어 마땅하다. 이질 문화의 압력 또는 영향 아래에서 근대적인 제도를 만드는 일은 정치와 법률의 과정으로부터 전통문화를 배제하는 것을 의미했다. 이것은 모델이 외부 세계로부터 오지 않을 수 없었기 때문이다. 그리하여 전통은 자신의 집 안에서 타자가 되고, 이 단절은 사회와 문화 그리고 제한 없고 왜곡 없는 소통의 과정을 조각내고, 사회의 주체적인 힘을 약화시켰다. 전통과 근대의 불안한 공존의 문제는, 최종적으로, 완전히 조화된 공동체는 아니라도, 건강한 토의 공동체의 형성으로써만 해결될 수 있다.

그러나 다시 말하여 이것은 논리적으로는 선후가 뒤바뀐 제안이라 할 수 있다. 그러한 공동체가 성립했다면, 이미 공존의 불안은 사라졌다고 할 것이기 때문이다. 그러나 현실에서 순환의 고리는 그렇게 엄격하지 않다. 절대적으로 추구되어야 할 것은 문제가 토의를 통하여 해결되어야 한다는 명제이다. 전통은, 독단적 원리주의로 귀착할 수 있는 정치와 문화의 빈틈없는 단일 기획에 의하여서가 아니라 공개적인 토의를 통해서 공적 광장에 재등장하여야 한다. 그러나 다시 전통의 사회 조직 속에의 삼투는 제도의 원숙함을 기다려서만 이루어지는 것이라고 할 것이나, 적어도 의식의 차원에서 성찰적 태도의 발전, 비판적이고 자기비판적인 합리성의 진흥을 통하여 매개될 수 있을 것이다.

동서의 자기비판적 성찰

원리주의적 윤리 문화의 성찰적 전환은, 유럽의 계몽의 역사에서 데카르트적인 혁명에 준하는 변화를 요구하는 만큼 어려운 일이다. 그러나 실천적인 차원에서는 근대화의 노력은 벌써 이러한 변화가 일어나고 있는 것을 의미한다. 근대화가 요구하는 합리주의 또는 과학과 기술은 이미 그 자체로서 성찰과 관용의 습관을 촉진한다고 볼 수도 있다. 과학적 절차는 오류를 예상하는 실험을 포함한다. 또 오류를 인정하는 것은 여러 다른 관점의 가능성에 대한 관용적 태도를 수용한다는 것을 말한다. 그러나 아시아의 철학적 전통에도, 성찰에 대한 열림이 없는 것이 아니다. 전통적 수신(修身)은 주체성의 심화를 요구한다. 그것은 자연스럽게 자기로 돌아가 자기를 되돌아보고 그 상태를 점검할 것을 요구한다. 그리고 그것을 통하여 인간의 주체는 넓은 폭의 경험에 대하여 개방적이 된다. 이 열림은 물론 차이의 해소를 위한 합리적 타협과 협상보다도 그 이상의 목적을 위한 것이다.

우리는 앞에서 유학의 수신(修身)과 독일의 빌둥(Bildung, 교양) 사이의 유사성에 대하여 언급하였다. 교양은 사람의 내면에 일어나는 형성적 변화를 말한다. 그 열매가, 앞에 시사한 바와 같이 '보편성에의 고양'이다. 이것은 사람이 스스로의 안에서 현실적 합리성을 넘어 이론적 합리성에 도달하는 것을 말하고, 다시 그 이상의 변화를 경험하는 것을 말한다. 아마 하버마스와 같은 현실주의적 입장은 이러한 교양적 자기 변용의 이상을 수용하는 데에는 주저함을 느낄 것이다. 하버마스의 소통의 행태주의 이론(pragmatics)이나 교양에서나 이성의 탄생에 주목하는 것은 비슷하다고 하겠지만, 하버마스가 소통 현상에서의 이성을 중시한다면, 교양의 이념은 인간의 자기 형성의 과정이 이성의 원리를 나타나게 하는 것으로 본다고 할 수 있다.

아시아적 전통과의 비교를 위하여서는 우리는 다시 헤겔의 생각을 설명하는 가다머에 의존할 수밖에 없다. 그의 설명으로는 전통적으로 교양은, 사람 전체의 바탕으로서 "인간적·이성적 지향의 본질적 조건"을 갖춘다는 것, 특수성에 매이지 않고 보편적 정신의 소유자가 된다는 것을 말한다. 가령 절제가 없이 화를 내는 것은 추상의 능력이 결여되고, 그 결과 보편적인 것에 비추어 자신의 좁은 특수성을 파악할 수 없기 때문이다. 이러한 보편성의 습득은 이미 장인의 실제적 작업에서도 시작되지만, 그것의 완성은 이론적 보편 의식에서 이루어진다. 이론적 교양은 "어떤 일에 대하여 다르게 볼 수 있다는 것을 인정하는 법을 배우고, 보편적 관점을 찾으며, '객관적인 것을 그 스스로의 자유 속에서' 이해관계를 고려치 않고 파악한다는 데에 그 본령이 있다." 이에 비슷한 정신의 진로는 아시아의 철학에서도 발견할 수 있다.

성리학의 핵심 개념의 하나는 주자의 "주일무적수작만변(主一無適酬酌

萬變) — 하나의 주체를 가지되 머묾이 없이 만 가지 변화에 응한다."라는 것이라고 할 수 있다. 주체가 확실하되 고정되어 있지 않고, 많은 것에 열려 있다는 말이다. 달리 말하여 마음은 자기 안에 있으면서 물건에 대응한다. 물론 이것이 가능한 것은 사람의 마음과 사물이 다 같이 이(理) 속에 있기 때문이다. 여기에서 이(理)에 대한 강조는 지나치게 인간의 내면적인 것에 초점을 맞춤으로써 사물의 객관성은 등한히 하는 혐의가 있다고 할 수 있다. 그러나 그것이 선입견 없이 열려 있는 마음의 상태를 말하고, 객관적 인식에의 준비가 되어 있는 마음을 말하는 것이라는 것도 틀린 것은 아니다. 그리고 무엇보다도 중요한 것은 이 비어 있는 마음과 선입견의 극복을 통하여 소통의 공간이 마련될 수 있다는 점이다.

가령 퇴계는, 그의 서간에서 "넓어서 휑하게 트이고 아주 고요하여서 물[水]이 오면 순응한다."라는 테제를 논하면서, 이것은 오로지 이(理)에 이름으로써만 가능하다고 말한다. 여기에서 중요한 것은 안과 밖에 차이가 없다는 것이다. 즉 주체성의 심화는 곧 객관성에 이르는 길이다. 양쪽에 다 이성적인 것이 있기 때문이다. 따라서 수신하는 자는 "사물에 수응(隋應)하고," 동시에 그에 의하여 해를 받지 않고 성(性)을 안정시킬 수 있다. 중요한 것은, 다시 말하여 이 성(性)의 안정을 통하여 다른 사람과 사물에 대하여 개인적 감정을 배제한 평정을 유지하게 된다는 것이다. 그럼으로써 그가 정호(程灝)의 서간 『정성서(定性書)』에서 인용하는 바와 같이, "성날 때에 급히 성남[怒]을 잊고 이(理)의 옳고 그른 것을 살펴보라.(於怒時遽忘其怒而觀理之是非)"라는 격률을 따를 수가 있다.

퇴계가 성리학 일반에서 그러하듯이 열려 있는 마음을 강조하는 것은 분명하다. 그럼에도 불구하고 그의 마음이 유학의 테두리 안에서 움직이고 있는 것은 부정할 수 없다. 그의 한계는 인간의 주체성의 힘에 대한 지나친 철학적·형이상학적 자신감에 연유한다고 할 수 있다. 그의 생각의 초점은 사물에 대한 열림보다는 주체의 흔들림 없는 자기 동일성에 놓인다. 그것은 마치 주체가 자기 속에 은둔하면서도 객관적 세계의 모든 것을 즉각적으로 포용할 수 있다고 하는 듯한 인상을 준다. 그리하여 그것은 철저하게 자기비판적이고 엄밀하지 못한 것이 되고 마는 듯하다. 그러나 마음의 열림의 계기가 거기에 있는 것은 틀림이 없고, 그것은 조금 더 철저하게 추구될 때, 객관적 합리성과 간주관적 관용성으로 나아가는 터전이 될 수 있다. "어노시거망기노이관이지시비(於怒時遽忘其怒而觀理之是非)"— 이 격률은, 퇴계의 해석으로는, 주로 마음의 평정에 관한 것이기는 하지만, 그 마음은 이성에 의하여 매개되는 것이고, 또 그 이성은 마음의 원리이면서 동시에 사물의 원리이기 때문에, 소통과 함께 사물의 원리에로 나아가기 위한 심리적 조건을 말하는 것이라고 할 수 있다. 다만 여기에 결여되어 있는 것은 보편적 이성으로 나아가는 데 주체가 경유해야 하는 사물과 변증법적 긴장에 대한 의식이다. 성리학적 이성에서 사물의 객관적 이질성에 대한 의식이 약하다고 한다면, 이 사물에 대한 존중이 정신의 자율성을 망각하는 원인이 될 수도 있다.

헤겔에게 정신은 스스로를 보편화하는 운동이다. 이것은 밖으로 나가는 동시에 그 나가는 것으로부터 다시 안으로 돌아오는 움직임 그리고 그것의 나선형의 상향적 반복을 의미한다. 가다머는, 헤겔을 좇아, 빌둥(Bildung)에 있어서, "이질적인 것에서 자신의 것을 알고, 거기에서 편안함을 발견하는 것 — 이것이 정신의 기본적인 움직임이지만, 그 정신은 다시 자신으로 돌아온다. 그것이 그 본질이다."라고 말한다. 이 정신은 이성에 의하여 인도되는 정신 — 그러니만큼 과학적 이성에 순응하는 정신이다. 그러면서도 그것은 과학적 정신을 넘어서 보다 넓은, 사람의 인격 전체를 통괄할 수 있는 원리이다. 그것은 객관적 사물의 세계의 원리 이상의 것이고, 사람의 심화된 주체성 속에 자리하고 있는 원리이다. 이러한 점에서 그것은 성리학의 마음의 원리에 상통한다. 가다머의 빌둥에 관한 해설은 인문 과학에 도입된 과학주의에 대하여 해석학의 위치를 재정립하려는 노력의 일부이다. 그는 과학 기술의 이성이 보다 포괄적인 전인격적인 인간 이성의 의미를 지나치게 축소한다고 본 것이다. 인간의 주체성과 이성에 대한 성리학의 이해도, 그 지나치게 관념적인 강조에도 불구하고, 현대적인 관점에서 이러한 비판적 기능을 가질 것으로 볼 수 있다.

이성이 어떻게 존재하든, 이성에 대한 지나친 강조는, 앨런 블룸의 경우에 비슷하게 양의성이 있다. 가다머의 『진리와 방법』은, 방금 비친 바와 같이, 넓은 의미에서의 인간 이성을 위한 옹호이다. 이것은 동시에 그것이 보편성의 원리임을 말한 것이다. 그러나 그것은 갈등과 긴장이 불가피한 다문화의 영역에서는 서방 전통을 위한 폐쇄적인 변론으로 볼 수도 있다. 위에서 말한 바와 같은 변론은 아시아를 포함하여 다른 전통을 위해서도 존재할 수 있다. 두 전통 또는 여러 전통은 그렇게 변호의 주체가 될 때, 갈등관계에 들어간다. 지금까지 말한 것을 다시 역전시켜 생각하면, 이 전통들이 주체의 보편성에의 고양을 지지한다고 할 때, 그것들은 갈등을 통해서라도 하나의 담론으로 통합을 이룰 가능성을 갖는다는 것이었지만, 서방의 것이 되었든, 아시아의 것이 되었든, 보편성의 담론이 다른 관점에서 비판의 대상이 될 수 있다는 것을 상기하는 것도 필요한 일이다.

가다머의 인문학적 해석학은 푸코나 데리다 그리고 다른 포스트모더니즘의 철학자들의 관점에서는 주체성의 철학으로, 그러니까 주체성이 강조되는 데에 드러나는 지배 의지의 매개자로서 비판의 대상이 될 수 있을 것이다. 또 흥미로운 것은 이러한 비판의 대상이 될 수 있다는 점에서도 두 전통 사이에 유사점이 있다는 사실이다. 같은 비판은 유교에서의 주인으로서의 마음에 대한 강조에도 가해질 수 있다. 그러나 여기에서는 이러한 논의보다도, 동아시아에서의 전통과 근대의 갈등과 화합의 문제를 생각함에 있어서, 문제점을 포함하여, 동서양 전통의 유사점과 차이를 지적하는 것으로 그치는 수밖에 없다. 그러나 위에서 비친 바와 같이 문화를 이야기하고 문화의 충돌을 이야기할 때, 그 통일성을 상정(postulate)하는 것은 불가피하다. 그 통일성의 중심에 주체가 있다. 주체의 철학의 지배 의지를 경계하여야 하지만, 그 상정의 불가피성 그리고 그것의 사실적 작용에 주목하는 것은 우리의, 또 모든 문화의 현실 기능에 주목하는 일이다.

두 전통을 아울러 생각하면서, 두 문화의 문제를 이와 같이 철학적 문제로 단순화하는 것은 문화 현상의 수없는 복합성을 간과하는 일이 된다. 사실 이 복합성이야말로 작으면서도 현실적인 갈등의 요인이면서 ― 가령 오늘날 유럽에서 논란의 대상이 되는 아랍 여성의 베일의 문제 또는 18세기의 영국 사절이 중국의 천자에게 고두(叩頭)하는 문제와 같은 것을 생각해 볼 수 있다. ― 동시에 상호 존중의 예의의 일부가 되고 삶의 기쁨을 더해 주는 계기가 되는 것이다. 조금 전에 비친 바와 같이, 문화를 주로 주체적 통일성이라는 관점에서 이해하고, 그에 높은 가치를 부여하는 것은 권위와 지배의 전략에 말려 들어가는 것이고, 그러니만큼 비판적인 검토를 요구하는 것이다.

그러나 되풀이하건대 논의의 전개에는 이러한 단순화가 필요하다. 뿐만 아니라 서방의 제국주의적 주체성에 회의의 눈을 돌린다고 할 때, 패권적 문화의 주체성에 의하여 주변화된 문화가 스스로의 주체성의 구축 없이 그 자율성을 회복할 수는 없을까? 자율성은 주체적 과정의 실천적 표현이다. 그 회복은 구(舊)문화 그리고 서방의 주체성을 동시에 지양하는 새로운 주체성의 과정을 전제로 한다. 이것이 문화 갈등의 중간 단계임을 인정하더라도, 궁극적인 목표로서, 많은 잘못에 이어져 있는 주체성 그리고 그것의 짝으로서의 보편성의 문화 이념을 다시 끌어들임이 없이 새 시대를 생각할 수는 없는 것일까? 그런데 주체 그리고 주체가 자리하고 있는 문화를 중심에서 추방한다고 할 때, 이 탈중심화의 능동인은 무엇인가? 구전통들도 주체성의 위험을 전적으로 무시하였다고 할 수는 없다. 다만 그것은 주체성 자체를 심화함으로써 극복하려 했을 뿐이다. 다문화의 시대에 있어서 여러 문화의 주체성을 심화한다는 것은 세계를 문화 전쟁의 터가 되게 할는지 모른다.

그러나 주체성의 심화는 세계가 아니라 인간의 내면을 이 전쟁의 현장이 되게 할 수 있다. 이 심화를 통하여 이 싸움은 이성적 성찰과 반성의 과정에 흡수된다. 이 과정은 자기와의 싸움 — 자기비판을 말하고, 그것은 자기와 자기가 속한 문화의 재형성의 가능성을 전제로 한다. 문화의 충돌과 접촉에서 일어나는 문화의 자기 변용에 대하여, 하버마스는 말한다. "밖으로부터 오는 위협을 느끼지 않는 다수자의 문화도 생명력을 유지하려면, 그것은 제약 없는 수정주의, 현상을 대체할 대안에 대한 예비적 궁리, (고유한 전통과 작별하게 되는 것을 무릅쓰는 경우가 있더라도) 이질적인 데에서 발원하는 충동들의 흡수 통합 — 이러한 것들을 받아들여야 한다." 아시아에 있어서 새로 타협되는 문화는 입양(入養)해 온 근대성과 전통문화를 변용하고, 그것을 새로운 어떤 것으로 만드는 제약 없는 수정주의의 산물이 될 수밖에 없다. 물론 신문화가 단순히 성찰을 통하여 훈련되는 철학적 주체성에 한정될 수는 없다. 그것은 신구(新舊) 문화의 여러 잔재미를 포함하여야 하고, 자연과의 조화 속에 사는 전래의 삶의 기술을 새로운 환경에 적응시키는 것이라야 할 것이다. 물론 그것은 여러 문화 기획 속에 들어 있는 위험에 대한 경계심도 잃지 않는 것이라야 한다.

내가 여기에 말한 것은 서방에서나 또 세계 여러 곳에서의 아시아 연구에 종사하는 사람들의 입장에서가 아니라, 현재 아시아 국가에서 사는 사람의 입장에서 말한 것이다. 나의 관심사는 서방의 우세로 인하여 형성된 아시아적인 상황, 거기에서 일어난 아시아의 새로운 근대 — 즉 서방의 패권적 문화와 아시아의 절충의 문제에 있었다. 그리하여 새로운 융합이 이루어짐으로써만 어느 정도의 안정을 찾게 될, 아시아 문화의 진행 방향을 그려 보려 한 것이다. 이 융합이 이루어진다면, 그것은 세계적인 의미를 가질 것이다. 아시아 연구는 밖에서 행해지든 안에서 행해지든, 지역 연구로서의 의미만을 갖는 것이 아니다. 보편성의 주장이면서 또 그 역사적 담지자였던 서방 제국주의의 패권이 야기한 세계적 문화 투쟁의 현장이 아시아 연구이다. 그리고 그것은 보편적 인류 문화의 변화 과정에 대한 연구이고, 진행되고 있는 세계 문화 또는 세계적 다문화의 형성에 중요한 참여자가 되는 연구이다.

4. 예비적 서신 교환: 인류의 미래와 보편성과 성찰의 미래[11]

로티 교수께

이렇게 선생님과 의견을 교환하게 된 것을 크게 귀중한 기회로 생각합니다. (중략)

지난번에 김용준 교수께서 제안하신 의견 교환에 동의하였을 때, 저는 선생님과 의견 교환의 기회를 갖는 것이 즐거운 일이며 귀중한 일이라는 것을 생각했습니다. 5년 전 선생님께서 한국을 방문하시고 한국학술협의회의 초청으로 강연을 하셨을 때, 회견의 기회를 가졌던 기억을 되새기고, 우리의 의견 교환이 무엇을 화제로 어떻게 진행이 되어야 할지에 대하여서는 아무 생각도 가지고 있지 않았습니다. 직접 만나 뵙고 말씀을 나누게

---

11 로티-김우창의 교환에서 처음의 서신들에서 발췌하여 번역 게재한다. 지난호에 실었던 것보다 먼저 있었던 서신 교환이나, 전체 교환의 내용과 방향의 이해에 필요하다고 생각하여 순후가 바뀐 대로 싣기로 한다. 여기에 실은 로티 교수의 서한은 김우창 교수의 번역이다.

되는 일이라면, 공동의 관심사에 대하여 자유롭게 의견을 교환하고 또 선생님의 견해를 듣고 싶은 문제들이 없지 않을 것이기 때문에, 의견을 나누는 일이 크게 어렵지 않을 것으로 생각합니다. 그러나 만나 뵈었을 때의 생생함이 가져오는 자발성이 없이 어떻게 이야기를 펼쳐 나가야 할지 아직도 분명한 생각을 가지고 있지 못합니다.

처음 이 만남을 제안하실 때에, 김용준 교수께서 저에게, 선생님과의 인터뷰 그리고 에세이를 싣고 있는, 『종교의 미래』와 『자유를 돌보면 진리는 제 스스로를 돌본다』라는 두 권의 책을 건네주셨습니다. 전에 약속한 일들이 있었기 때문에, 저는 두 권 중 우선 첫째 책만을 읽을 수 있었습니다. 두 번째 책은 이번 토요일에 떠나야 하는 유럽 여행 중에 읽을 계획을 세우고 있습니다. (돌아오는 것은 7월 초가 되겠습니다.) 그러한 관계로 저로서는 7월 중순이 되어야 구체적인 의제를 준비할 수 있을 것으로 생각합니다.

그렇기는 하나 지금 제가 서 있는 자리에서도 우리의 의견 교환의 주제가 무엇이 될 것인가를 조금은 짐작할 수 있습니다. 『종교의 미래』에 실려 있는 선생님과 잔니 바티모 교수와의 교환을 잘 읽었습니다. 그리고 모든 보편주의적 또는 총제적인 지식의 체계가 크게 흔들리고 그 흔들리는 토대 위에 확실하게 버티어 설 자리가 없는, 오늘의 해체론적 포스트모더니즘의 시대에서, 모든 인식론적 모험의 불확실성을 강하게 의식하면서도, 일정한 지적 입장을 천명하고자 하는 선생님과 바티모 교수의 노력에 대하여 경의를 표합니다. 그럼에도 선생님이나 바티모 교수나 두 분 다 허무주의적이거나 비관주의적이지 않다는 사실에 주목하게 됩니다. 그리하여, 『종교의 미래』에서 표현하고 있는 용어를 빌려, 그래도 '성스럽다(holy)'고 할 입장이 존재할 수 있다는 신념을 표명하고 계십니다. 이 '성스러운' 입장이 바티모 교수에게는 기독교 전통의 타당성에 대한 믿음입니다. 그것은 적어도 그 전통의 상속자, 유대-기독교-유럽 문명의 후계자들에게는 해석학적으로 새로워질 수가 있다고 바티모 교수는 생각하십니다. 선생님은, 그것이 비록 천년 후의 일이 될망정, 좋은 사회의 가능성 — "소통이 지배욕으로부터 자유롭고, 계급과 카스트가 존재하지 않고, 위계가 있다면, 그것은 일시적인 실용적 편의 때문일 뿐이고, 글에 밝고 교육을 잘 받은 선거민들의 동의에 의해서만 권력이 존재하는 사회"가 가능해질 것이라는 또는 가능해져야 한다는 믿음을 가지고 계십니다. 선생님이 믿고 계시는 것은, 달리 말하면, 자유, 평등, 우애의 민주적 이상이 완전히 실현된 사회입니다.

그런데 비서양 지역의 입장에서 볼 때, 바티모 교수의 전통의 해석학에 곤혹감이 드는 것은 거기에 비서양 세계의 인간에 대한 고려가 전혀 들어 있지 않기 때문입니다. 거기에서는 비서양의 기독교인도 제외되는 것 같습니다. 보편주의에 혐의를 두려 하는 것은 비슷하다고 하겠으나, 선생님의 입장은 조금 더 포괄적이라고 하겠습니다. (다른 책들에서 선생님은 민주 사회에 대한 희망을 거의 전적으로 미국의 전통 — 경험주의적 입장을 취하여 거의 우발적으로 민주주의를 발전시킨 미국의 전통에 기초하시는 것을 저는 기억하고 있습니다.) 그러나 비서양 세계의 사람들도, 민주주의가 미국의 우발적이고 고유한 제도라고 한다면, 전 인류를 위하여 민주주의의 유토피아, 아니면 유토피아의 이념을 펼쳐지게 할 역사 과정에 대하여 더 알고 싶어 할 것입니다. 마르크스나 헤겔 식의 역사 변증법을 설명하여야 한다는 말은 아닙니다. 말씀드리려는 것은, 그러한 정치적 비전에 대한 사람들의 동의가 있으려면, 보다 인간적인 사회와 정치가 되는 것을 막고 있는 여러 어려움을 현실적으로 설명하여야, 즉 그들의 삶을 내리누르고 있는 오늘의 사실성의 무게를 참조하는 설명이 있어야 하지 않을까 하는 것입니다.

대화의 의제로 다시 돌아가건대, 우리의 대화에서 핵심적인 물음은 선생님의 미래에 대한 비전 — 이상으로서 받아들이거나 아니면 서양의 경험 — 물론 새로 해석하고 작은 실용주의적 발걸음으로 반복하는 것이 되겠지만, — 서양의 경험과 같은 것이 어떻게 비서양 사회에 적용될 수 있겠는가? — 이것이 되지 않을까 합니다.

말할 것도 없이 이것은 간단한 답이 있을 수 없는 거대한 질문입니다. 어제 저는 제가 발표했던 글 한 편을 선생님께 부쳤습니다. …… 그것은 8년 전의 글로서 글에 문제가 있을 뿐만 아니라, 제 생각도 그동안에 많이 바뀌었습니다. 그러나 거기에서 제가 말하고자 하였던 문제 전재(proble-matik)가 혹 선생님의 관심을 끌 만한 것인지 모르겠습니다. 거기에서 제가 표현하려고 한 것은 아시아인이 서양의 사상이나 제도에 함축된 인간 조건에 대한 보편적인 아이디어에 맞닥뜨릴 때에 일어나는 여러 종류의 고민과 모순이었습니다. 문제의 하나는 서양이 내세우는 보편성에 대한 주장입니다. 그 보편성의 부적절성과 위선은 이제 충분히 지적이 되어서, 현실은 몰라도 적어도 이론적으로는 이제 지적이 되었습니다. 그러나 제가 그 글에서 지적하고자 한 것은 진정한 인간 공동체가 있어야 한다면, 그것은 보편성이 없이는 태어날 수 없다는 점이었습니다. 서양 외의 다른 문화에도 보편성에 대한 주장은 있게 마련입니다. 필요한 일의 하나는 이 모든 보편성의 주장이 역사의 한계 속에서 보편성을 주장하는 특수성에 불과하다는 것을 밝히는 일입니다. 모든 보편성은 역사적 보편성입니다. 즉 특수성입니다. 그러나 우리가 사고를 계속하려면, 보편성이 있어야 합니다. 타당성을 내거는 아이디어는 어떤 것이든 궁극적으로 보편성을 배경으로 하지 않고는 전개가 불가능하고, 여러 문화가 서로 부딪치는 갈등의 과정을 통해서라도 하나의 인간 곧 정체성을 확인하려면, 보편성의 토대를 상정하지 않을 수 없습니다. 진정한 보편성은, 어쩌면 갈등과 투쟁의 과정을 경유하여, 미래에 올 것입니다. 그리고 저는 발견을 위한 일시적 보조 수단으로서라도 필요한 보편성은 사람들의 사고의 모험을 통해서 — 개인의 성찰적 태도를 통하여서만 펼쳐질 수 있는 사고의 모험을 통해서 — 매개된다고 상정했습니다. 성찰이야말로 우리의 마음을 보다 넓은 전망과 공정성과 무사함으로 열어 주는 창문이기 때문입니다. 물론 이 성찰적 태도에 들어가는 데에는 쉽지 않은 정신적 정진이 필요합니다. 이 정신의 정진은 — 정신의 기율을 받아들이고 그것에 익숙해질 준비가 되어 있는 사람들을 위하여 — 많은 전통에서 사회의 필요한 기구로서 유지되어 왔습니다.

새로운 인간 공동체를 위해서는 새로운 보편성이 필요하고, 그것을 위해서는 많은 전통의 문화적 이상이 된 성찰적 태도를, 다른 문화에 있어서의 문화적 이상으로 나아가는 길로서 활용하여야 할 것입니다. 새로운 보편성을 향하여 나아감에 있어서 필요한 이 성찰적 태도의 일부로서 이성 또는 과학적 이성을 배제할 수는 없습니다. 그러나 동시에 과학적 이성을 초월하여 진정한 인간 공동체를 실현할 수 있는 다른 보편성의 가능성을 생각해 볼 수도 있어야 할 것입니다. (보편적 정서로서의 기독교적인 사랑은 성적 충동과 본능적인 연대감이 규범적 보편성으로 변화하는 것을 전제로 합니다.)

지금까지 말씀드린 것은 보내 드린 저의 글에서 제가 말하고자 했던 주제의 일부입니다. 작년에 김용준 박사께서 저에게 한국학술협의회를 지원하는 재단인 대우재단의 기념일에 강연을 부탁하셨습니다. 그때 저는 성찰의 근원으로서의 인간의 심성을 탐색해 보는 일에 대하여 말하였습니다. 이 성찰은 사람의 마음으로 하여금 자아와 세계에 대한 객관적 이해를 가능하게 하여 사람으로 하여금 물리적 세계에 적응하게 하는 데, 그리고 보다 관용적이고 보다 인간적인 사회를 건설하는 데 도움을 줄 것입니다. 그 강연의 제목의 일부는 "풀어 놓았던 마음을 찾아서"[12]라는 것이었는데, 그

12 「잃어버린 마음을 찾아서: 성찰과 삶 — 인문과학의 과제」(2005)를 말한다. 이 글은 전집 10권 3부에 수록되어 있다.(편집자 주)

것은 맹자의 구방심(求放心)이란 말을 따온 것입니다. 이 강연에 대해 말씀드리는 것은 김용준 박사께서 그 강연을 선생님과 의견 교환하는 단초로 삼으면 어떻겠는가 하는 말씀을 하셨기 때문입니다. 강연 텍스트는 한국어입니다. 그렇기에 간단히 그 제목의 뜻만을 말씀드려 대화의 방향을 생각하는 데 참고 사항으로 하려는 것입니다. 그러나 이와 비슷한 이야기는 보내 드린 「다문화주의와 아시아의 주체성」에도 들어 있다고 생각합니다.

문명의 충돌이 현실인 것은 틀림이 없습니다. 그러나 계급에 기초했든, 국가에 기초했든, 생존의 이해관계의 충돌은 더욱 무거운 현실입니다. 이러한 충돌들이 추상적 아이디어나 철학이나 비전으로 해결될 수 있다는 것은 극히 순진한 생각입니다. 그러나 다문화적이고 다갈등적인 세계의 문제를 생각함에 있어서 조용한 그리고 열려 있는 성찰은 조금은 중요한 촉매적 역할을 할 수 있는 것이 아닌가 합니다. 제가 묻고자 하는 것은 어떻게 한 개인이 앞으로의 세계 공동체를 위하여 보편성에 이를 수 있는가 하는 물음이기도 합니다. 세계의 문화적 유산은 이 목적을 위하여 어떻게 활용될 수 있는가? 이 방향으로 나아가고자 하는 개인적인 노력이 어떻게 하나의 교육 기획으로 통일될 수 있는가? 이것이 어떻게 사회의 기능적 작용의 일부가 될 수 있는가? 다시 말씀드려, 비록 단순히 잠정적인 이론 전개를 위해서일망정, 어떻게 문화의 충돌에 대한 해결의 방안을 생각해 볼 수 있는가? 또는 보다 구체적으로 선생님의 서양 민주주의의 해석학이 세계 전체를 포괄하는 것으로 확대될 수 있는가? 이러한 것들이 제 물음이 되지 않을까 하고 생각하고 있습니다.

생각나는 대로 가능한 질문들을 열거해 보았습니다만, 이것들은 모두 잠정적인 것이고 아직 어떤 질문들을 내어놓아야 선생님께서 한국의 독자들과 의견을 나누시게 될지 탐색하고 있는 중입니다. 선생님이 제안하시는 의제를 기다립니다.

소식을 기다리겠습니다.

2006년 6월 14일

김우창 배

김우창 교수께

긴 편지 고맙습니다. 도움이 됩니다. 선생님이 제기하는 문제들에 대하여 아직 충분히 생각을 시작하지 못했습니다. 그러나 생각나는 대로 우선 반응을 적어 보도록 하겠습니다. 나는 사회와 정치의 변화를 제안함에 있어서 인간성, 인간의 필요, 인간의 권리에 대하여 소위 보편적 진리를 규명하는 것이 필요하다고 생각하지 않습니다. 그러한 제안을 옹호할 수 있는 가장 좋은 방법은 이미 일어났던 사회적·정치적 변화의 시도, 그 성공과 더불어 실패한 것을 되돌아보는 일입니다. 그래서 나는 철학적 일반론을 높이 생각하지 않고 그것을 역사적 서사로서 대치하고자 합니다. 동서 문화의 대화는 세계의 여러 지역에서 여러 제도와 신조의 변화에 따라 어떤 변화가 있었는가를 토의하는 것이, 여러 시기에 있어서 여러 민족들이 발전시킨 신조와 소망들 사이에 무엇이 공통된 사항들인가를 따지는 것보다 생산적인 일일 것이라고 생각합니다. 일반론적인 탐색에서 얻을 수 있는 것은 진부한 이야기들뿐입니다. "가난한 사람들은 언제 어디에서나 현실에서 얻고 있는 것보다 더 많은 사회적 소득을 원한다", "세상 형편이 나빠질수록 사람들은 보다 나은 사회, 시간과 우연을 넘어서 존재하는 보다 나은 사회를 꿈꾼다"— 이러한 진부한 이야기가 그러한 것입니다. 유익하게 토의할 수 있는 것은 선생님의 서신에서 보이는, "타당성을 내거는 아이디어는 어떤 것이든 간에 궁극적으로 보편성을 배경으로 하지 않고는 전개가 불가능하다"는 명제와 같은 것일 것입니다. 그 견해는 하버마스의 견해를 닮은 것 같습니다. 보편성이라는 것이 그가 생각하는 것만큼 중요한 것인가를 두고 우리는 여러 해 동안 논쟁을 전개해 왔습니다. (브랜덤(R. B. Brandom) 편, 『로티와 그의 비판자(*Rorty and His Critics*)』 참조) 나는 쓰신 표현 가운데, "진정한 보편성은, 어쩌면 갈등과 투쟁의 과정을 경유하여, 미래에 올 것"이라는 말이 더 마음에 듭니다. 이것은 하버마스의 칸트 식 견해보다 내가 가깝게 생각하는 듀이-헤겔의 관점에 가깝습니다. 내 생각으로는, 평화로운 지구 공동체는 평화의 유지에 무엇이 필요한가에 대한 합의가 이루어질 때 탄생하는 것이고, 이 합의는 실험과 타협과 서로의 득실의 계산이지, 사람의 마음속 깊은 곳에 무엇이 있는가를 찾아내는 데에서 이루어지는 것은 아닙니다. '서양 민주주의의 해석학'에서 시작하여 이것을 세계적인 비전으로 확대해 간다는 생각에 대해서 나는 저항감을 느낍니다. 서양 민주주의의 서사는 비서양의 인간에게 비서양이 무엇을 할 수 있을 것인가를 알게 되는 데에 의미 있는 공부거리가 될 수 있습니다. 물론 비서양 세계의 역사는 서양의 인간에게 공부거리가 될 것입니다. 그러나 서로의 역사를 읽는 것은 서로의 인생 경험담을 주고받는 일에 비슷한 일로서, 좁은 세계 인식에서 보다 넓은 인식으로 나아가는 것을 의미하는 것은 아닙니다. 앞으로의 토의를 기다리겠습니다. (하략)

2006년 6월 16일

리처드 로티

로티 교수께

(전략) 보내 주신 답신에서 말씀하신 것에 대하여 생각나는 대로 몇 말씀 드리겠습니다. 보편성과 성찰에 관해서는, 보내 드린 제 글에서 하버마스를 인용하고 이러한 이성 작용의 법칙이 필수적이라는 데 대하여 그와 동의를 표한 바 있습니다. 하버마스와 가지셨던 토론을 읽었어야 할 것 같습니다. 서울에서의 대화에서도 나왔던 문제이지만, 합리적 평가 기준을

포기한다면, 해석이나 서사에 다른 관점들이 나타날 때, 어떻게 그것을 중재할 것인가 하는 문제가 남는다고 할 것입니다. 사상이나 서사의 체계는 다른 관점을 허용하지 않는 광신적 믿음의 출처가 됩니다. 그러한 체계성이 없어도, 아시아의 전통에 많이 발견되는 삶의 지혜의 격률의 경우도 마찬가지입니다. 한국 사회에서, 과거로부터의 격언은 권위와 억압의 발언을 뒷받침하는 데에 흔히 동원됩니다. 그런가 하면 국가나 민족을 위하여 고통을 겪은 사람들에게 그들의 고통의 서사는 공공 공간의 담론에서 권위의 근원으로 사용됩니다.

하버마스의 소통의 이성의 개념에 대하여서는 저는 조금 다른 각도에서 유보를 가지고 있습니다. 한국의 민주화 투쟁에서, 많은 사람들은 공동체와 소통 공간에서 나오는 이성의 뒷받침이 없이, 외로운 양심에 의지하여 권위주의 정권에 저항하여야 했습니다. 소통과 간주체적인 교환에 연유하는 이성은 그것이 법과 제도로서 보장되는 곳에서만 유효할 수 있습니다. 또 제가 자주 생각하는 것은, 체계적 사색의 결과이든, 종교적 믿음의 소산이든, 또는 경험의 확신이든, 자신이 귀중하게 생각하는 믿음으로부터 일정한 거리를 유지하면서 다른 가능성에 대하여 이성과 심성을 열어 놓을 수 있는 힘이 어디에서 발견될 수 있는가 하는 문제입니다.

동아시아의 전통에서 많은 철학적 문제는 '심(心)'에 관계되어 제기됩니다. 이 '심'은 영어로는 흔히 '이성 과정(mind-heart)'으로 번역됩니다. 이 개념은 사람의 심리에 있어서 감정적인 요소가 중요하다는 것을 인정한 것입니다. 철학적 사유는 종종 감정에 들어 있는 이성적 성격을 살피는 것입니다. 그러고는 개인적인 또는 비개인적 생활에 있어서의 감정의 규제 문제를 논의합니다. 이 점을 강조하다 보면, 이것은 감정이 사회가 요구하는 규제 체제에 의하여 노예 상태에 빠지는 것을 정당화하는 일이 될 수 있습니다. 선생님은 두뇌에 대하여 심장의 우위를 믿으시는 것 같기에, 나는 이 점을 상기하게 됩니다.

이러한 이야기들은 지난 한 세기 반 동안 온갖 국가적·사회적 재난을 겪은 나라의 주민으로 느껴 온 것을 말씀드리는 것입니다. 논리적으로 전개하는 논문 형식이 아니라, 성찰적 자전 형식으로 이야기를 전개해 나가는 것이 좋을지도 모르겠습니다. 물론 대화를 의미 있게 하기 위하여서는 그래도 정연한 순서가 있어야 할 것으로 생각합니다. 선생님의 서신에 들어 있던 말씀들에 대하여 우선 생각 가는 대로 말씀드려 본 것일 뿐입니다. (하략)

2006년 6월 16일
김우창 배

김우창 교수께

서신에 들어 있는 말씀, "체계적 사색의 결과이든, 종교적 믿음의 소산이든, 또는 경험의 확신이든, 자신이 귀중하게 생각하는 믿음으로부터 일정한 거리를 유지하면서 다른 가능성에 대하여 이성과 심성을 열어 놓을 수 있는 힘이 어디에서 발견될 수 있는가"하는 데 관하여 몇 마디만 하겠습니다. "자신이 귀중하게 생각하는 믿음"을 깨뜨리고 나올 수 있는 유일한 방법은 어떤 새로운 것에 대한 비전에 사로잡히게 되는 것이라는 것이 제 생각입니다. 그러한 비전의 원천은 인간의 상상력입니다. 때때로 천재가 나타나서 그러한 비전을 보여 주고 그러한 천재가 우리 가운데 어떤 사람들로 하여금 과거로부터 탈출할 수 있게 합니다. 인간은 그러한 천재들이 제공하는 자극을 받아들여 계속적으로 스스로를 재발명하게 됩니다. 그러나 누가 천재고 누가 미친 사람인가를 가리는 데에 어떤 기준을 사용하여야 하는가를 따지는 것은 부질없는 일입니다. 천재는 우리가 무엇을 '이성적'이라고 하는가를 바꾸어 놓습니다. '이성'으로써 '상상력'을 재단할 법정을 구성할 수는 없습니다. 새로 나타난 비전을 보다 일관된 것이 되게 하기 위하여 우리가 함께 이성적 사고를 시도할 수는 있지만, 일관성의 추구가 근본적인 변화를 충동할 수는 없습니다. 그것은 상상력만이 할 수 있습니다.

2006년 6월 17일

리처드 로티 배

김우창 교수께

「다문화주의와 아시아의 주체성」은 잘 받아서 흥미 있게 읽었습니다. 말씀하신 것의 대부분에 찬성할 수 있다고 생각합니다. 그런데 제3부의 서방 세계에서의 "사회로부터의 윤리의 마멸"이라는 구절, 그리고 "민주주의의 공식적인 기구의 성립과 함께, 전통문화 특히 전통 윤리는 …… 공적 공간에의 접근을 거부당하게 된다."라는 말은 납득이 잘 되지 않았습니다. 나는 서양에서 근대성이 진행됨에 따라서 전통적인 문화 가치에 접근이 금지된 것이 아니라 공공의 광장에서 더 널리 토의의 대상이 되었다고 생각합니다. 오늘날의 미국 정치는 많은 부분에서 전통 가치 중 어떤 것을 계속 보유하고 어떤 것을 대체할 것인가에 대한 논쟁입니다. 우리가 생각을 달리하는 점의 하나는 내가 '자아 수양(self-cultivation)' 그리고 '주체성의 심화(the deepening of subjectivity)'에 대하여 의심을 가지고 있다는 것이 아닐까 합니다. 나는 서양에 있어서, 자아 확대(self-enlargement)가 자아 수양을 대체하게 되었다고 생각하는데, 이것은 잘된 일이라고 생각하고 있습니다. '확대'라는 말은 보다 '순정한(authentic)' 인간 존재의 방식을 탐구하는 대신, 삶을 사는 여러 다른 방식에 대하여 감식과 공감을 가지게 되었다는 의미입니다. 동서양의 성인과 현인의 보다 순정한 삶에 대한 추구는 틀린 생각이었지 않나 합니다. 그것은 찾아내야 할 '깊은(deep)' 인간성이 있다는 것을 전제합니다. 내가 '성찰 또는 반성(reflexivity)'이라는 말에 대하여 의심을 가지고 있는 것은 "마음이 스스로를 돌아본다"는 말에 의심을 가지고 있기 때문입니다. 마음이 할 수 있는 유일한 일은 한 기획과 다른 기획, 한 형태의 인간의 삶과 다른 형태의 인간의 삶을 비교하는 일입니다. 하나의 삶의 형태는 다른 하나와 똑같이 역사적으로 조건 지어진 상상력의 소산으로 어느 하나가 다른 하나에 비하여 더 깊거나 얕다고 할 수가 없습니다. 토의의 계속을 기대합니다.

2006년 6월 28일

리처드 로티 배

5.1 문제 제기를 위한 발제: 서양과 비서양 세계의 충돌

로티 교수께

윤리의 마멸: 문화 충돌과 문화 주체성의 손상

대화를 진행하는 데 있어서, 일관성의 유지가 바른 예의이고 방법이기는 하겠으나, 의견 교환이 반드시 하나의 문제에 대한 체계적인 논리의 전개가 되지는 아니할 것이기 때문에 때때로 이야기가 샛길로 들어서는 일이 생기는 것은 불가피할 것 같습니다. 지난번에 보내 드린 졸고, 「다문화주의와 아시아의 주체성」에 대하여 의견을 보내 주신 것이 있었는데, 그 이메일을 본 것이 마침 유럽 여행 중의 일이었기 때문에 제대로 답변을 드리지 못하였습니다. 그 의견 가운데, 서양의 영향이 한국에 미치게 되면서, 윤리의 마멸 현상이 일어났다는 데 대하여 오해가 있으신 것 같아서 그에 대한 답변으로부터 논의를 시작해 볼까 합니다.

윤리의 마멸이 서양 사회를 두고 이야기한 것으로 오해하신 듯한데, 그것이 아니라 서양이 한국에 영향을 미치면서 — 그리고 아마 다른 비서양 사회에서도 — 그러한 일이 일어났다고 한 것입니다. 또 이와 비슷한 문제로, 제 글 안에서 "민주주의의 공식적인 기구의 성립과 함께, 전통문화 특히 전통 윤리는 …… 공적 공간에의 접근을 거부당하게 된다."라는 대목을 언급하셨습니다. 이것도 서양의 경우보다도 한국 또는 비서양 세계의 경우를 말한 것입니다. 서양의 영향으로 한국이 근대화에 눈을 뜨면서, 옛 전통에서 나온 것은, 그 윤리와 도덕·문화를 포함하여, 근대성에 배치되는 것으로 전적으로 버려야 할 유산이 되었습니다. 이러한 태도는 대체로 '개화'라는 말에 연결되어 있습니다. 이 말은 서양의 '계몽(enlightenment, Aufklärung)'에서 온 것입니다. 이러한 전통의 폐기가 얼마나 극단적으로 또 우스꽝스러운 지경에 이를 수 있는가는 일본의 초기 근대화 또는 서양화 단계에서 한때 전통적인 건축물을 파괴하고 일본인들이 서양인들과 결혼해서 인종을 개선해야 한다는 의견이 나온 것과 같은 데에서 볼 수 있습니다. 한국에서는 이러한 정도의 전통 파괴 운동이 일어나지는 아니하였습니다. 거기에는 여러 이유가 있겠지만, 그 하나는 일본 제국주의에 대항하여야 하였기 때문이라고 할 수 있습니다.

그러나 오랫동안 전통은 근대화를 가로막는 후진성을 나타내는 것으로 생각되었습니다. 과거는 근대화를 위한 자원으로서 쓸모가 없는 이미 닫혀 버린 책이 되었습니다. 지금은 사정이 크게 달라졌습니다. 근대화의 병폐를 교정하는 대책이 전통 속에 있다는 생각이 상당한 중요성을 차지하고, 그에 대한 새로운 탐구들이 일게 되었습니다. 그럼에도 불구하고 이러한 탐구는 아직 복고주의적 성격을 띠고 근대성의 현실에 바른 관계를 찾지 못하고 있습니다. 지금 정부 기구들을 지칭하는 용어들, 가령 대통령, 내각, 입법 기구나 사법 기구들의 명칭이 전통 시대에 그에 비슷하게 해당되는 용어가 반드시 없는 것이 아님에도 일본이나 중국에서 만들어진 신조어라는 것은 흥미로운 사실입니다. 이 명칭의 단절이 벌써 이러한 정치 기구들의 기능을 생각하는 데에 있어서 전통 시대로부터 내려오는 정치적 그리고 윤리적 지혜를 빌려 거기에 자연스러운 인간적 내용을 투입하는 것을 어렵게 합니다. 나는 찰스 테일러 그리고 위르겐 하버마스도 참석한 다문화주의에 대한 심포지엄에서 스티븐 록펠러 교수가 한 발언, 즉 종교와 정부 그리고 정도를 달리하여 공공 영역에서 개인적인 윤리 규범과 법률적 규정 사이에 분리가 있어야 한다는 것이 민주 정치의 기본 원리의 하나인 것은 사실이지만, 그래도 일정한 윤리 문화의 토대가 없이 민주주의는 지속될 수 없다는 말을 인용한 바 있습니다. 여기에 말한 윤리 문화는 정부 기구처럼 하루아침에 만들어질 수가 없습니다. 이것은 정치와 성찰의 다양한 실천을 통하여 역사적으로 진화하면서 심성의 습관이 되고 행동의 관례가 된 것입니다. 이런 이유로 하여, 서양과는 다른 정치, 사상, 문화의 역사를 가진 사회에서의 민주주의는 서양식으로 만든 민주주의 제도를 뒷받침할 윤리 문화의 자산에 궁핍할 수밖에 없게 됩니다.

그런데 서양의 민주주의에서도 윤리적 가치가 매우 불편한 위치에서 존명하고 있다고 생각하지 않을 수 없는 이유들이 있다고 하겠습니다. 선생님은 서양에서 민주주의에 관계된 윤리적 가치는 계속 살아남았다고 하십니다. "전통적 문화 가치는, 근대성의 진전과 더불어, 공정 영역에서 추방된 것이 아니라 토의 대상이 될 수 있었고", "오늘의 미국 정치의 많은 부분은 전통 문화 중 어떤 것을 보존하고 어떤 것을 대체하느냐 하는 데 대한 토론"이라고 적고 계십니다. 동의할 수 있는 주장입니다. 그러나 동시에 세속화가 진행됨에 따라서 사회 전체의 움직임에서 윤리 가치가 이차적인 위치에 놓이게 되었다는 인상을 받는다는 것을 말씀드리지 않을 수 없습니다. 가치 공리의 타당성을 객관적으로 확립하는 것이 불가능하다는 이유로 베버가 권고한 사회과학의 '윤리 중립성' 또는 프랑크푸르트 학파의 아도르노나 막스 호르크하이머의 '도구적 이성' 비판은 사회가 가치 중립적인 합리화 과정에 들어가고 윤리적 가치가 그 규범적 역할을 잃어버리게 되었다는 사실에 대한 지표가 아닌가 합니다. 하이데거는 기술과 그 배경을 이루는 합리성의 지배하에서 인간과 자연에 일어나는 왜곡을 여러 군데에서 지적하였습니다. 이러한 왜곡 상태에서 자연은, 인간이 미리 정해 놓은 공리적인 계획 — 이윤 동기에 의하여 지배되는 계획에 따라 "손쉽게 대기하고 다음의 하달 사항을 위하여 대령하고 있으라고" 하는 대상이 되었다고 말한 바 있습니다.[13] 이 관찰은 일리가 있는 것이라고 할 것입니다. 이러한 기술은 대체로 자연이 그 본질에서 이탈한 것과 같이 인간도 인격적·윤리적 내용을 빼 버린 존재가 되게 하였습니다. 이것은 특히 그러한 문명이 그 배경이 되는 역사적 모태에서 분리되어 다른 사회로 이전될 때, 심화된다고 하겠습니다.

새로 도입되는 민주 제도하에서 전통적인 문화가 그 입지를 상실한다고 한 말은 조금 더 설명될 필요가 있는 것 같습니다. 전통이 단절되고 과거가 쓸 만한 자원이기를 그쳤는데도 불구하고 새로운 가치는 정립되지 않는 상황에 일어날 수 있는 일들을 조금 더 말씀드렸어야 했을 것 같기 때문입니다. 여기에서 중요한 것은 역사의 주체가 누구냐 하는 문제입니다. 윤리적 가치는 주체의 삶의 주체됨에서 나온다고 할 수 있을 것이기 때문입니다. 사회적 삶을 정치적으로 조직하는 데 있어서 민주주의가 유일한 정치 원리이며 또 정치 제도는 윤리적 가치와 연계할 때에만 지속 가능한 제도가 된다고 전제할 때, 이 제도의 지속성을 보장할 윤리적 가치는 어디에서 와야 하는 것일까요? 정부의 외형은, 말씀드린 바와 같이, 밖으로부터 수입하여 세워 놓을 수 있지만, 정치적 실천 현장에서 규제 기제로서 작

13 *The Question Concerning Technology and Other Essays*(Harper & Row, 1977), pp. 17~25.

용하는 윤리적 가치는 안에서 자라나야 합니다. 가치는 개인 또는 민중의 내면적 삶의 일부입니다. 또는 그것은 개인이나 집단의 주체적 존재로서의 구성에서 그 일부가 되는 것입니다. 내면의 삶을 가진 주체들 사이의 의사 교환의 공동체적 테두리와 지속이, 비판과 수정을 배제하는 것은 아니면서도, 사람들이 지켜 나가야 된다고 생각하는 윤리적 규범을 산출해 냅니다. 가용할 전통을 상실한다는 것은 사람들이 주체로서 자신의 가치와 규범을 산출하는 자원을 잃어버린다는 것을 말합니다.

설사 민주주의의 가치를 밖에서 수입해 들여올 수 있다고 하더라도, 그것은 수입하는 사람들의 주체성에 대하여 모욕과 손상이 되고, 주체의 관점에서는 수용하기 어려운 모조품의 수입이 될 수 있습니다. 특히 민주적인 가치는 서양의 특수한 역사 발전의 소산인데, 보편적 적용 가능성을 갖는다고 이야기될 때 그러합니다. 이 보편성은 식민 시대를 지나 식민주의 이후 시대에 이른 지금에 와서는, 내놓고 주장되는 것이 아니면서도 은근히 주장되는 것이 보통입니다. 민주적 가치를 수입하는 경우 하나의 시정책은 특정한 문화의 사람들로 하여금 그것을 자신들의 주체적 과정 속에서 다시 발전시키게 하는 일입니다. 다른 방법은 폐기 처분되기 쉬운 과거의 전통에서 새로운 민주적 제도에 공헌할 가치들을 재발견하고 그것을 되살리도록 노력하는 것입니다. 한 문화 전통이 수백 년 수천 년 계속되었다면, 그러한 문화를 그렇게까지 지속하게 하는 데에는 거기에 사람의 삶을 오랫동안 살 만한 것이 되게 한 것들이 있었을 것이고, 또 살 만한 가치에 민주적인 가치가 포함된다면, 원초적인 의미에서의 민주적인 가치가 없었을 수가 없습니다. 두 번째 방법의 이점은 전통 회복의 과정에서 현대 민주주의에는 결여된 것이면서 삶을 더 보람 있게 하고 더 융성한 것이게 하는 다른 동기들이 발견될 수도 있다는 것입니다. 따지고 보면, 인간은 민주주의하에서보다는 그와는 다른 제도 또는 비민주주의 제도하에서 더 오래 살았습니다. 거기에는 그 나름으로 사람의 필요와 욕망을 충족시켜 주는 것들이 있었을 것입니다. (물론 이 필요와 욕망 자체가 역사의 산물이기 때문에 간단한 비교는 어렵다고 하겠지만,) 인간의 행복한 삶이란 결국 삶의 요소들의 일관된 사회적·문화적 형상화의 문제라고 하겠습니다. 이 형상화된 전체가 어떻게 욕망과 그 충족의 균형 있는 통합을 이룩해 내는가가 중요하겠지요. 이 두 번째 시정책은 새로이 민주주의 제도를 발전시키는 사회만이 아니라 기술, 세속적 가치와 과학으로 특징지어지는 근대성의 주인공으로서 세계사의 주역이 되어 있는, 서방 민주주의까지도 자산을 늘리는 일이 될 것입니다. 두 번째의 시정책은 문화 간에 심각한 대화를 요구합니다.

위에 말씀드린 것은 서방의 도전과 약속이 그 삶의 지평 위에 나타나기 시작한 이래 지난 150년 동안, 계속적인 혼란을 겪어 온 나라의 주민으로서 근대사에 대하여 갖게 되는 느낌의 일부입니다. 한국의 여러 가지 수난 — 식민지, 민족 내부의 전쟁, 군사 독재, 근대화를 향한 강행군, 민주화를 위한 투쟁 — 이러한 정치적 격동 아래에 놓여 있는 것은 서양으로부터 오는 도전과 약속이었다고 할 수 있습니다. 이러한 정치적 수난과 격동은 문화적 수난과 격동을 의미하기도 합니다. 문제는 새로운 삶의 방법을 새로운 정치·경제 제도로 또 새로운 문화적 가치로 대응함에 있어서 어떻게 탄력성 있는 주체성을 발전시키느냐 하는 것입니다. 이러한 단순화된 진단이 반드시 옳은 것이라고 하기는 어렵습니다. 위에 말씀드린 것은 이 문제 많은 지역의 관점에서 세계사를 이해하는 간단한 한 방법이라고 할 수는 있습니다. 그리고 이것은 계기는 물론 「다문화주의와 아시아의 주체성」에 대하여 말씀하신 것에 답하려는 것입니다.

질문. 지금까지의 이야기를 질문으로 옮겨 보면, 동서가 만나게 될 때 일어나는 문화역학이란 관점에서 위에 말씀드린 것에 대하여 어떤 의견을 말씀해 주실 수 있는지요? 엄청난 기술적, 이념적, 정치적 우위를 점하고 있는 서양에 대하여 어떻게 비서양 사회가 야만 상태로 떨어지지 않고 그 문화적 주체성을 유지하고, 개인적·사회적 삶을 조화된 전체성 속에서 유지할 수 있는지, 생각나시는 것을 말씀하실 수 있을는지요? 물론 이 질문은 답하시지 않아도 상관이 없습니다. 위는 서신의 평에 답하는 것이면서 동시에 「철학과 문화의 혼성화」의 어떤 논의에 이어지는 것으로 보여 마음에 떠오른 것을 말씀드린 것입니다. 이제 이 글과 관련하여 몇 가지 말씀을 드리고, 그에 대하여 답하여 주시기를 기대하겠습니다.

문화의 잡종화와 혼성

세계화의 속도로 보아, 세계의 여러 문화, 특히 동사시아 지역에서 흔히 동양과 서양이라고 부르는 두 문화가 서로 섞이고 여러 문화의 종들이 합쳐서 교배 혼종이 되고, 그 최종적인 형태가 어떤 것이 될지는 모르지만, 하나의 세계적인 문화가 성립할 것이라는 선생님의 견해는 정당하다고 하겠습니다. 선생님은 이러한 과정을 유감스럽게 생각할 이유가 없다고 생각하십니다. 이것은 지적하신 대로, 크거나 작은 형태로, 이미 역사 속에서 계속 일어났던 일입니다. 문화적 영향은 중국에서 유럽으로 또는 인도에서 그리스로 뻗었고, 지중해 지역에서는 그리스와 로마의 문화 등이 하나로 합쳐 지중해 문화를 이루었습니다. (이러한 예들 가운데, 오늘의 세계화에 견줄 수 있는 것은 후자의 혼성화일 것입니다.) 선생님은 이 혼종화 또는 혼성화에 있어서 어떤 특정한 문화가 특히 우위를 점하는 것으로 생각할 필요가 없다고 생각하십니다. (그러나 하와이에서 발표하신 글에서 티머시 가스턴 애시 교수의, [서양 문화의 민주적 유산에 기초한 서구와 미국의 특별한 문화와 정치를 수호하여야 한다는] '자유세계'론을 지지하시는 것을 보면, 실질적으로는 반드시 모든 문화의 동등한 권리를 인정하시는가에 대하여 의문을 가질 수는 있습니다.) 그러나 피력하시는 낙관론에도 불구하고, 문화의 만남이 반드시 무해하게, 순수하게 일어날까 하는 걱정을 피하기가 어렵다는 느낌이 듭니다. 최종 결과는 위에서 말씀드린 바와 같이, 문화의 충실화일 수도 있고 문화의 빈곤화일 수도 있습니다.

되풀이하건대, 대등하지 못한 관계에서 한편으로 문화는 완전히 작동할 수 없는 상태가 되고, 다른 한편으로 새로이 들어온 문화는 모방의 대상이 되면서도 건강한 주체적 삶의 일부가 되지 못하기 쉽습니다. 그리하여 여러 가지 혼란이 일게 됩니다. 첫째, 정체성이 전반적으로 흔들리게 됩니다. 주체는 어떤 경우이든 보다 큰 주체, 가령 집단이나 국가나 신이라는 보다 큰 주체적 존재의 부름을 받아서 주체가 된다는 생각이 있습니다. (이 아이디어는 아시다시피 알튀세르가 국가 이데올로기가 소속 구성원을 예종(subjection)하는 방법으로 사람을 주체(subject)가 되게 하는 현상을 설명한 것이지만, 더 일반화하여 주체가 되는 과정에 적용할 수도 있을 것입니다.) 이 생각에 전적으로 동의하지 않는다 하더라도, 개인이 집단이나 다른 큰 배경(background) 안에서의 존재(figure)로서 살고 있음을 의식할 때에, 주체라는 느낌을 갖는다는 것을 부정할 수는 없는 일입니다. 서로 대등한 관계에 있지 않은 문화의 충돌에서, 개인은 자신의 주체적 삶에 진정성을 부여하는 배경으로부터 분리되어 표류하거나, 새로운 전체적인 힘의 출처, 즉 근대화 또는 서방에 그 마음의 중심을 옮겨야 합니다. 이렇게 하여 생겨나는 주체는 모조품적인 성격을 갖게 되고, 또 그것을 통하여 예속적인 위치(subaltern position)에 스스로를 자리하게 합니다. 이것을 당사자는 의식하지 못하는 경우가 많다고 할 수는 있습니다. 어쨌든 마음에서 일어나는 이러한 움직임은, 그에 따르는 비순정성 또는 손상되는 자율성으로 인하여, 자신의 새로운 정체를 윤리적·도덕적 규범의 근본이 되게 하는 일을 어렵게 합니다. (여기서 말씀드린 순정성(inauthenticity)이라는 개념은 선생님의 철학 주조에 비추어 별 의미가 없는 것으로 간주하실 수가 있겠는데, 여기에서 그것은 실존적 관점에서가 아니라 사회학적인 차원에서 생각될 수 있습니다. 말하자면, 한 사회에서 어떤 돈이 가짜가 아니라 진짜로 유통되는 것과 같이, 사람은 자신을 사회에 통용될 수 있는 개체로 파악할 필요를 가지고 있다고 할 수 있습니다. 순정성은 이 필요에서 나오는 느낌을 말한다고 생각하시면 되겠습니다.)

질문. 이제 지금까지 말씀드린 것을 토대로 질문을 드린다면, 문화 또는 문명의 만남에 대하여 비교적 낙관적 견해를 가지신 것으로 보이는 선생님의 입장에서, 위에 제가 지적하고자 한 문제점에 대하여, 어떻게 생각하시는지요?

불평등한 관계 속에서 문화가 만날 때의 문제를 말씀드린 김에, 이 만남의 형식에 대한 개략을 조금 더 부연하여 말씀드리겠습니다. 서양 문화에 대한 가장 간단한 대응 방식은, 말할 것도 없이, 밖에서 오는 것을 일체 거부하는 것입니다. 외부 세력을 철저하게 배척하는 방식으로서 한때 한국인 또는 다른 나라들은 쇄국을 선택하였습니다. 역사는 이것이 오래 지켜 나갈 수 없는 입장이라는 것을 보여 주었습니다. 그것은 밖에서 오는 압력 못지않게 안에서 일어나는 호기심으로 인하여 마멸되게 마련입니다. 다른 방법의 하나는 서양의 사회 조직이나 과학 기술 등 사회적·외적 제도라고 생각되는 것들을 받아들이고, 그 안에 작용하는 내적인 원리라고 할 수 있는 윤리적·문화적 가치는 배척하는 것입니다. 사회를 밖에서 관찰하는 사람은 서양의 강점이, 근대화의 초기의 중국인 여행자 엄복(嚴復)의 말을 빌려, 그 '부강' 또는 '부국강병'에 있다고 볼 수 있습니다. 사회를 안에서 또는 밖에서 보는 사람에게는 이것은 자연스러운 것입니다. (거의 화석화되어 있는 문화 구조라는 관점에서 이른바 원시 사회를 보던 서양의 인류학은 최근에야 이러한 외면적 방법의 문제점을 깨닫고 깊은 반성에 들어갔습니다.)

서양을 순전히 부강하게 만드는 관점에서 보는 태도가 국내로 옮겨지면, 그것은 삶의 가장 무지비한 도구화, 마키아벨리적 정치관, 포드주의

(fordism)적 산업화 정책이 될 수 있습니다. 이러한 관점은 다시 19세기 후반부터 동아시아에 널리 알려지기 시작한 사회적 다윈주의, 적자생존을 위한 힘의 경쟁의 관점에서 사회나 국제 관계를 보게 되는 관점에 이르게 됩니다. 동도서기(東道西器)란 말로 표현되는바 서방의 우위를 그 과학 기술과 군사적 우위에서 찾고 이것만을 수입하겠다는 생각은 다시 방금 말한 힘의 정치론과 아주 쉽게 겹칩니다. 그런데 아시아가 근대사에서 깨달은 것은 도와 기를 둘로 쪼개어 가질 수가 없다는 사실입니다. 이러한 분리는 현대 국가의 운영 원리에 맞지 않습니다. 그것은 이미 시사한 바와 같이, 도덕적 퇴화를 가져옵니다. 이와 관련하여 주목할 점은 외래 문화의 침입에 대결하는 주체성의 의식의 부자연스러운 강화로 인하여 일어나는 도덕적 감각의 또 다른 훼손입니다.

동도(東道)를 내세우는 것은 문화적 독립의 상실을 두려워하는 것입니다. 참으로 문제가 되는 것은 국가나 민족의 존재가 위태로워질 수 있다는 것입니다. 나라의 고유한 길을 고집하는 것은 대체로 보수적인 정치적 입장의 표현입니다. 그러나 외침의 위협하에서 민족주의는 보수나 진보의 문제와는 관계없이 모두가 가지고 있는, 또는 함께 가져야 한다고 하는 생각입니다. 서양의 도전에 대한 모든 전략 전술에서 가장 중요한 것은 민족주의입니다. 세계의 여러 지역 간에 기술과 아이디어 그리고 문화가 흘러갈 때, 거기에 세력과 패권의 우위를 다투고 있는 국가 간의 투쟁이 섞이게 되는 것은 보통이라 하겠습니다. (고대에 있어서 중국과 유럽 또는 인도와 그리스 사이의 문화 교류에는, 알렉산더의 침공과 같은 것이 있기는 하였지만, 이에 대하여 조금 예외가 된다고 할는지 모르겠습니다.) 이러한 외적인 요인이 첨가되어 문화 민족주의도 강화됩니다. 중국 전문가 조지프 레빈슨(Joseph Levenson)은 마르크시즘이 서구에서 발원한 것임에도 불구하고 서구 비판을 바닥에 깔고 있는 이념인 까닭에 중국의 지식인들에게 환영을 받았다는 관찰을 한 일이 있습니다. 중국의 과거를 부정하는 것을 허용하면서 동시에 자신의 것을 버리고 외부의 주인을 모신다는 수치를 면하게 해 주었기 때문입니다. 마르크시즘 같은 국제주의적 사상을 받아들임에도 이와 같은 민족적 자존심의 문제가 관계되어 있습니다.

이렇게 민족주의에 대해 언급하는 것은 외래 문화와 세력의 대대적인 유입과 더불어 모든 도덕과 윤리의 문제에서 민족이 거의 절대적인 권위를 가지게 된다는 사실 때문입니다. 제국주의의 침략에 대항하여 주권을 방어하는 것은 정치적으로나 도덕적으로나 정당한 것이라고 할 것이지만, 그것은 근본적인 의미에서 도덕의 기초를 허물어뜨릴 수 있습니다. 개인의 자율성의 능동적 매개를 경유하지 않는 집단의 지상 명령에 기초한 도덕이기를 그친다 할 수 있기 때문입니다. 도덕과 윤리는 우리 자신과 다른 사람의 관계를 조정하는 일에 관계됩니다. 그런데 우리와 다른 사람은 하나의 통합된 집단을 이루는 것으로 생각되고, 모든 도덕적·윤리적 의무는 이 추상화된 전체에 대한 것으로만 간주될 수 있습니다. 이 추상화된 집단 중에도 절대화되는 것이 민족입니다. 집단을 절대화함으로써 삶의 물질적 그리고 자발성의 근거인 개인은 무시되고 결국 개인의 자유로운 결정으로서의 도덕은 무의미한 것이 되고 맙니다. 개인의 자율성은 칸트의 윤리학에서만 절대적인 공리가 아닙니다. 이것은 아시아를 비롯하여 도덕과 윤리에 대한 깊은 성찰이 있는 곳이면 어디에서나 인정될 수밖에 없는 공리입니다.

질문. 갈등이 없을 수 없는 문화의 국가적인 해후에서, 민족이나 국가의 전체 운명에 대한 불안이 민족이나 국가의 도덕의 원천을 위협할 때에, 절대적으로 우위에 놓이게 되는 집단의 지상 명령으로부터 도덕의 토대로서의 개인의 자율성은 어떻게 방어되어야 한다고 생각하십니까?

이렇게 민족 국가 간의 갈등과 긴장이 있는 상황에서 문화의 해후가 가져오는 어려움을 말씀드리는 것은, 지금 세계가 가고 있는 방향으로 보아

문화의 혼종화가 불가피하고 그 결과 다양화된다는 점에서, 또 다른 점에서 빈곤화보다는 증대되는 조합 가능성에 힘입은 문화의 풍부화가 일어나고 최종적으로 단일 세계 공동체가 성립하리라는 것을 받아들이는 것이 불가능한 것은 아니기 때문입니다. 그러나 하나의 세계 문화를 가진 하나의 세계 공동체가 도래하는 데에는 여러 장애물이 있다는 것 — 특히 그중에도 이 잡종화 과정에서 열등한 위치를 강요받게 되는 사회에서 새로운 공동체, 즉 선생님이 생각하시는 유토피아 — 문화 주체의 자유롭고 가치 창조적인 활동의 결과물로서 태어날 민주적인 유토피아의 토대가 될, 도덕적 자율성이 파괴될 수 있다는 것을 지적하자는 것입니다. 비유적으로 말하자면, 잡종 교배의 과정에서, 어떤 유전 인자는 우성이 되고 어떤 다른 유전 인자는 열성이 될 경우, 열성을 물려받는 개체는 생식 능력에 손상을 입게 된다는 이야기입니다. 물론 새로 태어난 개체는 상실된 또는 열성이 된 유전 인자를 의식하지 못할 것입니다. 이 새로운 개체에게는 새로 조합된 유전 형질이 보여 주는 가능성의 범위 안에 남아 있을 것이기 때문에 상실된 것은 전적으로 보이지 않을 수 있습니다. 그러나 이러한 혼종이 이루어지는 과정에서 고통과 손실은 상당한 것이 될 수 있습니다.

질문. 평등하지 않은 것들 사이의 문화의 교배와 잡종화에 따를 수 있는 부정적 부작용에 대하여 의견을 말씀해 주실 수 있는지요? 패권적 문화와 열세의 문화 사이의, 문화적 창조 능력을 폐기할 수 있는 불균형의 시정이 가능할까요? 역사의 과정에 고통의 대가가 있을 수 있다는 것을 인정하여야 할는지 모릅니다. 역사의 종말은 — 후쿠야마의 뜻에서라기보다, 헤겔과 마르크스의 뜻에서 어둠과 빛의 변증법적 과정의 최종 단계일 수 있습니다. (마르크스는 인도가 영국의 식민지가 되는 것에 대하여 쓰면서, 그것을 아이러니를 포함한 초연함을 가지고, 세계 역사 발전의 한 단계를 표하는 것으로 말한 일이 있습니다.)

문. 문화의 잡종 교배 과정에 발생하는 고통과 손실은 세계 유토피아의 도래를 위한 대가라고 간주할 수 있는 것인지요? 문화의 잡종 교배의 과정에 따르는 고통과 손실을 완화할 어떤 방책이 있는 것인지요?

부와 힘의 불평등

되풀이하는 이야기이지만, 헤겔의 명제, 즉, 두 주체가 맞부딪게 되면, 반드시 죽느냐 사느냐 하는 투쟁에 이르고, 또 그것은 주인과 노예의 관계의 수립으로 끝난다는 명제에 어떤 진리가 있다고 한다면, 문화의 해후에서도 문제가 간단할 수는 없을 것이겠습니다. 그런데 주체적 문화의 갈등은 국제 정치와 경제가 서로 맞부딪는 공간에서 일어납니다. 선생님은 문화의 잡종 교배에 대한 강연문에서 세계화라는 세계사적인 과정이 '제국주의 기획'과 그에 수반하는 '반드시 착취적'인 자본주의와 '반드시 비인간화'하는 기술의 동기에 의하여 추진된다는 주장에 대하여 언급하고 계십니다. 그리고 이러한 관점이 틀린 것은 아니라는 것을 인정하십니다. 또 서양이 '도덕적 영감의 근원'이 될 수 없음을 말씀하십니다. 물론 동시에 동양의 정신적 우위도 인정하시지 않습니다. 그러나 결론적으로 문제를 이런 식의 전체성의 공식 속에 뭉뚱그릴 것이 아니라 세계적으로 사람들의 삶을 개선할 구체적이고 실질적인 계획을 추진하는 것이 옳다고 말씀하십니다. 가령 "깨끗한 물과 간단한 진통제의 혜택"을 널리 보급한다든지 "지구 온난화와 핵전쟁의 위험"을 방지하는 일을 하는 일에 노력한다든지 하는 일이 그러한 실질적인 계획들입니다. 지구에 사는 인간과 생명체의 장래에 대하여 걱정하는 많은 사람들은 오늘날 인간이 부딪치는 문제를 처리하려면, 탓하기에 주력하는 이데올로기적 단순화보다는 구체적인 행동 방안을 마련하는 것이 중요하다는 선생님의 의견에 동의할 것입니다. 이데올로기적 단순화는 참으로 해야 할 일의 도전에 대응하는 것이라기보다는 마음에

축적되는 원한과 시새움의 조장에 도움이 될 뿐입니다.

그렇기는 하나, 이러한 하나하나의 문제에 주의하는 구체적인 행동 방안에 대하여 가질 수 있는 의문들을 피할 수는 없습니다. 자본주의와 기술의 부산물이 착취와 비인간화라고 한다면, 문제 중심적 방법은 이러한 부산물을 산출하는 원인에 대한 근본적인 조처를 취하는 것이 아니라 그것을 방치하면서 부분적 치료책만을 마련하는 일이 아닌가 하는 생각을 하게 됩니다. 지구 온난화와 핵전쟁의 위험은 물론이려니와 깨끗한 물 그리고 값이 싼 진통제와 같은 의약품에 대한 필요는 자본주의의 권력과 이윤 추구에 의하여 추동되는 산업 문명의 확산에서 오는 결과들이라고 할 수 있습니다. 깨끗한 물과 진통제의 필요는 가난한 나라들의 문제이고 지구 온난화와 핵전쟁의 위험은 대체로, 미국, 유럽, 일본 그리고 다른 산업화된 지역들, 즉 부유한 나라들의 문제입니다. 물론 상황은 바뀌고 있습니다. 특히 핵전쟁의 위험의 경우에 그렇습니다.(핵무기 개발의 단초는 물론 서양의 과학 기술의 발달에 있습니다.) 깨끗한 물과 진통제의 경우도, 역사를 긴 안목으로 본다면, 기술 문명이 고립되어 존재하던 인간 공동체로 확산해 들어감으로써, 깨끗한 물이 귀하게 되고, 이 공동체에 살던 사람들이 새로운 세균과 질병에 노출된 결과라고 할 것입니다. 그런데 기술 문명의 진보에 대한 믿음과 만병통치약으로 생각되는 경제 성장에 대한 믿음에도 불구하고, 지금의 세계 상황은 그에 의존하는 인간의 미래를 낙관하기 어렵게 합니다. 이것은 특히 가난한 지역에서 그러합니다. 가난한 지역에서의 삶의 조건은 향상되지 않았습니다. 이것은 다분히 세계화 과정에서의 빈부의 불균형이 가속화된 결과입니다. 빈부의 격차는 커지고 있습니다. 샌디에이고의 캘리포니아 대학교의 마사오 미요시 교수는 서울에서 열린 국제문학 포럼에서 여러 자료를 널리 참고하고 그에 대하여 완전한 각주를 첨부한 보고를 통해 세계의 빈부 차를 다음과 같이 전하고 있습니다.

> 오늘날 세계 인구 중 12억 명이 하루 (구매력으로 환산하여) 1달러, 30억 명이 2달러 또는 그 이하로 산다. 부국과 빈국 또는 지역 간의 격차도 엄청나게 벌어졌다. …… 산업 혁명이 일어나기 전인 1800년 이전 오늘의 제1세계 국가와 제3세계의 부의 수준은 대체적으로 같거나 비율로 쳐서 기껏해야 2 대 1 정도였다. 그런데 19세기에 들어서면서, 차이가 심해지기 시작했다. 1800년에 제1세계의 개인 소득은 제3세계의 2배였고, 1919년에 이르러 그 비율은 3 대 1, 20세기 중엽에는 5 대 1이었다. 불과 35년 전인 1970년까지만 해도, 차이는 7 대 1이었다. 21세기의 초, 즉 2003년의 숫자를 보면(구매력으로 환산) 세계 최고 부국(룩셈부르크, 노르웨이, 스위스, 또는 미국)의 개인 소득과 최빈국, 가령 사하라 남부 나라들의 개인 소득 비율은 90 내지 100 대 1이다.[14]

이러한 빈부의 문제를 미국으로 옮겨 보면, 그것도 밝은 것이라고 할 수 없습니다. 미요시 교수가 요약하는 바를 다시 요약하면, "1990년대 말의 빈부 차는 황금연대(the Golden Age)라고 하는 공황기 이전, 미국에서 불평등이 역사상 최고에 이르렀다고 하는 연대의 수준과 비슷하다"고 할 수 있습니다. 우리의 생활 수준을 상대적 기준에만 기초하여 판단하는 것이 반드시 옳다고 할 수는 없습니다. 많은 이론가들이 인간성의 변형 가능성에 비추어 인간의 필요는 역사적으로 또 사회적으로 형성되는 것으로서 그것은 간단히 저울질할 수 없는 것이라는 점을 강조합니다. 그러나 중요한 것은 역사적으로 조건 지어진 필요 또 그것의 상대적 비교가 아니라 절대적인 의미에서의 생활 필수의 기초라고 할 수 있습니다. 상대적인 박탈감이 고통의 근원이 될 수 있다는 것을 무시할 수 없지만, 오늘날 세계에는 심리적·사회적 차원에서의 빈곤이 아니라 절대적인 빈곤이 널리 퍼져 있는 것

---

14 2005년 5월 24~26일, 대산재단 주최 서울국제문학포럼, 마사오 미요시, 「우주, 세계, 세계화」.

이 사실입니다.

질문. 제국주의, 특히 미국 제국주의의 수탈이라는 개념 속에 모든 것을 싸잡아서 이야기하는 것은 사태를 극히 단순화하는 것이지만, 부와 힘에 있어서 오늘의 세계에 커다란 불평등이 존재하고 그것이 인류의 미래에 검은 그림자를 드리우고 있다는 것은 틀림이 없습니다. 문화의 혼성에 있어서 세계의 부국과 빈국 사이의 격차는 어떤 종류의 요인으로 작용하게 되는 것일까요?

물론 이러한 질문을 한다고 해서, 자본주의 기술 문명 전체를 비난하는 것은 옳지 않은 일일 것입니다. 근대적 발전이 많은 소득을 가져온 것은 부정할 수 없습니다. 말할 것도 없이 얻는 것이 제일 많은 쪽은 서양입니다. 그러나 개발 도상국들이 근대화 또는 서양화를 추구하는 것은 자기 방위의 필요성으로만 그러는 것은 아닙니다. 원인이 어디에 있든지 간에 깨끗한 물과 의약품의 혜택을 확산할 수 있는 것은 근대적 기술 발전입니다. 한국의 근대사에 의지하여 사태를 볼 때, 특히 근대화의 혜택, 즉 산업화와 민주화가 가져오는 혜택을 낮게 평가할 수가 없습니다. 오늘날 한국인이 향유하고 있는 경제적 여유와 정치적 자유는 서양에서 온 자극과 도움이 없이는 이룩할 수 없었을 것입니다. 의미 있는 질문은, 문화의 해후의 경우나 마찬가지로, 서양에서 발원한 자본주의적, 기술주의적 발전의 양의성을 어떻게 생각하여야 하느냐는 것입니다. 지금의 시점에서 기술 문명의 이점을 전적으로 버리는 것은 어리석은 일이고 비현실적인 일일 것입니다. 서양사에서 강력하게 주제화된 어떤 가치들, 민주주의, 법의 지배, 인권, 사회 국가(Sozialstaat) 등도 마찬가지입니다. 깨끗한 물이나 진통제와 같이 현대 서양의 기술이 가능하게 하는 혜택들은, 선생님의 말씀과 같이, 서양의 지역적 필요에서 생겨난 것이고, 선생님이 인용하시는 저자 중의 하나인 티머시 가스턴 애시가 옹호하는 바와 같은(선생님은 이 점을 강조하시지 않지만, 그는 '대서양문명'의 강한 옹호자입니다.) 민주주의의 가치들이 서양의 지역적 필요에 대응하여 발달한 것이라고 하는 것이 옳지만, 이러한 것들은 다시 인류 전체를 위하여 전이될 수 있는 것들이라고 할 수 있을 것입니다. 애시 교수의 관점에서도 이러한 것들은 보편적 응용 가치를 가진 것일 것입니다.

질문. 문제는 다시 근대화의 모순을 어떻게 생각하여야 하는가에 관계됩니다. 보다 밝은 인간 문명을 위하여, 자본주의 산업 문명에서 그 부정적 부작용들을 피하고 열매들을 선택적으로 채택하는 것이 가능한 일일까요?

환경 문제 1: 환경적 한계의 도전

기술 문명에 대한 선택적 채택 또는 발전은, 오늘의 문제를 생각할 때, 각별한 의의를 갖는다고 하겠습니다. 즉 환경과 생태계의 문제가 그것입니다. 그것을 새삼스럽게 자세히 이야기할 필요는 없겠습니다. 이미 말한 기후 온난화는 그 문제의 하나입니다. 인간과 지구의 다른 생물체의 생태적 환경의 악화라는 보다 심각하고 절실한 문제를 뒤로 미루더라도, 당장에 산업 경제의 성장에 필요한 자원의 문제는 보다 긴급한 문제로 간주될 것으로 생각합니다. 지금의 우리의 일상적 생활은 쉽없이 그것이 화석 연료에 의존하고 있다는 것을 의식하는 가운데 영위되고 있습니다.(한국은 재식목에 성공한 중요한 사례로, 유네스코 보고서나 레스터 브라운 등의 글에서 이야기되고 있습니다. 이것은 지난 수십 년 동안에 한국이 난방을 석탄, 기름 그리고 가스로 전환한 것에 힘입은 것입니다. 이것은 교통이나 조리, 또는 산업에 있어서만이 아니라 자연을 그 풍요 속에 보존하는 데에도 한정된 에너지 자원에 의존하게 된다는 것을 말합니다.) 이 성장에 부과되는 피할 수 없는 한계는 물질적·경제적 풍요에 기초한 세계 유토피아의 희망에 절로 한계를 강요하게 됩니다. 빈부 격차에서 오는 문제는, 역사가 모순을 통한 투쟁과 고통을 통해서 그 종착역에 이른다는 마르크스와 비슷한 낙관적 역사관을 갖는다면, 결국은 해결될 것으로 말할 수 있습니다. 그러나 선생님은, 마르크스나 일반적 발전론자들과 비슷하게, 모든 사회적·세계적 불평등과 모순이 경제적 풍요의 성취를 통하여 해소될 수 있다는 생각을 버리시기를 주저하는 것으로 보입니다.

질문. 또는 환경의 문제도 구체적인 상황 속에서 실용적인 협상과 타협을 통하여 해결된다고 생각할 수도 있습니다. 선생님이 생각하는 미래의 유토피아에 대한 희망은 경제적 풍요를 전제로 하는 것이 아닌지도 모릅니다. 어쨌든 실용적 협상과 타협이 문제를 푸는 적절한 방법이라고 한다면, 지금 인류는 산업 자본주의하에서 일어난 환경의 퇴화와 자연 자원의 탕진의 문제를 정시하면서 이에 대한 협상과 타협을 시작하여야 할 세계사적 전환점에 와 있다는 느낌이 듭니다. 그런데 지금 인류 또는 세계의 자본주의 체제가 이 환경적 제한에 관하여 협상의 테이블에 나오는 것이 가능하겠습니까? 어떻게 하여야 소비욕의 무한한 충족에 익숙한 사람들이 그것에 한계를 짓는 협상을 받아들이겠습니까? 환경의 한계에 관한 문제는 빈부의 균형을 회복하여야 하는 문제에 관련이 되면 더욱 복잡해질 수밖에 없습니다. 균형은 세계적인 경제 성장에서 얻어진 것으로 분배의 정의와 공정성을 확보하는 방법이 아니라 소비 만족을 줄이고 어쩌면 부유한 측이 생활 수준이 저하되는 것을 받아들임으로써 가능해질 것이기 때문입니다. 어떻게 하면 이것을 받아들일 수 있을까요?

질문. 이 문제, 즉 어떻게 인류가 환경과 성장의 한계를 받아들이고 생활 수준의 계획적 저하를 수락하면서도 사회적 발전을 위하여 힘을 합칠 수 있을는지, 이 문제에 대하여 선생님의 견해를 듣고 싶습니다.

이 문제를 조금 더 생각해 보겠습니다. 그것은 선생님의 '사회적 희망(social hope)'의 비전에는 한계의 절제에 대한 고려가 들어 있지 않은 것으로 보이기 때문입니다. 이 점에 대하여 논평해 주시기 바랍니다. 이제 선생님의 관심에서 벗어난 듯한 화제를 조금 길게 이야기하겠습니다. 그것은 선생님의 견해에 대하여 대조되는 이야기가 될지도 모르겠습니다.

환경 문제 2: 세계 문제의 해결책을 찾아서

앞에서 말한 여러 가지 한계와 제한을 받아들이면서 사회 발전을 이룩하는 문제와 관련하여, 이러한 조건하에서도 어떻게 평화와 정의가 중요한 공공 의제가 될 수 있느냐 하는 것은 몇 가지 각도에서 생각될 수 있습니다. 우선 방법론에 대하여 조금 생각을 하고 난 다음에 환경과 세계적 경제 정의의 문제로 다시 돌아가겠습니다. 사회 문제를 해결하는 데에 맨 먼저 생각할 수 있는 것은 설득의 방법입니다. 이것은 합리적 논리나 윤리적 감정에 호소하는 것일 수 있습니다. (물론 누가 설득자가 되고 누가 설득을 당하는 사람이 되느냐 하는 것도 간단히 해결될 수 있는 문제가 아닙니다.) 선생님이 선호하시는 방법은 사랑과 연대감이 작용하게 하는 것이겠습니다. 이것을 위해서는 감성의 터전을 가꾸어 놓아야 할 것입니다. 그러나 정책적 결정에서는 이성과 감정(도덕적 성격의 감정)의 결합이 필요할 것입니다.

이성과 감정에서 출발하더라도, 유혹은 이것은 법제화하는 일일 것입니다. 그리하여 설득은 곧 반강제로 바뀔 가능성이 있습니다. 어쨌든 세계적인 환경의 제약과 세계적 정의의 관점에서 생산과 소비를 줄이는 법제화가 있을 수 있습니다. 이러한 것을 규정한 법을 시행하기 위해서는 자유의 제한이 불가피합니다. 다수의 동의가 없는 자기 설득의 경우라면, 많은 강제 규정이 필요하게 될 것이고, 대중적 지지에 기초하지 않는 정치 지도자가 탄생할 수도 있습니다. 우리는 정의의 강제적 시행을 위한 정치 운동에 따르는 비인간화의 사례들을 실패한 사회주의 정치 실험에서 많이 보았습니다.(여기에서도, 진정한 설득이든 강제력을 포함하는 설득이든 간에 설득자와 피설득자의 구분이 중요한 문제가 됩니다.) 사실 설득과 강제의 구분은 정치의 현장에서 매우 불분명한 것이 될 수 있습니다.

그러나 독재로 연결될 가능성이 있음에도 불구하고, 설득과 자유의사에 의한 동의가(국민보다는 국내의 또는 국제적인 지도자들에 의한 동의가 될 가능성이 크다고 하겠습니다.) 인간적인 선택임에는 틀림이 없습니다. 교토의정서는 국민 정부들 사이의 합의의 예가 될 것입니다. 그러나 여기에서도 그것을 강제로라도 집행하는 문제가 있습니다. 배기가스와 같은 문제만이 아니라 생활 수준의 계획적 저하에 이러한 동의가 성립한다는 것은 생각할 수조차 없는 일입니다. 교토의정서를 가능하게 한 것은 합리적 논의의 힘이었다고 할 수 있습니다. 세계적 분배 정의를 위하여 이와 비슷한 합의서를 도출해 낼 수 있을까요?

이러한 문제를 생각하고 인류가 부딪친 문제를 생각하는 데 있어서 교토의정서를 가능하게 한 합리적 논의가 어떤 것이었는가를 이해하는 것은 중요한 일일 것입니다. 논의는 말할 것도 없이 도덕적 당위보다 온실 효과의 위험이라는 피할 수 없는 필연성에 근거한 것입니다……. 고려의 대상이 되는 것은 생존의 이해, 이기적인 이해관계입니다. 마음을 움직이는 지렛대가 된 것은 이러한 이해에 대한 자각인데, 이해의 해석에는 여러 가지가 있을 수 있습니다. 이 생존의 이익은 직접적인 위험에 처해 있는 것으로 생각될 수도 있고 그렇지 않을 수도 있습니다. 그것은 당장 공동의 대처가 필요한 것으로 생각될 수도 있고, 다른 사람들의 걱정에는 신경을 쓰지 않고 적절한 전략적 대응으로 자신의 이익을 지킬 수 있는 여유가 있는 것으로 생각될 수도 있습니다. 부시 대통령이 교토의정서를 집행할 의사가 없는 것은 환경의 위험이 시급한 것이라고 생각하지 않고, 또 독자적인 전략에 의하여 미국만의 이익을 별도로 수호할 수 있다고 생각하기 때문일 것입니다.

현실 세계에서 도덕과 이익의 차이는 매우 작고 변동적인 것이라고 하겠습니다. 이익은 그에 관계되는 범위가 커짐에 따라 도덕으로 변화합니다. 그러면서 직접적인 점에 있어서는 그 급박성이 약해집니다. 배기가스 문제를 심각하게 받아들이려면, 개인의 생존이나 개인이 속한 좁은 공동체를 넘어서는 공간적·시간적 틀을 포용하여 생각하는 것이 필요합니다. 즉 생각의 틀이 인류의 미래가 되어야 합니다. 좁고 짧은 이해관계를 초월하려면, 도덕적 감성 — 긴 시간의 관점에서 또 인류 전체를 생각하는 도덕적 감수성이 있어야 합니다. 또는 일반화된 도덕적 의무감이 필요합니다. 선생님이 인간의 유토피아적 희망을 성취하는 데에 중요한 심리적 자원으로 생각하시는 사랑과 연대감의 동원이 필요하다고 할 수도 있습니다. 정치의 현실주의자들은 이러한 도덕적 설득이라든가 사랑과 같은 부드러운 덕성에 의존하는 것은 책임 있는 정치 행동가의 행위가 아니라고 할 것입니다. 마르크스는 바로 도덕적 이성과 감정에 의존하는 것을 부르주아의 공허한 수사(修辭)로 돌렸습니다. 그것이 아니라 사회와 역사의 물질적 구조와 과정 속에 작용하는 법칙 — 자연법칙처럼 움직이는 법칙과 더불어 행동하여야 한다고 하였습니다.

사회의 변화를 의도하는 모든 현실 이론은 원하는 최종 결과에 귀착할 인과의 연쇄 속에 삽입되는 전략을 고안하려고 노력합니다. 가차없이 움직이는 사회의 기계, 강제하는 것이 아닌 듯하면서 강제처럼 작동하는 정치의 도구, 자유주의 경제에서만이 아니라 마르크스주의 인간학에서까지도 동력으로 작용하는 이기적 이해관계까지 포함하여 이러한 강제 또는 필연의 도구를 원하는 것입니다. 환경과 세계 빈곤의 문제에 대응함에 있어서, 말하자면 유물론적 역사관이나 경제 발전의 이론과 같은, 자연, 역사, 경제 법칙의 불가항력성을 편입한 현실적 전략을 발견할 수가 있을까요? 역사에서 현실주의는 때로 혁명적 폭력과 공포를 포함하는 것이 될 수 있습니다. 세계사의 이 시점에서 환경과 빈곤의 문제에 대한 현실주의의 리얼리즘은 환경적 파탄과 전쟁의 갈등을 의미할 수 있습니다. 그런 연후에 다시 평화의 질서가 등장할 수도 있겠지만, 그 대가는 너무나 큰 것이 될 것입니다.

환경 문제 3: 심층 생태학

환경적 파탄을 개의치 않는다면 모르거니와, 현실주의적 관점에서도 유일하게 남아 있는 방법은 합리적 논의와 윤리적·도덕적 감정 등의 심리적 자원을 동원하는 것이겠습니다. 여기에는 사랑과 연대감도 포함될 것입니다. 그런데 어떻게 이러한 것들이 강제적 수단과 비슷한 힘을 발휘할 것인가 하는 것이 문제입니다. 한 방법은, 적어도 이론적으로는, 이러한 심리적 자원을 사람의 삶을 지배하는 어떤 근원적인 질서 속에 위치하게 하는 것입니다. 이것은 말하자면, 사람 위에 있는 어떤 힘을 빌려 오는 것이 되어, 선생님이 압도적인 힘에 스스로를 연결하려 하는 사람들에게 붙인 '신통력 중독자(power freak)'가 되는 것일 수도 있습니다.[15] 그러나 위에서 힘을 따오는 일은 이 연결의 경험적 가장자리, 즉 이곳 이 자리의 현실로부터 행할 수도 있습니다. 그런 경우, 그것은 단순히 인간 자신의 보다 확대된 힘을 인식하는 일 이상의 것이 아닐 수 있습니다.

개체적으로나 집단적으로나 인간의 사회관계의 기계를 작동하는 주된 동력으로서의 자기 이익은 좁게 또는 넓게 해석될 수 있습니다. 그것은 이윤의 동기를 포함하여 당장의 사람의 물질적 필요의 동기를 뜻하는 것이 보통이지만, 그보다 넓은 의미의 물질적·이성적·정신적 필요의 충족에 대한 요구로 생각될 수도 있습니다. 철학적인 관점에서 말하여, 도덕이 사람의 심성 본유(本有)의 도덕적 감성이나 이성에서 나오는 요구에 기초하여

---

15 Richard Rorty, "Heidegger, Contingency, and Pragmatism", *Essays on Heidegger and Others* (Cambridge University Press, 1991).

정당화된다고 할 수 없을는지 모르나 사람들이 도덕적 성격의 일로서 절실하게 이루어지기를 바라는 것이 있는 것은 사실입니다. 그들은 사회에서 그리고 널리 세계 전반에 걸쳐 정의가 이루어지는 데에서 만족감을 얻는다 할 수 있습니다. 이러한 넓은 의미의 도덕적 만족감이 환경과 빈곤의 경우에도 작용할 수 있지 않을까 합니다. 사람의 자연과의 관계에 어떤 근원적인 생태적 감각이 작용한다고 할 수는 없을까요? 아르네 네스(Arne Naess)를 비롯한 환경주의자들은 환경주의가 경제적 필요성만이 아니라 사람이 가지고 있는 근원적인 삶의 충족감에 의하여 정당화될 수 있다고 생각합니다. '심층 생태학'의 초기 안내서를 쓴 저자들은 그러한 충족감을 다음과 같이 말하고 있습니다.

> 우리는 개체로서 그리고 사람들의 공동체의 소속원으로서, 음식, 물, 주거와 같은 근본적인 것 이외에, 사랑, 놀이, 창조적 표현, 특정한 지형 또는 자연 전체와의 친밀한 관계 그리고 다른 사람들과의 친밀한 관계, 정신적 성장과 인간적 성숙에 대한 삶에서 나오는 욕구 등의, 삶의 절실한 필요를 가지고 있다.[16]

삶의 경제를 생각함에 있어서는 말할 것도 없이 사람의 필요와 욕망을 참조하는 것이 요구됩니다. 그러나 이것은, 이미 말씀드린 대로, 좁게도 넓게도 생각될 수 있고, 그것을 어떻게 해석하느냐 하는 것은 커다란 사회적 의미를 가지게 됩니다. 좁은 해석의 이점은 그것이 합리적 관리를 용이하게 한다는 것입니다. 그러나 그것은 사람의 총체적인 자기실현을 가능하게 하는 사회를 확립한다는 입장에서는 심한 억압적인 협소화를 낳는다고 할

---

16 Bill Devall and George Sessions, *Deep Ecology*(Salt Lake City: Gibbs Smith, 1985), p. 68.

것입니다. 이 필요와 욕망을 인정함에서 중요한 것은 그것들의 총체적인 성격입니다. 그 하나를 무시하면 전체에 문제가 생기게 됩니다. 그리고 또 중요한 것은 이러한 필요와 욕망의 충족이 자연과 밀접한 관련을 가지고 있어야 한다는 사실입니다. 자연이 제공하는 것 없이는 그 충족이 불가능합니다.(이것은 물질적인 것과 함께 정신적인 것을 포함합니다.) 이 총체성이 어느 것도 손상되지 않게 하는 장려와 절제를 통한 균형을 불가피하게 합니다. 그리고 자연과의 떼어 낼 수 없는 밀접한 관계가 자연을 돌봄에 있어서, 사람에게 '청지기의 역할(stewardship)'의 의무를 부과하게 됩니다. 이 의무로부터 여러 실천적인 격률들 — 모든 인간의 평등을 포함하여, "다양한 생명체의 동등함"을 존중하여야 한다거나, "아름다운 그러나 검소한 물질 생활을 — 물질적 목적은 자기실현이라는 보다 큰 목적의 수단이기에 — 영위해야 한다는 것을 포함한 실천적 격률"이 따라 나오게 됩니다.[17] 검소한 생활을 말하는 격률은 경제적 전술의 의미를 가지고 있다 할 수 있습니다. (물론 그것만은 아니지만.) 더 중요한 것은 소박하고 아름다운 삶에 함축되어 있는바 자연의 온전함에 대한 존중, 도덕적 의무감과 반드시 같다고만 할 수 없는 자연에 대한 깊은 존중심, 또는 존경입니다. 다른 생명체들 그리고 사람들과 협상하고 타협하는 것은 위험할 수도 있는 다른 생명체들과의 편의상의 전략 행위라고 할 수도 있지만, 그보다도 그것은 모든 생명체에 대한 존중과 연대감에서 나오는 것이라고도 할 수 있을 것입니다.

지구의 현실적 존재에 대하여 인간이 느끼는 존중 또는 외경 그리고 자연과 지구에 살고 있는 모든 생명의 형상에 대한 존중은 인간의 저 위로 높이 솟아 있는 자연의 엄청난 힘, 그리고 인간이 그에 의존할 수밖에 없다는 사실에 관련된다고 할 수 있습니다. 그러나 사람으로 하여금 자연과 자연

---

17 Ibid., p. 69.

에 존재하는 삶의 여러 형상에 대하여 물질적 그리고 상징적 관계를 가지게 하는 것은 단순히 이 절대적인 힘으로 인한 것이라고 할 수는 없습니다. 이 힘을 긍정하고 수락하고 찬양하는 일은 사람의 삶 그것을 긍정하고 수락하고 찬양하는 일이기도 합니다. 여기에 존재하게 되는 것이, 모든 인간과 다양한 생명의 평등, 자원 사용에서의 자제, 삶의 유지와 번영의 수단에 대한 접근의 평형성 — 이러한 것들을 위한 압력과 동의의 양의적 도태입니다. 이 토대로부터 시작하여 소박하고 아름다운 삶을 위하여 삶의 수준을 낮추는 일을 수락하는 일이 가능하게 될 수도 있을 것입니다. 여기에도 어떤 소수가 이러한 생태적 정치 기획을 위하여 어떤 다수를 설득할 수 있을 것인가 하는 문제가 있을 것입니다. 그렇기는 하나 적어도 이론적인 토대는 이 비슷한 데에서 찾아지지 않나 합니다.

질문. 선생님에게 드리고 싶은 질문은 선생님의 사회적 전망에 이러한 심층 생태 철학이 어떻게 들어갈 수 있겠는가 하는 것입니다. 현실 정치에서 힘을 가지기 어렵기는 하겠지만, 이를 위한 설득은 교육적 의미를 갖지 않을까요? 이러한 생태 철학도 선생님은 '신통력 중독자'의 환상이라고 하실는지요?

5.2 문제 제기: 하이데거, 지구의 시에 있어서의 자유와 필연

자연에 대한 심층 생태학의 입장은 새로운 발명이 아닙니다. 앞에 인용한 『심층 생태학』의 저자 디볼과 세션스는 앞서간 여러 저자들을 열거하고 있습니다. 거기에는 '원초적 인간들'인 나바호나 부시맨, 고전 시대 이전의 그리스인, 중국의 산수화, 선불교, 미국의 박물지 기록자 존 뮤어(John Muir)와 알도 레오폴드(Aldo Leopold), 로빈슨 제퍼스(Robinson Jeffers)와 게리 스나이더(Gary Snyder) 등이 있습니다. 또 번쇄한 철학적 사변의 허망함에 비하여 창조적 상상력을 발휘한 것으로, 선생님께서도 친화감을 표하신 바 있는, 워즈워스와 셸리 등 18세기와 19세기의 낭만주의 시인들도 언급되어 있습니다. 그런데 이들의 생태주의의 관점에서 생태적 사고를 지원하는 가장 중요한 철학자로 거론된 이는 하이데거입니다. 그들은 하이데거를 서양의 기술적 사고를 비판하고 기술적 사고가 차단한 존재의 근본으로 돌아갈 길을 지시한 것으로 높이 평가하고 있습니다. 자연의 총체에 대한 생태적인 느낌을 가지고 있는 것이 하이데거라고 그들은 말합니다. 자연 전체에 대한 인간의 생태적 직감을 철학적으로 정당화해 줄 수 있는 것이 하이데거입니다. 그의 존재 개념은 자연의 총체를 말하는 것이라고 할 수도 있고, 자연에 대한 우리의 느낌이 존재라는 그의 형이상학적 개념으로 넘쳐 들어간다고 할 수도 있습니다.

이제 하이데거에 대하여 조금 이야기하는 것이 적절하다고 생각합니다. 그가 20세기의 가장 중요한 철학자인 것은 말할 필요도 없지만, 선생님이 그에 대하여 가지고 있는 공감과 비판이 교차하는 복합적인 태도를 생각해 보는 것도 우리의 문제 해명에 도움이 되리라고 생각하기 때문입니다. 이것은 심층 생태주의자들의 철학적 지향을 밝혀 주고, 어떤 문제들을 부각하여 거기에 대한 선생님의 견해를 제가 물을 수 있게 해 줄 것입니다. 하이데거를 말하는 것은 위에 거론하였던 현실적인 문제로부터 유리되는 일일 수 있습니다. 그러나 실천적 태도를 결정하는 심성의 지향을 밝히는 데에 철학은 중요한 방향타가 될 수 있는 것이 아닌가 합니다.

동서철학자대회에서 발표하신 선생님의 논문을 보면, 하이데거에 대한 선생님의 관점은 매우 비판적입니다. 선생님은 기술적 이성이 서양 문명을 잘못된 방향으로 이끌어 갔다는 하이데거의 서양 문명 비판을 비판적으로 보십니다. 그리고 일면적으로 전개된 기술적 이성이 존재의 참모습을 보이지 않게 했다는 것은 서양 문명의 역사에 대한 오독(誤讀)이라고 하십니다. 물론 이렇게 말한다고 하여 선생님께서 하이데거의 철학 전부를 부정적으로만 보신다는 말은 아닙니다. 이전에 쓰신 글들에서 선생님은 하이데거가 서양 철학을 독단론적 꿈에서 깨어나게 하여 사회의 실천적인 작업 속으로 해방하였다고 말씀하셨습니다. 선생님의 생각으로는, 하이데거는 철학이 명증하고 확실한 진리를 향하여 나아가야 한다는 생각을 해체하였습니다. 그리고 명증한 진리의 가능성이 소멸됨과 더불어, 부질없는 확실성에 대한 탐구는 포기되었습니다. 그 결과 삶과 역사의 우연성(contingency)이 인식되고 대안들을 발명해 낼 자유가 밝혀졌습니다. 하이데거는 "사람이 시도하는 기획의 우연성과, 취약성과 위태성에 대한 느낌을 되찾고자 하였다." 이렇게 선생님은 쓰셨습니다.[18] 하이데거에 대한 두 가지 관점은 다 타당하다고 하겠습니다. 다만 선생님은 두 관점이 하나로 연결된다는 점을 인정하시기를 꺼리십니다.

하이데거에게 존재는 절대적인 진리의 바탕입니다. 그러면서 동시에 존재는 그것에 대한 여러 대안적 개념을 허용하는 것으로 생각되고 있습니다. 이렇게 말한다면, 우연성은 존재와 그에 대한 대안적 기술(記述) 사이에 존재하는 관계를 지칭한다고 할 수 있습니다. 선생님이 하이데거에 동의하시는 것은 그의 진리론이 아니라 우연성의 인정입니다. 모든 대안적 기술(記述)과 기획을 관통하고 있는 우연성은 크게 찬미하여 마땅한 것이라고 선생님은 생각하십니다. 선생님의 견해로는, 그리고 오늘의 세계에서 살아 있는 것이어야 한다고 선생님이 생각하시는 존 듀이의 프래그머티즘에서는, 이 찬미는 실천적 사회 기획, '사회 민주주의적 유토피아(social democratic utopia)'의 옹호에서 거점이 되어야 합니다. 그런데 하이데

18 Rorty, op. cit., p. 54.

거는 이러한 유토피아의 희망을 지지하지 않는 것입니다. 하이데거는 인간이 존재에 가까이 있었다는 고전주의 이전의 그리스에 대한 향수를 지나치게 강하게 가지고 있었습니다. 이 향수가 발명의 자유를 상당한 정도 제약한다고 선생님은 생각하십니다.

이 부분에서 저는 하이데거 읽기를 선생님과 달리한다고 말씀드려야 하겠습니다. 고전주의 이전의 원초적인 인간 존재의 방식에 대한 향수의 문제를 떠나서, 하이데거가 생각하는 존재의 개념은 자유와 자유의 한계를 역설적으로 결합합니다. 사회 발전과 문화의 다원적 해후(邂逅)는 환경적, 정치 경제적 제약 속에서 일어날 수밖에 없습니다. 그리하여 그것은 창조적 자유와 필수적인 기율을 조합하는 만남이어야 합니다. 저는 이러한 문제를 생각하는 데에 하이데거는 크게 도움이 되는 철학자가 아닌가 하는 것입니다. 선생님의 하이데거 해석을 제가 바르게 이해하는 것이라면, 선생님은 하이데거가 존재의 진리 독점권을 풀어놓은 것에 기초하여 그를 사회적 희망의 편(party of social hope) 쪽으로 끌어들이고자 하셨습니다. 그런데 심층 생태주의자들은 하이데거가 인간적 실존과 존재 사이에 끊을 수 없는 연계성이 있음을 강조함으로써, 그들이 생각하는바 사람의 삶과 세계의 생태적 일체성에 대한 근거를 상기하게 한다고 하면서, 그를 자신들의 진영에 끌어들이고자 합니다. 선생님의 하이데거 해석에서 자유는 삶의 재창조를 위해서 필요한 핵심적인 계기입니다. 그것을 통하여 대안적 언어가 열리게 됩니다. 심층 생태주의자에게 자유는, 인간의 자유—놀이의 자유 또는, 선생님이 사용하는 것과 비슷한 말을 빌려, 대안적 언어, 시의 자유가 아니라 사물에게, 존재자(Seiendes)에게 주어지는 자유입니다.

인간에게 자유가 있다면, 그 자유는 사물로 하여금 인간에 맞서 존재하게 하는 인간의 능력이고, 스스로도, ex-sist, 자신의 밖에 서는 것을 가능하게 하는 능력, 실존할 수 있게 되는 능력입니다. "자유란 …… 존재하는 것들을 존재하게 하는 것으로써 드러난다."[19] —하이데거는 이렇게 말합니다. 여기에 우연성이 있다면, 그것은 사물이 그 자체가 되는 것이 오로지 '열림(Das Offene)'의 안에서이며, 열림은 인간의 행동—열려 있다고 또는 불확정적이라고 하여야 할 인간의 행동과의 관련에서만 열리기 때문입니다. 존재하는 것들과 진리 사이의 연계가 필연적이라고 할 수는 없습니다. 그러나 그것들은 진리의 구역 안에 존재합니다. 이 진리는 자유에 병행합니다. 그러나 인간의 진리 경험은 인간의 자유 속에 있으면서도 인간을 "근원적으로 본질적인 진리의 영역"으로 이끌어 갑니다.[20] 자유는, 하이데거의 생각으로는, "우리가 이런저런 방향을 선택하고 거기로 마음을 돌리고 하는 데에 드러나는 자의(恣意)"가 아닙니다.[21] 열림의 열려 있음은 인간의 자유에 병행하거나 그와 동시에 일어납니다. 이 열림과 자유 안에서 사물들은 전체 사물들의 일부로서 드러나게 된다는 것입니다. 이 사물들 전체가 사람이 만들었다고 할 수 없는 것인 자연, phusis입니다.[22] 그러나 이 사물들 전체도 진리의 안식처 또는 '드러남'의 과정의 정지점은 아닙니다. 드러남이 전적으로 열려 있는 것이라고 할 때, 이 사물들의 전체는 곧 '감추어짐'이 되고 맙니다. 사물들 전체는 인간의 물음에 답하는 역사적인 사건으로서만 '드러남'이 되고, 또 '감추어짐'이 됩니다. 인간의 관점에서 진리는 발견되면서 동시에 비진리로 바뀌게 되는 것이라고 할 수 있습니다. 그리하여 다른 가능성들이, "아직은 체험되지 아니한 존재의 진리"[23]가 감

---

19 William McNeill ed., "On the Essence of Truth", *Pathmarks*(Cambridge University Press, 1998), p. 144. 하이데거의 글은 독일어를 인용한 경우도 없지 않으나, 로티 교수와의 서간 교환에서 한 그대로 영문 번역을 인용했던 것을 재번역한 것이다.

20 Ibid., p. 144.

21 Ibid., p. 145.

22 Ibid., p. 145.

23 Ibid., p. 149.

추어진 채로 존재합니다. 이러한 진리와 비진리, 현재와 가능성 사이의 진동은 인간에게 진리를 위한 시시포스의 작업을 주지만, 결코 자유로운 발명의 자유를 주지는 않습니다.

이렇게 사물들과 사물들 전체와 존재 사이에는 자유와 필연의 연계가 있습니다. 연계의 두 항 사이에서 두 번째 항은 그 앞의 항을 가능하게 하는 바탕 또는 그것에 힘을 부여하는 근거가 됩니다. 이 연쇄 반응 속에서 보다 높은 차원의 힘의 방출이 가능하게 됩니다. 물론 이것은 서로 다른 잠재력을 가진 두 힘들 사이에 일어나는 자동적인 연쇄 반응은 아닙니다. 이것은, 말하자면, 화이트헤드가 말하는바, '사건(event)' 또는 '구체화의 한 사건(incidence of concrescence)'과 같다고 할 수 있습니다. 인간의 개입이 있기는 하지만, 그것은 사건의 한 부분으로서만 그렇다고 할 수 있습니다. 높은 에너지의 방출이 일어나고 그 방출이 인간의 개입으로 가능해지지만, 인간의 개입은 자의적인 의지의 표현은 아닙니다. 하이데거의 관점에서, 사물이 사물이 되는 것은 인간의 지향적 개입을 통해서 열림으로 들어오게 되는 공시적 사건으로서입니다. 사물이 인간과 세계와 능동적 상호 작용 속에서 태어나는 것을 더 실감하기 위하여, 사물이 재현을 통해서 대상으로 나타나게 되는 것을 설명하는 하이데거의 말을 인용하여 보겠습니다. 이 구절에서, 물건은 마치 이미 여러 가지가 준비되어 있는 무대가 있기 때문에 연출자가 마음대로 연출 지시하는 것이 가능해지는 어떤 장면에 등장하는 것과 같은 느낌을 줍니다.(이 부분의 보다 최근 영역은 윌리엄 맥닐(William McNeill) 편찬의 『도표(*Pathmarks*)』에 들어 있지만, 조금 오래된 베르너 브록(Werner Brock)의 영역을 인용하겠습니다. 이 번역이 재현 행위의 능동적인 측면을 더 잘 전달하는 것으로 생각되기 때문입니다.)

재현(representation)은 ……"어떤 사물로 하여금 대상으로서 우리의 반대편 자리에 서게 하는 것"을 의미한다. 맞서게 되는 사물은, 그 위치가 위치인지라, 열림을 가로질러 우리에게 다가오면서 동시에 사물로서, 하나의 항수(恒數)적인 존재로서 스스로 속에 굳게 서야 한다. 사물이 우리에게 다가오면서 드러나게 되는 것은, 열려 있는 장소, 열림(das Offene) 안에서 완성된다. 이 열림의 열려 있음(Offenheit)은 재현 행위에 의하여 생겨난 것이 아니다. 그것은 단지 거기에 들어가는 것이며, 그것은 들어감의 순간마다 관계의 구역(Bezigsbereich)의 역할을 한다. 재현의 언표와 사물의 관계는, 진동하기 시작하고 진동을 계속하는 관계의 조건(Verhältnis)을 행동(Verhalten)으로서 현실화한다. 그러나 모든 행동은, 열려 있는 곳에서 일어나는 것인 만큼, 언제나 스스로 그러한 것으로 드러나는 것(das Offenbares als solchen)에 관계되어야 한다.[24]

사물은 인간의 지향성과의 관계 속에서 사물이 됩니다. 물론 이 지향성은 무의식적인 것일 수 있습니다. 이 관계는 인간과 사물 사이에 접촉이 있기 전에 존재하여야 하는 선행 조건입니다. 마찬가지로 인간과 사물 사이에 열림이 있어야 하는 것도 그러한 조건입니다. 이러한 관계가 사물을 불확실성 속에 존재하게 합니다. 이것이 사물을 진동하게(schwingt) 하고, 관계를 가지게 되는 사물에 흔들림을 주게 됩니다. 하이데거는 이러한 불확실성을 인간의 기획에 연결하여 말하지 않습니다. 그보다 열림을 열리게 하고 사물을 그 나름으로 있게 하는 동인은 인간의 존재 방식이라고 하겠습니다. 여기에 적극적으로 인간이 간여한다면, 그것은 인간의 심리 속에 있는 강박적 충동이 사물들 전체 그리고 존재에 뿌리내리고 있는 힘의 장(場)에 사물이 존재하는 것을 뒷받침하기 때문입니다. 사물이 이 힘에 뿌리

24 William McNeill, ed., "On the Essence of Truth", trans. by Werner Brock, *Existence and Being* (Chicago: Henry Regnery, 1949), pp. 300～301.

를 내리는 것은 인간의 강박적인 진리 지향으로 인한 것이라고 할 수 있습니다.

그러니까 인간의 심성의 움직임이 진리의 서사를 일정한 순서로 펼쳐 내지만, 그것은 미리 준비된 구도 내에서의 자유 변주라고 하겠습니다. 하이데거가 「플라톤의 진리론」에서 동굴의 우화를 해석하면서 설명하려고 한 것도 인간의 진리 기획에 있어서의 이러한 자유와 구속의 착잡한 관계가 아닌가 합니다. 이 논문의 목적은 존재 계시로서의 진리가 재현적 명제로서의 진리로, 진리의 개념이 바뀐 경위를 밝히려는 것입니다. 그의 생각으로는, 이 변화는 진리의 본래 바탕으로부터의 이탈을 나타냅니다. 이러한 전환의 계기가 되는 플라톤의 생각은 양면성을 가지고 있습니다. 하이데거가 보기에, 플라톤에는 아직도 본래적인 진리에 대한 통찰이 많이 남아 있습니다. 이 진리는 — Unverborgenheit, aletheia, 드러남, 드러냄 등, 감추어 있는 것을 적극적으로 들추어낸다는 뜻을 가진 진리입니다. 이것은 힘든 작업의 결과로만 얻어질 수 있습니다. 동굴의 우화는, 동굴 안에서 타고 있는 불이 던지는 그림자로부터 시작하여 불 그것으로, 해가 빛나는 열린 공간으로 그리고 다시 동굴로 돌아가는, 진리의 궁극적인 드러남에 이르고자 하는 각고의 노력에 관한 설화입니다. 영혼 상승의 단계에 따라 그 둘레에 적합한 여러 가지 진리가 보이게 됩니다. 그런 연후 영혼은 궁극적인 진리의 드러남에 이르지만, 이 진리는 다시 감추어짐으로 사라집니다. 감추어짐, 숨어 있음으로부터 억지로 끌어내어져야 하는 것이 진리의 속성입니다.

진리를 얻어도 그것으로부터도 확실성을 다짐해 낼 수는 없습니다. 그러나 사람이 진리가 있는 마당에 이르렀을 때에는 어떤 신호가 있다고 하이데거는 생각하는 것으로 보입니다. 형이상학의 의미를 설명하면서 말하는 바와 같이, 진리는, "사물 전체를 파악한다"는 것이 아니라 "우리 스스로가 사물 전체 안에 있음을 발견하게 된다"는 것을 말합니다.[25] 이때에 인간이 갖는 직관이 있습니다. 이때의 신호는 기분이나 느낌 — 기쁨(가령 사랑하는 사람 앞에서 느끼는 기쁨), 권태(삶 전체를 감싸는 듯한 권태), 불안(설명할 수 없는 으스스한 느낌) 등을 포함합니다.[26] 인간의 행동과의 관계에서 사물이 대상으로 서게 될 때 생기는 진동, 흔들림과 같은 것도 이러한 신호로 생각할 수 있습니다. 이러한 것들은 사람이 부딪는 정황에 사건의 실감을 부여합니다. 플라톤의 '이데아'도 원래는 사물이 존재(Sein)를 배경으로 스스로를 드러내게 될 때에 나타나는 강력한 신호라고 할 수 있지 않을까 합니다. '이데아'는 빛남이라는 특성을 가지고 있습니다. "이데아는 해가 빛난다고 할 때의 의미에서서 순수한 빛남이다." — 하이데거는 이렇게 주석하고 있습니다.[27] 신호들은 사건의 실감 속에 들어 있는 것입니다. 이 실감은 지각 행위의 순간적 성격을 가진 것일 수도 있고 일반적인 신체 감각의 고양일 수도 있습니다. 플라톤의 이데아가 가진 의심할 수 없는 명증성도 시각의 강력함에 관계되어 있습니다. 이 명증성은 스토아 철학에서 말하는 카탈렙시스(catalepsis)의 개념, 지각적 사건의 직접성에 기초한 확실성과 자신감에 비슷하다고 할 수 있습니다.

그런데 이데아에 이어져 있는 고양된 지각은 바로 서양 사상에서 일어난, 진리의 본질의 변화[28]의 원인이 됩니다. 이렇게 그 자체가 너무 강력하게 보이게 됨으로써, "이데아는 그 나타남에 있어서 [그 뒤에 있는] 다른 것을 빛나게 하지 않는다. 빛나는 것은 그것 자체이다. 그리고 그것은

---

25 William McNeill, ed., "What is Metaphysics?", *Pathmarks*, p. 87.

26 Ibid., pp. 87~89.

27 Ibid., p. 173.

28 Heidegger, "Wandel des Wesens der Wahrheit", *Platons Lehre von der Wahrheit*(Bern: Francke Verlag, 1954), p. 49.

자신의 빛남에만 관계되어 있다."[29] — 하이데거는 이렇게 말합니다. 그런데 이데아의 빛남에는 두 가지 측면이 있습니다. 이데아와 더불어, "존재자(Seiende)는 사안이 있을 때마다 그 사실적 본질(whatness) 속에 현재화하여 나타"납니다. 그러나 이것은 존재(Sein)의 가능화에 기초하여 일어날 수 있습니다. 그의 말을 인용하건대, "……궁극적으로 나타나는 것은 존재의 본질이다. 그러나 존재자의 본래의 본질이 사물적 본질에 있는 것으로 보이게 되는 것이 최종 결과이다."[30] 독일어 원문은 독일어 'Wesen'을 두고 펼친 말놀이를 통하여, 사물 또는 존재자의 출현이 어떻게 존재와 얽혀 있는가, 사물 또는 존재자가, 말하자면, 어떻게 하나의 영상(figure)으로서 그 배경(background)에 비추어서만 보이게 되는가를 보다 기묘하게 설명해 줍니다. 여기에 그 원문을 잠깐 인용하겠습니다. "Im Was=sein des Seienden west dieses[das Seiende] jeweils an. Anwesung aber ist überhaupt das Wesen des Seins. Deshalb hat für Platon das Sein das eigentliche Wesen in Was-sein."[31]

이 과정에서 배경의 존재는 영상의 강한 존재에 의하여 보이지 않게 되어 버립니다. 이와 동시에 또 한 가지 주의할 것은 빛남은 그것을 지각하는 시각에 불가분의 관계로 얽혀 있다는 사실입니다. 그것은 보는 눈, 즉 주관적 인지 능력, 인식 능력에 이어져 있습니다. 그리하여, 밝혀지는 드러냄(Unverborgenheit)은 "이데아를 파악하면서 파악된 것으로, ……인식 행위 속에서 인식된 것으로 끌어낸 것"이 됩니다.[32] 이 전환의 과정에서, 이데아는 인식과 이성의 본질이 되고 진리에 우선하는 것이 됩니다. 그리하여

29 William McNeill, ed., "Plato's Doctrine of Truth", *Pathmarks*, p. 173.

30 Ibid., p. 173.

31 Platons Lehre, p. 35.

32 Pathmarks, p. 173.

"이데아는, 감추어 있는 것을 드러나게 함으로써 그에 봉사한다는 뜻에서의, 드러냄에 이차적으로 부수하는 기능이 아닌 것이 됩"니다. 달리 말하여, "이데아는 알레테이아(aletheia)가 사물들을 나오게 하기 위해서 펼치는 전경이 아니고 알레테이아를 가능하게 하는 바탕이 된다."[33] 그런 다음 그것은 "봄, 앎, 생각, 주장"에 얽어매어지고, 또 '이성', '정신', '사유', '로고스' 또는 다른 종류의 '주관성'에 매어집니다.[34]

강조하고 싶은 것은 "진리의 본질의 전환"에 일어난 최종 결과가 아니라 존재와 사물적 존재자와 인간 행동이 합류할 때 사건으로서 일어나는 것이 진리라는 점입니다. 자유와 필연을 교차하게 하는 것은 진리의 사건적 성격입니다. 여기에는 알레테이아, 드러냄의 필연이 있습니다. 그 안에서 인간은 인간의 동기를 넘어가는 존재의 자유로운 출현에 순응해야 합니다.

똑같이 중요한 사실은 존재의 드러남이 사람의 순수한 지속, 기분과 지각과, 신체적 지각 등의 거의 육체적 현존, 인간 실존의 직접성의 바탕이라고 할 수 있는 육체에 의하여 형성되기도 한다는 점입니다. 이러한 양면적 관계에 대한 해명이 하이데거로 하여금 심층 생태학에 깊은 의미를 가진 철학자가 되게 하는 것일 것입니다. 전체성과 존재 안에, 그리고 물질 현상으로서의 인간 실존과 공시(共時)에 나타나는, 사실적 존재자들의 철학은 사람을 자연 그리고 자연의 신비와의 적극적 관계 속에서 파악하고자 하는 생태 철학에 쉽게 연결됩니다. 또 하나 중요한 점은 하이데거의 존재론은 추상적인 것 같으면서도, 그가 빈번히 사용하는 '거주(wohnen)'라는 말에 시사되어 있듯이, 땅 위에 사는 인간의 육체적 현실에 뿌리박고 있다는

33 Pathmarks, p. 179.

34 Ibid., p. 182.

점입니다. 하이데거는 형이상학적인 존재론을 말하면서 동시에 인간 존재의 물질적 뿌리를 잊지 않습니다. 예술, 시 그리고 건축을 논하면서 하이데거가 힘들여 설명하고자 하는 것은 거주의 개념입니다. "이름도 많으면서 그러나 시적으로,/ 사람은 땅 위에 사노니……(Voll Dienst, doch dichterisch wohnet/ Der Mensch auf der Erde……)" — 횔덜린의 시를 설명하는 그의 글에서 그가 인용하는 이 구절은, 그의 생각으로는, 인간 존재가 지상에 거주하는 모습을 가장 적절하게 그리고 있는 시구절입니다.

하이데거에게, 지상에 거주한다는 것은 초목을 돌보고 재배하며 집을 짓고 하는 일에 연관되어 있습니다. 그러한 일 가운데에 사람의 삶에 일정한 테두리를 그려 주는 것은 시입니다. 이때 시는 자유로운 고안의 소산이 아니라 하늘과 땅의 시입니다. 또 그것은 성스러움 — 가까이 아는 것의 모습에서 규지(窺知)되는 타자성을 상상할 수 있게 하는, 미지(未知)로서의 성스러움을 느끼게 하는 언어입니다.[35] 사람이 땅 위에 거주할 만한 이룩함이 있는 것은 이러한 시를 통하여서입니다. 거주는 예술이나 건축을 통해서도 뜻 있는 것이 됩니다. 건축은 그가 「짓기, 살기, 생각하기(Bauen Wohnen Denken)」에서 말하는 바로서는, '네 개의 것(Das Geviert)' — 땅과 하늘과 신적인 것과 인간을 하나로 묶어 내는 일을 합니다. 철학적 사고로부터 사물에 대한 지각적이고 물질적인 느낌에 걸쳐 있는 지상의 거주의 개념은 심층 생태학의 기본 신조에 완전히 맞아 들어가는 것이라고 하겠습니다. 『심층 생태학』의 저자들 디볼과 세션스는, 하이데거와 생태학을 연결시키고자 한 빈센트 비시나스(Vincent Vycinas)를 그들의 저서에서 인용하고 있습니다.

---

35 "Ein-Bildungen als erblickbare Einschlüsse des Fremden in den Anblick des Vertrauten". Cf., "……dichterisch wohnet der Mensch", Martin Heidegger, *Vorträge und Aufsätze*(Pfullingen: Günther Neske, 1954), p. 191～201.

> 거주(dwelling)란 주소를 정해 산다는 것을 뜻하는 것이라기보다, 그 안에 서 무엇인가가 제 참모습이 되고 그 모습으로 번영하는 공간을 만들고 돌보는 것을 뜻한다. 거주는, 어떤 것을 본래의 것이 될 수 있도록 자유롭게 한다는 옛 뜻대로, 돕는 행위를 말한다. …… 거주는 사물을 돌봄으로써 그것들이 자신으로 돌아가고 그 모습을 드러내게 하는 것이다.[36]

하이데거에 대한 언급이 너무 길어진 것을 죄송하게 생각합니다. 제가 읽는 하이데거가 선생님과 조금 다른 부분을 지적하지 아니할 수 없었습니다. 제가 읽기로는 그의 존재론에 두드러진 것은 인간의 생존 조건의 한정성입니다. 그는 감각하고, 지각하고, 느끼면서 세계 내에 현존으로서 인간 현실에 묶여 있고, 그것을 결정하고 또 그것을 초월하는 것에 묶여 있는 인간 조건의 한정성을 강조하는 것입니다. 그러면서 이 한정성을 외포감을 가지고 받아들입니다.

인간의 본질적 자유를 하이데거가 옹호한다는 것은, 이미 언급한 바와 같이, 선생님의 하이데거 해석의 중요한 요소입니다. 이 자유로 연유하여 인간은 세계로 나아가 대안적 기획과 기술(記述)을 시도할 수 있습니다. 그가 말하고 있듯이 이것은 진리 기준의 절대성을 부정함으로써 가능하여집니다. 시를 대안적 기술의 가능성에 대한 비유로 취하면서, 선생님은 다음과 같이 쓰신 일이 있습니다. "존재의 시는 존재에 관한 시이다. 그것은 존재가 쓰는 시가 아니다. 현존(Dasein)이 쓰지 않는다면, 설령 현존에는 존재의 시 이외에는 다른 아무것도 없다고 한다고 할지라도, 존재는 손가락 하나 움직일 수 없다."[37] 이 구절에서 선생님은 사람이 존재에 대하여 쓰는

---

36 Devall and Sessions, *Deep Ecology* pp. 98~99.

37 Richard Rorty, *Essays on Heidegger and Others*, p. 37.

시와 존재가 서로 얽혀 있음을 인정하십니다. 그러나 여기에서도 이미 그러한 것이 보이기는 하지만, 선생님의 하이데거론들의 전체적인 기조는 시의 자유를 강조하는 데에 있습니다. 위에서 제가 하이데거를 길게 말씀드린 것은 사실 하이데거가 시에, 그리고 모든 인간적 고안의 비유로서의 시에 별로 큰 자유를 허용하는 것이 아니지 않는가 하는 것을 시사하기 위한 것이었습니다.

이미 이 점에 대해서는 충분히 말씀드린 것으로 생각하지만, 저는 조금 더 좁은 범위에서 시 쓰기의 한정적 조건에 대하여 조금 더 추가하여 말씀드리고자 합니다. 하이데거가 말하는바 시의 제한 조건이 조금 더 분명하게 되리라고 생각합니다. 하이데거가 시를 하늘과 땅의 시라고 할 때, 그것은 매우 막연한 뜻으로만 그렇게 말하는 것은 아닙니다. 앞에 언급한 글에서, 그는 시를, 하늘과 땅 사이의 공간을 살핀 뒤, 그 크기(dimension)를 재는 일에 관계시킵니다. 그리하여 시의 일은 '재는 일'이라고 합니다.("Dichten ist Messen.") 시는 인간에게 '기준'과 '척도'를 주고, 비로소 인간 존재의 본질의 폭을 잴 수 있게 합니다.("Dichten ist die …… Mass-Nahme, durch die der Mensch erst das Mass für die Weite seines Wesens empfängt.")[38] 그는 횔덜린을 인용하여 말합니다: "인간은 재는 일로써, 스스로를 신적인 것에 비하여 잰다.(Der Mensch misset sich …… mit der Gottheit.)"[39] 이러한 말에는 피안적인 요소가 있다고 하겠으나, 완전히 그러한 것은 아닙니다. 인간 존재의 폭은 하이데거의 마음에 인간이 하늘과 땅 사이, 지상에 거주한다는 사실에 의하여 제한됩니다. 이것은, 위에 언급한 건축론에서 나오는 말을 다시 빌려, 인간 존재를 통하여 하나로 모이게 되는 '네 개의 것(Das

---

38 Martin Heidegger, Vorträge und Aufsätze, p. 195.

39 Ibid., p. 195.

Geviert)'의 테두리 안에 있는 것입니다. 이 모임에 물론 신적인 것이 끼는 것은 사실입니다. 그것은 "감추어 있음으로 하여금 그 스스로의 감추어 있음을 지키도록 하면서" 나타납니다.("……daß es das Verborgene in seinem Sichverbergen hütet.")[40] (재는 일, 또는 척도의 발원지는 어디에 있습니까? 하이데거는 그 느낌은 구체적인 땅을 보는 일에도 선행한다고 합니다. 어쩌면 플라톤주의를 옹호하는 것일까요?)

하이데거는 거주라는 것을, 말하자면, 수학 또는 사람이 보는 넓은 토지에 위상학적인 구역화에 연결함으로써, 인간에게 주어진 자유의 범위를 정의한다고 할 수 있습니다. 사람이 그 자유를 행사하는 것은 존재의 신비의 구역 안에서입니다. 이 신비 또는 불확정성이 인간에게 시와 예술과 건축의 자유를 줍니다. 그러나 그것은 어디까지나 시 또는 인간의 기획이 이 신비의 표적인 네 개의 것을 가질 수 있는 한도에 있어서입니다. 신적인 것을 향하여 노력하면서도, 지상의 척도와 구역 안에 존재의 진리, 성스러움, 범할 수 없음을 지키라는 압력으로 인하여, 위에 말한 인간의 자유는 매우 착잡한, 부자유스러운 것이 될 수밖에 없습니다. 인간은 지구의 제한적 틀 안에서 생존의 수단, 의식주 그리고 다른 사람의 필요 그리고 어쩌면 사회적 유토피아의 계획을 마련해야 합니다. 그러나 지구가 주는 것은 그 오용으로부터, 또는 범할 수 없는 것은 범하는 것으로부터 수호되어야 합니다. 그러나 이 부자유의 요소가 하이데거의 관점에서는 너무나 제한적인 것으로 생각되지 않는다는 점에 주의할 필요가 있습니다. 바로 그것은 우리의 감각과 감정과 생각 속에서 지구 위에 산다는 그 자체를 의미하기 때문입니다. 이런 식으로 생각하면, 저절로 우리는 사람은 지구의 환경과 생명을 소중하게 말아 살피는 청지기라는 생태학적 입장에 나아가게 될 것입니다.

---

40 Ibid., p. 197.

질문. 선생님의 의견을 여쭙겠습니다. 하이데거의 시적 자유에 대한 생각은, 인간의 대안적 모험, 공학적, 경제적, 사회적 기획의 자유에 대한 면장(免狀)이 아니라, 지구의 생명의 신비에 대하여 인간이 마땅히 가져야 할 외경심을 상기시키고 인간의 자의에 따른 기획을 자제해야 한다는 경고라고 해석할 수도 있는데, 선생님은 이 점에 대하여 어떻게 생각하시는지요?

질문. 이와 관련하여 또 하나의 질문을 드리겠습니다. 위에서 간단히 언급한 '존재의 시'에 관한 선생님의 말씀과 관련하여, 또 다른 곳에서도 선생님은 언어의 역할에 대한 말씀을 하셨습니다. 선생님은 말씀하십니다. 그리고 하이데거도 그렇게 생각한다고 시사하십니다. "존재에 근접해 가는 비언어적 통로는 없다." "또 존재에 대한 언어 기술을 비판할 수 있는 메타언어의 어휘는 없다."라고도 말씀하십니다.(*Essays*, p. 57) 하이데거의 유명한 말에, "언어는 존재의 집"이라는 것이 있기는 하지만, 하이데거가 언어 이외에 존재에 접근하는 다른 길을 배제하였다고 믿기는 어려운 일입니다. 열림이 열리는 일의 근원성에 대한 반복된 언급, 예술에 대한 관심(가령 반 고흐가 그린 농군의 구두), 건축의 결과로서의 다리(橋梁)에 대한 분석(인간의 거주에 네 개의 폭을 모으는 기제가 되는 다리), 육체적 존재로서의 인간의 지속(Sichbefinden)의 중요한 증표로서의 느낌(Befindlichkeit), 있음에의 맞아들어감(Gestimmtheit)을 증표하는 기분(Stimmung) 등은 어떻게 보아야 할까요? 존재에의 통로가 언어 이외에는 없다고 하는 것은 사람의 육체적 현실과 그 육체의 환경적 관련에 드러나는 인간 생존의 한계를 무시하는 결과를 낳을 수 있습니다. 사물에 대한 여러 대안적 기술을 가능하게 하는 언어의 자유가 있다고 할 때, 인간이 할 수 있는 다른 창조(poiesis)의 방식, 육체와 물질이 관계되지 않을 수 없는 일들, 식물을 재배하거나 집을 짓거나—자유와 필연이 생리학적 그리고 물리학적 법칙 속에서 일정한 균형을 이루어야 하는 이러한 일들을 어떻게 생각하여야 할까요? 이러한 비언어적인 창조(poiesis)를 감안하는 경우, 그것은 초월의 철학에 대한 선생님의 입장을 조금 달라지게 하지 않을까요?

사랑, 연대, 사랑의 계단

위에서 시험한 하이데거 읽기로는, 하이데거의 존재론은 세상을 바꾸는 데에, 특히 집단행동에 의하여 바꾸는 데에서 작동하게 되지 않을 수 없는 필연성의 근거를 멀리서나마 말한 것이라고 할 수 있습니다. 집단행동은, 그 이름이 역사의 법칙이 되든지, 도덕률이 되든지 아니면 인간성이나 신의 법칙이 되든, 필연성의 근거, 강제력의 근거를 설득의 바탕으로 삼습니다. 심리적으로는, 하이데거가 『존재와 시간』에서 말하고 있는 순정성(authenticity, Eigentlichkeit)은 인간 존재의 참모습을 필연성의 근거로 제시하는 것이라 할 수 있습니다. 물론 하이데거의 존재론은 그러한 인간적 필연성, 가령 단기적인 의미에서의 역사의 법칙과 같은 것을 인정하지 않는다고 할 수 있지만, 적어도 인간을 넘어가는 힘을 인정한다는 점에서는 다른 거대 담론에 유사합니다. 이 모든 거대 담론은 어떤 압도하는 힘으로부터 사령장을 받겠다는 전 시대로부터의 습관을 답습한, 선생님의 용어를 빌리건대, '권세병자(power freak)'의 일이라고 할 수도 있을 것입니다. 하이데거의 경우는 그보다는 압도되기를 원하는, '비하병자(abjection freak)'의 일이라 해야 할는지 모르겠습니다.

선생님은 도덕적 행동을 위하여 권위를 빌려 오는 것을 거부하십니다. 그런데 이 거부는 심리와 사회 행동을 연결하는 교량을 제거하는 일이라고 하겠습니다. 그렇기는 하지만, 선생님은 행동을 통한 사회 참여 또는 세계 유토피아 공동체를 위한 사회 참여에 대한 신념을 가지고 계십니다. 그리고 그것을 위하여 철학도 밀실로부터 나와야 한다고 생각하십니다. 선생님이 생각하시는 사회적 유토피아에서는, "소통은 지배 의도로부터 자유롭고, 계급과 카스트가 없으며, 위계질서는 오로지 실용적인 목적으로 존재하는 잠정적인 것이며, 권력은 교육받고 계몽된 유권자의 자유로운 동의에 의하여 정해지게 될" 것입니다.[41] 이것은 선생님의 사회적 이상을 가장 분명하게 표현한 구절입니다. 이러한 이상의 실천에는 집단행동이 필요합니다. 그런데 순전히 설득의 목적만을 위해서라도, 힘에 대한 관련이 없이 사회 행동이 가능한 것일까요? 환경 문제 또는 사회 정의의 문제는 가용 자산에 가해지는 제약을 포함하여 우리의 힘을 한정하는 어떤 힘, 우리를 압도하는 힘을 인정하지 않고는 쉽게 가동되지 않을 것으로 생각됩니다. 선생님이 말씀하시는 사회적 희망을 실현하는 데에 있어서 저는 환경 문제에 대한 고려 그리고 환경적 한계에 대한 고려가 불충분한 듯하다고 말씀드렸지만, 그것은 선생님이 사회 변화에 개입될 힘의 문제를 생각하시고 싶지 않은 것에 관계되는 것이 아닌가 합니다. 환경적 또는 기타 요인의 한계, 삶의 확장적 에너지에 대한 자제의 필요, 그리고 궁극적으로는 우리의 희망—개인적이거나 사회적인 희망에 대한 자제의 요청을 받아들이지 않으시는 것입니다.

선생님은 사회 변화가 힘이나 강제력 없이 또는 그 시사가 없이, 오로지 사랑이나 유대감과 같은 긍정적인 감정으로 가능할 것으로 생각하십니다. 논의가 거꾸로 가는 감이 있으나, 이제 이 문제에 대하여 조금 말씀드릴까 합니다. 선생님은 도의적 행동이나 사회 변화를 위한 행동을 초월적 근거에 두어 그러한 행동으로 하여금 그것의 가르침에 따르는 의무의 표현이 되게 하는 것을 싫어하십니다. 그리고 필요한 행동이 모멸감이나 잔학 행위로 인한 고통에 괴로워하는 구체적인 사안들과 상상적 공감으로부터 나

41 "Anticlericalism and Atheism", in Santiago Zabala, ed., *The future of Religion: Richard Rorty and Gianni Vattimo*(Columbia University Press, 2001), p. 140.

올 수 있다고 생각하십니다. 그리고 이와 관련하여 사랑과 유대감을 말씀하십니다. 그러나 사랑과 유대감 또는 단합심(solidarity), 같은 인간이 받는 모멸과 고통에 대한 거부감—이러한 감정적 반응이 표현되는 데에도, 이것을 단지 경험적으로 발로되는 감정으로 보시고 그것을 인간 본성의 개념적 일반화와 관련하여 보는 것을 거부하십니다. 도덕과 사회 행동의 원천을 절대화하는 데에서 일어나는 인간성 왜곡에 대하여 우려를 가지시는 것은 충분히 이유가 있는 일이라 하겠습니다. 이러한 절대화가 야기하는 왜곡은 20세기의 여러 사회 실험에서 많이 보아 온 일이고 그것은 지금도 일어나고 있는 일입니다. 질문을 드리겠습니다.

질문. 선생님은 구체적 사안에 대한 체험과 생생한 상상적 공감으로부터 도덕 윤리의 행동을 도출하고자 하십니다. 가능한 일일까요? 현장(現場)적인 것이든 상상적인 것이든 이러한 정서적 요인에 의지하는 사회 기획이 당위에 기초한 초월적 계기 없이도 일관성 있게 수행될 수 있는 것일까요?

정서적 관계의 구체적 체험의 누적과 확장으로부터 인간 공동체의 느낌이 진화해 나올 수 있다는 명제는 기초적 인간관계가 일반적인 사회 윤리의 기본이 될 수 있다는 동아시아적 지혜에 유사한 것이 있다고 하겠습니다. 이것과의 비교를 위하여 선생님의 책, 『우연성, 아이러니, 그리고 유대(*Contingency, Irony and Solidarity*)』의 글을 여기에 잠깐 인용해 보겠습니다. 이 구절은 사회적 유대감이 어떻게 사적인 영역에서의 친밀한 관계로부터 인간 전체에 나아가는 것으로 바뀔 수 있는 것인가를 논하시는 부분입니다. 그 방법은 어디까지나 선험적인 것이 아니라 상상력으로 고안된 것입니다. 선생님의 도덕 인간학에서는 그 중심은 "칸트가 생각한 것처럼" 인간 심성에 본유적인 의무가 아니라 개인적 상상력의 힘에 있습니다. 선생님은 "그것이 '상상적 초점(focus imaginarius)'이라고 하여도 전혀 나쁠 것이 없다."라고 하시는 것입니다.

"우리가 인간에 대하여 인간이라는 사실 그 자체만으로 도의적 의무를 갖는다."라는 슬로건의 바른 해석은 그것을 '우리'의 개념을 계속 확장해 나가려고 노력해야 한다는 것을 상기시키는 방편으로 받아들이는 것이다. 위의 슬로건은 우리에게 과거에 이루어진 일들로 — 이웃 동굴에 살고 있는 가족으로, 강 건너의 부족 사람들로, 그리고 산 너머의 부족 연합의 사람들에게로, 그리고 바다 너머의 이교도들에게로 (그리고 최종적으로, 우리가 하기 싫은 일을 하던 하인들에게로) 유추를 확대하라고 채근한다. 이것은 우리가 계속 밀고 나아가야 하는 과정이다. 우리는 주변화된 사람들 — 우리가 아직도 '우리'가 아니라 '그들'이라고 생각하는 사람들이 있지 않나 하고 눈여겨보아야 한다. 그리고 그들이 우리에 비슷한 점들을 가지고 있다는 것에 주목해야 한다.[42]

위의 인용에서 확장 과정의 출발점을 이족 동굴의 가족과 부족으로 친다면 이것은 유교의 가르침에 그대로 맞는 것으로 보입니다. 유교에서 도덕과 윤리의 출발점은 가족 관계에 있습니다. 모든 사회 관계의 원형은 제일차적 친족 간의 정서적 관계입니다.『대학(大學)』의 처음에 나오는 수신제가평천하(修身齊家平天下)는 이렇게 확장되는 정서가 의지와 마음과 가족과 사회 국가를 관통한다는 것을 설파하는 한 예라고 할 수 있습니다. 유교는 이러한 마음이 일상의 무수한 구체적인 일들을 통하여 길러진다는 것을 인정하였습니다. 이러한 일들이 도덕과 윤리의 원칙들을 담고 있는 그릇인 것입니다. 유교적 수양의 초입 교재인『소학(小學)』은 이런 작은 일들 — 아침에 일어나서 부모가 계시는 곳을 찾아가 아침 인사를 드린다거나 부모님의 잠자리가 편안하신가 살펴본다거나 하는 작은 일들을 중요시

42 Richard Rorty, *Contingency, Irony and Solidarity*(Cambridge University Press, 1989), p. 196.

하고 있습니다. 이것은 정(情)의 표현이면서 윤리 의식의 실천이 되는 일들입니다. 다만 유감스러운 것은 이러한 작은 일들이 공허한 의례가 되어 버리는 경우가 많다는 것입니다. 어떻든 이러한 일에서 출발하는 정서적 윤리적 관계는 세상에 확산되고 다시 전 인간에게 확산되어야 합니다. 그 규칙은 다음과 같이 요약됩니다. "자제된 자는 집에 들어가면 부모에게 효도하고 밖에 나가면 어른에게 공손하며, 근신하고 믿음이 있으며, 널리 뭇사람을 친애하지만, 특히 어진 사람을 사랑한다. 이런 일들을 실천하고도 남는 힘이 있으면 글을 배워야 한다."

선생님의 생각과 유교적인 현실주의를 대비하는 것은 현대에 들어와서 한국인들이 가족 중심의 유교 윤리에 대하여 보여 준 비판적 태도를 말하기 위한 것입니다. 한국의 근대주의자들은 — 지금도 그렇게 느끼는 사람들이 적지 않습니다. — 이 정서 현실주의가 보다 넓은 시민적 의무에로, 시민이 국가와 사회에 대하여 가져야 할 보다 넓은 의무 의식에로 사람들을 해방하는 데에 장해가 되었다고 느꼈습니다. 한국의 역사적 체험은 친밀한 제1차적 관계 속에 존재하는 사랑과 신뢰감이 보다 넓은 도덕적 책임감으로 확대되기가 쉽지 않다는 것을 말해 줍니다. 그리하여 이것은 넓은 책임감이 인간 존재에 대한 보다 넓은 이해에 기초하여야 한다는 것을 생각하게 합니다. 적어도 이론적으로 이것이 개입이 되어야 도덕적 격률에 피할 수 없는 힘이 생긴다고 할 수 있는 것으로 생각됩니다.

다시 사랑과 유대감의 문제로 돌아와서, 그것도 비슷하게 추상화 또는 일반화 과정을 거쳐야만, 참으로 윤리적 관계의 정서적 바탕이 될 것이라는 생각이 듭니다. 기독교에서의 사랑, caritas, agape, 불교에서의 자비 또는 유교의 인(仁)까지도 구체적인 돌봄의 행위 속에서만 현실이 될 수 있습니다. 그러나 그것은 동시에 구체적인 애착과 돌봄을 넘어서 보편성으로 확장됨으로써만 사회 일반, 인류 공동체 일반의 규범이 됩니다. 말할 것도 없이 성찰 없는 감정은 특수자의 관계 속에 함몰되어 있을 수 있고, 그런 경우 그것의 사회 변화의 동인으로서의 쓸모는 매우 제한된 것일 수밖에 없습니다. 특수한 경우의 사랑까지도, 애착과 함께 무집착의 태도를 유지하여야 행복을 고양하거나 고통을 감소하는 현실적 방안을 마련하는 데에로 나아갈 수 있을 것입니다.

이것은 유대의 경우에 더욱 그러합니다. 유대도 일종의 사랑임에는 틀림이 없습니다. 그러나 유대는 집단에 대한 충성을 말하는 것으로서, 사랑은 그 안에서 그것을 더욱 단단히 하는 또는 그것을 심리적 강제력이 되게 하는 요인으로서의 역할을 가질 뿐입니다. 유대가 특히 집단의 이익을 쟁취하기 위한 사회 운동의 바탕으로 작동할 때 특히 그러하다 할 것입니다. 이때 유대 그리고 이 집단의 이익은 보편적의 의의를 가진 것으로도 생각됩니다. 그러니까 유대는 개인적인 차원에서의 정서적 애착보다는 어떤 사회적 또는 정치적 목표에 의하여 가동됩니다. 여기로부터 나중에 다시 정서적 애착이 발전되어 나올 수도 있고 그러지 않을 수도 있지 않나 합니다. 노동자들의 운동에서 유대가 그러한 것일 것입니다. 폴란드에서 공산 정권을 무너뜨린 '노동자 연대(Solidarnosce)'도 그러한 것일 것입니다. 선생님이 생각하시는 유대 또는 연대라는 말이 흔히 쓰이는 뜻의 말인지는 확실하지 않지만, 그것을 넓은 사회적 의미를 가진 정서의 하나로 보시는 것은 분명합니다.

제가 말씀드리려는 것은 그 말이 오해를 불러일으킬 수 있다는 것이 아니라 일상적 사랑의 행위의 집착으로부터의 거리 갖기, 구체적 행위 속의 사랑의 추상적 차원으로의 고양—이러한 것들이 반드시 현실에 없는 것이 아니라는 점입니다. 마르크시즘에서의 계급 의식이나 노동자의 국제적 연대와 같은 것을 생각할 수 있는 것도 이것이 현실이기 때문이라고 할 수 있습니다. 사랑이나 그에 인접한 유대감에 있어서, 일반화나 보편성에로의 고양은 피할 수 없는 변용이라 할 수 있습니다. 기독교의 카리타스 또는 정치 운동에서의 유대가 사랑의 동기로 움직인다고 할 때, 사랑의 고양 — 르네상스 플라톤주의에서 생각한 사랑의 사다리를 따라 사랑이 고양되는 절차는 사랑이 사회적 유대나 인간애에로 넓어지는 데에 반드시 필요한 요소일 것입니다. 사랑이나 인간의 심리에 들어 있는 그에 유사한 정서적 경향이 사회생활에 있어서 유용한 것이 되는 것은 이러한 고양의 사다리를 경유한 변용을 통해서만 가능하다는 것이 저의 생각입니다.

질문. 위에서 설명하려고 한 바, 사랑과 유대감이 직접적이고 일차적인 관계 이상의 것을 포용하기 위해서는 보편성에로의 고양이라는 계기를 가져야 된다는 생각에 논평하여 주셨으면 합니다. 정서적 관계가 이해관계와 사실적 균형 속에 움직이는 세계화 속에서의 다문화, 다국가적 교환에서 할 수 있는 역할이 있는 것일까요? 선생님이 말씀하시는 사랑과 유대의 관계는 국제적인 관계에서도 개인적인 데에서는 의미가 있을 수도 있겠지만, 국가 간의 관계와 같은 국제 관계에서 어떻게 작용하게 될까요?

파이데이아, 전투적 보편성, 우연적 자아 창조

문제는 우리의 느낌이나 감정 또는 주관성이 우연적인 특수성을 넘어서 보다 큰 사회에 유효한 활소가 되는 데에는 거기에 보편성의 기율을 부과하는 노력을 피할 수 없지 않은가 하는 것입니다. 선생님은 주관성의 교육 또는 교양을 긍정적으로 보시지 않습니다. 그러나 사람의 주관성을 그 아래 놓여 있는 사회적 기반에 연결하는 데에는 그러한 과정을 빼놓을 수 없다고 저는 생각합니다. 자아의 교육, 특히 교양이나 수양이라는 형태의 자아 교육은 사회의 혼탁한 소용돌이로부터 물러앉아 조용한 명상의 세계로 은둔해 들어가는 것을 연상하게 합니다. 선생님께서 자아 수련의 개념에 반대하시는 것은 이러한 관련으로 인한 것인지도 모르겠습니다. 그러나 사회에 나아가 활동하고자 하는 욕망이나 보다 살 만한 삶을 살아야 겠다는 심성의 경향을 보아서도 그것을 위하여 우리의 주관에, 우리 자신에 어떤 작용을 가하는 것이 불가피하다는 생각을 버릴 수 없다는 느낌이 듭니다. 이 자아에 대한 작용이 세상으로부터 일단 자아 안으로 물러 들어가는 것을 요구하는 것은 사실입니다. 그러나 그것은 내적 외적인 싸움 — 우리 안에도 있고 밖에도 있는 사회의 상투적 생각과 관습과의 싸움을 위한 노력의 일부일 뿐입니다.

이것을 더 생각하기 위하여서는 다시 동굴의 우화로 돌아가는 것이 편리하겠습니다. 플라톤의 우화는 보다 높은 진리를 위하여 노력하는 것은 사람의 영혼에게 주어진 과제라고 합니다. 영혼(psyche)이 향하여 가고 있는 것이 보편적 사랑이라고 할 수는 없습니다. 그러나 고투(苦鬪)하는 영혼이 보다 높은 진리를 찾아 한 단계로부터 다음 단계에로 상승하는 것은 사랑이 보다 높은 차원으로 변용하는 것에 대한 비유라고 할 수도 있고, 진리의 변용은 그것 자체로 사랑의 변용도 포함하는 것이라고 할 수도 있습니다. 신플라톤주의자들이 생각한 것처럼 사람의 영혼이 일체적인 존재라고 한다면, 사랑의 보편화는 진리의 보편화에 병행하게 될 것입니다. 물론 우리의 경험으로 보아 사랑(eros)이 보다 높은 사랑(agape)이 되려면, 또는 유대감이 되려면, 영혼의 그 면에 대한 특별한 강조가 필요할 것이라고 말할 수는 있습니다. 하여튼 이 애씀이 없다면, 바른 의미에서의 특수자에 대한 깊은 사랑도 사회 소통과 영교(靈交)로서의 보편적 사랑도 없을 것입니다. 피치노(Marisilio Ficino)는 두 사람의 사랑에도 제3자, 즉 신이 개입되어 있기 마련이라고 하였습니다. 공자의 생각에 소인 사이의 우정은 꿀처럼 달고 군자들 사이의 우정은 물처럼 담담하다는 것이 있습니다. 아마 후자의 경우에 정이 엷어지는 것처럼 보이는 것은 보다 넓은 윤리적 고려가 섞여 들기 때문일 것입니다.

중요한 점은 다시 인간의 영혼의 어떤 성향을 현실적인 방편이 되게 하는 데에는 이러한 보편적 변용이 필요하다는 것입니다. 사람의 사랑의 승화는, 피치노의 경우도 그러하다고 하겠습니다마는, 명상과 관조로의 은둔을 의미할 수 있습니다. 그러나 달리 보면, 사랑의 승화에서나 진리의 탐구에서나, 이 명상은 수동적 안정(ataraxia)의 상태가 아니라 보다 복합적인 변용의 과정의 한 계기라고 할 것입니다. 적어도 하이데거의 플라톤 해석에 있어서 영혼의 역정은 명상과 관조의 역정은 아닙니다. 되풀이하여 '돌아봄(Zuwendung)'이 있는 것은 사실입니다. 영혼의 움직임을 멈추고 그 눈길을 재조정하는 일이 필요한 것입니다. 그 조정은 실존적 방위를 전적으로 새로 조정하는 것을 의미합니다. "영혼은 그 근본적인 노력의 방향을 전적으로 돌려야 한다, 그것은 몸이 전체적으로 자리를 잡아야 눈이 어떤 방향으로든지 자유롭게 볼 수 있게 되는 것과 같다." 하이데거는 이렇게 말합니다. "그것은 사람의 본질의 전환을 인도하는 영혼 전체의 돌아봄(periagoge holes tes psyche)이다."[43] 이 돌아봄은 "모든 인내와 노력"을 다하여 유지되어야 합니다.[44] 인간 전체의 본질적 재정립이 파이데이아, 즉 교육입니다. 이것은 독일어의 교양(Bildung)이라는 말 — 그 말이 가지고 있는바 어떤 모범이 되는 원형을 사람의 마음에 각인한다는 뜻이라면 — 이 말에 일치하지 않습니다. 그것은 쉼 없는 과정으로서, 무교육의 상태(apadeusia)를 극복하는 노력을 말합니다. 교육과 무교육 사이에는 근본적인 연계가 있습니다.[45] 교육은 진리와 불가분의 관계에 있고 진리는 감추어짐으로 가라앉아 가는 것을 다시 벗겨 내어 드러내는 일, 알레테이아(aletheia)입니다. 이 투쟁의 뜨거움은 이 교육과 진리의 과정을 "죽느냐

---

43 *Pathmarks*, p. 166.

44 Ibid., p. 170.

45 Ibid., pp. 170~171.

사느냐의 투쟁"이 되게 합니다.[46]

이 투쟁은 영혼의 내부에 일어나는 투쟁이라고만 할 수는 없습니다. 이 사생결단의 투쟁은 현실에서의 죽음을 의미할 수 있습니다. 사물을 새로운 눈으로 보는 것은 사회의 기존 개념과 관습을 상대로 한 투쟁으로 나아가는 것이 될 수 있습니다. 이 싸움은 가장 높은 깨달음의 후에 가장 격렬한 것이 됩니다. 영혼은 해방자가 되어 어둠의 세계로 되돌아가야 할 강박을 느낍니다. 그러고는 어둠 속에서 "표준적인 것으로 받아들여지고 있는 진리의 엄청난 힘에 항복하게 될 위험, 통상적 '현실'이 유일한 '현실'이라는 주장에 항복할 위험"이 있습니다. 그러나 해방자와 해방에 저항하는 복역수들 사이의 싸움은 현실 속에서 일어날 수도 있습니다. 소크라테스처럼, "해방자는 사형에 처해질 수도 있"습니다.[47] 영혼의 상승과 상승을 통한 진리의 드러냄은 이와 같이 사생의 투쟁—인간 전체를 바꾸는 실존적 투쟁이고 변화를 거부하는 외적 환경과의 투쟁입니다. 하이데거가 유감스럽게 생각한 것은, 진리의 투쟁적 과정이 보이지 않게 됨으로써 일어난 진리의 변화—이성 또는 로고스가 중재하는, 이념과 재현적 명제로 진리가 바뀌게 된 것입니다. 이것은 플라톤에 이미 일어나고 있던 것이지만, 거기에서는 아직도 그 능동적인 측면이 남아 있었다는 것이 하이데거의 생각입니다.

선생님이 '자아의 우연성'을 논하면서 말씀하시는 자아 창조는 '진리의 본질의 변화(Wandel des Wesens der Wahrheit)'의 최종 단계가 되는 플라톤적인 이성에 반대하는 개념이라고 할 수 있지 않을까 합니다. 그러나 선생님은 상투적인 이성과 함께 그것을 넘어가는 투쟁적 진리의 이성을 버리시

---

46 Ibid., p. 172.
47 Ibid., p. 171.

는 것으로 보입니다. 선생님은 사람이 그의 삶의 방향의 핵심을 만드는 데에 있을 수 있는 두 가지 길, "우연성의 인정을 통한 자기 창조"와 "우연성의 초월을 통하여 보편성에 이르려는 노력"을 대비하고,[48] 플라톤이나 하이데거가 시사하는 바와 같은 철학적 진리 추구에 대한 통상적인 평가를 뒤집어 놓으십니다. 선생님 생각으로는 철학적 인간은 개성이 약한 순응주의자이고, 다른 사람과 판이한 개성적 삶을 사는 사람만이 살 만한 삶을 사는 사람입니다. 사람의 삶을 특출하게 하는 것은 특출한 개성이라는 것이 선생님의 생각의 중요한 부분입니다. 어쩌면, 이 특징 그 자체는 별로 대단하지 않은 사소한 것이거나 좁은 폭의 것이라고 할지라도 그것에 대한 뛰어난 언어적 기술로 그것을 각인하면 그것도 뛰어남 속으로 거두어들일 수 있다고 말씀하시는 것인지도 모릅니다.

이러한 말씀을 하실 때에 언급하신 필립 라킨(Philip Larkin)의 경우는 이 역설의 대표자라 할 수 있습니다.(물론 선생님이 이 역설을 인정하신 것인지 어떤지는 확실치 않습니다만.) 인용하시는 시구절, "……마음의 가로를 다 걷고 나면, 당신이 파악한 것은 화물 목록처럼 명백하다.(……once you walked the length of your mind, what/ You command is as clear as a lading list)" — 이 구절을 선생님은 사람이 가진 특질이 매우 제한된 것이라고 하더라도 그에 대한 분명한 인지 — 좋은 시적 언어에 의한 인지는 그 특출함을 살려 낸다는 뜻이라고 보십니다. 또 다른 구절, "우리의 행동에 찍히는 맹목의 특성", 즉 선생님 해석으로는, "우리로 하여금 다른 사람의 복사나 재판이 아니라 개체가 되게 하는 우연성들은 우리의 기이한 특징과 행동을 구출해 내 줄 것"이라고 하십니다.[49] 이에 대하여, 복사판이 되는 것은, 철학적 인간으

---

48 *Contingency Irony and Solidarity*, p. 25.

49 Ibid., p. 25.

로서 "권력의 근원, 실재의 본질, 경험의 가능성에 대한 보편적 조건들" 또는 인간의 본성과 자질을 찾고자 하는 철학적 인간입니다. 이 철학적 인간은 "우리 모두에게 찍힌 표지(標識)"를 알고자 합니다. 사람에게 표지가 찍혀야 한다면, 그것은 "인간을 마땅히 구성하는 필연, 본질, 목적"이어야 합니다. 개인에게 삶의 목적은 "이 필연의 완전한 인식이고 인간의 본질의 자의식화"입니다.[50] 이러한 철학적 인간이 도덕적 인간이 되는 경우, 그 사람은, 칸트가 말한 바, "보편적 의무의 수행자"로서, 매우 따분한 순응주의자일 것입니다.[51] 이 사람이 과학을 한다고 하면, 그는 이성적 인간이 되어, 그의 명령에 따라 정리해 놓은 "말(또는 형상, 정리, 모델, 물리적 자연)은 통상적인 방법으로 재정리된 상투 품목"에 불과할 것입니다.[52]

위에 요약해 본 것이 선생님께서 보편성과 특이한 개성이라는 항목으로 구별하여 사람의 삶의 두 가지 방식을 설명하신 것입니다. 그런데 선생님이 인용하신 라킨의 시를 심각하게 취한다고 할 때, 라킨이 그리는 사람들이 참으로 개성적인 인간들이라고 할 수 있을까요? 라킨은 20세기 영국 시인 가운데 삶의 따분함에 충실하고자 하는 리얼리즘 시인의 한 정형이 될 것입니다. 그는 누구보다도, 그에게 첫 명성을 가져온 첫 시집의 제목, 『덜 속기(*Less Deceived*)』라는 제목대로, 삶의 헛된 희망들에 "덜 속"겠다는 사람입니다.

그의 시에 등장하는 많은 인물은 뚜렷한 개성의 삶을 성취하지 못하는, 일상생활 속의 일하는 사람들입니다. 가령 자주 사화집에 나오는 시, 「성심강령일의 결혼식(Whitsun Weddings)」의 예를 들면, 이 시에 이야기되어 있는 것이 바로 그러한 사람들의 삶입니다. 시를 보면, 시인은 런던행 기차

---

50 Ibid., p. 26.

51 Ibid., p. 35.

52 Ibid., p. 24.

를 타고 있고, 기차 안에 그리고 플랫폼에 열두어 결혼식 패가 있습니다. 시인은 한참 만에야 그러한 사람들이 타고 있다는 것을 알아차립니다. 아이러니컬하게 그것을 알아차리는 것은 입고 있는 복장들이 눈에 띄게 좋은 것 같으면서도 참으로 좋은 것이 아니기 때문입니다. 여자들의 몸차림의 물건들은 구두, 베일, 모두 "패션을 흉내 낸 것들"입니다. 또 "파마머리, 나일론 장갑, 모조품 장신구, 기이하게 표가 나는 레몬색, 황토빛 의상"이 그들의 결혼식을 위하여 차려 갖춘 것들입니다. 이러한 차림새에 특별난 것이 있다면, 그것은 그것을, 인상파 그림이라도 그리듯, 라킨의 우울한 동정심 섞인 묘사로 인한 것입니다. 라킨은 정녕코, "천재적 개성의 전범이 된다는 강한 의미에 있어서"[53] 우수한 개성적 특성을 보여 준 시인입니다. 그러나 그가 그리는 인물들은, 특이한 성질 — 즉 특이한 우연성에도 불구하고, 특별하게 개성 또는 수월성을 획득한 사람들이 아닙니다. 신분이 그러하다고 할 수도 있지만, 그것은 그들의 의상의 선택 — 모조품과 대용품(parodies and substitutes)을 고르는 그 의상의 선택에 나타납니다.

이러한 것들에 대하여, 보편성이, 뛰어난 개성을 얻는 데에 장해가 되는 것은 아닙니다. 문학, 종교, 정치에 있어서 역사적으로 뛰어난 인물은 그 보편성으로 인하여 바로 가장 개성적이라고 말할 수도 있습니다. 부르크하르트는 원근법의 발견자인 레온 바티스타 알베르티를 뛰어난 르네상스 시대의 '보편인(l'uomo generale)'의 예로 들고 있습니다. 예술, 건축, 과학, 문학 그리고 기타 지적인 업적 이외에 그는 신체 단련에도 뛰어나서, 그의 능숙한 기마술은 말을 놀라게 하고, 동전을 공중에 던지면, 대사원의 지붕까지 닿게 그것을 던질 수 있었다고 하지 않습니까? 부르크하르트는 알베르티를 다면적인 인간이 아니라 전면적인 인간이었다고 말합니다.

---

53 Ibid., p. 24.

인간의 자아 형성에 있어서 보편성의 의미는 독일의 교양 개념에 가장 잘 표현되어 있다고 하겠습니다.(하이데거는 교양에 대하여 유보적인 입장을 가지고 있었습니다마는.) 자세한 이야기는 필요 없는 일이겠지만, 가다머의 『진리와 방법』의 논의를 참고하면서 몇 가지 점을 상기해 보고자 합니다. 빌둥의 개념의 선구자는 더 멀리 올라갈 수 있지만, 19세기 유럽 사상사에서 그것을 본격적으로 거론한 것은 가다머에 의하면 "인간이 되는 교양(Bildung zum Menschen)"을 말한 헤르더 또는 특정한 재능의 개발이 아니라 인간의 품성 전부를 "지적 도덕적 노력에서 감성과 인격에까지 넘치는 마음의 성향"을 지니게 하는 일이라고 한 훔볼트입니다.[54] 그러나 가다머의 생각의 궁극적인 준거는 헤겔입니다. 헤겔은 교양을 '보편에로의 고양(Erhebung zur Allgemeinheit)'이라고 정의했습니다.

물론 강조하여야 할 것은 이것이 어떤 닫힌 자세를 지니게 된다는 것을 말하는 것은 아니라는 사실입니다. 보편성에로 나아간다는 것은 세상을 향하여 열린다는 것을 말합니다. 모든 사람의 일, 가령 수공업적인 일에도 보편적인 것에로 나아가게 하는 계기가 있습니다. 그 작업에는, 대상물을 그 독자성 속에 서게 하고 자신의 욕망을 제어하고, 사물에서 떨어져 있는 독립된 존재로서 자신을 알게 하는 순간이 있습니다. 이것이 보편성의 순간이 됩니다. 관조적 또는 이론적 교양에 있어서, 이 잠재적인 보편성은 보다 분명한 것이 됩니다. 이론적 교양은 "자신과 다른 것으로 존재하는 것들을 인정하고 [우리를 마주하는] 사물을, 사사로운 이해관계를 떠나, 그 자체의 자유 속에 있는 객관적인 사물로서 파악하는 법을 배우는 데에" 있습니다.[55] 이러한 보편성 속에서의 자아 형성은 실제적 작업에서, 직업적인

54 K.W. Kumboldt, *Truth and Method*(Continuum, 1999), pp. 9~11.

55 Ibid., p. 14.

일의 수행에서, 문화의 수업에서 일어나는 일입니다. 헤겔이 고전어를 배우는 일에 대하여 한 말은 교양의 과정에 일반적으로 해당되는 말입니다: "사람이 향하는 세계가 인간의 언어와 관습에 의하여 구성된 것인 한은, 사람은 누구나 빌둥과 자신의 주어진 대로의 상태를 넘어가는 과정 속에 있다."[56]

헤겔이 말하는 바와 같은 교양의 개념이 독일 사회의 현실 속에서 어떻게 작용하였는지는 알 수 없지만, 헤겔은 적어도 이론적으로 보편성이 사람의 작업을 사물과 욕망의 직접성을 넘어가게 하고 사람으로 하여금 그의 작업을 통하여 자신을 완성할 수 있게 한다고 말합니다. 이렇게 해석한다면, 보편성이 뛰어난 개성적 삶을 이룩하는 데에 장해의 요인이 된다고 할 수는 없습니다. 교양을 보편성에로의 고양이라는 관점에서 말하면서 다시 한 번 강조할 것은 그것이 세계 외 인간 그 타자성에로의 열림을 말한다는 사실입니다. 헤겔의 분석을 받아들인다면, 우리가 다른 사람들과 연결될 수 있는 계기도 이 보편성에 — 정감의 관점에서는 어떨지 모르지만, 적어도 존중과 자기 절제라는 관점에서는 이 보편성에 들어 있다고 할 것입니다.

질문. 교육을 통해서 함양될 수 있는 보편성에 대한 지향이 참으로 개성의 성취에 방해가 되는 것일까요? 많은 경우 개성적 수월성은 보편성의 기율을 통해서 이루어지는 것이 아닐까요? 그러나 이 개체적 특성, 영웅적인 것이든 평상적인 것이든, 이 특성의 문제는 그야말로 개인적인 집념일 수 있습니다. 중요한 점은, 좋은 사회, 전 지구적인 좋은 사회를 만들기 위하여, 그리고 하지 않으면 아니 될 일을 자유 속에서 수행하기 위하여, 보편성의 매개를 통한 자아 형성은 필수적이라 아니할 수 없습니다. 보편성은

---

56 Ibid., p. 12.

필요한 자원으로 존재하여야 하고 선양되어야 하는 것이지 않나 합니다. 사랑과 유대감의 경우에도, 보편성의 수련 없이, 자신으로부터 만들어 낸 그러한 감정이 효과적인 사회적 동인이 될 수 있을까요?

선생님의 사회 철학에는 사사로움과 공적인 것의 분리가 있습니다. 이것도 보편성에 대한 우려에 관계되는 것이라는 생각이 듭니다. 개체의 보편성에로의 자기 초월 없이는 사사로움과 공변된 것을 하나로 묶을 수 있는 개인적인 또는 집단적인 삶의 형식을 생각하기 어렵습니다. 보편성에 집착하는 철학적 사고의 행태를 프로이트를 통해서 분석하고, 자아 형성의 시적 형식을 말씀하신 다음, 선생님은 이렇게 쓰고 계십니다. "시적, 예술적, 철학적, 과학적 또는 정치적 진보는 공적인 필요에 대한 사사로운 우발적 집착으로부터 생겨난다."[57] 사적인 것과 공적인 것 사이에 필연적 연결이 없다는 것은 개인적 사랑과 유대 또는 인간애 사이에 연결이 없다는 것과 함께 가는 관찰이라고 할 수 있습니다. 인간의 삶의 두 영역을 권력에 의하여 연결한 엄청난 결과가, 도덕주의적 수사를 휘두르는 전체주의의 정치 체제였습니다. 선생님은 여기에서 얻을 수 있는 교훈을 너무 의식하시는지도 모르겠습니다.

질문. 선생님이 바람직하다고 또는 불가피하다고 생각하시는 이 사사로움과 공적인 구분에 대하여, 이 분리의 필연성에 대하여, 조금 더 논평하여 주실 수 있겠습니까? 이것들을 분리한다면, 사회의 발전은 개인에게 어떤 의미를 가질 수 있겠는지요? 이것이 서로 따로 있는 것이라면, 개인들이 어떤 동기에서 사회 개선을 위하여 공동 행동을 할 수 있게 되는지요? 사랑과 유대라는 긍정적인 감정과 사회의 발전 사이에 필연적 연결이 있는지요? 아니면, 그 연결은 오로지 우연적인 것일까요?

---

57 Contingency, *Irony and Solidarity*, p. 37.

6. 자아의 기술, 전통의 의미, 되돌아오는 진리

지금까지는, 적어도 제 나름으로는, 논의가 펼쳐지는 논리에 따라 생각을 말씀드렸습니다. 그 논리는 문화의 혼종화로부터 개입되는 현실 정치의 문제로, 보다 근본적인 문제인 생태 환경과 그 철학적 기초로 나아갔습니다. 그러면서 문제를 제기하여 거기에 선생님이 답변하여 주시기를 바랐습니다. 그러는 사이에 샛길로 접어드는 일이 있어서 죄송스럽게 생각합니다.

어쨌든 저는 선생님의 세계화에 대한 문제의식이 철학적 사고가 내세우는 보편성의 주장에 대한 우려에 연결되어 있다고 상정했습니다. 그리고 이 우려는 사적인 것과 공적인 것의 분리를 요구하게 되고, 그것의 합치에 입각한, 인간 감정의 의무와 당위적 측면을 부정하게 된다고 생각했습니다. 그리하여 선생님은 이러한 감정은 전적으로 우발적인 조건하에서 일어나면서 사회적 교환을 향한다고 생각하십니다. 사적인 것과 공적인 것의 불연속은 보편성에서 합치함으로써 진정한 자기실현을 완성하게 되는 자아 개념의 확대로써 극복될 수 있다는 것이 전통적인 교양 개념입니다. 이를 연장하여, 저의 논리는 마찬가지로 확대된 자아의 바탕으로부터 인간의 생태적 절제와 부와 권력의 배분적 정의를 위한 행동도 나온다는 것이었습니다. 같은 맥락에서 이러한 자기 확대는 다문화의 갈등과 화해에도 일정한 역할을 담당하리라 생각합니다. 여기에는 많은 해석학적 노력과 개인적 수련이 필요할 것입니다.

물론 이 문제와 관련하여 사적인 것과 공적인 것의 분리에서 일단의 해결책을 발견한다는 것도 있을 수 있는 선택일 수도 있습니다. 그리하여 이 공사(公私)의 분리가 오히려 사회적 평화의 지구적 관용의 바탕이 될 수 있습니다. 그렇다는 것은 자아와 문화의 다양성을 허용할 준비가 이 분리에 상정되어 있다고 할 수 있기 때문입니다. 그리고 다른 해결책에서 보다 더 철저하게 이것이 준비되어 있다고 할 수도 있습니다. 그런데 이것도 사실은 보편적 의미를 갖는 윤리적 결단을 요구합니다. 거기에는 나의 문화와 공동체에 대한 절대적인 충성의 포기를 수용할 결단이 있어야 합니다. 그러면서도 하나의 위험은 오늘의 세계에 일어나는 많은 문제 그리고 문명과 문화의 충돌을 우연에 맡기는 것이 될 수 있다는 것입니다.

방금 말씀드린 줄거리를 좇아 오늘의 세계 문제에 대한 선생님의 생각을 헤아려 보면서, 제가 마음에 두었던 것은 아시아적 주체성에 대한 저의 글을 읽으시고 선생님이 하신 논평이었습니다. 윤리성의 소멸과 관련하여, 자아 수련과 반성에 대하여 제가 내놓은 의견에 대하여 선생님은 다음과 같이 말씀하셨습니다. 우리의 이메일을 통한 의견 교환이 결국은 출간될 수 있는 일이기도 하므로, 선생님의 논평 일부를 여기에 인용하겠습니다.

> 우리가 생각을 달리하는 점은 내가 "자기 수련" 그리고 주체의 "심화"에 대하여 회의를 가지고 있다는 것이 아닌가 합니다. 서방에서는 자기 수련에 대신하게 된 것이 자기 확대(self-enlargement)이고 이것은 잘된 일이라고 생각합니다. "확대"라는 것은, "진정한(authentic)" 인간 존재를 탐구하는 대신에 사람의 삶을 살아가는 보다 여러 가지의 방법을 알아주고 공감하게 된 것을 말합니다. 앞의 것은 동서양의 성인군자들이 추구해 온 것인데, 좋지 않은 아이디어였다고 생각합니다. 그것은 인간에 "깊은" 자아가 있고 그것을 찾아야 한다는 잘못된 생각에 기초해 있습니다. 나는 "반성(reflexivity)"에 대하여 의문을 품고 있습니다. 그것은 "마음이 마음을 돌아본다"는 생각을 받아들이기 어렵기 때문입니다. 마음이 할 수 있는 것은 하나의 프로젝트 — 삶의 하나의 형태를 다른 것과 비교할 수 있는 것이 고작이라고 생각합니다. 인간의 삶의 한 형태는 다른 형태나 똑같이 역사적으로 조건 지어진 인간의 상상력에서

나오는 기획입니다. 그것은 다른 어떤 것보다 깊을 것도 옅을 것도 없습니다.

주체의 문제는 우리의 생각의 차이에서 핵심적인 것 같습니다. 선생님 생각의 많은 부분도 이 문제에 집중되어 있습니다. 다만 그것을 비판적 부정의 관점에서 보시는 것이지요. 이 차이는 우리의 삶과 기질의 우연적인 요인들에 기인한다고 할 수 있습니다. 그런데 흥미 삼아 말씀드리면, 철학적인 관점에서는 성리학자들도 불교의 명상의 관행을 비판하는 데에 선생님과 같은 입장을 취한 일이 있습니다. 그들의 사람의 마음이 그 자체를 돌아보는 것은 불가능한 일이고, 마음이 할 수 있는 것은 마음 밖에 있는 것 — 스승의 가르침을 비롯하여 밖에 있는 것에 정신을 집중하는 일이라고 했습니다. "불교에서 마음으로 마음을 찾고 마음으로 마음을 부리는 것은 마치 '입으로 입을 물고, 눈으로 눈을 보는 것과 같다.'"라고 했습니다.(『심경(心經)』, 34장) 마음을 아는 것은 마음의 자취, 업적을 통하여서 아는 것이라 할 수 있습니다. 그런데도 거기에서 마음의 자취를 추측할 수 있는 것이 아니겠습니까? 마음의 과정은 능동적 움직임과 그 움직임의 자취, 둘 사이의 끊임없는 교체라고 할 수 있지 않은가 합니다.

주체의 문제는 철학적으로만이 아니라 사회 정치 문제를 생각함에 있어서도 중요한 문제입니다. 주체적 과정은 대체로 그러하지만, 특히 그 심화(深化)의 과정에서, 명상의 고요함을 위하여 자아의 내면으로 물러간다는 것을 말할 수 있고, 이것이 사회적 관심을 갖는 사상가에게 우려스러운 일이 될 수 있습니다. 그러나 헤겔의 변증법에서는, 이미 언급되었던 것처럼, 주체로서 깨어난다는 것은 세계의 사물의 객관적 현실성을 인정하는 것과 동일한 과정이고, 자아와 세계를 여러 각도에서 보는 일, 즉 보편적 관점에서 보는 일과 같은 과정입니다. 여기에서 주체로의 회귀는, 세계 그것을 보다 넓은 각도에서 보기 위하여 우리의 지각의 문을 닦아 내는 작업에 하나의 계기를 이룹니다. 선생님이 말씀하시는 자기 확대 또는 자기 창조는 자아가 그 밖에 있는 어떤 것에 사로잡히는 것을 피하게 할는지 모르지만, 다른 한편으로 자아와 자아의 이해관계에 사로잡히게 할 위험을 가지고 있습니다. 그리고 그 이해란 오늘의 자본주의 세상에서는 외곬으로 경제적 이해가 되고, 자아 확대의 동기에 대한 맹목을 조장할 수 있습니다. 물론 인간 문제에 간단한 답이 있을 수는 없습니다. 애덤 스미스가 인간의 자기 이익을 옹호하는 것에는 흔하게 들을 수 있는 도덕이나 애국의 담론보다도 더 균형 잡힌 도덕적 통찰이 들어 있다고 할 수도 있습니다. "공익을 위하여 상업에 종사한다는 사람들이 큰 선의 증진에 크게 기여하는 것을 본 일이 없다."라고 한 애덤 스미스의 말은 수긍할 만한 말이라고 생각합니다. 여기의 '상업'은 일반적으로 '일'이란 말로 바꾸어 볼 수 있습니다.

자기 확대를 흔히 생각하는 것보다 넓게 이해할 수는 있습니다. 그렇지만 세계와 사회가 가지고 있는 가능성의 범위 안에서, 즉 개인의 삶의 기획이 우연의 가능성으로 존재하는 사회 구조의 범위 안에서만, 자기 확대의 기획이 가능한 것은 사실일 것입니다. 이러한 사회 구조로 우리는 곧 자유주의의 원리에 따른 사회 조직을 생각하게 됩니다. 그러나 거기에서도 개인의 기획은 어떠한 자유로운 상상력을 발휘한다고 하여도, 그것에 한계를 정하게 될 큰 틀에 대하여 관계를 가질 수밖에 없습니다. 자유주의 사회도 일정한 구조적 한계를 가질 수밖에 없습니다. 어떤 경우나 삶의 큰 틀을 정하는 것은 역사적 조건이고, 그것을 이데올로기로 철학으로 밝혀내는 것도 역사적으로 조건 지어지는 일일 것입니다. 그렇다는 것은 자기가 살고 있는 틀은 눈에 보이지도 않고, 한계로도 느껴지지도 않을 가능성이 크다는 말입니다. 개인의 선택의 폭이 넓다고 할 수는 없지요.

이러한 문제들을 철학적인 관점에서 되돌아보기로 하겠습니다. 인간이 존재하는 것이 주어진 존재론적 바탕 위에서만 가능하다고 한다면, 이 큰 틀에 대한 여러 다른 관계의 방식은, 하이데거 식으로 말하여, 진리의 존재방식의 본질의 변화에 달려 있다고 할 수 있습니다. 하이데거가 플라톤 이전의 희랍적 사고를 설명하면서 말한 것에 따르면, 사람의 삶은 존재와, 진리와 인간 존재의 삼자 간의 관계에 얽혀 있습니다. 존재는 그 열림의 과정에 사람의 참여가 일어나면서 진리 속에 스스로를 드러냅니다. 그러나 진리는 오랫동안 진리로 남아 있을 수가 없습니다. 드러남으로서의 진리는 감춤으로부터 빼앗아 오는 것이기 때문입니다. 그러나 이 드러남이 능동적인 다툼의 과정이기 때문에 바로 인간 존재의 여러 다른 대안적 기획이 비비고 들어설 자유의 공간이 생겨난다고 할 수 있습니다. 이 자유는 물리적 세계, 사회, 역사가 부과하는 일정한 한계에서 발휘되는 자유입니다. 그런데 플라톤 혁명에서 사라진 것이 이 능동적인 다툼의 요소라고 하이데거는 말합니다. 그러나 알베르티 같은 사람이 자신을 위하여 독자적인 수월성을 만들어 내는 것을 보면, 그것이 완전히 사라진 것은 아니라고 하여야겠지요. 그런 여유가 보편적 인간이 여는 공간 또는 헤겔의 변증법적 역학이 펼쳐지는 장(場)에, 주체화된 형태로 존재한다고 할 수 있습니다.

진리의 본질의 플라톤적인 변화가 반드시 부정적인 결과를 가져온다고만은 할 수 없습니다. 그로 인하여 일어나는 것이 사회 질서의 안정과 자연의 기술적 정복입니다. 진리가 투쟁적인 대결로서만 그 감춤으로부터 끌어내질 수 있다면, 진리는 귀족적, 무사적 덕성이 얻어 낼 수 있는 노획물일 것입니다. 그러나 이제는 이성의 기능으로서의 진리는 보다 민주적으로 많은 사람들의 소유물이 되었습니다. 그리고 그것은, 막스 베버가 말한 합리화의 결과로서의 자본주의 사회의 특성이 되어 기술적, 과학적, 기능적 이성에 일치한 것이 되었습니다. 이 합리화의 틀 속에서 민주적 자유와 풍요의 경제가 펴져 나가게 되었습니다. 물론 자기 창조의 기회도 증가하게 됩니다. 이 창조는 비영웅적이고 일상적인 차원에 머물러야 합니다. 예외가 문학적 철학적 상상력의 영역이지요. 그러나 대체로 말하여 심화된 자기반성이 없이는 자기 창조란 유행을 좇아 유행적 인간이 되고 모델을 모방하여 자기를 만들어 가는 일이 되고 말 것입니다.

그러나 자기 창조, 자기 확대가 존재론적인, 역사적인 한계 안에서의 활동이라는 것은 양의적인 일이라고 할 수 있습니다. 어느 시대에나 자기 창조는 시대적 조건 속에서의 일입니다. 그러면서도 진정한 자기 창조는 이 조건을 꿰뚫고 진리의 바탕으로 — 변화하는 진리의 바탕으로 이어질 것입니다. 그 과정이 보편성을 지향하는 자기 수련에 관계되지 않을까 합니다. 초월과 보편성을 허용하지 않는 세속화된 세계에서 자기 창조를 변론하는 사상가로 우리는 미셸 푸코를 생각할 수 있습니다. 그는 진리와 반성의 쓰임을 부정하지는 않습니다. 여기에서 잠깐 푸코의 자아론을 생각해 보고자 합니다. 위에 인용한 이메일에서 자아 수련과 반성의 필요에 대하여 선생님이 표현한 유보에 대한 간접적인 답변이 되지 않을까 합니다. 조금 샛길로 접어드는 일이 되지 않을까 하지만, 양해해 주시기 바랍니다. 푸코론 다음에 선생님의 여러 아이디어들로 자극된 제 두서없는 논설을 끝내겠습니다.

초기 저작에서 푸코의 관심은 감옥, 병원과 같은 사회 기구 그리고 그것을 이론적으로 뒷받침하고 있는 이데올로기 — 권력의 도구가 된 지식에 대한 가차 없는 비판과 분석이었습니다. 그러나 만년에 와서 그는 "자아의 기술", "삶의 기술(techne tou biou)", "실존의 문체학" 또는 "삶의 미학" 등 여러 가지 이름으로 부른 삶의 문제로 그의 주의를 기울였습니다. 이 이름들만으로도 그의 관심의 초점이 보다 좋은, 유쾌한 삶 — "행복, 순수성, 지혜, 완성, 불사의 삶 등의 상태에 이르기 위하여, 자기를 일정한 형태로 형성하여야 한다"는 문제에 있었다는 것을 알 수 있습니다.[58] 푸코의 방법은 잘 알려진 바와 같이 지식의 고고학으로서, 아이디어들의 발상원과 그 변형들을 발굴해 내는 것입니다. 그의 예들은 물론 서구의 전통들에서 나옵니다. 이 방법론을 새삼스럽게 언급하는 것은 그것이 이미 그가 이성의 배타적인 진리 주장을 거부하고 삶의 현실 문제에 철학적 분석이 별 의미를 갖지 못한다는 생각을 표현하는 것이기 때문입니다. 예들이 서양 전통에서도 별로 주류를 이루지 못했던 곳에서 취해진다는 것은 흥미로운 일입니다. 그것들은 대체로 헬레니즘 시대, 로마 시대에 나온 것으로, 시대는 사물의 중심이 무너지고 생각하는 사람들이 이론보다는 개인적 삶의 문제로 회귀하여 제한된 삶의 방편 안으로 은둔해 들어가던 시대였습니다. 그런 점에서 오늘의 세계, 후기 자본주의의 상황과 비슷한 점이 있는 것으로 보입니다. 하나의 이성적 질서에 대한 회의가 커지고, 필연이나 당위보다는 우연성이 부각되고 개인이 제 살 도리를 찾는 시대가 오늘이라 할 수 있으니까요.

희랍 철학에서 푸코가 주목한 교육의 지침에는, "너 자신을 알라" 그리고 "너 자신을 돌보라"라는 두 개의 대조적인, 그러면서 서로 이어져 있는 가르침이 있습니다. 그 둘 가운데 우선하는 것은 두 번째의 지침입니다. 말할 것도 없이 소크라테스에게 "너 자신을 알라"는 델포이의 신탁은 가장 중요한 자기 각성의 지침이었습니다. 그에게 실제 중요한 것은 이 두 번째의 지침이었다고 푸코는 말합니다. 그러나 서양 사상의 역사는 이것을 망각하고 두 지침의 우선순위를 뒤집어 놓은 역사가 되었다는 것입니다. 델포이의 신탁어는 신탁을 얻으러 오려면 자신이 묻고 싶은 것이 무엇인가

---

58 Michel Foucault, "Technologies of the Self", *Ethics: Truth and Subjectivity*(New York: The New Press, 1997), p. 233.

를 정확히 알고 와야 한다는 매우 기술적 지침이었는데, 이것은 자신을 돌봄에 관련된 지침이었다는 것입니다.[59] 여기에서 자신을 돌본다는 것은 반드시 자신의 영혼을 돌본다는 것을 의미하는 것은 아니라고 푸코는 말합니다. 푸코의 마음에 늘 중요한 것은 스토아 학파 사람들에게 철학은 병의 치료를 목표로 하는 의학 비슷한 것으로 생각되었다는 사실입니다. "너 자신을 알라"는 소크라테스의 말도 이 맥락에서 생각하여야 한다고 그는 말합니다. 푸코는 스토아 철학을 모럴을 기준으로 하여 서양 철학을 실천적 기술의 관점에서 재해석하려 했다고 할 수 있는데, 그 결과의 하나는 이성을 보편적 진리 기준의 위치에서 뽑아내어 생활 기술의 도구로 재정립한 것입니다.

그러나 이성의 출생지로서의 주체를 폐쇄하지는 않았습니다. 자신을 돌보는 일은 "자신으로 향하는 것(ad se convertere)"을 요구합니다. 플라톤에게 자기에게로 향한다는 것은 자신의 눈길을 "신적인 요소에로, 본질에로, 천상의 세계"로 돌린다는 것이지만, 세네카, 플루타르코스 또는 에픽테토스에게 그것은 자신에 남아 있고 자신에 머무는 것을 뜻하였습니다. 자신의 내면으로 돌아가는 목적은 "자신과 일정한 수의 관계를 정립하고,", "자기 주권을 갖고, 자신의 주인이 되고, 전적으로 자기 충족적이 되고," 그와 동시에, "자신을 즐기고, 자신을 가지고 즐거움을 맛보고, 자신만으로 기쁨을 갖자"는 것입니다.[60] 이러한 자기를 상대한 기술 조작은 특정한 기회에서의 특정한 조작을 지칭하지만, 그것이 그것만으로 끝나지는 않습니다. 거기에는 일관된 태도를 발전시키는 일 ― "늘 움직이고 있는, 지속적인, 내적 원리", "인생 경영을 위한 특정한 성향"을 발전시키는

59 Ibid., p. 225.

60 Michel Foucault, "The Hermeneutics of the Subject", *Ethics*, p. 96.

기술이 필요하게 됩니다. 그런데 이것이 "내면의 깊이에 숨어 있는 진리"의 발견을 말하는 것은 아닙니다. 플라톤에서나 마찬가지로 기억의 회복(anamnesis)이 필요한 것은 사실입니다. 그러나 푸코에게 기억되어야 하는 것은 인생살이에 요긴한 충고나 가르침입니다. 그것은 "받아들인 텍스트를 점점 더 철저하게 자기 것이 되게 하여 내면화하는 것"을 포함합니다.[61] 흔들리지 않는 자세로 영혼을 지켜보는 것이 아니라 스승과 친구로부터 배우고 텍스트를 공부하는 것이 중요합니다. 이성 또는 로고스는 진리의 내적 원리가 아니라 우리로 하여금 "스승의 가르침"에 경청하게 하는 원리입니다.[62] 이러한 목적을 위하여 기억은 빼놓을 수 없는 능력입니다. 자기반성은 "진리의 주체화"를 위하여 요구되는 정신 작용입니다. 주체화 또는 주관화는 자신을 돌보는 능력을 기르는 데 필요합니다.

이렇게 생각된 자아는 거의 전적으로 자기에게, 자기 안의 것들에 사로잡혀 있는 것으로 생각할 수 있습니다. 그렇다면 자기를 돌보는 일로부터 사회를 돌보는 일로 빠져나갈 방도가 있는 것일까요? 푸코에 있어서도, 선생님의 경우 그러한 것처럼, 자기 수양과 사회적인 의미를 갖는 사랑 그리고 연대, 이 둘 사이에 일정한 간격이 있는 것으로 보입니다. 선생님의 경우에, 인간의 감정과 그것의 사회적인 확장과 실현으로서의 사랑과 연대감의 발현은 전적으로 자발적인 것입니다. 그것은 자유롭게 선택하는 것이지요. 푸코에게 사회에 대한 의식은 나의 삶을 제약하는 한계에 대한 느낌에서 옵니다. 그의 자아는 그 밖에 있는 것들의 가장자리에 연명하는 존재라는 인상을 줍니다. 자신을 돌본다는 것은 자신을 창조하는 것이라기보다는 어쩌면 이것들과의 관계를 조절하는 일입니다. 그러니만큼 이것에

---

61 Ibid., p. 101.

62 "The Technologies of the Self", *Ethics*, p. 238.

대하여 또 타자들에 대하여 일정한 마련을 강구하는 것은 필요할 수밖에 없는 일이라고 하겠습니다.

푸코의 자아의 기술은 그것에 부과되는 필연의 압력을 의식하는 데에서 동기가 생긴다고 하겠습니다. 그 때문에 자기를 돌보지 않을 수 없는 것이지요. 이에 대하여 선생님의 경우 개인과 사회가 하나로 묶이는 것은 우발적인 것으로 보입니다. 푸코에게 자기를 돌보는 것은 자아실현이나 자기확대라기보다는 인생의 간고(艱苦)로부터 자기를 보호하기 위한 방편이라는 느낌을 줍니다. 그것은 기존의 삶의 조건에 대항하여 발동되는 기술입니다. 여기에서 자기돌봄에서의 금욕적 실천의 필요가 생깁니다. 삶의 기술이 필요하다는 의식 자체가 삶을 산다는 것이 선택을 요하는 것 — 위험을 피할 뿐만 아니라 선택할 수도 있지만, 다 선택할 수는 없기 때문에 어떤 것을 배제하고 선택하여야 한다는 것, 주의 깊게 살피면서 선택해야 한다는 것, 이러한 삶의 필연적인 제한을 의식한다는 것을 말합니다. 푸코가 현대인을 위하여 발굴해 낸 스토아 철학자들의 가르침은 금욕의 실천(askesis)에 집중되어 있습니다. 그것은 "일어날 수도 있는 일에 대비하고 그것을 견뎌 낼 수 있게 하는" 방법입니다.[63] 이 관점에서 자기돌봄의 기술은 스스로를 기율하여 자기를 단련하는 기술입니다.

인생의 피할 수 없는 일에 대한 의식은 타자에 대한 관계 — 그것을 의식하고, 고려하고,관대하게 보는 것을 포함하는 타자에 대한 관계를 떼어 낼 수 없습니다. 아스케시스는 자기 안으로 들어가면서 동시에 자아의 밖, 다른 사람과의 관계를 의식합니다. 그러나 이 관계는 단순히 자신의 이익을 꾀하려는 조심스러운 조종의 대상이 되는 것은 아닙니다. 자아는 자기 수련의 과정에서 절로 사회적인 존재가 됩니다. 그의 본질적인 존재 방법,

---

63 Ibid., p. 99.

그 영혼의 충심에서 사회적인 존재가 되는 것입니다. 자아에 영혼이 있다고 하면 — 푸코는 이것을 상정하는 것으로 보입니다. — 그것 자체가 사회적 과정으로서의 자아 수련에서 다져져 나오는 것이라고 할 수 있습니다. 영혼은 자아 안의 신이나 신령이라고 할 수도 있는데, 그것도 타자들의 눈 속에서 다져져 나옵니다. 푸코는 로마 철학이 권장하는 편지 쓰기를 긍정적인 눈으로 바라봅니다. 편지 쓰기는 내면의 원리가 빚어지고 영혼이 다져지는 과정을 예시해 줍니다. "훈련의 계기가 되는 편지 쓰기는 진리의 담론의 내면화, 그것의 흡수 변용을 가능하게 하면서, 영혼의 객관화를 이룩해 내는 일을 한다." — 푸코는 이렇게 말합니다. 사람의 마음에 영혼이 있다면, 그것은 사회 과정을 통해서 객관성을 얻는 존재가 된다는 것을 의미합니다. 일반적으로 말하여 세네카의 인생 지침, "모든 사람이 보는 곳에서 사는 것처럼 살아야 한다." — 이 잠언은, 편지 쓰기 그리고 타자와의 교통의 관계가 가지고 있는 의미를 적절하게 요약해 준다고 할 수 있습니다.[64]

"모든 사람이 보는 곳에서 사는 것처럼 살아야 한다" — 이 말은, 영혼의 존재와 같은 어려운 문제를 떠나서, 자기를 돌보는 방법의 중심 원리가 사회적 삶에서 구성된다는 것을 요약하고 있습니다. 금욕적 자기 수련은 자기를 돌보는 일과 사회의식과 사회적 돌봄의 공시적 진화를 말합니다. 자기를 돌보는 기술을 윤리학으로 발전시키고자 했던 푸코가 죽기 수 개월 전에 가졌던 인터뷰, "자유의 실천으로서의 자기 돌봄의 윤리"에서 강조하고 있는 것이 이 점이었습니다. 그는 자기 돌봄이 "자기애, 이기심, 자기 이익"의 표현이라는 의심이 있을 수 있음을 인정합니다.[65] 그러면서 이

---

64 "Self-Writing", *Ethics*, p. 217.

65 "The Ethics of the Concern for Self as a Practice of Freedom", *Ethics*, p. 264.

러한 의심에 대하여 자기 돌봄은 방어하는 데 역점을 두고 있습니다. 금욕의 실천은 여전히 자기 돌봄의 핵심입니다. 그것은 "자아가 자아에 대한 단련을 행하여 자신을 발전시키고 변용하여 어떤 있음의 모양새를 이룩해내는 일"입니다.[66] 여기에는 참작하여야 할 사항들이 있습니다. 자기 변용은 삶의 필연적 조건, 특히 사회적 요청에 맞아 들어가는 것이라야 합니다. 사람이 완전히 자유로울 수는 없습니다. 자유가 있다면, 그것은 윤리에 합당한 것이라야 합니다. 여기에 반성이 작용합니다. "윤리는 반성이 투입되었을 때, 자유가 취하게 되는 형태"입니다.[67] 그러기 위하여 필요한 것이 자기 자신을 아는 것입니다. 이 말의 "소크라테스-플라톤적 측면"을 완전히 부정하지는 않으면서, 푸코는 이 말이 "진리이며 처방의 의미를 갖는, 일정한 수의 수긍할 만한 행동이나 원칙에 대한 지식"을 뜻한다고 합니다.[68] 이 원칙들이 자아의 일부가 되어야 합니다. 이것이 하나의 원리로 파악될 때, 그것은 사람의 욕망과 욕구를 다스리는 로고스가 됩니다. 그리고 그것은 자아의 원리가 됩니다. "당신이 로고스가 되고, 로고스가 당신이 된다"고 푸코는 말합니다.[69]

이러한 과정을 조금 더 널리 해석하는 경우, 자유의 실천은 에토스(ethos)[70]에 자신을 동화하는 데에서 현실이 됩니다. 푸코는 그리스 시대의 삶의 방식을 설명하면서, "에토스는 [사람의] 있음과 몸가짐의 양식"이라고 말합니다.[71] 자유의 실천은 자기 기율을 통하여 "좋고, 아름답고, 존경할 만하고, 기억할 만하고 모범이 될 만한 에토스 안에서" 모양을 갖추게

---

66 Ibid., p. 282.

67 Ibid., p. 284.

68 Ibid., p. 286.

69 Ibid.,

70 에토스(ethos, 풍습, 관행)와 에티케(ethike, 윤리)는 같은 어원에서 나온 말이다.

71 Ibid., p. 186.

됩니다.[72] 로고스는 에토스에 맞아 들어가게끔 행동하는 자아의 내적 원리라고 하겠습니다. 에토스적 행동, 윤리적 행동은 여러 차원을 가지고 있지만, 그 사회적 차원은 적어도 상당 정도는 심미적 호소력을 통해서 작용한다고 할 수 있습니다. 심미적인 것은 개인과 사회, 개인의 기호와 공동체적 느낌(sensus communis)[73]의 중간에 취치한 것이기 때문에, 사회적 의무의 엄격성을 완화하는 일을 합니다. 푸코는 자아의 기술을 "존재의 미학"[74]이라고 부르기도 하지만, 그리스의 에토스의 현실을 설명함에 있어서 심미적인 차원을 중시합니다. "어떤 사람의 에토스는 그의 옷, 의상, 발걸음, 일에 대응할 때의 평정한 태도에서 드러난다"고 합니다.[75] 이것은 윤리적 행동이 극히 외면적인 표현에도 반영된다는 것을 말한 것이라고 하겠습니다.

에토스는 물론 정치적 차원을 가지고 있습니다. 그것은 인정의 변증법을 통하여 사람의 심리적 에너지를 동원합니다. "에토스는 …… 다른 사람과의 관계를 내포한다. 자기를 돌보면, 그것이 도시 공동체, 또는 대인 관계에서, 공인으로서 또는 친구로서 적절한 자리를 가질 수 있게 하기 때문이다."[76] 이와 같이 푸코는 자기 돌봄이 사회적 정치적 연계를 가지고 있음을 말합니다. 이러한 것들이 현대 상황에 그대로 맞아 들어가서, 현대 정치에, 세계적 빈곤의 정체에, 또는 문명 충돌의 정치에 적용될 수 있다고 할 수 있을지는 불확실합니다. 푸코가 말하는 자기 변용을 통한 자기 돌봄이 다른 사람의 복지를 돌보는 일에 적극적인 역할을 담당할 수 있을는지 그것도 확실한 것이라고 할 수는 없습니다. 그를 인터뷰한 사람의 이러한 질

---

72 Ibid., p. 284.

73 이것은 칸트가 사람의 심미적 능력의 한 기초로서 말한 것이다.

74 "On the Genealogy of Ethics", *Ethics*, p. 260.

75 Ibid., p. 286.

76 Ibid., p. 287.

문에 푸코는 직접적인 답을 주지 않습니다. 또 그가 말하는 자기 수양을 쌓은 사람의 정치 행동이 권위주의의 권력을 의미하는 것이 될 우려가 있지 않느냐 하는 데 대하여도 시원한 답을 주지 않았습니다. 그리스의 현실을 설명하는 듯하는 그의 말에는 정녕코 권위주의적 정치의 시사가 들어 있다고 할 수 있습니다. 그는 되풀이하여 에토스를 따르는 기율이 수양된 인간의 정치 개입을 적극적인 것이 되게 하면서도 최대한도로 비권위주의적이게 할 것이라고만 말합니다. 이 점에 대한 그의 입장은 모호하다고 할 수밖에 없습니다. 그러나 수양하는 인간과 정치와의 사이에 통로를 만들려는 푸코의 노력은 높이 살 만합니다.

그의 모호성은 푸코가 자신의 관심의 방향을 정치로부터 다른 데로 옮겨 간 것에 관계되는 일일 것입니다. 이미 말씀드렸지만, 정신병자 수용소나 병원이나 성의 억압적 해방에 대한 그의 초기 저작은 극히 정치적인 것이었고, 그러니만큼 큰 정치적 관심의 대상이 되고 영향력을 행사하였습니다. 그의 후기 저작의 정치적 의미, 또는 정치적 커미트먼트의 깊이를 정확하게 알기 위하여서는 그의 사상을 보다 면밀하게 검토하는 일이 필요할 것입니다. 그러나 우선 간단히 말하면, 에토스에 대한 그의 생각은 현대의 정치 상황에 적합하지 않다고 할 수밖에 없습니다. 그것은, 자아에 대한 느낌과 타자에 대한 의식, 이 두 가지가 공동체의 에토스 — 관습, 예절 또는 합의에서 조화를 얻게 되는, 작은 공동체에서만 통용될 수 있을 것이기 때문입니다. 헤겔도 윤리(Sittlichkeit)와 관습(Sitte)이 거의 동일한 것이 되고, 그 안에 개인과 사회가 하나로 어울리게 되는 고전 시대의 그리스 사회를 하나의 이상으로 말한 바 있습니다. 그러면서 그는 이것이 현대 사회에서는 불가능한 것이라고 생각했습니다. 주체가 된 개인의 이성이 공동체의 근본으로서의 에토스를 비판적 이성으로 검토하지 않을 수 없게 된 것도 그 원인의 하나입니다. 어쨌든 에토스가 일체적 조화의 바탕이 되는 데에는 공동체의 크기가 가장 중요한 요인이 된다고 하겠습니다. 지금의 사회, 세계화된 공동체가 그 바탕이 될 수는 없을 것입니다. 푸코는 작은 동질적인 공동체의 서사를 향수로서 돌아보면서, 보다 넓고 이질적인 요소로 이루어진 세계를 위한 어떤 이념적 기초를 생각하기를 거부합니다. 여기에서는 특수자가 에토스로 조화되는 상황을 넘어가는 보편적 이념들에 대한 요청이 아닐 수 없습니다.

흥미로운 것은 푸코가 말하는바 이상화된 공동체에서 요구하는 윤리적 행동의 항목들이 유교의 수련에서 요구하는 윤리 항목에 유사하다는 것입니다. 이것들을 간단히 세어 보면, 거기에 포함된 것은 피안이 아니라 현세 지향, (가치 공동체 내에서의) 구체적인 인간관계, 일정한 안무(按舞) 규칙과 의례 규칙에 따른 행동 절차,(이러한 의례 절차는 한국 유교에서 중요한 논의의 쟁점이 되었습니다.) 고전의 가르침, 사례의 전승과 학습, 정신 집중 기술의 숙달, 일상생활에서의 금욕적 기술의 습득, 이러한 것들을 들어 볼 수 있습니다. 자아의 수신은 이러한 것들을 그 내용으로 하였습니다. 푸코는 그의 금욕적 자기 수련에 대하여 극히 구체적인 실천 항목들을 이야기하였지만 — 로마인에게 중요했던 편지 쓰는 습관, 저녁의 적절한 시간에 자리에 드는 것, 규칙적인 산책 등 — 16세기 한국의 철학자인 퇴계가 편집한 성리학 집요인 『성학십도』에 보면, 다음과 같은 구체적인 몸가짐의 지침이 나와 있습니다. "새벽에 일찍 일어나 세수하고 빗질하고 의관을 갖추고, 단정히 앉아 안색을 가다듬은 다음, 이 마음 이끌기를 마치 솟아오른 해와 같이 밝게 한다."[77]

또 눈에 띄는 것은, 푸코나 스토아 철학에서처럼, 개인의 인격 수양의

77 로티 교수와의 교신에는 마이클 칼튼(Michael Kalton) 교수의 번역을 사용하였으나, 여기에서는 윤사순 교수의 번역을 사용했다. 윤사순 옮김, 『퇴계 선집』(현암사, 1982), 372~373쪽.

핵심이 되는 영혼 또는 심성이 사회 속에서 다져진다는 생각입니다. 홀로 있을 때도 두려워하고 조심하는 것-공구신독(恐懼愼獨)은 신유학의 자기 수양에 되풀이되는 잠언입니다. 혼자 있을 때도 남이 있을 때처럼 행동하라는 것이지요. "보이지 않는 방구석에서 부끄럽지 않은 것이" 효도이고 수신하는 방법이라고 합니다.[78] 이것은 유교적 행동 규범이 우주론적 정당성을 가졌다는 것을 말한 다음에 곧 나오는 행동 수칙입니다. 이것은 앞에 이미 말씀드린, "모든 사람이 보는 곳에서 사는 것처럼 살아야 한다."라는 세네카의 잠언에 그대로 맞아 들어갑니다.

성리학의 경우도 문제는 그것이 좁은 공동체에서만 적용될 수 있다는 것입니다. 이러한 행동 규범은 전근대의 한국에서도 엄격하게는 지킬 수 없었고, 학문이 깊은 사람만이 실행할 수 있는 것으로 생각되었습니다. 푸코가 이상화하고 있는 에토스의 사회가 반드시 민주적인 사회가 되기 어려운 것이듯이 유교 윤리의 사회도 위계질서의 사회였습니다. 한국이 외부에 대하여 열린 민주적 사회가 되는 데에는 19세기 말부터 계산하여 100년간의 혼란이 있어야 했습니다. 이 과정에서 윤리는 개인적인 의미를 갖기보다는 민족주의의 집단 윤리로 대치되었습니다. 그리고 민주주의적 가치와 제도가 왔습니다. 그러나 그것이 지금에도 완전히 자리를 잡았다고 할 수는 없습니다. 우리는 아직 그 보편적인 의미를 그대로 받아들이지 못합니다. 물론 민주주의 자체가 모순을 가지고 있습니다. 그것은 개인과 사회의 어려운 조화를 말합니다. 민주주의는 개인의 자유 — 개인이 자신의 선택에 따라서 자신의 삶을 창조할 권리를 보장합니다. 그리고 그것이 합리성의 제도에 의하여 하나로 통합될 수 있다고 말합니다. 이 모순의 조화를 이루기가 쉽지 않습니다. 그런데 이것이 개인의 윤리적 변용이 없이

---

78 『퇴계 선집』, 233쪽.

도 가능할까요? 이렇게 묻는 것은 유교적 전통 때문만은 아닙니다. 개인의 변용을 빼놓은 민주주의는 그 자체만으로 문제적인 것이라고 할 수밖에 없지 않나 합니다.

이제 다시 오늘의 세계 세계화의 문제로 돌아가겠습니다. 푸코가 생각하는 희랍이나 로마 사회 또는 유교 국가로서의 한국과 같은 윤리 사회는 이질적인 사회로부터 완전히 유리된 이국 혐오의 사회일 가능성이 큽니다. 비록 이론적으로 이문화를 받아들인다고 하여도 마음의 깊은 곳에서 그러하기가 쉽지 않습니다. 그것보다는 특정한 공동체 — 그리고 그것에 기초한 인격적 수양, 이러한 것에 관계없이 의존할 수 있는 사랑과 유대를 강조하는 것이 앞으로 다가오고 있는 지구적인 사회를 위하여 좋은 일이 될는지 모르겠습니다. 좁은 지역의 테두리 안에서 이루어진 공동체들이 서로 부딪쳐 충돌하고 그 과정에서 생겨나는 혼란을 피하려면, 개인들의 우연한 만남을 선의의 관계로 엮어 내는 이성적이고 민주적인 사회의 틀을 확장할 필요가 있을 것입니다. 이 제도의 확장은 여러 협상과 타협의 누적된 결과로 현실이 될는지 모릅니다. 선생님이 생각하시는 것이 이 경험적 방법일 것입니다.

그러나 선생님의 현실주의에 동의하면서도, 다시 한 번 다른 생각들이 이는 것을 어찌할 수 없습니다. 세계화의 진행이 세계 문화로 나아가려면, 거기에 의식의 변화 — 적극적인 개입으로 이루어지는 의식의 변화가 있어야 한다는 생각을 떨쳐 버릴 수가 없는 것입니다. 자연 발생적인 문화의 잡종화가 가능하다고 하여도, 거기에는 협상이 있어야 하고, 협상에는 협상의 긴박성을 깨닫게 하는 계기가 있어야 합니다. 국가를 건설하는 데에는 민족주의가 요구됩니다. 생태 환경의 문제와 인류의 고통과 빈곤의 문제는 지구와 생명계의 요구에 대한 순응이 있어야 합니다. 이것은 단순히 물질적 삶의 조건으로서만이 아니라 존재 전체의 신비로서 깨우쳐져야 합니다. 여기에 철학과 문화 과학의 개입이 필요합니다. 이것을 인정하는 것은 노예의 길이 아니라 정신적인 만족을 약속하는 길입니다. 이것은 사람에 베풀어진 삶의 선물을, 오랫동안 시인들이 노래해 왔듯이, 고마운 것으로 받아들이는 일이기도 합니다. 이것은 자신을 돌보는 계기로 하여 알게 되는 일들입니다.

세계화로 인한 문화의 만남은 갈등을 가져올 것입니다. 그러나 그것이 삶을 풍부하게 하는 선물이 되기를 바랄 수도 있습니다. 여기에는 새로운 통합의 문화가 성립하여야 할 것입니다. 그것은 진리와 비진리의 변증법이 가져오는 고통을 감내하면서 앞으로 일어날 문화의 잡종화를 받아들이는 것이라야 할 것입니다. 그것이 많은 문화의 종합을 뒷받침하고 앞으로의 세계에서 보다 나은 미래, 보다 지속 가능한 미래를 위한 실천적인 작업을 뒷받침할 것입니다.

지금 결론처럼 말씀드린 것은 조심스럽게 연구해 낸 것이라기보다는 이 글을 급하게 마감하고자 하는 마음에서 만들어 낸 수사적인 결론이라 할 수밖에 없습니다. 주어진 시간이 너무 짧기 때문에 더 압축하고 논리적으로 정리하지 못하면서, 결론을 내야 한다는 압박을 심리적으로 느끼기 때문에 그렇게 되었다고 변명을 할 수밖에 없습니다. 그러나 결론에 대신하는 수사적인 말들은 다시 본래의 문제 제기의 한 준거가 되었던, 생태적인 관점 그리고 인간의 지상의 삶, 다자인(Dasein)과 존재하는 모든 것의 바탕으로서의 존재 그 자체(Sein)의 관계에 대한 하이데거의 철학적 관점들로 돌아간 것입니다.

질문. 하이데거가 말하는 바 우리의 사고에 부름을 주는 존재, 그것을 돌아보아야 할 필요에 대하여 어떻게 생각하시는지,(그가 *Was is Heißt Denken?*에서 말하고 있는 것이 이 부름에 관한 것이라고 한다면) 또 사람이 지상에 거주함에 있어서 없을 수 없는, 시적으로 변주되면서도 역시 실재에 근거하는 진리에로의 부름, 존재가 스스로를 감춤에도 불구하고 그 진리를 드러내야 하는 사람의 필요, 이러한 것들에 대하여 어떻게 생각하시는지 평하여 주시기를 부탁드리겠습니다. 이런 문제는 단순히 형이상학적 문제라고 할 수 없습니다. 알지 못한 나라에서 온 이방인과 마주치면, 우리는 그를 인간이라는 보편적 범주 속에서 만날 수 있어야 합니다. 이방인이 전적인 타자라고 할 때도, 보편적 존재자라는 것을 전제하면서, 또 절대적인 타자성이라는 것이 무엇인가를 이해할 수 있는, 어떤 형이상학적 선이해(先理解)를 가지고, 그를 대할 수 있어야 할 것입니다. 지역과 혈연을 바탕으로 한 감정적 관계만으로 이러한 경우를 감당해 낼 수 있을는지요?(선생님은 지구적 환경에서도 이러한 것이 충분한 감정 자원이 될 수 있다고 생각하십니다.) 절대적 타자성에 대한 우리의 태도는 어떠한 존재자와의 만남에서나 만남의 궁극적 바탕이 되는 것이라고 하겠습니다. 이 바탕은 모든 위험에도 불구하고 대긍정을 요구합니다. 삶 자체가 그러한 대긍정 위에 가능해지는 것이라 할 수도 있습니다. 새로운 문화의 만남에서 우리는 존재의 감춤 안에 드러날 새로운 진리를 필요로 하는 것 같습니다. 그럼으로써 우리는 평정과 용기를 가지고 확대되어 가는 삶의 지평을 바라볼 수 있을 것입니다. 이러한 삶의 근본적인 문제 — 필요하면서도 형이상학적이라고 할 수밖에 없는 문제에 대한 의견을 들려주셨으면 합니다.

다시 한 번 이야기가 길어지고 질문이 길어진 것을 사죄합니다. 건강이 좋아지시기를 진심으로 기원하며, 이만 끝내겠습니다.

김우창 삼가 올림

로티 교수 귀하: 보유(補遺)

오늘 아침, 선생님이 원하신, 문화 다원주의 시대에 있어서의 아시아의 주체성에 관한 저의 에세이를 다시 DHL 편으로 송부하였습니다. 여기에서는 오늘이 토요일입니다. 선생님 댁에 그것이 도착하는 데에는 조금 시간이 걸릴 것으로 생각합니다.

제가 보낸 질문서 겸 에세이는 이번에 두 번째로 보내 드리는 것으로 끝났습니다. 적어도 그럴 셈으로 그것을 쓰고 보내 드렸습니다. 두 번째 것은 선생님이 말씀하시는 바와 같이 첫 번째에 제기한 문제에 대한 배경 설명을 시도한 것입니다. 이 두 번째 것을 먼저 전개하고 첫 번째의 질문으로 나아갔더라면 이야기가 조금 더 분명하지 않았을까 하는 생각이 듭니다. 그리하여 위에 두서없이 말씀드린 것들을 다시 하나로 묶을 수 있는 근본적인 문제 전개의 기본적인 틀에 대하여 설명드려야 할 필요를 느낍니다. 지금 조금 길게 말씀드리는 것은 세 번째의 글이라기보다는 앞의 것들을 재정리하는 보유(補遺)가 되겠습니다. 따라서 되풀이되는 것들이 있을 것입니다.

지금까지 말씀드린 것은 세계화와 문화의 혼성에 관계되는 문제들입니다. 여기에서 다시 말씀드리고자 하는 것은 위에 간단히 언급한 하이데거와 푸코가, 하와이 논문과 다른 저서들에서 미루어 본 선생님의 견해, 특히 세계화와 문화 다양성의 문제에 어떠한 관계를 가지고 있는가 하는 것입니다. 아래 말씀드리는 것은 선생님에게 새로운 질문을 드리는 것이 아니고 위에서 펼쳐 본 논의를 다시 한 번 전체적인 논리의 관점에서 정리해 보려는 것입니다. 물론 제가 말씀드리는 것에 대하여 선생님이 논평하시고 싶은 것이 있으실 수는 있겠습니다. 선생님의 강연 원고, 「철학과 문화의 잡종화」에서 선생님은 지금 일어나고 있는 세계화와 문화 혼융에 대하여 대체적으로 낙관적 의견을 가지신 것으로 평가할 수 있지 않나 합니다. 이에 대하여 저는 처음 보내 드린 에세이에서 말씀드린 것처럼 이것을 조금 더 문제적인 것이고 보다 적극적인 사유의 개입을 요구하는 것으로 생각하고 있습니다. 그러나 현실적으로 그 과정이 저절로 가게 두는 수밖에 없다는 점 그리고 그것이 민주적인 과정이 되도록 정치적 노력을 기울일 수는 있다는 점에 대해서는 저도 선생님과 견해를 같이한다고 하겠습니다.

선생님이 낙관적인 이유의 하나는 철학이나 문화를 너무 심각하게 생각하지 않아야 된다는 입장에서 나옵니다. 그중에도 철학은 어떤 특정한 상황에 대한 반응이며, 상황이 바뀌면 철학도 바뀐다고 말씀하십니다. 그래서 철학적인 심각성은 이러한 상황의 변화와 더불어 사라지게 됩니다. 이것은 문화에도 그대로 해당이 됩니다. 문화란, 말씀하시는 대로, 인간의 필요에 대응하기 위한—특정한 시점에서의—인간적 가공물입니다. 이 가공물은 시대와 더불어 바뀌게 마련입니다. 문화나 철학이 가변적인 것이라는 것을 사람들이 직시할 필요가 있습니다. 이 가변성이 있기에 문화의 잡종화가 큰 갈등 없이 일어날 수 있습니다. 이러한 가변성은 문화와 철학의 역사적 성격을 말한 것이지만, 실천적인 의미를 가질 수 있습니다. 이것들은 너무 심각하게 취하기로 마음을 정하게 되면, 개인적으로나 집단적으로나, 그야말로 '문명의 충돌'이 일어나게 되겠지요. 중동에서 일어나는 것이 이것이지요. 문화에 대한 선생님의 실용주의적 태도는 그 자체로 문화 접촉에서 관용성을 촉진하는 데에 도움이 될 것입니다.

그러나 이 가변성도 자명한 것이라고는 할 수 없습니다. 먼저, 어떻게 하여 이것을 인정하는 입장에 이르게 하는가 하는 문제가 있다고 하겠습니다. 어떤 사람들에게는 자기 철학이나 자기 문화가 제시하는 어떤 세계관이나 입장이 인간 현실에 대한 부분적인 관점을 나타낸다는 것을 설득하는 일은 지극히 어려운 일일 것입니다. 설득의 가장 간단한 방법은 다른 사람과의 세계관 투쟁에서 자기의 뜻을 관철하는 것이 불가능하다는 것을 알게 하는 것입니다. 독단적인 인간이 나의 입장뿐만 아니라 다른 사람의 입장도 절대성을 가질 수 있다는 것을 인정하게 하는 것이지요. 그다음은 타협할 수 없는 두 입장을 타협하게 하는 것인데, 그것은 하나로 합치는 것이 불가능하면서도, 하나의 세계 공간에서 살아야 한다는 현실을 상기하게 한 다음에 가능하게 될 것입니다. 그리고 불관용의 추구가 피차에 이익 될 것이 없다는 것을 인정하는 것이 필요합니다. 여기에 이루어지는 것이 힘의 타협이고 합리성의 타협입니다. 그중에도 우리가 원하는 것은 합리성의 타협입니다. 그런데 이것은 합리성의 수락을 전제합니다. 사회 계약론이나 홉스의 국가론은 이러한 합리성에 입각한 이해관계의 타협을 말하는데, 이것을 문화 간에도 적용할 수 있을 것입니다. 합리적 타협에 입각한 정치 제도가 민주주의입니다. 선생님이 거론하시는 미라보나 제퍼슨이나 손문이 가지고 있던 민주주의 사상 밑에는 이러한 합리적 타협의 가능성에 대한 믿음이 있습니다. 그러나 합리적이고 민주적인 원칙이 누구에게나 자명한 것은 아닙니다. 미국과 이스라엘 그리고 이슬람교도 사이에 일어나고 있는 갈등은 합리적 타협의 발견이 얼마나 어려운가를 예증합니다.

이러한 사정에 비추어 보면, 철학은 전혀 할 일이 없는 것인가요?(물론 이것은 문화 과정에서의 자기 수련의 의미를 하나의 학문으로 집약하여 말한 것에 불과합니다.) 선생님은 오늘의 문제를 해결하는 자원으로 영미의 분석 철학은 물론 유럽 철학도 별로 할 수 있는 일이 없다고 생각하십니다. 칸트의 『영구평화론』은 서양 철학에서는 국가 간의 평화라는 현실 정치의 문제를 논한 가장 유명한 논저입니다. 출간되고 200년이 지났지만, 그것이 인간의 전쟁 성향을 크게 바꾸어 놓았다고 할 수는 없습니다. 그렇다면 칸트 철학과 같은 것을 더 해 보아야 별로 현실적인 의미를 갖는다고 할 수는 없을 것입니다. 그러나 다른 한편으로 칸트의 생각이 별로 효과가 없었다는 것은 더욱 심도 있는 철학 훈련이 필요했었다는 것을 의미할 수는 없을까요?

말하자면 이성으로 납득할 수 있는 논리는 다 나와 있는데, 그것을 배우게 하는 일이 제대로 되지 못했다고도 할 수 있으니까요. 이 훈련을 더 철저히 한다는 것은 물론 국가의 테두리 안에서 이루어질 수밖에 없을 것입니다. 그리고 정책 결정자들이 조금 더 이러한 훈련을 가진 사람들로부터 나오게 되기를 희망해 볼 수 있지 않을까 하는 것입니다.

이런 희망의 관점에서 본다면, 다음 문제는 교육의 관점에서 합리성의 교육이란 어떤 것이어야 하는가, 교육의 핵심으로서의 합리성이 무엇인가 하는 것을 생각하는 일입니다. 물론 우리가 타자와의 관계에 있어서 합리적으로 행동한다는 것이 무엇인가 하는 문제도 생각하여야 할 것입니다. 이러한 것들을 교육에서 생각하는 것이 보다 관용성 있는 인간의 미래에 전혀 관계가 없다고 할 수는 없지 않을까 합니다.

교육에서 필요한 것은 합리성의 훈련 이외에 인간에 대한 존중심의 함양이라고 할 수 있습니다. 칸트의 지상 명령, "당신의 행동이 보편 법칙이 될 만한 격률에 따라서 행동하라." — 자신의 행동을 다른 사람이 당신에게 그대로 되풀이해도 좋다고 생각하면서 행동하라. 그리고 당신이 자신의 인격을 목적적인 것으로 생각하듯이 다른 사람의 인격도 그 자체로 목적이 된다고 생각하라. — 이러한 칸트의 실천 이성의 규칙은 단순히 논리적인 것은 아니라고 할 수 있습니다. 다른 사람을 나 자신처럼 대접해야 할 논리가 있다고 하더라도 그것에 따라 행동할 절대적인 이유는 없으니까요. 이 논리는 다른 사람을 인간이라는 보편적 범주에 넣어 생각하고 덧붙여 다른 사람에 대한 공감적 이해가 수반되어 비로소 행동적 의미를 가질 것입니다. 인간으로서의 인정 그리고 존중, 이 두 기준은 다른 문화와 이방인을 대할 때에도 그대로 적용될 수 있습니다. 이러한 논리와 공감을 연결한 역지사지의 행동 수칙은 유교에도 있고, 더 일반화되고 보편화된 형식으로 표현되어 있지만, 불교나 기독교의 자비와 사랑의 교훈에도 들어 있습니다.

이러한 실천적인 가르침들은 그대로 문화와 철학의 훈련에서 나올 수 있는 것이 공평하고 초연한 자세라는 것을 말합니다. 그것은 지적으로나 감성적으로 보편성의 훈련에 도움을 줄 수 있습니다. 물론 사람이 문화의 소산이라는 것은 인류학자들이 말하는 것과 같습니다. 그렇다는 것은 문화가 사람의 생각을 한정하는 역할을 한다는 것을 말합니다. 그러면서도 인류학적인 의미의 문화를 포함하여, 문화는 일반적으로 보편적 차원을 갖는다고 할 수 있습니다. 그래서 그것이 개인을 사회 속으로 이끌어 갈 수 있는 것이겠지요. 지역성과 보편성, 이 두 개가 하나로 되어 문화가 이루는 인간성 실현의 약속이 생겨납니다. 문화는 말씀하시는 대로 역사의 산물입니다. 그것은 특정한 시기의 특정한 대응책으로서 인간이 꾸며 낸 구조물입니다. 그런데 역사도 양의적인 가능성을 가지고 있습니다. 선생님은 역사에서 교훈을 얻는 것이 아니라 그것으로부터 새로운 미래를 창조하는 것이 중요하다고 하십니다. 그러나 여러 상황에 대한 여러 대응물이 누적되어 있은 것이 역사라면 거기에서 배울 것이 있지 않겠습니까? 선생님이 제퍼슨이나 헤르더를 언급하시는 것도 그러한 뜻이 아니겠습니까? 선생님은 "인간의 자기 창조"를 말씀하십니다. 다른 한편으로 독특한 개인의 자기 형성을 강조하십니다. 그러나 이 두 가지가 이어져 있다는 말씀은 하시지 않습니다. 어느 경우에나 모범이 있다면 도움이 되겠지만, 개인의 자기 형성은 특히 모범을 필요로 할 것 같습니다. 물론 이때 모범은 사람을 억지로 끼워 넣는 거푸집이 아니고 자신의 삶을 반성적으로 되돌아보는 데에 참고가 될 만한 모범입니다. 이때 이 모범들은 역사 속에서 보편적인 의미를 획득한 인물이기 쉽습니다.

두 번째 보내 드린 글에서 푸코의 자기 돌봄의 기술을 길게 이야기하였습니다. 다시 한 번 이미 말씀드린 것을 되풀이하는 것을 용서하여 주시기 바랍니다. 푸코를 이야기한 것은 그가 20세기 사상가 가운데에 전통에서 발견할 수 있는 사례를 크게 치기 때문이었습니다. 물론 그러한 예를 통하여 자기를 형성한다는 것은 문제를 한 번에 해결하겠다는 것도 아니고 예로부터의 모범을 맹목적으로 따르겠다는 것도 아닙니다. 선생님은, 이미 말한 바와 같이 "궁극적인 것", "절대적인 것"에 의지하는 사고와 현실 전략을 싫어하십니다. 푸코도 초월적인 차원에 대한 이야기는 철저하게 기피합니다. 다만 자신을 돌봄에 능숙하기 위하여서는 과거의 예들을 참조할 필요가 있다고 생각합니다. 여기에는 여러 가지 수법이 활용될 수 있습니다. 모두 주체의 형성에 관한 것이지요. 선생님은 주체라는 용어가 정당성이 없다고 생각하시지만, 주체의 형성에 관계된 수법에서 가장 중요한 것이 금욕의 기율입니다. 삶의 양식을 채택하는 것 자체가 자제를 요구합니다. 있을 수 있는 많은 대안들에서 어떤 대안을 취하려면 기율이 필요합니다. 우리의 선택을 한정하는 조건 — 그중에는 우연한 것도 있고, 별수 없이 받아들여야 하는 것도 있고, 마땅히 받아들여야 하는 여건, 가령 환경적 고려나 타인에 대한 고려와 같은 것이 있는데, 이것들은 모두 일정한 체념을 요구합니다. 금욕과 체념의 선택에서 특히 중요한 것이 역사의 사례들에서 배우는 것입니다. 이것이 자기를 돌보는 일에서 중요한 부분을 이룹니다. 일관된 자아의 원리를 다져 내어야 합니다. 삶의 경영과 관련하여 서양에서는 로고스가 그 역할을 담당합니다. 동양에서 이 로고스에 해당하는 것이 '도(道)'입니다. 이것은 간단히 이야기하면, 들판을 갈 때 걸어가야 할 길이라고 할 수 있습니다. 들을 갈 때는 앞사람이 간 길을 따라가는 것이 좋겠지요. 그렇다고 새 길을 찾는 것이 배제된다는 말은 아닙니다. 이 모든 일에 자기 성찰의 계기가 들어갑니다. 예들에서 배우는 것들은 사실과 실천적 행동 수칙의 집적일 수 없고, 하나의 일관된 자아의 원리가 되어야 합니다. 이 자기 성찰의 기율과 훈련이야말로 자기 수련의 핵심이라고 할 수 있습니다. 그것은 이론적 추구에서만이 아니라 일상적 삶을 위해서도 중요한 저울대를 마련하는 일입니다. 그것을 통하여 우리는 내면으로 들어가면서 세계로 나아가고, 세계와 동료 인간들을 객관적이고 공정한 빛 속에서 바라볼 수 있게 됩니다.

자기 수련은 사람을 변용하여 탁월한 개인이 되게 하며 동시에 존경받는 공동체의 일원이 되게 할 수 있습니다. 물론 이 공동체는 자기 완성에 가치를 부여하는 공동체여야 할 것입니다. 개인은 "선하고, 아름답고 존경할 만하고 모범이 될 만한 에토스" 안에서 그에 합당한 개인이 됩니다. 푸코의 수련된 인간상을 다시 요약하건대, 그런 인물은 자신의 전통이 제공할 수 있는 배움에 숙달하고, 그의 공동체에서 그 아름다운 인품과 동료 인간들의 복지를 위한 책임감으로 하여 존경을 받는 사람입니다. 이것은, 이미 말한 바와 같이, 유교적인 인간상에 매우 가깝습니다. 이 닦여진 인간에 문제가 없는 것은 아닙니다. 그가 반드시 민주적인 인간일지는 알기 어렵습니다. 또 그러한 사람은 어쩌면 자신이 얼마나 자연에 뿌리내리고 있는가—그 아름다운 열매와 은혜와 함께 그 엄격한 돌봄의 요구를 망각할 수도 있습니다. 가장 큰 문제는 돌보아진 자아의 궁극적 실현을 가능하게 하는 에토스가 매우 좁게 한정된 전통과 공동체가 될 가능성이 크다는 것입니다. 급격하게 변화하고 넓어지는 세계 속에서 어떻게 자기를 돌볼 것인가에 대하여 그러한 사람은 망망한 느낌을 가지기 쉽습니다. 자신의 공동체에 대한 밀착은 외국인 공포의 원인이 될 수 있습니다. 어쩌면 에토스 안에 완성되는 푸코의 이상적 인간은 현대 세계에는 자리가 없다고 할 수도 있습니다.

그러나 세계화하는 세계에서도 에토스적, 윤리적 인간 완성을 미리 배제할 필요는 없습니다. 세계화하는 세계를 수많은 에토스의 공동체로 조직하는 방법은 없을까요? 전 지구적인 것과 지역적인 것을 하나로 합칠 수 있다는 생각들이 이야기된 일이 있습니다. 두 개의 결합이 비현실적이라고 하더라도, 그러한 생각을 살려 두도록 노력하는 것이 문화의 영역에서 일하는 사람들의 의무가 아닐까요? 선생님과의 교신 처음에 장 피에르 바르니에의 『문화의 세계화』라는 책을 언급한 일 있습니다. 그는 기업과 과학과 기술의 면에서 세계가 동질화한다고 하더라도 지역 문화는 그 특성을 그대로 지닌다는 주장을 하고 있습니다. 이 말은 사회인류학자로서 현지 조사에서 나온 증거를 보면서 하는 말입니다. 얼마 전에 저의 소속 대학인 고려대학교에서는 그로닝겐 대학교의 리엔 세허스(Rien T. Seghers) 비교문학 교수를 초청하여 강연을 들은 일이 있습니다. 그는 유럽이 연합하여 하나가 되어 가도, 네덜란드 문화는 유럽 문화라는 한 가지 문화로 동화되지 않는다는 것을 강조하였습니다. 유럽화와 세계화의 압력하에서 변화가 전혀 없다고 하는 것은 믿기가 어려운 일이었습니다. 그러나 지역 문화가 살아남고 그 특성을 유지할 수 있다는 가능성을 배제할 필요는 없다고 생각합니다. 물론 저도 문화와 의미와 가치에 대하여 조금 더 느슨한 태도를 가지고 별 큰 문제가 없이 문화의 잡종화가 이루어지기를 바랍니다. 그러나 문화가 관용성의 틀 안에서 공존하고 하나로 어울린다는 것이 반드시 지역 문화가 자기의 특성을 추구한다는 것과 갈등 관계에 있는 것인지 — 이러한 것을 쉽게 판단할 수는 없다고 생각합니다.

다시 한 번, 푸코의 에토스의 인간과 작은 공동체의 연결은, 그것을 너무 일방적으로 취할 때, 다른 면에서도 문제를 가질 수 있습니다. 거기에 번성하는 것은 우물 안 개구리의 자기만족일 수 있습니다. 그리고 자기 수련의 인간이라는 것도 그 테두리 안에서는 자기 교양에 갇힌 바보일 수도 있습니다. 자기 수련의 인간이 보다 완전한 삶을 추구하려면, 자기 공동체의 테두리를 벗어나고 자신의 문화의 우리를 벗어나 다른 문화를 경험하여야 합니다. 이것을 예비하여 주는 것이 문화가 인공의 구조물이라는 것을 아는 것입니다. 이것을 이해하는 데에 도움을 줄 수 있는 공부의 하나가 역사 공부일 것입니다. 거기에서 우리는 사람의 일이 일관된 이치가 없는 것은 아니면서도 끊임없이 바뀐다는 것을 알게 됩니다.

하이데거는 이러한 깨달음에 보다 근본적인 이해를 준다고 생각합니다. 그는 단지 문화나 역사를 말하는 것이 아니고 그것을 인간 존재의 근본에 이어서 말합니다. 그의 생각으로는 진리는 드러냄의 과정이고 다른 진리의 다툼 가운데에 이루어지는 진리 창조입니다. 이 진리이면서 진리를 벗어나는 진리가 모든 믿음과, 확신과 실천 아래 놓여 있습니다. 드러냄과 감춤의 아래에는 존재의 열림이 있습니다. 그리고 존재는 그 열림과 드러남에도 불구하고 궁극적으로는 절대적인 타자로서 불가지의 것이라는 것도 시사됩니다. 이러한 존재론적 인식이야말로 타자를 만나게 될 때, 그가 알 수 없는 타자임에도 불구하고 존중되어야 한다는 것을 가르쳐 주는 것이 아닐까. — 저는 이렇게 생각하고 있습니다.

존재의 불가지성은 우리로 하여금 사람의 지상의 거주, 그 자유와 구속, 자기 기율과 자기 억제를 요구하는 한계를 경이감으로 받아들이게 합니다. 이러한 경이감은 인간으로 하여금 자신의 진리와 아직도 감추어져 있는 진리의 본질 — 창조의 자유와 모든 것의 모태로서의 지구를 조심스럽게 대하게 할 것입니다. 이것은 그러한 인간을 자연으로 열리게 하고, 다른 동료 인간에게 열리게 할 것입니다. 다른 문화와 사회에 대한 우리의 태도도 마찬가지입니다. 다른 문화의 사람들이 서로 다르면서도 서로 인정할 수 있게 되는 것은 인간의 거주가 지구에 바탕한다는 사실에 대한 깨달음을 통해서입니다. 진리의 작업은 단순히 공리적인 의미를 갖는 작업이 아닙니다. 그것은 그 안에 삶의 송가 또는 (아리스토텔레스가 철학의 동기를 그러한 것이라고 했듯이) 세계에 대한 경이감을 품어 가지고 있습니다. 하이데거는 그의 『형이상학 입문』을 형이상학의 근본 문제는 "어찌하여 없음이 아니라 있음이 있느냐"라는 말로 시작합니다. 이것은 답을 바라는 것보다는 사물의 있음에 대한 사람의 경이감을 나타내는 것이라고 생각됩니다.

존재의 진리 그 드러남의 기이한 과정과 맞닥뜨리면, 그와 동시에 우리는 모든 것의 근본 바탕으로 열리고, 모든 진리의 가능성, 모든 문화의 가능성에 열리게 되고, 경계를 넘어 다른 진리, 다른 문화에 열리게 되는 준비가 되는 것이 아닐까요? 물론 이 열림이 쉽게 주어지는 것이 아니라 할 수 있습니다. 하이데거는 우리의 진리는 역사적으로 결정되고 그것은 우리의 소명에서 나온다고 합니다. 우리의 진리를 존재의 본래적인 드러남에 비추어 다시 그 진정성을 확인하는 도리는 없다고 하겠습니다. 스스로를 감추는 진리를 바탕으로 하여 타자의 진리에 근접해 가는 것은 지난한 일입니다. 드러남으로서의 진리의 작업은 역사적으로 결정된 진로에 따라 진행됩니다. 일본의 철학자 구키 슈조(九鬼周造)가 하이데거를 만났을 때, 그는 하이데거에게 불교의 무의 개념을 설명하고 그의 생각과 불교 사이에 공통점이 있다고 생각하는가 하고 물었습니다. 하이데거의 답은 완전히 부정적이었습니다.(제가 그 대화의 기록을 읽은 것은 너무나 오래된 일이 되어서 지금 바르게 기억하고 있는지에 대해서는 자신이 없습니다.) 하여튼 해체의 작업으로서의 진리의 작업도 대체로는 하나의 전통 안에서 이루어져야 하는 것이 아닌가 합니다. 그리고 그곳으로부터 시작하여 공통의 공간으로 나아가고 공통의 문화를 구성해 나가야 하지 않을까 합니다. 결국 모든 진리는 단순한 표현에 있는 것이 아니라 그 표현이 나오는 메이트릭스 안에서 의미를 갖습니다. 그로 인하여 그것은 단순한 언어 표현을 넘어 무수한 연상과 울림을 가집니다. 이 메이트릭스는 개인의 주체이기도 하도 문화의 주체이기도 합니다. 그것은 극히 독특한 창조의 근원입니다. 그러면서도 그것은 인간의 보편적 주체성 안에 있기에 결국은 하나로 만날 수 있는 것이라 하겠습니다. 다른 것은 여러 가지 것을 하나로 모으는 컨피규레이션(configuration)이고, 이것을 만드는 능동적 활동은 모든 인간이 공유하는 것이 아닌가 합니다.

이러한 것들이 하나로 합치는 과정은 복잡한 것일 수밖에 없습니다. 그러나 그러한 과정이 진행되는 동안, 필요한 것은 서로 다른 문화와 다른 민족 사이에 관용의 계약을 맺는 것이라 하겠습니다. 그러면서 시험적으로 문화의 잡종화가 일어나고 타자에 대한 접객(接客)의 규칙을 협상하는 일이 벌어집니다. 여기에 동기가 되는 것은 이해관계만은 아닙니다. 그것에 못지않게 작용하는 것은 겸허함입니다. 겸허가 우리로 하여금, 하이데거식으로 말하여, 열리는 공간의 열림에 참여할 수 있게 합니다. 그러면서 이 열려 오는 모든 것을 우리 자신의 문화에, 우리의 에토스에 흡수하고, 앞으로 오게 될 전 지구적 문화를 향하여 서서히 나아가게 될 것입니다.

이것이 제가 말씀드리고자 하는 전체적인 요지인 듯합니다.

7. 문화 정치로서의 철학(리처드 로티)[79]

서로 편지를 주고받으면서 김 교수와 나는 「다문화주의와 아시아의 주체성」이라는 그의 논문에서 논의된 다양한 주제들에 대해 상당히 자세하게 의견을 교환했다. 이 과정에서 김 교수는 내게 몇 가지 질문을 제기했다. 이제 그 질문에 답해 보고자 한다.

김 교수는 다음과 같이 묻고 있다. "다가오는 지구 공동체를 위해 도움이 될 수 있는 보편성에 개인이 어떻게 도달할 수 있는가? 이런 일을 돕기 위해 세계의 문화 전략은 어떻게 동원되어야 하는가? 이런 방향의 다양한

---

79 이유선 번역.

개인적 노력이 교육 프로그램에 어떻게 통합될 수 있는가? 그리고 이것이 어떻게 한 사회가 기능적으로 수행하는 일의 일부가 될 수 있는가? 간단히 말해서, 단지 이론적이고 발견법적인 의도를 위해 잠정적인 수준에서라도 문명 충돌을 해결할 어떤 기구를 만들어 낼 수 있는가? 더 구체적으로 말해서, 서구 민주주의에 대한 당신의 해석학을 세계적인 관점으로 확장시키는 것이 가능한가?"

이런 일련의 질문에 대한 나의 주된 답변은 다음과 같다. 우리는 보편성에 대해 우려해서도, "문명 충돌을 해결할 어떤 기구"를 희망해서도 안 된다는 것이다. 충돌하는 문명들이 시행착오를 거쳐 잠정적인 협정을 이끌어낸 후—즉 우리가 평화적으로 공존하는 방법을 발견하는 데 성공한 후—모든 사람이 동의할 수 있는 공통의 원칙에 대한 언명을 제시하는 일이 가능할 것이다. 그러나 그렇게 되면 실제적인 일은 이미 이루어져 있을 것이다. 공통의 원칙이란 사람의 눈을 끌기 위한 장식에 불과하게 될 것이다. 철학은 보편성 목표로 하는 일반 기구를 제안함으로써 정치에 도움을 줄 수는 없다. 철학은 구성적이기보다는 파괴적일 때 가장 도움이 될 수 있을 것이다. 즉 철학은 관습의 외피를 깨고 사회·정치적 실험을 할 수 있도록 길을 열어 줄 때 가장 도움이 될 것이다.

김 교수는 "계급이나 민족 국가에 기반을 둔 현존하는 이해의 충돌"이 "문명의 충돌"보다 더 현실적이라는 것을 인정하고 있다. 그러나 그는 그럼에도 불구하고 "다문화적이며, 다양한 갈등이 벌어지는 세계와 관련된 복합적인 문제에 대해 조용하고 열린 마음으로 반성하는 것이 중요한 촉매제가 될 것"이라고 믿고 있다. 나는 그에 대해 의문을 가지고 있다. 우리는 김 교수가 "실존하는" 문제라고 부르는 것에 매달려서 점진적이며 실제적인 해결을 찾아야 한다는 것이 나의 생각이다. 이것은 다양한 민족 국가들의 정치, 경제, 사회적 역사의 차이에 대해 초점을 맞추는 것, 그리고 종교적이거나 철학적인 견해 사이의 일치나 불일치보다는 그들이 직면하고 있는 문제들에 초점을 맞추는 것을 의미한다.(공자와 소크라테스의 차이, 혹은 성 프란체스코와 부처의 유사성과 같은) 종교적, 철학적 견해의 일치나 불일치는 일차적으로 한가한 지식인들의 자기-서술의 차이이다. 그런 지식인들은 자신들의 공동체가 직면한 문제를 해결하는 데보다는 완전한 삶을 가꾸어 가는 데 더 관심이 많다.

김 교수가 공자의 수양(self-cultivation)과 독일의 교양에 대해 공통적인 과정으로 서술하고 있는 것, 즉 그가 생각하듯이 인간을 개별성으로부터 구출해 어떤 보편적인 차원으로 데려다주는 과정은 내가 보기에는 정치, 사회적 변화에 대해서는 대체로 부적절한 것으로 보인다. 그가 "자기-비판적 반성"이라고 부르는 것은 내가 보기에는 강자에 대한 약자의 투쟁에 관한 함의가 거의 포함하고 있지 않다. 그런 투쟁은 자유 민주주의 제도에서 정점에 이르렀다고 할 수 있다. 대부분의 서구 지성인들과 마찬가지로, 나는 그들이 그런 투쟁을 지원하는 정도에 따라서 문화가 평가되어야 한다고 믿고 있다.

이것이 미국과 한국과 같은 현대 민주주의 사회의 차이와 비교했을 때, 봉건적인 아시아와 봉건적인 유럽의 차이는 사소한 것이라고 내가 생각하는 이유이다. 추측하건대 김 교수는 봉건적인 아시아와 봉건적인 유럽의 차이가 내가 생각하는 것보다 훨씬 중요하다고 보고 있는 것 같다. 그렇지만 우리는 다음과 같은 점에 동의했다. 즉 그의 표현을 빌리면, "문화적 충돌에서 결과로 나올 수 있는 문화적 통치 양식은, 그것이 만약 폭력을 최소화한 것이어야 한다면, 다양성에 대한 관용과 협상에 대한 개방성을 가지고 있는 자유 민주주의가 될 것이다." 우리는 또한 다음과 같은 것에 동의한다. "아시아에서 근대의 건설은 자유 민주주의의 용어에 적응하는 만큼 성공할 수 있었다." 그렇지만 김 교수와는 달리 나는 자유 민주주의와 관련하여 거기에 특별히 서구적인 어떤 것이 있다고 생각하지 않는다. 따라서 나는 유럽의 역사에서 교훈을 얻고자 하는 태도가 서구의 이데올로기적 헤게모니에 관한 우려를 낳는다고 생각하지 않는다.

물론 자유 민주주의는 아시아보다는 유럽에서 먼저 등장했다. 그러나 자유 민주주의가 아시아에서 태동할 수 없었다고 생각할 만한 어떤 이유가 있는 것일까? 예를 들어, 하이데거가 "서구의 존재-신학"이라고 부른 것과 유교의 차이점은, 민주주의 혁명이 처음에 왜 유럽에서 일어났는지에 관한 질문에는 적합한 것으로 보이지 않는다. 기독교의 성직자와 중국 관리의 차이점은 지성사에서 중요한 것이지, 사회사나 정치사에서 중요한 것은 아니다. 사회정치적 관점에서 보면 농부에 대한 군주의 억압을 지원함으로써 자신들의 특권을 유지했던 두 지성인 집단은 완전히 똑같아 보인다. 플라톤주의와 불교의 차이는 내가 아는 한, 계몽주의가 불교나 이슬람이 지배하고 있던 세계에 나타나기 이전에 기독교 국가에서 나타난 이유가 무엇인가에 대한 질문에는 적절한 것이 될 수 없다. 사회적 변화의 시점은 문화 전통보다는 탐험을 위한 항해나 기술 혁신과 같은 우연한 일들과 더 관련이 있다.

김 교수는 "자유주의는 특정한 도덕적 신념과 삶의 방식에 대한 표현"이라는 록펠러의 말을 인용하고 있다. 록펠러와 나는 듀이의 프래그머티즘을 그런 삶의 방식을 구체화하려고 시도한 것으로 간주하고 있다. 그렇지만 김 교수는 다음과 같이 말을 잇고 있다.

> 서구 민주주의의 도덕적 가치의 중요성에 관해서 록펠러가 주장하고 있는 어떤 것과는 반대로, 서구 이외의 지역에 사는 많은 관찰자들이 보기에 서구의 근대성이 가지고 온 것은 상호성이나 조용한 자아 성취보다는 경쟁과 갈등이라는, 사회 영역에서의 윤리의 부식이었다. 만일 아시아의 문화와 다른

많은 비근대적 문화가 (서구의 근대성에 대해 — 옮긴이) 저항하고 부활했다면, 그것은 부분적으로는 그들 문화가, 그것이 개인적이건 집단적이건 간에 인간의 삶에서 윤리적인 것이 가장 중요한 것임을 긍정하는 데 기초하고 있는 것으로 여겨졌기 때문이다.

내 생각에 "사회 영역에서의 윤리의 부식"은 문젯거리가 아니다. 그런 구절은 사회 정치적 변화가 일어난 오늘날보다 옛날이 더 살기 좋았다고 생각하는 사람들이 늘 달고 다니는 불평이다. 그런 시절에는 통상적으로 더 많은 "상호성과 조용한 자아 성취"가 있었다고 이야기된다. 그러나 도덕적 진보는 사회적 변화에 대해 머뭇거리는 사람들에게는 언제나 "윤리의 부식"으로 등장하게 될 그런 것을 요구한다. 성 아우구스티누스는 이교도의 덕을 호사스러운 악덕으로 생각했다. 그러나 패배한 이교도들은 자신들의(윤리의 — 옮긴이) 부식을 한탄했다. 흄은 기독교에 의해 주입된 많은 덕이 "은둔적이며 금욕적"이라고 생각했지만, 수도사들은 성직 지원자가 없는 것을 한탄했다. 봉건적 질서가 붕괴되기 시작해서 오늘에 이르기까지 서구에서 자유 민주주의가 발전할 때마다 나타났던 첫 번째 단계는 그런 한탄에 의해 얼룩졌다. 그러나 이런 한탄은 빈사 상태에 빠진 낡은 도덕을 대체할 새로운 윤리적 전망의 탄생을 무시하는 것이다. 이것은 윤리적 실체가 그런 실체가 없는 상태로 대체되는 문제가 아니라 다른 실체로 대체되는 문제이다. 그런 대체가 좋은 것이냐 아니냐 하는 것은 그것이 자유의 증대를 나타내느냐 그렇지 않느냐 하는 데 달려 있다. 여기서 자유란 미래 세대가 윤리적 실체를 일소하고 변화시키는 능력을 뜻한다.

『공산당 선언』의 유명한 구절에서 마르크스와 엥겔스는 부르주아가 "인격의 가치를 교환 가치로 분해해 버리고 지금까지 경외심을 가지고 존경하고 우러러보았던 모든 직업에서 후광을 없애 버렸으며, 가족에서 정이라는 베일을 벗겨 버렸다."라고 말했다. 그러나 그들은 그런 신성한 것의 훼손이 서구가 기꺼이 치러야 할 대가였다고 올바로 생각했다. 봉건 체제를 제거하고 새로운 삶의 양식을 만들기 위해서 서구는 옳고 그름에 관한 개념을 바꾸어야만 했다. 서구는 낡은 이상을 새로운 이상으로 대체해야 했다. 이것은 윤리가 자신의 특권을 상실하는 문제가 아니라 새로운 윤리가 점차적으로 짜 맞춰져 가는 문제였다. 서구에서 윤리적 이상주의는 19세기에 가장 강하게 나타났다. 19세기는 노예제의 폐지, 사회주의 정당의 등장, 복지 국가의 탄생, 페미니즘의 부흥을 목도한 세기이다.

김 교수가 "서구의 많은 민주주의에서 국가와 교회의 분리는 정치와 도덕적 가치의 일반적인 분리의 일부일 뿐이다."라고 말했을 때, 이런 도덕적 격렬함—그리고 더 일반적으로는 서구 자유주의자들의 윤리적 이상주의—에 대해 충분한 정당화를 하고 있지 않다고 나는 생각한다. 그는 "절차적 올바름에 종속되는 사회 질서의 형태를 향해서 자유 민주주의가 나아가는 경향이 있다"는 것의 정도를 과장해서 말하고 있는 것으로 여겨진다. 지난 수세기 동안 정치적으로 활동적인 서구의 지성인들이 꾸었던 꿈은 절차적 올바름의 증가에 관한 것이 아니라 인간 자유의 확장에 관한 것이었다.

김 교수는 (우리가 주고받은 서신을 통해서) 다음과 같이 말하고 있다. "서구에서 진행되어 온 세속화의 전 과정은 사회 전체의 작용 속에서 윤리적인 관심을 부차적인 위치에 놓는 경우가 종종 있다." 내게는 그렇게 보이지 않는다. 세속화가 "인간에게 완전한 삶이란 어떤 것인가?" 하는 질문을 "우리의 사회, 정치적 제도를 위해서 어떤 변화가 이루어져야 하는가?" 하는 물음에서 분리시켰다는 것은 맞는 말이다. 그러나 앞의 질문은 내가 생각하기에는 나쁜 질문이다. "명상을 하거나 기도를 하면서 보내는 삶보다 다른 사람을 위해 봉사하는 삶이 더 완전한 삶인가?" 하는 것과 같은 질문에 대해서는 대답할 필요가 없다. 즉 인간의 삶을 인도하는 가능한 다양한 방식의 순위를 매길 필요는 없다. 즉 어떻게 살 것인지를 자유롭게 스스로 선택할 수 있는 제도를 만들 수 있다면, 우리는 어떤 선택이 최선의 선택인지에 대해 걱정할 필요가 없다. 오스카 와일드는 "사회주의는 개인주의를 위한 것이다."라고 말했다. 와일드는 밀의 『자유론』을 반복하고 있는 것인데, 밀은 거기서 사회, 정치적 변화의 목표가 인간의 다양성을 증대시키고 가능한 한 많은 삶의 실험을 고무하는 것이라고 주장했다. 내가 좋아하는 듀이의 관점에서 보면, 발견되어야 할 "보편적인 인간 본성" 같은 것은 없다. 거기에는 다만 발명되어야 할, 인간이 되는 새로운 방식들이 있을 뿐이다.

김 교수는 하이데거의 다음과 같은 말에 대해 동의하고 있다. 서구의 "기술적 이성은 ……그것이 발생해 나온 역사적 기반과 맞지 않는 사회에 이전될 때 그 인간적 윤리적 내용을 결여하게 된다." 푸코와 마찬가지로 하이데거는 민주주의, 사회주의, 개인주의를 윤리적 가치를 실현하는 방식이라고 결코 생각하지 못했다. 이 두 사상가는 그런 것들을 도덕적 이상을 성취하는 방식으로서보다는 권력을 사용하는 방식으로 보았다. 나는 김 교수와 오늘날의 다른 많은 아시아의 영향력 있는 지성인들이 근대 서구에 대한 하이데거와 푸코의 설명에 대해 그럴듯하다고 생각하고 있는 것이 유감스럽다. 하버마스와 듀이의 설명이 내가 보기에는 훨씬 더 바람직하다.

하버마스와 듀이는 관료주의적 합리화나 정글 자본주의의 위험성에 대해 충분히 인식을 하고 있지만, (오로지 제약만을 보고 있는) 하이데거나 푸코와는 달리 자유 민주주의의 성취를 보고도 못 본 체하지는 않는다. 김 교수는 그런 성취에 대해 감사하고 있지만, 하이데거와 푸코가 수행하고 있는 추상 수준으로 올라갈 때, 그는 마치 그가 정신적인 쓰레기가 될 수도 있을 것이라고 우려하는 것의 기준에 비추어 보았을 때에는 그런 성취는 무시할 수 있는 것인 양 쓰고 있다. 그에게 비극적인 박탈로 등장하는 것은 내게는 자유 민주주의가 인류 역사상 최초로 만들어 낸 기회에 대한 값싼 대가이다.

이제 좀 다른 주제로 넘어가고자 한다. 편지에서 김 교수는 "일반적인 인간성의 조건에 관한 다양한 서구의 관념들과 타협하려고 할 때 아시아인이 직면하는 고민스러운 모순들이라고 그가 보고 있는 것들"에 대해 서술했다. 그는 특히 "서구 보편주의의 주장이 가지고 있는 거짓과 위선"에 관심을 가지고 있다. 그는 다음과 같이 묻는다. "비서구 국가의 문화적 주체성은 막강한 기술적, 이데올로기적, 정치적 우월성을 가지고 있는 서구의 침식에 맞서 어떻게 살아남고 발전할 수 있을 것인가? 그리하여 야만적이고 불결한 환경에 빠지지 않고 개별적, 사회적 삶을 쾌활하고 완전하게 유지할 수 있는 능력을 지탱해 나갈 수 있을 것인가?"

편지를 통해 계속해서 이야기한 대로 나의 대답은 무엇이 보편적이고 무엇이 보편적이지 않은지에 대한 물음을 부적절한 것으로 간주하고 그런 물음을 중단해야 한다는 것이다. 우리는 특정한 가치들이 보편적이라는 주장을 떨쳐 버리고, 어떤 제도를 만들 것인지에 대한 실천적인 결정을 내려야 하는 거친 땅으로 되돌아가야 한다. 그런 결정들은 역사적 경험을 기초로 해서 이루어져야 한다. 김 교수가 "전체 인류를 위한 희망적이고 긍정적인 미래에 대해 관심을 가지면서 자본주의적인 산업 문명의 부정적 영향은 피하고, 그 열매만을 선택적으로 채택할 수 있는 방법이 있는가?" 하고 물을 때 나의 대답은 다음과 같은 것이었다. 물론이다. 그런 선택적인 채택이 바로 오늘날 아시아의 도처에서 일어나고 있다는 것을 우리는 보고 있다. 서구에서 무엇을 존중하고 무엇을 거부할 것인가를 두고 여러 아시아의 국가들은 수많은 정치적 투쟁을 해왔다. 다른 투쟁은 비서구 국가의 문화적 정체성 가운데 어떤 요소들이 계속해서 유지할 가치가 있는지에 대한 것이었다.

내가 보편성에 관해서 걱정해서는 안 된다고 생각하는 것과 마찬가지로, 나는 또한 본래성(authenticity)에 대해서도 걱정해서는 안 된다고 생각한다. 나는 미국인(혹은 프랑스인)들은 미국인에게 (혹은 프랑스인에게) 무엇이 본래적인 것인가에 대해 그들이 하고 있는 것만큼 걱정할 필요가 없다고 확신한다. 그리고 나는 한국인이나 중국인이 한국인이나 중국인에게 있어서 본래적으로 된다는 것이 무엇인지에 관해 그들이 하고 있는 것보다 덜 걱정해야 하는 것이 아닌가 하고 생각한다. 과거와 너무 심하게 단절하지 않으려는 욕구는 새로운 것을 창조해 내려는 욕구만큼 자연스러운 것이다. 이것은 부모의 사랑과 관심을 얻고자 하는 욕구가, 부모의 바람에 종속되지 않고 자기 자신의 권리를 가진 인간이 되고자 하는 욕구만큼이나 자연스러운 것과 마찬가지이다. 그러나 과거와의 연속성을 느끼고 싶어 하는 욕구는 이런저런 가족이나 마을, 지역, 국가, 문화 전통 등을 본래적으로 표상하는 것이 무엇인가 하는 것에 관해 걱정할 것을 요구하지는 않는다. 자신을 만든 사회를 자신이 만들고자 하는 사회로 만족스럽게 전화시키는 실천적인 작업은 "보편적인 인간성이란 무엇인가?" 혹은 "본래적으로 (미국인, 한국인, 중국인, 프랑스인 혹은 그 무엇이든) 그것은 무엇인가?" 하는 질문을 한다고 해서 촉진되지는 않는다.

나는 김 교수의 다음과 같은 주장에 동의한다. "[서구 보편주의의] 주장이 가진 거짓과 위선은 종종 충분히 지적되었고, 그 주장들은 이제 완전히 사멸했다." 유럽이 이 세계의 어떤 지역보다 신이나 이성의 명령에 근접해 있다고 하는 19세기의 관념을 심각하게 여기는 사람은 더 이상 없다. 그렇지만 나는 그의 다음과 같은 말에는 동의하지 않는다. "만일 진정한 인간 공동체가 존재해야 한다면, 우리는 보편성이라는 관념의 필요성을 회피할 수는 없다." 그런 공동체를 갖기 위해서, 즉 어떤 국가도 부당하게 정치 경제적인 지배를 행사하지 않고, 문화적 다양성이 용인되는 평화적인 지구 공동체를 갖기 위해서 필요한 것은 자유의 가치를 존중하는 것이다. 우리는 자유의 중요성에 대한 우리의 느낌을 강조하기 위해서 인간의 본성에 대한 이론을 필요로 하지 않는다. 그런 느낌은 철학적 통찰에 근거하고 있는 것이 아니라, 지금까지의 인류 역사에 대한 성찰의 산물이다. 플라톤도 공자도 자유의 중요성에 대해 충분히 이해하지 못했다. 그것은 그들이 충분히 깊게 생각하지 못해서가 아니라 인류 역사의 초기에 살았던 사람들이기 때문이다.

김 교수는 그가 "다양한 문화가 갈등을 통해서 수렴되어가는 과정을 통해서 …… 공통성을 성취해 나가는 일"이라고 부르는 것을 향해 나아가는 것으로 보인다. 몇 년 전에 동서철학회(East-West Philosophy Conference)에서 읽었던 논문을 통해서, 나는 문화적 교배를 위해서 문화적 수렴을 버릴 것을 제안했다. '수렴'이란 이미 존재하는 어떤 것, 즉 보편적으로 인간적인 어떤 것에 대한 더 적합한 설명을 찾기를 희망하면서 공통적인 신념에 대해 합의하는 것을 암시한다. '교배'는 지금까지 존재해 본 적이 없는 것, 즉 아직 아무도 꿈꾸지 않은 어떤 것을 창조해 내고자 하는 희망에서 새로운 것을 통해 낡은 것을 지속적으로 대체해 가는 과정을 암시한다.

문화의 교배는 문화적 교환에 의해 촉진되는 과정이다. 그것은 호혜적인 상업적 거래나 다른 종족과의 결혼을 통해서 더 효과적으로 촉진되는 과정이다. 그것은 일련의 제도와 관습이 변화된 환경에 맞게 임시방편적으로, 점진적으로 적응해 나가는 문제이다. 예를 들어 그와 같은 변화는 이방인이 자기 나라에 침입해 들어오거나 자신이 낯선 나라를 여행하고자 할 때 일어난다. 서구인과 아시아인이 결혼을 했을 때, 서로 배우자의 기대치에 적응하면서 타협해 가는 과정이 이상적인 결혼 계약을 만들려고 하는 시도보다 지구적인 인간의 공통성을 성취하는 더 나은 모델이라고 생각한다. 김 교수는 철학적인 마음을 가진 종합적인 사상가가 그가 "화해의 틀"이라고 부르는 것을 구성해 냄으로써 문화 간의 그런 계약을 도출해 낼 수 있으리라고 희망하고 있다. 내가 이미 제시한 몇 가지 이유에서 나는 그런 기획에 대해 별 기대를 가지고 있지 않다.

김 교수는 배우자 간의 불평등은 그런 타협의 과정을 더 어렵게 만든다고 매우 올바르게 지적하고 있다. 만일 배우자의 한쪽이 돈을 더 많이 가지고 있거나, 힘 있는 친척이 있거나, 더 나은 직업을 가지고 있거나, 더 많은 교육을 받았다면, 호혜적 적응의 과정은 더 힘들어질 것이다. 그러나 나는 김 교수가 다음과 같이 말할 때 요점을 너무 과장하고 있다고 생각한다. "문화가 불평등하게 조응할 때, 개인은 자신의 본래성의 원천으로부터 떨어져 표류하게 된다. 그리고 새로운 정체성은 새롭게 발견된 이데올로기적 설명 요구(ideological interpellation)의 원천에 대해 대개는 무의식인 작용을 통해 충성하게 되는 변화를 통해서만 등장하게 된다." 이것은 약한 처지의 배우자가 무의식적일지라도 대체로 자신의 본래의 모습을 포기하고 자신이 예전에 가지고 있던 자아의 모습을 배반하게 된다는 것을 의미한다. 이런 일은 분명히 일어날 수 있다. 그러나 이것이 불평등한 배우자들이 양자 모두 합당하게 행복하게 살 수 있는 타협안을 만들어 내는 것을 불가능하게 만드는 것은 아니다. 나는 이 모든 경우에서 약한 쪽의 배우자가 무의식적이지만 충분히 심하다고 할 수 있는 희생을 한다고 생각할 어떤 이유도 발견할 수 없다.

이와 관련하여 서구의 헤게모니가 오래가지 못할 것이라는 점을 상기하는 것이 도움이 될 것이다. 김 교수가 "압도적인 기술적 정치적 우월성"이라고 부르고 있는 것은 다음 세대에까지 지속될 것 같지 않다. 나의 나라는 내가 미국 최후의 제국주의적 간섭으로 판명나지 않을까 생각하고 있는 것(이라크)에 현재 개입하고 있다. 그런 모험을 재정적으로 뒷받침하기 위해서 미국은 중국은행으로부터 수천억 달러를 빌려야 한다. 더욱이 미국이 할 수 있는 일이란 중국이 그렇게 하도록 허용하는 일에 국한될 것이다. 미국의 시대는 지나갔으며, 우리는 오늘날 중국의 시대를 살고 있다고 하는 것은 진부한 지혜의 일부가 되었다. 이 시대에는 더 큰 결정들이 워싱턴보다는 베이징에서 이루어질 것이다. 예측하건대 중국의 세기가 끝날 때쯤, 서구의 지성인들은 윤리와 정치, 윤리적 실체와 정치적 삶의 연관이 여전히 존재했던 시대에 대한 한탄을 듣게 될 것이다. 즉 아시아의 국가들이 전 세계적인 기술적, 정치적 지배를 확립하기 이전의 좋았던 옛날들에 대한 한탄을 듣게 될 것이다. 지금부터 수백 년이 흐른 뒤, 오늘날 김 교수의 눈에 서구가 냉소적이고 권력에 미친 거인으로 비치는 것처럼, 서구인들의 눈에 중국은 그렇게 보이게 될지도 모른다.

김 교수는 내게 "문화적 교배의 과정에서 일어나는 고통이나 손실을, 도래할 전 지구적 유토피아를 위해 치러야 할 불가피한 대가로 생각하는지" 물었다. 그는 또한 "우발적인 문화적 교배의 과정에서 수반되는 고통과 부정의를 경감시킬 방책"에 대해 생각할 수 있는지 물었다. 첫 번째 질문에 대한 나의 답은 "예"이고 두 번째 질문에 대한 답은 "아니요"이다. 나는 오래된 전통과 제도의 소멸에 대해서 우리가 많은 시간을 들여 걱정해야 한다고 생각하지는 않는다. 그 대신에 우리는 이제 막 등장하는 새롭고 잡종적인 문화에 초점을 맞추어야 한다. 만일 그런 문화가 과거의 문화보다 인간의 자유를 전파하는 데 더 힘이 있다면, 우리는 그런 문화를 환영해야 한다. 우리는 우리의 동료와 시민들이 자유로운지의 여부에 대해 더 걱정하고, 그들의 문화가 본래적으로 그들의 것인지에 대해서는 덜 걱정해야 한다. 더 많은 자유가 확보되면, 각각의 새로운 세대는 그 부모들이 전수하려고 하는 전통에 대해 저항하는 일이 더 많아질 것이다. 그리고 문화적 변화의 속도는 지속적으로 빨라질 것이다.

“자본주의적인 산업 문명의 열매를 선택적으로 채택하는” 방법에 대한 김 교수의 질문으로 되돌아가서 이 글을 끝맺으려 한다. 자카리아(Fareed Zakaria)는 다음과 같이 주장하고 있는데, 이에 대해서는 나도 동의한다. 즉 산업 자본주의의 가장 중요한 열매는 자유 민주주의 제도를 뒷받침할 능력을 가진 중산층을 만들어 낸 것이라는 것이다. 그는 한 나라의 평균적인 가족 소득이 1년에 5000달러에 이르게 되는 시기에 그런 중산층이 형성된다고 생각한다. 이것이 옳은 계산인지는 모르겠지만, 산업화, 부르주아화, 그리고 민주주의의 연결 고리를 강조함으로써 자카리아는 매우 중요한 요점을 말해 주고 있다고 생각한다. 한 나라의 문화가 변화하지 않고 지속되는 것보다 민주주의를 가능하게 할 그런 중산층이 존재하게 되는 것이 훨씬 더 중요하다. 일단 자유 민주주의가 가능하게 되면, 그 나라는 옛것을 어느 정도로 유지하고 또 어느 정도로 이전 시대보다 더 나은 문화를 만들 것인지 반성할 능력을 갖게 된다. 왜냐하면 자유 민주주의는 약자를 억압하는 강자에 의해 야기된 문화적 전통을 저지하기 위해 지금까지 발견된 최선의 방법이기 때문이다.

2006년 9월 29일

리처드 로티

『자유와 인간적인 삶』 펴낸 김우창 교수

강성만(《한겨레》 기자)

2007년 7월 2일 《한겨레》

우리 시대의 대표적인 인문학자인 김우창 고려대 명예 교수는 새로 펴낸 책 『자유와 인간적인 삶』(생각의나무)에서 '자유를 기초로 한 인간적인 삶'이 어떻게 이뤄질 수 있는지에 대해 묻는다. 가치를 결여한 신자유주의적 삶이나 가치를 강요하는 마르크시즘도 그에겐 대안이 아니다. 그는 생각하는 사회, 즉 '비판적 공동체'를 대안으로 제시했다. 공동체가 비록 개인을 도덕규범에 종속시키는 결과를 가져온다고 하더라도 비판이 허용된다면 보편적 진리의 가능성을 인정하는 것이 될 수밖에 없다는 것이다. 궁극적인 인간성 실현을 위한 매개로서의 '심미적 체험'도 강조했다. 심미적 요소는 사람과 사물에 대한 공감 능력을 확대시키는 등 개체로서의 자기 내면의 개발로 이끈다. 김 교수는 독일 시인 프리드리히 실러의 글을 따 심미적 요소는 자연스러운 사회적 인간관계의 매체가 됨으로써 진정한 정치적 자유의 구성을 가능하게 한다고 밝혔다. 김 교수를 6월 18일 서울 평창동 자택 부근 커피숍에서 만났다.

민주화 이후 지난 20년 동안 자유가 확대되었다고 말한다.

"어떤 종류의 자유인지를 물어야 한다. 요즘 정신 질환자나 알코올 중독자, 자살하는 젊은이들이 많다. 자유를 어떻게 써야 할지를 모른다. 무엇이 자유인가? 서울대 가겠다고 아우성이지만 이유를 물어보면 '주변 사람들이 좋다고 해서.'라고 답한다. 미국 부모들은 아이들을 학교에 데려가서 주변 환경이나 건물 다 보여 준다. 그리고 '좋으냐?'라고 묻는다. 이건 자기 자유를 제대로 쓰는 것이다. 진짜 자유롭게 산다는 것은 어려운 문제다. 한번 생각해 보는 사회가 좋은 사회다. 우리 사회는 그걸 허용하지 않는다. 명품도 정말 좋아해서 산다면 이해가 된다. 하지만 별 이해 없이 사는 것, 우리 사회에서 특히 심하다."

신자유주의를 '목적이 없는 체제'라고 썼다. 그렇다면 '목적이 있는 체제'는 어떤가?

"신자유주의에 대해 비판만 해서는 안 된다. 무엇을 할 것인지 연구해야 한다. 생각하는 사회, 비판하고 생각하는 사람들이 있는 사회여야 한다. 신자유주의는 '너는 이렇게 살아야 한다.'라는 목적으로부터 삶이 해방된 사회이다. 사회는 수단을 마련하는 경기장이 되었다. 돈 벌어서 네가 알아서 하면 되는 것이다.

자본주의 세계를 '자기 욕심만 차리는 세상'이라고 비판하면서 '남에게 봉사하라.'라고 말한다. 남에게 봉사를 강요해도 괴로운 사회다. '나의 자유의사로써 그렇게 할 수 있겠느냐?'가 과제의 하나다. 금욕적 혁명가인 레닌은 자기를 억제한 사람이다. 그래서 남을 억제하는 것을 두려워하지 않았다. 이래서 살벌해진다. 사회 민주주의 성향의 네루가 다스린 인도는 제3세계에서 가장 앞선 민주 체제였으나 특권 계급의 권리가 많았다. (혁명가들에게) 두 가지 문제가 있다. 다른 사람에 대한 억압을 주저하지 않고, 자신들이 스스로 특권 세력이 된다는 것이다."

신자유주의나 이념의 속박을 넘어 인간적 가치를 실현할 수 있는 사회상을 그려 달라.

"정직하고 양심적으로 사는 것이 힘든 사회가 나쁜 사회다. 작은 공동체에서 살아야 한다. 이런 곳에선 거짓말하면 못 배긴다. 세계화의 장점은 우리 생각이 넓어지는 것이다. 넓어지는 세계에서 작은 공동체를 만들어 가는 것이 중요하다. 새 도시도 자급자족 도시로 만들어야 한다. 좋은 학교에 직장도 가급적 있고 가게도 있어야 한다. 도시 계획이 굉장히 핵심적인 문제다. 하지만 우리 도시는 그렇게 만들지 않는다. 장사가 되지 않으니까. (학교 내신도) '우리 동네에서 이 학생 우수하다.'라는 기준으로 해야 한다. 수십만 명 가운데 우수하다는 그런 의미를 넘어야 한다. (속한 집단의 크기는) 작은데 똑똑하다, 그걸 인정해야 한다. 교육부 원칙이 맞다. 선생도 세계적인 1등이 무슨 의미가 있느냐. 학교가 (그 교사를) 존중하는 것이 의미가 있다. 교사도 동네 속에 있어야 한다. 좋은 선생이라고 하는 (동네의) 막연한 평가가 중요하다."

심미적 체험을 통한 인간적 삶의 형성에서 음악을 특히 강조했다. 하지만 요즘은 시각 예술의 시대가 아닌가?

"음악은 시간 속에 지속하는 것이다. 시각은 보고 지나는 것이다. 음악은 굉장히 엄격한 구조를 가졌다. 감각적이고 지속적이면서도 엄격한 규칙이 있다. 규칙 속의 자유로운 변조가 이뤄지는 것이다. 음악적 훈련은 학생들이 절제하고 자유롭게 살도록 하는 데 많은 도움이 된다. 미술 작품도 두고두고 생각해야 한다. 무엇을 말하는지 알기 위해 자기 노력을 들여야 한다. 물질적 세계와 자기 노력 그리고 감각이 섞여 들어가는 것이 인간 형성에 중요하다. 미술도 (휙 일람하는 것보다) 걸어 놓고 보는 것이나 직접 그려 보는 것이 더 좋다."

심미적 체험은 특권적 체험이라고 썼다. 모두가 체험할 수 있는 길은?

"먹고살기 어려운 사람은 하기 어렵다. 하지만 벗어난 사람도 있다. 금욕주의자나 스님들이 그런 예다. 영국에선 미술관을 가장 많이 가는 계층이 노동자들이다. 여러 사람들이 볼 수 있도록 미술품을 이곳저곳 옮겨 전시해야 한다. 자동차에 싣고 다니면서 보여 줘야 한다. 가야금 연주나 서양 고전 음악은 정신적 훈련을 시켜 준다. 시골 초등학교를 지을 때 연주가 가능한 강당을 지을 수 있도록 정부가 지원해야 한다. 또 음악 전공 미취업자들이 시골에서 아이들을 지도할 수 있도록 해야 한다. (지금 우리는) 자연스러운 인간성을 인정하는 사회가 아니다. 그래서 아이들이 괴롭다. (우리 학생들은) 자연을 과학 공부를 위한 재료로 생각한다. 공부하는 데 도움받기 위해 자연을 공부한다. 거꾸로 자연을 더 잘 알기 위해 공부해야 한다. 자연이 얼마나 신비로운가, 경이로운가 이걸 알기 위해 자연 공부를 시켜야 한다. 공부를 통해 인생의 경이로움을 알아야 한다. 우리는 그 반대로 인생을 희생해 공부한다."

경계를 넘어선 대화의 열림[1]

김우창

미셸 콜로

진행 정선아(홍익대 인문과학연구소 연구 교수)

녹취 및 번역 허윤진(문학 평론가)

2007년《세계의 문학》가을호

풍경, 생활의 현상학적 지평

미셸 콜로(이하 콜로) 선생님의 저서『풍경과 마음』을 읽었을 때, 저는 '풍경의 사유'라는 제목의 책을 계획 중이었습니다. 선생님과 제가 여러 관심사를 공유한다고 생각했습니다. 물론 풍경 자체가 많은 생각거리를 주지요. 메를로퐁티는『지각의 현상학』에서 세계와 맺는 특정한 관계를 표현하기 위해서 풍경의 은유를 자주 사용하는데, 이것은 '전-반성적'입니다. 이 관계는 이론적 측면이 아닌 직관적 측면에서 관념의 원천입니다.

김우창 메를로퐁티가 운동 경기장의 관객을 가리켜 말한 바를 기억합니다. 관객들은 운동장에서 움직이는 선수들을 단순히 관찰하는 데 그치

1 프랑스 문단에서 주목받는 시인이자 이론가인 미셸 콜로가 한국을 방문했다. 그는 저서『현대시와 지평 구조』(정선아 옮김, 문학과지성사, 2003) 등으로 한국에 소개된 바 있다. 이 대담은 김우창의『풍경과 마음』을 읽고 대화의 가능성에 주목한 미셸 콜로의 요청으로 약 두 시간 동안 이루어졌다.

는 것이 아니라 그들의 신체로써 선수들과 함께 움직이지요. 현상학적으로 말입니다. 메를로퐁티는 우리가 세계를 지각하는 데 있어서 신체의 역할을 강조합니다. 동시에 저는 풍경이 물리적인 것이 아니라 정신과 세계 사이에서 일어나는 어떤 것이라고 말하고 싶습니다. 메를로퐁티가 신체에 대해서 말할 때, 그것은 물리적 신체가 아니라 현상학적 신체입니다. 신체적·정신적·물리적 세계가 함께할 때 생겨나는 어떤 것 말입니다. 또한 회화나 시에서 풍경의 역할은 우리가 눈으로 보거나 신체로 느끼는 것을 표상하는 것이 아니라 우리가 물리적 세계와 관계를 맺을 때 생겨나는 거리에 놓인 특정한 공간감을 표상하는 것입니다. 우리는 세계의 물리적 신체에 속박되어 있지 않으며, 인간과 풍경을 격절하는 거리가 있습니다. 따라서 풍경은 세계에 대한 물리적 감각의 일부이며 지각과 의식의 일부입니다. 누군가 풍경 안에, 물리적 세계 안에 있다 하더라도, 그 사람은 회화 속의 풍경처럼 자신이 그 안에 있음을 인식할 수는 없을 것입니다. 농부들의 경우도 대개 그렇습니다. 그들은 단지 거기에 있을 뿐입니다. 우리가 공간에 대한 풍경의 감각으로써 물리적 세계에 접근함에 따라, 풍경은 물리적 세계의 일부가 됩니다. 그러므로 특정한 것이 화가와 예술가들에 의해 매개되는데, 이것은 들판에서 일하는 노동자들이 살아가는 세계와 같지 않습니다.

콜로 풍경이라는 주제에서 특히 흥미로운 점은, 풍경이 정신과 신체, 정신과 세계와 같은 구분을 넘어선다는 점입니다. 정신 분석학자 위니캇이 자아와 타자 사이의 공간으로 명시한 '전이 공간(transitional space)'과 같이, 풍경에는 내적 세계와 외적 세계 사이의 교통이 있습니다. 풍경은 내적 세계와 외적 세계라는 두 가지 차원 사이에서 발생하는 상호 작용의 뚜렷한 예입니다.

김우창 그렇습니다. 저는 풍경에 있어서 인간의 현상학적 지성이 맡은 역할을 강조하고 싶습니다. 풍경은 인류가 삶에 복무하기 위한 내재적 지평으로서 체험된 세계에 현존합니다. 우리는 후설이 '에포케(epoche, 판단 중지)'라고 설명한 일종의 지적 태도, 그러니까 현실 세계에 대한 근심을 괄호 안에 넣고, 물리학적으로 현전하는 대지와 자신 사이의 관조적 혹은 미적 거리를 취하는 현상학적 환원을 전개해야 하는데, 이때 풍경이 태어납니다. 이것은 사무실에서 노동을 할 따름인 사람들에게는 일반적인 일이 아닙니다. 어느 정도의 지적 태도가 요청되는데, 이것은 예술가와 같이 미학적으로 조율된 사람들에 의해서 펼쳐질 것이며, 그럴 때 대지를 풍경으로서 바라보는 방식은 문화에서 일반적인 아비투스(habitus)로 전개되어 나갈 것입니다.

콜로 하지만 저는 풍경이 단지 그 안에서 살고 일하는 사람들에게만 존재한다고 생각하지는 않습니다. 예를 들면 농부들이 풍경을 항상 인식하지 못한다고 할지라도 이들은 풍경을 형성합니다.

김우창 그들은 삶-노동의 지평으로서 풍경을 인식하지만, 그것을 주제화하지는 않습니다. 풍경은 문화적 주제학의 일부가 되어야만 합니다. 하지만 동시에 사무원들에 비해서 들판에서 일하는 농부들이 더 행복하다고 말씀드려야겠습니다. 농부들은 지평선으로 한정되는 자연환경 속에 있습니다. 분명 모호할, 일종의 반영(半影)과도 같은 자신의 영토를 탁 트인 시야로 감각하고자 하는 인간의 내재적 욕구가 있기 때문이지요. 이탈리아의 어떤 사회학자가 토리노에서 노동자들이 느끼는 행복감과 시골에서 그들의 아버지 세대가 느꼈던 행복감을 비교했더군요. 토리노의 공장에서 일하는 노동자들은 자신들의 아버지들처럼 행복하지 않습니다. 그래서 이들은 나이트클럽에 가서 술을 마시고 싶다는 욕구를 갖지요. 노동자들은 세상의 스트레스에서 벗어나서 쉬고 싶어 하지만, 농부들은 들판에서 하는 작업이 힘들다 해도 더 행복합니다. 공장 노동자들은 지평선의 열림이 없는, 제한된 공간에서 일하지요. 이런 열림이, 건물로 들어찬 장소가 아니라 자연에 있다는 점은 중요한 의미를 지닙니다.

콜로 왜 풍경이 당대의 문제일까요? 사람들이 대부분 도시에 살고 있어서 이런 지평이나 자연과의 관계가 없기 때문이고, 이들은 풍경을 상상하거나 찾아가야 할 필요를 느끼기 때문입니다. 예를 들면 프랑스에서는 풍경이 요원해 보이기 때문에 오히려 풍경에 대한 매우 보편적인 욕망이 있습니다. 풍경은 곧 스러질 듯 보이기는 하지만 말입니다.

김우창 한국에서 사람들이 품는 풍경의 의미와 프랑스에서 사람들이 품는 풍경의 의미는 꽤 다릅니다. 여기 이 그림(『풍경과 마음』에 수록된 한국화 참조.)에서는 산을 보실 수 있지만, 프랑스에서는 산을 많이 볼 수 없지요.

콜로 산은 프랑스에서도 역시 매우 중요합니다만, 유럽에서 높은 산맥의 아름다움 혹은 '숭고함'은 18세기 말에서야 발견되었습니다. 그 당시에 산은 루소, 세낭쿠르, 위고 등을 비롯하여, 일반적으로는 낭만주의 작가들에게 매우 중요했습니다.

김우창 세낭쿠르는 한국의 풍경을 애호할 수도 있었을 듯합니다. 한국은 스위스나 남부 독일처럼 산악 지역이니까요. 프랑스는 대부분의 지역에서 광대하게 펼쳐진 지평을 볼 수 있는 것 같습니다. 우리의 세계에서 지평은 항상 산맥에 의해서 정해집니다. 이 주제를 좀 더 전개하기 위해서 존 버거의 글을 언급해야겠습니다. 존 버거는 사막에서 사는 아랍인들이 생각하는 지평에 대해서 이야기합니다. 지평선이 열린 사막에서는 텅 빔 외에는 물리적 대상을 거의 볼 수 없기 때문에 아랍인들이 좀 더 종교적으로 경도되거나 신앙에 있어 보다 근본주의적이라는 것이지요. 다양한 생물과 다양한 지형이 있는 풍경에 비해서 사막은 초월적인 경험을 좀 더 직접적으로 제공합니다. 설사 프랑스에 수목이 많다 할지라도, 지평선이 트인 국가이니 이와 유사한 경험을 하기가 더 쉽다고 말할 수 있지 않을까요? 아마도 프랑스의 풍경 감각은 아랍인들이 경험하는 것과 다소간 근접했을 것입니다. 그 풍경은 우리가 한국에서 경험하는 것보다는 초월적이지요.

콜로 그러나 산은 천상에 더 가깝기 때문에, 역시 초월적인 형상이기도 하지요.

김우창 선생님은 「지평과 지평 구조」[2]에서 아시아 회화에서는 대지의 수직적 형상이 강조된다는 사실을 지적하셨습니다. 이는 서양 풍경화에서 나타나는 수평적인 것의 중요성과 반대로, 아시아 회화에서 매우 중요한 특성입니다. 서양의 전통에도 높은 산맥이 있겠습니다만, 관찰자는 산맥의 높고 우월한 지점이나 원거리에서 봅니다. 그 위치 덕분에 바슐라르가 지적한 바와 같이, 관찰자는 총체를 주권적으로 지배하는 감각을 얻게 됩니다. 아시아 회화에서 산맥은 관찰자의 위로 치솟고, 그 수직적 성질은 절대로 지배될 수 없습니다. 단순화하고 싶지는 않습니다만, 서양에서는 관찰자의 지배적 관점으로 인해 가능해지는 풍경의 수평적 성질이 강조됩니다. 하지만 동아시아에서는 수직적 높이가 보다 강조됩니다. 아마도 의도적인 것이겠지요. 왜 그렇다고 생각하시는지요?

콜로 저는 지평의 개념이 동양 회화 분석에 유용할 수 있을지 의문입니다. 지평은 특히 서양적인 것으로, 동양적인 것과는 완전히 달라 보입니다. 그러나 후설에 따르면 '지평 구조'는 사물의 감춰진 요소와 드러난 요소, 가까운 측면과 먼 측면 사이의 관계에 의존하는 것으로, 아시아 회화에도 현전하는 것으로 설명됩니다.

김우창 그것은 풍경화에서 제시되는 실존의 초월적 차원과 관계되지요. 수평성과 수직성은 모두 초월적 차원에서 어떤 암시를 합니다. 서양 회화

---

2 콜로가 2007년 5월 서울에서 강연한 「서양과 아시아의 회화: 시에서 나타나는 지평과 지평 구조」의 텍스트를 말한다.

에서 초월적인 것에 대한 감각은 실제로는 포착할 수 없는 수평적인 관점에 의해 전달됩니다. 풍경을 질서화하려는 원근법의 소실점과 더불어 그 감각은 사라지니까요. 수직적인 관점에서 그것은 포착할 수 있는 것처럼 압도적인 현전으로서 바로 거기에 있지만, 다다를 수는 없습니다.

콜로 사실 그런 의미에서라면 지평선이 아시아 회화에서 현전하는 것은 아닙니다. 구름이나 안개에 감싸여 있기 때문에 분명하게 드러나지 않지요. 하지만 유현(幽玄)함은 현전합니다. 산은 서로 확장시키고, 우리는 구름과 만나고, 구름은 열려 있고 무한한 세계로 아득히 멀어져 갑니다.

김우창 저는 『풍경과 마음』에서 아시아 회화에서 나타나는 산맥이 대개 방향의 지시점으로서 '거기' 있다는 점을 밝히고자 했습니다. 산맥은 거기에서 우리의 손길을 벗어나고, 이미 거기서 우리를 이끌고, 우리가 있는 곳을 알게 하지요.

콜로 아시아 회화에서는 3차원의 착시가 없습니다. 하지만 서양 예술에서도 사람들이 일반적으로 생각하는 것처럼 지평이 필연적으로 기하학적 원근법과 결부되는 것은 아닙니다. 그것은 자주 '대기의 원근법'과 결부됩니다. 그것은 분명치는 않습니다. 예를 들면 레오나르도 다빈치는 지평을 '대지가 허공과 맞닿는 지점'으로 정의합니다. 그는 대기의 양상에 많은 관심을 쏟았습니다. 그의 회화에서 스푸마토(sfumato)는 지평선을 감추곤 하지만 거리감을 전달합니다. 지평은 '머나먼(lontano)' 것입니다.

김우창 그렇지요. 아시아 회화에서도 구름과 안개는 거리와 신비를 뜻하는 스푸마토입니다. 원근법은 도시적인 사물, 방, 거리를 묘사하는 데 효과적입니다. 심지어 서양 회화에서도 원거리는 원근법을 잃고 있지요.

콜로 기하학적 원근법은 수학적으로 측정 가능한 반면 지평은 측정 불가능하고 무한합니다.

김우창 원근법의 기적은, 우리가 보는 것이 모든 것을 기하학적 디자인에 편입시킨다는 것이지만, 또한 시각을 벗어나는 어떤 것을 암시할 수도 있지요.

콜로 지평은 모호합니다. 어원론적 의미로, 그것은 시각장(場)의 한계이면서, 무한성과 비가시성으로 열려 있기도 합니다.

김우창 무한한 한계, 그것이 숭고함의 속성이지요. 그것이 잠재의식이 의미하는 바입니다.

콜로 우리는 지평의 두 가지 양상인 유한성과 무한성을 함께 생각해 보아야 하겠습니다.

김우창 장뤽 낭시는 숭고함에 대한 논문을 썼지요. 그는 숭고함이 유한성과 무한성이 결합할 수 있는 장소라고 했습니다. 창조적인 통찰력이지요. 대개 우리는 공간을 지각하거나 감각하지 못하고, 구조를 한정하는 벽과 창문으로 그것을 간주하지요. 방을 공간으로 인식할 때, 그것은 철학적인 의미를 획득합니다. 사실 우리는 공간에 살고 있습니다. 우리는 벽을 원해서가 아니라, 벽이 창조하는 공간을 원하기 때문에 벽을 세웁니다. 우리가 벽 없이 벽으로 둘러싸인 공간을 지각할 수 있을까요? 물리적 한계를 한정하지 않고 양감이 있는 공간을 지각할 수 있을까요? 그래서 공간은 철학적 장소입니다. 공간을 인식할 때, 사람들은 이미 형이상학 혹은 철학의 영역으로 진입하는 것입니다.

콜로 공간은 서양 철학에서 다소간 가치 절하되었습니다. 예외도 있습니다만, 서양 철학자들은 대부분 공간보다는 시간에 더 관심이 있었습니다.

김우창 항상 서사의 문제지요. 그러니까 인간이 시간에 참여하는 것 말입니다. 저는 앞에서 언급한 제 책에서 이를 논의했습니다. 서양 회화는 서사를 전달합니다. 서사는 그리스 신화에서부터 기독교 일화까지를 말합니다. 아시아 회화는 서사보다는 자연의 경치에 좀 더 민감합니다.

콜로 그렇습니다. 서양 예술에서 풍경화가 한 장르로서 중요해졌을 때,

인상파와 같은 화가들은 더 이상 서사적 사유를 활용하지 않았습니다.

김우창 그 말씀도 맞지만, 인상파 회화는 부르주아 생활, 부르주아 서사의 편린으로 간주될 수 있다고 말할 수는 없을는지요? 아마도 서사적 요소는 근대 추상 회화부터 사라졌을 겁니다. 하지만 아시아 전통에서는 이야기 없는 자연 풍경이 재현될 수 있다고 할 수 있을 것입니다. 특정한 작풍으로 양식화된다고는 하더라도 말이지요. 이야기는 있지만 시간 속에서 펼쳐지지는 않지요.

콜로 서양 철학에서 공간 개념은 수학에서와 같이 객관적 공간으로서의 과학적 공간 개념에 영향받았습니다. 살아 있는 공간이 아니라 추상적인 공간입니다.

김우창 그렇습니다. 저는 아시아에서 풍경의 수직성이 강조되는 것이 다른 공간감을 전달한다는 점을 말하려고 했습니다. 공간 속에 있는 인간 신체, 추상적인 방식으로 풍경을 향해 나아가는 정신과 신체에 대해서 말할 수 있겠으나, 우리는 서양 풍경화와 선생님의 20세기 프랑스 시 논의에서도 거주, 생활, 노동의 장소로서의 공간을 볼 수 없습니다. 누구도 알프스 산맥에서 살지 않습니다. 아시아 회화에서는 그 안에서 살고 일하는 사람들이 늘 있습니다. 서양에서의 풍경은 신체와 정신이 위치되는 공간이지만 동아시아에서는 풍경이 삶의 장소, 거주의 장소, 거주의 공간이라고 말하고 싶습니다.

콜로 서양 근대 문학, 특히 현대시는 주거에 더 중요성을 두는 것으로 보입니다. 최근에 『시인에서의 거주(*Habiter en poète*)』[3]라는 프랑스 현대 시 관계 저서가 번역되었습니다.

김우창 하이데거를 인용하자면, 거주 공간(Raum des Wohnen)으로서의

---

3 Jean-Claude Pinson, *Habiter en poète*(Seyssei: Champ Vallon, 1995).

공간이지요. 그가 "인간은 시적으로 대지 위에 거주한다.(dichterisch wohnet der Mensch auf dieser Erde.)"라고 말하는 것처럼 말이지요. [이런 하이데거의 사고방식과 달리] 일반적으로 서양의 풍경 재현에서는 거주한다는 것의 의미가 드물지요. 어쨌든 서양과 동양의 풍경화에서 모두 초월적인 것에 대한 감각이 중요하다고 말하고 싶습니다. 물론 서양 전통에서는 초월적인 감각이 인간을, 그리고 과학적으로 이해된 총체적 공간을 넘어서는 어떤 것, 신적 현전에 좀 더 가깝지요. 그러나 아시아 회화에서 그것은 마술적 힘으로서 현전하는데, 예컨대 수직적으로 솟구치는 산맥의 위험천만한 가파름에서 감지되는 것이지요. 화가가 산의 수직적 형상을 본다면, 산이 자신을 엄습할 것만 같은 느낌이 들 겁니다. 풍수는 대지의 마술인 전 과학적 과학이지요. 특정한 장소에 집을 짓는다면, 대지로부터 은총 어린 감화력이 올 겁니다. 특정한 장소로 걸어 들어가면, 거기에서 소위 기(氣)라는 자연적 힘에 의해 좀 더 활력을 얻게 되지요. 대지의 마술적 힘은 일상생활과 관련됩니다. 그런 연후에야 '2차적 또는 파생적 차원에서' 대지는 보다 추상적으로 이해되고 수학적으로 측정 가능한 공간으로 전화(轉化)하는 것입니다.

콜로 오늘날 상황이 바뀌었을 수도 있습니다. 문학, 특히 시를 통해 풍경을 연구하다 보면, 시인이나 작가에게는 풍경이 외부에서 관조되는 순수한 장면이 아님을 인식하게 됩니다. 풍경은 사람이 거주하고 살아가는 장소지요. 문학을 통해 풍경에 접근하는 것은, 그 방식이 회화와는 다르기 때문에 매우 흥미롭습니다. 문학적 풍경은 회화적 풍경과 자주 비교되었는데요. 저는 이것이 문학적 풍경에 접근하는 적절한 방식이라고 생각하지 않습니다. 문학적 풍경이 시각적 인상을 전달할 뿐만 아니라 풍경을 지각하는 데 내포된 모든 감각, 감정, 정서, 기억에 호소하기 때문입니다. 예를 들자면 여행자가 풍경을 묘사할 때, 그 묘사는 걷기나 타기나 운전과 결부되는 움직임입니다. 서양 문학에서도 이런 거주 영역으로서 살아 있는 풍경의 측면이 있습니다.

김우창 그것은 결국 동서양에서 모두 우리는 신체적으로 풍경에 참여하고 있고, 지구 환경의 일부라는, 실존적 진실의 일부겠지요. 제가 풍경에 대해서 지적하려는 또 다른 점은 풍경이 인간의 영혼을 치유하는 역할을 한다는 점입니다. 이 도시 환경에서 과로해 온 영혼을 말입니다. 우리는 산에 가고, 산을 보면서 치유받지요.

콜로 19세기 유럽에서는 사람들이 의학적 목적으로 해수욕을 하곤 했습니다. 최근에 알랭 코르뱅은 이런 치료 과정에서 쓰인 일기를 연구해서 바다, 공기 등 모든 풍경의 이점을 정밀하게 분석했습니다. 해변으로 가는 것은 일종의 '풍경-치료'였던 것이지요.

김우창 알프스 산맥조차도 치유의 의미가 분명히 있었을 겁니다.

콜로 신체와 영혼에 치유적이었겠지요. 루소의 『신 엘로이즈(*Nouvelle Héloïse*)』의 주인공 생 프뢰가 발레에서 쓴 유명한 편지는 고산 지대의 공기가 미치는 도덕적·신체적 영향을 표현합니다.

근대 도시와 풍경의 변화

김우창 저는 동서양에서 나타나는 초월의 상이한 의미를 말했습니다. 초월성에 관하여 보다 직접적이고 마술적인 개념이 동양에 있다면, 그것은 삶의 기반으로서의 농업 경제와 분명히 관련이 있을 것이라고 덧붙이고 싶습니다. 이런 상황은 한국을 비롯한 세계 도처에서 완전히 변했습니다. 1960년대 한국에서는 인구의 70퍼센트가 토지, 그러니까 농업에 의존해서 살았습니다만 지금은 10퍼센트도 채 안 됩니다. 우리는 모두 도시 생활자가 된 거지요. 우리는 일상의 공간, 풍경의 감각을 완전히 상실했습니다. 서울이라는 도시를 둘러볼 기회가 있으시다면, 이곳의 카오스를 파리와 비교해 보실 수 있을 겁니다. 우리는 이제 막 농업 시대를 벗어났기 때문에 더 혼란스럽습니다.

콜로 1950년대 이래로 유럽의 국가들에서도 비슷한 상황이 일어났습니다. 생활 방식과 관찰 방식이 심층적으로 변했습니다. 하지만 여전히 이 거대한 도시에서도, 자연과의 관계를 보다 밀접하게 회복할 필요가 있습니다. 서울에서도 저는 도시 계획가들과 건축가들이 풍경을 도시에 도입하고자 한 장소를 몇몇 군데 발견했습니다.

김우창 물론 건축가들은 건축을 풍경에 위치시킬 방법에 대해서 생각하겠지요. 몇몇 일본 건축가들은 이런 점에서 훨씬 더 성공적입니다만, 한국에는 그런 건축가가 아직 없습니다. 우리는 근대적이고 도시적인 것에 너무 중독되어 있어요.

콜로 새로 지은 국립중앙박물관 근처에 큰 공원이 있던데, 그곳에서는 풍경의 감각이 다시 나타나고 있습니다. 프랑스에서도 근대성은 인간 풍경에 심대한 손해를 끼쳤지만, 최근에 건축가들이 건물과 풍경의 관계에 좀 더 주의를 기울이고 있습니다. 서울에도 그런 예들이 있어 보입니다.

김우창 도시 생활의 역사적인 경험은 서양인들이 좀 더 많다고 생각합니다. 오랜 시간에 걸쳐 전개된 서양인들의 지평과 풍경의 감각이 근대적 삶에는 아마도 더 적합할 것입니다. 우리는 자연에서 살아가는 인간의 모든 감각을 상실한 것 같습니다. 대화의 흐름을 약간 바꾸어 보면 어떨지요? 최근 프랑스 대통령 선거에서 세골렌 루아얄은 공공 주택 20만 채를 건설하겠다고 공약했지요, 선거에 패하기는 했지만 말입니다. 이 점에 대해 어떻게 생각하시는지요?

콜로 훌륭한 공공 주택을 많이 건설할 수 있습니다. 유명한 프랑스 건축가인 앙리 고당은 도시 풍경과 매우 잘 어우러지는 공공 주택을 파리에 건설했습니다.

김우창 대부분의 공공 주택 사업은 많은 국가에서 재앙이지요.

콜로 위기입니다. 세골렌 루아얄이 이 때문에 선거에서 패한 것은 아닙니다만. 그녀는 환경부 장관을 지냈고, 생태학적 문제에 대한 감각이 뛰어났지요.

김우창 최근에 프랑스에서 소요가 있었던 교외 지역은 어떻습니까?

콜로 프랑스 교외의 문제는 1960년대 이래로 빚은 다양한 종류의 실수가 낳은 결과입니다. 그 예로 비인간적인 도시 계획과 사회적 차별이 있겠는데, 이런 점들이 교외를 '게토'로 바꿔 놓았지요.

김우창 그곳에는 어떤 풍경의 의미도 없지요. 어떻습니까?

콜로 저는 라쿠르뇌브에서 10년을 살았는데, 그곳은 파리 교외에서도 가장 문제가 많은 지역 중 하나입니다. 100미터 너비에 20층이나 25층이 되는 건물들이 있었지요. 지평은 없었습니다. 이 점이 아마도 제가 20~30년 동안 지평을 연구한 이유일 겁니다. 하지만 요즘에는 도시 계획가나 건축가들이 실수를 바로잡으려고 노력하고 있어요. 큰 건물들이 여럿 철거되고, 좀 더 인간적인 척도에 의거한 새로운 건물로 바뀌었습니다. 놀이와 만남을 위한 장소들도 만들어졌습니다. 이것이 사회 문제를 해결하지는 못하지만 일상생활과 인간관계를 전반적으로 더 낫게 만들고 있습니다. 그래도 시골에서 살기 위해 도시를 떠나는 사람들이 있지요.

미학의 경계를 넘어 현실의 국경으로

콜로 어제 남농 선생의 전시회에 다녀왔습니다. 한국의 유명한 현대 화가가 평생 전통적 화법으로 풍경을 그려 왔다는 사실에 다소 놀랐습니다.

김우창 남해안 목포에는 남농 선생의 헌정 미술관도 있지요. 경치가 굉장히 아름답습니다.

콜로 한국 회화와 시에서 풍경은 여전히 살아 있는 주제입니까?

김우창 남농 선생처럼 전통적 화법을 쓰는 화가들은 전통적인 장면과 주제를 반복해야 했지만, 풍경의 감각은 천천히 돌아오고 있지요. 도시 디자인이나 건축에서 말입니다. 그렇다고는 해도 너무 느려요. 이제 풍경이 근대적 삶에서 어떤 역할을 할 수 있는지 말해 볼까요? 예컨대 근대 문명의 불안감을 바로잡는 데 있어서 말입니다. 프랑스에서는 풍경을 보호하기 위해 어떤 노력을 하고 있는지요?

콜로 예를 들면 요즘에 조경 학교가 많아지고 있는데, 여기에서 학생들은 식물학과 건축학뿐만 아니라 문학, 예술, 철학도 배웁니다. 풍경의 문제에 깊은 관심을 가진 새로운 세대가 도래했고, 이들은 전통적인 풍경을 보호할 뿐만 아니라 새로운 풍경을 창조해서, 현대적인 건물이나 심지어 고속 도로까지도 잘만 계획된다면 그 풍경에 기여할 것이라고 생각합니다.

김우창 선생님이 논문에서 언급한 발레리 같은 시인들의 작품을 그 학생들이 읽는지요?

콜로 우리는 그런 작품들을 계속 읽고 있습니다.

김우창 불문과 밖에서도 사람들, 대중들 다수가 시를 읽습니까?

콜로 시는 프랑스에서 대중적이지 않습니다. 불행하게도 말입니다. 시를 읽는 독자가 점점 줄고 있어요.

김우창 시를 좀 더 널리 읽히기 위한 대중적인 사업이 있습니까?

콜로 '시인들의 봄(Le Printemps des poètes)'이라는 협회가 있습니다. 그리고 파리에서 1년에 한 번 열리는 '시의 장터(Marché de la poésie)'도 있지요. 학교와 대학에서는 시를 계속 가르치고, 학생들 또한 시에 관심을 보이지만, 대학 바깥에서는 아무도 시를 이야기하지 않습니다. 텔레비전에서도, 신문에서도 말이지요. 점점 시를 덜 읽는 분위기입니다.

김우창 저는 근자에 들어서 한국이 주빈국으로 초청받았던 프랑크푸르트도서전과 관련해 독일을 여러 차례 방문했습니다. 제가 하이네나 괴테나 릴케를 언급할 때마다 독일 사람들이 그러더군요. "누가 그들을 읽습니까?"라고.

콜로 시가 대중을 많이 확보하지 못하는 것은 애석한 일입니다. 시 강좌는 가치를 잃었고, 이는 참 어려운 문제입니다.

김우창 독일 문학은 일본과 한국에서만 살아남은 것 같습니다. 듣자 하니 일본에서는 독일에서보다 더 많은 사람들이 독문학을 연구한다고 합니다. 한국에 독일 관련 학과가 몇백 군데나 있습니다. 프랑스 관련 학과도 마찬가지입니다. 지평에 관한 선생님의 논문을 읽어 보니, 한국인들이 프랑스 문학에 관심이 있다는 것을 알고 놀랐다고 하셨더군요. 우리는 줄곧 근대성에 관심을 가져 왔습니다. 프랑스 문학은 우리에게 초래된 근대 세계의 부분이므로 연구하는 것이지요. 하지만 우리는 이타성(異他性), 우리에게 맞선 것들에 본질적으로 관심을 가지고 있습니다. 타자에 대한 관심이랄지, 근대성의 개척자들을 향한 매혹이랄지, 이 점을 어떻게 설명하실 수 있겠습니까?

콜로 많은 한국 학생들이 1980년대와 1990년대에 프랑스 문학을 연구하려고 프랑스 대학에 왔습니다. 놀랍기도 하고, 영광이었지요.

김우창 프랑스는 한국인들에게 흥미로운 타자이지만, 프랑스인들에게는 한국이 꼭 그런 것은 아닌 듯싶습니다.

콜로 프랑스어로 번역된 한국 문학이 많지 않은 것으로 알고 있습니다. 어려운 상황인데, 프랑스 출판사들이 점점 더 시장을 의식해서 상업화되었기 때문입니다. 한국 시는 물론 시장의 대상이 아니지만, 많은 프랑스 작가와 독자 들은 한국 문학에 관심이 있습니다.

김우창 유럽은 한국을 비롯한 다른 아시아 국가에 관심이 별로 없는 듯합니다. 말하자면 유럽인들이 좀 더 자기중심적이라고 할까요? 타자를 의식하지 않습니다.

콜로 꼭 그런 것만은 아닙니다. 예를 들면 한국 영화와 중국 영화는 유럽에서 찬사를 받습니다.

김우창 일종의 문화적 현상일 텐데, 우리는 유럽에 비해 좀 더 타자를 인식합니다. 근대 세계사를 형성한 서구 헤게모니의 부산물이겠지요. 결과적으로 유럽인들이 국지적이 된 반면에, 우리는 좀 더 보편적이 되었지요.

콜로 많은 유럽인들은 세계화가 규격화를 야기할 수 있기 때문에 위험하다고 평가하는 것 같습니다. 모두가 동일한 문화를 갖게 되겠지요. 특히 프랑스에는 미국을 향한 부정적인 감정이 있습니다. 우리는 세계화를 미국 문화의 일반화로 간주하는데, 유럽에서는 미국 문화를 최고의 문화로 여기지는 않습니다. 여러 문화가 현존하는 것을 도외시할 수 없지요. 프랑스 시인인 에두아르 글리상은, 이런 문화의 세계화에 대한 견해를 분명하게 제시합니다. 글리상은 문학적 차원에서, 서로 다른 문화 간의 대화와 교환을 증진하고자 합니다. 다양성을 강조하지요. 한 세계 안에는 많은 세계가 포함되어 있다고 말합니다. 좋은 방식의 창조와 행위를 허락하는 것은 이런 문화들 간의 차이입니다. 글리상이 프랑스 작가들 중에서 예외적인 경우는 아닙니다. 몇몇 작가들은 최근에 『세계의 문학을 향하여(*Pour une littérature mondiale*)』라는 책을 출간했습니다. 물론 여전히 협소하고 제한적인 시각을 지닌 프랑스 작가들도 많이 있습니다.

김우창 지평의 감각을 상실한 것이지요. 정신적으로 확장된 지구적 지평 말입니다.

콜로 맞습니다. 1960년대와 1970년대에 프랑스 작가들은 '언어적 전회

(linguistic turn)'에 많은 영향을 받았습니다. 이들 대다수에게, 시인들에게도 쓰기는 언어라는 단순한 대상을 만드는 것이었습니다. 유일한 관심의 대상이 언어였지요.

김우창 세계에서는 같은 시기에 여러 가지 일들이 일어나는군요.

콜로 에두아르 글리상은 마르티니크에서 태어났습니다. 퀘벡과 같은 프랑스어권 지역에 사는 많은 작가들은 프랑스에 사는 작가들에 비해 좀 더 큰 지평, 세계적 지평을 얻을 수 있지요.

김우창 몇 년 전 피에르 부르디외가 타계하기 몇 개월 전에 한국을 방문했습니다. 그는 세계화에 반대하기 위해서 조직 중인 단체에 대해서 말했습니다. 독일의 귄터 그라스를 포함한 여러 나라의 지성들이 참여했지요. 저는 그것이 제국주의적 모험을 통해 축적한 특권을 수호하기 위해, 이익을 별반 가져다주지 않는 외부 세계에 맞서 유럽의 문을 닫는 움직임을 뜻하는 것은 아닌지 물었습니다. 그때 부르디외는 자신이 세계화에는 반대하지만, 국가를 횡단하는 다른 종류의 연대를 전개할 필요성을 인식한다고 말했습니다.

콜로 풍경은 흥미로운 화제입니다. 프랑스어인 paysage는 국가(pays)라는 단위와 관련하여 형성되었지만 영어인 landscape는 국가(country)가 아니니까요. 풍경(paysage)은 국가(pays)보다 큽니다. 풍경은 이제 보편적인 화제라고 생각하는데, 지구의 환경적·생태학적 문제와 관련되기 때문입니다. 이것은 여러 문화권이 공유하는 화제이지요. 풍경에 관해서 우리는 특수한 전통 사이의 대화를 가져야 할 것입니다.

김우창 풍경은 한 국가에만 국한되지 않습니다. 한 지방은 그 지역성으로 범위가 한정됩니다. 프랑스에는 북동부가 있고, 브르타뉴가 있고, 프로방스가 있습니다. 국가임을 자임하는 여러 지역이 있지요. 스코틀랜드의 분리주의가 더 우세해지면 영국은 분열될지도 모릅니다. 웨일스도 독립하기를 바라고 있지요. 이런 분리주의적 개념에서조차 풍경은 직접 경험되기에는 너무 큰 '풍경'입니다.

콜로 풍경을 국가로 환원하는 것은 위험합니다. 풍경은 본질적으로 지평과 결부됩니다. 국가의 한계에 갇히는 풍경은 없고, 이는 특히 유럽에서 현실적인 문제입니다. 예를 들면 사르코지 대통령은 프랑스를 닫고, 유럽을 닫고자 합니다.

김우창 미국 작가인 조지 세션스와 빌 디볼이 쓴 책 『심층 생태학(*Deep Ecology*)』을 알고 계신지 모르겠습니다. 이들은 고향이라고 부를 수 있는 특정한 지역성과의 심층적인 관계를 계발할 필요가 있다고 말합니다. 지평은 광활하게 펼쳐진 지역을 암시하지만 말씀하셨던 대로 한계를 의미하기도 합니다. 지평은 열려 있지만, 독일어로 말하자면 집처럼 친숙한 아주 작은 지역을 한계 짓고 그곳을 떠돕니다. 움직여 나감에 따라 풍경은 한계가 없어집니다. 한 풍경 안에서 특정한 공간과의 관계를 한계 지을 수 있고, 동시에 국경 없이 나아갈 수도 있습니다. '국경 없는 풍경(paysage sans frontiers)'이랄까요. 인간이 세계와 맺어 나가는 새로운 관계를 정의하는 데 유용한 개념처럼 들립니다. 풍경, 국가, 지평, 이런 것들이 말이지요.

콜로 하지만 현대인들은 두 가지가 모두 필요하다고 생각합니다. 우리는 집을 가질 필요도 있고, 여행을 할 필요도 있으니까요.

김우창 여행할 때, 여행객으로서가 아니라 집처럼 친숙한 느낌을 받을 수 있어야 합니다. 공감할 수 있어야 합니다. 풍경을 통해서 어떤 장소에 속한 듯한 즉각적 감각을. 시인과 예술가는 풍경의 감각을 사람들이 계발하도록 가르칠 특별한 임무가 있지요. 선생님은 서울이나 파리에서 친숙한 느낌을 가질 수 있도록 다른 장소들의 내부로 여행하고 계십니다.

콜로 다른 문화와 대화하려면 자신의 문화를 가져야만 하는 것이겠지요.

김우창 세계의 다양성에 대한 생각과 연결되네요. 작년에 저는 일주일

동안 파리에서 멀지 않은 멋진 장소인 뷔르쉬르이베트에 머물렀습니다. 파리에 들렀을 때 장피에르 와르니에가 쓴 『문화의 세계화(*Le Mondialisation de la culture*)』를 우연히 손에 넣었습니다. 인류학자인 그는, 어떤 식으로 세계화가 진행되든 사람들은 늘 자신들의 지역 문화를 발전시킨다고 말합니다. 사람들은 항상 자신들만의 문화를 발전시키기 때문에 문화의 세계화에 대해서는 걱정할 것이 없는 것이지요. 말하자면 '세계화의 창' 아래에서도 말입니다.

콜로 문제는 세계화의 조류와 경제적 이해관계이겠지요. 이런 관계는 강력한 데다 이런 문화적 프로젝트와 대립되니까요. 특히 대중 매체와 영화 산업에서는 돈이 문제입니다. 이런 예술과 매체에는 의구심도 들어요. 영화가 단지 한 나라의 스튜디오에서 나오고, 이 나라가 자신만의 문화적 기준으로 다른 나라들을 침략할 수 있다는 것이 문제이지요.

김우창 돈은 추상적이지요. 그런데 선생님의 출신 지역(pays)은 어디인지 여쭤 봐도 될는지요?

콜로 제게는 실질적인 출신 지역이 없습니다. 저희 아버지는 샹파뉴에서 태어나셨고 어머니는 아비뇽에서 태어나셨으니까요. 아버지는 독일군에 의해 투옥되었다가 탈출하여 프랑스 남부로 가셨습니다. 거기서 어머니를 만나신 거지요. 저는 독일 강점의 결과입니다. 전쟁이 끝난 뒤 부모님은 파리 교외에 정착하셨고, 저는 거기에서 태어나 삶의 대부분을 보냈지요. 출신 지역이 없기 때문에 모든 곳에서 풍경을 찾을 수 있고, 그래서 저는 한국에서도 풍경을 찾을 수 있습니다.

김우창 부르디외는 자신이 가스코뉴 출신이라고 하더군요. 그의 삶에서는 매우 중요한 부분이었습니다. 또한 알제리 경험이 자신의 삶에서 아주 중요한 역할을 하지만, 프랑스에서는 이 점을 절대로 말하지 않는다고 하더군요.

콜로 샹파뉴나 보클뤼즈의 시골에서 여름 휴가를 보내는데, 제가 파리에 머무를 때조차 저의 풍경을 형성한 것은 그곳에서의 강력한 경험이었지요.

김우창 고향을 상실한 사람들은 고향으로 돌아가기를 몹시 바라지요. 상실해 보지 않는다면, 절대로 알 수 없을 겁니다.

콜로 네. 저도 그렇게 생각하지만, 풍경은 우리의 기원에, 과거에 있을 뿐만 아니라 우리의 지평에, 미래에 있기도 하니까요. 그것을 창조해야 합니다.

국경을 넘어 세계의 풍경들로

김우창 앞서 말씀드린 것처럼, 선생님의 논문을 읽고 우리가 많은 것을 공유한다는 것을 알았습니다. 선생님께서 다루신 작가들은 제가 오래전부터 친숙하게 느낀 작가들입니다. 그래서 선생님의 작업을 평가하기가 용이했습니다. 이제 한 가지 질문이 남았습니다. 현실 정치에서 풍경의 감각이 지니는 의미가 무엇이겠습니까?

콜로 현실 세계에서, 풍경은 매우 중요한 문제입니다. 지역 정치에서 보면, 정치인들이 환경에 대한 사람들의 새로운 열망과 근심을 고려해야만 하기 때문에 변화가 일어나고 있습니다. 국가 정치에서 보면 정당의 지향성이 더 천천히 변화합니다. 특히 프랑스에서는 녹색당이 큰 영향력을 못 미치기 때문에 좀 더 어려운 상황입니다. 하지만 이런 층위에서도 개선의 징후가 있습니다. 프랑스 정부에는 큰 환경 부처가 있고, 지속 가능한 발전을 추구하고 있습니다. '유럽 풍경 회의' 또한 분명히 매우 유효할 것입니다.

김우창 프랑스에서는 풍경의 감각을 도시를 계획하는 데 고려할 수 있겠습니다. 하지만 빈국에서는 그럴 수 없습니다. 개발 도상국에서는 풍경의 감각을 돌아보고 발전시킬 시간이 없습니다. 올해 초에 인도의 콜카타를 방문했습니다. 제가 그곳에 있을 때 큰 사건이 있었습니다. 경찰과 농민들 간의 격한 충돌이었지요. 벵골 정부는 공산주의 정부입니다. 정부는 산업 발전을 위해서 농민들로부터 토지를 양도받기를 원했지만, 농민들은 토지를 포기하려 하지 않았지요. 하지만 정부의 보상 규모만 문제는 아니었습니다. 농민들은 자신들의 토지와 삶의 방식을 지키고자 했습니다. 그래서 경찰과 농민 간에 충돌이 일어난 것이지요. 몇몇 사람들이 사망했습니다.

콜로 유감입니다. 저는 북경 올림픽에 대해서 생각했습니다. 올림픽 때문에 중국은 북경의 풍경 전체를 파괴했습니다. 끔찍하지요. 예를 들어 사람들은 아프리카 농민들이 극단적으로 빈곤한 상태에서 도시로 이주하는 것이 불가능하다는 것을 인식하고 있습니다. 이들이 토지를 지킬 수 있도록 돕는 데 많은 비용이 들지는 않겠지요. 이들은 최소한 자신들이 필요로 하는 것을 생산할 수 있을 테니까요.

김우창 부분적인 이유는 농업 산출액입니다. 프랑스 정부가 프랑스 농민들에게 보조금을 주기 때문에 아프리카 농민들은 프랑스 농민들과 경쟁할 수가 없어요. 설사 아프리카 농민들이 자신들의 농장으로 돌아간다 하더라도, 생산물을 유럽 수출에 의존하기 때문에 농장을 경제적으로 존립하게 할 수가 없지요.

콜로 풍경은 정치적이고 경제적이고 사회적인 문제이기도 하군요. 우리가 아프리카 농민들을 그런 방식으로 살게 한다는 점이 안타깝습니다.

김우창 선생님께 책임을 두는 것은 아닙니다.

콜로 예. 우리 모두 책임이 있지요.

김우창 저개발국에서 풍경과 생태학의 의미는 다릅니다. 생태학적으로 사고할 여건이 안 되니까요. 아마존에 사는 브라질인들은 밀림을 개발할 수밖에 없습니다. 정말 문제입니다.

콜로 이런 모순을 해결하기 위해서 노력할 수야 있겠지요. 거대한 경제적 이해관계가 작동하니까요. '지속 가능한 발전'을 창안해야 합니다.

김우창 생활 세계에서, 사람들의 마음에서 풍경을 지키는 것이 중요하다고 말씀드리고 싶습니다. 설사 직접적인 정치적 행위와는 관계가 없다 해도 말입니다.

콜로 예, 저도 같은 생각입니다. 젊은이들을 일깨울 수 있기 때문에 대학은 중요한 장소입니다. 그 젊은이들 중에서 근대적 풍경 문제를 해결할 수 있는 정치인들이 나올 수 있겠지요.

김우창 신문과 잡지를 통해 오랫동안 한국의 고층 빌딩을 비판하는 글을 써 왔지만 아무도 관심이 없더군요.

콜로 '풍경당'을 만들어야겠는데요. 국제 정당으로 말이지요.

김우창 최소한 풍경 연구를 구성하는 것도 좋은 생각이겠지요. (웃음)

콜로 지인들과 동료들과 함께 '지평-풍경(horizon-paysage)'이라는 작은 학회를 만들었습니다. 선생님께서 저희 학회의 명예 회원이 되셔도 좋겠습니다. (웃음)

김우창 긴 시간 동안 나눈 대화 즐거웠습니다.

콜로 친숙하고 편안한 시간이었습니다.

더 많은 혹은 더 작은 민주주의를 찾아서[1]

1987년 6월 이후 한국 사회와 문화에 대한 성찰

김우창(고려대 명예 교수)

최장집(고려대 정외과 교수)

2007년 9월

민주화가 이루어 낸 것이 너무나 없다?

《당대비평》 1987년 6월 항쟁 이후 민주화가 한국 사회와 문화에 중요한 요소로서 열망의 대상이었다면 20년이라는 시간이 흘러 이제는 성찰의 대상이라고 생각합니다. 그간 민주적 제도화라는 목표에 대해서는 이야기가 많았지만 되짚어 보고 비판적으로 반성해 보는 성찰 행위는 많지 않았습니다. 그런 시도의 흔적을 남겼으면 좋겠다는 취지에서 이 책을 기획했고, 기획의 기둥 같은 역할을 대담을 통해서 얻고자 합니다. 6월 항쟁은 지금 우리에게 어떤 의미가 있을까, 그사이 간과할 수 없는 1997년 IMF 사태를 통해 굴곡진 민주적 제도화의 과정을 어떻게 평가할 것인가, 한국의 민주적 제도화의 특징은 무엇일까, 포스트 민주주의 상황 속에서의 어떤

---

1 당대비평편집위원회 엮음, 『더 작은 민주주의를 생각한다』(웅진지식하우스, 2007) 수록.(편집자 주)

전망을 논의할 수 있을지, 선생님들의 고견을 말씀해 주시면 좋겠습니다. 우선 6월 항쟁의 현재적 의미에 대해 이야기를 시작해 보면 어떨지요?

김우창 거대한 정치적 사건을 살필 때, 그 사건에 관계된 사람들의 자발적인 의지와 배경에서 출발하느냐, 사건 자체가 어떤 상황에서 출발해 그 상황의 충동을 받아서 사람들이 움직이느냐 생각해 보면 어느 쪽도 분명치는 않은 것 같습니다. 민주화에 참여한 사람도 그렇고 참여하지 않은 사람도 그렇고 독재자도 큰 역사적 충동의 일부, 시대의 아들들이지 않았나 생각합니다. 얼마 전에 선거가 있었는데 한나라당이 참패했습니다. 여러 신문에 이런 코멘트가 나왔어요. 노무현 대통령에 대한 혐오가 약해지니까 반작용으로 한나라당 지지가 약해졌다는 것이지요. 민주화를 통해서 억압적인 정치 상황이 개선된 것은 틀림없습니다. 그러나 반작용에서 나오는 정치적인 운동이 어떤 건설적인 제도를 만들어 내느냐 하는 건 별개의 문제입니다. 건설을 목적으로 한 자발적인 정치 운동은 좋은 삶이 어떤 것인가에 대한 적극적 이상이 있어야 하겠지요. 그것이 불분명한 것이 지금의 상태가 아닌가 합니다. 계속적인 대중 동원의 전술만이 우리 정치를 지배하는 것 같습니다. 무조건 운동을 지속하자는 것이지요. 그 운동이 어디로 가든…….

최장집 1987년 6월 항쟁 20주년을 맞아 현재 무엇이 문제인가를 살피기 전에, 김우창 선생님의 말씀대로 상황과 민주주의를 추동하고 실현하기 위해 움직였던 일반 시민들의 실천과, 그것을 어떤 원리나 가치를 실천해 나가는 측면에서 분석하고 구분하는 건 중요하다고 봅니다. 우리는 민주화 측면에서 보는 후발 민주주의 국가입니다. 정치학자들은 유럽이나 미국 같은 먼저 민주화한 나라의 경우 올드 데모크라시(old democracy)라고 표현하고 한국같이 새로이 민주화한 나라는 뉴 데모크라시(new democracy)라고 표현하기도 합니다만, 한국을 포함해 새로운 민주화가 출현한 1980년대는 냉전의 해체와 불가분의 관계가 있습니다. 그 안에서 사는 사람들의 입장에서 보면 내적인 힘의 변화를 통해 군부 권위주의를 해체하고 민주화 운동이 일어나서 민주주의가 된 것 같지만, 이는 세계적인 시대적 변화의 영향이기도 합니다. 그 영향이 민주화라는 가능성을 제공해 줬지만 또한 그것이 부여하는 제약도 있는 건 분명합니다.

한국의 민주화는 현대 한국 사회에서 가장 중요한 변화라고 생각합니다. 정치적인 측면에서 볼 때 그것만 떼어서 보는 것도 필요하겠지만, 한국 사회 전체의 변화라는 관점에서 보면 여러 문제들이 중첩되어 있었습니다. 한국 사회는 근대화의 과정에 있기도 했고, 냉전 시기의 문제들 또 정치적으로는 민주화, 경제적으로는 권위주의 국가가 주도했던 산업화 등 여러 상황과 요소 들이 1980년대에 들어 광주 항쟁으로부터 시작해서 1987년에 이르는 시기에 결합해서 민주화라는 변화가 일어났습니다. 그래서 한국의 민주화는 정치적으로만 보면 간단하게 보일지 모르지만 경제·사회·문화 모든 분야에서 중첩적인 변화가 개입되어 넓게 보면 굉장히 복잡한 문제입니다.

민주주의 제도가 시행되고 선거로 대통령과 국회 의원을 뽑는 등 제도적 수준에서 보자면 한국은 부인할 수 없는 민주적인 제도와 절차적인 틀을 가졌다고 보이지만, 한 발짝만 더 들어가서 내용을 살펴보면 전혀 그렇지 않습니다. 특히 한국 사회에 살고 있는 시민들이 민주주의라고 하는 체제나 제도 그리고 절차적인 방법을 통해서 자신들의 삶을 개선하거나 개인의 자유 등을 얼마나 구현하는가, 과연 민주주의라고 하는 체제와 그것이 부여하는 제도적인 방법들이 얼마나 시민들의 입장에서 삶에 기여하는가, 또한 개개인들이 이 민주주의를 통해 얼마나 자신의 목표와 열망을 구현할 수 있었는가 하는 문제들을 살펴보면, 민주주의가 이루어 낸 것이 너무나 없다는 회의가 듭니다.

저는 한국의 민주화 과정을 진단할 때는 광주 항쟁부터 1987년 6월 민주화 항쟁까지를 '운동에 의한 민주화'라고 표현합니다. 이것은 집단적인 열정이나 민주주의에 대한 열망을 실현하기 위해 많은 에너지와 투쟁을 방법으로 해서 이루어진 민주화라고 할 수 있는데, 이는 원인이기도 하고, 특징이기도 하고, 결과이기도 하지요. 한국의 민주화 과정은 낭만주의적인 열정을 불러일으키고 집단적 힘과 에너지의 동원이 컸어요. 그것이 갖는 어떤 이상이 기존에 존재하는 권위주의를 무너뜨리는 데는 상당한 파워를 가졌지만, 문제는 선생님도 지적하신 대로, 우리가 '민주화된 이후에 어떤 민주주의를 가질 것이냐' 하는 좀 더 구체적인 실천의 문제에서 그것이 긍정적인 힘으로 작용했다기보다는 상당히 부정적인 요소들을 많이 만들어 냈다는 느낌이 듭니다.

안정이 사라진 정치와 사회

《당대비평》 상황 추동적인 저항의 계기 혹은 낭만주의적인 의지가 너무 강해서 민주화를 기획하고 성찰하는 힘들이 많이 결핍되었다는 이야기인가요?

최장집 물론 그런 의미도 있지만, 민주주의를 낭만적으로 이해하고 실천한다는 말은 큰 기획과 이상과 목표를 지향하는 성향이 강한 것 같다는 뜻입니다. 민주주의의 핵심은 일상적인 생활 속에서 정치를 통해 구체적으로 실천하고 뭔가를 개선하는 것입니다. 특히 보통 사람들의 요구들이나 시민의 사회 경제적인 요구 등을 정치적인 방법으로 조직하고 풀어 나가는 것입니다. 그런데 운동을 통한 민주화가 보여 준 거대 기획, 이상과 집단적인 열정은 민주화된 이후에 실천적인 문제를 풀어 나가는 데 있어서 실제로 기여하기가 어렵다는 것입니다.

김우창 민주화는 우리나라만이 아니라 세계적인 보편적 과정 중의 하나인데, 동구 블록도 깨지고 남아메리카에서도 상당히 변화가 일었지요. 이를 보면 직접적인 연계가 있든 없든 우리가 모르는 기운 속에서 정치 변화라는 게 일어난다는 말이 맞는 것 같습니다. 조선이 근대 국가로서 살아남기란 거의 불가능한 일이었을 텐데, 그것이 무너진 다음에 근 100년 정도 걸려서 근대 국가가 성립된 것은 상당히 놀라운 일입니다. 근대 왕조로부터 근대적 국가로, 냉전 체제의 붕괴, 세계적인 민주화의 기운과 같은 상황을 좇아 전개된 것이라고 할 수 있겠지요. 그 변화의 마지막 단계인 민주화에 있어서는, 민주적인 것에 대한 욕구도 있지만 그와 더불어 간단히 말해 물질적 생활의 향상에 대한 욕구가 컸다고 생각해요. 민주화 운동에서 노동자들은 노동 조건이 비인간적인 것도 있지만 우선 먹고살 수 없을 만큼의 적은 임금 때문에 먹고살아야겠다는 의지가 강했어요. 먹고살 만큼의 풍요로운 인간적인 삶에 대한 요구는 정당했어요. 그게 정치적인 억압의 철폐보다도 중요한 것이 아니었나 생각합니다. 그것을 막고 있는 것이 군사 억압 체제였지요. 역설적인 것은 경제 성장을 지향하는 독재 체제가 거기에 대한 비전을 주면서, 노동자들에게는 그것에 대한 접근을 막았다는 것이라 할 수 있습니다. 그러나 노동 계층은 억압으로부터의 자유를 원하면서도 경제가 완전히 자유로워지는 것을 원한 것은 아니겠지요.

지금은 좀 더 자유로운 경제 활동, 더 잘 먹고살아야겠다는 주장을 내세우는 건 부자들입니다. 기업 규제가 없어져야 한다는 말도 마찬가지로 자유에 대한 요구이고, 이 요구의 배면의 논리 또한 경제적인 권리에 대한 요구인데, 이는 모순되는 것 같으면서 일관된 건 사실입니다. 그때 가난한 사람들이 먹어야 하겠다거나, 지금 기업들이 세계적인 기업이 되겠다는 구호, 그 충동 의지는 둘 다 경제에 대한 주장입니다. 그에 대한 입장은 다르지요. 그러나 누구든지 요즘에 와서는 먹는 것보다는 잘 먹는 것, 더욱 잘 먹는 것을 원하는 것 같습니다. 경제적인 부를 추구하는 사회에서 보드리야르 식으로 말해 민중이 대중으로 내파되는 것, 각성된 의식이 없이 전부 뿔뿔이 흩어져 소비 생활을 확장하는 데 여념이 없는 세상이 되었지요.

최 선생님 말씀에 완전히 동감합니다. 민주화가 큰 전기를 마련했지만, 필요한 것은 구체적인 작업이지요. 비가 새면 지붕을 고치고, 직장이 없으면 직장을 마련하고, 돈을 벌려면 하루 종일 열심히 일을 해야지, 폭발하는 정열로 그러한 일을 할 수 있나요? 어떤 제도를 건설하려면 그 정열은 안으로 밀어 넣고, 그것을 실질적인 일에 대한 구체적인 훈련으로 변형해야 하는데 그것이 전혀 일어나지 않아요. 정부에서 하는 걸 보면 모든 사람들이 더 잘살게 하겠다는 동기에서 움직이고 있다는 생각이 드는데 그게 과도하면 민주주의도 깨지고 상상력도 깨집니다. 전통적으로 동양에서 말하는 정치의 핵심이 민생의 안정인데, 안정이라는 게 움직이지 않고 가만히 앉아 있는 게 아니라 계속적인 보완 작업을 해야 가능하지요. 집 유지의 비유는 여전히 여기에도 해당된다고 할 수 있습니다.

안(安)이라는 게 중요하고 또 정(定)이라는 게 중요합니다. 이건 어떠한 혁명적이고 진보적인 정치 운동에서도 절대적으로 필요합니다. 모든 사람이 살 집을 가지고 아이들을 키우면서 밥 먹으면서 살 수 있게 안정하자는 것인데, 이런 안정에 대한 생각이 사라진 게 지금 우리의 정치고 사회라는 생각이 듭니다. 지난 민주화의 가장 핵심적인 주장은 억압적인 정치를 깨뜨리는 것이었어요. 어떤 정치 체제에서나 없어져야 할 중요한 것이죠. 그런데 민주화의 핵심적인 동기가 됐던 것은 경제 정의입니다. 그러나 모든 사람의 삶의 안정이 아니라 물질생활의 폭발적 확장이 지금의 목표인 것 같습니다. 경쟁적으로 더 잘살아 보자, 더 호화판으로 살아 보자 해서는 안정은 없지요. 그런데 있는 사람이나 없는 사람이나 이것이 오늘의 사회를 움직이는 동기인 것 같습니다.

최장집 민주화에 대한 평가를 하자면 민주화된 이후에 정부들이 경제 문제를 어떻게 다루었냐는 질문이 핵심입니다. 조선조 이래 한국 사회는 전체적으로 경제 수준이나 발전 정도가 낮아 먹고사는 문제가 굉장히 중요했는데, 1960~1970년대 권위주의 국가에서 이 문제를 어떤 방향으로든 해결했다고 볼 수 있어요. 그건 권위주의 체제의 한 가지 유지 방법이라고 볼 수도 있습니다. 민주화된 이후에 민주 정부가 경제를 다루는 데 어떤 방법으로 기여를 했느냐는 물음을 제기해 보면, 커다란 의문이 듭니다. 경제 정의라고 말씀하셨지만, 우리나라 경제 정책은 분배의 문제로 전부 성장을 통해 모든 걸 해결하려고 합니다. 때문에 시간의 속도가 적응할 수 없을 정도로 빨라지고 있어요. 권위주의 시기에 경제 발전에 치중한 것은 좋았지만 성장의 속도가 빠르다는 것은 사회의 모든 가치 위에 경제적이고 물질적인 가치를 빠른 속도로 덮어씌우는 것이었습니다. 한 공동체의 생존을 위해서 물질은 기본적이고 중요한 문제지만, 일정한 정도로 초기 성장을 확보한 후에는 안정화라고 하는 '성장 속도의 저속화'가 중요합니다. 그런데 민주화된 이후에 정부들이 이를 더 가속화한 결과 중산층을 불안정하게 하고 사회 저소득층의 경제 생활을 향상시키기보다 더 피폐화하는 결과를 가져왔고 오히려 사회가 점점 공동화되고 있습니다.

우리나라에서는 '국가'가 전체적으로 강한데, '국가'가 경제에 개입하는 규모가 상당히 크고, 생산 체제에서 차지하는 비중이 아주 큽니다. 그런데 국가가 앞장서서 시장 중심으로 드라이브하기 때문에 정부의 정책이 어떤 방향으로 설정이 되면 거기에 대한 비판이나 반대가 허용될 수 없는 구조가 민주화 속에서 강화됐어요. 그렇다면 이런 구조가 민생을 향상시키는 데 기여하느냐 하면 그러기는커녕 부작용이 심각합니다. 문제는 이런 걸 드라이브하는 데 사실과 현실로부터 괴리된 이데올로기나 담론이 기여한다는 것이에요. 한국 사회의 언어는 퍼포먼스로서의 언어입니다. 언어 사용이 공동화되고 피폐화됐습니다. 언어가 현실을 표현하는 수단이 아니고, 정치인은 정치인대로 매체는 매체대로 시민은 시민대로 이미 정해진 수순으로 같은 말만을 반복하고 있어요. 현실과는 따로 노는 거죠. 대선이 가까워 오는데 후보들의 말이 다 비슷비슷합니다. 대선 후보들은 그렇게 말하도록 되어 있고, 그 내용은 현실을 반영하는 것이 아니라 무엇에 대해 얘기를 하든지 간에 그렇게 얘기를 하는 것일 뿐입니다. 이는 기본적으로 정치가 제대로 작동되지 않는 현실에서 발생하는 현상으로 봐야 합니다. 왜냐하면 현실의 정당이 현실 사회에 뿌리를 두고 현실 사회에서 발생하는 참여 문제를 포착하고 이걸 조직하고 의견을 대표해서 정당을 만들고 이게 정책으로 나타나게 되면 매번 같은 언어로 말할 수가 없습니다. 성장 일변도로 나갈 수 없는 거지요. 따라서 반대도 가능하게 되고, 담론 상황도 현실을 반영하게 될 텐데, 지금 현실은 어떤 목표가 하나 설정되면 이것을 정당화하는 언어들만 양산됩니다. 국가 기구, 국가 공보 기구, 대중 매체를 통해서 그렇게 되는 것이죠. 문화적 전체주의라고 할 수 있는 현상이 만들어지고 있습니다.

한국 민주주의는 압축적 민주화라고 할 수 있습니다. 선발 민주 국가의 경우 제대로 장기간에 걸쳐서 문화적 수준이나 언론과 담론 상황, 지적 수준, 제도가 발전해 오면서 그 안에서 민주주의가 내면화되고 시민이 만들어지고 정당이 만들어지는데, 우리의 속성 민주주의는 — 물론 100년 안에 만든 건 중요한 업적이지만 — 이런 모든 문제들이 짧은 시간 내에 압축적으로 발생해서 문제가 단순하지 않습니다. 지식 정보화 사회와 테크놀로지의 발전을 통해 거대 자본이 들어와 매스 미디어나 정보의 네트워크가 최고 선진국의 수준으로 발전되어 있는 상태에서 우리의 민주적인 실천의 수준은 낮기 때문에 어떤 정권이 민주적으로 선출됐다는 것만 민주적이지, 어떤 목표가 설정되면 그리로만 질주하고 다른 비판이나 대안을 구체적으로 얘기할 수 있는 여지가 적습니다. 결국 경제 성장주의에 반하는 다른 목소리들은 소멸되거나 해체될 수밖에 없는데 이는 심각한 문화적인 쏠림 현상입니다.

'성숙한 성장'에 대한 질문

김우창 우리 사회가 경제 제일주의에 휩쓸린 건 사실입니다. 정부도 그렇지만 국민들의 심성도 그에 휩쓸려 있어요. "나도 먹고살자."라는 말은 자연스럽고 불가피한 주장입니다만 "무엇이 되었든 가지고 보자." 하는 것은 안정된 삶의 동기는 되지 못하지요. 오늘날은 정부의 성장 제일주의만이 아니라 국민 전체의 심성에도 다른 정치적 요구가 일어나기 어려운 상황입니다. 최 선생님께 '그렇다면 성장이나 경제 제일주의를 다른 방향으로 전환할 수 있는 동력이 어디서 나오겠느냐'고 여쭤 보고 싶습니다.

성장은 필요하지요. 그러나 그것이 단순히 더 많은 물질의 소유를 지향하는 것이 되면, 별 의미가 없지요. 그래서 분배를 위한 성장이 되어야 한다는 주장이 나오지요. 그러나 더 많은 것을 '너도 갖고 있지만, 나도 갖자'는 식의 분배라면 그것만으로도 안정은 얻어질 수가 없습니다. 목적 없는 경제 가치의 무조건적·무한정적 추구가 세계적인 추세인데, 그것을 추구하더라도 안정된 베이스가 필요한 것은 틀림이 없고, 경제 정의 또는 사회 정의가 있는 사회 질서가 그 바탕이 되는 것은 사실입니다. 한국 사회가 세계 체제 속에서 어떤 대외 정책을 추구하든지, 방금 말한 제한된 의미에서, 성장과 분배의 균형을 확보하도록 노력하는 것은 필수 요건이지요. 복지 사회 정책을 펼치기 위해서라도 성장이 불가피하다는 주장에 대해서, 이 두 항을 어떻게 연결시킬 수 있을까요?

최장집 성장을 완전히 부정할 수는 없겠지요. 제가 강조하고 싶은 것은, 신자유주의가 한국 사회 현실에서 세계 어느 나라보다도 급진적으로 진행되고 있다는 겁니다. 어떤 다른 대안을 제시하거나 문제를 보완하면서 속도를 늦춰 온건하게 성장할 수 있는 상황이 한국 사회에는 존재하지 않는 것 같습니다. 여기에서 성장이냐 복지냐, 성장이냐 분배냐 하는 것이 문제의 본질이 아닙니다. 중요한 것은 한국 사회 공동체를 성장에 종속시키느냐, 아니면 공동체의 필요를 충족하는 가치에 중심을 두느냐 하는 문제라고 생각합니다. 저는 다른 방향을 모색할 수 있는 힘을 정치에서 찾습니다.

대중들의 물질적 욕구와 정치권의 당파적 필요가 결합이 되어 브레이크 없이 질주하는 현실은 분명히 문제입니다. 만약 민주화 초기에 기존의 권위주의 시대의 성장 제일주의 정책에 대한 현실적인 대안이 될 수 있는 정책을 표방하는 정당의 발전이 있었다면, 그런 정당이 정책을 통해서 시장 경쟁에서 성공만을 얻고자 하는 제어할 수 없는 욕구를 다른 방법과 방향으로도 발현 가능하다는 것을 실천적으로 보여 주었다면, 시민들이 '아, 이런 사회도 가능하구나.'라고 느낄 수 있었겠지요. 정부의 교육 정책은, 복지 분야의 용어를 빌리자면 일반 교육 중심입니다. 이 일반 교육을 보면 노동 시장에 들어가는 신규 진입자들은 치열한 경쟁을 치러 대학에 가고 거기서 거의 비슷한 대학 교육을 받으면서 또 치열한 취업 경쟁을 치르는데, 여기서 탈락하는 사람은 생존할 수 없다고 생각하는 것이 현실입니다. 경쟁에서 탈락하면 죽는다는 생각이 지배적인데 다른 대안이라는 것을 생각할 수 없는 것이죠. 이처럼 모든 사람들이 한 방향으로 생사 투쟁을 벌일 수밖에 없는 것이 한국의 노동 시장의 조건이고 사회의 현실입니다.

유럽의 사회 복지 국가나 일본의 경우를 보면 꼭 일류 대학을 졸업하고 대기업이나 상위 전문직 등에 취직하지 않더라도 열심히 자기 일을 하면서 먹고살 수 있고 대안적인 취업의 기회나 진출 가능성이 있는 걸 볼 수 있습니다. 그렇지만 한국 현실에서는 지금과 같이 일류 대학 졸업이라는 한 방향으로 몰려서 이 경쟁에서 살아남지 않으면 평생 동안 불안정한 노동 시장으로 던져질 수밖에 없습니다. 다른 방식을 현실적으로 경험하고 보지 못하는 상태에서 선택이라는 건 있을 수 없는 거예요. 민주화 이후에 신자유주의로 인해 기업 중심의 시장주의가 확산될 때 그것을 견제할 수 있는 대안적인 담론이나 가치가 가능하지 않았다는 사실, 다시 말해 국민들이 성장 지상주의를 수용한 최초의 계기가 대안의 부재에서 비롯합니다.

앞의 김 선생님의 질문으로 돌아가 답하자면, 한국 사회에서 유럽과 같은 복지 정책을 쓸 수 있는 여건이라고 보기는 힘들고 성장은 필요하다고 생각합니다. 한국은 1960~1970년대 최고의 성장을 해 왔고, 이는 세계에서 가장 높은 성장 수준이기도 합니다. 문제는 시장 중심으로 간다고 계속 성장하는 것이 아니라는 겁니다. 서구 선진 국가들은 국민 소득 1만 달러 수준에 있을 때 사회 복지 국가에 대한 가치의 전환이 일어났습니다. 우리는 2만 달러 시대, 3만 달러 시대 운운하면서 성장주의를 물신화했고, 자의적으로 제시된 성장 목표와 그 달성을 위해 질주하는 것은 있어도, 이 성장과 다른 가치가 병존해야 한다는 발상은 하지 않았습니다.

민주 정부 이후 사회의 하부 기반이나 미시적인 수준에서 여러 가지 사회적 통합 등의 조건들이 튼튼해졌다면 질적 전환이 가능한 성장으로의 가능성이 막혀 있지는 않으리라 생각됩니다. 좋은 리더십과 좋은 정당이 들어서 실현할 수 있는 복지 정책을 펼친다면 성장도 되고 복지도 될 수 있겠지요. 외신에 따르면, 최근 경제 지표에서 일본과 독일 경제의 상황이 가장 좋다고 합니다. 독일 경제에 대해 그동안 복지를 해체하지 않으면 살아남을 수 없다고 시장 중심 국가에서 비판했지만, 지금은 독일 경제가 유럽에서 성장률이 제일 좋습니다. 독일은 제조업, 기계 산업 등의 중소기업 중심의 복지 체제를 가지고 있는데 이 부분이 풀가동되고 고용 흡수를 하면서 실업률이 빠른 속도로 떨어지고 있어요. 1990년대 전반기에 통일이 가져오는 부작용의 충격이 컸지만 현재 독일의 경제가 가장 탄탄하다는 보도를 읽었습니다. 한국에서는 성장 일변도의 신화가 팽배해 있어요. 그러니 분배가 성장을 제약하는 것이 아니라 이 둘을 잘 결합할 수 있는 방법을 찾아야 합니다.

김우창 분배가 성장하고 불가분의 관계에 있고, 성장이 장기적으로 실질적인 것이 되기 위해서는 '성숙한 성장'이 되어야 한다는 말씀이지요? 우리 사회가 성숙에 대한 관심이 없이 성장만 얘기하고 주장하는데, 성장을 통해서 사회 성숙에 이르러야 한다는 말씀에 공감합니다. 그런데 성숙한 삶이 무엇이냐는 질문은 우리 사회, 주류에서는 존재하지 않는 것 같습니다. 우리 사회를 움직이고 있는 것은 야심 또는 야망이 아닌가 합니다. 대망(大望)이라고 해도 좋지요. 그것이 경제적 야망이 되었다가 사회적 야망이 되었다가 정치적 야망이 되었다가 하지요. 속되게 말하면, 크게 놀아보자는 동기가 강하지요. 정치에서는 적어도 정치적 야망 또는 지도자 콤플렉스 속에 움직이는 것이 아니라 보통 사람의 좋은 삶에 봉사하겠다는 동기를 가진 정치 참여자들이 있을 법한데 잘 보이지 않는 것 같습니다.

다시 복지 문제로 돌아가서, 복지 때문에 국가 운용에 장애가 왔다는 얘기가 많지만, 복지를 말하는 사람들까지도 실제 사람 사는 문제에 대해서 구체적으로 관심을 가지고 생각하지 않는 것 같습니다. 형식적인 숫자를 강조할 뿐 — 예산 21퍼센트를 증가시켰다는 등 — 그것이 사람이 살아가는 데 무슨 의미를 지니는지에 대해서는 깊은 관심이 없는 것 같아요. 더 생각해 보면 사람이 사는 데 대한 깊은 관심과 걱정을 가지고 있지 않은 사람들이 정치를 하고 있는 것 같습니다.

최장집 예, 정치가 복지 체제를 고민한다면 시민권에 대한 개념 이해가 중요하다고 봅니다. 민주화 이전에는 억압에 대한 저항으로서의 인권이 보편적으로 중요했다면, 이것이 개선된 민주화 이후에는 사회 경제적인 시민권이라고 할까, 물질적인 복지와 관련된 권리를 공동체 내에서 시민들이 향유할 수 있는 가치로서 수용해야 했습니다. 성장과 시장 경쟁만 유일한 가치가 아니라, 시민권으로서 복지에 대한 접근이나 정책이 경제 발전 못지않게 중요하다는 것을 정치인들이 살폈어야 합니다. 민주화된 이후에 민주 정부들이 경제적인 생활 문제를 향상하려 할 때 군부 권위주의와는 다른 방법으로 해야 했어요.

우리보다 먼저 민주화된 국가들은 민주화되는 과정과 국가가 커지는 과정이 비슷하게 진행되었지만, 한국의 경우 먼저 국가가 강하게 형성이 되어 경제 발전을 주도해 국가 부분이 경제에서 차지하는 비중이 엄청나게 큽니다. 국가의 방대한 관료 기구가 행사하는 영향이 엄청나지요. 국가의 예산과 세금 운용이 방대하고 방만하지요. 민주화된 이후에 부패가 줄어들긴 했지만, 국가에 부패를 측정할 수 없는 부분이 많이 남아 있습니다. 구체적으로 계산해 보지는 않았지만 예산 낭비도 엄청나게 크리라고 생각합니다. 정부가 추진하는 거대 프로젝트 — 행정 수도 이전, 행정 복합 도시 건설, 지방 균형 발전 등 — 에 몇조 단위의 예산이 들어가는데 제대로 된 감시나 감사 등 민주적인 통제가 이루어지고 있지 못합니다. 세계적으로 정치학자나 행정학자 들의 연구 결과를 보면 메가 프로젝트는 반드시 부패하게 되어 있습니다. 메가 프로젝트는 추진 기간이 너무 길고, 그 때문에 프로젝트가 끝날 때쯤에는 예산 규모가 열 배 이상 늘어나게 됩니다. 그런 과정에서 예산을 얼마나 많이 쓰는지 알 수가 없는 거죠.

김우창 그런 메가 프로젝트는 정치가의 책임도 있지만, 국민들의 환영에도 책임이 있고 매스 미디어의 책임도 큽니다. 지역에서 무슨무슨 대회를 유치했다 하면 크나큰 경사가 난 것으로 보도하지요. 그런데 1년 365일 사람 사는 일이 경사나 명절로만 이루어진다면, 그러한 인생이 바른 인생이라고 할 수는 없지요. 모두가 축제만 원하고 있는 것이 오늘의 세상인 것 같습니다.

문화의 실패와 정치의 가능성

《당대비평》 전반적으로 풍요에 대한 욕망이 우리 사회를 추동하고 있는데, 최 선생님은 그에 대한 책임을 정당 정치가 제대로 기능하지 못한 것에서 찾으셨습니다. 정당이 이런 성장 제일주의를 제동할 실천적 대안을 제시한다면 그것이 변화의 단초가 될 수 있으리라는 말씀은 이해가 됩니다. 그런데 풍요에 대한 욕구나 힘에 대한 욕망이 전 사회적으로 확산돼 있을 때, 대안적인 실천의 모습을 갖춘 정책을 제안하는 정당이 있다고 하더라도 또는 사회 경제적인 시민권이나 인권을 잘 보듬을 수 있는 정책이 출현하더라도 국민에 의해서 선출될 수 있을까요? 민주화가 실패한 측면이 많고 정당의 실패가 중요한 요인임은 인정합니다. 그러나 민주화로 인해 권위주의적인 국가가 전체를 컨트롤할 수 있는 능력이 상당히 저하되고, 다양한 집단들의 상호 커뮤니케이션 양식에 따라서 정책들이 구성되고 입안되고 있다는 측면에서 정당 중심의 정치가 복원된다고 해서 지금의 문제가 완화될 것인가라는 의문이 듭니다. 정당이 잘하면 정치가 복원될 수 있는가, 실종된 시민성이나 경제 정책의 문제가 개선될 수 있겠는가에 대해서는 논란이 있을 수 있지 않을까요?

최장집 '정당을 말하는 것'은 현실에서 가능할 수 있는 수단이 뭔가를 생각하게 하고, 그것이 민주주의가 갖는 특별한 하나의 장점임을 상기하게 합니다. 민주주의는 사회의 다양한 가치나 차이, 요구, 의견을 정당으로 조직할 수 있는 제도를 부여할 수 있기 때문에 그것을 활용하는 사람들이 얼마나 잘하느냐에 따라서 효과가 다를 수 있습니다. 선진국들이 그런 예를 보여 줬죠. 그렇다면 정치적인 방법이 아니고 어떤 방법을 생각할 수 있느냐? 저는 정치학자로서 뭔가 정치적인 방법으로 민주주의가 갖는 기회를 실천해서 개선할 수 있는 여지를 찾아야 한다고 생각합니다.

김우창 최 선생님 말씀대로 적절한 정책과 절차를 만들어서 다른 종류의 사회에 대한 비전을 정치에 반영할 수 있는 방법을 연구하는 건 현실적인 문제입니다. 이런 현실적인 문제를 잠시 떠나서 생각해 보면, 저는 우선 우리 문화의 실패가 아닌가 생각합니다. 정부, 정치권 또는 우리 사회의 정치 담론들이 부추기는 면도 있지만, 계속 확장해 돈을 벌려고 하는 것이 대다수 사람들의 욕망이 된 것 같아요. 신도시 개발이 발표되면 거기 사는 사람들이 좋아하잖아요. 수십 년 살던 곳을 정리해 떠나라고 하면 싫어해야 할 텐데, 땅값이 올라가고 보상이 생기고 큰 아파트가 생기니까 좋아합니다. 그 반대 운동이 일어나는 것이 정상일 텐데요. 이런 현상을 보면 현실 방안을 찾기는 해야 하지만 어떻게 할 수 없는 문화적인 현상이라는 생각이 들고, 이런 폭풍우가 지나가길 그저 기다려야 하나 하는 생각이 들기도 합니다. 물론 주택 문제를 해결하기 위한 방편이 신도시 개발이라는 생각이 있지만, 주택 문제는 필요한 사람들에게 집을 지어 주어야지 있는 집들까지 헐어서 해결하겠다는 것은 무슨 뜻인지 알 수가 없습니다. 일자리를 만든다는 것인지…….

최장집 방법은 잘 안 보이고, 문화의 실패라는 지적에도 동감합니다. 문화는 여러 요인들이 복합적으로 생활 속에 스며 보이지 않는 규범으로 작용합니다. 민주화가 되었을 때 왜 정치인들이 좀 더 다른 대안적인 생각을 가지고 사람들의 지지를 얻어 대안 정당을 만들고, 권위주의와는 다른 경제와 복지 체제에 관심을 갖는 정책을 펴지 못했을까요? 그건 어찌 보면 교육의 결과입니다. 다른 대안적인 가치를 좇게 하는 교육을 받지 못했기 때문에 지금의 결과가 된 듯합니다. 신자유주의가 들어와 민주화되는 시점과 만나면서 나쁜 방향으로 가속화되었어요. 군부 권위주의 시기의 산업화 과정에서 박정희 모델이 라틴 아메리카나 다른 나라에 비해 성공적이었다고 평가할 수는 있지만 그것이 남긴 부정적인 유산도 큽니다. 이를테면 정상적인 시장 원리에 따라 부와 자본이 축적돼 노동하고 노력한 만큼의 대가를 갖는 게 아니라 정치권력의 전횡에 따른 한탕주의가 엄청나게 많았어요. 민주화를 통해 법이 지배하는 정상적인 사회가 만들어졌어야 하는데, 이런 전환을 만들지 못한 건 둘째 치더라도 더 심하게 한탕주의가 팽배해졌어요.

김우창 정책도 한탕주의가 많아요. 정부에서는 늘 부동산 투기를 억제한다고 얘기하지만 결과는 그 반대지요. 그런데 이것이 반드시 예견 못 한 현실의 움직임 때문이라고 하기는 어렵지 않나 생각합니다.

최장집 최근에 출간된 『아파트 공화국』(발레리 줄레조, 길혜연 옮김, 후마니타스, 2007)이라는 책을 보면, 주택이 상품으로 팔리는 나라는 한국이 거의 유일하다고 합니다. 집은 상품이라기보다는 자기 생활의 전부가 묻어 있는 삶의 터전이라고 볼 수 있는데, 그것이 투기의 대상이 되고, 정부에서 투기하라고 부추깁니다. 집이 시장에서 상품으로만 여겨지는 사회에서는 착실히 일을 해서 장기적인 행복을 찾을 수가 없어요. 주택 정책을 엄격하게 통제하고, 공공 주택을 많이 공급하는 복지 정책을 펼치고, 민주적인 정당이 이런 정책을 제대로 컨트롤할 수 있었다면 이 정도로 난장판이 되지는 않았을 겁니다.

민주화 이후에 정치적으로 잘못 흘러가게 된 것은 대통령의 권력이 견제받지 않고 점점 독재화되고 있는 데도 그 원인이 있습니다. 민주화 이후 취임한 대통령들은 모두 비슷하게 역사를 대표한다고 말합니다. 민주주의는 기본적으로 선거를 통해서 다수의 표를 얻은 대표자가 헌법으로 제한된 정부에서 제한된 임기 내에 제한된 정책을 진행하고, 다음 선거에서 다른 사람으로 교체되는 제도입니다. 우리나라의 대통령은 이런 인식이 극히 약하다고 생각합니다. 국가와 민족을 위해서, 국민을 대표해서, 국익을 대표한다는 말로 대통령의 권력은 반민주화되었고 그 정도는 심해졌습니다. 국민 위에 군림하고 싶고, 전체를 대표하고 싶어 하고, 자신을 지지했던 정당의 정책 프로그램이나 방향을 신경 쓰지 않고 대통령 자신의 이해와 의지를 일방적으로 전체 국민의 것으로 규정하고 밀어붙인다면, 그건 전체주의에 가깝습니다.

민주주의는 누구도 국가와 역사를 대표할 수 없습니다. 그것은 국민에게서 나오는 것이지, 대통령이 스스로 전체 국민과 역사를 대표한다고 말하면서 정책을 풀어 나가서는 절대로 안 됩니다. 민주주의의 가치와 원리에 상치되는 거지요. 미국의 대표적인 정치학자인 로버트 달(Robert Dahl)의 관점에서 보면, 미국 대통령이 국민 전체의 위임(mandate)을 주장하면서 국민에게서 위임을 받았기 때문에 어떤 정책을 편다고 하는 것은 위헌이라고 비판했습니다. 이는 민주적인 절차에도 맞지 않고 헌법에도 위배된다는 겁니다. 왜냐하면 민주주의의 원리인 다수결을 좇아 맨데이트를 얘기하려면 50퍼센트 이상의 국민의 지지를 얻어 대통령에 당선되고, 국회 상하 양원의 50퍼센트 이상을 얻어야 하는데, 대통령의 득표율도 그렇고 의회에서도 상하 양원 중에 한쪽이 소수이니 자신이 맨데이트를 가졌다고 주장하는 것은 민주주의의 원리에 위배된다는 겁니다. 이러한 현상은 7대 앤드루 잭슨 대통령 때부터 나왔다고 합니다. 그 전에는 대통령이 의회의 결정을 존중하고 타협해서 권력을 행사했어요.

권력 자원이 되어 버린 도덕

김우창 미국의 경우 연방 정부의 권한이 강해지고, 국제 관계가 더 중요해지면서, 즉 미국이 강대국이 되면서 대통령의 힘이 굉장히 강력해졌지요. 한데 우리나라는 왜 그럴까요? '임금'에 대한 유교적인 의식 때문에 그럴까요? 민주 정부가 생기고도 그 관습은 계속 강화됐다고 보는데, 민주화로 획득한 도덕적인 정당성에 잘못 사로잡혀 그렇게 된 것이라고 할 수도 있겠지요.

최장집 정당 체제가 약하고 집행부 권력이 강하고 의회의 권력이 약한 것은 해방 후 자유당 때부터 시작해 대통령 중심제를 해 왔고, 의회 활동을 기반으로 하는 강한 정당들의 경쟁과 의회에서 정책이 만들어지는 경험을 별로 해 보지 못했기 때문이죠. 6월 항쟁 때 많은 사람들은 '우리 손으로 뽑는 대통령', 장충체육관식 선거가 아닌 '민주적으로 선출한 대통령'이란 표현을 쓰며 민주주의를 단순하게 생각했어요. 직접 투표를 통해서 민주적으로 뽑은 대통령이 당연히 맨데이트를 갖는다는 사실에 대해서는 의심하지 않았지요.

김우창 우리나라에서 정치가 도덕적으로 이해되는 것과 관계가 있는 것 같습니다. 또는 거꾸로 도덕이 정치적으로 이해되기도 하지요. 즉 정치 이외의 부분에서 도덕은 기능을 상실하고 나아가 정치 목적을 위해서는 일반적 의미에서의 도덕, 생활의 도덕은 무시되지요. 도덕의 정치화가 근본적으로는 더 큰 문제이지만 일단 우리 정치를 이해하는 데에는 정치의 도덕화가 중요하지요. 그래서 도덕은 집단을 움직이기 위한 명분이 되고 지상 명령이 되지요. 이것은 조선조에도 그랬지만, 민족주의의 등장과 더불어 더 심해진 것 같습니다. 그리고 그것은 흔히 정치적 야망이나 지도자의 자리에 올라가기 위한 한 수단이 됩니다. 그리고 권력을 잡은 다음에는 일방적인 권력 행사를 정당화하는 방편이 되지요. 정치 도덕이 필요하면서도, 동시에 정치가 도덕화되었을 때 비현실적이 되고 독재적인 성향을 띠게 됩니다.

최장집 동전의 양면 같습니다. 일상 속에서 민주주의를 실천하는 수준이 낮았는데, 민주화 이후에도 이 부분이 발전되지 못했어요. 거대 담론의 한탕주의라는 것이 시장에만 있는 게 아니라 권력에도 만연해 있습니다.

김우창 성폭력 발생률이 한국이 세계 최고라는 기사를 읽었습니다. 도덕적인 나라에서 어떻게 이럴 수 있나 깜짝 놀랐습니다. 강간이 성 문제가 아니라 폭력 또는 권력관계의 문제라는 페미니스트들의 주장이 맞지 않나 합니다. 높은 성범죄율을 사회관계나 개인적인 관계에서 폭력성이 높은 것과 연결해서 생각해 봐야 합니다. 거꾸로 우리 정치 문화가 문화 일반에 확산되는 것이라고 할 수도 있습니다. 강압이나 폭력의 문화는 한편으로 정치 조직에서 좌우를 막론하고, 또는 기업 조직에서까지 보스와 추종자의 엄격한 위계질서로 표현되고, 아까 말한 것처럼 도덕적 명령의 수사로 표현된다고 할 수 있지요. 그러나 일반적으로 말하면, 우리 문화에서 아직도 강압적인 것을 사회 질서의 한 요소로 생각하는 것이 정치에도 반영되는 것이라고 하겠지요.

최장집 예, 언어나 담론에서 도덕적인 측면이 굉장히 강조되고, 또 그러한 내용이 주를 이루고 있지만 현실을 반영하는 것 같지는 않습니다.

김우창 우리나라에서 도덕은 공적인 광장에서나 집단 안에서나 남을 탓하는 일이 되고, 권력의 수단이 되는 등 도덕이 자기 성찰의 기준이 되지는 않는 것 같습니다. 종교가 말하는 궁극적인 윤리의 바탕은 어질다든지, 자비롭다든지, 이웃에 대한 사랑이라든지 하는 것이지요. 도덕이나 윤리 규범에 따라 산다는 것도 이웃 사랑으로 나타나야 할 텐데 그 반대가 되는 경우가 많습니다. 현실에서 종교도 사랑을 전파하는 종교가 아니라 미움을 전파하는 종교가 되는 경우가 많지만, 윤리 도덕도 사랑보다는 미움, '다른 행동'을 하는 사람에 대한 관용보다는 우리와 차별을 이야기하는 경우가 많지요. '나쁜 행동'을 하는 사람은 죽여야 한다는 태도도 나오고요.

최장집 권력 자원이 되어 버린 도덕은 개인 차원에서 도덕과 관계가 없어져 버렸어요. 이것을 가장 적나라하게 얘기한 정치 철학자가 바로 마키아벨리입니다. 정치의 본질은 갈등이고 권력 현상인데, 이걸 가리고 못 보게 하는 위선적인 도덕은 해결책이 아닙니다. 도덕의 강조는 분명 억압적인 담론입니다. 권력자나 시장에서 경제적인 강자들이 국가의 이익이나 전체 사회, 공공의 이익을 강조하면서 작은 이익이나 갈등의 분출을 억압하고 대안을 막는 데 사용하면서 도덕이 이데올로기적인 기능을 합니다. 이를테면 전체 사회의 이익이라는 게 작은 이익이 조화롭게 합쳐지는 것이라고 볼 수 있는데 우리나라에서는 언제나 국가의 이익을 강조하지요. 신문도 부문 이익들이 표출되고 강조되는 것에 대해서 굉장히 도덕적인 질타를 많이 하지요. 이는 현실적인 문제를 풀어 가는 데 큰 장애가 됩니다.

김우창 지금까지 도덕적 담론에 기초해서 통일이나 민주화를 주창해 왔다면, 앞으로 건실한 정당 정치를 실현해 가려면 무엇에 기초해야 하겠습니까?

최장집 성장 속도를 늦추고, 복지나 일반 생활과 직결된 문제를 현실적으로 다룰 수 있어야겠지요. 그런 면에서 생태론자들이 중요한 기여를 했다고 봅니다. 그들은 성장의 한계와 부정적인 측면을 강조합니다. 그런데 생태주의는 실제 시장 경제, 특히 신자유주의 시장 경제에서 발생하는 생활 문제는 잘 살피지 못합니다. 이 문제를 다룰 수 있는 대안적인 가치나 정책 방향을 조직할 수 있는 정당이 필요합니다. 이 외에는 대안이 없는 것 같습니다. 그런 정당이 현실적으로 선거판에 들어와서 경쟁이 되겠느냐?

저는 가능성이 크다고 보지만, 처음부터 집권 가능성이 있는 정당을 기대하기보다는 그들이 사회·경제적인 문제를 제기하고 그것이 정치의 중요한 이슈가 되어 가는 게 중요하지요.

김우창 열린우리당을 좌파 정당이라고 말하지 않습니까? 어찌 보면 사회 민주주의적인 경향을 가지고 성립한 정당인데, 몇 년 안 되어 완전히 와해되고 있습니다. 독일 사회민주당이 100년이 훨씬 넘는 전통을 가지고 있는데, 이런 차이는 어떻게 설명할 수 있을까요? 좌파 정당이라는 건 특정한 사회에 대한 믿음에서 출발하는 이념 정당인데, 한국에서는 정당이 생겼다 하루아침에 없어져 버리는 원인이 무엇일까요? 그 이념이 삶에서 나오는 것이 아니라 파당을 짓는 데에 의미를 갖는 것이 아닌지 모르겠어요.

최장집 해방 이후부터 지금까지의 한국 정당 정치의 특징 중 하나가 인물 중심의 정당이었고, 정책에서 별다른 차이가 없었습니다. 냉전 때에는 냉전 반공주의를 채택하지 않으면 제도권 내에서 활동할 수 없어 다른 정당이 들어설 여지가 없었습니다. 경제적인 대안을 갖는 정당도 존재하지 않았지요. 노동 문제의 경우에도 해방 이후 좌파나 빨갱이라고 해서 발붙일 자리가 없었습니다. 냉전 반공주의의 가장 큰 유산은 노동 세력을 정치적으로 조직화할 수 없게 만들었다는 점이라고 생각합니다. 민주화가 이 문제를 푸는 계기가 되었어야 하는데 쉽지 않았습니다.

1987년 민주화 이후 새로운 정치 체제가 만들어질 때 전과 다른 틀과 내용을 가진 정당이 조직되어, 즉 지금의 민주노동당과 같은 정당이 참여하면 괜찮았을 텐데 1960~1970년대의 성장주의를 전부 수용한 보수적인 상황 안에 정당의 틀이 만들어졌고, 그 틀이 정책적 차이를 갖지 않았기 때문에 인물 중심의 정당이 될 수밖에 없었습니다. 물론 민노당이 때늦게 제도권 안으로 들어온 것은 큰 의미가 있습니다. 하지만 민노당은 좌파 정당이지만 현실적으로 대안이 될 수 있는 이념이나 정책 프로그램을 갖지 못했고, 이념적으로도 추상적이고 낭만적인 1980년대 운동의 유산을 가진 정당이다 보니 제 기능을 못 하고 있습니다. 또한 민노당은 외형적으로는 노동자의 이익을 대변하는 정당이지만 사실 지지 기반이 대부분 도시에서 교육받은 중산층인 데다 노동자들의 실제 문제를 다루고 있지 않다고 볼 수 있습니다. 통일 문제 등에서 민노당이 급진적이라는 얘기는 실제의 문제를 다루지 않는 태도와도 관련이 있습니다. 열린우리당이 좌파 정당이라고 하지만 말뿐이지요. 경제적인 문제를 둘러싸고 분배와 성장, 기업 이익이 중심이냐 노동자 이익이 중심이냐를 둘러싸고 다툰다고 생각하지만, 그런 분류는 좌파와 우파를 나누는 고전적인 기준으로 한국 사회에서는 거리가 먼 것입니다. 우리의 경우는 정부가 서구의 의미에 있어서 좌파적 정책을 추진했던 경험이 없습니다. 얼마나 민족주의를 강조하느냐, 얼마나 평화 지향, 통일 지향적이냐를 두고 좌파 정당이라 할 수 있을지 몰라도, 열린우리당은 FTA를 추진한 정당이고, 한나라당도 마찬가지입니다. 열린우리당더러 좌파적으로 유럽 복지 체제를 만들라는 게 아니라, 조금이라도 일관되게 실제 생활 문제를 풀어 나가는 정당이 되기를 기대했던 것입니다.

작은 것부터 시작해 큰 것으로 옮겨 가는 정치

《당대비평》 민주화의 갑작스러운 변화 이후에 다양한 형태의 체계적이고 합리적인 제도들이 모색되어야 했을 텐데, 그것을 실행에 옮길 행위자들에게 마인드도 자원도 정책적인 아이디어도 없었던 것 같습니다. 그 시기에 가장 빠르게 조직적으로 대응한 게 자본이죠. 그런 점에서 한국 민주주의의 가장 큰 수혜자는 자본이었고, 한국 사회의 시민성이 시장화된 시민성으로 재조직되는 과정에서 부동산이나 투기에 대한 열망이 확산되었습니다. 한국 사회가 시장화된 형태로 민주화된 배경은 민주적 제도화의 초기부터 조직적으로 대응할 수 있는 행위자가 부재했고, 정치 영역을 효과적으로 컨트롤하지 못한 상황에서 세계화라는 충격이 우리 사회를 더욱 급속하게 시장화시킨 것은 아니었을까요?

최장집 민주화된 이후 20년의 시간이 지나는 동안 한국의 불평등이 심화됐습니다. 그런 면에서 민주 정부의 책임이 큽니다. IMF가 한국에 신자유주의가 본격적으로 들어오는 계기가 되었는데 이를 다루는 방법에서 큰 문제가 있었습니다. 민주화된 이후의 정부들이 앞서 권위주의하에서 경제 정책의 문제가 무엇인지 성장 위주 정책을 리뷰하고, 민주적인 방법으로 불평등 문제와 노동이나 분배·복지 문제를 해결할 수 있는 사려 깊은 리더십이 있었더라면 우리 사회가 좋아지지 않았을까요? 그런 점 때문에 민주화 이후 정부들에 대해서 비판적인 생각이 듭니다. 실제로 그로 인해 사회 문제들, 가령 자살, 이혼, 범죄율이 증가하고 있습니다. 한국은 사회 경제적인 해체 효과를 앞으로 더 크게 경험할 겁니다. 민주 정부들이 성장주의의 가치를 너무 맹신한 까닭이죠. IMF를 극복할 때에도 너무 단기 성장에만 — 정치적으로는 이해가 된다 하더라도 — 매달릴 필요는 없었어요. 선택에 따른 부정적인 결과들에 정치의 책임이 큽니다.

김우창 정치는 구체적인 문제에서 출발해야 합니다. 연안 개발 특별법이 국회에서 논의되고 있다는 것에 대해서 유일하게 《경향신문》에서 논평했습니다. 참 놀랐습니다. 예산 심의가 정치와 정책과 국민 생활의 핵심인데, 그것을 뚝딱 해치워 버리는 나라는 또 없을 겁니다. 연안 개발을 하면 자연히 자연도 동네도 망가지고 흔들립니다. 사람 사는 발밑이 흔들리는 문제인데 그것을 어디에서 크게 문제 삼았다는 말을 듣지 못했습니다. 국회도 그렇고 정치인들도 그렇지만 매체도 구체적인 사람 사는 문제에는 관심이 없습니다. 민주화 과정에서 군사 정권이 일방적으로 결정하는 것에 대해 반대했는데, 민주화 이후 도시 개발도 사실 정부나 지방 자치 단체가 일방적으로 결정합니다. 지역 개발 결정에 대해 비민주적이라는 생각을 하지 않아요. 주민들 동의 없이 추진되는 개발 계획이 있을 수가 없지요. 그러나 주민들은 내 땅값이 올라가고 보상금을 받는다는 금전적인 욕망에 사로잡혀 있기 때문에 자기의 삶에 관심을 기울이지 않습니다. 다른 종류의 독재적인 정치 행위에는 굉장히 반대를 하면서도 실제 생활에 깊이 관계되어 있는 독재 행위에 대해서는 전혀 반대가 없는 건 참 이상한 일입니다. 그렇다 보니 생활의 터전에 관계된 신도시 개발이다, 연안 개발이다 하는 데에 국민의 동의를 물어볼 필요가 없어지고, 또 물어보지 않게 되었지요. 그래서 이의를 제기할 수도 없게 되었습니다.

고려대학교에 와 강의를 한 롭 윌슨(Rob Wilson)이라는 교수가 있는데, 한국 영화에 대한 논평에서, 한국의 자본주의는 '킬러 캐피탈(살인 자본주의)'이라고 썼어요. 세계화라든지 신자유주의가 큰 영향을 끼치는 사회이지만 우리의 반응 자체가 문제이고 그것을 생각해 봐야지요. 아까 언급하신 독일의 경우 우리보다 먼저 신자유주의의 세계 시장 속에서 살고 있지요. 그러나 그 안에서도 그 나름으로 잘해 나가고 있지 않습니까? 그것이 우리에게만 막대한 사회 왜곡의 효과를 불러일으킨다는 것은 신자유주의만의 문제가 아님을 뜻합니다. 왜 그럴까요? '킬러 캐피탈'의 토양을 가지고 있어서인지, 자본주의 발전의 당연한 결과인지, 심성이 그러한지, 정당이 잘못돼서인지, 지역주의 때문인지…….

최장집 지금 신자유주의적 시장 경제의 결과는 분명한데, 좀 더 다른 생각을 갖는 리더십이 있었더라면 다른 형태의 한국적인 자본주의 생산 체제, 시장 체제를 건설하는 게 완전히 불가능한 것은 아니었다고 생각합니다. 민주화 이후 정치인들이 군부 권위주의 때 성장 중심주의로 밀어붙였던 것과 똑같은 생각을 하고 오히려 그보다 더 밀어붙입니다. 왜냐하면 권위주의 때 사람들은 정치적인 면에서 정당성을 갖지 못했다는 사실을 인식함으로써 열등의식이랄까 정당성의 결함을 알고 있었어요. 민주적인 가치에서 볼 때 많이 비판받고 있다는 것을 의식했기 때문에 나름대로 그것을 보완하려는 의식이 있었어요. 그런데 민주 정부의 문제는 도덕적으로 정당하다는 확신이 지나쳐 이런 문제를 고려하지 않는다는 겁니다. 이건 심각한 문제입니다. 권위주의보다 경제 정책의 결과가 나빠졌어요. 이 문제에 대해 민주 정부들은 상당한 책임이 있습니다.

IMF가 일어났을 때 1년 만에 벗어나는 것을 제1의 목표로 내걸고 모든 정책의 초점을 두었습니다. 빨리 회복하려면 여러 가용한 경제 자원을 활용해야 하니까 일차적으로 재벌에게 혜택이 돌아갈 수밖에 없습니다. DJ 정부 때 금융 시장 자율화, 신용 카드 정책 등은 조기 IMF 극복 정책의 산물입니다. 경제 관료들이 만들었지만 결정은 정부가 한 것이죠. 이 결과 삼성이 금융 시장에서 제일 큰 회사가 됐습니다. 노무현 정부 들어서도 삼성과 동조 관계라는 것이 분명하게 나타났습니다. 많은 경제 정책이 삼성경제연구소에서 출발하지요. 재벌이 신자유주의의 가장 큰 수혜자라고 말하는 건 틀린 얘기는 아니지만 결과적으로 그걸 만든 것은 민주 정부입니다.

김우창 부정의 원리로 사회 건설을 할 수는 없습니다. 부정 이데올로기는 현실을 이해하는 것 같으면서 현실을 이해하지 않는 이데올로기입니다. 미워하는 사람도 통합하는 원리를 만들어야 합니다. 정책은 현실과 타협을 하지 않을 수 없겠지요. 모든 사람이 잘살기 위해서 하루아침에 고르게 똑같이 분배하자고 할 수는 없습니다. 그러나 분배든 성장이든 앞에서 말한 것처럼 무엇을 위한 분배이고 무엇을 위한 성장이냐 하는 데 대한 생각이 있어야지요. 나도 끼어 보자는 것만으로는 되지 않습니다. 국민을 통합하는 정치 수사가 드문 것은 바로 여기에 관계되어 있다고 생각합니다.

이미 있는 것에 끼어들자면, 싸워서 끼는 도리밖에 없지요. 실제는 끼어들면서 한쪽으로는 싸움의 소리를 높여야지요. 조금 다른 생각이 있다면, 끼어드는 싸움을 완전히 피할 수는 없겠지만, 전체가 어울려 살 수 있는 방안을 가지고 설득하는 작업도 하게 되겠지요.

그러나 다른 한편으로 우리가 경제적으로나 정치적으로나 살 만해진 것은 사실이지요. 너무 큰 것을 바라는 것은 지나친 일일 것이고, 이미 있는 상태나마 조금 구체적으로 생각하면서, 조금씩 바로잡아 나갔으면 하는 생각이 간절합니다. 다시 독일의 경우를 예로 들자면, 그쪽의 정책 토론은 아주 구체적입니다. 총리나 대통령이 우파에서 나온 사람들인데 그들과 사회민주당이 의회에서 복지 정책을 수정하는 계획들을 내놓습니다. 서로 두들겨 부수는 것이 아니라, 양육비를 얼마 주고 연금 수혜 연령의 상한선을 어디로 정하느냐에 대해 토의합니다. 그리고 그 토론이 정말 한없이 진행됩니다. 전체의 문제가 아니라 극히 작은 세부의 문제에 대한 토의지요. 신문에 그 토의 진행 과정이 자세히 보도됩니다. 문제를 한칼에 끊어내야 하는 성질 급한 호걸들에게는 지겨운 일이고, 흥분시키는 뉴스와 수사(修辭)로 사는 대중 매체에는 속 터지는 일이겠지요. 정치를 추상적인 차원에서 생각지 말고, 작은 것부터 시작해서 큰 것으로 옮겨 가는 방식을 채택해 보면 어떨까 하는 생각이 듭니다.

최장집 지금 FTA같이 중요한 문제도 사전에 토의도 없었고, 국회에서 논의되지도 않았습니다. 이렇게 나라의 운명과 관련된 것을 쉽게 결정하고, 대통령이 하루아침에 헌법 개정을 얘기하는 건 내용의 좋고 나쁨을 떠나서 반민주적입니다. 이걸 다루는 방식과 결정하는 방식은 전혀 민주적이지 않습니다.

동네: 뒷골목의 민주주의

《당대비평》 정치적인 제도의 차원에서는 민주화가 많이 진행됐다고 얘기하지만 대통령을 뽑는 문제에 국한된 것이고 정치 문화적인 측면에서는 아직도 문제가 많다는 말씀이신데, 그런 면에서 정치적 주체나 정당이나 행위자들이 사실은 굉장히 비민주적인 상태를 일상화하고 강화시키고 있는 것 같습니다.

최장집 로버트 달이 대통령의 맨데이트에 대해서 얘기했지만, 미국 대통령의 권력 행사에 대해 '대통령제의 사이비 민주화(pseudo democratization of presidency)'라는 표현을 썼습니다. 그건 민주주의가 아니라는 거죠. 부시의 이라크전도 이에 해당됩니다. 일반 대중이 모든 정보를 아는 게 현실적으로 어렵습니다. 정당의 역할이 그래서 중요합니다. 정당이 어떤 의견을 가지고 감시하고, 공론화하는 역할을 해 주어야 합니다. 정당이나 정치인들이 정보를 요약해 보통 사람들이 쉽게 판단할 수 있는 자료를 제공해 줘야 합니다. 현대 민주주의에서는 직접 민주주의적인 현상이 증가하고 있습니다. 어떤 사람들은 정당이 매개가 되는 대의제 민주주의적인 요소를 비판하면서 이 직접 민주주의를 확대하자고 요구하고, 한국에서는 시민운동단체들이 정치 개혁을 내세우면서 이러한 요소를 많이 도입할 것을 요구합니다. 이 문제와 관련해서 과연 직접 민주주의가 대의 민주주의를 대체할 만큼 바람직한 대안이 될 수 있는지 한 예를 들어 생각해 봅시다.

캘리포니아 주가 그 모델 사례이지만, 최근에는 다른 주들도 시민 이니셔티브 제도를 도입하고 있습니다. 이는 시민들이 투표할 때 한 정책 제안을 청원해서 대표만 선출하는 것이 아니라 이 법안을 투표에 부쳐 결정하는 절차를 말합니다. 그런데 특정 법안을 놓고 투표할 때 보통 사람들은 뭐가 옳은지에 대해 제대로 판단을 할 수 없습니다. 주의 예산안에 대해,

또는 공립 학교의 재정 지원에 대해 구체적인 예산안을 놓고 투표한다고 할 때 어느 것이 좋고 나쁜지에 대해 보통 사람들이 알 수 없는 거죠. 정당이 효과적으로 작동할 때, 사람들은 그 정당이 특정 사안에 대해 입장을 내놓기 때문에 일반 투표자들은 그 정당을 보고, 그 정당의 입장을 판단의 준거로 삼아 투표하게 되지요. 말하자면 직접 민주주의적인 요소가 많이 들어오는 경우에라도 정당의 역할이 없을 때 그것이 더 효과적이라는 보장은 없습니다. 더 포퓰리즘이 강해지는 것이지요.

김우창 정당이나 정치에 관심 있는 사람들이 센세이셔널한 것만 가지고 이슈화하는 경우가 많지요. 센세이셔널한 것은 감정을 흥분시킬 수는 있지만 실제 사는 것과는 관련이 없는 경우가 많습니다. 우리 정치인들의 정치적인 수사는 거대 담론으로 진행됩니다. 최 선생님 말씀대로 보통 사람이 자세한 문제를 알 수가 없지요. 이것을 국민의 대표들이 면밀히 검토하고 알려 주고 결정하고 해야 하는데, 이러한 중간 역할이 우리 정치에 들어가 앉을 자리가 있는지 모르겠습니다. 최 선생님 말씀대로 정당이 제대로 작동하는 것이 도움이 되겠지요. 그러나 그러한 정당이 어떻게 성립할 수 있는 것인지 그것도 간단할 것 같지는 않네요.

일반적인 사회 현상으로 말하면, 정치에서 구체적인 내용이 없어진 것은 우리 삶의 내용에서 구체적인 내용이 없어진 것에 관계되어 있다는 생각이 듭니다. 삶이 없어진 것이지요. 하버마스가 현대 산업 사회의 한 효과로서 '일상생활의 식민지화'라는 말을 쓴 일이 있습니다. 경제와 정치의 큰 조직이 보통 사람의 삶을 잠식해 들어가는 현상을 말하지요. 우리처럼 이 식민화가 철저하게 진행된 사회가 없을 것 같습니다. 그간의 급격한 변화들이 사적인 삶의 영역을 완전히 없애 버렸어요. 그런데 이 식민지화를 쌍수를 들어 환영하는 것이 우리들입니다. 그걸로 내 생활이 큰 것에 편입되니 얼마나 좋습니까? 우리나라 사람은 원래부터 큰 사회 속에서 살고자 하는 전통이 있습니다. 집이 없어서, 먹을 게 없어서 사는 것은 진정으로 괴로운 것이지요. 그러나 우리나라 사람이 그에 못지않게 괴로워하는 것은 무시당한다거나 알아 주지 않는다는 느낌이 아닌가 합니다. 자신의 존재감을 확인하는 데에 늘 큰 것이 중요하지요. 관직에 나가는 것이 중요하고 큰 회사에서 자리를 갖는 것이 중요하고 더 큰 도덕적 명분에 의한 자기 정당화가 중요하지요. 현실을 살리는 정치가 있으면 풍조가 바뀔 수도 있겠지요.

최장집 민주화 20년에 대해 평가하면서 역사를 의식화(ritualization)하는 행위에 대해 생각해 봅니다. 가끔 과거를 되돌아보는 건 좋은데 그보다 더 중요한 것은 민주주의가 일상 속에서 어떻게 침투하고 실천되느냐 하는 겁니다. 민주주의라는 거대한 기획이나 이상에만 평가 기준을 두다 보면 항상 민주주의에서 소외되고, 민주주의는 저 멀리 떨어져 있게 됩니다. 이렇게 거대한 역사와 민주주의를 설정하다 보면, 항쟁을 이어 간다거나 어떻게 기여할 것인가라는 말처럼 항쟁의 위대함만을 자꾸 강조하게 됩니다. 권위주의를 해체한 것은 위대한 투쟁의 결과이지만 민주화를 건설하는 문제는 일상적인 실천 속에서 시간을 두고 만들어 가야 하는 과정입니다. 가치나 구조가 달라지는 게 중요한 겁니다.

김우창 말씀하신 대로 어떤 한 역사적 사건을 지나치게 강조하는 것은 조심해야 할 일입니다. 특히 그 일에 관계되었던 사람들이 그것을 물신화(物神化)하는 것은 더욱 조심해야 할 일이지요. 거기에서, 본인의 의도로 그러든지 저절로 그렇게 되는 것이든지, 자리나 명성이나 이권을 얻어 내게 된다면, 그 사건의 진정한 의미를 손상하고 욕되게 하는 일이지요. 지금 우리 사회에서 사회 개선의 실질적인 이념으로서 민주주의가 그 추진력을 많이 잃었다고 한다면, 상당 부분은 지불한 희생에서 뽑아 간 대가도 적지 않다는 느낌이 사람들 사이에 있기 때문이지요. 의(義) 그리고 의를 명분으로 하여 이(利)를 얻는 것, 이 두 개를 등가가 되게 하는 것은 옳은 것의 의미를 소거(消去)하는 일이 되지요. 그러면 다른 수단을 통한 이의 추구와 크게 다른 것이 무어냐 하는 생각이 일게 마련입니다. 그러한 의와 이의 기이한 등식의 문제를 떠나서도, 여러 나라에서 혁명 세상이 바뀌면서 기념물들에게 일어난 일들을 기억할 필요가 있습니다.

그러나 민주화 혁명이 역사적으로 위대한 사건이고 크게 축하할 성취인 것은 틀림없습니다. 또 그것을 위하여 자신을 희생한 사람들을 기리는 것은 정당한 일입니다. 그러나 그것이 방금 말씀드린 대로 욕된 것이 되어서는 안 되지요. 이러나저러나 기념 행사와 축하연만 하면서 살 수 없는 것이 사람의 현실입니다. 이제 민주화가 일상적인 것의 증진으로 열매 맺기를 희망합니다.

이것이 우리 정치에 어떠한 현실적인 의미를 갖느냐 하는 것은 전혀 모르는 일이지만, 나는 요즘 동네라는 것을 많이 생각합니다. 작은 동네를 만드는 것. 동네가 사라지는 것은 우리의 문제일 뿐만 아니라 세계화되는 곳의 일반적인 문제가 아닌가 합니다. 세계가 아니라 동네에서 살아 감으로써 족한 사회가 좋은 사회가 아니었는가 하는 느낌이 듭니다. 남이 알아주기를 원하는 것이 우리나라 사람의 마음에 많다고 했는데, 동네에서 알아 주는 사람이 되는 정도로 만족하는 사회는 없는가 하고 생각을 합니다. 우리 동네 바이올리니스트, 우리 동네에서 제일가는 목수 이런 거 말이지요. 국가 일등, 아니, 세계 일등을 강조하는 것이 아니고 작은 세계에서의 인간적인 관계, 평등하면서도 구체적인 의미에서 존경할 수 있는 사람과 제가끔의 업적을 지닌, 그러한 인간관계의 사회를 찾아야 한다는 말입니다. 물론 이것은 유토피아적인 이야기지만 현실의 삶에서는 과제라고 생각합니다.

신자유주의가 잘못된 것이라고 하더라도, 우리에게만 닥친 현실이 아닙니다. 그 안에서 살아야 하지요. 또 나쁘다고만 할 수도 없습니다. 세계가 하나가 된다는 것이니까요, 정신적으로도 넓은 지평으로 열린 삶의 가능성이 생긴다는 것을 뜻하지요. 다만 세계화 속에 살면서, 그 열림을 받아들이면서, 어떻게 할 것인가를 생각해야지요. 비가 오기도 하고 폭풍우가 불기도 하는 세계에서 비가 온다고 타령만 하면 뭐하겠습니까. 우산을 쓰든지, 비가 안 새도록 집을 수리하든지, 세계 시장에 적응해 살면서 우리의 방어적인 기제를 만드는 것이 필요합니다. 어떤 사회가 되더라도 그 속에서 어떻게 살아갈까 하는 고민은 피할 수가 없을 것입니다. 대안은 큰 세계 속에서도 작은 단위의 공동체를 많이 만드는 것이라고 생각합니다. 동네는 그에 대한 비유적인 모델이지요. 현실적으로 이것이 무엇을 의미하는지는 나도 알지 못합니다.

최장집 일본 교토에 가면 부러운 게 뒷골목이 살아 있다는 겁니다. 일본은 자기 것을 유지하면서 세계화에 적응하고 있습니다. 결국 자기의 터전이 있어야 의미가 있지, 우리의 삶을 지우는 것은 세계화에 대응하는 데도 역행하는 것이 아닌가 생각합니다. 김 선생님이 '동네'라고 표현하신 작은 단위의 공동체를 만드는 것은 정당 정치에서도 매우 중요한 아이디어라고 봅니다. 현재와 같이 정치 사안이 위에서 주어지고, 거대 담론이 위에서부터 만들어지고, 대중들은 이를 위해 투표로 동원되고, 정당은 그런 과정을 위해 작용하는데, 그런 것이 아니라 사람들이 생활하는 동네에서 정치적 네트워크가 발전할 수 있고 그런 것들이 토대가 돼서 밑에서부터 위로 올라가는 조직 방법이 발전할 때 보통 사람들이 참여하는 정당 정치, 보통 사람들의 생활 문제를 다룰 수 있는 민주주의가 나오지 않을까 생각합니다.

학문은 선입견 없이 진리를 탐구하는 것이다

김경필, 유세원(《고려대학교대학원신문》 기자)

2007년 10월 《고려대학교대학원신문》 제143호

2007년 10월로 《고려대학교대학원신문》은 창간 20주년을 맞이하게 되었다. 1987년 10월 20일 고려대학교 대학원 총학생회 산하 편집부에서 창간을 하게 된 본지는 민주화 항쟁 이후 급박하게 전개돼 온 한국 사회의 변동에 대학원생들이 스스로의 학문적인 연구와 분석을 통해 능동적으로 참여해 나가려는 의지를 결집해 만들어진 자치 활동의 산물이다.

본지는 창간 20주년을 맞아 기획한 '창간 20주년 기념 특별 인터뷰'에서 '한국에서 학문을 한다는 것'이라는 주제로 '한국 인문학의 거장'이자 본교 영어영문학과 명예 교수인 김우창 교수를 만났다. 《교수신문》의 지적처럼(2002년 10월호) 김우창 교수는 우리 시대의 가장 영향력 있는 학자 가운데 한 명이다. 그의 첫 저서 『궁핍한 시대의 시인』(민음사)이 출간된 1978년 이후 김우창이라는 텍스트는 수많은 지식인들의 내면에 사유의 자양분으로 쌓여 왔다. '심미적 이성'으로 대표되는 그의 사상은 개성적이기보다는 보편적이며, 그 보편적 결론으로 다가가는 과정이 개성적이라는 평가를 받는다.

기자는 먼저 '한국에서 학문을 한다는 것'이라는 커다란 주제 중에서 '한국'이라는 공간적 특수성에 주목했다. 현재 한국에서 '학문의 장'은 어떠한 문제에 직면하고 있을까? 평상시 원우들과의 대화를 통해서나 그간 대학원 생활을 하며 느낀 점들을 생각해 보았다. 대략 세 가지 정도가 떠올랐다. 첫째, 협애한 이데올로기 지형, 둘째, 시장 가치 물신화, 셋째, 학문의 미국화가 그것이다. 말하자면 '한국'에서 공부를 한다는 것은 협애한 이데올로기 지형과 시장 가치의 물신화, 미국적 시각 및 사고방식의 내면화 문제와 직접 대면한다는 것을 의미하는 것이라는 생각이 들었다.

학문은 선입견 없이 진리를 탐구하는 것

기자는 먼저 김우창 교수에게 한국에서 학문을 하는 데 있어서의 협애한 이데올로기 지형에 관한 견해를 물었다. 김 교수는 대학원생 정도 되는 사람들은 흔히 들을 수 있는 이데올로기적 수사에 의해서 사고가 좁아지면 안 된다며 더 이상 냉전 반공주의는 지배적인 것이 아니라고 지적했다. 또한 기자의 질문이 학문의 범위를 좁힌 것이라 지적했다.

"반공이든, 친공이든 이것에 영향을 받는 것은 사회, 인문 과학입니다. 자연 과학과 의학은 그렇지가 않지요. 자연 과학이나, 공학, 의학을 공부하는 데 있어서 문제가 될 수 있는 것은 사회, 인문 과학도 마찬가지지만 바로 경제 논리에 학문이 지배될 수 있다는 것입니다. 학문은 기본적으로 선입견 없이 진리를 탐구하는 것이어야 합니다. 그런데 이데올로기나 맹목적으로 시장 가치를 추구하는 것은 열린 형태의 학문 수행에 문제가 될 수밖에 없습니다."

논의는 자연스럽게 시장 가치 추구에 대한 것으로 넘어갔다. 신자유주의라는 거대한 물결이 한국 사회, 특히나 학문의 장에도 스며들고 있는 현실을 새삼 떠올려 보았다. 한국의 많은 학자들이 수입을 올릴 수 있거나 단기적인 연구 성과를 올릴 수 있는 연구 프로젝트에 집착하여 대학원생들을 동원하고 있다. 대학원이 점점 국가나 기업의 '프로젝트 하청 공장'으로 전락해 가고 있는 것은 아닐까? 연구자는 당연히 자신의, 현실의 삶, 생활 속에서 문제의식을 제기, 발전시키고 그에 대한 엄밀한 고찰을 해 나가야 한다. 그러나 돈이나 상징 자본의 획득을 위해 대부분 현실과 괴리되어, 자신의 문제의식과는 상관이 없는 방향에서 진행되는 프로젝트에 자의든, 타의든 상당한 시간을 할애해야 하는 것을 어떻게 봐야 할까? 한국에서 '죽은 학문', '화석화된 문제의식' 등이 득세하는 것도 이런 경향들과 따로 떼어서 생각하면 안 된다.

학문에 특정 관점만을 강조하면 안 된다

김우창 교수는 신자유주의는 경제를 운영, 지배하는 하나의 조류일 뿐이고 이보다 포괄적인 개념이 바로 경제 논리, 시장 논리인데 이것이 모든 영역을 지배하게 되면 문제가 심각해질 수 있다고 주장했다. 물론 김 교수는 경제적 관점은 매우 중요하고 그것 나름의 커다란 의미가 존재한다고 이야기했다. 문제는 그것이 전부가 되는 것이다. 지나치게 실용적인 경제 관점에서 진리 탐구를 재단하면 문제가 발생하기 마련이다. 시장 가치를 말하기에 앞서 목적에 대한 성찰이 선행되어야 한다는 것이다. 또한 학문은 총괄적인 것이기 때문에 특정 관점만을 강조하면 안 된다고 김 교수는 여러 차례 역설했다. 하지만 그는 현실의 모든 문제를 신자유주의 탓으로 돌리는 것에 대해서는 경계했다.

"신자유주의는 분명 우리 사회, 사고를 좌우하는 측면이 있습니다. 하지만 학문 세계까지 그것의 논리에 의해 결정된다고 보는 것은 옳지 않습니다. 또한 공산주의, 전체주의와는 달리 민주주의, 자유주의는 강제력에 의해서 집행되는 체제가 아니죠. 신자유주의 자체에 직접적인 강제력이 존재하는 것은 아닙니다. 이 말은 현실의 문제를 모두 신자유주의 탓으로 돌리면 안 된다는 것을 의미합니다. 그것이 좋건 나쁘건 분명 우리가 선택할 수 있는 공간이 존재합니다. 마치 선택의 여지가 없는 것처럼 받아들이면 그에 순응하는 것과 다름없습니다."

김우창 교수는 수사적으로, 표피적으로 신자유주의를 비판하는 것은 의미가 없고 무책임한 것이라고 강조했다. 우리 자신의 책임들, 우리가 실천적으로 할 수 있는 일에 관해서 생각해 봐야 한다는 것이다.

연구 기금을 위해 하는 연구

'시장 가치의 확장' 문제와 관련지어서 김 교수는 "학문의 이니셔티브는 연구 기금에서 나오는 것이 아니라 연구자에서 나와야 한다."라며 다음과 같이 말했다.

"연구자는 자신이 중요시하는 연구를 해야 합니다. 국가는 주제를 정해 놓고 그에 맞추어 돈을 주는 것이 아니라 좋은 연구를 하는 이들을 찾아서 지원을 해 주어야 하는 거예요. 그런데 현실은 어떤가요? 모든 것이 전도되어 있습니다. 학술진흥원 같은 곳도 이미 프로젝트 주제를 정해 놓고 입찰을 받는 식으로 일을 진행합니다. 그러다 보니 연구에 연구 기금이 따라야 하는데 연구 기금에 연구가 따르고 있습니다. 잘못된 거죠."

그는 옛날 시골 훈장의 사례를 들며 요즘의 세태를 비판했다. 훈장들은 아이들을 가르치는 일을 사명으로 했고, 경제적 수입이라는 것은 그 과정에서 얻는 부수적인 것이었다는 것이다. 그런데 훈장이 돈을 버는 것을 최우선으로 삼고 아이들을 가르치면 어떻게 되겠는가?

국가, 경제 제일주의에서 벗어나자

앞의 맥락에서 김 교수는 한국에서 모든 행동을 정당화하는 논리가 두 가지 있다며 그것이 '민족주의'와 '경제 성장'이라고 지적했다. 여전히 '부국강병'의 논리가 여러 곳에서 지배적인 가치로 통용되고 있다는 것이다. 예컨대 본교가 영국《타임》선정 세계 150대 대학이 되었다는 것에 대해서도 사람들은 국가나 민족의 명예 차원에서 사안을 볼 뿐 그것의 구체적인 내용에 대해서는 관심을 갖지 않는다는 것이다. '황우석 사건'은 이에 대한 가장 적나라한 사례이다. 국가의 명예나 기대되는 경제적 가치에만 주목한 채 어쩌면 가장 중요하다고 할 수 있는 진리 탐구라는 이슈는 사람들의 시야에서 사라져 버렸다. 학문은 인간과 진리에 대한 끝없는 탐구를 통해 이러한 국가, 경제 제일주의를 뛰어넘어 이를 초월할 수 있는 여지를 가져야 한다.

"민족주의와 경제 성장의 논리로 모든 것을 정당화하는 것은 심각한 사고의 왜곡을 가져옵니다. 학문의 엄정성이 손상되는 것은 물론이고요. 세상에 크게 해악을 끼칠 일도 민족과 국가, 경제 성장의 논리에 의해 정당화되고 있어요. 학문을 하는 이들은 이러한 논리들을 넘어서야 합니다."

기자는 한국에서의 '학문의 미국화'에 대한 그의 견해를 물었다. 미국 학문에 종속되어 미국 박사만이 숭상되며, 한국의 현실을 한국의 눈으로 설명하는 '자생적 이론의 부재' 문제를 그간 여러 차례 느꼈기 때문이다.

김우창 교수는 기자의 질문 그 자체가 이데올로기적이라며 중요한 것은 구체적이고 엄격한 사고에 입각한 객관적인 태도라고 강조했다. 문제를 다른 차원에서 봐야 한다는 것이다. 학문 그 자체에 국가적인 편견이 존재하는 것은 사실이지만 중요한 것은 미국 박사냐 한국 박사냐 하는 것이 아니다. 물론 전체적인 균형은 분명 필요하다. 하지만 김 교수가 강조하는 것은 다름 아닌 논문의 질에 대한 엄정한 평가이다. 학문 성과에 대한 선입견 없는 구체적인 판단이 중요하다는 것이다.

거대 이론이 사라진 이유

논의의 범위를 '한국'이라는 공간적 특수성에 대한 강조에서 '학문을 한다는 것'이라는 일반적인 것으로 넓혔다. 근래에 들어 학자 중에 '대가'라는 칭호를 들을 만한 이들이 동서양을 막론하고 급격히 줄어들고 있다. 또한 더 이상의 '거대 이론' 역시 출현하지 않고 있다. 개별 학문 분과를 넘나들 수 있는 사고력과 철학적 깊이를 갖춘 사람이 있다손 치더라도, 학문 분과를 넘나드는 것에 대해서 곱지 않은 시선을 보내는 것이 현실이다. 즉 학문의 분과라는 것 자체가 하나의 권력 내지 지형으로 고착화된 것은 아닌가 하는 생각이 든다. 그리고 그에 따라 과거와 같은 거대 이론도 출현하지 않는다. 인문학을 전공한 김우창 교수에게 '거대 이론', '대가'의 부재에 대한 의견을 물었다.

김 교수는 두 가지를 이야기했다. 공산주의의 몰락과 자본주의의 발전에 따른 소비 사회의 등장이 바로 그것이다. 그는 먼저 공산주의의 몰락을 언급했다. 공산주의 유토피아의 몰락 이후 사회를 고쳐야 한다는 말은 많지만 역사 그 자체를 설명하는 이론은 소멸해 버리고 말았다는 것이다. 그리고 마르크스를 비롯한 많은 혁명가들이 공유했던 "역사는 발전한다"라는 개념 자체에 대한 회의가 커져 버렸다. 또 한편에서는 자본주의는 여전히 발전의 여지가 많아 보이고, 생태적인 문제와 연관 지어서 지금 '서구의 선진 사회가 과연 살 만한 사회인가?' 하는 자각이 커졌다. 그렇기 때문에 거대 이론이나 새로운 역사적인 프로젝트는 이제 다시 나오기가 어렵다는 것이다.

"2차 대전 이후 서구에서 자본주의 발전에 따른 소비주의 사회가 등장했다는 것도 중요합니다. 소비의 유혹이 커지면서 생각은 흔들리고 사물을 크게 보고 움직이는 것 자체가 어려워진 것입니다. 즉 창조적인 관점에서 자기 삶을 영위하기 어렵다는 것이지요. 여러 가지 문제가 새로 발생하면서 사는 보람도 많이 떨어지는 것이고요. 어찌 보면 푸코나 알튀세르 같은 당대의 이론가들도 역사와 더불어 움직이지 않은, 소비주의에 맞춰 들어간, 소비주의에 충실한 사회 이론가들이라 볼 수 있어요."

중요한 것은 작은 실천이다

김 교수는 거대 이론은 사라졌지만 우리들이 살아가는 데 정말 필요한 가르침들은 여전히 살아 있다는 것을 강조했다.

"과거에도 그랬지만 삶을 충실히, 정직하게, 성실하게 사는 것이 중요합니다. 행복과 보람을 약속해 주는 도덕적이고 윤리적인 삶이 중요한 것이죠. 신자유주의를 비판하는 이들도 매우 소비적이고, 또한 큰 자동차를 타고 다닙니다. 정말로 중요한 것은 작은 실천, 일상생활 속에서의 실천입니다. 비 온다고 비 탓만 하면 안 되는 것과 같은 이치예요. 개인적인, 사회적인 구체적 대책을 세우는 것이 중요합니다. 거대 담론에만 주목하면 안 되죠. 이론과 자신의 행동이 일치하는 것이 먼저입니다. 소비주의, 판타지의 세계에서 벗어나야 합니다. 앞서 이야기한 작지만 근원적인 인간의 가치를 추구해야 합니다. 이런 맥락에서 본다면 근원적인 인간의 가치라는 큰 이론은 여전히 남아 있는 셈이죠."

기자는 다른 이도 아닌 평상시 다른 이들과는 뚜렷이 구별되는 검소한 생활로 유명한 김우창 교수의 지적이기에 그의 주장에 고개를 끄덕이지 않을 수 없었다. 또 주변의 이른바 '강단 좌파'들에 대해서도 생각을 해 보지 않을 수 없었다. 자신들의 실제 삶과 유리된 학문 내지 사상이라는 것이 어떠한 위험성을 갖는지에 대해서도. 누구나 머리만 좀 좋고, 약간의 노력만 한다면, 좌파 이론가들의 이름과 저작, 이론들을 줄줄 뀔 수 있고, 이는 실제로 그들에게 남들과 구별되는 일종의 상징 자본으로 작용한다. 하지만 우리 모두가 알고 있듯이, 자신의 실존적 삶 내지 현실 역사와 유리된 앎이라는 것은 별다른 의미가 없다. 아니, 오히려 모르니만 못한 것이다. 잘 모르는 이들은 적어도 어딘가에 가서 혹세무민을 하지는 않을 것이니 말이다.

학문을 하는 데 있어서 중요한 것

김우창 교수는 학문을 하는 사람들은 항상 열려 있어야 하고 엄격한 도덕적 기준을 준수해야 한다며 무엇보다도 가장 기본이 되어야 하는 것은 '학문은 무엇보다도 진리를 탐구하는 것'이라는 것을 잊지 않는 것이라 역설했다. 연구자는 항상 자기가 추구하는 분야에서 참된 것을 추구해야 한다. 시장 가치나 민족주의와 같은 것이 현대를 지배하는 중심적인 것이라는 점은 충분히 이해하지만 이에 자신의 학문이 왜곡되어서는 안 된다는 것이다.

"학문의 기본은 진리를 탐구하는 것입니다. 그런데 그러려면 헌신과 도덕적 성실성이 반드시 필요합니다. 우리 사회에서는 경제주의나 출세주의가 지나치게 만연되어 있습니다. 물론 그렇다고 제가 굶어 죽으라는 이야기를 하는 것은 아니에요. 열심히 공부를 하다 보면 이런 것은 다 따라오게 되어 있습니다. 제가 아까 훈장 이야기를 했었죠? 학문을 하는 데 있어서 목적이 전도되면 안 된다는 것을 다시 한 번 강조하고 싶습니다. 연애하다 보니까 종족이 번성되는 것이지 종족 번성을 위해서 연애를 하는 것은 아니잖아요?"

무릇 대학원생들은

김우창 교수는 인터뷰 내내 학문의 기본은 진리를 탐구하는 것이라는 점을 강조했다. 그리고 열린 사고를 갖되, 엄격하고 냉정하게, 객관적으로 현실을 직시해야 한다고 주장했다. 오랫동안 연구 활동을 해 오고, 학생들을 지도해 왔던 스승의 입장으로서 후학들인 대학원생들에게 가장 중요한 것이 뭐라고 생각하느냐는 기자의 질문에 그는 세 가지를 강조했다.

첫째, 공부를 하는 사람은 학문에 대한 열정이 있어야 한다. 무언가에 '빠져서' 끊임없이 정진해야 한다. 둘째, 대학원생들은 장래의 불안감을 극복해야 한다. 김 교수는 두 가지의 방안을 이야기했다. 하나는 학문에 몰두하면서, 끊임없이 정진하면서 불안감을 극복하는 것이고, 나머지 하나는 국가 정책을 통해 극복되어야 한다는 것이다.

"국가는 학문 발전을 위해 일정 부분 지원을 해 주어야 합니다. 그리고 연구자들이 직업을 잡는 데도 신경을 써 주어야 합니다. 예를 들어 학생-

교수 비율의 문제를 생각해 보죠. 교수의 숫자를 늘려서 교수들이 연구나 강의에만 전념할 수 있게 해야 합니다. 그리고 이건 제가 예전부터 계속 교육부에 건의를 했던 것인데요, 교육부에서 이 문제에 대해서 직접적인 간섭은 안 하더라도 대학 교원의 수급 상황에 대한 통계는 발표를 해 주어야 합니다. 이러한 자료가 있어야 그때그때 상황에 따라 대학원생의 수급을 적절히 조정할 수가 있습니다. 한국에서는 대학이 학생들을 일단 많이 뽑으려 합니다. 경제 논리를 따르는 거죠. 교육부에서 이런 통계를 발표해서 교원-학생 수급에 따라 학생 수를 조정하는 데 일조를 해야 합니다. 우리 정부는 이런 일을 안 하고 있어요."

셋째, 공부를 하는 이들은 학문을 하는 것에 대한 소명감이 있어야 한다. 김 교수에 따르면 대학원생들은 공부가 단순한 직업(job)이 아닌 하나의 부름(calling)이라는 생각을 가지고 있어야 한다. 그는 기자에게 졸업 가운의 의미를 아는지를 물어 왔다. 어리둥절해하는 기자에게 김우창 교수는 졸업 가운은 과거 신부들의 수도 복장과 유사한데 이는 끊임없이 자신을 갈고닦는 '수신'을 의미한다고 설명했다. 공부를 하려는 사람은 그럴 정도의 소명의식이 있어야 한다는 것이다. 그는 막스 베버(Max Weber)의 『직업으로서의 학문』(사실은 '소명으로서의 학문'으로 번역되어야 할)을 인용하면서 공부를 하는 사람들은 소명의식이 있어야 하고 너무 세속화되어서는 안 된다고 이야기했다. 학문을 하는 사람들은 다른 이들이 앞서 나가는 것을 참고 견디어야 하고, 어느 정도의 가난도 감내할 수 있다는 마음가짐을 가져야 한다는 것이다. 빈곤을 참아 내야 하고 연구비는 정말 필요한 곳에만 사용해야 한다.

냉정하게 현실을 바라봐야

마지막으로 본교에서 오랫동안 학생들을 지도하고 대학원장을 역임한, 고려대학교의 스승이라는 입장에서 후학들에게 하고 싶은 이야기를 물었다. 김 교수는 비록 전보다 유혹은 많아졌지만 열심히 공부를 하는 학생들이 없는 것은 아니라며, 학생들의 학문에 대한 정열이나 공부하는 마음은 과거와 크게 다를 게 없다는 생각을 밝혔다. 그러면서 그는 앞서 자신의 말들을 정리하며 다음과 같은 당부를 덧붙였다.

"학문을 하는 이들은 냉정하게 그리고 보다 구체적으로 현실을 바라봐야 합니다. 그리고 베버가 언급했듯이 공부는 아무나 하는 것이 아니고 소명의식을 가진 이들이 해야 합니다. 연구자들의 취직 문제는 정부가 앞서 이야기한 일들을 하며 해결 노력을 해야 하고요. 그리고 이런 맥락에서 저는 외국 유학을 가는 것도 나쁘지 않다고 생각합니다. 세계에 눈을 돌려 직업 시장을 넓힐 필요도 있습니다. 비록 좋은 것이라고 생각하지는 않지만 유목민처럼 살 각오도 해야 한다고 생각해요. 그리고 학교에 대해서 이야기하자면, 학교는 건물이나 외양에만 치중된 시설 투자는 그만하고 공부를 하는 데 집중해야 한다고 생각합니다. 시설 투자가 아닌 공부 투자가 절실합니다."

인터뷰를 마치며

한 시간여의 인터뷰를 마치고 나오며 기자는 김우창 교수와의 대화들을 음미해 보았다. '인문학의 거장'이라는 그에 대한 찬사에 걸맞게 그의 말과 주장들은 매우 부드럽고 유연한 것 같으면서 강한 메시지들을 내포하고 있었다. 또한 당연한 이야기를 들은 것 같은데 그의 말은 잘 음미해 보면 많은 함축적인 의미를 담고 있었다. 예를 들어 어찌 보면 누구나, 심지어 술자리에서도 쉽게 이야기할 수 있을 것 같은 아는 것과 행동의 일치를 이야기하는 대목에서도 기자는 매체나 주변을 통해 들은, 그가 묵묵히 실천하고 있다는 검소한 삶을 떠올리며 숙연해질 수밖에 없었다. 진정성에서 나오는 '말의 힘'을 느낀 것이다.

김우창 교수와 한 시간여 동안 '한국에서 학문을 한다는 것'을 주제로 인터뷰를 한 후 기자는 마치 책에서나 읽었던 완숙기의 막스 베버를 만난 것과 같은 느낌이 들었다. 물론 기자의 짧고 얕은 공부로는 막스 베버나 김우창 교수 사상의 정수나 인식론, 삶의 철학을 정확히 알 수가 없다. 하지만 학문은 무엇보다도 선입견 없이 진리를 탐구하는 것이라는 김 교수의 주장, 일체의 결정론이나 단정적 태도, 이데올로기를 배격하고 사물의 다차원성을 강조하는 것, 공부를 하는 이들은 반드시 소명의식을 가지고 엄격하면서도 냉정하게 객관적으로 현실을 바라봐야 한다는 그의 주문은 기자의 짧은 지식에도 불구하고 막스 베버의 풍모를 연상케 하기에 충분했다.

민주화를 넘어서 어디로

안병직

김우창

사회 이영성(《한국일보》 부국장)

2007년 11월 1일 《한국일보》

이영성(사회) 해방 이후 현대사를 건국, 산업화, 민주화 시기로 나눌 수 있다고 봅니다. 내년이면 건국 60주년인데 한국 현대사를 관통하는 말씀을 해 주십시오.

안병직 건국, 산업화, 민주화 시대에 이어 앞으로는 선진화의 시대가 될 것입니다. 4단계의 시대는 서로 단절돼 있는 게 아니고 누적적으로 발전한 과정으로 이해합니다. 그 과정을 통해 시장 경제와 민주주의 체제가 이뤄졌어요. 건국의 시기에는 자유 민주주의와 시장 경제의 토대가 만들어졌고 산업화 시기에는 두꺼운 중산층이 형성되고 기업이 발전해 민주주의 조건들이 만들어졌습니다. 대통령 직선제를 골자로 한 6·29 선언은 산업화 세력들이 이제 민주주의를 해도 되겠다고 해서 나온 것으로 민주화 세력과 타협한 산물이지요.

김우창 크게 보면 산업화와 민주화의 두 갈래로 진행됐습니다. 누적적인 면도 있고 갈등적인 면도 있었습니다. 그래도 큰 유혈 사태 없이 민주주의가 정착된 것은 다행스러운 일입니다. 그런데 민주주의의 시대는 꼭 마감하는 것 같지는 않습니다. 기본 체제로서 민주화의 과정은 마감했지만 내실 있는 문화가 되고 생활의 일부가 되기에는 아직 멀었습니다. 민주주의가 자유 보통 선거, 대통령 직선제를 하면 되는 것 같지만 그것만으로는 부족합니다. 요즘 나오는 선진화에 대해선 좀 더 논의가 필요합니다.

사회 '87 체제'라는 말이 많이 나옵니다. 1987년 이후 이른바 민주화 시대에 한국 사회가 어떻게 변했다고 보시는지요?

안병직 1987년 이후 20년은 매우 긍정적입니다. 군부 축출, 대통령 직선제, 공직자 예비 선거 제도 수용 등 민주주의가 착실히 발전했지요. 경제적인 측면에서도 김영삼 정부 때 경제 개발 계획 체제가 무력해지면서 시장 경제 체제가 자리 잡았습니다. 물론 그때 개혁을 제대로 못해 1997년에 IMF 사태를 맞았고 이후 김대중 정부가 금융, 기업 제도 등을 시장 경제 체제에 맞게 정비했습니다.

정치적으로나 경제적으로 과거 20년의 업적은 대단한데도 불구하고 왜 한국이 안정적으로 보이지 않을까를 생각해 봅니다. 보수 진영과 진보 진영의 정쟁이 너무 치열하게 전개되었기 때문이라 봅니다. 보수 진영은 자유 민주주의를 강조하는 데 반해 진보 정권은 참여 민주주의를 얘기하는데 사실상 민중 민주주의와 경제적 민주주의입니다. 경제 민주주의와 민중 민주주의를 주장하는 사람들은 대의 민주주의가 민주주의가 아니라며 부정합니다. 민중 민주주의는 경제적 평등을 의미합니다. 문제를 경제적으로 해결해야 하는데 정치 체제로 풀려고 하니까 자유 민주주의를 훼손하는 문제가 발생합니다. 역사가 실패했다기보다는 진보, 보수 진영이 생각하는 정치, 경제 체제의 비전이 다른 것이지요. 그런 데서 갈등이 증폭돼 한국 사회가 불안한 거라고 봅니다.

사회 과연 진보 진영이 체제 변혁적인가에 대해서는 논란이 있다고 보는데요.

안병직 진보 진영의 스펙트럼이 너무 넓어요. 사회 민주주의로부터 극좌까지 다 있습니다. 진보가 사상적으로 분화를 하면 나름대로 안정을 찾을 수 있지 않을까 생각합니다.

김우창 진보 진영에서 혁명적으로 나라의 기틀을 바꿔야 한다는 생각은 상당히 수그러들지 않았나 생각합니다. 지난 20년을 평가한다면, 경제 성장률이 낮다는 지적도 있지만 선진국 기준으로 보면 엄청나게 큰 경제 성장률로 발전해 왔습니다. 민주주의도, 경제도 진보했습니다. 그런데 민주주의는 국민 중심의 정치 체제와 제도 구축이라는 두 요소를 갖춰야 합니다. 그러나 제도적으로 여러 갈등을 합리적으로 조정하는 기구를 충분히 발전시키지 못했습니다. 구체적으로 말하자면 성장의 과실을 분배하는 제도를 만들지 못했고 투명성도 많이 부족합니다. 그리고 무엇보다 국민 생활의 안정이 있어야 하는데 아직 부족해요. 분배론자에게나 성장론자에게나 중요한 문제입니다. 말하자면 주택 문제나 직장 문제 같은 것이에요. 삶의 질은 일상생활에서 결정되는데 사람들이 일상생활에서 안정을 못 찾고 있다면 지난 20년을 주도한 민주화 세력의 잘못이라 할 수 있습니다.

사회 논의를 좁혀 1997년 이후 중도 진보 또는 중도 개혁 정부를 보도록 하지요. 《한국일보》 여론 조사(2007년 10월 19일자)를 보면 1987년 이후 생활이 나아졌다는 사람이 훨씬 많지만, 지난 10년만 따지면 '나아졌다'와 '그렇지 않다'가 비슷합니다.

안병직 1987년 이후 경제 성장률은 계속 떨어져 왔습니다. 경제 성장률이 떨어지면서 양극화가 진행됐습니다. 양극화의 치유 방법으로 지난 10년간 진보 세력이 제시했던 것이 복지 정책입니다. 그 결과 양극화가 심해졌고 실업률도 자꾸 높아졌습니다. 복지 정책을 펴지 말라는 것이 아니고 생산적인 복지를 해야 한다는 것이지요. 교육 투자, 기술 투자, 직업 훈련을 강화하고 경제 성장률을 높여서 좋은 직장을 갖도록 하는 것이 생산적 복지입니다. 생산적 복지 대신 소비적 복지만 늘어나니까 양극화가 심화하는 것입니다.

김우창 언젠가 신문을 보니까 이해찬 전 총리가 하나도 잘못한 것이 없다고 한 기사가 났더군요. 하지만 동기가 아무리 좋더라도 결과가 나쁘면 비판받아야 하는 것 아닌가요. 현 정부의 결과를 보면 여러 가지로 부족합니다. 지금 우리의 복지 정책은 실제로 생활이 되느냐는 관점에서 보면 성공했다고 볼 수 없습니다. 최소한의 생활이 보장된다면 빈부 격차가 크게 문제가 안 된다고 봅니다. 정부가 기본적인 서민 생활이 안정되도록 하지 못한 데서 비롯된 측면이 있습니다. 기대 상승도 문제입니다. 생활의 안정을 위해 중요한 문제가 주택입니다. 절대적으로 주택이 부족하지는 않지만, 사람들이 그냥 살 집이 아니라 좀 더 살 만한 집을 원한다는 데 문제가 있습니다. 더욱이 우리는 주택을 나중에 돈 되는 자산으로 봅니다. 이 문제는 보수냐 진보냐, 성장이냐 분배냐는 식으로만 접근해서는 해결이 안 됩니다.

안병직 아주 중요한 지적을 하셨는데요. 현 정권이 양극화 문제를 얘기하면서 '부자 20퍼센트, 가난한 사람 80퍼센트'라는 식으로 말합니다. 그 사람들은 빈곤의 의미를 파악하지 못한 것 같아요. 양적인 정책을 썼지만 사람들은 즐거워하지 않고 있습니다. 왜냐? 요즘 빈곤은 양적인 빈곤이 아니라 질적인 빈곤이기 때문입니다. 빈곤에서 탈출하는 것이 아니라 부유해지고 싶다는 것이 빈곤 문제의 본질입니다. 어떻게 부유해지게 하느냐는 방안을 생각해야 하는데 불쌍한 사람들을 구제해 주면 된다고 생각한 것입니다. 주택을 예로 들면 안락한 주택도 필요하지만 사람들은 주택의 가격이 어떻게 되느냐를 놓고 선택하는 것입니다. 정부가 반값 아파트를 공급했는데 실제로 반값 아파트는 없었습니다. 품질도 낮고 재산 가치 상승 전망도 없기 때문이지요. 이 정부는 빈곤의 본질에 대한 고민을 하지 않왔습니다.

사회 IMF 사태 이후 세계화가 굉장히 빠르게 진행됐습니다. 기업이 크고 경제 성장이 이루어져도 고용이 이루어지지 않는다는 비판론이 제기됩니다.

안병직 세계화가 무한 경쟁을 부추기니까 양극화를 가져오는 것은 사실입니다. 부자는 자꾸 부자가 되고 가난한 사람은 자꾸 가난한 사람이 될 수밖에 없는 것이지요. 그러나 세계화 때문에 국내 기업이 밖으로 나간다고 소극적으로만 생각할 게 아니고 세계화를 적극적으로 이용해야 합니다. 1960년대 이후 아시아 신흥 공업국(NIC)들의 고도 성장은 세계화 덕분입니다. 자국이 갖고 있는 조건만으로 성장하는 것이 아니고 선진국의 기술과 제도들을 흡수했기 때문에 폭발적인 성장이 일어난 것입니다. 인텔이 우리나라에서 아시아 진출의 발판을 마련하려고 했는데 정부가 대처를 못해 중국으로 갔습니다. 만약 인텔이 한국에 왔다면 우리는 삼성과 같은 기업을 하나 더 갖게 되는 것입니다. 보잉사도 그런 선택을 하려고 할 겁니다. 그런 기업 열 개만 유치하면 한국은 선진국의 성장 잠재력을 끌어안게 됩니다. 이를 위해선 기업하기 좋은 환경을 만들어 줘야 합니다. 세계화는 양극화를 심화하는 경향도 있지만 대처에 따라 도약의 계기가 될 수 있어요.

김우창 세계화를 비판만 해서는 안 된다는 데 동의합니다. 세계화나 신자유주의 질서 속에서도 유럽의 많은 나라들은 적응하면서 살아가고 있습니다. 세계화에 노출돼 희생만 한다는 것은 철 지난 얘기예요. 다만 실직자 등 후유증이 생기는 것도 사실입니다. 이것에는 정부가 대처해야 합니다. 독일은 스스로를 '사회 국가'로 정의하는데 자본주의를 바탕으로 삼되 파생되는 여러 문제를 국가가 해결하는 나라입니다. 우리가 사회 국가 체제를 받아들이든 않든 사회적 문제는 국가가 책임져야 합니다. 또 국가의 조정 없이 기업만으로 움직이는 나라는 없습니다. 그러나 노무현 정부처럼 국가가 기업이 할 일을 대신 하는 것처럼 움직이는 것은 곤란합니다. 정부는 기업이 순기능을 하도록 적절히 작동돼야 합니다.

사회 세계화에 적극적으로 대처해야 한다는 논리에 대부분 동의합니다. 그러나 다수의 서민과 낙오 세력은 존재하게 되는데 성장론의 입장에서는 어떻게 해결하겠다는 것인지요?

안병직 자유 시장 기능을 살려야 합니다. 자유 시장 경제학자들은 시장이 잘 움직이도록 제도를 움직이자고 합니다. "시장은 빈부 격차를 악화시킨다." "시장의 이런 기능을 손봐야 한다."라고 말하면 변혁론자인데 이것은 보수가 이해하지 못합니다. 산업도 국유화하고 왕창 세금 거둬 분배하는 사회 통합 이론은 실패했습니다. 시장에 손을 대는 것이 아니라 낙오한 사람들에게 직업 훈련을 시켜 강자가 되도록 하는 생산적 복지를 해야 합니다.

사회 김대중 정부의 생산적 복지론과 안 교수님 말씀이 비슷한 것 같습니다. 물론 노무현 정부는 다르다고 보는데요.

안병직 두 정부는 다릅니다. 사람이 다릅니다. DJ 때 경제 정책을 주도한 사람들은 미국에서 유학한 자유주의자들이 많았습니다. 노무현 정부 사람들은 다 유학하지 않은 까막눈입니다. 물론 나도 유학하지 않았지만…….

김우창 김대중 정부도 그렇고 노무현 정부도 너무 이념적이고 자기 정당성에 입각해서 문제를 해결하려고 하다가 많은 실패를 가져왔습니다. 특히 노무현 정부가 더했지요. 이념은 필요하지만 이념의 현실 적응은 절대적으로 필요합니다. 파인 튜닝(fine tuning)을 해야 합니다. 유럽은 물론 미국도 우리보다 훨씬 강한 사회 복지 정책이 있지만 그게 갈등 요소가 되지 않습니다. 고든 브라운 영국 총리는 주택 150만 호 짓고, 실업자 구제하겠다고 약속했지만, 기업들에 대해 강력하게 요구하지 않았습니다. 갈등을 불러일으킬 가능성이 있기 때문이지요. 그렇게 섬세하게 대해야 하는데 이것을 이념화해서 투쟁적으로 이야기했기 때문에 동(東)으로 간다고 하는데 서(西)로 가는 결과가 나왔어요.

안병직 두 정부는 방향뿐만 아니라 능력에서도 차이가 나요. 능력이 없으면 이념적으로 가요. 노무현 정부는 하는 일이 안 되니까 자기 정당성을 주장하기 위해 이념적으로 간 것입니다.

사회 지난 20년, 10년에 대한 분석을 토대로 앞으로 어떤 시대정신을 만들어야 하겠습니까?

안병직 선진화, 즉 선진국 수준으로 한 단계 더 높아지는 모더나이제이션(modernization)이겠지요. 내용은 민주화와 경제 성장의 심화라고 봅니다. 대의 민주주의는 활발한 국민 참여가 어렵습니다. 국민 참여를 확대하기 위해선 지방 자치를 강화해야 합니다. 또한 민주주의를 심급(審級)별로 심화시켜야 합니다. 바탕에 참여 민주주의가 있고 그 위에 사회단체들이 민주주의적 결정을 내리는 결사체 민주주의, 또 그 위에 전문가들이 참여하고 자문하는 심의 민주주의, 그 토대 위에 대의 민주주의가 올라와야 한다고 봅니다.

경제는 성장률을 높여야 합니다. 지금처럼 잠재 성장률에도 못 미치는 수준으로는 안 됩니다. 경제 성장률을 높이면 우리는 20년 내에 선진국에 진입할 수 있습니다. 아일랜드가 좋은 사례죠. 1987년 국민 소득이 1만 달러였는데 세계 유수 기업을 흡수하는 세계화 정책으로 지금은 영국보다 소득이 더 높은 3만 달러 국가가 됐습니다. 분배를 제대로 안 하면 성장률을 높일 수 없다는 논리는 잘못됐습니다. 성장률을 높이면 양극화도 해소된다고 생각합니다. 과거 통계를 보면 성장률이 떨어지면 양극화가 심해졌습니다.

김우창 성장, 분배는 계속해야 합니다. 그러나 단순한 경제 성장이 아니라 인간화의 측면도 생각해야 합니다. 기후 변화, 에너지 문제 등을 고려, 환경 친화적 기술과 발전을 도모해야 합니다. 또한 정치 참여를 통한 민주주의의 확충도 중요하지만 생활 세계의 안정이 중요한 목표가 돼야 합니다. 생활이 안정되고 정치가 억압적이 아니라면 참여 민주주의는 크게 중요하지 않다는 느낌도 듭니다. '생활 속의 안정'에서 중요한 문제가 주거입니다. 먹고사는 게 궁한 사람도 자기 동네가 안정돼 있고 직업이 안정돼 있으면 행동이 단정해집니다. 그러나 지난 10년간 우리나라는 부자건 서민이건 모두 가방 들고 호텔에서 사는 것처럼 불안정하게 보였습니다. 영국은 자기가 태어난 데서 쭉 사는 사람들이 많아요. 그렇게 되면 공동체 의식도 생기고 도덕적으로 행동하게 되지요. 정치도 그런 점을 고려해 정책을 마련해야 합니다.

안병직 굉장히 좋은 말씀입니다. 일본과 비교하면 한국 사람들은 철새입니다. 한곳에 살지 못하고 옮겨 다니는 철새 기질과 급속한 도시화가 연결됐지요. 게다가 주택이 투자 대상이 됐어요. 어떻게 철새를 텃새로 만드느냐를 연구해야 합니다.

김우창 그 문제가 핵심이에요. 복합적으로 연구해야 합니다. 의식과 문화의 문제입니다. 우리 동네는 집값이 안 올라가요. 다른 데 보면 집값이 올라가는데 좋아하더라고요. 나는 세금 더 내는데 왜 좋아하냐고 묻습니다. 그 사람들은 팔 생각이 있기 때문이거든. 우리가 한 집에서 계속 살 생각이 있다면 땅값 상승에 거부감을 느껴야 하는 게 정상입니다. 이런 문제를 해결하는 데 진보냐, 보수냐가 있을 수 없습니다. 이제 우리도 타협할 필요가 있습니다. 정치가 민생 안정 문제에 있어서는 이념을 초월해 타협을 하도록 해야 합니다.

사회 정치 현실로 가 보겠습니다. 불과 3년 전 탄핵 정국에서 현 정부가 압도적 지지를 받았는데 지금은 보수 우위 구도가 형성되고 있습니다. 이런 흐름이 대선일까지 갈 것으로 보시는지요?

안병직 정치 지향적이었던 한국인들이 생활 지향적으로 변해 가면서 진보 지지가 떨어지는 것 같아요. 국민 생활을 기준으로 정당도 생각하는 것 같습니다. 가령 이명박 씨는 서울 시장 할 때 보니 잘살게 해 줄 것 같다고 생각합니다. 그런데 이쪽(진보)은 좋은 이야기는 하는데 생활은 점점 나빠진다는 데 국민들이 실망하는 것 같습니다. 이번 대선 구도가 보수 쪽으로 가는 것은 유익하다는 생각이 들어요. 만약 북한에 김정일이 없다면 오히려 노무현 씨 같은 진보적 정치가가 한 번 더 했으면 좋겠다는 생각도 듭니다. 보수 쪽에 가 봤더니 그쪽 사람들이 아무런 자각도 없어서 저 사람들이 정권 잡아 뭐하려는지 저도 확신이 없더라고요. 한 번 더 정권을 잃으면 자각하겠지요. 그런데 북쪽 김정일이 자꾸 장난을 치면 한반도가 너무 불안해서 못살 것 같아요. 그래서 제가 나선 거지요. 보수 쪽에 한번 정권이 넘어가면 진보도 대오 각성하는 계기가 될 것입니다. 진보가 지금처럼 사상적으로 분열되고 지리멸렬하고 능력이 없으면 다시는 정권을 잡을 수 없습니다. 이런 과정을 통해 진정한 진보적인 사회 민주주의 정당이 나올 것이라고 봅니다. 이번에는 역사적으로 정권 교체가 있어도 되는 게 아닐까 생각해 봅니다.

김우창 안 선생님 말씀대로 진보 진영이 대오 각성하는 계기가 필요하다는 것은 인정합니다. 이명박 씨가 좋으냐, 정동영 씨가 좋으냐, 문국현 씨가 좋으냐를 결정하기 어렵습니다. 그런데《한국일보》여론 조사를 보고 놀란 것은 계층, 소득, 교육 정도와 상관없이 경제 성장 해야 한다는 생각을 하고, 또 한편으로 복지에 대한 강한 소망도 있더라고요. 이명박 씨든 정동영 씨든 어느 쪽도 무시할 수 없을 것입니다. 대타협의 정신을 살려 조화시켜야 합니다. 또 하나 여론 조사에서 흥미롭게 느낀 것은 남북통일에 대해 강한 견해가 있다는 것입니다. 정동영 씨가 되면 적극적으로 나서겠지만 이명박 씨가 되더라도 그런 여론을 무시할 수 없을 것입니다. 실질적인 통일이 안 되더라도 상징적인 제스처라도 계속하는 것은 긴장을 완화하는 데 도움이 된다고 봅니다. 하나 더 보태고 싶은 것은 너무 큰 차원의 이념적인 관점이 아니라 구체적인 문제를 실용적인 입장에서 풀어 나가야 한다는 것입니다.

안병직 보수 진영이 집권해도 그런 자세를 유지해야 합니다. 그러나 무조건적인 포용 정책에는 회의적입니다. 상호주의를 해야 합니다. 물론 10원 주면 10원 받자는 식은 아닙니다. 그러나 우리가 하나 주면 저쪽도 하나씩 개선해야지요. 10·4 공동 성명을 냈는데 '과연 실현되겠느냐?'라는 의구심이 들어요. 한나라당이 집권한다면 정당하게 개혁 개방을 요구하고 인권 문제 해결도 요구해야 한다고 봅니다. 그런 식으로 해야 국민들이 납득하지 않을까요. 북한은 개혁 개방을 하지 않고 경제적 효과만 얻으려 하고 있습니다.

김우창 개혁 개방을 너무 이야기하면 대화가 진전되지 않으니까 그러겠지요. 현실적인 진전이 필요하지만 현실적인 해결이 없을 때도 상징적 제스처는 필요하다고 봅니다.

한국 인문 사회 과학의 한 패러다임

박명림(연세대 대학원 지역학 협동 과정 교수,《비평》편집 위원)
김우창

2008년《비평》봄호

12월 대선과 한국 사회

박명림 선생님, 그동안 안녕하셨는지요? 계간《비평》의 심층 대담은 우리 사회의 대표적인 지식인들을 모시고 그분들의 사상적·학문적 궤적을 포함해 세계와 한국 사회의 여러 문제들에 대한 말씀을 듣는 자리입니다. 그동안 선생님께서는 한국 인문 사회 과학의 한 준거 또는 패러다임으로 불려 오셨습니다.《비평》의 편집 회의와 또 매달 갖는 월례 공부 모임을 통해 선생님을 자주 뵈어 왔지만, 선생님의 학문적 궤적과 여러 현실 문제에 대한 견해를 궁금해하는 독자들을 대신해 여쭐 수 있는 기회를 갖게 되어 큰 영광입니다. 아무래도 최근의 중요한 현실 문제로부터 시작해야 할 것 같습니다. 앞으로 한국 사회에 큰 변화를 몰고 올 지난해 12월의 대통령 선거와 한국 사회의 현실에 대한 말씀으로 대담을 시작할까 합니다.

김우창 평소에도 이야기를 나눌 기회가 없지 않지만, 박 선생과 이렇게 여러 가지 문제에 대해 이야기하게 된 것을 기쁘게 생각합니다. 대통령 선거 하면 이미 우리가 다 아는 이야기고 거기에 대한 진단과 반성이 나오고 있습니다. 그런데 그런 내용을 보면 지나치게 추상적인 데에 놀라게 됩니다. 가령 FTA 같은 것을 체결하려 하여 민중을 소외시켰다, 이런 분석 등 여러 가지 분석이 있지만, 그것을 보고 놀라게 됩니다. FTA가 중요하고 우리 사회의 경제와 정치의 성격을 정하는 데 중요한 역할을 하겠지만, 보통 사람들이 그걸로 해서 정권을 선택하리라고 생각하는 것은 이해가 안 갑니다. 그러한 문제라도 보통 사람은 자기 생활 관념 속에 녹아 들어간 다음에 그것을 정치적 선택에 반영하는 것이 아닌가 합니다.

더 구체적으로 이야기해야 될 것 같습니다. 구체적인 것은 다 아는 이야기입니다. 경제가 어려운 것이지요. 그 전에 비해서, 우리 경제가 세계적 관점에서 볼 때 어렵다는 것은 아니지만, 많은 사람들이 생활의 위협을 느끼는 경우가 많아진 것은 사실인 것 같습니다. 또 나는 살아갈 수 있는가 하는 것보다도 사회 일반에서 이 정도로 살아야 된다고 하는 것과 자기 삶의 형편 사이의 간격이 넓어진 경우가 많았다는 게 원인일 것 같습니다.

제일 중요한 것은 부동산 문제 같습니다. 부동산 값이 올라가니까 젊은 사람들이 열심히 저축해 놓은 돈이 별로 의미가 없는 것처럼 되었고, 또 집이 없는 게 아니라 더 좋은 집을 원하는 게 일반 추세가 되었습니다. 나 같은 사람도 지금 집을 팔면 어떻게 되겠는가 하는 생각을 하게 됩니다. 집이 집이 아니고 부동산이 되었습니다. 여러 모로 부동산가의 등락은 사람 사는 것을 흔들어 놓는 요인이 됩니다. 옆에서 벼락부자가 생기면, 나는 뭐냐 하는 생각도 나겠지만, 실제로 미래가 불안해집니다. 돈 없는 사람은 미래를 걱정할 틈이 없지요. 그런데 나도 미래를 위해서 뭐가 있어야 하겠다고 생각하게 되고, 또 사회가 다 경제적으로 앞으로 나가면, 못사는 사람의 살 구멍은 좁아지게 됩니다. 부동산 값 상승의 가장 큰 원인은 큰 도시 지역을 만들어 땅값을 올려놓은 것입니다. 또 이것이 부동산 문제에서만 아니라 모든 사람들이 돈에 들뜨게 되는 분위기를 만들었습니다.

민주화, 민주주의와 구체적 현실

박명림 민주화나 민주주의 같은 추상적 구호나 제도들이 구체적 삶의 개선에 연결되지 않으면 안 된다는 말씀으로 이해됩니다. 민주화 이후 삶의 안정성은 오히려 파괴되고 미래는 불안하게 된 면이 있는 것이 사실이기 때문입니다. 삶의 한 중요한 조건으로서 말씀하신 부동산이나 돈 문제도 그렇게 이해 가능할 것 같습니다.

김우창 그러니까 돈을 중시하는 사회가 되고 돈에 보통 사람들이 접근하기에 어려운 상태가 되는 것입니다. 한 가지 더 보태면 추상적 이념 문제를 말씀하셨는데 추상적 이념이 충분히 추상적이지 못한 것도 문제입니다. 가령 분배의 문제가 이야기된다면, 그것이 인간으로서의 도덕적인 요청이라는 것을 말해야 합니다. 단순히 당신만 갖기냐, 나도 좀 가져 보자는 식으로 말하는 것은 민주주의의 격을 떨어뜨리는 일입니다. 또 박 선생이 글에서도 말씀하신 공공성의 이상을 말해야 합니다. 인간성이나 공공적 덕성 — 이러한 것들은 민주주의보다도 추상적입니다. 그러나 더 직접적인 호소력을 갖습니다. 민주주의가 뭔지 모르겠다는 사람도 사람이 그럴 수 있느냐는 것에는 마음이 움직입니다. 인권이 많은 사람들에게 호소력을 갖는 것은 가장 추상적 이념이면서 모든 사람들에게 호소력을 가질 수 있는 개념이기 때문입니다. 사람을 함부로 잡아가면 안 된다, 사람이 굶으면 안 된다, 억압받으면 안 된다, 이런 것들은 가장 추상적이면서도 구체성이 있는 가치입니다. 그런데 노무현 정권은 너무 투쟁적 관점에서 민주화라든지 사회적 가치를 생각했기 때문에, 충분히 인간 가치를 전달하지 못한 감이 있습니다. 더 중요한 것은 아까 말한 바와 같이, 말과는 달리 노무현 정부는 사회적 공공성보다도 개발 경제에 관심이 많았습니다. 뭘 잘못 생각했든지, 언행이 일치가 안 된 것이든지.

박명림 그렇다면 민주주의와 정치의 모순적 속성에 대해 여쭤 보고 싶습니다. 선생님께서 1970~1980년대에 쓰신 글을 보면 당시에는 그렇게 쓰시기가 쉽지 않았을 텐데도 "민주화는 불가피한 인간 역사의 방향이다. 그것은 누구나 받아들이지 않을 수 없는 분명한 사실"이라며 민주화를 피할 수 없는 도정으로 말씀해 주셨습니다. 그러면서도 동시에, 마치 오늘의 민주 개혁 세력의 사유와 행동 체계를 예견하신 듯이 "현실은 한 가지 필연성에 의해서 지배되는 덩어리 세계를 이룬다고 할 수 없다. 여러 가지 미래에 대한 가능성을 배태하고 있는데 바른 이론을 가지겠다고 생각하는 사람들은 쉽게 현실을 전략적 조정의 대상으로 여긴다. 심지어 그 대상에는 사람들까지 포함된다."라고 경고합니다.

제 생각엔 민주 세력이 권위주의와 투쟁할 때에 가지고 있었던 열정에 비해서 막상 한 사회를 운영할 책임을 졌을 때 드러난 중요한 문제가 바로 구체적 현실 속에서 나온 노선과 정책의 부족이 아니었나 합니다. 선생님께서 말씀하시는 현실 속에서 살고 있는 사람들의 구체적인 삶을 먼저 생각하고 거기에서 도출된 어떤 개혁 정책이나 노선이 있었다면 이렇게까지 큰 파열이 일어나지 않지 않았을까 생각합니다.

김우창 어려운 문제 중에 하나인데 혁신적 노선에 따라서 사회 개혁을 한다면 사회와 또 혁신적 미래에 대한 이론이 있어야 합니다. 그러나 그 이론을 가설적인 것으로 생각해야지 확실한 것으로 생각하면 문제가 생깁니다. 사실 다른 글에서 이야기한 적이 있는데, 데리다 같은 사람이 고민한 문제 중 하나도 그런 것입니다. 데리다도 사실 정치 성향은 진보적인 사람입니다. 패러독스 중에 하나가 우리가 정치적 행동을 하기 위해서는 어떤 추상적 스키마(schema)가 있어야 하는데, 그 스키마는 반드시 현실로부터 유리되는 것이다, 이것을 어떻게 조합하느냐가 어려운 문제라는 것을 데리다는 고민했습니다. 현실에 대한 추상적 이론은 현실 개조를 위한 가설이지 확실한 진리는 아닙니다. 가설이 필요하고, 그것은 현실에 의해서 끊임없이 검증되어야 합니다. 현실에 의한 끊임없는 수정이 가설보다 더 중요합니다.

박명림 선생님은 종종 사회의 혁명적 개조를 지향하는 세력이 기존의 현실을 자신들이 구상하는 사회로 급격하게 구축하려다가 비도덕적 방법이나 절차를 사용하고 또 정의를 추구하면서 오히려 부정의한 결과를 초래하게 되는 사실들을 비판해 오셨습니다. 정당한 절차에 대한 강조 또는 정치의 책임성에 대한 강조로 들립니다. 그런 점과 관련해서 김대중, 노무현 정부를 말씀해 주셨으면 합니다.

김우창 전체적으로 보면 박정희도 불가피한 현상이었고, 김대중, 노무현도 불가피한 현상이었다고 말할 수 있습니다. 그래도 이룬 바가 상당하다고 긍정적으로도 볼 수 있겠습니다. 우리의 역사가 너무 험하기 때문에, 많은 실수가 있었지만, 이 정도까지 온 데에 여러 사람들의 노력이 있었다는 사실을 간과해서는 안 될 것입니다. 그리고 그간의 엄청난 역사적 변화에 비해서 희생은 그렇게 많지 않았다고 할 수 있습니다. 그러나 억울하게 희생된 사람이 없어야 되고, 그렇게 된 사람의 관점에서는 용서할 수 없는 일들이 있었던 것도 사실입니다. 지금 말한 것은 우리 역사를 조금 너그럽게 보자는 이야기입니다.

그런데 인간적 희생은 추상적 혁명 이론에 대한 맹신과 관계있는 일입니다. 자기의 특정한 사회적 비전에 따라서 사회를 움직일 수 있다고 생각하는 것 자체가 반드시 과학적인 생각이라고 할 수 없습니다. 마르크스-레닌주의는 분명 인간과 사회에 대한 날카로운 통찰을 가지고 있으나, 잘못된 이야기를 하고 있는 것도 많습니다. 그중에서 가장 잘못된 것은 자신들의 이론에 과학의 절대적 권위를 부여한 것입니다. 지금 과학이 아무리 발달했어도 기후나 날씨 예측이 틀린다는 비판이 나옵니다. 간단한 요인으로 이루어지는 게 기후 변화인데도 날씨를 정확히 추정하지 못합니다. 이 어려움을 인정하는 것이 과학적인 태도입니다.

분명 불행한 일이지만 어떤 사회 제도는 혁명적 변화를 필요로 하는 시점이 있게 되는 것이 불가피합니다. 그러나 혁명적 변화 하나만으로 사회가 바뀔 수 있다고 생각하는 것은 인간 사회를 너무 간단하게 보는 것입니다. 또 하나는 그 변화를 하나의 인식 가설이 아니라 예정된 방침에 따라서 밀고 나갈 수 있다는 것이 잘못입니다. 한 번의 대혁명으로 사회를 바꾸어 놓을 수 있다고 확신하는 데에서 눈 딱 감고 파괴할 것은 파괴하고 죽일 사람을 죽여야 한다는 생각이 나옵니다. 한 번이니까. 혁명의 속도에 못지않게 그 이상에 잘못이 있을 수도 있습니다. 흔히 그것은 인간 현실에 맞는 것이 아니라 억압이 만들어 내는 대리 충족의 꿈입니다. 그것도 현실 속에서 수정되는 여유를 남겨 놓아야 합니다.

자신들이 추구하는 일이 반드시 절대적인 것이 아니라면, 거기에 따르는 파괴도 절대적으로는 정당화할 수 없는 것이 됩니다. 그러면 미래에 올 정의는 오늘의 부정의를 감싸 줄 수 없습니다. 정의의 미래를 위해서 일하는 것도 중요하지만, 그것을 향해 가는 한 걸음 한 걸음도 정의로운 것이라야 합니다. 기약할 수 없는 미래의 정의를 위해서 오늘 내가 지켜야 할 정의의 원리 그리고 인간적 도리의 원리를 버릴 수는 없습니다. 예전에 모택동이 문화 혁명과 대약진 운동을 하면서 계급 투쟁을 계속해야 한다고 했을 때, 나는 무슨 소리인지 몰랐습니다. 혁명을 통해 다 바꾸어 놓았는데 무슨 계급 투쟁을 계속한다고 하느냐 하는 생각이 들었습니다. 모택동의 문화 혁명은 엄청난 오만과 오류의 표출인데, 한 번의 대혁명으로 사회가 바뀌지 않습니다. 물론 이것도 그러니까 계속 파괴하고 죽여야 한다는 생각으로 나아갈 수 있습니다. 그렇게 나아간 데에는 자신의 사회에 대한 비전과 그것의 개혁과 또 권력과 폭력에 대한 과신이 있었기 때문입니다.

정치, 도덕, 명분 그리고 '정치의 인간화'

박명림 정치는 권력을 매개로 이루어지는 현상인데, 선생님께선 한국의 정치가 권력 의지와 권력 의지의 계속적인 충돌로 점철될 때 일찍이 '정치의 인간화'를 말씀해 주신 적이 있습니다. 오늘날 우리가 깊이 경청해야 할 이 '정치의 인간화' 테제는 권력과 인간, 정치와 진실의 항상적 모순을 넘으려는 제안으로 보입니다. 사람이 사회 속에 존재하는 한 정치 행동은 피할 수 없으나 정치 행동의 정열과 이성적 계획의 충돌을 어떻게 극복하느냐를 문제 삼고 있으십니다. 예컨대 민주 세력은 도덕과 명분의 측면에서 크게 앞서 있어 스스로 도덕적이라고 자임했는데, 선생님은 "명분은 도덕이면서 진정한 의미의 도덕은 아니다."라고 말씀하십니다. 얼마나 섬세하게 국민 삶의 질을 개선하느냐를 보면 정열과 이성, 명분과 현실 사이의 결합이랄까 괴리는 정말 어려운 문제인 것 같습니다. 정치학을 포함해 우리 인문 사회 과학에서 이 문제를 처음으로 정면으로 제기하신 선생님으로부터 직접 듣고 싶습니다.

김우창 명분은 중요하면서도 어려운 문제입니다. 명분은 자기 정당성, 자기 합리화 또 권력욕의 합리화 이런 것에도 사용될 수 있기 때문에 끊임없이 자기 정화를 통해서 그 순정성을 새롭게 하여야 합니다. 명분이란 사회에서 암묵적으로 받아들이고 있는 정통성의 수사에 속합니다. 그러기 때문에 순수할 수도 있고 집단에의 충성을 과시하고, 그것으로 집단의 지지를 동원하는 수단이 될 수도 있습니다. 하여튼 그것은 정치 전략에 쉽게 연결되는 수사학적 감정입니다. 물론 순정성에 대한 의심을 불러일으킬 때가 많지만, 그러한 수단이라도 동원해 좋은 일이 되는 경우가 많다는 것은 좋은 일입니다. 정치 동원이나 권력 투쟁에서, 나쁜 일 하겠다는 사람은 없고, 다 사회를 위해 좋은 일 하겠다는 모토를 내세웁니다. 냉소주의적 입장을 넘어서, 든든한 일이라고 할 수도 있습니다.

도덕은 참 힘없는 것이다, 이런 이야기들을 많이 하는데, 힘이 있다는 증거이지요. 사회 생물학을 공부하는 사람들이 도덕이 그래도 인간 사회에 이야기되고 남아 있는 것은 그것이 인간 생존에 의미를 가지고 있기 때문이라고 하는 것은 틀린 말이 아닌 것 같습니다. 그런데 정치가든 교사든 이것은 알아야 합니다. 사람들은 도덕적인 것에 반응을 하면서도 도덕적인 이야기를 자꾸 듣는 것은 싫어합니다. 자기정당성을 너무 과시하는 것도 싫어합니다. 좋은 노래도 세 번 들으면 싫다는 것과 관계되는 일인지 모르지요. 도덕이 자기 합리화에 이용되는 경우가 많은 때문이기도 하고, 그보다는 대체로 다른 사람을 자기의 뜻에 복종케 하려는 숨은 의도가 도덕에 들어 있다는 것을 알아차리기 때문이라고 할 수도 있습니다.

도덕 문제에서는 옛날에 김현승 시인이 한 이야기가 좋은 이야기라고 생각합니다. "사람이 칼이 필요할 때가 있다. 그러나 칼은 칼집 속에 있어야 된다." 도덕이 절대적으로 필요하지만 도덕을 휘두르면 도덕이 타락하는 현상이 일어납니다. 도덕은 강제력입니다. 강제력은 복종과 함께 반발을 불러일으킵니다. 특히 구호가 되면 그렇습니다. 그것이 소비에트 정권 같은 데서 나타났던 문제 중의 하나이기도 했습니다. 사회 정의의 이름도 너무 자주 이야기하다 보면 의미가 없어집니다.

또 하나는 정치적 선택에서 명분은 인간 행동의 2분의 1밖에 안 된다는 것입니다. 도덕을 떠나서도 모든 정책적 의지는 현실과의 관계에서 2분의

1의 의미만 가집니다. 현실을 냉혹하게 보면, 좋은 의지보다 좋은 결과가 더 중요합니다. 도덕적 정당성이 결과를 정당화할 수 없습니다. 좋은 뜻이 나쁜 결과를 만드는 경우가 적지 않습니다. 영어 속담에 "지옥으로 가는 길은 선의로 포장되어 있다."라는 것이 있습니다. 정치 행동은 현실의 많은 변수 속에 움직이는데, 그것을 다 통제하여 하나로 결과하게 하기가 보통 어려운 일이겠습니까? 그렇다고 해서 "나는 좋은 뜻으로 했으니까 괜찮아."—이럴 수가 없는 게 정치입니다. 나쁜 결과가 나오면 좋은 뜻으로 했어도 책임을 져야 하고, 어떤 때는 죽음을 무릅써야 되는 경우가 있습니다. 정치는 영광스러운 것이면서도 동시에 위험스럽고 무서운 인간 행동의 부분이지요. 냉정한 사실적 인식이 필요합니다. 나는 그런 의도가 아니었는데, 내가 왜 책임을 지느냐 하는 말을 할 수 없는 것이 정치입니다. 정치는 남의 인생에 힘을 행사하겠다는 행위지요. 자기 목숨이야 '난 죽어도 좋아.' 할 수 있지만, 남의 목숨을 내놓으라고 하기도 하는 것이 정치 아닙니까?

우리나라에서 이런 정치 현실의 엄숙성에 대한 의식이 약한 것 같습니다. 나의 정당성만을 생각하는 것은 조선 시대부터 내려온 전통으로부터 계승된 것인 것 같기도 하고, 마르크스주의에 들어 있는 낭만주의 요소 그리고 지나친 자신감도 그런 면을 조장한다 할 수 있습니다. 또 하나 명분 문제 이야기와 관련해서 우리에게는 정치가 다른 사람에게 봉사를 하는 것이라는 생각이 조금 부족합니다. 그 봉사는 봉사 중에도 어려운 봉사입니다. 봉사 정신 하나만으로도 될 수 없는 봉사니까요. 어떤 특정한 필요가 아니라 사람 사는 필요의 전부를 바르게 갖추는 데에 봉사하는 것입니다. 예전에 최장집 교수와 이야기하는데 리더십이란 말이 나왔습니다. 너무 자주 듣는 말이 이제 식상하게 한다는 말씀이었습니다. 정치는 리더가 되는 것이기도 하지만 봉사를 하는 리더가 되는 것이지요. 정치에 대한 우리 생각에는 영웅호걸의 이상이 너무 많이 스며 있는 것 같습니다. 모택동이라든지 장개석이라든지 중국 현대사의 정치 지도자들한테 너무 『삼국지』나 『수호전』 영향이 강하다는 것을 지적한 한 미국의 학자가 있는데, 우리에도 해당되는 것 같습니다.

정치인은 봉사하는 사람이라고 할 때, 정치인은 죽어지내야 한다는 이야기는 아닙니다. 봉사에도 자랑이 있고 영광이 있지요. 봉사의 이상이라는 것은 복잡한 것입니다. 성인들이 다른 사람을 위해서 자기를 희생한다고 할 때 자기를 희생하면서도 동시에 자기를 살리는 것인데, 성인이라는 게 얼마나 높은 자리입니까? 봉사하는 정치 지도자는 자기를 더 큰 의미에서 살리는 사람입니다. 그러나 "자기를 더 큰 의미에서 살린다."라는 것은 반드시 그것이 영광으로 끝날 것을 바란다는 것은 아닙니다. 밖에서 오는 영광이 없더라도 최선을 다했다는 것을 느낄 수 있는 것은 큰 삶의 보람입니다. 그러기 위해서는 명분보다도 내적 양심이 중요합니다. 내적 양심이란 밖에 내세운 것이 아니라 안에 숨어 있는 것이란 말입니다. 그것은 외면으로부터 내면으로 들어간다는 것을 말하지요. 명분은 밖에 나온 칼이고 양심은 칼집에 들어 있는 칼이지요. 마음에 닦은 것이 밖에 나오는 것은 시대적 사정으로 불가피해지게 되는 것입니다. 이러한 정치가가 많지는 않겠지만. 하여튼 내면에서 끊임없이 정화되는 것이 아닌 명분은 순정한 것이 되기 어렵지요.

박명림 오늘날 한국에서 정치처럼 중요하나 또 그것처럼 비판받는 것도 드문 현실에서 정치를 보는 새로운 지평을 열어 주시는 말씀으로 느껴집니다. 선생님께서는 그동안에도 정치의 중요성을 많이 강조해 온 사상가 중의 한 분입니다. 사람의 운명은 정치로 결정되는데 "우리 삶에 있어서 정치의 우위는 주어진 상황이기 때문에 우리의 선택을 넘어가고 가치 판단의 대상이 될 수 없는 것"으로 보고 계십니다. 인간 삶과 정치의 불가분의 관계를 말씀하신 것처럼 보입니다. 그러나 동시에 좋은 동기, 좋은 의도와 나쁜 결과에 대해 정치는 어떻게 책임을 져야 하는가 엄중히 물으셨습니다. 아무리 좋은 의도나 동기도, 현실적으로 나타난 나쁜 결과에 대한 책임에서 자유로울 수 없다는 것입니다. 선생님 말씀을 더 확장해 보면, "내면적 도덕의 큰 문제점은 그것이 정책의 대상이 될 수 없다는 점"이라며 "그것은 그야말로 저절로 생겨나는 도리밖에 없다."라고 하십니다. 인간과 정치의 불가분성, 동기와 결과, 도덕과 정책으로 이어지는 선생님 사유 체계의 일련의 연쇄 고리는 정치를 하는 사람들이나 그것을 연구하는 사람들에겐 굉장히 중요한 말씀으로 들립니다. 방금 말씀해 주신 도덕을 고리로 이 문제를 어떻게 봐야 할까요?

김우창 정치는 피할 수 없습니다. 정치를 떠나서 살고 싶다는 생각을 할 수도 있겠지만, 대부분의 사람에게 정치는 거기 있는, 받아들여야 하는 인간 조건입니다. 이러나저러나 정치는 강제력을 허용받는 일이기 때문에, 도덕까지도 제 마음대로 휘두르게 될 가능성이 큽니다. 그것을 법제화하는 경우도 그렇습니다. 그런 경우 도덕의 자발성이 상실되어 버리지요. 도덕은 역설적인 인간 상황의 한 부분을 나타내는 것 같습니다. 도덕은 의무를 말합니다. 그러나 의무가 선택이 아니라 필연성이라면, 의무는 도덕적 성격을 안 가지게 됩니다. 그런데 도덕과 윤리가 없이는 사회가 유지되지 않습니다. 그리하여 강제력을 수반하는 도덕이라도 필요하다는 상황이 됩니다.

자유와 강제, 이 두 가지 역설적인 요소를 어떻게 결합하느냐가 풀어야 하는 난제입니다. 간단히 말하여 도덕은 정치에 맡기면 안 된다고 봅니다. 전제 국가, 전체주의 국가는 도덕적 기준을 법제화·제도화한 국가입니다. 도덕이 그 본질을 손상당하면 어떤 사람이 좋은 일을 하는 게 자유 의사로 했는지 무서워서 했는지 알 수 없는 상태가 되고, 그러다 보면 도덕도 자유도 무의미한 것이 되어 버립니다. 도덕적 존재로서의 인간의 존엄성은 사라져 버리게 되지요.

자연스러운 공동체는 사회 질서 속에 도덕과 자유의 사회적 필요를 다 담고 있기 때문에 그것들을 따로 문제 삼을 필요도 없는 것이 아닌가 하는 생각이 듭니다. 그러나 보다 복합적인 사회에서는 그것이 쉽지 않지요. 그러나 그러한 일이 자연스럽게 균형을 이루는 공동체적 조건을 유지하려는 노력이 의미 없는 것은 아닙니다. 정치가 궁리해야 할 일의 하나지요. 그러면서 한편으로 보다 높은 차원에서 사회적 조화—사회 질서와 인간의 도덕적 자유를 유지하는 데 기여할 수 있는 것이 인문적 전통이 아닌가 합니다. 자유는 인간이 본능적으로 원하는 것이면서, 또 삶과 세계의 다양성을 탐색하는 도구입니다. 이 탐구에서 발견되는 것은 모든 것을 관류하는 통일성입니다. 이 다양성과 통일성 사이에는 긴장이 없을 수 없습니다. 이것을 하나로 묶으려는 것이 인간 정신의 지향입니다. 이러한 복잡한 조화의 노력은 인문적 수련의 보다 높은 정신의적 과정에서 실천될 수밖에 없습니다.

인문적 전통의 지속에는 정치가 후견인 노릇을 할 도리밖에 없습니다. 사회의 자원을 거기에다 배분해야 되기 때문에 인문 교양을 위해서 정치가 뒷받침해야 합니다. 그러나 정치의 뒷받침이라는 것은 정치의 힘과 영향을 스스로 자제할 수 있는 뒷받침이라야 합니다. 이것이 민주 제도의 기본입니다. 정치에 도덕이 필요하면서 도덕은 정치로부터 자유로운 사회 공간에 문화로서 존재해야 되고, 또 그렇게 존재하기 위해서는 정치가 뒷받침을 해야 되고, 정치는 그 정치적인 프로그램을 자제해야 되고, 정치는 도덕의 담론에 귀 기울이고 정치 실천에 참조해야 한다.—이런 역설적 순환 관계를 말할 수밖에 없습니다. 조선조는 도덕적 정치 체제였지만, 부도덕한 일이 상당히 많이 일어났습니다. 사화나 유배 보내고 죽이고, 이런 것들이 전부 도덕과 정치를 합쳐놓은 데서 일어난 일들입니다. 양쪽이 분리해서 존재하면서 또 동시에 하나로 존재하는 역설적 존재 방식을 어떻게 수립하느냐는 것이 사회의 핵심적 과제인 것 같습니다.

의지 대 필요 또는 개인성 대 세계성

박명림 지금 말씀을 듣고 두 가지 말씀이 생각이 났습니다. 하나는 특정한 그룹이나 개인의 '의지' 대신 사회의 일반 사람들의 '필요'를 채워 주는 정치를 강조하신 점이고, 다른 하나는 "삶의 역설은 가장 구체적인 것이 가장 추상적인 것이라는 점"에 대한 언명입니다. 필요 대신 의지를 강조하다 보면 특정 목적과 가치를 위에서 내리꽂는 정치가 되기 쉽다는 말씀을 강조해 주셨습니다.

오래전부터 말씀해 주신 이 두 가지는 두고두고 연구되어야 할 명제가 아닌가 싶습니다. 한국의 민주화를 매우 성공적인 사례로 평가하는 외국의 언론과 학자들이 꽤 많습니다. 다른 나라보다 군부 퇴출, 민주 발전, 경제 성장을 안정적이며 지속적으로 이루었다는 것이지요. 그런데 내면을 보면 민주화를 통해서 개별적 삶의 품격이 높아진다거나, 자유·평등·이성과 같은 본원적 가치들을 통해 사회가 운영되고 있다는 신념 체계는 정착되지 못했다고 봅니다. 요컨대 말씀하신 것을 빌리면, 사회의 필요를 정확히 읽지 못했고, 그것을 통해 구체성이 곧 추상성으로 나아가는 도정을 이해하지 못했던 것 같습니다.

김우창 우선 추상적인 것과 구체적인 것에 대하여 조금 보충하겠습니다. 방금 인간적이란 것이 어떤 정치적 프로그램보다도 추상적이면서도 구체적이란 말을 했습니다. 개인이란 가장 구체적인 것인데, 동시에 가장 추상적인 것 또는 보편적인 것이라는 사실에 주목할 수 있습니다. 사람이란 눈앞에 보이는 사람을 말하면서 모든 사람을 말합니다. 집단적 카테고리만을 강조하는 정치적 이념에 대하여 이 사실은 보충적으로 상기해야 할 점이라 하겠습니다.

사회의 혁명적 변화 과정에는 늘 상호 모순적인 것이 있습니다. 말씀하신 '의지'와 '필요'의 관계도 그렇습니다. 목적과 수단에도 치환 관계가 있습니다. 사냥꾼은 원래 먹이 사냥하는 사람인데, 먹이의 필요가 없어지면, 취미로 사냥을 하게 되지요. 영국 귀족들의 큰 취미가 여우 사냥인데, 수백 년 동안 지속되어 온 사냥이 금지된 것이 최근입니다. 그런데 상류층뿐만 아니라 거기에 의지해 살던 수많은 직장인들이 사냥 금지법을 맹렬히 반대했습니다. 인민 혁명가는 인민의 곤경을 바로잡겠다는 사람으로 시작합니다. 그러나 그 결심을 하는 때부터 그 사람은 혁명가가 됩니다. 더 이상 인민이 아니지요. 레닌은 인민의 보다 나은 미래, 보다 인간적인 삶을 위하여 혁명이라는 고통스러운 과업을 시작했습니다. 그러나 혁명가로서의 삶, 그것은 그 나름으로 보람 있는 삶이라고 느꼈습니다. 고리키가 레닌을 회고하면서 한 말입니다. 묘한 뉘앙스를 느낄 수 있는 말입니다. 인민의 보람 있는 삶은 혁명 이후에 오는 것인데, 혁명가는 그의 일 자체에서 이미 보람을 얻고 있습니다. 물론 너무 괴팍한 해석인지도 모릅니다. 체 게바라가 쿠바 혁명 이후에 쿠바를 떠난 것은 전 남아메리카의 혁명을 위한 것이지만, 그의 영웅적 낭만주의와도 관계가 있습니다. 쿠바 사회의 재건은 조금 따분한 일이었는지도 모릅니다.

인민 혁명은 인민의 필요에 따른 정치 행위라고 할 수 있지요. 그러나 이때 그 필요는 기존 질서의 전복이라는 매우 단순화된 목적에 의하여 정의된 것입니다. 다른 내용이 있지만, 주로 이 핵심적 사실의 관점에서 사태를 보는 것임은 틀림없습니다. 일단 억압 체제가 무너지면, 다른 필요들이 들고 일어납니다. 사람 사는 데 필요한 것 — 제도적으로 충족시켜야 할 필요가 얼마나 많습니까. 필요는 바뀌는 것이고 다변적입니다. 그러나 혁명의 의지는 이 사정에 적응하기가 쉽지 않습니다. 모든 문제가 그렇지만, 정치는 패러독스로 가득 차 있습니다. 민주주의는 가치와 목적으로부터의 해방이라고 할 수도 있습니다. 어떤 가치에 따라서 살아야 된다, 인생의 목적은 이것이다, 이런 것을 강조하는 체제로부터의 해방이 민주주의라고 할 수 있습니다. 서양의 민주주의를 보면, 인간의 구원을 위해서 도덕적·윤리적 실천을 계속해야 한다는 생각으로부터 해방된 게 휴머니즘이고, 휴머니즘의 이상에 따라서 인간의 스스로의 가치를 창조해서 사는 정치 체제를 만들어야 된다는 것이 민주주의라고 할 수 있습니다.

그런데 민주주의는 정치로부터 목적의 분리를 목표로 하는, 정치적 목적을 가진 정치 체제입니다. 여기에 역설이 있습니다. 이 목적을 위해서는 어떤 종류의 가치와 목적에 대한 대긍정이 있어야 합니다. 그것 없이 민주주의를 위한 정치적 동원이 불가능합니다. 그러니 이때 사람이 생각하는 가치와 목적이 어떻게 단순한 것이겠습니까? 이러나저러나 격변의 시간이 지나면, 가치와 목적은 차차 약화될 도리밖에 없지요. 그러나 가치와 목적이 없는 삶은 허망합니다.

그와는 별도로 우리나라의 민주 세력은 그런 서양식의 민주주의 세력이 아니었다고 할 수 있는데, 특히 386은 다분히 마르크스주의적 경향을 가졌습니다. 말하자면 부르주아 민주주의적 이상보다도 사회주의적 요소를 가진 민주화 세력이 많았습니다. 가치로부터의 해방을 이야기한다기보다 어떤 종류의 가치를 부활하려는 경향이 있었다고 봅니다. 우리의 민주주의나 민주화는 두 가지 다른 상호 위화적인, 그러니까 보수적 가치는 철폐하고 새로운 사회적 가치를 추구하는 충동이 있었다고 해야 되겠죠. 그런데 그것을 사회 속에 정착시키는 데에는 실패했다고 할 수밖에 없습니다. 민주화의 초점에 놓인 것이 그러했고, 인간의 본연적·도덕적 심성을 일깨우지 못했고 또 정책적으로 별다른 것을 이루지 못했고—이러한 것이 앞에서 지적한 원인들이었습니다. 사람의 마음을 깨우쳤어야 되는데 그 행동이나 모든 게 그렇게 되지 않았던 것 같습니다.

말하자면 이명박 씨가 이번에 대통령에 당선됐는데 부자 되자는 것, 경제 살리자는 것, 이런 구호가 사람들 마음에 호소하는 바가 컸을 것입니다. 경제는 결국 수단입니다. 어떤 수단을 가지고 무엇을 하든지 간에 그것은 당신 맘대로 하시오, 이것은 민주주의의 한 이상이지요. 한편으로는 민주화 자체가 탈가치적 요소를 가지고 있기 때문이기도 하고, 다른 한편으로는 방금 말한 바와 같이 민주화 세력이 충분히 그들이 내건 가치의 넓은 인간적인 의미를 보편화하지 못한 때문이라고 할 수 있습니다.

이정우 교수와의 인터뷰가 신문에 난 것이 있었는데, 코드 인사를 정당화하는 이야기가 있었습니다. 코드가 맞는 사람들과 했더라면 잘되었을 텐데, 관료들과 정치 성향이 안 맞아서 문제가 잘 안 풀렸다는 이야기였지요. 코드가 맞는 사람, 같은 가치관을 가진 사람들이 정치를 하면 원하는 정책을 수행하기가 쉽겠지요. 그러나 정치적 정책을 결정하고 그것을 수행하는 사람의 위치는 어디까지나 특권적 위치이기 때문에, 코드 인사는 특권의 독점을 의미하게 됩니다. 민주화 세력이 코드 인사를 통해서 특권적 위치에 나아가는 것만도 조심스러운 일인데, 신문에 공표된 것처럼 재산이 불어나거나, 민주화 공로자들한테 경제적 보상을 하고, 심지어 국립묘지까지 할당하는 것은 문제가 될 수밖에 없습니다. 간단한 답이 있을 것 같지 않지만, 민주화 세력들이 최대한도로 특권을 독점하지 않는다는 것을 보여 주었더라면 어떠했을까 하는 생각이 듭니다. 도덕은 말보다는 모범으로 사람을 움직입니다. 윗사람이 충분히 도덕적이고 모범적인 인간이면 코드 인사를 하지 않아도 사실은 상당 부분 설득할 수 있다고 봐야 합니다. 힘과 모범이 동시에 작용하는 것이니까요.

농담 비슷한 이야기를 하나 하겠습니다. 부모가 자기 자식이 착한 사람이 되게 하려면, 착하게 살아라 말하기보다 스스로 모범이 되어야 합니다. 우리나라에서 자동차가 나오기 시작할 때, 아버지는 관용차나 회사 차를 타더라도 아이들은 걸어가게 해야 된다는 주장이 신문에 많이 나왔습니다. 그런데 나는 아버지가 타면 아이들도 태워 줘야 한다고 생각했습니다. 아버지는 편하게 차를 타면서 자식들은 그렇게 안 해 주는 것에 대해서 아이들이 갈등을 느끼고 도덕적인 양심의 분열을 가지게 될 것이라고 생각했습니다. 좋은 말씀 하면서 자기는 편하게 다니는 것을 이해하기 어렵지요. 아이들의 생각은 주변의 구체적인 상황에 의하여 형성되지, 사회 전체에 대한 추상적 이론으로 만들어지는 것이 아닙니다.

민주주의와 도덕적 가치

박명림 몇 차례 민주 세력의 도덕적 독점욕을 비판한 적이 있는데, 잘 받아들여지지 않는 것을 느꼈습니다. 지금 말씀 중에 도덕은 말보다는 모범으로 사람을 움직이나, 민주 세력은 그 마음을 얻는 데 실패했다는 지적이 참으로 무겁게 다가옵니다. 특별히 민주 정부 10년의 마감 시점을 맞아 더욱 그렇습니다. 그렇다면 도덕과 민주주의, 즉 민주주의의 도덕적 가치의 관계는 어떻게 이해해야 하나요?

김우창 우리나라의 민주화 세력은 반드시 부르주아 민주주의처럼 어떤 가치나 목적을 민생으로부터 2차적인 것으로 만들고, 그것을 각자 알아서 해결할 수 있게 하는 것이 아니었다는 이야기를 했습니다. 궁극적으로는 민주주의는 도덕적 가치를 집단적 영역으로부터 개인적 영역으로 옮겨 가는 정치 경향이라고 생각합니다. 개인적 영역으로 옮겨 가는데, 개인적 영역을 방치할 수는 없습니다. 그러나 앞에 말한 것처럼 그것을 정치에 종속시킬 수도 없습니다. 도덕이 꼭 필요한데 제도 — 권력의 제도 속에는 넣을 수 없다는 말입니다. 서양 민주주의의 흐름이 전체적으로 볼 때 탈가치적인 역사의 흐름이라고 했는데, 서양이 민주주의를 하면서도 도덕적 가치를 어느 정도 유지한 것은 역사적인 문화유산, 요즘 더러 이야기되는 '문화 자본(cultural capital)'이 남아 있어서, 그것을 먹고 산 것이 아닌가 하는 생각이 듭니다. 아직은 괜찮은지 모르지만, 이대로 가다간 다 탕진이 될 가능성이 있다는 생각이 듭니다.

민주주의를 위해서 도덕적 가치는 더 적극적으로 옹호되어야 됩니다. 거기에 또 하나 보태서 이야기하고 싶은 것은 좋은 사회에서는 보통 사람도 다 도덕적인 사람이 되지만, 현대처럼 복잡한 사회에서는 그것을 위한 보다 적극적인 노력이 사회적으로 있어야 한다는 것입니다. 어떻게 해야 하는가를 간단히 말할 수 없습니다. 모든 차원의 학교에서 인간 교육을 강화하는 것은 그 방법의 하나겠습니다. 그러나 옛날식의 교훈주의 도덕 교육을 강화해야 한다는 말은 아닙니다. 어떤 것이든지 간에, 진정한 인간 교육이 있으면, 기업에서나 정치에서나 투명성과 봉사 — 인간의 모든 사회 행위에서 필수적인 이 두 요건을 확보하는 데에 도움이 되지 않을까 합니다.

민주주의는 자유의 정치적 구성 결과입니다.(자유의 구성이란 아렌트가 'constitution of liberty', 'constitutio libertatis'라고 한 말을 빌려 온 것입니다. 'constitution'이란 말은 '구성'이기도 하고 '헌법'이기도 합니다. 자유가 스스로를 제한하여 체제로서 구성한 결과가 민주주의의 기초란 말이지요.) 다른 데서도 이야기했지만 자유 하면 내 맘대로 하는 자유, 돈 버는 자유만을 말하는 것이 되어 가는 것이 요즘 세상인데, 그것은 좋은 삶을 선택하는 자유 — 진정한 사람의 가능성을, 도덕적·윤리적 충실성을 포함한 가능성을 선택하는 자유를 말하는 것이 되어야 합니다. 이것은 진정한 의미에서 자기 자신에게도 이익이 되는 일입니다. 교육에서 자기 이익을 깨우치게 하는 데에는 이러한 문제에 대한 깨우침도 있어야 합니다. 간단한 이야기는 아닙니다. 지적 전통의 심화를 위한 여러 노력도 여기에 관계된다고 할 수 있습니다. 지식인의 역할이 중요합니다.

미국에서 영향력을 행사하는 지식인은 칼럼니스트들입니다. 《뉴욕 타임스》 칼럼니스트는 막강한 영향력을 가지고 있습니다. 대학 교수는 공중 관계의 통로를 가지지 못하고 사회적 영향력이나 위치에서 매우 좁은 전문적 담론의 세계에 한정되어 있습니다. 정신적 가치는 전문성이 있는 게 아닌 전문성의 영역인데, 미국의 교수는 완전히 지식 전달자가 되어 버렸습니다. 우리나라도 그럴 가능성이 많습니다. 민주적 사회로 가면서도 그 안에 비민주적 요소로서의 정신적 가치를 옹호하는 집단이 있어야 한다는 말씀을 드리고 싶습니다. 단 이 사람들이 특권적 집단이 되면 안 되지요. 조선조의 문제는 지식인이 정치적 특권을 독점하려고 했기 때문에 생겨났습니다.

박명림 그래도 어려운 문제는 남는 것 같습니다. 이른바 '좋은 사회(good society)'나 '바람직한 사회'를 구축하기 위한 제도적 차원의 접근과 가치적 차원의 접근 사이의 거리랄까 관계는 어떻게 연결될 수 있을까요? 그동안 많은 경우 서양과 우리의 인문 사회 과학은 이 문제를 항상 분리해서 설명해 왔는데, 선생님께서는 상당 정도의 통합적·연결적 통로를 말씀해 오셨다고 봅니다.

김우창 정답은 고사하고 그럴싸한 답도 내놓기가 어렵습니다. 사회 안에 정신적 가치를 옹호하는 집단이 있어야 되고, 그 사람들이 이야기하는 것들이 사회 속에 반향을 일으킬 수 있으면 사회에 도덕적 품격이 유지가 되어서 민주화가 되면서도 동시에 사회가 어떤 절제가 있는 사회가 될 수 있다. — 이렇게 반드시 현실 제도로 번역되기 어려운 듣기 좋은 말을 할 도리밖에 없습니다.

서양식 제도만 생각한 민주주의 또는 사회주의에서는 정신적 가치가 나올 수 없다고 생각합니다. 자유 민주주의와 사회주의의 최소한의 가치 — 자유와 평등은 어느 정도 제도와 강제력으로 사회적 실천의 일부가 되게 할 수 있을 것입니다. 그러나 우애(友愛, fraternité)라는 것만 해도 강제할 수는 없는 인간 심성의 문제입니다. 인간이 닦을 수 있는 높은 덕성들은 강제력으로 만들어 낼 수는 없지 않겠습니까. 탈가치적 경향은 절대화된 자유 민주주의, 이른바 신자유적 자유 민주주의에 가장 강하게 나타나는 것 같습니다. '좋은 사회'를 위한 가치의 문제를 떠나서, 우리나라에 탈가치적인 신자유주의를 실현하려고 하면, 많은 문제에 부딪칠 것입니다. 인구는 많고 국토는 좁고, 서로서로 돌보는 사회일 수밖에 없는 조건의 나라입니다. 이 조건을 무시하면, 거기에서 나오는 문제들의 뒤처리로 영일이 없을 것입니다.

그러나 상부상조만 교조적으로 강조해서 그것이 될 것이라고 할 수도 없습니다. 많은 것은 어떤 특정한 항목 자체로 결정되는 것이 아니라 그것 위에 있는 상위 범주에 의하여 결정됩니다. 물질적 이익의 추구, 세속적 인정의 경쟁 — 이러한 것이 인생의 근본 동력인데, 거기에 상부상조의 이상이 제대로 결부되기 어렵습니다. 아까 말씀드린 대로, "너만 갖기냐, 나도 갖자."라는 투쟁적 상황에서의 힘의 균형은 나올 수 있겠지만요. 물론 이러한 긴장이 전혀 없는 사회를 생각하는 것은 꿈같은 이야기입니다. 그것도 중요한 사회 현실의 일부라는 것을 참조하면서 일을 처리해 나가야 합니다. 다시 말해서 부귀영화의 경쟁이 주된 삶의 추동력이 된 데에서 협동적 이상이 나오기는 어렵습니다. 인생의 큰 방향이 조금 더 드높은 데에 있다면, 상부상조가 저절로 따라 나오고, 큰 테두리 안에서 세속적 성공도 아름답게 보는 일이 가능해질 것이다. — 이 말이 과히 틀린 말이 아닐 것입니다.

민족주의와 통일 문제를 어떻게 볼 것인가?

박명림 지금까지 짧지 않은 시간 민주주의와 정치를 중심으로 말씀을 나누었습니다. 이제 화제를 바꿔 민족주의나 통일 문제를 여쭈어 보고 싶습니다. 저는 한국 사회에서 민주주의를 둘러싼 담론이나 행동 방식은 그래도 낫다고 보고 싶습니다. 민족주의라는 특정한 가치나 목적을 향해서 다른 의견을 허용하지 않는 영역이 통일 문제라고 생각합니다. 한국 사회에서 근본주의적 민족주의와 통일 문제는 사고 과정이나 학문 연구라든가 여러 차원에서 보편적 지평으로 나아가는 데 상당한 어려움을 주고 있다는 생각입니다. 일찍이 선생님께서 한국 사회가 분단으로 인한 일정한 정치화는 피할 수 없지만, 분단 문화를 보편화하지 말고 탈보편화, 부분화해야 된다고 하셨습니다. 지극히 타당한 말씀이나 오늘의 한국 현실을 보면 그 전망은 여전히 밝지 않습니다. 1980년대 이후 최근의 민주노동당 분당 논쟁까지 지속되고 있는 NL, PD 대립을 포함해 이 문제의 패러독스랄까, 긴장된 균형은 어떻게 보아야 할까요?

김우창 통일 문제는 더러 진보 학자들이 말하는 것과는 달리 모든 한국 사람들이 다 관심을 가지고 있다고 생각합니다. 요즈음에는 내놓고 통일을 원하지 않는다고 이야기하는 사람들이 생겼지만, 통일해야 된다는 생각은 대체로 다 가지고 있다고 생각합니다. 방법과 통일 후의 체제에 대한 이견이 있을 뿐입니다. 어떤 사람들을 반통일론자라고 몰아세우는 것은 말하자면 싸움을 하기 위한 방편일 것입니다. 민노당에서 통일에 대하여 교조적인 생각을 밀고 나가는 사람들도 주로 당내의 정치적 쟁점으로 그러는 것 아닌가 합니다. 물론 깊은 신념의 문제라고 할 수도 있습니다만, 현실 정치에서 특정 문제를 교조적 신념으로 삼는 것은 효과적인 정치 행위의 방법이라고 할 수 없습니다.

박 선생께서 말씀하신 탈보편화의 문제도 이런 데에 이어져 있습니다. 프랑크푸르트도서전 때 박 선생이 통일에 관한 한독 공동 토론회를 조직하여 주셨는데, 그때 나는 인사말을 하면서, 파르메니데스와 헤겔의 말을 언급했습니다. 하나의 개념은 다른 여러 개념과의 연쇄 속에서만 진실에 가까이 간다는 것입니다. 하나만으로는 진리의 왜곡이 일어나지요. 통일을 절대화하는 것도 마찬가지입니다. 그리고 조금 다른 이야기가 되겠습니다만, 통일을 한달음에 이룩할 수 있다는 생각은 통일 과정의 진전에 다양한 접근을 막는 결과를 가져올 수도 있습니다. 문화, 사회, 경제, 기타 작은 접근들의 누적을 한 관점에서 평가하고 통제하는 것과 같은 일이 그것입니다.

나는 민족주의나 통일을 표방한 일이 없지만, 궁극적으로 우리 민족이 살아가는 데 통일이 필수적 조건이라는 데에 동의할 수 있습니다. 궁극적으로 그렇다는 말입니다. 이명박 정부를 포함해서 많은 사람들도 그렇게 생각할 것입니다. 다만 방금 말한 바와 같이, 방법론과 통일 후의 사회나 정치의 모습에 대하여 사람들은 서로 다른 생각을 가지고 있습니다. 그런데 누가 어떻게 생각하든지 간에 사실적인 결과로는 자기들 생각대로만 되지는 않을 것입니다. 지금 사람들이 통일의 정체성을 무엇으로 생각하느냐 하는 건 크게 중요한 것이 아닐는지 모릅니다. 그래서 통일에 관심을 갖는 사람들은 그것을 가지고 크게 논쟁할 필요가 없다고 생각합니다. 사실 모든 것이 현실성보다는 가능성 안에 있는 것입니다.

물론 우파와 좌파가 통일에 대한 그 나름의 정책을 가지고 있다는 것을 사람들이 이상하게 생각하는 것은 아닙니다. 정책이 다른 가운데에서도 정책의 핵심 중 하나는 접촉의 문제가 아닐까 합니다. 접촉 없는 정책은 탁상공론으로 의미가 없기 때문에, 실제 정권 담당자는 접근을 할 것이라고 생각합니다. 그리고 그 접촉이 어떤 종류의 성격이 되느냐 하는 것은 그때그때의 전략적 관점에서 결정되지, 통일이냐 통일 반대냐 하는 것으로 결정되지는 않을 것으로 생각합니다. 전략이 목적에 영향을 주지만, 장기적으로 보아 그것을 결정적으로 달라지게 하지는 않을 것입니다. 북한이나 남한이나 어느 정도 양보하고 어느 쪽으로 갈 생각이 있느냐 그리고 그것이 다른 쪽이 생각하는 것과 어떻게 맞부딪치느냐에 따라서 들락날락하지 않겠습니까? 이제 많이 온 셈이기 때문에 앞으로의 통일 정책의 목적적 차원은 크게 변함이 없고 과정의 진전 속도에 차이가 있지 않을까 합니다.

접촉은 계속해서 중요합니다. 얼마 전《한국일보》에서 안병직 교수와 대담하면서도 그런 이야기를 했습니다. 실질적 내용이 뭐든지 간에 우선 접촉하는 것이 옳지 않으냐, 상징적 접촉이라도 하는 것이 좋지 않으냐 하는 것이었습니다. 이런 이야기에 대해서는 안 선생도 별로 반대를 안 했습니다. 상징성을 가져도 되고 인도적 차원을 가져도 되고 실제 구체적인 정치 내용을 가져도 되고, 무엇이 우위에 서느냐 하는 것은 그때그때 정세에 따라서 정부 당국자가 결정해야 될 문제이지, 구체적인 전략적 의사를 보통 사람들이 밖에서 판단할 수는 없지 않을까 합니다. 박 선생은 전문가이신데 내가 왈가왈부할 성질의 문제가 아닌 것을 길게 이야기했습니다. 박 선생의 견해를 듣고 싶습니다.

박명림 선생님께서 전문가라 부르시니 부끄럽습니다. 저 역시도 여전히 배우는 중입니다. 말씀하신 것에 전적으로 동감합니다. 그런데 저는 북한 문제를 민족 문제나 통일 문제로 보지 않는 전환이 필요하다고 생각합니다. 저 자신이 민족 통일이라는 용어를 사용하지 않은 지도 꽤 오래되었습니다. 한국의 분단 자체가 지정학과 국제 관계에서 초래된 국제 분단이자 지역 분단이기 때문에 북한 문제나 통일 문제도 국제 문제나 동아시아 지역 문제로서 풀려 갈 것으로 봅니다. 독일 문제를 민족 문제나 동서독 관계 문제가 아닌 유럽 문제나 국제 문제로 접근한 방식과 처리 과정에서 한국 문제 처리의 지혜를 배울 필요가 있습니다.

즉 민족 통일, 민족주의로 접근할 경우에는, 남북 관계는 개선되어도 역설적으로 본질인 북한 문제나 한반도 문제는 쉽게 풀리지 않을 것 같습니다. 그래서 저는 탈북자 문제도 오히려 여러 '소수자 문제'의 하나로 접근할 때에, 인간적 처우나 인권 차원에서 풀릴 것 같고 북한 문제도 남북 관계나 통일 문제를 포함해 한반도 문제의 해결이나 동아시아의 평화 정착과 같은 더 넓은 지평에서 접근하는 것이 나을 것 같다고 생각합니다. 목적적 개념과 상태를 넘어 과정적 개념으로 접근해야 한다는 점도 물론입니다. 그런데 통일을 남북 문제-민족 문제요, 목적적 과제나 운동으로 생각하는 분들은 견해가 다른 것 같습니다.

김우창 박 선생님 말씀하신 것에 완전히 동의할 수 있습니다. 말씀하신 것은 가장 현실적이면서 평화적 해결을 가능하게 하는 것으로 생각됩니다. 민족적 통일 문제로 생각하더라도 그 과정을 보면 국제적 관계 속에서 해부할 수밖에 없습니다. 아마 이쪽에서도 강력하게 밀어붙일 수는 없겠지만, 북한과의 협상에서 중요한 것 중의 하나는 남과 북이 공유하지만 우리 동아시아 공동체, 동아시아 지역에서도 받아들일 수 있고 세계적으로도 받아들일 수 있는 인간적 가치를 북한이 인정하게 하는 것입니다. 그것이 구태여 서양식 언어로 표현될 필요도 없습니다. 공동 가치를 받아들이는 것이 공동의 토의를 가능하게 할 것입니다.

김우창 사유 체계 형성의 구체성과 보편성

박명림 김우창이라는 사상가의 보편적 사유 체계는 빈곤, 분단과 전쟁, 권위주의, 남북 대결이라는 한국적 현실과 유리될 수 없고, 또 실제로 선생님의 사상과 이론이 딛고 있는 상황도 한국 사회입니다. 인문적 사유를 전개한 초기 텍스트들 역시 한용운, 윤동주를 포함해서 전부 한국적 문제를 다룬 시인과 작가들을 투사해서 여러 보편적 사유의 지평을 전개하셨습니다. 그런 구체성, 현실 텍스트에서 출발하였음에도 불구하고 강력한 민족주의적 사유나 특수성 담론으로부터 상당한 거리를 유지하면서 보편적이고 비판적인 사유 체계를 전개해 오셨습니다. 현실과 이론, 텍스트와 사유, 구체성과 보편성 사이의 어떤 내적 화해랄까 조화, 일관성으로까지 나아가려면 상당한 고통을 수반한 내면적 고뇌 같은 단계가 있었을 것 같습니다. 꼭 여쭤 보고 싶었던 질문입니다.

김우창 제 성향이 그래서도 그렇겠지만 실존적 느낌이 그 근본인 것 같습니다. 실존적인 직관적 상황으로부터 시작하여 이래선 안 되겠다, 이렇게 살아서는 안 되겠다는 느낌들이 생기는 것 같습니다. 실존적 느낌은 매우 구체적이고 개인적인 느낌이면서 동시에 보편적 느낌입니다. 실존적 느낌은 나는 이렇게 못 살겠다 또는 나는 기어이 살아야겠다는 느낌이기도 하지만, 이렇게 고통스러운 게 도대체 뭘 의미하느냐 이렇게 한번 물어보는 것이기도 합니다. 그 때문에 사실은 실존주의는 구체적인 상황에서 나오면서, 그것을 보편적 차원으로 옮겨서 생각하는 생각의 방식입니다. 상황도 그랬지만 우리 학교 다닐 때 실존주의가 가장 많은 영향을 미쳤습니다. 그런 것과 연결되어 있을 것 같습니다.

완전히 보편적 차원에서 보면 나 같은 사람이 사나 죽으나 아무 의미가 없습니다. 그러나 또 동시에 나도 살아야겠다는 것을 인정하는 것도 인간의 인간됨을 보편적으로 인정하는 일입니다. 민족이 어떤 필연적 범주라기보다도 지금 우리 현실 속에서 많은 사람들이 집단을 이루고 사는 방법 중의 하나이기 때문에 거기다 신경을 안 쓸 수 없습니다. 내 가족도 내 주변에 있기 때문에 신경 써야 하는 것이고, 나에게 특별한 위치를 가지고 있다는 것은 내 관심사에서 인정하지 않을 수 없지만 그것이 특별한 범주는 아닙니다. 다른 사람의 경우도 그것을 인정해야 합니다. 그것은 모든 사람의 삶의 조건의 하나이지요. 민족도 그러한 것 아니겠습니까?

인간을 위한다면서 구체적으로 굶어 죽는 사람들에 대해 신경 쓰지 않는 것은 인간을 위하는 것이 아닙니다. 장애자를 위해야 된다는 것은 구체적인 장애자를 위한다는 것과 상치되는 것일 수가 없습니다. 또 장애자도 인간이기 때문에 인간으로서의 모든 것을 누릴 수 있어야 한다는 것도 저절로 나오는 이야기일 것입니다. 현시점에서 민족도 보편적 인간이라는 개념 안에 들어 있는 구체적 조건의 하나입니다. 우리가 하나의 특수한 민족 집단에 속해서 살기 때문에 우리 민족을 귀하게 생각하는 것은 자연스럽습니다. 그러나 우리 민족을 존중한다는 것이 다른 민족을 우습게 아는 것은 아닙니다. 다른 민족의 민족적 정체성에 대해서도 존중하는 태도를 가져야 합니다. 나는 '우리 민족의 우수성', '우리 문화의 우수성'과 같은 말을 별로 좋아하지 않습니다. 그것은 다 우리에게 귀중한 것입니다. 다른 민족에게는 자기 민족과 자기들의 문화가 귀중한 것과 같이.

박 선생이 그렇게 이야기하셨지만, 본질적으로는 보편성과 구체적 사회에 갈등이 있는 것은 아닙니다. 인간이 집단적으로나 개인적으로나 인간으로서 살아야 된다고 하면서 우리 민족이 인간으로서 사는 것에 무관심하다는 것은 원래 설정된 인간주의를 부정하는 것이지요. 그러나 다 같이 그 나름으로 존중되어야 하는 민족들이, 가령 전쟁 상태에 들어간다 하면 한편에 설 수밖에 없습니다. 그러나 다른 편의 입장도 생각하고 보편적 정의도 생각하고 평화를 위한 노력도 생각해야 합니다.

내가 재미있다고 생각하는 이야기가 『맹자』의 양 혜왕(梁惠王) 이야기입니다. 소를 끌고 가는 것을 보고 혜왕이 그 연유를 물은즉, 죽여서 제사에 희생으로 바치려고 한다고 했습니다. 혜왕은 불쌍하니 놓아주라고 합니다. 그러면 제사를 어떻게 지내느냐고 하니, 혜왕은 양을 제사에 쓰라고 합니다. 신하가 같은 생명을 가진 동물인데 이놈은 놓아주라고 하고 저놈은 잡아 죽이라고 하니 모순되지 않냐 이렇게 물었습니다. 혜왕의 답이 이 소는 내가 본 소이고, 저쪽 양은 내가 보지 않은 것이니, 그렇게 하는 것이라는 것입니다. 우스운 이야기 같기도 하지만, 매우 인간적인 이야기입니다. 보편적 가치 안에서 특수성을 인정하고 그 모순을 뼈아프게 생각하면서도 일어나는 어떤 인간적 반응에 대해서 긍정적 태도를 갖는 것이 옳은 것 같습니다. 그러면서 보편성을 향해서 손을 뻗치는 것입니다.

나는 자선 사업에 그다지 기여하지 못했지만, 자선 사업도 그렇습니다. 자선 사업의 대상이 되는 사람이 생기는 것은 사회 구조의 모순에서 나오는 것이라 할 수 있습니다. 그러니 사회를 고쳐야지요. 그러나 사회 구조를 고치는 것은 고치는 것이고, 당장 눈앞에 어려운 사람을 도와주는 것은 도와주는 것이지요.

박명림 선생님의 글을 읽다 보면 여러 복합적인 차원의 밀도 깊은 긴장과 균형을 발견하게 됩니다. 그중 하나는 다가가기와 거리 두기 또는 이론과 실천 사이의 긴장인 것 같습니다. 궁극적으로는 이론적 실천으로 통합되어서 사회를 향해 말씀하시는데, 그래도 실존적 존재로서 선생님 개인의 입장에서는 상황을 이론화하고 현실을 추상화할 때는 상황이나 현실에서 느끼는 분노나 고통이나 어떤 정념에 대한 객관화 과정이 필수적이었을 것 같습니다. 왜냐하면 어떤 문학 작품이건 현실 분석이건 선생님 글을 읽으면 구체적 작품이나 인물 또는 구체적 현실 속에서 어떤 보편적 정형이면 정형, 어떤 인간 유형이면 유형, 진술이면 진술, 가치면 가치, 이상이면 이상, 이런 것들을 색출해 내는 몇 단계에 걸친 고도의 추상화 과정이 느껴지거든요. 그런데 저희들은 그냥 현상이면 현상, 이론이면 이론을 눈앞에 보이는 대로 설명하거든요. 굳이 베버를 원용하지 않더라도 이해 없는 설명이랄까요.

김우창 정열이 부족하고 행동적 에너지가 부족하고, 일에 닥치면 왜 그래야 하는가부터 생각하기 때문에 그러는 것 아닌가 모르겠습니다. 그러나 지적 작업은 결국 추상화 작업이니까, 추상화 작업은 일단 거리를 둘 수밖에 없습니다. 너무 거리를 두면 지나치게 추상화되기 때문에 거리를 갖되, 구체적인 것의 변증법적 전개를 설명하면서 일반화해야 된다고 생각합니다. 따라서 구체적 보편성이 필요한데 구체적 상황을 면밀히 주의하면서 변증법적 전개의 결과로서 추상적인 일반적 결론에 이르러야 된다. — 의식적으로 하는 것은 아니지만 이게 제가 쓰는 방법이라고 생각합니다.

상황의 전체에 열려 있는 것이 중요합니다. 그것이 인간으로서의 연민의 도리라고 할 수도 있고, 지적 임무라고 할 수도 있습니다. 우리 아이가 어릴 때 아파서 병원에 데려간 적이 있습니다. 한참 열이 나고 그랬는데, 의사가 우리 아이를 보고 "너 꾀병이지?" 하는 것입니다. 나는 수긍할 수 없었습니다. 왜 꾀병이 일어났는가에 대해서도 의사는 답을 해야지요. 우리의 통상적인 생각으로는 도깨비는 없는 것인데, 도깨비를 보고 무서워하는 사람이 있으면, 헛소리하지 마라, 이렇게 말한다고 이야기가 끝나는 게 아닙니다. 도깨비를 본 사람의 입장에서 그것을 인정하고, 왜 그 사람이 도깨비를 보게 됐는가에 대해서 생각해 보아야지요. 이렇게 해서 정신 분석이라는 학문이 생긴 것 아닙니까? 말하자면 실존적 일반론이라고 할까, 구체적 보편성의 방법이라고 할까, 사물을 총체적으로 이해하려고 노력하는 것이 필요합니다. 이런 식으로 생각하는 것은, 에너지가 부족한 탓이기도 하겠지만, 지식인으로서의 의미라고도 생각됩니다. 생각하고 말하는 것은 공적 행동입니다. 자기를 죽이고 주어진 대상을 전체적인 인과 관계 속에 살려야지요.

한국 사회의 한 지적·사상적 화두: 구체적 보편성

박명림 추상화와 관련하여 변증법적 과정을 말씀해 주셨는데, 선생님 저작들을 이번에 다시 읽어 보면서 구체적 보편성, 심미적 이성, 심미적 국가 등을 말씀하실 때 개인과 사회, 부분과 전체, 인간과 공동체, 자기와 타자, 특수성과 보편성, 민족주의와 국제주의, 국가와 세계, 자연과 인간, 순수와 참여, 현실과 심미 등 여러 범주와 차원에 걸쳐 있는 변증법적 종합으로서의 사유 과정이라고나 할까요, 그런 것을 발견하게 되었습니다.

그럼 이제 선생님께서 우리 학계에 던지신 중요한 화두인 '구체적 보편성'에 대해 여쭈어 볼까 합니다. 아무래도 구체성과 보편성의 결합이랄까 조화를 중심으로 여쭈어 볼 수밖에 없을 것 같습니다. 이때 보편성은 추상적으로 전체를 포괄하는 것이 아니라, 낱낱에 구체성과 가능성을 포용하는 참다운 전체성이라고 말씀하고 있습니다. 그래서 개체의 완전한 원자적 자유와 그것의 단순한 종합도 넘어선다고 하신 것 같습니다. 궁극적으로 "구체적 보편성은 개체적 생존에 고유한 역사적 전개를 허용하면서 그 안에서 일어나는 개체적 역사의 맥락에 늘 삼투하는 고양과 초월의 지평"이라는 것입니다. 구체와 보편의 긴장된 변증법적 관계 속에 인간의 생존이 있고, 획일적이며 즉흥적인 조화를 겨냥하지는 않으나 일시적 긴장과 갈등에도 불구하고 궁극적인 조화의 지평이 그러한 긴장과 갈등의 바탕임을 믿는다는 것입니다. 워낙 쉽지 않은 화두라 독자들을 위해 부족하나마 간단하게 정리를 해 보았습니다.

김우창 '구체적 보편성'이라는 개념은 루카치의 저작에서도 중요한 개념이고, 1960년대 초 체코슬로바키아의 코지크(Karel Kosik)의 책 『구체성의 변증법』에서는 더욱 중요한 중심 개념이었습니다. 헤겔의 변증법을 다시 마르크스에 되살려 넣으려는 개념이라고 할 수 있는데, 인간의 일상적 현실과 사회의 전체성을 조금 더 유연하고 상호 보완적인 것으로서, 다시 말하여 변증법적 상호 관계 속에 있는 것으로 이해하려는 것입니다. 마르크스주의에 정착한 역사 도식주의 — 결국 전체주의 체제로 나아가게 마련인, 또는 정치 지도층의 오만으로 나아가게 마련인 혁명 이상의 도식성을 완화해 보려는 지적 노력에서 그것은 중요한 개념이었습니다. 이러한 노력들이 제 생각에 인상이 깊었던 것은 사실이지만, 그 구체적인 관련들은 잊어버린 지 오래되었고, 제가 그 비슷한 개념을 쓰는 것은 조금 더 한국 사회의 현실에 관계되는 것이 아닌가 합니다.

사람이 산다는 것은 구체적 존재로, 실존적 현실 속에서 사는 것인데, 그 실존은 동시에 인간 진화의 보편적 역사 속에 있습니다. 그런데 사람의 행동이 정치적 실천으로 옮겨지면, 실존의 구체성은 끊어 내 버리기가 쉽습니다. 많은 인간적 고통이 여기에서 생깁니다.

하여튼 정치 행동에서나 삶에 대한 지적인 이행에서나, 크고 작은 것을 모두 이해하는 것이 필요합니다. 그래야 잘못된 판단이 부과하는 고통을 줄이고, 최후에 화해의 가능성이 조금 더 튀어 오르게 할 수 있습니다. 아주 넓게 생각해서 인간의 구원에 관한 이론도 그러한 실존의 복합적 구조를 참고하는 것이 아니면 현실적 의미를 갖기가 어렵다고 생각합니다. 불교에서 인생의 모든 것이 미망이라 하지 않습니까? 사실이라고 하더라도 그것에 그칠 수는 없습니다. 미망 자체가 바로 우리의 삶인데, 그 현실과 그 고통과 기쁨이 어떻게 해서 생겨나느냐, 어떻게 하면 미망으로부터 벗어날 수 있느냐, 그 현실적 방책은 뭐냐에 대한 구체적 설명이 있어야 합니다. 미망 속에 있는 사람에게 호통한다고 일이 개선되는 것은 아닙니다. 마르크스가 「공산당 선언」에서 노동자의 혁명에서 "잃을 것은 억압의 쇠사슬밖에 없다."라고 말할 때, 조금 야유적으로 말하면, "그 쇠사슬 끝에 밥통이 달려 있는데……." 하는 군소리를 붙일 수 있습니다.

얼마 전에 《경향신문》에 문화 혁명에 대해 썼는데, 중국 문화 혁명 때, 모택동은 젊은이들이 책상에 앉아서 책만 볼 게 아니라 노동을 통해서 재교육받아야 된다고 했습니다. 좋은 아이디어입니다. 그런데 시골에 내려가서 어떻게 먹고 자고 공부하고 노동할 것인가에 대한 구체적 방안은 없었습니다. 아이들이 시골에 내려가서 먹고사는 방안을 연구하고, 자고, 먹고, 일할 방안도 스스로 마련하고 — 고생만 실컷 하고 사회적 기여도 못하고 개인적 재교육도 되지 않고 모든 것이 끝났습니다. 인간 실존에는 구체성과 보편성이 복잡하게 얽혀 있습니다. 계획과 실천, 사고와 행동, 허상과 실상 들이 거의 구분할 수 없게 교환되고 있습니다. 상황을 개선하려는 프로그램은 반드시 구체와 추상의 변증법적 과정에 대한 충분한 참조가 있어야 된다고 생각합니다.

박명림 보편성의 구체화, 구체성의 보편화, 즉 변증법적 상호 과정 속에서 구체적 보편성이 사고나 연구 과정, 실천 과정에서 상당히 실제적인 힘을 가질 수 있다는 것을 느꼈으나, 오늘 말씀을 들으면 더욱더 그렇게 느껴집니다. 원칙과 상황에 대한 끊임없는 변증법적 이해 체계나 실천 체계를 말씀해 주신 것이지요. 결국 언어든 현실이든 모순과 종합을 동시에 포함하는 것은 "사람의 생존의 테두리를 이루는 보편적 질서가 현실의 필요성에서 나오는 것이면서 동시에 사람의 창조적 실천의 능력에 대응하여 일어나는 것이기 때문"이라고 말씀하십니다. 그래서 "보편적 질서는 창조·

변화되는 것이며, 이러한 창조와 변화는 주체적 인간의 실천에 의해 이루어지는 것"이라고 보신 것 같습니다.

김우창 내 개인적 체험으로는 군대 같은 데서도 명령을 내리면 그 명령이 어떻게 해서 구체적으로 실천될 수 있는가, 그런 명령 수행에 필요한 여러 가지 물질적 수단의 차원에서도 그렇지만 인간적 차원에서도 어떤 사람이 어떤 고통을 통해서, 어떤 노력을 통해서 이루어지는가, 이런 데에 대한 고려가 전혀 없는 명령들이 너무 많은 것을 보았지요.

박명림 선생님께서는 구체적 보편성을 이해하려면 구성 단위의 특수한 성격, 예컨대 개인이면 개인에 대한 구체적 이해가 필요하고, 결국 "진정한 역사는 구체적 보편성을 실현하는 역사"라고 말씀하십니다. 서양이 곧 보편으로 받아들여지는 오늘의 현실에서 선생님은 "서양사가 구현하는 보편적 이념도 결국은 구체적 보편의 한 형태에 불과하다."라고 하셨습니다.

김우창 예, 보편성이라는 말은 동양과 서양을 이야기하고, 역사를 이야기할 때도 사용됩니다. 보편성이라고 부르는 것은 사실 역사적 상황 속에서 가능한 보편성이지 진정한 보편성은 아닙니다. 서양이 지금 세계적 모델이 되어 있는데, 근대화나 민주주의는 이 시점에서 서양이 역사에 어떤 보편적 가능성을 실현한 구체적인 모습이지, 그것 자체가 전체적인 보편성을 보여 주는 것은 아니라고 생각합니다. 그렇기 때문에 그 역사적 보편성은 일정한 인간의 가능성을 풀어 놓으면서, 다른 가능성들을 억압합니다. 그리하여 보다 넓은 보편성을 향한 움직임이 시작될 수밖에 없지요. 서양과 동양의 관계에서도 서양이 모든 것을 대표하는 것은 아니지만, 그렇다고 동양이 서양의 보편성의 주장을 대신 할 수 있다는 것도 비역사적인 사고(思考)입니다.

박명림 구체적 보편성과 인간 삶의 문제에 관해 하나 여쭈어 보고 싶습니다. 최근 저작 『자유와 인간적인 삶』에서 진리에 대한 인간의 인간됨의 우위를 말씀하고 있습니다. 제 경우 실제로 전쟁을 공부하다 보면 오랫동안 묻혀져 온 비밀이 많아서 그런지, 진실과 인간 사이의 충돌을 자주 경험합니다. 인간의 현실 삶이 매우 복합적이라는 점도 새삼 깨닫게 되고요. 과거에 존재했던 사실이나 진실이라고 해서 모든 것을 드러내어 현재의 평범한 개인 삶의 실존적 문제까지 파괴하고 뒤흔들어 놓아야 하느냐 하는 고민에 빠진 적이 여러 번 있습니다. 그래서 저는 힘들지만 진실의 드러냄을 몇 번 접었던 경험이 있습니다. 일관되게 말씀하시는 "궁극적으로 중요한 것은 현실의 우위"라고 할 때 진리는 강요되는 것이 아니라 인간 삶의 구체성 또는 인간의 우위에서 출발해야 한다고 봅니다.

김우창 그것도 대략 두 가지 정도로 이야기할 수 있겠습니다. 인간을 우위로 생각하는 것이 절대적이다, 그것과 동시에 인간이 인간답게 사는 데 진리가 필요하기 때문에 인간을 넘어가는 진리도 인정해야 된다, 그 양쪽을 다 필요한 걸로 봐야 되고 지금 박 선생이 이야기하신 것은 참 깊은 사려를 보이신 것이라고 할 수 있습니다. 인간적 관점에서 어떤 역사적 진실을 보류하는 것은 있을 수 있는 일인데, 진리는 살아 있어야 되기 때문에 그것을 나중에 우리 사회가 더 너그러워질 때 확인할 수 있게끔 별도로 보관하는 것도 필요한 것 같습니다. 메를로퐁티는 소련에서 일어나는 잘못된 일에 대해서 이야기하기를 꺼렸습니다. 그러면서 거기에 대한 변명으로서 그것을 이야기하려면 자본주의 사회에서 일어나는 잘못에 대해서도 이야기를 해야 하는데, 인간 사회의 일방적인 진실만을 말할 수 없기 때문에 지금은 이야기하지 않겠다는 식입니다. 꼭 그게 맞는 이야기 같지는 않지만 있을 수 있는 태도입니다.

조금 안 맞는 이야기를 한 말씀 더 드리자면 지난가을에 진주에 가서 이야기를 했는데, 이야기가 끝난 다음에 어떤 분이 일어나 도덕적 규범을 가르치면 되지 인문 과학을 공부할 필요가 있겠는가 하고 물었습니다. 그래서 도덕적 규범에 따라 살도록 가르치면서 동시에 희랍 비극과 같은 것을 가르쳐야 한다. — 이렇게 말했습니다. 헤겔의 해석에 두 개의 정의가 맞붙어서 일어나는 게 비극이라고 한 것이 있지 않습니까? 우리가 생각하는 정의, 우리가 생각하는 도덕규범이 인간 현실 전체를 다 포괄할 수 없다는 것을 알게 하는 게 비극입니다. 우리는 우리의 도덕규범 — 물론 끊임없이 정제한 것이라야 하지요. — 그러한 규범으로 살아야 하지만, 다른 사람의 다른 도덕규범이 있다는 것을 알아야 합니다. 거기에서 관용이 나옵니다. 그리고 인간 현실의 총체는 우리의 규범이나 사고나 언어를 넘어간다. — 이 비극적이면서 엄숙한 사실에 대한 겸허한 인정이 나옵니다. 이렇게 답을 했습니다. 도덕규범만으로는 안 되고, 규범을 추구하되 또 동시에 규범을 넘어가는 인간 현실도 있다는 것을 알아야 된다는 이야기였습니다.

지금 말씀하신 대로 인간 현실이 복합적이기 때문에 복합적인 진실을 드러내면서도 동시에 상황에 따라서 판단을 해야 될 것 같습니다. 진실의 존재 방식에 대해서 그것을 비밀 창고에 맡겨 보관하느냐 당장에 발표하느냐 이런 것도 실존적 결단입니다. 절대 기준은 현재 이 순간의 개인적인 삶 그리고 사회적인 삶 전체입니다. 진실은 여기에 관계되는 만큼만 적극적인 의미를 갖습니다.

구체적 보편성과 개인·세계의 평화와 평안

박명림 문제를 조금 넓혀서, 개인의 내면 질서와 사회의 원리의 관계를 평화를 중심으로 여쭈어 보고 싶습니다. 즉 내면적 평안과 삶의 안정과 (세계) 평화 사이의 확장 고리라고 할까 하는 것입니다. 구체적 보편성을 여러 차원에서 읽어 갈 때 — 이 경우 평화의 차원 — 전쟁이나 투쟁, 갈등을 선과 악 사이가 아니라 선과 선, 정의와 정의 사이의 대립의 산물로 보고 있으시기 때문에, 서로 옳음을 주장하는 배타성에서 벗어나 개인이건 국가이건 서로 공존하고 참여가 허용되는 공간이 넓어질 때 결국 평화의 원리로까지 확장되는 것을 발견하게 됩니다. 최근 하버마스 교수도 개인의 복합적 정체성을 전제로 세계 평화와 세계 시민 정부를 이야기했는데, 찬찬히 들여다보면 개인에서 출발하여 차차 올라가는 두 분의 유사성 같은 것이 발견됩니다.

김우창 이것이 하버마스의 생각과 같은 것은 아니겠지만, 얼마 전 이런 이야기를 썼습니다. 버트런드 러셀이 핵전쟁에 대해 이야기하면서 공산주의가 세계에서 제일 나쁜 제도이고, 악마의 제도라고 상정하자, 그렇다 하더라도 핵전쟁을 통해 그것을 타도하려다가 인간이 전부 멸망하는 것보다는 공산주의의 세계 지배를 받아들이는 게 낫다, 이것이 인간이 해야 되는 선택이다. — 핵 문제를 논의하면서 인간의 미래가 있는가 하는 책에서 그러한 이야기를 했습니다. 평화는 사람 사는 데 절대적 조건이지만, 평화를 받아들이는 밑바닥에 들어 있는 것은 사람이 사는 게 값이 있다는 전제가 아니겠습니까? 그러나 이 전제는 최소의 연명도 가치가 있다는 것이지만, 그것은 다시 사람답게 살 수 있다는 가능성에 의하여 값이 있는 것이 됩니다. 그러기 때문에 사람답게 사는 평화가 아닌, 무조건적인 평화만을 추구할 수 없다는 생각도 나오겠습니다.

연명하는 것이나 사람다운 삶이나, 삶이 담지자로서의 개체적 실존을 빼고 어디에 존재할 수 있겠습니까? 삶을 위해서 삶을 희생하는 경우도 있지요. 그러나 그것은 개체적 실존의 높은 차원의 완성의 한 부분으로서만 의미를 가질 수 있습니다. 그렇다 하더라도 가장 좋은 것은 개체적 실존의 완성이 모든 사람의 평화적 공존, 더 나아가 동참의 삶, 이반 일리치의 말로, 'conviviality'의 삶을 확실히 하는 것이겠지요. 인간의 본성에 어찌할 수 없는 공격성이 들어 있다는 사회 생물학자나 정신병 학자들이 있습니다. 어니스트 칼렌바크(Ernest Callenbach)란 저자의 유토피아 판타지가 있는데, 모든 것이 평화롭게 잘되어 가는 나라의 이야기이지만, 그래도 공격 본능을 버리지 못하는 사람이 있기 때문에, 별도의 영토 구역을 설정해서, 자기들끼리 싸우고 전쟁하게끔 내버려 둔다는 대목이 있습니다. 정치는 인간의 공격성을 동원하여 어떤 목적을 이루려는 경향이 강합니다. 갈등의 현실을 인정해야 하지만, 국내 정치에서나 국제 정치에서나 갈등의 정치 수단을 정의의 이름으로 감싸는 경우도 많습니다.

공격성의 정화는 개인적으로나 사회적으로나 보다 나은 삶을 위한 빼어 놓을 수 없는 절차일 것입니다. 그 근본에는 박 선생이 시사하시는 내적인 평화의 과정이 있다고 하겠습니다. 정치를 정치로만 생각하는 사람은 이런 생각은 비현실적이라고 하기 쉽지요. 아까 하버마스를 말씀하셨지만, 하버마스의 경우에도 너무 많은 것을 사회적 소통 과정에서 도출하려 한다는 인상을 줍니다. 내면적 평화는 그와 같은 현실주의자—물론 현실 안에 좋은 이상을 실현하려는 현실주의자이지만, 그와 같은 정치 리얼리스트로서는 공정 토의의 대상이 될 수 없는 주제가 될 것입니다. 하여튼 평화를 추구하는 것은 인간의 삶을 긍정하는 것이고, 보다 나은 인간적 삶의 가능성을 생각하는 것이기 때문에, 인간의 삶을 보다 낫게 하는 것과 동시에 평화를 추구하는 것이 맞다고 봅니다. 그리고 그보다 나은 삶은 세속적 행복에 못지않게 정신적 평화가 있는 삶이지요.

심미적 이성에 대해

박명림 더 여쭈어 보고 싶지만 구체적 보편성과 관련해서는 이쯤에서 마무리하고, 이제 심미적 이성으로 넘어가려 합니다. 구체적 보편성과 심미적 이성은 우리에게 던져 주신, 사회를 설명하고 이해하는 중심 개념이랄까 방식이었다고 봅니다. 그런데 이 두 가지가 정말로 밀접히 연결되어 있다는 느낌을 받았습니다. 선생님께서는 심미적 이성을 "유동적 현실에 밀착하여 그것을 이성의 질서 속에 거두어들일 수 있는 하나의 원리"라고 정의하셨습니다. 그런데 이때 말하는 '유동적 현실'은 바로 구체적 보편성에서 말하는 구체성이면서 또 "개체적 생존에 고유한 역사적 전개"이고, '이성의 질서'는 또 보편성이자 "개체적 맥락에 삼투하는 고양과 초월의 지평"입니다. 한국 사회의 적지 않은 분들이 구체적 보편성과 심미적 이성을 따로따로 이해해 왔는데, 이번에 보니까 고도로 연결된 사유 체계라는 점을 발견하게 되었습니다. 제가 이해하기엔, 물론 후자가 좀 더 넓은 미학적 차원을 포함하고 있는 것이 아닌가 싶긴 하지만요.

김우창 잘 보신 것 같습니다. 간단히 말하면, 구체적 보편성은 유연한 전체를 말합니다. 전체이기 때문에 개체를 전부 포용합니다. 그러나 유연하기 때문에 이 포용은 강제적인 포용이 아니고, 개체의 반작용을 그대로 수용하여 스스로 변하는 포용입니다. 이 조건하에서, 개체는 전체를 의무로, 이성적 논리로만 받아들이는 것이 아니고, 감성으로 직접적으로 받아들입니다. 개체와 전체의 조화를 직접적으로 감지할 수 있는 것이 심미적 이성이지요. 아름다움은 그 자체로 우리에게 호소력을 갖습니다. 그러면서 거기에는 이성의 과정이 숨어 있는 것이지요.

조금 샛길로 들어서는 이야기로, 내가 심미적 이성이라는 말을 쓰게 된 내력을 설명하면, 전두환이 등장했을 때의 상황을 생각하면서 그 말을 처음 썼습니다. 그때는 지금, 다른 분들이 해석하는 식으로 쓴 게 아니라 더 간단한 의미에서 썼습니다. 메를로퐁티는 역사라는 것이 우리가 언어에서 비유를 쓰는 것과 같은 방식으로 개조되는 것이라고 했습니다. 상황이 거의 준비되어 있고, 그것을 조금 비틀어 원하는 쪽으로 움직여 가게 하는 것이 사람이 역사에 작용하는 방식이라는 말입니다. 보충하여 설명하면, "내 사랑은 장미와 같다."라는 비유적 표현이 있지 않습니까? 장미가 아름다운 꽃이 아니면, 이런 표현은 나올 수 없습니다. 장미가 가진 가능성의 일부를 사랑이라는 것에 연결시킨 것이 이 표현입니다. 그러니까 사물 자체가 가진 가능성을 다른 의미로 전용하는 것이 비유입니다. 그것처럼 역사는 역사의 절대적 사실성이 있고 그 사실성을 약간 고쳐 놓으려고 하는 게 혁명적 노력이라고 메를로퐁티가 이야기한 것입니다. 이제 민주화가 고비를 넘어선다 하는 판에 전두환이 등장해서 모든 것이 허사가 될 것 같았습니다. 전두환이 등장한 것은 우리 상황이 아직 무르익지 않았다는 이야기니까 너무 실망할 것 없다. — 이렇게 스스로 위안 삼아 말해 본 것입니다. 고은 선생이 좋은 말이라고 찬동을 표했던 것을 기억하는데, 다른 분들은 그러한 상황과 관계없이 더 넓은 의미로 이해해 주신 것 같고, 나도 생각해 보니 중요한 개념인 것 같아, 더 넓은 의미를 채택하게 되었습니다.

앞에서 말한 대로 인간 경험에서 가장 구체적인 것이 감각적 경험이고, 그중에 특수한 것이 미라는 감각적 경험인데, 그것은 이성적 원리를 이미 지니고 있는 감각적 경험입니다. 다시 말해 감각에서 발견된 이성을 기쁘게 생각하는 것, 이성에 드러나는 감각을 기쁘게 생각하는 것, 이것이 심미라고 생각하게 되었고, 구체와 보편이 합쳐서 직접적인 전체를 이루는 구체적 보편성과 비슷한 말이 아닌가 생각했습니다.

자유와 심미적 국가

박명림 심미적 이성 다음으로 던져 주신 중요한 화두가 자유와 심미적 국가입니다. 선생님의 최근작 『자유와 인간적인 삶』의 전체를 관통하는 주제는 "삶의 자유로운 실현이 가능한 것은 심미적 국가에서이다."라고 이해됩니다. 자유의 실현 주체로서의 국가를 이해하는 방식을 바꾸신 것이지요. 그런데 자유를 실현하는 어떤 구체적 제도로서의 국가를 말씀하시면서 국가 앞에 '심미적'이라는 수식이 붙을 때 일반적으로 이해하는 권력 현상이나 국가 성격에 대해서 정치학에서는 현실주의적 이의 제기도 있을 수 있다고 생각합니다.

김우창 거기에서 심미적 국가라는 말 자체는 실러가 쓴 것을 그냥 빌려온 것인데, 실러 자신도 그 현실성에 대해서는 자신이 없다는 이야기를 했고, 나도 거기에 대해서는 자신이 없는 것으로 이야기했습니다. 단 현실적으로 그것을 어떻게 실현하느냐는 것은 별개의 문제라고 하더라도 좋은 사회의 이상으로서 생각해 볼 만하다고 이야기할 수 있을 것입니다.

우선 '심미적 국가(der äesthetische Staat)'라는 개념은 실러의 글의 테두리에서 생각해 보아야 합니다. 그것은 '권리의 힘의 국가(der dynamische Staat der Rechte)' 그리고 '의무의 윤리 국가(der ethische Staat der Pflichten)'에 대조되는 개념입니다. 간단히 말하면 앞은 힘센 사람이 권력을 휘두르는 국가이고(권리의 힘의 국가라는 말은 힘이 마구잡이로 행사된다는 것은 아니고 힘이 권리로서 일정한 합법적 테두리로서 정의되어 행사된다는 말일 것입니다.) 윤리 국가는 사람이 정해진 의무에 따라서 움직이는 국가입니다. 이에 대하여 심미 국가는 사람 관계가 자발적으로 서로 양보하고 존중하고 하는 사이에 국가 질서가 유지되는 국가입니다. 심미적 교육을 통해서 또 아름다운 관습이 저절로 확립되어 서로 양보하고 보살피는 사회 질서가 생기는 — 그런 국가를 생각한 것입니다. 그러니까 외적인 힘이나 법이나 윤리적 의무가 없이 — 물리적 강제나 정신적 강제 없이 절로 움직이는 정치 질서의 이상을 말한 것입니다. 심미적 감성의 훈련으로 이것이 가능하지 않을까 하는 것이 특이하다면 특이합니다.

실러의 예로는 아름답고 착한 여성 앞에서, 칼을 가진 기사가 양보하고 기사적인 예의를 갖추는 것 같은 것이 그렇게 절로 일어나는 아름다움의 질서입니다. 설날 윗어른께 절을 하는 것은 상하 관계를 확인하는 행위이기도 하면서, 말하자면 무용 비슷한, 아름다운 절차를 통하여 윤리 관계를 든든하게 하는 일이기도 합니다. 그게 좋은 결과를 가져오진 않았지만 동양에서 지향하는 것도 사실은 그런 것이 아닌가 생각합니다. 동양에서 예(禮)는 모든 사회관계에서 중요시한 것인데, 몸가짐 자체를 아름답게 하는 것이 심미적 교육을 통해서 이루어지고, 예의 바른 관계가 사회에 통용되면 좋은 사회가 된다. — 이런 생각을 했습니다. 이것은 사회관계만이 아니라 정치에서도 아주 중요했습니다. 적어도 이론적으로 정부 기구에 예조(禮曹)가 있었던 것은 그것을 정치 질서의 일부가 되게 하는 것이 마땅하다고 생각했기 때문입니다.

그런데 동양에서 예는 상하 관계라고만 생각하는데, 그게 아니라 예의 근본은 사실 상호 존중의 관계를 이야기합니다. 그것이 조선조에 와서 상하 관계의 위계질서만을 이야기하는 것으로 바뀌었기 때문에 문제가 많다는 이야기를 책에서 했던 것으로 기억합니다. 이와 달리 아까도 이야기한 것으로, 기사가 여성을 높이 대접하는 것이 서양 예절의 한 예지요. 높은 사람이 낮은 사람을 위해서 문을 열어 주는 것 같은 일에서 보듯이, 높은 사람이 먼저 양보하는 것이 예의의 표현입니다. 버스에서 노약자에게 좌석을 양보하는 것도 그것에 비슷한 일입니다. 그러나 거기에서 예의의 정신이 죽고 강제가 원리가 되면, 예의는 사실상 죽은 것이지요. 실러가 말한 것은 진정한 의미에서 예의와 같은 것이 국가적으로 확대될 수 있다는 것입니다.

글로 쓴 일이 있지만, 칸트가 병중에 손님을 맞이하게 되었는데, 굳이 의상을 바로 갖추어 입으면서, 자기가 아직은 '인간됨(Humanität)'을 잊지 않았다고 했다는 말이 있습니다. 심미적 이성이나 구체적 보편성으로 연결해 말하면, 심미적 교육으로 자기 훈련을 하면, 스스로를 보편적 차원의 존재로, '인간됨'의 존재로 닦아 놓으면, 다른 사람도, 그 사람이 어떤 사람인가에 관계치 않고, 높은 보편적 차원에서, 높은 인간으로 대하게 된다고 할 수 있겠습니다. 이상 사회의 이야기이지만, 현실에도 움직이고 있는 원리를 말한 것이라고 할 수 있습니다. 사람 사는 도처에 이런 원리가 움직이고 있지 않습니까?

박명림 예의, 교육, 상호 존중을 설명해 주시니까 심미적 국가가 조금 이해가 될 것 같습니다. 자유와 심미적 국가를 말씀하시기 전에 앞의 저작들의 여러 군데에서는 자유의 전제 조건으로서 평등을 말씀하셨습니다. "평등하지 않고는 자유로울 수 없다."라고 하십니다. 그렇다면 예의가 상하 관계가 아니고 상호 존중을 통해서 어떤 평등한 상태로 나아가는 것이라면, 자유와 국가 사이에 심미성이 자리할 공간이 있을 것 같습니다.

김우창 자유나 평등이나 우애나 생명의 이상 같은 것을 실천해야 되는데, 강제력이 없이 그걸 어떻게 실천하느냐, 그게 기본적인 과제 중 하나입니다. 결국 공산주의 체제에서 전체주의나 당 독재가 나오는 것은 평등을 보장하는 데에 강제력이 필요하기 때문입니다. 그것 없이 상호 존중과 배려의 평등 체제가 있을 수 있다는 것도 비현실적이지만, 그것을 위해 노력하는 것 자체를 그만둘 필요는 없을 것 같습니다. 한 가지, 강제력을 대신할 수 있는 게 교육입니다. 교육 그것도 미적 교육, 그것이 핵심적이라고 해석할 수 있습니다. 예의도 자유, 평등 또는 우애를 정치 속에 실현할 수 있는 비강제적 수단으로 볼 수 있습니다. 제도 하면 정치가 뒷받침을 해야 하는데, 제도만으로는 안 됩니다.

박명림 말씀을 들으며 갈수록 제도와 인간의 결합이나 만남의 양식이 중요하다는 느낌을 갖습니다. '심미적 국가'론에 이르면 국가의 현실적·제도적 재구성에 대해서만 생각해 온 사회 과학자나 윤리적·도덕적 재구성만을 고민해 온 철학자나 윤리학자들에게 국가의 심미적·미학적 재구성에 대해 깊이 생각하게 합니다. 선생님께서 다음 저작에서 조금 개진을 해 주시면 저희들이 그걸 이어받을 수 있지 않을까 기대하게 됩니다.

김우창 결국 이성적 질서를 만들어 내는 것인데, 방금 이야기한 것처럼 감각적 체험 속에서 이성을 찾을 때 그것이 심미적 쾌감을 주는 것이기 때문에 그런 훈련이 이성적 질서를 발견하고 수립하는 것에 있어서 중요한 방도가 된다는 이야기입니다. 그것으로 현실이 정말 좋아질 수 있다는 것은 다시 한 번 근거 없는 유토피아의 꿈이 될 수 있지만, 일반적으로 말하여 부드러움이 일반화된 사회가 좋은 사회가 아니겠습니까?

박명림 이렇게 이해할 수도 있을까요? 왜 선생님께서 민주화 이후 자유와 심미적 국가를 말씀하셨는가, 이 범주들이 한꺼번에 묶였는가를 고민해 보니까 민주화 이후에 한국 사회를 관찰하시면서 민주주의하에서 인간 삶에서 무엇이 중요하냐 할 때 심미적 국가를 통한 자유의 확대를 희구하신 것은 아닌가라고 말입니다.

김우창 민주화에 대한 생각들이 너무 거칠다는 인상을 주었던 것은 사실입니다. 자유도 그렇고 평등도 그렇고 조금 적극적인 의미를 주면, 다른 것이 될 텐데 그런 생각을 금할 수 없습니다. 자유는 '내 마음대로'가 아니고 평등은 '너만 갖기냐'가 아닌, 보다 온전한 인간됨의 자연스러운 발현이 된다면……. 이런 소망이 없을 수가 없었습니다. 『자유와 인간적인 삶』에서는 주로 자유를 생각한 것이지요. 자유는 절대적 가치가 아니고 다른 것과의 관계 속에서 중요한 가치가 되는데, 자유는 인간을 보다 인간적이게 하는 데 사용되어야 한다는 것을 생각하고, 나에게 감명을 주었던 실러의 심미적 국가를 끌어들인 것입니다. 심미적 국가는 심미성을 이상하게 강조하는 것처럼 들리지만, 권력에 입각한 국가에 대해서, 권력을 자유로 대치하면서도 일정한 인간적 규범이 성립하는 사회의 이름입니다. 반드시 미적인 것만을 존중한다는 이야기는 아닙니다. 자유로우면서 동시에 규범적일 수 있는 국가를 생각한 것입니다. 물론 평등이 없이는 그것도 성립할 수 없습니다. 내 마음대로의 자유는 당신 마음대로의 자유에 대하여 투쟁적 방어를 요구하니까요.

『궁핍한 시대의 시인』, 식민지 그리고 유신 체제

박명림 구체적 보편성과 유신 체제, 심미적 이성과 전두환 체제, 심미적 국가와 민주화 이후 상황 등 선생님의 무변광대한 사유 체계는 모두 구체적 현실 속에서 하나하나 나왔다는 점을 새삼 깨닫습니다. 보편적인 개념이나 이론을 말씀하더라도 그러한 글이 쓰여진 시점을 따라가 보면 그때그때 한국과 세계의 어떤 특정한 상황과 사건과 상당히 높은 연관이 있다는 사실을 발견할 수 있었습니다. 나중에 언제 자세히 듣고 싶습니다.

오늘 말씀해 주신 패러독스 또는 어떤 긴장과 역설의 말씀을 들으면서 꼭 여쭈어 볼 게 있습니다. 고전 『궁핍한 시대의 시인』에 대해서입니다. 우선 개인적으로는 '슬픈 아름다움을 갖는', '미학적 실존성을 함축하는' 그 제목의 유래부터 궁금합니다. 그 대목이 나오는 횔덜린의 시 「빵과 포도주」로 거슬러 올라가는지요? 횔덜린의 시를 해석할 때 많이 나오는 신이 사라진 시대나 공동체 의식이 사라진 독일 현실을 비유하여 한국 현실을 말씀하신 것인지 궁금합니다. 또 말씀하신 패러독스를 보면 벌써 한용운에게도 적용이 되고 있습니다. 한편에서는 한용운을, 식민 시대와 유신 초기의 두 암울한 상황을 상념하시면서 1973년에는 갈릴레오에 관한 브레히트의 연극에 나오는 영웅의 시대와 비유하며 시인만을 가진 시대의 불행을 말씀하면서 '궁핍한 시대의 시인'으로 말씀하는 동시에, 다른 한편 1979년의 글에서는 흔들리지 않는 신념을 가졌다는 점에서 '행복한 시대의 인간'이었다고 보십니다. 한용운에 대해 쓰신 글들을 읽으며 불행과 행복의 대비가 어색하지 않고 이상하게 통일적으로 다가와 참 흥미로웠습니다.

김우창 많은 우연과 필연이 겹친 결과였다는 생각이 듭니다. 한용운에 대한 글은 유신 직전에 쓴 것입니다. 《문학사상》에서 한용운을 논하라고 하는데 골드만의 『숨은 신』이 말한 파스칼의 비극적 상황에 대한 해석과 겹쳐서 우리 상황을 설명하는 데 잘 맞을 것 같다는 생각이 들었습니다. 한용운은 불교의 모순 의식 — 허무와 그 초월에 대한 사상에 힘입어 자기 상황을 적절하게 또 가장 절실하게 포착할 수 있었던 것 같습니다. 또 그것은 파스칼이 처했던 상황에 유사했습니다. 도저히 받아들일 수 없는 상황이다, 그러나 그 상황은 너무나 포괄적이라 벗어날 도피로를 허용하지 않는다, 유일하게 진리에 맞추어 사는 길은 이 세상을 거부하면서 계속 이 세상으로 돌아와 그 거부를 살아가는 것이다. — 이러한 삶의 방식이 파스칼에 구현되었다고 골드만은 해석했습니다. 이 거부는 우리에게는 사실 저항을 의미했지요. 만해의 처지는 그러했습니다. 유신하에서 우리의 상황도 그러한 것이라는 것을 생각하지 않을 수 없었습니다.

『궁핍한 시대의 시인』이라는 제목은 상당히 복잡한 데서 나옵니다. 그 말은 횔덜린의 시 「빵과 포도주」에서 온 것이지요. 그 시를 하이데거가 설명한 것이 있습니다. 하이데거는 자본주의적 사회나 물질적 사회에 대해서 상당히 반발을 느끼고 인간의 형이상학적, 달리 말하면 초월적 가능성에 대해서 많은 생각을 한 사람입니다. 횔덜린의 관심도 유럽 사회에 있었던 어떤 인간적 가치의 실현이 불가능하게 되었다는 느낌을 많이 가지고 있었습니다. 「빵과 포도주」에는 인간의 삶이 희랍적 삶의 풍요를 버리고 상업적인 이익 관계로 줄어든 데에 대한 비탄이 들어 있습니다. 그런데 카를 뢰비트(Karl Löwith)라는 독일 철학자의 하이데거 연구서에 『궁핍한 시대의 사상가』라는 것이 있습니다. 횔덜린의 시구를 조금 바꾼 것이지요. 내가 한용운론을 쓸 때 생각한 것은 이러한 정신 상황 전체는 아니고, 더 좁게, 우리 시대, 한용운이나 유신 시대의 우리 상황을 생각한 것이지요. 삶을 자유롭게, 풍성하게 살 수 없는 시대였다는 느낌은 횔덜린, 하이데거, 뢰비트와 같지만, 조금 더 좁게 정치적 상황을 생각한 것이었다고 할 수 있습니다.

그다음에 나오는 책이 『지상의 척도』인데, 그것도 횔덜린에서 나왔습니다. 횔덜린은 시에서 지상의 척도가 있느냐 묻고, 없다고 답합니다. 그 말은 맘대로 살라는 게 아니라 세상에는 그 나름의 척도가 없는 것이 아니다, 그것은 시적으로 직관될 수 있다. ― 이런 뜻이 함축되어 있습니다. 척도가 없는 것은 아니면서 도그마로서 존재하는 것이 아닌, 세상에 귀 기울이는 인간에게는 동의할 수 있는 어떤 주관적 진실이 있다. ― 이런 이야기입니다. 믿을 것이 없는 세상에도, 인간에게 어떤 종류의 직관적으로 파악되는 인간적 진실이 있다, 사람은 그것에 따라서 살아야 한다. ― 이것은 일반적인 철학적 명제이기도 하지만, 군사 정권하에서 특히 강하게 느껴지는 것이었습니다. 그리하여 윤동주라든지 갈릴레오라든지 브레히트라든지 하는 사람들에게도 관심을 가졌던 것입니다.

그런데 궁핍한 시대에 빵과 포도주는 어디에서 구하느냐 하는 문제는 그러한 시대가 간 다음에도 남는 것 같습니다. 그리고 그 답은 어떤 이데올로기나 도그마에 있는 것이 아니라 실존적 결단으로 지향하는 보편적 이상 — 하나의 도식에 포착할 수 없으면서도, 없는 것이 아닌 인간의 보편적 이상에서 찾아져야 한다, 중요한 것은 이 찾음의 노력을 쉬지 않는 것이다. — 이런 답은 지금에도 맞는 것이 아닌가 합니다.

박명림 찾아보니까 1973년에 《문학사상》에 처음에 게재됐을 때에는 '만해 한용운, 한국 현대 문학의 재정리'라는 부제가 있는 것을 보니까 어떤 뜻이 있으셨겠다는 생각을 했습니다. 처음 그 글을 읽을 때는 '궁핍한 시대'가 한용운이 놓여 있던 식민지 시대를 말씀하신 것인지 아니면 글을 쓰셨던 유신 상황을 비유한 것인지 궁금했는데 말씀을 들으니 둘을 다 말씀하신 것 같습니다.

김우창 식민지에 대한 이야기지만 그것을 유신 상황으로 발전시킨 것입니다. 지금 돌아보면 너무 과장해서 생각한 것인데, 여기에 나오는 한용운이나 파스칼도 아무런 믿을 게 없어서 절대적 부정을 지향해야 된다, 이 이야기가 유신 시대에도 맞다 그런 것입니다. 지금 생각하면 좀 과장된, 낭만적인 이야기지요. 그런데 '한국 문학의 재정리'라는 말은 잡지사에서 붙인 것이 아닌가 합니다.

박명림 과장이라기보다는 은유와 암시였다고 봅니다. 말씀하신 하이데거가 릴케 20주기에 쓴 「궁핍한 시대의 시인: 라이너 마리아 릴케론(論)」은 바로 횔덜린 이야기를 하면서 전개하여 선생님과는 좀 달랐던 것 같습니다. 당시에는 연속적으로 「한용운의 소설: 초월과 현실」, 「일체유심: 한용운의 용기에 대하여」, 「한용운의 믿음과 회의: 「알 수 없어요」를 읽으며」 등 집중적으로 한용운 관련 글을 쓰시는데 그를 특별히 주목한 어떤 연유가 있으셨나요?

김우창 그냥 쓰라고 해서 시작을 한 것이고, 그러다 보니까 우리나라에서 시대를 살아가는 방법으로서 중요한 이야기를 한 사람이다, 그런 생각이 많이 들어서 쓰게 되었습니다.

학문, 지식, 진리 탐구

박명림 제가 잘 여쭈어 봤는지는 모르겠습니다마는 선생님께서 말씀하시는 큰 개념들은 대략 여쭈어 본 것 같습니다. 이제 몇 가지 학문과 지식 탐구의 문제에 대해서 여쭈어 보려 합니다. 우선 선생님께서는 한국 사회의 일반적 연구 태도와는 달리 해답 추구보다는 문제 제기를 더욱 중시하십니다. "답은 문제에서 나오기 때문에 문제를 어떻게 설정하느냐가 가장 중요하다."라고 하셨습니다. 답이 답으로서 성립하게 하는 것은 문제의 제기에서 비롯되지만, 문제가 근본적으로 상황에서 발생한다는 것을 상기하는 것이 중요하고, 현실에서 문제가 나오며, 상황은 또 문제에 의해서 정리된다고 하셨습니다. 이것은 탐구 대상과 탐구 주체의 변증법적 상호 작용을 강조하는 동시에, 가장 중요한 것은 문제 제기가 해답 추구에 우선하는 탐구 행위의 출발이라는 점입니다.

그렇다면 학자로서 선생님에게 문제를 찾는다는 것이 어떤 의미가 있는 것인지 말씀해 주셨으면 합니다. 선생님께선 진리 탐구나 학문 연구를 말씀하실 때 "사실 진정한 질문은 우리를 당황하게 한다."라고 하시면서 "모든 이야기는 궁극적으로 탐구의 이야기"라며 그것도 '의미의 탐구'라고 하십니다. 문제를 문제로 파악하는 게 탐구와 학문의 출발점이 된다는 것, 자기 물음을 가지려는 이런 노력은 주어진 이론에 기대어 정해진 해답을 구하는 행위를 바람직한 학문 자세로 인정하거나 체계적 연구로 받아들이는 한국적 학문 풍토 속에서 거의 혁명적 전복으로 보입니다. 공부 과정에서 저 개인적으로 가장 크게 영향받은 점이기도 하고요.

김우창 사르트르의 저작에 당대의 정치적 문제에 대해서 언급한 에세이를 모아 놓은 『상황』이라는 책이 있습니다. 그게 여러 권으로 나와 있는데, 문제를 생각해 보는 게 중요하다는 것은 상황에서 문제가 나오기 때문에 상황을 조사한다는 것을 뜻합니다. 그러면 답도 상황에서 나오지요. 상황은 두 가지로 이야기할 수 있습니다. 그때그때 시대적으로 바뀌는 것이 상황입니다. 그러나 상황에는 그것을 구성하는 객관적 조건이 있습니다. 객관적 조건에는 그때그때 바뀌는 것이 있고, 보다 지속적인 물질적 토대가 있습니다. 물론 모두 변화하는 것이지만, 속도가 다르다고 하겠지요. 여기에 문제를 제기하는 관점도 또 하나의 변수라고 하겠지요. 그리하여 문제를 생각한다는 것, 상황을 생각한다는 것은 역사 전체의 움직임에 대해서 생각해야 되는 것이면서 인간의 소망에 대하여 생각하는 것입니다. 상황을 밝히면 상황이 이렇게 돼서 문제가 생긴다는 것을 아니까 답을 알아낼 방도가 절로 생기는 것이 아닐까요? 상황을 캐 들어가면, 물질적인 사회적 조건이 드러나고 이것을 개선해야 된다는 생각이 나옵니다.

지금 이야기한 것은 우리가 갖는 문제의식을 실존주의적이고 정치적인 입장에서 말한 것입니다. 그러나 이것은 보다 객관적인 연구에서도 중요합니다. 마르크스주의의 저서가 우리에게 재미있는 것은 언제나 글이 문제와 상황에서 출발하고 실천적 지향이 있기 때문입니다. 물론 그러면서 객관적이라 합니다. 직접적인 실천성이 개입되지 않는 경우에도 유사한 의미의 존재 — 상황과 문제의 관점에서의 의미의 포착은 연구를 흥미 있는 것이 되게 합니다. 공자는 덕치(德治)를 중시하였는데, 그것을 그냥 공자 말씀으로 듣지 말고 왜 그것을 강조하였는가를 물으면(사실 공자의 제자들이 그것을 묻습니다.) 왜 그 시대에 그것이 이야기될 필요가 있었던가를 생각하게 됩니다. 내가 덕이나 인(仁)의 이념을 하나 마나 한 좋은 소리 이상으로 생각하게 된 것은 에티앙블(René Étiemble)이 공자에 관한 저서에서, 공자의 시대가 얼마나 험악한 시대였던가, 얼마나 잔인한 형벌이 많았던가, 그러면서도 어떻게 세태는 나아지지 아니했던가를 말하고 그 상황에 공자의 말을 위치한 것을 읽고 난 다음이었습니다. 우리의 글쓰기, 특히 동양 고전 또 우리 고전 연구를 읽으면 이러한 상황적 연구가 없는 것을 답답하게 느낄 때가 많습니다.

그런데 다시 문제와 상황으로 돌아가 보겠습니다. 상황에 문제가 없을 성싶은데, 문제가 제기될 수도 있습니다. 문제의 근원은 상황 그 자체보다도 상황에 대한 주체적 입장에 있을 수 있습니다. 가령 당신은 당신의 조건이 아무 문제가 없는 것으로 생각하는데, 그것은 당신의 모습을 제대로 파악하고 있지 못했기 때문이다. — 이렇게 말할 수 있을 것입니다. 이때 문제를 의식하지 못하는 사람의 상황 이해에 문제가 있는 것이겠지요. 이해를 달리하게 되면 상황이 문제적인 것으로 보일 것입니다. 그 경우 이해를 촉구하는 관점은 밖에서 오는 것이라고 할 수 있습니다. 그러나 상황과의 관계에서 그것은 여전히 상황 내부에 있는 관점입니다.

그런데 어떤 경우에나 사람은 자기의 상황을 문제적인 것으로 보는 것이 정상적이라고 할 수 있습니다. 모든 사람의 삶은 새로 시작되는 것이고 새로 시작된 것인 만큼 기존의 상황과 조건의 사이에 새로운 주고받음이 없을 수가 없지요. 그것이 없다면, 그것은 제대로 사는 삶이 아니지요. 학문도 이것이 있어서 늘 새로운 이야기가 생기는 것이라고 할 수 있습니다. 논문을 지도하면서 자기의식을 분명하게 가지면, 논문의 독창성에 대해서는 걱정할 필요가 없다고 말하는 경우가 있습니다. 자기를 분명하게 인식하는 사람이면, 연구 대상과의 새로운 대화가 연구의 결과가 될 것이니까 그렇다는 말이지요.

주어진 상황에 대한 간단한 주고받음 이상의 물음이 있어야 한다고 말하는 입장이 있을 수 있습니다. 사람의 삶은, 사회적 조건이 이렇고 내 객관적 상황이 이렇다 하는 것 외에, 삶의 근본 목적이라는 관점에서 저울질되어야 한다고 주장하는 사람들이 있을 것입니다. 인생의 목적이나 의미에 비추어 삶의 상황을 가려 보아야 한다는 것입니다. 그런 의미를 찾는다는 것은 현실적인 어떤 구체적 안건의 사안의 현실적 관계를 이야기하는 것이기도 하면서, 궁극적으로는 인간 존재의 근본이 뭐냐에 대한 의미를 찾는 것입니다. 그러한 의미에는 현실적 의미도 있고 또 궁극적 의미도 있습니다. 참으로 이것을 궁극적인 데에까지 밀고 나간다면, 답이 있을 수가 없지요. 그러나 이러한 질문을 발하는 사람은 사회에 물음의 운동을 기여합니다. 이 운동이 있어서 사회는 조금 더 유연한 것이 되고, 사람들은 자신의 삶의 개성적인 궤적을 만들어 갈 수 있습니다.(그러나 박 선생이 말씀하신 '의미의 탐구'라는 말은 아마 앞에서 시사한, 조금 더 일반적으로 모든 질문은 실존적·실천적 지향성을 가지고 있다는 뜻에서 한 말이었을 것 같습니다.)

그런데 우리가 흔히 인정하지 않는 것 중 하나는 목적이 없어도 아름다운 형태를 가지고 있으면 목적처럼 보인다는 것입니다. 그것을 칸트 식으로 이야기하면 무목적적인 목적성인데, 이런 것을 비유 형태로서 이야기하자면 꽃은 무엇 때문에 존재하는가 물어보지 않습니다. 그 자체로 아름답고 좋고 충분합니다. 예술 작품도 아름답고 대체로 그것으로 충분하고, 그 자체가 중요하듯이 인간의 삶도 그 자체로 아름다운 어떤 형식을 구현할 수 있을 것 같습니다. 그러면 그 자체가 무엇을 위해서 있느냐 물어보지 않아도 의미가 있는 것이 될 것입니다.

아까의 문제의 상황성을 말하였지만, 물음에는 어떻게 하면 인간이 주어진 상황을 가장 아름다운 형태를 이루게 할 수 있는가 하는 질문도 있을 수 있습니다. 그런 것은 문화적·예술적 전통과 바로 연결되는 것 같습니다. 실러가 이야기한 심미적 국가는 권력과 의무의 국가에 대해서 자유로운 인간관계가 성립하는 아름다운 국가를 생각한 것이지요. 그러나 실러는 인간이 자기의 삶이 보다 아름다운 형식 속에 구현된다고 느낄 수 있는 국가, 그런 이야기는 안 썼던 것 같습니다. 상황에 대한 질문이란 대개 물리적 인과관계, 사회관계, 현실 관계에서 본 상황 판단에 관계되지만, 심미적 관점에서의 질문이 있을 수 있다는 것을 말하기 위해서 보탠 것입니다.

박명림 학문 탐구에 대한 말씀들을 따라가다 보니까 바로 탐구의 실천적 측면을 말씀하신 부분이 있습니다. 즉 "우리 자신의 삶에 대한 실천적 관심이 없다면 (탐구로서의) 모든 이야기는 죽은 이야기가 되어 버릴 것"이라는 것입니다. 나아가 우리가 과거에 대해 만들어 내는 이야기들은 우리의 현재 인식과 미래의 행동 기획에 커다란 영향을 끼친다고 보십니다. 과거 이야기의 실천성을 말씀하는 것으로 이해됩니다. 탐구와 실천, 학문과 사회는 어떠한 연관이 있는 것인가요?

김우창 개인적으로 우리가 문제를 풀었을 때 갖는 쾌감, 즐거움, 이러한 것은 움직이는 데서 오는 즐거움입니다. 교수나 교사가 답을 주어서 그것을 외는 것과 내가 풀어서 알게 되는 것은 상당한 차이가 있습니다. 입시 제도의 문제 중 하나는 찾아내는 데서 오는 마음의 기쁨을 못 갖게 한다는 점입니다. 「마음의 생태학」이라는 강연에서, 이성은 법칙이 아니라 법칙을 만들어 내는 힘이라는 이야기를 한 일이 있습니다. 법칙은 일정하다가도 새로운 법칙으로 수정됩니다. 그것은 이성의 능동적 활동의 표현입니다. 우리가 이성적으로 생각하고 탐구한다는 것은 이성의 활동을 활발히 하는 것이지 이성이 만들어 낸 법칙을 외는 것이 아닙니다. 교육과 전통에서 이렇게 산다, 저렇게 산다는 모범이 주어지지만, 그것은 주어진 모범을 모방하라는 것이 아니라 참고하고 다시 내 가능성을 실현하라는 것입니다.

교통 규칙이 있지만 그것은 혼란 없이 살기 위한 질서 유지에 필요한 것인데, 그렇다는 사실을 잊어버리면 교통 규칙은 완전히 죽은 규칙이 되어 버립니다. 차를 운전하고 가다가 붉은 불이 나오면 서야 하지만, 뒤에서 스피드를 내서 오는 차가 있어 충돌할 위험이 있다면 서지 말아야 합니다. 그러니까 교통 규칙을 지키는 것이 아니라 교통 규칙을 통해서 질서를 확보하는 게 중요하다는 말입니다. 규칙이 살아 있기 위해서는 그것은 능동적인 이성 작용과 결부되어 있어야 합니다. 사회적 실천도 사람의 삶을 자유롭게 하고 인간성을 실현하는 방법이지 어떤 특정한 도그마에 따라서 사람을 움직이게 하기 위한 도구라면, 그것은 사람을 괴롭히는 일이 되어 버립니다. 이성은 법칙에 고정되어 있는 것이 아니라 법칙에 앞서가는 원리이고 힘입니다.

박명림 질문을 조금 더 진전시켜 보고 싶습니다. 이 문제에 대해 선생님은 "오늘이나 앞으로 형성할 미래에 인간다운 인간을 확보하는 것은 인간이 과거와 미래에 대한 섬세하면서도 굵직한 이해, 그 바른 이해에 상당 정도 이어져 있는 것"이라면서 "이것은 인간이 스스로에 대해 바른 이야기를 하며 될 수 있는 대로 유연하면서도 포괄적인 과학적 인간학을 수립해 나가야 한다는 것"이라고 하셨습니다. "유연하면서도 포괄적인 과학적 인간학", 이 짧은 표현 속에 한 사람의 사상가로서, 지식인으로서 자연 과학을 넘어 인문 사회 과학에 던지고 싶은 선생님의 메시지의 일부가 들어 있지 않나 생각했습니다.

김우창 앞에 질문하신 것에 이어지는 이야기인데, 아까는 엉뚱한 답을 했습니다. 그런데 전혀 관계없는 것은 아닐 것 같습니다. 제기하신 문제 중에, 실천의 문제는 앞에서 일단 해명한 것으로 생각합니다. 모든 문제는 상황에서 나오고, 상황이 중요한 것은 거기에 문제가 있기 때문이라고 했습니다. 다시 이것은 문제의 실천적 해결이 필요하기 때문에 문제가 일어난다는 말로 바꿀 수 있습니다. 존 듀이는 자신의 실용주의를 설명하면서, 연필에 대해서 생각하게 되는 것은 글을 쓰는데 연필이 부러졌을 때라고 말했습니다. 모든 문제는 문제적 상황으로부터 나온다고 할 수 있습니다. 이론적 문제에도 현실 문제가 배후에 들어 있다는 말이 되겠습니다. 이것은 지적 문제의 숨은 동기에 대한 이야기이지만, 답이 문제의 현실적 해결에 이어지는 것은 자연스럽습니다. 그러나 답과 해결의 일대일의 연결은 경계해야 합니다. 답은 여러 답 중의 하나이고, 현실의 복합적인 요인은 이론적인 사고로 다 포괄할 수 없습니다. 실천은 본래의 지적 질문의 자연스러운 연장선상에 있고 도덕적·사회적 요청입니다. 그러나 그것이 정화되지 않은 개인적 정열이나 영웅적 의지의 표출에 너무 직접적으로 연결되는 것을 경계해야 합니다.

과거사의 문제는 우리처럼 수난의 역사를 가진 나라에서는 큰 과제가 될 수밖에 없습니다. 그러나 내가 과거사 문제를 말했다면, 그것은 주로 군사 정권과 관련된 일에 대한 발언에서 했을 것으로 생각됩니다. 불법과 불의의 희생자를 돕고 그에 대한 책임을 물어야 된다는 것은 정의로운 사회를 위해서 필요한 과정입니다. 그러나 여기에서 희생과 책임의 현실적 해결로 이어질 수 없는 과거사의 문제는 오히려 삶의 상황을 악화시킨다고 해야 할 것입니다. 그렇다는 것은 고통받았던 사람, 고통받는 사람, 그에 대하여 책임을 져야 할 사람이 있어야 합니다. 역사를 상징으로 생각하면 곤란합니다. 동학 혁명 참가자의 명예를 회복한다는 종류의 역사 바로잡기는 희생과 책임의 문제가 아니라 도그마의 문제이지요. 일제의 문제도 어느 정도까지는 그렇습니다. 과거를 문제 삼은 것은 어디까지나 실천의 관점에서입니다. 현재의 고통을 없애고 현재 존재하는 고통에 대한 책임을 묻고, 앞으로의 삶에 현실적으로 문제가 되는 것을 시정한다는 것이 그 목적이 되어야 합니다. 과거는 현재와 미래 — 특히 미래의 관점에서 중요합니다. 현재가 과거에 의하여 시정되는 것보다 더 과거는 현재에 의하여 시정됩니다. 진시황의 만리장성은 백성의 고혈의 결과이지만, 역사를 통해서 몇 차례 그 의의가 바뀌다가 지금은 위대한 문화유산이 되었고 관광수입원이 되었습니다. 섭섭한 일일는지 몰라도, 역사는 잘못한 것을 잘한 것으로 만들어 버리고, 물론 잘한 것도 잘못한 것이 되게 합니다.

역사는 정사(正邪)를 분명히 해 주는 교과서가 아닙니다. 조선조의 교조적 사관은 그렇게 생각했지만, 결과는 되풀이되는 사화지요. 역사는 복수를 하거나 울분을 토로하는 마당도 아닙니다. 교훈이 있다면, 그것은 오히려 관용과 용서의 교훈입니다. 잘못을 당한 사람은 말할 것도 없지만, 잘못을 저지른 사람도 역사의 희생자이지요. 역사의 거대한 흐름을 누가 완전히 휘어잡겠습니까? 모든 사람이 그 흐름에 잠겨 휘적이는 것이 역사가 아니겠습니까? 교훈은 두 가지입니다. 하나는 급류와 탁류 속에서라도 잘못이 없도록 조심하는 것이고, 다른 하나는 잘못 판단하고 잘못 행한 사람에게 이해를 베푸는 것입니다. 용서 없는 정의가 필요하다면, 그것은 오로지 현재의 삶과 미래의 삶에 잔존하는 비인간성을 제거하기 위한 것입니다. 총을 가진 사람이 사람을 죽이려는 사람을 보면, 발포가 불가피하지요. 그러나 범인에 의한 살해가 이미 일어나 버렸다면, 범인을 죽이는 것이 아니라 체포하도록 노력해야지요. 범인이 체포되지 않은 채 오랜 시간이 지나면, 그때는 또 달리 조처해야지요. 특히 세대가 지나면, 지난 잘못은 정의의 원리를 소급하는 것으로 해결될 수 없습니다.

이런 고려들이 바로 말씀하신 "유연하고 포괄적인 과학적 인간학"의 문제에 연결되는 것이라 할 수 있습니다. 인간의 이해에 과학적인 이해가 없을 수가 없습니다. 인간도 자연계의 일부이니까요. 보수적인 성향의 학문이라는 의심을 받을 수가 있지만, 사회 생물학(sociobiology)은 아직 초창기에 있지만, 인간의 과학적 이해에 중요한 기여를 할 수 있다고 생각합니다. 생리학, 사회학, 심리학 — 다 중요합니다. 그런데 앞에 말한 것처럼, 인문 사회 과학의 질문들 아래는 실천적 동기가 작용합니다. 사람의 기본 성향은 진화론적으로 설명될 수 있지만, 그 성향에 기초하여 자신의 삶을 창조하는 일은 간단히 설명, 계획될 수 없습니다. 너무나 복합적인 요인들이 몇 개의 동기로 또 몇 개의 계획으로 완전히 통제되지는 않습니다. 중요한 것은 초점을 현재의 나의 삶, 우리의 삶, 미래의 나의 삶, 다음 세대의 삶에 집중하여 문제를 풀어 가는 것입니다.

어떤 사람이 벼랑 밑을 가다가 굴러 떨어지는 바위에 맞아 죽었습니다. 우연한 사고지요. 그러나 물리적 세계 전체를 볼 때, 그 바위는 떨어지게 되어 있어서 떨어진 것입니다. 우리의 계획도 그렇습니다. 바위 밑으로 걸어간 것은 그 사람 나름의 계획이 있었기 때문입니다. 우리의 관점에서 일직선적으로 인과 관계를 파악하고 그에 따라 행동 전략을 작성한 것은 한 관점에서의 인과 관계의 구성에 불과합니다. 그러나 이러한 계획만이 우리가 할 수 있는 것이기 때문에 우리의 관점에 치중하고 우리의 관점을 최대로 구체화하고 보편화하여야 합니다. 이것을 위해서 과학적이면서도 유연한 인간 이해 — 그 이해의 섬세화, 섬세화된 이해의 행동 전략에의 삽입 — 이러한 것들이 필요합니다.

내가 잘 이해하는 것은 아니지만, 그리고 그 관련을 분명하게 파악하고 있는 것은 아니지만, 나는 물리학의 콤플렉스 시스템이라든지 카오스 이론에 관심을 가지고 있습니다. 많은 경우 과학은 이미 정해진 법칙적 세계를 보여 주는 것이라기보다도 법칙적 세계가 어떻게 전개되었는가를 일이 일어난 후에야 보여 줍니다. 예측할 수 없는 일들도 많이 일어나는데 일단 일어나면 어떻게 그런 결과가 나왔느냐를 설명할 수 있습니다. 이 이론들은 유연하고 유동적인 세계의 법칙을 이해하려 합니다. 유동성이라든지 자유라든지 이런 것을 이야기하면 과학적 이해는 필요 없는 것처럼 생각하는 경우가 많은 것 같습니다. 인문학을 이야기할 때에, 나는 인문학이 아니라 인문 과학이라고 이야기합니다. 인문학은 주어진 도덕적 규범에 따라서 행동하는 것을 가르치는 것이 아니라 과학적으로 인간에 대한 연구를 하는 학문이 되어야 한다고 생각하는 것입니다. 그런데 기이한 것은 가장 포괄적인 이해는 인간이 가장 높은 윤리적 이상으로 생각해 온 사랑이나 자비나 인(仁)에 상통하게 된다는 것입니다.

박명림 저는 말씀하신 "유연하면서도 포괄적인 과학적 인간학"을 인문 사회 과학을 포함한 포괄적인 인간학 범주로 이해를 했습니다.

김우창 사회 과학 부문도 그렇습니다. 전에 최상용 선생 은퇴 기념 논문집에서 이런 이야기를 조금 한 것 같습니다. 역사나 인간이나 외부적 조건하에서 움직이고, 정책은 이것을 일정한 방향으로 가게 하려는 것이라고 할 수 있지요. 그러나 정책 행동은 일직선적 인과 관계 속에서 움직이는 것이라기보다 여러 가능성 가운데에서의 선택 행동입니다. 이것은 정책 집행에 결단의 순간이 있다는 말이고, 또 그러니만큼 강한 추진력이 중요하다는 말이 될 수 있습니다. 그러나 다른 한편으로는 결단은 최대한 합리적으로 포괄적으로 생각하고 좋은 결과를 겨냥해야 된다는 말도 됩니다. 그래도 우발적 선택의 성격을 통제할 수 없습니다. 이것을 통제하기 위해서는 점점 더 많은 권력 — 혁명적 폭력이 필요합니다. 이러한 것들이 얽힌 가운데, 억울한 책임도 생기고 뜻하지 않은 오류에 대한 관용성도 필요해집니다. 사회 과학은 이러한 것들을 최대로 과학적으로 이해하려는 노력이라 할 수 있습니다. 그러나 행동은 물론이려니와 학문도 인간 존재 전체, 세계 전체를 포괄할 수는 없습니다. 최대한도로 포괄적으로 체계화하려고 노력해야 되지만, 유연성과 유동성, 우발성, 새로운 가능성 등이 늘 있게 마련입니다.

지식과 실천의 관계

박명림 지식과 실천의 관계에서 실존적 존재로서의 자기 말을 궁행하는 측면을 어떻게 보십니까? 세 가지를 여쭈어 보고 싶습니다. 우리가 말로는 어떤 실천을 말할 수 있지만 행동으로 실천하는 것이 쉽지 않습니다. 그런데 선생님은 다른 학자들과는 달리 연구에 수반되는 많은 자질구레한 것들을 직접 하시는 것으로 유명합니다. 그래서 선생님께서 이론과 실천의 어떤 통합적 완전성을 발견한다고 말하는 분도 있습니다. 1980년대 말에 미국의 한 사회학자가 한국의 진보 학계나 운동 문화를 연구하고 싶다고 해서 여러 곳을 함께 다니며 안내를 해 준 적이 있었습니다. 그때 한국을 떠나며 우리가 전혀 생각하지 못하던 말을 해 주었습니다. 한국의 많은 민주주의 이론가들은 이론만 진보적·급진적이지 행태는 너무나 보수적·권위주의적이라며 정말 이해할 수 없다고 하더군요. 그들 스스로가 학생이나 조교 들과의 관계에서 관료적 지시 문화에 익숙해 있다는 충격적인 말도 했습니다.

두 번째는 학문 행위라는 게 현실적으로 여러 가지 권력관계에 연결되어 있는데, 그것은 분과 학문이나 학계 내에서 자기 세력을 구축하거나 학파를 만들려는 시도로 연결되곤 합니다. 그러나 평생 이런 시도를 전혀 하지 않으셨거든요. 이 부분에서도 자유로운 실천을 보여 주셨습니다. 실존적으로는 힘드셨을 텐데도 오직 학문적·보편적 발언을 통해서 사회와 소통하시거든요. 그런 열린 소통의 입장은, 조금 다른 차원이지만 제가 직접 체험을 하였습니다. 수년 전 우리나라가 프랑크푸르트 국제도서전 주빈국이 되었을 때, 제가 한독 국제학술회의의 책임을 맡아 선생님을 모시고 일을 할 때도 굉장히 편했던 것이 한국과 독일 학자들이 서로 소통하고 교류하는 것이 중요하니까 너무 우리 입장을 관철시키려 하지 말라는 것이었습니다. 당시 한국 문화의 독일 수출이나 저변 확대를 목표로 삼았던 정부나 주변의 요구를 확 바꿔 주시는 말씀이었습니다.

세 번째는 한국에서 학문을 한다는 것은 권력, 재화나 명성과 같은 응분의 대가로 연결되거나 또는 언론이나 권력과 같은 다른 수단을 통해서 학계에 영향력을 행사하는 게 일반화되어 있습니다. 그러지 않을 때 소외감을 느낍니다. 그런데도 선생님께선 돈이나 정부·학계의 자리를 추구하지 않으신 것으로도 유명합니다. 이런 지적 실천이나 지행합일이 어떻게 가능하셨는지, 위의 것들을 누르고도 남을 학문과 진리에 대한 신념 같은 것이 있으신 건가요?

김우창 나는 발언도 하고 사회의 문제에 대해서 이야기도 했지만, 실천적인 것을 많이 못 했습니다. 내 한계라고 생각하는데, 집단 행동에 대해서 조금 마음이 내키지 않는 그런 성향과도 관련 있는 것 같습니다. 우리가 생각하고 글 쓰는 것은 나라를 위해서 하고, 사회를 위해서 하고, 같은 인간을 위해서 하는 것이기도 하지만, 자기 자신을 위해서 하는 것이기 때문에 자기 자신을 이해하고 자기가 어디에 있는가를 아는 것이 필요합니다. 그리고 자기가 생각하는 바를 자신의 행동 속에 구현하여야 한다는 것은 당연한 요구입니다. 그러나 당연한 것으로 알고 하는 일이 사실은 반성되고 고쳐야 할 일인 경우가 얼마나 많습니까? 자유와 평등 — 민주주의를 말하면서도, 자신의 삶에서는 실천하지 못하는 것들이 얼마나 많습니까? 이유의 하나는 게으름이지요. 우리는 큰 게으름은 조심하지만 작은 게으름은 조심하지 않는 경우가 많습니다. 우스개를 하나 말하면, 미국에서 한국문학을 가르치는데, 몇 안 되는 여성 작가의 단편에 되풀이하여, 남편이 아내에게 "물 좀 줘." 하는 말을 한 것이 계기가 되어 결국 관계가 나빠지는 이야기가 나옵니다. 그래서 이 단편들의 취지는 여자들에게 물 달라고 하면 안 된다는 것이라고 농담으로 설명한 일이 있습니다. 한국 남성들의 문제의 하나는 작은 게으름을 자연스러운 것으로 받아들이는 것이지요. 남녀 관계에서만이 아니라, 작은 게으름이 인간관계를 망치는 경우가 많습니다.

불가피한 면이 있는 일이기도 하지만, 큰 사람은 큰일 하고 작은 일은 작은 사람에게 시킨다는 것이 우리 전통입니다. 민주주의나 권위주의는 정치 이념이고 제도이면서 생활의 관습입니다. 사람은 관습의 존재이기 때문에, 말은 민주주의고 행동은 사회의 관습대로 권위주의인 경우가 많지요. 그러나 다른 한편으로, 정치 현장에서 대중과 같이 움직여야 하는 경우, 조직이 불가피하고, 조직은 위계를 필요로 하고 — 이러한 사정으로 반드시 민주적이 아닌 행동의 습관이 생기기도 할 것입니다. 그래서 무용과 같은 아름다운 예의 작법, 강한 것이 약한 것에 아름다운 양보를 보여주는 심미적 국가의 이야기도 나오고, 사회적 행동을 개인의 의지의 대결이 아니라 공적인 것의 절차에 맞추어야 한다는 예(禮)의 사상도 나오지요. 크고 작은 일에 공구신독(恐懼愼獨)이 불가결하다고 할 수밖에 없습니다.

지식인의 현실 참여에 한마디 보태겠습니다. 현실 참여는 중요하지요. 그것은 커다란 도덕적 의무이기도 하고 우리나라의 경우는 자존심이나 자만심의 문제이기도 하지요. 그렇지 못한 경우, 죄책감 또는 열등감을 느낍니다. 그러나 나는 우리나라에는 큰 뜻을 펴는 일에서 지행합일이 너무 강조되는 경향이 있다고 느낍니다. 아까 말한 것처럼, 현실과 그에 대한 우리의 개념적 이해 사이에 간격이 있을 수밖에 없다면, 지행합일은 위험한 일이 될 수도 있지요. 그리하여 지식과 현실, 지식인과 현실 사이에 일정한 거리의 유지가 필요하다는 생각이 나오는 것이라 할 수 있습니다. 그러기 위해서는 지식은 권력이라든지와 멀리 있어야 된다는 견해도 나옵니다.

만하임이나 베버가 중립적인 지식인 이야기를 하는 것에 대하여, 마르크스주의자들의 비판을 긍정적으로 생각하기도 했습니다. 그러나 지나고 보니까 그것도 사회적으로 필요한 입장이라는 생각이 듭니다. 가치 중립적인 것이 필요하다는 사람도 필요하고, 또 다른 사람들도 필요하고 해서, 사회는 유기적으로 여러 사람들, 여러 성향, 여러 관점들이 모여 하나가 된다고 할 수 있습니다. 그중에 객관적이고 보편적인 관점이 저울대의 중심이 되어 마땅합니다. 그렇다고 실천적 현실에서 초연하면 객관적인 것도 아니고 보편적인 것도 아니지요. 모든 것을 포괄하는 것이 아니니까. 이것은 또 하나의 역설입니다.

아까 독일의 문제와 관련해서 말씀하셨는데 다른 경우도 내 주장이나 우리 주장을 굳이 내세울 필요는 없는 것 같습니다. 그것은, 내 주장과 우리 주장을 늘 강하게 내세움으로써 진리가 통용된다는 생각은 한쪽으로는 진리에 대한 좁은 이해에서 나오는 입장이기도 하고, 또 다른 한쪽으로는 진리에 대한 신념이 약하다는 사실을 나타냅니다. 사람이 진리로부터 벗어나고 잘못하고 여러 가지 착오를 범하지만, 결국 진리가 승리한다, 내가 진리를 가지고 있지는 않지만, 모든 사람이 자기가 진리라고 믿는 것을 이야기하는 것이 가능하게 된다면 결국 어떤 진리가 나타난다고 생각해야 합니다.

사람은 궁극적으로는 진리 속에 존재한다.—이렇게 믿고 싶습니다. 모든 것이 의사소통의 과정에서 생겨난다고 생각하는 하버마스 같은 현실주의자까지도, 소통을 위해서는 대화자들이 '진리'를 '진실되게(wahrhaftig)' 이야기한다는 것을 서로 믿을 수 있어야 한다고 말합니다.('소통 실용학'에서 이렇게 말합니다.) 현실주의적 인간관을 가지고 있으면서도, 이러한 진실을 향하는 인간의 가능성을 생각하는 것이지요. 이것은 순환 논법이지만, 인간적 공동체를 생각하려면, 대화자들이 진리를 향하여 가고 싶어 하는 도덕적 성실성을 가지고 있다는 것을, 또는 가질 수 있다는 것을 믿지 않을 수 없습니다. 그런데 모든 것이 권력 쟁취의 책략이 된 상황에서는 어떻게 해야 하는가에 대해서는 하버마스도 할 말이 없는 것 같습니다. 우리나라와 같은 사회에 사는 사람이 더 연구를 해야겠지만, 결국은 믿음을 강화하는 노력을 계속하는 도리밖에 없겠습니다.

다시 통일에 대한 독일과의 학술 회의 문제로 돌아가서, 맨 먼저 필요한 것은 진리를 향한 성실성을 전달하는 것이지요. 프랑크푸르트도서전 때에, '국가 브랜드'를 수출해야 한다는 것이, 박 선생 말씀대로 주된 이데올로기였는데, 통일 문제 회의에서만이 아니라 우리 일에서는 민족주의, 상업주의, 권력주의에서 나오는 전략들을 이겨 내기는 지난한 일인 것 같습니다.

여행 또는 공간의 문제

박명림 시간 가는 줄 모르겠습니다. 그러나 지면 사정도 있고 또 많은 시간이 흘러 이제 몇 가지를 여쭈어 보고 마무리를 해야 할 것 같습니다. 선생님의 책 속에는 장소나 공간에 대한 중요한 언급이 적지 않습니다. 저는 선생님 사유 체계의 형성에서 공간 체험, 여행이나 견문이 차지하는 비중이 결코 적지 않다는 느낌도 저작의 곳곳에서 느끼곤 하였습니다. 전쟁을 공부할 때나, 최근 1년에 10여 차례 정도씩 해외여행을 다니며 저 자신 역시 시간이 갈수록 공간 체험의 중요성을 절감하고 있습니다. 교토, 케임브리지나 세일럼(보스턴), 프랑크푸르트, 여러 박물관 등 선생님과 같은 공간을 체험해 본 것도 언제 여쭈어 볼 것이 많습니다. 자기 토양(한국), 여행, 견문, 체험과 지식 같은 것을 연결하여 듣고 싶습니다.

김우창 중요한 주제이기는 한데 제 생각을 정리해서 밝혀 내기가 어려울 것 같습니다. 하이데거의 저서 『존재와 시간』이라는 제목은 '공간과 시간'으로 바꾸어도 된다고 나는 생각합니다. 말할 것도 없이 시간과 공간은 우주만물을 에워싸고 있는 — 또는 적어도 사람의 관점에서는 — 가장 중요한 범주 또는 칸트 식으로 말해서 직관 형식입니다. 그중에도 공간은 거의 존재와 일치할 정도로 근본적인 삶의 조건입니다. 나는 지금까지 부동산 문제에 대해서 관심을 많이 갖고 비판적인 이야기도 많이 했는데, 사람이 땅에 발을 붙이고 산다는 것, 자기 집이라고 부를 수 있는 게 있고 자기 동네라고 부를 수 있고, 자기 나라라고 할 수 있는 것이 있어야 되는 것은 인간 실존의 원초적 사실입니다. 특히 노무현 정부를 비판하는 것은 이러한 공간의 고정성이나 확정성이 — 완전히 고정될 필요는 없겠지만 — 현실적이면서 철학적 근본 차원인데, 이것을 완전히 무시해 버렸다는 사실 때문입니다. 모든 사람이 부동산의 유동성 속에서 살게 만든 것, 부동산이 동산이 되어 버린 상태에서 살게 한 것이지요. 어떤 고장을 자기 고장이라고 부를 수 있고, 어떤 집을 자기 집이라 부를 수 있는 것은 좋든 나쁘든 심리를 안정시키는 데 중요합니다. 그러면서 그 고장에 있는 문화적인 또는 어떤 종류의 계획된 공간의 모습이 그 사람의 심성에 절대적인 영향을 끼칩니다.

고려대학교에서 교수 휴게실이 상당히 중요한데 교수들이 자연스럽고 비공식적 소통에 참여할 수 있게 되는 것은 교수 휴게실이 쉽게 접근할 수 있다는 사실에 관계됩니다. 그게 없다면 자기들의 연구실에 들어가서 연구하고 강의하고 가 버리고 동료의 느낌을 갖기 어렵게 됩니다. 집의 구조, 동네의 구조, 도시의 구조도 꼭 같은 것은 아니면서 사회관계에 커다란 형성적(形成的) 영향을 끼칩니다. 오래전의 책이지만, 독일 태생의 미국의 심리학자 쿠르트 레빈의 책에 『위상 심리학(*Topological Psychology*)』이라는 책이 있는데, 공간의 성격에 따라서 사람의 행동이 어떻게 달라지는가를 연구한 흥미로운 책입니다. 유명한 책은 아니지요. 이 책에서 말하는 것은 주로 사적 공간의 이야기지만, 공간의 정치적 의미가 막대한 형성적 의미를 가진 것은 말할 필요도 없습니다. 의식주라는 삶의 기본 요건을 흔히 말하는데, 어찌 보면 이 가운데 주거의 안정이 제일 중요하다고 할 수 있습니다. 주(住)가 확실하면 의식(衣食)은 자기 노력에 의해서 확보되는 것 같습니다.

사람이 일정한 작고 큰 공간에 존재하게 되어 있다는 것 못지않게 중요한 것은 그 공간에 있는 역사적 삶의 흔적입니다. 공적 공간과 관계해서도 사적 공간과의 관련에서도 그러합니다. 기억의 공간의 안정성을 통하여 사람은 시간의 차원에 연결되고 시간적 안정성을 얻습니다. 내가 여기서 살고 그냥 죽어 없어지는 것이 아니라 오랫동안 사람들이 살아왔고 앞으로도 살아갈 것이라는 것 그리고 내가 그 연쇄의 일부를 이룬다는 것—이러한 것들을 인식하게 되는 것이지요. 이것이, 알게 모르게 시공간에 대한 책임감을 느끼게 하고, 깊은 의미에서 삶의 큰 테두리에 대한 사랑을 길러 줍니다. 오래전 이야기이지만, 나는 서울시시정개발원 자문위원회에서 서울시 광장을 기획한다고 그래서 100년 후나 200년 후에 우리 후손들의 삶을 생각하면서 기획했으면 좋겠다는 이야기를 한 일이 있습니다. 그러나 우리는 대체로 일시적으로 기발해 보이는 키치를 만드는 것이 공간 조형하는 것이라고 생각하지요.

외국에 대해선 간단히 말하겠습니다. 처음 미국 갔을 때에 놀란 것은—1950년대 중서부 이야기인데—아무 연고가 없는 사람에게 친절한 사람들, 문도 안 잠그고 사는 동네들 이런 것들이 강한 인상을 주었습니다. 우리도 옛날에는 그랬지만. 일본은, 고려대학에 일문과가 생기고 얼마 되지 않아서, 일문과 학생들이 일본 수학여행을 가곤 했는데, 한번 소감을 물으니 청결, 친절, 정직—세 가지 말로 일본 인상을 요약했습니다. 철저하게 반일 교육을 받은 학생들의 이야기였습니다.

보드리야르의 『아메리카』라는 책에는 미국의 길이 똑바른 것에 대해 이야기하는 대목이 있습니다. 역사가 없는 나라이기 때문에 그렇다, 역사가 있으면 그 역사의 흔적을 피하면서 길을 만들어야 되니까 길이 삐뚤어질 수밖에 없다.—이렇게 약간 비판적으로 이야기한 것이 있습니다. 내가 유럽에서 느낀 것은 사람이 자유로우면서도 과거에 지나갔던 사람들의 흔적들을 존중하고, 좁은 공간에서 여러 사람이 살고 있다는 것이었습니다. 미국 사람들은 광활한 지대에 사니까 자유롭습니다. 밀집된 지역에서 살면 다른 사람을 의식하고 살게 되고, 다른 사람을 의식하는 게 자기 사는 데 도움이 되고, 자신의 삶에 섬세한 인간적 뉘앙스를 더하게 된다. — 이런 이점이 있을 수 있습니다. 이러한 이야기는 한이 없는 것이 되겠는데, 한 가지만 더 보태면, 처음으로 영국에 가서 장기 체류를 하게 되었을 때, 나는 거기에서 사는 데에 영문학을 전공한 것이 별 도움을 주지 않는다는 사실을 알게 되었습니다. 문학과 현실은 다르고, 이데올로기와 현실은 더욱 다르지요. 공부에도 이론에 못지않게 현지 체험이 중요하다는 것을 강조하고 싶습니다.

자유와 격조의 조화

박명림 공간이나 여행과 관련해서는 언젠가 자세히 여쭈어 보고 다시 들을 기회를 가졌으면 합니다. 프랑크푸르트를 떠올리며 한 가지 직접 체험한 것을 여쭈어 보고 싶습니다. 프랑크푸르트도서전 때 저는 선생님 글에서 느낀 자유와 격조가 어떻게 잘 조화되는가를 다시 한 번 느낀 바가 있습니다.《비평》편집 회의나 월례 공부 모임도 마찬가지이고요. 자유는 무질서로 연결될 수도 있고, 격조는 엘리트주의나 형식적 격식으로 흐를 위험이 있는데 어떻게 자연스럽게 조화 가능하신가요?

김우창 아주 좋은 문제를 제기해 주셨습니다. 내 개인적인 것은 너무 부족하기 때문에 이야기할 수 없고, 일반론을 말하면, 우리의 새 문화에서 이룩해 내지 못하는 것이 바로 박 선생이 말씀하시는 자유와 격조 두 개를 합치는 것인 것 같습니다. 그리고 그것을 지적 탐구의 대상으로는 삼지 않는 것 같습니다. 자유에 대해서는 의식을 많이 가지고 있고 격조 이야기도 더러 나오지만, 두 개를 하나로 합치는 것은 별로 생각하지 못한 것 같습니다. 이것이 완전히 분리된 것이 현대 문명의 내적 위기의 하나라고 할 수도 있습니다.

여러 사람이 같이 살기 위해서는 규범과 규칙이 필요합니다. 또는 이것을 바꾸어 규범과 규칙에 대한 복종이 필요하다고 말할 수도 있습니다. 현실에 있어서 이것은 권위와 권력에 복종하는 것을 의미하는 경우가 많습니다. 그것은 복종하는 사람으로서는 굴욕적인 것일 수 있습니다. 그러나 굴욕은 자기의 의사에 반한 강제력에 복종할 때 느끼는 것입니다. 사람에 대한 복종이 아니라 규칙과 규범에 대한 복종이면, 덜 굴욕적이지요. 그리고 그 규칙과 규범이 모든 사람이 승복할 수 있는 것이면, 굴욕을 느낄 필요가 없습니다. 힘센 사람에 복종하는 것이 아니라 규범에 복종하는 것이니까요. 물론 권위를 대표하는 사람도 자신의 개인적 권위가 아니라 규범의 권위를 대표하는 것으로 행동해야 합니다. 사인으로 돌아왔을 때에는 권위자도 같은 인간입니다.

그런데 내가 복종하는 규범이 밖에 존재하는 것이 아니라 보다 높은 차원에서의 나의 가능성을 대표한다면, 복종은 나의 자아 완성의 일부가 될 것입니다. 그리고 규범의 권위를 대표하는 사람은 보다 높은 인간의 보편적 가능성을 대표하는 것으로 생각될 수 있습니다. 그때 굴욕은 존경으로 바뀔 수 있습니다. 이러한 것이 말하자면 보편적 자아의 실현을 위해서 노력하는 모든 사람의 자아와 사회적 규범의 관계라고 할 수 있습니다. 수신이나 수양이 낳은 결과가 이러한 것이지 않나 합니다. 우리한테는 수신(修身)이라는 말이 있고, 독일어에는 '빌둥(Bildung)'이라는 말이 있습니다. 수신한 사람이 정치를 해야 된다는 것이 동양 사상에서 아주 중요한 아이디어이면서 또한 나쁜 결과를 낳기도 했습니다. 수신제가치국평천하(修身齊家治國平天下)라는 말은 좋은 말이지만, 수신과 치국평천하의 연결은 나쁜 결과도 낳았습니다. 수신이 너무 쉽게 정치적 야심으로 연결되게 된 것이지요. 일반적으로 말하여, 수신은 전통 사회에서 계급분화의 구실이 되었습니다. 그러나 이상 국가에서 그것이 개인과 전체를 매개하는 인격적 요소일 수 있다는 것은 틀림이 없을 것입니다.

그럼에도 불구하고 수신에 대한 지나친 강조는 삶을 너무 딱딱하게 하고 권위주의적 질서로의 경향을 갖는 것이 될 수 있습니다. 이것을 조금 완화하는 것이 심미적 형식 또는 예(禮)입니다. 예는 공연 예술 같은 것, 퍼포먼스입니다. 아름다운 것은 그 자체로 유쾌한 것이지요. 그렇다고 해서 그것이 완전히 재미로 하는 것이라는 말은 아닙니다. 그것은 나 자신의 개체로서, 사회적 존재로서의 가능성을 요약해 주는 형식 절차이기도 합니다. 쓸데없는 장식을 더해 가는 것이 예가 아닙니다. 격식과 양식은 일을 간단하게 하는 방법입니다. 군대에 가면 많은 것에 대해서 절차를 갖추는 것을 원하지 않습니까? 가령 태극기를 접는 일까지 절차를 외우게 하는데, 그 절차라는 게 미적으로 발전하는 게 예술이 되지만 일을 할 때에는 하나의 행동을 간단하게 하는 방법입니다. 그래도 격식을 강조하다 보면 자유가 부족할 수가 있겠는데, 공자의 종심소욕불유구(從心所欲不踰矩)라는 말을 생각하면, 마음대로 하면서 틀을 벗어나지 않는 단계가 있을 거라고 희망해 볼 수 있습니다.

박명림 선생님의 이론과 실천에서 자유와 격조는 자기 기율을 고리로 양쪽으로 연결되는 것 같습니다.

김우창 그렇습니다. 자기 기율이 핵심입니다. 수신이 바로 자기 기율을 위한 노력이지요. 한마디를 더 보태면 끊임없이 자기를 버리기 위한 반성이 자기 수신의 요체입니다. 동시에 그것은 자기완성입니다. 자기를 보다 더 넓은 위치에 나아가게 하려면 자기를 버려야 하는데, 우리 사회에서는 자기주장이 너무 강한 것 같습니다. 오늘 우리 사회에서는 심미적 형식,

예, 규범, 상호 존중은 껍질이 되고, 낮은 차원에서의 힘의 경쟁이 삶의 방법이 되었습니다. 복종시키거나 복종하는 것이 삶의 요체인 것처럼. 기 싸움이 그것이지요.

종교의 문제

박명림 이제 마지막 질문을 드릴까 합니다. 제 생각으로는 현대 한국의 깊은 두 구체적·보편적 사유 체계는 함석헌과 김우창이 아닐까 싶습니다. 지금으로선 공부가 부족해 자신이 없지만 언젠가 두 분의 사상을 비교 연구해 보고자 전집들을 읽으면서 갖게 되는 느낌은 함 선생이 생명, 평화, 우주, 종교의 범주를 말하고 있다면, 선생님께서는 이성, 실존, 보편, 심미를 말씀하고 있는 것을 발견했습니다. 물론 넓은 의미에서 인간, 진리, 세계에 대해서는 두 분 모두 함께 말씀하고 있습니다.

저로서는 같은 한국 사회에서 나온 사상의 두 줄기가 크게 다른 흐름을 형성하고 있는 것을 발견하고는 놀랐습니다. 특히 선생님께서 미국(기독교 문명)과 한용운(불교 승려)을 중요한 학문적 초기 출발 지점으로 삼으셨으면서도 종교를 거의 말씀하지 않는 점은 많이 궁금합니다. 인간 행동의 일반 원칙이나 발전 단계에 비추어 보아도, 비록 이 모든 것들은 서로 깊이 얽혀 있지만, 거칠게 말해 동물적·생물학적 단계, 이기적·경제적 단계, 권력적·정치적 단계, 이성적 단계, 도덕적·윤리적 단계, 미학적 단계, 종교적 단계로 대략 발전한다고 보면 선생님께서 미학적 단계까지는 말씀하나 종교에 대해 말씀이 거의 없으신 것은 어떤 사상적이나 이론적인 이유가 있으신 것인지 아니면 그것은 종교학자나 성직자의 영역이라서 그러시는지 크게 궁금합니다.

김우창 종교에 대해서 이야기하지 않는 것은 종교가 너무 쉬운 답을 찾는 것이 구미에 안 맞고 또 많은 경험적인 사실을 수용하는 답을 찾아야 되겠다는 생각에서이고, 또 잘 모르기 때문이기도 합니다. 과학적 접근을 존중해야 한다는 생각도 거기에 관계되지 않았나 합니다. 결국 사실 존중, 구체성 존중이라는 것은 과학과 밀접한 관계가 있을 테니까요.

그러나 종교가 가진 인간 존재의 신비에 대한 느낌, 이것은 저도 느끼고 또 이것을 인정하는 것이 필요하다고 봅니다. 이왕에 태어났으니까 밑천 뽑아야 된다고 이야기한다는 것은 인생이 짧다는 것을 이야기하는 것이고, 죽는다는 사실이나 산다는 사실은 근본적으로 사람이 이해할 수 없는 커다란 신비 속에 있다는 것을 말합니다. 서양 중세에는 명상의 수단으로서 사람의 해골을 책상에 올려놓는 관습이 있었습니다. 그것을 "메멘토 모리(memento mori)"라고 "죽는다는 것을 기억하라."라는 말로 불렀습니다. 징그러운 이야기이지만, 책상에 해골을 올려놓고 사람이 죽는다는 것을 생각한다든지 산다는 것을 생각한다는 건 삶과 죽음의 신비를 생각하는 일입니다. 영원히 살 것처럼 생각하는 것도 사실에 어긋나지만, 의식하지도 않는 생명의 욕심이나 죽음에 대한 공포에 쫓기는 것도 개인적으로나 사회적으로나 도움이 되는 일이 아니지요. 우리 사회처럼 죽음의 사실을 존중하지 않는 사회도 드물 것입니다. 어떻게 죽어야 할지 전혀 알 수 없는 사회가 우리 사회지요.

우주의 신비로 말하면, 물질세계 하나만도 신비스러운 것이지요. 모든 이론은 언어로 표현되지만, 그리고 언어는 더없는 탐구의 수단이지만, 언어는 물질적 대상 하나도 충분히 설명할 수 없습니다. 이것을 컵이라고 불러서 이 컵의 존재를 완전히 설명할 수 있다는 것은 건방진 생각입니다. 이 구체적인 물질의 한 부분을 이야기하는 것에 불과합니다. 이 안에는 용도 이외에 그것을 사람이 만든 역사도 있고 그것이 세계적으로 유통된 역사도 있고 — 별것이 다 들어 있지만, 물질 자체의 신비도 한이 없지요. 사람이 빚어낸 컵의 형태도 생각하면 한없이 깊지만 — 편의와 미적 가공, 그 역사, 원추형의 심미적 그리고 기하학적 신비 등 한이 없지요. — 물질이 어떻게 해서 이렇게 엉켜 하나의 형태로 결합되어 있는가, 이해할 수 없는 것들이 너무 많습니다. 언어로 설명하는 것은 일시적 필요이자 가설이지 모든 것은 아닙니다.

하느님의 신비, 우주의 신비, 인생의 신비, 또 생명체의 신비도 있지만, 사물의 신비도 있고, 하이데거 식으로 말하여 무(無)가 아니라 유(有)가 있다는 것, 존재의 신비도 있습니다. 사람은 이해할 수 없는 신비에 싸여 살고 있습니다. 뉴턴이 자기의 물리학적 연구를 광활한 모래사장에서 한 줌의 모래를 들어 올리는 것에 비교한 것은 너무나 타당한 이야기이지요. 또 이 신비를 우리가 인정해야 된다고 생각합니다. 그러면 우리는 겸손해지지 않을 수 없습니다. 프랑크푸르트 시장이 경복궁에 와서 안내를 했을 때, 인왕산을 보고 저게 얼마나 오래된 산이냐고 물었습니다. 그때에 답을 못했는데, 그 말을 듣고 생각해 보니 그 산이 얼마나 오래되었는가 그리고 우리의 목숨이 얼마나 하루살이 같은가 하는 것을 기억하는 것은 우리의 삶에서 매우 중요하다는 것을 생각했습니다. 정치인이 그것을 기억하는 것도 깊은 의미를 갖지요. 물론 이런 것을 많이 생각하는 것이 종교입니다.

그러나 종교의 문제 중 하나는 사람의 마음이나 존재를 열어 주는 게 아니라 어떤 도그마에 갇히게 하는 측면이 있다는 점입니다. 이것이 사람들에게 종교에 대해서 유보를 가지게 하는 이유의 하나일 것입니다. 데리다의 글에 「어떻게 말하지 않을까: 부정의 부정」이라는 글이 있습니다. 이 글은 『데리다와 부정 신학』이라는 책에 영어로 번역되어 실려 있습니다. 부정 신학은 신을 말하지 않음으로써 신을 말하는 신학을 말합니다. 말이나 도그마로 모든 것을 설명할 수 있거나, 포괄할 수 있는 것은 아닙니다. 이러한 태도는 우리가 겸허하게 삶의 사실을 과학적으로 이해하는 데에 필요합니다. 정치가들의 계발 계획에도 이러한 겸허함이 중요합니다. 오랜 기간 동안 이루어진 산이라든가 그 안에 있는 돌멩이 하나도 어떤 조화가 있기 때문에 거기에 있는 것입니다. 이 지구는 오랜 기간에 걸쳐 이루어진 굉장히 복잡한 균형과 조화의 시스템으로, 과학적으로 생각해도 결국은 세계와 존재의 신비에 이르지 아니할 수 없다고 하겠습니다. 종교에는 이러한 이점이 있습니다. 우리가 우주의 신비나 인생의 신비를 생각할 때에 여러 가지 것에 대해 많은 생각을 하고 또 이것을 하나로 생각해야 하는데, 하느님이나 부처님의 존재는 가장 큰 대상적 존재를 두고 이야기하기 때문에 간단하게 거기에 대해서 반성할 수 있습니다.

종교적 신념은 특정한 확신을 얻어야 합니다. 스토아철학에서 말하는 카탈렙시스(catalepsis)는 눈으로 봤기 때문에 틀림없다는 확신의 상태를 말합니다. 심리학에서 이야기할 때는 정신적 문제로 하여 몸이 경직 상태에 들어가는 것을 말합니다. 내가 이것을 말하는 것은 부정적인 뜻에서 하는 것이 아니고, 어떤 종류의 일은 온몸과 마음으로 확신이 생겨야만 가능하다는 것을 말하려는 것입니다. 사제 서품을 받을 때 부름이 있는가를 확인하는 절차가 있고, 수녀가 몇 번의 피정 과정을 통해서 종신 서약을 하는 것도 비슷합니다. 막스 베버의 '직업으로서의 학문'이나 '직업으로서의 정치'가 있는데, 우리말로 직업이라고 하지만 독일어로 직업이라는 '베루프(Beruf)'는 '부름'을 뜻하기도 합니다. 사실 이러한 직업에도 자기가 절실하게 느끼는 것이 있어야 된다는 생각이 듭니다. 그래서 베버는 학문을 하려면, 자기만 못한 사람이 출세하는 것을 보아 넘길 수 있어야 한다는 말을 하는 것입니다. 아무리 이성적으로 생각해도 우리가 마음먹고 하는 일에는 그러한 측면이 있는 것 같습니다. 양심이라는 것도 그렇습니다. 그럴 수밖에 없다는 확신이지요. 그게 카탈렙시스이고 소크라테스의 다이몬이고, 막스 베버의 직업이고 우리 식으로 이야기하면 양심입니다. 종교적 신앙에 이러한 것들이 있을 터인데, 이것이 있어야 종교를 받아들이게 되겠지요.

박명림 어렵지만 어렴풋이는 알 것 같습니다. 점점 더 깊이 빠져드는 느낌이나 정말로 마쳐야 할 것 같습니다. 오늘 대담에서 여쭈어 본 것 말고도 사실 이데올로기, 동양과 서양, 문학, 예술, 건축과 도시, 아파트 문화, 정치와 법의 관계, 국제 평화, 문명, 미국 사회, 중국과 일본, 포스트모더니즘, 이성적 사회 건설, 여행 등 여쭈어 볼 주제가 너무 많습니다. 너무 귀중한 말씀에 시간 가는 줄 모르고 계속 여쭈어 보았습니다만 여기에서 욕심을 그쳐야 할 것 같습니다. 다음번에는 좀 더 좋은 질문을 갖고 잘 준비해서《비평》의 독자들이나 우리 사회에 선생님 이론과 사상에 대해서 관심 있는 분들이 더 잘 이해할 수 있는 그런 기회를 만들었으면 좋겠습니다. 오늘 너무 긴 시간 동안 진심으로 감사드립니다.

김우창 박 선생께서 이렇게 준비하시고 관심을 가져 주어서 대단히 고맙습니다.

좋은 삶이란 무엇인가

김우창(고려대 명예 교수)

김종철(《녹색평론》 발행인)

2008년《녹색평론》1~2월호

선거 제도와 환경 문제

김종철 《경향신문》이 새해에는 '생태-평화'라는 주제를 내걸고 우리 사회에 대한 근본적인 문제 제기를 해 볼 계획을 갖고 있는 것 같습니다. 새해 첫 호의 지면을 위하여 제가 선생님과 함께 당면한 환경 현안을 중심으로 이런저런 얘기를 나눠 보라는 게 신문사의 요청입니다.

김우창 먼저 내가 꼭 하고 싶은 말이 있어요. 김종철 선생이 우리나라 환경 문제에 대해 제일 주도적으로 담론 활동을 해 왔으니까 김 선생이 녹색당을 조직해 국회에 진출해야 한다는 말을 하고 싶습니다.

김종철 《녹색평론》이라는 잡지를 만든 지 17년이 됩니다만 기본적으로는 예전부터 선생님께 배웠던 것을 써먹어 왔을 뿐입니다. 오늘도 모처럼 선생님 말씀을 듣고 배우고 싶다는 생각으로 나왔습니다. 선거 직후니까 선거에 대해 한마디 하시면서 시작하는 게 어떨까요?

김우창 독일에선 녹색당이 정권에 참여까지 했는데, 우리도 녹색당을 만들어야 하지 않겠어요?

김종철 저는 녹색당이 한국에서 성공할 가능성도 없을 것 같고, 그거 해서 문제가 풀리지도 않을 것 같습니다.

김우창 완전히 풀리는 것은 크게 혼이 나야 풀리지요. 하지만 혼이 나기 전에 적당히 풀어 놔야 하니까.

김종철 저더러 녹색당 하라는 말씀은 농으로 하는 얘기로 듣겠습니다.

김우창 심각하게 하는 얘기예요.

김종철 선거철마다 느끼는 거지만 특히 이번 선거를 보고는 선거 제도를 계속 유지해서 인류 사회가 직면한 절박한 난제를 해결할 수 있을까 하는 무척 회의적인 생각이 들었습니다. 선거판에서는 전부 경제 성장만을 얘기할 수밖에 없게 되어 있는데, 이래서는 활로를 뚫을 수 없을 것이기에 말입니다.

김우창 선거를 통한 민주주의를 운영하는 제도가 최선의 정치 체제는 아니지만 차선이라고들 하듯이, 달리 무슨 제도가 있겠어요? 나는 이번 선거에서 국민들 선택이 틀린 건 아니라고 봐요. 우리나라를 계속적으로 키워 온 꿈이 돈 버는 꿈이거든요. 그리고 노무현 정부가 그런 욕망을 더욱 팽창·확대시켜 준 측면이 있고, 거기에 대한 답변으로서 경제 성장을 하고 돈을 많이 벌게 해 주겠다는 약속에 표를 준 것이지요. 불가피한 사태 전개의 일부라는 생각이 들어요.

김종철 물론 의회 민주주의 제도라는 게 문제가 있다고 해서 그것을 버리고 독재나 왕정으로 갈 수는 없지요. 그러나 지금 우리나라를 비롯해서 세계적으로 지구 온난화 문제 같은 것을 시급히 해결하지 않으면 조만간 파국이 필연적으로 닥치게 되어 있는데, 여기에 대해 현재의 정치 시스템으로 대응한다는 것이 과연 효과가 있을지 의문입니다. 오늘날의 정치 지도자들이 개인적으로 어리석다든지, 특별히 악의를 갖고 있다는 차원이 아닙니다. 경제 성장 논리를 극복하지 않고는 이 상황을 타개해 나갈 수 없는 게 분명한데, 지금과 같은 정치 시스템 속에서는 경제 성장을 거부할 수 없다는 데에 근본적인 딜레마가 있는 것 같아요. 성장에 대한 욕구는 우리만 있는 게 아니라 전 세계적 현상입니다. 그건 사람들이 국가라는 체제 속에 살고 있는 이상 피할 수 없는 것 같아요. 국가란 다른 국가의 존재를 경쟁적인 관계 속에서 의식하지 않을 수 없고, 사람들은 국민으로 사는 한 끊임없이 힘을 길러야 한다는 강박적 의식에서 벗어날 수가 없기 때문입니다. 참 어려운 상황이지요.

김우창 그래서 녹색당이 필요하다는 것입니다. 녹색당이 있으면 새로운 문제의식을 정치 의제화할 수 있을 테니까요.

김종철 민노당이 그동안 환경 문제를 일부 흡수하긴 했지요. 그러나 현재 우리나라 상황에서 지금과 같은 민노당 수준이 아니라 본격적인 녹색당을 만들어서는 의회에 진출할 수 있는 가능성이 전무할 것 같습니다. 지방 의회는 몇 군데 가능할 수 있을지 몰라도…….

김우창 지방은 더 안 될 것 같은데요. 지역 개발에 더 극성이니까.

김종철 그런 점은 있지만, 식품이나 보육 문제 같은 비근한 생활 문제를 해결한다든지 하는 점에서는 녹색당의 입장이 지역민들에게 통할 수 있을지도 모릅니다. 농업 관련 인구가 많다는 점에서도 유리할 수 있겠지요. 하지만 이게 중앙 정치에 영향을 미칠 가능성은 전무해 보입니다.

김우창 오히려 중앙 정부가 지역 주민으로부터 거리를 갖고 있기 때문에, 대중적인 열망으로부터 거리를 유지하며 큰 문제를 생각할 수 있는 위치에 있다고 할 수 있지요. 지방에 가면 전부 지역 발전, 신개발 도시 같은 구호가 넘쳐 나거든요.

김종철 지방 자치제 때문에 이득을 본 것은 결국 지방 토호들뿐입니다. 그리고 지방에서 설사 양심적인 사람이 단체장에 선출되고 의회에 들어간다 하더라도 실제적으로 뭐 어떻게 해 볼 수가 없어요. 지자체장이 인사권을 가지고 있지도 못하고 재정이 있는 것도 아닙니다. 열악한 재정 문제를 해결하겠다고 하는 것이 결국 지방 토호들과 결탁하여 골프장이나 짓는 것으로 귀결되어 버리거든요. 세심한 준비 없이 시작한 지방 자치제 때문에 지방의 문화와 환경이 엉망이 되어 버렸어요.

김우창 지방에도 크게 의존할 수 없고 별다른 해결책이 없기 때문에 녹색당이 더 필요하다는 얘기지요. 녹색당이 나와서 개발의 속도를 줄이자고 설득하는 역할을 해야 한다는 거죠. 녹색당이 활동하고 있는 유럽 국가에서는 우리처럼 급하게 발전해야 한다는 생각, 경제 성장에 얽매여야 한다는 생각은 확실히 덜해요. 물론 거기도 고용 문제가 있기 때문에 성장은 해야 한다고 생각하지만, 이미 잘 확립되어 있는 복지 체제를 조금 완화해야 한다는 정도이지 우리와는 다릅니다.

김종철 독일의 경우 환경에 대한 정치적 배려가 우리와는 비교가 안 될 정도로 많이 되고 있지만, 제가 생각하기에 그것은 녹색당의 역할이라기보다는 기본적으로는 문화적 풍토 탓이 아닌가 싶어요.

김우창 문제를 정치적으로 해결하기보다 정치적인 의제로 나아갈 수 있게 하는 문화적 공간을 늘려야 하는 게 중요하지요. 이번에 15년 만에 중국에 다녀왔는데 확연히 달라져 있었어요. 15년 전에 갔을 때는 북경공항이 시골 버스 정류장 같았어요. 김 선생 같으면 그걸 그런 모습으로 남겨 뒀어야 한다고 얘기할지도 모르겠지만, 중국의 정책 결정자들 입장에서는 외국인들이 거쳐 가는 곳인데 그렇게 남겨 두는 것은 자기 책임을 다하는 것이 아니라고 생각하고, 국민들도 그렇게 생각했을 것입니다. 성장이나 개발에 대한 욕구는 전 세계적으로 억제할 수 없는 것인데, 문제는 그걸 좀 더 인간적으로 할 수 없느냐 하는 겁니다. 그 공간에 다른 종류의 관점을 투입하는 사람들이 필요하다는 얘기지요.

김종철 동아시아 지역이 비서구권에서 유일하게 산업화에 성공했다고 말들을 하는데, 실제로 그런 측면이 있습니다. 오랫동안 중화 문화권의 전통적 질서 속에서 지내다가 서양으로부터의 충격 밑에서 식민지 내지 반식민지로 전락하였다가 가까스로 독립 국가를 형성해 왔기 때문에 서양에 대하여 극심한 열등감에 짓눌려 있었고, 그런 심리가 산업화를 촉진하는 동력이 된 측면이 있다고 할 수 있습니다. 우리도 사람답게 대우받고 살고 싶다는 열망 때문에 힘을 키우고, 확대·팽창하려는 욕구가 컸으니까요. 소위 후진성에 의한 반동이랄 수 있겠지요.

김우창 세계적으로 후진적으로 밀린 데가 그런 욕구가 더 강하죠.

김종철 우리의 경우 그게 유교적 전통과도 관계가 있을까요?

김우창 유교적 전통에 힘입어 경제 발전을 이루었다는 얘기를 우리도 하고 서양에서도 하지요. 두웨이밍(杜維明)도 그런 얘길 했고요. 하지만 산업화의 열망은 유교에 관계없이 어디에나 있는 것입니다. 이슬람 문화권에도 있고 아프리카에도 있어요. 우리는 교육을 중시하는 전통의 힘에 의지해 빠른 산업화를 이루었지요. 이룩한 업적의 차이는 전통에 있지만, 그 열망은 어디에나 있는 겁니다.

김종철 다시 선거 문제로 돌아와서, 의원 내각제도 그 나름으로 문제가 있겠지만 대통령 직선제라는 것을 이대로 계속하면 우리나라가 전부 시멘트로 뒤덮여 버리는 날이 오지 않을까 하는 생각을 이번에 많이 했습니다. 우리는 20년 전에 직선제를 회복시켜 몇 차례 해 봤지만, 번번이 선거 후에는 후유증이 너무 심각한 것 같아요. 대통령이 되겠다고 나선 사람들이 깊이 생각하지도 않고 당장에 표 때문에 매번 엄청난 개발 공약을 내걸기 마련인데, 그게 결국 대대적인 환경 파괴로 이어지는 공약이거든요. 새만금도 그랬고, 수도 이전이니 균형 발전이니 하는 것 때문에 결국 전국의 땅값이 천정부지로 올라 버린 것도 결국 선거 때의 공약 때문에 그렇게 된 것이지요. 이번에도 이명박이라는 사람은 얼토당토않게 한반도 대운하를 건설하겠다는 공약을 내걸었는데, 반드시 그 공약 때문은 아니겠지만, 어떻든 당선되었으니까 앞으로 그걸 추진하겠다고 할 텐데 큰 걱정입니다. 여론 때문에 설사 대운하는 포기한다 하더라도 그 비슷한 것은 얼마든지 하려고 할 텐데요.

김우창 그런 점에서 직선제에 대한 회의는 있을 수 있어요. 이명박 씨는 대운하나 그 비슷한 것을 계속 밀고 나가면서 아마 신자유주의에 더 충실하겠지요. 사실 지방의 균형 발전이란 새로 무엇을 짓는 것보다는 이미 있는 것을 활용하여 좀 더 인간적인 것으로 만드는 것이어야 합니다. 그런데 직선제에 따르는 이런 문제가 내각 책임제가 되면 고쳐질 수 있는 거냐. 그렇지 않을 것 같습니다.

김종철 하기는 일본에서는 대통령 선거를 하지 않는 내각제이지만, 다나카 가쿠에이(田中角榮) 수상 같은 정치 지도자가 1970년대에 일본 열도 개조론을 들고 나오면서 대대적인 토목 사업이 전개되었지요.

김우창 내각제는 그게 반드시 좋은 해결책인지 더 연구해 봐야 할 것입니다. 지금 상황에서는 환경 문제는 결국 문화적 해결책에 중점을 둬야 하지 않을까 생각합니다. 일본의 경우 자민당이 계속적으로 집권하는 데는 건설 사업이 계속적으로 뒷받침됐습니다. 정치 자금과 토건 사업과 관료가 연결되어 장기 집권을 허용하는 식으로 작동했어요. 우리도 내각제로 바꾼다고 해서 문제가 해결이 될지는 미지수예요. 우리나라에서 문화적인 변화가 시급히 필요하다는 것은 특히 지방의 경우에 더 그렇습니다. 지방에 가면 누구나 지역 발전이란 걸 토건 사업으로 생각합니다. 15~16년 전에 목포의 도시 계획을 짤 때 참여한 적이 있는데, 목포 사람들은 대부분 개발을 원했습니다. 나는 대불공단에 사는 사람들이 땅을 내놓고 나가 봐야 그 돈을 가지고 가서 다른 데서 잘살지 못할 거라고 얘기했어요. 당시

팀장이 작고한 이한빈 전 경제 부총리였는데, 내게 "로맨틱한 얘기 좀 하지 마시오."라고 하더군요. 거기서 지역 텔레비전 방송하고도 인터뷰를 했는데, 별로 환영을 못 받았어요. 주민들도 황당한 소리 하지 말라는 분위기더군요. 그래서 문화적인 변화가 있어야겠다는 생각을 하지 않을 수 없었어요.

그동안 우리는 너무 급격한 변화 속에 살다가 보니까 자기 고장을 사랑한다는, 공동체의 기초가 되는 감수성이 없어졌어요. 어떻게 해서라도 잘 살아 보자, 이런 욕망만 강화된 것이지요. 노무현 정권의 균형 발전 정책 덕분에 땅값을 보상받아서 갑자기 벼락부자가 된 사람들이 많아요. 여러 대에 걸쳐 그 땅에서 살아온 사람들인데도 보상금을 준다니까 "나 죽어도 여기 못 내놔." 그런 사람들은 거의 없는 것 같아요. 우리 사회는 진보와 보수 개념이 엉망진창이 되어 있어서 뭐가 뭔지 알 수 없지만, 진짜 옛것을 지키려는 보수적인 사람도 필요해요. 그러나 그게 돈 앞에서 다 사라져 가고 있어요.

김종철 우리나라 보수파는 오히려 오래된 삶터를 파괴하는 데 적극적인 사람들이지요.

김우창 보수라고 하는 그 사람들은 사실은 '진보'주의자들입니다. 그런 '진보'주의자들은 환경 문제에 대해 입장이 없어요. 그 사람들에게는 양반집을 보존하거나 그런 것은 중요한지 모르지만, 향토를 지켜야 한다는 생각이 없어요.

김종철 문화적 풍토가 중요하고 지역민의 의식이 중요한 것은 틀림없지만, 이번에 태안 기름 유출 사고에서 보듯이 지역에서 아무리 알뜰하게 살아 보려고 하더라도 대형 사고가 한번 터지면 지역 사회는 그날로 망해 버립니다. 그러니까 역시 국가적 차원의 정치를 무시하고 살 수는 없을 것 같아요. 이번에 원유 유출 사고는 피해 지역 주민들 입장에서는 원자탄이 터진 거나 다름없어요. 완전히 삶이 파괴되어 버렸으니까요. 앞으로 수십 년이 걸려도 복원될지 말지 모르는데, 그때까지 주민들이 기다릴 수 있는 것도 아니잖아요. 어떤 사람들은 정부 보상금을 얻어 이주하면 되지 않느냐고 할지 모르지만, 이 좁은 나라에서 이주할 데가 어디 있습니까. 어떻게 해서 보상을 받는다 하더라도 사람의 삶이 정든 터전에서 뿌리가 뽑혀 버렸는데 그보다 더 큰 고통이 어디 있어요? 수십 수백 년 동안 마을 속에서 형성되어 온 인간관계도 다 파괴되는 것이고, 유형무형의 손실이 엄청난 겁니다. 사실 그런 인간적 손실은 보상 계획에 반영될 리도 없지요. 우리가 살고 있는 터전 하나하나가 굉장히 중요한데, 지금은 사람들이 남들의 삶터는 물론이고 자신의 삶터에 대해서도 깊은 인식이 없는 게 문제입니다. 그리고 설사 인식이 있더라도 저런 사고가 터지면 모든 게 허사가 돼요. 사실 이번 태안 사태는 극단적인 경우지만, 따지고 보면 우리나라 전체가 다 망가져 있어요. 실제로 온전한 공동체가 남아 있는 데가 지금은 어디에도 없어요. 나라 전체가 난민촌이에요.

김우창 우리나라는 특히 좁으니까 갈 데도 없지만, 그것은 세계적인 현상입니다. 간단한 처방으로는 해결이 불가능합니다. 중국도 삼협댐 건설하면서 수십 수백만 명을 이주시켰어요. 이주한 사람들은 새 터전에서 문화적, 정신적인 것은 차치하고 경제적 의미에서만이라도 살 만한 땅에 간 것도 아니죠. 이주할 땅이 있어서 가더라도 그런 현상이 일어납니다. 그리고 한 가지 더 말하자면, 그러면 경제 발전이나 성장이라는 것은 그만두거나 서서히 해야 한다는 식으로 답변이 있을 수 있지만 정치를 하는 사람들로서는 세계 여러 나라와 비교하여 자기 나라가 경제 발전, 성장을 하지 말자고 얘기하기가 어렵게 돼 있거든요. 세계적으로 볼 때 유럽, 특히 스칸디나비아 국가들이 비교적 대응을 잘하고 있다고 할 수 있어요. 그러면 우리가 유럽을 배워야 한다고 할 수도 있는데, 사실은 그것도 또 어려운 일입니다.

며칠 전《뉴욕 타임스》에 중국의 한 강변에 있는 철강 회사에 대한 얘기가 나왔어요. 거기 오염이 얼마나 심하냐 하면 빨래를 해도 말리는 도중에 검게 돼 버린다고 해요. 철강 회사는 마오쩌둥 때 지어졌지만 특히 발전한 것은 비교적 최근으로 1980~1990년대입니다. 그 발전의 기초는 독일 루르 지방 철강 회사를 전부 뜯어서 옮겨 온 것입니다. 신문 기사는 루르 지방은 맑은 공기를 향유하고 있는데, 이 산업을 가져온 중국은 굉장히 오염에 시달리고 있다는 식으로 쓰고 있습니다. 루르 지방은 중국에 그것을 팔아넘기고 돈을 받았지만 실업자가 많이 생겼어요. 정보 기술이나 생명 공학 등 새로운 산업으로 다시 회복 중이지만 그래도 여전히 실업자가 많다고 합니다. 그런데 그러면 중국은 독일로부터 그걸 사지 말았어야 했는가. 그렇게 얘기할 수는 없거든요. 성장·발전을 해야 한다는 압력이 있으니까요. 그러니까 문화적인 해결은 지역적인 해결뿐 아니라 세계적인 해결이 되어야 합니다.

환경 오염 산업이 어디로 갈 거냐는 세계적인 판단이 필요합니다. 그리고 새로운 기술에 의해 오염을 방지하는 세계적인 기금을 걷어야 할 것입니다. 특히 선진국에서 많이 걷어야지요. 후진국에서는 그걸 감당할 수 없으니까. 유럽인들은 중국인들이 오염 방지 안 한다고 매번 비난하지만, 중국인들은 비난받더라도 철강 산업 같은 오염 산업을 안 할 수 없어요. 중국 강철이 기초가 돼 유럽인들은 생활에 편리한 것들을 쓸 수 있어요. 오염 산업에 대한 대응을 위한 연합이 세계적으로 이루어져야 합니다. 고향을 사랑하는 사람들이 지역 문화를 지킬 수 있도록 세계적 연대도 강화되어야 합니다.

환경 문제, 국제적 연대 없이는 해결 안 된다

김종철 환경 문제는 특히 국제적 연대 없이는 해결이 안 되는 문제입니다. 자원 문제든 오염 문제든 모든 나라가 전부 얽혀 있거든요. 예를 들어 독일이나 유럽 사람들이 상대적으로 아시아 사람들보다 환경에 대한 의식 수준이 높다고 할 때 그것은 자기들의 산업이 지식 산업이나 서비스 산업 위주로 가고 있는 것과 관계가 있습니다. 수십 년 전까지만 해도 자기들도 심각한 공해를 일으키는 산업을 토대로 먹고살았지만 차차로 그런 공장을 산업 후진국으로 이전시켜 버리고 자기들은 깨끗한 환경을 누릴 수 있게 된 거지요.

김우창 누가 누구를 나무랄 자격이 없는 거지요.

김종철 환경론자들 가운데도 이런 논리를 펴는 이들이 있어요. 환경 보호를 위해서라도 경제 성장 속도를 높여서 빨리 선진국이 되어야 한다고요. 소득 수준이 높은 선진국은 환경도 좋다는 거죠. 이런 사람들은 기본적으로 문제의 본질을 보지 못하고 있습니다. 세계 전체가 유기적인 관계 속에서 움직이고 있는 것을 보지 못하는 겁니다. 선진국이 되어 아무리 탈공업화하여 지식 산업 위주로 간다 하더라도 그들이 지식 산업을 하고, 풍요로운 소비 생활을 누리기 위해서는 세계의 어느 곳에서 반드시 대량으로 값싸게 물건을 만들어 내는 굴뚝 산업이 있어야 하는 거죠. 오늘날 유럽이나 선진국 사람들이 비교적 양호한 환경에서 안락한 생활 수준을 즐기고 살 수 있는 것은 중국이나 인도와 같은 환경 규제가 느슨하고 초저임금을 받고도 일할 수 있는 풍부한 노동력이 있는 산업 후진국들이 있기에 가능한 것입니다. 선진국이니 후진국이니 하는 것은 결국 동전의 양면이죠. 세계의 한 부분인 자기들만 좋아진다고 해서 문제가 해결되는 것이 아닌 거죠.

김우창 지금까지 개발이 안 된 사회에서 개발하려는 욕구가 강한 것은 인정할 수밖에 없는 현실입니다. 공해 산업을 후진국으로 넘기는 것도 선진국의 현실이지요. 둘 다 현실인데 현실을 어떻게 조화시킬 것인가 하는 데서 해결책을 찾아야 합니다. 세계적 연대 속에 환경 오염에 대한 대책을 위한 기금을 만든다든지 하는 노력을 해야 합니다. 철강 산업은 환경 오염이 심한 산업인데, 최신 기술을 이용하면 오염을 어느 정도 줄일 수 있습니다. 오염을 줄이는 데 필요한 기술과 자금을 국제적으로 구하는 것이 중요합니다.

김종철 그런 일을 위해서 국제 NGO들의 역할도 기대해야겠지만, 경제 정의의 입장에서 오염 산업이 지역 사회와 환경에 끼치는 손상을 제대로 비용으로 계산하여 제품 가격에 반영하는 일도 필요합니다. 그렇게 되면 선진국 사람들이 지금처럼 풍요로운 소비 생활을 하는 것은 어려워지겠지만 말입니다.

김우창 그것을 어떻게 반영할 것인가, 강제적으로 부과할 수 있는 힘이 어디 있느냐고 할 때 지금은 안 될 것 같아요. 그러면 다시 문화적 노력이 필요하다는 생각으로 되돌아가는데, NGO에 기대하고, 보통 사람의 선의에도 기대하고, 교토 의정서라든지 하는 그런 국제적 협약에도 기대해야겠지요. 그런 정도로 국제적인 정치 체제 안에도 반영되도록 해야 합니다. 유럽연합(EU)에는 상당히 오래 걸리긴 했지만 환경적 측면에 대한 고려가 정치 체제 안에 들어가 있어요.

김종철 공정 무역 운동도 한 가지 방법이 되겠지요.

김우창 공정 무역은 보통 사람의 선의에 호소하는 방법인데, 경제적인 이해타산에 의해 운영하는 사람들이 거기에 대단히 밝아요. 이익도 생기는 운동이기 때문에 지속할 수 있는 거죠. 그런 종류의 운동도 조직하고, 그게 정치 체제 안에도 반영되도록 해야 합니다.

김종철 그런 점에서도 아무래도 현재의 정치 시스템에 대한 근본적인 고민이 있어야 하는 게 아닌가 하는 생각을 자꾸 하게 됩니다.

김우창 흔히 대통령을 뽑을 때 사람들이, 인물이 아니라 정책에 기초해서 투표를 해야 한다고 말하는데, 나는 거기에 대해서 약간 유보적입니다. 대체로 무엇인가를 적극적으로 하거나 발전시키겠다는 게 소위 정책이고 아무것도 안 하겠다는 것은 정책이 아닙니다. 그러니까 정책을 얘기하는 것 자체가 개발 논리에 연결되는 발상이지요. 그런데 가령 집 안에서 부모가 정책을 가지고 뭔가 하자고 하면 자식들이 괴로워지겠죠. 부모는 아이들을 돌보는 사람이지, 정책으로 뭔가를 하는 사람은 아니거든요. 가정과 국가가 같은 것은 아니지만, 좀 낭만적으로 생각하면 대통령은 사회가 돌아가는 것을 돌봐 주는 사람입니다. 빠진 게 있으면 좀 보태 주고, 너는 좀 천천히 가라고 하는 그런 식으로 말이죠. 집 안에서 부모가 자식들의 일을 도와주듯 하는 게 대통령의 일이어야 합니다. 정책을 내세우고 거기에 기초해서 일하라면 결국 개발로 갈 수밖에 없는 것 같아요.

김종철 저는 지금과 같은 선거 제도 가지고는 결국 인류 사회가 파멸로 갈 수밖에 없지 않을까 하는 생각입니다. 이런 선거 제도하에서는 아무 생각 없이 대중들이 듣기에 달콤한 공약들을 남발하고, 그 결과로 매우 위험한 사태가 발생하기 쉬워요. 거기다가 정치하는 사람들이 내다보는 시간이란 기껏해야 4~5년일 뿐이지 장기적인 미래가 아니거든요. 아무리 지구 온난화가 가공할 현실로 다가오고 있다고 하지만 그런 문제를 유권자들과 함께 진지하게 고민하고 있다가는 아마 선거에서 떨어지기 쉬울 겁니다. 국회 의원이든 대통령이든 정치하는 사람들은 단기간에 뭔가 가시적인 성과를 올려서 다음 선거에서 다시 뽑히거나 권력을 유지하겠다는 욕심으로 끊임없이 쓸데없는 짓이나 계속할 수밖에 없는 구조가 되어 있어요.

김우창 선거를 하지 않는 사회주의 국가에서도 뭘 하겠다고 밀고 나가려고 하지 않나요. 옛날 임금처럼 가만히 앉아 있는 사람은 오늘날에는 지도자가 될 수 없습니다.

김종철 인류 사회가 어쩌다가 잘못된 정치 제도를 택하는 바람에 결국은 망하는 게 아닌지 모르겠어요. 이런 정치 제도 속에서는 언제까지나 '성장, 성장' 할 수밖에 없을 테니까요.

김우창 아까 정치를 가족에 비유하면서 정책 들고 나오는 아버지 때문에 괴로워진다고 했는데, 사실 아이들 성장하는 것을 볼 때 한없이 크는 아이가 상상이 안 되지요. 일정하게 성장하고 끝나야 정상이지요. 성숙한 사회는 성장하지 않는 사회라고 할 수 있어요.

김종철 자본주의가 성장을 멈추면 그날로 생명이 끝나겠지요.

김우창 마르크스주의도 결국 성장해서 더 편하게 살게 해 준다는 건데요. 사회주의나 자본주의가 다 성장 자체를 기대하는 데에는 차이가 없어요.

김종철 결국 정치적으로 해결해야 하고 국제적 협력을 통해서 할 수밖에 없는데, 국가와 국가 사이의 관계는 근본적으로 경쟁과 긴장의 관계라는 사실을 생각하면 경제 성장을 멈추고 환경과 평화를 위한 국제 협력 체제를 만든다는 것이 과연 가능할지 막막합니다. 최근에 가라타니 고진(柄谷行人)이란 일본 평론가가 『세계 공화국으로』라는 책을 내놓았기에 읽어 보았습니다만, 정말로 세계 공화국이 성립하기만 한다면 근본적인 문제들이 해결될 수 있겠다는 생각이 들더군요. 그러나 지금 유엔이 실질적으로 아무 기능도 못 하고 있는 상황에서, 가령 모든 국가가 군대를 포기하고 국가 방위를 전부 유엔과 같은 초국가적 기구에 맡기자고 하는 가라타니의 제안이 과연 실현 가능한 제안인지 의문입니다. 지금으로서는 지극히 몽상적인 생각일 뿐이지요.

김우창 성장과 환경 문제에 대한 정치적 해결이나 문화적 해결은 굉장히 어려운 것인데, 어쨌든 어느 한 가지 접근 방식으로는 해결할 수 없어요. 한국 사회에서 우리가 어떻게 하면 조금이라도 풀어 나갈 수 있는가를 살펴보면서 부분적으로, 점진적으로 나아가는 수밖에 없지요.

무엇을 위한 대운하인가

김종철 지금과 같은 경제 성장이 아무리 파괴적이고 어리석은 것이라 해도 그것을 일시에 멈추면 대재앙이 되겠지요. 그러니까 경제의 관행을 어느 정도 받아들이면서 환경과 조화를 맞추도록 방책을 강구하는 게 가장 중요한데요. 그러나 현실에서는 경제 논리와 환경 논리는 늘 충돌하기 마련이고, 결론은 언제나 환경이 질 수밖에 없다는 겁니다. 이명박 씨가 당선되자마자 정부 조직 개편설이 들리는데 환경부 없애자는 얘기부터 나오는 것 같습니다. 사실 저는 다른 각도에서 환경부를 없애야 한다는 생각을 해 왔습니다. 환경부가 있기 때문에 정부의 다른 부처가 환경에 대해 신경을 안 쓴다는 측면이 분명히 있다고 생각합니다. 환경부가 있으니까 골치 아픈 환경 문제는 거기서 다 알아서 하겠지 하고는 대통령이든 다른 부처의 장관이든 노상 하는 일이 결국은 환경을 망가뜨리는 일들이거든요. 실제로 환경부에 최소한의 환경을 지킬 권한도 안 주면서 말이죠.

저는 환경 문제에는 따로 전문가가 있을 필요도 없고 있어서도 안 된다고 생각합니다. 인권 전문가가 따로 없고, 정부 부처 중에 인권부가 따로 설치되어 있지 않은 것과 꼭 같은 이유로 환경은 기본적으로 모든 정치인, 공무원, 기업가, 언론인, 학자, 교사, 시민들이 갖추고 있어야 할 가장 기본적인 시민적 교양이 되어 있어야 합니다. 그래서 제가 환경부가 따로 있을 필요가 없다고 생각하는 거죠. 그러나 물론 새로 들어설 정부가 그런 생각으로 환경부 존폐 여부를 생각하는 것은 아닐 것입니다. 대운하는 물론이고 얼마 전에 국회에서 여야 합의로 통과된 연안 특별법 같은 것은 가까스로 남아 있는 그린벨트도 다 없애고, 환경 영향 평가도 생략하고 이제는 난개발을 아주 합법적으로 하겠다고 선언한 것이나 다름없는데, 거기에 환경부가 딴소리를 하니까 그것도 귀찮다는 거지요.

김우창 환경부도 있어야 하고 환경 단체도 있어야지요. 환경 단체에서 정권 잡아서 성장 그만두자고 하면 문제가 생기겠지만…….

김종철 이명박 캠프는 선거 기간 중 대운하가 환경을 위해서도 필요하다고 했습니다. 물자 운반하는 데 배를 이용하면 이산화탄소 덜 내놓는다는 논리로요. 요새 선거 후 며칠 되지도 않았는데 벌써 저녁 9시 뉴스에서 대운하에 관해 보도하는 방송 앵커나 기자들의 어조가 달라졌음을 느낄 수 있어요. 선거 전에 비해서 어조가 상당히 긍정적으로 변했어요. 선거 후 실시한 여론 조사에서 대운하에 대해 국민의 상당수가 찬성한다지요. 참 사람들의 심리가 돌아가는 게 무서워요. 하기는 깨고 부수면 당분간은 흥청망청할 수 있겠지요.

김우창 노무현 정부를 비판적으로 보게 되는 이유의 하나는 토건 산업을 많이 하려 한 것입니다. 한미 FTA를 추진한 것도 문제가 크지만 그것은 좀 더 장기적이고 추상적인 문제예요. 하지만 토건 프로젝트는 매우 직접적이고 구체적인 문제입니다. 단기적인 성과를 통해서 돈을 벌겠다는 이런 프로젝트는 사람의 심성을 바꾸어 놓는 데도 큰 영향을 미칩니다.

김종철 남한 땅에는 이제 토목 공사를 더 계속할 공간도 없어요. 서울에서 제주도까지 어디를 가나 거미줄처럼 도로가 뚫려 있고, 방방곡곡에 골프장 공사 중입니다. 지어 봐야 돈도 안 된다는데도 계속 골프장을 짓습니다. 이런 토목 공사를 벌이는 동안에 크게 이익을 보는 사람들이 있기 때문입니다. 새 대통령 당선자는 평생 토목 공사가 체질화된 사람인데, 결국 온 국토가 만신창이가 될 것 같습니다.

김우창 우리가 그에게 정말 위대한 지도자가 되도록 권유하고 설득하는 게 좋을 것 같아요. 자기 고집 하나로만 밀고 나가지는 않았으면 좋겠다는 식으로 말이에요. 운하 문제도 환경적 차원뿐 아니라 여러 차원에서 다시 한 번 진지하게 검토해 보자는 거죠. 설사 내 속마음은 절대 반대라 하더라도 다시 한 번 생각해 보자는 식으로 제안했으면 좋겠어요. 국민 생활 백년대계 차원에서 환경, 경제 등의 차원에서 열린 마음으로 원점에서 다 같이 검토해 보자는 거죠. 검토한 결과 모든 면에서 좋다고 합의가 된다면 추진할 수도 있겠지요.

김종철 이명박 측에서는 선거 동안에 소위 747 공약을 내세웠지요. 연간 7퍼센트 성장, 1인당 국민 소득 4만 불, 7위의 경제 강국을 만들겠다는 건데요. 많은 사람들이 거기에 마음이 움직여 표를 준 측면이 있어요. 그러면 새 정부는 최소한 경제가 잘 풀린다는 분위기를 만들려고 할 텐데, 그러나 지금과 같은 양극화와 고용 없는 성장을 구조화하고 있는 신자유주의 경제 시스템 자체를 검토하지 않고, 어떻게 서민 경제를 안정시킬 수 있을까요. 결국 깨고 부수는 토건 사업이나 다른 형태의 경기 부양책을 써서 일시적인 거품 효과를 노리는 것밖에 무슨 방법이 있겠어요? 애초에 경제 성장 목표치를 높게 내건다는 것 자체가 삶의 장기적인 지속성에 대해 아무 생각이 없다는 징표이긴 하지만 말입니다.

김우창 경제 성장이라는 것에 대해서도 나는 원래 많이 유보적이었지만 요즘은 생각이 좀 달라졌어요. 이제 좀 방법을 달리한 경제 성장을 해 보자는 것이지요. 예를 들어 내가 김 선생을 도우면 김 선생이 나를 도와주고, 도움을 서로 주고받으면 결국 GDP가 올라가지 않겠어요? 경제 성장을 하되 상대방의 삶을 서로 돕는 식으로 하자는 거죠. 내가 집에서 밥을 안 먹고, 시내 나가서 사 먹으면 경제 성장에 도움이 되겠지요. 인간의 삶에서 교환 관계가 활발해지면 성장에도 도움을 주고 인간관계도 좋아지지 않겠어요? 이왕 성장해야 한다면 소프트웨어나 서비스로 하자는 겁니다. 사치나 퇴폐적인 게 아니라, 인간적인 삶을 향상하는 쪽으로 경제 성장을 하면 되지 않을까요? 공정 무역 같은 것도 현지 조사를 해야 하니, 돈을 들여 갔다 오고 보고서를 써야 하고, 그러다 보면 경제 성장에 플러스가 되는 겁니다. 그러니까 보다 인간적인 발전을 통해서도 경제 성장을 이룩할 수 있지 않을까 합니다.

김종철 하기는 우리가 자본주의 시스템 속에서 살고 있는 이상, 성장을 전혀 안 할 수는 없겠지요. 어떻든 일자리가 계속 나와야 하고, 먹고살 수단이 있어야 하니까요. 그러나 지금 대중이나 정치인들이 생각하는 성장은 선생님이 생각하시는 것처럼 그런 상부상조의 교환을 통한 경제의 안정성을 뜻하는 것이 아닙니다. 그저 해외 관광을 자유롭게 하고, 골프장 자주 드나들고, 물건 많이 사들이고, 첨단 제품 많이 소유하고, 과거보다 더 크고 편리한 집에서 살겠다는 것이지요. 요컨대 에너지를 펑펑 쓰는 생활을 하자는 것이지요. 지난 50년간 1인당 주거 공간이 네 배나 커졌다는 통계를 어디서 본 적이 있습니다. 땅덩어리가 고무줄도 아닌데 이런 식으로 성장을 해 나간다는 게 도대체 지속 가능할까요?

김우창 새 대통령에게 말하고 싶은 것은 좀 방법을 세련되게 했으면 좋겠다는 겁니다. 물질적인 성장만이 아니라 질적인 성장이 중요하다는 것을 인식했으면 합니다. 예를 들어 시골의 초등학교에 강당을 짓는데 건물 규모를 크게 하기보다는 음향 효과가 더 좋은 것이 되도록 돈을 쓴다든지, 직장을 못 구하고 있는 음악가들이 그런 학교에 가서 공연을 할 수 있게 돕는다든지, 그런 방식으로 경제 성장을 생각할 수 있지 않을까요? 경제 문제를 한달음에 해결하려는 게 토건적 해결 방법입니다. 그러나 이제부터는 작고 가능한 것으로 채워 나가자는 것입니다. 나나 김 선생이 충분히 자신 있게 얘기할 수 있는 것이 아니겠지만, 경제학자들이 그런 쪽으로 더 연구했으면 좋겠어요.

김종철 경제학자들이 '희소성'의 논리에 매달려 경쟁력이니 효율성이니 하는 상투적인 계산에 열중해 있는 이상, 그러한 근본적인 성찰을 기대하기는 불가능할 것으로 보입니다.

김우창 이명박 씨의 운하 건설이라는 발상이 청계천 말고도 독일 운하에 근거를 두고 있다고 하는데요. 이 문제가 불거지기 전인 2년 전에 독일의《디 차이트》편집인인 테오 좀머와 운하에 대해 얘기를 나눌 기회가 있었어요. 함부르크에서 라인 강 따라가는 이 운하가 왜 효과적이냐 하면, 그것이 도나우 강과 연결되어 동유럽과 러시아에 이르는 큰 교통로이기 때문에 독일에 이익을 가져오고 유럽에도 이익을 가져온다는 겁니다. 독일 동쪽으로 상품이 이동함으로써 이득을 갖게 된 거죠. 그러나 운하가 우리에게도 그런 효과를 가져다줄 것인가, 그건 아닌 듯해요. 독일의 실정도 좀 더 깊이 파악했으면 좋겠어요.

생태학자 콘라트 로렌츠만 하더라도 운하의 콘크리트 제방에 대해 비판을 많이 하고, 철폐 운동도 많이 했어요. 물이란 자연스럽게 흘러야 한다는 것이지요. 강은 안 보이는 듯하지만 근처의 농사나 인간의 삶과 관계를 맺으면서 흘러가는 것이지요. 운하를 건설한다면 그 경제적 가치가 보통 사람으로서도 아, 그렇겠다고 할 정도로 분명해져야 합니다. 중국에서도 마오쩌둥이 시작한 삼협댐 같은 것에 대해서 그동안 많은 비판이 있었지만, 최근에도 어떤 중국인이 비판적으로 쓴 리뷰가 하나 나왔어요. 댐 때문에 그 근처의 농토가 완전히 황폐화했다는 것이죠. 그런 후속 연구를 많이 해야 합니다. 이번에 베이징에 가 보니까, 원래 강이 있었는지 모르겠지만 청계천 비슷하게 복원해 놓은 게 있었어요. 주변의 지하수 등을 끌어다 물을 흘려 보낸다고 해요. 올림픽을 대비한 것인데, 올림픽이 끝난 다음에는 주변이 황폐화하고 큰 곤란에 부딪힐 가능성이 높아요. 경제 발전은 사회주의, 자본주의를 떠나서 중요한 국가 의제가 되어 왔는데, 그 결과가 어떠했는지 잘 검토해 봐야 할 때가 되었습니다. 우리나라는 삼면이 바다인데, 물자 이동을 위해 그런 운하를 꼭 건설해야 하는 것인지 좀 깊이 검토를 했으면 좋겠어요.

김종철 아무리 얘기해도 그 사람들이 말을 안 들으니 문제지요. 권력을 가진 사람들이 좀 더 이성적으로 관련된 이슈를 다각적으로 철저하게 고려하고 민주적 토의를 거친 다음에 하든지 말든지 결정해야 할 텐데, 덮어놓고 힘이 있다고 무작정 밀고 나가려고 하니까 문제지요.

김우창 그렇게 하면 데모하는 수밖에 없지요. 그러니까 녹색당이 필요한 것이지요.

김종철 대운하는 유럽의 지리 풍토에서는 맞는 것인지 모르지요. 유럽은 연중 비가 내리지만, 우리나라는 1년에 한 차례 비가 집중적으로 쏟아집니다. 그런 것에 대비해 수량을 고르게 하기 위해서 수중보니 뭐니 하는 것을 만든다고 합니다만, 결국 그게 댐이거든요. 무수히 많은 댐을 만든다는 건데, 그러면 강은 다 파괴되는 거죠. 한강, 낙동강, 금강, 영산강 등 남한에 있는 강을 전부 연결해서 한반도 대운하를 만든다면 우리나라는 앞으로 강이 없어져요. 우리 다음 세대는 강이 무엇인지도 모르는 나라에서 살아가야 할 것입니다.

김우창 우리나라가 금수강산이라고 하는 것을 나는 전에는 별로 믿지 않았어요. 자기 자랑하는 것을 싫어하기 때문에 금수강산이라는 말도 우리 민족이 제일이다 하는 식의 말이 아닌가 해서 믿지 않았는데, 그러나 이런저런 나라를 다녀 보고는 우리나라의 산이나 강이 얼마나 고마운지 생각을 많이 하게 됐어요. 산을 보고 있으면 마음이 가라앉는 것을 느끼죠.

그런 것은 보이지 않는 큰 자산입니다. 산과 강을 허물어 버린다는 것은 문제입니다. 가끔 농담으로 하는 말이 있어요. 토목 공사 벌이기 좋아하는 우리나라에서 돈을 들여 산을 지으라고 했으면 틀림없이 산을 만들려고 아우성을 쳤을 거라고요. 이번에도 허허벌판인 베이징에서 버스로 오가면서 서울은 산이 있으니 얼마나 좋은가 하는 생각을 했어요.

김종철 저는 어떤 때는 산이 많아 갑갑하다는 생각도 드는데, 그나마 산이 있어서 이렇게 무분별한 개발에도 불구하고 숨을 쉴 여지가 있는지도 모르겠다는 생각이 가끔 들기도 해요. 그런데 산과 강은 우리가 의식하지 못하는 사이에 우리의 시적, 종교적 감수성을 키워 주는 원천이 아닌가 합니다. 유유히 흐르는 강을 바라보는 것은 옛날부터 사람이 자신의 삶을 돌아보고, 우주의 시간 속에서 인생의 의미를 명상하는 데 불가결한 경험이었습니다. 그래서 자연스럽게 흘러가는 강이 사라지면 이 나라에서는 시도 예술도 철학도 불가능할지 모른다는 생각이 들어요. 오랜 세월 동안 시인들이 끊임없이 산과 강에 관해서 이야기해 왔다는 것은 사람의 삶에서 그것이 절대적으로 필요하기 때문일 것입니다. 우리가 건강한 생활을 하자면 물질적 조건도 갖춰야 하지만, 이런 차원의 눈에 보이지 않는 시적 체험도 반드시 필요할 텐데요. 대운하가 절대적으로 필요하고, 그것을 건설하지 않으면 정말로 달리 살길이 없다면 한번 생각해 볼 수 있겠지만, 그런 것은 아니잖아요. 선거 기간 중에 이명박 캠프 쪽 사람들의 말도 자꾸 바뀌었어요. 처음에는 물류 때문이라고 했다가 그다음에는 관광이라고 하더니, 나중에는 지역 사회 발전을 위해서 대운하를 건설해야 한다고 그러더군요. 100명이 10년간 연구했다지만, 실은 준비도 안 돼 있다는 뜻이고 이게 꼭 필요한 사업이 아니라는 뜻이기도 하지요.

김우창 연구 팀에 김종철 선생을 포함해서 시인이나 문인들이 포함되어야 합니다. 경제 정책이나 건설 관계 전문가들에게만 그 문제를 맡겨 둬선 안 될 것 같습니다.

자유 무역의 이데올로기와 농업 문제

김종철 저는 환경 영향 평가를 할 때에도 평가 위원 가운데 반드시 시인들이 들어가도록 법을 개정해야 한다고 생각합니다. 환경 문제를 단지 경제적 효율성이나 수치상의 문제로만 볼 것이 아니라, 전체적인 삶과의 조화라는 각도에서 바라보는 시적 혹은 미학적 판단이 필수적이라고 생각하기 때문입니다. 그런데 저는 아무래도 환경 문제를 생각할 때에도 제일 중요한 것은 농업을 살리는 문제가 아닐까 싶습니다. 결국은 사람의 생활 방식이 자연의 순리에 따라, 순환적인 패턴으로 돌아가지 않으면 환경 문제는 근본적 해결책을 찾을 수 없을 테니까요. 하지만 지금 정부도 그렇고 지식인들도 농업 문제에 너무들 관심이 없는 것 같아요.

김우창 농업을 살리는 것이 중요한 것은 사실이지만, 현실적으로 어떻게 그게 가능하겠는가가 문제입니다. 경제적으로 살아남을 수 있는 농업이 돼야 하는데 말이지요.

김종철 지금 상황에서 제일 큰 문제는 자유 무역 논리인 것 같아요. 자유 무역의 이름으로 미국을 위시한 대규모 농업국의 잉여 농산물이 헐값으로 국제 농산물 시장에 쏟아지기 때문에 세계 전역의 소규모 농민들의 삶이 초토화되고, 각국의 농업 기반이 붕괴되고 있거든요. 저희가 한미 FTA를 반대해야 한다고 생각하는 것도 그 때문입니다. 사실 미국은 무역 상대국가에 가장 강력하게 자유방임 경제 시스템과 농산물 시장 개방을 요구하는 나라지만, 정작 미국 정부는 자기 농민들에게 막대한 보조금을 주고 있잖아요. 물론 미국에서도 지금은 다 기계·화학적 농업을 하고 있으니까 소농은 거의 다 소멸하고 대농들뿐입니다. 그런데 이 대농들의 정치적 영향력이 크다 보니까 최근에도 미국 의회에서 농업 보조금을 사실상 증액했다고 합니다.

미국 신문을 보니까 평균적으로 한 농가에 연간 100만 내지 200만 불이나 정부 보조금을 지급하는 것으로 되어 있습니다. 원래 땅값이 싼 데다가 이런 막대한 보조금까지 받는 미국 농업과 아시아, 아프리카, 라틴 아메리카의 농민들이 어떻게 경쟁을 할 수 있겠어요? 불가능한 일이지요. 뿐만 아니라 그렇게 되니까 점점 제3세계의 농민들이 농사를 포기하고 도시의 빈민으로 전락하여 온갖 사회 문제, 고용 문제가 발생하는 것도 큰 재앙이지만, 더 불길한 것은 이런 식으로 폐농 인구가 늘면서 세계 전역에서 농경지가 급속히 사막화하는 사태가 일어난다는 것입니다. 미국 자신도 2차 대전 이후 줄곧 기계·화학 농사를 해 오는 바람에 토양 침식이나 토지 열화(劣化) 현상이 심각해지고, 지하수도 고갈되고, 염해 현상도 생기면서 이미 농경지의 3분의 1 이상이 사막화되었다는 보고도 있습니다. 이러다 보면 결국 앞으로 머지않아 세계의 농업이 괴멸적인 붕괴를 할 가능성도 크다고 봐야지요. 작년, 금년 동안 국제 곡물 시장에서 밀과 옥수수 가격이 두 배에서 네 배까지 올랐는데, 이런 현상은 갈수록 심화될 가능성이 큽니다. 이런 추세가 계속되다가는 지금도 식량 자급률이 터무니없이 낮은 한국 사회가 어떤 엄청난 재앙에 직면할지 몹시 불안합니다. 하여튼 농사를 살리는 일이 급선무라고 저는 늘 생각합니다만, 한국 정부가 이런 임박한 세계적 농업 위기에 대한 철저한 검토와 대비책도 없이 덜렁 한미 FTA를 체결해 놓고는, 자국의 농업에 대해서는 철저히 보호 정책을 실시하면서 바깥을 향해서는 농산물 시장을 완전히 개방하라고 요구하는 미국의 이중성에 끌려다니는 게 과연 옳은 일인지 모르겠습니다.

김우창 당장 현실적으로 그게 우리에게 적합한 것이냐 하는 문제가 있어요. 미국이 그렇게 보호하기 때문에 우리 농업이 경쟁력이 없다고 한다면 우리도 보호하면 되지 않을까 하고 생각할 수 있겠지만, 그게 그럴 수 없는 문제지요. 미국도 보호하고 우리도 보호한다면 우리나라의 물가는 상당히 올라가게 되겠지요. 유럽에서도 농업에 지원을 많이 하는데, 유럽이 자기 농업에 지원을 많이 하기 때문에 아프리카가 경제 발전을 못 한다는 얘기도 나옵니다. 그래서 진보주의자들은 유럽 국가들이 농업에 보조금을 주지 않으면 아프리카가 경제 성장을 할 수 있을 것이라고 합니다.

김종철 경제 논리로만 보면, 지금 우리가 농업을 보호해서 국내 시장에서 국산 농산물만 유통시킨다면 물가가 올라가겠지요. 그러면 임금도 더 올라가야 하고, 결과적으로 한국산 제품의 국제 경쟁력이 떨어져 지금과 같은 경제 수준을 유지할 수 없게 되겠지요. 그러나 장기적으로 볼 때 지금처럼 가서는 필연적으로 파멸이 올 수밖에 없다는 게 문제예요.

김우창 현실적으로 우리에게 중요한 것은 미국보다는 중국과의 관계지요.

김종철 지금 중국산 농산물이 우리 식탁을 대부분 점령하고 있고, 지리적 위치 때문에 중국산 농산물이 앞으로 갈수록 한국 농업에 위협이 되겠지만, 실은 중국도 언제까지나 안심하고 농산물을 수출할 수 있는 여건은 아닙니다. 지금도 자기들 내부에서도 굉장히 문제가 많고 논쟁이 많아요. 실제로 중국은 지금 농산물을 수출도 하지만, 식량을 자급하는 것이 아니라 갈수록 해외에서 대량의 식량을 수입하지 않으면 안 되는 상황이 되고 있거든요. 경제 발전으로 식생활이 서구화하면서 육류나 유제품 소비가 굉장히 늘어난 탓도 있지만, 많은 농경지가 산업용이나 기타 용도로 전환되면서 예전보다 농사지을 땅이 급속히 줄어들고 있는 탓이기도 합니다. 그러니까 앞으로 중국의 농업도 자급 문제든 지속성의 문제든 심각한 위기에 직면할 것이 분명합니다. 현실이 이렇지만, 지금 전 세계가 자유 무역이라는 이데올로기에 매달려서 근본적인 해결책을 찾지 못하고 그냥 관성대로 가고 있는 것 같아요. 이것을 우리만의 독자적인 힘으로 뚫을 수 있는 것도 아니고요. 그러나 그렇다고 해서 이대로 계속 간다는 것은 말이 안 되는 것 같습니다.

김우창 정치는 인간의 인간적 생활에 대한 의식을 정식화하는 과정이라고 할 수 있는데, 어떻게 현실과의 협상을 통해 문제를 해결할 것인가가 늘 정치의 중요한 과제입니다. 사실 농업 문제도 정치가뿐만 아니라 경제학자, 관련 전문가들이 모여서 숙의를 하고, 정치적인 해결을 모색해야 할 문제입니다. 그러나 이 모든 것의 근본에 있는 것은 결국 문화적 능력입니다. 농업 문제도 앞으로는 결국 유기농으로 가야 해결될 수 있을 것인데, 유기농에 대한 인식이 높아지는 것도 결국 문화적 성숙의 문제예요. 물론 요즘 점점 인기를 얻고 있는 유기 농산물을 쓰는 사람들은 대개 돈이 좀 있는 사람들인 것은 사실이죠. 수입이 적은 사람들은 공해 식품을 살 수밖에 없습니다. 그러나 이런 문제는 사회적으로 해결하려고 노력하면서 한편으로는 유기농 식품이 왜 필요하고 좋은 것인지에 대한 사회적 인식이 넓어지는 것도 중요한 일이지요.

이번에 중국에 갔을 때도 호텔에 있는 비누를 보니 유기 제품이라고 쓰여 있었습니다. 인쇄만 그렇게 한 것인지 모르지만 하여튼 중국에서도 유기농 제품이 좋은 거라는 인식이 생겨나고 있다는 것을 보여 주는 현상이지요. 정치 지도자들도 이제는 양적 성장이나 크고 거창한 것에만 관심을 가질 게 아니라 좀 더 문화적으로 성숙한 관점에서 좀 더 세련된 방식으로 농업 문제나 한미 FTA 같은 문제를 다루어야 하지 않을까 합니다. 정치하는 사람들도 국민들이 모두 유기적인 삶을 사는 게 좋은 삶이라는 인식을 갖고 정치를 해야 합니다.

김종철 정치한다는 사람들이 사심이 앞서지 말아야 하는데 현실은 오히려 거꾸로라는 게 문제입니다. 자기들은 좋은 것 먹고 사니까 답답할 것이 없지요. 지금은 식품 오염 문제도 보통 심각한 것이 아닙니다. 최근에 중국에서 새로 나온 식품 관계 책이 있는데 그 책의 요약본을 읽어 봤어요. 그 책은 나오자마자 중국에서 판매가 금지되었다고 합니다. 책을 쓴 저자도 당국의 감시를 받고 있다고 해요. 무슨 책이냐 하면 중국의 식품 오염 문제를 몇 년에 걸쳐서 발로 뛰면서 철저히 취재하여 쓴 일종의 탐사 저널리즘 형태의 저서인데, 중국의 농산물 생산 현장에서부터 식품 가공 과정에 이르기까지 일일이 현장을 조사한 뒤에 쓴 책입니다. 그 책 첫머리에 "지금 중국인들이 자신들이 먹는 식품의 진상을 알면 중국에서 당장 혁명이 일어날 것"이라는 말로 시작하고 있어요. 정말 말로 할 수 없을 정도로 중국의 식품 위생이 엉망이라는 겁니다. 온갖 맹독성 살충제, 항생제, 독성 물질이 마구잡이로 식품에 사용되고 있다고 합니다. 돈을 위해서는 남의 생명 같은 것은 거들떠볼 필요가 없다는 것이지요. 우리나라도 사정이 크게 다르지 않을 것 같아요.

중국이나 한국이나 모두들 돈에 환장한 사회인데, 기업이든 개인이든 무슨 짓인들 안 하겠어요? 미국도 마찬가진 것 같아요. 따져 보면 광우병도 축산업계의 경쟁력 논리 때문에 발생한 겁니다. 소한테 먹여서는 안 되는 동물성 사료를 먹여 온 것도 그렇지만, 말할 수 없이 비위생적인 환경에 가축을 가두어 놓고 온갖 학대를 하면서 키우는 것도 결국은 경제성이라는 논리 때문이거든요. 타이슨푸드라는 미국의 메이저 식품 기업에서 일하는 노동자들의 이야기를 들어 보면, 소 한 마리를 도축해서 플라스틱 상자에 넣어 포장하는 데까지 걸리는 시간이 12초라고 해요. 눈이 핑핑 돌아갈 만큼 단시간에 해치워야 하는데, 생산 비용을 절감하기 위해서 이렇게 강도 높은 노동을 강요하니까 그 작업장에서 오래 근무하는 노동자는 없고 대부분 불법으로 체류하는 비숙련 외국인 노동자라고 합니다. 그러니까 아무리 한국에서 뭐라고 해도 미국산 수입 쇠고기에 뼛조각이 들어갈 수밖에 없는 겁니다. 이런 노동 환경을 개선하는 것은 돈이 드니까, 미국 정부가 우리한테 뼈가 들어 있건 말건 미국산 쇠고기를 그냥 다 받아들이라고 우격다짐을 하고 있고요.

김우창 이런 상황에서 필요한 것은 환경 독재를 하든지, 아니면 사람 마음을 개조하든지 둘 중 하나인데, 환경 독재를 생각해 보는 것도 불가피한 경우에는 어쩔 수 없겠지만, 그러나 독재 권력의 문제가 있기 때문에 그것은 안 되겠고 결국 심성 개조를 해 나가는 방향으로 가야 할 것 같아요.

김종철 정치하는 사람이나 나라의 장래를 생각하는 사람들에게 공공심이 좀 있어야 할 것 같습니다.

김우창 독일의 보수 정당인 기민당이 정강 정책을 수립하는데 줄기세포 연구에 반대하는 입장을 밝혔어요. 기독교적 보수성 때문이라고 하겠지만 원칙적인 입장은 인간의 존엄성이라는 것은 과학적 연구의 자유, 경쟁 능력에 의존하는 것이 아니라는 거죠. 보수주의 정당이 보수적인 유권자들에게 호소하기 위한 정책이라고 하지만, 그걸 받아들이고 정강으로 채택할 수 있는 것은 성숙한 문화 풍토 덕분이라고 생각합니다.

김종철 저도 생명 공학에 관한 기민당의 입장을 표명한 어떤 글을 읽은 기억이 납니다. 생명 조작 기술이라는 것이 통제를 받지 않고 제멋대로 발전해 간다면 인간 공동체의 가장 근원적인 윤리적 토대가 허물어질지 모른다고 했더군요. 그걸 읽으면서 우리하고는 비교가 안 되는 문화 수준이구나 하는 생각을 했어요. 우리는 황우석과 같은 사람의 연구가 처음부터 비윤리성을 내포하고 있다는 사실을 알면서도 돈이 된다는 이유로 열광하였던 사회입니다. 논문 사기가 문제되기 이전에 줄기세포 연구 자체의 비윤리성이나 위험성을 우려하는 목소리는 완전히 무시당했지요. 물론 우리만 그런 것은 아니지만, 새로운 기술이라면 덮어놓고 환영하고 열광하는 이상한 병리 현상이 만연해 있는 것 같아요. 지금 세계의 많은 주류 경제학자들은 지구 온난화 문제도 경제의 근본적인 방향 전환이 아니라 새로운 기술의 개발로 어떻든 해결될 것이라는 굉장히 안이한 생각을 하고 있는 게 아닌가 싶습니다. 미국의 과학자 가운데는 심지어 지구 온난화 방지 대책으로 지구 궤도를 바꾸겠다는 아이디어를 가지고 있다는 얘기도 들리더군요. 인간의 교만이 극에 달했어요.

김우창 농담 한마디 하지요. 노무현 정권이 수도 이전을 하겠다고 했는데, 그런 식으로 하자면 겨울에는 한반도를 남쪽으로 끌어갔다가 여름에는 북쪽으로 다시 끌어올리겠다는 제안을 하면 대통령이 될 수 있겠다는 생각도 들었어요.

김종철 결국 같은 아이디어죠. 막무가내로 수도 옮기겠다는 거나 지구 궤도를 바꾸겠다는 거나. 하여간 다들 용감한 사람들인 것 같아요. 유전자 조작 기술이나 나노 테크놀로지 같은 첨단 기술도 결국 마찬가집니다. 그 결과가 인류 사회에 어떤 영향을 미치고, 생태계에 어떤 파국을 몰고 올지 정확히 알지도 못하면서 연구의 자유라는 이름으로 무조건 확대하고 있단 말이에요.

김우창 그런 문제나 환경 문제가 결국 권력의 문제인데, 자발적으로 안 하면 강제적으로 통제를 해야 하지만, 그러면 독재라는 문제가 발생하지요. 환경 친화적 기술을 법률적으로 강제하는 방법도 생각할 수 있지만, 그것보다는 역시 사람의 마음을 바꾸는 편이 효과적일 것 같아요. 《사이언티픽 아메리칸》에 나온 어떤 기사를 보니까, 듀퐁사나 미국의 자동차 회사 등이 환경적 기술로 전환함으로써 오히려 경비 절감 효과를 가져왔다고 합니다. 기술을 개발한다고 해서 반드시 환경에 해를 끼치는 식으로만 가지는 않아요. 환경 친화적 기술을 개발하는 데는 처음에는 돈이 좀 들겠지만, 그걸 하겠다는 의지가 중요해요. 그런 기술을 추구함으로써 오히려 장기적으로는 경비가 절감될 수 있다는 것을 알고, 그것을 실천할 수 있는 의지 말입니다.

김종철 아마 경제적으로 이익이 된다는 계산이 안 나왔으면 그런 기술 개발을 하지 않았을 겁니다. 요즘 재생 에너지 산업이라는 것도 나름대로 꽤 경제적 이익을 가져다줄 가능성이 높다고 합니다. 실제로 독일 같은 경우에 그런 분야에서 일자리도 많이 생기고 있다는데, 물론 그런 쪽으로 합리적인 발전을 해 나가는 노력은 확대되어야겠지요. 그런데 선생님은 사람의 마음을 바꾼다는 말씀을 자주 하시는데요. 지금 온통 사람들이 강박적으로 쫓기면서 낙오는 말할 것도 없고, 앞서지 않으면 망한다고 하는 시스템 속에서, 사람이 마음을 바꾼다는 게 가능할까요? 약육강식의 논리를 강요하는 세계 경제 시스템 속에 묶여 있는 상황에서 개인은 물론이고, 한 국가가 마음을 고쳐먹는다고 될 일인지 모르겠습니다. 국제 사회가 공존을 하려면 우선 최소한도로 준수해야 할 어떤 기준에 대한 합의가 있어야 하지 않을까 싶습니다.

일본에 오래전부터 환경 문제에 관심을 표명해온 우치하시 가쓰토(內橋克人)라는 경제 사상가가 있는데, 이분은 'FEC 자급권' 확보라는 것을 제창하고 있습니다. 다시 말해서 식품(Food), 에너지(Energy), 돌봄(Care)에 관한 것은 자유 무역에서 제외시켜서 각 나라, 각 지역 사회의 자급 능력이나 자주적 선택에 맡겨야 한다는 제안이지요. 적어도 그런 권리를 국제 사회가 상호 인정해야 한다는 겁니다. 요즘 '식량 안보'라는 말 대신에 '식량 주권'이라는 개념도 쓰이고 있는데, 아마 비슷한 맥락에서 나온 개념이라고 생각됩니다. 식품, 에너지, 보건 의료 문제는 인간의 기초적 생존과 생명에 관한 문제인데, 이런 분야가 더 이상 다국적 기업의 막대한 이윤 추구 수단이 되어서는 안 된다는 요구를 담고 있는 생각이지요. 최근에 우리나라에서도 여러 시민 단체가 농업을 살리고 아이들의 건강을 지키기 위해서 학교 급식에 관련된 여러 가지 운동을 하고 있는데 오히려 국가에서는 방해만 하고 있어요. 예를 들어 시민운동의 성과로 전라북도에서 학교 급식에는 우리 농산물을 쓴다는 조례를 정했는데, 그것이 대법원에서 WTO 규정에 어긋난다는 이유로 불법화되었단 말이에요. 학교에서라도 우리 농산물만 쓰도록 한다면 그래도 희망을 걸어 볼 만하다고 생각했는데 그렇게 좌절되었어요.

김우창 다른 건 어렵더라도 우선 식품(F)은 가능하지 않을까요? 학부모들이 우리 아이들에게 우리 농산물 먹여야 한다고 여론을 일으키고, 농민들은 우리 농산물이 믿을 만하다는 것을 보여 주는 노력을 꾸준히 해 간다면 말이지요.

김종철 소비자 자신이 주체적으로 선택하고, 학부모들이 자기 아이들을 위해서 노력하고 사회적 발언도 하는 것이 궁극적으로는 올바른 방법이겠지요. 그런데 국가라는 시스템은 본래 국민을 위해서 존재하는 것인데, 지금은 국가라는 게 자본가의 하수인 노릇을 하고 있다는 게 문제예요.

김우창 선거라는 게 돈과 다 연결돼 있기 때문에 그렇죠.

교육 문제와 지역 공동체

김종철 학교 급식 문제도 사실은 도시락 싸서 보내는 게 제일인데 요즘 맞벌이 부부가 많아져 그것도 쉽지 않은 것 같습니다. 제가 대구에 있을 때 종종 한살림 모임에 나오는 가정주부들과 얘기를 해 보면, 하나같이 고민하는 게 아이들 교육 문제입니다. 유치원에서 고등학교까지 우리의 교육 환경이라는 것이 극단적으로 뒤틀려 있으니까 어떻게 하면 좋을지 다들 굉장히 고민이 많아요. 한살림 운동에 참여하는 사람들이니까 나름대로

의식이 있는 사람들인데, 과외를 시키고 싶지 않아도 모두가 하니까 이러다가는 자기 아이만 뒤처지는 게 아닌가 하는 불안 때문에 번민이 많아요. 정권 바뀔 때마다 입시 문제나 교육 개혁 이야기가 나오는데, 선생님은 무슨 해결책이 있다고 보시는지요?

김우창 우리가 경제, 환경 문제에서 다른 주장을 무시할 수 없는 것과 마찬가지로 교육에서도 평준화와 수월성 사이에 간단한 해결책이 있는 것이 아니죠. 그건 환경 문제와도 관계가 있어요. 섬세하게 접근하는 게 필요한 것 같아요. 모든 사람이 다 좋은 학교에 가고자 하는 상황에서는 시험을 잘 봐야지요. 근본적인 문제는 이른바 일류 대학 나오지 않으면 생활 보장이 안 되는 현실이에요. 일류 대학이라는 데를 나오지 않아도 생활 보장이 되는 사회 시스템이 만들어지는 게 중요해요. 사람들은 좀 더 부유하게 살겠다는 것과 안정된 일자리 사이에 하나를 택하라면 다른 조건에 큰 차이가 없다면 대개 안정성을 선택하지요. 그러나 우리 사회에서 직업의 안정성이란 게 일류 대학이란 데를 나오지 않으면 보장받을 수 없어요. 그런 지도가 만들어져 있지 않아요. 돈을 많이 벌겠다는 것보다도 직업의 안정성을 확보한다는 차원에서 달리 길이 없다고 생각하기 때문에 무조건 일류 대학으로 가고 봐야 한다는 식으로 되어 버린 거죠. 사회에서 어떤 종류의 직업을 가진 사람이든 모두 나름대로 유기적인 기능을 하고 있다는 것을 알려 주는 지도를 확실히 만들어야 하는데, 노무현 정부는 그런 점에서도 진보적이었다고 보기 어려워요.

국가나 사회의 입장에서는 일류 대학에 가서 공부를 잘하는 사람도 필요해요. 그렇다고 해서 그들에게 무슨 특권이 주어지는 것이 아니라, 사회 전체와의 유기적인 관계에서 국가나 사회에 봉사하는 사람이 된다는 생각을 길러 줘야 해요. 경쟁이 필요하다면, 그것은 봉사를 위한 경쟁이지 자기 출세를 위한 경쟁이 아니라는 분위기를 국가적으로 만들어야 해요. 경쟁이 문제가 되는 것은 경쟁의 범위가 끝없이 확대되는 데서 생깁니다. 한 학급에서 공부 잘하는 학생이 있으면 그 급우들은 그 아이를 인정하고, 아등바등 앞지르려고 하지는 않죠. 그러나 그 범위가 그 학교를 넘어서 전국으로 확대되고, 모든 가치가 학교 성적에 맞춰지면 얘기가 달라집니다. 공부 좀 잘하는 애들이 남들보다 약간의 혜택을 더 받도록 되어 있다면 그게 그 자신을 위해서도, 국가를 위해서도 큰 해가 되는 것은 아닙니다. 그러나 국가 전체적으로 모든 가치가 학교 성적으로 집중되어 버리면 문제가 생기는 거죠.

부동산 문제도 마찬가집니다. 부동산이 막대한 돈을 버는 방편이 되고, 토건 국가가 되면 동네나 이웃이 다 깨지고, 문화와 생활이 획일화되어 버립니다. 사람살이의 경쟁은 심화되고, 무엇 때문에 경쟁하는지 내용도 모르면서 아등바등 살게 되지요. 동네에서 존경받는 목수가 있다고 하면, 그 사람은 원님이 될 필요도 없고, 박사가 될 필요도 없어요. 목수로서 유능하기 때문에 그 동네에서 존경을 받고 사는 건데, 사람들이 존경하지 않으면 그 동네에서 살 필요가 없지요. 사람마다 자기 나름의 재능이나 관심사를 가지고 서로서로 유기적인 관계를 맺으면서 살아가는 동안에 공동체가 유지되고 그 속에서 각자가 상호 존경을 받는 삶이 가능해지는 거지요. 공동체의 이러한 지속성이 중요한데, 이게 가능하려면 그 범위가 작아야 합니다. 보통 사람의 행복한 삶이란 거창한 무대가 아니라 이런 작은 공동체 속에서 실현되는 것인데, 이런 공동체의 확보에 대해 우리 정치계는 관심이 너무 없는 것 같아요.

김종철 다양한 개인들의 개성을 살리고, 그런 개성적인 삶들을 공존, 조화시키는 사회가 되어야지요. 그런 점에서도 풀뿌리 지역 사회가 살아나야 하는데, 전부 중앙으로 집중하거나 하향식이에요.

김우창 우리 동네의 주거 환경이 나쁘다, 고치고 싶다고 할 때 정부에서는 조금 부조하는 정도로 돕기만 하면 되는 건데, 싹 쓸어 버리고 아파트 단지로 만들어 버리는 식으로 갑니다. 이렇게 되니 지역 공동체가 살아남을 수 없지요.

김종철 제가 교육 문제를 꺼낸 것은 교육 문제도 지역 공동체를 회복하지 않고는 해결할 수 없는 게 아닌가 하는 생각 때문입니다. 최근에 제주대학에서 특강을 해 달라는 요청이 있어서 다녀왔습니다만, 지금 제주도 전체 인구가 50만인데 종합 대학이 아마 서너 개나 되는 것 같아요. 그동안 제주대학도 많이 확장되었더군요. 그래서 그곳 교수들에게 여기 졸업생들이 모두 졸업하고 제주도 안에서 일자리를 구하느냐고 물어보았더니 어림없는 소리 말라고 하더군요. 당연하지요. 제가 있던 대구, 경산 지역에도 종합 대학만 다섯 개가 넘는데, 대구와 경북을 통틀어도 졸업생들을 소화시킬 수 없거든요. 결국 젊은이들이 수도권으로 집중하거나 실업 혹은 반실업 상태로 지낼 수밖에 없는 구조입니다.

우리나라는 지나치게 대학이 많아요. 획일적 가치가 지배하고 있으니 다들 대학에 가야 산다고 생각하니까 그렇지요. 제주도에 있는 교육 기관은 제주도라는 지역 조건에 맞는 인재들을 기르고, 제주도는 그 졸업생들을 수용할 조건을 만들어 내야 합니다. 그런 점에서 저는 지금 농업을 살리는 게 교육 문제를 해결하는 데에도 제일 효과적인 방법일 거라고 생각합니다. 모두가 농사를 지어야 한다는 얘기가 아니라, 어차피 지방에서 가장 지속성이 있는 안정적 일자리는 지역 농업을 기반으로 할 수밖에 없는데, 그 농업을 중심으로 형성되는 지원 체계를 다양하게 살리면 보람 있는 일자리가 많이 생길 거니까요. 서울 갖다 놔도 상관없고, 경상도 갖다 놔도 상관없는 공장들을 당장에 돈벌이가 된다고 시골로 유치해 보았자 장기적으로 지속할 수 없는 것이 대부분이거든요.

김우창 농업 문제 해결에 전문가들이 깊은 인간적 관심을 갖고 해결책을 강구해야 합니다. 유기농을 토대로 어떻게 농업을 발전시키고, 지역 경제를 활성화할 것이냐 하는 것에 대해서 다방면의 연구가 진행되어야 합니다.

풍요롭게 산다는 게 과연 무엇인가

김종철 저도 결국 유기농으로 가야 한다고 생각합니다만, 유기농을 확대하자면 기계와 화학 약품으로 할 수는 없으니까 무엇보다 농촌 인구가 많아져야 하고, 농촌 공동체가 살아나야 합니다. 그러면 그동안 죽어 가던 마을이 소생하고, 농민 문화도 살아날 수 있겠지요.

김우창 폴 굿맨이 얘기했던 대로 신석기 시대를 돌이켜 봐야 할 필요가 있어요. 민생 안정이란 땅에 뿌리를 내리고 사는 사람들이 제대로 살 수 있도록, 생활의 기반을 안정되게 하는 것이지요. 정치나 경제 전문가들은 늘 돈 이야기만 하는데, 사람의 생활의 좀 더 깊은 차원에 대해서 고민을 해야 합니다.

김종철 제가 서울로 옮긴 지 3년이 넘었습니다만, 서울에 사는 지식인들이 농사에 대한 관심이 있을 수가 없겠더군요. 그 사람들에게는 서울이 전부이지 시골은 보이질 않으니까요.

김우창 농업은 현실적인 관점에서도 중요하지만 미적 관점에서도 필요해요. 베이징에서 묵은 호텔이 완전히 고층 빌딩 숲 속에 있었어요. 중국에는 우리보다 고층 빌딩 만들기가 쉬운 것 같아요. 거기 앉아서 보니, 이런 데서 사람이 살면 재미라는 것은 쇼핑몰에 가서 물건 사거나 레스토랑에 가서 맛있는 음식 먹는 것밖에 없겠다는 생각이 들더군요. 길거리에서 산도 보고 공원이라도 있으면 위안이 되겠지만…….

김종철 우리도 획일적인 문화 일색이잖아요. 지방의 특징적인 모습이나 분위기가 없어졌어요. 전부 작은 서울이 되어 가고 있어요. 사람들도 텔레비전에서 보고 들은 얘기만 하고 있고요.

김우창 그런 점에서 박정희 이래의 모든 정부가 다 똑같았지요. 이제는 환경에 대한 관심을 정치의 공간에 자꾸 투입하는 일을 시작해야지요. 소비 생활이란 게 그렇게 행복한 것이 아니라고 얘기하는 사람들이 지속적으로 있어야 할 것 같아요. 사람들이 콘크리트벽 속에 갇혀 살면 심심하니까 호화 레스토랑, 쇼핑몰에 가는 방법밖에 없는데, 그것이 그렇게 재미있는 것이 아니라는 것을 얘기하는 사람이 많이 필요합니다.

김종철 덴마크에서는 이미 1980년대 중반에 의회에서 원자력 발전을 중지하기로 결정했어요. 사실 의회의 그런 결정은 시민들의 성숙한 의식 없이는 나올 수 없는 거지요. 그런 성숙한 의식이 어떻게 해서 가능했는지는 모르지만, 원자력 문제뿐만 아니라 유전자 조작 기술과 같은 첨단 기술의 문제를 둘러싸고도 덴마크에서는 사회적으로 활발한 토론이 쭉 있어 왔다고 합니다. 전국적으로 '시민 합의 회의'라는 토론 모임이 시민들 자신의 발의로 생겨나서 거기서, 예를 들어 풍요롭게 산다는 게 과연 무엇인가라는 상당히 철학적인 주제까지도 다루면서 토론을 진행해 왔다고 합니다. 보통 풍요로운 삶이라고 하면 에너지를 풍족하게 소비하는 생활을 말하지만, 에너지를 많이 쓰지 않고도 얼마든지 인간적으로 풍요로운 생활이 가능하다는 결론이 나왔다고 해요. 결국 그것은 소박한 생활인데, 그것이 오히려 더 좋은 삶이라는 생각에 시민들이 동의를 했다는 겁니다. 이러한 성숙한 문화적 기반이 있으니까 원자력 발전 중단이라는 획기적인 결정을 국가 차원에서 내릴 수 있었다고 봐야겠지요.

김우창 《비평》에 임헌영 씨가 스웨덴 기행문을 썼던데요. 여성들이 화장도 안 하고 얼마나 소박하게 생활하는지 감명 깊었다고 썼더군요. 호화스럽게 사는 그런 것에 재미가 있는 게 아니라는 것을 느끼고, 설득하는 사람들이 많아야 합니다. 요즘 젊은 사람들 중에 환경에 대한 의식이 꽤 생겨났다고 하지만, 큰 자동차들을 몰고 다니는 것을 보면 아닌 것 같아요. 요즘 서울에서 외제 자동차가 매일매일 불어나요. 벤츠다 뭐다 하는 그런 것을 몰고 다니는 게 왜 행복이라고 생각하는지, 그런 것을 반성하려면 상당한 문화적인 힘이 있어야 합니다.

김종철 대학이라도 좀 제구실을 할 수 있어야 하는데 말이지요.

김우창 그런 점에서 인문 과학의 역할을 찾아야 합니다. 사람이 제대로 사는 게 소비 생활에 있는 것이 아니라는 것을 말해 주어야 해요. 소비 생활이 중시되는 분위기는 진보 진영에도 책임이 있어요. 진보주의에서는 사회성을 지나치게 강조합니다. 개인의 내면적 가치라는 것은 무시되고, 지난 100여 년간 독립운동이니 민주화니 하는 시대적 요구 때문에 전부 외면화되지 않을 수 없었어요. 그런 과정에서 두드러지게 사회성이 강조되고, 내면적 가치라는 것은 상대적으로 소홀히 될 수밖에 없었어요. 옛날에도 과거를 봐서 급제하면 사람들이 알아주고 높은 사람이라고 존경했잖아요. 과거에 급제를 하지 않아도 과거를 봤다는 것 자체가 촌에서는 신분이 올라가는 계기가 되고 그랬지요. 외적인 것에 불과한 가치, 관(官)이 부여한 가치에 의해서 우리가 너무 눌려 왔어요. 내가 KBS 이사회에 참석할 때에도 허름한 차를 타고 들어온다고 출입 제지를 받곤 했는데, 우리 사회가 내면에 충실한 생활, 동네 사람들과의 친근한 교류를 중시하는 생활을 더 강조할 수 있어야 할 것 같아요.

김종철 우리가 외면적 겉치레를 중시하는 것은 사실이지요. 대학이 실속 없이 이렇게 많은 것도 그런 외면성을 강조하는 풍토하고 관계가 크다고 생각합니다. 자본주의 사회에서 소비라는 것은 근본적으로 과시적 소비일 수밖에는 없지만, 우리는 문화적 요인까지 가세해서 정도가 지나친 것은 확실해요.

김우창 사회학자들이 말하는 '인정을 위한 투쟁'이 우리처럼 심각한 사회가 없어요. 조선조부터의 관행이 그랬어요. 사회적으로 사람을 인정하는 데 제일 쉽게 판단하는 기준이 그 사람의 소비 생활입니다. 마을 공동체 안에서는 특별히 꾸미지 않아도 저 사람은 괜찮은 사람이라고 미리 다 알고 있으니까 관계가 없지만, 대중 사회가 되면서 길에서 잠깐 스치는 사람들에 대해서는 판단할 기준이 그것밖에 없어요. 자기의 삶이 얼마나 행복한가 하는 것은 스스로의 내면적인 느낌에서 결정되는 것입니다. 내가 나름대로 보람 있게 살고, 존경할 만한 사람들과 얘기할 수 있다는 것으로 행복을 느끼게 되는 거죠. 그것보다 더 근원적인 행복은 자연과의 접촉이고요. 지금도 애인에게 선물하는 것은 꽃이잖아요.

김종철 나이가 든 것인지 저도 날씨가 좋을 때 제일 행복하다는 느낌이 들어요.

김우창 날씨가 행복 지수를 결정합니다. 날씨나 자연 현상은 사람이 자기 손으로 만들 수 있는 것이 아니기 때문에 무시해 버리기 일쑤인데, 자연환경을 보존하고 있는 공동체 속에서 산다는 것은 미적, 심성적 관점에서도 중요합니다. 이태리의 어떤 사회학자가 토리노라는 선진 산업 도시 지역과 인근 농촌을 비교한 연구가 있어요. 농촌 지역에서 어렵게 농사짓는 부모들이 토리노의 자식들보다 더 행복하다는 거예요. 토리노 사람들은 술 먹고, 나이트클럽에 가지 않으면 못 살아요. 그러나 농촌 사람들은 오락이 필요하지가 않아요. 늘 자연과 접촉이 가능한 데서 마음의 평정을 얻는 거죠. 토리노에 가서 사는 사람들은 힘든 노동을 하고 술이나 오락 속에서 스트레스를 해소하지만 결코 행복하지 않아요. 이런 문화적인 문제는 정치 지도자들이 사회 정책, 개발 정책을 계획할 때 반드시 염두에 두어야 할 문제입니다. 우리의 도시 발전도 이런 것을 감안하고 좀 더 섬세하게 해 나갔으면 해요. 농토에다가 마구잡이로 새로 건물을 짓고 도시를 개발할 게 아니라 농촌 지역에 사는 사람들에게 지원금을 주어서 마을을 잘 가꾸게 하고, 전문가 자문 기구도 만들어서 보다 인간적인 공동체가 되도록 해야 할 텐데…….

김종철 기득권을 가진 사람들의 이해관계가 걸려 있는 문제들인데, 정치하는 사람들에게 그게 가능하겠어요?

김우창 이제 발전하려면 내적인 발전에 진력했으면 좋겠어요. 도시 환경도 불만족스러운 부분은 조금씩 고쳐서 잘 이용하면 되잖아요. 음식 문제는 자기 나라에서, 가까운 데서 생산된 농산물을 소비하는 것이 우리 농촌을 보존할 뿐만 아니라, 또 환경적으로도 좋은 것이지요. 칠레산 농산물을 여기까지 운반하는 데 막대한 에너지가 소비되잖아요.

김종철 지금 세계 무역이 비교 우위에 입각한 것도 아니고, 완전히 무역을 위한 무역, 중개업자들과 상인들을 위한 무역입니다. 캐나다 사람이 왜 중국산 마늘을 먹고, 일본 사람이 왜 한국산 오이를 먹어야 합니까? 지금 산업 국가의 식탁에 오르는 식품들의 생산지로부터의 수송 거리가 보통 1000마일 이상입니다. 정말 난센스입니다. 우리가 청량음료 한 병 사 먹어도 그 원료는 대만이나 필리핀산인 데다가 가공은 독일에서 하여 돌고 돌아서 서울 시내 슈퍼에 나오는 거예요. 근대 경제학의 관점에서는 그게 합리적인지 모르지만 엄청난 낭비라고 할 수밖에 없지요. 이런 식의 상품 원거리 수송에 드는 막대한 에너지도 문제지만 그로 인한 이산화탄소 방출량도 엄청납니다. 멀리서 운반되어 오는 식품이 건강에 좋을 리도 없고요. 이게 모두 자유 무역과 자본주의 논리 때문인데, 자본주의를 극복한다는 게 가능한지 모르겠어요. 아무리 자본주의에 반대한다 하더라도, 자본주의는 자기를 반대하는 급진적 운동도 결국은 전부 흡수해 버리잖아요. 누군가의 말처럼 자본주의의 종언보다 세상의 종말이 더 빨리 올지도 모르겠어요.

김우창 하지만 계속적으로 노력해야지요. 지역적인 방어 체계를 마련하고 유기농을 확대해서 널리 소비하도록 하고 사람들의 양심에 호소하여 공정 무역 같은 것을 체계적으로 진행해야지요. 유기농을 당장 소비할 여유가 없는 사람들을 위해서는 보완 체계를 마련하고요. 그러나 그런 것을 국가 권력으로 해결하려고 해서는 소련에서 보았듯이 잘되지 않아요. 국가의 역할은 최소한으로 줄이고, 시민들 자신의 자발성을 강조하는 게 중요해요. 자유주의 정치 사상에서는 본래 국가는 야경 국가가 되어야 한다고 했어요. 국가 권력을 축소하고, 국가 권력이 개발에 앞장서는 일이 없어야 합니다. 그런 개발 행위는 돈을 벌고 싶은 기업이 하도록 하고, 국가는 그게 공적인 기준에 맞도록 통제하는 역할을 해야지요. 국가는 어디까지나 공익을 지키는 기구가 되어야 해요.

김종철 국가는 지금은 제일 큰 회사가 되었어요. CEO 출신이 대통령이 되어야 한다고 다들 그랬고, 실제로 그렇게 되었어요. 국가가 무엇이든 다 맡고 무엇이든 해결해야 한다는 생각은 위험한 생각입니다. 국가의 역할이 다시 정의될 필요가 있습니다. 저는 국가는 사회의 다양한 주장이나 이익 집단들의 이해관계를 적절히 조절하는 조정자, 사회자가 되는 게 이상적이라고 생각합니다. 국가 권력이 돈을 만들어 내야 된다고 생각하다 보니까 결국 국가가 기업 조직과 같은 것이 되고, 공공성(公共性)이 후퇴해 버리는 결과가 되고 마는 것 같아요. 정부가 농촌을 지원한다는 명분으로 한다는 것이 실은 농촌 지역에 도로 만들고, 시설물 설치하고, 그런 건설 관계에 집중되고 마는데, 이제는 그런 식으로 괜히 농촌 지원한다는 명분으로 건설업자 배불리는 일 하지 말고, 농업을 돕겠다고 나서지도 말고, 제발 방해만 하지 않았으면 좋겠어요.

김우창 정부나 정치가들이 정말 공공심을 회복해야 하는데, 어려운 문제예요. 우리나라가 너무 물욕이 앞선 세속적인 사회가 돼서…….

김종철 답답한 사람이 우물 판다고 뜻이 맞는 사람들끼리 모여서 공론의 장을 넓혀 가는 수밖에 방법이 없겠지요.

김우창 아까 덴마크 얘기가 참 시사적이군요.

김종철 우리는 삶이 무엇인지, 어떻게 사는 게 좋은 삶인지, 그런 철학적 주제를 놓고 허심탄회하게 이야기를 주고받는 사회적 토론의 장이 너무 없어요. 교회와 성당과 절은 많지만 그것도 장사 수단이 되고 기업이 되어 버렸어요.

김우창 아무리 생각해도 노무현 정부의 잘못이 커요. 그동안 부동산 값이 너무 올랐어요. 부동산 가격이 안정되어 있을 때는 평온하게 지내던 사람들도 주변에서 부동산으로 떼돈을 버는 것을 보고는 마음이 몹시 편치 않게 되었어요. 나도 돈을 좀 벌어야 할 텐데 하는 생각을 안 할 수 없거든요. 유럽 사람들은 이미 성취를 해 봐서 그런지 모르겠지만 그렇게 돈에 환장하지 않아요. 중국 사회도 돈에 환장했다고는 하지만, 우리처럼 전부 이렇지는 않은 것 같아요.

김종철 아무튼 근본적인 방향 전환이 있어야 하겠지요. 오늘은 이만 여기서 끝내야겠습니다. 장시간 좋은 말씀 감사합니다.

위기의 한국 언론, 가장 필요한 것은 객관성

이대근(《경향신문》 정치·국제 에디터)
정리 홍진수(《경향신문》 기자)
2008년 3월 29일 《경향신문》

김우창 고려대 명예 교수와의 인터뷰는 한국 사회와 언론이 주제였지만 대화는 부동산에서 시작되었다. 역시 한국 사회에서 어떤 이야기를 하더라도 땅은 빠질 수 없는 화제였다. 김 교수는 땅값이 오르면 내야 할 세금이 오르는데 왜 사람들이 좋아하는지 모르겠다고 했다. 사실 그와의 인터뷰는 내내 이런 상식 아닌 상식에 바탕을 두고 전개되었다. 한국이 낳은 탁월한 사상가라는 상찬을 받는 그였지만, 한국 사회와 언론에 관한 그의 견해는 매우 담백했다. 사실과 의견이 서로 왜곡되지 않고 균형을 갖추는 것을 강조했기 때문이다. 이것은 그만큼 특별한 한국 사회, 한국 언론에 상식과 원칙의 처방이 얼마나 중요한지를 드러낸 것이라고 할 수 있다.

《경향신문》이 독립 언론으로 새 출발한 지 10년째를 맞아 자화자찬보다 이번 기회에 한국 언론 전체의 문제를 부각시키고 그 속에서 《경향신문》이 차지하고 있는 위치를 돌아보고 성찰하는 계기로 삼고자 한다는 취지를 소개했다. 그러자 그는 바로 말을 받으며 "신문이 자기가 한 일을 무조건 중요하다고 과장하는 것은 격을 떨어뜨리고 눈에 거슬리는 일"이라며 “신문에 나는 것은 언제나 공정하고 공공 이익에 입각해야 한다.”라고 말했다. 그의 주제가 벌써 나온 것이다. 인터뷰는 지난 20일 오후 경향신문사 인터뷰실에서 두 시간가량 진행되었다.

정년 퇴임하신 뒤 주로 댁에서 지내십니까.

“주로 집에서 왔다 갔다 합니다. 집이 시내와 가깝고, 자연이 좋고, 특히 땅값이 안 올라서 좋아요. 한국에서 이해할 수 없는 것 중 하나가 땅값이 오르면 좋아한다는 거예요. 팔려고 내놓으면 좋겠지만, 살려고 한다면 세금이 오르는데 왜 좋아하죠? 불합리하다는 생각이 들어요. 모두 그런 것은 아니지만 평창동, 명륜동, 혜화동같이 서울에서 살기 좋은 데는 땅값이 안 오르고, 혼란스러운 동네는 올라가요.”

휴대 전화를 사용하지 않으시더군요.

“농담으로 하자면, 급한 전화가 있다는 것은 거는 사람이 급한 거지 받는 사람이 급한 것은 아니잖아요. 너무 정보가 많은 게 문제입니다.”

매체가 많아졌습니다. 어떻게 생각하십니까.

“매체가 다양해져서 민주주의가 향상됐다고 하는데, 이것은 중요한 문제입니다. 《뉴욕 타임스》의 어떤 칼럼니스트가 썼습니다. 아무리 이상한 의견이 있어도 반드시 지지자가 있게 마련인데 매체가 많으면 이런 의견을 담느라 정말 좋은 의견이 모아지기 힘들다는 겁니다. 물론 의견 표명이라는 면에서 보면 다양한 게 좋죠. 그러나 현실적인 해결책은 한두 개뿐입니다. 여러 의견과 방안을 종합해야 합니다. 전문가에게 종합적으로 물어볼 수 있는 절차가 중요한 것이지, 모두가 말한다고 문제가 해결되는 것은 아닙니다. 신문은 인터넷 매체에 비해 접근이 선택적입니다. 그것을 부당하다고 볼 수 있겠지만 그런 기능이 필요하기도 합니다. 매체의 다양화는 민주주의 확대를 위해 반드시 좋은 것은 아니에요.”

신문을 언제부터 보기 시작했습니까. 처음 신문을 대할 때 신문은 어떤 것이라는 인상을 받으셨습니까.

"신문을 언제 읽었느냐는 물음은 참 답하기 어려워요. 언제부터인지 기억도 나지 않아요. 아버지 때부터 읽었던 신문을 어렸을 때부터 계속 보았으니 계속 읽었다고 답할 수 있겠습니다. 신문은 네 개를 봅니다. 저는 사실을 중시하기 때문에 사실이 가장 풍부한 신문을 가장 먼저 보고 그다음 《경향신문》을 봅니다. 《경향신문》은 사실과 의견이 적절하게 있어서 좋아합니다. 의견이 매우 강한 신문은 네 번째로 봅니다."

즐겨 읽는 면이 있습니까.

"신문 편집 자체가 그렇기 때문이기도 하지만 1면 기사를 먼저 보게 돼요. 보통 정치 기사를 많이 봅니다. 자잘한 세상사에도 관심이 많아요. 그런 기사들을 보면 세상 사는 느낌을 받게 돼요."

혹시 신문 기자를 하고 싶다는 생각은 없었습니까. 아니면 기자가 되면 이런 것을 써 보고 싶다고 생각하신 것이라도.

"기자가 되고 싶다는 생각은 없었는데, 기자가 됐더라면 내게 도움이 됐을 것이란 생각은 했죠. 게을러서 잘 안 되는 것을 기자란 직업 때문에 의무감으로 사람 사는 현실에 대해 자세히 봤을 것이라는 생각을 해요. (기자란 직업에 대해) 그게 부러운 점입니다."

한마디로 정의해서 신문은 무엇입니까.

"아침에 신문을 가지러 나갈 때 '아직도 세상이 있구나.'라고 생각합니다. 세상이 어떤 모양으로 있는지 확인시켜 주는 것이 신문입니다. 헤겔이 신문은 현대인의 기도서와 같다고 했어요. 기도서는 아니지만 신문은 세상의 모습을 확인시켜 주는 역할을 하죠. 물론 잘못된 모양도 있고요."

건강한 시민이라면 신문을 읽어야 한다고 봅니다. 신문은 민주주의를 위해서 매우 중요한 기능을 하기 때문이지요. 그런데 요즘 젊은 세대들이 신문을 잘 안 읽는다고 합니다. 요즘 누가 신문 보느냐 이런 말이 자연스러워졌다고 합니다.

"신문을 안 읽는 이유는 여러 가지입니다. 신문 외에 정보 매체가 많다는 것이 첫째이고, 그다음 글을 읽는다는 것은 시각이나 청각 매체에 비해 정신 집중이 더 필요한 일인데 요즘 젊은이들은 정신 집중보다 몸 움직이는 것을 더 좋아한다는 점이지요. 또 정보 과다로 정보가 필요 없다는 인식도 있어요."

그런 흐름을 자연스러운 변화라고 보십니까. 그런 변화는 거부할 수 없는 대세이므로 수용할 수밖에 없다고 보십니까. 그리고 활자 매체의 쇠락은 불가피한 것인가요.

"불가피하다고 볼 수 있습니다. 정확히 사고하고 검증하는 습관이 학교나 사회에서 사라지고 있다는 말이지요. 말하는 것과 글 쓰는 것 사이에는 상당한 간극이 있어요. 말은 문장이 완전하지 않아도 되고 논리가 안 맞아도 괜찮습니다. 그러나 글은 논리와 사고에 입각해야 하고 문법도 맞아야 합니다. 그런데 이제는 글마저 사고 표현의 수단이 아니라 자기표현의 수단이 되었습니다."

한국 언론은 신뢰의 위기를 맞고 있습니다. 인터넷 미디어의 발달, 이미지 시대의 도래 등 언론 환경의 변화는 전 세계적인 현상이지만, 유독 한국 신문의 타격이 큽니다. 게다가 신뢰도도 매우 낮습니다. 왜 그렇다고 보십니까.

"언론뿐 아니라 전체적으로 사회의 지적인 힘이 약화됐어요. 그 책임은 언론에만 있다고 보기 힘들지만 언론에도 문제가 있는 것은 사실입니다. 민주화 과정을 통해서 투쟁적인 입장을 지지하는 사람들이 많아졌습니다. 그러나 이런 입장이 위기 상황에서는 적절하지만 그런 입장을 계속 유지하는 것은 부적절합니다. 위기가 완화되고 나면, 사람 사는 방향이 여러 방향으로 존재한다는 걸 알게 됩니다. 그런데 이걸 하나로만 묶으려고 하는 것은 문제입니다. 현 시점에서 가장 필요한 것은 객관성입니다. 옳은 것이라고 해서 주관적인 입장을 강조하는 경우가 많았는데 이제는 객관적이고 사실적인 것으로 옮겨 가야 해요. 사실이 무엇이라고 정의하기는 어렵지만 적어도 어떤 일이 일어났다는 것에 관해서는 의견에 관계없이 사람들이 안 믿을 수 없는 것입니다."

외국 신문은 어떤 것을 보십니까, 한국 신문과 비교했을 때 인상적인 것이 있습니까.

"외국 신문을 보는 게 몇 개 있는데 사실 검증이 중요한 기준으로 되어 있어요. 한국의 경우 정의의 이름일 수도 있고 국익을 위한 것일 수도 있는데 그것을 위해 사실을 부정하기도 하지요. 사실이란 일어난 일, 틀림없이 부정할 수 없는 것입니다. 그러나 이에 대한 선택은 주관적일 수밖에 없지요. 사실 보도 여부는 주관적 판단에 따라 하는 거지요. 이는 사실에 대한 존중이 약하다는 것도 되고, 주관적 판단이 중요하다는 뜻도 됩니다. 제가 오래 본 신문 중의 하나가 영국의 《가디언》입니다. 《가디언》이 사실을 선정하는 기준은 아주 객관적이에요. 예를 들어 영국 여왕이 한국을 방문했을 때 거기에 대한 자세한 내용은 없어요. 왜냐하면 그게 중요한 기사도 아니고, 모두의 관심사도 아니기 때문이지요. 《경향신문》의 오늘 이 기사(3월 20일 자 1면 '반운하: 반여당 최대 이슈 부상')는 매우 좋은 기사입니다. 사실 선정의 기준이 공익적입니다. 그러나 제목 '최대 이슈 부상'은 사실이 아닙니다. 최대 이슈라면 유권자들이 이것을 기준으로 선택한다는 것인데, 상당히 주관적인 판단입니다. 공익적인 판단 기준에서는 아주 중요한 대목을 드러냈지만 '부상'이라고 하는 것은 사실성이 약한 것이지요."

정의와 국익에 관해 말씀하셨습니다. 이 두 가지는 신문을 만드는 데 있어 항상 갈등하게 만드는 요소입니다. 정부를 책임지고 있는 사람의 관점에서 보는 국익이 있고, 야당이 생각하는 국익이 있고, 신문도 저마다 다르게 국익을 정의할 수 있을 것입니다. 신문은 국익을 어떻게 다뤄야 한다고 보십니까.

"공익이나 국익, 정의가 중요한 가치임은 분명합니다. 그러나 비판적 입장은 늘 유지해야 합니다. 어떤 정치적인 행동도 국익이나 정의를 내세우지 않는 것은 없어요. 그것이 참으로 정의, 국익이 되려면 실현하는 수단은 정의로운지 봐야 합니다. 정의나 국익이란 것이 책임을 기피하는 수단이 되는 경우도 있기 때문이에요.

구체적인 예를 말씀드리자면, 며칠 전 여러 신문에서 대학 강사가 미국 오스틴에서 자살한 사건을 다뤘어요. 비정규직 강사들의 부당한 대접에 공감하기 때문에 유심히 기사를 봤어요. 전적으로 강사들의 처우가 부당하기 때문에 일어난 사건이라고 보도했습니다. 이것도 중요한 이유라고 볼 수 있겠지만, 그 사람이 열여섯 살짜리 아이를 데리고 미국에 가서 호텔에서 자살한 것을 보면 책임 있는 어머니가 아닌 것은 분명합니다. 그것을 볼 때 사회 정의적인 관점뿐만 아니라 여러 방면에서 볼 수 있어요. 한국이 아닌, 미국까지 가서 자살했으면 다른 이유도 있을 것 아닌가요. 그렇다면 자살하지 않으면 안 될 요인이 무엇이었는지 완전히 이해할 수 있도록 보도해야 해요. 사회 정의의 관점에서만 처리하지 말고 좀 더 사실적인 보도를 했으면 합니다. 너무 쉽게 강사 처우 문제로 가 버려 충분히 해명이 되지 않았습니다. 얘기가 길어졌지만 사회 정의, 국익, 이런 것이 우리의 사고를 단축하는 역할을 하면 안 됩니다. 사실을 먼저 탐색하고 생각해 보는 일이 필요해요."

신문 역할이 사회 현상을 그대로 반영하는 것이라고 보십니까, 아니면 사회를 선도하고 계몽하는 것이라고 보십니까. 신문의 역기능으로 사회 갈등을 확대, 증폭한다는 지적도 있습니다. 이 때문에 신문이 사회 현실을 그대로 반영하지 말고 조화로운 결과가 나오도록 유도를 해야 한다는 견해도 있습니다. 신문과 사회의 관계는 어떻게 설정이 돼야 합니까.

"계몽, 선도와 사실 보도, 이것들이 모두 어울려야 해요. 그러나 사실 보도가 1차라고 봅니다. 그러나 그 사실은 공익의 관점에서, 사회의 건전성에 대한 관심으로 선정돼야 합니다. 여기에 계몽과 선도가 이미 들어가 있다고 봅니다. 이런 입장을 지키는 것이 상당히 중요해요. 왜냐하면 계몽을 앞세우면 주관적으로 되기 쉬워져요. 사실을 통해 주관적인 입장을 나타내면 어느 정도 검증이 되지만, 계몽을 앞세우면 주관적인 입장이 앞서서 공정성을 잃어버리기 쉽습니다."

현재 한국 언론은 분열되어 있습니다. 선생님은 신문에서 공익을 찾아보기 어렵다고 하시지만, 신문 각자 나름의 공익에 대한 준거를 가지고 있습니다. 신문마다 다른 여러 가지 공익이 존재할 수 있는 건가요.

"공익이란 것이 자기가 서 있는 입장에서 다 다르게 해석될 수 있습니다. 최근 중국의 티베트 문제가 좋은 예입니다. 중국 입장에서는 진압이 공익이고 티베트 입장에서는 아니겠지요. 일반적인 관점에서 보면 탄압이 옳지 않다고 볼 수도 있겠습니다. 그런 점에서 신문에 따라 여러 가지 다양한 공익 해석이 가능할 수도 있다고 봅니다. 제가 고려대학교에 있다고 해서 그 대학에 모든 것을 바치지는 않습니다. 제 충성심은 진리를 향해 있기 때문입니다. 신문사도 마찬가지입니다. 구성원들이 신문사 공동체로서 충성심도 있어야겠지만 무엇보다 사실에 대한 충성심이 필요합니다."

티베트 얘기가 나왔는데, 선생님께서 신문 책임자라면 어떤 관점에서 보도하겠습니까.

"티베트, 중국, 세계 시민의 세 가지 관점을 모두 보도해야 합니다. 가장 보편적인 것은 티베트가 자유를 원한다면 자유와 자치를 허용해야 한다는 것이죠. 이것은 내 개인적 입장이기도 합니다. 그러나 티베트를 제외한 다른 사람들도 그런 의견을 수용할 수 있느냐 하면 그렇지는 않지요. 중국의 52개 소수 민족이 모두 자치를 원할 때 문제가 있을 수 있습니다. 제일 넓은 관점, 즉 인간의 공적인 정의와 국가 현실 안에서의 정의, 이것이 어떻게 타협될 수 있는가도 보도해야 합니다."

그러면 한국 언론과 외국 언론이 티베트 사태를 올바로 보도하고 있다고 보십니까.

"대체적으로 티베트 입장에서 보는 것이 좋은 것 같아 보입니다. 그러나 중국 입장에서 보면 현실을 모르고 하는 얘기라는 의견이 나올 수도 있지요. 현재 세계적으로 공정한 보도라면 티베트 사람들의 소망을 그대로 보도해 줘야 합니다. 지금 국내 사정도 그렇습니다. 기업에 더 많은 자유를 허용해서 경제를 향상시켜야 한다는 이명박 대통령의 입장과 복지 등을 더 생각해야 한다는 입장, 이 두개를 모두 고려해서 어떻게 수렴해야 하는지도 보도해야 합니다."

여론의 다양성이 중요한데 일부 보수 언론이 여론을 과점하고 있다는 비판이 있습니다. 어떻게 생각하십니까.

"불행한 일이지만 제도적으로 시장을 관리하려는 것은 잘못입니다. 불매 운동도 하고 그랬는데, 전 신문에 쓴 적은 없지만 사석에서는 비판했어요. 정치권력을 통해 다른 신문이 확장을 시도하는 것은 안 됩니다. 전 시장을 지지해요. 이런 얘기해도 좋을는지 모르겠지만, 정부 지원을 통해 한국 문학을 번역해서 외국에 보급해야 한다는 의견이 많아요. 그런데 검증 없이 정부의 지원을 받아 번역하기 때문에 문제가 많아요. 아무 책이나 번역돼요. 그러면 그런 지원이 오히려 외국 보급을 어렵게 합니다. 번역할 경우 돈을 벌 수 있을 만한 좋은 문학이 있으면 왜 외국 출판사가 자기 돈으로 번역하려고 하지 않겠어요. 제도적 지원도 있어야 하지만 시장 경쟁도 중요합니다. 지금 열세에 있는 신문들도 제도나 정치를 통해서가 아니라 자체적인 노력을 해야 합니다. 전《경향신문》이 좋은 신문이라고 봅니다. 노무현 정부 때《경향신문》만큼 비판하고 사실 보도한 신문은 없었어요. 결국은 좋은 것이 승리한다는 신념을 가지기 바랍니다."

여론 형성에 있어 신문이 얼마나 제대로 기능을 하고 있다고 보십니까. 아니면 다른 미디어가 그런 기능을 해야 하는지요.

"신문만큼 여론 형성에 중요한 기구는 없어요. 인쇄 매체의 선택적 기능이 중요해요. 더 깊이 있는 보도를 할 수 있기 때문입니다. 그러나 뒷받침하는 것이 있어야 해요. 사회 전체가 깊이 생각하고 지적 규율을 존중하는 것이 있어야 합니다. 신문도 그런 경향이 있기는 하지만, 특히 시청각 매체를 보면, 너무 여론을 쉽게 형성하려는 경향이 있어요. 한국 방송들을 일본 NHK와 비교할 때 한국 기자들이 너무 급하고 긴박한 느낌으로 보도를 하더군요."

신문의 당파성을 두고 논란이 많습니다. 당파성을 가져야 한다는 주장도 있고 탈피해야 한다는 주장도 있습니다.

"당파성, 인민성, 이념성은 레닌주의에서 나온 말입니다. 레닌주의의 당파성도 그렇고, 마르크스주의에서 노동자의 계급 의식을 강조한 것은 정당하다고 볼 수 있습니다. 그러나 마르크스가 계급 의식을 강조하고 노동자 계급을 중요시한 것은 두 가지 이유 때문입니다. 그들이 고통받는 계층, 보편 계급이기 때문이죠. 보편 계급이란 이들만 해방되면 사회의 고통이 사라진다고 붙여진 것입니다. 현재 이런 고통을 없애기 위한 해결 방식이나 주장은 여러 가지가 있을 것입니다. 그러나 해결 방식에 차이가 있을지언정 신문은 모든 사람이 고통받지 않는 방향으로 가야 합니다."

선생님이 《경향신문》에 쓰시는 장문의 칼럼에 대해 일부에서는 어렵다는 반응도 있습니다. 신문과 문학의 글쓰기는 어떤 차이가 있다고 보십니까.

"신문이 사실 보도를 훨씬 잘해요. 저와 비교할 수 없습니다. 사실 제가 말하고 쓰는 것을 모르겠다고 하는 사람이 많아서 콤플렉스를 느낄 때가 많아요. 그런데 《경향신문》에서 칼럼을 실어 주니 고맙게 생각합니다. 그러나 (신문에는) 장기적인 관점에서, 추상적인 관점에서 얘기하는 사람도 있어야 합니다. 그때그때 일어나는 사건도 중요하지만, 거기에 끌려가다 보면 잃어버리는 것이 있을 수 있어요. 장기적이고 추상적인 관점에서 보는 사람이 있어야지요. 물론 내가 그렇다는 것은 아닙니다."

서구화로 무너진 독서 공동체 재구성 디딤돌 될 것

김우창(한·중·일 동아시아문학포럼 조직위원장, 고려대 명예 교수)
김언호(동아시아출판인회의 대표, 한길사 사장)
정리 최재봉(《한겨레》 문학 전문 기자)
2008년 4월 20일 《한겨레》

김언호 과거 한·중·일을 비롯한 동아시아 나라들에는 한자를 바탕으로 한 출판 및 독서 공동체가 존재했습니다. 가령 조선에서 나온 다산의 책이 중국과 일본에서도 유통되고 읽혔던 거죠. 지금은 번역을 통해 많은 양의 책이 오가고 있지만, 과거와 같은 의미의 독서 공동체는 소멸한 지 오래입니다. 출판인회의는 말하자면 과거와 같은 출판 및 독서 공동체를 현대적 버전으로 다시 만들 수 없을까 하는 고민에서 탄생했습니다.

김우창 동아시아 공통의 한자 문화권이 붕괴된 것은 역시 서양 때문입니다. 동시에 서양이 근대 이전의 전통을 깼기 때문에 동아시아의 세 나라가 평등해진 것 또한 엄연한 사실이겠죠. 이렇게 과거의 공동체가 무너진 자리에 새로운 공동체를 세우는 일에 한국이 주도적 역할을 한다는 사실이 흥미롭습니다. 제 생각으로는 중국과 일본은 너무도 강한 나라인 데 비해, 한국은 잘살긴 하지만 강대국이 될 것 같진 않기 때문에 다른 두 나라가 경계를 덜하기 때문이 아닌가 싶어요.

김언호 출판 쪽만 보아도 서양은 아시아에 비해 훨씬 앞서 있는 게 사실입니다. 그렇지만 미국 등 서구의 출판은 지나치게 상업주의 경향으로 치닫고 있습니다. 그에 맞서 동아시아 공통의 문화와 전통, 역사, 현실을 책으로 담아내자는 것이 우리 모임의 취지입니다. 서양을 배제하자는 것은 아니지만, 어느 일방이 지배하는 풍토를 지양하고 적어도 책을 통해서는 문화적 다양성을 확보하자는 것이죠.

김우창 동아시아 나라들 사이에는 공유하는 것도 많지만 차이도 있습니다. 차이는 차이대로 인정하고, 그 위에서 공통의 관심사를 논의하는 것이 좋을 것입니다. 그동안의 서양 중심 문화에서 동양적인 것으로 옮겨 옴으로써 세계를 보는 눈도 바뀌게 될 것은 틀림이 없습니다. 그럼에도 동시에 서양적인 것 역시 받아들일 것은 받아들여야겠죠. 이미 우리 안에 깊숙이 들어와 있는 서구적 근대화의 바탕 위에서 동양적인 것을 재해석하는 것이 필요하다고 봅니다.

김언호 출판 현실에 관한 한 한·중·일이 같은 처지에서 비슷한 고민을 하고 있는 것 같습니다. 한국은 연간 4만 종의 신간이 나오고 일본은 8만 종, 중국은 20만 종이 넘는 신간이 나오고 있습니다만 그 책들이 다 '좋은' 책이냐에 관해서는 회의적입니다. 한편으로는 생태의 측면에서 이렇게 많은 책이 나오는 게 과연 옳은 일인가 싶기도 합니다. 새로 나오는 책이 많은 만큼 사라져 가는 책도 많다는 뜻이 되겠죠. 상업적 차원에서는 많은 책이 소통, 교류되고 있지만, 정말 서로를 알기 위해 필요한 책들은 충분히 유통되고 있는 것 같지 않습니다. 출판인회의는 이런 문제들에 대해서 함께 생각해 보고자 합니다.

김우창 책을 많이 내는 것과 생태의 관계를 토의하는 출판인 모임은 아마도 서양에는 없을 것 같습니다. 그런 것이 바로 동아시아적 가치가 아닐까 싶기도 하고요. 동시에 잊지 말아야 할 것은, 서양에서는 비즈니스와 민주주의가 같이 발전했다는 사실입니다. 물론 비즈니스가 너무 커져서 다른 부문을 억압하면 곤란하겠지만, 시장주의는 존중할 만한 까닭이 있습니다. 각자의 선택을 존중한다는 게 바로 민주주의의 원리이기 때문입니다.

김언호 문학 쪽을 보자면, 일본은 물론 요즘은 중국 소설도 국내에 대거 번역 출간되고 있는 반면, 한국 문학의 해외 진출은 아직도 미미한 수준인 것 같습니다. 높은 수준의 문학은 인문학의 절정이라 볼 수 있을 텐데, 한국에서 그런 수준의 문학이 나오게 할 방도는 무엇이겠습니까? 한국 문학은 동아시아에서 어떤 위치에 있습니까?

김우창 한국은 에너지가 많은 나라입니다. 그동안은 그 에너지가 정치의식 쪽으로 쏠린 감이 있습니다. 작가들이 작품만 쓸 수는 없는 상황이었죠. 작가들은 민주주의의 요소가 강한 작품을 써 왔고 그것은 우리 사회의 상황에서 불가피한 것이었지만 그것만 앞세워서는 곤란합니다. 지금은 정치 차원에서 많은 문제가 해결됐기 때문에 에너지를 문학적인 방향으로 돌려서 세계적으로 좋은 평가를 받을 작품이 나올 때가 되었습니다. 그렇다고 인위적인 노력을 하는 데에는 반대합니다. 세계의 출판사들이 한국 문학 작품을 정말 매력적이라고 생각한다면 다투어 내려 할 겁니다.

김언호 노골적으로 노벨 문학상을 염두에 둔 듯한 번역 출판과 수상 캠페인 같은 걸 보면 걱정이 듭니다. 독자들 중에서는 출판인회의나 문학포럼에 대해서도 노벨 문학상을 겨냥한 것이 아니냐는 의혹을 품을 수도 있을 것 같습니다만.

김우창 노벨 문학상에 대해서는 두 가지를 말씀드리고 싶습니다. 첫째는 노벨 문학상이 절대적으로 '세계 제일'을 가리는 상이 아니라는 사실입니다. 둘째로는, 운동이나 캠페인을 통해서 노벨상을 받을 수 있는 것도 아니라는 것입니다.

김언호 출판계만을 놓고 보면 한·중·일 세 나라 가운데 한국이 비교적

늦게 출발했지만 역동성이 있다는 평가를 받습니다. 2005년 프랑크푸르트도서전 주빈국 행사를 어쨌든 치러 냈고, 파주 출판 도시를 성사시킨 걸 보면서 중국과 일본 쪽에서는 한국 출판의 잠재적 역량에 큰 기대를 가지고 있는 것 같습니다. 앞으로 저를 비롯한 한국 사무국은 3년 임기 동안 실질적인 성과를 내놓아야 한다는 부담이 큽니다. 당장은 동아시아 현대 고전 100선 출간, 편집자 학교, 출판 저작권 완화 같은 일을 구상하고 있습니다. 출판인회의를 국제 법인으로 등록해서 좀 더 책임 있는 기구로 만들 생각도 가지고 있습니다.

김우창 아무래도 구체적이며 실질적인 사업에서 출발하는 게 좋겠죠. 문학포럼에서도 당장의 큰 효과를 기대할 수는 없지만, 서로 이질적인 느낌을 없애는 데에는 도움이 될 것으로 봅니다. 작가들도 국내 독자만 생각하고 쓰는 것과 동아시아, 나아가 세계의 독자를 상정하고 쓰는 것은 다를 겁니다. 그렇게 시야를 넓히다 보면 우리 사회 내부를 보는 눈도 달라질 겁니다. 오에 겐자부로 선생과 제가 대담을 하면서 문학포럼과 같은 형식의 필요성을 제기했을 때에는 일본 내의 평화 운동 지원과 같은 이념적 요소도 없지 않았지만, 실제로 일을 진행하다 보니 역시 구체적이고 문학적인 접근이 필요하다는 데에 세 나라가 동의하게 되었습니다. 작가들이 '나'에서 출발해 인간적 교류를 이어 가다 보면 더 깊은 문화적, 사회적 교류도 가능해질 것입니다.

한일 개인적 교류가 평화 문제 해결에 도움

김우창(동아시아문학포럼 한국 집행위원장)

시마다 마사히코(동아시아문학포럼 일본 집행위원장)

2008년 5월 7일《경향신문》

시마다 마사히코(이하 시마다) 작가는 민족이라든가 국익과 거리를 둔 개인적인 존재입니다. 개인들이 만나 대화를 통해 벌거숭이가 될 수 있습니다. 작가들 중 사교적인 사람은 많지 않지만 상대가 뭘 생각하는지 알아보고, 자신의 생각을 전달하는 좋은 기회입니다.

김우창 개인이란 국가보다 좁은 것 같지만 가장 보편적인 범주이지요. 어느 나라 사람과도 만날 수 있는 게 개인입니다. 그런데 정치를 떠나 만나는 게 아주 정치적인 의미가 있어요. 프랑스와 독일이 많이 싸웠지만 이제 그럴 수 없는 게 개인적 교류가 많기 때문이에요. 1년에 500만 명이 한일 양국을 오간다는데, 작가든 관광객이든 개인적 교류가 아주 중요한 정치적 의미를 갖습니다.

시마다 국경이나 자국 문화가 큰 의미 없는 시대가 됐습니다. 현대의 독일인에게는 독일, 이탈리아, 프랑스적 요소가 동거하고 있지요. 마찬가지로 한국, 중국, 일본의 경우에도 인적, 물적, 문화적 교류가 있어 왔는데, 이후 국가 차원에서 서로 다른 점을 강조했습니다. 그러나 개인 차원에서는 틀림없이 교류에 대한 기억이 있고, 그런 의미에서 아시아 작가들이 만난다는 건 전혀 다른 사람이 아니라 자기가 갖고 있다가 잊고 있던 것을 상기시키는 기회라고 봅니다.

김우창 오래전 일이지만 일본과 한국이 어로 문제 때문에 시끄러웠던 적이 있지요. 이해관계가 다른 건 분명하지만 인간적 이해도 필요합니다. 그래서 정치가는 정치가끼리 싸우더라도 한국 어부가 일본 어촌에 가고, 일본 어부가 한국 어촌에 가는 게 좋겠다고 이야기한 적이 있습니다. 결국 평화 문제 해결에는 개인적 교류가 도움을 주지요.

시마다 바다의 사나이들은 바다의 규칙이 있어서 서로 말이 잘 통하게 돼 있습니다. (웃음) 상대방의 표정을 읽을 정도로 접근하면 쉽게 문제가 해결될 수도 있습니다. 일본인, 한국인이라고 하면 상대방을 추상적으로만 파악하고 가해자, 피해자 관계로밖에 이야기되지 않습니다. 그러나 상대방을 알면 그 사람이 싫다고 느닷없이 때릴 수는 없겠지요. 정치가들은 선동을 잘 하는 편이지만 선동에 부화뇌동하지 않는 존재가 있게 마련인데 대표적인 사람들이 문학자이고, 거기에 존재 이유가 있다고 봅니다.

한국이 '글로벌 스탠더드'에 가깝다

김우창 나는 본직이 영문학 선생인데 영국에서 6개월 살면서 셰익스피어 알아봐야 도움이 안 된다는 걸 느꼈습니다. 미국에서도 8~9년 살았지요. 그런데 일본에서 1년 살아 보니 오래 살았던 미국 친구들보다 일본 친구들과 훨씬 쉽게 통하는 느낌이었습니다. 중국에 살아도 그럴 것 같아요.

시마다 동감입니다. 제가 자랄 때는 미국 문화가 물밀듯 들어오던 시대였습니다. 다행스러운 건 베트남전 전후에 만들어진 저항 문화(counter culture)가 들어왔고, 그걸 만난 게 개인적으로 행운이었습니다. 미국이 경제적, 군사적으로 가장 침체됐을 때 만들어진 문화가 세계적으로 가장 큰 영향을 끼쳤다는 사실이 흥미롭습니다.

김우창 우리는 일본보다 더 미국화됐지요. 교토에서는 소시지, 햄버거를 구하기가 여기보다 훨씬 어려워요. 두 가지로 해석되는데, 분단 문제 등으로 미국의 위력이 한국에 더 크게 작용했다는 점, 그리고 한국이 전쟁과 근대화 과정에서 더 많이 깨졌기 때문에 더 많은 걸 실험하기 위해 외래적인 것에 더 열려 있다는 점입니다.

시마다 한국은 확실히 '글로벌 스탠다드'에 가깝습니다. 일본 역시 미국화되는 건 틀림없지만 일본화시키는 능력이 탁월합니다. 헌법을 보더라도 전후 미국적인 이념을 강요한 게 일본 헌법인데, 오랫동안 해석을 조금씩 바꿔 가면서 일본화시키는 정치 행위를 해 왔지요. 역사를 소급해 보면 일본의 가나는 중국 문화에 대항해서 독자적인 것을 만들려는 자각 속에서 생겨났습니다. 그러나 한글은 가나보다 훨씬 독창적이고 알파벳에 가깝지요. 이번에 한국에 머물면서 간판, 역 이름을 읽을 수 있도록 한글을 공부했는데 일주일 만에 배울 정도로 논리적인 문자입니다.

한국 민족주의는 중국과 일본의 중간

김우창 일본은 세계 자본주의 체제에서 이미 일정한 자리를 확보했는데 중국은 경제가 한창 성장하는 상태여서 여러 나라에서 더욱 위협적으로 느낍니다. 각국의 반중 감정을 중국이 느끼는 과정에서 중국 민족주의가 더욱 강해집니다. 요즘 중국인의 시위 같은 사태를 너무 심각하게 여기거나 같이 흥분하기보다는 전체적인 맥락에서 이해해야겠지요. 중국 작가들 역시 개인보다 국가 정체성을 내세울 수 있습니다. 민족주의에 대해 민감한 정도가 우리는 중국과 일본 사이의 중간 정도입니다. 그래서 한국이 동아시아를 인간적인 이해의 땅으로 만드는 데 일정한 역할을 할 수도 있고요.

시마다 최근 15년 정도의 세계 상황은 미국의 일원 지배에서 다원 지배로 가고 있습니다. 하나의 중심보다는 지역 리더가 등장한다고 볼 때, 아시아가 중국 중심의 전근대적 상황으로 회귀하는 게 아닌가 하는 생각도 듭니다. 중국은 경제적으로 발전했지만 내부적으로 많은 모순이 있는 게 사실입니다. 제가 티베트의 달라이 라마에게 크게 감명받은 것은 한족이 자신에게 행한 방법과 다른 방법으로 대응한다는 점입니다. 폭력적, 강제적인 방법이 아니라 평화적인 방법으로 대처한다는 겁니다.

김우창 중국과 티베트의 관계에서 양쪽이 원하는 것이 실현되기까진 복잡한 경로가 있을 텐데 시마다 선생의 말대로 중국과는 다른 방법으로 티베트의 독자성, 자유를 추구한다는 건 좋은 관찰이라고 봅니다. 우리는 그런 것이 성공하기를, 복잡하게 생각하는 여러 방법이 성공해 소수 민족과 개인이 원하는 것이 성취되는 걸 바랍니다. 그런 이야기를 할 수 있는 사람이 작가이고요.

시마다 후진타오와 달라이 라마를 비교하면 달라이 라마가 훨씬 유머를 이해하는 사람이란 생각이 듭니다. 미륵보살을 티베트어로 참바라고 하는데 미륵보살은 56억 7000만 년 후에 나타난다고 해요. 태양이 폭발하고 지구가 사라지는 시간이지요. 그런데 티베트 아이들 이름 중에 참바가 많습니다.

무라카미보다는 딜런이 노벨상 자격

시마다 요즘 세계 어느 공항의 서점에 가도 구할 수 있는 소설을 쓰는 작가들은 한정돼 있는데 이들을 '글로벌 작가'라고 할 수 있습니다. 그런 글로벌 작가는 무라카미 하루키와 밥 딜런 정도 아닐까요. 노벨상 위원회 역시 그런 글로벌 작가에게 상을 주는 걸 유력하게 생각할 텐데, 전 세계 독자의 마음을 움직이는 총량으로 따져 볼 때 밥 딜런이 해당된다고 봅니다.

김우창 오에 겐자부로 선생이 노벨상을 받을 때 일본 교토에 있었습니다. 당시 오에가 강연을 하러 가는 길이었는데 자기 원고가 안 읽히는 데 대해 불평하는 내용이 강연 내용에 들어 있던 참에 수상 통보를 받았다고 합니다. 그래서 강연 내용을 급히 바꿔야 했지요. 나는 나대로 수상 발표를 보고 교토 서점에 가 보니까 오에의 책이 준비가 안 돼 있더군요. 노벨상은 전혀 기대를 안 하다가 그렇게 받아야 속이 시원하지 않을까요.

대화는 세대와 상관없다

시마다 김 선생과 말씀 나누면서 정통파 지식인에게는 세대 차와 연령이 전혀 문제가 되지 않는다는 점을 느꼈습니다. 오늘 대담은 앞으로 긴 대화를 하기 위한 계기에 지나지 않는다고 생각합니다.

김우창 나도 젊어진 것 같아요. 시마다 선생은 연령에 비해 원숙한 분이란 생각이 듭니다. 나이를 넘어서 이야기할 것이 많을 듯합니다. 시마다 선생의 작품을 많이 읽고, 공부할 생각입니다.

공간의 유기성이 존중되는 발전이라야 한다

김우창(고려대 명예 교수)

조판기(국토연구원 책임연구원)

2008년《국토》3월호

조판기 교수님께서는 그간 문명사적 접근을 통해 현대 문명을 비판하고 대안을 제시하셨습니다. 특히 최근에는 삶의 공간에 대해 깊이 천착하는 글을 발표하시는데요. 문학 비평을 주로 하면서도 도시, 땅, 주택 등 삶의 공간에 관심을 가지게 된 계기는 무엇인지요.

김우창 한국에서는 산업화로 인한 공간의 피폐화가 심각했고 그에 따른 토지 문제, 주택 문제가 현재까지 이어져 오고 있습니다. 한국에 살다 보니 자연스럽게 공간, 도시, 땅에 대해 관심을 갖게 되었다고 할 수 있지요. 사람들이 땅에 발을 붙이고 산다는 점에서 땅은 우리 삶의 근본입니다. 하이데거가 쓴 『존재와 시간』에서 존재라는 것은 공간이라고 할 수 있습니다. 존재한다는 것 자체가 공간을 점유하는 것이기 때문입니다. 우리 삶의 일부분인 공간을 의식하지 않는 사람은 없다고 봅니다. 저도 그런 사람이고요. 그런 의미에서 일상의 시간보다 더 중요한 것이 공간이라고 할 수 있습니다.

조판기 도시 계획이나 공간 계획은 데카르트 이후 근대의 산물이라 할 수 있습니다. 그러나 우리의 공동체는 데카르트적 이성을 성취한 적이 없이 서양 근대의 외피만을 받아들여 제도화한 측면이 있습니다. 이에 대한 교수님의 생각은 어떠신지요.

김우창 고대나 중세에도 도시 계획은 있었다고 봅니다. 도시 계획을 최초로 시도한 국가는 중국이라 할 수 있습니다. 당나라의 장안이 도시 계획에 의해 세워졌다고 알려져 있습니다. 일본의 교토가 장안을 모델로 만들어졌고요. 조선의 한양 역시 도시 계획에 입각하여 건설되었습니다. 동서고금을 막론하고 도시 계획은 존재해 왔습니다. 우리의 도시 계획은 오행 사상, 태극 사상 등 우주론적 견해를 반영해 왔습니다. 그러나 사회가 복잡해지다 보니 서양의 도시 계획을 받아들이게 된 것입니다.

서양은 도시 계획이나 건축학 분야가 발달해 왔습니다. 서양의 건축사가 서양 문명의 발달을 가속화시켰다고 생각합니다. 그러나 서양의 건축사를 보면 파르테논 신전 등에서 볼 수 있듯이 보통 사람들의 삶의 요구는 그다지 반영되지 않았습니다. 신의 영역과 공적인 필요만 반영되었습니다. 그렇지만 동양보다는 서양의 건축과 도시 계획이 합리적인 요소가 더 강했습니다. 우리나라의 풍수 사상 등은 어디서든, 어떠한 공간에든 적용하기가 힘들지만 서양의 건축과 도시 계획은 보다 합리적이고 유연하기 때문에 보편성을 갖게 되었고 우리에게도 영향을 미쳤다고 생각합니다.

조판기 건축이나 도시 계획을 포함한 공간 연구 분야에서도 포스트모더니즘 논의가 진행 중입니다. 그렇지만 한국 사회는 모더니즘이나 모더니티를 한국의 현실과 연관해 섬세하게 음미하기도 전에 포스트모더니즘을 논의하고 있는 것으로 보이는데 교수님의 생각은 어떠신지요.

김우창 서양의 사상들은 대부분 우리 사회에 영향을 미쳤습니다. 모든 것이 서구화된 우리의 현실에서 이를 막는다는 것은 불가능할 것입니다. 중요한 것은 서구의 영향이 아니라 우리가 어떻게 대처하느냐이지요. 도시, 건축 등 공간에 있어서의 포스트모더니즘 논의는 뉴욕 시립 대학의 데이비드 하비(D. Harvey) 교수가 『포스트모더니티의 조건』에서 쓴 바와 제 생각이 거의 일치합니다. 합리성과 기능을 중시하는 모더니즘의 건축 스타일, 계획 스타일이 원론적으로 맞다고 생각합니다. 포스트모더니즘에서는 모더니즘이 가지고 있는 합리적이고 기능적인 것에서 좀 더 발전을 꾀했지만 상업주의와 연관되어 있었습니다. 모든 건축 양식을 디즈니랜드와 비슷하게 만들겠다는 얄팍한 생각과도 연관되어 있는 것 같습니다. 물론 모든 사상은 발전과 변화를 거듭하게 되어 있습니다. 포스트모더니즘의 양상 자체를 거부하는 것은 아닙니다만 이를 정당화하는 것에는 설득력이 없을 것 같습니다.

조판기 도시 계획 분야를 포함한 학문 영역에서는 서구의 것을 제대로 소화하여 우리의 것으로 만드는 것에 대해서는 대부분 소극적이었다고 생각합니다. 선생님은 서구의 공간과 차별화되면서 우리만의 특색 있는 공간으로 만드는 방안이 있다고 보십니까?

김우창 서양의 것을 모방한다고 해서 외형적인 것만 따르는 것은 옳은 것이 아니라고 봅니다. 우리 환경에 맞춰 '우리화'해야 할 것입니다. 유럽과 미국 것을 완벽히 이해하긴 어렵습니다. '미국의 길이 반듯한 것은 미국의 역사가 그렇기 때문'이라는 말이 있습니다. 유럽의 경우 길을 반듯하게 내려고 해도 역사적인 유적들 때문에 불가능했습니다.

미국과 유럽 사례는 둘 다 우리나라와 잘 맞지 않습니다. 미국은 기하학적 도형을 토지 이용에 적용할 수 있을 만큼 역사적인 건축물도 없었고, 빈 공간이 많았습니다. 하지만 우리나라는 유럽처럼 역사를 존중해야 하고 산지가 많은 지형입니다. 평지에도 도시를 세울 수 없을 정도로 산이 많아 미국의 것을 그대로 재현할 수는 없을 것입니다. 다시 말하면 우리가 처해 있는 토지의 모양, 인구의 상태, 산업화 과정이 다르다는 것입니다. 따라서 유럽 스타일, 미국 스타일을 모방하는 것은 중요하지 않고 우리의 스타일을 만들어 가는 것이 중요합니다.

조판기 교수님의 책을 읽다 보면 초기보다는 후기에 우주의 신비, 역사의 신비라는 표현을 자주 접할 수 있습니다. 실존적 허무주의 같은 분위기도 있지만 인간 이성을 넘어서는 초월적 세계, 그 세계에 대한 겸허함 같은 것이 느껴집니다. 이러한 것들이 생태학으로 연결되는 듯 보이기도 합니다. 교수님께서 책으로 출간하셨던 '심미적 이성'과 생태적 세계관은 어떻게 결합되는지 궁금합니다.

김우창 우리 인간이 우주적인 환경 속에서 산다는 것을 인식하는 것은 아주 중요합니다. 즉 우주는 우리가 지각할 수 없을 정도로 광대하고 우리의 힘은 미약하다는 것을 인식하는 것이죠. 또한 존중하면서 산다는 성리학에서의 '경(敬)' 사상도 염두에 둬야 할 것입니다. 성리학에서의 '경'은 주의를 깊게 한다는 의미입니다. 조심스럽게 일을 하는 데에는 경이 필요합니다. 경의 기본은 바로 우주의 신비입니다.

꽃을 왜 좋아할까요? 꽃을 좋아하는 것은 본능적으로 모든 인간이 생물학적인 존경심을 가지고 있기 때문입니다. 미국의 생물학자인 윌슨(E. O. Wilson)은 이를 '바이오필리아(biophilia)'로 표현합니다. 사람들이 생명체를 가진 것에 본능적인 친밀감을 가지고 있다는 것입니다. 큰 우주 속에서 살고 이를 의식하면서 조심스럽게 사는 것이 바로 심미적 이성의 삶이 될 것입니다. 자연을 느낄 수 있는 도시가 심성을 부드럽게 합니다. 사회가 살벌하지 않으려면, 주민이 산과 나무와 하늘을 가까이 볼 수 있어야 합니다. 산을 가리는 건축물을 금지하는 조례를 만들 수 있었으면 합니다.

조판기 교수님께서는 사람이 사는 공간과 '자연과의 조화'를 매우 중요하게 생각하시는 것으로 알고 있습니다. 거대 규모로 진행되는 신도시 건설에 대해 비판적인 시각으로 글을 쓰시기도 했고요. 그러나 현실적으로 주택 문제(그것이 부동산 가격의 급등 문제일지라도)가 중요한 정책 의제로 설정된 상태에서 신도시 건설을 제외한 자연과의 조화를 이룬 개발은 어떤 형태를 생각할 수 있을까요?

김우창 서울은 작은 도시의 연합체 같은 곳입니다. 국토를 계획하시는 분들이 먼저 공식적으로 서울을 작은 구역의 연합체라는 것을 인정했으면 합니다. 서울은 지형 자체가 다핵 도시라고 할 수 있습니다. 지금 우리 사회는 구도시와 신도시 사이의 문화, 건축적 차이가 너무 큽니다. 신도시는 구도시를 빈민가가 되게 합니다. 신도시는 기존의 구도시를 발전시켜 나가는 방향으로 개발하는 것이 옳다고 봅니다. 신도시와 기존의 도시가 함께 내재적 발전을 할 수 있게끔 길을 찾아가는 것이 좋겠습니다. 신도시의 개발은 현실적으로 조심스러운 접근이 필요하다고 할 수 있습니다. 정치적으로 무언가 가시적으로 보이는 것이 중요하다 보니 이렇게 된 것 같지만 관광객 유치를 위해서라도 신구도시의 내재적 발전이 필요하다고 생각합니다.

하나 덧붙여서 말하자면 수도권 집중의 문제도 도시 계획으로 해결할 수 있는 것이 아니라고 말씀드리고 싶습니다. 어떻게 하면 점진적으로 지방에 뿌리를 내릴 수 있을 것인가에 대한 심도 깊은 연구와 사회, 경제적 노력이 있어야 할 것입니다. 이는 팽창주의적 사고와는 맞지 않겠지만, 지방 도시가 유기적이고 내재적인 발전을 하는 것이 수도권 집중 완화의 핵심이라고 생각합니다.

조판기 2007년도 선거로 정권 교체가 이루어졌습니다. 다음 정부가 공간 정책이나 공간 개발과 관련하여 유념해야 할 것은 무엇이라고 생각하시는지요?

김우창 지식인은 일할 때 자신의 아이디어를 경계해야 합니다. 자기만이 모든 것을 알고 있고 그것을 일거에 실현한다는 인식은 문제가 있습니다. 인간의 삶에 대해, 토지에 대해, 국토에 대해 유기적인 사고를 할 수 있어야 하고, 사회 문제에 대해서는 조심스럽게 접근해야 할 것입니다. 자기 아이디어 하나만 가지고 모든 것이 이루어진다고 생각하는 것을 가장 지양해야 할 것입니다. 우리 사회는 작은 것에 만족을 느끼는 사회가 되어야 할 것입니다. 우주의 신비에 대한 생각을 가져야 할 것입니다. 너무 많은 것을 단순하게 생각하면 안 됩니다. 다른 것도 마찬가지지만 생활에 대해 총체적으로 파악해야 할 것입니다.

이번 숭례문 화재에 국민 모두가 분노했습니다. 그러나 60여 평 대지의 한옥에 살던 사람이 바로 옆에 고층 아파트가 섰을 때 어떤 참담한 느낌을 가졌겠는가를 이해해야 합니다. 집은 동네고 삶의 일부입니다. 10여 층 높이의 거대 아파트 앞에서 정든 집이 판잣집으로 위축되는 것을 좋아할 사람이 있겠습니까? 현재 우리 사회는 주택이 삶의 공간이 아니라 소유의 수단으로 전락했습니다. 주택을 보는 시선도 삶의 공간이 아니라 투자의 수단이 되었습니다. 부동산이 아니라 '동산'이 되어 버린 것이죠. 사람 사는 것에 대한 깊은 이해를 하지 못했기 때문이고 우리의 주변 환경이 삭막해진 것에 기인한 것입니다.

조판기 국토연구원은 '국토 자원의 효율적 이용, 보전, 개발을 목적으로 국민의 복지에 증진'하는 정부 출연 연구 기관입니다. 교수님께서 시민으로서 또한 인문학자로서 국토연구원의 역할과 책임에 당부하고 싶은 말씀이 있으시면 부탁드립니다.

김우창 생태 환경 문제가 큰 이슈로 부각되고 있습니다. 국토연구원에서 생태적인 도시, 생태적인 토지 이용에 관한 연구에 힘써 주실 것을 부탁드립니다. 생태적인 카테고리 안에서 많은 문제가 해결될 수 있을 것입니다. 독일의 한 도시는 새로 짓는 집은 반드시 태양열 에너지를 쓰도록 하였다고 합니다. 오스트리아의 한 도시에서는 집을 짓는 데 있어 완전히 난방이 없는 집을 짓도록 하였다고 합니다. 이런 종류의 에너지형 주택, 토지 이용 등 미래를 내다보는 관점으로 도시 계획, 공간 계획을 하시길 부탁드립니다.

대한민국 건국의 역사적 의의

안병직(뉴라이트재단 이사장)
김우창(고려대 명예 교수)
노재봉(전 국무총리)
신복룡(건국대 석좌 교수)
이인호(카이스트 석좌 교수)
2008년《시대정신》여름호

1. 산업화와 민주화

안병직 바쁘신 가운데 이렇게 참석해 주셔서 감사합니다. 종래에 대한민국이라는 국가는 어딘가 결함이 많다, 대외 의존적이라든지, 분단 국가라든지 하는 지적이 많았는데, 이런 점만을 강조하다 보면 조금 잘못된 현실 인식을 가지지 않을까 우려됩니다. 대한민국이 형성 초기에 여러 가지 결함이 있었던 것도 사실입니다만 그간 대한민국이라는 틀 속에서 이루어진 성과는 대단한 것으로 평가되고 있기 때문입니다. 대한민국이라는 틀 속에서, 세계사에서 유례가 없을 정도로 급속하게 산업화와 민주화가 이루어져 왔는데, 산업화와 민주화가 이루어진 시기는 각각 다르다고 하더라도 그들이 연속선상에 있었다는 점을 상기하면, 대한민국의 성취는 대단한 역사적 성과라 할 수 있겠지요. 이러한 점에 대한 여러 선생님들의 견해를 우선 들어 보았으면 합니다.

김우창 견해를 달리하는 사람들이 모여서 얘기하는 자체가 좋은 기회가 된다고 생각합니다. 무엇보다도 저는 여러 선생님들을 오랜만에 다시 뵙게 된 것을 기쁘게 생각하지만, 주제로 보아 저는 여기에 참석하는 것이 적당한 사람은 아닙니다. 저는 현대사에 대한 연구가 전혀 없는 사람입니다. 제가 말씀드린다면 일반론이지, 사실적 연구에 입각한 것이 아닐 것입니다. 지금 대한민국의 정통성을 문제 삼는 것은 좌에서든 우에서든 편 가르기를 하는 것 외에는 별 의미가 없다고 생각합니다. 대한민국의 가치가 어떤 것이냐는 것은 따져 볼 것도 없이, 여기에서 살고 있는 사람이 받아들이고 있는 사실입니다. 대부분의 이야기는 그런 다음의 이야기입니다. 대한민국의 가치나 의미는 나중에 역사적으로 논의의 대상이 되겠지만, 이 시점에서 그것을 문제 삼는 것은 사회적 갈등을 심화시키는 결과를 가져오지 않을까 하는 우려를 갖게 합니다. 역사의 이데올로기화는 우리가 늘 보는 일이지만, 지금 시점에서 사실적으로 받아들이고 있는 대한민국에 대해 좋은 나라냐 나쁜 나라냐는 논쟁은 적절하지 않다고 봅니다.

이인호 저도 김 선생님에 전적으로 동의를 합니다. 우리나라가 대한민국으로서 탄생을 했는데 어떠한 경로를 통해서 어떻게 이렇게 발전을 했는지, 그때 어떤 문제점을 안고 있었다든가 이런 식으로 이야기해야지, 정통성이 있는가 없는가 같은 이야기는 할 게 아니라고 봅니다. 우리가 너무 분단 극복 문제에만 오래 매몰되다 보니 정통성 문제가 이야기되는 것인데, 그것은 결국 이데올로기 논쟁이 될 수밖에 없다고 생각합니다.

김우창 우리가 사는 것도 그냥 사는 거지, 사는 것이 옳은 것이냐 그른 것이냐 하는 것을 평가한 다음에 사는 것은 아니지요.

노재봉 이 문제를 규범적으로 자꾸 생각하는 경향이 상당히 많았습니다. 김 교수 얘기대로 이를 사실로서 보자는 입장을 취해야 이야기가 어느 정도 전개될 거 같습니다. 지금까지의 대한민국 역사는 근대 국가의 형성과 연관된 것이라고 볼 수 있는데, 이걸 세계적 시각에서 보자면 한국을 포함해서 소위 후발 주자들 전부가 식민지 지배를 받고 난 뒤에 근대 국가를 본격적으로 만들고 산업화 과정을 밟게 되었습니다. 그 가운데 한국이, 가치 판단을 배제한다고 하더라도, 예외적인 성공 사례라는 것은 학계에서 의심의 여지가 없이 받아들여지고 있습니다. 그래서 처음 얘기대로 규범으로 보지 말고 현실적 시각으로 보자, 그리고 규범으로 보는 것에 대해서도 한마디 하자면, 서양 국가들과는 달리 산업화가 민주적인 분위기 속에서 진행되지 못하고 왜 강제력을 동반했는가 하는 이야기를 하는데, 서양 국가에서조차도 강제력이 뒷받침되지 않은 산업화는 단 한 건의 사례도 없습니다. 현대적 기준만으로 보면 모든 국가는 국가 형성 과정에서 부정적인 측면을 가지고 있습니다.

안병직 세 분 선생님들께서는 규범으로서의 대한민국을 바라볼 것이 아니라 사실상 우리의 생활 터전으로서 대한민국을 본다는 관점을 제시해 주었습니다. 생활 터전으로서 있는 그대로의 대한민국을 보고 논의를 전개하자고 얘기하신 것 같습니다.

신복룡 저는 이 자리가 송구스럽고 과분합니다. 선배님들 계신 자리에 공부 삼아 나왔습니다. 그리고 제가 마음이 편치 않은 것은, 안병직 이사장님과 여기 계신 분들이 다수는 이 시대를 바라보는 시각이 좀 보수주의적이고 우파적인 그런 시각을 가진 분들이신데, 저는 한 번도 제가 우파적인 시각을 가졌다고 생각하지는 않았기 때문입니다. 그래서 저를 불러 주신 것은 감사하게 생각하지만, 그래서 이 자리가 조금 부담스러운 것은 사실입니다. 그러나 다시 생각해 보면 저와 같은 진보적 생각을 가진 사람을 불러 주신 것은 다른 목소리도 들어 보고자 하는 주최 측의 아량이라고 생각하고 그 점에 대해서는 감사하게 생각합니다. 선생님들께서 시대를 규범적으로 바라봐서는 안 된다고 하심에도 불구하고 안병직 이사장님께서 대한민국의 건국 과정에는 성취가 있지 않았느냐 하신 것은 강변하는 것처럼 들립니다. 저는 그 시대를 이데올로기로 보는 것은 저도 동의하지 않습니다. 해방 정국을 이데올로기만으로 보는 것에는 저도 동의하지 않습니다. 제가 해방 정국을 공부한 결론은 어떤 이데올로기도 밥이나 혈육보다 진하지 않았다는 점입니다. 그리고 그 당시에는 이데올로기가 성숙했다고 보지 않습니다. 다만 해방 정국을 총체적으로 살펴보면 그것이 이념적인 문제이든, 분단 사학이든 우리가 외면할 수 없는 한 가지 엄연한 사실이 있는데, 바로 남북 분단의 문제입니다. 저는 이 분단의 문제를 외면하고서는 해방 정국사를 풀어 갈 수 없다고 늘 생각하고 있습니다.

저는 가끔 분단과 망국 중 어느 쪽이 더 비극적이었을까 하는 생각을 합니다. 바꿔 말한다면 해방과 통일 중 어느 쪽이 더 감격스러웠을까 하는 문제입니다. 절대적으로 따진다면 망국이 더 비극이었을 것이고 해방이 더 감격스러웠을 것이지만, 후대의 역사에 미친 영향으로 본다면 분단이 더 비극적이었고, 통일이 오는 그날이 더 감격적일 거라고 생각합니다. 왜 그런 생각을 하느냐면, 역사적으로 봤을 때 망국이 해방을 맞이한 예는 흔히 있어도 분단이 통일을 맞이하는 경우는 흔치 않았기 때문입니다. 감격이나 비극의 절대치 문제가 아니라 후대의 역사적 가능성을 볼 때 분단이나 통일의 문제가 우리에게 더 절대적인 가치가 아닌가, 그런 점에서 보자면 안병직 선생님께서 지적하신 대한민국 건국의 역사적 의미나 성취는 사실은 알고 보면 절반의 축복에 지나지 않는다는 것이 제 평소 생각입니다.

어차피 북한이라고 하는 나라가 우리가 껴안고 가야 할 우리 역사의 한 부분이라고 한다면 우리는 지금 절반을 놓치고 있는 것이고, 절반을 놓고서 기뻐할지 안도할지의 문제는 각자 가치관의 문제라고 생각합니다. 양말이 한 짝이 남았을 때, 양말 한 짝이 부족한지 남는 건지는 전혀 보는 사람의 시각에 따라 다를 수 있기 때문에, 해방 이후에 대한민국 정부의 수립이라고 하는 것은 그저 절반의 축복이라고 보는 것이 제 생각입니다.

노재봉 원리적으로 말하자면 신 선생님이 제기하신 문제는 미래의 과제예요. 미래의 과제를 이야기하기 위해서 대한민국을 문제 삼는 데에 분단 문제를 빼놓으면 이게 반쪽의 이야기라는 것 같습니다. 하지만 우리가 넓은 의미에서 민족의 분단이라고 하는 것은 사실상 문화적인 척도에서 이야기하는 겁니다. 문화적인 의미에서 민족이 분단된 것도 사실이지만 이것이 정치 체제의 분단으로 동시에 전개되면서, 현실적으로는 법적으로도 두 개의 국가로서 엄연히 존재합니다. 그래서 그걸 전제로 해야 대한민국에 대해서 논쟁할 수 있는 여지가 생깁니다. 그렇지 않으면 이게 독자적인 논의의 대상이 되지 않는 식으로 됩니다. 이것은 단순히 논리적 얘기뿐만 아니라 현실적으로도 다른 얘기입니다. 현실적으로 분명히 두 개의 국가이고, 단순히 통일 문제라고 하는 것도 민족이라고 하는 문화적인 부분만을 놓고 본다면 해결이 안 된다고 생각합니다.

안병직 신 선생 말씀은 그간 대한민국의 성취는 그것이 아무리 대단해도 절반의 성취에 불과한 것이지, 아직도 한쪽이 통일 민족 국가에 들어와 있지 않기 때문에 대한민국만 가지고는 완성된 국가로 보기 어렵지 않겠느냐는 말씀인 것 같습니다만, 그것을 조금 형식적으로 이해하자면 통일의 과제가 남아 있지 않느냐 하는 것이겠지요. 그래서 연방제 문제라든가, 국가 연합 문제라든가 하는 것들이 제시되고 있는데, 연방제든 국가 연합제든, 통일 국가가 성취되어야 하나의 완전한 민족 국가가 형성되는 것이 아니냐 하는 견해라고 봅니다. 통일 문제를 조금 깊이 생각해 보면, 상이한 두 체제를 가지고 하나의 통일 국가로 나아갈 수 있겠느냐는 문제와, 과연 이 시점에서 남한과 북한이 현실적으로 하나의 국가로서 받아들여질 수 있을 만큼 동등한 역사적 위치에 있는 국가인가를 봐야 합니다. 남한이 통일 국가가 아니라는 점은 분명하지만, 역사적 성취가 대단하고 하나의 국가로서 제대로 된 모양을 갖추고 있다, 국토의 절반밖에 차지하고 있지 못하지만, 정치 경제적으로 보면 제대로 모양을 갖추고 있는 국가인데 지금 북한이 제대로 된 나라 꼴을 하고 있느냐, 그런 점에 대한 선생님들의 의견은 어떻습니까?

이인호 북한의 존재를 의식하지 않을 수 없고, 그래서 대한민국은 절반의 성공이라고 하는데 저도 그 점에서는 공감합니다. 그것을 부정할 수도 없고 부정할 이유도 없고요. 그런데 민족의 분단이라는 현실을 바라보는 데에 그 중심을 어디다 놓고 보느냐에 따라 문제가 달라지는 것 같습니다. 대한민국 국민의 입장에서 상황을 본다면 우리가 나라를 세우는 데에 불행히도 그 나라 속에 북한이 포함되지 못하고 민족 절반이 다른 영역으로 남게 된 것은 매우 안타깝고 유감스럽지만, 남북 양쪽의 정부를 대등하게 보고 무게 중심을 양쪽으로 나누어 놓고 보면 이야기가 달라지거든요. 학문적으로야 당연히 객관적으로 양쪽의 상황을 서술할 수 있고, 해야 되지요. 하지만 북한이 실패한 국가인지 어쩐지는 나중에 이야기한다고 해도, 우선 필요한 것은 우리가 대한민국을 건설하면서 이루고자 했던 것이 무엇이고 실패한 것이 무엇이냐를 따져 보는 일이라고 봅니다.

그때 우리는 민족사상 처음으로 자유 민주주의 국가로서 헌법 체제를 갖추고 국제 사회의 인정도 받는 큰일을 해냈지만, 우리 힘이 부족했기 때문에 그 헌법의 권한이 미치는 영역 속에 북한을 포함시키지 못했다고 보는 것이 제 시각입니다. 그런 면에서 시각이 다를 수가 있겠죠. 그때 대한민국의 정치 체제 속에 우리 국토와 우리 민족 전체를 포함시키지는 못했다고 하더라도 그 중심을 세웠기 때문에 그런 민주주의 체제를 중심으로 북한까지를 통합할 수 있는 가능성이 보이는 거지, 그때 만약 자유 민주주의 체제를 출범시키지 못했더라면 어찌 되었을까요. 그 대안을 생각해 본다면, 미 군정이 더 오래 지속되었다가 결국 공산주의 체제 속으로 포함되어 잘되어 봤자 지금 동유럽이나 북한의 꼴이 되지 않았을까요? 그런 의미에서 저는 대한민국의 수립이 절반의 성공이었고 큰 문제점을 갖고 있었다는 것은 공감하지만, 우리가 나라로서 기초 골격을 잡는 데에 있어서는 대단한 성공을 했고, 당시 열려 있던 선택 가운데서는 가장 덜 나쁜 선택을 했다고 보는 겁니다. 이것은 국민감정에서 나오는 이야기이기도 하고, 역사가 증명한 이야기이기도 하지요. 그리고 공산주의 체제의 몰락이라는 역사의 결과를 알고 있는 우리로서는 그때 우리가 자유 민주주의 국가를 세웠고 그 국가를 수호하고 발전시키는 데 성공했다는 게 얼마나 대단하고 크게 자축해야 할 일이었나를 분명히 말할 수 있지 않을까 봅니다.

김우창 대한민국이 분단된 두 쪽 중 더 중요한 나라라고 본다는 말씀이시지만, 북한 사람들의 입장에서 또는 북한의 집권자 입장에 보면 다르겠지요. 분단을 넘어서 통일 국가로 간다는 것은 미래의 과제입니다. 어느 쪽이 국가의 기틀을 잡는 데 중요한 일을 했느냐보다는 어떻게 두 개가 하나가 되느냐 하는 게 중요합니다. 대한민국에서는 대한민국이라는 현재의 사실에서 출발하여 통일에 더 가까이 가는 것을 생각할 것이고, 북한에서는 국가 체제로서의 북한에 대해서 여러 가지 의견이 있겠지만, 지금 성립되어 있는 국가의 현재에서 출발하여 어떻게 통일 국가로 갈 수 있는가를 생각하겠지요. 그리고 이 두 개를 어떻게 하나가 되게 하는가가 앞으로의 과제가 될 겁니다.

이인호 그렇죠. 그쪽은 그쪽의 문제가 있으니 지금 우리가 그쪽 입장까지 포용해서 이야기해야 하는 데에 정치적인 어려움이 있는 것이죠.

김우창 앞으로는 그런 문제가 있다는 것이죠. 그러니까 대한민국과 북한을 대립시켜 놓고 "어느 쪽이 더 우위다."라고 할 필요는 없지 않느냐 하는 생각이 들어요. 양쪽을 다 사실적으로 바라보고 시작해야 한다는 말입니다.

안병직 제가 문제로 제기하고 싶은 것은, 이념적으로 볼 때 남쪽도 북쪽도 다 같이 그 나름의 국가 체제를 가지고 형성된 것은 사실입니다만, 기아 문제나 현재의 사회 경제적 형편으로 볼 때 북한이 과연 정상적인 나라 꼴을 하고 있는가, 앞으로 남북이 통일된다고 할 때 양자가 동등한 자격으로 거기에 참가할 수 있는가 하는 점입니다.

김우창 북한 사람들은 그렇게 판단 안 하겠죠. (웃음)

이인호 북한 정권 쪽이야 분명히 그러겠죠. 내가 이야기한 것을 북한은 정반대로 이야기하겠죠. 북한도 자기들 중심으로 국가를 만들 때 이쪽을 흡수하지 못한 게 유감이라고 얘기하겠죠. 그런데 현실과 희망은 전혀 별도의 이야기입니다.

안병직 그래서 만약 우리가 백 보를 양보하여 북한의 입장에 선다고 하더라도, 현재의 북한으로부터 무엇을 계승 발전할 수 있는지는 조금 깊이 생각해 봐야 하지 않을까요. 그러한 점에서 저는 남북을 대등한 위치에 놓고 통일을 논의하는 것은 비현실적인 것이 아닌가 생각하고 있습니다.

신복룡 한 말씀 드리자면, 이사장님이 저한테 남북이 저렇게 달라졌는데 북한이 우리의 형제인가 물어보는 것 같았어요. 평양에서 보면 정말 저 사람들이 동포인가 생각이 들 정도로 많이 변한 게 사실입니다. 그리고 참으로 안타까운 것은, 교육 현장에서 아이들을 가르치다 보면 저희 세대의 통일 의지는 90퍼센트를 상회했는데, 지금 중고등학생들에게 통일 부담 이야기를 하면서 그래도 통일을 원하는가 물으면 통일 의지가 30퍼센트 이하로 떨어집니다. 그것이 저로서는 안타까운 거죠. 그것이 이대로 가는 게 아닌가, 통일에 대한 체념 등 이런 현실이 안타깝습니다. 그리고 현실이 그렇다 하더라도 우리가 나아갈 방향은 그런 것이 아니라는 생각이 제게 있기 때문에, 그런 안타까움이 있기 때문에 분단 문제를 모두(冒頭)에서 제기한 겁니다.

노재봉 통일의 당위성에 대해서는 잘 들었습니다만, 그 문제는 현실적으로 보아야 합니다. 현실적으로 존재하는 두 개의 국가를 놓고 대한민국에 대해서 이렇게 서로 이야기하는 것 아니겠습니까? 문제는 우리가 당위로서 통일 문제를 다루는 것과 현실적으로 통일할 필요가 있느냐 하는 것은 전혀 다른 정치적인 문제라는 겁니다. 그래서 그런 것을 포함해서 보는 논리적인 단계가 필요하지 않을까 합니다.

김우창 젊은 사람 속에서 통일 의지가 약화됐다는 것은 양면적 의미를 가진 현상이라고 할 수 있습니다. 우선 그 전에 통일을 원하는 사람들이 많았는데 줄었다는 것은 앞으로 통일에 대한 의지가 약화된 현상이 또 바뀔 수도 있다는 말이 아니겠습니까? 모든 것은 바뀌지요. 또 하나는 통일을 너무 되풀이해서 말하는 것은 그것을 실질적으로 해결하는 데 방해가 될 수도 있다는 점입니다. 통일 의지가 약화된 것이 오히려 냉정하고 사실적으로 문제를 풀어 나가는 데 도움이 될 수도 있기 때문에 그것에 대해서 긍정적으로나 부정적으로 판단하는 것은 조금 이른 것이 아닌가 합니다.

이인호 국제 정치를 우리 의지대로 끌고 갈 수 있는 힘이 없었기 때문에 분단이라는 불의의 비극적 상황을 맞게 된 거지만, 그래도 결국은 두 개의 국가가 섰다는 것을 전제로 해야 통일 논의가 될 수 있겠죠. 북한은 북한의 입장에서 이 문제를 보려 할 것이 당연하고, 우리로서는 어디까지나 대한민국의 입장에서 얘기를 해 나가는 게 당연한 것 아닌가요?

노재봉 두 국가가 출발할 당시 모두 근대 국가를 세우려고 했습니다. 분단 자체가 우리의 의지로 인해 된 게 아니라 상당 부분이 국제 정세에 밀렸고, 상당 부분 우리가 독자적인 목소리를 내어 국제 정세 추세를 제어하거나 원하는 쪽으로 돌릴 힘이 없었기 때문에 우리가 당한 겁니다. 그런 관점에서 결국 두 개의 다른 정부 혹은 국가를 전제하고 나중에 통일을 이야기할 적에도 지금까지의 현실을 바탕으로 해서 이야기를 해야 된다고 생각합니다. 그러니까 우선은 대한민국이 수립되었다고 하는 역사적인 사실에 의미를 두고, 물론 북한을 항상 의식해야 하지만, 대한민국을 중심으로 이야기를 하고 나중에 통일 문제, 통일의 당위성과 필요성 문제를 다시 이야기하는 식으로 가야 이야기가 풀리지 않을까 합니다.

신복룡 공통적인 초점이 필요합니다. 남한이나 북한이나 공통으로 존재하는 지향점이 있었는데, 그 출발점은 양쪽 모두 근대적인 국가 사회를 만들겠다는 것이었습니다. 근대적인 국가를 만드는데 그쪽은 그쪽 방식으로 이쪽은 이쪽 방식으로 간 겁니다.

안병직 남북이 출발점에서 그 나름의 이상과 체제를 가지고 있었다는 것은 앞에서 누누이 이야기된 바와 같습니다. 그런데 제가 문제 제기를 하고 싶었던 것은 두 가지 측면에서입니다. 한 가지는 60년간의 발전의 귀결이 어떻게 되었느냐입니다. 남쪽은 출발점에서는 부실했던 점이 많았음에도 불구하고 나름 근대 국가로서 자기 모양을 갖추어 왔습니다. 그리고 밖으로부터도 모범 국가로 높이 평가받고 있습니다. 그런데 북한은 과연 과거 60년간에 근대 국가로 발전해 왔다고 평가받을 만한 역사적 성과가 있느냐, 북한이 나라로서 지금과 같은 꼴을 하고 있어서야 남북의 대등한 비교가 가능한가입니다. 이데올로기를 떠나서 국가가 국가로서 갖추어야 할 기본적인 조건인 국민군의 형성이라든가 재정의 자립이라는 면에서 보면 북한은 여기에서 실패한 것으로 보입니다. 겉으로 보기에는 막강한 인민군이 있어 보이기는 합니다만, 정치 경제 체제의 붕괴로 그 유지가 어려워 보입니다.

김우창 근대 국가의 형성 요소로서 군대 문제가 꼭 중요할 것 같지는 않습니다. 북한의 경우에도 선군주의도 있고 핵도 발전한 측면이 있으며, 또 인도나 파키스탄 같은 데에도 핵을 가지고 있고……, 강한 군사력이 있다고 할 수 있습니다. 이들 나라의 경제는 문제라고 할 수 있지요. 물론 이것은 생활에 직결되는 일이기 때문에 중요한 고려 사항이지요. 그렇지만 이것도 지금 시점의 이야기이고, 역사의 긴 지속이라는 관점에서 사정이 달라질 수도 있을 겁니다. 서양 사람들이 시작한 근대화는 인간에게 진보의 희망을 주는 것으로 생각되었지만, 지금 시점에서는 그것을 부정적으로 보는 관점도 많이 생겼지요. 1960~1970년대를 보면 경제에 있어서 북한이 남한보다 앞서 있었기에, 그때그때의 역사 추이에 따라서 평가가 달라질 수밖에 없습니다. 그렇다고 해서 한국의 산업화와 근대화를 부정적으로 보아야 한다는 것은 아니고, 다만 약간은 의문을, 조금 더 높게 생각하는 관점을 남겨 놓는 것이 필요하다는 말씀입니다.

요즘 제가 예일대 정치학 교수 제임스 스콧이 쓴 책을 보았는데, 그 사람은 소련에서 행한 실험과 미국이 시험한 과학 기술, 자본주의의 문명을 같은 선에 놓고 이야기를 하면서, 둘 다 단순화된 거대 개혁에 의해서 복합적 인간의 삶을 통제하려고 하는, 국가 권력과 지적 엘리트들의 과대한 시도였다고 보는 것 같습니다. 소련은 망했지만 미국이 단순화된 시장 체제로 인간상을 개조하려고 하는 것도 문제가 있다고 보는 겁니다. 이런 식의 회의(懷疑)의 공간도 있는 게 좋겠다는 말씀입니다. 그것이, 경제 발전과 산업 발전을 인정하면서도, 통일을 포함하여 넓은 미래를 위한 공간을 남겨 놓는 일이 아닌가 해 말씀드렸습니다.

안병직 소위 남한의 성공이라는 것과 북한의 실패는 아직은 역사적으로 상대적으로 봐야지 절대적으로 보기 어렵다는 그런 말씀이시네요.

신복룡 만약 우위론적으로 남북한을 이야기한다면 내가 남한에 살고 대한민국에 살고 자본주의 사회에서 살기 때문이 아니라, 사실상 체제의 대결은 끝난 것이 아니냐는 것이 제 생각입니다. 그러나 남한의 자본주의가 성공하고 체제의 우위를 차지했다고 하더라도 과연 이 시대를 바라보는 시각이 대니얼 벨(Daniel Bell)식의 어떤 이데올로기적 오만으로 충일(充溢)되어 있다면 이것은 대단히 위험한 생각입니다. 북한이 마치 그 선전 선동에서 자기들이 우위인 것처럼 이야기하는 것은 진심을 속인 '언더도그 크라잉(under-dog crying)이 아닌가 저는 생각하고 있습니다. 북한에 가서 보면 저들도 체제의 경쟁에서 진 것을 자인하고 있는 것 같다는 느낌을 받을 때가 많습니다. 그래서 이 문제를 승패로 따지자면, 우월로 따지자면 이미 끝난 문제를 자꾸 다루는 게 아닌가 하는 생각이 듭니다. 다만 자본주의가 분명히 승리했다고 하더라도 역사에서 그것이 최상의 선택이었는지, 최상의 체제였는지와 같은 이런 문제에 대해 고민이 없다면 안 될 것 같다는 것이 제 생각입니다. 예를 들면 자본주의가 갖는 모순, 그 모순 속에서의 아픔과 그늘, 이런 문제에 대한 성찰이 없이 "우리가 이겼어!"라고만 말함으로써 체제의 가늠을 끝맺을 일은 아니라고 봅니다.

이인호 저는 오히려 그렇기 때문에 북한의 이야기는 좀 접어 놓고, 대한민국은 어떻게 수립이 되어서 어떤 이상을 가지고 어떻게 출발이 되었는데, 어떤 문제를 계속 안고 있었다 하는 식으로 이야기해야 부정적인 측면도 긍정적인 면과 함께 지적될 수 있다고 봅니다. 북한과 대비해서만 계속 인식하다 보면 대한민국이 더 낫다는 결론밖에 나올 수 없지요. 대한민국의 건국과 정치 경제 발전면에서 이룩한 성공은 크게 자축할 만한 일이지만, 그래도 우리는 아직 많은 문제점을 안고 있었고, 지금도 안고 있는 체제라는 것을 인정하며 해결책을 모색하지 않으면 안 된다고 강하게 느끼거든요.

또 한 가지 등한시하면 안 될 것이 주권과 독립의 문제라고 봅니다. 분단 체제라는 말을 하지만 실제 일제 시대 때 우리는 주권 국가가 아니었죠. 해방 후 우리는 주권을 다시 찾아야 했는데 불행히도 해방과 동시에 하나로 통일된 주권 국가가 된 것이 아니라 두 개의 점령 지역으로 분단이 되었죠. 그렇게 분단된 상황에서라고 만약에 우리가 대한민국이라는 주권 국가로 건국을 하지 못한 채로 미 군정하에 더 오래 남았더라면 우리의 운명이 어떻게 달라졌을까요? 통일이 더 쉽게 이루어졌을까요? 미 군정하에서 더 오래 살았던 것과 대한민국이라는 국가로 출범한 것은 엄청난 차이가 있지 않느냐는 말이죠. 이승만 박사가 미국 사람들한테 굉장히 버거운 존재로 인식되고 있었고, 그 때문에 그의 역할을 달갑지 않게 여겼던 것도 그분의 독립 정신 때문이 아니었습니까? 그러다가 미국도 결국은 소련과 공산주의 북한의 위협을 의식하면서 이 박사와 타협을 할 수밖에 없었고, 이 박사를 중심으로 한 대한민국 체제를 출범시키는 데 동조를 했던 것이죠.

우리가 미국의 영향권 안에 있었던 것은 틀림없는 사실이지만, 그래도 주권 국가로 독립한 후와 군정 치하에 남아 있던 상황과 크게 차이가 있었죠. 국제 관계에서 실제로 자유나 독립은 상대적인 개념이지, 절대적인 것은 아니라고도 볼 수 있어요. 냉전 종식 이후 이른바 일국 체제를 이끌어 왔다는 초강대국 미국까지도 사실은 어느 정도까지는 우방 국가 또는 적대 국가들의 영향을 의식해야지, 완전히 독자적으로 움직일 수는 없었어요. 하물며 우리나라 같은 경우는 어떤 강대국의 영향권 안에서 주창할 수 있는 자주와 독립이었지, 절대적인 자유라고 하는 것은 없지 않겠습니까. 그렇다 하더라도 스탈린 사망 이전 소련이 북한에 대해 행사한 영향력과 우리나라에 대한 미국의 간섭은 비교가 될 수 없을 정도로 그쪽이 심했습니다.

안병직 남북의 자주성에 관한 문제는 조금 있다가 이야기하면 어떻겠습니까. 지금 우리의 당면 문제는 선진국의 건설이 아니겠습니까? 통일을 한다고 할 때도 선진국으로 통일해야 할 것입니다. 이렇게 볼 때 우리가 일반적으로 남북 문제를 다루는 경우 논의에서 빠져 있는 문제가 있지 않은가 생각됩니다. 통일 문제를 다룰 때 흔히들 사상 문제나 체제 문제가 중심으로 이야기되곤 하는데, 여기서는 항상 남북한의 사회적 성숙도에 관한 이야기가 빠져 있습니다. 어느 사회의 발전 단계가 산업 사회 이전인지 이후

인지 하는 문제는 굉장히 중요한데, 자유주의와 공산주의나 사회주의의 사상적 내용도 그러한 산업의 발전 단계에 의하여 결정적으로 규정되는 것으로 생각됩니다. 산업 사회 이전의 단계에서는 자본주의는 권위주의와 결합할 수도 있고 공산주의와 사회주의는 전제주의나 전체주의와 결합할 수 있는 데 대하여, 산업 사회 이후에는 사상적으로는 자유주의다, 사회주의다, 공산주의다 하더라도 정치 경제 제도는 대체로 민주주의와 시장 경제로 수렴하는 경향을 보입니다. 근대 세계사에서도 여러 가지 굴곡은 있었습니다만 이러한 것이 보편적인 흐름으로 보이는데, 이러한 각도에서 보면 현재의 남북이 산업 사회 이전의 단계에 있는지 어떤지 하는 것은 매우 중요한 문제로 생각됩니다. 우리가 앞으로 통일 문제를 다룬다고 할 때, 반드시 이러한 문제도 염두에 두어야 되지 않을까 생각합니다.

김우창 북한에 대해서 어떻게 판단하든지 간에 세계적인 추세가 산업화를 통하지 않고서는 생활 향상이 안 되고, 국제적인 위치 확보가 안 된다고 하는 게 사실인 것 같습니다. 한 사회가 세계 역사의 흐름 밖에 서서 주체성만을 주장할 수는 없는 것 같습니다. 그런 의미에서 북한이 많은 문제를 가지고 있다는 것은 안 선생님이 말씀하신 대로 저도 의견을 같이할 수 있습니다. 그러나 이미 우리 이야기에 나온 대로, 자본주의 체제가 가지는 모순이나 문제가 많기 때문에, 산업화를 기초로 이야기하되, 그것을 보다 나은 산업화, 보다 인간적인 산업화의 관점에서 따져 보는 것이 중요한 과제가 아닌가 합니다. 신문에 얼마 전에 쓴 일이 있지만, 부탄 같은 나라는 산업화, 근대화를 통제하면서 수용하는 농업 경제의 사회인데, 행복 지수라고 하는 것은 세계적으로 높다고 합니다. 물론 우리가 부탄과 같은 진로를 갈 수는 없지요. 그러나 조금 상대적으로 생각하면, 선진화의 산업화에 따르는 여러 모순을 피하는 것에 도움이 되지 않을까 합니다.

노재봉 남한과 북한이 분단된 상태에서 동시에 근대적인 국가 사회를 지향해 왔다는 점을 상기할 필요가 있습니다. 남한의 여론을 기준으로 보면 북한은 개별적인 국가 사회가 아닙니다. 북한은 소비에트 체제를 구축하면서 개별적인 국가의 형성이라고 하는 길로 나아갑니다. 저는 근대적인 국가 사회를 만드는 과정에서 어떤 체제를 선택했느냐가 중요했다는 점을 강조하고 싶습니다. 저는 대한민국이 성공을 했다고 하면서 모든 것이 잘되었다, 그래서 역사는 끝이 났다는 것을 이야기하자는 것이 아닙니다. 미래는 계속 변화하기 때문에 대한민국의 건국 과정에 대한 논의를 통해서 미래의 변화에 필요한 발전적 요소가 어떤 것이 있느냐를 찾아보자고 하는 데 토론의 의의가 있다고 봅니다.

근대적인 국가를 건설하고 인프라를 구축하는 과정을 분석할 때 자본주의와 사회주의라고 하는 추상적인 개념을 적용하는 것도 적당하지 않습니다. 순수한 자본주의와 사회주의는 있어 본 일도 없습니다. 현실적으로 보면 자유의 왕국을 건설한다는 공산주의도 결국은 국가 사회주의였습니다. 남한은 자본주의라고 하지만, 자유주의에 기초한 순수한 자본주의가 한국에 존재한 적은 없습니다. 국가 자본주의였죠. 현실적으로 보면 산업화라고 하는 것이 체제 선택을 통해서 가능하다고 했을 때, 또 체제 선택이 피할 수 없는 과정이라고 했을 때, 북한은 실패한 것이고 남한은 성공했다고 할 수 있는 거 아니겠습니까? 대한민국은 지금까지 국가 자본주의 방식으로 여러 가지 코스트를 지불하면서 세계적인 지위를 확보하는 데 성공했습니다. 그렇다면 현재로서는 규제 철폐니, 민영화니, 작은 정부니 매일매일 부딪치고 있는 문제들을 빠르게 해결하고, 올바른 선택을 해서 발전적인 방향으로 가 보자는 의견을 제시할 수 있는 것 아니겠습니까? 그런 의미에서 하나는 국가 자본주의적인 방식으로, 다른 쪽은 국가 사회주의적인 방식으로 산업화를 했습니다. 그런데 대한민국은 냉전이 끝나기 전에 성공적인 산업화에 도달했습니다. 그렇다면 국가 자본주의적 방식으로 산업화를 이루고 세계에서 12~13위에 올라간 현실이 어떻게 가능할 수 있었는지를 살펴야 하는 것 아니겠습니까?

2. 체제의 선택

안병직 지금까지 과거 60년간의 남북의 역사적 성취에 관하여 이야기를 나누어 보았습니다만, 지금부터 그러한 성취의 차이가 어디에서 발생했는가 하는 점에 관하여 이야기를 나누어 보도록 할까요? 남북의 역사적 성취의 차이를 고찰할 때 무엇보다도 중요한 것은 체제의 선택이 아닌가 합니다. 방금 전에 남북의 체제 선택은 이념적인 것이라거나 이상적인 것이 아니라 현실적인 제약이 강한 것이었다는 노 선생의 말씀도 계셨습니다만, 순수한 이상적인 체제는 아니었지만 기본 골격은 뚜렷한 차이가 있었던 게 아닌가 합니다. 다시 말하면 남한은 자유 민주주의와 시장 경제를 선택한 데 대하여, 북한은 프롤레타리아 독재와 계획 경제를 선택한 것이지요. 북한은 단순히 공산주의를 그 체제로서 선택했을 뿐만 아니라 강력한 민족주의를 이념적 바탕으로 했다는 측면도 있습니다만, 하여간 시장 경제나 정상적인 국제 협력을 부정한 것이 정치 경제 발전을 제약하고 결국 체제 붕괴를 가져온 원인이 아니었던가 생각됩니다.

이인호 당연하죠. 사실 사회주의는 원리라기보다는 이상으로 내세워졌던 것인 데 비해 자본주의는 이상이 아니라 경제가 작동하는 원리일 뿐인데, 그 두 가지를 동등하게 비교하는 데서 많은 오해와 무리가 빚어진 것이지요. 자유 민주주의 체제와 공산주의 체제 경쟁에서 폭력을 수반하는 혁명적 공산주의는 역사적을 판정패를 선고받았지만, 이상으로서의 사회주의가 매력이나 가치를 완전히 잃은 것은 아닙니다. 자본주의 대 사회주의 중 어느 것이 더 바람직하냐고 하면 이론적으로는 사회주의가 더 우세하지, 자본주의가 이상이 될 수 가 없어요. 그래서 구세대 지식인 사이에서 아직도 큰 혼선이 빚어지고 있다고 봅니다. 실제로도 자본주의가 고도로 발전하다 보면 복지 국가 체제를 거쳐서 사회 민주주의로 발전하게 되는 사례를 볼 수 있지 않습니까? 또한 혁명적 공산주의의 위협이 있기 때문에 자본주의가 드러내는 여러 가지 결함을 보완하려는 의지적인 노력이 생긴 면이 있고, 민주주의 체제 아래서 자본주의는 항상 공격의 대상이 되게 마련이죠. 다만 시장 경제의 원리를 대체할 만한 다른 무엇이 있느냐가 문제죠. 계급 독재나 국가 독점 같은 원리가 작동하면 오히려 그것이 더 큰 역작용을 드러내는 것을 우리도 경험했고 다른 나라들도 경험했으니까, 이제는 극단적인 공산주의 계급 투쟁의 논리를 추구하다가 전체주의 체제로 가는 것보다는 그나마 개인주의와 사유 재산 제도를 허용해서 자본주의가 발전할 수 있도록 하는 것이 상대적으로 덜 피해가 나며 삶의 질을 향상시킬 수 있는 보다 빠른 길이라는 결론이 나온 것 아니겠어요? 이론과 이념을 앞세우는 것보다는 대한민국이 어떤 이상을 가지고 출발을 했는데 어떠한 제약이 있어서 어떤 어려움을 겪었으며 어떤 방법으로 극복해 왔고 극복해 갈 것인가 등의 이야기 말이지요.

또 한 가지 신복룡 선생님이 말씀하신 해방과 통일, 어떤 게 더 감격스러웠겠느냐 하는 문젠데요, 저는 분단 자체가 불행이기도 했지만 분단되어서도 만약에 독일같이 싸우지 않고 살았으면 우리 같은 극악의 상황은 안 왔을 것이라고 봅니다. 조금 전에 김우창 선생님도 말씀하셨지만 통일이라는 데에 지나치게 집착을 하다 보니 6·25전쟁 같은 일이 일어났고, 그것이 오히려 분단을 더욱 비극적인 것으로 고착시켜 버린 결과를 가져오지 않았느냐는 것입니다. 그래서 저는 맨 처음에 국토가 분단된 상황에 대해서는 우리 민족은 국제 정치의 희생물이었고 우리가 책임질 수 없는 상황에 말려든 것이지만, 그다음 분단 이후의 상황을 잘 관리하지 못하고 통일과 이데올로기적 차이를 빙자한 전쟁에까지 가게 된 데 대해서는 민족 스스로가, 특히 김일성이 책임질 수밖에 없다고 봅니다.

김우창 조금 보태서 말씀드리자면, 사회주의와 자본주의의 대비에서 사회주의는 이상을 함축하고 있는데 자본주의는 하나의 수단이고 목표가 될 수 없다고 정의하신 것 같습니다. 아주 좋은 지적이십니다. 목표는 남아 있고 수단에 차이가 있었다는 이야기도 되는 것 같습니다. 그런데 정치의 과정으로서 도덕적인 목표를 추구한다는 게 도덕적인 결과를 낳는 것은 아니라는 역설을 생각할 수 있습니다. 애덤 스미스의 말에, 모든 사람을 위해서 일한다는 사람치고 진짜 모든 사람을 위해 일하는 사람을 보지 못했다는 것이 있습니다. 도덕적인 목표를 내거는 것이 도덕적인 결과를 낳는 것은 아니고, 도덕을 뺀 것이 반드시 부도덕한 결과를 낳지 않는 복잡한 과정, 이것이 역사 과정이 아닌가 합니다.

노재봉 체제 선택과 관련해 그 현재를 놓고 보면, 남한은 순수한 시장 경제로 지금까지 온 것이 아니고 시장을 만들기 위해 국가가 강력하게 개입해 왔습니다. 저쪽은 시장을 없애는 데 국가가 강력하게 개입을 해 온 것이고요. 그래서 법적으로는 자유 민주주의와 시장 경제를 선택했다고 말할 수 있지만 실제는 국가가 강력하게 개입했습니다. 그런데 현실을 본다면 남한에서는 자유 민주주의적인 요소와 시장 경제적인 요소를 선택했고, 북한은 그 반대였습니다. 이인호 교수께서 자본주의는 인간에 대한 도덕적인 목표가 될 수 없다고 하셨는데, 저는 그렇게는 보지 않습니다. 자본주의는 정당성을 확보할 수 있고, 확보했고, 지금도 확보하고 있는 통치 체제라는 게 확실합니다. 그래서 자본주의는 나름 목표가 있습니다.

사회주의에 대해 이론적, 이데올로기적으로 이야기하자면, 한때 유럽 등에서 이야기 나온 것과 마찬가지로 현실적으로 존재하는 사회주의는 어떤 것이냐, 이념을 떠나서 사회주의라고 하는 것이 어떤 것이냐에 대한 논의가 이루어졌습니다. 나중에 인간의 탈을 쓴 야수들이라고 하는 이야기를 제기한 것은 극좌파들이었습니다. 그 주장에서도 알 수 있듯이 시장 경제적이고 자유 민주주의적인 것이 가치로서 의미를 갖습니다. 자본주의 자체만으로도 하나의 도덕적인 정당성을 갖고 있는 겁니다.

이인호 저는 시장 경제와 자본주의, 이 두 가지를 동일시하면 안 된다고 생각해요. 왜냐하면 시장 경제라고 하는 것은 비켜 갈 수 없는 것이지만 자본주의, 특히 금융 자본주의의 폐해를 방지하는 노력은 계속해야 하고, 할 수 있다고 보는 거죠.

노재봉 시장 경제적인 요소라고 하는 것은 고대에도 있었습니다.

이인호 저는 그것을 부정하는 것은 아니고, 자본주의가 이상이 될 수 없다는 겁니다.

안병직 체제의 선택 문제에 관해서 신 선생님은 어떻게 생각하십니까? 체제 선택이 오늘날의 남북한의 결과를 낳은 것이 아닐까요?

신복룡 이렇게 생각하면 안 되겠습니까? 저는 체제 선택을 이야기할 적에 정말 우리의 의지가 거기에 얼마나 작용했을까 하고 생각합니다. 이것은 속지주의적(屬地主義的)이었거든요. 우리는 이 나라에 태어나서 자본주의자가 되고, 저들은 저 나라에 태어나서 공산주의자가 되었지요. 그 당시에 북한이 자기의 의지와는 관계없이 피치자가 아닌 지배자의 입장에서 자본주의를 선택할 수 있었으며, 남한의 지배 계급이 사회주의를 택할 수 있는 선택의 여지가 있었겠습니까? 그런 게 없는 상태에서 그 선택의 우열을 논한다는 것이 참 무의미하지않습니까?

노재봉 그건 피치자의 주장이고 피치자의 입장입니다. 새로운 국가를 만들어 내고 생산해 내는 통치자의 결단이라고 하는 것은 그것과 다르죠. 여기에 태어나서 우리가 그렇게 되었다고 보면 안 됩니다. 그리고 신 선생님, 그러면 이거는 어떻게 보십니까? 남한에서는 박헌영을 중심으로 하는 사회주의 계열이 소비에트를 구축하기 위해 그렇게 애썼는데도 실패했고, 북한에서도 서북 중심의 기독교적인 자유주의자들이 자기 나름의 국가 형성을 도모했음에도 실패했습니다. 실패했다는 게 무슨 얘깁니까? 모든 국가는 결정에 따르는 겁니다. 그것은 상수로 따르는 것이고……. 가령 대한민국 헌법을 제정할 때 일본의 맥아더 헌법처럼 맥아더가 만들어서 그냥 밀어붙인 겁니까? 그렇지 않습니다. 엄청난 투쟁이 있었습니다.

신복룡 그 무지한 투쟁에서 결국 남한의 좌파와 북한의 우파는 패배할 수밖에 없는 운명성이 있지 않았느냐 이거죠.

안병직 남쪽에서는 이승만을 중심으로 해서 국가가 만들어지고, 북쪽에서는 김일성을 중심으로 국가가 만들어졌는데, 남북의 국가 건설에 있어서는 자기 사상에 기초한 그들의 필사적인 노력이 있었다고 보아야 하지 않겠습니까? 물론 그들이 남북에서 그러한 활동을 할 수 있었을 뿐만이 아니라 성공할 수 있었던 것은 미국과 소련의 한반도 진출과 불가분의 관계에 있었던 것은 말할 필요도 없겠습니다만, 국내적 차원에서만 보면 두 사람을 중심으로 하는 한국인들의 능동적 역할도 매우 중요한 역할을 했다고 보아야 하지 않겠습니까? 물론 이러한 노력들은 당시 주어진 국내외적 조건 속에서 이루어질 수밖에 없었습니다.

김우창 문제를 이렇게 보면 어떨까 생각합니다. 남한에서도 일정한 의지가 작용을 했고, 북한에서도 일정한 의지가 작용을 했는데, 그것을 의지 쪽에서 볼 것이 아니라 결과 쪽에서 보아야 한다는 말씀입니다. 의지가 중요하지만 결과는 반드시 사람들의 의지나 의도에 따라 결정된 것은 아니다, 이렇게 이야기해야 하지 않을까 하는 것이지요. 의지의 선택은 주어진 역사적인 조건에 의해서 결과로 이어지지요. 그렇다고 모든 것이 의지를 떠나서 이루어진다는 말은 아닙니다.

안병직 그러니까 정치 체제 선택에 있어서는 행위자들의 의지적 측면이 매우 중요한 의미를 가질 수밖에 없습니다. 다만 이러한 의지적 측면의 실현은 국내외적 조건 속에서 이루어질 수밖에 없기 때문에 그 성공 여부는 국내외적 조건에 의하여 크게 좌우됩니다. 북한에서는 공산주의 국가를 건설하려는 김일성이 성공하고 자유주의 국가를 건설하려는 조만식이 실패한 데 비해, 남한에서는 자유주의 국가를 건설하려던 이승만이 성공하고 사회주의 국가를 건설하려던 박헌영이 실패했는데, 이러한 성공 여부는 크게 보면 행위자들의 능력에 의해서라기보다 국내외적 조건에 의하여 규정된 것으로 보입니다. 그러니까 체제 선택에 있어서는 객관적인 조건의 문제와 행위자의 능동성의 문제가 공존하는 것으로 보입니다.

노재봉 이승만 박사는 줄곧 국가 사회에 있어서 여러 가지 요소를 강조했는데, 그중에 중요한 것이 이데올로기입니다. 그래서 자유 민주주의적인 요소에다 시장 경제, 사유 재산을 인정하는 시장 경제적 요소를 결합시켰는데, 이러한 것이 사람의 의지가 아니라 운명적으로 외부적 요소에 의해서 되었다고 하면 농지 개혁은 어떻게 설명합니까? 농지 개혁이 미국이 한 겁니까, 아니면 미국의 승인을 받아서 한 겁니까? 그것은 아닙니다. 농지 개혁을 할 때 극심한 저항을 각오하면서 밀어붙인 겁니다. 이는 통치자의 독자적인 권력적인 결단입니다. 만약 그때 통치자가 권력적 결단을 안 했으면 대한민국이 존재했을까 하는 의문이 듭니다.

김우창 북한에서도 토지 개혁을 하니까 남한에서도 안 할 수 없었다고 말할 수 있죠.

노재봉 이승만 박사는 전근대적인 체제를 놓고 국가 개발을 할 수 없었다는 것을 알고 있는 사람이었어요. 그걸 단순히 수동적으로 했다고 보는 것은 옳지 않습니다. 이승만의 권력 기반은 마이너리티(Minority)입니다. 지주들이 메이저리티(Majority)예요. 국민을 기반으로 지주의 저항을 꺾고 해낸 겁니다. 그걸 단순히 북한의 토지 개혁에 대한 반사 작용 때문에 했다고 보는 것은 사실과 다른 이야기입니다. 식민지 시대가 2차 대전의 종결과 동시에 막을 내리면서 빅 파워(Big-Power)들이 무자비하게 제국주의적 형태로 지배하는 것도 종료되었습니다. 물론 일본이나 독일 같은 패전국들에는 100퍼센트 개입해 통치했지만, 그 여타의 경우에는 100퍼센트 강제적 개입이 없었어요. 우리가 무엇 때문에 그런 많은 희생을 치렀습니까? 그리고 이승만 박사가 항상 미국의 말만 들었던 사람입니까? 그렇지 않아요. 얼마나 싸운 사람인데요. 건국 시기에 나라에 위기가 몇 번이나 있었습니까? 이에 대해 국가를 운영하는 최고 권력자의 결정이라고 하는 정책의 자율성을 뺀다면, 그렇다면 모든 것은 포퓰리즘밖에 안 되죠. 그러니까 결정을 하는 데 있어 바깥의 요소와 내면의 요소는 당연히 고려 요소로 들어가죠.

이인호 이승만 박사의 역할을 잘 조명하지 않으면 건국이 설명되지 않습니다. 만약에 이승만 박사 같은 분이 자유 민주주의 체제를 고집하면서도 그 안에 사회 민주주의로 발전할 수 있는 여지를 남겨 놓지 않았다면 계층 구조의 타파나 농지 개혁 같은 것을 어려웠겠지요. 그분은 사회 민주주의가 혁명적 공산주의에 대한 가장 효율적인 대안이라는 인식을 갖고 있었던 것 같습니다. 그런 지능적인 요소들이 없었다면 대한민국은 아마 서지 못했을 거예요. 그리고 내적인 지적 기반을 확보하지 못했다면 내부적 동요에 의해서도 그렇고, 국제적인 추세로도 그렇고, 대한민국이 살아남지 못했겠죠. 이 박사는 젊은 시절부터 개혁 운동에 관여하며 감옥 생활도 했고 동서고금의 학문에 능통한 학자적 배경을 갖고서 평생을 독립운동에 바친 분으로서 일반 백성의 처지나 고충을 생각하며 고민하던 분이었지, 일부에서 이야기하듯 권력을 위해 권력을 추구한 인물이 결코 아니었거든요. 그분이 개인적으로 누린 영화가 무엇이 있습니까? 이땅에서 민주주의가 자랄 수 있는 토양을 마련하려 노력했지만 민주주의라는 꽃을 피우려는 과정에 무리가 있었기 때문에 독재자라는 불명예를 안고 퇴장할 수밖에 없었던 것이죠.

김우창 역사는 결정을 통하여 이루어지면서, 그것이 여러 가지 조건에 맞아 들어가야 의도된 결과가 나오겠지요. 이때 중요한 것은 인간의 삶에 대한 어떤 정당한 신념과 그것을 실천에 옮길 수 있는 현실 조건에 대한 이해겠지요. 그런데 많은 경우 실천은 좋은 신념보다 권력 의지에 의하여 추동되는 것 같습니다.

노재봉 박정희 케이스도 그런 것을 보여 주죠. 미국이 전부 포진해서 근대화를 국가 자본주의식으로 밀고 나갔지만, 미국이 전부 주도하고 손에 쥐고 한 겁니까? 아니죠. 정권이 위기를 감수하고 위기를 넘기면서까지 밀고 나간 것 아닙니까?

안병직 역사의 능동성과 수동성은 이 정도로 토론하겠습니다. 좀 전에 이인호 선생께서 좋은 말씀을 하셨습니다. 자본주의라는 것은 어떠한 이상적 선택이 아니고 자연적인 발전 과정이며, 사회주의라고 하는 것은 어떤 이상을 실현하려고 인간이 의지를 가지고 구상한 측면이 강하다는 것을 지적했습니다. 그것은 굉장히 중요한 해석임과 동시에 바로 거기에 성공과 실패를 결정하는 요소가 있었던 것이 아닐까 생각합니다. 그러나 자본주의도 사회주의와 같은 설계주의의 오류는 피했지만 마냥 자연 발생적으로 발전했던 것은 아닙니다. 시장 경제가 인간 사회에 대하여 폭력을 행사하자 그것을 못하도록 끊임없이 개혁되어 왔습니다.

노재봉 나는 자본주의가 자연적으로 발생했다는 데 찬성하지 않습니다. 논리가 그렇게 나왔다고 하는 것이지, 19세기 유럽의 역사를 볼 때 그것이 어떻게 자연적으로 나왔다고 볼 수 있나요?

김우창 자본주의 발전에는 개인의 자유에 대한 이상이 들어 있고, 개인이 하는 일이 중요하다는 인식이 있으며, 그렇게 하면 보이지 않는 손을 통해서 국가가 개입하지 않아도 잘될 수 있다, 이러한 것들이 인간 사회를 구성한다는 이념들이 들어 있는 게 아니겠습니까? 자유를 옹호하고 그것이 사회 전체의 이익에 보탬이 된다는, 그러나 개인의 자유를 추구하는 사이에 사회적인 이상, 윤리, 도덕이 상실되는 경우가 많지요. 그래서 어떤 사회철학자들은 자본주의나 자유주의 체제는 도덕을 필요로 하는데, 도덕을 사회 체제 속에 법제화할 것을 거부하는 체제라는 그런 이야기를 합니다.

노재봉 자본주의가 발달하는 데 소위 야경 국가인지 뭔지 하는 것은 이론입니다. 국가가 얼마나 계획을 했습니까? 자본주의는 이상으로 내세운 종교적인 관념이 아니고, 부르주아적 계급이 내세운 거예요. 예를 들어 보통 선거권은 개인의 자유가 필요하다고 해서 전부 다 줬습니까? 20세기 초까지 보통 선거권이 주어지지 않았습니다. 그러니까 치열한 국가 권력의 개입과 전쟁의 소산으로서 개인의 자유주의가 정착되었고, 재산권이라고 하는 것도 그렇게 정착이 된 것이지 그냥 막연히 된 게 아니라는 거죠.

이인호 경제 발전뿐 아니라 정치 발전도 우리의 경우는 압축적으로 이루어져야 하지 않았습니까? 우선 국민 국가를 세우고 소위 봉건 잔재를 청산하며 개인의 자유, 평등, 사유 재산권 같은 기본 권리를 확립하는 과정이 서양에서는 몇백 년 걸친 투쟁을 통해 이루어졌는데, 우리는 불과 몇십 년으로 압축해서 한꺼번에 했거든요. 거기에서 혼선이 생기는 것이거든요. 북한은 소련의 체제가 탄생할 때부터 일당 독재와 세계 공산화라는 목표를 공식적인 이상으로 내세우고 추구했던 체제였고, 우리는 자유 평등을 이상으로 하는 자유방임이 원칙이었던 체제였잖아요. 추구하는 궁극적 이상은 똑같더라도 방식은 전혀 달랐던 것이지요. 결국 우리가 추구하는 이상과 노력, 그리고 아까 선생님이 말씀하셨듯이 국제 정치적 상황, 소련은 소련대로 자기 세력을 확장하기 위해 한반도에 친소적인 세력을 심으려고 했고, 미국은 미국대로 친미 정권을 세우려고 했던 상황과 같이 맞물리며 상호 작용을 했던 거죠. 그 어느 것도 빼놓고는 설명이 안 되는 거죠. 우리 스스로의 노력도 있었고, 벌써 이야기했지만, 38선이 고착되기 전에 북한으로 넘어간 이상주의적 마르크스주의자들도 상당히 있었으며, 반면에 남쪽으로 넘어온 지식인, 종교인들도 상당수 있었죠. 통일에 대한 의지가 역작용을 일으킨, 가장 좋은 예가 6·25전쟁이었지요. 그것은 피할 수 있었던 전쟁이었을 뿐만 아니라 김일성이, 주저하고 있던 스탈린을 강력하게 설득해 일으킨 전쟁이었다는 증거가 명백하게 나와 있거든요. 그래서 국제 정세 못지않게 인물의 작용, 의지의 작용을 생각할 수 있는 것이죠.

신복룡 제가 이 선생님 생각에 의문을 품는 부분이 있습니다. 우리는 남한에 살기 때문에 남한의 체제를 방어해야 하고, 북한 사람은 북한에 살기 때문에 북한의 체제를 방어해야 하는 것이 저는 서글픈 거죠. 선생님이 보시기에 남한의 민주주의가 미국의 지원하에 비교적 순조롭게 이루어졌는데, 북한은 고도의 소비에트 체제에 의해 자유가 유린당했다는 이야기는, 선생님이 북한에 계셨다고 하더라도 그렇게 말씀하셨을 수 있었을까요?

이인호 제가 그렇게 이야기하는 데는 두 가지 이유가 있어요. 하나는 개인적인 체험이 있고, 또 하나는 공산권 전문가이기 때문에 그런 이야기를 하는 겁니다.

신복룡 그런 면에서는 오히려 북한에 있었던 소비에트 체제가 약소민족 동화 정책에 대한 더 많은 체험이 있었기 때문에 더 노련했고 더 깔끔하지 않았겠어요?

이인호 그렇지 않습니다. 소련의 전체주의 체제는 통제를 심하게 하는 사회이기 때문에 소련 안에서도 정보가 통제되고 왜곡되어 있었죠. 밖으로 나오는 것은 더욱 그렇죠. 소련에 살든 밖에 살던 다들 속았죠. 스탈린이 죽고 비(非)스탈린화 운동이 나오고 나서부터야 그 안에서도 사실을 사실대로 확인하는 그런 과정이 있었지요. 일제 시대 우리나라 지식인 사회나 일본의 마르크스주의들이 소련 체제의 실상을 모르고 이론과 선전에만 매료되었기 때문에 그 후 상반되는 증거가 나왔어도 선입견을 바꾸는 데 큰 어려움이 있는 겁니다. 러시아 사람들 자신의 증언이 가장 중요한 자료가 되겠지요.

김우창 선생님 말씀하신 대로 소련에서 직접 북한에 많이 개입한 건 국가보다는 인터내셔널리즘이 중요하니까 명분이 있다고 할 수 있습니다. 다시 명분과 명분 뒤 현실의 간격이 정치의 중요한 동인이라는 것을 생각하게 됩니다.

안병직 지금 체제의 성격 문제에 관해서 말씀을 하시고 계시는데, 자본주의는 자연 발생적 측면이 강하고, 사회주의는 인위적 측면이 강하다는 말씀을 드릴 수 있을 것 같아요. 역사적으로 보면 자본주의는 자연 발생적으로 발전하였고, 사회주의는 인간이 이상적인 사회라고 생각하고 인위적으로 만들어 보려고 했던 것은 사실입니다. 그렇다고 해서 자본주의에는 인위적인 측면이 없고 사회주의에는 자연적인 측면이 없는가 하면 그렇지는 않습니다. 자본주의의 기초인 시장 제도에는 인위적이거나 사회적인 요소가 아주 강하고 사회주의의 사회적 소유라는 제도도 자연 발생적으로 그렇게 될 수밖에 없는 측면을 가지고 있지요. 그러나 다 같은 인위적인 측면이라고 하더라도 자본주의의 사회적 측면은 경험을 제도화한 것이 많은 데 대하여 사회주의의 사회적 측면은 경험이라기보다 인간의 이상에 맞추어 설계된 것이 많은 게 사실입니다.

이인호 자본주의를 시장 경제로 표현하면 어떠세요?

노재봉 인류학적으로 들어가면 시장은 고대부터 있어요. 현대적인 입장에서 한마디로 시장 경제라고 하는 거고, 자본주의는 근대에 와서 있었던 거예요.

이인호 근대에 자본주의를 이상이라고도 이야기한 사람이 누가 있었습니까? 개인의 자유를 위해 투쟁은 했지만 자본주의를 이상이라고 내세운 사람은 없었어요.

노재봉 왜 없었어요? 그럼 하이에크 같은 사람들은 뭡니까? 그는 이상이라고 이야기합니다. 경제학적인 입장에서는 자본주의가 곧 시장 경제입니다.

이인호 자유 경제를 내세우긴 했지만 자본주의라고 하지는 않았죠.

노재봉 국가 권력이라고 하는 인프라를 건설하는 데 있어 자본주의적 혹은 시장적 요소를 이끌고 가는 게 효과적이냐, 아니면 사유 재산을 국가에서 통제하는 식으로 하는 것이 효과적이냐에 따라 체제가 달라졌습니다. 그러니까 남북이 국가로서 행동할 수 있는 인프라를 구축하는 데 어떤 방법으로 할 것이냐는 선택의 문제가 있었다는 거죠.

안병직 자본주의나 사회주의나 그러한 사회를 이루려는 국가 권력의 영위를 전제로 해서 성립하는 것은 사실입니다. 그러나 양 체제에 있어서는 국가 권력의 영위 형태가 각각 다른 것이 아닌가 합니다. 자본주의의 경우는 자연 발생적인 흐름을 인간에게 소망이 되도록 보완하는 방향으로 국가가 개입하다 보니까 개입이 개선이나 개혁이라는 형태로 이루어지는 데 대하여, 사회주의의 경우는 여건이 채 미성숙한 상황에서 이상적인 제도를 만들려고 하다 보니까 그것이 개혁이나 혁명이라는 형태로 나타나는 것이 아닌가 합니다. 그 결과, 자연히 자본주의는 무정부 상태인 것처럼 보이고, 사회주의는 설계주의인 것처럼 보이는 것이 아닌가 합니다.

이인호 자유 경제라고 하면 저는 괜찮아요.

김우창 노 선생님께서는 많은 것이 계획에 의해서 이뤄진다고 말씀하시고 자본주의도 자연 발생적인 것은 아니라고 말씀하시는데, 역시 안 선생님 말씀대로 자본주의에는 제도가 현실을 뒤따라가는 면이 있다고 하겠지요.

3. 종속과 국제 협력

안병직 지난 60년간 남북의 역사적 성취의 차이를 이야기할 때, 자연히 체제 선택이 문제 될 수밖에 없는데, 남쪽은 시장 경제 체제를 선택했기 때문에 그 나름의 성과가 있었고, 북쪽은 계획 경제 체제를 선택했기 때문에 성과를 기대할 수 없었다는 것이 최근에야 세계사적으로 명백하게 되었습니다. 그런데 종래에는 남쪽이 시장 경제 체제를 선택했기 때문에 대외 의존적이 되었다고 비판되어 왔는데, 이 대외 의존은 부정할 수 없는 역사적 현실이기는 하였지만, 오히려 그 때문에 역사적 성취를 이룰 수 있다는 점은 간과되어 왔습니다. 한국의 근대 경제는, 자생적인 과정이 아니라 캐치-업 과정이기 때문에 근대 초기에는 대외 의존이 불가피하였으나, 발전하는 과정에서 대외 의존성을 점차적으로 극복하지요. 그리고 대외 의존적이었기 때문에 선진국으로부터 선진적인 기술이나 제도 같은 성장 잠재력을 흡수할 수가 있는 길이 활짝 열려 있어서 고도성장도 할 수 있었습니다.

이렇게 보면 한국 경제가 근대화의 초기에 대외 의존적이었다는 사실을 부정적으로만 볼 일이 아닙니다. 북쪽은 계획 경제 체제를 선택했기 때문에 적어도 표면적으로는 단시일에 경제의 자립성을 회복하고 경제가 착실히 발전하는 것처럼 보였으나, 사실은 그러하지 못했습니다. 북쪽은 건국 이래 지속적으로 사회주의권으로부터의 원조에 의존하지 않고는 국민 경제의 균형을 유지할 수가 없었습니다. 그리고 계획 경제로 한꺼번에 국민 경제의 균형을 회복하려다 보니 국내적으로 비정상적인 내핍 생활을 강조할 수밖에 없었고 지나친 민족주의로 밖으로부터 성장 잠재력을 흡수할 수 없었기 때문에 성장률도 낮을 수밖에 없었습니다. 그렇기 때문에 오늘날의 입장에서 보면, 근대화 초기의 국민 경제의 대외 의존성에 대해서는 재평가가 이루어져야 하지 않겠나 생각합니다.

신복룡 선생님이 말씀하시는 대외 의존적이라는 말은 좋게 말하면 국제 협력이고, 나쁘게 말하면 자주성의 상실인데요, 남북한의 문제에서 북한은 자주적이고 남한은 대외 의존적이었다는 식의 좌파적 논리의 기반이 어디에 기원이 있었는가와 같은 문제는 제가 한번 생각해 본 적이 있어요. 피상적으로 북한이 더 자주적이었다는 좌파 논리의 기초적 이론은, 첫째로 저쪽이 먼저 토지 제도의 이니셔티브를 쥐고 있었고 인민 위원회가 자치적인 것으로 보였으며, 친일파를 청산했고 소련의 동화 정책이 더 세련미 있게 보였다는 것에 기초가 있는 것 같고, 남한에서는 자발적 역량에 의한 독립이 아니라는 제약이 스스로에게 있었어요. 두 번째로 남한의 경우를 볼 때 분명히 해방은 시켜 줄 수 있지만 독립은 시켜 줄 수 없었던 게 미국의 대한(對韓) 정책이었던 거 같아요. 그래서 신탁 통치도 구상했던 거고요. 이 부분에 대해 친미적인 입장에서 감사의 의사를 강조하는 동안 미국의 허물이 묻히는 것 같아요. 미국은 분명히 해방시켜 주되, 독립 시켜줄 의지는 없었습니다. 소련은 피상적인 독립을 시켜서 위성 국가를 만들 의지는 있었겠죠. 신탁 통치가 1945년 12월 25일 자로 발표되었을 때 남한 조선공산당의 성명은 신탁 통치 반대입니다. 분명히 반대였다가 1월 3일부터 바뀌었거든요. 이것은 자발적 선택, 의지적 선택이 아니었죠. 분명히 소련의 지령을 받았죠. 독립이냐, 해방이냐의 문제에서 소련의 정치적인 제스처가 미국에 비해서 더 세련되게 보였을 뿐입니다.

이인호 그런데 왜 신탁 통치를 반대하면 안 됐고, 찬탁이라는 것이 세련되게 보였을까요?

신복룡 통제에 의했든, 자발적 의지에 의했든 북한 체제는 비교적 일사불란해 보였고, 남한은 분파적으로 보였던 것이 북한 사회가 더 우월해 보였던 근거가 아닐까 합니다.

노재봉 그거는 맞는 이야기입니다. 그러나 남한의 농지 개혁이 북한에서 하니까 어쩔 수 없이 한 것이라는 관점은 잘못된 것입니다. 왜냐하면 북한의 토지 개혁은 소련이 일사불란하게 프로그램을 만들어서 북한에 쥐어줘 해 나간 것이고, 정치 엘리트들의 분열이 용납이 안 되는 상황이었어요. 그런데 남한은 다들 분열이 되었고, 이승만이라는 사람이 최고 권력을 가질 것인가도 불분명한 상태로 계속 혼미한 상황이 이어졌기 때문에 농지 개혁이 늦어진 겁니다. 시간상으로는 북한에서 먼저 계획적으로 토지 개혁을 했는지는 모르지만 남한이 늦어진 이유와 배경은 전혀 다른 것이죠

그리고 안 선생님이 발전 문제를 놓고 체제 선택 문제에 있어서 대외 의존 문제를 얘기했는데, 부연하고 싶은 것은 북한의 경우 국제 공산주의 운동의 내셔널 챕터(national chapter)입니다. 당시만 하더라도 신탁 통치를 처음에 반대하다가 확 뒤집은 것도 그것 때문에 그래요. 북한은 이론적으로 국가를 반대합니다. 북한 사전을 보면 1970년대 중반에 국가와 민족 개념은 반동 이데올로기라고 설명합니다. 공산주의자들에게 민족 국가는 반동 이데올로기입니다. 그 뒤부터는 남한에 선전을 하기 위해서 민족 국가나 민족이란 것이 반동 이데올로기라고 하는 설명을 슬그머니 없애 버려요. 남한에 선전하려고 민족 개념을 다시 들고 나온 겁니다. 원래 공산주의자들은 국가를 초월하자고 하는 이데올로기로 나아갔고, 남한은 전혀 그렇지 않은 이념으로 나아갔죠. 거기서 선택 기반이 달라지는 겁니다. 그다음에 북한이 내셔널 챕터로서 국가라고 한다면, 아우타르키(autarkie) 정책으로 나아갔습니다. 원조 아니면 아우타르키 정책이었죠. 소련이 대외 관계라고 하는 것을 일절 차단해 버렸고, 소련이 만들어 놓은 블록에 속해서 나아간 겁니다.

남한은 의존적(dependent)이라고 하는데, 저는 이런 주장에 대해서는 100퍼센트 찬성을 안 합니다. 찬성 안 하는 이유가 뭐냐면 종속 경제는 남미에나 해당됩니다. 시장 경제적인 면에서 종속 경제가 성립되려면 국제

분업으로 설명되어야 합니다. 즉 종속적 국제 분업이 전제되어야 합니다. 그리고 자본의 수입이나 활용 면에서 자본과 산업을 어떻게 연계시키느냐 하는 문제가 있습니다. 종속 경제가 성립되려면 국가에 자본이나 투자가 들어와서 국가 규제와는 관계없이 외국 자본이 산업 구조에 손을 댈 수 있어야 합니다. 그러면 종속적 성격을 갖는다고 말할 수 있습니다. 그런데 박정희 대통령 시대에 한 걸 보면 많이 다릅니다. 자본은 들어오지만 산업 구조에 마음대로 손을 댈 수 없게 합니다. 그래서 이게 남미와도 다른 겁니다. 단 대외 관계를 가지고 이쪽이 자본이 없으니까 자본을 끌어들이는 과정에서 일본에 대한 배상금이라든지 하는 식으로 그 뒤에도 다른 형태의 자본이 들어옵니다만, 그런 것도 소위 학계에서 남미를 중심으로 이야기하는 종속 경제는 아닙니다. 한국에서 종속 체제는 성립하지 않았습니다.

김우창 미국의 입장에서 볼 때 한국이 남미같이 중요한 국가가 아니었다는 것도 중요한 사실이었을 겁니다. 소련이 훨씬 능숙했다는 것은, 실질적으로 어떻게 되었든 간에, 명분상으로 레닌을 비롯해 소련은 피압박 민족에 대한 이해가 있었고, 미국은 그런 문제에 대해 별 이해가 없었던 것과 관계되는 사실이겠지요.

노재봉 남한을 산업화하는 데 있어서 미국은 적극적인 관심을 갖지는 않았습니다. 미국의 원조를 줘야 했는데, 남한은 경제 바탕이 아무것도 없고 예산도 짤 수 없는 껍데기 국가였잖습니까? 미국이 원조를 줘야 예산을 확정하는 상황이었고, 그래서 회계의 시작이 1월 1일이 아니고 6월 1일이었습니다. 미국에서 소비재를 주는 데에 있어 남한은 먹을 것이 없기도 하지만 소비재 말고 들어와서 산업화할 수 있는 식으로 원조해 달라고 했는데 미국은 관심이 없었죠. 그래서 도저히 안 되니까, 박 대통령이 본격적인 산업화, 강제력을 동원한 거죠.

이인호 그 원인을 따지는데, 사실 저는 분명히 매력적으로 보였던 게 두 가지가 있어요. 러시아가 본래 소수 민족을 많이 포함하고 있으면서 주변 국가와의 관계 때문에 레닌 혁명 운동 때부터도 그 문제를 중요하게 다루고 이론을 정립하고 있었죠. 혁명 직후부터 코민테른을 만들어서 강한 호소력을 가진 메시지를 많이 내보내지 않았겠어요? 윌슨의 민족 자결주의 같은 것은 일회성으로 끝나고, 이쪽은 조직을 통해서 접근했거든요. 그 전통이 있는 데다 실질적인 도움이 못 되면서도 말로는 민족 해방과 계급 해방을 동시에 할 수 있다는, 아주 매력적인 것을 내세운 겁니다. 또 하나는 자기 나라 안에서 선전과 선동의 기술이 굉장히 발달해 있고, 그것을 의도적으로 발달시킨 체제거든요. 그러니까 경험 없는 미국 사람들은 남한을 그냥 자기들이 패배시킨 일본의 전 식민지로 보고 그곳에서 어떻게 질서를 유지하다가 적당한 시기에 통치권을 넘겨줄 것인가 하는 견지에서 군사적 용어로 포고문을 작성했던 것이고, 소련 측은 해방군이라고 스스로를 내세울 만큼 선전, 선동의 기술과 체험이 축적되어 있었거든요. 그런데 실제 내용을 보면 하나하나가 전부 공산당 지령으로 내려온 거죠. 우선 제일 중요한 조처가 한국에 뿌리를 가지고 있는 공산주의자 박헌영보다 국내에 뿌리가 없는 김일성을 권력의 중심으로 세운 일이지요. 그만큼 조종이 쉬운 사람을 뽑은 것이지요.

그런데 1950년 중반까지는 북한이 소위 위성 국가로 소련하고 굉장히 가깝게 지내지만, 소련에서 해빙이 시작되고 나서부터는 중·소 간 분쟁이 일었고, 북한이 소련으로부터 멀어져 중국 편에 섰다가 드디어 주체사상을 내놓지 않았습니까? 반공을 국시로 삼고 있다시피 했던 대한민국에서는 오랫동안 공산권 관계 간행물에 대한 몽매적 통제가 이루어졌고, 그 속에서 북한이 계획적으로 내보내는 제한적 정보에만 의존하다 보니 북한은 남한보다 훨씬 더 자주적이고, 또 친일파 청산을 철저하게 추진했기 때문에 남한이 지니지 못한 도덕성, 정통성을 지닌 체제라는 인상을 받을 수 있었지요. 사실 북쪽에서 친일파 청산 문제는 간단했어요. 계급 해방과 민족 해방은 동시에 추구해야 할 목표인데, 일제 시대에 무언가 가졌던 사람은 어느 정도는 친일을 하지 않을 수 없었던 것이니까 친일파 청산과 계급의 적 제거 작업이 동시에 이루어질 수 있었던 것이지요. 하지만 이쪽은 원칙적으로 개인의 재산권과 인권을 최대한 존중하는 선에서 친일 청산을 해야 하고, 반체제 세력의 도전도 막아 내야 하니까 친일파 청산을 북한처럼 일사불란하게 할 수는 없었죠. 그리고 한 가지 더 말씀드리면 북한에서 토지 개혁이라고 하는 것은 집단화의 전초 작업으로 한 것뿐이지 자영농 계층을 육성한 게 아닌데, 겉으로만 보면 토지의 무상 분배라고 하는 것이 훨씬 더 진보적으로 보일 수도 있었지요.

안병직 제가 경제학을 하는 입장에서 종속 문제를 말씀드리면, 종속 이론가들이 말하는 종속, 소위 종속 체제라는 것은 없다는 것이 현재 경제학 연구의 일반적 결론이 아닌가 합니다. 그러나 경제적인 종속이나 의존이라는 사실은 있습니다. 그리고 종속과 의존은 종속을 강요하려는 제국주의 측의 의도나 저개발국 경제의 불균형의 결과이기도 합니다. 제2차 세계 대전 이전에는 제국주의 시대이고 저개발국이 공업화 이전의 단계에 있었기 때문에 선진국과 후진국의 관계가 일반적으로 제국주의와 식민지의 관계였습니다. 그런데 제2차 세계 대전 이후에는 UN 등 국제 기구가 발전하고 전통적으로 식민지를 가지지 않은 미국이 세계의 헤게모니를 잡기 때문에 자유 무역 시대가 전개되고 저개발국 중에서도 공업화에 성공하는 나라들이 경제적 종속으로부터 해방되게 됩니다. 여기에서 중요한 점은 자유 무역 체제는 일반적으로 저개발국의 공업화를 저지한다기보다 촉진한다는 점입니다. 1960년대에 NICS가 출현한 이후 오늘날의 인도의 공업화에 이르기까지 저개발국의 공업화는 촉진되어 온 형편입니다. 자유 무역 체제하에서 저개발국의 공업화가 촉진되는 이유는, 자유 무역이 진행되면 국내적으로 선진국으로부터 성장 잠재력을 흡수할 수 있는 사회적 능력이 성장하고, 선진국으로부터 선진적인 제도나 기술 등의 성장 잠재력을 흡수할 수 있기 때문입니다.

김우창 안 선생님도 예전에 상당히 종속적인 경제 관계에 관심이 많았는데 어떻게 해서 그렇게 됐습니까?

안병직 종래에는 한국이 선진국에 의하여 억압당하고 착취당한다고만 생각했는데, 한국 경제가 고도성장을 지속하는 데 비해 북한 경제가 정체하는 것을 보고 제 생각이 틀렸다는 것을 알았습니다. 그 후에 한국 경제 고도성장의 비밀을 캐다 보니 위와 같은 저개발국의 발전 논리를 알았고, 그 연장선상에서 일제 식민지 시대에도 고도성장이 있었다는 사실을 밝혀냈습니다. 선생님들의 생각은 어떠실지 모르겠습니다만.

신복룡 남미의 경우와 우리의 경우가 분명히 다른 것은 남미의 종속 이론은 경제 이론이라기보다는 가톨릭 이론 아닙니까? 가톨릭적 배경이 없었더라면 남미의 종속 이론이 가능했을까요? 한국에서는 정치 발전에서 가톨릭 발전이 미흡했던 시절에는 종속 이론도 나오지 않다가 갑자기 남미 종속 이론과 남미 신부들의 이론이 이쪽에 들어오면서 한국 사회에도 종속 이론이 퍼진 것을 고려한다면, 종속 이론의 기본 바탕은 가톨릭의 해방 신학이 아닐까요?

안병직 오히려 그 반대가 아닐까요? 제가 일본에서 경험한 바에 의하면, 남미 유학생들의 종속 피해 의식은 상상을 초월하는 것이었습니다. 남미 유학생들은 입만 열면 미국을 비난하기에 바빴습니다. 자기 책임 의식은 조금도 찾아볼 수 없어요. 그래서 저는 남미의 신부들이 이런 대중의 분위기에 편승하여 종속 이론을 심화시킨 것이 아닌가 합니다. 한국에서 역사학자들이 국민 속의 반일 감정을 상품화하듯이 말입니다. 그리고 남미에는 종속 이론이 보급될 수 있는 좋은 소지가 있습니다. 남미는 19세기 말에 식민지로부터 해방되면서 경제적 번영을 구가하는데, 그 내용을 보면 대개가 자연 자원의 개발이고 공업화는 본격적으로 전개되지 못합니다. 그 때문에 국제 여건이 남미에 불리해지자 한편으로 탈공업화가 진행되면서 남미의 저개발화가 진행됩니다. 이 저개발화가 미국 제국주의의 탓인지, 남미가 공업화를 할 수 있는 사회적 능력이 없어서인지는 아직도 제대로 밝혀진 것이 없습니다. 다만 경제사 연구에 의하면 본격적인 공업화가 한 번도 이루어지지 못했다는 사실만은 분명한 것 같습니다.

이인호 종속 이론의 타당성을 가장 멋있게 부정한 나라가 핀란드입니다. 핀란드와 소련의 경우에는 선진과 후진 문제라기보다는 강대국과 약소국의 관계 문제입니다. 겉으로 볼 때는 핀란드가 종속적인 상태로 살았지요. '핀란디제이션'이라는 말이 있잖아요. 하지만 핀란드 사람들은 러시아 제국 시대에도 러시아의 식민지였다는 말을 쓰지 않아요. 우리식으로 이야기하면 핀란드는 오랜 시일 스웨덴과 러시아에 종속되어 살다가 러시아 혁명 직후에야 독립한 나라입니다. 하지만 핀란드인들은 러시아 제국으로 편입된 것을 스웨덴과 평화적으로 결별한 후 러시아 힘을 보호막으로 이용하면서 민족적 역량을 기를 기회로 삼았고, 그렇게 하다가 러시아가 혁명으로 혼란에 빠졌을 때 재빨리 독립을 선포했죠. 그러고도 항상 소련에 대한 공포 속에서 살았고, 2차 대전 중에는 한때 히틀러와 협력을 했기 때문에 전후 소련에 엄청난 배상금을 물고 카렐리야의 반을 빼앗겼잖아요. 그래도 사람들은 핀란드로 다 넘어오고 땅만 소련에 빼앗겼지요. '핀란디제이션'이라고 하는 게 정말 종속이었나 하는 게 국제 학계에서도 종종 논의가 되지만, 분명한 것은 케코넨 대통령이 25년을 집권하면서 강권으로 좌우의 과격 세력을 견제한 결과, 겉으로 종속된 듯 보였던 핀란드는 종주국인 소련보다 훨씬 더 잘사는 나라로 발돋움했다는 점이지요. 외세의 힘을 내치는 대신에 자기들에게 도움이 되는 방향으로 이용한 것이지요.

안병직 겉으로는 종속으로 보였지만, 국제적 관계를 능동적으로 활용한 경우군요.

이인호 핀란드와 대조적으로 폴란드는 기질적으로 그 일을 해낼 수 없었습니다. 역사적으로 한때 러시아보다 강대국이었고 선진국이었기 때문에 러시아 제국에 편입된 폴란드 왕국 체제를 받아들이지 못했고 완전 독립을 위해 두 차례나 무장봉기를 했다가 결국 자주권마저 잃었지요. 그런 면에서 대한민국의 경우는 분단 초기에 북한보다 경제적으로 약체였지요. 공업 기반이 없었잖아요. 하지만 국제 관계를 잘 이용해서 경제를 발전시키는 데 성공했어요. 종속적인 관계를 슬기롭게 잘 이용한 것이라고도 말할 수 있겠죠.

김우창 폴란드의 경우도 러시아 영토로 편입된 다음에 경제 발전을 했다는 관점이 있습니다. 폴란드가 러시아보다 더 선진적인 게 많았는데, 러시아 영토의 일부가 됨에 따라 시장이 넓어져서 경제가 좋아졌다고 보는 복잡한 이야기지요. 물론 18세기, 19세기입니다.

이인호 우리는 자주독립이라는 문제에 워낙 집착을 하다 보니까 독립 국가가 된 후에도 국제 관계적 맥락에서 독립이라고 하는 문제를 지나치게 협소하게 생각하는 경향이 아직도 의식 속에 남아 있지 않나 봅니다.

안병직 그래서 앞으로 우리는 한국이 대외 관계라는 측면에서 종속이라는 불가피한 역사적 제약이 있었지만, 오히려 그 때문에 선진국으로부터 발전의 동력을 흡수하여 급속한 경제 발전을 할 수 있었다고 봐야 하지 않을까 생각합니다.

이인호 우선 체제의 성격을 떠나서라도 북한은 북한대로 계속 남한을 자기들 체제 속으로 통합하려고 하는 의도를 공식적으로 천명하고 있지 않습니까? 지하 조직을 통해 남쪽으로 침투하는 것이 우리가 북한에 침투

할 수 있었던 것보다 용이하게 이루어질 수 있었죠. 그런 문제에 솔직하게 직면해야만 왜 우리의 자유 민주주의 체제가 왜곡될 수밖에 없었던가가 설명될 수 있지요.

신복룡 선생님, 그런 얘기를 하면 대한민국의 좌파가 발끈할 겁니다.

이인호 그러겠지요. 친북 좌파를 견제하지 않고도 우리나라가 살아남을 수 있었겠느냐는 질문을 이제는 현실 정치가 아니라 역사 연구의 입장에서 던져 볼 만하다고 봅니다.

안병직 북한이 사회주의 국가였기 때문에 여러 가지로 곤경에 처할 수밖에 없었던 점도 있었습니다만, 특히 상황을 악화시킨 것은 주체사상이 아닌가 합니다. 사회주의는 기본적으로 인터내셔널리즘에 토대를 두어야 하는데, 북한은 오히려 외부의 영향을 극도로 경계하면서 내부적 역량만으로 문제를 풀려고 하다 보니 사태가 점점 악화된 게 아닌가 합니다.

김우창 북한의 주체사상, 아우타르키에 동감을 하는 사람들이 남한에 있겠지요. 경제 발전, 과학 기술 문명의 발전, 인간 행복, 환경 문제들을 놓고 우리가 걸어온 길이 잘못된 게 아니냐는 사람도 있을 거고.

4. 수단으로서의 권위주의

안병직 그다음에 대한민국의 결함 중 하나로 권위주의를 흔히 드는데, 이 점에 대해서는 어떻게 생각하십니까? 형식적으로 자유 민주주의와 시장 경제의 기본 틀은 유지되었습니다만, 실제로는 자유주의를 지킨다거나 경제 발전을 한다는 명목으로 권위주의가 행사되었던 것은 사실이 아닙니까? 이 권위주의를 자유 민주주의의 수호나 경제 발전과 관련하여 어떻게 보아야 할까요?

노재봉 정치권력을 가지고 국가를 형성하는 과정에서 권위주의를 뺄 수 없다는 결론이 나옵니다. 후발국의 경우에 민주주의 방식으로 산업화를 달성한 예는 역사적으로 한 건도 없습니다. 일본과 러시아가 첫 대열에 섰고, 아시아의 네 마리 용이라고 하는 국가도 민주주의 방식으로 성공한 것이 아닙니다. 정부의 권위주의 권력에 의해 이루어 낸 겁니다. 산업화라고 하는 것은 전근대적인 농업 사회를 경제적 산업 사회로 토탈 체인지를 도모하는 건데, 이것은 사실상 혁명이죠. 그래서 강력하고 권력적인 구심력이 필요해지죠. 그런 강력한 구심력을 갖지 않고 나온 게 요즘 제3라인에 속하는지 모르겠지만, 인도 같은 곳이 있습니다. 거기에서 보면 강력한 권력적인 구심력을 가지고 나아가게 됩니다. 엄청난 강제력이 동원됩니다. 그 강제력은 자본가를 양성시키거나 그 기능에 맡겨서 하는 방식, 즉 국가 자본주의적 방식인 거죠. 그렇게 해서 지금까지 온 것인데, 그렇게 하면서 성공을 했습니다. 한국의 경우를 보자면 국가가 프로젝트를 부여하고 그 지원을 국가가 해 주는 식으로 나간 건데, 이게 경제력이 점점 커지고 투입되는 노동력이 현격히 달라지며 국가의 질이 달라지면서 권위주의적 방식으로 통용되기 어려운 한계에 이르게 됩니다. 그게 1987년입니다.

김우창 그렇다고 권위주의 권력으로 인하여 막대한 대가를 치른 것에 눈을 감을 수도 없지요. 좋은 결과를 냈다고 모든 것을 긍정할 수는 없습니다.

노재봉 그러니까 가치의 문제는 빼고, 그런 식으로 하는 경우는 혁명적인 프레임이기 때문에 엄청난 코스트가 수반됩니다. 제 얘기는 코스트가 수반되지 않는 경제 발전의 예가 없다는 거죠.

김우창 그래서 코스트를 최소화하려는 노력이 필요하지 않겠습니까?

노재봉 그게 저항이죠.

김우창 이런 과정이라는 게 비극적인 여러 가지 측면을 가지고 있다는 것을 인정하는 게 사회의 전체적인 평화를 이룩하는 데 도움을 줄 것입니다.

노재봉 그렇죠. 그런 형태로 경제 발전에 성공하고 나면 그 코스트라고 하는 것이 저항이라고 하는 형태로 나타나는 거죠.

이인호 저도 코스트가 있다는 데는 동의합니다. 그것을 얼마나 잘 균형을 잡아서 하느냐에 따라서 오히려 코스트가 줄어들 수 있다고 보거든요. 오히려 과잉 억압을 하면 나중에 더 큰 코스트로 나오니까요. 그 한 예가 반공의 문제인데, 1970년대에 이런 식으로 반공 정책을 펴면 역작용이 난다고 저는 기회 있을 때마다 경고했어요. 우리의 상황이 19세기 러시아 혁명 전 몇십 년 상황과 굉장히 비슷하게 전개되는 것 같더라고요. 반공을 예로 들면 공산주의를 반대해야 하는 이유가 뭔가를 납득할 수 있도록 공산주의의 실상을 알려 주는 교육 대신, 공산주의에 관해서는 아예 공부할 수도 없게 몽매적으로 반공 교육을 했단 말이에요. 그런데 반공 쪽의 입장에서는 눈에 보이게 독재적이었던 거죠. 그러니 반공의 필요성에 대해, 결국 독재를 정당화하기 위해 만들어 놓은 핑계에 불과하다는 결론을 내는 사람들이 있지 않았겠어요. 반공 교육이 역작용을 일으키는 게 적어도 제 눈에는 보였어요.

노재봉 그래서 이 박사가 경제 개발에 미처 힘을 쏟을 수 없었던 것은 아무것도 없이 전쟁을 하게 된 상황에서 안보 문제에 전력을 다했기 때문입니다. 안보 문제에 전력을 다하는 과정에서 물러나게 되고, 그다음에 박정희 씨가 들어와서 한 것은, 사실상 내가 보기에는 안보를 위한 기반 형성이 경제 개발이라는 형식으로 드러나게 했다는 겁니다. 고속 도로만 하더라도 유사시에 비행장으로 쓸 수 있게 만들었죠. 유사시를 대비해 군사적인 것을 생각한다는 것은 굉장히 중요한데 그 당시까지는 그런 도로가 없었죠.

김우창 그러면 레이건이 '스타워즈 계획'을 세워 위성을 띄워 국가 방위 체제를 갖추고 한 일이 모두 정당해지는데, 현실적으로 그것을 너무 강조하면 마키아벨리즘이 정당화되는 결과가 되지 않을까요?

노재봉 사실을 얘기한 것을 규범적으로 전환시켜서 이야기하면 안 됩니다. 잘되었다 못 되었다가 아니라 그게 사실이라는 거죠.

김우창 사실을 냉정하게 보는 것은 필요한 일이지만, 그것을 너무 강조하면 그것이 규범이 되어 마키아벨리적인 세계 속에 살게 되지요.

노재봉 그런 것을 제가 모르고 하는 이야기가 아니고, 한국뿐 아니라 모든 후진국의 개발에 대해서 자꾸만 규범적인 것을 덮어씌우려고 하는 아메리칸 진보파들을 우려하는 점이 있어서 그렇습니다. 현대적 기준을 적용해서 보려고 하는데, 사실은 그것과 일치하지 않는다는 거죠. 그래서 그 사실 관계를 이야기하는 겁니다. 지금까지 권위주의 얘기를 했는데, 여기서 중요한 문제 중 하나가 송두리째 한국을 지배한 시기가 일제의 지배였다는 사실입니다. 그 영향이 없었을 리가 없죠. 권위주의 체제가 형성되어 그 영향이 우리 생활 곳곳에 배어 있듯이 일제 식민 지배의 영향이 지배 구조와 산업화를 이루는 데 어떤 영향을 미쳤고, 지금도 그게 어떤 요소로 내려오고 있느냐는 겁니다.

신복룡 그 산업화 과정에서 권위주의로 갈 수밖에 없는 정황을 설명하는 책이 하나 나왔습니다. 호주 멜버른 대학의 김형아(Kim Hyung-A)라는 사람이 박정희 평전을 썼는데, 한국에서 출판된 건 제목이 『양날의 칼』입니다. 산업화로 가는 과정에서 제일 필요했던 게 아마 동원과 정치적 선전이었을 겁니다. 그런데 그중 어느 것도 타협에 의해서 조화를 이루면서 평화적으로 이루어질 수 있는 것은 아니거든요. 그러면 어떤 면에서는 산업화 과정에서 동원과 선전이 권위주의로 간 것은 필연일 수도 있는 거죠. 선생님 말씀 중에 산업화 과정에 권위주의로 가면서 수많은 코스트와 비극이 있었다는 말씀을 하셨는데, 그런 것에 대한 악센트(accent)는 산업화 과정을 유보했어야 한다는 그런 뜻인가요?

김우창 규범적 차원에서 얘기하면 박정희가 여러 가지 권위주의적인 수단을 통해서 산업화하고 국가적으로 기여를 했지만, 그런 박정희의 정책에 반대한 사람도 국가적으로 중요한 기여를 했다는 겁니다. 저는 그런 모순적 두 가지 요소를 동시에 긍정해야 한다고 생각해요. 안 했어야 된다, 했어야 된다는 식의 판단 없이 박정희가 이룩한 것이 많기 때문에 거기에 반대하고 저항하며 희생된 사람들은 모두 잘못한 것이라고 판단할 수는 없다는 것이죠. 저는 비극적인 요소도 평가되어야 한다는 것입니다.

노재봉 권위주의적인 요소가 '애그리컬처럴 소사이어티(agricultural society)'를 '인더스트리얼 소사이어티(industrial society)'로 바꾸는 혁명인데, 그런 혁명적 과정은 오랫동안 제도화해서는 성공하기가 대단히 어렵습니다. 그것이 만든 저항적인 요소 때문에 대단히 어려워집니다. 그래서 권위주의가 다른 시스템으로 가는 데 있어서는, 다시 말하면 권위주의에서 탈권위주의로 가는 데 있어서는, 점진주의를 통해서 서서히 가는 게 있고 빅뱅을 통해서 가는 경우가 있습니다.

신복룡 선생님, 전 한 가지 의문이 있는데요. 권위주의 기간이 영원히 지속될 수는 없다, 어떤 순간에는 중단이 되어야 한다고 말씀을 하셨는데, 거기서 의문은 왜 한국의 권위주의는 다른 후발국의 권위주의보다 길었을까, 왜 더 길었어야 했느냐는 겁니다.

안병직 한국의 권위주의는 두 시기가 있었던 것으로 보이데, 하나는 이승만 시기이고, 다른 하나는 박정희·전두환 시기입니다. 제가 보기에는, 이승만 시기의 권위주의는 자유 민주주의와 시장 경제를 지키기 위한 권위주의가 아니었던가 합니다. 건국을 하면서 선진국의 관례에 따라 자유 민주주의와 시장 경제를 실시한다고 헌법에는 명시해 놓았습니다만, 사실상 그것을 실천할 수 있는 여건, 즉 민주주의를 실시할 수 있는 국민 의식이나 경제적 성숙은 없었던 데 비해 이것을 내부적 혁명이나 외부로부터의 침략에 의하여 파괴하려는 세력은 막강하게 존재했습니다. 다시 말하면 국민이 자율적으로 민주주의를 실천할 능력은 없었는데, 안팎으로 이것을 파괴하려는 혁명 세력이나 강력한 북한이 존재했던 것이지요. 이러한 상황에서 민주주의를 지키는 길은 일시적으로 민주주의를 정지하는 일이 있더라도 반공주의와 같은 강력한 권위주의를 내세워 형식적인 민주주의나마 지킬 수밖에 없었는데, 이것이 이승만 시대의 권위주의가 아닌가 합니다.

반면에 박정희·전두환 시기의 권위주의는 기본적으로 산업화를 위한 권위주의입니다. 산업화를 위한 권위주의란 경제 계획 등의 권력이란 수단을 가지고 방향을 잃고 헤매는 국민 경제를 일정한 방향으로 이끌고 감으로써 자율적인 시장 경제를 창출하는 과정입니다. 산업화 이전 단계에서는 국민 경제가 근대적 및 전근대적인 다양한 범주로 구성되어 있는데, 어느 하나의 범주에서도 앞장서서 국민 경제를 근대화할 수 있는 세력은 없었습니다. 여기에서 국민 경제를 근대화하려면 국가가 강력한 힘을 가지고 국민 경제를 자율적으로 이끌고 갈 수 있는 경제 범주를, 국민적 기업을 창출할 수밖에 없습니다. 이것이 박정희·전두환 시기의 경제 개발 계획인데, 이를 통하여 기업이 크게 성숙하게 되고, 그 결과로 자율적인 시장 경제가 형성되어 갔습니다. 그래서 전두환 정권 말기가 되면 중산층이 크게 성장하고 경제의 운행을 점차로 시장에 맡기는 방향으로 나아가게 되는데, 그 결과는 1987년의 6·29 민주화 선언으로 귀결되게 됩니다. 이렇게 보면 한국은 권위주의 체제하에서 여러 가지 코스트를 치르기도 했지만 권위주의를 수단으로 민주주의와 시장 경제를 창출했다는 점에서 권위주의를 매우 효율적으로 활용했다고도 볼 수 있습니다.

한국의 권위주의 시기가 너무 길었다는 선생님의 말씀에는 동의하기 어렵군요. 1948년부터 1987년까지로 보면 40년인데, 세계사적으로 보면 한국의 권위주의 시기가 특별히 길었다고는 할 수 없습니다. 일본의 경우 1868년 메이지 유신으로부터 1945년 종전에 이르기까지 77년간을 권위주의 시기로 볼 수 있는데, 한국의 경우보다 훨씬 깁니다.

김우창 다시 말씀드리지만 코스트가 얼마인가가 문제지요. 거기에는 권위주의의 길이도 포함됩니다. 많은 권력의 체제가 양날의 칼이라는 말은 맞는 이야기입니다. 박정희에 대해서 여러 입장이 있겠지만, 그 칼의 효용을 많은 사람들이 인정을 할 것입니다. 그러나 전두환 정권에까지 필요한 과정이었느냐는 의심할 것 같습니다. 그러나 코스트 문제에서, 과거사에 있어서는 이미 일어난 일이기 때문에 그것을 사실로 받아들여야 한다는 것이지만 그것을 당연한 것으로 생각하고 미래의 계획에서도 그래서는 안 된다고 해야 할 겁니다. 희생 없이 일을 하도록 최선을 다해야지요. 이승만의 경우로 돌아가서, 이승만이 자유 민주주의 체제를 확보하기 위한 의지를 가지고 있었지만, 우리 현대사를 보면 조선조가 망한 다음에 일어난 독립운동에서 왕조를 되살려야 한다는 운동은 거의 없고 전부 민주적인 정부를 세워야겠다고 생각하는 사람들이 독립운동을 한 겁니다. 이러한 연장선상에서 이승만의 의지도 평가해야 하지 않을까 합니다.

신복룡 상해 임시 정부의 임시 정부 헌법을 만들 당시 복벽 운동은 대단히 강렬하게 머리를 들고 있었습니다. 심지어는 임시 정부 헌법 제8조가 "대한민국 정부는 구황실을 우대할 것이다."라고 되어 있습니다. 복벽 무리를 잠재우기 위해서 구황실을 우대한다는 조건을 달아 준 것이거든요. 복벽 운동이 없었던 것은 아니죠. 대단히 강렬했는데, 그것을 무마하기 위해서 헌법 조항에 넣기까지 한 것이니까요. 그것은 잘못된 선택이었습니다.

노재봉 한국이 식민지에서 해방이 되면서 다시 조선 시대로 되돌아가지 않고 민주 공화국이라는 식으로 새롭게 체제가 바뀐 것도 혁명입니다. 복벽이 있었죠. 있었지만, 해방이 되어서 당연히 그 전 상태로 돌아가야 했는데 그렇지 않았기 때문에 혁명입니다.

안병직 상해 임시 정부도 민주 헌정을 받아들이기는 합니다만 어디까지나 형식적인 것에 불과한 것 아닙니까? 현실적으로 통치할 국가가 없었으니 선진 각국의 제도만 따온 셈이지요. 그리고 상해 임정에는 국가주의자들이나 사회주의자들도 많았습니다. 독립운동의 결사체이다 보니까 그렇게밖에 될 수 없었지요. 하여간 자유 민주주의와 시장 경제를 얼마나 체계적으로 받아들였는지는 의심스럽습니다.

김우창 민주적인 구조가 사회 민주적인 또는 사회주의적인 요소도 포함되면서 거기에서 이승만이 다른 힘을 조금 더한 것이지, 이승만이 모든 것을 다 만들었다고 하는 것은 무리가 있습니다.

5. 건국과 이승만

안병직 자연스럽게 논의의 주제가 대한민국의 건국과 이승만 대통령의 역할로 넘어갔는데, 지금부터 건국 과정에서의 이승만의 역할에 관해서 논했으면 좋겠습니다.

이인호 권위주의를 이야기할 때 제가 지적하고 싶었던 것은 해방 전까지 우리가 경험한 것이 뭐냐는 겁니다. 독립운동을 한 사람들은 정말 소수의 선각자이고, 그 사람들의 의식 수준은 굉장히 높았어요. 그렇지만 국민 전반의 경험으로 본다면 우리가 그때까지 권위주의가 아닌 체제 아래서 살아 본 경험이 전혀 없었잖아요. 그 당시의 문맹률이 80퍼센트였고. 그런데 그 상황에서 자유 민주주의를 뿌리내린다고 하는 것은 엄청난 작업 아닙니까? 실제로 한민당이나 그 밖의 이 박사 주변에서 같이 정치를 하던 우익들은 사실 이승만보다 훨씬 더 권위적이고 복고적인 사람들이 대다수였다고 생각합니다. 그 당시 정치하던 사람들의 의식 수준이 그러니 모든 것을 도식적으로만 볼 수는 없는 것이지요.

김우창 이승만 박사가 많은 것에서 선각자였던 것은 사실이죠. 그것도 양날의 칼인지 모릅니다. 거기에서 권위주의적 요소도 나온 것일 수 있으니까. 이승만 정부에서 각료였던 분이 각료 회의를 할 때 둥그렇게 앉지 않고 자기는 앞에 앉고 장관들은 학생들처럼 그 앞에 앉혔다고 하는 말을 들었습니다. '워싱턴'은 미국의 초대 대통령의 이름을 붙인 도시인데, 서울도 우남시로 고치는 것이 어떠냐 하는 말을 한 적도 있었다고 합니다.

이인호 그런데 그게 얼마나 신빙성이 있는 말입니까?

신복룡 이승만 박사가 회의장에서 의도했든 실언이든 '과인(寡人)'이라는 표현을 쓴 건 기록에 보이는 사실입니다.

이인호 이승만 대통령은 1875년생입니다. 그분이 70세 때 해방이 된 겁니다. 그러니 몇 세대 앞선 세대에 속한 분입니다. 오늘의 잣대로 잴 수는 없지요. 나라를 생각하고 세계 정세를 이해하는 면에서 국회 의원이라는 사람 가운데 이승만 박사보다 앞섰다고 볼 수 있는 사람이 거의 없었고, 그래서 국민 지지도도 국회 의원보다 월등히 높았잖아요. 저는 권위주의 문제를 이야기할 때도 역사적인 맥락을 보면서 발언해야 한다고 봅니다. 그리고 어쩌면 반대될 수도 있는 맥락에서 말하고 싶은 게 역사에서도 현실 정치에서와 마찬가지로 사실 선택의 폭이 굉장히 좁다는 점입니다.

아까 말한 안보의 필요성, 그리고 그 수단으로 경제를 발전시켜야 했다는 주장도 한 번 더 생각해야 한다고 봅니다. 근본 취지나 결과로 볼 때 박정희 대통령의 결정 등은 정당했다는 이야기를 할 수 있겠지만, 그러면서도 저는 권위주의의 구실로서 늘 이야기됐던 것, 곧 경제가 발전하면 모든 문제가 해결된다는 경제 제일주의적 관점에 대해서는 여전히 반기를 들고 싶습니다. 경제력이 없으면 모든 것이 더 어려운 것이 사실이지만, 경제만 발달되면 모든 문제가 사라지리라고 믿는 것은 잘못이지요. 경제로 해결되는 부분도 있지만, 도덕적인 면에서나 문화적인 면에서 올바른 방향을 잡는 노력은 가난한 시절부터 시작되어야지, 돈이 많아지면 걷잡을 수 없는 방향으로 빗나갈 수도 있습니다.

예를 들어 이념 문제를 생각해 보면 무원칙하게 반공 정책을 추진했기 때문에 양쪽에서 다 큰 피해가 났고 아직도 나고 있다고 봐요. 사실 사상 문제라는 것은 매우 미묘한 것이고, 특히 공산 진영의 은폐 전략은 너무도 고도로 발달되어 있기 때문에 사상범들의 경우에는 부인도 형제도 부모도 모르는 식의 사람이 있을 수 있거든요. 소련의 예를 들면 레닌그라드 당 서기장이었던 키로프의 경우처럼 스탈린의 지령으로 비밀리에 암살해 놓고 그의 암살범을 색출한다는 구실로 피의 숙청을 시작한 사례도 있지 않습니까? 그처럼 뒤집어씌우는 작전과 위장 은폐 기술이 매우 발달되어 있거든요. 그럴수록 그에 대처하는 방식도 고도로 세련되었어야 하는데, 우리는 정말 무지몽매하게 반공을 했으니 억울한 희생자를 많이 만들어 반체제 세력에 가세하게 만든 것이지요. 그렇게 되니까 진정한 비판 의식을 갖고 공산주의를 바라보는 것이 오히려 도덕적으로 불가능해졌고요.

그러니 결과만 좋으면 다 좋다는 식의 평가는 곤란합니다. 나라가 전체적으로 잘살게 되었다 하더라도 개인의 입장에서 본다면 억울한 희생에 대한 보상을 받을 길이 없는 것이고, 억울한 희생자들은 좌우 양쪽에서 다 나왔지요. 그래서 사회적 분열의 골은 더욱 깊어 갔고요. 따라서 경제적으로 성과가 좋았으니 다른 것은 덮어 줄 수 있다는 발상도, 정치적으로 과오를 많이 범했으니 경제 발전의 성과조차도 인정할 수 없다는 태도도 다 같이 위험한 것이지요. 역사적 맥락 속에서 사리를 보다 정교하게 따지는 게 필요하다는 겁니다. 그런데 지금도 다시 경제만 잘되면 된다며, 다른 쪽은 따지지 않으려고 하는 태도가 고개를 드는 것 같아 걱정스럽습니다.

노재봉 그것도 수긍이 가는데, 문제는 우리가 어느 세계에 속했느냐가 고려가 되어야 하죠. 그리고 권위주의는 틀림없는데, 북한과 같은 전체주의는 아니었다는 거죠.

안병직 권위주의가 코스트를 수반할 수밖에 없고 그 때문에 매양 권위주의를 두둔만 할 수 없다는 지적에는 전적으로 동의합니다. 권위주의는 코스트를 동반할 수밖에 없기 때문에 권위주의라고 부르지 않는가 합니다. 그러나 한국의 권위주의는 자유 민주주의 체제나 경제 발전을 하기 위해 불가피한 수단이었다는 점에서 코스트를 수반하기는 했지만 정당성도 인정되어야 하는 것이 아닌가 합니다. 역시 우리가 자유 민주주의와 시장 경제를 정치 경제 체제로 받아들이는 데 있어서는 미국과의 관계가 굉장히 중요하지 않았을까요? 미 군정의 통치하에 있었고 또 건국 후에도 지속적으로 미국의 원조를 받고 있었기 때문에 미국의 영향을 압도적으로 받을 수밖에 없었습니다. 그리고 이승만 박사는 미국에서 자유 민주주의와 시장 경제 체제에 대한 훈련을 받은 사람이 아닙니까? 그러니까 이승만 박사가 스스로를 '과인'이라 칭하고 서울시의 이름을 '우남시'로 바꾸려고 했는지는 모르겠습니다만, 그의 개인적인 정치 철학도 매우 큰 역할을 했다고 봅니다.

이인호 미국이 귀찮은 존재였던 민족주의자 이승만과 손을 잡을 수밖에 없었던 것은 결국 근본적인 면에서 정치적으로 가치관이 일치되니까 가능했던 것이지요.

노재봉 가치관이나 소양, 국제적인 환경 등 여러 가지가 합쳐진 것이죠. 그러니까 처음에 헌법을 만들어서 권력 구조를 바꾸었는데, 사회 경제적 조항은 그대로 둬요. 권력 구조로 말하자면 바이마르 헌법을 굉장히 참고했거든요, 그중 바이마르 헌법 48조 긴급 조항이라는 것이 포함됩니다. 이게 묘합니다. 그다음에 사회 경제 조항을 그대로 두었어요. 나중에 박 대통령 때 경제 개발을 시작해서 나눠 먹을 것도 없는데 보릿고개도 아직 있는 판에 무슨 나눠 먹는 사회 경제 조항이냐 이런 말이 있었거든요. 그래서 없앴어요. 그러니 개인의 역할이라고 하는 것은 무시할 수 없고, 환경적인 요인, 객관적인 사회라고 하는 것도 무시할 수 없죠.

김우창 그리고 개인과 함께 여러 사람이 작용하는 것 아닐까요?

노재봉 그게 정치학적으로는 간단히 이야기할 수 없는 겁니다. 왜냐하면 어떤 국가든 집단적으로 토론을 해서 합의하는 이런 캐릭터는 없어요. 한 사람의 리더가 압도적으로 정하죠. 어느 나라든지 그래요. 그래서 우리는 밑에서 뒷받침하는 사람들을 봐야 합니다. 그렇게 리더가 어떤 성격을 갖고 어떤 배경을 갖고 있는지 아는 게 굉장히 중요하거든요.

안병직 대한민국의 안보와 한미 동맹은 밀접한 관계가 있지 않습니까. 저는 한미 동맹이 있었기 때문에 대한민국이 지켜질 수 있었다고 생각하는데, 이 박사가 아니었으면 한미 동맹이 체결될 수 있었을까요?

노재봉 그렇죠. 그러니까 뒤에 박 대통령이 경제 개발에 주력할 수 있었던 것은 그 배경이 있기 때문에 어느 정도 안심할 수 있는 상황이어서 할 수 있었지, 안 그랬으면 어려웠을 겁니다.

6. 한국의 전망

안병직 지금까지는 우리나라가 어떻게 발전해 왔는가에 관해서 이야기를 나누어 보았는데, 앞으로 나라가 어떤 방향으로 나아가야 하는지에 대해 한마디씩 해 주시기 바랍니다. 이것으로 좌담회를 마무리했으면 합니다.

이인호 제가 먼저 말씀드리겠습니다. 한 개인의 경우 환갑은 살아온 날들을 돌아보며 아름답게 인생을 마감할 준비를 시작하는 시점이 될 수 있지만, 한 나라의 경우는 성숙기에 접어들기 시작하는 시점으로 보아야 하지 않을까요? 나라로 단단히 섰고 국제 사회의 일원으로 인정을 받게 되었으니 이제야말로 국민 삶의 질을 향상시키는 일에 시선을 집중시킬 수 있는 여유를 갖게 되었다는 말이 될 수 있겠지요. 그래서 크게 경축해야 할 일이지요. 그런데 사실, 우리가 현재 직면하고 있는 현실은 결코 만만치 않습니다.

우선 북한과의 관계를 볼 때 평화적 관계 수립과 통일에 대한 전망이 전보다 나아졌다고 말하기가 쉽지 않거든요. 남북한 사이의 상호 불신, 체제의 성격, 경제적 상황과 지위, 사회 문화적 관행과 언어상의 차이와 같이 전에부터 있던 문제들이 그대로 남아 있는 가운데 이제는 북한이 핵 보유 세력이 되어 버렸으니까요. 이러한 어려운 현실을 사실로서 직시하고 그에 대한 적절한 대응책을 마련하는 것이 무엇보다도 필요하다고 봅니다. 그에 더해 중국, 인도, 러시아 등 덩치가 큰 나라들이 경제적으로 약진함에 따라 우리의 상대적 지위는 계속 하락하고 있지 않습니까? 우리가 힘으로 또는 경제의 규모로 그들과 계속 경쟁해 나가기는 점점 어려워질 것이고, 결국 인적 자원을 최대한으로 개발하고 가동시키는 길밖에는 대응할 길이 없겠지요. 그런데 우리는 추격해 오는 경쟁 세력들보다 앞서서 고령 사회로 진입하고 있으니 설상가상입니다. 그럴수록 우리는 문제를 직시하는 능력을 가져야 하며, 뭉쳐서 지혜를 짜내지 않으면 안 된다는 결론이 나옵니다.

'선진화'라는 막연한 추상적 구호만 가지고는 국민적 역량을 결집시키기가 어렵다고 봅니다. 우리 국민은 위기의식을 느낄 때는 분연히 일어나지만 조금만 안도의 숨을 쉬기 시작하면 다시 심각한 분열의 조짐을 보이지 않는가 싶습니다. 지금 사실 우리뿐만 아니라 전 세계가 경제 위기, 환경 위기에 접어들고 있다는 증후들이 뚜렷하고 많은 나라가 위기 관리 체제에 들어가고 있습니다. 그런데 우리는 계속 우리끼리 싸우고 있지 않습니까? 정신적으로 다시 하나가 되기 위한 노력이 선진화나 실용주의라는 구호를 뒷받침해야 된다고 봅니다. 그리고 하나가 되려면 계속해서 사회에서 소외되고 있는 사람들에게 발전의 혜택이 돌아갈 수 있게 하는 일, 곧 복지의 하한선을 계속 높여 가는 노력이 눈에 보여야 성장을 강조하는 정책에 힘을 받을 수 있을 것이라 봅니다.

자본주의의 계속적 발전이나 세계화는 우리가 제어할 수 없는 역사적 추세이니 역류해 올라갈 수는 없는 일이고, 그 물결을 어떤 식으로 타는 것이 우리 국민과 민족이 그리고 인류 전체가 인간성을 상실하지 않고 생태계를 더 이상 파괴하지 않으면서 지속적으로 발전해 나가는 길인가 하는 데 대한 깊은 고민과 삶의 방식에 대한 발상 전환이 필요하다고 봅니다. 그리고 좀 더 가깝게는 건국과 제헌 60주년을 앞두고 반드시 해야 할 일이 제헌 당시 우리의 이상이 무엇이었던가를 헌법을 읽어 봄으로써 다시 일깨우는 일이 아닌가 싶습니다.

신복룡 저는 민주화 세력이 왜 실패했는가의 문제를 지적하고 싶습니다. 아주 난해한 거대 담론을 쉬운 말로 풀이하는 것도 어렵지만, 아주 보편적이고 쉬운 문제를 거대한 학술 용어로 풀이하는 것도 문제라고 생각합니다. 왜 이런 말씀을 드렸냐면, 민주화 세력들, 특히 노무현 이후의 실패는 학술적인 것이 아니라 대단히 통속적이고 여염에서 있을 수 있는 그런 실패라고 생각합니다. 예컨대, 공자(孔子)의 말씀에 이런 말이 있습니다. "세상 고민 혼자 다 하면서 공부 안 한 사람이 제일 위험하다.(思而不學則殆.)" 저는 이 얘기가 지금의 노무현 정권의 말로를 압축적으로 설명해 주는 거라고 생각합니다. 그 사람들은 민주화에 몰두하고, 그렇게 하는 동안에 경륜을 축적할 수 있는 학습 시간이 없었습니다. 그러한 지적 무지가 지금의 말로를 보여 주는 겁니다.

통일 문제에 대해서 감히 한 말씀 드리자면, 훌륭한 일을 해서 상을 타는 것이지 상을 타기 위해서 훌륭한 일을 하는 것은 아니라는 이야기를 꼭 하고 싶었어요. 그런 면에서 이 시대의 민족 지도자들이 혼자 고민하고 결단을 해야 하는 그런 순간들이 있었겠지만, 진정 통일을 걱정하고 민족적 고뇌 속에서 살다 간 지도자가 과연 몇이나 있었을까요? 그런 점에서 저는 대단히 부정적이고 회의적입니다. 정말 이 시대에 통일 담론을 할 수 있는 역사적 소명이 있는 인물이 있었을까요? 저는 해방 정국에서 남북 협상의 주역들도 진실로 우국적이었다고 생각하지 않습니다. 그들이 북한으로 넘어갔을 적에는 제주 4·3 사태가 일어나고 5·10 선거는 다가왔으며, 본인들이 당선될 가망은 없었습니다. 현장으로부터의 도피였거든요. 그렇다고 해서 남북 협상의 결실이 있었던 것도 아니었습니다.

이승만 박사가 단독 정부를 수립할 적에 김구 선생의 기록을 보면, "저는 형님 하시는 대로 하겠습니다."라고 하거든요. 김구 선생도 애초에는 이 박사의 생각대로 단독 정부 수립에 동의하고 있었습니다. 그런데 어느 날 갑자기 김구가 단독 정부 수립 반대 투쟁을 하는데, 그것은 그가 장덕수 암살 사건의 배후로 지목되어서 검찰청에 끌려가 문초받은 개인 감정 때문이었다고 생각합니다. 군정청 기록에 의하면, 김구 선생을 "아주 짓이겼다."라고 합니다. 제가 젊었을 때 행태주의 정치학에 한번 심취한 적이 있었던 탓인지, 이런 게 다 행태주의적으로 보여요. 인간은 대승적 요구보다는 소승적 요구가 더 많았아요.

그리고 또 혈육, 밥, 돈……, 이런 것들이 이데올로기보다 더 중요한 순간이 많았습니다. 사적인 이야기를 드리면 저는 홍명희 선생과 아래윗집에 살았습니다. 홍명희 선생이 북한에 넘어간 것은 조국을 통일하고 뭐, 그런 거 아닙니다. 자식 보고 싶어서 넘어갔습니다. 홍기문이 먼저 넘어갔고 먼저 마르키스트가 되었거든요. 그런데 그 당시 공산주의자였던, 좌파였던 인물들의 처자식은 한결같이 다 이북에 가 있습니다. 여운형, 박헌영, 김두봉, 홍명희 등 처자식이 모두 이북에 갔습니다. 이런 것은 어떻게 생각해야 합니까? 나는 죽더라도 너는 살라는 뜻인지, 나도 곧 넘어가겠다는 뜻인지, 아니면 인질이었는지 등 이런 부분을 어떻게 해석해야 할지 망연자실할 때가 있습니다.

노재봉 실제로 먹고사는 문제를 해결한 것은 박정희 대통령입니다. 국민 모두가 엄청나게 노력했고 희생했죠. 경제적으로도 엄청나게 성장합니다. 경제 발전이 지속되면서 사회 전반적으로 변화가 일어나기 시작합니다. 무엇보다도 1987년을 전후로 한 시기에 노동력의 질에서 큰 변화가 일어나지요. 노동 시장에 고급 인력이 진입하기 시작하는 겁니다. 단순히 육체노동을 중심으로 경제 활동을 하던 시대가 지나간 겁니다. 이게 중산층의 형성이라고 볼 수 있죠. 중산층이 들어가서 기술과 경영을 담당하기 시작하면서부터는 관료 조직이 관여하면 할수록 부작용이 커져요. 구조적으로 민주화의 필요성이 높아지기 시작한 겁니다. 더 이상 관료 조직이 개입해서는 그 이전처럼 발전하기가 어려운 사회 구조로 변화한 겁니다. 이미 사회는 군대가 개입하고 군인 출신들이 정치를 해서는 안 되는 상황으로 간 겁니다.

1987년에 사회적으로도 민주화 요구가 들끓었고 데모가 굉장하지 않았어요? 그 당시의 상황은 우리 사회가 불가피하게 치러야 할 코스트였습니다. 그런데도 우리 사회는 이런 민주화 과정을 커다란 코스트 없이 비교적 잘 뚫고 나왔습니다. 물론 그 후에 IMF다, 뭐다 해서 민주화 과정에서 상당한 코스트를 지불했습니다. 그 이유는 민주화 시대에 맞는 우리 사회의 독자적 발전 모델이 없어서 그런 겁니다. 과거에 우리는 일본 모델로 경제를 발전시켰습니다. 그러나 이제는 일본 모델을 모방해서는 발전할 수 없습니다. 독자적인 모델로 발전할 수 있는 길을 찾아야 합니다. 민주화 이후에 독자적 발전 모델이 없기 때문에 엄청난 희생을 치른 겁니다. 아마 그런 점에서 우리 사회의 구체적인 선진화 모델이 도출되어야 할 겁니다. 이렇게 되어야 통일 문제를 추진할 수 있는 힘도 생기고 사회 자체의 면역성도 생기는 거죠. 통일 문제는 그 바탕 위에서 추진을 해 나가야 합니다.

김우창 지금 미국에서는 버락 오바마가 민주당 대통령 후보가 될 가능성이 큽니다. 노스웨스턴 대학의 게리 윌스는 오바마를 높이 평가하는 글을 낸 적이 있는데, 거기에서 흑인들의 교회를 이렇게 말하고 있습니다. "기독교는 대체로 개인의 구원에 관심을 가지고 있지만, 흑인들의 교회는 개인의 구원이 아니라 형제자매가 하나로 손을 잡고 함께 구원하는 것을 원하는 전통이 있다."라고. 그리고 오바마의 정치적 이상이 거기에서 나오는 것이라고 말합니다.

부나 사회적 지위를 위한 무한 경쟁이 허용될 수 없는 것이 우리나라의 사회적, 지정학적 위상이라고 생각합니다. 모든 사람이 고르게 행복할 수 있는 인간적 사회의 실현이 우리의 정치 이상이 될 수밖에 없습니다. 통념적으로 말하면 사회 민주주의의 정치 이상이 여기에 가깝겠지요. 그러나 그것도 물질적 번영의 한없는 추구를 전제로 하는 것일 수는 없습니다. 그것을 허용할 수 없는 것이 우리나라, 그리고 지구적인 환경의 제한입니다. 그뿐만 아니라 인간의 자기실현이 균형을 잃은 물질과 권력의 추구에서 발견된다고 할 수도 없습니다. 이상의 실현이 쉽다는 말은 아닙니다. 자본주의가 커지는 데에도 그렇지만, 특히 사회적 형평의 질서를 확보하는 데에 강대한 국가 권력이 개입하게 된다는 것이 우리가 보아 온 역사 현실입니다. 그러나 그것이 금방 억압과 부패를 초래하게 된다는 것도 익히 보아 온 현실입니다. 이것을 피하는 인간성 실현을 위한 사회 진화는 커다란 참을성과 너그러움, 지혜를 요구합니다. 그리고 물론 북한이 이러한 과정에 동참하지 않는 한 평화적 진화의 과정은 더욱 착잡한 것이 될 수밖에 없습니다.

세계 정세도 문제입니다. 세계가 모두 우리와 반대로 간다면 우리만이 고립된 방향으로 갈 수는 없습니다. 그러나 세계는 우여곡절을 겪으면서도 그쪽으로 움직여 가고 있다고 생각합니다. 그렇지 않고는 인류는 자멸의 길로 간다는 의식이 커지고 있기 때문입니다. 마지막으로, 그간의 우리의 역사 과정은 우리의 정치에 대한 이해를 지나치게 마키아벨리적인 것으로 되게 하였습니다. 권력 중심의 사고가 정치 의식, 나아가 생활 의식의 핵심이 되어 버렸습니다. 정치의 세계가 권력투쟁의 세계인 것도 사실이지만, 그것이 야망을 넘어가는 높은 이상적 차원을 가진 것도 부정할 수 없습니다. 이러한 공간을 확대하는 정치가 가능해지고 그것을 위하여 헌신하는 정치 지도자가 나오게 되기를 희망해 봅니다.

안병직 저는 근년에 와서 한국의 현대사적 과제를 선진화와 통일로 보아 왔습니다. 그리고 현재 북쪽이 그들의 말과는 달리 통일을 할 의사도, 준비도 한 것이 없기 때문에 바로 통일한다는 것은 도저히 불가능한 상태이고, 그동안 남쪽은 지금까지 말씀 나눈 대로 상당한 역사적 성취가 있었기 때문에 선진화를 우선으로 해야 할지 않을까 생각하고 있습니다. 그런데 다행히도 현 정부도 선진화를 국정의 기본 방향으로 잡고 일을 한다고 하고 있습니다만, 보시는 바와 같이 선진화라는 것이 간단히 이루어지기는 어렵습니다.

가장 중요한 이유가 어디에 있는가를 나름 생각해 보니, 선진화가 국정의 최우선 과제라는 데 대한 국민적 합의가 없기 때문이 아닌가 합니다. 우리가 경험한 바와 같이 참여정부만 하더라도 국정 과제로서 선진화보다는 통일을 더 우선하지 않았습니까? 그래서 무리하게 햇볕 정책을 추진하기도 하고 촛불 시위 등 반미·반일 운동을 전개해 왔는데, 이명박 정부에 들어왔다고 해서 그들의 정치적 지향이 갑자기 바뀔 수는 없지요. 선진화를 성공적으로 이끌고 가기 위해서는 선진화에 대한 국민적 동의를 획득하는 작업부터 해야 하는데, 이를 위해서는 우선 한나라당이라도 단결해야 합니다. 한나라당의 단결이라면 이 대통령과 박근혜 전 대표가 정치적 파트너십을 이루어야 하는데, 현재 그것이 제대로 되고 있지 못합니다.

다음으로 국민 통합의 조건으로 보수 세력만이라도 결집해야 하는데, 지난번의 조각이나 국회 의원 공천 과정을 보면 이러한 점에 대한 고려가 전혀 보이지 않았습니다. 그다음의 국민 통합 조건은 진보 세력으로부터 선진화에 대한 합의를 이끌어 내어야 하는데, 이 문제는 지극히 어려운 과제입니다. 그것은 그들이 지금까지 국정 과제로서 가장 중요하다고 생각해 왔던 햇볕 정책을 포기하고 선진화 정책에 동의하라는 것이니까요. 이를 위해서는 통일민주당과 민주노동당의 정치 방향을 코페르니쿠스적으로 전환해야 하는데, 이러한 일이 쉽게 달성되리라고는 기대하기 어렵습니다. 그럼에도 이명박 정부에서 이러한 일들이 선진화 정책을 추진하기 위한 선결 조건이라는 것을 이해하는 사람이 과연 있는지조차 의심스럽군요. 실은 오늘의 좌담회에서 제가 대한민국의 성취를 기반으로 하는 성취를 계속 강조했던 것은 이러한 생각이 그 배후에 있었기 때문입니다.

오늘의 좌담이 이러한 문제에 접근하는 데 얼마나 성공했는지는 자평하기가 어렵습니다만, 여러 선생님의 발언은 매우 유익했다고 생각합니다. 장시간 수고 많았습니다.

제1회 한·일·중 동아시아문학포럼 3국 대표 대담

김우창(고려대 명예 교수)
시마다 마사히코(소설가)
티에닝(鐵凝, 중국 작가협회 주석, 소설가)
진행 최현미(《문화일보》 기자)
2008년 10월 2일 《문화일보》

한·일·중 차이와 공감

티에닝 한국 방문은 네 번째이다. 세 번 방문을 통해 한국인이 예술을 사랑하고 자존심이 강하며 감성적인 민족이라고 생각했다. 하지만 이는 표면적인 인상이었다. 이번에 한 한국 사람의 집으로 초대를 받았다. 그런데 부인과 아이들이 모두 미국에서 공부하고 있는 기러기 아빠였다. 큰 아파트에 방 한 칸만 쓰고 나머지는 다른 사람에게 빌려주고 있다고 이야기했다. 그의 솔직한 모습을 통해 한국인이 소박하고 솔직 담백하다는 것을 느꼈다. 보통 중국인들은 드라마를 통해 한국인에 대해 이해하는데 실제는 드라마와 다르다. 이런 속에서 문학은 당대의 한국, 한국인의 내면세계를 이해할 수 있게 한다.

시마다 마사히코(이하 시마다) 예전에는 한국 작가들이 정치적 영향을 많이 받았고, 개인에 대해 이야기하거나 쓰지 않는 경향이 많았던 기억이 있다. 이번에 와서 보니 달라졌다. 사생활 혹은 자신의 과거 경험에 대해 솔직히 말할 수 있게 된 것 같다. 정치적 영향에서 자유로워졌다. 지금 뉴욕에서 거주하고 있는데 맨하튼에서 보면 세 나라 국민의 특색이 드러난다. 한국인과 중국인은 눈에 잘 띄는 반면, 일본인은 눈에 띄지 않는다. 중국은 대륙, 한국은 반도, 일본은 섬나라라는 지리적 특징과 관련 있는 것 같다. 중국은 대륙 안이 표준이라고 생각해 왔고, 한국은 외세의 영향 속에 살아남으려 노력했고, 일본은 섬나라로 숨어서 눈에 띄지 않게 지낸 것 같다. 이 특징은 2000년 후에도 바뀌지 않을 것 같다.

김우창 한·일·중은 상당히 가까운데도 불구하고 다르다고 할 수 있다. 하지만 중요한 것은 3국이 수천 년 동안 교류해 왔지만 일상적인 차원에서 보통 사람의 교류는 이제 시작됐다는 것이다. 완전히 새로운 시대이다. 포럼에 참가해 발표하고 듣고 하면서 느낀 것도 작가들이 모이니 재미있다는 것이다. 정치나 이론이 아닌 이야기가 있고, 개인적 체험이 있다. 역시 개인적 교섭이 훨씬 실감난다.

역사적 상처와 내셔널리즘은 어떻게 넘어서나

시마다 미국식 민주주의는 대중 소설과 같다. 포퓰리즘, 대중 영합주의 말이다. 이는 종종 이해하기 쉬운 것을 추구한 나머지 반지성적인 경향을 갖는다. 한 사회에서도, 지식인 사이에서도 내셔널리즘을 자극하는 역할과 내셔널리즘을 비판하는 양측이 있게 마련이다.

티에닝 3국 이해의 첫 출발은 문화적 차이를 인정하는 것이다. 차이는 아름다움을 만든다. 차이가 있기 때문에 교류가 필요한 것이다. 극우 민족주의에 대해서는 분명하게 반대한다. 이번에 교류에 나섰다는 것 자체가 반대를 포함하고 있다. 다만 이를 선회해 극복하는 데는 많은 사람의 노력이 필요하다. 문학은 이를 직접적으로 해결할 수 없지만 정신세계와 양심에 호소할 수 있다.

시마다 한·일·중은 언제나 역사적 문제를 반성하고 사죄한 후에야 대화가 시작됐다. 게다가 정치적으로 3국의 사이에는 미국이 개입해 미국을 거친 한일, 미국을 사이에 둔 일·중이 아닌 직접 관계가 구축되지 않았다. 하지만 세계의 정치 상황이 변하고 있다. 미국의 영향력도 금융 위기로 약화됐다. 동아시아 3국 간의 관계가 구축돼야 한다는 기운이 고조되고 있다. 아직 3국 간 대담한 시도는 어렵지만 사람들은 관계를 맺어야 한다고 느끼고, 어떤 커뮤니케이션이 좋을지 생각하고 있다. 이번 포럼도 그 하나이다. 역사적으로 해결되지 않은 문제가 있지만, 이를 덮고 마음을 솔직하게 이야기하게 됐다.

김우창 민중 차원에서 교류는 최근의 일이지만 지식인의 교류는 오랜 역사를 가지고 있다. 추사 김정희는 중국 청 대(清代) 학자 옹방강과 교류했고, 정약용은 일본 유학자 오규 소라이, 야마자키 안사이의 저서를 읽으며 일본의 유학 발전에 관심을 가졌다. 정치와 국경을 초월한 지성의 주고받음이었다. 결국 소통과 이해는 인간과 인간의 고통에 대한 인간적 연대라고 생각한다.

한·중·일 문학과 세계 문학

티에닝 중국에 한국 현대 작품이 많이 번역되지 않았지만, 최근 들어 늘어나고 있다. 얼마 전 한국 여성 작가 작품선을 봤는데 신경숙 씨의 『외딴방』, 은희경 씨의 『새의 선물』을 인상 깊게 읽었다. 이를 보면서 한국 문학의 주제와 사상이 중국 작가의 그것과 다르지 않다고 생각했다. 10년 전

한국에 처음 왔을 때 한국인들은 중국 문학 하면 『삼국지』와 루쉰을 말했다. 지금은 수퉁(蘇童), 모옌(莫言) 등이 소개되면서 많이 달라졌다. 많은 작품이 서로 교류돼야 한다.

시마다 결국 각국의 사정을 반영한 문학은 세계 독자를 매료시킨다고 생각한다. 뛰어난 작품이란 장소나 이름을 바꾸면 모두 자기의 이야기로 읽을 수 있는 것이다. 일본은 번역 시장이 협소한데 최근 들어 미국 일변도에서 벗어나 다양한 국가에 대한 관심이 커지고 있다. 최근에는 한국 드라마 「태왕사신기」나 「대장금」이 인기를 끈 것처럼 옛사람들은 어떻게 살았나에 대한 관심이 크다. 결국 출판 비즈니스도 사람과 사람이 만나야 시작된다. 2년 후 일본에서 열리는 제2회 포럼에 참가하는 작가들이 에이전트가 되어 일본 출판사에 직접 번역을 제의하고 출판하는 것도 현실적인 안이 될 것이다.

김우창 현재 인종이 갈라진 것은 1만 년 전에 불과하다. 며칠 전에 런던에서는 고릴라 마스크를 쓰고 영장류와의 유대감을 강조하는 데모가 있었다.

2009 한국의 모색, 좌우를 뛰어넘다

김기철(《조선일보》 기자)

2009년 1월 28일 《조선일보》

김우창(金禹昌, 72) 고려대 명예 교수는 학문적, 정치적 입장에 따라 편가르기가 심한 우리 학계 풍토에서 드물게 폭넓은 사유와 균형 감각으로 존경받는 인문학자다. 문학의 울타리를 넘어 철학, 정치 경제학, 미술사, 건축, 물리학까지 아우르는 그의 학문과 발언은 특정 학맥(學脈)을 꾸리지 않았음에도, 좌우 양쪽 진영의 주목을 받아 왔다. 그는 신중하고 정치한 절차로 사유하고 현대 세계의 문제들을 성찰해 온 '우리 시대의 현자(賢者)'로 불린다. 시사 계간지 《비평》 편집인으로 여전히 현역으로 뛰고 있는 김우창 교수는 지식인 사회 공론장(公論場)의 위기부터 '촛불 집회'에 대한 생각까지 성찰적 발언을 쏟아 냈다.

민주화 이후에 합리적 토론의 공간이 오히려 줄어들었다. 지식인들의 토론이 합리적 분석보다 편 가르기가 주된 풍조가 된 이유를 뭐라고 보는가.

"민주화 이후 언론 자유가 확보됨으로써, 여러 이론이 자유롭게 공표되고 그에 따라 사람들의 자기 확신이 강해졌기 때문이다. 정당성에 대한 확신이 지나치면 그것을 부인하는 상대방을 타도하는 쪽으로 나간다. 관용의 폭이 좁아질 수 밖에 없다."

토론의 상대방을 '좌빨', '극우'로 몰아붙이기도 한다.

"구체적 현실과는 거리가 먼, 상투적인 용어를 사용하는 경우가 많다. 오늘날은 언어가 타락한 시대다. 공적(公的)인 장소에서는 예의를 갖춰서 얘기해야 한다. 극단적 용어를 쓰는 것은, 그래야 참신해 보이고, 회색분자가 아니라는 것을 보여 준다는 느낌이 강하기 때문이다. 오바마 대통령 취임사를 보면, 부시 대통령과 차이가 많음에도 불구하고 관용과 협력에 감사하는 대목이 나온다. 우리와는 다른 점이다."

몇달 전 나온 저서 『정의와 정의의 조건』에서는 역사와 사회의 모든 것을 일목요연하게 설명하는 이데올로기의 위험을 강조하고 있다. 이데올로기의 대립은 한국 사회에서 여전히 진행형인 이슈다.

"경제 성장만 하면 잘살게 된다는 우파의 주장은 환경적, 도덕적으로 문제가 있다. 분배를 제대로 하는 정권만 수립되면 잘살게 된다는 좌파의 주장도 현실적이지 않다. 하나의 이데올로기적 관점에서 세상을 설명하려는 것은 잘못된 것이다. 그것을 위해서는 막대한 권력을 전제로 한다. 마르크스는 역사가 그렇게 간다고 주장했다. 조금만 행동하면 모든 것을 고칠 수 있다고 믿었다. 사회를 딱딱한 나무판처럼 생각하고 밀어붙이면 넘어뜨릴 수 있다고 생각하는 사람들이 있지만, 현실은 훨씬 복잡하다."

작년 6월 '촛불 집회'가 한창일 때, "거기서 새로운 민주 정치의 활력을 발견한다는 사람들이 있지만, 그것은 민주주의의 활력이 아니라 그것이 바르게 기능하지 못하고 있다는 증거이다."라는 칼럼을 썼다. 「'거리의 정치', 비정상과 일탈 아니다」(창비 주간 논평)처럼, 진보 좌파 지식인들은 '촛불 집회'를 이상화하는 분들이 많았다.

"거리 집회는 민중의 의사를 반영한다는 측면이 있지만, 그것을 정상적인 행위로 볼 수는 없다. 다수의 의견을 수렴하려면 합리적 토의 과정과 실현 가능성을 따져야 한다. 다수 의견이 중요하다면 그것을 어떻게 수렴하느냐가 문제다.'대한민국은 민주공화국이다'라는 노래가 많이 불렸다. 거리 집회는 '민주'를 나타내지만 '공화'적 이상을 실현하기 어렵다. 공화는 민중의 다수 이익을 초월하는 공(公)적 이익을 가리킨다. 촛불 집회로 민중의 의사를 확인할 수 있으나 공화로 흡수되려면 절차와 과정이 있어야 한다. 거리의 의견에만 의존해서는 안정되고 일관성 있는 체제가 성립할 수 없다."

중고생 등 어린아이들이 촛불 집회에 나오는 것을 반대했는데, 4·19 때는 학생들이 독재 정권을 무너뜨리는데 주요한 역할을 했다.

"어른들도 감당하기 어려운, 정치같이 괴로운 일을 무엇 때문에 아이들에게 떠넘기는가. 어린 학생들은 미성년자다. 자기 판단에 따라 움직일 수 없기 때문에 민주 정치에 참가할 수 있는 조건을 갖추지 못했다. 정치로부터 거리를 두게 함으로써 더 높은 삶의 이상을 배우고 익힐 여유를 주는 게 좋다."

우리 사회에는 자기 진영의 문제를 지적하는 사람들에게 '변절'이나 '전향' 같은 꼬리표를 붙이는 분위기가 있다. 성찰적 발언이 환영받지 못하는 이유는 뭘까.

"전통적으로 지행합일(知行合一)을 강조해 왔기 때문일 것이다. 알고 있으면 즉각 행동에 옮겨야 한다고 생각해 왔다. 행동이 사람의 삶의 전부를 결정하지는 않는다. 문명사회에는 행동과는 별개로 사고의 전통이 있어야 한다."

지식인 사회가 도리어 사회 다른 조직보다 관용이 부족하다는 지적이 나온다.

"근대에 접어들면서 독립이나 민주화, 산업화처럼 국가적으로 당면한 과제가 너무 자명했기에 토론 공간이 들어설 자리가 없었다. 성리학 전통도 그렇게 관대하지 않았다. 단테는 『신곡』에서 자신이 지옥에 위치하게 한 사람들에게도 상당한 동정심을 드러낸다. 너무나 딱하게 생각하여 기절하는 경우도 있다. 성리학적 관점에서 보면, 용서할 수 없는 사람들의 이야기에 대해서도 그러하다. 작가와 지식인은 사회 통합에 관심을 가져야 한다. 행동의 장(場) 뒤에 그것을 끌어안는 관용의 장(場)이 있어야 한다. 이런 다층적 이해가 우리 사회엔 부족한 것 같다."

진보 또는 진보 세력을 자칭하는 경우가 많은데, 그런 개념에 걸맞은 모습을 보여주지 못하는 것 같다.

"진보나 보수는 잠정적, 일시적으로 쓰는 용어일 뿐이다. 모든 개념적 언어는 일시적인 설명의 언어이다. 이것을 굳혀서 현실을 대체하는 것은 잘못이다. 상투어는 편리하면서도. 사실을 보이지 않게 할 수 있다."

'진보' 지식인들은 대체로 시장에 대해 부정적이다. 김 교수께서는 『정의와 정의의 조건』에서 시장의 정치적 기능을 적극적으로 평가하고 있다.

"시장의 역기능만 보기 때문이다. 그러다 보니 역기능을 어떻게 통제하느냐가 아니라 시장 기능 자체를 부정한다. 더 섬세하게 생각해야 한다. 시장을 완벽하게 통제하려면 공산주의를 해야 한다. 국가에서 상품 생산과 소비를 관장하면 된다. 국가에서 생산과 소비를 관장하면 효율성에 문제가 있고, 인간의 자유까지 억제하게 된다."

김 교수는 『정의와 정의의 조건』에서 시장이 정치적 자유를 낳는다고 썼다. "시장의 의미는 선택의 자유를 원칙으로 한다는 데에 있다. 또 이 선택의 자유는 경쟁을 촉진하고, 경쟁은 가격의 억제와 생산품의 다양화에 중요한 역할을 한다. …… 삶의 필요와 편의가 필연의 중압을 벗어난 공간에서 확보될 수 있다는 희망이 시장의 이상에 들어 있다는 사실이다. 그중에서도 가장 중요한 것은 이 공간에서 권력의 개입이 배제될 수 있다는 사실일 것이다."

우리 지식인 사회는 1980년대와 1990년대를 거치면서 보수·진보, 좌·우의 소통보다 단절이 더욱 심각해졌다.

"인문 과학은 가치 학문이지만 사실을 밝히는 게 가장 중요하다. 사실은 일정한 관점과 원근법이 없으면 보이지 않는다. 사실과 이론 사이에는 주고받는 관계가 있어야 한다. 사실을 보려면 이론이 있어야 하지만, 사실이 가장 중요하다. 이론으로 사실을 대체해서는 안 된다. 사실 존중으로 돌아가야 한다. 이론이나 사실적 정당성을 자기 정당성으로 만들어서도 곤란하다. 과거에 너무 집착하는 것도 옳지 않다. 우리가 사는 공간은 과거가 아니라 현재와 미래인데, 미래의 행동에서 이론과 사실이 무엇을 의미하는지, 이것이 내 정당성을 주장하기 위한 것인지, 아닌지, 자기반성이 있어야 한다. 궁극적으로 목표는 모두가 어울려 잘 살 수 있는 사회가 아닌가?"

한국 진보·보수 지식인의 약점은 뭐라고 보는가.

"예를 들면, 이명박 정부가 규제를 풀어야 한다면, 그 이유를 사회 전체적 관점에서 설명해야 한다. 진보가 거기에 반대하려면 사회 전체적 관점에서 어떻게 사람답게 사는 세상이 될 수 있는지 설명해야 한다. 보다 너그럽고 관대하게 생각해야 한다. 용산 철거민 사건으로 사람이 죽은 것은 유감스러운 일이다. 누군가 책임도 져야 한다. 그러나 왜 그런 사건이 일어날 수 있는지에 대한 포괄적인 검토가 있어야 한다. 이 사건의 밑바닥에 들어있는 것은 이윤 추구의 자본주의 때문이다. 건물을 허물고 새로 짓는 것을 너무 쉽게 생각하는 태도부터 문제이다."

이해관계가 충돌했을 때 문제를 합리적으로 풀어 가는 장치가 없다는 것이 문제다. 지식인의 책임은 없을까.

"국회에서 폭력 사태가 일어났을 때 합리적 해결 방법이 없기 때문에 이렇게라도 해결해야 겠다는 입장이 생기게 된다. 또는 그렇게 해결하는 것이 통하면 그렇게밖에 할 수 없다는 시각이 있을 수 있다. 영국 국회에선 여야 가운데 선(線)이 있어서 넘어가면 안 된다. 의원은 상대방이 아니라 의장에게 이야기한다. 역사적 경험을 통해 그런 것을 만들어 냈다. 우리는 크게만 생각하고, 작은 규칙도 안 지킨다. 다수 의견을 어떻게 합리적 토론 과정을 거쳐 수렴할 것인지에 대한 고민이 적다. 노벨 문학상에 대한 관심이 많은데, 노벨상 작가가 나오려면 넓게 생각하는 작가가 나와야 한다. 그 사람 관점에선 나쁜 사람이 없어야 한다. 독일 작가 괴테와 실러 가운데, 실러는 정치적 정열이 훨씬 강하다. 괴테는 너도 좋고, 또 다른 너도 좋다는 견해다. 작가는 가장 넓은 포용적 상상력을 가져야 한다. 가장 넓게 보면, 모든 사람이 원하는 것이 다 실현되는 사회가 좋은 것이다. 거기로부터 안 해야 할 일들이 생긴다. 모든 사람이 모든 것을 다 하면 갈등이 생기고 모두가 아무것도 할 수 없게 되기 때문이다. 그러나 모든 사람이 모든 것을 할 수 있으면 어떻게 될까를 일단은 전제할 수 있어야 한다."

현재 한국 언론의 가장 큰 문제는 뭐라고 생각하는가.

"사실성이 부족한 것이다. 상투화가 너무 심하다. 신춘문예 심사 때, 심사위원들이 원고를 들춰 보는 사진을 연출한다. 그것은 사실과 다르다. 심사위원들은 이미 원고를 다 검토하고 왔어야 한다. 그 자리에 와서야 원고를 들여다볼 리 있는가. 기사가 상투적이 되면 사실을 정확하게 보는 것을 방해한다. 예를 들면, 한국을 처음 찾은 서양인이 한국 문화에 관심을 표명하는 것을 서양인이 한국 문화에 푹 빠졌다고 쓰는 것은 사실과 다른 것이다."

스스로를 어떤 존재라고 생각하는가.

"김호기(연세대) 교수가 한번은 전화를 걸어와 나를 중도 좌파로 쓴다면 적절한가 하고 물어서 내가 그런 사람이라고 생각하는가 하고 물은 적이 있다. 질문에 질문으로 답했다. 사람은 먹어야 하고 잘 공간이 필요하고, 인간관계 속에서 살아야 한다는 점에서 폴 굿맨처럼 신석기 보수주의자이다. 공산주의자는 아들이 아버지를 고발하도록 했는데, 사회주의적 양심이 가족 관계를 초월해야 한다고 믿었기 때문이다. 공자는 아버지가 우선이라고 봤다. 이런 원초적 관계를 받아들인다는 점에서 나도 신석기 보수주의자다. 아마 많은 진보주의자도 이런 근본적인 삶의 필요를 중시한다는 점에서 보수주의자일 것이다. 또 무조건 경제 발전만을 내세우는 보수주의가 있다면, 그런 사람은 사실 진보주의자라고 할 수 있을 것이다."

창간 55주년 기념 김우창 이화여대 석좌 교수 인터뷰

최윤필(《한국일보》 기자)

2009년 6월 9일《한국일보》

노무현 전 대통령의 갑작스러운 서거로 우리 사회의 진영 간, 계층 간 갈등이 여과 없이 분출되고 있다. 북핵 사태, 지식인 시국 선언 등 큰일들도 도화선 타듯 잇따르고 있다. 사안들의 느닷없음 탓도 있겠지만, 공적 광장의 성급하고 감정적인 말과 행위들이 시민들의 혼란을 증폭시키고 있다는 지적도 있다. 김우창 이화여대 석좌 교수의 '겹눈의 사유'가 절실한 때라 여겼다. 팽팽히 길항하며 엉버틴 힘의 자장에서 상대적으로 자유로운 듯한 원로 학자의 인터뷰를 싣는다.

인터뷰 내내 김우창 선생은 보편성과 합리성을 이야기했다. 윤리적 판단에 앞서 섬세하고 총체적인 이해가 중요하다고 말했다. 또 무엇보다 구체적 현실을 일상 삶의 관점에서 판단하되 역사적, 사회적 맥락을 놓지 않아야 한다고 강조했다.

"우리에게는 현실로부터 거리를 유지하는 정말 객관적인 공론의 광장이 필요한 것 같아요." 두 시간 가까이 인터뷰하는 동안 그는 강경한 단정(斷定)의 어미나 최상급 부사를 삼갔지만, 그 어떤 단정적 어조보다 힘차고 선명했다.

선생을 만나기 위해 이화학술원 연구실을 찾은 날은, 서울대 교수 시국 선언이 있던 날이었다. 선생도 1987년의 정치적 혹한기에 호헌 철폐 교수 시국 선언을 '주동', 유치장 신세를 진 적이 있다.

이번 선언 어떻게 보셨습니까.

"내용을 자세히 몰라서……. 다만 '민주주의의 후퇴'를 말하기에 앞서 고려해야 할 것은, 민주주의의 가치 가운데 어떤 것이 후퇴했다는 구체적인 문제 제기가 있어야 합니다. 또 교수들이 집단행동을 할 만큼 '후퇴의 위기'가 심각한가도 판단해야 하죠. 그러므로 (교수 선언도, 그에 대한 판단도) 조심스러워야 합니다. 민주주의가 모든 사안에 대해 모든 사람의 의도가 중시돼야 한다는 의미는 아닙니다. 가령 환자를 볼 때는 의사의 판단이 중요하죠. 대신 의사는 인간 존중의 관점을 유지해야 합니다. 모든 이가 적절한 의료 서비스를 받을 수 있어야 하죠. 그게 민주주의입니다."

선생은 민주주의의 중요한 덕목 가운데 하나가 투명성이고, 투명성의 최대 함정 가운데 하나가 공직자 부패라는 얘기도 했다. "박연차 씨와 부적절하게 관련된 여러 공직자의 이름이 거론되는데, 이것도 '민주주의의 위기'죠. 물론 '애도'가 우선이니 지금 그것을 거론할 단계는 아니겠지만……." 중립의 가치도 강조했다. "전장의 적십자 활동을 보죠. 그들에게도 국적이 있고, 전쟁 자체나 쌍방에 대한 판단이 있을 겁니다. 하지만 참고, 중립을 지킴으로써 최소한의 인간성을 지탱하죠. 인간적인 사회를 만드는 데 그 같은 중립이 중요한 역할을 하기도 합니다. 우리 사회에는 그런 입장이 다 없어진 것처럼 보여요."

말의 맥락이 어쩔 수 없이 '대립', '폄하', '무례' 따위로 이어졌다. 2002년 고려대 정년 퇴임 기념 좌담(『행동과 사유』, 생각의나무)에서 행위와 책임의 문제를 언급하며 이성적 고찰, 선택, 관용과 용서 그리고 인간성의 보편적 실현에 대한 커미트먼트(commitment)를 위축시키는 경향을 두고 선생은 '사고(思考) 없는 행동주의'라 비판한 바 있다.

제대로 알기도 전에 감정에 휩쓸려 편을 가르고 삿대질하는 경향을 염두에 둔 말씀이신지.

"생각의 세계는 행동의 세계보다 넓습니다. 지적 모험은 무한해도 좋지만 행동은 신중해야 하죠. 우리 사회는 너무 양분돼 있고, 다들 자기가 옳다고 생각하는 세상 같아요. '보편'은 자기중심적인 생각에서 출발해서 자아를 넘어서야 성립합니다. 완벽한 보편, 객관이 가능하냐는 문제는 있겠지만, 우리 사회는 그게 정말 약해진 것 같아요."

너무 신중하다 보면 아예 '행동' 자체가 무의미해질 수도 있을 텐데요.

"물론 행동은 빨라도 부담스럽고, 느려도 나쁜 결과를 초래할 수 있죠. 그래서 행동적 선택에는 늘 부담이 따릅니다. 그러므로 선택의 전체적인 상황을 봐야겠죠."

가급적 우회하려던 길이 다시 '상황'으로, 구체적인 현실로 이어졌다.

경찰 차량에 갇힌 '서울광장'의 상징에서 뭔가를 읽을 수는 없을까요.

"소통의 문제가 자주 거론되는데, 우선 소통이란 공적인 광장에서 공적인 문제에 대해 일정한 질서에 따라 발언하는 거죠. 그리고 현실적인 결과를 가져올 수 있어야 합니다. 우리에게는 국회라는 공적 기구가 있습니다. 광장에서의 함성은 정권 타도 등 '반대'의 표현은 가능하겠지만 건설적 정책화는 불가능합니다. 복지가 필요하다면 국회로 하여금 제대로 기능하게 해서 입법 절차를 거쳐 제도화해야지요. 우리 사회에는 직접 민주주의가 가능하다고 생각하는 이들이 꽤 있는데…… 불가능해요. 좌파와 우파의 소통도 그래요. 당신이 틀렸다고 하기보다는 당신 말대로 하면 어떻게 되느냐의 문제를 얘기해야 합니다. 수학 문제가 아닌데 옳고 그름을 누가 어떻게 판단하겠어요?”

너무 당위론적인 말씀 같습니다. 건강한 대의 기구로서의 국회를 전제하신 것 같은데.

“그렇다고 무조건 광장으로 나가는 건 안 됩니다. 또 소통의 문제보다 우리의 삶에서 더 시급하고 중대한 문제들이 얼마나 많습니까. 당장 빈부 격차, 실직자 문제, 남북 문제가 더 중요하지 않을까요.”

사회적 약자 문제도 ‘선언’ 주체들이 제기한 주요 이슈인데요.

“‘약자’라는 표현도 문젭니다. 그 말은 투쟁의 함성이 될 순 있지만, 소통의 언어는 아니죠. 구체적으로 실직자, 빈부 격차라고 말해야 한다고 봐요. 지식인들이 ‘약자’를 대변할 수 있는 것처럼 말하는 것에 대해서도 난 유보적 입장입니다. 지식인은 지식인의 입장을 대변하죠. 모든 계층의 입장이나 의견을 대표하는 것처럼 얘기하면 안 돼요. 최근 신문들을 보면 우익 단체들의 광고가 자주 실리는데, 요지는 ‘민족 정통성을 지키자’는 거예요. 마치 자기네가 정통성을 독점한 것처럼 얘기합니다. 소통은커녕 싸움을 거는 겁니다.”

현 정부의 성장 위주 정책에 대해서는 어떻게 보시는지.

“그것도 무조건 반대하는 것은 옳지 않아요. 분배가 중요하지만 성장의 범위 안에서 분배할 도리밖에 없잖아요. 성장의 과실을 어떻게 사회적으로 활용할 것인가가 중요하죠. 잠정적으로는 좋든 싫든 받아들일 수밖에 없죠. 우리는 사정이 좀 낫지만 외국에서는 많은 기업들이 도산하고 있잖아요. 사회적 의미에서도 기업을 도와주는 게 필요한 시점이라고 봅니다.”

마음에 안 들어도 일단은 따라가자는 말씀?

“전 지난 선거 때 이명박 씨를 안 찍었어요. 최근에 황석영 씨 일을 두고 논란이 있던데, 일전에 그 사람을 만났더니 청와대에서 ‘그런’ 얘기를 한다고 합디다. 그래서 내가 도와드리라고 말했어요. 이 정부가 잘하는 게 중요하잖아요. 혁명을 할 거라면 협조할 필요 없고, 선거가 임박했다면 얘기가 달라질 수 있죠. 하지만 다른 선택이 없다면 도와야지요. 만나서 최소한 '그렇게 하면 안 된다'는 얘기라도 해야 해요."

선생은 노태우 정부 시절 목포시 개발 계획에 참여한 적이 있다. 그 프로젝트의 제목으로 그가 제안한 것이 '아껴 놓은 땅'이다. 그는 신자유주의에 대한 지식인들의 대응에도 아쉬움이 있다고 말했다.

"신자유주의에 대한 일반론적인 비판은 무의미합니다. 중요한 것은 이 세계적 경제 체제 속에서 어떻게 인간적으로 살아갈 것인가죠. 가령 비정규직 양산이 불가피하다면 그 한계 안에서 최소한으로 양산되도록 대책을 모색해야 합니다."

그러면서 독일 사민당 당수를 지낸 좌파 정치인 헬무트 슈미트 전 수상의 최근 신문 기고문을 펼쳐 보였다. 글의 제목은 '성장 없는 성취는 없다'. "이런 것도 신자유주의에 대한 건설적 논의의 예가 되겠죠. 현실적 미래에 대한 생각이 구체화하지 않으면 이데올로기 논쟁으로 치닫기 쉽습니다."

이 사회에, 그리고 지식인 사회에 바라는 바를 들려 달라고 하자 선생은 다시 '사실 존중'을 강조하고 싶다고 말했다.

"좋은 놈-나쁜 놈, 내 편-네 편이 중요한 게 아니라 누구의 어떤 결정이 우리 삶에 어떤 결과를 가져올까 판단하는 것이 중요합니다. 동기를 어떻게 알 수 있나요. 사실과 의견을 나누되, 의견도 동기나 과거 지향적이기보다 미래 삶의 지향에 입각해야 합니다."

선생은 들려준 얘기 중 일부는 기사화하지 말 것을 당부했다. '사적(私的)인 얘기이기 때문'이라는 게 이유였지만, 도덕적 염결성에 대한 집요함으로도 읽혔다.

그는 20년가량 된 '엑셀' 승용차를 타고 다닌다. 운행 중 멈춰 견인된 적이 있긴 하지만 별로 불편하지는 않다고 했다. 선생은 "검소해서나 소박해서가 아니라 새 차가 필요 없기 때문"이라고 말했다. "두드러진 '지식 자본가'로서의 상징적 후광이 있어 가능한 일 아니냐."라고 모질게 물었더니, "그렇게 말하는 친구도 있는데 그럴 땐 '아마 그런 면도 있을 것'이라고 대답한다."라며 웃었다. 웃더니 잠시 양복 바지를 만지작거리며 덧붙였다. "이 양복도 그래요. 아, 오늘은 좀 좋은 건데(이 대목에서는 선생의 보편·객관성이 현저히 흔들렸다.) 내가 입고 다니는 양복 중 많은 게 우리 아버지 거예요. 그냥 편하고 좋아서죠. 새 옷도 좋지만, 사려면 고르느라 골치 아프잖아요. 그게 싫으니까……."

성장 없는 경제가 용인되려면 현재보다 생활 수준을 낮춰 살 각오가 필요하다는 얘기의 맥락에서 나온 말이다. 선생은 지금보다 좀 덜 쓰고 사는 일도 가능하다고 말했다. 하지만 그러더라도 아주 점진적으로 가야 한다고, 급격히 진행되면 큰 소동이 날 수 있다고 덧붙였다. 기자가 내면과 외면의 조화에 대해, 바깥으로 보이는 '이미지'만 좇는 세태에 대해서도 시사하는 바가 있다고 말하자, 선생은 "자신에게 충실해야 하지만 다른 사람 보기에 흉하면 그것도 안 좋고, 또 내가 나를 꾸미면 내 기분도 좋아질 수도 있고……"라며 이내 '보편과 합리'의 옷깃을 여몄다.

"살면서 몇 차례 정부 일을 도운 적이 있는데, 그때마다 판공비 카드를 줍디다만 단 한 번도 써 본 일이 없어요. 공적인 일에 관계된 사람과 식사라도 하면 그 카드를 쓰는 게 원칙이죠. 카드를 안 썼다는 얘기는 일을 안 했다는 얘기일 수도 있고……. 그런데 카드를 쓰다 보면 동창들 밥 사는 데서 꺼낼 수도 있고, 또 내가 안 꺼내도 동창들이 기대를 하기도 하고……."

우리 사회의 느슨한 공적 윤리 규범에 대해 얘기하던 중이었다. "적은 금액이야 가끔은 사적으로도 쓸 수 있는 것 아닌가……, 살짝은 흐트러지는 게 인간적인 것 아니냐."라고 어기대자 "물론 그 경우를 비판하는 건 매정한 일이죠. 그래도 어떤 공적 질서에서나 중요한 것은 도덕적 엄정성이에요."라고 말했다. "친구랑 미국에 간 적이 있는데, 그 친구의 친구가 미 국무성 관리였어요. 함께 식사를 했는데 그 관리가 기어코 계산을 합디다. 물었더니 미 국무성 규정이 그렇다더군요. 그게 공적 윤리죠. 우리 사회는 그게 부족해요. 그 점을 강화할 수 있는 방안도 연구해야 합니다."

대한민국은 지금 어디로 가나

김우창(이화여대 석좌 교수)

도정일(경희대 명예 교수)

정리 최윤필(《한국일보》 기자)

2009년 6월 11일 《한국일보》

김우창(이화여대 석좌 교수), 도정일(경희대 명예 교수). 두 인문학자의 인터뷰는 각각 세상 읽기의 한 진경(珍景)이라 할 만했다. 하지만 두 선생의 현안에 대한 인식과 처방은 사뭇 달랐고, 어떤 맥락의 어떤 말들은 서로를 향한, 그리고 동시대인 일반을 향한 날카로운 질문과 추궁으로 읽히기도 했다. 그래서 두 선생이 만났다. 대담은 지난 11일 오후 서울 대학로의 도정일 선생 사무실에서 세 시간가량 휴식 없이 진행됐다.

시국 선언…… 광장…… 소통…….

김우창 이 자리에서는 도 선생 얘기를 주로 듣고 싶어요. 많은 사람들이 행동에 나서는데 왜, 무엇이 이들을 움직이게 하는지 잘 모르겠거든. 내가 잘못 파악하고 있는 게 있다, 또 어쩌면 사람들도 나처럼 자신들이 의식하는 것과는 다른 어려운 사정이 있을 수 있다……, 그런 생각이 들어요. 예컨대 이 정부의 잘못으로 지적되는 것 가운데 용산 철거민 사태가 있죠. 애석한 일이었지만, 왜 그런 일이 생겼고 재발하지 않으려면 어떻게 해야 하느냐가 중요하죠. 먼저 시위 수칙과 시위 대처 수칙이 제대로 지켜졌는지 조사해야 합니다. 동시에 철거민에게 합리적 조건이 제시됐느냐, 생계 대책은 적절했는가, 이것들이 적절한 사회 환경에서 이뤄졌느냐를 따져야 할 겁니다.

이런 복잡한 문제들은 시위를 통해서가 아니라 법적으로, 사회적 고려와 현실적 상황 안에서 합리적 방식으로 국회가 풀어야 할 일이죠. 정당방위처럼 직접 행동이 불가피한 경우도 있지만, 복잡한 문제를 다수자의 의견이나 행동만으로 결정하게 되면 법적 질서는 없어집니다. 그런 일이 계속 반복될 것이고…… 대결적 해결밖에 남지 않겠죠. 얼마 전 서울대 총장이 서울대 교수 서명을 두고 교수 총원을 거론하며 서울대 전체 의견이 아니라는 식으로 말했는데, 이는 민주주의와 합리적 질서에 대한 이해가 부족한 얘기죠. 그 논리는 서울대 교수 전원이 서명했다면 얘기가 달라질 수 있다는 것처럼 들리는데, 그 뒤에는 5000만 명의 국민이 존재해요. 100명이든 1700명이든 자기들 생각을 자기들 관점에서 국민에게 호소한 겁니다. 국민은 동의할지 여부를 결정하죠.

그리고 국민의 의사가 결정되는 곳이 공적 공간입니다. 이는 물리적 공간이 아니라 법적으로 구성된 공간입니다. 광장에서 직접 행동을 통해 의사를 표현할 수는 있지만 제대로 문제를 해결하려면 의견을 종합해서 해법을 제도화하는 절차가 중시돼야 합니다. 물론 민주주의는 최고가 아닌 차선입니다만. 내가 기본적으로 갖고 있는 생각은 이런 겁니다. 시국 선언이 잇따르는 상황을 보면 굉장히 다급한 사정들이 있는 것 같은데 난 이를 사회 문제, 이를테면 실업 문제, 빈부 격차, 주거 문제 등으로 이해하고 있거든요.

도정일 공감합니다. 하지만 우리 국회는 해방 이후 60년 동안 미성숙 상태입니다. 우리 사회가 겪는 좌절의 큰 책임이 바로 거기에 있습니다. 용산 참사에서부터 노통 사태에 이르기까지, 또 야당이 MB악법이라고 부르는 법안 처리 문제나 4대강 문제 등 국민 생활과 직결된 현안을 두고 국회는 강행과 저항의 논리만 되풀이하고 있어요. 국회의 미성숙은 우리 정당의 역량, 그리고 분권 체제를 유지하는 정부의 역량이 부족하다는 얘기이기도 합니다. 저는 우리의 공적 공간이 살아 있는가라는 질문을 해야 한다고 생각해요. 노통 서거를 두고 시민들이 보여 준 행동과 정서의 배후에는 이런 불만이 쌓여 있다고 봐야 합니다.

쌓인 게 많은 데 풀 길이 없을 때 사람이 할 수 있는 선택은 두 개입니다. 하나는 제단 앞에 나가 신과 소통하는 거고, 또 하나는 광장으로 나가는 것이죠. 그게 저항입니다. 광장 정치라는 말로 비판하고 폄하하기에 앞서 그렇게 하지 않으면 안 될 정도로 좌절이 심각하는 데 대해 성찰해야 합니다. 또 광장으로 뛰어나간 사람들보다 해법을 봉쇄한 사람들에게 먼저 책임을 물어야 합니다. 잇단 교수 시국 선언을 두고 현 정부가 싫어서, 반보수여서, 반우익이어서, 좌파여서, 야당을 지지하기 위해서라고 폄하하는 것은 무리입니다. 서명자의 면면을 봐도 보수 성향의 인사, 평소 과격 행동을 싫어하는 인사가 상당수 있어요. 시국 선언을 넓은 의미에서 보자면 정치적 행동이라고 말할 수 있지만, 당파성의 관점에서 보자면 탈정치적인 의견의 표명이라고 봐야 한다고 생각합니다.

김우창 내가 봐도 이 정부가 잘한다는 사람은 적고, 못한다는 사람은 많은 것 같아요. 그렇다면 뭘 못한다, 뭘 고쳐야 한다는 것을 구체적으로 지적해야 합니다. 수십 년 전 얘기지만 한일 관계를 두고 정부 사람한테 "사과를 요구하지 말고 배상을 요구해야 한다."라고 말한 적이 있어요. 사과라는 건 이렇게 할 수도 있고 저렇게 할 수도 있는 거잖아요. 현안에 대한 인식이 서로 다른데 그 공방만 한없이 되풀이하는 건 무의미하죠. 이번 경우도 그렇다고 봐요.

도정일 시국 선언문을 살펴보면 그 말미에 구체적인 요구 사항들이 있습니다. 전직 대통령의 자결 사태에 대해, 검찰권의 오·남용에 대해 대통령이 사과해야 한다는 게 대표적이죠. 무죄 추정의 원칙이 무시됐고 피의 사실을 언론에 흘려서 피의자 인권에 심각한 피해를 줬어요. 표적 수사 의혹, 정치적 동기에 따른 외압 의혹도 엄연하고요. 검찰 독립·중립화도 요구 사항 중 하나죠. 또 시민 기본권에 대한 침해와 권력 남용 중단 요구가 있습니다. 평화 집회를 불허하고, 과잉 진압하고, 경찰이 유모차를 포위해서 위협하는 등 기본권 침해 사례도 많아요. 무엇보다 이 정부의 오만이 지적돼야 할 겁니다. 국정 주요 현안을 일방적으로 끌고 가려고 한다는 거죠. 바로 소통의 요구입니다. 남북 관계만 해도 그렇죠. 6·15선언과 10·4선언 등 전임 두 정권이 만들어 놓은 남북 관계의 정책 기조가 있는데 국민의 의사를 묻지도 않고 저버렸어요.

김우창 원칙적으로 다 찬성할 수 있는데, 구체적으로 정말 그런가는 생각을 해 봐야 할 것 같아요. 가령 노 전대통령 수사의 경우 검찰에 문제가 있고 개선할 게 많지요. 언론에 피의 사실을 흘린 것도 문제지만, 언론에서 큰 관심을 보이니까 그렇게 된 측면도 있을 겁니다. 단기적으로 결과를 내려고 서두른 것도 문제예요.

최근 뉴스를 보니까 프랑스에서 '서래마을 사건' 피의자 재판이 시작되더군요. 3년 전 사건 아닙니까. 그만큼 오래, 신중히 조사했다는 얘기일 겁니다. 정치적 압력 여부는 조사를 해 봐야 알 일이지만, 설사 그런 사실이 확인되더라도 쉽게 잘잘못을 말하기는 어려워요. 수사 외압이 없는 게 좋겠지만, 있었다고 하더라도 검찰 입장에서는 사안을 수사할 도리밖에 없죠. 외압에 의한 표적 수사여서 잘못이라고 한다면, 감옥에 있는 모든 사람들도 "세상에 나쁜 사람이 많은데 나만 붙잡혀 재수 없다."라고 말할 수 있지 않겠어요.

집회 자유의 문제는 공공질서와의 관계 속에서 고려돼야 합니다. 얼마 전 런던에서 열린 G20 정상회담장 주변에서 반대 시위가 있었는데 경찰과 대치 중에 국회 의원 한 사람이 체포됐어요. 단순히 경찰 저지선을 넘어섰기 때문이었죠. 자기 의사를 표현하는 행위는 공공질서 안에서 이뤄져야 합니다. 정부의 집회 불허를 두고 권력 남용이라 말하기에 앞서 우리의 집회 관습이 어떠했는지도 성찰해야 합니다. 두드려 부수자? 좋아요. 의견이 분명하고 그것이 옳다고 판단되면 나도 거기에 찬성할 수 있어요. 그게 아니라면…… 집회의 자유가 민주주의의 기본인 것은 엄연하지만 나는 민주주의보다 사람이 사는 질서, 생업을 유지하면서 먹고사는 일이 더 중요하다고 생각해요.

소통의 문제가 요즘 중요한 이슈죠. 대통령을 옹호해서가 아니라, 사람들이 소통하라고들 하는데, '저 사람(MB)이 할 수 있는 게 뭘까' 생각해 봐요. 광장에 나와서 얘기하라는 걸까? 늘 그런 식이면 대통령 임무를 수행하지 못할 것이고, 그런 방식이 옳지도 않죠. 최근 BBC 뉴스에 러시아 이야기가 보도됐어요. 푸틴이 러시아의 중요한 화가 중 한 사람인 일리아 글라즈노프(79) 집에 가서는 어떤 작품을 가리키며 "기사의 칼이 짧아서 소시지나 겨우 자르겠네."라고 했는데 글라즈노프가 "예, 고치겠습니다."라고 했다는 거예요. 이건 바른 소통이 아니죠. 푸틴이 또 어떤 올리가크(재벌)를 불러서 "함부로 노동자를 해직하지 않겠다는 서명을 하라."며 펜을 던졌다는데, 국민들이 그걸 좋아한다고 그래요. 우리 대통령도 그랬으면 좋아했을 거예요. 하지만 그건 인기 전술일 순 있지만 공공질서를 중시하는 건 아니죠. 법을 제정하든지 해야죠. 그런 방식이 용인된다면 다른 사람 불러서 돈이나 다른 것도 요구할 수 있다는 얘기가 됩니다.

남북 문제도 지금의 대결 국면을 이 정부의 책임으로 돌리는 건 일방적인 얘기인 것 같아요. 남북 문제에 관한 자료들은 오래전부터 챙겨 보는데, 독일이나 미국 쪽 자료를 보면 이번 사태가 남측의 강경 태세 때문이라기보다는 북한 내부의 정책 추구 방향이 그런 걸 거라는 분석이 많아요. 물론 누가 옳은진 알 수 없죠. 걱정하고 의견을 낼 순 있지만, 판단은 전문가들에게 맡겨야 합니다. 무조건 '이명박 때문에 그렇다'고 말하는 건 옳지 않은 것 같아요.

장황하게 얘길 했는데, 요지는 내가 모든 사안에 대해 반대한다는 게 아니라 중요하고 복잡한 문제인 만큼 다 함께 고민하면서 해법을 찾자는 얘길 드리고 싶은 겁니다. 지금까지 줄곧 이어진 잘못도 있고, 이 정부가 잘못한 것도 있고, 또 이 정부가 잘 해도 안 되는 것도 있다고 봐요. 이에 대해 함께 고민하고 모색하는 분위기를 만드는 것이 나라를 걱정하는 사람들의 태도이지, 대원칙만 앞세워 일방적으로 밀어붙이는 건 공허하게 생각돼요. 우리는 왜 이리 타협이 어려울까 가끔 생각해 보는데, 내 생각엔 그만큼 우리 사회에 긴장이 많아서 그런 것 같아요. 아까 얘기한 것처럼 해결되지 못한 사회적 문제가 많고 불만이 쌓이니 여유를 가지고 생각할 공간이 안 생기나 보다 싶은 거죠. 난 지식인들이, 그리고 나라를 걱정하는 사람들이 그런 공간을 만들기 위해 노력해 줬으면 좋겠어요.

김우창 선생은 작정한 듯 나직한 음성으로 근 30분 동안 시국 선언의 현안들에 대해 조목조목 견해를 피력했다. 도정일 선생은 지그시 눈을 내려뜬 채 흔들림 없이 경청했고, 되짚어야겠다 싶은 대목들은 추려 메모했다. 이어진 대담의 양상은 한층 팽팽해졌다. 상대의 말을 끊고 들어섰다가 서둘러 발을 빼는가 하면, 어떤 대목에서는 따지듯 반문했다. 과열 기미가 보이면 웃음 섞인 농으로 긴장을 늦추기도 했다.

“구체적으로 무엇인가”

도정일 노통 관련 검찰 조사를 두고 선언문에서 시비한 것은 수사 동기뿐 아니라 검찰권의 오·남용 문제입니다.

김우창 그건 조사를 해야겠죠.

도정일 그런 사례가 있으면 검찰 중립화든 개혁이든 조치를 취해야 한다는 요구였고요. 지금 다수 국민은…….

김우창 나는 도 선생이 ‘다수 국민’이라는 말은 안 쓰셨으면 좋겠어. 투표해 보기 전에는 몰라 그건.

도정일 며칠 전에 한 여론 조사를 보니까 교수 시국 선언에 대한 국민 지지가 60퍼센트로 나왔더군요. 그 정도면 ‘다수’라고 해도 되죠?

김우창 그건 인정할 수 있어요.

도정일 국민과 정부의 소통 문제는 해방 이후 60년간의 고질이지만, 군사 정부 시절을 빼곤 지금처럼 숨 막히게 막혔던 적은 없었던 것 같아요.

김우창 막힌 소통의 내용이 뭔데요?

도정일 한 가지만 말씀드리죠. 소위 ‘친북 좌파’ 정권이 다시는 들어설 수 없도록 좌파 세력을 이 땅에서 완전히 뿌리 뽑아야 한다는 것이 지금 보수 우익의 야심찬 기획입니다. 이건 정부의 국정 운영 기조이기도 합니다. 그게 소위 좌파로 분류되는 인사나 조직에 대한 철저한 압박으로 나타나고 있어요. 이는 매카시즘이고 마녀사냥이지 소통도 사회 통합도 아니에요. 우리 사회도 그렇고 세계 전체를 보아도 지금은 다양성과 복잡성의 수준이 한참 높아진 시대입니다. 미국의 오바마 정부도 큰 틀에서 좌파 정권입니다. 우파가 소중하다면 좌파도 소중합니다.

김우창 구체적으로 뭘 했어요? 반정부 신문을 폐간한 것도 아니고…….

도정일 전임 정권이 임명한 문화 예술계 기관장들을 다 쫓아낸 게 대표적 예죠.

김우창 그건 사실인데…… 노통도 그렇게 했어요.

도정일 전임 정부가 그렇게 했으니 지금도 그래도 된다는 건 옳지 않죠.

김우창 난 노통이 그렇게 할 때 옹호하는 얘기를 여러 번 했어요. 신문에도 썼고. 자기가 믿을 수 있는 사람들과 정책을 수행하겠다는 건 자연스러운 일이죠. 다만 그 사람들이 국가에 도움이 되느냐를 판단해야지. 이 정부가 좋은 사람들을 많이 내보낸 건 잘못하는 일이죠. 하지만 그것도 크게 문제 삼기 힘든 건 노통도 그랬거든. 이것도 잘못됐고 저것도 잘못됐는데 이것만 큰 문제인 것처럼 말하는 건 불공정해요.

도정일 정권이 갈릴 때마다 전부 물갈이를 하자는 얘기는 아니시죠? 지금 보세요. 대숙청의 시기거든요. 한예종 사태는 또 어떤가요. 서사 창작과 없애라, 이론 공부는 왜 해……, 구체적인 학사에까지 개입해서 한예종을 청소하려 들고 있죠. 실적, 운영 부실을 말하지만 객관적 자료를 보면 납득이 안 가요. 이념적 접근인 거죠. 이게 악순환이라면 그 고리를 끊어야 합니다.

김우창 잠깐 녹음기를 끄고 얘기를 좀 하죠.

선생들은 기사화하지 않는다는 조건으로, 당신의 견해에 대한 이해를 도울 만한 각자의 구체적 경험과 최근 사태와 관련 있는 문화계 지인들의 근황 등을 전했다. 그러는 동안 몇 차례 유쾌하다고만은 할 수 없는 조용한 공감의 웃음이 번지기도 했다. 대화의 중요한 물꼬는 거창한 당위보다 사소한 디테일에서, 관객의 시선 바깥에서, 녹음기가 꺼진 뒤에 트이기도 하는 법이다. 분위기는 한결 부드러워졌다.

지금은 대숙청의 시기

도정일 (그래도) 전 이 정부에 기대를 걸었어요. 실용을 표방했거든. 실리가 있다면 이념과 노선의 차이까지 포용하는 게 실용이잖아요. 그런데 이념적으로 접근해서 문화 예술계 인사들을 내쫓는 거나 이런저런 허술한 명분으로 한예종을 몰아붙이는 것을 보면 실망스러워요.

김우창 나쁜 사람들이 명분 안 내세우는 경우 한 번이라도 봤습니까. 명분은 디스카운트하고 들어야지. 전두환 구호가 뭐예요. 정의 사회 구현 아닙니까. 나도 도 선생 의견에 전적으로 동감이지만 이렇게 그냥 일방적으로 성명 내면서 대응할 성질의 것으로 보기에는 사태가 훨씬 복잡해요. 난 우리처럼 양분된 사회가 없는 것 같아요. 그것을 나는 사람들이 나빠서가 아니라 사회의 양분 현상을 반영한 거라고 생각해요. 그거 개선하지 않으면 아무리 담론을 좋게 하려고 해도 힘들죠.

도정일 오랜 세월 동안 공공성이나 공익은 제쳐 두고 정파적 이해관계에만 민감해지도록 훈련된 측면이 있지요.

김우창 실용도 그래요. 우리에게 의료 제도나 건강 보험 제도 등 여러 복지 제도가 있지만 제대로 된 건 거의 없죠. 그나마 김대중, 노무현 정부가 시작해 놓은 건데, 따지고 보면 이 정부가 그걸 뒤집어엎은 건 없어. 선거 때 만든 구호야 반은 가짜지. 그보다 구체적인 사안을 봐야 하는 거고……. 누가 잘했냐 따지면 싸움이 나죠. 남북 관계도 평화롭게 살자는 게 지상 과제잖아요. 우리 사회도 그러자는 겁니다. 냉정하게 생각하는 사람들이 우선 싸움을 말리고 봐야 해요.

도정일 남북 문제에 있어서도, 북측 내부 사정이야 어떻든 적어도 남측이 해야 할 일은 해야 합니다. 이념적 입장을 떠나 최소한 두 선언의 정신은 계승한다고 밝혔어도 지금처럼 경직되지는 않았을 거라고 봐요. 지난

10년을 두고 잃어버린 10년이라고 하잖아요. 그 10년의 성과는 보지도 않고…….

김우창 그건 '어떤' 사람들이 하는 레토릭이죠. 양쪽에 다 극단적인 사람들이 있으니까.

대담은 정리 분위기로 접어들었다. 첨예한 대립의 국면에서 중립은 어떤 의미인지, 또 어떻게 적극적 가치로 고양될 수 있는지 견해를 밝히고, 각자 덧붙이고 싶은 말들을 하기로 했다.

함께 살아야 한다

도정일 많은 얘기를 나눈 것 같습니다. 인문학자는 국민을 대변하는 사람은 아닙니다. 자신이 중요하다고 생각하는 가치를 대변할 수 있을 뿐입니다. 그러나 인문학자는 공정성의 원칙을 포기할 수 없지요. 존 롤스의 주장대로 공정성은 정의의 핵심입니다. 저는 누구 편에서라기보다는 공정성의 입장을 취하려고 노력하고 있습니다. 오히려 중립이죠. 그러나 맥없이 그냥 가운데 있는 중립이 아니라 좌든 우든 공정성과 양심의 편으로 가까이 서려고 하는 그런 중립입니다.

김우창 동감입니다. 이런 문제는 사실 정치학자들이 할 얘긴데……. 다만 정치학자는 많은 걸 이념과 권력관계에서 이해하기 때문에 우리처럼 정치를 잘 모르는 사람들이 하는 얘기도 도움이 됐으면 합니다. 난 도 선생이 책 읽는 사회 사업을 하는 걸 보고 놀랐어요. 인문학자는 게을러서 이런 일 하기 어렵거든. 우리 견해의 차이는, 도 선생은 보다 전체적이고 이념적인 차원에서 얘기하고 나는 구체적인 사안에 붙여 잘 생각해 보자는 입장인 것 같아요. 도 선생은 행동적 정열이 많은 분이고 나는 게을러서 가만히 앉아서 이런저런 궁리나 하니까 생기는 차이일 겁니다.

도정일 중립성과 불편부당성은 인간이 도달하기 힘든 저 먼 곳에 있지만 포기할 수 없는 가치입니다. 자신의 정치 경제 사회적 이해관계로부터 완벽하게 자유롭진 못하겠지만 최대한 중립적 입장을 취하려고 노력해야겠죠. 교수 사회도 마찬가지일 겁니다. 우리 사회는 객관성, 진실, 도덕적 고양과 같은 가치들이 희생되고 있는 것 같아요. 그러다 보니 사회가 잔인해지고 비열해지고 또 그래야만 살아남는다는 의식이 팽배해서……, 도덕의 전반적인 하향 국면으로 빠져들고 있다는 생각이 들곤 해요. 어느 사회 영역에서 활동하든 우리 사회의 추락을 막아야 합니다. 품위를 지키면서 상대를 인정하고 존중하는 사회, 그러면서 진실을 포기하지 않는 사회가 됐으면 좋겠어요. 그래야 덜 고통스러울 테니까요. 정치적 갈등이 심할수록 도덕적 능력, 정신적 능력의 추락이 현저히 발생하는 사회는 위험한 사회죠. 인문학이 해야 할 일이 뭔가 고민해야 할 때라고 생각합니다.

김우창 공감합니다. 1960~1970년대 서구라파나 미국 학생 운동이 성할 때 중립을 부정하는 말들이 많았어요. 가치 중립적 사회 과학은 있을 수 없다는 거죠. 나도 그렇게 생각했어요. 그런데 한국에 살면서 의견이 바뀌었어요. 중립은 필요하다고 봐요. 우리는 투쟁적 과거가 많아 '중립' 하면 '나 몰라라' 하는 사람으로 생각하는 경향이 있는데 그건 아닙니다. 좌파 학자인 하버마스도 윤리적 중립이 법과 제도의 기본이라고 말하잖아요. 분열이 심할 때는 옳고 그름을 가르기 전에 걱정하고 고민하면서 중립적 입장을 취하는 게 필요하다고 보는 거죠. 이걸 키워 가는 것이 학문하는 사람의 책임이라 여겨요. 사실 학문의 세계란 자기 세계에 갇혀 소통의 기회가 별로 없죠. 그래서 뉴스 매체의 객관성이 중요한데, 우리 언론은 좌나 우로 지나치게 치우쳐 있어요. 인간을 좀 더 믿고 중립적으로 사실을 밝히면 사람들이 판단해 주리라 생각해요.

그리고 '함께 살아야 한다'는 비교적 추상적 명제를 늘 염두에 두자고 제안하고 싶어요. '이렇게' 살아야 한다는 얘기가 나오면 싸움이 벌어집니다. 양심도 지나치게 강조하는 건 곤란한 것 같아요. 김현승 시인이 "사람들이 칼을 가지고 있는 것이 중요한 경우가 있다. 그러나 칼은 칼집 속에 있어야 한다."라는 말을 했어요. 도덕이라는 것, 양심이라는 것은 다른 사람 심판하는 데 휘두르기보다 각자 자기의 행동 규범으로 무겁게 여겨야 합니다. 나 자신이 나의 행복을 위해, 자기실현을 위해 필요하다고 여기자는 거죠. 이런 게 사회 일반의 윤리 감각으로 살아 있었으면 좋겠어요.

이른 저녁의 대학로는 늘 그렇듯 부산하고 소란스러웠고, 우리는 거리의 가쁜 소음에 쫓기듯 식당으로 걸음을 재촉했다. 앞장서는 도정일 선생께 김우창 선생은 "검소한 데로 가시자."고 말했고, 식사는 말처럼 검소했다.

좌우 극한 대결, 해법을 묻다

김종혁(《중앙일보》 문화스포츠 에디터)

정리 배노필(《중앙일보》 기자)

2009년 7월 14일《중앙일보》

한국인은 지금 대화와 타협이 실종된 사회 속에 살고 있다. 세상엔 좌우파의 진영 논리와 아우성만 가득하다. 언어는 소통이 아니라 네 편과 내 편을 가르고, 상대를 공격하는 선동 수단으로 전락했다. 극한 대결을 벗어날 해법은 과연 없는 것일까.《중앙일보》는 그 길을 찾기 위해 연속 인터뷰를 시작한다. 첫 번째로 김우창(72) 이화여대 석좌 교수를 만났다. 그는 "이념화된 정당성은 전체주의적 권력처럼 인간 현실을 왜곡한다."라고 주장했다. 6일 오후 이화여대 학술원에서 두 시간 동안 그의 이야기를 들었다.

요즘 상황이 해방 직후의 좌우 대립과 비슷하다는데 어떻게 보시나요.

"과거는 어쩔 수 없지만 중요한 것은 현재와 미래 아닌가요. 유럽에서도 독일, 영국, 프랑스는 늘 싸웠어요. 이제는 서로 협력하잖아요. 우리가 지금 해방 직후처럼 그런 극단적인 선택을 해야 하는 상황은 아니죠."

그런데도 여와 야, 좌와 우가 왜 이리 극렬한 겁니까.

"집단적, 개인적 이해관계의 대립이라고 봐야죠. 명분을 내세우지만 사실은 이해관계죠. 그것 자체를 탓할 수 없지만 사회적으로 정당화될 수 있는 주장을 해야죠. 예를 들어 빈부 격차를 줄이자는 주장은 사회주의 관점뿐 아니라 자본주의적 관점으로도 정당화될 수 있는 것 아닙니까."

정치인들은 여야를 가릴 것 없이 실용적이지 못하다는 느낌입니다.

"우리 사회에선 주장은 많은데 '사실적 관계'에 대한 인식은 굉장히 부족한 것 같아요. 뭔가 주장하려면 우선 현실적으로 대안이 가능한지를 고려해야 합니다. 이명박 정부를 타도하자는데 그럼 국민 모두가 받아들일 대안이 뭐죠? 조선은 '상소'가 많은 나라였습니다. 임금을 질타하는 문구를 보면 조선이 왕정 체제였는지 의심이 들 정도예요. 저도 선비들의 기개와 서슴지 않고 얘기하는 문화는 좋다고 생각합니다. 하지만 정당성을 주장했으니까 그건 무조건 긍정적이라고 해선 안 됩니다. '임금, 바르게 하시오'라고 주장하는데 구체적으로 뭘 어떻게 하라는지는 없어요."

오늘날의 갈등에도 그런 명분적 전통의 영향이 남아 있군요.

"저는 지식인이 국민을 대표한다는 주장을 이해하기 어려워요. 지식인의 역할은 사실적 인과 관계를 잘 따져서 '내 생각엔 이렇게 하는 게 국민과 나라를 위해서 좋을 것 같다.'라고 말하는 겁니다. 훈련받은 능력에 따라 생각하고 연구해서 결과를 보여 주는 거죠. 국민을 대표하는 게 아닙니다. 국민을 대표한다면 지식인이 나라를 통치하지 왜 정치인이 합니까?"

그래서 교수들의 최근 시국 선언에 부정적이신가요.

"내 생각을 얘기할 수 있죠. 하지만 그게 국민의 의사라고 주장하는 건 지나칩니다. 저도 언론에 칼럼을 쓰고 의견을 내지만, 제가 어떻게 국민을 대표합니까? 다만 전체의 이익에 도움이 된다고 생각하는 제 의견을 제시하는 거죠."

여야와 좌우가 상호 공존을 하려면 어떻게 해야 한다고 보십니까.

"이념적으로 좌우의 구분이 없을 순 없겠죠. 하지만 좌에게든 우에게든 대상으로서의 현실은 하나입니다. 현실이 하나일 뿐만 아니라 오늘날엔 (좌우를 벗어난) 다른 대안이 쉽게 보이지 않습니다. 싫든 좋든 좌우를 하나로 합치고 묶어서 그 안에서 해답을 찾아갈 수밖에 없는 게 현실이란 걸 받아들여야 합니다."

중산층이 많아야 사회가 튼튼하다고 하는데 이념적으로 온건한 중도 성향의 국민이 많아질수록 사회가 건강해질까요.

"건강하다고는 할 수 없어도 안정성이 있다고 할 수 있죠. 사회의 안정성과 지속성을 유지할 현실적 방안일 겁니다. 하지만 중산층이란 게 사회의 건강성과는 별개예요. 서양의 19~20세기 문학은 재산 늘리고, 출세하고, 사치품을 즐기는 속물근성을 중산층으로 보기도 했어요. 안정성은 현실 긍정적인, 보수적인 생각인데 어찌 보면 사람 사는 데 가장 근본적인 거죠. 목숨을 부지한다는 것 자체가 보수적인 거 아닙니까?"

철학적인 말씀 같은데 인간의 삶에서 안정성이 중요하다는 거군요.

"추상적으로는 죽는 게 좋다고 말할 수도 있겠죠. 하지만 현실에선 대부분의 사람들이 살기를, 더 잘살길 바라고 그런 전제 아래서는 삶의 안정성이 중요할 수밖에 없지요. 전통적으로 정치를 잘하는 걸 '민생 안정'이라고 하지 않았습니까."

우리 사회에서 중도 세력의 존재와 폭은 얼마나 될까요?

"사실은 모두가 안정을 원한다고 할 수 있어요. 최근 비정규직 논란이 시끄러운데 월급을 잠깐 동안 많이 받고 끝나는 것보다는 적게 받아도 오래 다니길 바라거든요. 그런 게 사람들의 정서라고 할 수 있지요. 영국에선 노동자 계급이 자기 집을 가장 보수적으로 꾸미려고 한답니다."

한국 사회에선 타협과 중도를 이야기하면 좌우 극단의 목소리 큰 사람들이 '기회주의자'나 '회색분자'로 몰아붙입니다.

"사실은 안정적인 삶이란 것 자체가 정치와의 거리를 말합니다. 행동주의자들은 모든 사람의 삶이 정치화해야 한다고 보지만, 보통 사람들은 안 그래요. 정치가 자꾸 사람의 삶을 흔들어 놓으니까 원칠 않죠. 농사꾼들이 임금이 누군지 모르는 게 태평성대라는 고사도 있잖아요. 중산층이 기회주의자여서가 아니고, 정치적으로 행동하는 사람들이 두려워서도 아니고, 안정적인 삶 자체가 정치로부터 거리를 두는 겁니다."

그럼 결국은 목소리 큰 사람들에게 끌려다닐 텐데요.

"조선 시대에도 1000명 정도의 지식인이 단합하면 국가가 흔들흔들했습니다. 사실은 지금도 그렇죠. 하지만 이들이 국민 전체의 의사를 대표하는 건 아니에요. 그래서 겸손해야 합니다. 정치적 자산과 식견이 있고 그걸 정책화해 낼 능력이 있더라도 그걸 모든 사람이 바라는 것으로 단정하지 않는 겸손함 말입니다. 우리 사회가 불안한 건 변화가 너무 큰 것도 또 다른 원인입니다. 모든 게 너무 빨리, 급격히 변하니 다들 불안감을 갖고 있어요. 그런 경험 때문에 지나치게 정치화돼 있어요."

언론계의 분열과 당파성도 논란입니다. 언론사가 특정의 정치적 견해와 신념을 갖고 보도하는 걸 어떻게 보시나요?

"학자들도 그렇고, 국민도 그렇고 '사실에 대한 존중'이 지적 풍토의 일부가 됐으면 해요. 언론도 사실 보도 자체에 만족해야 할 텐데 사실을 (자신의) 도덕적 관점에서 해석해야만 시원한 것처럼 돼 있죠."

신문에는 오피니언 기능도 있지 않나요.

"오피니언도 당위만 얘기하는 게 아니라 사실 보도의 전체적인 연관을 밝혀 주라는 거죠. 독자가 판단할 수 있게 도와주는 게 오피니언인데 꼭 어떤 도덕적 주장을 펴야 하는 걸로 생각하는 것 같아요."

지난해 미국산 쇠고기 수입 반대 촛불 시위 때도 당위적 주장들이 많이 나왔었죠.

"합리적으로 생각한다면, 촛불 시위가 할 수 있는 것은 정부가 신중하게 행동하라는 국민 의사를 표현하는 부분이죠. 국민 전체의 의사가 아니더라도 그런 우려를 전달할 순 있어요. 하지만 문제를 해결하는 건 결국 시위대가 아니라 국가가 하는 거죠."

결국 결정은 제도권의 틀 속에서 이뤄져야 한다는 건가요.

"네. 그러려면 국회나 정부가 정상적인 상태에 있어야죠. 지금은 국회가 논의를 다 포기한 상태여서 뭐라고 할 수 없는 상황이죠."

직접 민주주의를 신뢰하지 않으시는군요.

"직접 민주주의는 항의는 할 수 있지만 정책을 만들 순 없어요. '노'라고 하는 건 직접 민주주의로 표현할 수 있지만, 그럼 어떤 대안을 내놓을지, 무엇을 만들어야 할지 등의 적극적인 일은 할 수 없는 거죠."

급진적인 해결책을 안 믿는 것 같습니다.

"합리성에 입각하라는 거죠. 합리성은 우리가 목표로 하는 걸 지속적인 현실이 되게 만드는 겁니다. 합리성은 될 수 있으면 평화적이어야 하지만 평화적인 수단을 넘어가는 것일 수도 있어요. 이상적인 목표가 현실이 되기 위해서는 계속적인 노력이 있어야 하죠. 계속적인 노력이 저절로 움직여지게 하기 위해서는 제도가 필요하고요. 뭔가를 고친다고 할 때 어떤 때는 혁명적 계기가 있을 수도 있겠지만, 그게 합리적인 현실이 되려면 법과 제도가 있어야 하는 거죠."

한국 사회의 미래를 어떻게 보십니까.

"독일 같은 데서 이야기하는 '사회적 시장 체제'죠. 자본주의를 받아들이되, 부작용들을 국가가 민주적 절차를 통해 해결한다는 거죠. 그 방향으로 갈 수밖에 없다고 생각해요. 우리가 선택할 수 있는 게 많지 않아요. 어떻게 복지 체제를 갖춘 자유 민주주의 체제를 만드냐는 거죠."

4부

2010~2014

다원성의 경험과 성찰 의식, 그리고 격의 문제[1]

김우창(이화여대 석좌 교수)

김민웅(성공회대학교 NGO대학원 교수)

2010년

남을 의식하고 자기를 돌아보다

김민웅 안녕하세요, 선생님. 여전히 활발하게 활동하시는 모습이 아름답습니다. 바쁘신 가운데 이렇게 시간을 내주셔서 감사합니다.

김우창 안녕하세요. 여기까지 오시느라 수고하셨어요. 제가 도움이 될지 모르겠네요.

김민웅 오늘 선생님과 최근 많이 거론되는 '국가의 품격'이라는 주제로 이야기를 나누어 보고자 합니다. 조금 무거울 수 있는 주제입니다만 우리 사회에 갈수록 심화되어 가는 시장 논리와 물질주의 풍조를 성찰해 보기 위해서입니다. 정치·경제·교육·문화 등 우리 사회 여러 영역의 풍경을 되돌아보고, 이를 한 차원 높은 수준으로 끌어올리는 이론적·실천적 방안을 모색하는 계기가 되었으면 합니다. 뭔가 본질적인 논의가 필요하다는 생

---

1 김우창 외, 『국가의 품격: 담론과 성찰 2』(한길사, 2010)에 수록.(편집자 주)

각에서 말이지요. 선생님께서는 많은 학문적 업적을 내신 영문학자이면서, 우리 모두가 존경하는 원로입니다. 좋은 이야기를 많이 해 주실 것으로 기대합니다. 요새는 어떻게 지내세요? 강의도 하신다고 들었는데요.

김우창 이화학술원의 동아시아 협동과정에 참여해 강의를 하나 맡고 있지요. 서양에서 본 동양에 대해 주로 이야기하는데, 예를 들면 서양 사람은 공자를 어떻게 생각하는지에 관한 거예요. 사상을 중심으로 강의하는데, 역시 중국 사상 하면 춘추 전국 시대니까 옛날로 가는 거 같아요. 그전에는 유교 문제를 다루었고, 지난 학기에는 비교사적인 관점에서 야스퍼스(Karl Jaspers)가 『역사의 기원과 목표』에서 이야기한 '지축 시대 문명'을 가지고 중국·그리스·이스라엘, 그리고 유대교를 비교한 논문들을 좀 읽었지요.

김민웅 '문명'이라는 관점에서 동서가 서로를 견주어 보기도 하고, 어떤 정도의 수준에 있는지 비판적으로 검증하는 움직임들이 계속 있어 왔잖아요. 과거에는 서양이 동양에 대해서 때로는 신비롭게 보기도 하고 때로는 능멸하기도 했는데, 이제는 정당한 평가의 지점이 어딘지 모색하는 단계로 왔다고 생각됩니다. 그런 각도에서 서양은 동양 문명의 어떤 부분을 궁금해 한다고 생각하세요?

김우창 지난 학기에는 주로 야스퍼스의 생각에서 출발했어요. 야스퍼스는 '세계 문명'이라는, 상당히 넓고 큰 관점에서 이 주제에 접근하지요. 야스퍼스 말고도 슈펭글러나 토인비도 그런 생각을 했지요. 이스라엘의 정치 사회학자 아이젠슈타트가 야스퍼스를 주제로 심포지엄에서 발표한 논문들을 모은 게 있어, 그것을 읽었습니다. 핵심적인 문제는 '초월적인 도약', 영어로는 'transcendental'이지요.

야스퍼스가 좋은 생각을 했던 것 같아요. 어떻게 해서 비판적 사고가 생기게 됐느냐, 어떻게 인류가 여러 가지 관습과 전통의 틀에서 벗어나 이성적이고 비판적으로 생각하게 됐느냐를 이야기하고 있습니다. 야스퍼스는 소크라테스, 공자, 춘추 전국 시대의 사상가, 그리스의 여러 사상가, 유대교 예언자 및 불교나 힌두교의 사상가들을 비교하면서, 어떻게 해서 비슷한 시기에 독립되고 독자적인 사고가 발달하게 되었는지를 문제 삼고 있지요. 아이젠슈타트의 논문집을 보는 가운데 어떻게 서로 각기 다른 지역에서 현재와 같은 사고가 생겼는지, 그것도 비판적인 사고를 주업으로 하는 지식 계급이 발달할 수 있었는지, 이 지식 계급이 사회나 정치에서 어떤 역할을 했는지, 그런 것들을 주로 공부했어요. 여기서 '초월'의 대두가 중요한 역할을 합니다.

학생들하고 이야기하면서 제일 중요한 문제로 생각했던 것은 어느 게 좋고 나쁜지를 판단하지 않고, 우열을 가리는 일도 없이, 이것들이 어떻게 생겨났고 어떤 차이를 가지고 있는지에 대해서만 논의하는 것입니다. 늘 그렇지만 공부할 때 '우리 것이니까 제일이다,' 또는 '우리는 저쪽만 못하다.' 같은 편견을 버리는 자세가 중요한 것 같아요.

김민웅 개인과 사회, 나아가 역사에 대해 비판적이면서도 성찰적인 관점이 야스퍼스가 문명을 바라보는 중요한 시각이라고 볼 수 있는데, 이것과 오늘의 주제인 '국가의 품격'이 서로 만나는 지점이 있을까요?

김우창 지금 반성적이다, 성찰적이다라는 말씀을 하셨는데, 성찰은 자기를 되돌아보면서 스스로 생각하기도 하지만, 다른 사람이 자기와 다른 이야기를 할 때 그것과 자신을 비교하면서 생각하기도 하지요. 역시 다양한 사회와 문명과 접촉을 하게 되면 저절로 성찰적인 태도를 기를 수 있어요. 그러한 접촉이 갈등의 요인이 되기도 하지만 점차 성찰적인 태도가 생겨나게 되고, 그러다 보면 인간적인 존엄성이 어디서 생기느냐 하는 문제까지도 생각하게 되지요. 저절로 '격(格)'이라는 문제가 일어나지요. 모든 용어란 게 그렇지만, 사실 격이란 모호한 말입니다. 예컨대 격은 남의 눈으로 자기를 보는 것이기 때문에 그것을 너무 중요하게 생각하면 주체성을 잃어버리는 결과를 가져올 수가 있지요. 자기의 방식으로 생각하고 행동하는 게 아니라 남이 자신을 어떻게 평가하느냐에 의존하게 되거든요. 자칫 '천격(賤格)'이 될 수가 있어요.

그렇지만 현실적으로 다른 사람을 의식할 때, 꼭 그 사람의 기준에 따라서 자기를 평가하지는 않는다고 하더라도, 자신에 대한 기대치가 높아지는 게 사실인 거 같아요. 칸트는 예의라는 것이 남 눈치를 보고 남 비위에 맞추려는 행동일 수도 있지만, 예의 자체가 자신의 내면적인 기준이 되어 자기 자신에 대한 인식 수준이 높아질 수 있다고 말했어요. 우리 동양에서도 사실 예의란 뜻에 그런 의미가 들어 있지요. 성리학에서 말하는 '공구신독(恐懼 愼獨)'은 혼자 있을 때도 남이 보는 것처럼 행동하라는 것인데, 남 눈치를 보면서 사는 게 옳지 않다는 느낌이 들면서도 동시에, 남이 안 봐도 늘 바르게 행동하는 사람이 되는 데 이것이 도움이 되기 때문에, 말하자면 변증법적인 주고받음이 있는 거 같아요. 그래서 격이라는 것은 일단 남을 의식한다는 측면에서 조금 미천한 면이 있기는 하지만 결국 그것을 넘어 스스로 더 높아지고 다른 사람도 더 높이 대접하는 자세가 확립되는 하나의 계기가 된다고 말할 수 있습니다.

김민웅 다른 사람이 나를 어떻게 바라보는지, 또 그 사람과 내가 어떤 형태의 관계를 맺는지가 문제가 될 것 같은데요. 기원전 500년경, 이른바 '지축 시대'라고 해서 정신적인 전환 이전 단계의 인류를 보면, 엄청난 전쟁과 희생이 있었지요. 야스퍼스는 그런 비참함을 겪으면서 '더는 아니다.' 하는 성찰적 정신성이 도처에서 생긴 데 주목한 것 같습니다. 최근 우리 사회에서도 격에 대한 논의가 본격적으로 나오기 시작합니다. 우리 사회에 어떤 배경이 있기에 이런 논의가 일어나는 걸까요? 무언가 격동적인 체험이 밑바탕에 깔려 시간이 지나면서 서서히 성찰의 지점까지 오는 기운이 조성된 게 아닌가 싶습니다.

김우창 야스퍼스나 아이젠슈타트의 글들을 보면 그러한 성찰적·반성적 사고가 생기는 것은 다원성이 생기는 것과 밀접한 관련이 있다는 생각이 듭니다. 다원성은 갈등을 불러일으킬 수 있지만, 그 속에서 한편 자기를 되돌아보고 어떻게 하면 다른 사람과 공통된 근거를 만들 수 있을지 고민하게 되거든요.

우리나라의 경우 중국과 비교하면 다원적인 체험이 부족했다는 생각이 들어요. 사실 중국 사상의 모태라 할 수 있는 춘추 전국 시대는 그 말에 담긴 뜻처럼 '싸우는 시대'예요. 싸우면서 '이를 극복할 수 있는 합리적인 방법이 무엇이겠느냐, 모든 사람이 공유할 수 있는 가치 기준은 무엇이겠느냐.' 하는 물음들이 생겨나고 거기에 대한 답을 찾기 위해 노력하지요. 다원성은 이러한 양의성(兩意性) 때문에 좀 더 합리적인 상황으로 나아가는 하나의 발판이 되는 거 같아요. 우린 상대적으로 전통적인 사상 자체가 비다원적인 성격을 가지고 있었는데, 근대화를 통해서 다른 세계를 많이 경험하게 되고, 그 후 더 합리적이고 성찰적으로 생각하게 되지 않았나 싶습니다. 근대화에서 다원적인 체험을 본격적으로 하게 된 것, 이것이 격을 묻게 된 중요한 계기가 아닌가 생각합니다.

갈등에 기초한 인간 사회에 대한 인정

김민웅 근대화를 경험하면서 우리에게 충격적으로 다가왔던 체험들이 과연 뭘까요? 우리는 근대 이전에도 격에 대해서 많이 생각해 왔던 역사의 흐름이 있는데, 근대 이후 이것과는 또 구별되게 말이지요. 올해는 한일병합 100년을 비롯해 한국전쟁 60년, 4·19 50년, 전태일 분신 40년, 광주항쟁 30년, 분단 이후 첫 남북정상회담 10년까지, 여러 가지 의미를 가진 해라고 할 수 있습니다. 이제는 정말 격 있는 사회를 만들어 가야 하지 않겠느냐고 요구해도 이상하지 않을 만큼 많은 체험들이 쌓였다고 봅니다. 다원적 체험을 하면서 자연스럽게 일어난 각성도 하나의 조건이 되겠지만 '이건 아니지.' 하는 생각이 든 충격적인 경험으로 어떤 게 있을까요?

김우창 흔히 이야기하듯이, 민주화라든지 산업화라든지 모두 중요한 체험이었지요. 하나로 얘기하면 '근대화'라고 할 수 있고요. 다원적인 체험은 되풀이해서 이야기하지만 갈등의 원인이 될 수 있는데, 갈등 속에서 어떻게 인간다움을 되찾을 수 있겠느냐 할 때, 거기에 대해 가장 쉬운 답변이란 이른바 '도덕'적인 답변이지요. 어떤 도덕적인 기율에 따라 모두 행동한다면 주체성을 잃지 않고 다른 사람과 화합도 이루어 갈 수 있지요. 그런데 오늘날에는 근대화를 통해서 도덕적인 답변만이 아니라 다른 '타협'의 가능성도 고려할 수 있게 된 거 같아요. 종전에는 다원성에서 갈등이 유발될 때 그 해결책으로 새로운 도덕률을 찾곤 했는데, 지금에 와서는 이에 못지않게 타협이 중요하게 된 것이지요. 모든 사람이 다 자기 이익은 그대로 가지면서 동시에 어떤 한계를 정하고 공동체적인 기율을 만들어 낼 수 있어야 되겠다 하는 게 옛날과 오늘의 다른 점인 것 같습니다.

김민웅 타협이란 정치적이거나 사회적인 편견이 실려 있는 말이라 조금 정리할 필요가 있을 것 같은데요. 타협이 합리적인 지성에 도달하려는 노력이라기보다는 어떤 원칙을 포기하고 정치 공학적으로 또는 사회 공학적으로 이루어지는 의견을 뜻할 수도 있습니다. 선생님께서 말씀하신 것은 조금 다른 의미이지요?

김우창 아닙니다. 바로 그런 뜻을 가지고 있어요. 우리가 인간을 고차원적인 존재로만 본다면, 그것이 인간 문제를 완전하게 해결하는 답변이 될 수 없지만, 일단은 문제를 살아가는 방법으로서 받아들여야 된다는 생각이 들어요. 민주주의라는 것도 사실 그렇지요. 아이젠슈타트가 동원한 여러 학자들 이야기나 야스퍼스의 생각도 그렇지만, 다원적인 요소에서 비롯되는 갈등에 대해 그리스 사람들이 찾은 답변은 민주적인 토의를 통해서 어떤 합의에 이르자는 것이었고, 중국 사람들은 가령 천자(天子)와 같은 공통적인 도덕적 원리를 찾자고 답변했다는 거예요. 민주적인 방법은 어떻게 보면 초월적인 해결을 포기한 제2차적인 해결 방식이라고 할 수 있습니다. 서로 극단의 사태로 몰려가 싸우지 않고 사는 방식은 없을까, 이런 생각이 그 안에 있습니다.

이에 반해 새로운 도덕적 원리를 확립하는 것은 다시 초월적인 차원을 현실 속에 끌어들이는 답변이기 때문에, 한쪽으로 보면 인간의 위용을 높이는 것이면서 다른 한쪽으로는 다원성을 억제하는 것이 되지요. 그렇다고 해서 그리스 사람들의 경우에 인간의 도덕적인 차원, 초월적인 차원을 포기한 것이냐? 야스퍼스나 아이젠슈타트는 '아니다.'라고 답변하는 것 같아요. 단지 그러한 초월적인 차원이 정치적이거나 사회적인 것과는 다른 독자적인 영역을 이루고 있다고 생각하지요. 예를 들면 어떤 독일 철학자는, "그리스에서는 철학과 정치학이 분리해서 존재한다. 그런데 중국에서는 철학과 정치학이 늘 하나로 존재한다. 그래서 철학이 이야기하는 초월적인 원리를 정치 속에 실현하려고 하기 때문에, 도덕적으로 사회 전체를 향상시키려는 노력이 이루어지면서 동시에 자유가 억제된다." 이렇게 보지요. 그리스에서는 철학은 철학대로 초월적인 차원을 추구하면서 또 정치에 영향을 미치기도 하지만 정치와 분리되어 있기 때문에, 정치는 정치대로 오히려 보다 합리적 토의에 의한 현실적인 해결책을 찾을 수 있게 되는 거지요.

김민웅 아주 흥미롭네요. 듣고 보니, 한 사회가 자신의 갈등과 모순을 풀어 가는 과정에서 도덕적 원리를 현실에서 어떤 수준으로 적용할 것인지, 그리고 타협이라는 방식으로 현재 가능한 지점을 어떻게 찾을지를 생각해 볼 수 있을 것 같습니다. 국가나 정치에 대해 사람들이 바라는 기준과 현실의 격차도 이런 점에서 새롭게 해석해 볼 수 있을 것 같기도 하고요. 기대 수준은 높고 현실에서 해결할 능력은 그에 미치지 못할 때 어떻게 할 것인가 하는 문제 말이지요. 그런 고민을 안고 있는 현재의 우리 자신을 제대로 알기 위해서라도 다원성이라는 각도에서 우리나라의 근대 시기를 짚고 넘어갈 필요가 있는데, 19세기 이후에 특히 동북아시아에서 근대를 어떻게 경험했느냐에 따라서 한국·중국·일본 이 세 나라의 역사적인 운명이 많이 갈리지 않았습니까? 그때 사실 서구 주도의 문명 기준을 따르는 것이 '국가의 격'이라고 생각하는 사람들이 많았습니다. 일본의 경우도 그걸 뒤쫓아서 제도·문화·교육 등을 구비해 나가는 것이 곧 국가의 격을 다른 나라와 유사한 수준으로 올리는 것이라고 생각했고요.

우리의 근대 경험을 돌아보면, 국가 권력과 자본의 축적이 커지면 우리의 삶을 향상시키고 인간의 존엄성과 사회 공동체의 격을 높일 수 있다는 논리가 지배적이었지요. 우리는 더 이상 가난하고 비참하게 다른 나라의 식민지로 살아갈 수 없고, 그렇게 되려면 물질적인 기반이 있어야 하며 국가의 힘도 강해져야 된다는, 식민지 경험에서 비롯된 '부국강병'에 대한 선망 말이에요. 그런데 이런 바람이 일정하게 이뤄져 왔다고 생각하는 사람도 있지만, 한편으로는 거대한 국가와 자본에 의해서 인간의 존엄성이 도리어 훼손됐다고 보는 사람들도 있어요. 국가 권력이 자본을 더 확대 생산하기 위해서 본래 그것이 목표로 했던 인간의 존엄성, 공동체의 연대감, 민주주의를 오히려 파괴한 게 아니냐는 것이지요.

김우창 근대적 경험의 중요한 의미 중 하나는, 사람 사는 게 단지 화합에 의해서만 운영되는 게 아니라 갈등을 통해서 운영되는 바가 있음을 아는 것 같습니다. 서양에서는 특히 그것이 옛날부터 인정되어 왔던 반면, 동양에서는 받아들이지 않았어요. 분란을 일으키는 사람은 뭔가 잘못된 사람으로 치부되며, 갈등을 사회생활의 중요한 요소로 인정을 안 했어요. 이런 풍토가 상당히 크게 또는 지나치게 작용한 결과가 우리의 근대 경험이지요. 갈등이라는 게 국가를 수립하거나 사회관계를 형성하는 데 큰 역할을 한다는 걸 지나치게 많이, 한꺼번에 경험했지요. 그 갈등을 극복할 수 있는 방책이 병행해서 존재했어야 되는데 그렇지 못했어요.

그렇다고 해서 서양이 그런 갈등도 없이 근대화할 수 있었느냐 하면, 그건 아니에요. 서양에서도 지속적으로 갈등이 있었어요. 다만 우리와 차이점은 그들은 갈등을 사람 사는 데 중요한 부분의 하나라고 인정했지요. 우리가 심하게 경험한 경우이긴 한데, 그렇다고 해서 반드시 지나치게 예외적인 것이었다고는 할 수 없어요. 이념적으로 보면 갈등 없는 화해의 세계라는 게 좋지만, 화해의 세계란 그것만 앞세울 경우 그 나름의 억압적인 요소를 가지고 있기 마련이거든요. 엄연히 현실 세계에서 갈등이 있는 데도 그 갈등을 이야기하는 사람은 좀 인격적으로 덜 된 사람이 되거든요. 이를테면 왕권과 서민의 관계도 임금이 알아서 다 자비롭게 하는데 밑에서 왕권에 저항하면 안 된다면서 좋은 게 좋다는 식으로 유지되는 거지요. 그러니까 모든 통합의 이상이라는 게 한편 좋은 것이면서도 갈등을 은폐하고 그 갈등 속에서 나오는 발언을 듣지 않는다는 점에서 억압적인 요소가 있습니다. 우리가 그동안 갈등을 많이 경험했는데 지나치게 많은 고통을 통해서 배웠지요. 갈등을 수용하면서 어떻게 그것을 넘어서 더 조화로운 인간적인 삶을 이룩하느냐는 게 우리가 지금 부딪치고 있는 과제인 것 같아요.

권리라는 개념도 그래요. 우리가 지금 인권을 많이 이야기하고 모두 긍정적으로 받아들이지만, 사실 인권에도 부정적인 면이 있습니다. 침해의 가능성을 생각하고 있는 게 인권이란 말이지요. 그래서 이미 인권을 확보하고 있는 사람을 도와주는 경우는 별로 없고 그것을 침해받은 사람만을 주로 도와주지요. 인권의 밑바닥에는 인간이 서로 갈등을 일으키는 존재라는 게 전제되어 있습니다. 그러나 그것이 인간의 관계 전부를 설명한다고 생각하는 것은 곤란해요. 가령 꼭 그런 건 아니지만, 사랑하는 사람과의 관계나 부모와 자식 사이에서 권리를 주장하는 일은 거의 없지요. 아버지의 권리, 아들의 권리, 남편의 권리, 아내의 권리 이런 걸 말하기 전에 사랑으로 다 감싸기로 한 것인데, 이게 깨지니까 아내는 아내로서의 권리가 있다, 자식은 자식으로서의 권리가 있다는 이야기가 나오는 거예요. 너무 인권이라는 방식으로만 접근하기보다는 권리 이전에 존재하는 인간관계를 대전제로 생각할 필요가 있어요. 권리가 앞장서면 이런 관계는 자칫 부차적이 되기 때문입니다.

한편 사회 안에서 권리는 매우 중요하면서도 갈등을 상징하는 것이기 때문에, 갈등이 있기 전에 이미 화합을 이루었다고 여기는 사회에서는 갈등의 존재와 권리라는 개념이 있을 수 없지요. 공산주의 사회라는 게 사실 그래요. 화합의 이념이 좋은 것이면서도 억압적인 측면이 있다는 사실이 여기서도 드러나지요. 공산주의 사회에서는 갈등을 인정할 수 없어요. 왜냐면 화합이 사회 이념이기 때문이지요. 폴란드에서 바웬사가 노동조합을 만들었을 때, 정부에서 "노동자의 정부인데 무슨 거기에 대항하는 노동조합이 필요하냐."라는 이야기를 한 것이겠지요.

갈등에 기초한 인간 사회를 인정할 필요가 있고, 또 갈등을 초월한 세계가 있다는 것도 받아들일 필요가 있어요. 그런데 우리의 전통 사회에서는 화합의 이념을 지나치게 강조했고, 근대에 들어서는 갈등을 너무 많이 경험했어요. 그래서 이 두 경우를 합쳐서 어떻게 인간적인 사회를 만들어 나가느냐 하는 것이 우리에게 중요한 과제라고 말할 수 있습니다. 우리같이 좀 늙은 사람의 관점에서 보면, 우리 사회는 지나치게 갈등이 강조되는 측면이 있어요. 갈등을 인정하면서 인간적인 사회를 이뤄 나가는 일도 중요하지만 동시에 이를 초월하는 세계가 있다는 것, 이것도 좀 끊임없이 상기하면서 전통에서 배워야 되지 않나 하는 생각입니다.

김민웅 권리의 주장 이전에 이루어져야 할 인간관계의 가치에 주목하자. 좋은 말씀입니다. 그런데 현실에서는 아무래도 권리 문제를 중심으로 문제를 풀어 가지 않으면 안 되는 상황이 더 압도적이지 않을까 합니다. 권력의 억압이나 자본의 착취 때문에 어떤 사람들은 불행해졌지만, 다른 한편으로 자본이 커질수록 혜택을 받는 사람들은 "사회가 진보했다, 발전했다."라고 생각하는데, 이 두 가지 시각이 부딪치는 것 같습니다.

조금 전에 선생님께서 다원성에 대한 얘기를 하시면서 이것이 갈등이 발생할 때 합리적으로 풀어 보려고 노력하는 성숙한 자세와 성찰적인 태도를 갖게 한다고 말씀하셨습니다. 현실에서는 이 다원성이 존재하는 방식에 문제가 좀 있는 것 같습니다. 서로 동등한 위치에서 상대방의 생각을 다원적으로 인정하는 구조가 아니라 힘의 불균형을 이루는 경우가 많다는 것이지요. 다원성의 요소가 평등한 것이 아니라 그 안에서 이미 권력관계가 구성되어 있는 것이지요. 다시 말해, 모두가 각자 발언할 수 있는 기회를 갖고 합리적인 타협을 통해 결론을 도출하는 게 아니라, 권력이나 자본이 다양한 목소리를 봉쇄하면서 자신들만의 요구를 관철시키는 경우가 현실에서는 더 자주 일어나는 것 아니냐는 것입니다. 사회에서 버림받고 인권이 침해되고 있는 사람들, 이들의 행복이 존중받지 못하고 무시되는 오늘날의 현실을 다원성과 관련해 어떻게 바라봐야 할까요?

김우창 서로 이해를 달리하는 집단들이 균형을 맞출 수 있도록 지속적으로 노력해야 돼요. 한번에 해결하려고 하는 게 우리 사회의 큰 문제입니다. 구조를 한 번 마련했다고 해서 문제가 완전히 해결되는 게 아니라, 끊임없이 수정을 계속하면서 균형을 맞춰 나가야 해요. 가령 공산주의 사회에서는 어떤 제도를 처음으로 만들면 그것으로 관련된 문제를 한번에 해결할 수 있다고 생각해요. 아침 신문을 보니까 이북에서 100 대 1로 화폐 개혁을 했는데, 군이라든지 당 간부의 봉급은 화폐 개혁 이전 수준으로 준다더군요. 그럼 거기에 불만이 있는 사람들이 없지 않을 텐데, 이북은 이미 새로 도입한 화폐 제도로 모든 문제가 해결됐으며, 이런 정책은 국가가 알아서 필요에 따라 시행하므로 제도에 대항하는 사람들에게 "국가는 다시 협상하고 제도를 보완할 여유가 없다."라고 주장할 가능성이 많거든요. 하지만 지속적인 수정 노력이 필요합니다.

합리적 판단을 그르치는 말의 문제

김민웅 조금 화제를 바꾸어서 말과 관련한 격의 문제를 생각해 보겠습니다. 우리 사회도 그동안 많이 변화해 왔는데, 특히 눈에 띄는 게, 말이나 태도의 변화예요. 말도 많이 거칠어진 것 같고요. 한편 태도도 어떻게 보면 대단히 세련되어진 것 같지만, 사실 상대방을 배려하지 않는 경우가 더 많아 마음을 상하게 하기가 쉬운 것 같습니다. 이런 태도가 결국 개인의 격이나 국가의 격을 떨어뜨리는 것 아니겠습니까? 지난겨울에 폭설이 내렸는데 이른바 선진국들은 눈이 오면 자기 집 앞에 쌓인 눈을 치운단 말이지요. 물론 벌금 때문이기도 하겠지만 사회 공동체 내부의 배려 같은 자세가 보이는 겁니다. 우리는 그러지 않아 사고가 많이 발생했습니다. 이런 사소한 행동들이 사실은 삶의 중요한 부분이라고 할 수 있는데, 말과 태도에서 우리 자신도 모르게 변해 버린 부분이 있을까요?

김우창 일상적인 예절이라는 게 우스운 것 같으면서도 사회를 원활하게 움직이는 데 중요하지요. 우리가 생각하기에 미국 사람들은 왠지 힘자랑만 할 것 같고 또 제국주의 이미지만 떠오르지만, 사실 미국을 선진국이라

하는 데는 일상의 예절과 질서를 존중하는 국민들의 자세가 있습니다. 어바인이라는 도시 이야기를 하나 해 보면, 한번은 아침 출근 시간에 사거리에서 신호등 전기가 나가 버렸어요. 그런데 네 차선에 차들이 다 있는데도 원활하게 운행이 되더라고요. 교통 규칙이 우리와 똑같아요. 오른쪽 차부터 한 대씩 사거리를 빠져나가는데, 한 차선에서 차 한 대가 움직이면 그다음 차는 기다리고, 다른 차선에서 차 한 대가 움직이는 식으로 아무 문제없이 운행이 됐어요. 이게 문명국의 모습이라는 생각이 들더군요. 우리나라에서는 이런 모습을 기대하기가 참 힘들지요. 너무 급하게 많은 게 바뀌어서 좀 정신이 없어 그렇지, 차차 괜찮아질 거라고 생각합니다.

김민웅 제 경우에는 한 20여 년 만에 귀국해서 굉장히 당혹스러웠던 게, 자동차 타고 가는 사람이 길을 건너가는 보행자에게 경적을 울리는 일을 아무렇지도 않게 하는 모습이었습니다. 운전자가 기다리는 게 당연한데 비키라고 하면서 말이지요. 경적 소리가 생각보다 굉장히 크거든요.

김우창 서울 시내에 경적이 울릴 때가 굉장히 많아요. 우리가 빨리빨리 문화에 익숙하고 아직 시민 의식이 성숙하지 못하기 때문에 불가피하게 일어나는 현상인데, 앞으로 좋아질 거라고 생각해요. 그런데 옛날부터 우리는 예의에 대한 개념이 외국과는 조금 다른 것 같아요. 무슨 이야기냐 하면, 서양의 예의는 늘 그런 것은 아니지만, 기본적으로 높은 사람이 낮은 사람을 배려하는 것이에요. 그러니까 누가 문을 열어 주면서 나가시라고 인사한다고 해서 그 사람이 당신보다 낮다고 생각하면 안 돼요. 우리는 높은 사람한테 낮은 사람들이 지키는 게 예의잖아요. 옛날부터 있는 풍습이지요. 높은 사람이 낮은 사람을 배려하는 거, 남자가 여자를 배려하는 것도 그래요. 그래서 페미니스트들은 싫어하지만 가만히 보면 힘센 남자가 약한 여자를 배려하는 상황이거든요. 그런데 우리는 정반대로 예의를 차리는 까닭이 신분 질서의 위계를 지켜 내기 위한 것이라 할 수 있습니다.

김민웅 말에 대해서는 어떻게 생각하십니까? 말이 많이 거칠어졌는데 그 현상을 문제 삼지 않고 그냥 습관 대로 쓰고 있는 것 같은데요.

김우창 말이 많이 거칠어졌지만, 또 우리말이 너무 어렵기 때문에 차근차근 정비를 해야 할 것 같아요. 높임말이 너무 어렵지요. 가령 중국어 정도는 돼야지요. 중국어는 경어 체계가 그렇게 복잡하지 않아요. 우리말은 높임말 부분이 너무 어렵기 때문에 평등사회, 민주사회라면 말 자체도 조금씩 바뀌어야 하지 않을까요. 지금은 과도기니까 듣기 싫은 말들이 있어도 참고 견뎌야 된다는 생각도 들어요. (웃음) 그러나 욕지거리를 하면서 그것이 무슨 진보적인 입장의 표명처럼 착각하는 것은 잘못이에요. 나한테 어떤 시인이 "요새 욕지거리를 쓰는 시인이 많은데 자기도 욕지거리를 좀 써야겠다."라고 하기에 내가 "다른 사람 상관없이 당신 마음이 절실하게 원한다면 그렇게 쓰시오." 그랬지요. 그런데 요즘은 마치 함부로 말을 해야 진보적인 사람으로 보인다고 생각하는 사람도 있는 것 같아요. 잘못된 생각이지요.

김민웅 저도 욕을 쓰는 것은 반대합니다만, 때로 욕설을 내뱉고 싶은 심정도 넉넉히 이해하고 받아 주는 것도 한 사회의 넓이를 보여 주는 길 아닌가 싶기도 해요. 정치적으로는 더더욱 그런 넓이가 있으면 좋겠고요. 그래도 성찰적이거나 정서적 소통을 잘할 수 있는 단어들을 많이 썼으면 좋겠는데 그렇지 못하고 사라져 버린 말도 많은 것 같아요. 옛날에는 "아, 그 아주머니 참 인정 많게 생기셨어." 이런 말을 흔히 했단 말이지요. 그런데 '인정'이라는 말을 요즘은 잘 안 쓰지요.

김우창 기억하실지 모르겠는데, 옛날에 김영삼 전 대통령이 단식 투쟁하고 그럴 때 기자한테 했던 말이 있어요. "날 착한 사람이라고 생각하지 마시오." 상당히 상징적인 말이었던 것 같아요. "착한 사람"이라 하면 못난 사람, 내 맘대로 해도 되는 사람이라고 생각할 수 있기 때문에 그런 말을 한 게 아닌가 싶어요. (웃음) 다른 말로 표현하면 사람 덕성에 강한 덕성이 있고 약한 덕성이 있는데, 양보·존중·겸손 같은 약한 덕성은 다 죽어 없어지고, 주장하고 권리를 내세우고 호기롭게 행동하는 강한 덕성만 이야기하는 사회가 된 것 같아요. 사실 정의라는 것도 강한 덕성이지요. 좀 부당한 일이 있어도 참는 것은 약한 덕성이지요. 그런데 좀 부당하더라도 참는 것은 못난 놈이 하는 짓이 돼 버렸어요.

김민웅 그러면 잘난 사람은 대체 누구냐 하는 질문이 나올 수밖에 없는데, 사회적으로 선망의 대상이 되는 사람들이 어떻게 말을 하는가가 자연 관심일 수밖에 없지요. 우리 사회에서 사회적으로 주목받는 말들을 보면, 정치인이나 연예인들의 말인 경우가 많아요. 이들의 말은 일정한 교육 효과도 있거든요. 혹시 유명인들의 말이나 소설이나 문학 작품 속에서 말이 어떻게 변했다고 생각하세요?

김우창 말이나 행동이 모두 거칠어졌는데, 가령 정치인들이 사진 찍으면 전부 다 주먹 쥔 포즈를 취합니다. 그렇게 한다고 뭐 큰일 나는 것은 아니지만 보기에 상당히 안 좋아요. 또 흔히 '결사 반대'라는 글이 적힌 현수막을 들고 사진 찍는 모습을 봅니다. 국회 의원이 국회에서 토의를 해야지, 자신들은 반대했다는 증거를 남기려고 사진을 찍는 건 잘못됐어요. 국회라는 토의장의 의미를 없애 버리는 행동이에요.

김민웅 그렇긴 하지만 꼭 반대했다는 증거를 남기려고 그랬다기보다는 제대로 토론하고 말할 수 있는 공간 자체가 봉쇄되거나 사라진 위기에서 그런 모습이 유발된 게 아닐까요?

김우창 노동자들이 데모할 적에 폭력으로라도 대항하겠다고 하는 것은 이해할 수 있지만, 국회 의원들이 그러면 안 되는 것 같아요. 얼마 전에 아일랜드 국회가 시끄러웠던 이유 중의 하나가, 한 녹색당 국회 의원이 국회에서 자기가 얘기하는데 노동당원이 자꾸 걸고 넘어지니까, 에프(F)자가 들어가는 심한 욕을 했어요. 이 사건을 어떻게 처리하느냐가 문제가 됐지요. 재미있는 게, BBC 방송을 보니까 아일랜드 국회에서 써서는 안 되는 말을 정해 놓은 규정이 있다고 합니다. 이디엇(idiot)이란 단어를 쓰면 제재를 받게 되는데, 문제가 된 욕은 리스트에 들어 있지 않다는 거예요.

김민웅 아마 그런 욕까지 하는 사람은 없을 거라고 생각한 거군요.

김우창 그래서 더 이슈가 됐지요. 우리나라 국회는 일정한 규칙에 따라 토의하는 것을 중요하게 생각하지 않는 것 같아요. 가령 영국 국회 같으면 "김 의원!" 이렇게 말하는 게 아니라 반드시 의장을 통해야 발언권을 얻을 수 있어요. 사람 사는 데는 이런 작은 것들이 갈등을 줄이는 데 무척 중요하다고 생각합니다.

언론·문학·출판 문화에 대하여

김민웅 언론이 사용하는 말도 유심히 살펴볼 점이 있지 않을까요?

김우창 이제는 극단적인 자기표현이 필요하다고 여기는 상황이 아닌가 생각합니다. 급진주의도 사리를 가려서 이야기하는 게 아니라, 정서적으로 호응을 얻기 쉬운 자극적인 구호만을 좋아하는 경향이 있어요. 이런 태도가 왜 생겨났는지는 잘 모르겠어요. 하지만 우리 판소리를 보면 통곡하고 아우성치고 하는 형식들이 많거든요. 그러니까 전통적으로 감정이 풍부한 언어를 사용하는 경향이 있기는 한 것 같아요. 요즘 와서는 극단적인 언어를 사용해 투사의 이미지를 얻어야 국회 의원에 출마하기 쉬워 이렇게 된 것인지는 모르겠지만, 아무튼 이해하기 어려운 부분입니다.

김민웅 독자들이 오해할 수도 있을 것 같아서 드리는 질문인데, 진보주의자들이 사용하는 언어만 극단적이라는 생각이 드시는 건지요. 우리 사회의 보수들이 사용하는 말은 어떤가요?

김우창 사진 찍을 때 주먹 쥐는 것은 진보주의자나 보수주의자나 다 같이 하는 행동이지요. 모였다 하면 현수막 만들어 와서 보여 주고 말이지요. 진보나 보수 다 마찬가지예요. 단지 진보주의자들은 좀 더 정서적인 면을 공략해 문제를 해결하려는 측면이 있는데, 극우파도 그럴 때가 많아요. 전에 나한테 이메일이 왔는데 프레스센터에서 애국 단체들이 신년 하례회를 하는데 "애국자들은 전부 모여라."라는 말이 나왔데요. 이건 비난하는 것은 아니지만 거기 안 나온 사람은 애국자가 아니란 말인가요? 애국이라는 게 또 좋은 것인지도 의문이지요. 또 '빨갱이'란 단어 말인데요, 뭐 빨간색이 나쁠 것도 없지만 삼갔으면 해요. '보수 골통', '조·중·동'이라는 말도 그래요. 합리적 판단을 제거하는 상투어는 문제가 좀 있습니다.

전에《경향신문》과 인터뷰하면서, 신문 보도할 때는 사실만 보도하고 사건의 동기라든지 앞으로 어떻게 될 것이라는 추측은 안 하는 게 좋겠다고 이야기했어요. 보수나 진보나 보도의 객관성이 너무 부족해요. 자기 회사에서 하는 행사는 크게 보도하고 다른 회사에서 하는 행사는 보도도 안 하고 말이지요. 오늘 아침에 내가 놀란 게 어떤 신문에《중앙일보》에서 작가 대상을 받은 사람 이름이 나왔데요. 대개는 다른 신문사에서 작가상을 받든 말든 안 내거든요. 그럼 객관성이 없지요. 또 자기 사주가 한 일이면 크게 보도하는 일도 다른 나라 신문에서는 찾아보기 어려워요. 객관적인 저널리스트로서 양심에 걸릴 만한 일이지요.

김민웅 아무래도 말, 언어의 격과 관련해서는 문학의 역할이 핵심적일 것 같습니다. 최근에 우리나라 문학 작품 또는 번역되는 문학 작품을 눈여겨보신 적 있으신지요?

김우창 잘 안 봐서 모르겠는데, 전반적으로 무게감이 상당히 줄어든 것 같아요. 민주화 운동이 한창일 때는 이데올로기적인 요소가 강한 점이 문학적으로 문제 될 수 있었지만, 그래도 그때는 심각한 주제를 다뤘거든요. 민주화 운동이나 노동 운동을 주제로 한 작품들이 많았지요. 그런데 지금은 그런 심각한 주제보다는 경박한 게 많아요. 또 상업성이 강한 것 같습니다.

문학 작품의 상업성이란 독자를 얼마나 끌 수 있는지, 베스트셀러가 될 수 있는지를 말하는 것인데, 상업성을 추구하는 게 꼭 나쁘다고만은 할 수 없지요. 그러니까 문학 하는 젊은 사람 중에는 먹고사는 일 생각 않고 문학에 완전히 헌신함으로써 무슨 큰일을 하는 것처럼 생각하는 사람이 더러 있더라고요. 사람 사는 데 제일 중요한 게 먹고사는 것인데 먹고살기 위해서 문학을 하는 것은 괜찮은 것 같아요. 문학을 하기 때문에 자기는 고매한 사람인 것처럼 생각하는 것은 옳지 않아요. 오히려 베스트셀러를 써서 먹고 좀 살아야겠다고 생각하는 게 낫다고 봐요. 그러나 지나치게 상업성을 고려할 경우 진지함이 사라지는 것은 사실이에요. 더러 하는 이야기입니다만, 독재 시대에 민주주의를 주제로 다룬 문학 작품이 증가한 것은 좋은 일이지만, 그렇다고 해서 정치만이 진지한 주제가 될 수 있는 것은 아니라는 겁니다. 그리고 어떻게 보면 나쁜 놈도 봐주는 게 문학이지 않을까요. 나쁜 놈도 그 사정을 들어 보면 나쁠 수밖에 없는 이유가 다 있거든요. 좋은 사람은 또 나름대로 나쁜 놈들과 싸워서 이기는 이야기가 있을 수 있고 말이지요. 문학은 나쁜 사람이나 좋은 사람이나 고르게 보는 면이 있는데, 그것을 정치적으로만 해석한다고 해서 진지한 문학이 되는 것은 아니라고 생각해요.

김민웅 그런 여러 시각들이 인정될 수 있다면 문화의 격에도 다른 양상이 펼쳐질 수 있을 것 같네요. 최근에 또 주목할 만한 것은, 아까 문명의 다양성을 말하기도 했지만, 문학의 지평이 예전에 비해 상당히 넓어진 것 같습니다. 소재나 번역되고 있는 외국 문학 작품을 살펴보면 말이지요.

김우창 그런데 대개 베스트셀러들이 번역되는 현실은 유감스러워요. 세계 문학이 많이 읽힌다고 하는데, 어디까지나 논술 시험 때문에 그런 것 같아요. 또 지금 외국 문학을 공부하는 사람들이 번역하면 업적으로 안 쳐주는데 그것도 큰 문제지요. 가령 셰익스피어에 대한 학문적인 논문을 쓰는 것보다도 셰익스피어 작품을 잘 번역하는 게 한국 문학에 기여할 수 있는 일인데, 연구 성과로 여기질 않으니 잘 안 하게 되지요. 또 출판사 번역료라는 게 보잘것없어 그것 가지고는 먹고살 수 없지요. 좋은 번역 나오기도 어렵고요.

지금은 출판사들이 상당히 상업화되어 안 팔릴 만한 책은 아예 출간을 안 해요. 수십 년 전 이야기지만, 꼭 책으로 출판되어야 하는 원고가 있는데 상업적인 이익은 생길 것 같지 않은 경우에 자금을 지원해 주는 기금을 만드는 게 어떻겠냐고 출판협회에 제안한 적이 있어요. 고려대학교에서 출판부장을 맡았을 때, 하와이 대학 출판부와 계약할 일이 있어 가 보니 하와이 대학에서는 학술서가 지원받지 않고 출판되는 경우는 거의 없대요. 많은 문화재단에서 지원을 해 준대요. 그러니까 특히 대학출판부는 상업성에 관계없이 책을 만들지요. 우리도 그런 제도를 마련하려면 정부나 출판협회가 노력해야 해요. 그리고 한 가지, 지금 정부에 대해서 좀 쓴소리를 하면, 출판이나 문화 활동 지원 기구에 이념의 잣대를 들이대 평가하는 것 같아요. 장기적으로는 자기들한테 손해나는 일인데, 그런 식으로 일하면 안 되지요.

사회 갈등의 격 있는 해법: 용산 문제에 대하여

김민웅 다시 앞서 얘기한 갈등과 타협의 문제로 돌아가 좀 더 구체적인 현실을 살펴보면 좋겠습니다. 그동안 사회적으로는 한 번에 타협을 이루는 게 어렵기 때문에, 기본적인 구조를 만드는 것 자체가 힘들어서 생기는 갈등으로 보이는 여러 가지 투쟁이 있어 왔는데요. 그럴 때 책임 문제가 논란이 되는 것 같아요. 이를테면 다원성을 억압하는 시도를 국가 권력이 용인한 경우, 국가에 책임이 있을 텐데, 이를 은폐하거나 방지하는 게 더 큰 문제라는 의견에 대해서 어떻게 생각하세요? 지난해에 일단 마무리되었지만 아직 숙제가 다 풀리지 않은 '용산 참사'를 선생님은 어떻게 보시는지요?

김우창 딱 뭐라고 이야기하기가 어려운데, 관점이 여러 가지로 갈릴 수 있기 때문이지요. 신문 칼럼에도 썼는데, 무엇이 일어났는가를 조사하는 게 맨 먼저예요. 국회가 제대로 역할을 한다면 무슨 일이 일어났는지 철저히 조사해야 돼요. 적어도 두 가지 점을 분명히 밝혀내야 합니다. 하나는 기본적인 생존권과 사회적 삶에서 보장되어야 할 최소한도의 권리가 다른 가치와 어떻게 균형을 이루고 있는가, 생존권 보호를 위해서 시민들이 여러 가지 방어적인 행동을 했는데, 이들의 생존권이 어떻게 위협받았는지에 대해서 조사하고, 결과에 따라 보상과 형벌을 비롯한 적절한 법적 조치를 취해 이런 일이 다시는 일어나지 않게 해야 합니다.

다른 하나는 경찰의 진압이 적절했는가에 대한 엄밀한 조사예요. 정부나 경찰은 모든 사람이 인간으로서 합당한 삶을 누릴 수 있도록 그 권리를 지켜 주고 보장해야 하지만, 이것이 사회적 질서를 흩트리지 않도록 하는 것도 또한 그들의 역할입니다. 데모나 쟁의가 일어났을 때, 경찰이 아무런 역할을 할 필요가 없다 할 수는 없으니까요. 가령 남북 대결에서도 일어나는 일인데, 북한의 배가 남한의 영해에 침범해 들어왔을 때, 무조건 포를 쏴서 침몰시키라는 지시를 내리는 게 아니거든요. 몇 가지 단계가 있습니다. 우선 정지하라는 명령이 내려지고, 그래도 응하지 않으면 공포를 바다에다 쏘고, 또 그다음 포를 쏜다면 배가 침몰하는 일은 피하도록 배의 일부에 맞게끔 쏘는 것같이 말이지요. 경찰이 어떤 종류의 폭력 사태를 진압해야 할 때도 그런 절차가 다 있습니다. 그 절차가 어떻게 지켜졌는지에 따라서 적절한 조치를 취해야 합니다. 그런데 이러한 진압에 대해 경찰이 무조건 잘했다고 판단하는 것도 잘못이지만, 그러한 절차가 제대로 지켜졌는가에 관계없이 경찰 잘못이라고 단정 짓는 것도 옳지 않은 것 같아요.

김민웅 선생님께서는 철거민들의 생존권 보장과 사회 질서 유지라는 두 가지 책임이 충돌하는 상황에서 택한 경찰의 결정이 적법성을 띠고 있는지, 혹시 과잉 진압을 한 것은 아닌지 고민하신 것이네요. 그런데 사건의 선후 관계를 따져 보면, 애초에 철거민의 생존권을 보장해 주는 정책의 토대 또는 사회적 합의가 존재하기 어려운 상황이 먼저였고, 이것이 절박한 생존권 보장 요구로 이어져 경찰의 진압으로까지 번진 게 순서이거든요. 물리적 충돌 양상만 보면 사회적 질서를 유지해야 할 경찰의 의무 부분이 부각되지만, 이에 앞서 이러한 물리적 충돌을 유발한 사회적 상황이 좀 더 무게 있게 다뤄져야 하는 것은 아닐까요? 애초부터 생존권 보장이라는, 인간이 인간답게 살 수 있는 토대 마련에 대한 사회 공동체의 합의가 있었다면 물리적 충돌 자체가 발생할 이유가 별로 없었을 것입니다.

김우창 물론 생존권 보장에 대한 이해와 노력이 정부나 기성 제도 자연에서 불충분했다는 것을 반성하고, 이 사건을 계기로 생존권 관련 논의를 발전시켜 나가야 합니다. 그 사태를 정확히 모르지만, 생존권을 둘러싼 상황을 좀 더 분명히 정리할 필요가 있어요. 가령 철거민들이 살고 있던 곳이 주택이었다면 당장 쫓아내는 것은 생존권을 직접적으로 위협하는 처사가 되지요. 설사 세금도 못 내고 월세도 못 냈더라도 집에서 살고 있는 사람을 쫓아낼 수 없게 되어 있어요. 그러나 영업을 하고 있는 장소라면 상당히 복잡한 문제예요. 어떤 사람들이 건물을 빌려서 사용하고 있는 경우에, 일단 권리는 주인에게 있는 것이 사실이거든요. 그러니까 거기 세를 들어 있던 사람들이 모두가 영세 상인이었다는 점을 전제한다면 생존권이 달려 있는 문제로 볼 수 있지만, 가령 큰 회사들도 전세나 월세 내면서 사무실 빌리는 경우가 많거든요. 그 사람들이 안 나간다고 할 때 그것도 똑같이 생존권 문제로 볼 수 있느냐는 말이지요. 그러니까 사건이 발생한 곳은 주거지가 아니기 때문에 생존권 보장의 범위를 더 정확하게 정의할 필요가 있습니다.

그래서 국회에서 더 면밀하게 조사해야 한다는 생각이 들어요. 해당 건물에서 영업을 하지 않고는 살 수 없는 사람들이었는지, 또 권리금은 어떻게 해결했는지 등 민감한 문제들이 많지 않습니까? 권리금이라는 것이 현실적으로 존재하지만, 세입자들 사이에 오가는 돈이기 때문에 또 그 주인은 대개 관계가 없어요. 세입자는 그전 사람에게 권리금을 주면서 동시에 다음 사람에게 받을 생각을 하지만, 재개발을 하게 되었을 때 다시 찾을 도리가 없는 돈, 법률적으로 아마 정의가 안 되어 있는 돈일 겁니다. 이런 경우 어떻게 제도적으로 해결하느냐 하는 것은 상당히 복잡한 문제겠지요. 그렇기 때문에 더 면밀하게 조사해서, 어떤 종류의 영세업자에 대해서는 절대적으로 보호를 해야 된다든지, 권리금에 대해서도 몇 배로 보상해야 된다든지, 또 이 사람들이 다른 데로 옮겨 갈 때 어느 정도의 보조금을 줘야 된다든지 하는 것들을 깊이 고려해야지, 간단히 정리할 수 없다고 생각해요.

김민웅 개발과 관련해 갈등이 점점 더 깊어지는 데도 이를 격 있게 해결하지 못하는 이유 가운데 하나는, 어떤 가치를 만들어 낸 사람들의 기여를 제대로 존중해 주거나 보상해 주지 못하기 때문인 것 같습니다. 용산의 상권 가치가 높아진 데에는 건물 소유주의 공도 있지만, 세입자들이 상업 활동을 하면서 기여한 부분도 있지 않느냐는 거지요. 이 부분을 어떻게 인정해 줄지. 용산 문제도 그렇고, 4대강이나 세종시 문제도 마찬가지인데, 사회 정의 차원에서 주체들의 가치 기여를 정말 공정하게 평가하고 인정하면서 돌려줄 것은 돌려주고 있는지 의문입니다.

김우창 정리하기가 굉장히 복잡한 문제예요. 왜냐하면 내가 세입자로 들어간 후 영업을 잘해서 상권의 가치가 올라갔을 때, 그 값을 어디서 받아낼 것이냐 하는 문제는 해결하기가 쉽지 않지요. 주인한테 받아야 할지, 소유주에게 청구해야 할지 아니면 사회 또는 정부로부터 보상받아야 하는지. 국회에서 정말 세심하게 조사해 봐야지 그냥 판단할 수 없는 부분이에요.

김민웅 선생님께서 말씀하신 대로 면밀하게 조사하는 것이 우선이겠고, 또 그렇게 한다고 해도 보상에 대한 결정을 내리는 것은 복잡한 게 사실이겠지요. 그런데도 우리 사회 전반에 걸쳐 가치 창조에 기여한 사람들을 대하는 태도가 여전히 성숙하지 못한 것은 큰 문제가 아닌가 생각합니다.

김우창 성숙하지 못한 점도 있지만 법률적으로 정의하기 어려운 문제로 보입니다. 가령 어떤 교수가, 이화여대에 와서 봉사를 열심히 해서 학교의 가치가 올라갔다고 했을 때 그 교수한테 누가, 어떻게 보상해 줄 수 있을까요? 이처럼 추상적인 가치를 사회적으로 보상한다는 것은 거의 불가능한 일이기 때문에, 생존권과 관계없이 어떤 사람들의 기여로 인해 특정 부동산 또는 일부 상업 행위의 생산성이 높아졌을 때, 이에 대해 보상하기란 어려운 일일 것 같아요.

김민웅 만약 상권의 가치가 올라간 만큼의 기여도를 인정받지 못한다면 당사자들은 박탈감을 느끼지 않을까요?

김우창 법으로 해결할 수 있을는지 모르겠지만, 기여도에 따라 보상 정도를 일정하게 규정하면, 교수들도 잘하는 교수들은 퇴직할 때 돈을 더 줘야 되는, 여러 복잡한 문제들이 일어날 것입니다. 법률이란 언제든지 보편적으로 일반화할 수 있어야 하는데, 이 경우는 그렇게 하기 어려울 것 같아요. 철거민들이 영세업자였기 때문에 보호받아야 하는데 이럴 때 문제를 어떻게 풀어 나가야 할지를 고민해야지, 이 사람들이 철거 장소에서 영업을 했기 때문에 해당 장소의 가치 상승에 기여했다고 볼 수는 없을 것 같아요. 권리금을 100만 원 주고 들어갔는데 영업 잘못해서 나갈 때는 권리금을 10만 원밖에 못 받을 수도 있는 거고요. 거기에 대해서 다른 사람이 책임지기는 어려울 것 같아요. 사회도 마찬가지고요.

어디까지나 그 문제는 생존권과 연관 지어 고민해야 하고, 주거의 경우에는 생존권이 분명하게 생기지만 영업지일 때는 "이 사람들은 영세업자이기 때문에 이것을 박탈하면 살아갈 방법이 없어진다."와 같은 사회적인 판단이 전제되어야 한다는 것이지요. 그다음에 이와 같은 사항을 일반화할 수 있는 토대로서 국회에서 입법을 해야 되고요. 그런데 진보주의자들이 이 문제를 너무 간단하게 보는 것 같은데, 그렇게 해서는 결코 안 된다는 생각이 들어요. 사람들의 상황이 어떠했는지에 대해서 정확하게 이해하면서 사회적인 보호가 필요하다고 주장해야지, 마치 경찰이 사람들이 데모하니까 무리하게 진압한 것처럼 자꾸 얘기하는 것은 옳지 않은 것 같아요.

개발주의 문화의 자화상 1: 세종시 논란

김민웅 이 문제와 관련해서는 희생자들이 생겨났다는 사실도 매우 중요한 것 같습니다. 희생이 예견될 수도 있었는데 진압 과정에서 그것을 고려하지 않아 문제가 된 거지요. 그런 고려를 하지 않는 권력에 대해서도 비판해야 하지 않을까 합니다. 이쯤에서 또 하나 이야기해야 할 것은 '개발 문제'예요. 근대화의 경험은 다른 식으로 말하면 개발이 이루어졌던 경험인데, 이게 우리의 생활을 격 있게 향상시켰다는 긍정적인 시각이 있는 반면, 물질주의, 자연 파괴, 역사를 존중하지 않는 태도를 조장하는 등 전반적인 사회 분위기가 경박해지고 문화에 대한 사고 역시 너무 얄팍해진 데 영향을 미쳤다는 부정적인 시각도 있습니다. 개발을 국가의 격과 관련해 어떻게 사고해야 될까요?

김우창 개발은 상당히 복잡한 과제지만 대원칙을 이야기하기는 쉽지요. 좋은 게 좋다는 얘기인데, 개발은 대체적인 힘에 의해서 유기적으로 이루어져야 됩니다. 즉 사람들이 자발적으로 합의해서 이루어지는 개발이 제일 좋다고 생각하는데, 이건 듣기에만 너무 좋은 말이기 때문에 별 의미가 없는지도 모르지요. 세종시 문제와 관련해서 정부가 나서서 기업체를 유지하겠다는 발상도 이상하지만, 오라고 환영하는 사람들도 사실 이해가 안 되거든요. 세종시로 정부 일부 또는 전체가 이전된다면 두 가지 문제가 생기는데, 하나는 다른 도시들과의 형평성 문제가 있지요. 대전은 어떻고 전주는 어떠며 부산은 또 어떻게 되는 겁니까? 다른 도시 사람들은 이제 발전 못 한다고 아우성칠 것 아닙니까? 정부가 안 오면 발전할 수 없다는, 말하자면 박정희 대통령 시대처럼 정부가 경제에 미치는 영향력을 너무 과대평가하고 있어요. 정부가 이전해 오면 혜택이 굉장하게 생긴다고 하는데, 어떻게 그렇다고 장담을 할 수 있어요. 그 전제 자체가 이상하지요.

또 하나는 스스로 옛날부터 살아왔던 방식을 계승해서 살면서 자연스럽게 발전하면 제일 좋지만, 정부에 이렇게 원조 좀 해 주시오 하고 요청하는 것은 몰라도, 정부가 돈 갖다 들이붓고 도시 계획을 전부 새로 하는 것을 지역민들이 환영하는 것 자체가 이해가 잘 안 돼요. 전에 신문에도 썼지만, 경부선 철도가 대전으로 난 게 공주에서 반대해서 그렇다는 거예요. 우리는 공주에 철도가 지나가는 거 원하지 않는다, 살아왔던 방식대로 살 텐데 무엇 때문에 철도를 내느냐 했다는 겁니다. 자연스러운 반응이지요. 그런데 우리 사회에서 이런 방식의 사고는 다 없어지고, 이제는 말을 해봐야 통하지도 않는 거 같아요.

목포시 발전 계획인가를 세우는 데에 자문 역할로 참여한 적이 있어요. 그러면서 국토 개발한다는 데에서는 사람들을 많이 만났는데, '당신들 여기 공단 만든다고 그러는데 땅 팔지 마시오.' 그랬거든요. 지금 팔면 많이 보상받을 거 같지만 다른 데 가서 다시 자리 잡고 살려면 더 힘들 가능성이 많다고 했더니, 거기 있는 사람들 모두 내가 이상한 소리 한다고 그러더군요. 지역 유지들이나 다른 자문위원들도 "낭만적인 얘기 좀 하지 마시오." 라고 하더군요. 우리나라에는 '나는 내가 벌어먹던 땅에서 그대로 살고 싶다. 다른 데 가서 자리 잡고 살려면 힘들지 않는가.'라고 생각하는 사람들이 별로 없어요.

이 세종시 문제는, 나같이 좀 다른 식으로 생각하는 사람들은 이해가 잘 안 돼요. 내가 리우데자네이루에 간 일이 있는데, 거기에도 빈민촌이 많았어요. 계획이 잘된 풍광 좋은 도시인데, 한쪽에 빈민촌이 있었지요. 그쪽은 개발을 못 했지요. 그런데 지금은 관광지가 됐어요. 지저분한 그대로 관광지가 된 거예요. 그래도 자기들끼리 질서를 만들어 내 또 나름대로 살 만한 곳이 됐어요. 물론 그 사람들도 좋은 데서 살고 싶겠지요. 그렇지만 빈민촌을 허물어 버리지는 않았어요. 우리도 그렇게 할 수 있지 않을까 생각하지만, 보다 나은 생활을 바라는 한국 사람들의 소망과는 맞지 않기 때문에 불가능하겠지요. 그래서 개발에 대해 뭐라고 얘기하는 게 참 어려워요. 원칙적으로는 내재적인 힘에 의해서 유기적으로 발전하는 것이 가장 좋은데, 도시 계획 차원에서 구체적으로 어떻게 유기적으로 발전할 수 있는지 논의하는 자리도 몇 번 가졌어요. 근데 우리는 군대가 정권을 잡는 건 싫어하지만, 중앙에서 도시 계획을 세운 후 막무가내로 시행하면 오히려 박수를 치고 있어요. 이러한 상황에서 개발을 논하기란 참 어렵지요.

김민웅 세종시 논란의 핵심 가운데 하나는 일단 인위적으로 만드는 도시라는 것 아니겠어요. 개발 이데올로기를 승인하는 전제하에 추진하는 것이지요. 지방 선거 결과로 상황이 달라지긴 했지만, 현재 공개된 세종시 수정안 내용을 보면 기업을 유치하기 위해서 땅값도 굉장히 싸게 해 줄 것이라고 하는데, 결국 국민들의 세금으로 자금을 충당할 수밖에 없는 상황이 벌이지겠지요. 또 다른 기형적인 개발이 될 가능성이 높아요. 선생님께서 말씀하신 대로 그것이 과연 내재적인 유기성을 유지할 수 있을 것이냐 하는 것은 굉장히 중요한 문제입니다. 개인적으로 세종시가 녹색 도시나 친환경 도시를 표방하며 지역의 내재적인 요구에 맞춰 나가는 도시 모델이 아니라 개발주의 모델을 따른다는 것이 불만이에요.

그런데도 세종시 개발을 둘러싸고 일종의 기대감이 형성되는 것 같아요. 그동안 수도권에 개발의 혜택이 집중됐고 지방은 누락되거나 소외됐으니, 만약에 세종시로 인해 중앙 집권적 시스템을 바꿀 수 있고 수도권 과밀도 해소할 수 있다면, 이제는 지방에서 서울로 이동하는 인구를 줄이고 다른 지역도 수도권 못지않은 개발 혜택 속에서 삶의 수준과 질을 높일 수 있다는 기대 말이에요.

김우창 그건 정부를 옮긴다고 되는 게 아닌 것 같아요. 요 며칠 동안 신문에도 실렸는데, 『론리 플래닛(*The Lonely Planet*)』이라는 책은 세계에서 제일 혐오스러운 도시로 '서울'을 꼽았대요. 영어로는 'most hated city' 제일 증오하는 도시인데 신문에서 더 부드럽게 번역을 했더군요. 반대로 서울을 좋다고만 평가하거나 지방 역시 서울처럼 정부 기관을 유지해야 발전할 수 있다고 보는 시각에도 문제가 있지요

목포 발전 계획 수립에 참여했을 때 보고서 제목을 '아껴 놓은 땅'이라고 했어요. 포항이나 울산처럼 산업화·공업화로 발전하지 말고, 거기서 돈 많이 벌고 또 오염된 공기 많이 쐰 사람들이 목포에 와서 숨도 좀 돌리

고 하는 그런 장소로 발전하면 좋겠다, 하느님이 아껴 놓은 땅이 이곳이다 생각할 수 있으면 좋겠다 싶어서 제목이 그렇게 됐지요. 우리 사회에 지금 일종의 '개발병'이 유행인데, 목포에서 만난 시민들이나 대표들 모두 다 그런 개발병을 앓고 있었어요. 따라서 무엇이 어디에서부터 잘못됐는지 얘기하기 어려워요. 세종시에 지금 기업들을 보내는 것도 정부만 탓할 일은 아니지요. 세종시에 정부가 안 가니까, 그럼 그 대신 다른 혜택을 달라고 하니까 이를 무마하기 위해서 만들어 낸 대책 아닙니까? 주장을 뒷받침하는 전제들이 다 이상하기 때문에 일어나는 일이라 뭐라고 결론 내리기가 어려워요

개발주의 문화의 자화상 2: 4대강 사업

김민웅 세종시 문제는 개발주의의 병폐를 극복할 수 있는 새로운 도시 모델 또는 공동체 모델을 상정하는 노력을 기울이면 좋겠는데, 그런 논의는 별로 이뤄지지 못해 안타깝습니다. 이와 연관해서 논란이 끊이지 않는 4대강 문제 역시 이야기하지 않을 수 없는데요.

김우창 세종시를 반드시 공장이 밀집되어 있는 도시로 개발해야 하는 건 아니지요. 지난 몇 년간 캘리포니아 어바인 시에 있는 대학에서 강의를 많이 했는데, 어바인 시는 미국에서 도시 계획이 제일 잘 된 곳이고 가장 환경친화적인 도시이기도 해요. 경제 활동도 활발하지만 그렇다고 기업체들이 잔뜩 모여 있는 곳도 아닙니다. 세종시도 이 같은 도시 사례를 적극 참고했으면 합니다. 기업들만 대거 이전한다고 해서, 자자손손 살 만한 곳이 되겠느냐는 것에 대해서는 한번 생각해 봤으면 좋겠어요. 4대강 사업도 말하자면 우리 사회의 개발 이데올로기 때문에 문제가 된 것인데, 여러 이

해관계가 얽혀 있어 뭐라고 단언하기는 어렵지만, 그래도 서로 타협의 여지는 있을 것 같습니다. 극단적으로 대립하는 것은 정말 이해가 안 돼요.

김민웅 4대강 문제는 기본 발상이 자연을 개발 대상으로만 보고 충분한 사전 조사나 준비도 없이 일방적으로 빨리 추진하기 때문에 저항이 생겨난 것 아닙니까? 이러다 보니 타협의 문제가 아니라 근본적 수정을 요구하는 사안이 되었습니다. 선생님이 보시기에 어느 지점에 타협의 여지가 있다고 생각하시는지요?

김우창 치산치수(治山治水)는 옛날부터 정치적으로 중요한 사업 중 하나이고, 특히 강은 조심스럽게 관리해야 하지요. 그대로 두면 문제가 일어날 수도 있거든요. 이북의 경우 강 상류 지방을 너무 개발해서 생긴 토사 때문에 강물이 잘 흐르지 않는다고 하더군요. 우리나라의 강 사정은 세세히 잘 모르겠지만 가령 영산강은 제대로 된 강이 아닌 것 같아요. 우리 어릴 때는 강이 강다웠지만, 요즘 보면 강이라 할 수 없어요. 모래에 덮여서 거의 강이 없어질 정도가 됐지요. 이런 부분은 치우고 정리해야 되는 것은 분명하고, 낙동강도 하류에 문제가 있다고 하니까 적절하게 관리해야 하는 건 사실이지요.

정부는 이런 일을 운하 계획으로 연결하려는 속셈이라고 사람들이 그러던데, 만약에 운하 사업을 한다고 하면 비판할망정 안 한다니까 일단 그렇게 알아야지요. 얘기가 자꾸 샛길로 접어드는데 거기서 여러 가지 국토 문제를 얘기하면서, 이명박 정부 초기 때인가 노무현 정부 말기 때인가, 내가 국토연구원 자문위원을 잠깐 했어요. 그동안 국토 개발은 많이 했으니까 전체적인 개발 계획을 일단 중단하고 지금까지 개발된 것에 대한 비판적 검토를 1년이라도 두고 해 보는 게 좋겠다고 말했지요. 그러면서 이 대운하는 하려고 하면 나라 쪼개지니까 절대 하지 않는 게 좋겠다고 얘기했어요. 그런데 안 한다고 하니까 그렇게 받아들여야지요. 자꾸 짐작을 해서 대운하를 끌어들이는 것은 좀 잘못인 거 같아요. 정치가들의 마음속에 있는 야심을 어떻게 알겠어요? 발표된 것 가지고 논의를 해야지요.

그다음, 이명박 정부는 4대강 사업을 너무 급하게 하려고 해서 문제예요. 천천히 해 나가도 되는데 말이지요. 국민 여론을 수합해 가면서 서서히 하면 될 거 같아요. 또 진보 야당 쪽에서는 4대강 사업에 관해 수정 제안도 하고요. 이런 식으로 타협하고 논의할 여지가 많은 거 같은데 서로 싸움만 하는 거 보면, 우리같이 밖에 있는 사람은 이해가 안 가지요.

김민웅 그런데 과거에도 수질 개선이나 퇴적토를 처리하는 문제에 예산이 편성됐고 진행해 왔단 말이지요. 지금 이야기되는 계획이나 예산 같은 것들이, 가령 보를 만들거나 강을 깊이 파는 작업들이 4대강의 수질을 관리하려는 수준을 넘는 게 아니냐는 의혹 때문에 문제가 생기는 것 같아요. 대운하 사업을 하지 않는다고 하는데 실제 사업 내용을 보면 대운하와 연결될 소지가 있기 때문에 논란이 되고요. 또 하나는 영산강 얘기를 하셨습니다만, 영산강은 자연 퇴적이 아니잖아요. 주변 산들을 깎는 바람에 홍수가 발생하면 거기에 있던 나무나 흙들이 다 쏟아져 내리는 것이지요. 4대강 사업 내용을 보면 자원 관리를 하는 것뿐만 아니라 강 주변에 대해서도 개발주의적으로 접근하는 시각을 읽을 수 있어요. 그렇게 되면 자연 본래의 가치를 높이는 게 아니라 결국은 또다시 인위적인 개발 사업으로 전락하지 않을까 싶은 우려가 생기는 것 같네요.

김우창 우려할 수도 있겠지만, 우려를 현실로 받아들이면 안 됩니다. 예산 측정이 어떻게 돼 있는가, 구체적인 계획이 무엇인가를 의논해야지, 단지 우려가 된다는 이유로 절대 반대를 외친다면 국민들한테 설득력이 없습니다. 구체적으로 뭐가 잘못됐고 어떻게 수정해야 하는지 말해야 해요. '대운하 사업 몰래 하려고 한다.'라고 비판하면 반대로 여당 쪽에서는 4대강 사업 반대 움직임에 대해 "이명박 타도하고 정권을 잡자는 계획이다."

라며 의심해도 어쩔 수 없는 거니까요.

김민웅 구체적인 자료가 뒷받침되지 않은 우려만으로 4대강 사업을 반대할 수 없다는 말씀인 것 같습니다. 제 얘기는 현재 발표된 4대강 사업 내용을 보더라도 이것이 개발주의의 재판 아니냐는 것입니다. 4대강 주변 경관을 조성하는 방법도 그렇고, 환경 평가도 단속적으로 해 버리고 말이지요. 이렇게 되면 결국은 자연스럽게 개발주의로 연결되지 않을까요? 단순히 근거 없이 우려하는 게 아니라는 거지요.

김우창 경제 이익을 얻기 위해 강 주변을 관광지화하는 것을 반대만 할 수는 없을 거 같아요. 우선 자연환경을 파괴하는 결과를 초래하지는 않는지 살펴봐야겠지만, 주변 강변을 좀 고쳐서 관광지화하는 것을 두고 옳다, 그르다 논하는 것은 또 별개의 문제거든요. 듣기로는 낙동강 상류 쪽에서는 관광지를 만드는 데 찬성한다고 하던대요. 그러니까 관광지를 어떻게 조성하자는 것인지, 경제 이익과 환경 보존 사이에서 어떻게 타협의 지점을 찾을 수 있을지 고민해야지, 지나치게 밀어붙이거나 반대만 하는 것은 그렇게 바람직하지는 않아요.

아마 이명박 대통령은 청계천 조성 사업을 성공이라고 평가하니까 운하에 대한 욕심도 있을 테고, 또 업적을 세우고 싶은 바람도 있겠지요. 그런데 지금은 상황이 좀 달라진 것 같은데, 1년 전 경제 위기 때만 해도 운하가 고용과 투자를 창출하는 데 도움이 될 거라고 생각하는 사람들이 없지 않았어요. 그건 케인스 경제학에 으레 나오는 공식이니까 말이지요. 서로 논의를 할 수 있는 여지가 충분히 있을 것 같은데요.

김민웅 개발주의라는 게 일정한 정치적 성과나 효과가 있기 때문에 정치에 이용되는 경향이 있습니다. 그런데 개발주의가 사회적 재앙 또는 역사적인 재앙을 낳는다면, 사전에 막아야 되는 게 아니냐는 사회적 요구가 있는 것 같아요. 개발주의로 인해 문화와 자연의 중요성에 대한 의식이 점차 약해진다는 지적을 어떻게 생각하세요? 개발을 통해 얻는 것이 많지만, 정말 소중하고 지켜야 하는 가치를 잊어버리게 되기도 하잖아요.

김우창 개발은 이명박 정부뿐만 아니라, 노무현 정부, 김대중 정부, 김영삼 정부를 비롯해 옛날부터 쭉 해 오던 건데, 초기에는 어느 정도 정당성이 담보됐지만 점점 약해졌지요. 그래서 아까 말했던 것처럼 국토연구원에서 잠깐 일할 때, 전체적인 국토 개발 사업을 비판적으로 검토해 보면 어떻겠냐고 얘기한 것이에요. 물론 개발해야 될 부분들이 아직도 많이 남아 있겠지요. 그런데 개발을 무조건 추진하는 것보다는 우리한테 확실하게 도움이 되는 것인지 살펴보는 검토 작업이 우선돼야 개발에 동의할 수 있을 거 같아요. 산을 깎고 강바닥을 파내고 하는 것 외에 문화재를 복원하는 것, 예를 들면 광화문 복원할 때도 나는 반대하는 칼럼을 썼지만, 복원이란 말이 모순된 단어이기 때문이에요. 지나간 시간을 어떻게 복원한다는 건지……. 실제로는 지금 만들어 놓고 '2010년 완성' 이렇게 안 쓰고, 거기다 '1392년 완성' 이렇게 쓸 수 있느냐 말이지요. 그건 불가능한 일이기 때문에 복원이란 말은 조심스럽게 써야 해요.

이탈리아의 문화재는 우리에 비할 수 없이 많은데, 그래서 옛날 수백 년 전부터 복원을 해 왔지요. 가령 레오나르도 다빈치의 「최후의 만찬」을 복원하는 데만 20년 걸렸어요. 우리가 뚝딱뚝딱 급하게 복원하는 것과는 다르지요. 그렇게 20년 동안이나 복원 사업을 했는데도 비판이 많아요. 그림이 오래되면서 페인트가 떨어진 부분을 복원할 때 옛날 페인트로만 하지 않고 새로운 페인트를 약간 사용했어요. 왜 새로운 페인트로 복원했느냐 하면, 옛날 것과 색이 다르니까 이건 복원한 부분이란 것이 보일 수 있게 하려는 뜻이지요. 이건 레오나르도 다빈치가 한 게 아니라 복원한 부분이라고 말입니다. 그런데도 이에 대한 비판이 굉장히 거셌어요. 도대체 옛날 것을 낡으면 낡은 대로 더 낡아지지 않도록 보존하는 것은 몰라도 덧칠을 해서 옛날 것을 살린다는 게 말이 안 되는 일이라는 거지요. 역사 복원이라는 게 도대체 자기모순적인 말이지 그게 가능하기는 한 건지…… 더 이상 나빠지지 않게 썩지 않게 보존하는 일은 모르지만 옛날 것대로 만든다는 것은 도리어 역사를 훼손하는 거라는 생각이 들어요.

김민웅 말씀하신 대로 문화재는 복원이라는 게 불가능하기 때문에 최대한 원래 모습대로 지켜져야 할 텐데요. 개발주의가 더욱더 기승을 부리게 되면, 개발 지역에 있는 문화재 또는 역사적 가치를 지닌 장소들이 지켜지지 못한다는 게 고민이네요. 어떤 가치에 우선을 둘 것인지에 대한 논의가 부족한 게 아닌가 싶어요.

김우창 문화재는 문화재 하나가 보석과 같이 좋은 것이라서 문화재가 되는 게 아니라, 그 문화재가 연상시키는 옛날 삶의 방식과 함께할 때 문화재가 되는 거지요. 문화재가 있으면 문화재 주변 전체가 옛날 생활 양식을 표현하고 있어야 된다고 말입니다. 일본에 가면 옛날 건물들 주변으로 굉장히 넓은 면적이 옛 모습 그대로 있는 데가 많아요. 우리나라는 물질주의 사상, 물신주의라고 번역되는 페티시즘이 강한 사회라 그런지 몰라도, 물건 하나만 있으면 문화재가 되는 것으로 생각하는 경향이 있지요.

김민웅 역사와 문화가 유기적으로 결합하지 못한 상태란 말씀이시죠.

김우창 도시나 동네나 개발한 곳은 다 그렇습니다. 지금 세종시도 보상금 받은 사람들이나 땅 소유한 사람들 불만이 제일 클 거예요. 돈 좀 벌려고 하는데 잘 안 될까 봐. 그거 가지고 뭐라 할 수 없지요. 우리 모두에게 돈은 민감한 문제니까요. 나도 부동산 투자 좀 했으면 좋았을 텐데 할 때가 있어요. (웃음) 개발 문제를 진짜 개발 자체로만 얘기할 수 있으면 좋지요. 그러나 그렇게 할 수 없는 게 모두가 부동산에 연결되어 있기 때문이에요. 어떤 국토 개발이나 국토 관리가 환경이나 국가의 장래, 또는 삶의 질을 보장하기 위해 어떻게 진행돼야 하는지 제대로 얘기할 수 없는 상태입니다.

사실 개발보다 더 큰 문제가 모든 게 부동산화된 것이지요.

김민웅 역사나 문화의 가치를 지키기보다는, 뭐든지 금전으로 환산해 우선순위를 매기는 태도에 대해 고민해 봐야 하는 게 아닌가 싶습니다. 그 앞에서 다른 가치는 고려의 대상이 안 되지요.

김우창 정말 우리처럼 시장 경제, 화폐 경제 시스템에 이렇게 완전히 흡수된 사회도 없을 거예요. 지금 여야가 세종시 문제나 4대강 사업을 진짜로 국가적인 차원에서 논의하고 있는 건 아닌 것 같아요. 모두 부동산 문제와 복잡하게 얽혀 있거든요. 개발을 원하는 사람도 '정말 우리 동네를 이렇게 개발했으면 좋겠다.'는 생각보다는 '개발될 경우 부동산 이익이 얼마나 생기느냐.' 하는 데만 관심이 있지요. 반대하는 사람들도 비슷하고요. 이 때문에 정답을 얘기하기가 참 어려워요. 순수하게 국토 개발만 논의한다면 큰 문제가 일어나지는 않을 겁니다. 지금처럼 진행하면 안 된다는 비판도 금방 받아들여지지요. 그러나 돈이 관계되기 때문에 거기서 싸움이 벌어지는 겁니다.

다양한 인생 진로가 가능한 교육

김민웅 돈의 논리를 넘어설 수 있는 한 개인의 품격이나 사회적인 존엄성을 지키는 일은 근본적으로 교육 문제와 연계되지 않을 수 없습니다. 이번에는 우리 사회의 교육 현실에 대해 이야기를 좀 해 보겠습니다.

김우창 교육 문제는 아이들을 가진 모든 부모의 가장 큰 고민일 텐데, 여기에 대한 논의도 개발 문제나 부동산 문제처럼 간단하지 않습니다. 잘못된 것도 성과를 올린 측면이 분명히 있기 때문에 간단하게 정리하기가 어려워요. 교육을 바로잡아야 한다는 생각이 역대 정권에 모두 있었지요. 그러나 몇 번씩 뜯어고쳤어도 특별하게 개선된 적은 없었던 것 같아요. 간단히 얘기하면 사회 문제를 교육 제도 개선을 통해 해결하려고 하는 게 문제라고 봐요. 모두 대학에 가고 또 명문 대학에 가려고 하는 것은, 그러지 않은 사람들의 장래가 불확실하기 때문이지요. 자기 자식이 좋은 대학에 가야 된다고 생각하는 이유는 두 가지인데, 하나는 출세해야 되기 때문이고 또 하나는 사실 출세 안 한 사람들의 생활이라는 게 상당히 불안하기 때문이지요. 만약 학력이나 학벌에 상관없이 안정적인 생활을 꾸릴 수 있다면 지금처럼 기를 쓰고 좋은 대학 가려고 하지 않을 겁니다.

김민웅 전반적으로 교육이 출세의 수단이 된 게 문제라는 말씀인데, 교육 정책이나 구체적인 교육 내용에 아쉬운 점은 없는지요? 선생님은 지난 수십 년간 대학에 몸담아 오셨고, 전반적인 인문학 교육을 강조하셨습니다.

김우창 인문 과학 하는 사람들은 모두 동의하겠지만, 자기 자신을 바르게 이해하고, 진로에 대해 신중하게 판단하는 태도가 정말 필요해요. 농담으로 하는 이야기입니다만, 아무리 사회가 발전해도 개인의 운명까지 사회가 돌보는 것은 어렵기 때문에, 그에 대해서는 언제나 점쟁이에게 물어봐야 되지요. 시험을 치렀는데 1등인가 꼴등인가, 부동산 투자를 했는데 성공할지 실패할지 말이에요. 하지만 점쟁이한테 운명을 맡길 수는 없으니 자기 주관을 내실 있게 다지는 게 좋겠지요. 스스로 원칙을 정하고 그에 따라 이런 경우에는 이렇게 하겠다는 신조가 있어야지요. 손해를 입든 이익을 보든 그렇게 행동할 것이기 때문에 복비는 좀 절약할 수 있는 셈이지요. 그래서 인문 과학을 통해 자기 자신이 모르고 살아온 걸 이해할 수 있는 통찰력을 얻는 게 중요하다고 생각합니다.

김민웅 그러나 현실에서 인문학은 존립 위기를 겪고 있기도 합니다. 인문 과학을 통해 통찰력을 얻는다면 좋겠지만, 한국의 교육 환경에서 그런 목표 달성은 쉽지 않아 보입니다. 일상적인 차원에서 그 원인을 짚어 본다면 어떻습니까?

김우창 아까 얘기한 것처럼 사회적 불안이 큰 원인이지요. 고등학교 졸업하고 어떻게 살아야 할지 전혀 앞을 내다보기 불가능하니까 전부 대학에 가려고 하지요. 또 대학 가서는 신입생 때야 좋을지 모르지만 졸업해서 취직이 어려우니까 역시 불안하거든요. 그래서 좋은 대학 가야 된다는 생각을 많이 해요. 사실 우리나라는 조선조 때부터 과거를 치러 출세하는 것을 좋아하는 나라이기는 했어요. 출세 지향성이 강하지요. 즐겁게 일하는 데서 만족을 얻는 분위기가 아니에요.

김민웅 상당히 중요한 말씀이라고 생각합니다. 어떻게 하면 출세에 집착하지 않고 자신의 일을 즐기며 살아갈 수 있을까요?

김우창 마르크스가 "소외 노동으로 이루어진 게 '어셈블리 라인'이다."라고 얘기한 것처럼 자본주의 사회에서 소외 노동을 피하기는 굉장히 어려운 거 같아요. 이러한 폐단을 피하려면 봉건 시대 삶의 방식을 될 수 있는 한 많이 유지하는 게 좋겠지요. 중소 상공인들이 지역 사회에서 제 역할을 하며 사회적인 존경도 받을 수 있는 공동체가 되면 참 좋겠지요.

옛날에 서울 시정개발자문위원을 잠깐 맡은 적이 있는데, 그때 목수 자격시험을 실시하는 게 어떻겠냐고 제안한 적이 있어요. 인생에서 발전하고 있다는 성취감을 갖는 것은 좋은 일이거든요. 공무원들도 계장, 과장, 국장 조금씩 직급이 높아지는 것을 무척 중요하게 생각하잖아요. 목수의 경우도 등급을 매기면, 급수 높은 목수는 돈도 더 받고 또 고용하는 사람 쪽에서도 실력에 따라 채용할 수 있고 말이지요. 목수뿐만 아니라 모든 기능공들에게 이런 시스템을 제공했으면 좋겠어요.

김민웅 체계적으로 장인을 길러 내고 대우하는 제도 말이군요.

김우창 그렇습니다. 지금 다양한 종류의 자격시험들이 많은데 상업적인 성격이 강해요. 그런 시험 봐 가지고는 아무 소용없는 데도 자격증 제도를 만들어 장사를 하지요. 그러나 일단 취지는 좋다고 생각해요. 다만 좀 더 체계화되고 지역 사회에 적절한 인력을 제공하는 방식으로 작동했으면 합니다. 요전에 《경향신문》과 인터뷰하면서 장인을 길러 내는 제도 도입과 또 대학의 학생 선발 기준을 마련하는 것에 대해 얘기한 일이 있어요. 대학도 학생을 선발하는 방식이 좀 더 다양해져야 하는데, 가령 100명 중 1등이면 공부 잘하는 학생이지만, 500명 중 1등이면 운이 어느 정도 작용하게 되지요. 1000명 중 1등이라면 이건 정말 운이 좌우하는 부분이 크고요. 그러니까 선택 단위를 작게 해서 거기서 공부 잘하는 학생을 뽑는 거지요. 서울대학은 지방에서 공부 잘하는 학생을 뽑았는데, 잘하는 제도지요.

한편 영재를 만들겠다고 하는데, 영재 교육에 너무 신경 쓸 필요 없다고 생각해요. 주로 평균적인 학생들을 위해서 커리큘럼을 구성하면 돼요. 혹시 재능을 가진 학생들이 능력 발휘를 못 해서 국가적인 손실을 입게 되지는 않을까 걱정할 필요 없어요. 어느 체제에서나 어느 정도의 기회만 보장되면 재능 있는 아이들은 능력을 펼칠 기회를 얻어요.

교육 문제를 학교에만 맡길 게 아니라 사회적인 체제 안에서 해결해야 돼요. 한 가지 얘기를 하면, 영국의 고등학교는 세 종류가 있어요. 학비를 내고 가는 기숙 학교인 'Private school', 공립 학교면서 엄격한 시험을 통해 들어가는 'Grammar school', 그리고 'Comprehensive school'인데 국가에서 운영하는 학교지요. 이렇게 고등학교가 세 종류인데, 지금 사립학교는 명성이 상당히 떨어졌어요. 가령 보수당 지도자 데이비드 캐머런(David Cameron)은 이튼-옥스퍼드를 나왔거든요. 신문에서 만날 하는 얘기가 이튼-옥스퍼드 출신이 선거에서 불리하다는 소리예요. 그래서 사립학교 가는 걸 꺼려 하는 경향까지 있지요. 국회 의원도 하고 수상도 하려면 사립 학교 출신이라는 사실이 불리하다는 분위기입니다. 영국은 참 이상한 나라예요. 수백 년 동안 점점 그렇게 변화해 왔어요.

그런데 가령 'Grammar school'의 경우 엄격한 시험을 통해서 학생을 선발하는 영재 중심의 학교인데도 불구하고, 시험을 보는 학생들은 그 지역 밖에서 오는 경우가 대부분이고, 나머지 20~25퍼센트는 학교가 있는 지역에서 살고 있는 학생들, 20퍼센트는 거주지는 다르지만 연고 관계가 있는 학생들을 선발합니다. 'Grammar school'에 합격한 학생들이 반드시 시험에서 1, 2등 하던 학생들은 아니에요. 지금은 사립 학교보다 Grammar school' 졸업생들이 사회에서 더 인정받아요. 애초에 학교가 세워졌을 때는 시험으로 학생들을 선발했는데, 노동당 정부가 들어섰을 때 제비뽑기로 방식을 바꿨어요. 근데 서로 타협을 해서 지금과 같은 선발 방식을 만들었지요. 우리나라에서 보면 상당히 불공평하다고 생각할 수 있어요. 어떤 학생은 시험을 쳐 들어가고, 어떤 학생은 그 지역에 살고 있다는 이유만으로 입학할 수 있다니 이게 말이 되느냐 불평하겠지요. 그러나 영국에서는 이런 불만이 없어요. 그러니까 우리나라도 실질적으로 학생 개개인과 사회를 위해 어떤 방식으로 학교에서 학생을 선발하면 좋을지 훨씬 더 면밀하게 논의해야 할 것 같아요

작은 공동체에 대한 애착

김민웅 교육 이야기를 하다가 여기까지 왔는데, 결국 아주 작은 공동체 단위에서부터 가치를 인정해 주고 보호하는 풍토가 있어야만 장인 제도를 운영할 수 있을 것 같습니다. 장인 제도라는 게 예를 들면, 우선 마을에서 '이름난 떡집'이 돼야 사람들에게 인정받는 것이고, 또 지도자의 경우에는 어려서부터 마을을 위해 봉사한 일들이 쌓여야만 존경받을 수 있는 형태

잖아요. '슬로 시티(slow city)'라는 말이 있지요. 일본만 해도 오래된 마을의 역사와 삶의 방식을 보존하려고 참 열심히 노력하잖아요? 근데 우리나라를 보면, 대기업들이 작은 마을에 갑자기 들어서서 기존 상업 구조를 모조리 무너뜨리는 일이 너무나 자주 일어나고 있는 것 같습니다. 그러다 보니 교육도 수도권이나 중앙에 치중되고, 지방은 나름대로 자립성을 키우지 못해 결국은 가지고 있던 것마저 잃어버리고 있는 게 아닌가 싶습니다.

김우창 무엇보다 지역 내 부동산 투기를 없애는 게 중요해요. 주거지를 정하면 그곳에서 오랫동안 살 수 있게 동네가 구성돼야지요. 내가 일본에서 좀 살았기 때문에 가끔 일본 교수들이 연하장을 보내오는데, 수십 년 동안 주소가 바뀐 사람이 한 명도 없어요. 원래 살던 곳에 그냥 사는 거예요. 지난번에 쓰시마 유코라는 작가가 왔는데, 그 사람 아버지가 다자이 오사무라는 유명한 작가예요. 지금 어디 사느냐고 물으니 자기 아버지가 살던 집에 그대로 산대요. 일본은 그 정도로 상당히 작은 지역 단위가 지속적으로 유지되고 있어요.

주거 문제를 적절하게 해결할 수 있어야 해요. 그래서 '보금자리 아파트' 제도를 지지하는 글도 썼어요. 스위스에서는 집 없는 젊은 부부들한테는 국가가 무조건 집을 제공해 주지요. 물론 주거지를 옮겨야 할 경우가 생길 수도 있기 때문에 이북처럼 이사갈 때마다 허가를 얻어야만 되는 제도면 곤란하겠지만, 작은 공동체 단위를 어떻게 장기적으로 유지할 수 있을지 많은 연구가 필요해요. 사실 동네에서 먼저 존경받는 게 중요합니다. 그러다가 정말 훌륭한 지도자가 나타나면 국가적으로 유명한 사람이 될 수도 있겠지요. 옛 속담에도 '사촌이 땅 사면 배 아프다.'는 말이 있는데, 모르는 사람이 사면 괜찮은데 아는 사람이 사면 배가 아픈 것은, 알고 지내는 사람들 사이에 은연중에 경쟁심이 생기기 때문이에요. 거꾸로 그것은 서로 가깝다는 말이기도 하지요. 작은 규모의 지역 공동체를 유지하는 역할을 하는 정책이 필요해요.

얼마 전에 들은 얘기가 있어요. 미국 인디애나에서 두 젊은 남녀가 결혼을 약속했는데, 결혼식 직전에 여자가 갑자기 파혼을 요구했대요. 이유인즉 둘 다 인디애나 사람인데 남자가 캐나다 퀘벡 몬트리올에 직장을 구해 살고 있었나 봐요. 남자는 당연히 결혼하면 그 여자가 자기와 같이 몬트리올로 가서 살 것이라 생각했는데, 결혼 일주일 전에 신혼집 때문에 다툼이 생긴 거지요. 그 여자는 자기 부모가 있는 고장을 떠날 수 없다며 파혼을 한 겁니다. 오히려 미국인들이 자기가 살던 마을과 지역, 친인척 관계에 대한 애착이 우리보다도 더 강하지요.

김민웅 정말 그런 것 같습니다. 타운(town)이라는 말을 하잖아요. 한 타운에서 살아가는 사람들이 학교에 기부도 하고, 지역 경찰이나 소방관들과도 친분을 쌓고 살아가는 모습을 본 적이 있어요. 작은 규모의 지역 단위 공동체를 보며 큰 도시에서의 삶을 성찰할 수 있는 계기를 가져야 되지 않나 하는 생각이 들어요. 그런데 우리는 거꾸로 가고 있는 것 같아요. 작은 마을들을 자꾸 큰 도시처럼 개발하려고 하는 사이 본연의 모습을 잃고 있어요.

김우창 그 문제를 해결하려면 사회 과학 공부하는 분들이 많이 연구해야 할 것 같아요. 일본 교토에 좀 있었는데, 적절한 말인지 모르겠지만, 가령 교토에는 전국 은행들의 지점이 다 있거든요. 그러니까 일본 중앙부 지역처럼 교토에도 여러 산업체가 들어와 있다 이렇게 생각할 수 있는데, 관계자 이야기를 들어 보니 교토 외의 외부 자금으로 운영되는 은행은 하나밖에 없다고 해요. 실속은 전부 교토 사람들이 챙기는 거지요. 그게 좋은 건지 나쁜 건지는 모르겠는데, 지방 정부의 자립성은 우리보다 훨씬 높은 것 같아요.

김민웅 최근에 우리나라에도 지방이나 고향으로 내려가 시골 마을을 살리는 운동을 하는 분들이 많아지고 있어요. 이상을 맡아 마을을 활력 넘치고 아름답게 만들기 위해 노력하고요. 이런 움직임들이 하나의 희망이 될 것이라 생각합니다. 정치 하면 대개 중앙 정치에서 이름을 날리고, 전국적으로 유명 인사가 되는 것만 생각하지요. 그러나 실제로 그 마을 사람들을 돌보고 함께 삶을 일구어 나가는 것은 이장이지 정치인들이 아니거든요.

김우창 좋은 생각이고 바람직한 방향입니다. 물론 거기에 경제적 기반이 있어야 합니다. 소규모로 지역 사람들이 운영하는 기업들을 어떻게 도와줄 수 있는지 사회 과학 공부하는 분들이 연구를 좀 많이 했으면 좋겠어요. 경제적 기반이 없으면 지역 공동체가 유지될 수 없으니까요.

일본은 지역별로 경제 자립도가 높고 또 개발에 반대하는 분위기가 강해요. 가령 교토의 유명한 절 중 하나가 기요미즈데라(清水寺)인데, 언덕 위에 있어요. 그곳에 표지판이 하나 있는데, "이 언덕에서 조망할 수 있는 거리 안에 현대적인 고층 건물이 들어서도 좋다고 생각하는 분은 들어오시는 것을 삼가시기 바랍니다."라고 씌어 있어요. 절 주변만이 아니라 절에서 볼 수 있는 조망권 안에는 고층 건물이 있으면 안 된다는 얘기지요. 또 교토에 강이 있는데, 프랑스 전 대통령 미테랑이 와서는 그 강에 파리에 있는 퐁네프와 같은 다리를 기증하겠다고 얘기했어요. 그런데 반대운동이 일어나 나보고도 서명하라고 해서 했지요. 일본식 거리에 무슨 연유로 파리의 다리를 설치하느냐고 반대가 많아서 결국 못 놓았어요. 이렇게 자신이 살고 있는 지역에 대한 애착이 강해요. 우리는 그게 없어서 좋은 점도 있고 나쁜 점도 있는데, 적어도 '자기가 선택한 가치에 충실한 삶도 좋은 삶이다.'라고 생각할 수 있었으면 해요.

김민웅 우리는 그간 소박한 아름다움이 실종이 된 게 아닌가 싶어요.

김우창 지금은 모두들 일본을 칭찬하지만 사실 옛날에는 일본을 비판하는 사람들도 있었거든요. 내가 아는 어떤 사람이 일본을 갔다 오더니, 볼 만한 게 아무것도 없다고 해요. 유럽에 있는 거창한 건축물 같은 것이 없어서 그렇대요. 그런데 일본에 가면 작은 것들을 봐야지요. 잘 가꾼 꽃을 구경하거나, 음식을 맛있게 하는 오래된 가게를 찾아가는 것들이 일본에서는 굉장히 중요하지요. 그래서 정거장에 가면 근처 가게에서 도시락 수십 종을 팔아요. 지금 우리나라에는 없어졌지만, 동네 쌀가게도 아직 다 있고요. 동네 쌀가게에는 좀 비싸지만 특별한 쌀들이 있지요. 우리는 이것이 지난 수십 년 동안에 없어져 버렸기 때문에, 어디에다가 뿌리를 내리고 공동체를 만들어 나가야 할지 잘 모르겠어요.

자유롭게 가르치고 배우는 인문학 교육의 실현

김민웅 그런 일본을 보면 인간적 공동체를 지향하는 인문 정신이 사회 밑바닥에 살아 있다는 느낌을 받습니다. 교육과 관련해서 좀 더 논의해 보고 싶었던 주제인데, 대학 내에서는 인문학이 힘을 못 쓰고 있지만, 사회적으로는 인문학 강연 프로그램에 대한 욕구가 굉장히 높아진 것 같아요. 이런 현상을 어떻게 해석해야 할까요? 또 이런 분위기를 발판 삼아 인문학 부흥을 이루려면 어떤 노력이 뒷받침돼야 할까요?

김우창 자기 계발을 하고 세상과 사물을 바라보는 시각을 넓혀 가는 일이 인생의 중요한 보람 중의 하나라는 것을 느끼는 사람들이 점점 늘어나는 것 같아요. 그래서 인문학 강좌에도 사람들이 많이 몰리고, 대학에서도 그런 프로그램이 마련되고 하는 것이지요. 지금 전 세계적으로 인문학이 열세에 몰려 있지만, 사실 간단히 해결할 수 있는 방도가 없는 것도 아닙니다. 기초 학문을 대학 학부의 주된 교과목으로 정하는 거예요. 그리고 전문 교육은 대학원에서 하고요. 대학 안에서는 기초 과학을 주로 하고 전문 직업 교육은 대학 밖에서 하면 인문 과학은 저절로 살아날 것 같아요. 우리나라는 너무 학벌을 중시하는 사회라서 전문 대학은 잘 운영되지 않고 있어요.

김민웅 미국의 경우, 국내에는 이른바 명문 대학들만 잘 알려졌지만, 정말 우수한 리버럴 아츠 스쿨(Liberal Arts School)들도 많잖아요? 이런 것들이 하나의 대안이 될 수도 있을 것 같은데요.

김우창 규모가 작은 인문 대학들이 상당히 번창하고 사람들이 그런 학교를 가기 좋아하지요.

김민웅 '작은' 규모에 방점을 둬야 할 것 같네요.

김우창 유명한 대학들도 학부 교육은 주로 기초 과학 교과목들로 이뤄져요. 하버드도 하버드 칼리지가 학부 대학인데 "패컬티 오브 아츠 앤 사이언시스(Faculty of Arts and Sciences)"란 이름의 교수 집단이 운영하지요. 인문·자연 과학을 위해서 그 교수들이 학부와 일반대학원을 함께 이끌어 가요. 법과 대학이나 경영 대학원은 독립적으로 존재하고요. 그래서 학부나 일반대학원의 중심은 인문 과학과 자연 과학이에요. 미국의 유명 대학들은 대부분 그렇게 되어 있지요.

김민웅 우리나라는 그런 커리큘럼을 갖추기가 힘든 게, 대학 교육이 시장에 의해 좌우되는 부분이 크기 때문으로 보입니다.

김우창 그런데다가 기성 권력도 문제지요. 사실 전공 제도만 해도 여러 가지 변화를 시도했지만 잘 안 되는 게 교수들 밥그릇 싸움 때문이에요. 또 다른 경우로 사회주의 국가는 인문 교육을 중시 안 하는 경향이 있어요. 가령 고르바초프나 후르시초프는 농과 대학, 공과 대학 출신이에요. 생산업에 종사하고 생산적인 직종에서 공부한 사람들이 지도자가 되는 거지 인문 사회 과학이 무슨 소용이냐는 기류가 있거든요. 스칸디나비아는 공산주의 국가는 아니지만, 우리처럼 학부부터 전공이 있고 인문 사회 과학 교육을 중요하게 여기지 않아요. 영국·미국·독일 등이 어느 정도 중요하게 생각하는 편이지요. 영국의 경우에는 인문 과학이 엘리트 교육과 밀접하게 관련되어 있어요. 엘리트는 전문적 지식이 필요한 게 아니고 전반적으로 인간을 이해할 수 있으면 된다는 주의라서 인문 과학을 중요시하게 된 거예요. 교육받은 사람이 엘리트가 되어야 한다는 비민주적인 생각이 가미되어 있기 때문에, 이를 감안하고 잘된 부분은 참고하면서 독자적인 기초 과학 진흥책을 세워야 해요. 방금 이야기한 사회주의 국가에서 인문 사회 과학을 바라보는 관점도 참고하면 좋을 것 같아요. 단지 공산주의 국가에서는 마르크스주의를 인문 과학 대신 공부하고 있지요.

김민웅 대학이 인문 과학 교육을 제대로 하려고 한다 해도, 인문학 교육 자체에 내용적인 문제가 있다는 생각도 듭니다. 인문학에 대한 포괄적인 이해도 필요하고 특히 텍스트를 깊이 읽는 훈련 같은 것은 대단히 중요한데 별로 역점을 두지 않는 듯합니다. 어떤 작품이 태어난 맥락과 텍스트의 관계를 유기적으로 접근하는 노력은 시간도 걸리고 지적 축적도 적지 않게 이루어져야 하지 않겠습니까? 그런데 이런 쪽으로 파고드는 노력이 잘 보이지 않습니다. 사유의 깊이를 만들어 내는 힘도 달리는 것 같고요. 사회 전반에 걸쳐 정보 취득 능력은 높아졌는데, 텍스트 깊이 읽기는 도리어 후퇴해 버린 느낌입니다.

김우창 가령 영문학과는 원서 강독 같은 게 줄고 일반적인 논의가 많아졌어요. 원서 강독 수업과 함께 이를 테면 셰익스피어와 그의 시대 또는 괴테와 그의 시대 같은 내용을 다루는 좀 더 넓은 차원에서 영문학을 말하는 강의가 있어야 될 것 같아요. 그러면 타 전공 학생들도 들을 수 있겠지요.

우리 대학의 큰 문제 중의 하나는 뭐든지 너무 급하게 하려고 한다는 점이에요. 교과 과정을 바꾸려면 우선 교수들이 준비가 되어야 하는데, 그냥 하루아침에 명분만 좋으면 모든 게 해결되는 것처럼 밀어붙여요. 하버드에서는 학생들이 학부에서부터 어떤 문명권을 주제로 해서 이를 주된 교과목으로 공부할 수 있어요. 동아시아 문명, 유럽 문명, 이슬람 문명 이런 식으로 말이지요. 그런데 처음에 동아시아 문명이라는 강좌가 생길 때 7년 걸렸어요. 해당 분야의 교수들이 여러 차례 모여서 오랫동안 토론하고, 교재를 선택해 여러 버전으로 대학원에서 시범 수업을 해 보고, 이를 토대로 새롭게 교재를 편찬하는 데 7년이 걸렸지요.

그런데 우리는 그냥 무슨 강의 목록만 만들면 다 되는 것처럼 생각하는 경향이 있어요. 좀 서서히 해나가면서, 여러 차례 시범 강의를 통해 부족한 점은 고쳐 나갔으면 해요. 엘리트주의라는 욕을 먹더라도 인문 과학이 중요한 것은 사실이니까, 인문 과학을 학부 교육의 중심으로 삼고, 세부적으로 인문 과학의 무엇을 공부하느냐에 대해서는 강의 내용을 여러 가지로 연구해 봐야지요. 기본적으로는 고전 텍스트를 읽고 또 그것을 현시대와 연관 지어 읽어 보는 방식이 되겠지요. 그런데 서양의 고전에 대한 해석과 우리 나름대로의 해석을 어떤 식으로 통일해서 단일한 인문 교육 커리큘럼을 구성할지를 정리하는 게 상당히 어려워요. 충분한 연구를 통해서 결과물을 얻을 수 있게 교수들한테 기회를 줘야 해요.

김민웅 결국 가르치는 사람의 종합적인 역량을 높이는 것이 관건이겠지요. 선생님은 대학 밖에서도 강연을 많이 하십니다. 비제도권에서 여러 방식으로 이뤄지는 인문학 관련 프로그램들을 접해 보시면서 어떤 생각이 드셨나요?

김우창 지난번 광화문에서 인문 강좌를 했는데, 사람들이 많이 왔습니다. 인문학에 관심이 많은 건 사실인 것 같아요. 일반 청중을 상대로 한 강의이니까 아무래도 깊이를 조절하게 되지요. 좀 전문적인 내용들은 대학에서 공부하면 되고, 폭넓게 읽는 것과 자세하게 읽는 훈련을 함께 해야 돼요. 지금은 깊이 있게 읽는 훈련이 많이 부족하고 영어도 말만 잘하면 된다는 생각이 있는데, 그것만 가지고는 안 되고 수준 있는 텍스트를 잘 읽을 수 있어야 해요.

보태서 이야기하면, 인문 과학 교육을 대학에 와서 시작하면 늦고 고등학교 때부터 해야 돼요. 대학 입시 때문에 아무것도 못 하는데, 사실은 고등학교 때부터 인문 과학 공부가 필요합니다. 전반적으로 교육 방식이 너무 틀에 박혀 있다는 것도 문제지요. 사실 교육부에서 이것저것 간섭하는 게 많아요. 교사도 좀 자유롭게 가르칠 수 있어야 하고 학생들도 자유롭게 공부할 수 있어야 되거든요. 이래서는 교육 시스템이 단편적일 수밖에 없어요. 참 어려운 문제이긴 하지만 고등학교 시절에 자신에 대해 고민하고 자아를 발견하는 기회를 가질 수 있어야 합니다. 대학 입시 제도에도 문제가 많은데, 학원에 가서 기계적으로 공부해서는 높은 점수를 받을 수 없는 평가 체계가 있었으면 좋겠어요. 여기에 대한 연구가 없는 게 유감스럽네요.

김민웅 그렇게 하면 학원 시장에 상당한 충격을 가져올 것 같은데요. 학원이 전혀 필요 없다는 것이 아니라 학원도 좀 다양했으면 좋겠습니다. 입시 학원만이 아니라 인문학 공부를 하고 싶은 이들을 위한 시민 대학 같은 성격의 학원도 아카데미 형태로 여기저기 생겨나면 어떨까 싶기도 하고요. 물론 이런 것도 학원이라는 이름에 포함시킬 수 있는지는 모르겠습니다만, 그래도 기계적 학습 위주의 학원이나 학교들이 좀 충격을 받지 않을까요? 학원의 학습 효율성에 대한 평가 기준도 달라질 수 있을 듯도 하고요.

김우창 "학원 폐지하라." 말만 하지 말고, 실제로 학원을 다니는 게 효과가 있는가에 대해 한번 조사해 봤으면 좋겠어요. 교육학 연구하시는 분들, 내가 몰라서 그러는지 몰라도, 왜 이런 조사를 안 하는지 모르겠어요. 내가 아이들이 넷인데 한 번도 학원 다닌 일 없거든요. 개인 지도 받은 일도 없고요. 아이들이 중·고등학교 다닐 때, 학교 가서 교장 선생님을 만난 적이 있어요. 과외 수업 좀 하지 말고 집으로 보내 달라고 부탁했지요. 애들이 학교에서 열심히 공부하면 학원에 가서 졸 것이고, 학원에 가서 열심히 하면 학교 수업 때 졸릴 것 같거든요. 사람 능력이란 게 한계가 있는데 어떻게 24시간 내내 공부만 할 수 있겠어요. 늘 학원에 다니고 개인 지도 많이 받는 학생들은 조는 시간이 그만큼 많지 않을까 하는 의심이 들어요.

김민웅 이야기가 나왔으니까 질문드리고 싶은 게 있는데, 일제 시대만 보더라도 당시 고등학생들이 읽었던 책의 수준이 지금과는 비교할 수 없이 높았어요. 일제 시대가 갖는 시대적 한계와 문제가 있다지만, 그 당시 고등학생들의 독서 목록과 문장력을 오늘의 학생들과 비교해 보면 하늘과 땅 차이지요. 세계 문학을 독파하는 수준도 그렇고요.

김우창 뭘 어떻게 고쳐야 될지 처방을 내리기는 어렵지만 우리 고등학교 다닐 때만 해도 학원도 없었고, 개인 지도도 없었고, 고등학교 3학년 때도 세 시면 학교 끝났거든요. 그다음에 책 읽을 시간이 많았지요. 일전에 누가 나한테 철학에 대한 관심을 언제부터 가졌냐고 묻더군요. 이렇게 말하면 저를 좀 내세우는 느낌이 들어 그렇지만, 고등학교 때 칸트의 『순수이성비판』을 읽기 시작했어요. 요즘 같으면 입학시험 준비하느라고 어림도 없는 일이지요. 우리 때는 입학시험 준비라는 게 따로 없었어요. 그냥 시험을 봤지요.

지식인 책임 윤리가 중요하다

김민웅 그런 풍토가 조성돼야 깊이 있는 독서 문화가 자리 잡힐 수 있을 텐데요. 이제 교육과 밀접한 지식인들에 대한 이야기를 좀 여쭤 보겠습니다. 여러 유형의 지식인들이 있습니다만, 과거에서부터 현재에 이르기까지 변화해 온 지식인상을 그려 볼 수 있을까요? 또 앞으로 품격 있는 지식인의 역할은 무엇일까요?

김우창 옛날에 비해서 지식인들의 지적 수준이 굉장히 높아진 것은 틀림없어요. 내가 1954년에 대학에 들어갔을 때, 교수님들은 군대 갔다 온 분들이 많았어요. 1945년부터 1950년까지 해방 후 5년간은 이데올로기 싸움하느라 공부할 틈도 없었고, 또 1950년에는 전쟁이 일어났지요. 지금 돌이켜보면 사실 대학교수들도 별로 공부할 시간이 없었고, 우리도 별 생각 없이 대학을 건성으로 다녔어요. 요즘 같으면 서울대학이 좋다고 하지만, 그때는 서울대 좋다고 별로 생각해 본 일이 없어요. 미국에 갔을 때, 뒤늦게 여기서 대학을 다녔더라면 공부를 얼마나 많이 했을까 하는 생각이 들더군요. 그런데 지금은 이런 이야기를 하기가 어려워요. 우리 교수들이나 학생들도 실력이 많이 좋아졌거든요. 학생들이 리포트 써 온 걸 보면 굉장히 발전하고 있는 게 느껴져요. 대신 옛날보다 자유롭게 무언가를 탐구하는 능력은 줄어든 것 같아요.

요즘 신용하 선생하고 자주 얘기할 기회가 있는데, 그분이 서울대학교 사회학과 나왔거든요. 그때는 강의 안 하는 교수들이 많았다더군요. 학기 초에 몇 번 수업하고는 학기 말에 한 번 나타나지요. 신용하 선생 얘기가 당시 어떤 교수님이 이런 명언을 하셨대요. "내 강의 듣는 것보다 책을 십여 권 읽는 것이 훨씬 낫다." 나도 학교 다닐 때 유독 한 교수님의 강의만 많이 들었는데, 휴강을 많이 했기 때문에 그랬어요. 강의실에 안 나가려고 했는데 그렇다고 공부를 안 했던 것은 아니에요. 공부는 스스로 하는 것이지 교수가 가르쳐 주는 게 아니라는 것을 배웠기 때문에 오히려 더 열심히 공부를 한 면이 있어요. 그런 자유로운 분위기는 참 좋았던 거 같아요.

지금은 실력이 늘어난 대신 그런 자유로움은 줄었어요. 대학교수들도 마찬가지예요. 학교에서 논문 많이 쓰라고 압력을 주니까 자유로운 탐구의 시간은 줄어들 수밖에 없지요. 공부가 너무 체계화돼 가는 것도 문제지요. 형식적인 체계로 모든 것을 이해하려고만 하니 이데올로기만 더 강해졌다는 느낌도 들어요. 체계적으로 가르치려면 하나의 아이디어를 가지고 죽 풀어 나가는 도리밖에 없지요. 그러면 이데올로기가 강해질 수밖에 없어요. 마르크스주의이건 자유주의이건, 또는 자기가 독자적으로 만든 것이건 이데올로기적인 요소가 강해지면 학문이 경직화되는 경향이 생기거든요. 그러니까 실력이 향상되면서 자유분방함이 줄어졌다는 말이지요.

정치학 공부하는 어떤 학생이 얼마 전에 나한테 이메일을 보냈는데, 정치학은 자기가 지난해에 배운 다른 학문에 비해 좀 흐리멍텅한 학문이라는 거예요. 예전에 경제학이나 통계학을 공부했는데 근본적인 가설들 자체는 타당성이 있는지 없는지 확신할 수 없지만, 가설로부터 출발해 이론을 전개하는 방식은 상당히 논리정연하다는 거지요. 그런데 흐리멍텅하기는 해도 정치학을 공부하면서 직관적인 통찰력이 중요하다는 것을 처음으로 알게 됐다고 하더군요. 나름대로 세 영역의 학문을 제대로 비판한 거예요. 메일을 읽으면서 공부를 제대로 했다는 느낌을 받았어요. 대학에서도 직관력이나 통찰력은 인문 과학을 공부하면서 발전시켜 나가고, 학문의 체계성은 사회 과학이나 자연 과학을 통해 배울 수 있을 것 같은데, 이걸 하나로 묶어서 공부할 수 있으면 좋을 것 같아요. 지금 대학에 있는 지식인들은 각자 전공에 대한 지식은 옛날보다 더 깊어졌지만 융통성이 부족하다는 게 아쉬운 점이에요.

김민웅 융통성이란, 말하자면 다양한 학문을 한 줄기로 묶어 나가는 시각을 뜻하는 말씀이시지요. 전공 영역의 발전을 위해서도 포괄적인 지식, 그에 더하여 지식 자체에 대한 성찰적 검증을 할 수 있는 능력이 아울러 길러지지 않으면 전체를 통찰할 수 있는 힘이 생겨나지 않을 것 같습니다.

김우창 그렇지 않아도 우리 지식인들의 경우 직관적인 통찰력이 약하다고 볼 수 있지요. 사회적으로 활동하는 분들, 영어로 하면 public intellectual인데, 이분들도 조금 더 현실적이고 직관적이고 유연한 태도가 필요한 것 같아요. 지식인들이 너무 이데올로기에 치우친 입장에서 사안에 접근하는 것보다 좀 경험적으로, 직관적으로 접근하는 태도가 필요해요.

김민웅 개인적인 질문입니다만, 선생님은 영문학자이자 평론가로서 깊이 있는 저술 집필과 동시에 혜안을 가지고 정치와 사회 현실에 대해 활발히 글도 쓰고 계십니다. 지식인으로서 '김우창 모델'을 생각해 본다면 어떤 특징을 이야기해 볼 수 있을까요.

김우창 아까 그 학생의 말을 빌린다면 흐리멍텅하고 종잡을 수 없다, 뭐 이렇게 이야기할 수 있겠네요. (웃음)

김민웅 어떤 하나의 관점에서 속단을 내리지 않고 여러 가지 고려해야 할 바를 치밀하게 점검하는 자세를 갖고 계시다는 인상을 받습니다. 선생님은 지식인으로서 어떤 점을 가장 중요하게 생각하시는지요. 한국 지식인들에게 가장 필요한 자세가 무엇일까요?

김우창 객관성을 가장 중요하게 생각합니다. 그런 의미에서는 베버의 생각이 맞는 것 같아요. 도덕적으로 사는 것보다 우선 객관적으로 어떤 사태를 파악하는 게 제일 중요하고, 또 거기에 대해서 책임을 지는 게 맞다고 생각해요. 우리나라에서는 베버의 표현을 빌리자면 '확신 윤리'에 따라서 행동하는 사람이 너무 많아요. 사실 그보다 더 중요한 것은 '책임 윤리'인데 말이지요. 책임 윤리라는 것은 어떤 입장을 취했을 때 그에 따르는 현실적인 결과가 무엇인지를 고려하는 입장이에요.

책임 윤리의 경우 무엇보다 정치가가 가져야 할 자질인데, 베버는 정치가가 취한 입장의 결과에 책임지기 위해서는 어떤 악마적인 요소와의 타협이 불가피하다고 말해요. 그런데 그 생각에는 동의하지 않아요. "악마와의 협약이 필요하다."라고 베버가 말하면서 동시에 '책임'을 강조했으니

조금 안심은 되지만, 아무래도 위험한 생각이지요. 그렇지만 베버가 말한 대로 확신 윤리보다는 책임 윤리라는 게 있어야 되겠다, 현실을 가지고 논의해야지 도덕적인 확신을 가지고 이야기하는 것은 위험하다는 생각이 듭니다. 정치적으로 또는 공적으로 발언한다는 것은 그 자체가 옳고 그르고를 떠나서 자기의 인생뿐만 아니라 남의 인생에까지 관여하는 것이기 때문에, 자기의 주장이 야기한 결과에 대해 책임지지 않는 것은 부도덕한 일이라고 생각해요. 정치가라는 것은 결국 남의 인생에 관여하는 사람인데, 그런 경우 책임 의식이 특히 강해야지요. 전후 사정을 객관적으로 따져 인과 관계를 밝히는 일이 전제돼야 하고요.

김민웅 지식인은 정치에 대해 비판적이기도 하고, 그 안에 들어가 자신이 곧 정치인이 되어 기득권자가 되려는 욕망이 있기도 합니다. 그러나 일단 서로의 경계가 일정하게 있다는 측면에서 지식인의 역할이 정치에 매몰될 경우 문제가 있다고 봅니다. 지식이 정치에 대한 성찰의 능력이 되는 것이 아니라 종속적 도구로 전락할 수 있기 때문입니다. 지식인과 정치의 거리, 어느 정도가 적당할까요?

김우창 책임 윤리를 가지고 있어야 된다는 점에서는 정치인이나 정치에 대해 발언하는 지식인이나 똑같겠지요. 그러나 정치인이 악마와 협약할 수 있는지는 좀 더 논의가 필요한지 몰라도, 지식인은 악마하고 협약하면 절대 안 되지요. 지식인은 악마하고 협약할 필요가 없다는 점에서는 좀 가벼운 역할을 맡고 있다고 할 수 있지요. 그런데 악마와의 협약이 뭐냐고 할 때, 사람을 죽이거나 사람을 동원하고 혹은 강제력을 사용해 다른 사람을 움직이는 것만을 의미하지 않고, 세금을 부과하고 병역 의무를 지게 만드는 것들도 다 악마와의 협약이라는 생각이 베버의 주장이에요. 이 부분을 지적하는 연구가 별로 없는 거 같아요. 베버가 말하는 악마와의 협약을 마키아벨리에 의존해서만 해석하는 것은 옳지 않아요. 베버는 세금을 부과하는 것까지 다른 사람의 권리를 침해하는 것으로 보거든요. 그러니까 베버는 상당히 섬세한 관점에서 이를 논하는데, 너무 확대 해석해서 사람 죽이는 것까지 악마와의 협약에 포함하는 사람도 있지요. 물론 베버 역시 그것을 아예 배제한 것은 아니에요. 정치인은 그런 면도 가져야 한다는 거지요.

그런데 이데올로기적인 확신 윤리에 사로잡힌 정치인·지식인들의 큰 문제 중의 하나는 인간이 겪는 다양한 문제를 모두 해결할 수 있는 단 하나의 진리가 있다고 믿는 거예요. 그것은 잘못이지요. 인간 문제는 한없는 문제, 끊임없이 우리가 풀어 가야 되는 문제입니다. 한번에 다 풀 수 있는 문제는 없어요. 가령 프랑스 혁명 때의 어떤 과격분자들의 생각처럼 27만 명을 다 죽여 버리면 이상 사회를 만들 수 있다고 하는 것은 지나치게 과도한 유토피아적인 해결 방식이라는 거지요. 마르크스주의에도 그런 요소들이 강하거든요. 노동 계급의 해방을 통해서 인간 해방이 이루어지면 모든 것이 좋아진다는데, 이것은 불가능한 일이에요.

김민웅 선생님 말씀을 듣다 보니 생긴 질문입니다. 이념의 좌표 위에 한 사람의 위치를 규정하는 일이 위험할 수 있지만, 그래도 선생님은 어디쯤에 서 계신다고 할 수 있을까요. 혹 보수나 진보의 구분 자체를 거부하시는 건 아닌지요.

김우창 사회가 더 진보하거나 개선돼야 한다고 생각하는 점은 진보주의자들과 같아요. 특히 우리 사회는 앞으로 해야 할 일들이 많지요. 그러나 일시적인 투쟁을 통해서 해결될 문제는 아니라고 봐요. 개선을 향한 끊임없는 노력이 필요하지요.

가령 6·25 전쟁을 민족 해방 전쟁으로 보는 관점이 있지요. 또 공산주의적 관점에서는 혁명을 완수하는 전쟁이었다고 볼 수도 있어요. 그건 있을 수 있는 관점이라고 생각합니다. 전쟁을 통해서 혁명을 완수하고 그에 따른 어떤 종류의 희생은 불가피하다고 생각하는 사람이 있을 수 있잖아요. 그러나 우리가 6·25 전쟁이나 여타 폭력으로 점철됐던 사건에서 배울 수 있는 것은, 아무리 좋은 결과를 얻을 수 있다고 해도 지나친 희생이 요구되는 일을 수단으로 채택하면 안 된다는 거예요. 아무리 긍정적인 결과를 가져온다고 해도 전쟁·학살·숙청이 정당화될 수는 없다고 생각합니다. 예를 들어 폴 포트도 캄보디아를 노동자 천국으로 만들기 위해 수백만 명을 죽였지요. 설사 그렇게 해서 폴 포트의 이상향이 실현된다고 하더라도 절대로 해서는 안 될 일이었어요. 수단과 목적을 놓고 볼 때, 양쪽 다 도덕적이어야 합니다.

김민웅 선생님 말씀이 에드먼드 버크를 자꾸 떠올리게 합니다.

김우창 그 사람은 상당한 보수주의자라고 하지요.

김민웅 선생님께서 프랑스 혁명의 의미를 비판한 에드먼드 버크처럼 보수적이시라는 것은 아니고요, 어떤 신념에 따라 행동할 때 무엇을 경계해야 하는지 논하는 부분이 그렇다는 이야기입니다. 버크도 우리 사회에서는 너무 일방적으로만 해석되고 있는 면이 있는데, 폭력적으로 치닫고 있던 프랑스 혁명에 대해 나름대로 성찰을 제공해 주었다는 점에서는 상당히 중요하다고 여겨집니다.

김우창 특히 러시아 혁명 이후에, 여러 번에 걸친 공산혁명을 통해서 우리가 배운 교훈이 있다면 제도를 일시적으로, 대폭적으로 개혁하는 것만으로 이상을 실현할 수 없다는 겁니다.

착한 사람이 손해 보지 않는 사회

김민웅 이제 정리를 좀 해 보겠습니다. 우리 국가 또는 공동체를 좀 더 진일보한 품격 있는 사회로 만들려면, 지금까지 논의한 내용들을 제도화하는 역할을 하는 정치가 굉장히 중요한 것 같습니다.

김우창 정치가 중요하고 결국은 도덕적인 사회가 되어야지요. 물론 도덕의 억압성에 대해서는 늘 경계해야 되지만요. 칼뱅이 다스린 제네바는 신정 체제(theocracy)였는데, 조선조 체제는 적어도 이론적으로는 'ethicco-racy'라 해서 윤리를 기반으로 독재하는 체제였어요. 윤리나 도덕이 억압적인 성격을 띠면 독재 정치로 발전할 수 있다는 점을 충분히 경계하면서 도덕적인 사회를 만들어 나가야 된다고 생각해요.

우선 도덕적으로 행동하는 것이 모든 사람에게 이득이라는 데 사회 모든 구성원들이 동의해야 돼요. 도덕 교육도 중요하지만 무엇보다 도덕적인 삶, 윤리적인 삶을 사는 사람이 손해 보지 않는 사회가 돼야지요. 혹 손해 보더라도 착해야 된다는 것을 가르치는 게 중요하지만 동시에 착한 사람이 손해 보지 않는 제도를 만드는 것도 중요한 과제입니다. 정직성-부패지수 조사 결과를 보면 늘 일이등 하는 나라는 스칸디나비아·영국·독일·미국이지 우리나라는 순위가 상당히 낮아요. 사실 서양에는 제도적으로 부패 방지 시스템이 잘 되어 있지요. 우리도 법률적인 제도를 마련하는 것이 중요하지만, 사람들의 도덕성을 높이는 게 더 바람직해요. 또 지적인 엘리트 계층의 사회적 역할이 필요해요. 전부터 생각해 봤는데, 도덕적이거나 정치적인 사회 문제 해결에 어느 정도 역할을 하면서 특권 계급이 되지 않을 수 있는 엘리트 계층을 형성할 필요가 있어요. 쉽지 않은 문제지요.

김민웅 그런 엘리트 계층이 있다면 그야말로 모두 환영할 겁니다. 그런 점에서 정치 지도자가 모든 것을 결정하는 사회도 문제지만, 훌륭한 정치 지도자가 없는 것도 큰 문제가 아닐까요? 모든 사람들이 사회에 헌신할 수 있는 지도자를 열망하지요. 우리 사회가 어떻게 하면 그러한 지도자를 길러 낼 수 있을까요? 비전을 가지고 사회에서 가장 고통받고 있는 사람들의 존엄성을 지켜 줄 수 있는 능력을 가지고 있는 지도자야말로 그런 역할을 할 수 있을 텐데요.

김우창 궁극적으로는 교육에 의존할 수밖에 없을 것 같아요. 인본주의에 바탕을 둔 탄탄한 윤리 교육을 통해 누가 정치 지도자가 되더라도 어떻게 윤리적인 테두리 안에서 지도자 역할을 수행할 수 있을지 고민하는 구조를 만들어야지요. 단지 지도자는 이렇게 해야 된다는 의무(Sollen) 차원에서 이야기하는 게 아니라, 그렇게 하는 것이 지도자 본인한테도 행복이라는 것을 깨달을 수 있게 말입니다.

우리는 전통적으로 어떤 사람이 기(氣)를 펴는 것 또는 뜻을 펼치는 것을 굉장히 존중하는 분위기예요. 야심 있는 사람을 대우하는 건데, 전통적으로 그랬던 것이지만 지금도 마찬가지예요. 자꾸 위로 올라가려고 힘을 쓰지요. 가령 맹자에 나오는 호연지기(浩然之氣)라는 말을 좋아한다고 신께 가서 소리 지르고 그러면 안 돼죠. 맹자의 텍스트를 보면 호연지기라는 것은 정의(正義)를 얘기할 수 있는 힘을 말하지, 단순하게 기를 펴고 살라는 이야기가 아니에요. 넓은 세상에 가득한 기를 마음에 담아 정의롭게 행동할 수 있어야 된다는 이야기인데 우리는 뭔가 착각하고 있는 것 같아요. 전통적으로도 그렇고 오늘 같은 세상에서 힘없으면 살기 어렵기 때문에 더더욱 권력을 좇지요. 그런데 그것보다 남을 위해 봉사하는 게 훨씬 가치 있는 일이지요. 시각을 바꿔야 돼요. 최고는 자신의 삶을 충실하게 사는 것이고, 삶을 충실하게 사는 가장 좋은 방법은 다른 사람을 위해서 봉사하는 거라는 것을 사람들에게 알려야 합니다. 결국은 교육이 담당해야 할 부분이지요. 봉사하고, 남을 존중하는 것이 자아실현의 일부라는 사실을 가르쳐야 해요. 이를 위해서 강한 덕성만을 가르쳐서는 안 됩니다. 우리 지식인들이 강조하는 게 전부 강한 덕성이거든요. 정의·민족·국가 이런 것들인데, 물론 다 중요하지요. 그러나 동시에 그것들과 모순되게 존재하는, 부드럽고 약하나 아름답고 격 있는 덕성들도 충분히 알려야 해요.

김민웅 그러고 보면 진실로 눈물 흘릴 줄 아는 지도자와 지식인들이 필요하다는 생각이 듭니다. 현실을 보면 연출된 눈물이 많고 계산에 따른 눈물인 경우가 적지 않지요. 무슨 속셈인지 훤히 보이는데도 정치적 이득을 위해 진심이 담기지 않는 감동을 조작해 낸다는 냄새가 나는 거지요. '눈물의 진실'을 스스로 모독하는 게 아닌가 싶습니다.

김우창 거기에 하나 더 보태면, 이성이 있는 눈물이어야 합니다. 칸트는 도덕적 감성을 이야기하는 사람을 참 싫어했어요. 그래서 영국 철학자들을 비판한 게 칸트의 중요한 작업 중의 하나인데, 사실 칸트가 좀 오해한 측면이 있어요. 스코틀랜드의 영국 철학자들, 허치슨이니 애덤 스미스니 하는 사람들이 생각한 '도덕적 감성'은 이성적으로 정화된 것을 말하지요. 눈물을 흘리지는 않더라도 충분하게 선의를 나타내는 것 말이에요. 가령 나와 생전 모르는 사람이 자기 부모나 자식을 잃었을 때 눈물은 안 나더라도 경의를 표할 수 있어요. 그런 게 도덕적으로 훈련된 감성, 이성적으로 훈련된 감성이에요.

감성을 너무 강조하게 되면, 꼭 울고불고 해야만 상대방의 고통을 나누는 것처럼 느껴지기 쉬운데, 그게 아니고 생전 모르는 사람이라도 인간적으로 이해할 수 있는 처지라면 경의를 표함으로써 위로할 수 있어요. 가령 교통 규칙도 그래요. 미국 교통 규칙에 장례 행렬이 지나가면 차를 멈추게 되어 있지요. 생판 모르는 사람이라도 죽음에 대해 경의를 표하는 겁니다. 애도까지는 아니지만 다른 사람의 슬픔을 존중하는 태도지요. 이런 것을 이성적으로 훈련된 감성이라고 말할 수 있습니다.

인간적인 삶이 가능한 사회

김민웅 '이성으로 정화된 눈물', 새로운 시각을 제공해 줄 것 같습니다. 눈물이 이성과 만나기도 하지만 이성이 눈물과 만나는 사회가 되었으면 합니다. 이제 마지막 주제에 대해 이야기해 보겠습니다. 우리 사회는 인문적 사고보다는 경제적인 사고가 굉장히 발달한 것 같아요. 국제적으로도 한국의 경제는 눈부시게 성장했지만, 거기에 따른 지구촌의 기여와 인도주의적 행동, 문화적 깊이와 역량, 정치 지도자의 윤리성 등 품격 있는 국가 사회가 갖추어야 할 올바른 가치 덕목에서 과연 존경할 만한 수준인가를 묻는 질문에 이렇다 할 답변을 못 하는 것 같아요. 그런 점에서 우리 사회가 지향해야 할 가치의 우선순위라면 무엇일까요?

김우창 무엇보다 우리가 인간적으로 산다는 데에서 자긍심을 찾으려 하는 게 중요해요. 문화의 우수성을 너무 중요시하면 곤란하지요. 모두들 자기 나라 문화가 우수하다고 생각하겠지요. 그보다는 우리도 인간답게 살 수 있는 사회라는 걸 보여 주는 게 좋지 않을까요. 가령 스칸디나비아의 여러 나라들, 노르웨이나 스웨덴 특히 핀란드는 고대 서사시가 더러 있기는 하지만 세계적으로 문학 작품이나 예술 작품에 기여한 바가 별로 없는 나라지요. 그래도 핀란드를 얕잡아 보는 나라는 세계 어디에도 없어요. 모두 존경합니다. 우리도 우리 문화의 우수성을 강조하는 것보다 우리나라가 사람답게 사는 사회라는 것을 자랑스럽게 생각하고, 실제로 그러한 사회를 만들기 위해서 노력해야지요.

지금 당장 필요한 일은 제대로 먹고살기 힘든 사람들을 도와주는 제도를 만드는 거예요. 공산주의에서 이를 해결하는 방식은 그것이 좋고 나쁘고를 떠나서 성공할 확률이 적어요. 진보를 주장하는 사람들한테 얘기하고 싶습니다. 지금까지 어렵게 일구어 온 민주 제도를 앞으로 더 발전시켜 나가는 것이 중요하다고요. 인간적인 사회 민주 국가로 연결되어야 합니다. 또 한편 가끔 돈만 잘 벌면 잘 산다고 생각하는 보수주의자들에게 돈 벌어서 어디다 쓰느냐가 훨씬 중요한 문제라고 말하고 싶어요. 물론 빈곤 문제를 제도로만 풀어 가는 건 불가능하기 때문에 다방면으로 고민해 봐야 합니다.

통일 문제에 대해서 하고 싶은 말이 있어요. 통일을 말하면서 정치적인 운동을 일으키려고 하는 것이 꼭 옳은 것 같지는 않아요. 그보다도 중요한 것은 남쪽도 잘살고, 북쪽도 잘살고 하는 것이지요. 잘산다는 것은 여러 가지 의미가 있는데, 남쪽이 정말 인간적으로 살 만한 사회인지는 잘 모르겠어요. 그러나 우리가 먹고살 만한 사회가 된 것은 사실이에요. 또 북에도 여러 가지 탄압이라든지 빈곤 문제가 심각하다고 하기 때문에 꼭 좋은 사회인 줄은 모르겠고요. 그러나 자급자족 경제를 발전시켜서 공동체적인 사회를 운영하겠다는 생각은 있을 수 있지요.

양쪽 다 다양한 사회적 시스템을 실험해 볼 수 있어요. 북쪽에서 비록 물질적으로는 풍족하지 않더라도 자급자족하는 공동체를 만들어 보자는 것은 의도는 좋아요. 하지만 실패할 경우 모두 굶어 죽을 수 있지요. 남쪽에서는 먹고사는 문제만을 중요하게 생각하다가 사람들은 갈등과 긴장 속에서 지쳐 갈 수 있어요. 그러니 평화를 유지하는 가운데 양쪽 모두 다양한 시스템을 실험해 가면서 서로 교류하고 서서히 조화를 이뤄 나가는 식으로 통일에 접근하면 어떨까 해요. 급하게 무력을 시용하는 흡수 통일도 안 될 이야기고, 우리가 이북의 자급자족 경제를 무리하게 좇는 것도 불가능하고요. 여하튼 정치적인 운동으로 통일 문제를 해결해서는 안 된다고 생각해요.

김민웅 인간적인 삶에 대해서 상당히 중요한 얘기를 오늘 많이 들려주셨습니다. '국가의 품격'을 한마디로 정리하면 뭐라고 할 수 있을까요? 그

대답으로 대담을 마무리하겠습니 다.

김우창 내가 잘 쓰는 비유인데, 우리가 어디 가서 "여기 참 좋은 데다." 라고 말할 때의 그곳은 휘황찬란하거나 기발하고, 생전 못 보던 것을 봐서 그렇다는 얘기가 아니에요. 여기서 살고 싶다는 생각이 들면 저절로 그런 말을 하게 되어 있지요. 우리도 국제적으로 신망을 얻고 좋은 사회가 되려면 다른 나라 사람들이 살고 싶은 나라가 돼야 해요. 인간적인 삶이 가능한 사회라는 느낌을 줘야 해요. 이미 우리가 구축한 산업화와 민주화의 토대를 잘 다듬어서 잘못된 점은 고치고 개선해 나가려고 생각해야지 이걸 어떻게든 뒤집어엎어 새로이 무엇을 하겠다고 생각하는 것은 잘못됐다고 봅니다. 지금보다 좀 더 인간적인 사회를 만들기 위해 지속적으로 노력하는 것이 우리가 해야 할 일이라고 생각합니다.

김민웅 귀한 시간 내주셔서 감사합니다.

사람을 위한 민주주의에 대한 구체적 성찰[1]

김우창
최장집
2010년 3월 5일

김우창 사실 나는 4·19 때 한국에 없었기 때문에 직접 체험하지 못했고 구체적으로 이야기할 게 많지 않습니다. 4·19가 일어났을 때 미국에 유학 가 있었지요. 그곳 지역 신문에서 인터뷰를 하자고 해서 신문에 났지만…… 워낙 작은 동네여서 한국인 거주자가 둘 밖에 없었지요. 최 선생님으로부터 사정을 들어 보았으면 합니다. 먼저 4·19 때 적극적으로 참여하신 최 선생님께서 그때의 경험을 중심으로 먼저 말문을 열어 보시지요.

최장집 4·19 때 김우창 선생님께선 해외에 계셨지만, 저도 사실 4·19의 중심 세대라고 볼 순 없습니다. 왜냐하면 4·19는 대학생들이 중심이 되었는데, 저는 4·19 당시 고등학교 3학년이었거든요. 고등학교 3학년 학생으로서 무슨 생각에서인지는 모르겠는데 데모에도 참가하고 그랬어요. 또 친구 집을 아지트로 해서 여러 고등학교 학생 회장들과 만나 나름대로 고등학생들을 조직화하기도 하고요. 거기에 있던 친구들도 마찬가지였지만

1 우찬제·이광호 엮음, 『4·19와 모더니티』(문학과지성사, 2010)에 수록.(편집자 주)

광화문에서 처음 발포할 때 저도 현장에 있었어요. 총소리 날 때 막 도망가고 그랬는데, 지금은 파이낸스센터와 프레스센터 어느 지점쯤 되는데, 그게 옛날 소방서 자리와 서울신문사 건물 앞입니다. 거기서 쫙 스크럼을 짜고 시위를 하는데, 앞에서 경찰들이 발포해서 막 총소리를 들으면서 도망간 기억이 생생해요. 만약 제 연배를 '4·19 세대'라고 이름 붙인다면 가장 말미에 속하지 않을까 생각합니다. 고등학교 학생으로서 4·19를 경험하고 생각하고 보았던 세대가 되겠지요. 당시에 4·19는 대학생들, 그중에서도 고학년들이 중심이었지요. 다 알다시피 이승만 독재와 3·15 부정선거, 이런 것들에 대해 반대하고 당시 이승만 체제가 민주주의에 어긋나고 배치되기 때문에 분연히 봉기한다, 독재 정권을 타도한다…… 이런 것이 당시 4·19에 공통적인 게 아니었을까 생각을 합니다. 어쨌거나 저는 개인적으로 4·19 때문에 정치학을 공부하게 되었다고 할까…….

김우창 4·19에 참여한 동기에 대해서 말씀하시죠.

최장집 예, 그전까지는 진로를 확실히 정하지 못한 채 방황하고 있었을 때예요. 그냥 막연히 물리학을 공부할까 생각하다가 4·19가 나는 바람에 정치학으로 진로를 정했습니다. 그런 면에서 저 개인적으로 상당히 의미가 있는 사건이었던 셈입니다.

김우창 그때 누가 고등학생들에게 와서 4·19를 설명한다든지, 고등학생들도 4·19 데모에 참가하라든지, 그렇게 종용을 하는 사람들이 있었습니까?

최장집 그런 건 없었습니다. 제가 고2 때 서울에 있는 주요 고등학생들이 모인 서클 같은 게 있었어요. 그건 정치적인 목적의 서클이라기보다 순전히 고등학교 친목 서클 같은 것이었는데, 가끔 정치적인 문제에 대해 토론하기도 한 것 같습니다. 4·19가 터지면서 이러한 비정치적 서클이 정치화된 것이 아닌가 기억합니다. 고3 올라가면서 4·19가 터지고 자연스럽게 그 조직은 데모 조직의 어떤 네트워크로 활용되었다고 생각해요. 학생 회장 그룹들, 이를테면 당시에 중앙고등학교, 보성고등학교, 서울고등학교, 경동고등학교 등등의 여러 고등학교 학생 회장들이 참여하고 그랬습니다만, 그중에 한 친구는 중앙고등학교 학생 회장이었던 남궁진이라고, 김대중 정부 시절 문광부 장관도 했어요. 그리고 당시 고등학교 3학년이던 남궁진은 혈서도 쓰고 그랬던 기억이 납니다. 어쨌든 4·19는 촉발에 불과한 것이고, 그 이후로 시위가 계속된 거죠. 그러면서 당시 이승만 정부에 임화수다, 이정재다 하는 정치 깡패들이 있었는데, 일부 과격한 학생들이 밤에 그런 사람들 집에 불 지르러 가자고 그런 적도 있고, 그런 기억이 납니다.

김우창 거기 가실 때 겁이 난다든지 두렵다든지 하는 생각이 드시지는 않았습니까?

최장집 겁이 난다기보다는 완전히 흥분 상태였죠. 막 들떠 가지고…… 당시 분위기가 그랬던 것 같습니다. 그로부터 훨씬 뒤에 터진 1987년 6월 항쟁이나 이럴 때의 분위기가 4·19 당시의 그것을 재현한다는 그런 느낌도 많이 들었습니다. 여하튼 지금 지나 놓고 드는 생각 한 가지는 고등학생으로서 뭘 제대로 알지 못하는 상태였지만, 민주주의를 위해 우리의 행동이 어떤 의미를 가지는지, 한국 정치 체제가 어떤 상황에 있었는지에 대해서는 깊이 알았다고 할 수 없는 상태에서 참여한 것이 아닌가 생각합니다. 그 당시의 격렬하고 과격한 행동에 비해서는, 정치 현실에 대해서는 독재정치를 규탄하고 이를 타도해야 한다는 것 이상으로 문제를 깊이 있게 알았던 것 같지는 않습니다. 지금 가끔 4·19를 떠올리면 느껴지는 점입니다.

김우창 고등학교 2학년생들이 모여 정치 토론을 하셨다고 말씀하셨는데, 혹시 당시에 함께 토론했던 내용들이 어떤 것들이 있었는지 기억이 나시는지요?

최장집 그것은 잘 기억이 안 나요. 친목 서클이기 때문에 얼마나 자주 어떤 주제를 가지고 토론을 했는지는 기억나지 않습니다. 분명한 것은 사회적인 문제는 아니었어요. 정치적인 문제가 주제였다면 그건 부정 선거 같은 것이 아니었을까 생각합니다. 사실 4·19 때도 사회적이거나 경제적인 문제는 중심이 아니었습니다.

김우창 여기서 사회적인 것보다 정치적인 과제가 컸다는 중요한 지적이 나온 것 같습니다.

최장집 그리고 이제 뒤에 4·19가 점점 커지면서는 민족 문제, 말하자면 냉전 시기의 민족 분단이라고 하는 것이 중요 이슈로 나타나기 시작했어요. 이런 문제는 이제 4·19 이후 민족통일연맹과 같은 민족 문제를 중심으로 한 학생 조직이 만들어지고, 학생운동은 점점 급진화하기 시작했다고 할 수 있겠습니다. 고등학생으로서의 우리에게 4·19는 그런 큰 문제, 국제정치적인 문제나 민족 문제 같은 것에 대해서는 인식이 강하지 않았던 것 같은데, 그래도 당시에 나에게도 민족주의적 정서가 뿌리 깊었단 생각이 들긴 합니다. 당시에는 전반적으로 민족주의가 강했으니까요. 그러니까 일본 제국주의에 반대하고, 그 결과가 분단으로 이어지고 하는 식으로 문제를 이해했고, 그런 민족주의적인 가치나 이념이 굉장히 강했고, 그것은 그 시기의 상당한 특징이란 생각이 듭니다.

김우창 우리 대학 다닐 때에는 시위가 없었지요. 6·25전쟁 직후 고등학교를 다녔는데, 유일하게 조그맣게 데모를 한 사건이 있습니다. 소위 '구보다 망언'이라고 해서 일본과의 협의 과정에서 구보다 일본 대표가 식민지 통치를 옹호하는 발언을 한 것 때문이었던 것으로 기억이 됩니다. '민족'이라는 테마는 반일과 관련하여 1950년대 초에도 있었다고 할 수 있습니다. 그런데 4·19에 참여했던 사람들 중에 나중에 현실 정치에 참여한 사람들이 많지요?

최장집 4·19 세대 중 나중에 정치인이 된 사람들은 무척 많습니다. 서울의 주요 대학을 나온 4·19 세대 가운데서는 제가 기억하는 사람들만 해도 많지요. 이들 가운데서는 나중에 민정당, 민주당 국회 의원이나 총재를 지낸 사람들도 있고, 여러 사람들이 장관을 지내기도 했습니다. 말하자면 4·19에 참여했던 세대가 기성 사회의 정치권에 어떻게 참여하고 통합되었느냐 이런 문제는 중요하므로 언급을 해야 할 것 같습니다.

김우창 4·19 때 타도 대상이 된 게 이승만 정권인데, 이승만 대통령은 어떤 의미에서 독재자였습니까?

최장집 이승만 독재 체제에서 가장 중요한 것은, '부정 선거'였다고 보입니다. 선거를 공정하게 해야 하는데 공정하지가 않았고, 기존의 헌법을 그대로 지켜서 한 게 아니라, 자신의 권력 유지를 위해 두 번씩이나 억지로 개헌을 했지요. 민주주의의 규범이 될 수 있는 제도나 절차를, 권력 유지와 연장을 위해서 보통 사람들이 수긍하기 어려운 무리한 방법으로 고쳤고요. 그리고 1950년대의 선거는 공공연하게 부정 선거가 치러졌고, 야당 탄압도 심했지요.

김우창 그렇다면 4·19에서 들고일어난 사람들은 민주주의의 규범적 질서가 어긋난 데 대해서 반응한 것인데, 말하자면 상당히 추상적인 문제에 반응을 했다고 할 수 있을 것 같습니다.

최장집 네. 그리고 구체적으로는 김주열의 시체가 마산 앞바다에서 떠오르고 그것이 본격적으로 촉발점이 된 거지요. 그래서 대구에서 고등학생을 포함한 데모가 먼저 일어났고, 그다음에 서울에서는 고려대학교, 즉 4·19 하루 전에 고려대 학생들이 국회 의사당 앞까지 진출을 해서 데모를 한 사건이 있었지요. 당시 고대 총장이 국회 의사당 앞에 와서 귀교를 종용해서 들어갈 때 (종로)5가에서 깡패들의 습격을 받았거든요. 그것이 아마 당시 정치 깡패로 유명했던 이정재 갱단이 아닌가 기억됩니다.

김우창 규범적인 것이 어긋난 데 대한 느낌 외에, 폭력으로 인해서 사람이 죽은 사건에 대한 반응도 한 계기가 되었다는 지적이십니다.

최장집 네. 그런 면도 있을 것입니다. 그런데 4·19는 단지 사람이 죽은 것에 대한 것만은 아니었어요. 당시 부통령이던 이기붕, 내무부 장관이던 최인규, 법무부 장관이던 홍진기, 이 세 사람이 이승만 정부의 나쁜 상징처럼 되어서 말하자면 표적이었습니다. 아까도 말씀드렸지만 정치 깡패들이 권력을 많이 휘둘렀고, 그래서 반감이 확산돼 있었기 때문에 고등학생들에게도 임화수의 집이 공격의 대상이 되었다고 할 수 있겠어요. 저도 덩달아 친구들과 함께 관훈동인가 그 부근까지 간 기억이 나는데, 깡패가 일차적인 공격의 대상이 된다는 것도 흥미 있습니다.

김우창 손세일 씨의 『이승만과 김구』라는 책을 보면, 이승만과 김구에 대한 개인적인 이야기들도 들어 있고, 독립운동 안에서 일어난 정치적인 문제가 두루 들어 있습니다. 꼭 그렇게 의도하고 쓴 것 같지는 않은데, 맥락상 독립운동에 참여한 인사들 가운데서 이승만 씨가 민주적인 정치 체제에 대한 의식을 가장 분명하게 가진 사람이라는 인상을 받습니다. 그러나 이승만 씨는 독재자라고 호명되어 타도의 대상이 되었습니다. 미국에서 교육을 받고 생활한 경험이 있어서인지는 모르겠지만 민주적인 정치 절차 문제, 임시 정부 문제, 또 여러 가지 제반의 정치 문제에 대해서 민주주의라는 관점에서 보자면 가장 선진적인 이해를 가지고 있었던 지도자였던 것 같은데, 왜 그렇게 되었을까요? 개인적인 경험을 떠나서 이승만 씨를 어떻게 평가하십니까?

최장집 그 문제에 대해서는 상당히 많은 설명이 필요할 것 같습니다. 중요한 것은 분단이 되어서 단독으로 세워진 남한 정부가 정당성이랄까 도덕성이랄까 하는 측면에서 충분히 자리 잡지 못했었다는 사실입니다. 그러니까 1948년부터 시작해서 1950년에 이르기까지 내전이나 다름없는 혼란 상태는 분단국가 건설을 계기로 끝난 상태였지만, 여전히 혼란은 컸다고 할 수 있고, 좌우 이데올로기 투쟁의 여진이 남아 있었을 때인데, 정부의 기반이 굉장히 취약했지요. 그래서 국가 보안법 같은 걸 만들고 했는데, 1950년 6·25전쟁의 발발은 분단국가의 기반을 튼튼히 해 준 중요한 계기가 되었다고 봅니다. 그런데 문제는, 이승만 대통령은 '민주주의'라고 하는 헌법이나 제도가 엄연히 있는데, 이를 자주 무시하고 독단적으로 권력을 행사했습니다. 당초 분단국가는 미국의 지원하에 이승만 그룹과 한민당–민주당으로 이어지는 보수 세력이 연합해서 만든 것이었는데, 이승만 씨가 집권하면서 한민당 그룹을 완전히 배제하고 권력과 인사를 독점했습니다. 권력으로부터 소외된 이들이 떨어져 나와 반대 세력이 된 것이 야당의 기원이라 할 수 있겠는데, 야당과 비판 세력을 사실상 인정하지 않고 탄압하면서 독재로 가게 된 점이라고 생각해요.

그러나 범위를 좀 더 넓혀 볼 때 그보다 더 중요한 것은 분단국가를 사회와 연결시켜 주는 정치의 기반이 너무나 좁았다는 점이라고 봅니다. 공산당을 포함하는 좌파들을 척결하는 것은 당시의 정황에서 피할 수 없었다 하더라도, 좌파가 아닌 중간파 세력도 많이 있었다고 생각합니다. 그리고 이들을 제거하는 과정은 폭력적인 면도 상당히 컸다고 봅니다. 어쨌든 좌도, 우도 아닌 광범한 중간파 지도자들이나 사회 세력까지 모두 좌파라고 규정하고, 정치에 참여할 수 없도록 해서 분단국가의 정치적 기반을 좁히고 독재로 나갈 수 있는 길을 닦았다고 하겠습니다. 그리고 1950년대에 부정 선거는 광범하고 공공연했는데, 그것이 이승만 독재 정부를 뒷받침해 주었다고 생각합니다.

김우창 부정 선거나 이러한 문제에 대해서 이승만 대통령이 알고 지시한 증거라든지, 아니면 밑에 있는 사람들이 자신들의 이권 확보를 위해서 알아서 그렇게 했는지에 대한 연구가 되어 있는 게 있습니까?

최장집 그에 대해서는 별로 연구가 안 된 것 같습니다. 대부분이 이승만 대통령이 했다는 식이지, 이를테면 내무부 장관이 이것을 어떻게 지시해서 이승만 대통령은 어디까지 보고를 받았다든지 하는 기록에 대해서까지 실증적으로 연구한 것을 저는 아직 보지 못했습니다.

김우창 이승만 대통령이 그 정권을 내놓는 과정을 보면 비교적 순탄하게 내놨지 않습니까?

최장집 비교적 순탄하게 내놓았다는 데 동의합니다. 더 많은 희생이 날 수도 있는 상황이었지요.

김우창 그런 것을 생각해 볼 때, 이승만 스스로 정말 정권 장악에 대한 확실한 의도를 가지고 모든 게 이루어졌는지, 아니면 그때의 체제가 그렇게 만들어 놔서 자기의 의도와는 달리, 혹은 자신도 모르는 사이에, 그러한 길을 갔는지 약간 불분명한 느낌이 드는 것 같아 드린 질문이었습니다. 군대를 동원해서 큰 유혈 사태가 날 수도 있었을 터인데, 물론 송요찬 계엄사령관 같은 사람이 적극적인 협조를 거부한 것과도 관계되지만, 이승만 씨가 정말 자기 절대 권력을 강화하려는 의도를 가지고 있었는지에 대해 한번 생각해 볼 수는 있을 것 같습니다.

최장집 분단국가가 만들어지고 자유당이 만들어지고 운영되는 과정에서 깡패 조직들의 역할은 컸다고 하겠어요. 그래서 자유당 하면 '깡패', '부정 선거', '야당 탄압' 이런 이미지들이 자연스럽게 따라붙었어요. 그래서 사람들은 민주당의 정권 교체에 대한 기대를 걸었고, 민주당의 후보들이 선거 유세를 하면 많은 청중이 모였고, 1956년 대통령 선거 운동 시 민주당 후보 신익희 씨 같은 분이 "못살겠다 갈아 보자" 하는 구호를 들고 유세할 때는 수십만 인파가 몰렸습니다. 민주주의는 상당 정도 민주당과 동일시되었던 것이지요.

김우창 이 분야의 전문가들이 이야기해야지, 끼어들 만한 문제가 아니지만, 이승만 대통령이 정권을 쉽게 내놓은 것, 또 축재한 것이 별로 없었던 것들, 이런 걸로 봐서 개인의 의지 문제였는가 아니면 체제의 문제였는가를 일단 생각해 볼 만한 것 같습니다.

최장집 말씀하신 대로 이승만 대통령에 대해선 좀 체계적인 연구가 이루어져 재평가되어야 하는 부분이 분명히 존재합니다. 그동안 4·19로부터 파생된 이승만의 반민주 이미지가 굉장히 강해서 어찌 보면 과도하게 비판된 측면도 있을 수 있단 생각이 듭니다. 왜냐하면, 1950년대라는 시기는 분단이 된 직후이고 민족 문제가 해결되지 않고 남아 있던 시기인데, 미국이 분단을 만들었고, 그러기 위해 이승만을 지원했다라는 인식이 사회 일각에서 상당 정도 수용되었다고 하겠습니다. 말하자면 좌파라고 불리는 그룹 외에도 그렇게 이해하는 사람들은 많았다고 할 수 있겠습니다. 이러한 흐름은 1980년대 민주화 운동 과정에서 문제를 나름대로 이론적인 틀을 가지고 보는 이른바 NL(민족 해방)이라고 불린 그룹으로 나타났다고 볼 수 있지 않을까 생각합니다. 이들은 지금까지의 민주화 운동에 가장 중심적인 흐름을 이룬 그룹이고, 민족 문제를 중심으로 한국사회의 민주화, 분단 문제, 통일 문제를 인식한다고 생각합니다. 이런 관점이 강한 것만큼 분단국가를 세웠던 인물로서 이승만 대통령을 부정적으로 보게 된 것 같아요. 여기에 덧붙여 이승만 씨가 민주주의의 원리나 규범을 지키지 않고, 독재로 흘렀다는 것이 합쳐지면서 이승만 씨에 대해 굉장히 부정적인 이미지를 갖게 된 것이 아닐까 하고 생각하지요.

문제는 지금의 남북문제, 현재 우리의 입장에서 분단국가로부터 1950년대를 볼 때는 재해석이 필요할 수밖에 없는 조건이잖아요. 냉전도 무너지고, 냉전의 해체와 더불어 오늘의 북한을 볼 때, 북한은 근대화에 완전히 실패했을 뿐만 아니라 그들이 직면한 오늘의 엄중한 현실을 해결할 능력조차 없는 것으로 보이고, 하나의 체제로서 존립의 벼랑에 서 있는 북한에 어떤 형태로든 정당성을 부여하기는 어려울 것 같습니다. 아무튼, 기존의 민족 해방적 관점에서 문제를 보기는 어렵게 되었고, 그러한 관점을 갖는 사람들은 점점 적어지지 않을까 예상하게 됩니다. 이런 조건을 고려할 때 이승만 대통령에 대해서는 여러 다른 설명이 필요하다는 생각이 듭니다.

김우창 아까 말한 것이지만, 손세일 씨의 책을 읽으면서 받은 인상은 이승만 대통령이 동료 독립운동가들에 비하여 민주주의적 정치에 대해서 조금 차원이 다른 이해를 가지고 있었다는 점입니다. 그래서 다른 동료들과의 갈등이, 권력 투쟁적 성격의 갈등 말고 사고나 오리엔테이션이 다른 데에서 오는 갈등일 수도 있었다는 생각이 들었습니다. 일례를 든다면, 임시정부 초기에 이승만은 일본 정부와 일본 국민을 구분하려고 한 일이 있습니다. '일본 놈들은 모두 다 나쁜 놈들이다.' 하는 주장과는 달리 일본 위정자와 일본 국민을 구분해야 한다는 주장이지요. 주변 동료 독립운동가들은 이승만의 주장을 이해하지 못합니다. 그 외에도 여러 측면에서, 선구적 민주주의라든지 세계 속의 한국이라든지에 관한 생각들이 매우 달랐습니다. 어쨌건 간에 이승만이 왜 독재자가 되었는가, 독재자였음은 틀림이 없지만, 거기에 대한 연구가 필요한 것이 아닌가 하는 생각이 듭니다.

보태고 싶은 말은, 한 사람의 의지보다도, 많은 사람들이 살아가는 시대가 지닌 복합적 요인을 살펴보는 것이 중요하다는 것입니다. 시대의 움직임 속에서 별수 없이 이런 사람도 되고 저런 사람도 되는 면이 있으니까요. 개인에 대한 문제뿐만 아니라 시대 정치적인 양상에 대한 이해가 더 있어야 4·19를 보다 적절하게 이해할 수 있을 것이라는 생각이 듭니다. 비단 4·19뿐만이 아니라 모든 사건이 그렇지요. 개인적인 동기, 집단, 조직, 이런 것들을 넘어서 시대 속에서 어떤 사건이 불가피하게 되는 원인들을 알아야 한다고 봅니다.

최장집 이승만 정부가 권위주의 정부가 된 데에는, 이승만 대통령 개인의 리더십 스타일이나 가치관이나 이런 것도 중요하지만 그것보다는 당시 분단국가가 만들어졌던 정황도 보아야 합니다. 말하자면 거의 내란이나 다름없는 혼란스러운 상황에서 국가가 만들어졌잖아요. 남한에서 국가를 세우는 것에 덧붙여, 북한하고도 대립해야 하니까, 강한 군대 만들어야지요, 경찰 만들어야지요, 국내 치안과 질서를 유지해야 되고, 이런 조건 속에서 민주주의 제도가 도입된 것이니까요. 말하자면 미국 헌법을 모델로 해서 입법·사법·행정을 분할해 삼권 분립의 제도를 만들고 선거도 하고 했지만, 실제로 이러한 체제가 돌아갈 수 있는 조건은 겨우 내란 상태를 벗어난 것에 불과했던 것이니까요. 또 불과 2년 뒤에 전쟁이 일어났기 때문에 정상적인 환경하에서 정치 체제가 작동했던 시기는 아닙니다. 정치학의 관점에서 보자면 민주주의라고 하는 것은 권력이 견제되고 균형되어야 가능하지, 아무리 선한 사람이라도 권력이 쥐어지면 사용하게 되고 견제가 없으면 남용하게 되어 있습니다. 다시 말해 아직도 국내 치안이나 질서는 불안정하고, 북한은 북한대로 국가를 건설하고 나중에 안 것이지만 전쟁도 준비하고 했으니까, 한국 사회에서의 정치는 의회를 권력의 거수기로 만들고, 야당이나 비판의 목소리를 탄압하고 견제 세력이 없는 상황에 이르렀지요. 이런 조건에서 독재는 거의 필연적인 것으로 보입니다.

쉽게 예를 들면, 현재 이라크나 아프가니스탄 같은 나라를 볼 수 있을 것 같아요. 우리하고는 상황이 다르지만 여기도 미국이 민주주의 제도를 막 갖다 놨는데, 제대로 작동하지 않지 않습니까? 이라크의 경우 집권 세력인 시아파는 소수파인 수니파와의 협력을 통해 정치 경쟁의 틀을 만들어야 하는데, 전후 질서를 만드는 사회에서 그런 갈등을 민주주의의 틀 안에서 해소하기란 지난한 일이지요. 아프간은 카불 부근이나 통치가 가능하지 나라 전체는 탈레반과 알카에다에 의해 주도되는 전쟁 상태라고 할 수 있는데, 정상적인 질서를 유지하고 법을 적용할 수 없는 곳에서 민주주의를 실현한다는 것은 사실상 어려울 것이란 말이지요. 제가 요즘 그 나라들을 보면서 한국의 해방 후의 상황을 떠올리곤 합니다. 이제 정치학도 공부하고 다른 나라 사례도 보고 하면서, 이승만 정부 시기, 민주주의에 대한 국민들의 기대는 컸을지 몰라도 현실적으로 실현되기는 어려웠던 배경을 이해하게 되는 것이지요.

김우창 민주주의든 혹은 다른 것이든 어떤 종류의 정치 질서가 발전해 가는 데 있어서 잘한 일 못한 일, 이런 것이 불가피하게 일어난 상황과 측면에 대한 이해가 있어야겠지요.

최장집 당시에 우선 사회적인 조건이 80퍼센트 이상이 농업 사회였잖아요. 국민들이 서구식 민주주의든 공화주의든 이런 걸 경험해 본 적이 없었습니다. 바로 엊그제까지만 해도 조선조에다가 일제 식민 통치를 받았기 때문에, '민주주의'라고 하는 것은 말이나 머릿속에서만 있지 실제로 어떻게 운영해야 하는 것인지, 그 가치가 무엇인지에 대해 이해할 기회가 없었어요. 게다가 아까 선생님도 말씀하셨듯이 독립운동 지도자들은 대개 만주, 중국 등 지하에서 투쟁을 해 오다가 해방이 되고 나서 이 사람들이 지도자가 되지 않았습니까? 이런 상황에서 우리가 민주 공화국의 제도를 수용한 것은 어떻게 보면 시대의 요구이고 미국에서 요구하는 것이기도 해서 그것을 받아들이게 된 것이지, 실제로 이 제도에 대해서 얼마나 제대로 알고 이 가치를 수용했겠습니까. 그러고 그 당시에 지도자였던 독립운동 지도자들은 미국에서 활동했던 이승만 대통령과 같은 사람들 소수를 제외하고 민주주의가 아닌 중국이나 국민당 통치 지역, 러시아 또는 국내에서 활동한 사람들이 다수이지 않았습니까. 이러한 조건 속에서 해방이 되어서 민족 독립 국가를 공동의 목표로 해서 민주주의 체제를 건설한다. 이것은 이론적으로는 가능할 수 있어도 현실에서는 상당히 어려운 과제였을 것이라는 점은 이해할 수 있습니다. 이러한 상황에서 이승만이 그래도 서구적 민주주의에 대해서는 이해가 가장 깊었다, 어찌 보면 김 선생님의 이러한 말씀은 사실이었을 것이라고 믿어집니다. 왜냐하면 미국에서 실제로 민주주의가 돌아가는 것을 본 사람이고 그것이 어떤 것인지를 세간의 지도자들 중에서는 그래도 제일 많이 안 사람이었을 테니까요.

김우창 그러니까 비극적인 면이 많았던 것 같습니다. 4·19에 이승만을 타도하는 과정에서 사람이 죽고 다치고 한 건 더 비극적인 사건이지만, 이승만이 그렇게 쫓겨나고 결국 하와이에 가서 숨을 거두고 하는 것도 비극적인 사건이지요. 어쩔 수 없는 여러 가지 상황 속에서 일어난 부분도 있는 것 같다는 말이지만, 이러한 것은 물론 정치학을 하시는 분들이 이제 연구해 주셔야겠지요. 우스갯소리를 하나 하자면 학교 다닐 때, 청와대 위 북악산에 올라간 일이 있지요. 청와대 앞을 지나다닐 때도 자유롭게 다녔어요. 지금은 아마 그렇게 자유롭게 못 다닐 거예요. 그러니까 그땐 차라리 원시적인 자유가 있었던 사회였단 생각도 듭니다.

최장집 제 견해로는 한국 현대사에서 본격적으로 '권위주의'라는 것이 체제로서 자리를 잡은 것은 유신 체제였습니다.

김우창 그렇게 보는 수도 있겠죠.

최장집 굉장히 강한 정부가 있고, 제도가 꽉 짜여서 진짜 독재를 시행한 것은 유신 때부터고, 이승만 독재는 상당히 새롭게 정의해야 되는 측면이 있습니다.

김우창 이승만 정부는 미숙한 독재였겠지요.

최장집 독재할 국가 체제가 아주 엉성한 상태였기 때문에, 근대적인 관료 권위주의 국가 이전에 나타난 전통과 근대 사이에 위치하는 특정 유형의 독재였다고 생각합니다.

김우창 4·19가 한국 사회나 민주주의 발전에 어떤 기여를 했는지에 대해 생각해 보았으면 합니다.

최장집 김 선생님의 의견은 어떠신지요.

김우창 어느 일본 기자가 그전에 이런 말을 한 적이 있습니다. 한국에 왕당파가 없는 것이 이상하다, 왕정을 그토록 오래 해서 왕정복고를 얘기하는 정치 파벌이 있을 것 같은데 그런 게 전혀 없는 게 이상하다, 그런 말이지요. 19세기 말부터 독립협회를 비롯한 여러 국면에서 민주주의를 해야 된다, 민주주의 사회가 되어야 한다, 그런 생각들을 찾아볼 수 있습니다. 그런 연속선상에서 4·19가 일어났던 것이니까 4·19는 그러한 민주주의에 대한 역사적 요구가 대중의 의견이 되어 집합적으로 표출된 역사적인 사건이라고 할 수 있을 것 같습니다. 거기서부터 시작되어서 누구도 4·19 그리고 민주주의를 부정적으로 볼 수 없게 된 것이지요. 4·19를 위해서 노력한 사람들은 잠재적으로 커져 가고 있던 역사의 요구를 분명하게 한 것이라 할 수 있습니다.

최장집 제 의견도 선생님과 비슷한데, 산업화·근대화·도시화 등 한국 현대사의 전개 과정과 민주주의 형성 과정에서 하나의 중요한 패턴을 만든 것이 4·19다, 이렇게 말할 수 있을 것 같습니다. 그런데 한국 사람들이 그 민주주의라고 하는 가치를 굉장히 강하게 수용한 반면, 하나의 통치 체제로서 민주주의의 제도적 특성과 가치들에 대해 그다지 깊이 생각하지 않았고, 또 알 기회도 없었다고 봅니다. 그래서 현실의 정치 체제를 비판적으로 보고, 그 대안적 체제를 생각하거나 또는 어떤 바람직하다고 생각하는 이상이나 가치에 대해, 모두 민주주의라고 이해하고 민주주의를 이상화하게 되었다고 보는데, 이 점에서 민주주의의 의미는 과부하(過負荷)되었다는 생각이 듭니다. 어떤 이상적인 가치, 이념 또는 체제가 필요하다면, 그것을 민주주의라고 생각하는 경향을 말합니다. 모두 민주주의의 가치로 수렴해서 생각하는 것이지요. 여러 가치들이 과도할 정도로 민주주의로 수렴되어 들어와, 그 속에 중첩되어 있다는 생각이 듭니다.

김우창 그 지적은 아주 필요한 지적인 것 같습니다. 그러니까 우리에게 민주주의가 필요했지만, 또 그것에 그렇게 과도하게 가치 부하가 되는 바람에 추구해야 하는 정치 목표를 지나치게 단순화한 면도 있었다, 이런 말씀이신 것 같네요.

최장집 민주주의라고 하는 게, 현대 민주주의는 대의적 민주주의인데 이 체제가 해결할 수 없는 모든 것까지 여기에 집어넣은 것이지요.

김우창 그것만 해결되면 다 뭐든지 다 되는 것으로 말이지요.

최장집 진짜 만병통치약 비슷하게 돼서, '민주주의만 되면 모든 게 해결된다.' 이것이 1987년 그 민주화 운동 때 그대로 재현된다고 보거든요. 이게 4·19를 들여다보면, 그보다 축소된 형태로 그 모든 모델이 발견되는 것 같은 느낌이 듭니다.

김우창 어떤 계기나 어떤 집단의 의사나 의지 그리고 방향에 못지않게 중요한 게 역사적인 흐름인데, 역사 흐름에 배치되게 행동하는 사람은 희생이 되고 역사의 흐름과 더불어 움직이는 사람은 역사에 기여하고 영웅적인 인간이 된다, 이런 생각이 듭니다. 이 흐름과의 관계해서 희생자도 나오고 영웅도 나오는 것 같습니다. 헤겔은 역사의 주체를 개인이 아니라 역사 자체라고 보는데, 우리는 이에 대해서는 조금 더 생각해야 될 것 같습니다. 역사에 그 자체의 흐름이 있다면, 나쁜 일을 한 사람도 어떻게 보면 희생자입니다. 좋은 일을 한 사람도 너무 영웅으로 볼 것은 없고 역사의 흐름이 들어 올려줘서 영웅으로 맞아떨어진, 그런 면이 있지요. 4·19는 우리에게 모범적인 것이지만 민주주의를 하는 데 이런 4·19적인 움직임이 늘 가장 중요하다고 이야기하긴 어렵다고 할 수 있습니다.

더불어 두 가지를 더 보태고 싶습니다. 하나는 이 4·19에서 희생된 사람과 그 후에 민주화 운동 과정에서 희생된 사람들이 영웅적인 인간이면서, 동시에 비극적인 인간이라는 것을 우리가 알아야 된다는 겁니다. 독립운동에 관계된 사람도 그렇지요. 윤봉길 의사가 독립운동을 위해 중요한 기여를 하고 의기를 보여 주었지만 윤봉길 의사가 젊은 나이에 스스로 죽음을 택했다는 것은 비극적인 사건이라는 것을 알아야 된다는 말입니다. 하나의 영웅적 행동으로서 인간의 가능성이 전부 실현된다고 생각하는 경향이 너무도 강합니다. 영웅적 사건이 없는 시대가 제일 좋은 시대이지요.

인간적 희생은 보이지 않고 영웅적 측면만 보이게 되면, 영웅적 행동의 계기가 없으면, 그것을 만들어야 할 것처럼 생각하는 경우가 있지요. 우리 역사가 많은 희생을 요구한 역사이기 때문에, 그 교훈이 단순히 영웅과 열사의 삶만을 높이는 것이 되는 수가 있습니다. 비극적 상황 속에서 일어난 영웅적 사건에 들어 있는 비극적인 측면을 간과해서는 안 된다는 것, 그 비극적 각 상황은 없어야 제일 좋다는 것, 영웅적 역사관 속에서 인간의 개인적 윤리에 대한 잘못된 이해가 스며들 수 있다는 것을 생각할 필요가 있습니다. 그리고 역사의 드라마 속에서 나쁜 역을 맡은 사람에 대한 이해도 가져야 하지요. 여기에 상황의 복합성, 비극성에 대한 이해가 필요합니다.

1980년대 들어 민주화 운동 때 일입니다. 최 선생님하고 나하고를 포함해서 고려대 교수 몇 사람을 그 당시 총리이던 김정렬 씨가 만나자고 연락을 해 왔습니다. 당시 김정렬 총리는 자신의 관심은 정권의 유지나 퇴진이 아니라 희생자가 적게 나면서 이 문제가 해결되는 것이라고 했습니다. 이야기를 나누는 사이에 우리하고 같이 간 분 중에 김대중 선생하고 가까운 분이 있었는데, 김대중 선생하고도 한번 만나서 희생자가 없게끔 하는 방법을 이야기할 수 있었으면 좋겠다고 했습니다. 김정렬 씨가 4·19 때 무슨 장관이었지요?

최장집 네, 국방장관을 했지요. 4·19 때문에 물러난 것으로 기억합니다.

김우창 4·19 때 자기가 가장 아프게 생각한 것은, 통제할 수 없는 상황에서 총기가 발사되고 사람이 목숨을 잃게 되는 것이라고 김정렬 씨는 말했습니다. 다시 그런 상태가 되어 유혈 사태가 일어나지 않도록 하는 것이 자기 관심사인데, 이것이 4·19 때 깨달은 것이라고 했습니다. 4·19 당시에 대중들의 적이 될 수 있었을 그런 사람도 이런 생각을 했었던 것이지요. 여하튼 영웅도 목숨을 버린 비극적인 대가를 지불한 사람이고, 악당도 상황 속에서 그런 역할에 맞게 되는 경우들이 있지요. 그렇다고 해서 무조건 두루뭉술하게 하자는 것이 아닙니다. 어떤 경우에는 목숨을 버리고 대결도 해야 되지만, 그러면서도 거기에 또 하나의 차원이 있을 수 있다는 것을 알아야 한다는 말입니다. 근데 우리 역사 해석에서 계속, 옛날 역사도 그렇지만 특히 현대사에 있어서 역사가 훨씬 복잡한 일이란 것이고, 거기에는 인간의 의지와 결단을 넘어서는 부분들이 있다는 것에 대한 생각은 별로 안 하는 것 같아서 하는 말입니다.

최장집 부연하자면, 선생님께서 헤겔의 시대정신을 말씀하셨는데 한국의 현대사는 굉장히 '압축적 근대화'라고 할까, 그것은 현대사의 중요한 특징으로 보입니다. 해방부터 1980년대 민주화에 이르기까지, 반세기도 안 되는 시간 동안에 모든 변화가 다 일어났거든요. 분단, 전쟁, 4·19에 의한 민주화, 군부 쿠데타, 산업화, 1980년대, 민주화, 탈냉전, 세계화, 이런 것들이 다 세계적인 변화와 직접적으로 연결된 한반도의 격변적인 사태잖아요. 한 세대 동안에 이런 일들이 다 일어나 버리고 말았지요.

이를테면 서양에서는 16, 17세기에 종교 개혁과 종교 전쟁, 17, 18세기에 자유주의, 계몽사상, 그런 게 있은 다음, 프랑스와 미국에서 혁명이 나고, 19세기는 산업화, 그다음에 민주화 하는 식으로 몇 세기에 걸친 장기적인 기간을 두고 변했기 때문에, 역사를 단계적으로 인식하는 것이 가능하고, 헤겔의 시대정신이라는 말은 이런 느리고 장기적인 변화 속에서 의미를 가질 수 있는 것으로 보입니다. 그런데 한국의 경우는, 너무나 빠른 속도로, 한 세대 안에 이 모든 것이 모조리 다 일어났습니다. 이렇기 때문에 한 시대를 지배하는 가치가 공감할 수 있는 수준에서 전개되기 어려웠습니다. 이런 말이 가능할지 모르겠지만, 그래서 한국의 역사는 '부분적 역사(partial history)'라고 할까요? 모든 것이 부분적으로 일어나고, 이념 간에, 세대 간에, 사회적 부문이나 계층 간에, 역사를 경험하고 이해하는 내용들이 제각기 달라졌고, 이들은 또 중첩되는 양상을 띠게 된 것이지요. 그러다 보니 관점의 상호 소통을 통해 역사를 전체로 아울러 통일적으로 보는 문제가 무척이나 어렵습니다. 그러니까 한국 사회에서 좌우 이념 갈등이 무척 심한 것도 이런 것과 관계가 있겠지요. 이를테면 분단되고 좌우가 있었잖아요. 해방 후에 이런 것이 채 아물기도 전에 덧씌워지고 뒤죽박죽 연결이 되는 과정 속에서 골이 깊어 갔지요. 각 시대마다 역사의 변화에서 중심적인 역할을 했던 그룹이 존재하고, 이들의 가치와 신념들이 그다음에 오는 변화와 충돌하면서 갈등하게 되는데, 이는 정치적이고 사회 경제적인 원인으로부터 오는 것도 있지만 시간의 짧은 변화 사이클에서 비롯된 것도 크지 않나 하고 생각합니다.

김우창 그러니까 더욱더 많은 사람들이 자기의 판단과 의지에 의해서 움직이기보다 상황 속에서 뒤흔들리는 것이겠지요. 자기가 주인공이라기보다 상황이 주인공이 되어서 말입니다.

최장집 그러니까 이렇게 생각을 해 볼 수 있을 것 같아요. 해방 후 한국의 좌파는 어쨌든 분단과 전쟁, 냉전 반공주의, 미국에 의해서 지원된 이승만 정부 등 한국의 중심적인 역사를 쉽게 수용하지 못했어요. 또한 북한에 대해서는 긍정적으로 아니면 남다른 민족적 감정과 더불어 많은 이해심을 가지고 보는 경향이 있다고 할 수 있지요. 그러는 동안 이러한 태도, 관점이 합리적이 되기 위해서는 북한이 잘 해 나가서 나름대로의 특성과 장점을 갖는 하나의 체제로서의 면모를 보여 줘야 하는데, 이제 도저히 이성적으로 수용이 되기 어려운 체제가 되어 버렸지 않습니까? 이런 가운데서 민족 문제 이슈에서 좌파의 논리라고 하는 것이 아주 애매해져 버린 것이지요. 그렇다면 현실의 관점에 서서 이것을 조정하고 바꿔야 하는데, 변화에 대응하는 태도와 정서의 변화는 시간의 빠른 사이클을 미처 따라갈 수 없습니다. 한국 사회의 모든 갈등, 이런 것들이 논리적이고 합리적으로 일관성을 지니기가 상당히 어려운 측면이 있지요. 어떻게 이 사태를 합리적으로 설명할 수 있을 것인지요. 한국의 현대사를 이해하고 평가하는 데는, 정말 사려 깊음과 신중함, 그리고 온유함과 선생님 표현대로 겸허함이 필요하다고 느끼게 됩니다. 쉽게 단정하고 단순화해서 이야기하는 것이 얼마나 위험한가, 그런 생각을 요즘 와서 많이 하게 됩니다.

김우창 지금껏 전체적인 문제로 많이 이야기를 나누어 보았습니다. 문화사나 심성사적인 측면, 그리고 사회사적 측면에서 4·19를 어떻게 평가할 수 있는가, 이런 문제를 논의해 보면 어떨까요?

최장집 문화사적인 측면에 대해 먼저 말씀해 보시지요?

김우창 초기의 민주화 운동과 관련해서 사람들은 김승옥의 소설이나 김수영 시를 떠올리는 것으로 보입니다. 신동엽도 들 수 있고요. 우리가 읽었던 『청록집』 같은 문학과는 다른 현대성을 보인 작품들이었지요. 그런데 이런 사람들의 시나 문학 작품은 그 후에 나온 이데올로기적인 작품보다는 폭이 넓었던 것 같습니다. 정치성을 가지면서, 이데올로기적인 속단에 의해서 모든 상황을 판단한 작품들은 아니었다는 것이지요. 민주주의나 자유나, 보다 더 나은 삶에 대한 소망들은 표현되어 있지만 그게 하나의 경직된 이데올로기에 의해서만 답해질 수 있다는 생각은 적었지 않았나 생각합니다. 그러니까 지금 얘기한 이런 작가들은 반드시 마르크스주의적 시각을 가졌다기보다는, 자유주의자면서 사회적인 관심도 있고 이런 사람이라고 얘기할 수 있지 않을까 합니다. 이것은 4·19의 성격이 사회적인 측면이 약하고 규범적인 의미에서 민주적인 체제에 대한 소망을 표현했다고 얘기할 수 있는 것과 비슷한 것이지요. 그 후의 문학이나 미술을 보면, 문학이나 예술이 인민에 봉사해야 한다는 민중주의적 경향이 강하게 됩니다.

지금 중국이 자유화됐다고는 하나, '중국작가협회'라는 기구가 상당히 강한 권력 기구 중의 하나인데, 다른 분야는 어떤지 몰라도 적어도 공장하고 군대에 배속되는 작가들이 있습니다. 이들은 군대를 소재로 해서 작품을 쓰되, 당의 이념을 촉진하는 데 봉사해야 하는 것이지요. '작가는 당 이념에 봉사하는 선전원이다.'라는 생각이 거기에 들어 있지요. 이데올로기적 문학의 궁극적인 형태가 이러한 것입니다. 우리 경우에 반드시 그러한 것은 아니지만, 시사하는 바가 많은 사례라고 할 수 있습니다. 4·19를 촉진하고 4·19를 표현한 시 작품이나 또 김지하 정도까지만 해도, 그러한 엄격한 정치 이념이나 민족적인 과업이라든지 사회적이고 이념적인 과업에 봉사해야 된다든지 하는 생각은 없었던 것 같습니다. 그냥 민주주의니 자유, 평등, 이런 것들은 비교적 자유롭게 추상적으로 얘기하는 것이었지요.

소련의 경우도 마찬가지였습니다. 처음 소련 혁명은 작가들에게 표현의 자유를 넓혀 주었습니다. 당의 권력이 강화되면서부터는 인민에 봉사하는 게 주업이 되지요. 당파성, 인민성, 이념성, 이런 것들을 작가가 지켜야 된다 하는 것들이 강조되었지요. 이상은 이념화되면서 경직성을 띠는 경향이 있습니다. 그러면서 좋은 이상도 통제의 수단이 되지요. 그러면서 모든 사람들에게 봉사해야 한다는 것, 인민에게 봉사해야 한다는 것을 어떻게 하여야 하는가를 당이 결정하게 됩니다. 이렇게 하여 당파성과 인민성은 하나가 되지요. 우리 체제가 그렇다는 것은 아니지만, 문화사적으로 보자면 4·19는 해방적 기능을 가지면서 동시에 이념적으로 좁아진 문화적 흐름도 생기게 하였다고 할 수 있지 않을까 합니다. 이것이 전부는 아니고 다른 흐름도 생겨나게 되었지만요.

최장집 저 역시 덜 정치적이고, 개인의 문제가 중심이 되고, 현대성을 가졌던 김승옥 씨 작품을 굉장히 좋게 읽었습니다. 저희 연배들은 김승옥 씨의 영향을 받은 사람이 많았는데, 저는 그의 팬이었습니다. 그 시절, 우리에겐 김승옥 씨가 거의 히어로였죠. 문학계에서는요. 「무진기행」이 준 감동은 매우 컸고, 강렬했습니다.

김우창 그런데 글 쓰는 사람들은 자기하고 동시대 사람들을 향해 글을 쓰고 있다고 생각하지만, 그 효과는 동시대 사람에게서 나오는 게 아니고 다음 세대 사람들에게서 나오는 것으로 보입니다. 즉 글 쓰는 사람들은 당장에 자기가 하고 싶은 이야기를 하는 것인데, 그 작가와 동년배에 있는 사람들은 자기들 나름대로 아는 것이 굳어져 있는데 더 얘기 들을 필요 있는가, 이런 입장을 가지고 있는 반면에 젊은 학생들이나 성장하는 세대의 사람들은, '아 이게 정말 맞다.' 이런 생각을 많이 하지요. 그러니 시차가 있는 상태에서 효과가 있지 않나 생각합니다. 그러니까 4·19도, 4·19세대의 김수영, 김현, 김승옥 그런 사람들이 일으킨 게 아니라 그전 사람들의 글이 작용했을 것 같은데, 그것이 어떤 사람들이었는지 알아보아야 하지 않을까 합니다.

다시 시차 이야기를 해서, 글 쓰는 사람들이 착각하는 것 중의 하나는 당대를 너무 의식하는 것입니다. 문학 작품은 신문 칼럼과는 성격이 다르지요. 마르크스의 현실적 영향은, 마르크스주의자들로부터 생긴 것이지 마르크스에게서 생긴 것은 아니라 할 수 있습니다. 4·19 문학 얘기를 했지만, 그 4·19 문학이 4·19에 영향을 끼친 것은 아니지요. 문화적인 측면은 그렇고, 아까 최 선생님께서 4·19 이전에, 특히 구한말 이후 식민지를 경험하고 이러면서 이전에 우리 사회의 가치들이 거의 부재하거나 혼란스러웠기 때문에, 민주주의라는 가치에 과도하게 의미를 부여하고 모든 것을 거기에 덮어씌우는 감이 있다는 말씀을 하셨는데, 그러한 가치의 역사의 측면에서 4·19 전후의 변화를 한번 생각해 보면 어떨까요?

최장집 글쎄요. 아까도 잠깐 얘기가 나왔지만, 식민지를 경험하면서 왕

당파가 생길 여지 자체가 없을 정도로 파괴되었던 것이 사실입니다. 그러니까 다시 왕정으로 복귀하려는 귀족주의적인 흐름도 기회가 없어지거나 아예 존재할 수가 없고, 오로지 일제 식민 통치에 반대하는 민족주의가 가장 지배적이 되어 버린 것이죠. 그 과정에서 민주적 가치도 언제나 앞장세워졌습니다. 우리가 냉전 상황에서 분단국가가 된 것은 어쩌면 독립운동의 실패라고 볼 수도 있습니다. 독립운동이 분단국가를 지향했던 것은 결코 아니었으니까요. 그 실패를 보상하기 위해서라도, 우리는 이제 민주주의 국가를 세운다는 생각이 내면적으로 굉장히 강렬했던 것 같고, 국가 건설을 위한 정치 체제의 정당성을 위해 활용되는 측면도 있었던 것 같고요. 어쨌든 분단이라는 조건하에서라 하더라도 이승만은 민족주의 가치와 민주주의 국가의 건설이라는 두 목표를 동시에 실현하고, 이를 표상하는 인물로 우리 앞에 나타났다고 할 수 있을 것 같습니다. 그러나 그는 그 기대를 충족시켜 주지 못했습니다. 바로 그런 측면에서의 기대와 좌절로 인하여 민주주의라는 이름으로 이승만 독재를 재단하고 타도하려 했던 측면도 있었던 것 같습니다. 이승만 정부가 실제로 그리고 어느 정도로 민주적이었냐 아니었냐 하는 것을 상세하게 평가하거나 이해하려는 관심보다, 그냥 민주주의라는 이념을 통해 그렇게 된 점도 많은 것 같습니다.

4·19의 직접적인 동인은 현대적인 민주주의 교육의 세례를 받은 새로운 세대에 의해 반독재 운동에 의한 것이지만, 앞 세대로부터의 좌절, 여망, 체제에 대한 비판적 인식들이 또한 커다란 배경을 이루었다고 볼 수 있겠습니다. 이 둘 다가 모두 민주주의를 국민들 사이에서 보편적인 가치로 확산하는 효과를 가졌다고 보는데, 4·19는 이러한 의식 변화의 기폭제로서 역할을 했다고 생각합니다. 이렇게 확대된 민주주의 이념과 가치에 관념적인 요소가 컸다는 점이 지적될 수 있겠지요. 동시에 북한에 대해서도 관념적으로 이해했던 측면이 많았다고 봅니다. 체제의 내부 구조와 실제

에 대해 생각하려 했다기보다, 북한의 반외세 민족 자주는 민족주의의 가치에서 평가할 것이 크다든가, 사회주의적 산업화가 자본주의적 산업화에 비해 우월하다든가 하는 방식으로 말입니다. 민주주의를 채울 수 있는 내용적 측면이라는 점에서 볼 때, 민주주의가 현대의 대의제로서 통치 체제라는 민주주의에 대한 관심은 적었던 것 같고, 외세로부터 벗어난 민족 자주의 실현과 이를 통한 통일, 인민 주권과 민중 중심의 평등과 자유 구현과 정치적 억압과 권위로부터의 해방, 민족 자립 경제의 건설 등, 이런 관념적으로 좋은 것들이 실현될 수 있는 사회 체제로 이해되는 측면도 컸다고 봅니다. 정치학적 개념으로 '최대정의적(maximalist) 민주주의'의 내용이라고 할 수 있을 것 같아요. 분단을 초월하여 시대의 모든 중요한 문제와 그에 대한 대안이 전부 다 민주주의의 내용 안으로 들어가게 된 것이죠.

김우창 근대사의 전개 과정에서 우리 의사와 상관없이 많은 가치들이 소진되어 버렸기 때문에, 그 가치 공백의 자리에 민주주의 가치가 비교적 손쉽게 들어설 수 있었던 것이지요. 4·19의 긍정적 결과도 그런 측면과 관련되는 것 같습니다. 만약 이전의 여러 가치들이 그대로 잔존하고 왕당파가 강했더라면……. 여러 차례에 걸쳐 가치 소진이 이루어졌기 때문에 민주주의가 쉽게 들어설 수가 있었지만, 동시에 거기에다 지나치게 많은 것을 기대하는 결과가 생긴 것이겠지요. 사람 사는 게 복합적인 가치 속에 있다는 것, 복합적인 사회 체제와 여러 기구 속에 있다는 것이 상실되고, 우리 사회의 특징 중의 하나로 추상적인 이념으로 모든 것을 이룩해 낼 수 있다고 생각하는 경향이 생기지 않았나 합니다. 우리 생각에서 구체성이 없는 게 너무 많아졌지요. 민주주의가 되면서도 동시에 민주주의가 너무 추상적으로 되고 또 복합적인 조건하에 성립된다는 것을 망각하기가 쉽게 된 것이죠.

최장집 그렇습니다. 복합적인 내용을 제대로 헤아리지 못할 때 어떤 사건이 추상화되거나 신화화되기도 합니다. 4·19의 경우도 예외가 아닌 것 같습니다. '국가의 강화', '시민의 탄생'과 같은 논점과 관련하여 볼 때, 실제로 4·19에 참여했던 사람들은 결국은 국가주의적이고 발전주의적이고 민족주의적이고 이런 전체적인 지배적인 이념 속으로 통합되는 경향을 보였어요. 사회학적으로 말하자면, 이듬해에 일어난 5·16이 군부 엘리트가 만든 것이라면, 4·19는 교육받은 도시 중산층이 만든 것인데, 그 당시 우리나라에서 '군'은 사회 계층 구조에서 엘리트층에 끼지 못했던 하위 계층으로 인식되었습니다. 이 점에서 5·16군사 쿠데타는 군 엘리트들을 사회의 상층으로 격상시키는 전기였어요.

5·16 이후의 상황을 볼 때, 4·19라는 큰 혁명을 만들어 낸 사회적 동력이 그 유산을 심화·확대하면서 민주주의의 모형을 만들었느냐 하면 그렇지 못합니다. 오히려 1960~1970년대 박정희 정부가 주도한 개발주의나 발전주의에 입각한 산업화 과정의 역군으로 통합된 측면이 강합니다. 그러니까 4·19 엘리트라고 하는 건, 이후의 시대정신이 '산업화'라고 한다면, 여기에 부수적이고 보조적인 역할 이상을 하지 못했어요. 4·19의 세대들이 구체적인 정치 행위를 통해서 그들은 설령 실패하더라도, 그 이후 세대들에게 무언가를 남겼는가, 그러지 못하고 기성세대로 아주 빨리 편입되었어요. 그러니까 4·19세대는 그 한 세대 뒤에 1980년대 민주화 운동의 주역이었던 386세대와 비교하면 재밌어요. 80년대 민주화 운동 세대들도 많은 사람들이 체제에 순응하고 편입이 되었잖아요. 그런데 그 앞서 4·19 세대가 그랬듯이 하나의 패턴인 것같이 생각됩니다.

김우창 4·19란, 다시 얘기하지만 추상적인, 기본적인 민주주의에 대한 향수, 동기가 강했기 때문에, 한국 사회의 유기적인 핵심에 침투하지 못했다, 이런 말씀인 것 같습니다. 그런데 4·19가 터질 무렵 민주당의 핵심 구호인 "못살겠다 갈아 보자"에서의 '못살겠다'는 삶에 관계된 것 아닙니까?

사회적인 내용을 가진 것이지요. 그러니까 4·19를 촉발하는 데도 숨은 동기로서 사회적인 문제가 있었을 거예요. 살기가 괴롭다든지, 가난하다든지 하는…….

최장집 그런데 4·19를 자세히 들여다보면 여러 그룹과 다른 성격의 이념들이 합쳐진 것으로 보입니다. 삶의 문제나 노동 문제, 이러한 문제들을 분명히 제기한 것은 사실입니다. 특히 대구의 교원 노조를 중심으로요. 노동조합들이 많이 움직이게 되고, 50년대를 통해 잔존했던 군소 진보 정당들도 움직이면서 생활 문제를 제기했고요. 4·19를 전체적으로 놓고 보자면 당시에 나왔던 문제를 크게 세 가지로 말할 수 있어요. 크게 얘기할 수 있는 게, 민주주의에 대한 것이 압도적이었고, 그다음 생활 문제, 사회 경제적인 문제를 해결하고 개선하자는 요구들이 노동조합이나 교원 노조나 이런 데를 중심으로 나왔고, 그다음에 남북통일 문제. 이렇게 세 이슈들이 차례로 4·19 이후 운동 과정에서 나타났었습니다.

김우창 그중에서도 가장 표면에 나온 건 정치적인 문제이지요.?

최장집 그렇습니다. 민주주의 문제가 압도적이었지요.

김우창 그러니까 사회의 체제의 핵심적인 경제, 사회, 여기에 개혁을 요구하는 것으로 나아가는 경향은 강하지 못했다는 것이지요.

최장집 예. 그런 문제의식은 강하지 못했습니다.

김우창 그 대신, 거기에 계급 투쟁적인 성격이 강하지 않았기 때문에, 희생이 적었다고 할 수도 있지요. 의식을 하든 안 하든 간에 "못살겠다"는 문제의식도 있었지만.

최장집 그런데 당시에는 후기로 갈수록 남북문제가 표면으로 등장했습니다. 5·16이 등장할 때의 명분 중의 하나가 되기도 했고요. 4·19 당시 '민족통일연맹'이라고 하는 단체가 중심이 돼서 "가자! 북으로, 오라! 남으로" 하는 구호를 외치면서 "판문점에서 남북학생대표회담을 열자."라고 제의하는 등, 상황은 급변했습니다. 당시 냉전 체제가 이를 허용할 수 없는 것 아니겠습니까? 학생 운동의 급진화는, 분단국가를 만들었던 기성 질서, 특히 군에 대해 이는 경종이었고 곧 군대가 동원되는 중요한 명분이 되었어요.

김우창 심성적인 부분에 관한 이야기를 하나 하지요. 아까 최 선생님이 고등학생 신분으로 4·19에 참여를 하시면서 무엇이 이슈였는지 정확한 상황을 파악한 것은 아니었다는 말씀을 하셨지요. 해방 후에, 국민학교를 다닐 때인데, 당시 고약한 일본 담임 선생이 있었습니다. 아이들 따귀도 때리고 성질이 사나웠지요. 해방이 되니까, 이 담임 선생을 죽여야 한다고 초등학생들이 그 집으로 몰려갔어요. 이들이 뭘 알겠어요. 담임 선생의 집도 못 찾아내고 그냥 해산했어요. 영국에 정치적인 풍자를 많이 한 「몬티 파이튼」이라는 영화가 있는데, 예수가 십자가에 달릴 때의 일을 풍자한 겁니다. 군중들이 많이 모여서 어떤 나쁜 놈의 집을 찾아가지요. 그런데 그 사람이 집에 없습니다. 그러니까 군중들은 "누구든지 좋으니까 죽일 놈을 하나 내어 놓으라."라면서 아우성을 하지요. 쫓아갔던 대상이 나쁘다기보다는 군중들이 자신의 마음에 쌓여 있는 울분을 누구에게든 터뜨려 놓고자 하는 것이지요. 또 그것은 사람이 원하는 절정의 경지이기도 하지요. 해방 후 국민학생인 우리가 경험한 것이 그러한 것입니다.

그런 심성들은 누구에게나 있는데 그것을 어떻게 사회 체제적인 개선에 기여하게 하는가. 이것이 바로 지도자들의 책임이죠. 우리나라의 지도자들은 그것을 합리적이고 정치적인 힘으로 전환해야 하는 막중한 책임감을 느끼지 못하고 있다는 생각이 들어요. 목표나 이상이 무엇이든 간에 사람이 동원될 수 있는 계기가 있어요. 4·19 때는 그러한 군중의 에너지를 제도 개선이나 정치적인 동력으로 옮길 수 있는 정치적인 지도력이 없었다고 할 수 있겠지요. 상황이 무르익지 않았다고 할 수도 있고요.

정치적으로 사람을 동원하려면 사람들이 거부할 수 없는 목표를 내세워야 돼요. 우리나라에서 민족만큼 강력한 동원 기제나 이념은 찾아보기 어렵지요. 민족을 내세우면 다른 사람이 꼼짝할 수 없는 그러한 이념이 되지요. 그러니까 민족이란 문제가 나온 것은 민족 통일이나 단일 국가의 구성, 이런 것이 중요한 것이기도 하지만, 사람을 동원할 수 있는 정치적인 기제로서 가장 편리한 것이었다고 할 수도 있지 않을까요? 민족이나 또는 어떤 집단적인 이상을 말한다면, 두 가지를 생각해 보아야 할 것입니다. 하나는 동원을 위한 슬로건이냐, 아니면 진짜로 역사적으로 이루어야 될 일 그리고 현실적으로 절실성을 가지고 있는 일을 지칭하는 것이냐 하는 것 말입니다. 정치적인 이념에는 이중성이 존재하는데, 하나는 동원의 가능성에 봉사하는 수단이 되는 수가 있고, 하나는 진정한 의미에서의 정치적인 목표가 되는 수가 있지요. 아까 말씀하신 4·19 때 나온 '민족'이란 개념도 이중으로 해석할 필요가 있을 것 같습니다. 그 후로도 마찬가지이지만.

최장집 하여튼 민족주의라는 것이 집단적인 이념이고 감정이잖아요. 그러니까 서구의 자유주의나 개인주의, 계몽주의와 잘 어울리는 것이 아닙니다. 4·19에서 의도했건 안 했건 국가를 강화하는 데는 기여를 했다고 볼 수 있는데 개인의 자유나 서구에서의 개인주의적 전통, 이것이 개인주의의 근간이라고 볼 수 있는데, 4·19 혁명이 여기에 그러한 전통을 하나 만들었다, 이렇게는 볼 수 없습니다. 그 현상은 1980년대 민주화 운동에도 그대로 적용될 수 있다고 말할 수 있을 것 같아요. 4·19도 그렇고 그보다 훨씬 더 확대된 규모로 1980년대의 운동은 산업화를 거친 이후의 민주화 운동임에도 불구하고 둘 다 사회 경제적 문제가 운동의 중심에 자리 잡지 못했다는 공통점이 있습니다. 그리고 결과적으로 두 사건 모두 새로운 무엇을 만들지 못했다는 것, 자유주의적인 전통 같은 것이 그 두 운동을 통해 별로 제기되지 않았다는 것이지요.

김우창 '민족'이란 이념 이외에도 많은 정치적 이념이 있습니다. 그리고 그것들은 서로 연결되거나 모순의 관계에 있습니다. 가령 민족과 개인의 존엄성의 이념 사이에는 모순이 있을 수 있습니다. '민족을 위해서는 개인이 희생되어도 된다.' 이런 명제가 쉬운 주장인 것처럼 말하는 것은 이 모순을 생각하지 않기 때문입니다. 그렇다고 하나를 취하는 것이 옳다는 것은 아닙니다. 이런 모순에 따르는 긴장을 받아들여야지요. 우리 정치 지도자들 사이에서도 여러 이념들 사이의 긴장에 대한 고민은 약한 것 같아요. 전통적으로도 그래 왔어요. 마치 충(忠)하고 효(孝) 사이에 긴장이 없을 것처럼 생각하면 안 되지요.

가령 이순신은 국가에 충성하면서도, 우리나라에서 근본적으로 효를 더 중시했기 때문에, 이순신이 일본하고 대치한 상황에서 군복을 벗고 상을 치르러 집으로 갔거든요. 다른 예로 어떤 공무원 이야기를 해 보겠습니다. 아버지가 몹시 위독하셔서 수술비가 많이 필요한데 집에 돈이 없습니다. 그럴 때 효만을 생각해서 나랏돈을 가져가느냐, 국가 공무원의 공직 윤리를 따라 가져가지 않느냐, 이럴 때 충과 효 사이에 긴장이 생깁니다. 그러니까 충, 도덕성, 윤리 등 여러 가치들이 부딪히는데, 보통의 경우 많은 사람들은 그 복잡한 충돌을 보지 않고 좋은 이념들은 한 덩어리가 될 수 있다고 생각하는 경향이 있어요. 좋은 이념들 사이엔 항상 갈등과 긴장이 있기 때문에, 이를 고려하면서 자기가 생각하는 정치적인 이상에 대해서 고민을 해야지요.

최장집 옳은 지적입니다. 그런 면에서 4·19 이후의 50년 동안 한국의 민주화 도정이라든지 정치 발전의 문제 같은 것도 그와 같은 복합적인 긴장을 고려하면서 사려 깊게 성찰해야 할 것입니다. 4·19와 1987년 사이에는 어떤 패턴 같은 게 존재했다고 볼 수 있는데, 이 사이에 1960~1970년대 산업화라고 하는 굉장히 큰 사건이 있잖아요. 그 이전의 한국 사회는 혼란기였고, 이 시기의 산업화야말로 압도적으로 농업 사회에서 산업 사회로의 전환이라는 큰 변화를 추동하면서 오늘의 한국 사회를 형성하는 데 중추적인 요인이 되었던 게 사실이지요. 그런 변화 이후에 일어난 1987년 민주화 운동은 4·19와 비교할 수 없을 정도로 큰, 전 사회적인 변화였다고 볼 수 있겠지요. 노동 문제가 실제로 대두되었고요. 그럼에도 어떤 면에서 비슷한 패턴을 보였다는 점은 생각거리입니다. 4·19 때는 대학생이 굉장히 중요한 역할을 했잖습니까. 이것은 다른 나라와 비교해서도 상당히 특징적인 것 같습니다. 1987년 6월 항쟁 때에도 똑같은 일이 되풀이됩니다. 대학생들이 사회 경제적으로도 자기가 생활을 전담해야 하는 사회 집단이 아니고, 사회적 구속으로부터 자유롭다는 특성은, 대학생의 급진성이 사회 경제적인 문제와 접맥이 안 되는 요인의 하나라는 생각이 들어요. 어떻게 보면 중산층 급진주의랄까, 그런 성격이 굉장히 강하고, 1987년 민주화의 주역인 386세대들도 역시 4·19세대와 같이 그런 특성을 공유했다고 볼 수 있습니다. 이것이 정당 체제라든가 한국 민주주의 발전에 실질적인 변화를 가져오게 하기보단 그들의 운동을 아주 추상적인 데 머무르게 한 요소이기도 한 것 같습니다.

그러니까 1980년대 민주화 운동도 그렇고, 그 이후 시기 한국의 지식인들은 구체적인 문제보다는 아예 마르크스주의로 가든가 포스트모더니즘으로 가든가 하는 추상적인 이론들에 많이 경도되는 것을 보게 돼요. 그러다 보니 아주 급진적이고 변혁적이거나 추상적인 이념의 추구와 가치 정향이 강하고, 그런가 하면 반대로 현실에서는 기성 질서에 적응하거나 영합하는 모습을 쉽게 발견하게 돼요. 그러나 현실로부터 문제를 보고 해결하고자 하는 그런 경향, 말하자면 중간이 약합니다. 4·19와 1987년의 6월 항쟁, 이 사이에 가로놓인 큰 사회 변화에도 불구하고 이 공통성이 없어지지 않고 그대로 유지된다는 것은 신기하게 느껴집니다.

김우창 우리 사회는 지식인 사회이지요. 지식인들이 자기들이 생각하고 정리하고 하는 것들로 사회를 교체하면 된다는 이러한 생각들이 있는데, 이것은 조선조부터의 전통이라고 할 수 있습니다. 4·19라든지 1987년이라든지, 여기서 대학생들이 주요 세력이었다는 것도 지식인 사회라는 측면과 연관이 있습니다. 그런데 이것은 지식인 사회가 중요하다는 이야기도 되고, 젊은이의 방황과 정치적인 이슈가 긴밀한 연관이 있다는 이야기도 됩니다.

그리고 무엇보다도 정치 계획의 추상적 성격이 여기에 관계된다고 할 수 있습니다. 요즘 국가적인 현안인 세종시 문제 같은 것도 그렇지요. 사회적인 과제를 어떤 새로운 도시를 건설하는 것으로 해결하려는 나라는 별로 없을 겁니다. 스탈린 시대나 그렇게 했지. 사람 사는 땅을 몇 사람이 도안 그려 가지고, 세금 가지고 뜯어고치겠다는 이야기인데, 사람 사는 땅을 고쳐 사는 기틀을 바꾸어 놓는 것은 매우 추상적인 발상이지요. 우리 사회를 분열하고 있는 것으로 빈부의 격차, 사회 불균형 이런 얘기가 많이 나옵니다. '사회통합위원회'라는 데 가서 이야기를 하면서 이렇게 추상적으로 문제를 설정하지 말고 구체적으로 모든 사람이 살 수 있는 집을 짓게 하고, 밥을 먹을 수 있게 하고, 이런 식으로 고쳐서 생각하는 게 좋겠다는 말을 했습니다. 그런데 듣는 사람들이 이 차이를 이해하는 것 같지 않아 보였어요.

'사회 불균형'이란 것은 산술적인 관점에서 평등을 말하는 것인데, 삶의 문제를 상대적인 관점에서 파악하는 것이 아니라 절대적인 삶의 요청이라는 관점에서, 주거의 문제, 직업, 아이들 보육, 교육, 의료, 이런 구체적인 것으로 환원해서 생각을 해 보자는 것이지요. 단지, 분배의 문제도 그렇게만 생각할 것이 아니라, 100원 가진 사람이 옆 사람에게 좀 떼어서 줘야 된다는 것보다 50원 가진 사람이 사람답게 살려면 어디에서 무엇이 필요한가를 생각하여야 한다는 말이지요. 이것은 가장 기초적인 의미에서의 물질주의로 돌아가 보자는 것입니다. 그다음, 구체적인 삶의 이야기를 어떻게 사람들의 심성에 호소하게끔 만드느냐가 어려운 문제지요. 정치적인 구호로는 평등, 분배 등이 좋지요. 그러나 사람의 마음을 움직이는 것은 삶의 구체적인 필요에 대한 인식과 공감이지요. 적어도 이렇게 생각하다 보면, 집을 다 휩쓸어 버리고 거창한 아파트를 세워야겠다, 이런 식으로는 생각하지 않게 되지요. 다시 세종시 문제로 돌아가서, 호주에 캔버라가 있고 브라질에 브라질리아가 있고 하지만, 선진국에서 민주주의의 프로그램으로서 수도를 다시 만드는 나라는 없다고 할 수 있습니다. 공산주의 국가에서도 새로 짓는 것은 쉽지 않지요.

조금 각도를 달리하여, 이러한 것들은 사람들이 자기 정체성, 삶의 방향, 인생의 보람, 이런 것들을 전부 정치에서들 찾으려는 것에도 관계됩니다. 플라톤의 『공화국』은 나라 전체를 새로 만드는 이야기이기는 하지만, 인생의 참다운 보람이 다른 데에 많은데, 그것을 버리고 정치 지도자가 되게 하는 것이 매우 어려운 문제라는 이야기도 나옵니다. 너무 많은 것이 정치에 집중되는 것이 우리 사회인 것 같습니다. 그리고 정치의 열매를 추상적 계획과 국민 동원으로 연결시키지요.

최장집 한 가지 덧붙이자면, 김우창 선생님께서 '추상화'에 대한 문제를 많이 말씀하셨는데, 어쨌거나 4·19로부터 1987년에 이르기까지의 민주화라고 하는 것이, 한국 사회를 주도했던 중요한 이념이자 가치이고 운동이고 그렇잖아요. 역설적으로 그 결과라고 하는 것은, 민주화된 정부에서 보통 사람들이 삶의 여건을 개선하는 데 기여한 것은 미미하다고 여겨집니다. 거대 건설 프로젝트라든가 이런 것을 통해서 내용적으로 굉장히 독재적인 내용을 갖게 되었습니다. 역설적이지요. 민주주의라는 게 이상적으로 작동을 하기 위해선 그 사회를 구성하는 구성원들의 삶의 조건들이 개선되어야 하는데, 권력은 이 사람들을 정신 못 차리게 몰아가니까 결과적으로는 독재적인 내용을 갖는 결과가 되어 버렸습니다.

김우창 오늘 최장집 선생님이 최근에 쓴 글 한 편을 읽었습니다. 거기에 '사람이 민주주의를 위해서 있는 게 아니라, 사람을 위해서 민주주의가 있다.' 샤츠슈나이더라는 정치학자의 말을 인용한 것이 있습니다. 민주주의만이 아니라 어떤 정치 프로그램도 사람을 위해서 있고, 사람이 그것을 위해서 존재하는 것은 아닙니다. 인문학에서 많이 강조하는 반성적 사유 또한 추상에 빠지지 말고 구체적으로 해야 할 것 같습니다.

레몽 라디게의 『육체의 악마』라는 책이 있습니다. 전쟁 때 그 후방에서 연애를 하는 얘기인데, 주로 연애의 즐거움에 대한 것이지요. 나는 6·25 때 피난 가서 부산에 있었는데, 한 방에서 일가족 일고여덟 명이 사는 데도 그런대로 살 만했지요. 나는 중학생 3학년이었는데, 어른들이야 괴로웠겠지만. 길에서 밥도 얻어먹고 했지만, 그것이 괴로운 일인지 몰랐지요. 시내 돌아다니고, 헌책방 돌아다니면서 처음으로 톨스토이의 『전쟁과 평화』를 구해 보기도 했고. 사람이 저지르는 일 가운데, 전쟁만큼 참혹한 일이 없다고 하겠지요. 내 주변에서도 참혹한 일이 많이 있었습니다. 사람 죽는 것도 보았고. 그러나 전쟁과 같은 거대한 사건 가운데에도 열려 있는 구멍이 있지요. 4·19나 다른 역사적 사건도 너무 거창하게만 생각할 필요는 없을 것입니다. 이것은 역사에 대한 또 하나의 면을 말하자는 것입니다.

4·19 50주년에 즈음해서 그 교훈을 말하여 본다면, 우선 그것을 기념하고, 거기에 희생되고 가담하고 한 사람들을 기리고 하는 것이 있어야 하겠지요. 그다음 오늘과 내일의 정치에 관해서는 우리가 모두 보다 겸손해졌으면 좋겠다는 생각이 듭니다. 개인적인 태도에 대한 이야기이기도 하지만, 역사와 사회에 대해서도 그렇습니다. 너무 큰 것에 매달리면 곤란하다는 말입니다. 고르바초프가 자기 생애와 관련하여 러시아의 역사를 말하면서, 소련은 국가의 위기에는 강한 나라였지만, 평상적인 일을 처리함에

있어서는 열등한 나라였다고 말한 것이 있습니다. 역사와 정치를 거창하게 생각하는 것도 필요하지만, 작은 일을 잘 하는 정치도 필요하지요.

오랫동안 글도 하고 말도 하고 살다 보니까, 추상적인 언어는 나 살아가는 일을 크게 헤아려 보려는 데에서 나오는 언어이지요. 그러면서 다른 사람이 그 판단에 승복하기를 바라는 언어이기도 합니다. 또는 이 면이 더 강한 언어라고 하는 것이 맞을는지 모릅니다. 나는 글에서 "이래야 한다."라는 표현은 별로 쓰지 않기로 하고 있습니다. 그것은 명령하는 언어이지요. 물론 보편적 판단과 보편적 의무를 말하면서 나오는 명령입니다. 젊을 때부터 이러한 말은 피하기로 작정했지요. "이것이 내가 보는 현실이다." 이 정도의 이야기에 그치는데, 이것은 "당신이 어떻게 받아들이는가는 당신의 몫이다."라는 것을 전제하고 말하는 것입니다. 그러나 '우리 현실이 이렇다.' 하면, 반대편에서 '내가 보기엔 아닌데.'라고 했을 때 '왜 넌 그것도 아니라고 하는가.' 이렇게 나올 확률이 많지요. 그러니까 '무엇을 해야 된다.'라고 발언하지 않아도 추상적이고 일반화된 언어에는 다른 사람한테 그것에 복종할 것을 요구하는 면이 있다고 할 수 있습니다. 이것은 우리가 피할 수 없는 언어의 특성이지요. 무엇 때문에 말을 합니까. 혼자 있으면 말할 필요가 없다고 할 수 있지만, 독백만 시작해도 그것은 사실은 다른 사람에게 말하는 것이니까, 사회성은 언어의 피할 수 없는 성격이라 해야 하겠지요. 그러나 조심하는 것은 가능할 것입니다. 명령을 함축하는 말을 삼가는 자세가 틀린 것은 아니겠지요. 특히 일반적인 명제를 말할 때에는.

최장집 나도 늘 그러한 노력을 하긴 하는데 쉽진 않더군요. (웃음) 김 선생님이 철학적인 이야기를 하셨으니 전 다른 이야기를 한번 해 보겠습니다. 한국 사회에 살다 보면 누군가에 의해서 동원되는 느낌을 갖게 되는데, 너무나 변화가 빠르고 하니 느리게 가는 사회를 만들었으면 좋겠다는 생각을 해 봅니다. 그러려면 여러 가지 인간적인 가치도 강조되어야 할 것이고 다원적인 것들도 더 많아져야 되고요. 사회는 다원적인 요건을 거의 다 갖추었다고 볼 수 있는데, 정치적 영역이나 이런 데서는 전혀 다원적인 사회라고 볼 수 없어요. 거의 전일적 체제가 주도하지요. 그러기 때문에 사람들이 흥분하고, 전부 한 방에 모든 것을 빨리 해결하려는 조급함이 큰 것 같습니다. 보수 진보 가릴 것 없이 이러한 경향이 있고, 통치의 방식도 그렇고 말이지요. 사람을 좀 풀어 줬으면 좋겠고, 그래야 무슨 시민성도 나오고 자유도 나오고 평등도 나오고 그럴 수 있겠지요. 좀 느리게 가는 사회가 되었으면 좋겠어요.

김우창 동원이 필요한 일들은 극히 섬세한 동의에 의해서 동원이 되어야겠지요. 4·19 50주년에 맞추어 한 대담이지만, 꼭 4·19 문제뿐만 아니라 다른 문제들도 복합적인 변인들을 다원적으로 헤아리면서 구체적으로 성찰할 때 문제의 중심에 다가설 수 있다는 점, 섬세하고 사려 깊게 갈 길을 모색할 때 우리가 소망하는 삶의 구체적인 지평에 가까이 갈 수 있다는 점을 상기하면서 오늘의 대담을 마치기로 하겠습니다.

두 석학, 한반도를 말하다

김우창(이화여대 석좌 교수)

안병직(시대정신 이사장)

정리 김남중, 김원철(《국민일보》 기자)

2010년 12월 10일 《국민일보》

진행 북한 얘기부터 해 보겠습니다. 요즘 모든 관심이 북한이니까요. 연평도 포격 사건을 보고 어떤 생각들을 하셨을까 궁금합니다.

안병직 대화에 응하든 안 응하든, 햇볕을 쓰든 압박을 쓰든, 그런 것과는 관계없이 북한 사회가 본질상 뭔가 항상 일을 만들지 않으면 안 되는 사회가 아닌가, 그런 생각을 하게 됐어요. 북한 사회의 본질로부터 폭력성이 나오는 게 아닌가, 그런 점에서 굉장히 충격을 받았습니다.

김우창 절망적인 생각을 많이 했죠. 최근 사태는 우리가 희망이나 열망만으로 현실의 문제를 해결할 수 없다는 걸 깨우쳐 줬다고 생각해요. 햇볕 정책에 표현된 평화에 대한 소망이 틀린 건 아니지만, 대화하고 원조하면 다 된다는 게 너무 순진한 생각이라는 걸 다시 한 번 확인한 거죠. 특히 이번에 북한에 실망하게 된 것은 신뢰나 소망, 가능성, 이런 걸 모두 전략으로 활용하고 있다는 점 때문입니다. 남과 북이 할 수 있는 게 있고 안 해야 할 게 있는데, 절대적으로 안 해야 할 게 파괴와 살육이죠. 이걸 피하자는 게 남북 관계의 목적이기도 합니다. 그런데 파괴와 살육을 동원해서라도 어떤 목적을 달성할 수 있다는 생각이 북한에 남아 있다는 게 상당히 실망스러웠어요.

안병직 북한이 궁지에 몰렸으니까 돌파구를 찾으려고 할 게 아닌가, 그러면 개혁 개방을 할 수밖에 없는 게 아닌가, 이때 우리가 도와주면 문을 열고 밖으로 나올 수밖에 없지 않은가, 그런 전제에서 햇볕 정책을 한 것이죠. 그래서 진보 정권 10년간 햇볕이 유지됐고, 그런 기조는 보수 진영에도 영향을 끼쳐서 한편으로는 비판하면서도 '비핵 개방 3000'과 같은 개방 정책을 쓰게 되었습니다. 그렇게 했는데도 불구하고 북한은 안 변한 것이죠. 선군 정치를 그대로 고수하면서 비핵도 안 하고 개방도 안 하고, 결국 우라늄 농축 시설 공개, 연평도 포격까지 온 것입니다. 김 선생님이 아까 '절망적'이라고 하셨는데, 국민들이 이번 일로 큰 충격을 받았을 거예요. 충격을 받고 다시 북쪽 사회를 보니까, 남쪽이 무슨 정책을 쓰더라도 북한은 핵과 미사일을 핵심으로 한 선군 정치의 길을 걸어왔고 앞으로도 그렇게 갈 것이라는 걸 알게 되었다고 봅니다. 우리가 포용 정책을 하면 개방할 거라고 봤는데 그럴 가능성이 없으니 이제 어떻게 해야 하나? '레짐 체인지(regime change)'를 강구해야 하는 게 아닌가? 우리가 이런 걸 고민할 상황에 몰리고 있지 않은가 생각합니다.

김우창 무력을 행사하는 것이 남북 관계나 국제 정세, 인도주의적 입장에서 선택할 수 있는 수단이 아니라는 걸 저쪽이 깨닫게 하는 게 중요한 거 같아요. 무력 사용이 이익을 가져오지 않는다는 걸 깨닫게 하려면 유감스러운 일이지만 우리도 무력을 사용해야 한다는 게 틀림없을 것 같아요. 공격을 하면 거기에 상응하는 대가가 뒤따른다는 것, 그것을 알게 해야죠. 단지 그게 너무 과장돼서 공존과 평화, 통일에 대한 우리의 지향이 훼손돼선 안 되죠.

진행 한국의 미래와 관련해 북한이 매우 중요한 문제라는 걸 절감하게 됩니다. 앞으로 북한 문제를 어떻게 관리해 나가야 할까요?

안병직 한국 사회가 현재 안고 있는 과제가 뭐냐면, 크게 두 가지예요. 하나는 중진국에서 선진국으로 어떻게 갈 것이냐. 그것은 시간이 문제이지 반드시 달성되게 돼 있다는 점에서 큰 문제가 아닐 수 있습니다. 선진화 문제와는 달리 북한을 어떻게 할 거냐는 대단히 폭발적인 문제예요. 북한 문제를 간단히 생각하는 건 굉장한 오산입니다. 남과 북이 겨우 60년 떨어져 살았다고 얘기하는 사람들도 있지만, 단순히 경제적으로만 봐도 둘 사이의 격차는 엄청납니다. 북한에 이해관계가 걸린 국가들도 많습니다. 특히 중국을 보십시오. 중국이 순순히 내놓을까요? 그래서 저는 북한이 설사 붕괴된다고 해도 남한이 북한을 단독으로 흡수 통일할 거라고는 생각하지 않습니다.

붕괴 시점에서 북한은 국제 분쟁 지역이 될 가능성이 크다고 봅니다. 그걸 피하려면 주체가 유엔이 될지 6자 회담 당사국이 될지 모르지만, 국제 공동 관리 기간이 필요할 것으로 생각합니다. 10년, 20년의 공동 관리 기간 동안 북한 사람들이 주체성을 회복하고, 자기 영토와 운명에 대해서 스스로 결정하도록 보장해야 합니다. 남한과 통일하는 게 좋다고 하면 통일하는 것이고, 좀 극단적인 발언이긴 하지만, 갈라져서 살자고 하면 갈라져서 살아도 나쁠 게 없다고 봅니다. 오스트리아와 독일이 다 같은 게르만 민족이고 언어도 같은데 두 나라로 갈라져 살아서 불행한 게 뭐 있나요? 이런 큰 스케일에서 통일 문제를 생각하지 않으면 안 된다고 생각합니다.

김우창 안 선생님 말씀대로 미래를 대비하는 시나리오를 다양한 각도에서 준비해야 할 거예요. 그와 함께 지금 어떻게 할 거냐도 생각해야 할 문제입니다. 저는 일단 북한에 좀 더 많은 정보가 들어가는 게 좋겠다고 생각합니다. 그래서 북한 사람들이 스스로 정치 체제를 변화시킬 수 있도록 도와주는 게 필요하다, 이런 생각입니다. 북한이 그걸 허용하겠느냐? 물론 안 하겠죠. 그렇지만 조금이라도 더 노력을 해 볼 필요가 있다는 생각입니다. 정보 자유화를 핑계로 북한을 붕괴시킨다는 전략적 접근이 아니라는 것을 분명히 하고, 정보의 자유가 북한에도 중요한 것이라는 걸 설득시켜야 하겠죠. 저쪽 사람들도 좀 더 보편적인 관점에서 생각하고, 인류가 발전시킨 보편적인 법칙을 받아들이도록 하는 게 필요해요.

안병직 저는 지금 말씀이 굉장히 중요하다고 생각합니다. 통일이라는 건 단순히 국가와 국가의 통합 문제가 아니라 양 지역에 사는 사람들이 인간으로서 누려야 할 보편적 가치를 실현하는 문제라고 볼 수 있거든요. 북한 문제에 접근할 때, 전략이나 전술, 추상적인 민족, 이런 차원 말고 주민들 입장에서 생각해야 합니다. 남한 주민이든 북한 주민이든 누구나 누려야 할 권리라는 게 있다, 빈곤에서 해방되고, 정보를 자유롭게 획득하고, 인간으로서 인권을 누려야 한다. 이런 걸 강조하면서 북한을 향해 정상적인 사회로 가라고 요구해야 합니다.

진행 남한 얘기를 해 보겠습니다. 진보 정권에서 보수 정권으로 바뀐 후 삼 년이 지났습니다. 이명박 정부 삼 년을 어떻게 평가하시겠습니까?

안병직 많은 곳에서 나아진 점들이 보이는 것 같습니다. 지난 대선에서 보수 정권이 필요하다는 절박한 생각을 가지고 행동을 했는데, 제일 중요한 게 안보 문제였습니다. 노무현 정권을 보니, 남북 관계가 거의 북쪽 페이스대로 끌려가고 있더라고요. 저렇게 해서는 남쪽 안보가 유지되지 않겠다, 이런 게 너무 장기화되면 한국 사회가 해체되지 않겠나, 이런 생각을 했습니다. 이명박 정권 들어오고 난 뒤 절대적 포용에서 상대적 포용으로 변해서 그런지 모르겠지만, 안보 측면에서 상당히 안심하고 살 수 있게 된 게 아닌가, 그렇게 생각합니다. 연평도 포격이라든지 핵 문제와 천안함도 그렇고, 보수 정권이 들어서서 안보가 더 위험해졌다고 말할 수도 있겠지만, 아까 말씀드린 대로 북한은 우리가 대화를 하든지 안 하든지 자기들 입장대로 했을 겁니다.

김우창 저도 여기서 한 가지 얘기하고 싶어요. 남북 관계가 긴장되면서 진보 진영에서 이게 모두 이명박 정부 잘못이라고 하는 데 대해 유감을 갖고 있습니다. 그쪽에서 도발하는데 자꾸 이쪽을 탓하는 게 말이 안 된다고 생각합니다.

안병직 외교 문제도 보면 역시 한미 동맹, 한·미·일 공조를 평가해 줄 만하죠. 우리는 한미 동맹을 튼튼하게 할 수밖에 없는 환경에서 산다는 걸 인정해야 해요. 지금 중국이 하는 걸 보세요. 중국이 대국으로서 정당한 행동을 하는 것 같지 않거든요. 노무현 정권 때처럼 중국에 붙을지 미국에 붙을지 왔다 갔다 했다면 지금 같은 상황에서 우리나라가 엄청 흔들렸을 겁니다.

경제적으로도 종전에 비해서 경제 성장률이 더 높고 전망도 밝아지고 있습니다. 한 가지 불만은 국민 통합입니다. 보수 정권이라고 하더라도 민주당이나 진보 진영에 양보를 할 수 있는 룸이 전혀 없는 건 아니거든요. 야당이나 진보 정당에 현 정권에 참여할 수 있는 기회를 최대한으로 주면서 사회 통합, 국민 통합을 했어야 한다는 게 제 생각입니다. 앞으로 진보 정권이 들어선다고 해도 독식하려고 하지 말고 다른 정치 세력을 참여시킬 필요가 있습니다. 정부 운영에 참여하게 하면 사고도 현실화되니까 갈등도 줄어들게 됩니다. 그런 수단을 가지고 통합을 유도해야 합니다.

김우창 여러 대통령을 만나봤는데, 이 대통령은 상투적인 정치 용어를 안 쓰는 게 좋더군요. 정치인 특유의 열렬한 정치 언어, 그런 게 없어서 좋은 인상을 받았어요. 기본적으로 저는 대통령 하나가 바뀐다고 나라가 확 바뀐다고 보진 않습니다. 그건 구세주 사상이죠. 역사의 발전이라는 게 덩어리로서 작용을 하고 그 속에서 대통령은 하나의 역할을 하는 것뿐이죠.

우선 세계가 금융 공황에서 허우적대는데 한국은 거기에 크게 손상을 입지 않았으니 잘해 나갔다고 볼 수 있겠죠. 이전의 흐름을 대체로 지속한 것도 괜찮은 것 같아요. 보수 정권이라고 하지만 의료 보험이나 교육에서 크게 후퇴한 건 없는 것 같아요. 안보 정책에서도, 조금 더 조심스럽게 접근하지 않았나 생각하긴 하지만 북진 통일을 하자는 건 아니니까 근본적인 태도 변화는 없는 것 같고. 보금자리 주택 같은 것도, 얼마나 성공적인지는 모르지만 사회 복지 정책을 지속 확대하는 걸로 해석할 수 있죠.

안병직 이 대통령에 대한 인상이 좋으시군요.

김우창 적어도 보통은 할 수 있는 대통령이라고 봅니다. 그런데 분명한 정책 지향을 밝히지 않음으로써 많은 이들에게 실망감을 준 것도 사실인 듯합니다. 정책과 이념, 노선을 분명히 하지 않고 그냥 밀고 나온 것 말입니다. 쓸데없는 것처럼 보이는지 몰라도, 우리 사회가 어디에 기초해야 하는가와 관련해 윤리적 도덕적 근거를 가지고 있다는 것은 정책에 방향을 부여하고, 국민을 이해시키고, 우리 사회의 미래를 설정하는 데 상당히 중요합니다. 다시 말하자면, 이 정부에는 정치의 방향이나 전망에 대해서 분명한 생각들이 부족한 것 같아요.

진행 선진화도 그렇고 통일도 그렇고 사회 통합이 뒷받침되지 않으면 안 된다고 생각합니다. 통합의 지혜, 타협의 기술을 어디서 찾아야 할까요?

김우창 가치에 대한 합의가 있어야 하겠다고 생각해요. 무엇이 사람답게 사는 것인가, 우리 사회가 어디로 가야 하는가, 이런 것에 대해 다양한 아이디어가 생겨나고 넓은 토론의 공간이 있어야 하는 것이죠. 요즘 갈등의 원인으로 빈부 격차를 강조하는데, 그게 중요한 게 아닌 것 같아요. 내가 인간으로서 살 만한 조건이 되느냐가 중요한 거죠. 인간으로서 살 만한 조건이 뭐냐? 사람들마다 제각각 생각이 다르겠지만, 저는 '안거낙업(安居樂業)'이라는 말을 종종 씁니다. 편안하게 거주하면서 즐겁게 자기 일을 할 수 있는 환경을 만들어 주는 게 중요하다고 봐요. 생활 세계가 안정되면 사회 통합은 그리 어렵지 않습니다. 좋은 대학교를 안 나와도 즐겁게 자기 직업에 종사할 수 있다면 교육 문제가 그렇게 중요할 게 없잖아요.

안병직 사회 통합이라는 게 간단하게 말씀드리면, 사회 구성원들이 우리 사회 속에서 동거한다는 사실, 동거할 수밖에 없다는 사실을 인식하는 것에서 나옵니다. 민주주의 사회는 서로가 서로를 인정할 수밖에 없다는 것, 우리는 우리가 속한 사회가 좋은 사회가 되도록 협력할 수밖에 없다는 것, 대단히 간단한 얘기 같지만 그게 가장 중요한 얘기입니다.

김우창 중요한 말씀입니다. 되풀이해서 강조할 필요가 있을 것 같아요.

안병직 어떤 국가를 만들 것이냐? 가치나 윤리를 가지고 얘기하면 한이 없죠. 문제는 현실입니다. 대한민국은 사실 출발부터 애매했어요. 대외 의존적이었고, 분단을 원죄로 갖고 있고. 여기에 산업화 세력과 민주화 세력이 극단적으로 대립해 있죠. 이 현실 위에서 어떤 국가를 만들 것이냐를 진보와 보수가 같이 고민해야 하는 것이죠. 이상과 현실을 분리해서 보고, 현실이 이것뿐이라는 걸 인정하면 제약 조건이 보이거든요. 한국은 엄청난 제약 속에서 근대 국가를 창출하는 데 성공했지만, 끊임없이 새로운 국가를 향해 움직이고 있는 상태로 봐야 합니다. 한국은 '캐치업(catch-up, 선진국 따라잡기)' 사회인데, 캐치업 사회가 산업화 민주화를 거쳐 어떤 나라를 만들 수 있느냐, 이건 한국이 세계에서 처음 하는 실험이에요. 그런 점에서 국론을 어떻게 모아서 나아갈 것이냐가 중요한 시대적 과제로 등장해 있다고 봐야죠.

김우창 종전에 이데올로기로 판단하기 쉽던 정세가 이제는 어려워졌죠. 이렇게만 하면 된다는 게 없어졌어요. 그래서 많은 사람들이 혼란을 느끼는 거예요. 정치와 역사의 진로가 하나의 관점에서 선명하게 잡히지 않는 시대가 됐죠. 지금은 좌우를 분명히 나눌 수 없는 시대입니다. 지금 사회에서 사회 복지를 제외하고 사회 발전을 한다는 건 있을 수 없는 생각이겠죠? 모든 사람이 다 인간답게 살 수 있는 사회가 돼야 한다는 데는 방법이 다를 뿐이지 합의할 수 있는 부분이 많아요. 합의가 안 되는 건 그게 정당정치 속에서 이뤄지기 때문이죠. 서로 다른 걸 자꾸 강조해야 권력에 가까워지니까요. 그래서 갈등이 현실보다 더 대립적으로 드러나는 것이죠.

저는 지식인의 역할이 중요하다고 생각합니다. 좀 더 독립적이고 중립적인 지식인 계층이 있어야 한다는 생각이 들어요. 언론도 마찬가지고. 조금 더 중립적이고 보편적으로 생각하는 습관이 필요해요. 사회 안에 대립이 없다면 거짓말이겠죠. 그걸 인정하면서도 보편적 근거가 있다는 걸 자꾸 얘기하는 사람이 있어야 할 것 같아요.

대학의 회복과 학문의 역할

사회 인문학의 모색

김우창(이화여대 석좌 교수)

박명림(연세대 교수)

2011년《역사비평》봄호

박명림 선생님 안녕하십니까? 바쁘신데도 불구하고 이렇게《역사비평》의 대담에 응해 주셔서 감사합니다. 오늘의 대담 주제는 오늘날 우리 사회에서 많이 논의되고 있는 대학의 회복과 학문의 역할을 살펴보는 것입니다. 동시에 요즈음 운위되고 있는 사회 인문학에 대해서도 함께 여쭤 보고자 합니다.

2010년 가을호《역사비평》(제92호)에서 '대학의 붕괴'라는 특집을 구성했는데, 그 문제 제기가 지식인 사회와 언론에서 적지 않은 반응이 있었고, 또 후속 기획을 요구하는 목소리도 있었습니다. 대학의 현실을 비판적으로 본 것에 대해서는 긍정적인 평가가 있었지만, 다른 한편으로 대학과 교육, 학문의 본질에 대해서는 짚지 못하였다는 비판도 받았습니다. 선생님께서는 오랫동안 대학과 교육과 학문에 대한 문제, 특별히 인간 문제를 다루는 인문학·인간학에 대해 우리 사회와 학계를 깨우치는 말씀들을 많이 해 주셨기 때문에, 오늘 이 자리를 빌려 대학과 교육과 학문에 대한 여러 말씀을 듣고 싶습니다. 먼저 여쭤 보고 싶은 것은, 지금 우리 사회에서 대학 문제를 대학 문제 자체로 봐야 할지 아니면 대학과 사회의 관계 속에서 봐야 할지의 문제입니다. 이 문제와 관련해 우리 사회에서는 주로 신자유주의 논의에 집중해 있고, 대학과 교육의 본질에 대해서는 분석이 적은 편입니다.

김우창 이 복잡하고 잘 모르는 문제에 대하여 좋은 의견을 말할 수 있을지 모르겠습니다. 먼저, 대학의 문제는 대학만의 문제가 아니고 사회 위기의 일부라고 할 수 있습니다. 위기라는 말은 '위태로운 지경에 있다'는 뜻을 가지고 있지만, 여기서는 그런 뜻이라기보다는 전기(轉機)를 맞이했다는 뜻으로 이해하면 되겠습니다. 되돌아보고 여러 가지를 다시 생각해 볼 필요가 있는 시점이라는 뜻입니다. 대학뿐만이 아니라 많은 부분에서 새로 생각하여야 할 것이 많다고 봅니다. 추상적으로 전체를 얘기할 부분도 있겠지만, 구체적으로도 하나하나 따져 봐야 될 것 같습니다.

대학과 사회적 대안

박명림 사회의 위기의 일부로서 대학의 위기, 그리고 위기가 전기의 의미를 갖는다고 말씀하셨는데, 제가 이해하기에 대학이 위기에 처하게 된 원인 중 하나는 대학이 한 사회의 문제를 진단하고 인간 공동체의 보편적 문제점을 규명하여 대안을 제시하는 그러한 지식 공동체의 역할을 수행하지 못하고 있기 때문이 아닐까 생각합니다. 저는 대학은 일정한 지식 창조적 또는 사회 비판적 역할을 해야 한다고 생각하는 편입니다만, 사실 대학이 과연 그런 역할을 수행해야 하느냐에 대해서는 좀 더 근본적인 질문도 가능할 것 같습니다. 그런 점에서 볼 때, 지금 대학 공동체가 과연 이 사회에서 지식 공동체로서 어떤 역할을 감당해야 하는지 여쭤 보고 싶습니다.

김우창 지금 대안이라는 말을 조금 더 생각해 봐야 할 듯합니다. 다시 말해 대학이 정말 사회에 대해서 대안을 제시하는 기구인가부터 문제 삼아야 되지 않을까요? 대학이 대안을 제시해야 한다고 생각하는 것은 대학의 기능이 사회적 필요에 의해서 정의되어야 한다는 말이지요. 그러나 (반드시 그렇지 않다고 할 수는 없지만) 넓게 생각할 때 대학이 꼭 그런 일을 하는 곳이라고만 할 수 없을 것입니다. 예컨대 "코페르니쿠스의 지동설은 사회적인 대안과는 관계가 없다."라고 잘라 말할 수는 없지만, 직접적으로는 관계가 없다고 할 것입니다. 과학적 발견은 나중에 과학 기술 발전의 밑거름이 되겠지만, 당장에 영향을 끼치는 것은 아니지요. 이것은 특히 순수 과학 분야에서 더 그렇지만, 모든 분야에는 그러한 순수한 부분이 있다고 할 것입니다. 그것 없이는 진정한 학문이 존재하기 어렵지요. 따라서 대안을 요구한다는 것 자체가 대학을 일정하게 한정하는 거라고 할 수 있습니다.

그러면 대학은 사회적인 대안과 아무 관계가 없느냐, 사회에 대해서 무엇을 제시하는 사명은 안 가져도 되느냐를 물어보기는 해야지요. 일단 대학의 학문 추구는 그 자체로 의미가 있다고 말할 수 있습니다. 아까 말한 위기나 전환기에 이것을 관련지어 보면, 학문이 그 자체로 의미가 있다는 느낌이 소멸되어 버리는 것, 그것이 위기의 한 증상이라고 할 것입니다. 사람이 하는 좋은 일은 그 자체로 의미가 있어야 합니다. 그 모든 것을 실용적 관점에서만 판단하려는 것이 오늘의 시대적 심성입니다. 소박한 예를 들어 남녀 간의 사랑을 생각해 봅시다. 자식을 낳고 가계를 잇기 위해서 남녀가 사랑한다고 하면, 사랑 자체의 의미는 소멸되고 사랑이라는 것은 생물학적인 기능에 봉사하는 것이 되지요. 조선 시대의 도덕주의로 인해 남녀의 사랑이 너무 실용적으로 정의되었기 때문에 거기에 대한 반발이 현대에 이르러 커졌습니다. 물론 사랑이 자손을 낳는 것과 관계가 없다는 말은 아닙니다. 그러나 그것을 직접적으로보다는 간접적으로 생각할 필요가 있지요. 먹는 것도 그렇습니다. "나는 살기 위해서 먹는다."라고 한다면 그것은 참 처참한 인생이죠. 즐겁게 먹는데, 사는 데 도움이 되는 것이 인간적인 상태이죠.

지금 우리 사회에서 많은 일은 부귀 추구의 수단입니다. 공적인 입장에서 말하는 사람에게는 그것은 사회 발전의 수단이거나 사회 정의 구현의 수단이지요. 이것은 예술 작품이나 학문에도 적용할 수 있는 일입니다. 사회주의 국가에서 예술 작품은 국가의 목적에 봉사하도록 하고 있지요. 그것은 선전의 일부입니다. 예술 작품 자체를 높이 생각하고 그것의 가치를 인정하면 장기적 관점에서 사회 발전에 큰 기여를 하게 된다고 생각할 여유는 없습니다. 인간 정신의 표현 활동은 일단 그 자체로 의미가 있다고 보아야 합니다. 이상주의적으로 말해 좋은 사회란 목적적인 행동이 아닌데도 그것이 목적을 가질 수 있는 사회지요. 칸트는 예술 작품을 "목적이 없는 목적성"을 가졌다고 했습니다. 물론 그것이 잘 안 되는 것이 인간 사회입니다. 그러나 사회에 그러한 부분이 있고 전체적으로 그것을 지향할 수 있는 가능성이 있어야 하지 않을까요? 인간 과학, 인문 과학이 대학 교육에서 핵심적이라고 하는데, 그것은 적어도 인간의 자기 성찰, 즉 인간성의 자각이 학문의 한 부분이 되어야 한다는 것을 인정하는 것이고, 그것 없이는 사람 살기가 팍팍한 것이 된다는 느낌이 있다는 이야기겠지요.

사회적 대안을 생각한다면, 그것을 당장에 급한 문제의 관점에서만 생각하는 것이 아니라 인간에 대한 자각의 관점에서 생각하는 것이 필요한데, 대학의 순수한 학문의 자원이 되는 곳이 아닐까 합니다. 대안이란 '이렇게 해야 한다'는 것을 주장하는 것인데, 그 주장이 정말 옳다면 강제력을 발휘해서라도 시행해야 한다고 생각하게 되지요. 그래서 대안의 주장에는 늘 강제력의 그림자가 드리워져 있습니다. 개인의 자유와 존엄성은 그다음의 문제가 될 수 있습니다. 이것을 완화하는 것이 순수한 학문 활동입니다. 그런데 한 가지 보태자면, 학문 연구가 대안을 연구하는 것이 되어야 한다는 것은, 역설적으로, 사회의 긴급성이 약화된 것에 관계되는 일이라고 할 수 있습니다. 민주화 운동 시기에 무슨 대안을 생각할 여유가 있었습니까?

대학의 독립성 그리고 사회와의 관계

박명림 대학의 역할과 관련한 말씀은 학문 자체의 독립성 및 사회와의 관계라는 두 측면 모두에서 매우 중요하게 다가옵니다. 또한 우리는 인간적 사회나 인문학을 중시할수록 인간 또는 학문의 본질을 내세우는 면이 많은데 이 점은 더 깊이 생각해 보아야 할 것을 갖고 있는 듯합니다. 즉 학문이 도구화할수록 교의(教義)로 전변되며, 결국 교의를 가르치려 했던 사회주의 국가에서는 역설적으로 철학, 역사, 문학을 포함한 인문 정신과 인문학이 완전히 죽지 않았습니까? 한국 교육에서 지나친 기업주의와 시장주의는 분명 문제가 있다고 봅니다. 그러나 이들이 정부나 거대 언론과 대학을 포함해서 너무 지배 담론으로서 기승을 부리다 보니까 교육 개혁을 내세우는 일부 목소리 가운데에는 이념적인 교의들이 엿보이는데 그러한 목소리가 실제로 이념 달성에 도움이 된다고 할 수는 없을 것 같습니다. 시장주의는 분명 부의 불평등이 교육의 불평등으로 이어지는 반자유주의, 반평등주의의 측면을 안고 있지만, 사회주의 교육 역시 자율과 평등의 원칙을 근본적으로 파괴하지 않았나 싶습니다.

김우창 그러니까 좋은 이상이 현실 속에서 어떻게 실현되느냐에 대한 다양한 고찰이 있어야지요. 그러한 이상을 현실에 억지로 부과하려 하면, 이상이 죽는 면이 있지요. 사회주의 이상의 역사적 경과가 이것을 가장 잘 보여 준다고 할 수 있습니다. 그러나 학문과 관련해서는 문제가 좀 더 복잡하다고 할 수밖에 없습니다. 인문 과학을 대학 교육의 중심으로 둔 곳이 영국의 대학이라고 할 수 있습니다. 사회주의 국가에는 그런 게 없습니다. 소련의 수상을 지낸 고르바초프, 흐루쇼프가 모두 기술 공부를 한 사람들입니다. 그러면 인간 교육을 중심으로 하는 교육은 반드시 좋은 것일까요? 영국이나 미국 동부의 명문 대학들은 인문 과학을 교육의 핵심으로 삼았는데, 그것은 엘리트 교육이었습니다. 영국의 교육, 옥스퍼드·케임브리지 대학의 교육은 말하자면 지배 계층을 위한 교육이었죠. 사회주의 사회에서는 그런 교육이 쓸데없는 부르주아 이데올로기라고 생각하여 폐지했습니다. 둘 다 문제가 있어요. 이것은 딜레마입니다. 정답이 있는 것은 아닙니다.

박명림 말씀하신 것과 관련해 중국 사례가 떠오릅니다. 발표나 강의, 자료 수집 때문에 중국을 자주 가고 중국 학자들을 만나면서 재미있는 이야기를 많이 들었습니다. 그중 하나가 중국이 역사나 철학, 문학, 특히 중국 사상과 역사를 공부하기 시작한 것은 개혁·개방 이후라는 점입니다. 탈사회주의화와 중국의 인문학 교육 및 연구는 거의 같이 이루어졌다고 하더군요. 마오쩌둥이 통치할 당시 인문학과 인문 교육이 완전히 죽고 국가 공식 이념과 이념 교육만 있다가, 개혁·개방 및 탈냉전 이후 인문학이 부활했다는 얘기는 선생님께서 말씀하신 내용과 일맥상통하는 것 같습니다.

대학과 교육과 학문의 역할에 대해 생각할 때 중요한 점은, 선생님께서 누차 강조하신 대로, 그 자체로 존재하는 목적을 인정하는 가운데 다른 것과 어떻게 전체적으로 연결되어 있느냐를 생각해야 하는 것이겠지요. 지식과 사회의 관계를 볼 때 한국 사회에서는 지식을 늘 실용적 효용성, 취업과 현장 적응성의 관점에서 접근하는데 그럴 경우 기술의 빠른 발전 주기나 사회의 변화에 따른 격차는 더욱 벌어지고, 동시에 학문과 지식으로서 본래의 존재 목적도 잃어버리는 양면적 위기에 직면하고 있는 듯합니다. 한국에서의 대학 공동체, 지식 사회가 위기에 직면했다는 것은 대학과 지식의 사회적 역할뿐만 아니라 본질에서도 더욱 멀어지는 것 같아서 모두에서처럼 여쭤 봤습니다. 실제로 인간 사회가 어떤 문제에 직면했을 때 과거의 인간 경험에 대한, 인간 공동체에 대한 지식이 없다면 실질적인 문제 해결이 어렵지 않을까요? 대학이 지식을 대표하기 때문에 이 점은 곧 대학의 역할 문제로 귀결될 수도 있는 것 같습니다.

김우창 되풀이하는 얘기입니다만, 자본주의적 경제 이득의 목적에 봉사하는 것도 문제를 일으키지만 사회 정책의 목적에 봉사하는 것도 문제를 일으킬 수 있습니다. '인류에 봉사해야 된다, 경제에 봉사해야 된다, 사회에 봉사해야 된다, 정치에 봉사해야 된다.' 이것을 무시해서도 안 되겠지만, 그 일부라야 합니다. 우리가 중요하게 생각해야 할 것은 자립적인, 독자적인 학문 분야들을 어떤 경로를 통해 총체적으로 여러 목적에 봉사하게 하는가입니다. 그것은 인간성이 무엇인지, 사회의 필요가 무엇인지, 또 학문은 무엇인지를 생각해야 하는 문제입니다. 여러 가지 요소를 생각하면서 풀어 나가야 되겠죠.

사회 목적에 봉사하는 것이 좋다고 하더라도 그것을 위한 교육의 방편이 직선적인 것이 될 수 있는가 하는 문제가 있습니다. 대학 교육의 문제와 꼭 들어맞는 것은 아니지만, 신문 칼럼에도 그와 관련된 얘기를 쓴 적이 있습니다. 독일 국가는 헌법에 사회 국가(Sozialstaat)라고 정의되어 있습니다. 그 이상을 따라 모든 것이 사회적 이상에 봉사해야 한다는 생각들이 있지요. 그에 따라 중·고등학교 학생들을 공장에 견학시켰습니다. 그런데 그런 운동을 주도한 사람들은 얼마 후에 자신들이 실패했다고 인정하게 되었어요. 그들은 학생들에게 공장의 소외 노동을 보고 그 비인간성을 깨닫고 비판적 생각을 가지라는 것이었는데, 견학한 학생들은 '이게 소외노 동이구나'라고 생각하는 것이 아니라, 그것을 모델로 보면서 '재미있다' 이렇게 본 경우가 많았습니다. 아이들의 심리를 생각하지 못한 것입니다. 순박한 아이들이라고 생각하지 않고, 이념을 통해 현실을 볼 수 있다고 착각한 거지요. 결국 아이들이 그 노동을 배우는 것이지, 그 노동이 소외되었다고 인식을 하는 건 매우 드물다는 결론을 내렸지요.

우리나라에서 지금 도덕 교육을 강조하는 경우가 많은데, 이것은 다른 관점에서의 생각이지만, 인간성에 대한 오해와도 관련 있지 않을까 생각합니다. 아이들이 가르친 대로 한다고 할 수는 없지요. 그리고 교육은 주로 말로 이루어지는데, 아이들이 더 많이 배우는 것은 말보다 행동과 삶의 모범에서이지요. 교육에 도덕적 목적, 사회적 목적, 정치적 목적이 있더라도 직접적으로 그것이 삶의 지표를 만들어 낼 수 있다고 생각하는 것, 이것은 조심스럽게 생각해야 합니다. 또 교육이 순응적 인간을 만든다는 말도 있습니다. 순응적 인간이라는 것이 가능하지 않다면 교육이 왜 필요하겠어요? 교육은 규범에 순응하게 하는 것입니다. 그러나 그 규범이 어떤 형태로 주어질 수 있느냐는 것은 간단히 답할 수 없는 문제지요.

박명림 방금 순응적 교육을 말씀하셨는데, 인간이 이성을 갖고 비판적인 사유를 하고 그를 통해 창조로 나아가는 것이 굉장히 중요하지만 순응도 교육의 중요한 덕목의 하나가 아닐까요? 칸트의 『교육학』을 보니 '도야'와 '훈련'을 강조하는 부분이 있더군요. 창조가 반드시 비판에서만 나오는 것은 아닌 듯합니다. 물론 얼마나 민주적으로 아이들의 세계를 이해하면서 대화를 잘 하느냐가 문제가 되겠지요.

김우창 그 순응이 개인의 개성과 인간성과 사회적 필요에 맞는 것을 정상적인 과정을 통해서 배우게 하느냐, 혹은 억압적인 성격을 가지고 개인의 개성과 인간성의 존재 방식을 왜곡하면서 배우게 하느냐, 이 차이가 중요합니다. 이러한 관점에서 볼 때, 아이들에게 정말 잘 가르치는 것이 먼저

이고, 비판을 가르치는 것은 다음 단계입니다. 비판은 성숙한 판단력을 가지게 된 다음에 해야 할 부분이지요.

한국 대학의 문제들: 수월성, 서열화, 평등의 문제

박명림 다시 대학 얘기로 돌아와 여쭙겠습니다. 너무 큰 질문이긴 합니다만, 지금까지의 논의에 비추어 선생님께서 보시기에 현재 우리 대학이 지니고 있는 가장 큰 문제는 무엇이라 생각하시는지요? 제 생각엔 교육의 내용이 인간 교육과 시민 교육 양 측면 모두에서 실패하고 있는 점이라고 생각됩니다. 개인적 차원에서 자기 인생을 살아갈 품성과 능력도 길러 주지 못하고, 또 공동체 내의 사회적 존재로서의 윤리와 행동 규범도 길러 주지 못하는 점이 아닐까요? 저 역시 한 사람의 대학교수로서 이 두 가지 점을 추구하고는 있습니다만 늘 제 자신의 역부족을 느끼고 있습니다.

김우창 우리 대학의 실력이 부족해서도 그러하다고 하겠지만, 대학도 사회의 일부인데, 사회를 움직이는 것이 반드시 그러한 원리가 아니기 때문일 것입니다. 진정한 의미에서의 인간다움이나 공동체 의식이 우리 사회를 움직이는 정신인가 의문을 가질 수 있지요. 그래야 된다는 요청은 많습니다. 그러나 개인의 자유 의지와 선택을 허용하면서 그것을 추구하는 경우는 드물죠. 성숙한 인간이 되면 거기에서 자발적으로 사회 공동체적 의식과 규범에 대한 존중이 생겨나는 것이 아니겠습니까? 이 성숙한 인간의 이념을 경유하지 않고, 모든 요청을 사람에게 그리고 제도 속에 직접 입력해 보려는 것이 오늘의 세상인 것 같습니다. 국가나 경제가 요구하는 인재, 사회적 평등에 대한 요구, 이 모든 것을 직접적으로 대학에 연결시키려는 데에 문제가 있다고 할 수 있습니다.

흔히들 이야기하는 '수월성과 평등'의 문제도 그렇지요. 이것을 그 자체로 보는 것이 아니라 이러한 요구의 관점에서 생각하면, 문제를 풀어 나갈 수 없을 것입니다. 수월성이란 말은 외국어의 번역이어서 어색한 단어이지만, (그 말을 그대로 써서) 학문의 탐구도 그러하고, 그 일이 무엇이든지 사람이 하는 일에서 수월성의 수준에 이르고자 하는 것을 누가 뭐라고 하겠습니까? 그런데 이것을 국제적인 경쟁이나 국가적·경제적인 필요라는 관점에서 이야기할 때, 그 개념에 왜곡이 들어가기 시작하지요.

이 문제를 논하는 데 기준이 되는 것은 '평등'의 이념입니다. 평등을 말하는 사람은 수월성의 개념이 불평등을 조장한다고 보고, 또 우리 사회에서 두드러진 관심사인 학교 서열의 문제도 여기에서 나온다고 생각합니다. 수월성이라는 것이 불평등을 정당화하는 데에 이용되니까 완전히 틀린 생각은 아닙니다. 여기에서 불평등은 간단한 차원에서는 개인적인 부귀의 향수에서 차등을 말하지요. 이것은 국가나 경제 전체의 차원에서의 불평등보다도 더 정당성이 없는 불평등이라고 할 것입니다. 이 때문에 평등에 대한 요구가 틀린 것은 아니지요. 그러나 수월성을 평등의 이념으로 저울질하여 말하는 것은 옳은 일이라고 할 수 없습니다. 그것은 사회 문제를 대학의 문제로 혼동하거나 너무 직접적인 연관 속에서 일어나는 생각이라고 할 수 있습니다.

뛰어난 성적을 내고 이른바 일류 학교를 나온 사람은 일생 동안 편하게 살 수 있고, 그렇지 못한 사람은 평생 자기 마음에 맞지 않는 일만 해야 한다거나 또는 아무 일도 할 수 없게 되어 있는 사회가 좋은 사회라고 할 수는 없지요. 여기의 문제 중 하나는 사회적인 보상 체계의 문제입니다. 그것을 수월성으로 옮겨 생각하면 안 되지요. 사회 문제는 사회 문제의 차원에서 해결해야 합니다. 그리고 그것은 단순히 보상의 균등화로 생각해도 안 되지요. '국가가 사회의 필요'라는 관점과 '개인적 보상의 균등화'라는 관점은 똑같은 것은 아닙니다. 이렇게 이야기하고 보면, 위에 말한 모든 항목은 평등에 대한 요구나 마찬가지로 그런대로 있을 수 있는 요구라고 할 수 있습니다. 우리 경제가 자본주의적 틀 안에 있는 한, 자신들의 필요에 따른 우수한 인재를 요구하는 것은 틀린 것이라 할 수 없습니다. 국가는 우수한 인재가 필요하지요. 그렇다고 대학이 경제·정치·사회의 필요 또는 수요에 맞는 인간을 창출하는 인력 생산 공장이 될 수는 없지요. 그렇게 되면, 결국 사회 제도는 인간의 인간적인 삶을 가능하게 하자는 것일 터인데, 그 인간적인 인간이 어디에 있겠습니까?

삽화를 하나 이야기하겠습니다. 어떤 한국 출신의 사람이 스위스에서 외과 의사로 있는데, 그가 말하기를 의술이 아닌 자동차 수리를 배울 걸 그랬다고 합니다. 자기는 자동차 부속품을 만지는 것을 좋아하지, 사람 다루는 것을 좋아하지 않는다는 것입니다. 그런데도 의사가 된 것은 여러 가지 동기가 있을 터이고, 그 동기에는 보수에 대한 생각도 고려되었겠지요. 그러나 스위스에서는 자동차 수리공과 의사의 소득 차가 크지 않아요. 물론 차이가 아주 없는 것은 아니지만, 자기 인생의 참다운 취향을 무시할 정도로 크지는 않습니다.

그런데 무엇이 수월성입니까? 의술에는 수월성이 있고 자동차 수리에는 수월성이 없는 것일까요? 평등의 문제에는 두 가지 기준이 있습니다. 기본은 모든 사람이 최소한의 생활 조건을 갖추는 것입니다. 이것은 어떤 사회에서나 최소한의 그러면서 절대적인 요건입니다. 정치 철학자들이 말하듯이, 사람 사는 데에 사회적 인정도 중요하지요. 이와 관련해 인정의 체계는 어떤 것이어야 하는가를 생각해 볼 수 있습니다. 지위가 높은 사람이 되고 스타가 되어야 인정을 받는 것일까요? 이상적으로 말해, 보통 사람도 사람으로서 인정을 받을 수 있는 사회가 사람 사는 사회지요. 인정은 절대적인 삶의 조건은 아닙니다. 그리고 악셀 호네트(Axel Honneth) 등이 하는 이야기인데, 이것은 사회적인 필요에서보다 개인의 자기의식의 관점에서 대두되는 개념이지요. 사회적 필요의 관점에서 인정을 말할 수도 있습니다. 사회적 감사의 체제도 필요하지요. 그러나 그것도 절대적인 것은 아니고 지나친 것이 되기가 쉽습니다. 공산주의 세계, 특히 북한에 보면, 훈장을 한없이 가슴에 많이 달고 군중 대회에 나오는 사람들이 많지요. 그렇게 보기 좋은 현상은 아닙니다. 예로부터 그것을 무시하고 자기 충족적인 삶을 사는 것이 현명하다는 가르침들이 있지 않습니까? 우리 사회는 지나치게 사회적인 관점에서만 인간을 생각하지만, 자기 충족적으로 살면서 착하게 사는 사람도 있고 또 인격이 수양된 사람들이 있지요. 이 사람들은 자기에게 충실하면서 다시 사회로 돌아오는 사람들이라고 할 수 있습니다.

수월성 그것 자체가 나쁜 것은 아닙니다. 게다가 수월성이 반드시 타고나는 것도 아니고 개인적인 요인으로만 이루어지는 것도 아니지요. 그것을 이루어 내는 데 사회 계층적인 요소가 크게 작용하는 것도 사실입니다. 그러한 관점에서 그것이 문제가 될 수 있습니다. 그러나 그렇기 때문에 그것을 억제해야 한다는 말은 맞는 생각이 아닙니다. 사회적으로 불리한 위치에 있는 사람이 그 나름의 수월성을 이루어 낼 수 있도록 돕는 여러 가지 제도를 만드는 것이 해결책입니다. 물론 이것이 단숨에 해결될 수 있는 것은 아니지요. 수월성은 사회의 필요, 사회의 신분 서열의 기준으로 정해질 수는 없다는 것이 앞에 했던 이야기인데, 오늘의 분류를 받아들인다고 하더라도 지금 우리 사회에서 통용되는 판단 기준이 제대로 된 기준인가를 생각해 볼 필요가 있습니다. 지금의 입시 제도, 대학에서의 논문 심사 제도, 교수 심사 제도 등이 진정한 수월성 판단의 기준에 따라 이루어지는가를 생각해 보아야 할 것입니다. 진정한 수월성을 표현한다는 것은 어려운 일이기 때문에 모든 사람이 수긍할 수 있는 기준을 마련하기도 힘들 것입니다. 그래도 거기에 근접하도록 해야겠죠.

그런데 이것은 완전한 객관성의 기준이 될 수 없습니다. 가령 숫자로 표현되는 객관성이 진정한 객관성은 아닙니다. 종종 그것은 주관적 판단의 책임을 회피하는 일이지요. 가장 객관적인 기준은 종종 가장 주관적인 것입니다. 그러나 이때 주관은 극도로 자기를 객관화하고 보편화한 주관이어야 합니다. 아인슈타인이 추천서를 썼다면, 퇴계가 추천했다면, 그것이 사적인 동기가 있다고 말할 수 없죠. 뛰어난 학자나 수양을 쌓은 인간이 하는 주관적 판단은 극도로 객관적인 것에 가까이 가는 거라고 할 것입니다.

주관적 객관성은 심사하는 사람들의 문제이기도 하지만, 심사 과정의 문제이기도 합니다. 미국 어떤 대학에서 정년 보장(Tenure) 심사를 하는 것을 보면 1년이 걸립니다. 심사 위원회에서 해당자의 논문을 한 달에 몇 번씩 만나서 읽고 토의합니다. 결코 숫자로 하는 게 아닙니다. 대학 인가를 해 줄 때도 그렇습니다. 버팔로의 아메리칸 스터디스 프로그램에 근무한 일이 있는데, 대학원 과정을 설치할 때, 학교에서 뛰어난 학자들 네 명을 초청해서 인터뷰하고 시설을 보고 도서나 장비를 조사한 다음, 이 사람들이 미국대학연합회에 추천하여 인준을 받는 것이 절차였습니다.

판단의 주관성을 인정하면, 그다음에 받아들여야 하는 것은 판단의 절대성을 믿으면 안 된다는 것입니다. 아무리 엄격하게 한다 해도 주관은 주관이지요. 수월성의 기준에서 제외된 사람은 자기반성도 해야 되지만, 재수가 없었다는 생각도 해야죠. 사회적인 관점에서는 다른 기회를 줘야지요. 무한히 줄 수야 없겠지만 제2, 제3의 기회를 줘야 합니다. 입시에는 재수가 있는데 교수 채용과 승급에서도 다시 고려하는 제도가 있어야지요.

한 가지만 더 말하겠습니다. 대학의 학생 선발 과정에서 전국적인 성적의 서열화가 여러 가지 의미에서 정당한가도 생각해 보아야 합니다. 내 생각에는 각 대학에서 학생을 선발할 때 지방별로 쿼터를 만드는 게 좋다고 생각합니다. 서울대학교에서 정운찬 총장이 그것을 시행했습니다. 그것은 지방에 대한 분배의 의미도 있지만, 지나치게 많은 학생들의 서열을 매기는 것은 진정한 재능과 학습 성취도를 재는 것을 어렵게 만들기 때문이기도 합니다.

박명림 실제로 현재의 대학 입시 방식이 과연 변별력이 있는지 저로서는 심각한 의문입니다. 수많은 학생들에 대해 아주 작은 차이로, 때로는 소수점 차이로 서열과 당락을 결정짓는데, 이런 차이는 순전히 기계적인 의미를 지닐 뿐 수학자들조차 의미가 없는 차이라고 하더라구요. 그런데 누구는 합격이고 누구는 불합격으로 삶이 완전히 갈라지지요.

김우창 그래요. 너무 많은 사람들을 시험으로 서열을 정하면 시험의 의미가 사라집니다. 열 사람 중에서 서너 명이 잘한다면 시험으로 서열을 정하는 것이 가능합니다. 하지만 1000명 가운데 서너 명을 가려 뽑기는 방법적으로 굉장히 어렵습니다. 범위가 커지면 점점 의미가 없어지는 거죠.

생애 체계 또는 사회적 보상 체계와 교육

박명림 선생님께서는 현실과 이상, 교육과 사회 개혁의 적절한 결합, 혹은 조화에 대해 말씀해 주신 것 같습니다. 사실 평등성과 수월성은 교육의 단계와도 관련이 있을 것 같습니다. 초등 교육 단계에서 평등성을 강조하다가도 대학 교육 단계에서는 수월성을 강조하는 방식과 같은 것이지요. 그런데 사실 이러한 교육 내용도 앞서 선생님 말씀처럼 사회 체계와 밀접히 연결되어 있는 것 같습니다. 오늘날 북유럽의 일부 사례를 보면 그들이 교육 개혁에 성공한 이유가 사회 개혁과 병행했기 때문이라는 얘기를 많이 듣습니다. 그런 점에서 저는 우리 사회도 이제부터는 생애 소득, 생애 임금, 생애 노동, 생애 복지, 생애 문화, 생애 세금, 생애 교육과 같은 사회 체계라고 할까, 그런 개념을 생각해 보면 어떨까 싶습니다. 물론 상당히 정교한 준비가 필요하겠지요. 즉 최저 수준의 보장을 전제로, 직업에 관계없이 생애 소득과 생애 문화에 너무 큰 차이가 나지 않도록 하는 것이지요.

예를 들어 자동차 수리공이나 정육점 주인 등은 일찍 취업을 하는 대신 임금은 조금 낮지만 생애 임금으로 보면 노동 연한이 길기 때문에 생애 소득이 그리 적지는 않습니다. 그리고 일이 고된 만큼 다른 직업보다 일찍 퇴근하고 가족과 보내거나 문화 생활을 할 시간도 많이 갖습니다. 그러나 의사나 변호사, 교수, 고위 관료 들은 취업이 늦는 대신 임금이 높고 노동 연한은 상대적으로 짧습니다. 또 교육을 많이 받아야 하고 퇴근을 늦게 하게 됩니다. 그래서 전체적으로 생애 임금과 생애 소득, 생애 문화 지수, 생애 노동 시간, 생애 세금…… 이런 것들을 어느 정도는 거의 맞춰 놓는 것이지요. 물론 사회적 보상 체계와 교육을 완전히 등치시키면 전체주의 사회가 되어 절대로 안 되지만, 위와 같은 기회 구조가 만들어져 개인이 선택 가능하다면, 커다란 격차가 나지 않으므로 인간적인 차별 의식을 느끼지 않으면서도 자기 직업에 애착을 갖게 되리라 봅니다. 생애 소득이 비슷한 경우에는 실제로 3시에 퇴근하는 정육점 주인을 포기하고 7시에 퇴근하는 관료가 되라고 하면 안 하겠다고 하겠지요. 그런데 공부와 상류 사회 진입과 소득과 지위의 모든 것이 비례적으로 연결되어 있으니 문제인 것 같습니다. 이런 관점에서 사회와 교육을 개혁하면 좀 낫지 않을까요?

김우창 그렇습니다. 사회적 보상 체계가 지나치게 불평등하거나 획일적인 평등은 안 됩니다만 전체와 연결하여 문제를 접근하는 것은 중요합니다. 사실 공부하기 싫은 사람도 많거든요. 또 공부가 반드시 인생의 전부도 아니구요. 그런 사회가 되어서도 안 된다고 봅니다. 우리나라에서 "나 공부하기 싫어." 이렇게 말하는 것조차 안 되는 것이 문제지요. 사회의 문제를 교육에 전가시키지 말고(물론 연결이 아주 안 된다고 할 수는 없지만) 순차적으로 개혁해 나가야 합니다. 여기에서 다시 한 번 말할 것은 이러한 변화가 점진적이라야 한다는 것입니다. 한꺼번에 하려 하면 역효과가 그대로 나타날 수밖에 없어요. 사회의 실력도 한 번에 얻어지는 것이 아니라 길러지는 것이지요.

박명림 제가 드린 말씀은 사실 선생님 말씀 중에 사회적인 인정, 인정의 체계에서 보통 사람도 사람으로 인정받을 수 있는 사회가 되어야 한다는 부분을 북유럽의 예를 들어 풀어 본 것입니다. 꼭 좋은 직업을 가져야만 좋은 사람으로 대우받는 사회가 되어서는 안 되는 것이죠. 문화적으로 인간을 서로 목적적으로 인정하고 대우하는 사회가 되면 사회적인 보상 체계와 사회 생활 단계에 들어가는 준비로서의 교육은 바른길이 있을 것도 같습니다. 그런데 이게 너무도 어려운 것 같습니다.

김우창 지금 우리 사회에서도 그렇지만 세계적으로도 인정 체계와 더불어 모든 인간이 존엄성을 느끼면서 살 수 있는 체제가 무엇이냐에 대한 답을 내는 게 어려운 문제죠. 보수 체계보다 더 해결하기 어려운 문제인데, 그 원인 중의 하나에 매체의 발달이 있습니다. 박 선생은 내가 볼 때 유명인사고, 나는 박 선생이 볼 때 유명 인사입니다. 그러나 지금 밖에 나가 버스 운전기사에게 물어보면, "당신 누구요?" 이렇게 물어볼 가능성이 많죠. 그러니까 좁은 범위 안에서 모두 인정을 받고 사는 건데, 매체가 이것이 마치 전국적이고 세계적인 것처럼 착각하게 만들고 있지요. 가령 우리 동네 정육점 주인과 나는 서로 친하게 인정하는 사이가 될 수 있습니다. 그런데 완전히 개방된 시장 체제 또는 매체 체제 속에서는 그 정육점 주인은 아무것도 아니에요. 나도 아무것도 아닌 것이 되지요.

작은 공동체적인 테두리와 인정의 체계 사이에는 일정한 관계가 있습니다. 작은 공동체가 분리됨으로써 명사 숭배의 문화로 바뀌게 됩니다. 그래서 이름난 사람이면 생전 만나 본 일도 없고 좋은 사람인지 나쁜 사람인

지도 모르면서 유명한 스타니까 굉장하다고 생각하게 되지요. '실제 내가 사귀어 보니 정말 좋은 사람이다'라고 생각하고 유지할 수 있는 체제가 무너진 것 같습니다. 이 때문에 작은 공동체, 작은 범위와 연결해서 유지할 수 있게 하는 것이 사회적인 큰 문제인 듯합니다. 특히 매체의 시대, 개방된 시장의 체제 시점에서.

주관성과 객관성

박명림 규모에 관계없이 인간적인 공동체가 완전히 붕괴되면서, 특히 활동의 단위와 기구, 조직의 규모가 더욱 대형화되면서 외면적인 소통은 활발해졌는지 모르지만 내면적인 소통은 오히려 거꾸로 단절되고 소외되는 현상이 더욱 심각해지고 있는 듯합니다. 인간관계의 물질화라고나 할까요? 가까이 있는 공동체에서 옆 사람과의 인간적인 대화와 사랑, 의견 나눔은 사라지고 멀리 있는 대상과의 인터넷 채팅이나 익명의 불특정 다수를 향한 발언은 자주 하거든요. 공간은 사라지고 직선만 남은 인간관계입니다. 그러니 인간적 평가의 기준도 점점 익명화, 계량화, 객체화되고 있습니다. 어떻게 주관적인 인간관계가 사라진 물질화한 객관성이 존재할 수 있나요?

김우창 맞습니다. 구체적으로 '그 사람이 좋은 사람이다'라는 느낌이 아니라 '유명한 사람이니까 좋은 사람이다' 이렇게 된다면 다른 사람이 알아주는 사람이 되어야 하니 유명해져야 하고, 그러기 위해서는 신문에 많이 나야 되고 그렇지요. 그래서 정치인이나 교수도 신문이나 TV에 나오는 게 제일 좋다고 여기겠지요. 가문의 영광을 위해서는 벼슬 또한 해야 하겠구요. 노벨상 좋아하는 것도 그런 연장선에 있습니다. 시골에서 농사짓는 사람은 누가 노벨상을 받든지 간에 아무 상관 없죠.

박명림 그 점은 수월성 문제와 관련해서도 말씀 나눌 수 있지 않을까요? 지금 우리 사회가 추구하는 수월성이 과연 진정한 수월성이냐? 교육의 대안을 제시하는 분들이 객관성·보편성 이야기를 많이 언급하거든요? 그런데 가장 객관적인 것은 숫자, 또 사지선다형인데, 그게 과연 객관적 기준과 평가라고 할 수 있을까요? 그걸 없애자는 게 교육 개혁 운동의 하나 아니었나요? 입시 문제나 교수 채용이나 승진이나 취직에서 질과 양을 동시에 고려해야 하는 교육의 본질을 생각해 볼 때, 말씀하신 것처럼 고도의 객관성은 곧 보편적인 주관성이 될 듯합니다. 교사와 교수들이 갖고 있는 학문과 지식의 주관성도 인정해 주면서 스스로 내면적인 양심을 객관화하고 보편화하여 평가하고 선발하는 방식이야말로 진정한 객관성이 아닐까요? 이렇게 보면 객관성도 사실은 내면적 차원의 주관적 도덕성과 분리될 수 없다고 봅니다. 그런데 지금은 스스로 객관성과 보편성을 포기하니까, 즉 자기 주관성의 객관성을 인정하지 않으니까 교사와 교수와 지식인으로서의 역할도 포기하게 되고, 결국 수량주의나 편의주의를 확대하게 되어 진정한 수월성이 평가받지 못한 채 범용성으로, 숫자로 채우는 지식 사회가 된 것 같습니다.

김우창 결국은 그 주관의 성격이 문제인 것이지요. 학교에서 사람을 뽑는데, 사적인 연줄이 작용하는 수도 많고, 우리 대학을 나왔으니까 우선적으로 뽑자라고 하는 게 더 통했지요. 이른바 일류 대학을 나온 후보자만 먼저 보려고 하는 것은 더욱 많이 통하는 일입니다. 어디를 나온 사람이든지 상관없이 공정하게 읽어 보고 판단을 해야죠. 그리고 우리 판단이 미숙할 가능성을 인정해야죠.

수월성으로 돌아가서, 평등의 이름으로 이것의 의미를 버려서는 안 된다고 다시 한 번 말하고 싶습니다. 국가적으로도 탁월한 재주를 가진 사람들이 필요한 것은 틀림이 없지요. 프랑스에서 좋은 자리에 있는 사람들은 모두 그랑제콜(Grandes Écoles)을 나온 사람들인데, 프랑스가 제일 좋아하는 것이 자유, 평등, 유대 아닙니까? 그런데도 그랑제콜을 유지합니다. 이는 개인을 위해서라기보다 국가적 목적을 위해서 필요한 겁니다. 우수한 사람이 지도자가 되는 게 좋지요. 그런데 그것이 진정한 우수성인가, 그것으로 나아가는 것이 사회적으로 지원을 받을 수 있는 것인가 하는 것은 아까 말한 것처럼 문제로 남지만, 평등을 너무 강조하다가 수월성과 평등이 양립되지 않는 것처럼 이야기하는 게 문제인 것 같습니다.

박명림 유럽에서 대학이 처음 만들어질 때는 평등보다 자유를 먼저 고려하지 않았나요?

김우창 내가 보기에 유럽 대학의 출발은 직업인 것 같아요. 유럽에서 '박사(doctor)'는 가르친다는 말, '도케오(doceor)'와 같은 데에서 나온 용어입니다. 독일 대학에서 강사(dozent)에 그 뜻이 남아 있습니다. 닥터는 가르치는 면허증이죠. 중세 유럽에서는 파리 대학에서 그 면허증을 받아도 옥스포드에서 가르칠 자격을 인정해 주었습니다. 유럽 전체에 통하는 가르치는 면허증이죠. 제일 중요한 것은 신학 박사였습니다. 교회에서 사제가 되는 길은 조금 다른 것 같지만, 교회와 관련해서 밥벌이하는 것이 주된 동기가 아니었나 합니다. 현실적 요청들을 인정하지 않고 너무 처음부터 이상적으로만 생각하면 그것도 잘못된 일이라고 봅니다. 그렇다고 학문 자체가 그 독립된 목적을 버려서도 안 되지요. 현실도 중하지만, 거기에는 이상의 그림자가 따르게 마련이지요.

지금 대학의 지원자 수가 제일 많은 데가 의대, 약대, 법대, 경영대, 사범대라는 것에 놀랐어요. 사범대는 돈 많이 버는 곳도 아닌데……. 세상이 잘못되어서 그럴 수도 있지만 자연스러운 거겠죠. 사범대 졸업 후의 직업 안정성을 생각하면 이해가 되는 것 같습니다. 내가 젊었을 때 미국에서 본 잡지의 내용이지만, 미국에서 가장 공부 잘하는 학생들은 순수 학문, 그중에도 수학이나 물리학을 선택하고, 그다음이 문학, 철학 등 인문 과학, 그리고 의학, 법학, 경영학을 공부한다는 이런 통계가 있었습니다. 그런데 재작년에 미국 신문을 보니 하버드 대학 재학생의 절반에 가까운 숫자가 금융계 진출을 원한다고 하더군요. 세상이 많이 바뀐 것이지요. 그래도 반 이상의 학생은 다른 쪽에 남아 있으니, 아주 바뀐 것은 아니겠지요. 진보주의가 제일 관심 가져야 할 내용이 모든 사람이 밥 먹고 사는 것인데, 대학도 밥 먹고 사는 일의 일부지요. 다만 그것은 지금의 이야기이고 멀리 보는 관점에서는 좀 더 사람답게 사는 일도 생각해야지요. 이 둘 사이의 연결은 사회의 발전 정도에 따라서 조정하지 않을 수 없을 것입니다.

실용성의 세 차원들

박명림 교육을 통해 사람들이 먹고살 수 있는 문제를 해결해 주는 실용성의 문제가 중요한데, 그 실용성에 어떻게 하면 일정한 공공성을 갖게 할 수 있을까요? 사실 1950년대나 1960년대 가난했던 시절과 그 이후에는 지금보다 대학에서 취업 교육이 훨씬 덜 치열했을 때인데도 그때의 교육으로 먹고살 수 있었을 뿐만 아니라 기업에서 적응하고 능력을 발휘하며 국가 경제를 발전시키는 데 아무런 문제가 없었지요. 그런데 지금은 열심히 취업 교육을 하고 이른바 엄청난 스펙을 쌓는데도 불구하고 대학 졸업생의 정규직 취업률은 명문 대학의 경우에도 형편없고, 기업들은 또 교육의 내용이 엉망이라 쓸 만한 인재가 없다, 채용 후 곧바로 일을 시킬 수가 없다며 난리입니다. 오늘날 대학은 '취업 교육', '취업 제일'을 외치는데도 대학에서 배운 것으로 먹고 살려면 너무 힘들지요. 이건 상당한 모순이고 낭비가 아닐 수 없습니다. 대학의 경영 교육이 첨단 금융 기법을 다 잘 알도록 가르쳐야 하는 것은 아니고, 또 최고의 반도체나 이동 전화 기술을 습득해야 하는 것은 아니지요. 왜 자꾸만 실용성을 삶의 전체적 기술로 생각하지 않고 오직 취업 기술만을 말하는 반(反)인문성으로 이해하는지 모르겠습니다. 그래서 저는 교육의 실용성과 인간성, 기술성과 공공성이 만나야 하지 않을까 하는 생각을 오랫동안 해 오고 있습니다. 좋은 품성과 인내심 같은 인간성을 갖추었을 경우 능력은 조금 모자라도 일의 성취에는 뛰어날 수 있는 것이고, 조직이나 몸담고 있는 기구에 희생과 헌신 의지를 갖고 있으면 공선사후(公先私後) 정신으로 인해 역시 전문적 지식을 상쇄하고도 남는다고 믿습니다.

김우창 그 점과 관련해 실용성은 세 가지로 생각해 볼 수 있습니다. 하나는 먹고사는 밥벌이를 들 수 있습니다. 서양에서는 일 안 하고 사는 사람들이 있었는데 이들을 가리켜 유한계급이라고 하죠. 우리나라도 양반 지주계급은 유한계급이었는데 오늘날 다시 유한계급이 생기기 시작한 것 같습니다. 그런데 일을 하지 않는 것은 정신 건강에 좋지 않지요. 특히 지금의 세상에서 그렇지요. 생활을 위해 일하는 것 자체가 의미를 갖습니다. 하지만 밥벌이보다도 자신에게 보람과 기쁨이 느껴지는 일을 하는 경우가 있습니다. 또 밥벌이가 되든 안 되든, 자기에게 보람과 기쁨을 주든 안 주든, 국가와 사회에 필요한 일을 하는 경우가 있을 것입니다. 개인적으로 밥벌이하는 것, 그다음에 의미 또는 보람을 찾는 것, 또 국가적·사회적으로 의미가 있는 것. 이 세 가지의 실용적 의미를 찾을 수 있는데, 어느 하나도 무시할 수 없지요. 그러나 제일 중요한 것은 맨 처음의 것입니다.

다시 말하여 하나만의 실용성이 충족이 되어도 의미가 있는 것이지만, 그 셋이 하나가 되거나 균형을 이루거나, 아니면 적어도 진화의 진로를 이루면 좋겠다는 생각을 할 수 있습니다. 이것은 하는 일이 인간적 자기반성을 허용하느냐, 또 사회적으로 좋은 인간 됨됨이를 길러 주느냐 하는 것에 관계된다고 할 수 있습니다. 인문 과학이 인간 됨됨이를 길러 준다고 생각하는 것은 헤겔식으로 고쳐 생각할 수 있습니다. 수공업을 하는 사람도 물건을 다루는 사이에 자기 단련이 되고 자기반성의 기회를 얻게 되고 보편적 인식에의 길을 알게 된다는 것은 헤겔의 중요한 통찰 중의 하나입니다. 수공업자가 물건을 만들려면 자기를 버리고 물건에 충실해야지 자기 뜻대로 하려 하면 안 되기 때문에 물건의 이치에 순응하는 사람이 되는데, 이것이 그 시작이지요. 그로부터 시작해서 보다 넓은 세계에로 나갈 수 있는데, 이것은 다시 말하면, 스스로를 인식하는 — 스스로를 보편적 인간성의 가능성 속에서 인식하는 — 사람이 된다는 것이지요.

성리학에도 물건을 다루는 사이에 사물의 이치에 순응하는 것을 배우고, 극기를 배우고, 보편적 원리를 배운다는 생각이 있습니다. 그러나 이것은 저절로 그렇게 되는 것은 아닙니다. 일차적으로는 그런 것을 느낄 수 있는 작업 조건이 되어 있느냐는 사정에 관계되는 일일 것입니다. 실용성이라 하면, 일하여 먹고살 만하면서, 인간으로서 단지 목숨을 부지한다는 것만이 아니라 여러 가지 인간성 실현을 가능하게 하는 실용성을 얻을 수 있느냐가 문제이지요. 거기서 보람 있는 인생이 가능해질 것입니다. 보람이란 완성감, 자기 발전, 사회적 기여, 또 사회적 친화력 증진 등에서 얻어지는 만족감입니다. 그러나 사실 헤겔이 생각한 연속적인 의식의 진전은 이상적인 상태이고, 실제로 그것을 확보하는 것은 어려운 일이겠지요. 그 경우 학문이 할 수 있는 것은 그러한 상태가 가능해야 한다는 것을 상기시키는 일이라고 할 수 있습니다. 이것은 철학이나 인문 교육 일반의 소명이라고 할 수 있습니다.

한편 다른 측면에서 학문이 실용성에 봉사한다는 것도 자연스러운 일입니다. 단지 직접적인 의미에서의 실용적 학문도 그것이 학문인 한, 인간 정신의 소산인 한, 보편적 의식의 가능성을 가졌다고 할 수 있습니다. 박 선생이 말씀하신 바와 같이 이러한 차원이 없어지고 순순한 기능적인 교육이 요구되는 것이 오늘의 현상입니다. 이것은 단기적으로는 기업에 도움이 되겠지요. 자체 교육의 경비도 절감되고. 그런데 아까 말하는 중에 미국과 영국에서의 인문 교육이 당초에 엘리트 교육의 이념에서 나온 것이라고 하였습니다. 엘리트는 지도자 계급이지요. 지도자가 되려면, 많은 일에 대해 기능적 전문성은 약해도 그에 대한 유연한 적응성을 가지고 있어야 합니다. 여러 가지 것을 알아야 하니까. 그리고 지도자는 여러 가지 것을 총괄할 수 있는 사람이라야 하지요. 인문적 자기의식의 확대가 장기적으로 볼 때, 실용적인 의미를 갖지 않는 것은 아닙니다. 다만 그러한 활동의 가장 큰 원리 ― 이윤의 추구 또는 사회적 목적의 추구 ― 는 그대로 남아 있기 때문에 한계가 없다고 할 수는 없습니다.

학문의 순수성도 보편 의식에 관계되지요. 인간의 가능성에 대한 그 자체로서의 존중은 인간의 정신의 존중, 그 순수한 추구에 매우 가깝다고 할 수 있습니다. 그러면서 반드시 일치하는 것은 아닙니다. 그래서 학문의 순수성이 도대체 무엇을 의미하는가에 대해서는 여러 가지로 정의될 수 있고, 참 어려운 문제가 된다고 할 수 있습니다. 한 가지 분명한 것은 사람에게는 순수한 지적 추구에 대한 욕구가 있다는 것입니다. 그것은 인간의 자기실현에서 제일 중요한 부분이라 할 수 있습니다. 그러나 그것도 분과 학문의 전문성 속에 있기 때문에 인간성을 좁히는 결과를 가져올 수 있습니다. 순수한 것이 인간성의 자기실현 그리고 확대로 돌아오기 위해서는 다시 인간으로 돌아오는 재귀(再歸)의 사고가 필요합니다.

그러나 학문의 순수성은 그 자체로 깊은 인간의 자기실현에 연결되었다고 생각할 수 있습니다. 아까 수십 년 전의 하버드 대학생의 전공 선택을 언급했는데, 이것은 순수한 학문에 대한 열정이, 아주 깊은 정신적인 추구가 인간에게 있다는 증거의 하나라고 할 수 있습니다. 종교적인 신앙도 그러한 관점에서 말할 수 있을 겁니다. 사람에게는 어떤 선험적이고 초월적인 세계에 대한 갈구를 억제할 수 없는 것이 있다고 봅니다. 그런 의미에서 나는 사실 플라톤주의를 믿고 싶어요. 진짜 사람 마음속에 움직이는 순수한 개념들은 이데아의 세계에서 온다는 생각입니다. 안타깝게도 지금 우리 사회에는 그런 것을 인정할 여유가 남아 있지 않은 듯합니다. 너무 세속화되어서, 또 물질적인 세계, 대중적인 사회, 이런 것으로 인해 너무 막혀 버려서 정신이 없어지는 거 같아요.

대중문화가 우리 문화의 핵심이 되었지요. 민주주의 사회라서 대중이 주인이라고 하지만, 모든 것에서 대중의 기준이 적용되어야 하는 것은 아닙니다. 우리는 대중·민중이라면 다라고 말하지만, 민중이 아인슈타인을 만들겠습니까? 개인적으로나 사회적으로 굉장한 헌신과 집중의 소산이 이론 물리학입니다. 또 그것을 위해서는 사회적 투자가 이루어져야 합니다. 그것은 대중적인 복지와는 관계없는 투자입니다. 일반적으로 수월성은 단지 국가적으로 필요한 것이 아니라 인간의 본연적인 정신적 추구라는 것이 존재하기 때문에 없을 수 없는 인간적 가치입니다. 수월성이 실용성을 배제하는 것이 되어서는 안 되지요. 실용성이 제일 첫 번째입니다. 그러나 순수한 정신적 추구는 인간됨의 가장 중요한 표현의 하나이지요.

대중성과 천재성, 실용성과 창조성

박명림 말씀을 듣다 보니 '삶의 총체적 기술'로서의 인문학이라는 원래의 뜻으로 연결되어 와 닿습니다. 특히 헤겔의 수공업자 비유를 들으니 더욱 그렇습니다. 실용성의 추구라는 것이 삶의 총체적 기술을 습득하는 것으로서, 거기에 도달하기 위한 지식과 정신적 발전까지 포괄하는 것이 학문의 역할이겠지요. 그러나 우리 사회에서 지금의 학문을 바라보면 대학 공동체가 법학, 의학, 경영학에서는 경제적 수입의 규모나 실용성만 강조하고, 또 순수 과학, 인문학은 순수성만 강조하다가 결국 실용성과 인문성의 공존으로서의 삶과는 점점 괴리가 일어나고 거기에서 문제가 발생하지 않았나 생각됩니다. 왜 실용성을 생각하는 인문학, 순수성과 함께하는 경영학·법학은 불가능한지 모르겠습니다.

김우창 우리 사회가 다른 곳보다 심한 것 같습니다. 모든 일에 인간의 정신적 차원이 있다는 생각이 사라진 것 같습니다. 또 순수하게 정신의 세계에서만 움직이는 학문이 있다는 것도 잊히는 것 같습니다. 물론 이 정신은 사람 속에 있으면서 세계에 가득한 기운이지요. 정신적인 추구에 대한 인정이 사라졌기 때문입니다. 그러나 그건 모든 사람이 근접해 있으면서, 특별한 정신적 기율을 습득하지 않으면 들어갈 수 없는 지적 영역이지요. 가령 모든 사람이 순수 물리학과 철학을 공부할 수는 없지요. 그러나 그런 것이 있다는 것을 인정하고 그것을 지원해 주어야지요. 그것은 연구는 대중 민주주의, 요즘 흔한 말로 포퓰리즘으로 해결할 수 있는 게 아니지요. 그러나 방금 말한 것처럼 그것은 보통 삶으로부터 따로 있는 것이 아닙니다. 그런 영역이 있다는 의식은 우리의 삶을 한층 높은 곳으로 고양합니다. 내가 집 밖을 나가면, 나는 곧 시원한 공기를 느낄 수 있습니다. 그런데 내 머리 위로 뻗어 있는 공간은 곧 대기의 끝에, 태양계의 끝에, 그리고 은하계에 이르고, 또 더 먼 우주의 끝에라도 이르는 것이지요. 땅 위에 서 있다는 것이 신비스러운 일입니다. 물론 그것이 무엇을 뜻하는가 아는 것이 없기는 하지만.

여러 해 전 프랑스의 진보적 사회학자 피에르 부르디외와 이야기를 나눈 적이 있습니다. 그는 세계화에 반대하고 그에 반대하는 지식인 연대를 조직하고 있었습니다. 내가 그것을 비판하여, 한국이 성장하고 중국이 발전하는 것은 글로벌 마켓이 있기 때문인데 지금 와서 그것을 막는 것은 유럽이 기득권을 보수하자는 것이 아니냐고 했더니 그런 점을 인정하여, '세계화(globalization)'가 아니라 긍정적인 내용을 가진 새로운 국제적 움직임을 가리키는 말이 있어야겠다고 했습니다. 여기에서 이 얘기를 꺼내는 까닭은 부르디외가 글로벌라이제이션에 반대하는 이유 중의 하나가 유럽 문화의 붕괴를 걱정했기 때문이라는 점을 언급하려는 것입니다.

박명림 모든 삶과 문화가 비슷해지고 결국은 똑같아져 자율성과 독자성이 사라지기 때문에 반대하는 것이겠죠?

김우창 구체적으로 부르디외 교수가 말한 것 중의 하나는 유럽의 음악 유산을 지켜야 한다는 것이었습니다. 지금의 세계 경제 체제하에서 풀려나는 평준화 경향 속에서 그것은 국가적 지원이 없이는 살려 나가는 것이 불가능합니다. 베토벤 연주는 시장의 논리로는 안 된다고 보는 것입니다. 실제 독일에서는 심포니 오케스트라나 오페라 등에 국가적 지원이 많습니다. 그런 것들이 대중적으로 정당화될 수는 없습니다. 인간의 정신적인 차원이 있고 그것을 발전시키는 데에 특별한 공헌을 한 사람들의 업적이 있기 때문에 인간의 보편적 문명이 있는 것이 아니겠습니까? 이것을 보존하고 거기에서 배우는 것이 인간성을 넓고 높은 차원으로 끌어올리는 데 필요한 일이다, 부르디외 교수는 이러한 높은 문화의 인류사적 의미를 강하게 의식하고 있는 것으로 보였습니다.

인간 존엄성과 기사도, 또는 윤리성

박명림 앞의 말씀을 들으며 물리학이나 천문학에서 천재들이 창조적인 많은 발견을 하지 않았더라도 인류의 여러 학문이 발전해 왔을까, 소수의 창조성 없이도 인간 공동체의 많은 문제가 해결됐을까 생각해 보게 됩니다. 우리가 누리고 있는 많은 물질적인 것들이 그러한 천재들의 역할에서 비롯되었음을 생각해 볼 때 수월성과 천재성이 대중성이라든가 민중성, 평등성, 이런 것과 어떻게 만날 수 있는가는 인문 사회 과학이 되었든 자연 과학이 되었든 인간의 실제적 삶과 사회의 발전과 관련해 굉장히 중요한 문제가 되겠지요.

김우창 대중적인 것과 천재적인 것 사이에는 밀접한 교환 관계가 있는 것 같습니다. 천재는 허허벌판에 혼자 있는 것이 아니고 대중과의 교류 속에서 자랍니다. 또 특별한 인간적인 재능을 보여 주는 사람이 있다는 것을 인정해야 하지요. 독일이나 오스트리아의 민요가 없었다면 모차르트도 나올 수 없었고 이들이 높은 음악을 지양(止揚)하지 않았다면, 그것은 중요한 인류 문화의 일부가 되지 못했겠죠. 민요의 뿌리가 없었더라면 모차르트가 불가능했겠지만, 민요와 모차르트의 음악적인 깊이는 전혀 다른 것이지요.

박명림 같은 문제를 조금 다른 방식으로 이해할 수도 있을 것 같습니다. 즉 역사에서 개인의 역할을 어떻게 볼 것이냐의 문제입니다. 막스 베버(Max Weber)를 보면 그가 합리주의를 일관되게 강조하다가도 결정적인 순간의 정치의 역할, 카리스마를 인정하는 것을 볼 수 있습니다. 합리성과 덕성(virtú)의 만남이라고나 할까요? 최근 몇 년 동안 동아시아 영구 평화안을 궁구해 보려고 안중근을 공부하다가 신채호도 함께 읽고 있는데요. 아시다시피 신채호는 민중 사관과 민중 혁명을 강조했는데, 그의 또 다른 중심 사관은 영웅주의, 영웅 사관입니다. 신채호의 민중과 영웅, 그리고 베버의 합리성과 카리스마를 보면서 전체와 부분, 구조와 주체, 사회와 개인이 따로 있거나 분리되는 게 아니라는 생각이 듭니다. 물론 어디서 어떻게 만나는가는 다양하고 다를 수 있겠지만요. 결국 교육에서도 한 사람을 교육하는 것과 전체를 교육하는 것은 같기도 하지만 다르기도 하다고 여겨집니다. 저는 한 사람을 위한 교육 원리와 철학은 모두를 위한 그것과 다르지 않다고 봅니다. 그런데 한 사람의 능력을 개발시키고 시민으로 길러 낼 때, 그가 만약에 재능을 가지고 있다면 천재로 갈 수도 있는 것이고, 그렇지 않다면 평범한 시민으로 살 수도 있는 것이기 때문에 그에 따라 교육을 달리해야 한다고 봅니다. 교육을, 교육받는 사람 내면에 존재하는 본성과 능력을 색출해 내는 과정이라고 할 때 이 문제는 아주 중요해 보입니다.

김우창 신채호에 대해서는 깊이 알지 못하지만, 그의 사상의 근본은 사회적 다위니즘(social darwinism)이라는 느낌을 버릴 수 없습니다. 사회 다위니즘은 단순화해서 말하면 약육강식주의지요. 결론은 강자가 되는 것이 절대적으로 중요하다는 것입니다. 그 영웅주의는 이런 생각에 연결되는 것으로 보입니다.

막스 베버는 누구나 알고 있듯이 합리성의 진행이 근대적 역사의 진행과정이라고 하여, 그것으로 많은 것을 설명했습니다. 그러나 개인적인 차원에서 합리적인 태도만으로 일이 된다고 생각하지는 않았습니다. 정치가는 분명하게 설명하기 어려운 인격적 힘, 카리스마를 가져야 합니다. 그러나 더 쉽게 이해할 수 있는 인격적 특징도 가지고 있어야 합니다. 정치가다운 정치가를 말하는 가운데, 그 인물됨에 있어서 무엇보다도 사실의 사실성에 충실한 것(Sachlichkeit)이 중요하고 자기의 소신에 따라서 행동할 수 있는 정열(Leidenschaft)이 중요하다고 했습니다. 놀라운 것은 여기에 추가하여 기사적인 태도(Ritterlichkeit)를 말했습니다. 투쟁에서 지는 것과 이기는 것에 관계없이, 사실을 사실로 받아들이고 명예롭게 행동하는 태도입니다. 베버가 1차 대전이 끝난 다음에 지휘하던 사람을 찾아가서 자결하라고 한 것은 그러한 소신에 따른 것이지요. 물론 어리석은 짓이었지만.

기사적 성격이라는 것은 영웅성하고 관계되면서도 별도의 것이라 할 수 있죠. 영웅은 말하자면 권력을 원하는 사람이고 권력에 의해서 자기를 정당화하는 사람인 데 비해, 기사는 자신의 명예의 행동 규범에 봉사하는 사람입니다. 기사도 권력적 인간임에는 틀림없지만 권력을 제1의 특징으로 하는 사람이 아니라 스스로 받아들인 일정한 규범에 봉사하는 사람이죠. 핵심은 명예입니다. 명예는 누가 주는 것이라기보다는 스스로의 규범에 따라 행동하는 것을 말합니다. 자존심과 관련되어 있지요. 맹자는 그릇에 밥을 넣어 발로 툭 차면서 "먹으시오." 한다면 사람들이 안 먹는다고 말한 바 있습니다. 또는 군자를 말하면서 군자는 권력자를 찾아가는 것이 아니라 권력자가 그를 찾아오는 것을 맞이해야 한다고 했습니다. 이는 단순히 오만함을 권장하는 것이 아닙니다. 사람은 여러 차원에서 인간으로서의 품위를 지켜야 한다는 것으로 생각됩니다. 그것을 보장해 주는 것이 예의입니다.

그러나 공맹(孔孟)의 도(道)에 따르면 예의에서 서열이 절대적으로 중요합니다. 기사도도 서열 사회의 신분이지만, 서열보다는 예의를 가지고 행동하는 것을 존중했다고 할 수 있습니다. 기사도의 표현 중의 하나가 문을 열어 여성을 먼저 나가게 하는 것 아닙니까? 약자를 먼저 나가게 하는 것이지요. 그것은 자신의 힘을 드러내는 것이 아니라 자신이 명예롭게 행동할 수 있는 도덕적 힘에 자신감을 갖는 것입니다. 그런 의미에서 인간 존엄성의 개념은 기사도와 상당히 깊은 관계가 있습니다. 이 테두리 안에서 도덕적 권력이란 자기가 도덕적으로 바르게 행동하고 국가와 다른 사람에게 봉사하는 데서 자기 위안을 얻는 것을 말하지, 현실적인 높은 자리를 즐긴다는 것을 가리키지 않습니다.

좋지 않은 비교이기는 하지만, 어떤 사람이 일본과 한국을 비교해서 쓴 글을 보니 일본 사람은 높은 사람이나 낮은 사람을 구분하지 않고 한결같이 예의 바르게 행동하지만, 한국 사람은 높은 사람에게는 예의 바르게 행동하고 낮은 사람한테는 오만하게 행동한다고 하더군요. 이런 사례들에서 알 수 있는 것은 인간을 존중하여 행동한다 함은 남을 높이고 자기를 낮추는 것이라 할 수 있습니다. 그런데 그것은 다른 사람을 높이면서 자기도 스스로를 높인다는 것입니다. 이야기가 복잡해졌지만, 인간 존엄성의 문제가 복잡한 것은 틀림이 없을 것 같습니다. 교육의 중요한 부분의 하나는 이것을 더듬어 나갈 수 있게 하는 것이 아닐까요?

박명림 기사도와 인간 존엄성의 문제는 돈과 물질, 지위와 권력을 제외하고는 모든 인간적 품위와 격조가 사라지는 오늘의 현실에 꼭 필요한 내용으로 들립니다. 사실 우리 사회의 많은 문제는 대학 교육의 책임도 큽니다. 한국의 대학에서는 개인 도덕이나 사회 윤리에 대한 교육은 거의 없습니다. 그러고도 사회가 도덕적이고 윤리적이길 바라는 것은 어불성설이겠지요. 부패 문제나 기업 윤리를 포함해 현재 우리 사회의 여러 모습을 보면, 대학에서 실용성과 윤리성을 어떻게 병행할 수 있을 것인가가 중요한 문제라고 봅니다. 단순히 도덕 교육과 윤리 교육이 없다고 말할 수도 있겠지만, 대학 안에서의 예산 배분이나 편제를 보면 그들 자신이 이미 경영학, 의학, 공학 중심으로만 갈 뿐, 경영학 안에서도 경영 윤리를 가르쳐야 하고 의학 안에서도 의료 윤리를 가르쳐야 하는데, 마치 윤리나 도덕은 인문 교육에서나 가르치는 것으로 인식하는 것과도 관련이 있을 듯합니다.

사회에서 실제로 큰 영향력을 끼치는 사람들은 인문학이 아니라 거의 전부 법학, 경영학, 의학, 행정학, 정치학 분야의 졸업생들이지요. 따라서 저는 한국 사회에 대학은 존재하나 대학 정신은 이미 죽었다고 보는 편입니다.

동의와 방황, 교육의 자율성

김우창 인문 과학에서도 인문 교육을 해야 하고, 사회 과학·경영학·법학에서도 모든 사람에 대한 기초 교육을 해야 합니다. 또 자신의 전공과 관련해서도 인간 행위의 윤리적 성격에 대해서 스스로 깨달을 수 있는 여유를 줘야 될 것 같습니다. 그런데 이것은 교조적으로 주입될 수 없는 것들입니다. 윤리 교육에서 핵심은 자율성입니다. 어느 외국의 신학자가 말한 내용 중에 이런 것이 있어요. 미국의 프로테스탄티즘에서 인간의 구원은 사전에 결정되어 있다는 결정론이 꽤 강하거든요. 우리가 아무리 노력을 해봐야 천국에 갈 사람과 지옥에 갈 사람이 따로 있다는 거지요. 이에 대해, 하느님이 사전에 정해 놓은 것이 있더라도 거기에 대해서 우리가 스스로 동의함으로써 우리는 자유로워진다고 합니다. 하느님에게 스스로 동의한다는 것은 결국 내 뜻으로 동의하는 것이죠. 묘한 패러독스이지만, 하느님이 마음대로 한다는 것은 내가 동의하고 말고 할 것도 없는데, 하느님이 결정하신 것에 내가 동의한다는 것이지요.

윤리적인 교육에서 가장 중요한 것은 스스로 하는 동의입니다. 스스로 하는 동의는 어떻게 해서 생겨날까요? 두 가지 방법이 있습니다. 하나는 방황을 허용하는 겁니다. 틀리지 않고서는 동의 자체가 불가능하지요. 정해진 대로 가 버리면 동의하고 말고가 없겠지요. 틀릴 가능성이 있기 때문에 동의가 필요하고 자율적인 규율이 필요한 것입니다. 그런데 우리 사회에서는 모든 걸 공장에서 똑같은 것을 찍어 내듯 함으로써 학생들이 방황할 기회가 없어요. 방황을 젊은 시절의 한 특징으로 인정해 주되, 그것이 과격해지면 안 되도록 해야지요. 가령 마약이나 폭력, 자신의 신세를 망치는 일들은 못 하게 해야겠지요. 이것은 젊은이들에게 지금의 인생이 아닌 미래를 향해서 존재하고 준비해야 된다는 것을 인식시키는 일이지만, 이

범위 안에서 현재의 방황을 허용해야 합니다.

두 번째, 윤리 교육에서는 소설이나 시를 활용하는 것이 바람직하다고 생각해요. 소설이나 시는 이래라저래라 하지 않지요. '이 사람은 이랬다'고 모범을 보여 줄 뿐이지요. 또는 '회고의 순간에 (좋기도 하고 나쁘기도 한) 나는 이렇게 느꼈다'고 말하지요. 그것이 반드시 도덕적인 모범이 아닐 수도 있습니다. 파탄에 이른 사람들의 삶일 수도 있지요. 인생의 결정이 어려운 것이며, 쉽게 도덕만으로 결정하기 어려운 부분이 많지만, 거기서 결정해야 된다는 것을 보여 주죠. 말하자면 도덕적인 모순들을 보여 줌으로써 그로부터 나는 어떻게 할 것인가를 스스로 생각하게 하고 자율적으로 결정하게 해야지요.

비극은 동양에는 없는 장르이지만, 많은 비극 작품은 도덕적 선택을 했음에도 불구하고 자꾸 불행이 오는 경우들을 보여 줍니다. 오이디푸스는 자기가 알고 한 일이 아닌데, 아버지를 죽이고 어머니와 결혼하는 죄를 범합니다. 나라에 환란이 왔을 때, 그것이 결국 개인적인 불행을 가져올 것이라는 것을 예감하면서도 환란의 진상을 밝히기를 결심합니다. 결국 밝힌 내용에 따라 자기 잘못이 드러나 자신의 눈을 빼고 정처 없는 방랑인이 되고 그 외의 여러 불행한 일을 겪게 됩니다. 윤리적 선택을 했음에도 불구하고 일어나는 불행을 여기서 보게 되지만, 대부분의 관객은 그러한 선택의 숭엄함을 느낍니다. 여기에 감동하는 사람은 '이런 어려운 데서도 윤리적 결정을 하고 그 결과를 받아들이는 인간도 있구나'라고 생각하게 되겠지요. 비극은 간단히 선은 잘되고 악은 잘못된다는 것을 말하는 것이 아닙니다. 비극이 보여 주는 좋고 나쁜 결과를 초월한 선의 선택은, 인간성에 정신을 긴장하게 하여 어려운 선택을 하게 만드는 근원적 지향이 있음을 생각하게 합니다. 플라톤적인 어떤 것, 이데아의 밝음에 사로잡히게 하는 어떤 것이라고 할 수도 있습니다. 문학 교육의 종착역은 이 정신의 진정성을 깨닫는 데 있습니다. 그것은 반드시 윤리 규범이나 교리(教理)나 이데올로기를 받아들이는 것과 같은 것이라고 할 수 없습니다.

박명림 지금 말씀은 이른바 모범과 사례의 만남, 표준과 사례의 가로지름에 대한 깨우침으로 다가옵니다. 그런데 인문학이 바로 모범과 표준을 보여 주는 동시에 많은 사례를 보여 줘서 스스로 깨닫게 하는 것 같습니다.

김우창 나쁜 사례까지 포함해서 보여 주고 있지요.

박명림 예. 정말로 그렇다고 생각합니다. 방황의 허용, 즉 규범의 주입이 아니라 동의와 자율적인 노력을 통한 교육이라는 말씀을 들으면서 저는 『파우스트』에 나오는 "인간은 노력하는 만큼 방황을 하는 법이다."라는 말이 떠올랐습니다. 플라톤의 여러 대화편에 많이 숨겨져 있는, 대화와 교육과 진리 터득의 묘한 패러독스가 아닌가 싶습니다.

김우창 고등학교 다닐 때의 이야기를 써 달라는 글을 부탁받고 바로 『파우스트』의 그 말 "노력하고 방황하고 그것이 구원을 가져온다."라는 괴테의 생각이 중요한 말이었다고 쓴 기억이 나는군요.

박명림 윤리나 도덕이 자율적이어야 한다는 것은 교육의 한 본질을 말씀해 주신 것 같습니다.

김우창 자율적인 판단 능력을 스스로 갖출 수 있게 하는 것이 중요하다고 봅니다. '이것은 좋고, 저것은 나쁘다'고 가르치는 것은 바람직하지 않겠지요.

박명림 그렇다면 인문학이 대학 교육의 중심이라고 생각하는 것은 반드시 옳은 것이라고 하기 어렵겠군요. 물론 인문성 교육은 또 다른 문제이겠지만 말입니다.

김우창 바로 그래서 그것이 중요하다고 할 수도 있을 것 같은데요. 방황을 허용하는 것은 탐색과 탐구의 범위를 넓히는 일이지요. 정신의 관점에서는 그것이 한 지점에 고착되는 것을 거부하고, 자아 정체성의 관점에서는 자신을 끊임없는 자기 초월의 움직임으로 파악하는 것이지요. 그래서 그것은 모든 학문적 추구, 더 나은 사회를 향한 실용적 노력의 원동력이 될 수 있습니다. 그러나 일정한 프로그램을 가진 사람, 그것을 위해 사람들을 동원하고 부려야 할 사람에게는 불편할 수 있는 것이 될 수 있지요. 또 급한 현실의 일을 해야 한다고 생각하는 사람에게는 한가한 이야기가 되겠지요. 앞에서 말한 대로 유럽에서 인문 과학은 나쁜 의미에서의 '엘리트 교육' 또는 '계급적'이라는 오명이 붙어 있었습니다. 그럼에도 불구하고 그것은 계속 유지되고 있습니다.

미국 대학의 경우 하버드 대학이나 예일 대학의 기본적인 교육은 인문 교육입니다. 그다음이 직업 교육이죠. 그런데 아이비리그에 속하는 코넬 대학은 주 정부에서 땅을 주고 실용적인 것을 가르치는 대학으로 출발했습니다. 최초 코넬의 핵심은 농과 대학이었지요. 현실에 필요한 것이면 무엇이든지 가르친다는 것이 코넬의 정신입니다. 코넬에는 호텔 경영 대학원(School of Hotel Administration)이 있지요. 나도 처음에는 놀랐지만, 수긍할 수 있는 일이었습니다. 우리나라 같으면 문제가 생겼겠지만, 코넬에서 농과 대학은 주립 대학의 등록금을 내고, 문리과 대학은 사립 대학의 등록금을 냅니다. 노사 관계 대학원이 있는데, 공식 이름은 New York State School of Labor Relations, Cornell University입니다. 여기는 주립 대학이라서 등록금이 싸고 옛날에는 거의 무상이나 마찬가지였어요. 노사 관계 연구는 실용적으로 중요하기 때문에 주 정부에서 세운 것입니다. 코넬 이야기가 나왔으니 하나를 더 보태면, 공과 대학은 4년제가 아니라 5년제입니다. 그러면서 학위는 4년제나 똑같은 학사 학위이고 등록금은 주립이 아니라 사립의 등록금을 적용합니다. 이러한 것은 결국 교육의 실질적 내용과 필요에 따라서 형식을 결정하는 예가 될 것입니다. 우리나라에서는 이러한 내실적 판단을 허용하지 않지요. 대학 내용도 그렇고 교수 채용이나 평가도 그렇고…….

하여튼 19세기 말에 미국의 대학에서 기초 과학과 인문 교육을 중심으로 한 대학과 실용 교육 중심의 대학으로 갈렸는데, 실용성을 주로 하는 대학은 민주적인 동기에서 세워졌습니다. 소련이나 스칸디나비아에서 인문 교육이 아니라 기술을 가르쳐야 한다고 한 것과 같은 발상입니다. 한 가지를 더 덧붙이면, 하버드에 경영 대학원이 세워졌을 때, 보수적인 학문관을 가진 사람들은 이것을 상당히 우습게 보았습니다. 그러나 지금은 전 대학을 통틀어 가장 영향력이 있는 곳이 된 것으로 보입니다. 그리고 다른 부분을 압도하고 있는 것으로 보입니다. 이는 우리나라에서도 일어나고 있는 일입니다. 그에 따른 문제 중의 하나가 당장에 물질적 혜택으로 연결되지 아니한 학문 부분, 가령 인문 과학 같은 것이 위축되는 것이고, 그것도 제 본령을 잊어버리고 경영 대학의 일부가 되어 가는 것이지요.

주관적인 보편적 객관성

박명림 코넬 대학 말씀을 하시니까 자연스럽게 요즈음 많은 문제가 제기되고 있는 교수 강의 평가와 업적 평가에 대한 저의 경험이 하나 떠오릅니다. 저도 아주 짧게 거기서 가르친 경험이 있는데 그때 말씀하신 자율성과 비슷한 체험을 했습니다. 학기 말에 학과장이 강의 평가서를 제게 주더니 학생들에게 나눠 주고 저보고 직접 받아서 가지고 보라고 하더군요. 그것을 왜 내가 직접 받아서 가지냐, 학교에 제출하지 않느냐고 물으니까, 당신이 받아서 보고 다음 강의에 참고하라는 것이지, 다른 사람이 보아서 그걸 뭐에 쓰겠냐고 되묻더군요. 학교 본부나 다른 교수가 그것을 보아야 아무런 도움이 안 된다는 것이었습니다. 요즈음 우리는 급료나 승진을 비롯한 각종 외적 평가에까지 강의 평가를 기계적으로 활용하는데, 그곳에서는 자기 성찰이랄까, 내면 평가를 더 중요하게 여기는 것 같아 매우 신선했습니다.

김우창 바로 그렇습니다. 나도 하버드에서 같은 경험을 했는데, 우리는 그것을 미국에서 들여왔지만 그 실질적 내용은 빼고 관료적 통제의 수단으로 삼고 있습니다. 교수 심사 제도와 관련하여, 한 가지 에피소드를 소개하겠습니다. 미국 버펄로 대학에 있을 때였어요. 그때 학과장이 아는 것도 많고 사회적 선의도 많은, 참 좋은 사람이었습니다. 그에게 이런 질문을 한 일이 있습니다. "미국의 교수 정년 심사 제도(tenure system)는 비인간적이다. 사람을 심사해서 업적이 부족하다고 쫓아내면 당사자 개인으로도 비극이고, 사회적으로도 막대한 손실이지 않나?" 이렇게 질문했더니, "이 제도는 어떤 사람을 실력이 부족하다고 쫓아내는 것이 아니다. 자신에게 맞는 대학에 가라는 것이다. 미국에 수천 개의 대학이 있는데 자기에게 맞는 대학, 이를테면 높은 학문적 성취가 요구되지 않는 커뮤니티 칼리지가 적당하다면 그곳으로, 연구는 잘 안 되지만 가르치는 것에 능하고 그것을 좋아한다면 연구 중심 대학이 아니라 학부 교육 중심의 대학으로 가고, 이렇게 적절한 재조정의 절차가 승진 심사의 근본 정신이다." 이것이 그의 답변이었습니다.

지식인도 여러 종류가 있고 교육의 수요도 다양하기 때문에 서로 어울리는 곳으로 재배치하는 것이지, 사람을 쫓아내고 등급을 매기는 것이 종신 임용제가 아니라는 것이죠. 그래서 나는 그 이상 비판하지 못했습니다. 종신 임용제의 정신도 학문의 자유를 위해 신분을 보장하려는 것이지, 어떤 사람에게만 직업의 안정을 보장하는 것이 아닙니다. 우리나라에서는 이와 같은 섬세한 이해가 너무 없습니다. 모든 것이 보상을 위한 경쟁이 되어 버렸죠. 물론 미국의 제도가 한국에 그대로 적용될 수는 없습니다. 여러 가지로 현실에 맞춰 이해를 해야 하는데, 모두 획일적으로만 생각하는 경향이 있습니다.

한 가지 더 말하자면 코넬 대학에 한 물리학과 교수가 있었는데, 그 사람이 박사 학위를 딴 뒤 코넬에 왔어요. 그런데 칠 년 동안 볼만한 논문을 하나도 안 냈습니다. 7년이 지난 뒤에 정년 보장(tenure) 심사를 할 때, 이 사람이 파직될 뻔했는데, 그 학과장이 그 교수를 정말로 실력 있는 사람이라고 옹호해서 내쫓지 않았습니다. 그리고 그 물리학 교수가 이삼 년 후부터 논문을 발표하기 시작해 노벨상을 받는 데까지 이르렀습니다. 어디선가 읽었는데…… 지금 이름이 기억이 안 나네요.

박명림 그런 사람이 한국 사회에 꼭 알려졌으면 좋겠습니다.

김우창 주관적인, 그러면서 양심에 기초한, 또 보편적인 기준에 기초한 객관적인 판단이 중요한 것은 틀림없다고 생각합니다. 사람이 정신적으로 높은 차원의 객관성에 이를 수 있고 또 정신적 차원에 대한 이해가 있을 수 있다는 생각이 약한 것이 우리 사회인 것 같습니다. 계량적 결과만을 중시하는 시장 경제적인 사고는 인간의 내면의 경과를 이해하기 어렵지요. 그러나 진보적인 사회주의 사상도 정신적 자유와 그것의 높은 경지에 오르려는 노력, 어떤 깨우침이 있다는 것을 인정하지 않는 것 같습니다.

박명림 그런데 주관적인 보편적 객관성의 문제와 관련하여, 학생 평가이든 교수 평가이든 현재의 대학 규모는 그것을 지키기에는 너무 크지 않나 생각해 보게 됩니다. 교육 기관으로서 대학의 강사 처우 문제만 해도 너무 심각한 상황이구요.

김우창 비정규직 강사들을 보면 그들의 처지가 처참하고 개선되어야 한다는 것은 말할 필요도 없는 일입니다. 당연히 개선되어야 하지요. 그런데 그러한 상황이 존재하게 되는 현실 조건들도 생각해야 합니다. 강사들 수를 줄여 교수로 뽑으려면 정교원들이 희생을 각오할 수 있어야 한다는 것도 생각해 볼 문제입니다. 또 지금의 교수/학생 비율을 생각하여 교수 수를 늘리는 것도 해야 할 일의 하나입니다. 다른 한편으로 생각하면, 교수 충원의 전체 숫자에 대한 대책 없이 박사 학위를 양산한 것도 원천적인 문제라고 할 수 있습니다. 내가 하버드 대학에 갔을 때, 대학 당국자는 대학원의 정원 감축 계획을 발표했습니다. 기억하는 숫자가 정확하지는 않지만 대학 학생 수 1만 7000명에서 3000명을 점차적으로 줄여 나가겠다는 것인데, 그 대부분은 물론 대학원생이었습니다. 그것은 다른 무엇보다도 사회의 박사 학위 소지자에 대한 수요의 감소를 내다보는 조처였습니다. 우리나라의 대학이나 교육부에서도 이러한 생각들을 하는지는 모르겠습니다.

수십 년 전의 이야기이지만, 문교부에서 고등학생 취업률을 해마다 발표하면 좋겠다는 의견을 내놓은 일이 있습니다. 대학 가기 싫은 사람, 갈 자격이 없는 사람들이 어떤 취업을 할 수 있는지에 대해 짐작할 수 있어야 한다는 뜻에서이지요. 초등학교만 마쳤다거나 또 중학교를 중퇴한 사람들은 어떤 취업의 가능성이 있는가에 대해서 문교부에서 통계를 내고 발표해야 된다고도 했지요. 교육 과정의 여러 단계에서 대학으로 가지 않는 사람들을 위하여 그들의 삶의 궤적이 어떤 것이 될 것인가를 짐작할 수 있게 해야지요. 일본 문부성에서는 지금도 고등학교 졸업생의 취업률을 해마다 발표하는 것 같습니다. 고등학교만 졸업해도 안정적인 직업을 가질 수 있다는 것을 짐작하게 해 주어야지요. 대학의 규모도 여러 현실적인 관점에서 고려되어야 합니다. 대학이 양산되고 개별 대학의 규모가 무조건 커지고 하는 것도 현실적 조건 속에서 고려되어야 하지요. 그야말로 장삿속 또는 정치적인 계산이 모든 것을 좌우하고, 관료적 기준이 내실이 없이 적용되고 하는 것도, 깊은 성찰의 문화가 없다는 것을 반증합니다.

박명림 오늘 말씀을 들으니, 교육계에 계신 분들이나 국가 운영을 맡은 분들이 선생님 말씀을 고민하면 원칙적인 것은 원칙적인 것대로, 구체적인 것은 구체적인 것대로 조금씩 해답을 찾으려는 노력을 할 수 있을 것 같습니다.

김우창 지금 말하는 것도 수십 년 전의 일이지만, 문교부에서 주관한 입시 방안과 대학 서열화 문제 등에 대한 프로젝트에 참가한 일이 있습니다. 그때 일본과 미국의 제도를 살펴볼 수 있었는데, 일본과 미국은 그 전체적인 모양에서는 대체로 1920~1930년대의 입시 제도를 그대로 유지하고 있었습니다. 수정은 했지만 근본은 안 바꿨어요. 섬세한 고려가 없으면, 바꾼다고 해결되는 것이 아니지요. 태평양의 섬나라 중에는 인류학자들이 만든 말로는 "화물 숭배(cargo cult)"라는 것이 있었습니다. 서양에서 오는 좋은 물건들을 들여오려면, 비슷한 것들을 만들어 놓고 제를 지내면 된다는 풍습입니다. 뒷마당에 용광로를 설치하여 선진국의 제철 산업을 따라붙자는 마오쩌둥의 정책도 있었습니다. 이것을 가리켜 어떤 사람들은 "화물 숭배 마르크스주의"라고 불렀습니다. 모든 것에는 물질이 있고 제도가 있어야 하지만, 그것을 꿰뚫는 정신이 있어야지요.

꽃이 피는 순간과 모범: 자기와 사회에의 동시 기여

박명림 사실 교육 기관으로서의 대학은 기업이나 일반 사회의 존재 이유나 운영 논리와는 좀 달라야 한다고 봅니다. 그것은 종교 기관으로서의 교회나 사찰이 일반 사회 조직과 달라야 한다는 뜻과 같겠지요. 그런데 최근 대학 강사들의 오래된 문제를 비롯해 교수들의 연이은 자살과 부정 비리, 대학 내 청소 노동자들에 대한 처우 문제, 지난해 고려대학교 김예슬 학생의 대학 거부 선언, 올해 카이스트 학생의 자살 등을 보면 대학이 기업화되고 시장화되는 가운데 대학 본연의 본질과 역할을 어떻게 회복할 수 있을지 걱정입니다. 21세기 한국 사회에서 대학이 교육의 원리를 실현하면서도 사회와 연결된 자기 역할을 회복하려면 무엇에 중점을 두어야 할지요?

김우창 정말 어려운 문제입니다. 실용적인 관점에서 조금씩 개선하고 적응해야 한다는 것 외에는 답이 없습니다. 그래서 지금까지 한 말들이 그야말로 말만 좋은 것이 될 가능성이 큰 것 같습니다. 정신을 살려야 한다는 말을 되풀이할 수밖에 없습니다. 그리고 이것을 대학 교수의 기본적인 자세에 적용하여 말하는 데에 한정하겠습니다. 현미경을 제대로 쓰려면 몸을 움직이지 않는 것을 배워야 합니다. 왔다 갔다 하고 정신없는 사람은 현미경을 못 들여다봅니다. 현미경 연구 자체가 면밀하고 세밀하게 검토하는 것을 요구하니까요. 학문에서 사물을 다루는 것 자체가 극기(克己)의 수련입니다. 그러면서 자기를 이기고 사물의 보편적인 원리에 충실해야 된다는 것을 배우는 거지요. 그럴 때 학문의 추구가 정신적인 것이라는 느낌도 생겨나는 것이겠지요. 독일어에서 대학에 임명되는 것을 '부름을 받는다(berufen, Berufung)'라고 표현하는데, 이것이 총장이 부른다는 말은 아닙니다.

노벨상 받은 사람들 중에 회사원이 있었습니다. 그는 자기가 노벨상을 받는 줄도 모르고 있었다고 하지 않습니까? 노벨상을 받는 사람들은 자기 직업에 충실함으로써 과학을 깨달은 사람이지, 특별하게 세일즈에 능하거나 특별한 윤리적 태도를 가지고 국가에 대해서 무엇을 하겠다는 사람이 아니라고 합니다. 우리나라는 자신의 예술 활동에 대한 비판적 성찰을 한 글이 별로 없습니다. 일본 연극 중에 노(能), 가부키(歌舞伎) 등이 있습니다. 12세기쯤 제아미(世阿彌)가 쓴 노에 대한 글이 있어요. 지금의 관점으로 보면 논리가 흐릿하고 분명하지 않지만 지금도 일본에서 읽히는 책입니다.

『풍자화전(風姿花傳)』이라는 얇은 책인데, 거기에 보면 노 연극배우가 어떻게 해서 좋은 배우가 되는지를 이야기하는 대목이 있어요. 선생님이 시키는 대로 해야 된다니까, 배우로서는 죽을 지경이겠죠. 한 마디도 틀리면 안 되고 몸가짐이나 말도 선생님이 시키는 대로 배워야 합니다. 그렇게 한참 하다 보면 어느 순간에 꽃이 피는 것처럼 마음이 확 터지는 때가 있다고 합니다. 선생님이 시키는 것과 자기 마음대로 하는 것이 일치합니다. 이것은 매우 보수적인 예술 논의 이야기이지만, 노벨상 받은 화학자의 경우에도 해당되는 것 같습니다.

개별성과 법칙성, 또는 인문성과 사회성의 문제

박명림 참 어려운 문제입니다. 자기에게 충실한 것이 사회에 도움이 되도록 가르치고 또 그렇게 일하려 노력해야 한다는 것, 가장 중요한 문제지요. 부족하지만 제 개인적인 소망이기도 합니다. 선생님 말씀을 들으니까, 하버마스가 헤겔의 『정신 현상학』을 인용하면서 "인간의 교육사는 사회의 교육사와 동일한 방식으로 발전한다."라고 언명한 내용이 떠오릅니다. 개인의 정신 도야와 사회 교육이 함께 간다는 뜻으로 이해됩니다. 교육은 곧 인간이 스스로 깨달아 어떤 지점에 도달하도록 해 주는 안내자의 역할이라고 할 수 있는데, 그것이 사회의 어떤 목적과 함께 가도록 하려면 저희 교사들 자신이 먼저 과연 교육의 본래의 목적에 충실한지를 따져보고, 그것을 현실 상황과의 관계로 밀어 넣는 윤리적이면서도 실천적인 점검을 해야 하지 않을까 싶습니다. 이때 내면적 성찰과 사회적 점검은 동시에 필요하다고 여겨집니다.

그런데 이토록 기업화·시장화하는 대학 사회에서 대학 교수들이 각종

학교 업무와 내부 평가와 승진과 경쟁에 시달리는 가운데 그런 엄정하고 치열한 자기 점검이 과연 가능할지에 대해서는 의문입니다. 오늘의 대학은 대학교수들로 하여금 학문과 교육의 본질로부터 더욱 멀어지게 강요하고 있습니다. 부끄럽고 침통하게도 제 자신 역시 거기에 아무런 저항도, 목소리도 내지 못하고 있습니다. 제가 과연 지식인이 맞는지 자괴감이 들 때가 자주 있습니다.

김우창 맞습니다. 제도의 문제가 크고, 시대 풍조 그리고 금전적 보상의 배분 등이 모든 것을 세속화하고 있습니다. 그런데 다시 한 번, 불충분하다는 것을 알면서도 교수와 연구자 그리고 정책 담당자들의 자세를 말할 수밖에 없습니다. 연구는 과제가 주어져서 하는 것이기도 하지만, 연구자의 관심과 정열에서 나옵니다. 당시(唐詩)를 연구하면서 이태백을 연구한다면, 그의 관점에서만 그를 읽는 것은 아니지요. 연구자는 그가 지은 시의 사회적 배경과 역사적인 조건들에 대해서 질문을 갖게 마련인데, 그것은 당대의 사람들의 질문이 아니고 인간의 생존 조건을 결정하는 여러 사항에 대한 현대적인 이해를 가지고 물어보는 질문입니다. 현대적인 사고에 대한 카테고리가 어디서 나오는 것이냐 할 때, 그것은 오늘의 사회 과학이나 인문 과학의 발전에서 나온 것이면서 동시에 그 물음을 물어보는 사람의 정열에서 나오는 것이라고 할 수 있습니다.

대학원에 다닐 때 문학 이외에 철학과 경제사를 공부하지 않을 수 없었지만, 사회 과학의 경우에도 문학에서나 마찬가지로 어떤 정열적인 부분이 호소력을 가졌던 것 같습니다. 마르크스의 저작이 갖고 있는 견인력의 일부는 그의 객관적인 경제 분석에 못지않게 당대의 상황에 대한 그의 정열적인 관심을 느끼게 하는 데에 있습니다. 오늘의 사회 과학 저서들의 경우에도, 진보적인 저서들이 호소력을 많이 갖는 것은 내용의 타당성에 못지않게, 거기에 스며 있는 사회에 대한 정열적인 앙가주망이 있기 때문이지요. 그러나 이러한 주관성이 자기주장에 대한 확신, 자기 과대망상, 이데올로기적 북 치기를 의미하는 것인 경우도 없지는 않지요. 참으로 우리를 움직이는 것은 어디까지나 자기를 버린 객관적 주관성입니다. 하여튼 제대로 된 연구가 세속적 명예와 금전, 프로젝트와 연구비에 자극되는 경우는 많지 않지요.

박명림 외람됩니다만, 선생님께서 우리 사회에서 예외적인 학제적·통섭적 지식을 보여 주시는 까닭이 일찍이 문학, 철학, 경제사를 전부 포괄하셨기 때문인 것 같습니다. 방금 해 주신 말씀은 제 고민의 가장 깊은 부분을 지적해 주시는 것 같습니다. 삶의 현재적인 상황을 극복하기 위해 여러 지혜를 끌어오고 준거를 마련하려 과거의 현실인 역사로 돌아가서 불러오려는 열정과 에너지……. 그런데 말씀하신 것은 요즈음 유행하는 융합의 문제로 접근할 수도 있을 것 같습니다. 꼭 여쭤 보고 싶은 문제입니다. 즉 일반적으로 인문학은 개별적이고 사회 과학은 법칙적이라고 하는데, 저는 거꾸로 이해하고 있습니다. 즉 인문학이야말로 인간 사회에 오랫동안 내려오는 일반성을 추출하는 것이고 사회 과학은 끊임없이 바뀌는 상황 속에서 단기적인 이론을 계속 추구하지 않습니까? 그래서 거꾸로 된 게 아닌가 싶은데, 인문학이 오히려 더 보편적이고 포괄적이지 않을까요? 눈에 보이는 것에 집중하는 사회 과학자와 장기 지속을 고민하는 역사학자를 비교하는 브로델(Fernand Braudel)도 그렇게 이해하는 듯합니다.

김우창 두 개가 상호 연관이 되어야 할 것 같아요. 인간 문제를 인간의 심성으로만 해석해서도 안 되고, 인간의 생존을 결정하는 사회적·외적 요인이 많으므로 그것을 참고하지 않고 인간을 말하는 것은 허황됩니다. 사회 과학에서는 인간의 심성이 무엇인지, 인간의 가능성이 무엇인지, 인간이 역사적으로 어떻게 살아왔는지 등에 대해서 생각하지 않는다면 재미가 없어집니다. 또한 사회 과학에서는 박 선생님 말씀처럼 너무 법칙(nomos)

에 관심을 두면 안 됩니다. 사람 하나하나의 삶은 노모스로 생각할 수 없거든요. 자본주의 사회가 어떻게 돌아간다고 아무리 내가 이해를 하더라도 앞으로는 내 삶이 어떻게 될 것인지에 대해서는 그 법칙으로 설명할 수 없지요. 그것은 우발성입니다. 아무리 물리적 세계를 완벽히 이해한다고 하더라도 내가 어딘가를 걸어가다가 떨어지는 돌에 맞아 다쳤다고 한다면 그것은 우발적인 것으로 봐야지, 법칙으로 설명할 수는 없지요. 그런데 개인 사회는 너무나 노모스로 넘어가는 것들이 많습니다. 모든 인간을 노모스 속에서 설명하려고 한다면 인간의 생존에 대한 충분한 설명이 안 되는 것 같습니다. 그렇다고 해서 노모스 없이 모든 것을 우발성(contingency) 속에서만 설명하려고 하는 것도 학문을 포기하는 거지요.

그런데 박 선생이 인문 과학의 보편성을 치켜세워 주셨는데, 그것은 이렇게 설명할 수 있을 것 같습니다. 가령 문학은 그때그때의 일을 이야기하고 그때의 마음을 설명합니다. 그런데 이 마음은 여기 그때에 빠져 있는 것이면서 그것을 넘어가는 마음입니다. 마음의 본질은 끊임없는 자기 초월이지요. 그리하여 그것은 보편적인 것으로 열리게 됩니다. 이 보편성은 반드시 일단의 규범들(norms)로 포착되지 않는 초월의 움직임입니다. 그것을 추동하는 것은 삶의 지속성이면서 이 지속성을 만들어 내는 정신의 신비한 일체성라고 하겠지요. 그러나 일단은 자연 과학이나 사회 과학은 보편적 법칙에 관심을 가지고 있고, 문학은 실존적 우발성을 문제 삼는다고 할 수 있습니다.

박명림 지금 말씀을 선생님 이론으로 돌아가 적용해 보면, 보편성이 법칙성과 일반성을 뜻하는 것이라면 구체성은 개별성과 우발성을 의미한다고 봅니다. 이 법칙성과 일반성, 개별성과 우발성이 만나는 것이 선생님께서 자주 말씀하시는 구체적 보편성으로서의 역사의 전개가 아닐까요?

김우창 야스퍼스가 쓴 『이성과 실존』이라는 책이 있는데, 나는 그게 상당히 중요하다고 생각해요. 다음 학기 강의를 준비하면서 학생들에게 또 한 번 읽힐까도 생각 중입니다. 이성은 보편적인 것을 이야기하지만 반드시 어떤 사람의 실존적 사건으로서 일어난다는 것이 야스퍼스가 생각하는 요점입니다. 그러니까 '아, 이건 이렇구나!' 하는 깨달음 속에서 이성이 비로소 모습을 드러내고 그것을 법칙적으로 전개해서 풀어 나가는 일이 뒤따른다고 할 수 있습니다. 법칙적인 것만으로는 인간은 생존할 수 없습니다. 야스퍼스는 종교적인 사람이라서 이성적이고 보편적인 진리가 어떤 실존 속에 드러나기를 기다리고 있다고 말했는지도 모르지요. 그 기다림 속에서 마침내 보편적인 규칙이 드러나기를 바라는 거죠.

박명림 그 문제는 좀 더 나아가 본질과 실존에 관한 질문으로 연결시켜도 좋을 것 같습니다. 즉 본질은 위로부터 주어지는 것이 아니라 구체적 실존을 통해서 드러난다고 할 때, 어떤 실존적 상황 속에서 인간으로서의 본질을 구현해야 하느냐는 문제로 이해할 수 있을 것 같습니다. 저는 개인들에게는 구체적 실존성이 전체적 본질에 우선하지 않나 생각하게 됩니다.

김우창 진짜 의미 있는 진리는 대부분 계시적 성격을 띠고 있는 것이 사실입니다. 궁극적으로는 법칙적으로 설명할 수 있으면서 동시에 어떤 사람의 실존 속에서 나타나는 깨달음으로, 진리는 그 모습을 나타낸다고 할 수 있습니다. 큰일에서도 그러하지만, 작은 일에서도 그렇지요.

사회 인문학의 모색

박명림 지금까지 주신 말씀과 관련하여 제가 재직하고 있는 연세대학교에서 '사회 인문학(social humanities)'이라는 장기 프로젝트와 연결하여 질문을 드리고 싶습니다. 처음 이러한 이름을 동료들에게 발표하고 제안하였을 때 상당히 많은 토론이 있었습니다. 핵심은 인문학의 사회성, 실용성, 공공성을 제고하고 그를 통해 사회의 인간성과 인문성을 발양하자는 것입니다. 인문학·학문의 사회성, 실용성과 사회의 인문성·인간성을 어떻게 상호 접맥할 것인지가 핵심입니다. 사회는 인문성을 높이고 인문학은 사회성을 높이는 쌍방향적인 실용성을 고민하자는 것이지요. 그래서 이름을 사회 인문학이라고 만들어 봤습니다. 이것이 선생님께서 생각하시기에 말이 되는 것인지, 또 이런 것이 의미가 있다면 어떤 쪽으로 가야 하는지에 대해 말씀을 듣고 싶습니다.

김우창 그렇습니다. 지금 실용과 인문에 대해 이야기하면서 인문성을 강조했는데, 실용성도 어쩌면 그보다 더 중요하지요. 사람 먹고사는 데 중요하다는 것, 거기에 적응해야 된다는 것을 학문에서도 잊지 말아야 합니다. 사회적 규칙과 인문적 인간성의 표현 사이에는 지금까지 충분히 연구되지 않은 일체성이 있는 것 같습니다. 화이트헤드(Alfred N. Whitehead)는 서양 철학의 발전에서 상업이 매우 큰 역할을 했다고 하면서, 희랍 철학은 상업과 관련 없는 이상주의적인 경향을 가지고 있지만, 희랍 철학이 발전하고 유럽 전체에 전파될 수 있었던 것은 배 타고 장사하는 사람들의 역할이 컸다는 말을 한 적이 있습니다. 우리가 볼 때는 모든 것을 돈 때문에 한 것이라고 하겠지만, 예로부터 장사하는 사람들이 얼마나 발명을 많이 했는지 모릅니다. 다만 시장은 좋은 것도 가져왔지만 문제도 많이 만들어 냈습니다. 뭐든지 균형이 제일 중요하겠죠. 옛날에는 쌀집에서 "쌀 주시오." 하면 그만인데, 지금은 여러 가지 상표가 생겼습니다. 그래서 폐단이라는 비판이 많습니다. 이것도 사실이지만, 그것을 통해 발전되는 것도 사실입니다.

그러한 발명, 아이디어의 발전과 마찬가지로 인간성의 발전도 같다고 봅니다. 비싼 음식점에 가면 종업원들이 굉장히 친절합니다. 그들을 보면서, '저 사람이 집에 가서 또 밖에 나가서도 저렇게 할까'라는 의문이 생깁니다. 하지만 계속 그렇게 하다 보면 습관이 되어 밖이든, 집에서든 똑같이 할 것 같아요. 그것이 좋은 걸까 나쁜 걸까 문제 삼을 수는 있겠죠. 왜냐하면 인간의 상업적인 유형화를 표현한다고 볼 수도 있기 때문에. 그렇지만 다른 한편으로 인간 상호 간의 유연한 대면을 통해 발전에 기여한다는 생각도 듭니다. 유교가 그렇게 강조하는 사회의 기본으로서의 예(禮)가 정착되는 것이지요. 실제 사회주의 국가에서는 친절은 고사하고 관료적 무뚝뚝함이 행동 양식의 특징입니다. 자기 할 일 하고, "싫으면 말아." 하는 경우가 많아요. 그러나 자본주의 사회에서는 "싫으면 말아."라는 것이 없잖아요. "왜 그러시죠."라고 물어보면서 다시 해 주지요. 가짜인지 진짜인지에 대해서 문제가 있고, 또 그것이 인간성의 왜곡을 가져와서, 순정한 인간성을 사라지게 한다는 측면도 지적되지만, 사회 전체적으로 볼 때는 발전적인 계기를 포함한 것이라는 생각이 듭니다. 우리 사회가 함부로 하는 게 많았던 것은 상업이 발전하지 못했던 것과 관계가 있다고 봅니다. 전통적인 사회는 곧 상업이 없는 사회니까요.

인문학이 경제나 사회를 전체적으로 인간화하기도 하지만, 시장 경제의 발달은 인간관계를 인간화하는 데에 도움을 준다는 것은 틀린 말이 아닐 겁니다. 결국은 다시 균형의 문제이겠지요.

박명림 사실, 사회 인문학이라는 이름을 처음에 고안할 때 선생님의 여러 글에서 가장 많은 영향을 받았습니다. 그리고 또 영향을 받은 다른 한 분은 함석헌 선생님이었습니다. 개인적으로 오랫동안 읽어 온 두 분의 사상이 사회 인문학 개념의 출발점이었습니다. 처음엔 동료들과 공공 인문학, 실천 인문학, 시민 인문학, 평화 인문학 등 많은 말을 놓고 고민하다가 오랜 고민과 논의 끝에 그렇게 정하게 되었습니다. 말이 되는지는 모르겠습니다만, 또 선생님 말씀을 제대로 이해하여 적용하였는지는 모르지만……. 처음에 사회 인문학 개념을 구상할 때는, 선생님의 독창적 사유 체계인 '구체적 보편성'에 대해 고민하다가 구체성을 사회성으로, 보편성을 인문성으로 대입해 보면 어떨까 싶어 그렇게 해 보았는데 의외로 말이 맞아 들었습니다. 그 과정에서 인간의 내면성과 외면성, 사회의 인문성과 학문의 사회성, 한국 인문학의 토착성과 보편성, 장소성과 세계성 등을 두루 갖추면 좋겠다는 생각에서 그렇게 했지요. 물론 선생님의 큰 사유 체계를 제대로 이해했는지는 여전히 자신이 없기는 합니다.

김우창 참고하셨다니 과분한 영광입니다. 사회 인문학은 잘되면 무엇보다도 사회가 인간화하는 데 도움이 될 것 같습니다. 인문학을 지나치게 도덕적으로 생각하고, 인간학을 인간의 본질에 관한 학문인 것처럼 생각하는 것은 잘못입니다. 인간은 사회 속에서 존재하므로 그것을 고려하면서, 인간이 의존하는 법칙적인 관계에서 그 법칙을 정하는 요소가 무엇인가, 이런 것에서 벗어나는 부분이 무엇인가를 생각하기 위해서는 사회 과학의 도움이 필요합니다. 그러면서 사회 과학적 통찰은 법칙 속에 있으면서 법칙을 넘어가는 실존적 경험에 의하여 시험되어야 합니다. 이 검증은 동시에 인간의 보편적 가능성에 그것을 비춰 보는 일이기도 합니다. 다만 인간 정신의 항구적 모습은 위에서 말한 바와 같이 어떤 일시적 형식이 아니라 그것을 넘어가는 초월적 움직임의 모습입니다. 그렇다고 그것이 무정형적이고 무시간적인 것은 아닙니다. 그 움직임이 남긴 흔적이 고전적인 저작들이 아니겠습니까? 아까 했던 얘기를 가져와 말하면 보편성은 (베버의 말을 빌려) 확신의 윤리에 의하여 표현되는 것이라기보다는 현실 가운데에서 윤리적 책임을 수행하려는 구체적인 노력에 나타나는 것이라고 하겠지요. 베버의 생각으로는 정치가 목적하는 것이 바로 이것이지요. 이 관점에서는 정치학은 정태적인 규범의 학문이 아니라 이 노력의 동력학을 밝히려는 것이고, 문학은 이것의 개체적 체험을 기록하고, 철학은 이것을 좀 더 큰 이데아의 관점에서 반성하는 일이다, 이렇게 말할 수 있지 않을까 합니다. 사회 인문학은 이러한 인간의 인간적 이해를 위한 노력, 인간적 사회를 구현하려는 노력의 복판에 자리할 수 있을 것으로 생각합니다.

박명림 그래도 여전히 한국의 학문은 분과 학문에 따라 실용성과 학문성, 참여성과 순수성 사이에서 방황하고 있습니다.

김우창 앞에서 말한 것의 하나가 방황이 선택의 가능성을 넓혀 준다는 것이 아니었습니까? 학문은 순수해야 하지만, 동시에 인간과 사회가 요구하는 여러 가지 목적, 경제적인 실용성을 배타적으로 생각해서는 안 될 것입니다. 사람이 하는 일은 결국 모두 먹고사는 사회를 구성하는 데 기여해야 하지요. 또한 그 기여가 각자가 보람을 느낄 수 있는 삶에 기여하는 것이 된다면, 그것은 더욱 만족스러운 일이 되겠지요. 그렇다고 학문의 순수성이 손상될 필요는 없습니다. 학문의 객관적 주관이 닦여서 성립하는 객관적 판단 능력은 학문이 간여하는 모든 일을 믿을 만한 것이 되게 합니다. 그리고 이 순수성은 인간의 정신적 본질 그리고 그것이 파악하는 인간의 전체성으로 통하는 길입니다. 모든 사회적 실용성의 근본 시험은 그것이 사람의 삶을 보다 살 만하게 하는 것인가인데, 이것이 시험되는 것은 이러한 정신과 전체성에 의해서이지요.

결국 사회 인문학에서도 위에서 첫 번째 주제로 시작한 수월성, 평등, 또 학교나 교수 차별화, 교육을 움직이는 기본적인 자세 등의 문제가 고려될 수 있었으면 합니다. 수월성, 실용성은 결국 그것 하나하나가 문제 되는 것이 아니라, 그것이 어떤 인간적인 총체를 수용하는 형태로 존재하느냐가 문제인 것 같습니다. 그것을 깊이 고려한다면 그다음의 평등과 서열화의 문제들도 상당히 달라질 것으로 생각합니다.

박명림 사실 사회 인문학을 지속적으로 추진하고 싶은 마음을 갖게 되는 것도 오늘날처럼 대학이 공공성과 비판성, 인문성과 실용성을 상실하고 기업처럼 대중성과 경쟁성, 관료성만 추구하다가는 위기를 넘어 몰락을 재촉할지도 모르겠다는 생각 때문이었습니다. 대학은 너무 커지기도 했고 너무 작아지기도 했다는 느낌을 강하게 갖습니다. 커진 것은 건물과 학생 규모이고, 작아진 것은 실용성과 공공성이지요. 중세의 교회가 건물과 위용이 부족해서 몰락한 것은 아니었다고 생각합니다. 사회 인문학은 공공성의 문제로 고민해 보며 논의를 전개해 가려 하고 있습니다. 그래서 다음번에는 한국의 대학과 학문이 공공성을 담보하면서 자기 역할을 수행할 방법은 무엇인지 여쭤 보고 싶습니다. 오랜 시간 동안 귀한 말씀 대단히 감사합니다. 여기에서 오늘 대담을 마치겠습니다.

김우창 도움이 되었기를 바랍니다만 도움이 안 될 말을 많이 했습니다. 고맙습니다.

박명림 선생님과의 오늘 대담이 한국에서의 대학과 사회, 인문학의 바람직한 방향을 고민하는 분들에게 많은 가르침을 주었을 것으로 믿습니다. 다시 한 번 감사드리며 여기서 맺도록 하겠습니다.

달마이어 교수와의 대화

김우창(이화여대 석좌 교수)

프레드 달마이어(Fred Dallmayr, 노트르담대 명예 교수)

정리 서지문(고려대 교수, 영문학)

사회 이태경(《조선일보》 기자)

2011년 11월 25일 《조선일보》

사회 첫 세계 인문학 포럼을 한국에서 열게 된 의의를 말한다면.

프레드 달마이어(이하 달마이어) 유네스코야말로 국제기구 중에서도 유일하게 교육을 통한 인성의 함양을 주창하고 실행을 돕는 기구다. 게다가 한국은 중진국으로서 이런 포럼의 주최국으로 적절하다. 강대국들은 오만하고 힘에 의존하기 쉽고, 빈곤국들은 남을 질투하기 쉽다. 반면 한국 같은 중진국은 균형을 잡을 수 있는 이점이 있다. 아리스토텔레스도 공자도 중용을 이야기하지 않았는가.

김우창 세상의 문제를 해결하는 방법에는 두 가지가 있다. 힘의 사용 혹은 설득이다. 힘의 사용은 쉽지만 새로운 문제를 낳기 마련이다. 설득을 통한 해결만이 오래 지속된다. 설득의 힘은 인문학에서 나온다. 한국은 외침을 많이 받았지만 남을 침략한 적은 없다. 평화를 희구하는 문화적 전통에서 얻을 것이 있을 것이다.

사회 미국·유럽은 물론 한국도 급속히 다문화 사회로 가고 있다. 지혜로운 대처 방법은?

달마이어 최근 유럽에서는 다문화 정책을 실패로 규정짓고 비판한다. 다시 신민족주의가 발흥하고 있다. 하지만 그것은 다문화 사회를 실행하는 방식이 잘못되었기 때문이다. 이민자를 받고서도 상호 통합 노력은 게을리하니까 문제가 생기는 것이다. 통합은 소수를 주류 문화에 복속시키는 것이 아니다. 국가 차원에서 주류 민족과 소수 민족이 서로를 이해할 수 있게 축제 같은 만남의 장을 마련해야 하고 이민족에 대한 편견과 적대감을 해소하기 위해 인문 교육을 강화해야 한다.

김우창 전통적으로 갈등 해결에 있어 유럽은 법적으로 접근했고 한국은 인간적인(personal) 방식으로 접근했다. 두 가지가 상호 보완적이어야 한다. 서양의 법·제도적 방식을 통한 성과도 참조하는 동시에 유교적인 인간 존중의 전통도 살려 나가면 보다 나은 다민족 공동체의 길이 열릴 것이다. 성숙한 사회일수록 권리(right) 주장을 통해 갈등이 해소되기보다 상호 인격 존중(respect)이 중시된다.

사회 세계 경제는 극심한 진통을 겪고 있다. 중산층 붕괴, 청년 실업, 양극화 등의 문제가 월가 점령 등 반체제 양상까지 보인다.

달마이어 문제는 자본주의가 정도를 벗어난 지경에 이르렀다는 점이다. 그렇다고 공산주의가 해법이 될 수는 없다. 다시 한 번 고전의 가르침으로 돌아가야 한다. 애덤 스미스도 무제약적 자본주의를 옹호한 게 아니다. 공공선을 말하고 도덕 감정을 논했다. 사람들이 동료 인간의 처지에 공감하고 자신과 타인의 이해득실을 공정한 입장에서 평가하기를 바랐다.

김우창 동시에 인문학은 어떤 인생이 좋은 삶이고 가치 있는 삶인지를 알려 줄 필요가 있다. 경제적 풍요가 행복을 증진시켜 주는 데는 한계가 있다는 사실이다. 이 가르침은 부유층에 더 절실히 필요하다.

사회 트위터, 페이스북 같은 SNS(소셜 네트워크 서비스)가 소통 방식을 바꾸고 있다. 하지만 이것이 진정한 상호 이해로 나아가기보다 새로운 혼란과 혼동, 오해를 낳기도 한다는 지적이 있다.

달마이어 SNS는 현대 사회에 와서 잃어버린 공동체의 느낌을 보상받으려는 욕망을 반영한 것이 아닌가 한다. 개인주의 사회에서 고립되고 소외된 사람들이 서로 연결되고 싶어 하는 것이다. 이것은 치유이기도 하지만 동시에 부작용도 따른다. 익명의 집단성에 쉽게 매몰될 수가 있다. SNS를 통한 인간관계는 가족·지역·공동체와는 다르다. 그 점에서 진정한 소통과 유대 관계를 가능케 해 주는지는 의문이다. 젊은이들에게 진정한 소통이 무엇인지 가르쳐야 한다. 자신의 사고 과정에 다른 사람을 참여시키고 상대편의 사고 과정에 동참하는 것이 어떤 것인지 깨우쳐 줘야 한다. 그렇지 않은 대화는 단순한 오락일 뿐이다.

김우창 인류학자 레비스트로스는 진정한 공동체(authentic community)는 얼굴을 마주 보고 소통할 수 있는 사람들의 공동체라고 하면서 그 수를 수백 명 정도라고 했다. 오늘날 그런 공동체가 가능할지는 모르겠지만 그의 말은 인간관계에 대한 얼마간의 진리를 담고 있다. SNS를 통해 가능하게 된 관계가 어떻게 진정성을 유지하느냐는 것은 숙제다.

사회 대안 미디어와 지식 콘서트류의 활동이 활발한 오늘날 학문과 지식인의 역할은 무엇일까. 근대적 의미의 계몽적 지식인, 학문의 시대적 사명은 끝난 것인가.

달마이어 이른바 토크쇼는 오락과 진정한 대화가 뒤섞인 것이다. 요즘 같은 대중 매체의 시대에 대중은 오락거리를 찾는다. 토크쇼는 그 다수를 즐겁게 하는 데 주안점을 둔다. 대중을 유혹하고 오도하는 경향이 있다. 진리나 선 자체를 추구하는 데 관심이 있는 게 아니다. 우리는 오래전 플라톤이나 공자가 제자들과 나누었던 대화가 가능했던 시대에서 멀어진 상태다.

김우창 인류의 위대한 스승들의 지적 활동은 주로 조용한 곳에서 홀로 명상하는 것이었다. 중요한 점은 위대한 스승들은 제자들에게 말로 가르쳤을 뿐 아니라 자신의 전 생애와 인격을 그 말의 토대로 보여 주었다는 것이다. 그들의 말은 삶의 전체 맥락에서 이해되었던 것이다. 오늘날 미디어는 이런 맥락을 생략한다.

리더에게 중요한 건 투쟁적 카리스마 아닌 도덕적 비전

허민(《문화일보》 기자)

2011년 12월 30일 《문화일보》

20대에 그는 영문학자로, 30대에 문학 평론가로 살았다. 사십 대 이후 그는 시대의 흐름에 동참하고 아픔을 함께하는 '동시대인'으로 살았고, 노년의 그는 역사적 이성을 모색하는 문명의 탐색자로 살아왔다. 자신이 제시한 대로 그는 문학과 현실, 개별과 보편, 감성과 이성, 나와 이웃 간의 관계를 변증법적으로 다루면서 문학 평론과 철학, 정치 사회 전 분야로 사유 세계를 넓혀 왔다. 김우창(74) 이화여대 석좌 교수. 총선과 대선이라는 격동의 정치 상황과 김정일 북한 국방 위원장의 사망이라는 급변하는 한반도 정세 속에서 임진(壬辰)년 새해, 그에게 한국 사회가 가야 할 길을 물었다. 인터뷰는 지난 28일 서울 서대문구 대현동 이화여대 학술원 내 연구실에서 이뤄졌다.

교수님은 평소 인문학도 과학이라고 부르셨습니다. 과학이라면 법칙이 있어야 할 텐데 왜 예측 가능하지 않은 결론이 나오거나 엇갈린 전망이 나오는 겁니까.

"자유롭게 움직이는 게 인간 아니겠습니까. '자유 의지'와 '필연적 한계' 사이에서 움직이는 게 인간입니다. 이것들이 매우 복잡하기 때문에 예측하기가 어려워지죠."

김 교수는 어느 시대 어느 상황에서든 여러 선택의 가능성이 존재하고 그에 따른 다양한 시나리오가 등장하기 때문에 인문학적 사고는 복잡해질 수밖에 없다고 지적했다. "우리가 무슨 일을 하려고 할 때 여러 가지 시나리오와 선택들이 있는데 '꼭 이렇게 되겠다'고만 생각하는 것은 틀린 것이지요. 예를 들어 한국이 북한과 평화적 관계를 유지하는 게 좋다고 하지만 동시에 전쟁 가능성도 생각해야 합니다. 반대쪽의 시나리오도 대비를 해야 하지 않겠습니까. 시나리오가 하나인 것처럼 결론을 내고 함부로 전망해서 '꼭 이렇게 돼야 한다'는 식으로 당위적으로만 생각하는 건 잘못을 부릅니다."

그런 맥락에서 김 위원장 사후, '김정은 시대'를 맞이해 한국은 뭘 어떻게 준비해야 합니까?

"정부와 정치 담당자들은 모든 시나리오에 대해 일정한 대비를 해야 합니다. 경중을 가려 순서를 정하고 우선순위라는 것을 생각해야 합니다. 반복해서 말씀드리지만 '이렇게만 돼야 한다'고 생각하는 것은 잘못된 것이지요. 북한의 미래가 어떻게 될지에 대한 판단은 보류하는 것도 필요합니다. 우선은 관측해야겠구요. 여러 북한의 모습을 사실적으로 판단하고 다른 한쪽으로는 사실을 넘어 우리가 원하는 평화적 관계가 성립되도록 해야겠죠. 통일이 되더라도 평화적 통일이 돼야 합니다. 그런 것을 참고하면서 시나리오를 점검하고 준비해야 합니다."

평화적 통일이 우리 사회 최고의 가치인가요?

"평화 통일 문제가 참으로 중요하지만, 급하게 생각해서 문제가 악화되는 경우도 있다는 점을 생각해야 해요. 통일을 급하게 해야만 하는 '당위'인 것처럼, 즉 민족적 급선무인 것처럼 얘기하는 게 좋은 일은 아니라고 생각합니다. 어떤 기회가 와서 그런 기회를 잡으려고 노력하는 사이에 사태가 악화될 수 있기 때문에 그것을 너무 급한 일이라 생각하고 급하게 추구하는 건 옳지 않습니다. 남이나 북이나 평화롭게 자기 삶을 사는 것이 더 중요한 가치입니다."

김 교수가 걱정하는 것은 통일이라는 과정 속에서 벌어질 '내적 균열'과 '유혈의 비용'이다. 김 교수는 독일의 통일을 떠올렸다. 한 독일 학자의 말대로 그건 통일을 향한 조용한 준비가 가져다준 '역사적 우연'이었다. '접근을 통한 변화' 혹은 '작은 발걸음의 정치'로 불릴 단계적 준비가 있었다는 것이다. 단계적 준비란 궁극적으로는 적대 관계를 이웃의 관계로 바꾸는 과정이다.

"경제적으로 해마다 수십조 원씩 들어가는 통일 비용을 계산하는 학자들도 있습니다. 현실적인 문제이긴 하지만 비용 문제를 지나치게 강조하는 것은 옳지 않습니다. 경제적 비용보다도 '사실적 비용'을 따지는 게 더 중요합니다. 정치적 혼란에 따른 폭력 사태 같은 게 실은 더 중요한 비용이죠. 사실 조건이 무르익지 않을 때 통일이 된다 해도 북한에서 폭력적 사태나 내전 사태가 일어날 가능성이 많습니다. 북한 내 변란 같은 걸 희망할 순 없습니다. 인간적인 희생이 일어나는 것이기 때문에 그걸 환영할 것이냐…… 글쎄요. 수단이 지나치면 목적이 아무리 좋다고 하더라도 목적을 보류해야 할 경우가 생길 수 있습니다. 좋은 목적이라도 그것이 요구하는 희생을 생각해야 한다는 뜻입니다. 경제적인 것보다 사회 정치적 우려를 먼저 생각하는 게 좋을 듯합니다."

권력을 승계한 김정은 노동당 당중앙 군사위 부위원장이 개혁 개방에 나설 가능성도 있지 않을까요.

"그것도 생각할 수 있지만 꼭 그렇지만은 않겠죠. 중국의 저우언라이(周恩來)도 외국에서 공부했지만 개혁 개방을 추진했다고 보기 어렵고요.

우리나라에도 해방 후 공산주의자들 중에 외국에서 공부 많이 한 사람 많았지만 그렇지 않았죠."

김 교수는 미래상을 단정하는 듯한 화법을 사용하지 않는다. 그것은 회피가 아니다. 생물과 같이 살아 움직이는 변화에 대한 깊은 성찰의 과정이다. 우선은 판단을 보류하면서 여러 가지로 관찰하고 다시 생각하는 것, 그래서 다양한 가능성에 대비하고 궁극적인 가치를 이끌어 내는 것, 그게 바로 인문학적 본성이다.

정치는 무엇입니까?

"정치는 '필요악(必要惡)'이라고 하는 게 맞는 것 같습니다."

김 교수에 따르면 우리나라는 세계 최초의 이데올로기 정권을 세운 전통이 있다. 성리학과 유교를 바탕으로 하는 조선을 이른 것이다. "이데올로기를 중시하다 보면 정치가 중요해지고 다른 차원의 문제들이 무시되는 것 같아요. 그러니까 우리나라 사람들처럼 정치에 관심이 많은 곳도 드물죠. 전 그런 이유가 '자기 삶'이 없기 때문이라는 생각이 듭니다."

필요악이라도 '악'이다. 그렇다면 정치는 왜 '악'일까. "막스 베버가 '정치인은 악마와의 협력을 필요로 한다.'라고 말했습니다. 세금을 거두는 일, 군대를 동원하는 일, 이런 게 다 '악'이죠. 공권력이라는 독점적 폭력 조직을 운용하는 일, 이런 게 모두 '악' 아닙니까."

그럼 왜 '필요악'인가. "그것 없이는 더 무서운 세상이 되니까 정치가 필요한 것이죠. 즉 더 큰 악을 막기 위해 받아들일 수밖에 없는 악, 그래서 정치는 필요악입니다."

한국의 정치 문화를 평가해 주시죠.

"다원적 가치가 더 발전돼야 합니다. 무엇보다 자기 생활을 충실하게 사는 것이 존중되는 세상이 돼야겠죠. 우리는 전통적으로 '인정의 정치' 기반이 너무 강합니다. 인정받고 싶어 노력하는 게 너무 강해요. 그러니

'자기 삶'보다는 정치에 더 관심을 쏟죠."

김 교수는 정치 프로그램의 재설정이 절실하다고 말했다. 특히 한국의 정치 리더들이 과거 '투쟁의 카리스마'를 대체하는 '도덕적 비전'을 제시하는 능력을 만들어 가는 것이 중요하다고 강조했다. "지금까지 정치 지도력은 투쟁을 통해 획득한 카리스마에만 의존했습니다. 많은 사람들이 동의할 수 있는 명분을 얻기 위해 투쟁해 온 사람들이 그 같은 카리스마를 만들어 온 겁니다. 이젠 우리 사회가 민주 사회가 됐기 때문에 다른 리더십이 필요합니다. 도덕적 비전을 제시할 줄 아는 리더십입니다."

김 교수는 윤리와 새 정치 문화를 바탕으로 한 도덕적 비전이 투쟁적 카리스마에 젖어 있는 한국 같은 사회에서 힘을 받지 못한다는 점을 걱정했다. "우리 정치는 '누구 죽여라' 하는 식으로 발전되어 왔습니다. 앞으로는 '모두를 위해서 무엇을 해야 된다' 하는 식의 정치 문화로 발전해야 합니다. 독일 같은 선진국 국민들은 자기 대통령들이 도덕적으로 훌륭하다는 점을 먼저 생각합니다. 참 부럽더군요. 우리나라는 도덕적 문제가 없는 대통령이 없을 정도죠."

김 교수의 말은 인간주의에 바탕한 도덕적인 비전과 정책을 제시하는 정당이 출현해야 한다는 것으로 모아졌다. "애덤 스미스는 기본적으로 도덕 철학자입니다. 그는 모든 사람이 자기 이익을 추구하면 사회에 도움이 된다고 했습니다. 그게 '국부론'이에요. 『국부론』이란 책이 '부자 됩시다'를 주장한 게 아니란 거죠. 강요되지 않는 개인적 이익의 추구가 국가의 부를 만들어 준다는 것으로 연결되는 겁니다. 여기서 배울 수 있습니다. 국민 개인들의 자발적 참여를 유도하고 거기에 도덕적 비전을 부여하는 것, 그게 정치의 임무이고 역할입니다. 정치 리더들은 정당의 정강 정책 속에서 인간주의에 바탕한 도덕적 비전을 보여 줘야 합니다."

김 교수는 기존의 한국 정당들 가운데 이런 도덕적 비전과 정책을 보여 주는 정당은 없다고 잘라 말했다. "네거티브와 공격을 주요 무기로 삼는 정치 과정에서 희망을 논할 틈이 없는 겁니다. (정치인들과 기존 정당들이) 너무 짧게만 생각하는 것 같아요. 우리 정치 현실을 볼 때 정치가 합리적이고 책임 있는 해결책을 말해 주기에는 심히 어려운 것이 아닌가 합니다. '안철수 현상'이란 것도 결국은 도덕적 비전을 제시하는 정치인이 없는 현실에서 느끼는 피로감과 회의감이 불러온 것일 텐데……."

우리 정치는 아직도 보수와 진보 간의 쟁투, 좌우 투쟁의 범주 안에서 놀고 있다는 인상이 강합니다.

"중요한 것은 좌우의 차이가 아니라 정치적 차이, 도덕적 차이를 분간해 내는 겁니다. 우리 정치는 내가 생각하고 있다 하더라도 상대 쪽에서 추진하면 일단 비판하죠. 우리 전통에서는 제일 중요한 것이 예의인데, 맨날 주먹다짐하는 걸 정치 투쟁이라 생각하고 그걸로 정치 이념이 분명해지고 좋아진다고 생각하지 않습니까. 정말로 유감입니다."

한국 사회에서 좌우 정치 그룹이 갖는 장점은 없습니까.

"사회 정책적인 프로그램을 분명하게 내세우는 건 아무래도 좌 쪽인 것 같습니다. 복지, 통일 등 분야에서 그렇죠. 그게 옳고 글렀고를 따지기 이전에 말이죠. 하지만 실제로 더 많은 일을 하는 것은 우 측입니다. 경제 성장이라든지, 일자리 창출 같은 것……. 우 측이 현실 생활에 더 밀착되어 있는 것 같습니다. 사람이 먹고사는 게 중요한데 이런 건 우 쪽에서 더 일을 잘한다고 느끼게 해 주죠."

좌우로 쪼개진 한국 정치가 어떻게 같이할 수 있겠습니까

"지금 우리 정치는 학생 운동의 연장선에서 이뤄지는 인상을 주는 듯한 느낌이 들어요. 그런 쪽으로 계속 간다면 정치적 안정성이 기대되기는 힘들겠죠. 의견이 다른 것을 인정하고, 정책이 시행될 때 불가피하게 갈등이 있다는 것을 받아들여야 하는데 우리 전통은 그게 참 안 됩니다. 앞으론 정책적 차원이 중요합니다."

김 교수는 이 과정에서 지식인의 역할이 중요하다는 점을 강조했다. 좀 더 독립적이고 중립적인 지식인 계층이 많아져야 한다는 것이다. 그 전제 아래에서 말했다. "좌는 '사회'와 '정의'에 무게를 두고 우는 '민주'와 '성장'에 역점을 두니까 이 둘이 결합하는 게 좋겠죠. 둘이 만나 민생 위주의 정책으로 거듭나야 합니다. 그렇게 되도록 하는 데 중요한 것은, 더 길고 더 깊게 전체적 관점에서 바라보는 중립적 지식인의 역할입니다. 언론 매체의 역할도 대단히 중요합니다. 여러 가지를 이성적 토론을 통해서 통합이 되도록 역할을 해야 합니다."

새해는 정치의 해입니다. 총선이 있고 대선도 있습니다. 어떤 정치인이 나오고 어떤 대통령이 나와야 할까요?

"우리 정치 지도자들이 일시적 이슈를 갖고 투쟁을 벌여 정치적 지위를 확립하겠다는 생각을 하지 말아야 합니다. 인간을 더 믿고 성실하게 나라를 생각하고 국민을 생각하고 그렇게 하면 결국은 자기에게 돌아오는 게 있다 하는 입장을 가졌으면 좋겠어요. 그런 정치인들이 많이 나와야겠죠."

김 교수는 위기에 처한 자본주의에 대한 고뇌도 털어놨다. "지금 자본주의가 세계적으로 위기에 처해 있다는 것에 대해선 많은 사람들이 동의를 합니다. 그러나 사회주의가 대안이 되지 않는다는 건 역사가 말해 주고 있습니다. 시장 경제 체제는 여전히 인류가 만든 가장 중요하고 효과적인 경제 체제입니다. 그렇다면 지금 우리가 우선적으로 할 수 있는 것은 '도덕적 호소'입니다." 김 교수는 우리 정부가 전 세계를 향해 '기업 윤리 헌장'을 제정하자고 호소해 보면 어떻겠느냐고 제안했다. "그런 게 만들어지면 기업 입장에선 신경 쓰지 않을 수가 없을 겁니다. 국제 사회의 국가들과 기업들이 더 책임 있게 경영을 하고 행동하면 자본주의의 위기를 극복하는 길이 열리지 않을까요."

역대 대통령에 대한 평가

김 석좌 교수는 과거 군사 권위주의 시절 박정희 대통령을 비롯한 산업화 세력에 대해 비판적이었다. 수십여 년의 세월이 흐른 지금의 그는 산업화 세력에 대해 "잘했다."라는 평가를 한다. 입장의 번복이나 변절이 아니다. 역사의 현장에 있을 때에는 자신의 시대를 평가할 수 없지만, '역사의 눈'으로 보면 더 잘 평가할 수 있기 때문이다. 이 역시 과거를 되돌아보는 반성적 사고, 인문학적 '성찰'의 한 부분이다.

"지나간 얘기니까 이젠 평가할 수 있어요. 민주화 투쟁을 했던 사람들도 잘했고, 산업화를 주도한 박정희 대통령도 잘했다고 생각합니다. 인권이나 생명의 희생이 없었으면 더 좋았을걸 하는 생각이 들지만요."

역사의 눈으로 볼 때 이승만 정권은 어떻게 평가하십니까.

"그 나름의 역할을 했다고 봐야 하지 않겠어요. 이 박사가 개인적으로 보면 희생을 많이 한 사람입니다. 약간 이념적으로 경직된 면은 있었던 것 같지만 그렇게까지 '죽일 놈'으로 삼을 건 없을 것 같습니다. 말기에 삼선개헌 이런 건 실수입니다만."

전두환 정권은?

"전두환 정권은 정말 들어설 이유가 없었습니다. 경제가 좋아졌다곤 하지만 그건 '불필요한 에피소드'였던 거 같고요. 그래도 노태우 정권은 피를 흘리지 않고 평화적 정권 이양이 가능했습니다. 유감스러운 건 돈(비자금)을 얼마를 가져갔다 하는 건데 도덕성에서 좀 문제가 있긴 하죠."

김영삼 정권은 어떻습니까?

"군사 정권으로부터 민간 정권으로 이행하는 데 중요한 역할을 했습니다. 금융 실명제를 했다든지, 군 하나회를 해체했다든지 이런 건 큰 업적이죠. 국제통화기금(IMF) 체제를 김영삼 대통령 스스로 초래했다기보다는 주변 사정 때문이라고 봐야 하구요. 아들 쪽에는 좀 문제가 있었어요."

진보 정권 10년에 대한 평가는?

"김대중 대통령은 민주화에 중요한 역할을 했고 생각이 깊은 사람입니다. 긍정적으로 봅니다. 노무현 대통령도 정치를 깨끗하게 한 역할이 있다고 봅니다. 큰 잘못은 없다고 생각합니다."

이명박 정권에 대한 평가가 남아 있군요.

"이명박 정권이 남북 관계를 경직시켰다고들 하는데 북쪽에서 제공한 원인이 더 크다고 봐야 합니다. 경직화한 것이 이명박 대통령의 잘못이라고만 볼 수는 없어요. 대체적으로 긍정 평가합니다. 복지 문제 같은 진보적 이슈에 대해서도 특별히 후퇴한 것은 없지 않습니까."

김우창 교수는 누구

김우창 석좌 교수의 학문적 자양분은 사물과 사회 현상을 더 깊고 더 넓게 생각하는 '성찰'이다. 그것은 '열정의 동원'에 익숙해져 있는 한국적 특성에 반한다. 눈앞의 이슈에 불을 붙이고 대중적 분노와 정열을 불러일으켜 표를 얻으려는 정치인들의 태도와는 더더구나 맞지 않는다. '열정의 동원' 대신 그는 '반성적 사유'를 통해 시대를 관찰한다. '한 번 더 생각해 보는 것이 필요하다'는 건 여전히 그의 지론이다.

김 교수는 독일의 정치 철학자 위르겐 하버마스의 말을 인용하기를 즐긴다. "하버마스에 따르면 서양 민주주의의 기본적인 사고는 반성적인 사고입니다. 여러 사람과 대화를 나누는 사이에 자기가 생각하는 것을 비판적으로 재검토하는 능력을 가진 사람이 있고, 그런 사람들이 많이 있는 사회가 민주주의를 할 수 있다는 거죠. 그것이 바로 '성찰'입니다." 김 교수는 인문학이든 사회 과학이든 자연 과학이든 자기비판적 사고가 필요하다고 강조한다. "우리 민족에게 그건 좀 부족한 것 같습니다. 과거부터 공자와 맹자의 말씀이라면 '왜 그렇죠?'라고 물어보면 안 되고 '지당하신 말씀입니다.'라고만 해야 했으니까요." 그가 최근 펴낸 책이 '성찰'이란 제목을 단 것도 이 같은 사유 세계의 연장에서 이해된다. 김 교수가 성찰을 학문적 본성으로 삼는 이유는 '전체적인 관점'이 중요하기 때문이다. 김 교수는 말한다. "단기적 관점에서 '어떻게 해야 내 적수를 이겨 낼 수 있느냐'는 중요하지 않습니다. '전체적인 관점에서 길고 깊게 봤을 때 모두에게 무엇이 좋은가' 하는 식으로 보는 관점이 필요합니다." 이 같은 그의 사유는 정치·경제·사회·문화 모든 부문에서 대화와 타협과 양보, 그리고 공생의 가치가 중요하다는 외연의 확대를 가져온다.

김 교수는 1986년 6월 민주화 항쟁 시기에 '고려대 교수 시국 선언'을 이끌었다. 전국 대학교수 제1호 선언이었다. 미국 코넬대에서 석사, 하버드대에서 박사 과정을 마쳤는데, 유학 시절 하루에 책 한 권씩을 돌파했다는 소문이 나돌 정도로 유명한 책벌레였다고 한다. 그는 "(도올) 김용옥 선생이 그런 헛소문을 많이 냈지."라면서 웃어넘겼다. 김 교수는 "요즘은 주문 생산하느라 책을 별로 읽지 못한다."라며 못내 아쉬움을 나타냈다.

왜 한국에서는 시위가 많을까

김우창(고려대 명예 교수)

가라타니 고진(철학자)

진행 백승찬(《경향신문》 기자)

2013년 7월 4일 《경향신문》

김우창 고려대 명예 교수(75)와 철학자 가라타니 고진(71)은 한국과 일본을 대표하는 사상의 거인이다. 30여 년 전 미국에서 처음 만나 오랜 친분을 맺어 온 두 사상가가 2013 도쿄 국제 도서전이 열리는 도쿄 빅사이트에서 3일 다시 만났다.

가라타니는 이날 대담을 앞두고 김우창 교수에게 미리 서한을 보냈다. 한국은 통일 신라, 일본은 헤이안 시대를 거치면서 각자 중국화를 진행했지만 그 양상은 달랐다. 한국이 '민심은 천명'이라는 맹자의 왕도 사상을 받아들인 반면 일본에서는 민심을 챙긴다든가 공개적으로 의견을 나누는 관습이 없었다. 이런 전통은 한국에서 시위가 자주 일어나지만, 일본에서는 시위가 좀처럼 일어나지 않는 현상으로 연결된다는 것이 가라타니의 논의였다. 김 교수는 이에 대한 답으로 대담을 시작했다.

한국과 일본의 근대화에 대해

김우창 일본의 근대란 일본과 서양의 관계가 주된 것이었다. 반면 한국의 근대에는 한국, 일본, 서양이라는 세 개의 축이 있다. 그러므로 한국은 근대화에 대해 일본에 비해 복잡한 생각을 했다. 근대화는 일본에 동화되는 것을 의미하면서도, 또 일본이 아니라 서양으로부터 배워야 한다는 생각도 있었다. 서양에 대해 주체성을 주장해야 한다는 생각도 있었지만, 서양의 근대화를 배우는 것이 좋다는 생각도 있었다. 그래서 근대의 극복에 대한 논의에서도 일본보다는 한국이 복잡하다.

또 일본에 비해 한국은 전통문화가 훨씬 많이 파괴됐다. 식민지 시절, 한국 전쟁, 군사 정부 독재, 민주화 운동을 거치는 과정에서였다. 전통문화는 파괴됐지만 민주주의에 대한 수용은 적극적이었다. 1980년대 후반부터 민주주의가 발전했지만, 민주주의를 좀 더 내면화하고 내실화하는 과제는 남아 있다. 민주주의와 더불어 자본주의도 성황을 이루었는데, 자유민주주의적 자본주의 사회가 만들어지자 사회 정의가 있는 사회가 돼야 한다는 요구도 있었다. 그러므로 한국은 정치적으로 복지 사회, 민주 사회주의의 경향이 강하다고 할 수 있다. 이런 경향은 서양에서 들어온 것이지만 또한 전통에도 들어 있다고 할 수 있다. 가라타니 선생이 말씀하셨듯이, 한국의 왕정 체제는 적어도 이데올로기적으로는 민본주의를 주장했다. 사회 복지, 민주 사회주의, 사회 민주주의가 강화되고 있지만, 사회 전체는 하나의 자본주의적 체제 안에 들어가 있는 것이 사실이기에, 문학이 그 안에서 어떻게 존재하느냐는 문제가 남아 있다. 가라타니 선생이 지적했듯이 일본 문학은 개인적인 체험을 많이 이야기했다. 사소설이 대표적이다. 한국에도 사소설 비슷한 것이 있었지만, 최근까지도 주류를 이루는 것은 사회적인 관심을 가진 문학 작품이었다. 그게 지금 거의 끝장이 난 것 같다. 개인적인 체험을 다시 쓰기 시작했고, 그것보다는 시장을 의식하는 문학 작품이 더 많이 생산되고 있다. 단순하게 이야기하자면, 시장 문학의 시대가 된 것 같다.

동아시아에서 '민의'의 의미에 대해

가라타니 김우창 선생을 마지막 만난 것은 2005년 고려대 100주년 기념 행사에서였다. 그때 나는 '역사의 반복'에 대해 이야기했다. 그때 청일 전쟁과 같은 상태가 가까운 미래에 일어날 것이라고 예견했는데 실현됐다. 그때 김우창 선생은 유교가 갖는 현대적 의미를 도쿠가와 시대 초기 에피소드를 들어 말씀하셨다. 조선 통신사 사람들이 한반도로 돌아와 1630년 남긴 소감에 이렇게 적혀 있었다고 한다. "일본은 괜찮다. 도요토미 히데요시 같은 사람은 다시 나타나지 않을 것이고, 전쟁도 두 번 다시 하지 않을 것이다. 일본은 유교를 공부하고 있다." 유교가 평화 사상을 갖고 있고, 무나 군이 아니라 문에 의한 치세가 한국에서 의미를 갖는다는 내용의 연설이었다. 난 상당히 감명받았다. 같은 시기 난 칸트에 대해 생각했다. 칸트의 평화가 갖는 의미를 반복해서 말해야 하는 것 아닐까 하는 생각이었다. 일본에 칸트의 평화를 처음 소개한 이는 기타무라 도코쿠인데 그는 스물다섯 살에 자살했다. 그는 일본에서 처음으로 평화 운동을 한 사람이었다. 그의 자살 이후 삼 개월 뒤 청일 전쟁이 일어났다.

일본은 중국과 서양을 의식해 왔다. 그러나 나는 일본과 중국, 일본과 서양을 비교해서는 일본을 이해할 수 없다는 생각을 해 왔다. 오히려 한국과 비교를 하면 차이가 더 잘 보인다고 지난 15년 동안 생각해 왔다. 한국에 대한 관심은 일본에 대한 반성의 동기가 됐다. 한국 사극을 보면 왕 앞에서 관료들이 토론을 한다. 왕에 대해서도 이야기한다. 그러다가 쫓겨나거나 왕을 난처하게 만들기도 한다. 일본에서는 있을 수 없는 일이다. 토론은 없다. 주군이 하라고 하면 "네."라고 말하고 끝난다. 의견이 없는 건 아니지만, 보이지 않는 곳에서 사전 작업으로 조율한다. 지금도 조직 안에서는 같은 일이 벌어지고 있을 것이다. 사전 작업이 없으면, 그 자리에서 아무리 옳은 말을 해도 상처를 준다.

맹자가 강조한 것은 천명이었다. 그리고 하늘의 뜻은 곧 민심이었다. 왕조는 천명에 의해 존재한다. 민심이 없어지면 혁명이 일어나기도 한다. 이것이 맹자가 말한 유교의 근본 사상이다. 이 사상은 한국에 유입돼 뿌리가 깊어졌다. 고려 왕조 이후는 이 사상을 근본으로 한다. 그러나 일본에는 전혀 들어오지 않았다. 일본에서 하늘은 천황이었다. 천황의 생물학적 생명이 하늘이었다. 천명은 없고 민심도 없다. 천황을 모시는 것이 곧 옳은 일이었다. 가마쿠라 막부에도, 에도 막부에도 정의 같은 것은 없었다. 현재의 사회 운동의 형태를 보면 이런 생각이 잘 나타난다.

김우창 유교 국가인 조선에서는 논쟁이 많았다. 중국보다도 심했다. 이데올로기가 강해지고 그것이 갈등을 만들었다. 가라타니 선생이 말씀하신 대로 민의를 존중하고 천명에 따르는 것에 보편성이 있는 건 사실이다. 동아시아의 보편성은 서양하고 대조해 이야기할 수 있다. 서양의 전통은 군사적이고 동양의 전통은 평화적이다. 중국의 『시경』에는 보통 사람의 삶을 찬양하는 내용이 많다. 서양 문학의 『일리아드』, 『오디세이』는 모두 군사에 관한 것이다. 가라타니 선생의 보편성, 민본주의, 민주주의에 평화까지 아울러 이야기하는 것이 어떨까 한다.

가라타니 유교의 왕도는 무력에 의한 침략 지배를 말하지 않는다. 최근 쑨원에 대해 공부했다. 쑨원도 왕도를 이야기한다. 중화 혁명은 마오쩌둥을 포함해서 모두 유교 전통에 있다는 점을 새삼 느꼈다. 그것을 이해하지 못하면 중국을 이해할 수 없다. 공산주의는 최근 만들어졌다는 생각이 있지만, 그것만 갖고서는 그토록 큰 민족을 유지할 수 없다.

김우창 그런 부분은 북한에도 남아 있다. 남아 있다고 할 수도 있고, 왜곡돼서 남아 있다고도 할 수 있다.

정치와 도덕, 문학에 대해

가라타니 처음엔 문학에 대해 이야기해 달라고 부탁받았다. 그때는 거절했다. 그러면 그 외의 이야기를 해 달라고 해서 오늘의 테마에 이르렀다. 일본에서는 내게 문학에 대해 물어보는 사람이 없다. 내가 화를 낼 것이라고 생각하는 것 같다. 날 알고 있는 사람들조차 내가 문학 평론가였다는 점을 모르기도 한다. 서양의 삶 속에는 세 가지 요소가 있다. 바로 진, 선, 미다. 오랫동안 서양에서 감정(미)은 가장 밑이었다. 그것을 긍정하기 시작한 것이 낭만주의다. 낭만주의 직전의 사람이 칸트인데, 칸트는 도덕성에 상상력을 가져왔다. 그 이전까지 상상력은 인간의 지적 능력 중에서도 가장 밑이라고 간주됐다. 칸트는 감정 또는 창조력을 근본적으로 받아들였다. 진과 선을 연결해 주는 것으로서의 창조를 받아들인 것이다. 서양에서 문학 혹은 창조력이라는 것이 그렇게 큰 지위를 얻게 된 것은 불과 200년 전부터였다. 문학이자 창조력은 진, 선하고는 다른 영역이다. 도덕성이 강할 때 그에 대항하는 형태로 문학이 나타난다. 지금 도덕이란 말을 쓰지만, 그것은 곧 정치이기도 하다. 정치란 도덕적인 것이기 때문이다. 난 그래서 일본에서 문학이 끝났다고 생각했다. 정치적인 것, 도덕적인 것이 끝났기 때문이다. 그와 더불어 문학의 지위도 내려갔다. 문학은 정치로부터 해방돼야 한다고 했고 실제로 해방됐지만, 이후엔 아무것도 없어졌다. 21세기 이후 일본 문학은 그렇다. 사소설은 '나'다. 나 이외엔 아무것도 존재하지 않는다. 한국에선 문학이 없어지지 않을 것이라고 생각했다. 그런데 오늘 들어 보니 한국에서도 그런(없어질) 상황에 놓인 것 같다.

김우창 가라타니 선생이 말씀하신 대로 한국에서도 문학은 끝났다. 한국에선 도덕이 지나칠 정도로 중요했다. 특히 소설은 '작을 소'를 쓰는 데서 보듯 낮은 지위에 있었다. 유학자들도 소설을 보긴 했지만, 책상 밑에 감춰 놓고 봤다. 이제 도덕은 끝났고 문학도 끝났다. 하지만 전통적으로 봐서 정치, 도덕에 대한 관심은 다시 살아날 것이라고 생각한다.

동아시아 국가들의 갈등에 대해

가라타니 그것이 일본과 한국의 차이점이다. 한국의 현대 정치에 사회민주주의적인 요소가 나타나고 있다고 하셨는데, 일본은 1980년대까지 그랬다. 한국은 군사 정권이던 시절이다. 당시 일본은 자민당 독재 체제였다고 기억되지만 의외로 그렇지 않은 부분도 있었다. 당시의 사회당은 의석의 3분의 1을 차지했다. 자민당과 사회당은 대립하면서도 뒤에서는 긴밀히 연결됐다. 자민당의 리버럴과 사회당의 우파는 거의 생각이 같았다. 왜 그런 형태를 취했을까. 미국과 소련의 대립이 있었기 때문이다. 당시 미국도 의외로 사회 복지를 추구하고 있었다. 왜냐하면 소련에는 실업자가 없는데, 미국에는 실업자가 많다는 지적이 나오면 곤란했기 때문이다.

일본은 1990년대 이후 신자유주의가 강해졌다. 노동 운동은 사실상 형식만 남았고 힘을 잃었다. 그렇게 현재까지 이어졌다. 동아시아 내 중국, 북한, 한국과의 문제가 논의된 것도 오래전부터의 일이다. 문제들이 해결 직전까지 간 적도 있다. 예를 들어 종군 위안부 문제는 실질적인 보상 직전까지 갔지만 1990년대 이후 뒤집혔다. 정부 차원에서 정해진 것도 부정하거나 무시하는 상황이 됐다. 그것이 지금의 대립을 야기하고 있다. 다케시마(독도) 문제도 마찬가지다. 예전에는 중요한 문제로 여기지 않았다. 그러나 지금은 (일본 정부가) 대립을 만들고 싶어 한다. 그것은 미국이 기대하는 일이기도 하다. 일본인은 국가 중추의 전략을 꿰뚫어 보고 판단해야 한다. 지금은 그렇게 못해 지고 있는 셈이다. 조금만 거슬러 올라가면 2009년 민주당 정권이 있었다. 너무나 오래돼 그런 시절이 있었나 싶을 정도다. 그때 민주당 정권이 할 만한 일을 모두 두려워했다. 예를 들어 오키나와의 미군을 쫓아내는 문제나 관료 개혁 문제다. 지난해부터 민주당은 거의 없어졌다고 볼 수 있다. 원전 사고가 일어나 민심의 변화가 일어났다. 국회 주변에 20만 명이 모인 데모도 있었다. 일본에서 사는 동안 예가 없었던 일이다. 이를 센카쿠 열도 문제가 한 방에 누르고 여론을 바꾸었다. 여기에 대해 화가 나지만, 이걸 어떻게 해야 하는지 매일 생각하고 있다.

김우창 한일, 중일 관계가 긴장 상태에 들어간 것을 유감스럽게 생각한다. 가라타니 선생께 우리 동아시아도 EU(유럽 연합)처럼 우호 관계가 발전하는 지역이 돼야 한다고 제안했다. 정치도 중요하지만, 정치만 믿을 수는 없다. 정치를 줄이면서 우호 관계를 만드는 방법이 무엇인지 의견을 말씀해 주시면 좋겠다.

가라타니 동아시아가 EU처럼 될 수 있을까. 십수 년 전에는 동아시아 경제 공동체에 대해 많이들 이야기했다. 옛 자민당에서도 그랬다. 그러나 현시점에서 그것이 실현되면 가장 난처해지는 것은 미국이다. 그래서 거기 못을 박으려 했다. 전쟁까지 가면 곤란하지만, 적어도 대치하는 상황은 만들어야 했다. 동아시아에 EU가 만들어지지 않는 것은 이러한 이유고, 일본의 국가 중추도 그에 동조하는 것이다. 우리는 그런 이들에게 대항해야 한다. 방치해서 해결될 문제가 아니다. 난 미국 친구가 많지만 미국이라는 국가는 싫어한다. 사실 모든 국가를 싫어한다. 국가가 하는 짓이라고는 거의 똑같다. 좋은 국가라는 것은 존재하지 않는다. 문제는 민심이다. 다시 말하자면 하늘에 있는 것이다.

사람들이 어떻게 의사소통을 해야 할까. 영화든, 티브이든, 여행이든 좋다. 사고방식은 변한다. 일본에서 한류 붐이 있은 이후, 한국에 대한 일본인의 인식이 바뀌었다. 물론 질투하는 사람도 더러 있다. 이것이 인터넷 우익이다. '나는 인기 없는데 너는 왜 인기가 있느냐'는 것이다. 책을 통해서가 아니라 실질적인 사람에 대해 알게 되면 인상이 바뀔 것이다. 작년에 중국에 갔었는데, 필담을 하다 보니 '배우 다카쿠라 켄을 참 좋아한다'는 식의 말이 나왔다. 중국인들이 일본인에 대해 가진 이미지는 영화, 드라마의 영향이 컸다. 그것이 의사소통의 한 가지 방법이다. 지식인들이 회의를 해봤자 의미가 없다. 이렇게 내가 말하는 것도 이상하지만 (웃음).

김우창 말씀하신 대로 문화적 교류를 강화하는 것이 중요하다. 정부 기관에도 동아시아 내의 회로를 만드는 것이 좋겠다고 이야기했다. 그걸 공적으로 할 수 있는 여러 방법이 있을 것이다. EU에는 사회 헌장이 있다. 강제력은 없지만, 여러 나라의 정책을 평가하고 보고서를 내게 돼 있다. 정부에서도 영향을 받지 않을 수 없다. 환경 문제에 대해서도 서로 생각을 교환하고 지수를 발표한다든가 하면 정부에 압력이 될 것이다.

정치를 가까이할 필요 없는 세상이 좋은 세상

정원식(《경향신문》 기자)

2013년 12월 18일《경향신문》

김우창 고려대 명예 교수(77)는 영문학 전공자이면서 문학 평론가이다. 그러나 문학 평론이란 말에 갇히지 않는 폭넓은 이론과 사상을 바탕으로 한 글쓰기를 해 왔다. 1965년《청맥》에 실은「엘리엇의 예」로 문필 작업을 시작한 이래 그가 보여 준 지적 성취는 지식인 사회 전반에 깊은 울림을 주었다. 정치학자 최장집 고려대 명예 교수는 그를 가리켜 "우리 시대의 현자"라고 했다. 이처럼 학문적 경계를 넘어 지적인 업적을 승인받는 것은 김 교수가 주로 활동한 1970~1990년대에 문학이 지적 담론의 중심 역할을 했다는 사실을 고려하더라도 매우 드문 일이다.

김 교수의 50여 년간 문필 작업을 결산하는 책이 나왔다. 문광훈 충북대 교수가 김 교수의 글 가운데 정수에 해당하는 것을 뽑아 묶은 선집『체념의 조형』(나남)이다. 그는 17일 서울 세종문화회관에서 열린 기자 간담회에서 "세상이 돌아가는 형편 때문에 동네 양복점처럼 주문 생산을 했을 뿐 좋은 글을 남기지 못한 것 같다."라며 "정치를 가까이할 필요가 없는 세상이 좋은 세상이라고 생각한다."라고 말했다. 이날 간담회에는 취재 기자들만이 아니라 유종호 대한민국예술원 원장, 엄정식 서강대 명예 교수, 진덕규 이화여대 석좌 교수, 염재호 고려대 부총장 등 학계·언론계·출판계 인사 30여 명이 참석했다.

사회 통합을 이루기 위해 형이상학에 관심 가져야
'심미적 이성'이란 단어는 1980년대를 자위하며 쓴 말

영문학을 전공한 문학자이면서 동양의 정신주의나 서양 형이상학에 대한 깊은 관심을 갖고 있다.

"모든 것을 초월해 근원적인 것을 알아야 한다는 생각을 하면 형이상학에 대한 관심이 저절로 생긴다. 한국처럼 정신적 전통이 깨어진 상황에서 근대화를 이룬 사회에서는 그런 상황을 어떻게 극복하고 하나로 통합하느냐가 중요한 과제인데 이데올로기가 그런 역할을 수행할 수 있지만 이데올로기는 동시에 사람의 생각을 죽이기도 한다. 그런 의미에서 형이상학에 대한 관심이 중요하다."

'정치를 가까이할 필요가 없는 세상이 좋은 세상'이라고 했다. 그러나 정치를 모른 척하며 살기는 어렵다. 문학 또는 인문학은 정치와 어떤 관계를 맺어야 하는가.

"요순 시대의 이상이 말해 주는 교훈 가운데 하나는 정치란 정치 없는 세계를 만들기 위해 필요하다는 것이다. 이 지점에서 문학이 할 수 있는 일이 많다. 문학은 개인의 체험·고통·행복에 대해 말한다. 개인의 체험과 느낌에 입각해 우리 정치가 제대로 돼 가고 있는지 이야기할 수 있다. 정치에 너무 많은 관심을 가질 때 문제가 될 수 있는 건 정치로 인생을 대체할 수 있다고 생각하게 된다는 점이다. '수신'을 통해 '평천하'에 이르는 것이 동양의 이상이라고 할 때 문학은 '수신'까지는 아니더라도 우리 삶이라는 구체적 바탕 위에서 '평천하'에 이르는 길에 대해 말해야 한다. 나는 이데올로기적인 문학에 비판적인 입장을 견지해 왔지만 요즘처럼 기발한 이야기, 눈에 띄는 이야기에만 관심을 갖는 문학이 많이 나오는 시절에는 차라리 이데올로기적인 문학이 더 낫다는 생각도 든다."

'체념의 조형'이라는 제목이 뜻하는 것은 무엇인가.

"'나무는 스스로에/ 금을 긋지 않으니. 그대의 체념의 조형에서/ 비로소 사실에 있는 나무가 되리니'라는 릴케의 시에서 가져온 제목이다. 사람이 어떤 사물을 인지한다는 것은 주관적인 인지 능력을 통한다는 점에서 사물 자체를 객관적으로 이해한다는 것은 불가능하다. 그러나 객관적인 이해에 도달하려는 노력조차 불가능한 것은 아니다. 중요한 것은 인식에서 주관적인 요소를 줄이는 것이다. 그런 의미에서 '체념'이라고 말한 것이다. 요즘 시에는 주관적인 것이 너무 많다. 자기를 버려야 진짜 시인이 될 수 있다."

올해로 희수(77세)를 맞았다. 나이 듦에 대한 생각은.

"인생에 대해서는 아무것도 알 수 없다는 느낌이 강하다. 다시 한 번 릴케를 인용하자면, 릴케는 삶과 죽음 중 죽음이 진짜이고 삶이란 죽음의 바다 위에 일어나는 작은 파동에 불과하다고 했다. 아주 깊은 의미를 담은 이야기다. 조심스럽게 겸손하게 살아야 한다고 생각한다."

김우창 사상 세계를 규정하는 열쇳말 중 하나가 '심미적 이성'이다. 책에는 "유동적 현실에 밀착하여 그것을 이성의 질서 속에 거두어들일 수 있는 원리"라고 나오는데 어떤 뜻인가.

"프랑스 철학자 메를로퐁티의 개념에서 빌려 온 것이다. 구체적인 뜻을 풀어 밝히는 대신 그 말을 쓰게 된 계기에 대해서만 말하겠다. 박정희 정권이 무너진 다음 사람들은 민주적인 정부가 들어설 것이라고 기대했지만 전두환 정권이 출현했다. 비유란 그 비유의 원천이 되는 사실을 변형하는 것인데 사실 자체와 비유 사이의 거리가 너무 멀면 비유가 성립하지 않는다. '꽃다운 청춘'은 말이 되지만 '돌 같은 청춘'은 말이 안 되는 것이다. 1980년 당시 우리 사회에 민주적 가능성이 충분히 존재하지 않았기 때문에 전두환 정권이 들어선 것은 아닌가라며 스스로를 위로하기 위해 생각했던 말이다."

정치로부터의 자유

최재봉(《한겨레》 기자)

2013년 12월 22일《한겨레》

지난 17일 오전 세종문화회관 예인홀. 문학 평론가인 유종호 대한민국 예술원 회장, 진덕규 이화여대 석좌 교수, 최광식 전 문화체육관광부 장관, 염재호 고려대 부총장, 엄정식 서강대 명예 교수, 문학 평론가인 오생근 서울대 명예 교수와 김인환 고려대 명예 교수 그리고 이남호 고려대 교수, 권혁범 대전대 교수, 권혁태 성공회대 교수, 김용희 평택대 교수, 이영광 시인 등이 한데 모였다. 원로 문학 평론가 겸 인문학자 김우창의 희수연을 겸한 문학 선집 『체념의 조형』 출판 기념 집담회였다.

집담회란 특정 분야 전문가 또는 관계자들이 한데 모여 어떤 주제에 관해 이야기를 나누는 모임을 가리킨다. 이날 집담회의 주인공이자 주제는 김우창이었고 그를 위한 재료가 『체념의 조형』이었다. 김우창의 제자인 문광훈 충북대 교수가 스승의 글 가운데 서른네 편을 골라 묶었다. 문학이란 무엇인가, 문학 예술의 바탕, 사회 속의 인간 현실 안의 문학, 반성적 비판적 사유, 고요·맑음·양심·내면성 — 문학의 추동력, 심미 감각 — 경험과 형이상학 사이, 시적인 것의 의미, 비교 문학적 비교 문화적 차원 같은 장별 제목을 보면 김우창의 사유와 글쓰기가 어디를 향하는지를 짐작할 수 있다.

"재미없는 세상에서 가장 큰 흥분제가 정치이고 모두가 정치에 신경을 써야 하는 것은 사실이다. 그러나 나는 정치를 가까이할 필요가 없는 세상이 좋은 세상이라고 생각한다. 정치를 잊을 수 있는 삶이 가능해지기를 바란다. 글도 정치에서 멀리 있는 글을 쓸 수 있었으면 하고 바란다."

집담회의 모두 발언에서 김우창은 북의 장성택 처형과 남의 어지러운 정치 현실을 거론하며 '정치로부터의 자유'를 역설했다. 『궁핍한 시대의 시인』(1977)이라는 그의 첫 평론집 제목 또는 이번 선집의 장별 제목에서도 보다시피 그는 문학과 현실의 관계에 대해 무지하거나 무관심한 쪽이 아니다. 그럼에도 짐짓 정치로부터 거리를 두려는 듯한 발언에 궁금증이 일었다. 모두 발언 뒤 질문 시간에 문학과 정치의 관계는 어떠해야 하는지를 다시 물었다.

"문학은 개인적 고통과 행복을 다루는 예술이며 그걸 점검하면 정치가 제대로 되어 가는지 알 수 있다. 그러나 너무 정치에 많은 관심을 가지면 정치로써 인생을 대체할 수 있다고 생각하게 된다. 수신제가 치국평천하라는 말을 보자. 수신하다 보면 나라에도 도움을 줘야겠다고 생각하는 게 자연스러운 일일 것이다. 그런데 거꾸로 치국평천하를 생각하면 저절로 수신이 되는 듯 오해하는 이들이 있다. 문학은 수신까지는 아니라도 삶의 구체성을 보면서 그것이 어떻게 평천하에까지 이를 수 있는가를 따지는 일이라고 생각한다."

'체념의 조형'이라는 책 제목은 그가 이번 문학선의 서문 격으로 쓴 원고지 320장짜리 긴 글 「전체성의 모험: 글쓰기의 회로」 앞머리에 경구 삼아 인용한 릴케의 시구 "나무는 스스로에/ 금을 긋지 않으니. 그대의 체념의 조형에서/ 비로소 사실에 있는 나무가 되리니"에서 따왔다. 시를 읽어 보아도 아리송하기만 한 제목의 의미에 대한 질문이 던져졌다.

"사람이 사물을 완전히 객관적으로 인지하는 건 불가능한 일이다. 그러나 그렇다고 해서 객관적 인지 능력이 아예 없는 건 아니다. 객관적 인지에 가깝게 가기 위해서는 주관을 없애는 체념이 필요하다. 릴케의 시는 주관을 체념하고 나무를 객관적으로 보도록 해야 한다는 뜻으로, 미학적 사물 인식에 대한 깊은 통찰을 담고 있다. 우리 시·소설에는 너무나도 주관이 많이 들어 있다. 자기를 버려야 비로소 자기가 된다는 걸 상기했으면 한다."

노학자는 "이 나이가 되고 보니 어디까지나 현재에 즉해 사는 게 중요하다는 깨달음이 생겼다. 인생이란 게 알 수 없는 것이고 허무에 닿아 있는 것이기 때문에 더욱 너그럽고 겸손하게 살아야 한다."라는 말로 집담회의 발언을 마무리했다.

한국 인문주의 대표, 지식인들의 사상가

정재숙(《중앙선데이》 기자)

2013년 12월 29일 《중앙선데이》

"리얼리즘으로 찍으세요. 문예 작품 심사 가 보면 사진 촬영 때 연출을 해요. 원고지 넘기는 것 같은. 그 자리에서 원고 보고 있으면 미리 안 읽었다는 얘기 아닌가요?"

김우창(77) 고려대 명예 교수는 사진 기자에게 있는 그대로 찍어 달라고 부탁했다. 지난 23일 오후 서울 평창동 한 커피숍에서 만난 김 교수는 두툼한 점퍼를 벗으며 백발이 성성한 머리를 쓸어 올렸다. 며칠 전 그의 희수연(喜壽宴)을 겸한 문학 선집 『체념의 조형』(나남) 출판 기념 집담회(集談會)에서 그가 한 말이 떠올랐다. "이 나이가 되고 보니 어디까지나 현재에 즉해 사는 게 중요하다는 깨달음이 생겼어요. 인생이란 게 알 수 없는 것이고, 허무에 닿아 있는 것이기 때문에 더욱 너그럽고 겸손하게 살아야 하지요."

새해부터 《중앙선데이》에 격주로 연재할 칼럼의 성격을 묻자 그는 나직이 답했다. "신문사 간 다른 견해, 신문마다 다양한 목소리 있는 것이 좋지요."

서울대 정치학과에 입학했다 영문학과로 옮기셨던 이유가 있습니까.

"고등학교 시절부터 철학과 문학에 관심이 있었어요. 젊을 땐 이것저것 방황하게 되지요. 하고 싶은 과를 선택하는 과정이었어요. 영문학을 하려는데 영어 발음이 나빠 걱정된다는 사람이 있는데 달리 볼 수 있어요. 많은 사람이 하면 발음이 달라지죠. 지금 영어 쓰는 사람이 가장 많은 인도 영어가 미래엔 표준어가 될지 몰라요. 말을 통일하려는 건 호감이 안 가요. 지금 영어 어휘가 세계에서 제일 많은 건 각국에서 쓰는 영어를 그냥 놔두니 늘어난 거예요."

한·중·일 삼국 공통 한자 808자를 선정해 함께 쓰자는 건 어떤가요.

"세 나라의 우호 차원에서 괜찮지만 그것도 규정하는 건 좀……. 제가 다른 지면에 썼던 얘기지만 새해부터 시행한다는 도로명 주소 변경도 그래요. 역사적 배경을 지닌 옛터 이름들을 국가가 나서 바꿔 버리는 건 쓸데없는 짓이죠. 4000억 원이나 들여 할 만한 합리적인 일도 아니고."

17일 집담회에서 최근 북한 장성택 처형 사건에 대해 여러 번 언급하셨는데요.

"이북이야 그들대로 이유가 있었겠지만 사람을 죽이는 데 있어서 그렇게 섬뜩한 방식으로 처리한다는 건 곤란하지 않느냐는 거죠. 과거 기록 사진에서 장성택을 지우는 행위도 현실 정치가 역사를 무시하는 겁니다. 그런 의미에서 정치를 가까이할 필요가 없는 세상이 좋은 세상이라 생각한다고 말한 겁니다. 정치를 잊을 수 있는 삶이 가능해지기를 바라죠. 글도 정치에서 멀리 있는 글을 쓸 수 있었으면 합니다."

대학가 대자보에 등장한 '안녕들 하십니까'란 문구가 논란을 불러왔습니다.

"'안녕하지 못하다'는 그 저간의 뜻에 대해서도 깊은 생각을 하게 됩니다. 실업·교육·의료·노년 복지·청년 취업 등 지금 터져 나온 여러 문제가 우리 사회가 굉장히 변한 것과 관련이 있어요. 의식주(衣食住) 중에서 의와 식은 그런대로 해결이 됐는데 주는 안 됐죠. 크게 두 가지 유형이 있는데

집 없는 사람, 이사 자주 가는 사람이에요. 적당한 세를 내고 마음 편히 살 수 있는 집이 확보되면 좋을 터이지만 이 땅의 주택 사정은 불합리하기가 그지없죠. 한마디로 자꾸 더 좋은 집에서 살고 싶어 해서 벌어지는 일이라고 볼 수도 있어요. 결혼하는 자식에게 집 구해 줘야 하는 건 아니라고 봅니다. 우리 젊을 때는 단칸 셋방에서 시작해도 감지덕지했어요."

국민이 '안녕하지 못하다'고 느끼는 건 정치인들 탓이 크지 않을까요.

"정당들이 그런 중요 사안은 해결하지 못하면서 문제만 일으키기 때문이죠. 정권욕, 누가 권력을 독차지할 것인가에만 욕망이 뭉쳐 있어요. 한국 사회에서는 그동안 정치가 제일 간단한 흥분제였어요. 사람들을 준동시키죠. 학생들이 더 구체적으로 생각해야 해요. 독일 기민당과 사민당이 연립 정부를 세우며 내놓은 합의서를 찾아봤어요. 정책 입안자로 전문가 일흔여 명이 달라붙어 190쪽에 달하는 소설 한 권 분량 보고서를 냈어요. 살펴보니 시시콜콜 별것이 다 나와요. 이러니 누가 흥분하겠어요. 정치가가 머리를 싸매고 연구해서 구체적 안을 제시하면 국민이 차분히 그걸 들여다보고 판단하겠죠. 정당이 구체적인 생활 문제는 버려두고 사람들을 흥분만 시키니 이 난리가 나는 겁니다."

수신제가치국평천하(修身齊家治國平天下)를 언급하신 게 화제가 됐습니다.

"수신(修身)하다 보면 나라에도 힘을 보태야지 생각하는 게 자연스러운 일일 겁니다. 문제는 거꾸로 치국평천하를 논하면 저절로 수신이 되는 듯 오해하는 이들이 있다는 것이죠. 우리나라 산수화(山水畵)를 보세요. 사람 사는 근본 틀을 알려 줍니다. 자연을 보라, 이 얘기입니다. 다른 말로, 벼슬 하려 안간힘 쓰지 말라는 겁니다. 한국 사람치고 벼슬 싫어하는 이들이 없지만, 그걸 하지 않아야 한다고 넌지시 눌러 주는 거죠. 자연이 더 큰 거라는 걸 묵묵히 웅변하는 게 산수화죠. 조선 시대 큰 선비들이 산수화를 즐긴 이유입니다. 심원(心遠)을 시각적으로 은유한 거죠."

50여 년 쓰신 글 중에 서른네 편을 골라 묶은 선집 제목이 '체념의 조형'입니다. 무슨 뜻인지요.

"독일 시인 라이너 마리아 릴케의 시 전편에 일관되게 나타나는 인식의 형태이자 삶의 태도랄까요. 그 전문은 이렇습니다. '나무는 스스로에 금을 긋지 않으니. 그대의 체념의 조형(造形)에서 비로소 사실에 있는 나무가 되리니.' 말하자면 자신의 주관적 개입을 최소화해 나무를 객관적으로 보도록 하자는 말입니다. 사람이 사물을 완전히 객관적으로 인지하는 건 불가능하겠죠. 그렇다고 해서 객관적 인지 능력이 아예 없는 건 아닙니다. 객관적 인지에 가깝게 가기 위해서는 주관을 없애는 체념이 필요하다는 얘기입니다. 감정을 버리는 것보다 더 깊은 공감, 원초적 자기를 최소로 만들어 객관에 도달하는 걸 뜻하죠. 좋은 시란 결국 객관성 아닐까요. '사물 공감'이라고도 부르는 자기를 비우는 체념이자 감수입니다. 릴케 시를 부르는 '사물시(事物詩)'란 명칭은 그런 점에서 우리 문단에 주는 울림이 큽니다. 저는 참여시가 그 시절, 그때 국가 상황의 근본에 대해 깨달음을 주었다는 점에서 평가합니다. 시인이 교사라는 걸 잊지 말아야 합니다. 그런데 지금은 다들 잊고 사는 것 같아요."

새해에《중앙선데이》독자들에게 칼럼으로 들려주실 말씀이 궁금합니다.

"정치를 잊고 살 수 있었으면 합니다만, 정치를 떠나 살기 어렵게 돼 있는 게 현실입니다. 현대 사회는 서로들 너무 얽혀 있어서 말입니다. 민주주의도 최선의 정치 체제가 아니라 그나마 악(惡)이 덜한 방책 아닙니까. 보통 사람의 삶을 웬만큼 보장해 줄 수 있는, 아니 다 보장은 못 해도 느낌은 알아야 그게 정치이고 정치가 아니겠습니까. 안거낙업(安居樂業)할 수 있도록 해 주는 게 최선의 정치라고 봅니다. 현실은 어떻습니까. 내 일도 힘든데 어떻게 남의 일까지 돌봐 줍니까. 정치가들을 제대로 일하게 하려면 생활 구석구석 사안들을 구체화하라고 요구하는 수밖에 없습니다. 결국 지금 상태에서 가는 방향은 민주 사회주의 또는 사회 민주주의인데 우리 현실에 맞는 실험을 자꾸 해야 합니다. 책상에 앉아서는 할 수 없죠. 단칼에도 안 됩니다. 그때그때 한 가지씩 고쳐 가야 합니다."

옆집 벤츠 살 때 안 샀다면 그만큼 번 것 아닌가

정진건(《매일경제》 기자)

2014년 《럭스맨》 제40호(1월호)

"원래 정치학과 갔는데 재미가 없어 2학년 올라가며 영문학과로 바꿨다. 남들이 좋다고 해서 갔는데 막상 가서 보니 그게 아니었다. 영문학 선택한 데는 고교 때 독서 클럽 활동하며 문학이나 철학 책 많이 읽고 더러는 글도 쓴 게 힘이 됐다. 고등학교 때 무엇을 좋아했는가가 아주 중요한 것 같다."

한국 인문학을 세계 수준으로 끌어올렸다는 평을 듣고 있는 김우창 고려대 명예 교수는 시험에 매달리지 않고 자유롭게 공부할 수 있었던 분위기가 오늘날의 자신을 만든 것 같다고 했다.

"고등학교 땐 (입시를 위해) 특별히 무엇을 하지 않았다. 3년 내내 보통 때와 똑같이 느긋하게 했다. 요즘(아이들)처럼 쪼들렸다면 아마 (나도) 못 했을 거다. 요즘 아이들은 답안지는 잘 쓰지만 그때처럼 (깊고 다양하게) 생각하지 못하는 것 같다."

그러면서 고교 때 경험 한 토막을 보탰다.

"2~3년 열심히 하니 영어책 보는 데 문제가 없었지. 그때 영어 시간에 영어책 보면 교과서가 아니더라도 교사들이 그냥 내버려 뒀다. 그때는 과외란 게 없었지만 영어 선생님이 웰스(H. G. Wells)의 *The Outline of History* 라는 책 같은 걸 프린트해 읽으라고 나눠 주기도 했다. 영어 하려면 이 정도는 읽는 게 좋다는 것이었지 입시 준비는 아니었다. 배고플 때였지만 (공부하는 데엔) 태평성대였다."

그러면서 지금은 학생들뿐 아니라 교수들도 그전과는 크게 달라졌다고 했다.

"1954년에 (대학) 들어가 1958년에 졸업했는데 휴강을 꽤 많이 했다. 학기 초 강의 계획만 말하고 학기 말에 와서 리포트 내라고 한 교수도 있었다. 한마디로 만만디였지. 그게 나쁘지만은 않았다. 자기 뜻대로 마음껏 책을 읽을 수 있었으니……. 1963년부터 서울대서 가르쳤는데 (교수 보고) 논문 쓰라는 요구도 없었다. 그렇다고 공부 안 한 것도 아니다. 지금 평균은 올라갔을지 모르나 공부하는 열정은 올라가지 않은 것 같다."

그러면서 당시 공부하던 분위기 한 대목을 소개했다.

"대학 때 철학을 부전공으로 했다. 박홍규 교수가 철학을 가르쳤는데 강의는 거의 안 했다. 한 학기에 두 번 정도 했나. 그런데 자기 집 서재에 매주 대학원생과 젊은 교수들 모아 놓고 책 읽기를 했다. 그렇게 해서 그는 한국 희랍·라틴 철학의 원류이자 대가가 됐다. 1994년 작고한 고 박홍규 교수는 평생 공부만 했지만 글은 논문 일곱 편 내는 데 그쳤다. 제자들이 안타깝게 생각해 박 교수의 강의 녹음한 것으로 그의 사후에 다섯 권의 『박홍규 전집』을 냈다." 김 교수가 인간의 자유 의지 존중을 강조하는 것은 이런 경험이 바탕이 됐다.

"자유롭게 풀어 주는 것 악용하는 사람 조여 매려고 선용(善用)하는 사람까지 얽매려 해선 곤란하다."라는 게 그의 지론이다.

스스로 좋아서 한 인문학 공부

영문학을 전공했고 국내 평론의 새 지평을 연 대가지만 김우창은 철학이며 역사, 정치, 예술 등 인문학 전반에 관심을 두고 많은 글을 써 왔다. 이렇게 다양한 분야를 섭렵한 이유가 궁금했다.

"우선 우리 사회가 어지러워 시대적 요구가 있었던 것 같다. 관심이 넓어서도 그랬고, 학생 때나 교수 때나 느슨했던 것도 있지. 그 점에선 요즘 젊은 교수들이 '편할 때 했다'며 부러워하기도 한다."

김우창은 여기서 자발적 의사로 열심히 한 게 중요하다고 강조했다. 분위기가 느슨했지만 오히려 엄청 파고들었다는 것. 진짜 좋아서 한 것이기 때문에 가능했다고 한다. 그에게 감명 깊게 읽은 책과 학생들에게 추천할 책 소개를 부탁했다.

"너무나 많다. 고전은 다 읽어야지. 플라톤이며 『논어』, 『맹자』 등. 개인적으로 독일어 공부하느라 고교 때 괴테의 『파우스트』를 봤는데 거기에 감명 깊은 대목이 나왔다. '무엇을 찾는 사람은 길을 잘못 들기 쉽다. 그러나 그런 사람은 구원받기도 쉽다'는 것이다."

그 구절이 자극이 돼 끊임없이 정신적인 것을 추구하게 된 것 같다는 그는 당시 주위 환경도 책 읽기에 도움이 됐다고 덧붙였다.

"1950년대 내내 일본 책이 많이 나왔다. 종로나 청계천도 그렇고 광주에도 일본 책이 많았다.(김 교수는 광주에서 고등학교까지 나온 뒤 서울대에 진학해 상경했다.) 아마 전쟁 때 내다 판 것 같다. 책방 주인들이 이러이러한 책 읽으라고 추천을 했지. 책방 주인이 교사 노릇 한 거야. 중고교 때는 거의 한 시간씩 걸어 다녔는데 중간에 있던 일고여덟 개 책방을 들렀다 집으로 가곤 했다."

느슨해서 오히려 (정신적으로) 풍요로운 때 쌓은 지적 자양분을 바탕으로 그는 헤아릴 수 없을 만큼 많은 책을 쏟아냈다. 인터뷰 전날엔 『체험의 조형』을 새로 출간했다. 얼마나 많은 책을 냈는지 궁금했다.

"나도 정확히는 모른다. 모아 놓지 않았으니……. 제자들이 전집 내겠다고 자료 수집하는데 열다섯 권에서 스무 권 정도 될 거라고 한다."

중복되는 것 빼고 압축해서 그 정도라니 그가 얼마나 많은 글을 썼는지 짐작이 갈 정도다. 어떻게 그게 가능했을까.

"옛날 동네 가면 양복 치수 재서 맞춰 입었잖아. 주문 들어와야 생산했지. 김훈 작가의 부친인 김광주 씨가 '주문 생산 하다 보니 많이 쓰게 됐다' 던데 내가 그런 것 같아."

출판사들이 다퉈 가며 그에게 책 내자고 요청해 자연스레 많은 책이 나왔다는 얘기다. 그런데 그 많은 글들이 하나같이 매우 정확하다. 문장 하나, 단어 하나 고르는 데 엄청 신중을 기했다는 느낌이 들 정도다.

"어려운 글이지, 그러다 보니 콤플렉스가 생겼어. 내가 이 말 하면 먹히겠나, 이 말 이해하겠나 하는 생각을 하게 돼. 내가 우리글을 완전히 이해하지 못해서 그런 것 같아."

지식인 특유의 겸양이다. 그런데 사실은 그보다 생각이 복잡해 글이 어렵게 된다고 했다. 남들은 보지 못하는 이면의 문제까지 생각하기에 자연히 글이 정확하게 된 게 아니냐고 하자 이 대목에서도 김 교수는 "다른 사람이 생각 못했다는 건 건방진 얘기고, 내 스타일이 그래서 그래."라며 다시 스스로를 낮췄다. 그러면서 진짜 이유를 털어놨다.

"내 글이 어렵게 느껴지는 것은 사람 사는 데 '모순의 차이'가 있기 때문이야. 모순을 너무 의식해 많은 것을 꼼꼼히 다루다 보니 그렇게 됐지."

그게 무슨 뜻일까.

"가령 민주주의 얘기할 때 모든 사람들이 민주주의는 자유니 내 마음대로 하겠다면 무질서의 극치가 되지. 그래서 민주주의라도 무조건 자유를 보장하는 게 아니라 규범과 규율이 필요하지. 모두가 자유만 얘기하면 자유에 따르는 모순이 있어. 그걸 놓치기 쉽지."

작금의 정치 상황도 마찬가지라고 했다.

"민주주의 자체가 중요한 게 아니야. 사람 살아가는 데 민주주의로 해결 안 되는 것도 있다는 인식이 중요하지. 민주주의 자체가 목표가 아니라 민주주의도 사람 사는 수단의 하나라고 생각해야 한다."

그는 범죄자에 대해서도 어떻게 징벌할까만 생각할 게 아니라 왜 범죄를 저질렀는지까지 생각해야 한다고 했다. 그렇게 할 수밖에 없는 이유가 있을 것이기에 마음이 복잡해진다는 것이다. 문학 작품을 많이 읽어서 그렇게 이면까지 보는 능력이 생긴 것 같다고 하자 김 교수는 그럴 수도 있다고 했다.

"헤겔은 '셰익스피어에는 나쁜 사람이 없다'고 했다. 아무리 나쁜 사람이라도 그럴 수밖에 없었던 사정을 이해하게 되면 상대를 배려하게 되니 복잡하게 되는 거지."

그러면서 프랑스의 철학자 메를로퐁티의 사례를 들었다.

"철학 하려면 독일 철학을 해야 하는데, 메를로퐁티가 2차 대전에 참전해 전선 나가 보니 좋아하는 철학자들 가운데 독일인이 많고 보편적 이성으로 생각해도 사람 죽이면 안 된다는 생각까지 들었어. 그런 고민을 길게 쓴 에세이들이 많지."

인간사는 이처럼 복잡한데 요즘 사람들은 너무 단선적으로 본다고 했다.

"일본 철학자 가라타니 고진은 동양 평화에 대해 자주 이야기하고 일본의 잘못도 의식하고 있는 학자다. 그런데 어느 날 그가 한국 여론 조사에서 일본 열도가 바다에 빠지면 좋겠다는 사람이 많이 나왔다며 어떻게 이럴 수 있느냐고 했다."

그는 한국 사람들이 한 면밖에 못 보고 있다는 것을 영국과 비교해 설명했다.

"영국은 기록이 너무 많아 간수하지 못할 정도다. 그런 영국 역사에 대왕은 8세기 알프레드 단 한 명뿐이다. 대조적으로 우리나라는 대왕이 아주 많은데 대왕에겐 잘못을 지적할 수가 없지 않나. 너무 좋은 것만 보니 단순한 거지. 그런 속에서 여러 가지 근본을 생각하려니 복잡해져. 삶은 모순 천지야."

최근 정치 상황은 복잡한 세상을 생각하지 않고 모두가 한쪽만을 보기 때문이라고 했다.

지혜 있더라도 강요는 말아야

김 교수는 올해 희수를 맞았다. 그에게 인생의 의미를 물었다.

"토머스 하디는 인생에서 배우는 게 많지만 인생은 너무나 짧아(내가 죽어 버리면) 다 배워 봤자 쓸데가 없다고 했다. 그러나 나이 먹는 게 어떤 면에선 좋다. 우선 성질이 덜 급해지고 느긋해진다. 여러 사정을 보니 남을 배려하게 된다."

다만 가정이건 사회에서건 나이 많아 얻은 지혜를 억압적으로 강요하지 말라고 칸트의 자유 의지로 설명했다.

"인간은 절대적으로 자유를 추구할 권리를 갖고 태어났으나 도덕은 절대적으로 그렇게 이뤄질 수 없다. 이 두 가지 모순을 합친 게 칸트의 도덕률이다. 하고 싶지 않더라도 스스로의 의지로 절대적 자유를 (스스로) 통제해 도덕 규범을 지키며 사는 게 보람 있는 길이라는 걸 자각하도록 해야 한다. 다만 이 자기 각성이 천천히 이뤄져야 한다. 우리 사회는 그걸 급하게 시키니 문제가 생긴다. 데모 많이 하는 것도 그렇다. 교양을 학교에서 가르쳐야 한다. 사회에서도 가르치고……. 학교가 너무 몰아붙이려고 해선 안 된다."

그는 우리 사회가 기다리지 않고 또 너무 약게만 한다고 질타했다.

보편적 이념의 가치 강조

"모든 것을 전략적으로 대하는 것은 잘못이다. 예를 들어 미국에 대해 용미(用美)를 하라는데 미국 사람들이 얼마나 똑똑한데 이용하라고 하나. 중국에 대해서도 마찬가지다. 이용한다고 하지 말고 보편적 이념에 호소해 그들 스스로 움직이게 해야 한다."

보편적 이념의 중요성은 김우창의 삶을 관통하는 가치이자, 그가 한국의 인문주의를 세계 수준으로 끌어올린 도구이기도 하다.

"중국 문명이 세계적인 것은 인간의 보편적 감정에 호소했기 때문이다. 그런 걸 공부하는 것 자체가 인간이 보람 있게 사는 데 중요한데, 그런 것이 사라진 게 오늘날이다."

너무 전략에만 집착하는데 남북 관계에서도 보편적 가치로 대하라고 했다.

"이북이 도발했을 때 현실적으로 대응하면서 다른 한편으론 민족의 이름으로 대응해야 한다. 그들에게 무조건 나쁘다고 하지 말고 공동의 이상, 민족의 장래를 얘기하면서 좋은 나라 만들자고 호소해야 한다."

이명박 전 대통령을 만나서도 이런 얘기를 한 적이 있다는 그는 일본이나 중국과의 관계에서도 마찬가지라고 했다.

"동양 평화 위해 노력하자고 호소하라. 일본과 한국의 평화적 관계를 이어 가는 게 서로에게 이익이 된다는 것을 얘기하라. 우리가 과거 중국에 형식적으로 종속된 적이 있었지만 그들이 강요한 게 아니라 보편적 이념이 있었기 때문이다. 요즘 중국이 세력 확장하며 미국과 맞선다고 하는데 중국의 전통 이념에 호소하라."

패권주의를 비판만 하지 말고 보편적 가치로 설득하라는 것이다. 다만 이런 얘기를 하는 데도 용기가 필요하다고 했다. 대부분의 사람들이 너무 단순하게 생각하는 시대이기 때문이다.

인간사 이해하려면 희랍 비극 읽어야

거장에게 인간을 대상으로 하는 인문학을 보통 사람들이 어떻게 받아들여야 하는지 물었다.

"보통 사람들은 서 있는 자리에서 방향 감각을 찾기가 쉽지 않다. 그래서 여러 사람들이 해 온 것을 생각해 봐야 한다. 서양과 동양을 비교할 때 서양엔 있는데 동양엔 없는 게 있다. 바로 '비극'이다. 비극은 두 개의 정당성이 부딪치기 때문에 생긴다. 가령 충과 효가 부딪칠 수도 있다. 이순신 장군이 상을 당해 관복 벗어 놓고 집으로 간 것도 그렇다. 어떤 공무원이 아버지 치료하려고 돈을 훔쳤다면 또 어쩔 것인가. 우리 문학엔 이런 게 없다. 우리의 삶은 서로 다른 가치가 부딪쳐 사건이 일어날 때 누가 잘못했는지 판단하기가 어렵다. 사람 사는 데 일어나는 일은 쉽게 해결할 수 있는 게 아니다. 그런데도 선택은 해야 한다."

김 교수는 이 대목에서 "희랍 비극은 필수적으로 읽어야 한다."라고 강조했다. 사람 사는 데 생길 수 있는 복합적인 것들을 생각하는 계기가 된다는 것. 다만 적절한 해석이 필요하다고 했다.

김 교수는 진영 논리를 떠나 보편적 가치의 중요성을 강조한다.

"보편성은, 큰 나라가 되는 길이다. 대국은 안 돼도 적어도 모든 나라가 부러워할 나라가 될 수 있다. 돈도 중요하지만 정신적으로 내용 있는 사회가 되어야 한다. 지갑을 택시에 두고 내렸을 때 전 세계에서 가장 잘 돌려주는 나라가 일본이라고 한다. 이런 게 일반화되어야 한다."

그는 보편적인 것을 얘기할 때 끊임없는 성찰이 필요하다고 덧붙인다. 삶의 현실은 늘 특수하고 그 안에서 문제 해결이 필요하기에 참다운 보편성은 움직임 속에서만 존재한다는 것.

"절대적으로 보편적인 것은 없다. 그걸로 가려는 노력이 있을 뿐이다. 이때 보편적인 것이라고 무조건 따르라면 독재다. 다수가 좋다고 하더라도 반드시 보편은 아니다. 불교에서 살생하지 말라는데 그러면 굶어 죽는다. 그렇다면 어떻게 살생을 할 것인가를 고민해야 한다. 고기를 먹더라도 소를 학대하지 않는다는 것 같은 거다. 유럽에선 매일 소가 일정 시간 이상 자유롭게 돌아다닐 시간을 주도록 했다. '살생유택'은 적이면 죽여도 된다는 게 아니라 '고민'을 하라는 것이다."

진짜 필요하면 강렬히 원하라

그는 고민하는 삶을 실천한다. 맛있고 배부른 것에 연연하는 보통 사람들과는 다른 세상에 사는 듯, 예전 선비 같은 삶을 산다. 그 설명이 재미있다.

"옆집에서 벤츠를 사면 나는 돈 벌었다고 한다. 나는 그 돈 쓰지 않으니 번 것 아닌가. (나에겐) 그쪽 필요가 안 생겼다. 내가 관심 갖고 한 게 소유가 아니라 내가 하고 싶은 것 하는 것이니 이 정도면 만족한다."

보통 사람들의 욕심을 비우는 것, 이것이 힐링의 한 방법 같기도 했다.

"생각해 보면 사람이 꼭 필요로 하는 것은 많지 않다. 부자라고 하루에 다섯 여섯 끼 먹을 수 있는 것도 아니다. 끼니마다 맛있는 것만 찾으면 얼마 안 가 맛이 없어진다. 김치에 밥 한 공기 먹을 때도 있어야 그게 맛있어진다. 그래서 우리 삶은 균형이 필요하다. 돈보다 진짜 무엇이 좋으냐를 생각하라. 진짜 루이뷔통이 좋다면 밥을 굶어서라도 사라. 그렇지 않고 남들이 좋다니 그러면 안 된다. 자기 판단이 아니라 동네 사람 판단에 따라 움직이는 것이다."

그러면서 지난 1970년대 인도의 유명 시인 라자 라오를 하와이의 문학 모임에서 만난 경험을 들려줬다.

"그는 앙드레 지드나 헤르만 헤세 등 유명한 문인들을 모두 만났다며 자기가 원해서 안 된 게 없다고 했다. 그게 말이 되나. 그런데 그는 얼마나 강하게 원했느냐, 얼마나 오랫동안 원했느냐에 따라 그게 된다고 했다."

진짜로 남이 아닌 자기가 원한 것이라면 그만큼 노력하라는 것이다. 그렇지만 우리 사회는 너무 남의 눈치를 보는 경향이 강하다. 자기 의지가 아니라 공동체에 기대어 살려는 사람들 천지라서 그렇다.

"그렇게 공동체에 의존하는데 우리는 정작 큰 공동체를 만들지는 못했다. 공동체가 다 깨졌다. 사람이 유명하다는 게 뭐냐. 자기 동네서 유명할 수도 있고 집안에서 유명할 수도 있고 한국에서 유명할 수도 있다. 유명해지는 터전이 다를 뿐 우리 모두는 다 유명하다. 그중에서 우선 동네 공동체에서 유명해야 한다. 그런데 한국 사람들은 동네 공동체가 다 깨졌다. 어느 반에서 10년 동안 이사 안 한 사람 손들어 보라니 하나도 없었다. 너무 이사를 많이 해 이웃이 없다. 실러(독일 작가이자 철학자)는 밖에 나가면 친구와 공동체가 되고 집에 들어오면 혼자 있을 수 있는 게 가장 좋다고 했다."

정치권 새 정당 필요한 상황

극단적으로 대립하고 있는 정치 상황에 대해 그는 "새 정당을 조직해야 한다."라고 할 정도로 비판적이다.

"국정원이 잘못한 것은 맞지만 그렇다고 쓰러뜨려서는 곤란하다. 법으로 제한하는 등 구체적 연구가 필요하다. 지금 정치인들은 무엇을 할 것인가 생각해야 한다. 민주가 무너지고 박정희 독재로 간다는데 지나친 과장이다. 지금 가장 중요한 것은 민주가 아니라 민생이다. 국민이 따뜻하게 쉴 주택, 안정적으로 다닐 직장 등 구체적인 것을 찾아야 한다."

그러면서 사람이 살 만한 환경을 만들기 위해 스위스에서 최고 최저 임금 격차를 12대 1로 제한하자는 안이 국민 투표에 부쳐졌던 예를 들면서 사회적 안정을 위한 분배 구조 개선이 필요하다고 지적했다. 정치가들은 모든 사람이 잘살게 하자는 구호를 외치기보다 구체적 방안을 모색해야 한다는 것이다.

"최소한의 수입을 보장하려면 세금을 올려야 하고 산업을 육성해야 한다. 모두 경제적으로 풀어야 한다. 이를 위한 '수단'을 논의해야 한다. 경제가 어떻게 되어야 하는지, 몇 년 걸려서 그런 조건을 맞출 것인지 등을 구체적으로 따져야 한다."

다른 한편으론 고소득층의 일부 양보도 필요하다고 했다. 예를 들어 고액 연봉자가 그 돈을 가져다 다 쓸 수 없는 게 분명하니 일정 수준 상한을 정하고 적어도 수익의 상당 부분을 기업에서 유보하는 게 바람직하다고 했다.

"사회가 안정을 유지하려면 완전한 평등은 안 되지만 비교적 평등은 돼야 한다. 십수 년 전 남아공에 갔을 때 어느 농촌의 좋은 주택에 가서 묵었는데 경비병이 있고 전기 철망까지 쳐 놨다. 수도 프리토리아에선 시장이 점심을 냈는데 연회장 입구에 총을 차고 지키더라. 만델라 대통령 때다. 버스에서 내리지도 말라고 했을 정도다."

그러면서 정당들이 적당한 타협에 나서야 한다고 지적했다.

"독일에선 최근 기민당과 사민당이 대연정에 합의했다. 기민당은 중도 우파, 사민당은 중도 좌파다. 여러 타협안이 나왔는데 사민당의 최저 임금제를 받아들여 기민당의 정체성이 사라졌다고 할 정도다. 사민당은 기민당의 요구를 받아들여 세금을 올리지 않기로 했다."

아울러 정치인들에 대해선 예절이 필요하다고 강조했다.

"우리는 말 갖고 싸운 게 너무 많다. 쓸데없이 싸우지 마라. 이것은 규칙이 되어야 한다. 옛 선조들은 스승에게 배운 사람이 각료가 돼 교자를 타고 가더라도 스승이 지나가면 내려서 땅에 엎드려 절을 했다. 그렇게 스승을 높였다. 왕자를 교육시킬 땐 왕자의 권위도 존중해야 하기 때문에 행사를 두 번 했다. 왕자가 스승에 예를 취하고 또 스승이 왕자에게 예를 취했다."

불필요한 갈등을 해소하기 위해선 예가 필요하다는 것이다.

"대통령이 얼마나 부족한지 따져 보고 예를 취한다는 게 말이 되나. 설령 부족하더라도 예로 대해야 한다."

자기 주관대로 살 사회적 틀 필요

그가 앞으로 어떤 것을 할 것인지가 궁금했다.

"이제 했던 것을 정리해야지, 죽을 준비를 해야 한다. 개인적으로 주택을 아파트로 옮기고 책도 정리해야 한다. 쿳시의 소설에 한 노인이 나오는데 다 정리하고 가방 하나 들고 화장장 앞에 서 있고 싶다고 했다."

(사실 김 교수는 지금 새로운 책을 준비하고 있다.)

그래서인지 그는 생로병사에 대한 사회적 인식이 다 깨졌다고 아쉬워한다.

"몇 년 전 영국의 전 계관 시인 앤드루 모션이 왔다. 그가 자신의 가문은 오래도록 케임브리지 대학 북쪽에서 양조장 하며 살았는데 자기가 처음으로 대학에 갔다며 자기 선조들은 모두 교회 마당에 묻혔다고 했다. 우리는 어떤가. 결혼식도 어렵고 죽어서 묻히기도 너무 어렵다."

김 교수는 기본적으로 장소도 없지만 사람들이 허영에 들떠서 그렇다며 "자기 주관으로 사는 사회적 틀이 있어야 한다."라고 강조했다. 이런 게 다 정치의 중요한 프로그램이란 설명이다.

한·중·일 갈등, 정치 아닌 인문학적 사고로 풀어야

박동미(《문화일보》 기자)

2014년 2월 4일 《문화일보》

"한·중·일 평화 공존의 문제는 정치적 해결보다 보편적 관점이 우선시돼야 한다. 인간은 누구나 평화롭게 살 권리가 있고, 그러기 위해선 싸우지 말아야 한다는 절대적인 당위가 생긴다. 이러한 보편적 사고가 늘어나면 이성적이고 합리적인 해결 방안도 열린다."

은퇴 후에도 꾸준히 문학 평론과 사회 비평을 선보이는 김우창(77) 고려대 명예 교수. 국내 인문학계 대표 원로인 그는 '보편적 인문주의자'로도 불린다. 보수와 진보, 혹은 민족주의와 세계주의라는 '진영 논리'나 '이분법적 논리'를 뛰어넘어 인간의 문제를 생각하기 때문이다. 동북아의 갈등 구조도 김 교수의 시선으로 바라보면 보다 명쾌하다. 그는 "한·중·일은 모두 다른 방식으로 살며 정체성도 다르다. 서로 다른 '이익의 관점'이 존재한다. 이를 인정해야 갈등을 공존의 관계로 바꿀 수 있다."라고 설명했다. 어떠한 사실을 그 자체로 받아들이는 것. 자신과 상대의 차이를 인정하고 합리적 의견을 도출하는 것. 정치적인 현안에 빗대어 풀어냈지만, 사실 이는 학문의 기초이며, 이른바 인문 과학적 사고다. 한국 사회가 잃어버린 '정신'이다. 최근 김 교수가 1년간 진행되는 강연 프로젝트 「문화의 안과 밖」을 기획한 건 이 '정신'을 상기시키기 위해서다. 강연 기획뿐만 아니라 『체념의 조형』(나남) 발간 등 누구보다 바쁜 새해를 맞이한 김 교수를 지난 1월 28일 오후 서울 종로구 평창동의 한 카페에서 만났다.

「문화의 안과 밖」은 1년 동안 철학, 문학, 정치, 사회, 과학, 예술 등을 두루 다룹니다. 지향점은 무엇입니까. 근본적인 것을 바꾸기엔 매우 짧은 시간인데요.

"인문학보다는 '문화 과학' 강좌가 맞습니다. 그동안 너무 실용적인 목적에 쫓겨 학문이나 문화의 자체 목적을 상실한 감이 있어요. 정확한 추리, 즉 학문적 엄정성을 회복하자는 취지입니다. 여기에서 오는 자족성은 궁극적으로 실용적인 목적에도 도움이 됩니다. 짧은 시간이지만 문화 연구의 학문적 성격을 상기시키길 기대합니다. 일단의 반성을 통해 여러 학문의 방향이 재책정되고, 그러한 자기반성적 학문이 계속 진흥됐으면 해요."

인문학의 위기를 논하다가 이제는 인문학이 과도하게 소비된다고 우려합니다. 실제로 우리의 인문학 혹은 인문학적 사고의 수준은 어디쯤 와 있다고 보시는지요.

"인문학을 마치 처세를 위한 학문, 오락의 대상 혹은 사치품으로 보는 경향이 있어요. 따라서 '인문 과학'이라는 말이 적당합니다. 각 분야마다 인문 과학이 열심히 연구되고 있지만 지나치게 이데올로기적·실용적 목적으로 정당화되고 있죠. 연구되는 학문이 사회·문화 전체에 대한 이해로 통합되지 않고 있고. 하지만 한국 사회가 정신적 폐허 속에 있는 것은 단순히 인문 과학을 등한시했기 때문만이 아닙니다. 근대화라는 역사적 변화가 너무 컸기 때문입니다. 인문 과학을 우리 식대로 거둬들일 만한 정신의 여유가 없었던 거죠."

이데올로기 목적이 강한 연구 경향을 벗어나려면 무엇이 필요합니까.

"핵심은 사물 자체로 돌아가는 것. 사실 자체를 존중하는 지적 습관입니다. 사람들이 스스로를 발견하고, 자신을 위한 삶을 살아야 합니다. 이는 자신을 '높이 산다'는 뜻인데, 학문적으로나 윤리적으로 높은 이상에 의해 자신의 삶을 규정하는 것입니다. 이는 다른 사람이나 어떤 교조적인 가르침이 규정해 줄 수 없지요."

동북아 평화 공존을 위해서 '보편적 사고'를 강조했는데, 국내외 정치 갈등에서 '이익의 관점'을 배제한다는 게 과연 가능할까요. 너무 이상(理想)적입니다.

"독립운동, 해방, 민주화 등 투쟁으로 점철된 역사적 경험상 한국 사회의 합리적 사고 기반은 약할 수밖에 없어요. 독일에서 사회 민주당과 기독교 민주당·기독교 사회당이 대연정에 합의할 수 있었던 건 '당신과 나의 주장 모두 대안일 수 있다'는 인정, 합리적이고 이성적인 사고가 바탕이 됐기 때문입니다. 그저 '나눠 먹자' 식은 아닙니다. 우리 정치권도 이 같은 깨달음의 직전에 다다랐다고 봐요. 지금의 대결 구도로는 갈등을 해결할 수 없으니까요. 일본과 중국의 역사 왜곡, 심지어 독도를 둘러싼 갈등도 보편적 사고가 확산되면 자연스럽게 사라집니다."

현 정부도 '문화 융성'을 내세우며 인문학에 관심을 기울이고 있습니다. 인문학과 정치는 어떠한 관계를 맺을 수 있을까요. 또 남북통일이라는 과제 앞에서의 역할이라고 한다면.

"정치의 핵심에 사회와 민족, 인간에 대한 고려가 자리해야 하는 건 말할 필요도 없습니다. 정치가 인간적 가치에 의해 그 방향을 잡는 것도 중요하죠. 그러나 문화의 발전이 삶을 더 아름답게 하는 건 사실이지만, 외면적으로 정치를 판매하는 수단이 되거나 정치의 장식이 돼선 곤란합니다. 통일은 민족의 평화적 번영을 위해 반드시 필요하지만 민족주의적 자기주장일 수는 없고, 동아시아와 세계 평화를 위한 종합적 목적이 돼야 합니다. 인문 과학은 보다 높은 가치의 동기를 통일 계획에 포함시키게 합니다."

'보편적 인문주의자'라는 호칭에 대해선 어떻게 생각하시는지.

"그런 건 꼬리표에 불과해 사실 큰 의미를 두지 않습니다. 하지만 한국 사회에서 '인문주의'는 한정적인 느낌이 강해서 개인적으로 '인문적 보편주의자'라는 말을 더 선호합니다. '인간의 문제를 바탕으로 다른 문제를 생각한다'는 보다 넓은 의미를 포함합니다."

마음이 나아갈 길은 공동체의 선 향해 뻗어 있어야

양홍주(《한국일보》 기자)

2014년 3월 21일 《한국일보》

인문학계의 석학 김우창(77) 고려대 명예 교수가 『깊은 마음의 생태학』(김영사)을 냈다. 인간 중심주의가 거대해지고 공동체가 붕괴하는 이 시대에 개인의 마음이 어디로 향해야 하는지, 그리고 정신세계의 건전함을 어떻게 회복할지 등에 대한 고민의 결과를 담은 것이다. 김 교수를 19일 서울 안국동 네이버 문화재단 사무실에서 만났다. 그는 1월부터 최장집 고려대 명예 교수 등 여러 학자와 진행해 온 대중 인문학 강연 「문화의 안과 밖」을 준비하기 위해 종종 이곳을 찾는다.

책은 2005년 한국학술협의회 연속 강좌인 「마음의 생태학」의 원고를 묶은 1부 「마음의 생태학」과, 그간 써 온 기고 및 에세이를 정리한 2부 「인간 중심주의를 넘어서」로 나뉜다. 516쪽에 이르는 이 책은 영문학자이자 문명 비평가, 문화사가, 문학 이론가, 철학자로 인문학의 광활한 영역을 탐구해 온 노학자의 저작답게 사상의 깊이와 넓이가 가늠하기 어려울 정도로 웅대하다. 책은 예이츠의 「제2의 강림」을 들어 신념의 의미를 논하고 데카르트의 실천 철학을 통해 마음의 지속성을 말하며 카뮈의 『페스트』로 성실성을 짚어 낸다. 난해함과 복합성이 시선을 흐리지만 책을 관통하는 메시지는 명징하다. 마음이 나아갈 길이 공동체의 선(善)을 향해 뻗어 있어야 하며 마음(이성)과 자연의 교우가 중요하다는 것이다.

인간의 마음이 무엇에 의해 움직일 때 공동선에 가까워질 수 있을까. 개인의 마음이 올바르게 움직이지 않아 생겨난 문제로 어떤 것이 있나.

"동네가 좋으면 좋다고 말하는 사람이 있다. 동네에서 오래 장사한 사람은 동네 사람 속이며 장사 못 한다. 대학 전체가 연구를 많이 하면 교수가 논문을 써야 한다고 따로 강조할 이유가 없다. 사람은 붉은 물에 들어가면 붉어지고 파란 물에 들어가면 파래진다. (보편적) 윤리가 널리 퍼지면 개인을 움직이는 데 특별히 강제력이 필요 없다. 중요한 것은 작은 조직이다. 우리 사회의 문제는 작은 조직이 무너진 데서 기인했다. 민주주의가 없던 조선 시대에도 동네가 아이를 책임지고 모두가 협동했다."

책은 인간 중심주의를 벗어나라고 강조한다. 제목에서 드러나듯 이 책은 마음과 자연의 관계에 특별한 의미를 부여한 것 같다.

"사람이 자연 속 존재라는 걸 생각하라는 의미다. 한국과 중국의 옛 시는 항상 자연을 이야기했다. 조선 시대 엘리트들은 벼슬을 사양할 때 자연으로 갔다. 이들은 그림을 그릴 때 폭포, 산, 강, 나무를 꼭 넣었다. 자연은 언제나 중요한 (마음의) 테마다. 사람은 복권에 당첨되거나 마약을 할 때보다 자연을 접할 때 도파민이 더 많이 분비되고 장기간 좋은 기분이 유지된다는 연구 결과가 있다. 사람만 중심으로 하는 인문 과학이 아니라 자연과 공동체를 강조하는 학문을 해야 한다. 인간만 가지고는 안 된다. 우리 스스로 공동체 속의 존재, 나아가 환경적 존재임을 인정해야 한다. 몇 년 전 스코틀랜드 글래스고를 방문했을 때 택시 기사가 길가의 연립 주택을 다 허물고 개인 주택을 짓는다고 이야기한 적이 있다. 우리는 고층 건물을 올려

돈을 벌려고 하는데 그들은 공동체적 삶을 중시한 선택을 한 것이다. 개인 주택은 잘 알지 못하는 이웃이나 오가는 사람과 교류할 수 있는 앞마당, 친한 사람과 시간을 보내는 뒷마당을 갖고 있다. 우리도 과거엔 서양의 앞마당과 같은 툇마루, 그리고 막힌 골목이 있었다. 이런 공동체적 삶이 무너졌다. 우리가 사는 아파트는 옆 사람을 알 필요 없는 호텔과 같지 않나."

책은 단순한 도덕적 가르침이나 간단한 정치적 신념이 아닌, 엄밀한 사고를 통해 스스로 생각하게 하려는 것이 인문 과학(김 교수는 논리적인 과정을 중시해 인문학이란 말 대신 인문 과학이라 칭한다.)의 작업이라 말한다. 이 시대 인문 과학은 무엇을 해야 하나.

"사실 개인은 자기 일에 충실하면 충분히 좋은 인생을 살 수 있고 인문 과학을 학습할 필요가 없다. 하지만 우리 사회 구성원은 자기 인생과 공동체의 지향점이 사라졌다 믿고 그래서 (인문 과학을 배우려는) 소망을 갖는 것이다. 인문 과학은 공통의 윤리 규범을 스스로 찾도록 하는 것이다. 인간의 본심이 세계와 일치하도록 하고, 본심 안에 존재하는 윤리적 기초를 밝히는 것이다. 더불어 사회적 질서에 기여하는 방향을 찾는다는 점에서 모순된 조건을 충족해야 하는 학문이기도 하다. 인간 깊숙이 있는 것을 깨닫게 하면서 동시에 사회 규범에 일치하도록 한다는 말이다. 인문 과학의 목적은 자기완성이다. 하지만 어떻게 사람 사는 게 행복(자기완성)하기만 하겠나. 고통도 많다. 고통에는 두 종류가 있다. 제거할 수 있는 것, 그리고 태어날 때부터 주어진 것. 사람으로부터 온 고통, 즉 제거할 수 있는 고통을 우선 없애는 게 민주주의의 출발이고 인문 과학이 추구할 것이다. 현실의 질서가 정당하냐 아니냐는 문제가 있지만, 행복으로 나아가는 길은 이 질서에 복종하면서 찾아야 한다. 학생들에게 예로 드는 것 중 하나다. 지금 우리가 6층에 있는 데 가장 빨리 지상으로 내려가는 방법이 뭐라 생각하나. 그냥 답하자면 아마도 유리창을 깨고 바닥으로 몸을 던지는 것이겠다. 하지만 이러면 죽는다. 물리적 질서를 무시했기 때문이다. 이것은 복종해야 한다. 사회에도 이렇듯 지켜야 할 것이 있다. 내 마음대로, 나만의 행복을 추구하는 게 인문 과학이 아니다. 스스로 실존적 조건을 깨닫도록 하는 게 인문 과학의 역할이다."

자본주의와 신자유주의로 인해 피폐해진 사람들이 있다. 어떻게 보다 나은 삶을 추구할 수 있을까.

"간단하지 않다. 사람은 모두 돈을 좋아한다. 신자유주의는 프리마켓 즉 자유를 뜻한다. 돈이 왜 좋은가. 사람을 자유롭게 하는 수단이기 때문이다. 예를 들어 귀족은 얼마나 이루기 어려운 신분인가. 타고나야 하고 공적도 있어야 한다. 박사 학위도 마찬가지다. 하지만 돈을 많이 버는 것은 특별한 지위나 신분을 요구하지 않는다. 원칙적으로 누구나 돈을 벌 수 있고 이를 통해 자유를 얻는다. 하지만 신자유주의에는 병폐가 많다. 돈에 사로잡혀 인간적인 요소를 왜곡하고 인간에 가해지는 고통을 내버려 둔다. 이를 바로잡기 위해 규제를 사용하는데 이것이 지나치면 독재가 된다. 박근혜 대통령이 규제 완화 이야기를 하는데 규제는 개별적으로 봐야지 전체로 바라보면 안 된다. 그리고 규제는 자체적으로 증대하는 습성이 있다. 간접적인 규제를 이용해 폐단을 해소해야 한다. 어느 수준의 규제가 적당한지 밝히는 것은 정치인, 경제인이 함께 머리를 모아야 할 어려운 일이다."

정치 사회의 윤리적 수준이 높다면 공동의 선을 이루기 쉬울 것 같다. 우리 사회에 그 희망이 있다고 보는가. 이를 가로막는 다양한 갈등을 어떻게 봐야 할까.

"어두운 밤으로 마음을 열어 놓는 게 도덕에 이르는 길이라 했다. 이것이 도덕이고 윤리니 따르라고 하는 것은 억압이다. 스스로 깨쳐야 하는 게 윤리다. 선거 한번 하면 후보가 열 몇 명씩 나온다. 이들 모두가 사회를 위해 살고 희생하는 사람이라면 희망이 있는 좋은 사회일 것이고 이들 중 다수가 부귀를 위해 입후보했다면 부패한 사회일 것이다. 모두 고통스럽게 살아와서 술책을 쓰려는 게 문제다. 공동 이상에 따라야 하고 이상적인 것을 추구하는 분위기가 필요하다. 현실을 버리자는 게 아니다. 박 대통령이 '통일은 대박'이라 한 것은 통일이 지니는 이상적인 가치를 '돈 많이 버는 것'으로 격하시키는 말이다. 그리고 집단을 위한 갈등은 불가피하다. 하지만 구체적인 사안을 갖고 갈등해야 한다. 내 편이면 사안이 어떤 것인지 살피지도 않고 무작정 찬성하고, 아니면 반대하면 타협의 여지가 없다. 객관적인 사고를 해야 한다."

한국 인문학의 거인 김우창 선생과의 만남

최보식(《조선일보》 기자)

2014년 4월 7일 《프리미엄조선》

김우창(77) 선생은 아반떼 승용차를 직접 몰고 왔다. 서울 평창동의 한 호텔에 들어서 후진(後進) 주차를 위해 앞뒤로 몇 차례 오갔다. 내린 뒤에 차는 대각선으로 세워져 있었다. 다시 올라타 주차를 시도했으나 좀 삐뚤었다. 이 사소한 현실 앞에서 '한국 인문학의 거인(巨人)'이 무력해지다니……. 그와 만난 것은 최근 『깊은 마음의 생태학』이라는 책이 출간됐기 때문이다.

"사람의 마음은 독자적인 것이라기보다는 그것이 헤엄치고 있는 물결의 색깔에 따라서 변하는 것"이라는 구절이 인상적이었다.

"어느 날 내가 좋아서 고른 어떤 옷을 입고 나갔는데 이미 많은 사람이 선호하는 스타일과 비슷하지 않던가. 붉은 물속에는 붉고 푸른 물속에는 푸르게 물드는 것처럼. 내 생각이라는 게 자기가 속한 시대와 체제에 자기도 모르게 맞춰 가고 있다."

자기가 생각해 낸 것 같지만 그게 자기 생각이 아니라 외부에서 왔다는 뜻인가?

"그렇다. 집단 속에서 자기 본래의 마음으로 어떻게 갈 수 있느냐가 관건이다. 『맹자』에 나오는 '구방심(求放心, 학문은 놓아 버린 마음을 찾는 것)'이라는 구절이 맞는 것 같다."

선생은 집단보다 개인의 깊은 생각, 반성적 사유에 더 관심을 보여 왔다.

"우리 사회는 집단의식을 지나치게 강조한 면이 있다. 학생들이 시위할 때 '우리 하나가 되자'고 한다. '하나'에서 벗어나면 안 되는 것처럼 됐다. 물론 어떨 때는 그게 필요할지 모르나, 좋은 사회를 만드는 데는 크게 도움이 안 된다."

집단의 열정이 좋은 사회를 만든다고 우리는 믿어 왔는데.

"집단적 열정은 한쪽으로 쏠린다. 이렇게 생각해 볼 수도 저렇게 생각해 볼 수도 있는 것을 용납하지 않는다. 다른 의견에 대한 증오에 기초한 신념과 확신들이 좋은 사회를 만들기는 어렵다. 이런 신념이나 확신은 오히려 새로운 갈등과 폭력의 원인이 될 뿐이다."

우리는 자기도 모르게 '진영 논리'에 갇히게 된 것 같다. 어떤 사안에 대해 반응할 때 '우리 편이냐 아니냐?'를 먼저 묻는다.

"외국에도 그런 경향이 있지만, 이슈를 놓고 옳고 그름을 따지기보다 먼저 편을 나눠 버린다. 가령 '4대강 사업'은 치수(治水)를 위해 필요한 측면이 있다. 하지만 진보 진영에서는 무조건 반대했다. 이를 어떻게 하느냐로 따져야 하는데, 아예 그 자체를 반대한 것이다."

'토건 사업'이라고 반대한 걸로 안다.

"그렇다면 세종시 정부 청사 이전은 왜 반대하지 않나. 똑같이 '토건 사업'인데, 세종시는 찬성하고 4대강은 반대하니 스스로 모순에 빠진 것이다. 정작 중요한 것은 '무엇을 하느냐'가 아니라 '구체적으로 어떻게 하느냐'인데, 이에 대한 논의는 없다. 선거 때면 '무엇을 하겠다' 공약이 쏟아지고, 이를 못 지키는 것도 이 때문이다."

선생의 말씀대로, 같은 식재료를 갖고 어떻게 요리하느냐에 따라 천차만별의 요리가 나오는 것이다.

"현 정권의 규제 개혁 이슈도 그렇다. 사실 규제 개혁 자체가 목표가 아니다. 규제를 푸는 것이 대기업이나 기득권자에게 이로울 수도 있고, 서민에게 혜택이 될 수도 있다. 어떤 규제를 왜 푸느냐를 따져야지. 우리는 집단에 휩쓸려 복잡한 문제들을 따져 보지 않고 미리 재단하는 경우가 많다."

규제 개혁이 나온 김에 박근혜 대통령의 '소통'에 대해 말들이 있는데.

"소통은 여러 사람과 많이 얘기하는 것만이 아니다. 가령 박 대통령이 시장 개방과 규제 개혁을 내세울 때, '이것이 일자리 창출과 복지 제도 강화를 위해 필요하지만 이런 부작용도 생길 수 있다'고 설명하면 이미 소통이 되는 것이다. 소통에는 이런 합리적 사고가 더 중요하다."

나는 합리적이라고 생각하지만 상대는 그렇게 안 받아들일 수도 있지 않은가?

"우리 풍토에서는 그럴 수도 있지만, 보편적으로 합리성이 있으면 대놓고 반대는 못 할 것이다."

우리 사회에 합리성이 통한다면 어떻게 해서 북한 체제를 추종하는 세력이 생길 수가 있을까?

"막스 베버(독일의 사회학자)는 '정치는 악마와의 협약이 없이는 불가능하다'고 했다. 어느 정치 체제도 정도의 차이일 뿐 강제력, 법에 근거한 폭력이 들어 있다. 이런 측면에서 소위 '종북 세력'은 어떤 체제를 선택하느냐의 문제가 될 수 있다. 이를 제어하는 것은 언론과 표현의 자유와 충돌한다. 하지만 이를 허용하면 우리 내부 질서와 평화에 위협이 된다는 정책적 판단을 내릴 수 있다."

그런 이론은 북한의 삼대 세습 독재하에서 고통받는 주민들의 현실과 동떨어진 느낌이 있다.

"어느 정치 체제에도 폭력성이 존재하고, 다만 북한은 그 정도가 몹시 심하다는 것이다. 결코 북한을 옹호하는 얘기가 아니다."

선생이 생각하는 좋은 사회는?

"개인의 성찰이 있는, 집단에 휩쓸리지 않고 한 번 더 생각하는 사회다."

'성찰(省察)'이란 무엇인가?

"자신의 생각을 합리성을 기반으로 비판적 반성을 하는 능력이다. 민주주의는 이런 사람들이 많이 있을 때 작동되는 것이다."

그는 이런 학자적 입장에서 흔들린 적이 없었다. 6년 전 '광우병 촛불 시위' 당시 진보 진영 학자들은 "거리에서 새로운 민주 정치의 활력을 발견한다."라고들 했지만, 그만은 "그것은 민주주의의 활력이 아니라 그것이 바르게 기능하지 못하고 있다는 증거"라고 말했다.

소셜 네트워크 등 인터넷의 발달로 즉각적인 반응과 집단적인 쏠림이 심화했다. 어떤 면에서 대중은 더욱 조작하기 쉬운 대상이 된 게 아닐까?

"민주주의 제도를 유지하려면 그 속에는 '정신적 자산'이 요구된다. 구성원들은 이성적이며 도덕적 기준을 갖고 있고, 그런 문화적 전통이 있어야 한다. 특히 비판적으로 생각하는 지식인들의 존재도 필요하다."

우리 시대의 명사나 지식인들은 튀는 언행으로 매스컴에 자주 노출되면 만들어지는 것처럼 됐다. 이들에게서 깊은 관점과 지식의 위엄은 빠져 있다는 느낌이 들 때가 많다.

"우리 정신적 전통이 단절된 것도 한 이유가 될 것이다. 옛날에는 '수기(修己)'가 공부의 목표였다. 퇴계(이황)를 봐도 '심학(心學)'을 중시했다. 하지만 그 뒤 실학이 들어오면서 공리적인 것이 유일한 가치처럼 평가되고, 이런 정신적인 부분은 잊혀졌다."

가치에 대해 얘기하면, 과거에도 그렇지만 지금은 돈이 아예 모든 가치를 지배하는 것 같다.

"돈의 소유도 어느 한도가 넘으면 더 이상 행복을 주지 못한다. 재벌이라고 하루에 대여섯 끼 먹는 것도 아니고, 매일 호의호식하면 그 맛이 그 맛일 것이다. 명품을 갖는 것이 정말 절실하다면 돈을 모아서라도 사야 한다고 본다. 하지만 남들이 하니까 나도 한다는 식이면 그건 자기 생각이 아닌 것이다. 가치에 대해 자기 생각이 있어야 하는 것이다."

얼마 전 301억 원을 받는 대기업 회장의 연봉이 공개됐을 때, 개인적으로 '나는 300년 동안 살아남아 계속 일하면 되겠구나.'라며 웃었다.

"스위스에서 CEO의 연봉을 제한하는 투표를 한 적이 있었다. '저놈들은 저렇게 받는데 나는 왜 적냐?' '그래도 자유 시장 체제를 제약해서 안 된다.' 등을 놓고 다툰 것이다. 결국 부결됐다. 이는 스위스 사람들의 성숙한 의식을 보여 준 것이라고 본다."

왜 그걸 성숙한 의식이라고 보나?

"공산주의 체제는 당(黨)의 지침에 따라 움직이지만, 자유로운 사회는 누구 지시가 아니라 각자가 자기 삶에 대한 생각에서 이뤄진다. 구성원들에게 '네 마음대로 살아라.'라고 맡겨 놓아도 안심할 수 있다는 것이다."

'경제 민주화'가 지난 대선의 이슈가 됐듯이, 빈부의 불균형은 우리 사회가 직면한 과제가 아닐까?

"평등에는 세 가지 측면이 있다. 첫째는 '당신만 왜 잘 먹고 사느냐. 나도 잘 먹고 살아 보자'는 시기심과 관계 있다. 둘째는 불만이 누적될 경우 체제를 위협하는 싸움이 벌어질 수 있다. 그럴 경우 체제 유지를 위해 타협한다. 셋째는 내 삶만큼 저 사람들의 삶도 중요하다는 도덕적 인식에서 평등이 생겨난다. 좋은 공동체에는 타협과 법·제도만이 아닌 이런 정신적 자산이 필요한 것이다."

선생은 대학에서 영문학을 가르쳤지만, 거의 모든 인문학 영역을 섭렵하고 저술 활동을 해 왔다.

"그러다 보니 깊이 하지 못했다."

어떤 계기로 폭넓은 공부를 하게 됐나?

"초등학교 시절의 일부는 일본 강점기 때 보냈고, 중학교 3학년 때는 6·25가 터졌다. 대학에 들어가기 전에 휴전이 됐고, 그 뒤로도 우리 사회는 격변의 세월이었다. 이 때문에 내가 어떤 세계에 살고 있는지에 대한 의문을 갖게 됐고 이해하려는 노력이 필요했다. 하지만 세월이 갈수록 내가 아는 것이 부족하다는 걸 느낀다."

후배 학자들은 선생에 대해 '사상의 넓이와 깊이', '인간과 세계를 보는 최고 수준', '우리에게 길잡이가 되어 준 통찰의 등대'라고 찬사를 하는데도.

"우주는 137억 년 동안 진화해 왔다. 우주의 시간에서 보면 내가 사는 삶은 1초도 안 된다. 방대한 우주의 시공간에서 아무것도 아니다. 이런 허무감이 있지만…… 내게 주어진 짧은 시간은 정말 소중한 것이다."

지식을 추구하면서 책을 써 온 삶은 완벽하지 않은가?

"두 가지 면에서 불완전했다. 하나는 수도승처럼 좀 더 정신적인 삶을 못 살았다. 그런 삶이 의미 있지 않을까 하는 느낌을 가질 때가 있다. 또 하나는 세상의 온갖 재미를 누려 보지 못한 삶을 살았다는 것이다."

양립이 가능한가?

"하나를 선택하면 다른 것을 잃을 수밖에 없다. 그래서 이렇게 살아온 것이다."

삐뚤게 주차됐던 승용차를 몰고 그가 먼저 출발했다.

기율 무너진 한국 사회 직職에 대한 책임 의식 가져야

이기창(《매일경제》 기자)

2014년 4월 27일《매일경제》

'한국 인문학 거장' 김우창 고려대 명예 교수는 편 가르기가 심한 우리 학계에서 두루 존경받는 학자다. 그가 연구하고 있는 분야는 문학과 더불어 철학, 정치·경제학, 미술사, 건축, 물리학까지 아우를 정도로 폭넓다. 명철한 연구와 신중한 발언으로 좌우 양쪽 진영의 주목을 받아 왔다. 그런 그가 최근 신간 『깊은 마음의 생태학』(김영사)을 펴냈다. 마음속 이성의 작동 원리 등에 관한 십여 년 전 강연 원고를 모아 출간한 책이다.

신간 출간에 즈음해 서울 종로구 안국동에 있는 그의 사무실에서 인터뷰를 가졌다. 그런데 그로부터 며칠 뒤 '세월호 사건'이 터졌다. 생때같은 우리 아이들이 그 차디찬 깊은 바닷속에서 죽어 가고 있다는 소식을 접하니 이 사건을 바라보는 노교수의 견해가 정말 궁금해졌다. 이메일 추가 인터뷰를 정중하게 요청하자 그는 기다렸다는 듯이 서둘러 답을 보내왔다. 김 교수는 '도덕적 해이', '기율이 없는 사회 질서' 등 최근 상황을 강도 높게 질타했다. 평소 보여 준 신중한 언행을 감안하면 이례적이다.

'세월호 침몰' 근본 원인은.

"선장과 선원이 자신의 의무를 다하지 않은 것은, 적어도 보도에 따르면, 사실인 것 같다. 책임을 물을 수밖에 없다. 그러나 그에 추가하여 생각해야 할 것은 그 사람들이 아니고 다른 사람이 그 자리에 있었더라면, 또는 내가 그 자리에 있었더라면 잘했겠는가 하는 것이다. 전체적으로 도덕적 해이 속에 있는 것이 우리 사회다. 선박 구입, 선박 개조, 화물 과적재, 그 모든 절차에 대한 감독 기관의 감독 등에 관련한 여러 보도들이 처음부터 기율이 없는 사회 질서를 보여 준다. 세월호 사건은 또 일어날 수 있는 일이다."

'나만 살고 보자'는 선장과 승무원 내면 인식의 기원은.

"선장과 선원의 경우 자신의 직장에 충분히 오래 근무하고, 그 직장을 사랑하고, 자신의 직책에 대하여 도덕적 책임감을 발전시키고 할 만한 제도가 없는 것이 책임 없는 행동의 원인이라고 할 수 있다. 자신의 직장과 일을 사랑하고, 그에 대한 책임감을 저절로 가지게 되고 이러한 것이 어떤 조건에서 가능한가를 생각해 보아야 한다."

어떤 조치들이 필요한지.

"충격적인 사건인 것은 사실이나 사고, 죽음, 가족의 슬픔에 대한 존중, 삶의 엄숙한 문제에 대한 절제 있는 접근과 행동이 문명된 행동이다. 사실적으로 연구해야 할 것은 다시 그러한 일이 일어나지 않도록 하는 여러 조처들이다. 거기에는 자신이 종사하고 있는 일에서 자신은 책임 있는 사람으로 행동하고 있는가 하는 점에 대한 반성이 포함돼야 한다."

국민의 정신적 상처를 치유할 방안은.

"자신의 감정은 자제하고 당사자들의 슬픔을 존중해야 한다. 외부인은 슬퍼할 것이 아니라 당사자의 슬픔을 위한 엄숙한 공간을 비워 줘야 한다. 분노도 책임 있는 사람을 향하여야 하고, 분노보다는 다시는 그러한 일이 일어나지 않을 방도가 무엇인가를 생각하여야 할 것이다."

『깊은 마음의 생태학』은 어떤 책인가.

"사람 마음속 깊은 곳에 있는 이성을 탐구한 책이다. 능률적인 일처리를 위한 이성이 있지만 심미·윤리적 이성도 있다. 우리의 정신적 전통은 마음을 갈고닦는 '심학(心學)'이었다. 실학과 서양 학문이 들어오면서 공리적인 것이 유일한 가치처럼 평가되고, 이런 정신적인 부분은 잊힌 듯하다.

선생이 생각하는 좋은 사회는.

"개인의 성찰이 있는, 집단에 휩쓸리지 않고 한 번 더 생각하는 사회다. 성찰은 자신의 생각을 합리성을 기반으로 비판적 반성을 하는 능력이다. 민주주의는 이런 사람들이 많이 있을 때 작동한다. 좋은 사회는 착해지겠다고 결심할 필요가 없이 마음 가는 대로 행동하면 그 자체가 선(善)이 되는 사회다. 내 삶만큼 저 사람(타인)들의 삶도 중요하다는 도덕적 인식에서 생겨난 평등 의식이 뿌리내린 사회가 좋은 사회다."

선생의 연구 분야는 문학에서 정치·경제학까지 굉장히 폭이 넓다.

"기술 발달로 전사자(戰死者) 수가 급격히 줄었다고 하지만, 단 한 사람이 죽었다 해도 그 사람이 본인 아들이라면 부모에겐 절대적인 의미를 지닌다. 사회와 개인의 아픔을 모두 고통스럽게 생각하는 대통령이 좋은 대통령이다. 마찬가지로 정치·경제학은 문학이 문제 삼는 개인적 고통을 고민해야 한다. 문학이 그리는 개인은 사회적 사정과 떼려야 뗄 수 없기 때문에 문학도들도 정치·경제학을 생각해야 한다. 우리 사회엔 전체적인 그림을 그리는 총체적 교양 교육이 필요하다."

희생자와 가족 도울 방안 사실적으로 강구해라

김종원, 박성인(《아시아투데이》 기자)

2014년 5월 7일 《아시아투데이》

"지금은 국민 모두가 슬퍼하기보다는 세월호 참사 희생자와 그 가족들을 어떻게 사실적으로 도와 줘야 하는지 깊이 고민해야 한다. 국민들이 트라우마를 얘기하는 것은 희생자와 그 가족들에게 부담을 지우는 것이다." 김우창 고려대 명예 교수(77, 영문학)는 6일 오후 《아시아투데이》와의 인터뷰에서 세월호가 침몰하는 과정에서 시간이 있었는데도 왜 더 인명을 구조하지 못했는지 사실적이고 객관적 차원에서 냉철하게 조사해야 한다고 강조했다. 김 교수는 인문학의 거장으로 우리 사회의 대표적 지성인으로 꼽힌다.

김 교수는 "세월호 참사 과정에서 우리 사회가 공감하고 분노하는 것도 충분히 이해하지만 너무 감정적으로 대응해서도 안 된다."라면서 "인간 생명에 대한 존중과 현실적 규범·양심에 따라 살 수 있는 사회, 부귀영화보다는 봉사와 보람이라는 정치 개념 정립이 절실하다."라고 했다. 김 교수는 우리 사회의 성숙도에 대해 "급속한 속도로 근대화를 이룬 사회는 한국뿐"이라면서 "부자가 돼서 마음이 편하고 모두가 편하게 살 수 있는 사회가 좋은 사회이지만 사회 안전망이 부실한 우리 사회는 불안하기 때문에 돈을 허황되게 벌려고 하는 경향이 있다."라고 했다. 김 교수는 "세월호 선장이나 선원들의 직업의식이 부족한 것에 대해서는 당연히 비판해야 한다."라면서도 "우리 사회의 직업의식이 생기기 위해서는 직업의 안정성과 사회 보장 제도가 어느 정도 뒷받침돼야 생명 존중의 윤리 의식도 함께 생긴다."라고 했다.

세월호 참사 원인 중 우리 사회 직업의식이 거론되고 있다.

"선장과 선원, 구조 대원 들이 당연히 행동을 바르게 했어야 한다. 하지만 저임금 비정규직이라면 직업의식을 기대하기 힘들 수도 있다. '내가 밥 먹고 살려고 한 것인데 왜 목숨을 바쳐야 하는가' 하는 생각을 욕하기도 어렵다. 우리 사회의 직업 안정성과 사회 보장 제도가 어느 정도 뒷받침돼야만 윤리적인 것도 기대할 수 있다. 월급 몇 푼 받기 때문에 목숨을 바친다는 것에 대해 부정적으로 생각할 수 있다. 직업의 안정성이 있어야만 우리 사회 직업의식과 함께 윤리 의식이 생기는 조건이 성립된다."

우리 사회 제도와 시스템에는 문제가 없는가?

"사실 제도가 잘못돼서 문제가 되기도 한다. 하지만 제도만으로 문제를 해결할 수 없을 때가 많다. 귀찮기 때문에 우리가 시민으로서 의무를 포기하기도 한다. 공무원들이 시정하도록 노력해야 하는데 우리가 힘들고 시간이 오래 걸리고 귀찮기 때문에 '마음속 빛(양심)'을 감추고 사는 일이 많이 일어난다. 사회 혼란 때도 그렇지만 관료제를 통해서 많은 문제를 해결하려고 할 때 그렇다. 시민운동을 통해 문제를 푸는 것은 잘 안 되기 때문이다. 시민운동을 하려면 자기 일생을 다 바쳐야 한다. 사회가 안 돌아갈 때는 제도적으로만 해결하는 것은 어렵다. 사람들 자체가 규범에 따라 사는 사회가 돼야 한다. 마음, 즉 양심 자체가 잘돼 있어야 한다는 말이다."

우리 사회가 '마음속 빛'을 감추고 살고 있다는 말인가?

"우리가 일상생활을 하면서 자기 양심을 감추고 사는 경우가 많다. 시민으로서 의무를 다하지 않고 편하게 살려고 한다. 잘못된 것이 있으면 괴롭고 귀찮고 오래 걸리지만 공무원들에게 얘기해서 바로잡아야 한다. 양심에 맞춰 살면 괴로워진다. 양심은 누구나 있는데 사회 전체적으로도 나쁜 것이 있지만 모두 '마음속 빛'을 감추고 사는 것이다. 사회 자체가 부패해서 그럴 수도 있고 제도 자체가 복잡해도 그렇다. 제도로만 해결하려고 해도 안 된다. 우리 사회에서 규정이 틀렸다고 할 수는 없지만 사람을 괴롭게 만들어 그대로 하기 어렵게 만드는 경우가 허다하다. 우리 사회가 부패해서도 그렇고 모든 문제를 신뢰와 양심에 의존하지 않고 해결하지 않을 때 그렇게 된다."

우리 사회 가치관 전반에 문제가 있는가?

"세월호 참사에 대해 한편으로 분노하고 있지만 결국은 사회 전체가 책임 의식을 느끼고 있다. 그것은 우리 모두가 이 사회 속에서 살아가면서 일상적으로 기본 윤리에 맞춰 살지 않는다는 것을 경험하기 때문이라고 본다. 우리 사회에서 규범적으로 행동하지 못하는 것은 사람이 나빠서 그런 것도 있지만 나쁘지 않으면 살 수 없기 때문에 그런 문제에 부딪히게 된다. 우리 사회 구성원들이 마음속 빛을 감추고 살아야 한다. 우리 사회에서 바르게 행동하려고 하면 굶어 죽을 수도 있고, 일이 제대로 안 될 수도 있다. 그러한 것들이 쌓여서 세월호 참사가 빚어진 느낌이 강하다. 여러 원인이 있겠지만 압축 성장한 나라이고 돈을 버느라 정신이 없었고 가치관과 제도가 잘못된 것이 복합적으로 작용했다."

우리 사회 가치관 전도에 대한 자성의 목소리도 터져 나오고 있다.

"우리나라 사람들이 돈을 벌려고 야단이다. 먹고사는 돈보다 더 벌기 위해 산다. 꿈을 이야기할 때 부자 이야기를 하는 경우가 많다. 돈이 좀 필요하다고 생각하는 것은 사회가 불안하기 때문이다. 사회가 불안하니까 돈을 허황되게 벌려고 하는 것이다. 대부분 돈을 원하는 것은 자기의 삶과 주변 삶이 보장되지 않으니까 그런 것이다."

정치인과 공직자, 직업인, 일반 국민의 책임 의식에 대한 지적도 많다.

"정부 체제나 사회 체제를 사실적으로 고쳐야 한다. 이런 사고가 자꾸 생기면 대통령과 장관에 대한 국민적 요구가 많아질 수밖에 없다. 하지만 이렇게 괴로운 직업인데도 국회 의원이나 시장에 나오겠다는 사람이 많아서 이상하기도 하다. 최근 일련의 사고를 통해 정치가 무엇인지 새로 생각해야 한다. 부귀영화의 자리가 아니라 봉사의 자리라는 생각이 들 것이다. 봉사라면 괴로운 자리다. 자기희생을 요구하는 것이다. 동시에 보람을 느끼는 것이다. 국민 전체로 봐선 물질적 번영으로만 사는 게 아니라는 것도 알 것이다. 정치인과 국민 관점에서 정치가 무엇인지에 대해 새로 생각할 것이다. 정치는 입신양명하는 것이 아니라 봉사하는 것이고, 이를 통해 삶의 보람을 느끼는 새로운 정의가 저절로 생길 것이다."

언론에 대한 질타도 쏟아지고 있는데?

"언론은 객관적 보도를 해야 한다. 울분을 토하는 기회로 삼으면 안 된다. 내 마음속 빛도 감출 경우가 많으니 울분이 많겠지만 무엇을 도와줄 수 있는지 이 관점에서 이야기해야 한다. 우리 언론의 보도를 다른 나라 사람들이 보면 무슨 보도를 그렇게 하냐고 이야기할 것이다. 냉정하게 할 일을 생각해야 한다. 그 의무는 객관적으로 이해해야 한다. 매체들의 객관성이 부족하다. 문제를 냉정하게 대하라는 것이 아니다. 기자가 드라마타이즈하면 안 된다. 왜 일어났는지, 무엇을 할 수 있는지 집중해야 한다. 객관적인 것과 사실적인 것에 집중하는 훈련이 돼야 한다. 자기를 버려야, 자기 느낌과 울분을 버려야 공감할 수 있다. 공감이 중요한 것은 공감에 기초해 사실적 조치를 취할 수 있어서다. 단지 공감만으론 충분하지 않다. 우리나라는 너무 감정적으로 대한다. 자기 인생을 살면서 할 수 있는 일을 생각해야 한다. 어떻게 보면 인생을 좀 더 냉랭하게 대해야 할 것이다. 괴로운 일이 많다고 생각하고, 괴로운 일을 줄일 생각을 해야 한다. 괴롭다고 떠든다고 해결되는 것은 없다."

지금 우리에게 가장 시급한 것이 있다면?

"무엇보다 대통령이 조사 위원회를 구성해 조사 보고서를 내야 한다. 사고 경위와 경과, 백서 같은 것을 내야 한다. 사고 구조가 어떻게 됐고, 앞으로 어떻게 해야 하는지 심각하게 조사를 해야 한다. 건성으로, 인상적으로 누가 이야기해 봐야 아무 소용이 없다. 대통령에게 사과하라고 계속 이야기하지만 누구는 울분을 터트려서 마음은 시원할지 모르지만 현실적으로 해결하려면 조사를 철저히 해야 한다. 다시는 이런 참사가 일어나지 않도록 예방책과 문제를 철저히 짚어야 한다. 관련자들이 어떤 대처를 했고, 기술적으로 어디가 부족했는지, 어떤 것이 문제가 됐는지 조목조목 봐야 한다. 기술과 장비, 안전, 구조 활동, 감독과 책임, 국가에 대해 조사해야 한다. 객관적이고 사실적인 조사가 이뤄져야 한다. 우리나라 사회가 바르지 못했다면 무엇을 해야 하는지 고민해야 한다. 보다 넓은 의미에서는 사회 정치 문제가 될 것이다."

"세월호 희생자와 가족들을 위해 우리가 할 수 있는 일이 있다면?"

"희생자와 그 가족들을 사실적으로 어떻게 도와줘야 하는지도 알아봐야 한다. 실제로 무엇이 필요하고 슬픔을 위로해 주기 위해 무엇을 해야 하는지 현실적인 도움을 강구해야 한다. 희생자들의 시신을 찾고 장례를 제대로 치를 수 있도록 사실적으로 도와줘야 한다. 사회적으로 안전 보장, 안전망을 발전시켜 나가야 한다. 이번 참사를 계기로 보다 더 윤리적 사회가 돼야 한다. 돈을 버는 것만으로는 되지 않는다. 윤리적 사회가 되기 위해서는 적절하게 사회 안전망과 사회 보장이 돼야 한다. 사회 안전망은 국가·

정책·시민 모두의 책임이다."

작금의 대한민국 사회를 평가한다면?

"좋고 나쁘고를 떠나 그동안 여러 가지 이유로 우리 사회가 충분히 인간적 윤리와 사회적 윤리를 가진 사회가 아니란 것을 깨달았다. 급격히 근대화한 것도 그렇고, 100년 이상의 역사 체험이 험해서 그럴 수도 있다. 다른 일을 하느라 우리가 정신을 못 차렸는데 이번 세월호 참사를 계기로 중요한 각성을 갖는 게 고귀한 희생자에 대한 최소한의 도리일 것이다. 지금은 슬퍼하거나 자기 트라우마에 대해 이야기할 것이 아니라 우리 사회가 진정으로 고쳐 나갈 방향, 만들어 나갈 것에 대해 생각하는 것이 중요하다."

우리 사회 성숙도에 대해 다시 한 번 생각하게 된다.

"문제를 삼을 도리가 없다. 우리처럼 급격히 변한 사회도 없다. 결국 좋은 것인지 나쁜 것인지 모르겠지만 급속한 속도로 근대화를 이룬 사회는 한국뿐이다. 무슨 변화든지 나쁜 쪽이든 좋은 쪽이든 사람에게는 괴롭다. 익숙한 것이 좋다. 성숙도를 문제 삼기보다도 새로운 사회 적응을 익혀야 하고, 앞으로 어느 정도 수준에 이르면 보다 인간적 사회가 어떤 것인지 깊이 고민해야 한다. 자리를 잡아야지, 부자가 된다고 좋은 게 아니다. 부자가 돼서 마음이 편해야 좋은 사회다. 중동의 카타르는 세계 일등 국가지만 젊은이들이 행복하지 않다고 말한다. 할 일이 없고 돈만 많다고 좋은 게 아니다. 보람 있는 일을 해야 한다. 노는 것도 괴롭다. 못 놀아도 괴롭지만 보람 있는 일을 하는 것이 제일 행복한 것이다. 교육도 공짜, 의료도 공짜, 취직을 안 해도 정부가 다 지원해 주니 취업 안 한 젊은이들이 괴로울 것이다. 돈 문제에 있어서는 편하지만 살기가 괴롭다고 한다.

우리 사회도 앞으로 어느 정도 기초를 만들었으면 어떻게 사는 것이 인간적인 사회인가에 대한 심각한 고민을 하는 쪽으로 가야 한다. 모든 사람이 편하게 살 수 있는 사회가 돼야 한다. '안거낙업(安居樂業)', 편안하게 거주하면서 자기의 하는 일을 즐겁게 할 수 있는 사회가 돼야 한다. 중국 사람들이 예전부터 생각했던 것인데 예전에 농사를 짓고 살았지만 현대는 어떻게 할지 정치하는 사람들이 많이 생각해 봐야 한다."

인생에서 중요한 것은 고통을 어떻게 견디느냐

김우창

문광훈

정혜윤

박광성

정리 권지민(《채널예스》 기자)

2014년 5월 9일《채널예스》

지난 5월 9일 금요일, 서울시청에서는 인문학자 김우창의 특별 강연회가 열렸다. 최근 『깊은 마음의 생태학』의 출간을 맞아, '가까이 읽기'라는 주제로 일반 독자와 함께 삶의 근간이 되는 인문학에 대해서 나누는 시간이었다.

김우창 고려대 명예 교수는 국내에서 손꼽히는 최고의 인문학자이며, 인간사에 대한 깊은 성찰로 존경받는 시대의 어른이다. 그는 최근 10년 전부터 써 내려온 '마음의 생태학'의 강연 원고를 기반으로 500여 페이지에 달하는 『깊은 마음의 생태학』을 펴냈다. 오랜 시간 현대 서구 철학을 연구한 후 집대성한 소중한 보물이다. 문광훈 문학 교수는 이 책을 "사유의 뿌리를 찾아 떠나는 전통 심학의 현대적 재구성"으로 정의한다. 이 속에는 우리가 한 번쯤 들어 봤을 법한 서양 철학에 대한 정밀한 체계화가 담겨 있다. 그는 책을 통해 외면은 풍요로워졌으나 사유를 잃어버린 세대가 당면한 내면의 공허를 뼈아프게 진단한다. 사유의 깊이가 무너진 사회 안에서 이성과 윤리를 단단히 세워 깊은 마음의 심을 되찾을 것을 강조한다.

진행 『깊은 마음의 생태학』을 쓰게 된 화두는 무엇인가?

김우창 지난 10년간 이야기해 온 강연 원고의 묶음으로 이뤄져 있다. 시대에 따라 생각이 움직이므로, 지금은 생각이 다를 수도 있다. 책의 취지는 제목과 연관 지을 수 있다. 주된 것은 데카르트의 이야기를 골조로 하고, 사람이 살고 발전하는 데에는 '이성'이 필요하다는 것에서 출발한다. 서양사에서 최초의 철학자인 데카르트에게 깊은 관심을 가지고 있다. 데카르트가 이성을 추구한 것은 자신이 살아가는 데 길잡이로 이야기한 것이다. 사실 사람이 살아가는데 합리성으로만 살 수는 없다. 여기서 합리주의는 단순히 철학적인 이야기가 아니라 생의 길잡이를 이야기하는 것이다.

진행 마음의 생태학을 일구는 토양이란 어떤 것을 의미하는가?

김우창 사람이 사는 데 필요한 게 여러 가지 있다. 이를테면 합리성, 감정, 예절 등을 들 수 있다. 이런 것은 늘 있어 왔지만 과거와 현재의 방향과 성격은 다르다. 옛것은 갱신되고 환경에 변화하기 마련이다. 과거에 예절이라는 것은 동아시아 전체에서 핵심적인 지침이었다. 하지만 지금은 그 의미가 다르다. 첫 장에서 다루는 예절과 정서의 문제 역시 현재의 것이 옛것과 다르거나 와해된 지점을 발견하고 있다. 이렇게 우리 시대가 당면한 문제를 어떻게 이해해야 좋을지 끊임없이 들여다보았다. 특히 '내적인 발전이 어디서 나올 수 있는가'에 대한 고민을 『깊은 마음의 생태학』에 담았다.

이날 독자와의 만남은 박광성 편집장의 사회와 문광훈 교수, 정혜윤 PD 두 패널의 대담으로 진행되었다. 문광훈 교수는 인문학자 김우창에 대한 네 권의 책을 썼다. 『사무사』, 『세 개의 동그라미』, 『김우창의 인문주의』, 『구체적 보편성의 모험』에는 김우창의 텍스트에 대한 연구가 담겨 있다. 그는 젊은 시절 김우창 교수와의 조우를 추억하며, 그 어떠한 인문학도 스스로가 깨달은 바를 적확한 지점에서 설명할 수는 없다는 이야기로 대담을 시작했다. 김 교수가 그에게 준 큰 가르침 중 하나가 "도덕이라고 하는 것은 자기 자신에게 되묻는 것"인 것을 강조하며 자기 성찰에서 시작할 때 비로소 인문이 생성된다고 이야기한다. 문 교수는 일반인에게 난해하고 복잡한 텍스트의 이해를 돕기 위해 『깊은 마음의 생태학』에 대한 친절한 해제를 제시한다.

문광훈 첫째, 책 속에서 문학과 비평, 예술과 철학, 정치학과 사회학, 문화론과 학문적인 기반으로 한국의 문화를 읽어 낼 수 있다는 것이다. 모든 학문은 큰 의미에서 한국학의 일부이다. 그런 점에서 『깊은 마음의 생태학』은 다양한 한국의 인문 분야를 총망라하는 책이다.

둘째, 텍스트 자체가 도전거리가 된다. 마음의 밭을 가는 문화적 교양과정이라고 생각한다. 문학과 예술이 중요한 것은 '나, 개인, 감각'에서 출발하기 때문이다. 개인적인 진실 속에서 사회적 진실을 파악하려고 노력하는 까닭이다.

셋째, 개별 대상을 보면서 그 테두리를 '동시에' 보는 것이다. 변증법적인 사고가 필요하다. 나로부터 너로, 개인으로부터 사회로, 인간으로부터 자연으로, 지금 여기에서 그때 그 시절의 과거 그리고 미래로, 감성에서 이성으로 흘러 나가야 한다. 우리는 이렇게 계속 대상을 바꾸어 가면서 더 넓게 사고할 수 있게 된다. 움직이는 마음이란 거창한 것이 아니라 자기 삶을 되돌아보는 반성적인 행위에서 출발한다. 나로 시작해서 계속 넓어지고 깊어지는 것, 그래서 이 넓혀진 자기와 세계, 자아와 자연과 우주를 상응시키는 놀라움이다. 이것은 '세계에 대한 신뢰'로부터 가능하다.

문 교수는 인문의 풍요로움을 위해서는 개인의 보편성을 위한 훈련이 필요하다고 말한다. 모든 개인은 예술가일 수 있다. 이를테면 로미오와 줄리엣은 동의된 사랑을 보여 주었으므로 그들은 보편적인 개인의 지위를 부여받는 것이다. 뛰어난 예술가는 예외 없이 보편적인 개인이다. 그렇기에 책을 읽는 행위는 개인의 자아의 깊이와 넓이를 증진시키는 활동이 되어 준다.

정혜윤 『깊은 마음의 생태학』의 제목을 듣는 순간, 마음이 출렁했다. 살다 보니 사실상 아는 게 참 없다는 것을 깨달았다. 순간, 카뮈가 이야기한 "여기에 머물기 위해 더 높은 곳을 바라보았다."라는 말이 생각났다. 사실 요즘은 인문학 강연이 굉장히 많고 팔리는 콘텐츠로 소비된다. 인문학은 다른 무엇보다 사실 우리에게 사람이 되라고 끊임없이 이야기해 주는 것이라고 생각한다. 인문학의 기능은 무언가 효율적으로 재생산하는 것이 아니라는 걸 김 교수님도 말씀하셨다. 인문학 안에는 '어떻게 하면 조금 더 좋은 사람일 수 있을까?'에 대한 고민이 가장 크다고 생각한다.

박광성 좋은 삶, 초월, 영원이 거론되는 장을 넘기면서 맑은 물가를 걸어가는 느낌이었다. 마치 우리가 다 같이 주저하면서 생각의 걸음걸이를 따라가는 기분이었다. 우리 시대만큼 초월에 무관심한 시대가 있을까. 그저 잘 먹고 잘사는 것이 꿈인 시대가 있을까. 우리는 영원에 대한 감각을 잃어버렸다. 릴케는 "삶은 소중하고 또 소중하다."라고 말했다. 아마도 현세대가 잃어버린 감각이 이 지점인 것 같다. 이것들이 유난히 사라지는 질문 아닐까. 『깊은 마음의 생태학』은 유한한 삶 안에서 나를 초월해서 다른 사람과 어떻게 소통을 할 수 있을지에 대한 고민을 보여 준다. 이를테면 착함, 맑음, 다양성, 타자성의 가치를 택하는 건 성찰의 깊이가 있을 때 가능할 것이다.

저자와의 대담이 끝나 갈 무렵 독자들의 질문이 김우창 교수에게 이어졌다. 그중 첫 번째는 삶의 의미를 묻는 물음이었다. 그는 한참 생각한 후에 신중하게 말을 이어 갔다.

김우창 삶의 의미가 무엇인지에 대한 질문은 답을 거절하는 것이 맞는 거 같다. 한 가지 이야기할 수 있는 건 스스로 고민하는 삶 속에 있다는 것이다. 혹자는 학생들에게 삶의 지침을 가르치는 게 내게 주어진 소명이라고 이야기한다. 고민하는 그 순간들을 길게 느낄수록 좋다고 이야기한다. 상식적인 관점에서는 "조심스럽게 선택해서 살아라."라고 말한다. 우리는 무얼 위해 사는가. 인생의 목적이 있으면 오늘의 삶을 희생해야만 한다. 즉 인생 자체를 깎아내리는 결과를 낳을 수도 있다. 목적은 각자 원하는 것에 따라서 다를 수 있다. 하지만 그것이 무엇이 되었든 맹렬히 추구하는 것은 경계해야 한다.

여기서 남들이 다 살아가는 수순이 자신의 욕망이라면 괜찮다. 하지만 주변의 흐름이 좋아해서 소비하는 것은 납득하기 어렵다. 개인적으로는 우아한 환경에서 사는 것을 못 견디는 사람이 아닌가 하는 생각을 한다. 개인이 뭐든 자유로운 선택을 하되, 사회 풍조 자체가 자기 삶을 진실되게 사는 것은 용인되어야 한다. 자기 자신과 세상에 대해서 가장 잘 아는 게 정말로 중요하다.

진행 지금 여기, 주어진 이 시간을 잘 살아간다는 건 무엇일까?

김우창 달라이 라마의 인터뷰가 생각난다. 누군가 그에게 "지금 당신을 가장 괴롭게 하는 것이 무엇이냐?"라고 물었다. 달라이 라마는 승복을 들추더니 주저 없이 덥다고 이야기했다. 이 대답이 바로 크고 먼 곳을 생각함과 동시에 이 순간을 염려하는 '마음의 심'을 가진 증거가 아닐까 생각했다. 즉 양쪽으로 생각해야 한다. 눈에 보이는 것에 좌우되기도 하지만, 우리가 영원한 우주에 비해서는 너무 하찮다. 반면 그렇기에 사소한 우리는 거대한 우주의 시간 속에 가장 귀중한 현재를 보내고 있는 것이다.

김 교수는 끝으로 인생의 중요한 것은 고통을 어떻게 견디느냐의 문제라고 이야기했다. 19세기 영국 시인 존 키츠가 표현한 "인생은 눈물의 골짜기"를 비유로, 인생이라는 것은 우리의 염원을 다지는 골짜기이자 삶에게 다쳐 가며 다져지는 것이라는 것이다. 고생은 가능하면 피해 가야 좋겠지만, 부딪혔을 때는 반드시 스스로 답을 찾아내야 한다는 것이다.

선의로 지탱하는 사회가 되어야

유슬기(《조선펍》 기자)

2014년 5월 13일 《조선펍》

김우창 고려대 명예 교수(77, 영문학)는 '한국 인문학의 거인'으로 불린다. 영문학자, 문명 비평가, 문화사가, 문학 이론가, 평론가, 철학자 등 여러 분야에 두루 통달한 그의 지적 소양 때문이기도 하지만, 그럼에도 불구하고 세상을 해석함에 있어 여전히 겸허한 그의 태도 때문이다. 지난 3월, 그가 『깊은 마음의 생태학: 인간 중심주의를 넘어서』라는 책을 펴냈다. '마음 없는 지식'을 경계한 김우창 교수는 '깊은 마음'을 통해 나와 이웃과 세계와의 관계를 살핀다. "우리가 극복해야 하는 것은 '인간 중심주의'이고, 회복해야 하는 것은 '깊은 마음'이다."라고 하면서.

진도 앞바다에서 일어난 세월호 사고 후 이십 일이 흘렀다. 온 국민이 지켜보는 가운데 참사가 생중계됐다. 거대한 여객선이 바다 깊숙이 침몰하면서 떠오른 우리 사회의 실상은 차마 눈 뜨고 보기 어렵다. 사실 관계를 파악하기 위해 눈을 열수록, 참담한 현실에 눈을 감고 싶어진다. 귀를 열면 들려오는 이야기는 '설마 사실이 아니기를 바라는' 내용뿐이다. 이 참사의 끝은 아직도 가늠하기 어렵다.

바로 보려면 깊이 봐야 한다

최근 부쩍 김우창 교수를 찾는 이들이 많다고 한다. 도무지 이 사태를 어떻게 보아야 하는지, 앞으로 우리는 어디로 가야 하는지 막막한 이들이 그를 찾아온다. 기자를 만난 날도, 한 매체에서 청탁한 글을 쓰다 오는 길이라고 했다. '세월호 이후'에 대한 칼럼이다. 인터뷰든 칼럼이든 이를 통해 그가 제시할 수 있는 것은 답이 아니다. 다만 어쩌다 우리가 여기에 이르게 되었는지에 대한 통찰이다. 책에 썼듯 '인문 과학'의 역할이란, 사람들로 하여금 '스스로' 답에 이르게 하는 것이기 때문이다.

오늘도 글을 쓰다 오시는 길이라고요.

"아침에 신문을 봤어요. '~해야 한다'는 오피니언이 많아요. 뭔가를 해야 한다라기보다는 이렇게 할 수도 있고, 저렇게 할 수도 있다고 말해야 해요. 그러나 이런 선택은 이런 이점이 있다고 말하는 게 좋겠죠."

선생님의 글이 어렵다고 느끼는 사람은 '아마도 (내 글이) '모순'을 염두에 두고 쓰기 때문일 것'이라고 했습니다. 하지만 한쪽 편이 아닌 서로 다른 입장에 대해 생각하는 게 쉽지 않은데요. 요즘 같은 때는 더더욱요.

"생각하는 사람에게는 사실 쉬워요. 여러 관점을 이야기하면 되니까요. 이럴 수도 있고, 저럴 수도 있으니까요. 문제는 행동하는 사람이에요. 이 두 가지를 한 번에 할 수 없거든요. 하지만 살아가는 데는 모순이 많아요. 우리 사회는 특히 할 수 있는 게 여러 가지라는 걸 인정하는 게 약한 거 같아요. 모든 게 잘돼야 한다고 생각하니까요. 실상은 이 경우, 저 경우 다를 수 있거든요. 모두가 잘되지 않을 수도 있고요. 하나의 옳은 게 있고 나머지는 틀린 게 아니라, 같이 일어날 수도 있고요."

각자의 입장에 따라 '무엇이 옳은지도' 달라질 수 있는 걸까요?

"흩어져 있는 마음을 찾아와야 해요. 맹자가 말했던 '구방심'이죠. 마음의 생태라는 건 마음이 어떤 조건에서 성립하는지를 알아야 해요. 내 마음이라고 하지만 실상은 내 마음이 아닐 수 있거든요. 이성으로 생각한다는 것도 실은 선택이에요. 마음이 복잡한 상태에서 결정을 내려야 하죠. 인정하기 어렵지만 (세월호에서) 선장이 혼자 탈출하는 걸 선택한 것도 역시 선택이죠."

말씀하셨듯 선장 한 사람의 선택이 다른 이들에게 영향을 주기도 하는데요.

"이성적인 선택을 말할 때 생각할 것 중에 하나는, 다른 사람과 내가 다르다는 걸 인정하는 거예요. 내 선택은 내 생각이지 다른 사람은 아닐 수도 있어요. 나는 이렇게 선택했으니 너도 그렇게 해야 해라고 말해서는 안 된다는 거죠. 예를 들어 남과 북은 서로를 도저히 존재할 수 없는 체제라고 해요. 그런데 그 체제를 선택하는 사람들이 있단 말이죠. 그러나 나에게는 이 선택이 맞는 것 같다라고는 이야기할 수 있죠. 서로 대립적이라고 생각하기보다, 다르다고 생각하면 갈등이 덜해지죠. 물론 절대적인 기준은 있어요. 그걸 위반해서는 안 되죠."

속도가 빨라지고 세속화가 되면서 생각하는 힘을 잃었다는 지적도 하셨는데요.

"우리 사는 세상이 험해요. 더 험한 세상보다는 덜 험하지만, 제도에 대한 신뢰가 많이 떨어졌어요."

생각하는 힘과 더불어 회복하는 힘도 잃은 거 같아요.

"그러려면 먼저 마음을 가라앉혀야죠."

드러난 사실들이 참담해 평정을 유지하기가 어려울 때도 있는데요.

"그러니까 '왜 나에게 이런 일이 일어났는가'가 아니라, 순해진 마음, 순응하는 마음이 필요해요. 왜 신이 나에게 고통을 주는가에 대해 항의하기 시작하면 끝이 없죠……. 사람 사는 데 사고는 일어나요. 어느 정도는 인정하고 사는 거하고 '이런 세상이 어디 있어?' 하고 뒤집는 거랑은 다르죠. 사건의 사실적 경과를 알아내는 데도 도움이 되지 않아요."

도덕성이 무너진 사회라도요?

"벤저민 프랭클린이 말했어요. '정직이 최선의 정책이다.' 정직하면 일이 잘됐다는 거죠. 그래서 정직하기로 결단한 거죠. 하지만 정직이 최선이 아닐 때는 어떻게 해야 되느냐는 거죠. 손해를 볼 수도 있고, 자신이 속한 구조가 무너질 수도 있다면요. 그럼 그렇게 쉽게 결단할 수가 없겠죠. 예를 들어 일본이 지갑을 잃어버렸을 때 가장 많이 돌아오는 나라라고 하잖아요? 그런 사회라면 선택을 하기가 쉽겠죠. 부정직이나 속임수보다 정직하게 살기로요. 결국은 사회가 그렇게 되어야죠. 인간적으로 더 나은 사람이어서가 아니라 사회가 그렇기 때문에 변하는 거고, 사회가 그러니까 사람 한 명 한 명이 변하고 그런 순환이 있어야죠."

'나쁜 놈'에 주목하는 게 아니라 '왜' 나쁜 놈이 되었는지를 물어야

어떤 사건이 났을 때 책임자 한 명이 물러나는 해결보다 사회가 변하는 게 맞다는 말씀인가요.

"왜 이런 사람이 이런 선택을 했고 이런 결과가 나올 수밖에 없느냐를 생각해야죠. 학생이나 어린아이에게도 '이건 하지 말고 저걸 해야 해.'라고 가르치는 게 아니라 이것이 있고 저것이 있는데 네가 도움이 될 만한 것을 선택해 보라고 하면 스스로 선택할 수 있다는 거죠. 내 인생에 깊은 의미에서 좀 더 나은 것을 선택해야 한다고 알고 있기 때문이죠. 그럼 저절로 배우게 돼요."

'좋은 게' 어떤 건가요.

"지속적으로 인생을 지탱해 주는 거죠. 나쁜 거는 일반적으로 일시적인 것들이에요. 그러니까 깊이 생각해 보고 선택만 해도 좋은 결과가 나오죠."

선생님의 아드님이신 김민형 교수(옥스퍼드대)가 쓴 『아빠의 수학여행』을 보면 '부모님께서 공부를 열심히 하라는 말씀보다는 편지를 많이 보내 주셨는데 그 편지에는 역사, 문화 전반에 대한 신문 스크랩이 많았다. 그때의 경험이 인문학적 소양을 쌓는 데 도움을 주었다.'라고 되어 있어요.

"보여 주고 싶은 이야기들을 보내 준 거죠. 선택은 아이가 하는 거고요. 더 많이 보고 더 많이 알면 아무래도 좋은 선택을 하게 되겠죠."

선생님은 지금 입고 계신 옷도 그렇고, 타고 계신 자동차도 오래된 것으로 알고 있습니다. 그러니까 선생님께서 선택하신 '검약한 삶'도 그런 선택인가요?

"제가 검약하다고 말할 수 있을지는 잘 모르겠어요. 그런데 그런 생각은 해요. 정말 내가 최고의 옷을 입고 싶다면, 혹은 최고의 자동차를 타고 싶다면 그렇게 해야죠. 그런데 자동차가 왜 있어야 하는지를 생각해 보면 잘 굴러가면 되거든요. 그럼 선택이 쉬워지거든요."

내 선택에 최대한 남의 판단이나 사회의 판단이 개입되지 않도록 하는 거군요.

"제가 작은 차(그는 아반떼XD를 타고 있다.)를 타니까 길을 잘 안 비켜 주더라고요. (웃음)"

세계를 보는 관점, 세상을 해석할 수 있는 힘을 길러 주는 게 인문학이라면, 좋은 인문학은 어떤 걸까요.

"예술이라는 게 뭔가를 생각해 보면 '적정한 선'을 유지하는 거죠. 시카고 대학의 물리학자가 쓴 짧은 논문을 보면, 일상생활을 물리학적으로 보는 눈을 가지고 있어요. 물방울이 떨어지는 것, 기름방울이 떨어지는 것. 그 사람의 해석을 보면 다 같다는 거예요. 야구공을 던질 때 올라갔다 떨어지는 포물선은 같다는 거예요. 다 다른 물방울이 떨어지는데 '물리학의 법칙'에 따라 같아진다는 거죠. 수도꼭지에서 물이 떨어지면 그게 괴롭다가도, 그 형태를 생각하면 마음이 편안해진다고 해요. 아름다움이라는 건 그런 거예요. 보기 좋은 게 아니라 세계에 들어 있는 현상적인 가능성이 제대로 구현이 되는 거죠."

그런 시야가 열리는 걸까요.

"보통 때는 모르는 걸 예술을 통해 보면 아름답다는 걸 알게 되는 거죠. 유리창이라는 프레임이 없다면 알 수 없는데, 이 창을 통해 보면 아름다움이 드러나요. 3차원의 세계를 2차원으로 옮기면 이 세계의 구성이 더 잘 보여요. 사진작가 김아타의 사진을 봤어요? 도시를 찍는데 움직이는 것들은 사라져요. 오랫동안 노출을 해 놓으면 그렇다는 말이에요."

세계를 볼 때 그런 관점이 적용이 되나요?

"누구에게나 자기 몸에 맞는 공간이 있죠. 세계의 원형적인 모습을 담은 공간이에요. 예술의 독창성이라는 건 기발한 게 아니에요. '전체'를 볼 수 있어야 좋은 건물이에요. 우리 세종로 사거리에 보면 세종대왕이 책을 읽고 있잖아요? 19세기에 로댕이 발자크 동상을 만들어 달라는 요청을 받은 적이 있어요. 그는 발자크의 생가에도 가 보고 책도 다 읽어 봤다고 해요. 지금 몽마르트르에 가면 그 동상이 있어요. 망토를 입고 하늘을 향하고 있죠. 그 사람의 삶에 대한 깊은 이해가 있던 거죠."

그 깊은 이해가 이번 사건을 읽는 데도 도움이 되는지요.

"독창적인 감성은 삶의 본질을 이해할 때 생기는 거예요. 이번에 세월호 선장을 나쁜 놈이라고 하는 건 틀렸다고 하기 어려워요. 그런데 '왜 나빴을까'를 고민하는 건 다른 문제죠. 헤겔이 셰익스피어의 작품에는 (그가 올해 250주년이에요.) 나쁜 사람이 하나도 없다고 해요. 그렇다고 셰익스피어가 도덕적 판단이 없었던 건 아니에요. 왜 나빴는지에 대해 이야기를 한다는 거죠."

세월호의 선장과 선원의 직업이 저임금 비정규직의 구분에 맞아 들어간다는 보도가 있었다. 그렇다면, 그러한 직업에 종사하는 사람으로부터 직업과 관련하여 단호한 윤리적 결정을 기대하기는 어렵다 할 수 있다. 직업의식이나 직업 윤리는 대체로 오랜 봉직에서 길러지는 삶의 태도이다. 물론 소소한 개인 사정에 구속될 수 없는 것이 윤리적 당위라는 생각이 틀린 것은 아니다. 그러나 윤리도 삶의 현실에 의하여 한정된다는 사실도 무시할 수는 없다.

— 김우창 칼럼, 「'평범한 악'이 대한민국을 침몰시켰다」 중에서[1]

그 모든 걸 알고 나서 판단해도 늦지 않다?

"왜 죽일 놈인지를 알아보자는 거죠. 그걸 이해하고 죽이는 것과는 다르죠. 그러면 좀 더 너그럽고 관대한 판단이 가능하죠. 나쁜 놈이 나쁘게 되는 사회에 대해 이해를 하게 되면 사회 안에 있는 요인을 제거하는 쪽으로 갈 수 있습니다. 마르크스가 사회의 악이 계급 사회에서 온다고 보니까 계급을 없애자고 한 것처럼요."

문제의 근원을 알고 나면 해결책의 선택은 자연스러워진다는 말씀이군요.

"인간을 이해하고 선악에 대해 살펴보면 그다음 결단이 자연스럽게 나옵니다. 제가 영국에 갔을 때 내릴 정거장을 놓친 일이 있어요. 버스에서 반대 방향으로 가서 몇 정거장을 가야 되는지 옆 사람에게 물었는데, 반대편에서 타서 네 정거장을 가라고 해요. 그래서 건너편으로 갔는데 그 사람이 막 뛰어와요. 네 정거장이 아니라 세 정거장이라는 거예요. 그 말을 해주려고 내려서 따라온 거죠. 그 선택을 하는 데 전혀 망설임이 없었어요."

그런 순간을 맞으면 감동이 오죠.

"우리가 사람을 만날 때는 늘 그래요. 자기 판단으로 판단해요. 그러지 말고 인간을 한 사례로 보는 거예요. 한 나라에서 나쁜 일을 당하면 그 나

---

1 《한겨레》 2014년 5월 2일.

라를 나쁘게 판단해요. 전체를 봐야 해요. 그 전체인 제도가 바른 윤리적 원리에 의하여 움직인다면, 책임 의식은 저절로 사람의 마음에 스며들어요. 제도 가운데도 중요한 것은 정치(제도)죠."

그 제도에 '기본이 없다'는 진단에 대해서는 어떻게 생각하는지요.

"우리 사회에 부조리가 있는 건 사실이에요. 두 가지 관점이 필요해요. 하나는 우리가 너무 급하게 바뀌었기 때문에 기본을 세우지 못했다는 거예요. 또 하나는 앞으로는 마음 편히 살 수 있는 사회를 만들려면 어떻게 해야 하는가를 살피는 관점이죠."

혹자는 '잘사는 후진국'에 사는 거 같다고 하더군요.

"그건 맞는 말일 거예요. 경제적으로는 잘살고 있죠. 급하게 벼락부자가 됐죠. 지금 한 포털에서 진행하는 문화 프로그램의 이름이 '문화의 안과 밖'이에요. 밖은 갖췄는데 안은 그러한가에 대한 고민이죠. 안이 채워지지 않은 밖이 과연 좋은 문화인가. 그건 오래가지 못한다는 반성이죠. 한번 좋아졌다고 해서 영원히 낙원이 되는 건 아니거든요."

이 사회에 대한 처방을 내려 준다면요.

"모두가 대박을 꿈꿔요. 벼락부자가 되는 걸 성공이라고 생각해요. 모든 사람이 그걸 꿈꾼다면 사회가 유지가 될 수 없어요. 심지어 대통령도 대박을 말하잖아요."

대박을 꿈꾸는 사회, 그럼에도 지식이 필요한 이유는 뭘까요.

"지식의 탐구는 끝이 없으니까요. 지식을 늘려 가면서 다른 한쪽으로는 지식을 제한해야 해요. 우리는 정보가 많은 사회에 살아요. 한마디로 인포메이션(information)이죠. 정보라는 것은 이용하려는 거거든요. 정보부라는 건 혹은 국가 정보원이라는 건 그 정보를 수집해서 '마음을 닦으려고' 하는 건 아니거든요. 그걸 의도에 맞게 이용하려는 거예요. 보통 사람들도 정보가 많아지면 그렇게 돼요. 이 정보를 어떻게 이용해 내 이익을 취할 것인가를 고민해요. '전략적 이기주의자'가 되는 거죠. 그 때문에 정보를 제한해야 해요."

정이 아닌 선의로 작동하는 사회를 위하여

어떻게 제한해야 하나요?

"인생을 보람 있고 충실하게 사는 데 도움이 되는 정보, 또 그 정보를 통합하는 힘이 필요해요. 어떤 정보는 알아도 좋지만, 그걸 잘 흘려보내야 해요. 다른 사람에게 '넌 이것도 모르지?'라고 하는 데 이용해서는 안 돼요. 특히 자기 수양, 자기 교육에는 도움이 안 돼요. 자기 삶의 깊이를 위해서 필요한 정보를 지향해야 합니다. 그건 정보가 늘어난다고 저절로 되는 게 아니죠."

정보가 범람하는 사회에서는 그런 노력이 더 필요할 거 같아요.

"우리 전통 사회에서 '극기(克己)'를 중요하게 여긴 건 그래서예요. 자기를 '강화'하는 방향으로 가서는 안 돼요. 진정한 의미에서 '강화'는 자기 이익을 추구하고, 자기 잘난 것을 강조하는 방향으로 가는 게 아니에요. 자기 의식을 강화하는 건 큰 의미에서는 손해에요."

정치의 방향은요?

"공공 영역의 위기예요. 정치인이 된다는 것은 자기보다 더 높은 차원에서 사는 거예요. 그런데 우리 사회는 너무 이익 관계로 보니까, 정치인의 격이 떨어지는 겁니다. 그들이 존경받지 못하는 존재가 돼 버린 것은 공공 영역이 무너져서예요. 좀 더 높은 삶의 차원을 추구할 수가 없어졌죠. 사람이 사는 데도 여러 차원이 있거든요. 자기를 넘어서는 차원이 공공이고, 거기에 헌신하려면 '봉사', '자기희생'이 있어야 해요. 자기 이해관계를 넘어서야죠. 사람에게는 원래보다 높은 차원에서 살고픈 욕구가 있어요. 고귀함을 유지하고 싶어 하죠. 그걸 모두 이해관계로 바꾸면 (그런 삶이) 불가능하죠. 모두에게는 스스로 높은 삶에 대한 갈망이 있어요."

공적인 영역에 있는 많은 부분들이 제대로 작동하고 있지 않다는 게 드러났죠.

"우리나라는 위계질서가 너무 강해요. 그 위계가 공적인 성격이라고 생각해요. 그러다 보니 협동이 안 되는 거예요. 누가 더 높으냐를 따지거든요. 제일 중요한 건 누가 더 높으냐가 아니라, 누구를 구하느냐거든요."

전 국민이 상중(喪中)인 듯한 요즘입니다.

"우리 문화도 더 힘을 내야 해요. 모든 사람이 인문 과학을 할 필요는 없기 때문에 제도가 좋아져야죠. 아무도 나를 속일 것이라고 생각하지 않는, 자연스러운 사회가 되어야 하는데 지금 우리는 잘 안 되고 있어요. 그게 좀 안타깝기는 하지만, 그럴 만한 사정이 있었죠. 너무 급격하게 바뀌어 왔고, 그러니 앞으로는 실속을 갖추어야죠."

앞으로의 선생님의 연구는 어떻게 진행될까요.

"왜 이런 사회가 되었는지에 대한 사실적인 연구를 해야죠. 우리 사회는 '정'이 많이 필요하기보다는 '선의'가 필요해요. 선의는 나와 정붙일 일도, 관계도 없는 사람에게도 자연스럽게 좋게 해 줄 수 있는 마음이죠. 우리는 정에 의해 살았는데 이제 선의가 필요해요. 문화는 오랜 시간이 걸려야 바뀌어요. 시골 동네에서는 선의가 필요 없어요. 다 정으로 통하니까요. 그런데 그게 도시로 바뀌게 되면, 정으로는 안 돼요. 정을 줄 사람이 몇 안 되니까요. 그러니 선의로 지탱하는 사회가 돼야 해요. 선의가 작용할 수 있는 제도가 만들어져야 하고요. 못을 두 개 박아야 하는데 한 개만 박는 일은 없어야죠."

김우창

1936년 전라남도 함평 출생. 서울대학교 문리과대학 정치학과에 입학해 영문학과로 전과했다. 미국 오하이오 웨슬리언대학교를 거쳐 코넬대학교에서 영문학 석사 학위를, 하버드대학교에서 미국 문명사 박사 학위를 취득했다. 서울대학교 영문학과 전임강사, 고려대학교 영문학과 교수와 이화여자대학교 학술원 석좌교수를 지냈으며《세계의 문학》편집위원,《비평》편집인이었다. 현재 고려대학교 명예 교수, 대한민국예술원 회원으로 있다.

저서로『궁핍한 시대의 시인』(1977),『지상의 척도』(1981),『심미적 이성의 탐구』(1992),『풍경과 마음』(2002),『자유와 인간적인 삶』(2007),『정의와 정의의 조건』(2008),『깊은 마음의 생태학』(2014) 등이 있으며, 역서『가을에 부쳐』(1976),『미메시스』(공역, 1987),『나, 후안 데 파레하』(2008) 등과 대담집『세 개의 동그라미』(2008) 등이 있다. 서울문화예술평론상, 팔봉비평문학상, 대산문학상, 금호학술상, 고려대학술상, 한국백상출판문화상 저작상, 인촌상, 경암학술상을 수상했고, 2003년 녹조근정훈장을 받았다.

김우창 전집 19

대담/인터뷰 2 :2000~2014

1판 1쇄 찍음 2016년 8월 12일
1판 1쇄 펴냄 2016년 8월 26일

지은이 김우창
발행인 박근섭·박상준
펴낸곳 (주)민음사

출판등록 1966. 5. 19. 제16-490호
주소 서울시 강남구 도산대로 1길 62(신사동)
강남출판문화센터 5층 (우편번호 06027)
대표전화 515-2000 | 팩시밀리 515-2007
홈페이지 www.minumsa.com

ISBN 978-89-374-5559-9 (04800)
ISBN 978-89-374-5540-7 (세트)